신시100년 기념출판

한국현대詩 해설

● 이해와 감상

한국현대시문학연구소장

문학박사 **홍윤기** 지음

한누리
미디어

머리말

한국 현대시문학 1백년 기념 출판

문학박사(시문학) 홍 윤 기

  우리나라의 현대시가 걸어온 길도 머지 않아 100년이라는 역사를 이루게 된
다. 육당(六堂) 최남선(崔南善, 1890~1957)이 신시 「해(海)에게서 소년(少年)에
게」를 발표한 것이 1908년의 일이다. 이 시는 이 땅에서 '시조'가 아닌 새로운
모습의 시로 등장하여 한국 현대시를 최초로 개척하기 시작한 작품이다. 과연
그 이후 오늘에 이르기까지 어떠한 시편들이 우리나라 현대시사(現代詩史)를 장
식하며 오늘에 이르렀는지를 살펴보는 것도 오는 2008년을 향한 신시 100년사
(新詩 百年史)를 기념하는 뜻깊은 작업이 되리라는 데서 이 책을 펴게 된 것이
다.
  한국 현대시 발생의 맥락을 짚어 본다면 영국 낭만주의(로맨티시즘)를 축으로
하는 독일 낭만주의와 프랑스 상징주의(심볼리즘) 시문학 등, 서구의 영향을 받
은 것이다. 그런 견지에서 졸저는 '수사학'(修辭學, rhetoric)의 방법론에 입각하
여, 시작품들을 저자 나름대로 연구 분석해 보았다. 현대 수사학은 영국 비평가
I. A. 리처드즈(Ivor. A. Richards, 1893~1979)에 의해 현대시의 과학적 연구인
「Coleridge on Imagination」(1934), Basic in Teaching : East and West」(1935),「The
Philosophy of Rhetoric」(1937),「How to Read a Page」(1942),「Speculative
Instruments」(1955) 등, 새로운 이론을 도입한 것이 저자에게는 적지 않은 공부가
되었다. 즉 I. A. 리처드즈는 시를 읽는다는 행위를 의식적으로 분석하려는 시
이론을 참신하게 구축했으며, 특히 그는 중국(中國)과 일본(日本) 등에도 체재하
는 등, 동양시(東洋詩)에 적지 않은 관심을 기울였던 것도 주목할 만하다.
  비록 우리나라 현대시의 역사가 짧다고는 하지만 그동안 훌륭한 작품들이 많
이 창작되었음을 우리가 함께 살필 수 있는 자리를 여기에 마련해 본 셈이다. 물
론 지면 관계 등으로 여기에 모두 수록하지는 못했으나 이밖에도 좋은 시들이

있다. 그러나 우리가 주목하고 기억할 만한 작품들을 되도록 많이 싣고자 긴 나날을 두고 자료의 수집과 집필의 기간을 가진 끝에 이 책자가 겨우 마련되었다. 가능한한 원시(原詩)의 게재를 중시하여 이를 기본으로 실었다.

8·15광복 이후 남북 분단에 의한 정치적 상황 아래, 재북한 시인이며 월북시인들의 작품은 이념문제 등 정부가 저작물에 발표를 금지시켜 왔다. 그런 가운데, 다음과 같은 4번의 조치로 이른바 해금시인(解禁詩人)의 시도 발표할 수 있게 되었다. 즉 제1차 조치(1976. 3. 13)를 필두로 하여 제2차 조치(1987. 10. 19), 제3차 조치(1988. 3. 31), 제4차 조치(1988. 7. 19)가 그것임을 여기 아울러 밝혀 둔다.

수록된 작품의 배열 방법은 여러 가지가 있겠으나, 생각한 끝에 시인의 등단 연대순으로 삼았다. 오늘날 우리나라에는 시인이 엄청나게 많다고들 한다. 시인이 많다는 것은 참으로 기쁜 일이다. 다만 중요한 것은 독창적인 자아시(自我詩)의 세계 형성이 중요하다고 본다. 등단 이후 시작품 활동이 꾸준하고 왕성한 분들을 위주로 작품 선택을 했다.

또한 독자들의 선택의 폭을 넓히기 위해 1981년 이후 최근까지 등단하여 주목받는 젊은 층 시인들의 작품도 보다 폭넓게 독자층에게 읽히도록 했다. 다만 지면관계상 부득이 1편씩 채택해 보았다.

게재 시인의 선정은 반드시 그 시인의 지명도(知名度)와 관계없이 문학성에 치중했고, 또한 작품 채택도 대표적인 시가 아닌 특징 있는 작품이거나 화제가 될 만한 시 등, 앞으로 시문학상의 논의를 제기시키자는 견지에서 새로운 제재(題材)의 작품들을 선정했다. 물론 그 작품들의 성패는 뒷날 문학사가 가름해 줄 것이라고 본다.

시란 일단 세상에 발표되면 그 때부터는 독자의 것이다. 독자들은 독자들 나름대로 스스로 느끼고 풀이할 권리가 있다. 그러나 독자들의 힘만으로는 시의 이해가 부족할 수도 있기 때문에 이 책자를 마련하여 한국 현대시의 안내 역할을 하기로 했다. 이 책이 현대시의 이해와 감상의 지침서로 활용되기를 기대하면서, 앞으로 계속 더욱 좋은 내용으로 보완해 나갈 것을 약속한다.

끝으로 밝혀 둘 것은 시인의 주소 불명 등으로 직접 시작품 채택 연락을 드리지 못한 분들도 있으므로 꼭 연락(011-9052-2221) 주시기를 기다리련다.

차례

III. 암흑에서의 몸부림(1930~1944)

IV. 광복의 종소리는 울리고(1945~1949)

V. 통한(痛恨)의 물결을 넘어서(1950~1960)

VI. 새로운 지평(地坪)을 열며(1961~1980)

Ⅶ. 아픔과 분노가 출렁이고 (1981~2002)

한국 현대시 개관(槪觀)
―신시(新詩) 100년을 기념하며

洪 潤 基

I. 여명(黎明)의 빛결 속에서(1908~1920)

이 땅의 신문학(新文學)의 개화기 속에서 육당(六堂) 최남선(崔南善)이 한국 최초의 신체시(新體詩)인 「해(海)에게서 소년(少年)에게」를 1908년 『소년』(제1호, 1908. 11)지에 처음 발표한 것은, 실로 한국 현대시에 여명(黎明)의 빛을 비추기 시작한 것이었다. 물론 그 이전에 최남선은 창가(唱歌)라는 형식으로 7·5조 또는 8·5조의 노래를 지었다.

우리나라에서 7·5조의 율조는 「정읍사(井邑詞)」라는 백제 가요(고려 가요라는 설도 있음)로부터 나타나고 있다. 특히 왜(倭)의 응신(應神, 오우진) 왕조 때인 4C 말경, 백제로부터 일본으로 건너간 박사 왕인(王仁)에 의해 비로소 5·7, 7·5조의 「난파진가」(難波津歌, 梅花頌이라고도 함)가 서기 405년에 창작되었다. 이것은 일본 와카(和歌)의 효시였다. 이 때부터 비로소 일본 시가는 5·7, 7·5 율조의 운률(음수율)을 지켜 나오게 된 것이다.

저자는 지금부터 30여년 전에 이 「난파진가」(매화송)를 발견하고 그 와카가 실린 옛날 전본(傳本)들을 한 권 한 권씩 찾아 일본땅을 다니며 확인하기에 이르렀다(홍윤기, 「일본 와카(和歌)를 창시한 왕인박사와 한신가(韓神歌)」『現代文學』1997. 2月號). 상세한 것은 본고에 뒤이어 쓴 「7·5조 시가 연구론」을 참조 바란다.

육당은 새로운 내용과 새로운 형식의 시 「해에게서 소년에게」를 발표하면서 이 작품에 대하여 신체시(新體詩)라는 명칭을 붙였다. 육당은 마침내 그때까지 존재하고 있던 조선시대 시가 형식인 가사체(歌辭體)의 기본 율조에 의한 외형율 또는 잣수율(字數律)의 틀을 깨뜨리는 시의 새로운 세계를 당당하게 전개시킨 것이다. 그러므로 이 신체시라는 '신시'(新詩)는 옛날의 시와는 다른 새로운 것을 주창(主唱)한 것으로서도 그 의의가 크다. 육당은 이 땅에 신시만을 보여준 것이 아니다. 그는 넘치는 개화(開化)에의 의지 속에서 문화적인 계몽의 선도자로 나서는 역할을 스스로

도맡았다. 그러는 가운데 문예지(文藝誌)인 『학지광(學之光)』을 춘원(春園) 이광수(李光洙, 1892~미상)) 등과 손잡고 발행하여 이 땅에 서구(西歐)의 새로운 문예사조(文藝思潮)를 전파시켰다.

육당은 『샛별』, 『청춘(靑春)』 등의 잡지를 통해서도 신시를 썼고, 또한 그 시의 내용도 조선시대의 시조나 시가(詩歌)와는 달리 서구의 새로운 문물을 보여주는 새로운 의식세계(意識世界)를 차츰 담기 시작했다. 특히 조선시대의 시조는 상당수가 유교적 가치관에 입각한 충군사상(忠君思想)이나 또는 감상적인 음풍영월(吟風咏月)에서 벗어나지 못하고 있었던 것이다. 이에 반해서 신시는 자연의 생명적 약동감이며 서정적인 감흥과 순수의식 등 지금까지와는 달리 새로운 시의 국면을 서서히 전개하게 되었다.

1918년 9월에는 우리나라 최초의 주간지인 『태서문예신보(泰西文藝新報)』가 장두철(張斗澈)의 주재(主宰)로 간행되었다. 이 주간지야말로 이 땅에 본격적으로 서구의 문예사조를 소개하는 데 공헌을 했다. 처음에는 종합지의 성격을 띠고 출발했으나 문예지로서의 성격을 갖추게 된 이 주간지에는, 안서(岸曙) 김억(金億)의 창작시 「봄」, 「봄은 간다」와 상아탑(象牙塔) 황석우(黃錫禹)의 창작시 「봄」과 「밤」 같은 시가 발표된 것이 주목되는 상찬할 만한 일이다. 왜냐하면 이들의 창작시는 최남선 등의 신시의 테두리를 능가하는 근대시로서의 형태를 취하고 있었기 때문이다. 시형식은 그 당시 일본 근대시처럼 7·5, 5·7조의 율조를 답습하고 있었다. 일본 근대시는 왕인이 서기 405년에 처음 시작했던 7·5, 5·7조를 기본율조로 쓰고 있었던 것이다.

최남선의 신시에서 낭만성(浪漫性) 같은 것은 자못 바람직했지만 그러한 감정은 다시금 방향을 전환해서 개념적인 표현, 나아가 계몽적인 테두리를 끝내 탈피하지 못하고 말았다. 그러나 김억이나 황석우에게 있어서는 짙은 낭만적 감정의 표현, 비유에 의한 상징적 수법 등이 두드러지게 나타나게 되었다. 이와 같은 사실은 그들의 작품내용의 우열을 논하기에 앞서 우리의 현대시가 그 기틀을 이루는 데 진일보한 양상을 보여주었다. 특히 김억의 시 「봄은 간다」는 이 땅의 최초의 산문시(散文詩)라고 볼 수 있다. 또 여기서 짚고 넘어가야 할 것은 김억이 『태서문예신보』를 통해 프랑스의 상징주의(象徵主義) 시인들의 시작품들을 우리 말로 번역해서 소개한 일이다.

그와 같은 작업은 우리 시의 초기를 장식하는 새로운 시단 형성의 개막을 위한 여명의 빛결이라 해도 과언이 아니다. 1919년에 『창조(創造)』가 간행되었고, 이어서 『서광(曙光)』(1919), 『폐허(廢墟)』(1920), 『개벽(開闢)』(1920) 등이 나왔다. 다시 뒤이어서 『장미촌(薔薇村)』(1921), 『백조(白潮)』(1922), 『금성(金星)』(1923), 『조선문단

(朝鮮文壇)』(1924), 『영대(靈台)』(1924) 등 동인지(同人誌)며 문예지 등이 계속 이어져 간행되었다.

　여기에 담긴 시편(詩篇)들은 서구의 낭만주의를 비롯해서 퇴폐주의와 상징주의 시형식을 제시하는 가운데 한국 현대시의 개화를 위한 진통 과정을 보이면서 우리의 시단을 형성하는 데 이바지했다.

　이 시기에 등장한 주요 시인들은 한용운(韓龍雲), 주요한(朱耀翰), 노자영(盧子泳), 황석우(黃錫禹), 오상순(吳相淳), 홍사용(洪思容) 등을 들 수 있다.

II. 여울목의 소용돌이(1921~1929)

　1920년대는 이 땅의 시단 형성기 최초의 가장 중요한 시기였다. 앞에서도 예시했듯이 여러 개의 시 동인지며 문예지 등에서는 마치 봇물 터지듯 서구(태서) 시문학의 물결을 타고 왕성한 작업이 벌어지게 되었다. 이 시기의 시편(詩篇)들은 앞에서도 밝혔듯이 낭만주의거나 퇴폐주의 또는 상징주의의 경향을 띠고 있었다. 그러나이 시편들이야말로 이 땅의 자유시(自由詩)라는 형식(形式)을 확실히 보여주었다는 점을 높이 평가하지 않을 수 없다.

　문예 동인지 『창조』에서 주요한은 자기의 시 「불놀이」가 '자유시'라는 주장을 다음과 같이 『조선문단』(1924)에서 주장하기도 했다. 물론 이것은 그 당시 공인된 주장은 아니었다.

　　"그 형식도 아주 격(格)을 깨뜨린 자유시의 형식이었습니다. 자유시라는 형식으로 말하면 당시 주로 불란서 상징파의 주장으로 고래(古來)로 내려오던 타입을 폐하고, 작자의 자연스런 리듬에 맞추어 쓰기 시작한 것입니다."

　이와 같이 이 시기에 자유시를 쓰게 된 시인들에게 있어서 그 시적(詩的)인 제재(題材)의 공통성은 비애(悲哀)며 감상(感傷), 고독(孤獨), 동경(憧憬)과 환상(幻想) 등이 주조(主調)를 이루고 있었다. 그와 같은 배경에는 이 시대가 일제 강점에 우리 민족이 거국적으로 저항했던 3·1운동 직후였기 때문에 민족적인 비통감이며 절망감이 작품의 저변에 짙게 깔리지 않을 수 없었다.

　퇴폐적인 시의 경향을 일별한다면 이른바 보들레르(C. P. Baudelaire, 1821~1867)적인 퇴폐주의 경향이 일부 시인들의 시편에 미치고 있다. 프랑스어로 데카당티즘(décadantisme)이라는 퇴폐주의 문학은 도덕이나 관습을 무시하고 진기(珍奇)하고 괴상한 것을 추구해서 퇴폐와 죄악 속에서 매력을 뒤좇는 병적 경향이었다. 좀 더 구체적으로는 관능적(官能的)이고 탐미적(耽美的) 또는 유물적(唯物的)인 것을 추구하는 이른바 세기말적(世紀末的)인 예술 행위를 일컫기도 된다. 이러한 데카당티즘의 프랑스 시인들 중에서는 보들레르와 베를레느(P. Verlaine, 1844~1896), 랭보(J. N. A. Rimbaud, 1854~1891) 등이 대표되는 것이며, 그들의 그러한 경향의 시가 우리나라에 번역 소개되는 가운데, 『폐허』, 『백조』 등의 시 동인들의 작품들에서 우리는 퇴폐주의 성향의 시편들을 살필 수 있게 되었다.

이 시기에 우리의 문학사에서 주목되는 사회주의 문예운동도 일어났는데 그 대표적인 조직체는 카프(KAPF)다. 문학 동인 단체인 염군사(焰群社, 1922. 9)와 파스큘라(1923)가 합친 카프는 프롤레타리아 문학의 전위적 단체였다. 종래의 산발적인 무목적적 신경향파(新傾向派) 문학을 벗어나 계급의식에 입각한 조직적 프롤레타리아 문학과 정치적 계급 운동을 목적으로 하여 이루어졌다. 카프의 명칭은 조선 프롤레타리아 예술가동맹(1925. 8. 23~1935. 5. 21)이다. 에스페란토어인 'Korea Proleta Artista Federatio(영 Korea Proletarian Artist Federation)'의 두 문자를 모은 것으로, 1927년 소위 방향 전환 이후 이 명칭이 일반화 되었으며, 라프(RAPP)와 나프(NAPE)와 동 계열의 이름이다.

시인이며 소설가 김기진(金基鎭)과 역시 시인이며 소설가 박영희(朴英熙) 등이 주동하여 이호(李浩), 김영팔(金永八), 박용대(朴容大), 이상화(李相和), 이적효(李赤曉), 김온(金蘊), 김복진(金復鎭), 송영(宋影), 최승일(崔承一), 조명희(趙明熙), 박팔양(朴八陽), 최학송(崔鶴松), 이기영(李箕永), 조중곤(趙重滾), 한설야(韓雪野), 유완희(柳完熙), 김창술(金昌述), 홍양명(洪陽明), 임화(林和), 안막(安漠), 김남천(金南天) 등이 함께 참가하게 되었다. 이상과 같이 시인보다 소설가가 더 많았다.

처음 김기진의 브 나로드(V. Narod, 민중) 운동과 클라르테(Clarte, 반전 · 평화) 운동, 박영희의 신경향파 문학 운동이 당시의 사회주의 운동과 연결되어 『개벽(開闢)』지에 의거하여 그 씨를 뿌렸으며 백여 명이 모인 맹원 총회(1927. 9. 1)를 개최, 박영희를 회장으로 뽑았다. 『개벽』지의 「계급문학시비론」(階級文學是非論, 開闢 56호, 1925. 2)의 특집이 처음으로 표면화했다. 결성 후에 준기관지 『문예운동』(文藝運動, 1926. 1~6)을 발간함으로써, 카프는 사회적 위치가 분명해졌다.

이어 토우쿄우(東京)에서 동인지 『제3전선』(第三戰線)을 창간한 조중곤, 김두용(金斗鎔), 홍효민(洪曉民) 등이 토우쿄우 지부를 결성하여 기관지 『예술운동』(藝術運動, 1927. 12~28, 2호)을 발간했지만 일본 경찰에 의해 압수당했다.

과감한 이론투쟁이며 대중투쟁을 내세운 1차 방향 전환은 신간회(新幹會, 1927. 2~31)의 영향을 크게 받았고, 1931년을 전후하여 외적으로는 신간회의 해체, 내적으로는 오락적 요소를 내포한 문학의 대중화를 주장한 김기진과 전투하는 계급의식으로서, '전위(前衛)의 눈으로 사물을 보라'와 '당의 문학'이라는 두 명제(命題)로 요약되는 극좌파(東京에서 귀국한 安漠, 金南天, 林和, 權煥)와의 대립이 생겼다. 이 때부터 카프의 실권은 임화(林和)가 잡게 되었다. 그러나 카프는 1935년 5월 21일에 해산되었다. 그 원인은 일제 강점기하에서의 긴박한 내외 정세와 일경(日警)의 극심한 탄압, 또한 파벌적인 내분(內紛) 등이었다. 그 당시 김남천, 임화, 김기진의 협의하에 김남천이 경기도 경찰부에 해산계를 제출함으로써 문을 닫게 되었다.

이러한 시기에 우리 시에 크게 기여한 시인들 중의 하나는 한용운(韓龍雲)이다. 그의 상징적 경향의 시편들은 조국애와 민족적 저항이며 종교적 자세를 차원 높은 표현기법으로 형상화 시키고 있다고 하는 점이다. 또한 여기서 우리가 간과할 수 없는 것은 이 시기에 등장한 서정시인 김소월(金素月)이다. 김소월의 작품세계는 자연을 소재로 하여 애상적(哀傷的)인 정서를 주조(主調)로 삼아 7·5조를 바탕으로 낭만적 서정시의 표현기법을 동원하고 있다고 개관할 수 있다.

그 7·5조는 그의 스승이었던 안서 김억으로부터 크게 영향받은 것이었다. 그러나 앞에서 지적했듯이 7·5조의 바탕은 일본 최초의 와카(和歌)인 「난파진가」(難波津歌·梅花頌, 405)를 쓴 백제인 왕인(王仁, 4~5C)에 의해 백제의 율조가 일본땅에 전파되기에 이른 것이다.

이 시기에 등장한 주요 시인을 살펴보면 박종화(朴鍾和), 김소월, 이상화, 변영로(卞榮魯), 박팔양, 김동명(金東鳴), 이장희(李章熙), 주요한, 김동환(金東煥), 권환(權煥), 한용운, 조운(曹雲), 신석정(辛夕汀), 이은상(李殷相) 등등이었다.

III. 암흑에서의 몸부림(1930~1944)

한국 현대시는 1930년대에 비로소 시의 품격을 갖추게 되었다고 말하지 않을 수 없다. 이 시기야말로 우리 시문학사(詩文學史)를 장식할 만한 여러 시인들이 등장했다. 일제의 침략이라는 질곡의 암흑시대에 이 땅의 시인들은 저마다 고통 속에 몸부림치면서 한국 현대시의 개화를 위해 진력했다.

우선 이 시기의 중요한 시문학 운동은 시동인지 『시문학(詩文學)』(1930. 3~1931. 10)에 의해서 이루어졌다. 『시문학』을 통해 박용철(朴龍喆), 김영랑(金永郎), 변영로, 정지용(鄭芝溶), 신석정(辛夕汀) 등이 크게 활약했다. 이 시인들은 시를 순수문학의 경지로 이끌면서 종래와 다른 새로운 각도에서 창조적인 시 작업을 통해 언어의 기능을 시어(詩語)로써 활성화 시켰고, 시의 구조(構造) 형태에도 새로운 구성기법을 도입시켰다. 그뿐 아니라 다채로운 비유의 기법을 구사하기 시작했고, 이미지의 선명한 부각을 위해 새로운 작업을 시도한 점 등은 특히 괄목할 만하다고 본다.

더구나 우리는 김영랑을 주목하게 되는데, 그는 방언을 시어로써 빼어나게 구사했고, 또한 해맑은 서정미를 음악성과 함께 조화시키는 데 이바지하고 있다. 박용철이 『시문학』을 주재했던 큰 이유의 하나가 우리의 민족어(民族語) 발견과 순수시의 옹호에 있었다는 사실을 간과해서는 안 된다. 그만큼 박용철의 열의는 큰 것이었고, 그러기에 그는 『시문학』에 뒤이어서 『문예월간(文藝月刊)』(1931), 『문학(文學)』(1934) 등을 발간했었다.

또한 백석(白石)의 시집 『사슴』(1936)이며 이용악(李庸岳)의 시집 『분수령』(分水嶺, 1937)과 『낡은 집』(1938), 오장환(吳章煥)의 시집 『성벽』(1937), 『천사』(1938), 그리고 임화의 시집 『현해탄』(玄海灘, 1938) 등은 1930년대 후반의 주목되는 시집이다.

1930년대에 이 땅에도 엘리엇(T. S. Eliot, 1888~1965)의 영향을 받은 주지적 시인들이 등장했다는 점도 주목할 일이다. 이 주지주의는 엘리엇 뿐 아니라 허버트 리드(Herbt Read), 올더스 헉슬리(Aldous L. Huxley, 1894~1963) 등이 주창했던 문학적 경향을 말하는 것이다. 주지주의는 일반적으로 말하면 지성(知性)과 지성적인 것을 존중하는 문학적 태도를 일컫는다. 이러한 문학적 경향을 도입한 것은 영문학자인 최재서(崔載瑞)다.

물론 그 이전에 김기림(金起林)이 「사상(思想)과 기술(技術)」이라는 논문에서 T. S. 엘리엇의 평론인 「전통과 개인의 재능」을 부연한 글을 쓰고 있기도 하다. 그 당시 주지주의적 시로서는 김기림의 장시(長詩) 「기상도(氣象圖)」(1936) 등을 꼽을 수 있다. 이상(李箱)의 시는 주지주의의 작품이라기보다는 엄격히 말해서 초현실주의의 심층심리의 작품이랄 수 있다. 모더니즘 계열의 시인으로는 김광균(金光均)을 꼽을 수 있다. 김광균은 모더니즘의 시론(詩論)인 '시(詩)는 회화(繪畵)다'고 하는 것을 몸소 보여준 시인이기도 하다.

시 전문지인 『시원(詩苑)』(1935. 2~1935. 10)을 통해서 활약한 주요 시인들은 박종화, 김상용(金尙鎔), 김광섭(金珖燮), 노천명(盧天命), 모윤숙(毛允淑), 이상화 등을 들 수 있다. 시동인지 『자오선』(1937)으로 활동을 한 이육사(李陸史), 신석초(申石艸), 윤곤강(尹崑崗), 『동아일보』의 시란(詩欄)을 통해 신문 지면으로 여러 작품을 보여준 김용호(金容浩)와 김현승(金顯承) 등의 활약도 주목할 만하다.

서정주(徐廷柱)는 동아일보의 신춘문예(1936)에 시 「벽(壁)」이 당선되어 문단에 등단했고, 특히 동인지 『시인부락(詩人部落)』(1936. 11~1937. 12)을 주재하면서 시문학 창달에 이바지했다.

윤동주(尹東柱)의 경우는 간도(間島) 연길에서 발행되던 『카톨릭 소년』이라는 아동지(兒童誌)에다 동시 「오줌싸개」(1937)를 발표하는 등 처음에는 동시(童詩)로써 출발한 시인이다.

1930년대 말기에 이 땅에 뛰어난 시인들을 배출시키는 데 기여한 것으로는 문학 종합지인 『문장(文章)』(1939. 2~1941. 4)이 있다. 이 잡지는 박두진(朴斗鎭), 박목월 (朴木月), 조지훈(趙芝薰), 이한직(李漢稷) 등 7명의 시인을 배출시켰다. 특히 우리 시단의 주목을 끄는 것은 이들 『문장』 출신 시인들 중에 '청록파(靑鹿派)' 시인을 들 수 있다. 조지훈, 박두진, 박목월 등의 세 시인은 해방 직후에 공동 시집 『청록집(靑鹿集)』(1946. 6)을 간행해서 시단에 화제를 모았다. 물론 3인의 시작품의 경향이며 표현 기법에는 각기 서로 다른 면모를 보여주고 있다.

IV. 광복의 종소리는 울리고(1945~1949)

감격의 8·15 광복은 이 땅의 문학에 새로운 활기와 눈부신 생명력을 불어넣어 주었다. 일제에게 억압당했던 35년이라는 그 암흑과 질곡의 시대는 지나가고 광복의 종소리가 삼천리 방방곡곡에 울려 퍼졌다. 이제는 우리의 말을 마음껏 쓰고 우리의 언어로 시를 자유롭게 쓸 수 있게 된 것이다. 또한 조국의 광복은 이 땅의 시문학사를 빛낼 만한 유능한 젊은 시인들을 다수 배출시키게 되었다.

정한모(鄭漢模), 김수영(金洙暎), 박인환(朴寅煥), 구상(具常), 김윤성(金潤成), 홍윤숙(洪允淑), 김종길(金宗吉), 김춘수(金春洙), 김요섭(金耀燮), 김규동(金奎東), 김남조(金南祚), 김구용(金丘庸), 이원섭(李元燮), 조병화(趙炳華), 한하운(韓何雲) 등이 이 시기에 활약한 시인들이다.

정한모는 해방 직후에 종합 문예 동인지 『백맥(白脈)』(제1호, 1945. 12)에 시 「귀향시편(歸鄕詩篇)」을 발표하며 등단했다. 그는 이듬해인 1946년에 본격적인 문단 활동을 전개하면서 직접 문예 동인지 『시탑(詩塔)』(1946. 4~1947)을 주재하여 6집까지 간행했다.

우리는 이 시기에 해방 후 최초의 여류 시인 홍윤숙을 만나게 된다. 홍윤숙은 『문예신보(文藝新報)』(1947. 11)에 시 「가을」을 발표하여 시단에 등단했다. 이어서 종합지 『신천지(新天地)』, 『민성(民聲)』과 『예술평론(藝術評論)』 등에 초기의 대표시로 꼽히는 「낙엽(落葉)의 노래」, 「황혼(黃昏)」, 「까마귀」 등 역작을 계속 발표했다.

이 시기에 우리는 해방 이후의 모더니스트들의 출발을 맞이하게 된다. 그것은 곧 김수영, 박인환 등 『후반기(後半期)』 동인들이다. 이들 『후반기』 동인들은 엔솔러지

(anthology) 『새로운 도시(都市)와 시민(市民)들의 합창(合唱)』을 간행해서 시단에 화제를 모았다. 이 시인들은 1930년대의 모더니즘의 체계를 뒤이었기 때문에 주목을 끌었고, 도시의 시민 문화를 소재로 삼아 이미지 표현 기법의 새로운 면들을 보여주었다.

구상은 1947년에 월남한 뒤에 『백민(白民)』에 시를 발표하면서 본격적인 시단 활동을 하게 되었다.

20세기말 한국 시단의 중진 시인인 조병화, 구상, 이원섭, 김구용, 김춘수 등도 해방 이후에 등장한 시인들이며, 한국 현대시 발전에 크게 기여했다. 조병화는 처녀 시집 『버리고 싶은 유산(遺産)』을 간행했으며 그는 현대 문명 속에서의 인간의 삶의 진실을 추구하는 리리컬(lyrical)하고 순수한 시민 의식의 서정시를 개척했다. 김춘수는 처녀 시집 『구름과 장미(薔薇)』로 문단에 등단했으며 그는 『문예(文藝)』지에 시 「산악(山嶽)」(1949. 1), 「사(蛇)」(1949. 8), 「기(旗)」(1949. 10), 「모나리자에게」(1950. 2) 등 계속 역작을 내보였다. 이원섭은 『예술조선(藝術朝鮮)』지 현상 모집에 시 「기산부(箕山賦)」(1948. 5), 「죽림도(竹林圖)」(1948. 5)가 당선되어 문단에 등단했다.

V. 통한(痛恨)의 물결을 넘어서(1950∼1960)

해방 후에 우리의 말을 찾고, 우리의 시를 마음껏 쓰기 시작한 지 불과 5년도 채 안 돼서, 이 땅에는 6·25라는 동족상잔의 비극이 빚어지고야 말았다. 그 악몽 같은 전란의 와중에서도 시인들은 등장했다.

1950년(6·25 이후)에 등장한 시인들을 살펴보면, 전봉건(全鳳健), 이인석(李仁石), 천상병(千祥炳), 한성기(韓性祺), 김관식(金冠植) 등 작고시인을 들 수 있다. 바로 이 시기는 우리나라 문단에 눈부신 기여를 했던 월간 종합문예지 『문예』가 간행되던 때였다.

이 『문예』지는 그 당시 이 땅의 유일한 순수 문예지였다. 이 잡지를 통해서 추천 완료된 시인은 손동인(孫東仁), 이동주, 송욱(宋稶), 전봉건, 최인희(崔寅熙), 이형기(李炯基) 등을 들 수 있다. 또한 『문예』지에서 송영택(宋永擇)은 2회의 추천을 받았으며, 박재삼(朴在森) 등은 1회의 추천을 받았는데, 『문예』는 1954년 3월호로서 폐간이 되었다. 박재삼과 송영택 등은 그 후 창간된 『현대문학』을 통해 추천이 완료된 바 있다. 『문예』는 6·25를 전후해서 이 땅에 유능한 신인 시인들을 배출시키는 데에 크게 기여했다.

6·25 이후 1950년대 중반으로 말하면 이 땅에 가장 많은 시인들이 배출된 이른바 전후(戰後)의 시(詩) 시대가 눈부신 개화를 한 시기였다. 이 시기에 배출된 수많은 시인들을 일일이 기명(記名)하는 것은 생략하기로 한다. 그런데 이 전후의 세대에 뛰어난 시인들이 많이 배출이 되었는데 거기에는 중요한 문예지들과 각 신문의 기여가 컸다.

『현대문학』을 비롯하여 『문학예술(文學藝術)』, 『자유문학(自由文學)』등 순수 문학지를 통해서 신인 시인들이 추천 과정을 밟고 등단했다. 『사상계(思想界)』등 종합지의 추천 과정을 통해서도 유능한 시인들이 등단을 했다. 그런가 하면 각 일간 신문들이 일제 강점기에 시작된 신춘문예(新春文藝)라는 등용문을 본격적으로 확장하여 설정하므로써 역시 수많은 중요한 시인들을 배출시켰음을 밝혀 둔다.

VI. 새로운 지평(地坪)을 열며(1961~2002)

1950년대는 동족상잔의 비극인 6·25가 일어났던 어려운 시대였다. 시 작업에 있어서도 전쟁의 참화를 주제로 하는 작품들이 많이 나타났었고 또한 새로운 리리시즘(lyricism)과 모더니즘 등이 출현했었다.

60년대에 들어서자 한국 시단은 서서히 새로운 활기를 찾기 시작하며, 개인 시집의 발간보다 동인지 운동이 두드러진다. 『60년대 사화집(六十年代 詞華集)』(1961. 7), 『현대시(現代詩)』(1962. 6), 『신춘시(新春詩)』(1963. 1), 『시단(詩壇)』(1963. 1), 『돌과 사랑』(1963. 1), 『청미(靑眉)』(1963. 4), 『신년대(新年代)』(1963. 12), 『여류시(女流詩)』(1964. 5) 등등 수많은 동인지들이 60년대 초를 장식하면서 한국 시단은 그야말로 눈부시게 꽃피게 되었다. 동인지 『영도(零度)』의 경우는 일찍이 1954년 2월에 창간이 되어 역시 60년대를 빛낸 귀중한 시동인지이기도 했다.

앞에서도 지적했듯이 60년대에 들어와서는 순수 문예지인 『현대문학』을 통해서 특히 많은 수의 시인들이 등장해서 시단에 활기를 불러 일으켰다. 그뿐 아니라 역시 60년대부터 이 땅의 신문의 문단 등용문인 '신춘문예'를 통해서도 역시 수많은 시인들이 등장해서 한국 시단의 60년대 새 지평을 열기에 이르렀던 것이다.

이어서 70년대에도 역시 이 땅에는 수많은 시인들이 등단하게 되었다. 이 때 중요한 등용문의 역할을 한 것은 순수 문예지인 『현대문학』을 비롯해서 『문학사상』, 『월간문학』, 『한국문학』, 『문학과 지성』, 『창작과 비평』 등등을 들 수 있고, 또한 시 전문지인 『시문학』, 『현대시학』, 『심상』 등등을 통해서도 주목할 만한 시인들이 많이 등장하였다. 역시 이 시기에 서울을 비롯한 부산, 대구, 광주, 청주 등지의 신문의

'신춘문예'를 통해서도 유능한 시인들이 배출되었음을 아울러 밝혀두어야 하겠다.

80년대에는 이른바 '포스트 모더니즘'이며 '참여시' 등등 여러 가지 다양한 유파와 흐름이 뒤섞이며 오늘에 이르고 있다. 그리고 그러한 시의 흐름을 시적(詩的) 유파(流派)를 본격적으로 논하기에는 아직 시기가 이르다고 본다. 좀더 많은 시간이 흐른 다음에 시문학사적인 평가가 되어지리라고 본다.

거듭 밝혀 두거니와 50년대 중반 이후 등단한 시인들의 기명(記名)을 생략했음을 독자 여러분은 헤아려 주시기 바라겠다. 문학사에서는 적어도 5, 60년 이상 연월이 경과한 다음에야 올바른 작품 평가가 이루어지리라고 본다.

현재 이 땅에는 수많은 시인들이 왕성한 시작업(詩作業)을 하면서 활동하고 있고, 상당한 기간이 흐르는 동안에 빼어난 작품들이 독자들에 의해서 제대로 가려내지리라고 본다. 특히 70년대 이후 참여시라는 형태의 현실 참여에 대한 사회적 의식을 시화(詩化)하는 주지적 시의 경향도 보였고, 80년대에 접어들어 포스트 모더니즘 등등 실험적인 시 작업도 이루어지고 있으나 앞에서도 지적했듯이 아직 문학사적으로 시일이 앞으로 더 지나야만 평가를 할 시기에 이를 것이라고 본다.

이제 미구(未久)에 한국 현대시 100년을 지향하며 한국 시단을 두루 살펴보았거니와, 우리 시의 가능성은 앞으로 기대가 크며, 또한 우리 시의 새로운 방향이 보다 유능한 시인들에 의해서 폭넓게 국내외로 전개될 것을 아울러 기대하는 바이다.

韓國 近代詩와 詩史的 背景 小考*

洪 潤 基
秋 素 蓮 번역

1. 한국 근대시와 그 발생에 대해

한국 근대시를 더듬어 보기 위해서는 보다 먼 근원(根源)에서부터 한국 시문학사의 중요한 족적을 되돌아 보는 것이어야 한다. 한국시의 기원에는 고대의 가요 「공무도하가(公無渡河歌)」가 문자 기록의 효시로서 남겨져 있다. 이 시는 다음과 같은 사언사구(四言四句)의 한시(漢詩)다.

公無渡河 公竟渡河
墮河而死 當奈公何

강을 건너지 마시라고 했는데도
당신은 이미 강을 건너셨군요
강물에 빠져 저 세상 분이 되고 마셨으니
제 마음을 어떻게 전해 드려야 하는지요.
(필자의 의역)

이 「공무도하가」는 지금부터 2천수백년 이전의 것이라고 하는 전승(傳承)의 시대인 고대 조선(고구려, 신라, 백제의 삼국시대 이전의 옛날)의 백수광부(白水狂夫)의 아내라는 여성이 읊은 가요(歌謠)다. 그녀는 남편이 새벽에 강에 빠져 죽은 것을 보고 슬픔에 잠겨 스스로 「공무도하가」를 읊으며 강물에 몸을 던져 죽고 말았다. 그녀의 남편은 백발(白髮)의 광인(狂人)이었다.

---

* 본 연구론은 한국 근대시를 일본에 소개한 최초의 일본어 논문이다. 저자가 일본 센슈우대학 재직시에 센슈우대학에서 한국 근대시의 발생과정에 관해 논술한 일문(日文) 연구론(「韓國近代詩とその詩史的 背景小考」『人文科學年報』1993. 3)을 한국어로 번역 게재한다.

이 정절(貞節)의 여성을 강변에서 발견한 곽리자고(霍里子高)가 자기의 처인 여옥 (麗玉)에게 전후 사정을 상세히 알렸다. 그러자 여옥도 슬퍼하며 비파(琵琶)를 닮은 고대 조선 악기인 공후(箜篌)를 타면서 「공무도하가」를 읊었다고 한다. 여옥이 공후로 작곡한 때문에 그 가요를 「공후인(箜篌引)」이라고 이름 붙여졌으며, 이웃에 살던 여용(麗容)이라는 여성에 의해 널리 알려지게 되었다.

이 가요는 그 후 곽리자고의 처 여옥 작곡의 「공후인(箜篌引)」이라 하여 중국 진대(晉代)의 『고금주(古今注)』(崔豹編注)에 실려 있다.

「공무도하가」의 뒤를 이은 시가는 고구려 제2대의 유리왕(瑠璃王, BC 19~AD 18)이 만든 「황조가(黃鳥歌)」 즉 꾀꼬리의 노래이다. 꾀꼬리의 노래(鶯歌)는 유리왕이 즉위한 지 3년째 되는 해에 창작되었다고 전해진다. 약 2천년 전의 노래다. 유리왕에게는 화희(禾姬)와 치희(雉姬)라는 두 왕비가 있었다.

화희는 고구려 여성인데 반해 치희는 한(漢)나라에서 시집 온 여인이었다. 왕이 사냥을 하러 나간 사이에 경쟁하던 두 왕비는 서로 심하게 다투어 치희는 그만 본국으로 돌아가고 말았다. 유리왕은 급히 치희의 뒤를 쫓아 갔으나 그녀를 되돌려 올 수는 없었다. 왕은 되돌아오는 길에 숲 속에서 암수의 꾀꼬리(黃鳥)가 즐겁게 퍼득이는 모습을 보면서 다음과 같이 노래했다.

黃鳥歌

翩翩黃鳥 雌雄依相
念我之獨 誰其與歸

퍼드득 퍼드득 날갯짓 하는 황조는
암수 서로 즐겁게 노니는데
홀로 된 이 몸은
누구와 더불어 돌아 가리오.
                         (필자의 의역)

「황조가」는 한국 고대 역사서인 『삼국사기』의 「고구려본기, 유리왕 3년조」(고려시대의 사학자 김부식 [AD 1075~1151]저)에 실려 있다.

더구나, 한국 고대의 대표적 시가에는 무요(舞謠)로서 이름난 「구지가(龜旨歌)」가 있다. 이것도 한국 고대의 역사서인 『삼국유사』(고려시대의 승려 일연 [AD 1206~1289] 저)에 기록되어 있다. 「구지가」는 일명 「영신군가(迎神君歌)」 또는 「가락국가」

라고도 하며 집단 무요인 것이다. 이 시가는 신라의 유리왕(儒理王) 19년(AD 42)에 집단적으로 여럿이서 춤추며 노래 불려지던 것이다. 「구지가」는 새로운 나라 건설에 임해, 왕의 탄생을 기원하는 이른바 주술적인 노래라고 생각되어진다.

龜旨歌

龜何龜何 首其現也
若不現也 燔灼而喫也

거북아 거북아
머리를 내밀어 보려무나
만약 내밀진 않는다면
구워서 먹어 버릴 거야.

(필자의 의역)

이 노래는 『삼국유사』 제2권의 「가락국기」에 기록된 가락국 건국신화에 담긴 무요(舞謠)다. 가락국은 신라 남부지대와 해안지대에서 서기 42년에 김수로를 개국왕으로 건국된 나라였다. 『삼국유사』는 한국 고대 건국신화를 전해 주는 역사서인데, 여기에 보면 김수로왕은 구지봉이라는 산 정상에서 구촌(九村)의 촌장들에 의해 찾아낸 상자 속의 황금의 알에서 뒷날 탄생하게 된다. 구촌의 촌장들이 수백명의 마을 사람들과 함께 산을 오른 것은 하늘로부터 신의 부름에서였다. 하늘의 소리는 "구지봉 정상에서 번쩍이는 땅속을 파 보아라"는 것이었다. "당신네들은 지금 그 땅 속을 파 보시오. 그리고 거북의 노래를 부르며 춤을 추시오". 거기서 구촌의 촌장들과 수백명의 마을 사람들은 「구지가」를 함께 부르며 춤을 추었다고 기록되어 있다.

그 위에 하나 더 한국 고대 시가로서 주목되는 것은 '향가'(鄕歌)라는 중요한 존재다. '향가'는 한반도의 신라, 백제, 고구려 삼국을 통일한 7세기의 신라 문무왕(AD 662~680재위) 시대부터 시작되어 고려 중기까지 계속된 한국 상대(上代)문학의 정수로서 한국 시문학사상 높이 평가되고 있다. 오늘날까지 전해지고 있는 향가중 가장 오래된 것은 「서동요」다.

「서동요」는 서기 6세기 신라 제26대 진평왕(AD 579~599재위) 시대에 백제의 '서동'이라는 행상소년이 지었다고 한다. 서동은 후일 백제 제30대의 무왕(AD 미상~641재위)이 되는 흥미진진한 인물이다. 후일 서동의 아내가 되는 규수는 진평왕의 셋째 딸인 선화공주였다. 이 향가는 선화공주가 어떻게 되어 미천한 행상 소년에게 시집을 가게 되는가를 전해 주고 있다. 이 노래는 한시(漢詩)가 아니며 한자의 음(音)과 훈(訓)을 차용한 '향찰'(鄕札)이라는 표기방식을 취하고 있다. 이것은 일본의 만엽가명(萬葉假名, 만요우카나)처럼 한자의 음과 훈을 차용하고 있는 것이 흥미있는 점이기도 하다.

薯童謠

善花公主主隱
他密只嫁良置古
薯童房乙
夜矣卯乙抱遺去如

선화공주님은
남 몰래 시집을 가서
서동방에서
밤이면 품에 안겼다 간다.

(필자의 의역)

이런 기괴한 동요가 아이들 입에서 입으로 전해져 불려졌다. 공주에 대한 실로 놀라운 이 추문은 대뜸 성내에 퍼져 나갔다. 이 소문은 급기야 진평왕에게 전해졌고, 격노한 왕은 선화공주를 왕실에서 쫓아냈으며 공주는 유배의 몸이 되었다. 결국 공주는 성을 빠져 나와 방황하게 되고 산길에서 벌써부터 미리 기다리고 있던 서동 녀석은 공주를 맞이하게 된다. 서동은 선화공주가 세상에 제일가는 미모의 규수라는 소문을 듣고 백제에서 일부러 신라까지 건너왔던 것이다. 그리하여 신라의 성내에 들어서자마자 자신이 한 자루 가득 등에 지고 온 맛있는 참마(薯)를 성내의 아이들에게 나누어주는 반면에, 의도적으로 자신이 지어낸 노래인 「서동요」를 가르쳤다. 이 노래는 즉시 성내에 유행되기 시작했다.

본래 서동은 백제 제29대 법왕(AD 599~600 재위)의 왕자 장(章)이었다. 그러나 그 당시 본인은 자신의 신분을 전혀 알지 못했다. 서동은 왕궁에 있던 지체 높은 궁녀 출신의 어머니와 함께 위기를 피하여 왕궁을 멀리 떠나 인적이 드문 깊은 산 속에서 살았다. 서동은 산 속에서 참마를 캐어 그것을 파는 소년으로서 성장했다. 결국 서동은 자기의 뜻대로 아름다운 선화공주를 백제로 데려가 결혼했다.

이 기록은 『삼국유사』 제2권의 「무왕조」에 나와 있다. 「서동요」는 4구체(四句體)

의 향가인데, 향가는 4구체를 시작으로 8구체, 10구체가 있으며 오늘날 전해져 오는 것은 도합 25수(편)이다.

「서동요」에 이은 향가로는 「혜성가」(彗星歌)가 있다. 이것은 진평왕 시대의 승려 융천(融天)이 쓴 10구체며, 선덕여왕(AD 632~647 재위)시대의 여류인 양지(良志)의 향가는 4구체다. 25수 가운데 대부분의 노래는 『삼국유사』에 전해져 있으며, 그 후의 작품은 『균여전(均如傳, 大華嚴首座圓通兩重大師均如傳)』에 실려 있다.

특히 주목할 일은 현재 남아 있는 25수의 향가는 신라를 중심으로 한 노래이기에 신라의 '향찰', 바꿔 말하면 '이두'로 표기되는 노래로서 이 표기 자체는 향가의 절대적인 조건은 아니었다. 다수의 향가는 즉흥적으로 노래 불려진 것인데 그것이 우연히 당시의 표기법에 의해 후대에 남겨진 것이다.

본래 '이두'는 삼국시대(신라, 고구려, 백제)부터 지명과 인명 등을 표기하기 위해 한자의 음과 훈을 빌려 삼국시대의 언어로 표시한 한자 차용어(借用語)다. '이두'를 정의하는 이론은 각기 다르나 좁은 의미에 의하면 '이두'는 '향찰'과 '구결(口訣)' 등으로 구별하는 것이 바람직한 것 같다.

'향가'는 신라의 삼국통일 시기부터 고려 중기까지의 시문학 형태를 아는 데 중요한 존재다. 한국 학자뿐 아니라 일본의 언어학자 오구라 신페이(小倉進平, 1882~1944)는 향가 등 신라시대의 언어를 연구해서 『향가 및 이두의 연구』(鄕歌及び吏讀の研究, 1929)라는 저서를 지었다.

신라의 향가에 이어 고려의 가요가 등장한다. 그리고 고려의 가요를 잇는 것은 조선왕조 시대의 시조(時調)며 가사(歌辭) 등의 시문학이다. 지면 관계상 고려의 가요와 조선왕조 시대의 시조문학은 간단히 밝히는 데 그치겠다.

우선 고려(AD 918~1392)시대의 대표적인 가요로는 「동동(動動)」을 시작으로 「청산별곡」, 「서경별곡」, 「사모곡」, 「가시리」, 「쌍화점」, 「만춘전」, 「한림별곡」 등을 들 수 있다. 고려가요는 조선왕조의 제4대왕 세종(世宗, 1419~1450재위) 이 「훈민정음」(訓民正音)을 창제한 이후에 한글 문자를 사용해서 문헌에 수록해 둔 가요다. 고려가요는 입으로 외워 노래 불려진 형식으로 구전된 것이 대부분으로, 작자미상인 것이다. 민요처럼 백성과 일반 서민들 사이에서 불려지던 것이기에 관(官)의 제약을 벗어난 표현의 자유, 영탄의 자유가 인간 내부로부터 묘사되어졌다. 이들 시적 표현이야말로 이로부터 약 천년 후에 탄생하는 한국 근대시의 시사적 원천으로 간주해도 크게 틀린 것이 아니라고 생각된다.

고려가요는 오로지 민중적인 가요로만 단정할 수 없는 면도 있다. 예를 들면 「한림별곡」의 경우, 그 시적 발상의 원천이 다른 가요와는 전연 다른 것이다. 「한림별곡」류의 가요는 오로지 유학자(儒學者)들의 한문투의 시다. 물론 그것은 전부 한시로만 된 것이 아니고 한글도 함께 섞여진 가요이나, 내용은 당시의 양반 계급의 화려한 풍류 생활이며 퇴폐적인 향락 등 반시대적(反時代的) 생활상도 묘사되어 있다.

조선왕조(1392~1910) 시대에는 한시(漢詩)의 시작(詩作)은 양반이라는 지배계급 사이에서 지어져 유행되기 시작했다. 이것은 고려 후기 이후 고등관리의 임용 선발 시험(과거)의 필수과목이 한시를 짓는 데 기인했기 때문이다. 과거(科擧)의 응시자격은 오로지 양반계급에만 제한되어 있었다. 따라서 한시의 창작이 조선시대에 들어서 성행하게 된 것은 당연한 일이었다. 한시의 창작 목적이 문학을 위한 예술성 존중보다는 과거라는 입신양명의 등용문에 무게가 더해졌음도 있을 수 있는 일이 아닌가 한다. 과거에는 문관을 위한 문과 시험이 있었고 무관은 무과 시험이 있었다. 주목해야 할 점은 조선시대는 문신들이 무신보다 사회적으로 단연 우위에 서 있었다는 사실이다.

이렇게 한시가 융성한 반면 고려 말기로부터 조선조에 걸쳐서 나타난 새로운 시 형식인 시조(時調)라는 시문학의 등장이다. 시조는 한시와는 전연 다른 율격(律格)의 한국어 정형시(定型詩)다. 시조의 형식은 평시조, 연시조, 엇시조, 사설시조 등으로 나뉘어진다. 대부분의 시조 작품은 작자가 있으며, 그 작자는 대체적으로 신분이 양반계급의 문사들이다. 그밖에는 왕이나 왕족들, 무사나 여류시인 또는 기녀 같은 미천한 여성 그리고 작자미상의 작품도 상당수에 달하고 있다. 이와 같은 시조문학의 전통은 현재까지 전승되어, 오늘날 한국 문단에도 많은 시조시인들이 현대시조를 짓고 있다.

2. 한국의 근대시와 두 사람의 소년 시인

애초 한국의 근대시(자유시)는 두 사람의 소년 시인이 일본에 유학한 그 후에 발생된다. 한국의 신문학 개화기에 최초로 발표된 소위 '신체시'(新體詩)라고 불려진 시는 최남선(崔南善, 1890. 3. 8~1957. 10. 10)의 시 「해에게서 소년에게」다. 이 시는 1908년 『소년』(少年, 1908년 11월·창간호)지에 실렸다. 실은 『소년』지의 발행자가 「해에게서 소년에게」를 쓴 시인 최남선 본인이었다.

최남선이 처음 일본에 유학한 것은 1904년 4월의 일이었다. 그는 당시 14세의 홍안의 소년으로 '토우쿄우 부립제일중학교'(東京府立第一中學校)에 입학한다. 최남선 소년은 한국 황실(韓國皇室) 관비유학생 선발시험에 합격하여 유학생의 신분으로 일본에 건너갔던 것이다. 최남선 소년과 함께 일본에 간 황실유학생들은 모두 최남선보다 나이 많은 20대의 청년들이었기에 동창생이 되는 최남선 소년과의 접촉은 그리 매끄럽지 못한 것 같았다. 최 소년은 입학한 후 겨우 1개월 지나자 자퇴하여 귀국하게 된다. 최 소년은 그로부터 만 2년 후인 1906년 16살이 되는 해 봄에 다시 유학을 시도해 일본에 간다. 그 때는 자비로 학비를 마련해 와세다대학(早稻田大學) 고등사범부 지리과에 입학했다.

이 때도 유학생활은 순조롭지 못해 3개월 후에는 다시 퇴학하게 된다. 그 후 최 소년은 야망에 차서 토우쿄우에 머물면서 출판사업에 주목한다. 그 해 가을 그는 인쇄기 한 대와 참고 서적들을 사 가지고 귀국하게 된다. 최 소년은 다음 해 서울에서 '신문관(新文館)' 이라는 출판사를 설립하고 단행본의 출판을 시작한다.

앞에 지적했듯이 그는 1908년 11월에 『소년』이라는 이름의 종합교양잡지를 발행했던 것이다. 그 날은 1908년 11월 1일이었다. 오늘날 한국의 시인들은 매년 11월 1일을 '시의 날'로 정해 한국 근대시의 시작을 기념하는 행사를 치른다.

'신체시' 라는 표현이 처음 등장한 것은 일본에서다. 1882년(메이지 15년) 8월에 당시 토우쿄우대학 교수인 이노우에 테쓰지로우(井上哲次郎)와 토야마 마사카즈(外山正一), 야타베 료우키치(矢田部良吉) 등 세 사람에 의해 간행된 『신체시초(新體詩抄)』에서 '신체시' 라는 말이 생겨났다. 이 책의 최초의 부분을 인용해 보면 "나는 일찍부터 신체시를 만들 것을 뜻하였으매도 불구하고 그것이 손쉬운 일이 아니라는 것을 생각하여 우선 일본과 중국 고금(古今)의 시가(詩歌)의 문장을 배우고, 그것에 의하여 점차로 신체시를 만들었다……."(余蚤ニ新體ノ詩ヲ作ラント欲セシト雖モ,其容易ノ業ナラザルヲ慮リ,先ヅ和漢古今,詩歌文章ヲ學ビ,ソレヨリ漸次ニ新體の詩ヲ作ル……)라고 되어 있다. 소년 시인 최남선의 '신체시' 라는 표현은 이노우에 교수 등의 『신체시초』로부터였다고 생각된다.

어쨌든 여기서 우선 확실히 해두고 싶은 것은 최남선의 신체시 「해에게서 소년에게」는 그 당시까지 한국에서는 본 적이 없는 새로운 형식의 시였다. 이 새로운 시의 등장에 의해 지금까지의 시조와 창가 등 정형시의 시적 형식이 파괴되고, 파격적인 자유시의 형식이 일어나게 된다. 그 때까지의 시작(詩作)은 정형시의 전통을 지켜 시의 율격이라고 해서 3·4조, 4·4조 등등의 표현형식을 고집스레 지켜 왔던 것이다. 18세의 소년 시인 최남선의 새로운 시의 시도는 이 신체시라는 자유시의 시문학상의 성공여부를 묻는 것은 별도로 치더라도 어쨌든 혁신적인 시도임에는 틀림없었다.

이 시의 형식적 특징은 1인칭의 자유시인 동시에 산문적 어체(語體)의 시어를 사용했다는 점이다. 여기서 「해에게서 소년에게」의 첫 부분을 읽어보자. 이 시는 전부 6부로 나누어진 6연의 시다.

터…ㄹ썩, 텨…ㄹ썩, 텩, 쏴…아.

새 린다, 부슨다, 문허바린다.
泰山갓흔 놉흔뫼, 딥텨 갓흔 바위ㅅ돌이나.
요것이 무어야, 요게무어야.
나의 큰 힘, 아나냐, 모르나냐, 호통 서디하면서
새린다, 부슨다, 문허바린다.
텨…ㄹ썩, 텨…ㄹ썩, 턱, 튜르릉, 쾅.

びちゃり びちゃり びつ ざああ
打つ 潰す 壊してしまう
泰山のような高い山, 家のような岩石とか
これはなんだ これはなんだ
俺の大きい力, 知るや否や, どなりつけながら
打つ 潰す 壊してしまう
びちゃり びちゃり びつ どかん どん
(필자의 일본어 번역)

이 시를 읽으면 누구나 파도의 의성어를 많이 표현한 것을 느낄 수 있다. 지금 읽어봐도 더없이 신선하다.

그런데 여기에 또 하나의 문제가 생긴다. 그것은 주요한(朱耀翰, 1900. 10. 14~1979. 11. 17)이라는 시인이 자신의 시 「불놀이」가 한국시로서는 최초의 자유시라고 주장하는 일이다. 「불놀이」는 동인(同人)문예지, 즉 주요한을 대표하는 『창조』(創造 [창간호] 1919년 봄)에 발표된 작품이다. 『창조』는 당시 "일본의 동경에서 발행되었다"고 주요한은 『조선문단』(朝鮮文壇) 창간호(1924년 10월, 63쪽)에서 말하고 있다. 그러나 「불놀이」 이전인 1918년 『태서문예신보』(泰西文藝新報)에 황석우(黃錫禹)며 김억(金億)이 쓴 시도 자유시에 속한다. 여기서 우선 시 「불놀이」의 제1연 최초의 부분을 읽어보자.

아아 날이 저문다. 서편 하늘에 외로운 강물 우에 스러져가는 분홍빛 놀……
아아 해가 저물면 해가 저물면, 날마다 살구나무 그늘에 혼자 우는 밤이 또 오건마는,

ああ 日が暮れる, 西側の空に 寂しい河の上に 消えて行く ピンク色の夕焼け……
ああ 日が暮れたら 日が暮れたら 日日に杏子の木陰でひとり泣く夜が またおとずれるが,
(필자의 일본어 번역)

주요한이 「불놀이」는 자유시의 최초라고 『창조(創造)』 창간호에 거론한 그 일부

는 다음과 같다.

"그 형식도 역시 매우 격을 파괴한 자유시의 형식이었다. 지유시라고 말하는 형식은, 당시 주로 프랑스 상징파의 주장이며, 고래로 전해 오던 형식을 파기해 작자의 자연적인 리듬에 의해 쓰기 시작한 것이다."

주요한도 소년 시절을 일본에서 보낸 시인이다. 그는 일찍이 1912년인 겨우 12살 때 일본에 유학했다. 당시 그의 아버지는 일본에 유학하고 있는 '토우쿄우 조선인 유학생'들을 위한 기독교 선교사로서 토우쿄우에 머물고 있었다. 주 소년은 토우쿄우의 메이지학원(明治學院) 중등부를 거쳐 토우쿄우 제일고등학교에서 고교시절을 보낸다. 그는 8년간의 일본 유학시절에 시를 쓰기 시작했으며, 메이지학원 시대에는 메이지학원의 학보였던 『백금학보』(白金學報)의 편집인으로 활동하는 한편, 시의 창작에 몰두했다. 이 때 주 소년은 시인 시마자키 토우손(島崎藤村, 1872~1943) 등 일본 근대시인들과 영국의 바이런 등 서구 시인들의 영향을 받게 된다. 후일 주요한은 그 시대를 다음과 같이 회고하고 있다.

"중학교 3학년 때 읽은 시집은 『바이런 시집』(일본어 역), 『추억(思い出)』(北原白秋, 키타하라 하쿠슈의 초기작품), 그리고 일본 메이지 시대의 초기낭만파 시인들인 시마자키 토우손(島崎藤村), 칸바라 아리아케(蒲原有明), 쓰치이 반즈이(土井晩翠)의 시선집 등이었다.

4, 5학년이 되었을 때 처음으로 프랑스 세기말 작가의 시를 일본어로 번역한 책을 접할 수 있었다. 그것은 주로 나가이 카후우(永井荷風)가 번역한 『산호집(珊瑚集)』, 요사노 텟캉(與謝野鐵幹) 역의 『리라꽃(リラの花)』, 우에다 빈(上田敏) 역의 번역시집 『해조음(海潮音)』등이었다. 이 번역시집들 속에 수록되어진 수많은 작풍(作風)들 중에 특히 나의 모방심을 자극한 것은 폴 포오루(Paul Fort)와 레니에(Henri de Rénier)였다고 생각된다."

(『自由文學』창간호, 1956. 6. 1. 서울 자유문학사 간행, 『창조』시대의 문단」에서 인용)

이상과 같이 주요한은 자신의 젊은 청년시대의 시가 일본어로 번역된 서구시의 영향을 받게 된 것 등을 스스로 말하고 있다. 여기서 당시 시마자키 토우손의 근대시와 『해조음』등 일본의 서구 번역시집이 한국의 젊은 일본 유학생들에게 많든 적든 간에 영향을 주었다는 것을 지적할 수 있다.

주요한이 최초로 창작시를 발표한 것은 그가 18세 때였다. 주 소년은 당시 『학우』(學友, 1919년 1월 발행의 창간호, 일본 토우쿄우, 학우사 간행)에 합해서 5편의 시를 동시에 발표한다. 그 다섯편의 시는 전체 제목이 「애튜드(étude)」로 그 밑에 각기 다

음과 같은 제목이 붙여져 있다. 즉 「시내(小川)」, 「봄(春)」, 「눈(雪)」, 「이야기(お話)」 그리고 「기억(記憶)」의 다섯편이다. 이들 시는 낭만적 서정시인 동시에 자유시인 것이다.

문제는 앞에서 제시한 최남선의 시 「해에게서 소년에게」(1908. 11. 1)가 말 그대로 자유시인가, 아닌가에 달려 있다. 그 논의는 한국의 시문학자들 사이에서 아직도 계속되는 일로서 결론을 서두르는 것은 밀어두기로 하자. 어쨌든 여기서 하나 말해두는 것은 자유시의 구조적 문제는 차치하고 최남선, 주요한이라는 두 시인은, 묘하게도 홍안의 소년 시대에 일본에 유학하여 다감했던 청춘시대를 보냈다는 점이 주목된다.

3. 한국 근대시와 서구시 등과의 관련 양상

한국 근대시 발생과 그 발전 과정에 있어 주목되는 점은, 서구시의 영향이 현저하다는 것이다. 논을 전개시키기에 앞서 언급하고 싶은 것은 주간지 『태서(泰西)문예신보』(1918년 9월 26일 간행·발행인 윤치호, 주간 겸 편집인 장두철)에 관한 것이다.

이 주간지는 시와 소설 등의 문예전문지로 그 특색을 이루고 있다. 『태서문예신보』는 1919년 2월 17일까지 제16호를 끝으로 폐간되었다. 이 문예주간지를 통해서 시인 안서(岸曙)·김억(1896~미상)은 많은 프랑스 시, 특히 프랑스 상징주의 시를 번역한 사실을 알 수 있다. 그는 베를레에느를 비롯하여 랭보, 보들레르 등 프랑스 시의 번역은 물론, 프랑스 시단의 상황, 프랑스 상징주의의 이론 등을 광범위하게 소개했다. 또한 『태서문예신보』를 통해 그와는 달리 해몽(海夢)은 10여편의 H. W. 롱펠로우(Henry W. Longfellow, 1807~1882)의 시를 번역한 것도 잊어서는 안될 것이다. 물론 김억, 해몽 이외에도 서구시를 번역해서 발표한 시인들도 적지 않다. 그들의 서구시의 소개는 한국 근대시의 발전에 적지 않은 영향을 미쳤다.

근대시 또는 자유시의 발생은 본래 서구로부터 시작되었는데 1920년 전후의 한국 시에 직간접적으로 서구시의 영향이 보였다.

일본의 경우는 모리 오우가이(森鷗外, 1862~1922) 등의 번역시집 『오모카게』(於母影, 1889)가 최초의 서구시의 번역시집이다. 당시 이 번역시집은 정통적인 아어(雅語, 시가와 옛글에 쓰인 세련된 일본어)를 사용하여 청신(淸新)하며 우수적(憂愁的)인 서구시의 향기를 전하여 일본 근대시의 원류가 되었다.

이 『오모카게』에는 영국 시인 바이런, 독일의 괴테, 하이네, 레나우 등의 시와 함께, 셰익스피어의 비극 「햄릿」의 여주인공 오필리아의 노래도 번역되어 있다. 어쨌든 일본에 있어 특히 주목할 서구시의 번역시집은 우에다 빈(上田 敏, 1874~1916)의 『해조음』(海潮音, 1905)이다. 『해조음』은 아속(雅俗, 아어와 속어)을 병용한 청신유려한 번역 솜씨로 서구시의 일본 이식에 성공했으며, 일본에 프랑스 상징시(象徵詩)를 활발히 소개하여 일본에서 상징시를 부흥시킨 유력한 전환기를 가져온 것이다. 우에다 빈의 『해조음』 간행을 기점으로 해서 일본 근대시는 상징시며 국어어 운동의 새로운 시풍을 일으키게 된 것이다. 상징시 운동은 『신체시초(新體詩抄)』기의 단계를 넘어 낭만주의를 그 주류로 하는 시마자키 토우손 필두의 일본 근대시의 골격을 확고하게 가다듬게 되었다.

  안서 · 김억은 『태서문예신보』 뿐만 아니라 1920년 전후의 여러 문예지와 시동인지에 수많은 번역시를 발표하여, 한국 시단에 현저한 영향을 끼쳤다. 당시의 중요한 문예지와 시동인지 등을 발행년도 순으로 보면 『창조(創造)』(1919)를 시작으로 『서광(曙光)』(1919), 『폐허(廢墟)』(1920), 『개벽(開闢)』(1920), 『장미촌(薔薇村)』(1921), 『백조(白潮)』(1922), 『금성(金星)』(1923), 『조선문단(朝鮮文壇)』(1924), 『영대(靈臺)』(1924) 등이 있다. 안서 김억은 이들 잡지에 번역시를 발표했던 것이다. 그 중에서도 안서가 번역시를 빈번하게 발표한 문예지는 『창조』, 『폐허』, 『개벽』 등이다. 여기서 주목할 점은 안서의 번역시가 정리 정돈 수록되어 『오뇌의 무도(懊惱の舞蹈)』(1921년 3월 초판, 1923년 8월 재판)라는 한국 최초의 번역시집으로 출판된 일이다. 『오뇌의 무도』에 대해 당시 이광수(1892~미상)는 다음과 같이 술회하고 있다.

  "『오뇌의 무도』가 발행된 이후 새로 등장하는 청년들의 시풍은 오뇌의 무도화(化) 하는 데 이르고 있다. 그것이 단지 단순한 표현법에만 의존한 것이 아닌 사상과 정신에까지 도달하는 놀라운 큰 영향을 미치게 된 것이다."(『이광수 전집』제10권 415쪽)

  이상을 참고로 해서 보더라도 안서 김억의 프랑스 시 등의 번역이 당시의 한국 근대시 발전에 커다란 역할을 했다는 것을 미루어 짐작할 수 있다. 안서 김억은 한국 최초의 서구시 번역시집을 세상에 내놓은 것 뿐만 아니라, 한국에서 최초의 근대시의 개인시집인 『해파리의 노래』(1923. 6)도 출판했다.

  여기서 안서의 학력을 잠시 더듬어 보기로 하자. 그는 고향의 오산중학을 졸업한 즉시 일본에 유학, 케이오우(慶應義塾)대학 문과에 입학한다. 안서 김억은 케이오우대학 재학중인 1914년 『학지광』(學之光) 8월호에 그의 시 「이별」을 발표한다. 이 『학지광』은 당시 일본에 유학하고 있던 한국 학생들의 '일본유학학생회'의 기관지였다. 『학지광』은 1914년 4월에 창간(편집겸 발행인 崔八鏞)되어 연 2회 발행했던 것이다. 김억은 그의 최초의 창작시 「이별」을 『학지광』 창간호에 발표한 후 1915년 5월호에는 또 다시 「야반(夜半)·외 수종(數種)」이라는 제목으로 몇 편의 시를 발표한다. 안서 김억은 일본 케이오우대학 재학중 『학지광』을 통해 그가 쓴 초기의 시를 발표하기 시작했던 것이다.

그는 케이오우대학을 중퇴한 후 고향에 돌아가 모교인 오산중학(五山中學)에서 교편을 잡는다. 여기서 부언해 두고 싶은 일이 있다. 그것은 김억이 고향의 오산중학에서 교편을 잡은 후 그의 가르침을 받은 제자 소월 김정식(素月 金廷湜, 1902. 8. 6~1934. 12. 24)이 시대를 초월해 주목을 받는 시인이 되었다는 점이다. 오산중학에서 김억의 가르침을 받은 김정식은 안서 김억 선생의 지도하에서 창작에 몰두하게 된다. 김억은 제자 김정식의 시를 1920년 3월, 예의 『창조』지 5월호에 발표해 준다. 당시 김소월의 이름으로 발표된 시는 「낭인(浪人)의 봄」, 「야의 우적(夜의 雨滴)」 등 5편이었다. 이 다섯 편의 시 발표로 인해 김소월은 18세 때에 신인 시인으로 등단하게 된다. 당시 그는 서울의 배재고등보통학교의 학생이었다. 그 후 배재학당을 졸업한 김소월은 1923년에 일본으로 유학차 건너갔었다. 그러나 김소월은 1924년 자기의 고향으로 돌아와 할아버지 소유의 광산에서 잠시 사업에 착수한다. 그의 시 창작은 배재고보 시절부터 32살에 음독 자살을 할 때까지 계속되었다.

한국 근대시의 성립에 있어 더욱 중요한 것은 김소월이 한국의 대표적인 서정시인이 되었다는 일이다. 그의 대표시 「진달래꽃」은 불후의 명작으로 평가되고 있다. 이 시는 앞에서 밝힌 『개벽』(1921. 1) 제19호에 발표되었던 20세 때의 작품이다. 그가 남긴 작품은 전부 합하면 154편에 이르는데 그 대부분의 시는 20세 전후 때에 쓰여진 것이다. 여기서 한 마디 부언해 두고 싶은 것은 거기에는 얼마간 서구시와 일본시 등의 영향이 엿보인다. 그와 같은 것은 그의 소년시대의 은사였던 안서 김억이 활발하게 프랑스 시집을 번역해 『태서문예신보』 등 각지에 발표하고 있었던 시기이기에 김소월은 김억 스승으로부터 시 창작지도를 받고 있었다는 점을 우리가 잊어서는 안 된다. 금후 한국 근대시 연구의 매우 중요한 과제의 하나로서 후일 다시 논고 (論稿)를 정리하여 김소월을 다루고자 한다.

문예주간지 『태서문예신보』를 통해 번역시보다 오히려 창작시를 여러편 발표한 시인 황석우(黃錫禹, 1895~1960)는 한국 근대시문학상 주목되는 대표적 시인중 한 사람이다. 그는 『태서문예신보』에 합해서 6편의 시를 발표했는데 동지(同誌) 제16호(1919년 2월 17일 발행)에 아호인 상아탑(象牙塔)이라는 필명으로 발표된 「봄」 등 4편은 특히 잘 알려져 있다. 이 시들은 한국 근대시 초기의 시단 형성에 크게 공헌한 작품이라는 것이 잘 어울리는 표현인 셈이다. 그는 1919년에 유학중이던 와세다대학 정경학과를 중퇴하고 귀국한 후 시동인지 『폐허』(1920년 창간)의 동인으로서 시인 김억, 오상순(吳相淳, 1894. 8. 9~1963. 6. 3) 등과 시단 활동을 활발하게 행했다. 황석우의 활동 자세는 퍽 왕성했는데 동인지『폐허』에 이어『조선시단』(1920),『장미촌』(1921) 등의 동인지를 스스로 창간해서 정력적으로 활동한 모습은 참으로 눈부신 것이었다. 황석우의 시가 크게 영향을 받았다고 생각되는 것은 프랑스의 상징주의 시였다. 그 중에서도 그에게 강한 영향을 끼친 시인은 보들레르다. 보들레르적인 퇴폐적 경향이 그의 시 속에 녹아 있기 때문이다. 이 점에 대해서도 후일 종합적으로 정리하고자 한다.

한국 근대시 초기의 시단 성립에 공헌한 또 한 사람의 대표적인 시인인 오상순은 황석우와 어깨를 나란히 하기에 손색이 없는 훌륭한 시인이다. 아호를 공초(空超)라고 하는 오상순은 황석우와 함께『폐허』의 동인으로 활동했다. 오상순은 1918년 일본 도우시샤(同志社)대학 종교철학과를 졸업한 후 귀국하여 김억, 황석우와 함께『폐허』의 동인으로서 시단활동을 시작했다.

여기서 또 한 사람, 이 시대 한국 근대시의 발전에 기여한 잊기 어려운 중요한 시인을 간략하게 얘기해 두고자 한다. 그것은 노자영(盧子泳, 1901~1940)이다. 그는 토우쿄우의 니혼대학(日本大學) 문과에 유학했다 중퇴한 후 귀국해서 신문기자로서 활동하는 한편 시단에서도 활약한다. 노자영은 당시 서울에서 발행된 일간지『매일신보』의 현상문예작품 모집에 응모한 시「월하의 꿈」이 입선되어 시단활동을 시작한다.『매일신보』에 수많은 시작품을 계속 발표하는 등 한국 근대시의 초기시단에 활발한 시창작 활동을 보여줬다. 노자영의 시는 시집『처녀의 화환』(1924)을 시작으로『내 영혼이 불탈 때』(1928),『백공작』(1938) 등 3권의 시집 속에 수록되어 있다. 그의 시의 풍조는 낭만적 감상주의가 일관된 반면, 심미적인 동시에 신선한 감각적 이미지가 당시 주목되었다. 그의 시는 다분히 서구의 낭만주의 시 내지 낭만주의적 일본 근대시의 영향을 받고 있다.

이상과 같이 1920년 이후의 한국 근대시가 서구시며, 일본 근대시의 영향을 받았다. 일본의 경우는 메이지 초기부터 서구시의 영향을 받았다. 요시다 세이이치(吉田精一)는『현대일본문학사』(筑摩書房, 1965)의 서두에 다음과 같이 서술하고 있다.

"일본의 근대문학사는 메이지유신(1868) 이후로부터 시작하는 것이 보편적인 것이다. 요컨대 유럽의 시민사회 성립의 계기가 되었던 프랑스 혁명에 필적되는 것은 일본의 경우 메이지유신 이외에는 없기 때문이다. …(중략)… 그간 메이지 10년 전후까지는 거의 새로운 시대의 문학이라는 것이 보이지 않았으며 에도(江戶)문학의 계승시대였던 것이다. 11년째 무렵부터 서구 번역 문학이 번성하여 새로운 문학의 서광이 비춰지기 시작한다. 그래서 제2기의 메이지 20년 전후부터는 많은 작가가 한꺼번에 쏟아져 나와 근대문학의 동이 트는 시기를 맞게 되었다."

메이지 시대의 시인이며, 소설가인 쿠니키다 톳포(國木田獨步, 1871~1908)와 미야자키 야모키치(宮崎八百吉)의 『서정시』(抒情詩, 1896년간)의 「독보음」(獨步吟)이라는 서문에는 다음과 같이 서술되고 있다.

"이 사람도 역시 시를 선망하는 사람중의 하나다. 메이지 시대의 사람으로서, 예컨대 바이런의 시를 읽고, 실러의 시를 읽는 사람으로서, 그 정감이며 상념이 큰 것이나, 그런 것을 마음껏 읊을 만한 시형(詩型)이 우리 일본에는 없다는 것을 안타까워하는 사람이 어김없이 많다고 믿으며, 이 사람 역시 그 중의 한 사람이다."

시인 우에다 빈(上田敏, 1874~1916)의 번역시집 『해조음』(1905)이 일본 근대시의 발전에 영향을 준 일은 특히 주목할 만하다. 카와모리 요시죠우(河盛好藏)는 『일본의 시가』(제28권·번역시집, 中央公論社, 1976)의 해설문에서 다음처럼 논술하고 있다.

"번역시집 『해조음』이 일본시단에 가져다 준 거대한 광석(鑛石)에 관해서는 이미 밝혀진 바 있으나, 그 첫째는 과거의 신체시의 시형(詩型)과 운률에 커다란 혁신을 단행했다는 점이다. 즉 '일본의 신체시는 아직 발달하지 못하고 있다. 첫째 그 시형이 정해져 있지 않다. 7·5조라고 하던가 5·7조라고 말하는 지금까지의 체재로서는 지금 세상 사람들의 사상과 감정을 세밀하고 어김없게 노래하기는 어렵다'고 생각한 우에다 빈(上田敏)은 7·5율조를 4·3·3·2의 단위로 나누어, 그것을 여러 가지로 구성시켜 새로운 운률을 창출해냈다. 이를테면 베를레에느의 시 「낙엽」에서는 각 행(行)을 5음으로 하는 새 스타일을 창출하여 원시(原詩)의 1행 4음의 율격에다 접근시키려 했다. 『흔히 꾸는 꿈』에서는 7·5를 두 개 겹쳐서 원시의 알렉산드리아율격(12음절)을 일본어로서 재현하려 하고 있다. …(중략)… 원시와 번역시를 자세히 대조하여 읽어 본다면, 누구나 번역자의 뛰어난 어학력과 이해력 및 감상력(鑑賞力)에 크게 감동받을 것이며 동시에 그것을 아름답고도 신선하며 정확한 일본어로 옮겨 놓은 천재적이라고까지 말할 수 있는 재능에 경탄하지 않을 수 없을 것이다. 일본의 시어(詩語)를 비길 데 없이 풍요롭게 거기다 새로운 길을 연 『해조음』의 공적은 불멸할 것이라고 하여도 좋을 것이다."

번역시집 『해조음』을 통해 일본 근대시 발전에 공헌한 사람은 우에다 빈이었다고 한다면 그와 호응되는 일본시의 새로운 면모를 확립시킨 것은 시집 『와카나슈우』(若菜集, 1897)의 시인 시마자키 토우손(島崎藤村, 1872~1943)이다. 나카무라 미쓰오(中村光夫)는 『현대일본문학신사』(『현대일본문학전집』별권 1·築摩書房, 1959)의 제7절 「문학계」의 항목에서 다음과 같이 시마자키 토우손의 업적을 높이 평가하고 있다.

　"『와카나슈우』는 이런 의미로서, 처음으로 메이지시대라는 근대(近代)를 숨쉬고 성장한 청년의 감정이, 새로운 형식의 운문에 풍성해진 작품이라고 하여도 좋으며, 획기적인 의미를 지니고 있다. 계속해서 그는 이듬 해에 『히토쓰바후네』(一葉舟, 1898)와 『나쓰쿠사』(夏草, 1898)를 잇달아 서둘러 간행하여 신체시의 존립을 확립하였고, 1901년에는 『라쿠바이슈우』(落梅集)를 간행하여, 그의 시문집을 완성했다. 그 시집들의 합본(合本)에서 그는, '드디어 새로운 시가(詩歌)의 때가 왔다. 그것은 아름다운 동트기와 같으리' 라고 시작되는 글귀의 유명한 서문을 썼거니와, 이는 그의 청춘의 자서전인 동시에 신체시 승리의 노래라고도 할 수 있는 명문(名文)이다. …(하략)…"

　그런데 앞에서 논술한 시인들 이외에도 한국 근대시에 있어서 문학적으로 중요한 시인들의 이름을 다음처럼 열거해 두련다.
　즉 박종화(1901~1980)를 비롯하여 한용운(1879~1944), 이상화(1900~1943), 김동환(1901~미상), 이장희(1902~1928), 김상용(1902~1951), 정지용(1903~미상), 변영로(1898~1961), 홍사용(1900~1947), 김영랑(1903~1950), 박용철(1904~1938), 신석정(1907~1974), 이육사(1904~1943), 유치환(1908~1967). 이상(1910~1937), 노천명(1913~1957), 모윤숙(1901~1990), 임화(1908~1953), 김기림(1908~미상), 김광균(1913~1993), 김광섭(1905~1977), 윤곤강(1911~1949), 백석(1912~1997), 이용악(1914~미상), 오장환(1916~미상), 김현승(1913~1975), 윤동주(1917~1945), 서정주(1915~2000), 박두진(1916~1998), 박목월(1916~1978), 조지훈(1920~1968), 이한직(1921~1976) 등이다.
　이 소론에서는 오로지 한국 근대시의 내용만을 다루는 것이기에, 1945년의 종전(終戰) 이후의 시에 관해서는 다루지 않는다.
　1920년대부터 구어자유시(口語自由詩)를 쓰기 시작한 위에서 밝힌 시인들에게는 그 시적 경향에 일반적인 공통성이 보인다. 그것은 주제(主題)로서 고독과 비애, 감상(感傷), 정경(情景), 환상(幻想) 등을 종종 작품의 중심에 두었다는 점이다. 그와 같은 사실은 어김없이 그 시대의 한국 역사의 반영이었다.
　1919년 3월 1일, 한국에서는 3·1운동으로 부르는 조선독립운동이 전국적으로 일어났다. 3·1운동에 의한 민족적인 비통감(悲痛感) 또는 절망감(絶望感)은 그 무엇보다도 중요하게 시작품의 저변에 짙게 깔리지 않을 수 없었다. 이와 같은 사실과 더불어 프랑스 시인 샤를르 보들레르(1821~1867)의 퇴폐적인 경향이 일부 시인들에게 영향을 끼친 것도 지적해 두고 싶다. 프랑스어로 일컫는 이른바 데카당티즘(Dé

cadantisme)의 관능적이고 탐미적인 경향은 보들레르 이외에도 포올 베를레에느 (1844~1896), 알튜르 랭보(1854~1891) 등의 시에도 나타난다. 한국 근대시상 우선 그들의 데카당적인 영향을 강하게 받은 것은 『폐허』(廢墟, 1920 창간) 동인과 『백조』 (白潮, 1922 창간) 동인들이다. 앞에서 밝혔듯이 『폐허』의 주된 동인은 황석우, 김억, 오상순 등이며, 『백조』의 주된 동인은 홍사용, 박종화, 노자영, 이상화, 이광수 등이 었다.

4. 1920년 이후의 시단의 여러 경향

1920년대 이후의 시 창작면에서의 현저한 현상은 3·1독립운동에 연동하는 일제 (日帝)에 대한 저항시의 등장이었다. 1919년의 3·1운동 이듬해인 1920년 7월에 시 동인지 『폐허』가 창간된 것은 앞에서 지적한 대로다. 이 『폐허』 창간호에서 오상순 (吳相淳)은 「시대고(時代苦)와 그 희생」이라는 논설을 발표하면서 그 당시의 상황을 말했다.

"우리 조선은 황량한 폐허의 조선이며, 우리 시대는 비통한 번민의 시대이다. 이 말이야말로 우리 청년의 심장을 도려내는 것 같은 아픈 소리다. 여하간에 나는 이런 말을 하지 않을 수 없 다. 엄연한 사실이기 때문에 소름이 끼치는 무서운 소리이나, 이것은 의심할 수도 없으며 부정 할 수도 없다."

이 시기에 오상순은 동시대의 비통한 느낌을 계속하여 시로 발표했다. 주된 작품 은 「허무혼의 선언」, 「폐허의 제단」, 「타는 가슴」, 「미로」, 「아시아의 마지막 밤풍 경」 등이며 어느 것이나 그의 대표작이다.

한용운은 3·1운동 당시 대표적인 저항시인이었다. 그는 당시 「조선독립선언문」 서명에 참가한 33인 대표중의 한 사람이며 불교 승려였다. 종교계 대표의 한 사람으 로서 '조선독립선언'에 직접 참가한 것이다. 그 이래로 한용운은 조국애 넘치는 민 족적 저항 의지가 담긴 불교적 경향의 시를 계속하여 썼다. 그는 항일 독립운동의 죄 목으로 1920년에 투옥당하여 3년형을 받았다. 그의 대표시집 『님의 침묵』의 님이란 조국의 상징이며 또한 불타의 상징이다.

한용운에 이은 대표적인 항일 저항시인은 이상화와 이육사 그리고 윤동주 등이 다. 이상화는 3·1운동 당시, 그의 고향인 대구에서 한때 학생운동에 참가했다. 그 로부터 3년 뒤인 1921년에 시동인지 『백조』에 동인으로 참가한다. 그 이듬해인 1922

년에 그는 일본에 유학하여 토우쿄우의 '아테네·프랑세'에 입학하여 프랑스문학을 배운다. 1923년 '칸토우대지진'(토우쿄우 지방)이 발생한다. 그 재화(災禍) 중에 수많은 조선 사람들이 무참하게도 일본 사람들로부터 학살당하는 큰 사건이 발생했다. 그 현장의 참상을 목격하고 고국으로 돌아온 시인은 3년 뒤에 월간 종합지 『개벽』(開闢, 1926. 6, 제70호)에, 「빼앗긴 들에도 봄은 오는가」라는 제목으로 항일 저항시를 쓴 것이었다. 이 시에는 일본 군국주의에게 나라를 빼앗긴 민족적 울분과 시대적인 고뇌가 괄목할 만하게 표현되어 있다. 이 시의 발표에 의해 월간종합지 『폐허』는 일제로부터 강제적으로 폐간당하는 사건이 일어났다. 시인 이상화는 1927년에 독립운동에 연관된 '의열단의 이종암 사건'에 연루되어 한 때 경찰에 구금당했다. 시인은 1934년에 중국에 건너갔다 2년 후에 귀국했고, 그 직후 다시금 경찰에 체포당했으며, 20수일만에 석방되었다. 그 후 영어 과목의 교원으로 근무했으나 1943년에 병사했다.

시인 이육사는 시인인 동시에 본격적인 독립운동가라고도 말할 수 있다. 그는 21세 때(1925년) 고향인 대구에서 독립운동단체인 '의열단'에 가입했으며, 그 해 일본에 건너간 다음 다시 중국으로 갔다가 귀국했다. 그는 다시금 1926년에 중국에 건너가 베이징(北京)사관학교에 입학했다. 이듬해에 귀국하여 독립운동가 장진홍(張鎭弘)의 '조선은행 대구지점 폭파사건'에 연좌하여 투옥당했으며, 3년간의 형을 받았다. 1930년에 출옥한 이육사는 다시금 중국으로 건너가 베이징(北京)대학 역사학과에 입학했다. 그는 1933년 9월, 중국에서 귀국한 무렵부터 시를 발표하기 시작했으나, 1943년 4월에 40세의 젊은 나이로 병사했다. 그동안 모두 17번이나 투옥당했던 것이다. 그의 대표적 시작품은 「광야」며 「절정」, 「청포도」 등이다. 이들 시작품에는 식민지하의 민족적 비애와 조국독립의 저항의지가 강하게 묘사되어 있다.

똑같은 항일 저항시인으로 이름 높은 사람은 윤동주다. 그는 1941년, 23세의 나이로 일본에 유학하여 릿쿄우(立敎)대학에 입학한다. 그러나 릿쿄우대학에서 1학기를 마친 다음 쿄우토의 도우시샤(同志社)대학 영문과(영문학 전공)로 전학했다. 1943년, 대학의 여름방학 때 귀국하기 직전 윤동주는 체포당했다. 죄명은 사상불온과 독립운동 및 서구사상 농후였다. 그는 1944년 3월 31일, 쿄우토지방재판소 제2형사부에서 치안유지법 제5조에 의한 징역 2년의 형을 받고 투옥되었다. 윤동주는 복역중이던 후쿠오카(福岡)형무소에서 1945년 2월 옥중 병사했다. 그는 경찰에 체포당하기 전까지 시 「참회록」과 「십자가」, 「서시」 등 주목할 만한 작품을 남기고 있다. 그의 작품에는 항일 저항시로서의 민족애며 순국정신 등이 깊게 묘사되어 있다.

김동환의 서사시 「국경의 밤」(1925. 3)도 주목할 만한 장시다. 이 서사시는 한국 신시(新詩) 사상 최초의 서사시(전 3부작 72장)이기도 하다. 이 시의 무대가 되는 장소는 조선과 만주의 국경지대인 두만강 유역이며, 그 고장에 사는 조선인들의 망국(亡國)의 슬픔이 묘사되어 있다. 김동환은 1901년 일본에 유학하여 도우요우(東洋)대학 문과에서 공부한 시인이다.

군국주의 일본에 의해 조국이 식민지화된 조선 사람들의 망국의 슬픔은 그 밖에도 김영랑의 장시 「춘향」(1940), 박용철의 시 「떠나가는 배」(1932), 변영로의 시집 『조선의 마음』(1924) 등을 비롯하여 수많은 작품을 볼 수 있다. 이를테면 『백조』의 동인이었던 박종화는 민족애의 시로써 저명한 시인이다. 그는 민족 문화재로서 이름 높은 고려청자를 칭송하는 명시 「청자부」, 조선백자를 위한 명시 「백자부」, 신라시대 경주문화재 「석굴암」 등의 시를 써서 애국심을 짙게 묘사했다.

또한 김영랑을 비롯하여 박용철, 정지용, 변영로 등 소위 『시문학』(1930. 3~1931. 10)으로 부르는 동인지에 대해서도 꼭 밝혀두고 싶다. 『시문학』을 통해서 한국 근대시는 더욱 발전하면서, 과거와 다른 새로운 각도에서 창조적인 언어의 기능을 '시어'(詩語)로서 활성화 시켜 나갔던 일이다. 『시문학』동인으로서 가장 주목할 만한 시인은 김영랑이었다. 그는 전라도 방언을 시어로 하여 빼어나게 이미지화 시키는 동시에, 신선한 서정미를 음악성과 조화시키는 데 성공했다. 『시문학』동인들이야말로 한국 근대시가 순수문학의 새로운 지평을 여는 데 큰 역할을 했다고 말할 수 있다. 김영랑은 17세 때인 1920년 봄에 일본에 유학하여 아오야마(青山)학원 중등부에 입학했다. 그 이듬해 봄, 박용철이 아오야마학원 중등부 4학년생으로서 한국으로부터 편입해 온다. 이것이 두 소년 시인이 서로가 처음 만나 친우가 되는 계기였다. 박용철은 김영랑 등과 시동인지 『시문학』을 창간 주재하게 되었다. 당초 『시문학』 창간의 이념은 민족어(民族語) 발견과 순수시의 옹호였다. 박용철은 1931년에 폐간된 『시문학』을 계승시킨 『문예월간』(文藝月刊, 통권 4호로서 폐간)을 새로이 창간했으며, 다시금 1933년 12월에는 『문학』(文學)을 창간 주재했다. 박용철이 주재한 이들 문학지는 시문학 동인들의 활동무대가 된 것이다.

시문학 동인인 변영로는 1933년에 미국 캘리포니아주 산호세(San Jose)대학 영문과를 졸업하고 귀국한 영문학자였다. 똑같은 동인인 정지용은 1923년에 일본에 유학하여 쿄우토의 도우시샤대학 영문과에 들어갔다. 그는 대학 재학중에 수많은 시를 일본어로 써서 발표한 게 주목된다. 그의 시의 대부분은 그 당시 일본의 시지(詩誌)인 『킨다이 후우케이』(近代風景)에 발표되었다. 최초의 일본시는 1926년의 『킨다이 후우케이』(제1권 2호)에 게재된 시 「카페 프랑스」다. 그 이후로 정지용은 「우미(海)·1」(『近代風景』제2권1호) 등에 일본어 시를 계속 발표하여, 1928년 2월의 시 「타비(旅)노 아사(朝)」(『近代風景』제3권 2호)까지 『킨다이 후우케이』지에 모두 21편을 발표한 것이었다. 그밖에도 1928년 10월 『도우시샤문학』 3호에 발표한 일본어 시

「우마(馬)1 · 2」 2편이 있다. 한국 쪽에서는 일본어 시 「후루사토(고향)」 1편이 1939년 12월에 『휘문』(徽文) 제17호에 발표되었다. 『휘문』지는 정지용이 1922년에 졸업한 서울의 모교 휘문고등보통학교의 교지다. 일본어 뿐 아니라 시집 『정지용시집』(1935) 및 『백록담』(1941)은 한국 서정시 발전에 공헌한 시집으로서 높이 평가되고 있다.

이 항목에서 한 가지 첨가하여 밝혀두고 싶은 것은 일본의 식민지시대인 1943년에 당시의 한국시가 『조선시집』(朝鮮詩集)의 제호로 합하여 두 권이 토우쿄우에서 출판된 일이다. 그 두 권의 시집은 『조선시집 전기(前期)』와 『조선시집 중기(中期)』로 되어 있다. 시를 일본어로 번역한 것은 김소운(金素雲, 1907년, 한국 부산의 영도 출생)이었다. 이 두 권의 시집에는 전기에 20명의 시인의 시 88편, 중기에 24명의 시인의 시 98편이 각기 실려 있다. 이들 시집의 속표지에는 '키타하라 하쿠슈(北原白秋) 선생 묘앞에 바친다'고 기술되어 있고, 그 다음 쪽의 역자 김소운의 서문인 「각서」(覺書)와 잇대어 시인 사토우 하루오(佐藤春夫, 1892~1964)가 쓴 장문(長文)의 「조선의 시인 등을 내지(內地)의 시단에 맞이하는 글」이 실려 있다. 물론 이 두 권의 번역시집이 당시의 한국시를 일본에 최초로 소개한 것은 아니다. 그 당시의 한국시가 번역시집의 꼴로 일본에서 최초로 발행된 것은 『조선시집』 두 권보다 앞선 3년 전인 1940년의 『乳色の雲』(젖빛 구름)이다. 이 역시집 『젖빛 구름』도 김소운 번역으로 출판된 것임을 부기해 둔다. 여하간 종전(1945. 8. 15) 이전까지 일본에서 한국시가 번역시집의 형태로 발행된 것은 이상 합쳐 3권 뿐이다.

1930년대에 접어들면 한국 시단에 영국의 T. S 엘리엇의 영향을 받은 주지주의적 시인들이 등장한다. 주지주의는 엘리엇 뿐 아니라, 하버드 리드며 올더스 헉슬리 등도 이미 주장해 온 문학적 경향이다. 주지주의란 일반론으로 말하자면 지성과 지성적인 것을 존중하는 문학적 태도를 보이는 것이다. 한국에 그와 같은 문학적 경향을 본격적으로 도입한 것은 그 당시 영문학자 최재서(崔載瑞)였다. 엘리엇에 관해서는 그 이전에 김기림(金起林)이 『사상과 기술』이라는 문학론에서 「전통과 개인의 재능」을 소개하고 있다. 김기림은 일본에 유학하여 니혼(日本)대학 예술과와 토우호쿠제국(東北帝國)대학 영문과를 졸업한 시인이었다. 당시의 주지주의적 시로 말하자면 김기림의 「기상도」(1936)를 들 수 있으며 이상(李箱)의 시 「오감도」(1934)며 「거울」도 상당히 주목받은 시였다. 그러나 이상의 시는 주지주의적인 작품이라기보다는 오히려 주지적 심리주의의 작품 또는 초현실적인 시로서 많이 평가되고 있다. 한편, 그 무렵 모더니즘 계열의 시인으로서는 김광균을 들 수 있다. 왜냐하면 그는 모더니즘 시론인 「시는 그림(회화)이다」고 하는 이론을 실제 자신의 작품을 통해 표현했기 때문이다.

1935년에 창간된 시전문지 『시원』(詩苑)은 중요한 존재였다. 이 『시원』을 통해서 활약한 시인은 박종화를 필두로 하여 김상용, 김광섭, 이상화, 노천명 등을 들 수 있다. 1930년대 말경부터 『문장』(文章, 1939. 2 창간~1941. 4 폐간)이라는 문학종합지가 발행되었다. 이 문학지에서는 이른바 '신인시인 추천' 제도가 생겼다. 그 추천제도에 의해 신인 시인으로서 등장한 시인은 박두진, 박목월, 이한직 등 7인이었다. 그들 7인의 신인들 중에서 박두진, 박목월, 조지훈의 세 시인은 1946년 6월에 이른바 『청록집』을 발행했다. 『청록집』은 발행과 동시에 한국 시단의 주목의 대상이 되었다. 그것은 그들의 서정시가 지금까지 볼 수 없을 만큼 신선한 표현미로 넘쳤기 때문이다.

1945년 8월 15일은 한국 민족에게 있어서 가장 감격적인 날이었다. 제2차대전의 종결과 동시에 한국은 군국주의 일본의 지배로부터 35년 만에 해방이 되었다. 그러나 온 민족의 감격도 눈 깜빡할 사이에 지나지 못했다. '포츠담선언'에 의해 당시의 한반도는 북위 38도선을 남북으로 분단하는 민족적인 비극이 일어난 것이었다. 외세에 의한 한반도의 강제적인 국토 분단은 그 후 정치체제가 각기 다른 두 개 정부의 탄생, 민족의 이산과 6·25동란 등 가지가지 비극이 잇따라 나타났다.

6·25동란을 전후로 남쪽(한국)에서 그 때까지 문단활동을 하던 시인이며 소설가 중에서 자진 북쪽(북한)으로 월북한 문인이며, 또는 강제적으로 북측에 납치된 납북 문인도 상당수에 달했다. 또한 북쪽에서 문단 활동을 하던 문인들 중에도 남쪽(한국)으로 자진 월남해 온 문인들도 적지 않았다. 자의거나 타의든 간에 6·25사변을 전후로 하여 북한으로 간 문인들의 문학작품은 금서(禁書)가 되었다. 그 후 1988년까지 한국 정부는 4차에 걸쳐 월북작가들의 해방(1945. 8. 15) 이전의 문학 작품 등을 금서목록에서 해금시켰다.

해금된 중요한 시인들의 이름만을 몇몇 들자면 김기림을 비롯하여 김동환, 정지용, 이용악, 백석, 임화, 오장환 등등이다.

김동환과 김기림 및 정지용에 관해서는 앞에서 논했다. 백석과 이용악에 관해 논하기로 한다. 백석은 본래 북한에서 태어난 시인이다. 그는 젊은 날 일본에 유학하여 아오야마(靑山)학원대학에서 영문학을 배운 뒤 1934년에 귀국하여 서울의 조선일보사 출판부에서 『여성』지의 편집에 종사하면서 시를 발표하기 시작했다. 백석은 1936년에 『사슴』이라는 시집을 간행한다. 그는 고향인 평안도 지방의 민속을 소재로 하여 평안도 사투리를 시어화 시키는 등 특색있는 시를 창작했다. 이용악도 마찬가지로 토속적인 서민생활의 애환이거나 향토애의 민족적 정서를 시화(詩化)했고, 처녀시집 『분수령』(1937)을 상재하여 주목받았다. 그의 제3시집 『오랑캐꽃』(1947)도 주목받은 시집이었다. 이용악은 1936년 일본의 죠우치(上智)대학 신문학과를 졸업하고 귀국한 뒤, 신문기자 등 언론계에 투신하는 한편 시를 썼다. 이어서 임화의 경우는 1938년에 상재한 시집 『현해탄』이 발행과 동시에 화제가 되었으며, 오장환의 경우는 『성벽』(1937) 등이 평가되었다. 여하간 북쪽 시인들에 관해서는 생존여부 또는 사망 연도도 확인하기 어려운 사정 등 시사(詩史)의 연구상 여러 가지 어려운 과제가 있음을 양찰하기 바란다.

　결론 대신 말미에 한 마디 달아두고 싶은 것은 필자는 이 소론이 표제에 부합치 못할까 봐 걱정스럽다. 다만 이 소론을 통하여 한국 근대시 발생과 발달 과정에 있어 한국 시문학사의 작은 부분이라도 독자 제현에게 이해가 된다면 매우 다행스럽게 여기련다. 금후 이 소론을 기본으로 하여 다시금 논고(論考)를 계속하여 구체적인 연구를 부문별로 이어갈 것을 밝혀둔다.

　(「참고 문헌」생략함. 역자)

일본 시가(詩歌)의 7·5조는 한국의 율조(律調)이다
―한국인 왕인(王仁)의 일본 와카(和歌)의 창시(創始)

洪 潤 基[1]

① 7·5조에 영향 받은 한국 근대시

본고는 필자가 『現代文學』誌(1997년 2月號)에 발표했던 연구론 「일본 와카(和歌)를 창시한 왕인(王仁)박사와 한신가(韓神歌)」에 뒤이은 새로운 논고(論稿)임을 모두에 밝혀둔다.

한국 근대시(近代詩)가 일본 근대시에 의해서 영향받았다는 것은 공지의 사실이다. 한국 근대시는 특히 일본 시가(詩歌)의 7·5조의 영향을 받았다.[2]

그리고 부분적으로는 5·7조의 영향도 입었다. 그러면 7·5조와 5·7조라는 율격(律格)은 본래 일본 시가의 전통적인 율조인가. 아니면 그것이 고대한국(古代韓國)으로부터 일본으로 유입된 것인지를 반드시 규명해 야만 한다.

본고는 박사 왕인(博士 王仁)[3]의 시가(詩歌)인 「난파진가(難波津歌, なにわづのうた·梅花頌으로도 부름)」가 일본 최초의 와카(和歌)이며 그 발생 과정을 비교 검증하려는 데 목적이 있다. 그리고 여기서 군이 부기해 둘 것은, 앞으로 한일 시가(韓日詩歌)에 있어서 양국 학자간의 본격적인 비교연구가 전개될 것을 제의하는 바이다.

---

1) 일본 센슈우大學 大學院 國文科 文學博士, 檀國大學校 大學院 日本詩文學 招聘敎授(현), 韓國外大 「韓國詩作品論」담당교수(현)
2) 趙芝薰『韓國現代文學史』趙芝薰全集③ 一志社 (1973) p.211.
   趙演鉉『韓國現代文學史』成文閣 (1969) p.118.
   鄭漢模『韓國現代文學史』一志社 (1971) p.161.
   金海星『韓國現代詩文學槪說』乙酉文化社 (1976) p.42.
   金容稷『韓國近代詩史』上卷, 學硏社 (1991) p.137.
   尹柄魯『韓國近·現代文學史』明文堂 (1991) p.58.
3) 왕인 박사는 왜나라 왕의 초청을 받고 應神天皇(생년 未詳~402) 16년에 백제로부터『千字文』과『論語』를 가지고 일본 왕실에 건너가서 왕자의 스승이 되고 정무장관(文首)으로 활약했다(『日本書紀』應神條).

난파진은 지금의 오오사카(大阪) 항구의 고대의 지명(地名)이며 서기 3C경부터 백제인들이 개척했던 유서 깊은 터전이다.

일찍이 洪起三 교수는 '岸曙가 끝까지 자아를 고집하면서 고수한 7·5조와 한국의 전통적 리듬과의 비교, 또한 그 계승 문제를 연구하는 것이라든가, 일본의 와카(和歌)와의 비교, 또는 岸曙 당대에 그에게 영향을 준 것을 찾아내는 일이야말로 매우 중요하다'[4]고 밝힌 바 있다. 그리고 金允植 교수 이외 몇 분이, '素月의 시는 민요조라고 하지만 주조음(主調音)은 7·5조이다. 거기에 문제가 있다. 이것은 일본시의 리듬과 깊은 관계가 있다'[5], 또는 趙東一 교수 외 몇 분이, '일본 시가의 7·5조의 영향을 받은 김소월은 민요시인이 아니다'[6]고 지적했는가 하면, 吳世榮 교수는 '7·5조가 개화기 이후 일본 창가(唱歌)의 영향 아래서 크게 유행했던 것은 사실이지만, 그것은 일본 시가의 전통 음수율(音數律)과 일치하는 것은 아니며, 한국 시가의 독특한 3음보격(音步格)이 이와 비슷한 일본 시가(和歌나 俳句)의 음수율에 상호작용을 일으켜, 다만 그 전대(前代)보다 널리 보급되었을 것으로 추측된다'[7]고 밝힌 것 등도 앞으로 한일 시가의 비교 연구 과정에서 중요한 메시지로써 간주한다.[8]

② 왕인이 창시한 일본 최초의 시가(詩歌)

일본 고대의 시가(詩歌)를 총칭해서 와카(和歌)로 일컫고 있다. 이 와카는 백제인 왕인 박사에 의해서 서기 405년에 처음으로 일본에서 발표되었다.[9] 그러므로 서기 5세기 초에 한국인에 의해서, 오늘날 일본이 세계에 자랑삼는 와카가 처음으로 읊어지게 되었다는 사실을 우리는 주목해야 한다. 바꿔 말해서 왕인 박사가 와카를 왜나라에서 처음으로 짓지 않았더라면, 일본 와카는 어느 시대에 흘러가서 발생했을는지, 또는 왜나라에서 시가(詩歌)가 발생했다손 치더라도 왕인 박사가 창시한 5·7·5·7·7 음수율(音數律)의 시가인 와카의 발생은 전혀 발생할 수 없었다고도 보아

4) 洪起三「岸曙의 선구적 위치와 문학」『文學思想』(1973. 5) p.293.
5) 金允植「植民地의 虛無主義와 詩의 選擇」『文學思想』(1973. 5) p.58.
   趙芝薰『半世紀歌謠文化史』趙芝薰全集 ⑥ 一志社 pp.370~371.
   金容稷 前揭書 p.364.
6) 趙東一「民謠와 金素月詩」『曉星女大學報』(1970. 4. 1) 第2面.
7) 吳世榮『韓國浪漫主義詩研究』一志社(1990. 12) p.46.
8) 本論의 제1장「7·5조에 영향 받은 한국근대시」는 저자가 한국외국어대학교 대학원 일본근대문학회 초청강연(1996. 11. 26)에서 밝힌 내용임.
9) 洪潤基「일본 和歌를 창시한 왕인 박사와 韓神歌」『現代文學』통권506호(1997. 2) pp.378~389.

야 한다.

박사 왕인의 와카는 「나니와츠노우타」(難波津歌, 난파진가) 또는 「바이카쇼우」(梅花頌, 매화송)로도 통칭되어 왔다. 「난파진가」는 처음에 다음과 같이 한자어로 쓰여졌다. 우리의 향가(鄕歌)가 한자어를 음(音)·훈(訓) 등 표기식의 향찰(鄕札)로 기록했던 것처럼, 「난파진가」 역시 한자어를 차용(借用)해서 '만요우가나'(萬葉假名, 만엽가명)라는 음·훈의 표기식으로 기록했던 것이다.

難波津尒 佐具哉此花 冬古毛梨　　난파진에는 피는구나이꽃이 겨울잠자고
今波春邊 佐具哉此花[10]　　　　　지금은봄이라고 피는구나이꽃이
　　　　　　　　　　　　　　　　　　　　　　　　　　(필자 번역)

이와 같은 왕인의 「매화송」은 음(音)과 훈(訓)으로 읽으면, 음수율은 5·7·5·7·7이 된다. 이 5·7·5·7·7의 음수율은 일본의 카나(假名, かな) 글자로 풀어서 쓰게 되며, 와카를 '미소히토모지'(三十一文字, みそひともじ)라고도 통칭한다.

일본 근대시가 7·5조 또는 5·7조로 되어 있거니와, 그와 같은 율조는 다름 아닌 박사 왕인의 와카 「난파진가」로부터 비로소 창시되었음을 우리는 우선 쉽게 살필 수 있다. 일본 7·5조의 발자취[11]에 대해서는 고를 달리 해서 구체적으로 밝힐 예정이다.

앞에서 예시한 박사 왕인의 일본 최초의 와카 「난파진가」는 우리의 향찰 또는 이두(吏讀)처럼 일본말을 한자어를 차용어(借用語)로 하여 쓴, 이른바 만요우가나(萬葉假名)라는 표기법에 따르는 것이다. 그러므로 왕인이 『천자문』과 『논어』를 가지고 일본에 건너간 뒤 왜나라 왕자에게 글을 가르치며 서기 405년에 「난파진가」를 지은 일은, 또한 왕인 박사가 최초로 왜나라에서 만요가나를 창시해서 쓴 것을 말해준다. 왜냐하면 왕인 박사가 문자가 없던 왜땅으로 한자를 처음으로 가지고 건너가서 비로소 문자의 사용법을 가르치게 되었기 때문이다.

왕인이 처음으로 문맹국인 왜국에 건너가 왕자에게 글을 가르쳤다는 사실은 왕명에 의해 관찬된 일본의 『고사기』와 『일본서기』[12]라는 고대 역사책에 상세히 기록되

---

10)『古今集注』일본京都大學藏, 京都大學 國語國文資料叢書, 臨川書店, 1984. 11. p.54.
11) 洪潤基「日本詩歌と七五調音數律(金億と藤村の長編七五調定型四行詩)」『專修大學人文科學研究月報』第166號, 1995. 5. pp.35~38.
12)『古事記』(서기 712년 편찬). 일본에서 가장 오래된 관찬 역사책.
　　『日本書紀』(서기 720년 편찬). 일본에서 두 번째로 편찬된 관찬 역사책이다. 그러나 「한국사」와 「중국사」 등과 비교할 때 연대 기술이 최소한 60년 또는 120년 내지 603년 이상 각기 빠른 거짓된 기록으로서의 문제점을 갖고 있는 史書이다.

어 있다. 여기 부기하자면 「일본의 '만요우가나'(萬葉假名, まんようがな)는 한국 고대의 '이두'(吏讀)의 영향을 받았다」[13]고 일본의 학자 오구라 신페이(小倉進平, 1882~1944)가 밝힌 바 있다.

왕인이 서기 405년에 쓴 「난파진가(매화송)」는 서기 905년에 키노 츠라유키(紀貫之) 등이, 카나(假名) 글자로 편찬한 『고금와카집』[14]의 '카나서'(假名序)라는 서문에 실려 있다. 다음과 같은 것이다.

[14]

여기 예시한 「난파진가」는 시문학자며 가인(歌人)이었던 후지와라노 사타이에 (藤原定家)가 고대의 원본 『고금와카집』을 베껴 쓴 『다테본』(伊達本)[15]에 있는 「난파진가」이다. 왕인의 원문(原文)의 '한자어시(漢字語詩)' 대신 일본 글자 '히라가나'(平假名)로 썼다.

이상에서 살핀 바와 같이 일본 최초의 시가(詩歌)는, 문자가 없던 왜나라에 한자를 가지고 건너간 왕인 박사에 의해서, 최초로 지어진 「난파진가」(매화송)이다. 이것을 보면 음수율이 5·7·5·7·7의 와카(和歌)의 전형(典型)이다. 그리고 이와 같은 음율은 일본 시가의 5·7조와 7·5조의 기본 율격을 이룬 것도 쉽게 살필 수 있다. 한국 근대시가 일본 시가 7·5조의 영향을 입었다고 하지만, 본래의 5·7, 7·5조 율격은 왕인이 창시한 와카 「난파진가」가 그 원천(源泉)임은 누구도 부인할 수 없을 것이다. 더구나 일본 시가 7·5조는 '카구라노우타'(神樂歌)가 작용했다는 게 저명 일본 학자들의 통론이다. 바로 이 카구라노우타도 일본 고대에 천황들이 한국 신인 한신(韓神)을 제사지내던 축문(祝文)인 제신가(祭神歌)를 일컫는 것이다.[16]

우리나라 고시가(古詩歌)에도 보면 7·5조의 율격이 가끔은 나타나고 있다. 그 전형적인 것이 백제가요 「정읍사」의 제1연 3·4행과 제3연 2행 및 3·4행에서 살필 수 있다. 그것을 3·4·5음보격으로도 일컫는데, 7·5조인 것만은 틀림없다.

---

13) 小倉進平 『鄕歌及び吏讀の 硏究』 1929.
14) 『古今和歌集』(서기 905년 편찬).
15) 『伊達本』 藤原定家(1162~1241)가 12세기 말경에 原本 『古今集』을 筆寫한 책이며 일본국보(1938. 7. 4. 지정)이다.
16) 洪潤基 「일본 와카(和歌)를 창시한 왕인(王仁) 박사와 한신가(韓神歌)」 앞의 논문, pp.378~389.

(音步律)

들하 노피곰 도드샤	二 · 三 · 三
어긔야 머리곰 비취오시라	三 · 三 · 五
어긔야 어강됴리	三 · 四
아 다롱다리	五　(七 · 五調)
全져재 녀러신고요	三 · 五
어긔야 즌 디를 드디욜셰라	三 · 三 · 五
어긔야 어강됴리	三 · 四
어느이다 노코시라	四 · 四
어긔야 내가논 디 졈그를셰라	三 · 四 · 五(七 · 五調)
어긔야 어강됴리	三 · 四
아 다롱디리	五　(七 · 五調) [18]

　이와 같이 「정읍사」에는 7 · 5조의 음수율(音數律)이며 5음구(五音句)며 7음구들이 지배적으로 구성되어 있어, 일찍부터 고대 한국에 일본 와카(和歌)에서 볼 수 있는 5 · 7, 7 · 5율조가 존재해 왔음을 고찰하게 된다. 여기 부기해 둘 것은 우리나라 국문학서의 「정읍사」의 가사는 '아 다롱디리' (5음)가 모두 5음으로 전해 오고 있다. 따라서 '어긔야 어강됴리/ 아 다롱디리' 의 7 · 5조로 되어 있다는 것을 살피게 된다. 그런데 고정옥 교수가 저술한 『조선민요연구』[17]에는 '아으 다롱디리' 로 표기되어 있다. 이 경우 '아으' 는 고정옥 씨가 민요 채집 당시에 '아―' 라는 긴 장음(長音)의 발음을 멋스럽게 '아으' 로써 구송(口誦)한 사람으로부터 채집한 것에서 그와 같이 '아으' 로 기술한 것으로 추찰한다. 그러나 '아으' 역시 원음(原音)은 '아' 로써 간주하는 게 옳은 것으로 본다.

　「정읍사」는 '고려가요설' 도 있으나, 본고에서는 「정읍사」를 한국 고시가로서 예시해 보았다. 그리고 여기 또 한 가지 간략히 부언해 두어야 할 것이 있다. 그것은 『고금와카집』의 「카나서」(假名序)에서, 편자(紀貫之)는 신대(神代), 즉 신화시대에

---

17) 高晶玉『朝鮮民謠研究』首善社. 1949. 3. pp.50~51.
18) 洪潤基, 『일본문화사』 서문당, 1999, pp.221~222, pp.240~244.

스사노오노미코토(須佐之男命)라는 신(神)이 『야쿠모』(八雲, 팔운)라는 와카를 지었다고 하는 엉뚱한 설을 내세웠다. 『야쿠모』는 다음과 같다.

ﾞﾉﾞ⌢ﾉﾞ⌢ﾉﾞﾉﾞ⌢ﾉﾞ⌢ﾉﾞﾉﾞ⌢ﾉﾞﾉﾞﾉﾞﾉﾞﾉﾞﾉﾞﾉﾞﾉ[19]

음수율에 맞춰서 직역하면 다음과 같다.

팔운(八雲)이솟는 이즈모(出雲)팔중(八重)담장 아내맞으려
팔중담장만드네 그팔중담장을
(필자 번역)

물론, 이와 같은 와카를 인간이 아닌 하늘나라의 신이 신화 시대에 지을 수 없는 것이고, 후세에 조작(造作)된 것이라고, 일본의 저명한 국문학자 히사마쓰 센이치 (久松潛一, 1894~1976) 교수 등등이 논리 정연하게 지적하고 있어서[20] 본고에서는 생략하기로 한다.

그러므로 왜나라에 최초로 문자를 가지고 간 박사 왕인의 「난파진가」는 일본 시가의 남상임을 거듭 확인하게 된다. 물론 일부 국수적인 일본 학자들이 「야쿠모」가 일본 시가의 효시라는 망발을 했던 일도 있다.

③ 「난파진가」의 확고부동한 내용의 전본(傳本)들

왕인 박사가 일본에서 최초로 5·7, 7·5조의 와카를 지었다는 사실은 『고금와카집』(905)의 필사본(筆寫本)으로서 권위 있는, 일본 국보(國寶)인 『다테본』(伊達本, 12세기 말경 필사) 등등이, 왕인의 시가 「난파진가」를 분명히 기록하고 있다. 저자가 그 점을 굳이 강조하는 것은, 뒤늦은 일이지만 지금부터라도 「한국문학사」에 고대 일본에서 활약한 왕인의 시가며, 고대 일본에 살던 한국인들의 제신가(祭神歌) 등등 각종 시가가 수록 평가되어야 한다는 데 있다.

그런 견지에서 왕인의 「난파진가」가 기록된 『고금와카집』의 고대 필사본 등 문헌

---

19) 『伊達本』.
20) 久松潛一, 『和歌史』(東京堂, 1948. 3), pp.330~301.
    折口信夫, 『折口信夫全集』 제11권(中央公論社, 1973. 3), p.75.

(文獻)에 대한 사항들을 살피는 것은 무엇보다도 시급하고 중요한 과제라고 본다. 지금까지 우리 한국문학사에 왕인의 시가(詩歌) 등이 전혀 언급되지 않았다는 것은 매우 유감스러운 일이며 이유야 어떻든 저자 자신에게도 일단의 책임이 있다고 여기고 있다. 따라서 『고금와카집』의 대표적인 전본인 『다테본』에 관한 사항 등부터 순차적으로 검토를 하기로 한다. 먼저 구소카미 노보루 교수의 논술부터 살펴보자.

  "전본인 『다테본 고금와카집』은 다테가(伊達家)에 장구한 세월에 걸쳐 비장(秘藏)되어 왔던 귀중한 필사본으로서, 1938년 7월 4일에 국보(國寶)로 지정되었다." [21]

  또한 『슌세이본(俊成本) 고금와카집』은 『다테본(伊達本)』과 쌍벽을 이루는 대표적인 전본(傳本)이다. 니시시타 게이이치(西下經一) 교수는 『고금와카집』의 전본(傳本)들에 대해서 이렇게 평가하고 있다.

  "고금와카집의 전본의 종류는 매우 많다. 그 중에서 중요한 것을 들어본다면 교정본(校訂本)으로서는 사다이에본(定家本, 저자 註·앞에서 王仁 박사의 시를 인용한 필사본인 伊達本 등), 그 친본(親本)으로서의 『슌세이본(俊成本)』(저자 註·역시 박사 왕인의 시를 인용한 필사본)이 있고, 신원어본(新院御本)의 계통을 전하는 『가케이본(雅經本)』이 있으며, 오노황태후궁본(小野皇太后宮本)의 계통을 전하는 『키요스케본』(淸輔本)과, 헤이안조(平安朝, 794~1192) 후기(後期)에 유포된 것으로 보이는 『간에이본(元永本)』 등이 있다. 이 다섯 책은 그 어느 것이나 완본(完本)이고, 그밖에 단간(斷簡, 필자 註·文書나 편지가 보관이 잘못되어 여기저기 흩어져 떨어져 나온 斷片으로 되어 버린 조각들)으로 전해지고 있는 것으로는 교우세이필절(行成筆切), 혼아미절(本阿彌切) 등등이 있다. 『사다이에본』(定家本)이라고 하더라도 그 중에는 『테이오우본』(貞應本)·『가로쿠본』(嘉祿本) 등이 있다. …中略… 이것들을 종(種)과 유(類)로 나누면 거의 20종 30류가 된다." [22]

  현재까지 『고금와카집』의 계통론 연구에 있어서는 니시시다 케이이치(西下經一) 교수의 『고금집 전본의 연구』와 쿠소카미 노보루(久曾神昇) 교수의 『고금와카집성립론』과 『고금와카집총람』 등이 권위서로서 평가되고 있다. [23]
  박사 왕인의 「난파진가」를 필사한 각 대표적 전본의 내용을 살펴보면 다음과 같다.

---

21) 久曾神 昇 解題 『伊達本·古今和歌集·藤原定家筆』 風間書店, 1961. 10, p.7.
22) 西下經一 『古今集の傳本の研究』 明治書院, 1954. 11, p.1.
23) 奧村恒哉 『古今集·後撰集の題問題』 風間書店, 1971. 2, p.26.

각 전본의 「난파진가」의 내용²⁴⁾

私稿本	基俊本	筋切本	元永本	唐紙卷子本
なにはつにさくやこのはな冬こもりいまははるへとさくやこのはな といへるなるへし	なにはつにさくやこのはななふゆこもりいまははるへとさけやこのはな といへるなるへし	なにはつにさくやこのはなふゆこもりいまはゝるへとさくやこのはな といへるなるへし	なにはつにさくやこのはな冬こもりいまはゝるへとさくやこのはな と云るなるへし	なにはつにさくやこのはな冬こもりいまは春へとさくやこの花 といへるなるへし

앞에서 살펴 보았듯이 왕인 박사의 시가인 「난파진가」(매화송)는 5·7, 7·5조를 기본으로 하고 있는 전형적(典型的)인 단가(短歌)의 율격(律格)으로서의 5·7·5·7·7의 음보율(音步律)을 보이고 있다. 이 단가인 와카(和歌)에서 제시한 「이 꽃」은 「매화(梅花)」를 가리킨다고 하는 게 원본에 해설로써 함께 표기되어 있다.

참고 삼아 밝혀둔다면, 일본의 와카(和歌)란 단가(短歌)와 장가(長歌) 그리고 선두가(旋頭歌, 세도우가) 등 가체(歌體)의 시가(詩歌)를 일컫는다. 전술(前述)한 『고금와카집』의 고대(古代) 필사본(筆寫本)인 국보 『다테본』(伊達本)이며, 『슌세이본(俊成本)』은 왕인 박사의 단가 「난파진가」를 다음과 같이 서로 똑같은 내용으로 각기 해설하고 있다. 물론 다른 모든 전본(傳本)들도 한결같이 똑같은 내용이다. 먼저 『다테본』을 살펴본다.

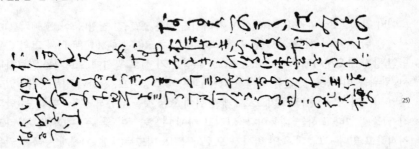

²⁵⁾

이번에는 『슌세이본』을 살펴본다.

---

24) 久曾神 昇 解題『伊達本·古今和歌集·藤原定家筆』風間書店, 1988. 12, p.34.
25)『伊達本』.

[26]

이상 쓴 사람의 붓글씨의 필체는 서로가 크게 다르나 두 내용은 똑같다. 즉 그 내용은 다음과 같다.

　"나니와츠의 노래(난파진가)는 제(帝)의 어시(御始)이노라. 오오사사키노미코토(大雀命)가 나니와츠(난파진)에서 황자(皇子)로 불리우던 때, 동궁(東宮)을 서로 양보하고 위(位)에 오르지 않은 채 3년이 지나자, 왕인(王仁)이라는 사람이 딱하게 여기면서 읊은 노래이노라. 이 꽃은 매화(梅花)를 가리키는 것이로다."

이와 같이 『고금와카집』의 해설이 가리키는 것은, 오우진 천황(응신, 應神天皇)이 서거한 뒤에, 태자(제5왕자)였던 우지노와키이라츠코(宇遲能和紀郎子)와 그의 손위 형인 왕자 오오사사키노미코토(大雀命, 제4왕자)가 서로 왕위에 오르기를 양보하면서, 왕위를 비워둔 채 3년을 지내게 되자, 태자의 스승이요, 왕실의 정무장관이었던 왕인 박사가 오오사사키노미코토에게 왕위에 오를 것을 권유하면서, 「매화송」(난파진가)을 읊었다고 하는 내용이다. 그리고 시에 나오는 '이 꽃'은 '매화(梅花)'라고 지적하고 있다. 그런데 왕인 박사가 오오사사키노미코토(大雀命)에게 등극을 권유한 것은, 황태자였던 우지노와키이라츠코가 요절했기 때문이다. 그 사실은 일본 최고(最古)의 역사책인 『고사기(古事記)』에, "우지노와키이라츠코는 일찍 세상을 떠났다. 까닭에 오오사사키노미코토가 천하를 다스리게 된다"[27]라는 기록이 보인다.

---

26) 『俊成本』.
27) 『古事記』日本古典文學大系 1, 倉野憲司 外 注, 岩波書店, 1958. 6. p.255.

왕인 박사는 다른 모든 사람들을 제치고, 오오사사키노미코토 왕자를 새 임금으로 천거했던 것이다. 그 천거 방법으로써 왕인 박사 스스로가 시를 지은 것이 「난파진가」(매화송)임은 부연할 것도 없다.

④ 고대 한국인에 의한 왜나라 정복론

고대 한국인들이 왜나라로 건너가, 그 터전을 정복한 사실은 누구도 부인할 수 없다. 토우쿄우대학의 에가미 나미오(江上波夫, 1906~2002) 교수는 화제의 논저(論著)인 『기마민족국가』(騎馬民族國歌, 1967)를 통해, "고대 한국인 즉, 기마민족인 퉁그스계의 부여족(扶餘族)이 만주땅에서 차츰 한반도(韓半島)로 남하(南下)하여 3국시대를 이루게 된 것이고, 한반도 남부에 내려가서 살던 그 일부의 기마민족이, 고대일본으로 건너간 스진 천황(숭신, 崇神天皇, BC 97~BC 30 재위『日本書記』. 에가미 나미오 교수는 스진 천황을 서기 4세기 초엽의 人物로 보고 있다)이며, 그가 선주민들을 정복하고, 왜한연합왕국(倭韓聯合王國)을 세웠는데, 이때 왕인(王仁) 씨 등 대호족은 야마토연합정권(大和聯合政權)을 구성했다"[28]고 하는 것이다.

그와 같은 에가미 나미오 교수의 기마민족 정복왕조설을 거듭 밑받침하는 것이, 토우쿄우대학 이노우에 미쓰사다(井上光貞, 1917~1983) 교수이기도 하다. "몽고인은 색목인(色目人)을, 만주국은 몽고인을 중용(重用)했던 것처럼, 천황씨(天皇氏) 자신이 한국에서 일본으로 이주해 온 사람이기 때문에, 그와 같이 많은 귀화인들을 조직할 수 있었다"[29]고 이노우에 교수는 지적하면서, 한국에서 건너간 사람들이 천황이 되었기 때문에 역시 한반도에서 왜국으로 도래한 사람들을 많이 중용(重用)했다고 지적했다. 또한 이노우에 교수는, "문화가 발달한 백제 땅으로부터 수많은 관리며 기술자들을 초대해 온 것은 중요한 의미를 갖는다. 이 사람들이 대륙이며 한국의 제도(制度)를 모방해서 만든 후히토(史, 저자 註·고등행정 관리)며 토모베(品部, 저자 註·행정부서)의 토모노미야츠코(伴造, 저자 註·皇室 소유의 部를 세습적으로 관리하고 통솔한 首長, 貴族)가 되어 문화며 생산의 지도를 담당했다"[30]고 한다. 그리고 여기 한 가지 첨가해 두고 싶은 것은 저명한 작가며 역사가였던 마쓰모토 세이쵸우(松本淸張, 1909~1988) 씨가 고대 일본은 신라·고구려·백제의 삼국 분쟁시대에, 고대 한국으로부터 분리 독립했다고 하는 것이다.

---

28) 江上波夫『騎馬民族國家』中央公論社, 1982. 1, pp.194~202.
29) 井上光貞『日本國家の起源』岩波書店, 1960. 4, pp.189~190.
30) 井上光貞, 앞의 책, p.214.

"7세기의 아스카(飛鳥)시대라고 하는 것은, 야마토조정(大和朝廷)이 성립되려고 하던 시기다. 더구나 강대(强大)해진 문화가 나중에 오게 된 우수한 기술을 가진 한국인들을 영입(迎入)했기 때문이라고 생각한다. 그러므로 모두들 생각하고 있는 것처럼 우리가 한국문화를 흡수(吸收)한 것이 아니라, 본래는 서로가 똑같은 민족이었다고 생각한다. 또 한 가지 극언(極言)하자면, 일본은 한국으로부터 갈라져 나온 나라이다. 행(幸)인지 불행인지 대마해협(對馬海峽)이 있었기 때문에, 한국에 동란(動亂, 저자 註·신라, 고구려, 백제의 분쟁 시기)이 일고 있던 때에 일본은 독립을 해서 보다 일본적(日本的)으로 되어 갔다. 일본적이라는 것은, 선주민족(先住民族, 필자 註·아득한 옛날부터 일본에 먼저 와서 살던 종족)의 풍속을 살리면서 여기서 융합을 이루었다고 생각한다. 미국이 영국으로부터 독립한 것과 같은 것이다."[31]

이와 같은 일본고대사(日本古代史)의 권위 있는 학자들의 지적은 곧 고대 한국인들이 한때 일본을 정복했거나, 최소한 식민지 체제로서 일본을 지배한 사실을 입증한다. 왕인 박사가 왜국에 건너간 것은 백제의 근초고왕(近肖古王, 346~375) 때이므로 4세기 후반이다. 일본사(日本史)에서의 오우진 천황(응신, 應神天皇, 270~310) 시대인 것만은 사실이다. 그러나 일본 역사에서의 오우진 천황의 실제의 집권시기는 근초고왕과 비슷한 연대이므로, 60년의 연수를 아래로 내려서 따져야 한다. 그 점은 일본 사학계의 통설이기도 하다.

박사 왕인이 닌토쿠 왕조(인덕, 仁德王朝) 때, 왕도였던 오오사카(大阪, 難波津) 핵심지역에다 자신의 거대한 점거지(占據地)를 갖고 대호족으로서 또한 왕실의 정무장관으로 활약했거니와[32] 이를 다시금 입증해 주는 것이 미즈노 유우(水野 祐, 1918~2000) 교수의 학설이기도 하다. 즉 "우리나라(저자 註·日本)와 한반도와의 교섭에 있어서, 특히 백제와의 관계사 오우진 천황(응신, 應神天皇)과 닌토쿠 천황(仁德天皇, 저자 註·오우진 천황의 제4 왕자)시대 이후에 관계사료(關係史料)가 두드러지게 많이 증가하고 있다. 이것은 오우진·닌토쿠 천황의 인덕왕조(仁德王朝)는 외래민족적(外來民族的) 세력의 침입에 기인해서 발생한 정복왕조(征服王朝)로서, 대륙적인 성격을 갖는 새로운 왕조라고 하는데서부터, 대륙의 사정에도 상세하고, 따라서 그 정세에는 민감하며, 특히 그 지배층이 백제국가(百濟國家)와 동일민족계통(同一民族系統, 백제왕은 부여족)에 속하며, 예부터 밀접한 관계를 유지하고 있었다는 데 기인하고 있다고 본다"[33]고 밝힌 바 있다.

이러한 사실을 감안할 때, 왕인이 천거한 닌토쿠 천황은 한국으로부터 건너온 백

31) 松本清張『東京新聞』1972. 4. 1 (朝刊).
32) 平野邦雄『日本歷史』岩波書店, 1962. 6, p.92.
33) 水野 祐,『日本國家の國家形成』講談社, 1978. 4, p.199.

제인 도래인이며[30], 그러기에 왕인의 시가(詩歌) 「난파진가」(매화송)의 성립도 완전 무결한 역사적 배경마저 갖는 것이다. 「난파진가」(매화송)의 집필시기를 서기 313년으로 필자가 『현대문학』지(1997. 2)에 기록한 것은, 어디까지나 과장된 『일본서기』의 닌토쿠 천황의 등극년(서기 313)을 따라 준 것임을 굳이 여기에 밝혀둔다. 그러므로 사실상의 집필 연도는 서기 405년으로 보는 게, 「한국사」 등과 한일 역사관계를 비교해 볼 때 가장 타당한 것임을 지적해 두련다.

또한 「난파진가」(매화송)에 관해 부기해 둘 사항이 있다. 일본의 시가문화가 한창 꽃피던 헤이안(平安, 794~1185)시대에는 역대 천황들도 연초 궁중 시낭송회(歌會始)에서 왕인의 「난파진가」를 낭송한다, 스스로 지은 자작시(와카) 낭송을 했으며, 와카를 배우는 사람들에게 「난파진가」는 '아버지의 노래'(父歌)로서 표본을 삼았던 것이다. 그 뿐 아니라 서예의 붓글씨(手習)의 표본으로도 역시 「난파진가」를 습득했다.

18세기 일본에서도 그 당시 저명한 시문학자였던 에무라 홋카이(江村北海. 1713~1788)가 그의 목판본(木板本, 1771) 저서 『일본시사』(日本詩史)의 모두(卷之一)에서 백제의 박사 왕인(王仁)의 일본 최초의 와카(和歌)인 「매화송」(梅花頌) 즉 「난파진가」(難波津歌)며, 왕인에 관해 다음처럼 밝히고 있다.

"역사를 살펴볼 때, 오우진(應神) 천황(저자 주·4~5C) 15년에 백제국(百濟國)의 박사 아직기(博士阿直歧)가 내조(來朝)하였고, 『주역』·『논어』·『효경』 등의 책을 바쳤다. 왕은 기뻐하며 아직기로 하여금 경(經)을 왕자들에게 가르치게 하였다. 우리나라의 경학(經學)은 이와 같이 시작되었다고 한다. 뒷날 아직기는 왕인(王仁)을 추천했다. 왕은 즉시 백제왕에게 편지하여 왕인을 부르게 되었다. 왕인이 도착했다. 아직기와 마찬가지로 여러 왕자들을 가르쳤다. 왕이 붕어하고 닌토쿠(仁德) 천황이 즉위(저자 주·서기 405년)하여 나니와(저자 주·難波, 현재의 오오사카)에 천도했다.

왕인은 「매화송」(梅花頌)을 지어 바쳤다. 이른바 31언(三十一言, 저자 주·글자가 31자라는 것이고, 흔히 '미소히토모지'라 하여 '三十一文字'로써 표기해 왔음)의 와카(和歌)라는 것이로다."

지금(2003년)부터 232년 전의 오래된 일본 시문학사의 기사다. 이와 같은 것으로도 왕인이 일본 최초의 와카를 5·7, 7·5조로 지었다는 것을 거듭 확인할 수 있다.

일본 근대의 대표적인 언어학자 카나자와 쇼우사브로우(金澤庄三郎, 1872~1967) 박사는 일찍이 1902년에 『日韓兩國語同系論』(일한양구어동계론)을 써서 이름났거

---

34) 홍윤기 『일본천황은 한국인이다』 효형출판, 2000. 3. pp.15~95.

니와 그는 당시 일본의 대표적 국어사전(『廣辭林』1925, p.1455)에서 왕인박사의 「난파진가」(매화송)를 싣고, 이 노래가 서예를 배우는 아이들이 가장 먼저 익혀야 할 와카라는 것 등을 상세히 밝혔다. 그러나 현대 일본의 어느 국어사전에도 「나니와츠」(難波津) 항목에서 왕인의 시와 그에 얽힌 내용을 언급 내지 설명하고 있지 않다.

저자는 30여년 전에 고서점에서 왕인의 「난파진가」(매화송)를 찾아낸 뒤로 왕인을 찾아 오랜 세월 일본 땅을 헤매기 시작했던 것이다. 그동안 찾아낸 왕인에 관한 여러 가지 일본 고대시편 등도 앞으로 논증 발표할 것을 여기 적어둔다.

육당 최남선의 최초의 신시(『少年』 1908. 11 '창간호' 원시)

海에게서 少年에게

一
텨……ㄹ썩, 텨……ㄹ썩, 텨, 쏴……아.
싸린다, 부슨다, 문허바린다.
泰山갓흔 놉흔뫼, 딥태갓흔 바위入돌이나,
요것이무어야, 요게무어야,
나의큰힘, 아나냐, 모르나냐, 호통까디하면서,
싸린다, 부슨다, 문허바린다.
텨……ㄹ썩, 텨……ㄹ썩, 텨, 튜르릉, 콱.

二
텨……ㄹ썩, 텨……ㄹ썩, 텨, 쏴……아.
내게는, 아모것, 두려움업서,
陸上에서, 아모런, 힘과權을 부리던者라도,
내압헤와서는 쏨싹못하고,
아모리큰, 물건도 내게는 행세하디못하네.
내게는 내게는 나의압헤는
텨……ㄹ썩, 텨……ㄹ썩, 텨, 튜르릉, 콱.

I. 여명(黎明)의 빛결 속에서

(1908~1920)

최남선(崔南善)

서울에서 출생(1890~1957). 호는 육당(六堂). 일본 와세다대학 고등사범 지리역사과 중퇴. 신문화 운동의 선구자. 우리나라 최초의 잡지 『소년』을 창 간했고, 신시(新詩) 「해(海)에게서 소년에게」를 1908년에 게재했다. 기미독 립선언문(1919) 기초. 최초의 개인 시조집 『백팔 번뇌』(1926)와 시조를 편저 한 『시조유취』(1928) 등이 있다.

해(海)에게서 소년(少年)에게

1
처……ㄹ썩, 처……ㄹ썩, 척, 쏴……아.
따린다. 부순다. 무너 바린다.
태산 같은 높은 뫼, 집채 같은 바윗돌이나.
요것이 무어야, 요게 무어야.
나의 큰 힘 아느냐, 모르나냐, 호통까지 하면서
따린다. 부순다. 무너 바린다.
처……ㄹ썩, 처……ㄹ썩, 척, 튜르릉, 꽉.

2
처……ㄹ썩, 처……ㄹ썩, 척, 쏴……아.
내게는 아모 것도 두려움 없어,
육상(陸上)에서, 아모런 힘과 권(權)을 부리던 자라도,
내 앞에 와서는 꼼짝 못하고,
아모리 큰 물건도 내게는 행세하지 못하네.
내게는 내게는 나의 앞에는
처……ㄹ썩, 처……ㄹ썩, 척, 튜르릉, 꽉.

3
처……ㄹ썩, 처……ㄹ썩, 척, 쏴……아.
나에게 절하지 아니한 자가,

지금까지 있거든 통기(通奇)하고 나서 보아라.
진시황(秦始皇), 나파륜, 너희들이냐.
누구 누구 누구냐 너희 역시 내게는 굽히도다.
나허구 겨룰 이 있건 오나라.
처……ㄹ썩, 처……ㄹ썩, 척, 튜르릉, 꽉.

                4
처……ㄹ썩, 처……ㄹ썩, 척, 쏴……아.
조고만 산모를 의지하거나,
좁쌀 같은 작은 섬, 손벽 만한 땅을 가지고,
고 속에 있어서 영악한 체를,
부리면서, 나 혼자 거룩하다 하난 자,
이리 좀 오나라, 나를 보아라.
처……ㄹ썩, 처……ㄹ썩, 척, 튜르릉, 꽉.

                5
처……ㄹ썩, 처……ㄹ썩, 척, 쏴……아.
나의 짝 될 이는 하나 있도다.
크고 길고, 넓게 뒤덮은 바 저 푸른 하늘.
저것은 우리와 틀림이 없어,
적은 시비 적은 쌈 온갖 모든 더러운 것 없도다.
조따위 세상에 조 사람처럼.
처……ㄹ썩, 처……ㄹ썩, 척, 튜르릉, 꽉.

                6
처……ㄹ썩, 처……ㄹ썩, 척, 쏴……아.
저 세상 저 사람 모다 미우나,
그 중에서 똑 하나 사랑하난 일이 있으니,
담 크고 순진한 소년배(少年輩)들이,
재롱처럼 귀엽게 나의 품에 와서 안김이로다.
오나라 소년배 입맞춰 주마.
처……ㄹ썩, 처……ㄹ썩, 척, 튜르릉, 꽉.

주제 소년(새로운 세대)에 대한 희망과 예찬

형식 6연의 신체시

경향 민족 의지적, 계몽적, 감각적

표현상의 특징 우리나라 최초의 신체시 「해(海)에게서 소년에게」는 1인칭 산문적인 구어체로 표현을 하고 있다. 전통적인 시의 외형률을 깨뜨린 최초의 신체시로 서, '처……ㄹ썩, 처……ㄹ썩, 척, 쏴……아'나 '처……ㄹ썩, 처……ㄹ썩, 척, 튜르릉 꽉'(각 연에서 동어반복)과 같은 수미상관의 청각적 이미지가 강한 의성어(擬聲語)를 사용한 것도 새로운 표현 방법이다.

이해와 감상

이 시는 『소년』 창간호(1908. 11)에 실린 신체시로, 한국 현대시의 개막을 알린 작품이다. '신체시'(新體詩)라는 용어는 서기 1900년대 초기까지의 일본 근대시(近代詩)를 일컫는 시의 구분이다. 일본이 19세기 말경에 처음으로 서양에 가서 자유시를 배워 오면서 일본의 근대시가 발생했다.

영국 등에 유학했던 토야마 마사카즈(外山正一, 1848~1900)는 1876년에 귀국하여 토우쿄우대학 교수가 되었는데 그가 대표로 공저한 『신체시초』(新體詩抄, 1882)에 의해, 일본의 근대시를 '신체시'로 부르게 되었다. 공저자는 야타베 료우키치(矢田部良吉, 1851~1899)와 이노우에 테쓰지로우(井上哲次郎, 1855~1944)였다. 최남선은 그가 시작한 최초의 한국 근대시 「해에게서 소년에게」를 스스로 신체시로 명명한 것이었다.

서구적인 자유시 형식을 빌고 있는 이 시는 민족의 독립사상과 의지를 바다를 매개하여 상징하고 있으며, 순진 무구한 소년을 통하여 민족의 장래가 희망차게 전개될 것을 뜨겁게 염원하고 있다. 그 당시, 3·4조, 4·4조 등 정형시의 테두리 안에 머물러 있던 우리의 시문학에서 이 파격적인 신체시의 등장은 그 표현상의 미숙함과 진부함에도 불구하고, 한국 현대시의 새로운 장(章)을 열었다는 점에서 우리의 문학사상 큰 의의를 지니게 되는 것이다. 모두 6연으로 되어 있는 이 시는 제1연에서 제5연까지 바닷물의 웅대한 기개를 노래하고, 제6연에 이르러서는 이 땅에 자라나는 소년들에게 보내는 희망과 예찬 속에서 민족의 양양한 앞날을 굳게 기약한다. 제3연의 '통기'는 '통고(通告)'. '나파륜'은 한자어식 표기방법인 '拿破崙'으로, 프랑스 황제 '나폴레옹'을 가리키는 말이다.

꽃 두고

나는 꽃을 즐겨 맞노라.
그러나 그의 아리따운 태도를 보고 눈이 어리어,
그의 향기로운 냄새를 맡고 코가 반하여,

정신 없이 그를 즐겨 맞음 아니라
다만 칼날 같은 북풍을 더운 기운으로써
인정 없는 살기(殺氣)를 깊은 사랑으로써
대신하여 바꾸어
뼈가 저린 얼음 밑에 눌리고 피도 얼릴 눈구덩에 파묻혀 있던
억만 목숨을 건지고 집어내어 다시 살리는
봄바람을 표장(表章)함으로
나는 그를 즐겨 맞노라.

나는 꽃을 즐겨 보노라.
그러나 그의 평화 기운 머금은 웃는 얼굴 홀리어
그의 부귀 기상 나타낸 성(盛)한 모양 탐하여
주착 없이 그를 즐겨 봄이 아니라
다만 겉모양의 고운 것 매양 실상이 적고
처음 서슬 장한 것 대개 뒤끝 없는 중 오직 혼자 특별히
약간 영화 구안(榮華 苟安)치도 아니고,
허다 마장(許多 魔障) 겪으면서도 굽히지 않고
억만 목숨을 만들고 늘여내어 길이 전할 바
씨 열매를 보육함으로
나는 그를 즐겨 보노라.

주제	근대 문명에 대한 동경
형식	2연의 신체시
경향	계몽적, 교훈적
표현상의 특징	첫 연에서의 자수율(字數律)이 둘째 연에서 그대로 답습되고 있는 점이 특색이다. 그런 관점에서 이 작품은 신체시며, 완전한 의미의 자유시로 볼 수 없다는 견해도 있다.

이해와 감상

『소년』지 제7호(1909. 5)에 발표된 신체시. 육당의 신체시를 대표하는 가작으로 평가된다. 여기서 '꽃'은 새로운 서구 문명에 대한 상징어다. 교훈적 내용에도 불구하고 시로서 간주시키는 것은 형태며 형식이 행간(行間) 처리를 하고 있기 때문이다.

구안→한 때 겨우 편안함. 허다→몹시 많음. 마장→마(魔)가 끼는 일.

김 억(金 億)

평안북도 곽산(郭山)에서 출생(1893~미상). 호는 안서(岸曙). 일본 케이오 우의숙대학(慶應義塾大學) 문과에 다니던 1914년에 『학지광(學之光)』 8월호에 시 「이별」을 발표했다. 우리나라 신시운동의 선구자로 최초의 번역 시집 『오뇌의 무도』(1921)와 최초의 개인 시집 『해파리의 노래』(1923)를 간행했다.

오다 가다

오다 가다 길에서
만난 이라고
그저 보고 그대로
갈 줄 아는가.

뒷산은 청청(靑靑)
풀 잎사귀 푸르고
앞바단 중중(重重)
흰 거품 밀려 든다.

산새는 죄죄
제 흥을 노래하고
바다엔 흰 돛
옛 길을 찾노란다.

자다 깨다 꿈에서
만난 이라고
그만 잊고 그대로
갈 줄 아는가.

십리 포구 산 너먼

그대 사는 곳
송이송이 살구꽃
바람과 논다.

수로(水路) 천리 먼먼 길
왜 온 줄 아나.
예전 놀던 그대를
못 잊어 왔네.

주제 한국의 전통적 인정미 추구
형식 6연의 정형시
경향 감상적, 민요적, 정형적
표현상의 특징 신시 운동의 선구자인 김억의 시는 거의 모두가 7·5, 5·7조의 정형시다.
제2연에서 '청청', '중중' 등과 같이 음악적인 리듬감을 살리고 있는 점에 묘미가 있다.
7·5조나 5·7조의 정형률을 고집한 그는 이 작품에서도 7·5조를 바탕으로 하고 있는데, 제2연과 제3연만은 5·7조로 변형한 것이 특색이다.

이해와 감상

'길을 가다 돌부리를 차도 인연'이라는 말이 있듯이 '그저 보고 그대로/ 갈 줄 아는가'(제1연)는 정 많고 한 많은 감상적 인정미를 실감시킨다.

김억의 이와 같은 7·5, 5·7율조는 그가 가르친 오산학교의 소년 시인 소월에게 고스란히 영향을 끼쳤다.

일본에서 7·5, 5·7조를 완성시킨 시인으로 평가되는 시인은 시마자키 토우손(島崎藤村, 1872~1943)이다. 김억은 일본 유학 당시, 시마자키 토우손의 7·5조의 영향을 받았던 것을 스스로 논술하고도 있다(金岸曙「格調詩形論小考」(4) 東亞日報, 1930. 1. 19).

김억의 시는 이러한 소박한 내용에 적합한 정형조의 독특한 스타일을 가지고 있는데 그는 7·5, 5·7조가 왕인(王仁)의 일본 최초의 와카(和歌)「난파진가」며「정읍사」등 백제 가요에서 영향받은 사실을 전혀 몰랐던 것이다(「7·5조 시가 연구론」참조 요망).

거듭 밝히거니와 이 간결한 7·5조 형식은 그에게 사사한 바 있는 김소월의 시풍(詩風)에 지대한 영향을 끼쳤던 것이다.

봄바람

하늘하늘
잎사귀와 춤을 춥니다.

하늘하늘
꽃송이와 입맞춥니다.

하늘하늘
어디론지 떠나갑니다.

하늘하늘
떠서 도는 하늘 바람은

그대 잃은
이 내 몸의 넋들이외다.

주제 봄바람
형식 5연의 정형시
경향 서정적, 감상적, 동요적(童謠的)
표현상의 특징 김억의 모든 시는 7·5조가 기본이다. 그러나 이 5연의 시는 그 나름대로의 새로운 음수율(音數律)에 힘을 쏟아, '4/ 4·5'의 새로운 정형률을 만들고 있어 주목된다.

이해와 감상

새로운 낭만적인 정형시로 『신세기』(1938. 3)에 수록된 작품이다.

김억의 특색이라고 할 수 있는 감상주의적 사고(思考), 소재의 제한 등의 측면이 드러나고 있는데, 그는 정형률의 시세계를 그 당시 가장 시적(詩的)인 것으로 생각했던 것이다.

황석우(黃錫禹)

서울에서 출생(1895~1960). 호는 상아탑(象牙塔). 일본 와세다대학 정경과 중퇴. 『폐허』동인. 우리나라 초기 시단에서 상징주의 시운동의 기수로 활약했다. 『장미촌』과 『조선시단』을 창간, 주재했다. 처녀작은 1918년 『태서문예신보』에 발표된 「봄」. 시집 『자연송(自然頌)』과 사화집으로 『청년시인 100인집』이 있다.

벽모(碧毛)의 묘(猫)

어느 날 내 영혼의
낮잠터 되는
사막의 수풀 그늘로서
파란 털의
고양이가 내 고적한
마음을 바라다보면서
"이 애, 너의
온갖 오뇌(懊惱), 운명을
나의 끓는 샘 같은
애(愛)에 살짝 삶아 주마,
만일, 네 마음이
우리들의 세계의
태양이 되기만 하면,
기독(基督)이 되기만 하면."

주제 영혼의 구제 추구
형식 전연의 자유시
경향 상징적, 낭만적, 퇴폐적
표현상의 특징 퇴폐주의적 바탕에다 상징주의적 수법을 구사하고 있다.
14행의 전연의 시로 제7행 이후의 후반부를 괄호 안에 묶어서, 벽모(碧毛)의 고양이가 시인에게 속삭이는 영적(靈的)인 대화를 표현하고 있다.

『폐허』 창간호(1920. 7)에 발표된 작품.

황석우의 대표작으로 꼽히는 이 작품의 제재(題材)는 인간 구원의 근원적인 새로운 상징적인 시작업(詩作業)이며, 영혼의 구제를 그 주제로서 내세우고 있는 명시다.

벽모(짙푸른 털)의 고양이가 자신의 세계를 구원해 주기만 하면, 나의 '온갖 오뇌(懊惱), 운명'을 말끔히 씻어 주겠다는 내용을 담고 있다.

오뇌 → 뉘우쳐 한탄하고 번민하는 일.

이 시는 흡사 괴테의 『파우스트』를 연상케 하는 난해시의 표본으로 평가되어, 당시 논란의 대상이 되기도 하였다.

심성이 간교한 악마인 '고양이'와 깨끗한 선성(善性)의 '나'는 모두가 시인의 분신들이고, 이 악과 선이 만나는 '낮잠터', '수풀 그늘'은 자아의 가장 깊숙하고 고요한 원초적 세계를 뜻하고 있다.

그 반면에 '태양', '기독(基督=그리스도)'은 구원자를 상징한다.

'너'의 경우는 본래의 그 선성 때문에 걸핏하면 병들고 절망하기 쉬울 뿐, 결코 '우리들'의 영혼을 구제하지는 못할 것이란다.

초대장

꽃동산에 산호탁(珊瑚卓)을 놓고
어머님께 상장을 드리렵니다
어머님께 훈장을 드리렵니다
두 고리 붙은 금가락지를 드리렵니다
    한 고리는 아버지 받들고
    한 고리는 아들딸, 사랑의 고리
어머님이 우리를 낳은 공로 훈장을 드리렵니다
나라의 다음 가는 가정상, 가정 훈장을 드리렵니다
시일은 '어머니의 날'로 정한
새 세기의 봄의 꽃.
그 날 그 시에는 어머님의 머리 위에
찬란한 사랑의 화환을 씌워 주세요
어머님의 사랑의 공덕을 감사하는 표창식은

하늘에서 비가 오고 개임을 가리지 않음이라.
세상의 아버지들, 어린이들
꼭, 꼭, 꼭 와 주세요
사랑의 용사,
어머님 표훈식에 꼭 와 주세요

주제 모상(母像)에의 예찬
형식 전연의 자유시
경향 낭만적, 주정적(主情的), 계몽적
표현상의 특징 산문체의 직설적·직서적인 관념적 표현에 치중하고 있다.
전연체이면서도 제5, 6행에서 조사의 특이한 구도를 보이고 있다.

이해와 감상

한국 초기 시단에서 상징주의의 선도적 역할을 했던 시인답지 않게, 이 시에서는 상징적 수법을 별로 찾아볼 수 없다.

어머니의 그 고마움을 계몽하고 있어 성공적인 시라기보다는 윤리적인 교훈시로서 택해 보았다.

직서적(直敍的)인 일상어로 진솔하게 엮음으로써, 어머니에 대한 효심을 애잔하게 나타내고 있다.

헌신적인 존재인 어머니에 대해서 가족은 모두 뜨거운 마음으로 보답을 드리자는 교훈적인 내용이다.

봄

가을 가고 결박 풀려 봄이 오다.
나무 나무에 바람은 연한 피리 불다.
실강지에 날 감고 날 감아
꽃밭에 매어 한 바람 한 바람씩 당기다.
가을 가고 결박 풀어져 봄이 오다.
너와 나 단 두 사이 맘의 그늘에

현음 감는 소리, 타는 소리
새야, 봉오리야, 세우(細雨)야, 달야.

이해와 감상

겨울 추위의 '결박'이 풀리면서 봄이 다가서는 정경을 매우 감각적으로 노래하고 있다.

나무 사이로 부는 바람이 피리 소리 같은 봄날에, 실패에다 실을 감듯이 긴 세월을 감아서 마냥 잡아두고 싶다는 것이다.

바로 그러한 봄날을 맘껏 누릴 수 있는 감미로운 사상(事象)들의 이름, 즉 새와 꽃봉오리와 가랑비와 달을 감동적으로 부르고 있다.

풍부한 상상력을 발휘하여 평범한 사실을 새롭고 알찬 것으로 변화 내지 전개시켜 보여주기에는 아직도 역량이 부족했던 1910년대의 시단에 있어서 주목되는 초기의 상징적인 작품이다.

엄동설한을 '결박', 세월을 '실' 등에 비유하고 그 실을 현악기의 줄삼아 튕기며 새봄을 노래하겠다는 상징적 표현방법은 그 당시로서는 감각적이고도 새로운 시도였다.

시어를 살펴보면, '실강지'는 실을 감아 두는 작은 나무쪽이고, '한 바람'은 '한 발 정도 길이'의 실이며, '현음(絃音)'은 현악기의 줄을 튕기는 소리, '세우(細雨)'는 가랑비다.

한용운(韓龍雲)

충청남도 홍성(洪城)에서 출생(1879~1944). 본명 정옥(貞玉), 법호 만해(卍海). 3·1운동 당시 민족대표 33인 중의 한 사람. 1918년『유심(惟心)』창간호에 시「심(心)」을 발표하며 문단활동을 시작했다. 시집『님의 침묵』(1926)과 장편소설『흑풍』(1935),『후회』(1936) 등이 있고, 주요 저서로『불교 유신론』,『불교대전』,『십현담 주해』등이 있다.

님의 침묵

님은 갔습니다. 아아 사랑하는 나의 님은 갔습니다.

푸른 산빛을 깨치고 단풍나무 숲을 향하여 난 작은 길을 걸어서 차마 떨치고 갔습니다.

황금의 꽃같이 굳고 빛나던 옛 맹세는 차디찬 티끌이 되어서 한숨의 미풍(微風)에 날아갔습니다.

날카로운 첫 키스의 추억은 나의 운명의 지침(指針)을 돌려 놓고 뒷걸음쳐서 사라졌습니다.

나는 향기로운 님의 말소리에 귀먹고 꽃다운 님의 얼굴에 눈멀었습니다.

사랑도 사람의 일이라 만날 때에 미리 떠날 것을 염려하고 경계하지 아니한 것은 아니지만 이별은 뜻밖의 일이 되고 놀란 가슴은 새로운 슬픔에 터집니다.

그러나 이별은 쓸데없는 눈물의 원천을 만들고 마는 것은, 스스로 사랑을 깨치는 것인 줄 아는 까닭에, 걷잡을 수 없는 슬픔의 힘을 옮겨서 새 희망의 정수배기에 들어부었습니다.

우리는 만날 때에 떠날 것을 염려하는 것과 같이 떠날 때에 다시 만날 것을 믿습니다.

아아 님은 갔지마는 나는 님을 보내지 아니 하였습니다.

제 곡조를 못 이기는 사랑의 노래는 님의 침묵을 휩싸고 돕니다.

주제 '님'의 상실의 절망적인 비애
형식 전연의 자유시
경향 주정(主情)적, 명상적, 상징적

내재율을 살린 전연으로 엮은 상징적 서정시다. 여기서의 '님'은 '조국'을 상징한다는 것이 일반적 해석이다. 불교 승려였던 만해에게 있어서 '님'은 '불타' 또는 이성의 '연인'일 수도 있다. '님'이라는 존재를 두고 일종의 연가식(戀歌式)으로 엮고 있는데, 기교 있는 내재율의 리듬 감각이 보통 산문시와 다르다. 『님의 침묵』 서문의 '맛치니'는 '마티니'(matinée)로 이탈리아에서 낮 시간대의 연극 공연 등의 흥행을 가리킨다.

이해와 감상

한용운이 제시한 '님'이 '조국'이건 '불타'이건 또는 사랑하는 '연인'이건 간에, 이 시는 우리로 하여금 많은 것을 연상하고 생각하게 만들고 있다.

'님'을 무엇에다 견주고 썼든, '님'에 대한 구체적인 실체는 독자 나름대로의 해석으로 받아들이면 그것으로 족한 것이다. 왜냐하면, 일단 발표된 시는 독자가 어떻게 해석하든 '독자 해석의 자유'가 보장되기 때문이다.

그런데 이 작품에서 시인의 시상(詩想)의 근본인 그 오묘한 시적 경지를 단정한다는 것은 불가능한 일이기도 하다.

이 시가 실린 시집 『님의 침묵』의 서문을 통해 한용운은 다음처럼 말하고 있어 참고 삼으면 좋을 것 같다.

"'님'만이 님이 아니라 기룬 것은 다 님이다. 중생이 석가의 님이라면, 철학은 칸트의 님이다. 장미화(薔薇花)의 님이 봄비라면, 맛치니의 님은 이태리다. 님은 내가 사랑할 뿐 아니라 나를 사랑하느니라.

연애가 자유라면, 님도 자유일 것이다.

그러나 너희는 이름 좋은 자유의 알뜰한 구속을 받지 않느냐. 너에게도 님이 있느냐. 있다면 님이 아니라 너의 그림자니라.

나는 해 저문 벌판에서 돌아가는 길을 잃고 헤매는 어린 양이 기루어서 이 시를 쓴다."

칸트(Immanuel Kant, 1724~1804) → 『순수이성비판』 등으로 이름난 독일의 철학자. 근세철학의 시조로 일컫는다.

알 수 없어요

바람도 없는 공중에 수직(垂直)의 파문을 내며 고요히 떨어지는 오동잎은 누구의 발자취입니까?

지리한 장마 끝에 서풍에 몰려가는 무서운 검은 구름의 터진 틈으로, 언뜻언뜻 보이는 푸른 하늘은 누구의 얼굴입니까?

꽃도 없는 깊은 나무에 푸른 이끼를 거쳐서, 옛 탑(塔) 위의 고요한 하늘을 스치는 알 수 없는 향기는 누구의 입김입니까?

근원은 알지도 못할 곳에서 나서 돌부리를 울리고, 가늘게 흐르는 작은 시내는 굽이굽이 누구의 노래입니까?

연꽃 같은 발꿈치로 가이 없는 바다를 밟고, 옥 같은 손으로 끝 없는 하늘을 만지면서, 떨어지는 해를 곱게 단장하는 저녁 놀은 누구의 시(詩)입니까?

타고 남은 재가 다시 기름이 됩니다.
그칠 줄을 모르고 타는 나의 가슴은 누구의 밤을 지키는 약한 등불입니까?

주제 절대자에 대한 구도(求道)의 추구

형식 6연의 자유시

경향 서정적, 상징적, 불교적

표현상의 특징 의인법(擬人法)·설의법(設疑法)·은유법(隱喩法) 등의 수사법을 구사한 상징적인 서정시이다. 매연의 종결 각운(脚韻)에 해당하는 '입니까?'로 마무리하여, 표제와의 신비로운 조화감을 시도하고 있다.

이해와 감상

이 세상 온갖 사상(事象)의 현상과 변화, 그것들은 각기 제 나름대로의 의미와 내용을 가지나, 그 진리 파악은 결코 쉬운 일이 아니다.

'알 수 없어요'란 표제는, 알 수 없는 신비 세계의 심오하고 유원(悠遠)한 절대자의 본체를 추구하고, 번뇌하며 구도하는 자아의 세계를 표현한 것이다.

인간은 역사적인 경험과 감관(感官)을 통해서만 무형의 진리를 접할 수 있다고 본다. 그런 가운데 우리는, 어느 날 우연치 않게 예상밖의 경이로움에 맞닥뜨리게도 될 것이다.

화자가 그와 같은 관점에서 절대심상(絶對心象)인 '오동잎'과 '발자취', '푸른 하늘'과 '얼굴' 등 상징적 대상을 제시하고 있는 것을 주목해야 한다.

절대자의 힘 앞에 자신의 존재가 '약한 등불'처럼 미약함을 자각하고, 그 본체를 찾아 헤매는 열정을 형상화 시키고 있다.

명상

아득한 명상의 작은 배는 가이 없이 출렁거리는 달빛의 물결에 표류되어
멀고 먼 별나라를 넘고 또 넘어서 이름도 모르는 나라에 이르렀습니다.

이 나라에는 어린 아기의 미소와 봄 아침과 바닷 소리가 합하여 사람이 되
었습니다.

이 나라 사람은 옥새의 귀한 줄도 모르고, 황금을 밟고 다니고, 미인의 청
춘을 사랑할 줄도 모릅니다.

이 나라 사람은 웃음을 좋아하고, 푸른 하늘을 좋아합니다.

명상의 배를 이 나라의 궁전에 매었더니, 이 나라 사람들은 나의 손을 잡고
같이 살자고 합니다.

그러나 나는 임이 오시면 그의 가슴에 천국을 꾸미려고 돌아왔습니다.

달빛의 물결은 흰 구슬을 머리에 이고 춤추는 어린 풀의 장단에 맞추어 우
쭐거립니다.

주제 이상의 나라 동경과 조국애
형식 전연의 자유시
경향 서정적, 상징적, 불교적
표현상의 특징 산문체의 알기 쉬운 표현을 하고 있어 전달이 잘 된다.
'~습니다', '~ 모릅니다', '~합니다', '~거립니다' 등의 경어체의 종결어미
를 달고 있다. 설화적인 내용으로 극적인 구성을 하고 있다.

이해와 감상

시인이 명상 속에서 찾아간 나라는 어디인가.

'아기의 미소와 봄 아침과 바닷 소리가 합하여' 된 사람이란 중생을 제도하는 부처님
이다. 숭고한 이상을 실현하기 위하여, '웃음'과 '푸른 하늘'을 좋아하는 '이름도 모르
는 나라'를 찾아갔다고 한다.

'이름도 모르는 나라'는 일제 침략의 번뇌에서 해탈한 부처님이 사는 평화의 터전 피
안(彼岸)인 것 같다.

시인은 명상 속에서 불타의 세계를 발견했다. 바로 그런 이상 세계를 조국 땅에 건설
하기 위해 온갖 부귀영화며 아름다움을 물리치고 가혹한 현실 세계로 돌아온다는 불멸
의 조국애를 역설하는 것이다.

만해는 민족 정신과 함께 사는 대중불교운동의 제창자이며, 『불교 유신론』의 저자이기도 하다. 불교를 통해 조국광복을 이룬다는 애국 · 애족의 의지를 담았다.

복종

남들은 자유를 사랑한다 하지마는 나는 복종을 좋아해요.
자유를 모르는 것은 아니지만 당신에게는 복종만 하고 싶어요.
복종하고 싶은데 복종하는 것은 아름다운 자유보다도 달콤합니다.
그것이 나의 행복입니다.
그러나 당신이 나더러 다른 사람을 복종하라면 그것만은 복종할 수 없습니다.
다른 사람을 복종하려면 당신에게 복종할 수 없는 까닭입니다.

주제 절대자에 대한 복종의 의지
형식 전연의 자유시
경향 서정적, 관념적, 논리적
표현상의 특징 산문체로 전달이 잘 되는 표현을 하고 있다.
정감 넘치는 겅어체를 구사하고 있다.

이해와 감상

한용운은 불교 승려로서 기미독립선언서(1919. 3. 1)에 직접 서명한 민족대표 33인 중한 사람이다.
그는 한민족(韓民族)의 해방을 위해 몸 바친 애국지사였다.
일제 말기에 이르러 민족운동자에 대한 탄압이 더욱 악랄해짐에 따라 옛 동지나 이른바 민족의 지도자들이 일제의 위협 앞에 무릎을 꿇어야 했던 상황 아래에서 '당신', 즉 조국이라는 절대자에게만 복종하겠다는 굳은 결의를 선언하고 있다.
'다른 사람', 즉 외국에게는 절대로 복종할 수 없는 자신의 애국심과 지조(志操)를 결연하게 담고 있다.

주요한(朱耀翰)

평안남도 평양(平壤)에서 출생(1900~1979). 호는 송아(頌兒). 일본 토우쿄우 제일고등학교 졸업. 중국 상하이의 호강(滬江)대학 이과 졸업. 일본 토우쿄우 유학생들이 간행한 한국 최초의 동인지 『창조』(1919.2.1~1921.5.30) 동인. 시집 『아름다운 새벽』(1924), 『3인 시가집』(1929)을 이광수, 김동환 등과 함께 출판했다. 시조집 『봉사꽃』(1930) 등도 있다.

불놀이

아아 날이 저문다, 서편 하늘에, 외로운 강(江)물 위에, 스러져가는 분홍빛 놀…… 아 해가 저물면 날마다, 살구나무 그늘에 혼자 우는 밤이 또 오건마는, 오늘은 사월(四月)이라 파일날, 큰길을 물밀어가는 사람소리는 듣기만 하여도 흥성스러운 것을 왜 나만 혼자 가슴에 눈물을 참을 수 없는고?

아아 춤을 춘다, 춤을 춘다. 시뻘건 불덩이가, 춤을 춘다. 잠잠한 성문(城門) 우에서 나려다보니, 물냄새 모래냄새, 밤을 깨물고 하늘을 깨무는 횃불이 그래도 무엇이 부족하여 제 몸까지 물고 뜯을 때, 혼자서 어두운 가슴 품은 젊은 사람은, 과거(過去)의 퍼런 꿈을 찬 강(江)물 우에 내어던지나 무정(無情)한 물결이 그 그림자를 멈출 리가 있으랴? ……아아 꺾어서 시들지 않는 꽃도 없건마는, 가신 님 생각에 살아도 죽은 이 마음이야, 에라, 모르겠다. 저 불길로 이 가슴 태워버릴까, 이 설움 살라버릴까. 어제도 아픈 발 끌면서 무덤에 가보았더니 겨울에는 말랐던 꽃이 어느덧 피었더라마는 사랑의 봄은 또 다시 안 돌아오는가, 차라리 속 시원히 오늘밤 이 물 속에…… 그러면 행여나 불쌍히 여겨줄 이나 있을까…… 할 적에 통, 탕 불티를 날리면서 튀어나는 매화포, 펄떡 정신(精神)을 차리니, 우구우구 떠드는 구경꾼의 소리가 저를 비웃는 듯, 꾸짖는 듯. 아아, 좀더 강열(强烈)한 열정(熱情)에 살고 싶다, 저기 저 횃불처럼 엉기는 연기(煙氣), 숨막히는 불꽃의 고통(苦痛) 속에서라도 더욱 뜨거운 삶을 살고 싶다고 뜻밖에 가슴 두근거리는 것은 나의 마음…….

사월(四月)달 따스한 바람이 강(江)을 넘으면, 청류벽(淸流碧), 모란봉 높은 언덕 우에 허어옇게 흐늑이는 사람떼, 바람이 와서 불 적마다 불빛에 물든 물결이 미친 웃음을 웃으니, 겁 많은 물고기는 모래 밑에 들어박히고, 물결치는 뱃슭에는 졸음 오는 '이즘'의 형상(形象)이 오락가락— 어른거리는 그림자 일어나는 웃음소리, 달아논 등불 밑에서 목청껏 길게 빼는 여린 기생의 노래, 뜻밖에 정욕(情慾)을 이끄는 불구경도 이제는 겹고, 한잔 한잔 또 한잔 끝없는 술도 이제는 싫어, 지저분한 배밑창에 맥없이 누우며 까닭 모르는 눈물은 눈을 데우며, 간단없는 장고소리에 겨운 남자(男子)들은, 때때로 불 이는 욕심에 못 견디어 번뜩이는 눈으로 뱃가에 뛰어나가면, 뒤에 남은 죽어가는 촛불은 우그러진 치마깃 우에 조을 때, 뜻있는 듯이 찌걱거리는 배젓개 소리는 더욱 가슴을 누른다…….

아아 강물이 웃는다, 웃는다, 괴상한 웃음이다, 차디찬 강물이 껌껌한 하늘을 보고 웃은 웃음이다. 아아, 배가 올라온다. 배가 오른다, 바람이 불 적마다 슬프게 슬프게 삐걱거리는 배가 오른다.

저어라, 배를, 멀리서 잠자는 능라도(綾羅島)까지, 물살 빠른 대동강(大洞江)을 저어 오르라. 거기 너의 애인(愛人)이 맨발로 서서 기다리는 언덕으로 곧추 너의 뱃머리를 돌리라 물결 끝에서 일어나는 추운 바람도 무엇이리오 괴이(怪異)한 웃음소리도 무엇이리오, 사랑 잃은 청년(靑年)의 어두운 가슴 속도 너에게야 무엇이리오, 그림자 없이눈 '밝음'도 있을 수 없는 것을—.
오오, 다만 네 확실(確實)한 오늘을 놓치지 말라.
오오, 사르라, 사르라! 오늘밤! 너의 빨간 횃불을, 빨간 입술을, 눈동자를, 또한 너의 빨간 눈물을…….

주제 비연(悲戀)의 아픔과 극복 의지
형식 5연의 자유시
경향 서정적, 상징적, 감상적
표현상의 특징 일상어의 산문체로 전달이 잘 되는 알아듣기 쉬운 표현을 하고 있다.
'아아'(제1·2·4연)며 '오오'(제5연) 등 영탄조의 낭만적인 표현이 분위기를 침통하게 이끈다.
'분홍빛 놀'을 비롯하여 '시뻘건 불덩이', '횃불' 등 심도 있는 감각적 표현이 두드러지고 있다.
평양의 대동강이며 모란봉, 능라도, 청류벽 등 지명·명승 등이 나온다.

이해와 감상

『창조』 창간호(1919. 2)에 발표된 작품이다.

주요한은 이 시를 '한국 최초의 자유시다'(저자의 앞의 연구론 「한국 근대시와 시사적 배경 소고」 참조 요망)라고 스스로 주장하고 있는 문제의 작품이다. 그러나 이 시를 '한국 최초의 자유시'로 주장하는 데는 여러 가지 무리가 있다.

다만 「불놀이」(1919. 2)의 자유시의 형태론적인 관점은 종래의 전통시가의 외형률을 벗어나고 있다는 점을 지적하게 된다.

이 시는 옛날 평양의 사월 초파일의 부처님 오신 날 밤의 불교행사의 장관을 배경으로 실연 당한 젊은이의 사랑의 아픔이 주정적으로 묘사되고 있다.

사월 초파일의 떠들썩한 축제 속에서도 비련(悲戀)에 비탄하는 화자가 서시의 무대로써 설정되고(제1연), 투신자살까지 마음 먹는 아픔과 '좀 더 강열한 열정에 살고 싶다'(제2연)는 자아발견의 역동적인 굳은 의지도 세운다.

몽환적인 뱃놀이의 쾌락도 실연의 아픔은 달랠 길 없는 화자의 허무한 청춘의 패배감을 북돋는다(제3연).

'아아 강물이 웃는다, 웃는다'(제4연)는 냉소적인 자아에 대한 풍자적 표현수법은 다시금 '바람이 불 적마다 슬프게 슬프게 삐걱거리는 배가 오른다'(제4연)는 비탄 속에 그 당시 유럽을 풍미하던 극단적인 사상인 반이성주의(反理性主義)의 불안과 공포의 다다이즘(dadaism)적인 아픔의 극치를 절망적으로 심상화 시키고도 있다.

이 시는 그 당시 20세의 청년 시인 주요한이 서구의 낭만주의며 상징주의와 뒤 이은 다다이즘의 영향이 크게 미치고 있는 산만한 내용의 시세계를 보이고 있다.

빗소리

비가 옵니다.
밤은 고요히 깃을 벌리고,
비는 뜰 위에 속삭입니다.
몰래 지껄이는 병아리같이.

이즈러진 달이 실낱같고,
별에서도 봄이 흐를 듯이
따뜻한 바람이 불더니,
오늘은 이 어둔 밤을 비가 옵니다.

비가 옵니다.
다정한 손님같이 비가 옵니다.
창을 열고 맞으려 하여도
보이지 않게 속삭이며 비가 옵니다.

비가 옵니다.
뜰 위에 창 밖에 지붕에
남 모를 기쁜 소식을
나의 가슴에 전하는 비가 옵니다.

주제 봄비를 맞이하는 기쁨
형식 4연의 자유시
경향 서정적, 상징적, 동요적
표현상의 특징 '비가 옵니다'라는 경어체를 반복적인 각운(脚韻)으로 달아 리듬감
을 살리고 있다.
시각을 통하여 사물을 선명하게 표현하는 영상수법(映像手法)을 취하고 있다.
전체적으로 흡사 동요적인 이미지의 분위기가 표현되고 있다.

이해와 감상

시각 중심의 영상수법의 이미지 제시로써 초기의 낭만적 서정시로 평가된다.
이 시의 근대시적 해석이 가능한 것은 그 하나가 한문의 영향을 뿌리치고 우리 말로
시를 쓰려는 경향이다.
그리고 또 다른 특성은 최남선 등의 이른바 신체시의 경향인 윤리적·교육적 목적 의
식을 배제하고 있는 점이다.
본래 근대시의 출발은, "시는 시 이외의 목적에 봉사하지 않는다"는 자체 미학의 수립
에서 비롯되었다고 본다. 따라서 이 작품이 오늘의 시각에서는 어설픈 것이지만 우리의
신시사(新詩史)에서 근대시의 기초적인 장(章)을 마련했다는 종래의 평가는 긍정된다.
주요한 스스로가 직접 프랑스 등 서구시의 영향을 받았다고 밝혔다.
이 시는 프랑스의 베를레느(Paul Marie Verlaine, 1844~1896)의 명시 「거리에 비 내리
듯」에서 랭보(Jean Nicolas Arthur Rimbaud, 1854~1891)의 시구 "거리에는 소리없이 비
가 내리네"가 인용된 것을 연상시킨다. 또한 베를레느의 시 「거리에 비 내리듯」에서의
"땅 위의 지붕 위에/ 오, 오, 나긋한 빗소리" 등 일련의 '비'의 감각적 표현의 공통성을
살피게도 해주는 흥미로운 작품이다.

오상순(吳相淳)

서울에서 출생(1894~1963). 호는 공초(空超). 일본 도우시샤대학 철학과 졸업(1918). 김억, 남궁벽 등과 『폐허』 동인. 『폐허』 창간호(1920.7)에 「시대고와 그 희생」이라는 글을 발표함으로써 시동인 운동을 전개했다. 『공초 오상순 시집』(1963) 등이 있다.

아시아 마지막 밤 풍경
—아시아의 진리는 밤의 진리다

아시아는 밤이 지배한다. 그리고 밤을 다스린다.
밤은 아시아의 마음의 상징이요, 아시아는 밤의 실현이다.
아시아의 밤은 영원한 밤이다. 아시아는 밤의 수태자(受胎者)이다.
밤은 아시아의 산모요, 산파(産婆)이다.
아시아는 실로 밤이 낳아 준 선물이다.
밤은 아시아를 지키는 주인이요, 신이다.
아시아는 어둠의 검이 다스리는 나라요, 세계이다.

아시아의 밤은 한없이 깊고 속 모르게 깊다.
밤은 아시아의 심장이다. 아시아의 심장은 밤에 고동한다.
아시아는 밤의 호흡기관이요, 밤은 아시아의 호흡이다.
밤은 아시아의 눈이다. 아시아는 밤을 통해서 일체상(一切相)을 뚜렷이 본다.
올빼미 모양으로—
밤은 아시아의 귀다. 아시아는 밤에 일체음(一切音)을 듣는다.

밤은 아시아의 감각이요, 감성이요, 성욕이다.
아시아는 밤에 만유애(萬有愛)를 느끼고 임을 포옹한다.
밤은 아시아의 식욕이다. 아시아의 몸은 밤을 먹고 생성한다.
아시아는 밤에 그 영혼의 양식을 구한다. 맹수 모양으로—
밤은 아시아의 방순(芳醇)한 술이다. 아시아는 밤에 취하여 노래하고 춤춘다.

밤은 아시아의 마음이요, 오성(悟性)이요, 그 행(行)이다.

아시아의 인식도 예지도 신앙도 모두 밤의 실현이요, 표현이다.

오— 아시아의 마음은 밤의 마음— 아시아의 생리 계통과 정신 체계는 실로 아시아의 밤의 신비적 소산인저—

밤은 아시아의 미학이요, 종교이다.

밤은 아시아의 유일한 사랑이요, 자랑이요, 보배요, 그 영광이다.

밤은 아시아의 영혼의 궁전이요, 개성의 터요, 성격의 틀이다.

밤은 아시아의 가진 무진장의 보고(寶庫)이다. 마법사의 마술의 보고와도 같은—

밤은 곧 아시아요, 아시아는 곧 밤이다.

아시아의 유구한 생명과 개성과 성격과 역사는 밤의 기록이요, 밤신의 발자취요, 밤의 조화(造化)요, 밤의 생명의 창조적 발전사—.

보라! 아시아의 산하 대지와 물상(物相)과 풍물과 품격과 문화—

유상무상(有相無相)의 일체상(一切相)이 밤의 세례를 받지 않는 자 있는가를—

아시아의 산맥은 아시아의 물의 리듬을 상징하고, 아시아의 물의 리듬은 아시아의 밤의 리듬을 상징하고

아시아의 딸들의 칠빛 같은 머리의 흐름은 아시아의 밤의 그윽한 호흡의 리듬—.

한 손으로 지축을 잡고 흔들고 천지를 함토(含吐)하는 아무리 억세고 사나운 아시아의 사나이라도, 그 마음 어느 구석인지 숫처녀의 머리털과도 같이 끝 모르게 감돌아드는 밤 물결의 흐름 같은 리듬의 곡선은 그윽히 서리어 흐르나니—.

그리고, 아시아의 아들들이 자기를 팔아 술과 미(美)와 한숨을 사는

호탕한 방유성(放遊性)도 감당키 어려운 이— 밤 때문이라 하리라.

밤에 취하고 밤을 사랑하고 밤을 즐기고 밤을 탄미(嘆美)하고 밤을 숭배하고— 밤에 나서 밤에 살고 밤 속에 죽는 것이 아시아의 운명인가.

아시아의 침묵과 정밀(靜謐)과 유적(幽寂)과 고담(枯淡)과 전아(典雅)와 곡선과

여운과 현회(玄晦)와 유영(幽影)과 후광(後光)과 또 자미(滋味) 제호미(醍醐味)—는 아시아의 밤신들의 향연의 교향곡의 악보인저—.

오— 숭엄하고 유현(幽玄)하고 신비롭고 불가사의한 아시아의 밤이여—.

태양은 연소(燃燒)하고 자격(刺激)하고 과장하고 오만하고 군림하고 명령한다.

그리고 남성적이요, 부격(父格)이요, 적극적이요, 공세적이다.

따라서 물리적이요, 현실적이요, 학문적이요, 자기 중심적이요, 투쟁적이요, 물체적이요, 물질적이다.

태양의 아들과 땅은 기승하고 질투하고 싸우고 건설하고 파괴하고 돌진한다.

백일하(白日下)에 자신 있게 만유(萬有)를 분석하고 해부하고 종합하고 통일하고

성할 줄만 알고 쇠하는 줄 모르고 기세 좋게 모험하고 제작하고 외치고 몸부림치고 피로한다

차별상(差別相)에 저회(低回)하고 유(有)의 면(面)에 고집한다

여기 뜻 아니한 비극의 배태(胚胎)와 탄생이 있다.

주제 아시아의 전통적 성격과 인간애
형식 11연의 자유시
경향 낭만적, 허무적, 관념적
표현상의 특징 장시 형태(11연)로 된 자유시로 은유의 비유 표현이 두드러지고 있다. 전편에 걸쳐 열거법·반복법이 구사되었다. 추상적이고 형이상학적인 정신 세계에서 넘쳐나는 관념적 시어가 21세기의 한글 세대에게는 난해한 표현이 되고 있다.

이해와 감상

이 작품의 기본적 자세는 아시아의 절망을 '밤'으로 진단한 데서부터 시작된다. 밤과 아시아의 의인화를 통해 상호 관계를 인간애의 차원에서 대조적으로 그리고 있다.

'밤'은 공초(空超) 특유의 관념적 허무 사상이며 그는 동양적 허무 사상을 주조로 이 시를 보였다. 또한 그는 구도적 입장에서 허무를 극복하려는 의지로서의 「허무혼(虛無魂)의 선언」을 했던 것이다.

평생을 영욕과 명리를 초월하여 독신·방랑·참선, 그리고 그 유명한 애연(愛煙)으로 일관하여 파란의 시대에 큰 발자국을 남긴 공초 오상순의 굵직한 숨소리가 들리는 대표

작이라 하겠다. 그는 동인지 『폐허』 창간호(1920. 7)에 실은 「시대고와 그 희생」에서 다음과 같이 말하고 있어 이 작품을 이해하는 데 도움이 되고 있다.

"우리 조선은 황량한 폐허의 조선이요, 우리 시대는 비통한 번민의 시대이다. 이 말은 우리 청년의 심장을 도려내는 것 같은 아픈 소리다. 여하간에 나는 이 말을 아니할 수 없다. 엄연한 사실이기 때문에 소름이 끼치는 무서운 소리이나, 이것은 의심할 수도 없고 부정할 수도 없다.

이 폐허 속에는 우리들의 내적·외적·심적·물적 모든 부족, 결핍, 결함, 공허, 불만, 울분, 한숨, 걱정, 슬픔, 아픔, 눈물, 그리고 멸망과 사(死)의 제약(諸惡)이 쩨여 있다."

첫날 밤

어어 밤은 깊어
화촉 동방의 촛불은 꺼졌다
허영의 의상은 그림자마저 사라지고…….

그 청춘의 알몸이
깊은 어둠바다 속에서
어족(魚族)인 양 노니는데
홀연 그윽히 들리는 소리 있어,

아야……야!

태초 생명의 비밀 터지는 소리
한 생명 무궁한 생명으로 통하는 소리
열반(涅槃)의 문 열리는 소리
오오 구원의 성모 현빈(玄牝)이여!

머언 하늘의 뭇 성좌는
이 밤을 위하여 새로 빛날진저!

밤은 새벽을 배(孕胎)고
침침히 깊어 간다.

주제 생명의 신비한 연원(淵源) 추구
형식 6연의 자유시
경향 서정적, 환상적, 관념적
표현상의 특징 잘 다듬어진 시어로 상징적인 심도 있는 이미지를 표현하고 있다.
청각적인 감각 이미지로 환상적인 신비경의 분위기를 창출하고 있다.

 **이해와 감상**

속세의 신혼 부부가 맞는 첫날 밤을 소재로 택하여 만물을 생성하는 길, 즉 태초의 생명의 신비를 추구하고 있는 독특한 작품세계다. 즉 '첫날 밤'은 속세 인간사의 하나인 신혼 남녀의 초야만을 가리키는 것은 아니다.

'태초 생명의 비밀이 터지는 소리'를 '열반(涅槃)의 문 열리는 소리'나 '구원의 성모 현빈(玄牝)이여 !'라는 표현을 빌어 종교의 경지로까지 승화시킨다. 시인은 이 작품을 통해 인간의 생명의 신비, 즉 생명의 참다운 의미와 그 연원(淵源)을 철학적·종교적 경지에서 진지하게 추구하고 있다.

열반 → 인생의 고통과 번뇌를 벗어난 해탈의 경지.   현빈 → 검은 옷의 여인.
침침 → 매우 속력이 빠른 것.

방랑의 마음

흐름 위에
보금자리 친
오! 흐름 위에
보금자리 친
나의 혼……。

바다 없는 곳에서
바다를 연모하는 나머지에
눈을 감고 마음 속에
바다를 그려 보다
가만히 앉아서 때를 잃고……。

옛 성 위에 발돋움하고

들 너머 산 너머 보이는 듯 마는 듯
어릿거리는 바다를 바라보다
해 지는 줄도 모르고……

바다를 마음에 불러 일으켜
가만히 응시하고 있으면
깊은 바닷소리
나의 피의 조류(潮流)를 통하여 오도다.

망망한 푸른 해원(海原)—
마음 눈에 펴서 열리는 때에
안개 같은 바다의 향기
코에 서리도다.

주제 현실 도피에 의한 이상향의 추구
형식 5연의 자유시
경향 서정적, 상징적, 낭만적
표현상의 특징 제1연의 '흐름'이란 그의 의식의 흐름, 사고(思考)의 물결을 뜻한다.
간결한 시어로 낭만적 이미지를 부각시키고 있다.

이해와 감상

오상순은 구도의 자세 속에 시를 쓸 뿐 속세의 욕심이란 이미 해탈했으니, 내 집 한 칸
마련할 생각도 없이 평생을 방랑 속에서 명상하며 허무혼을 시로써 승화시켰던 것이다.
그러므로 우리는 이 작품에서 오상순의 심원한 시세계의 시혼(詩魂)과 접하게 된다.

오상순의 허무혼(虛無魂)에 대한 구도적(求道的) 자세가 진솔(眞率)하게 묘사되어 있
다.

이 작품이 쓰여졌을 무렵, 즉 1920년대 초에 그는 금강산 신계사(神溪寺)를 비롯하여
전국의 사찰을 돌며, 방랑 속에서 시적 안주의 터를 찾아 헤매고 있었다. 그러기에 속세
를 멀리하고 보다 높은 관념의 세계로 향하려는 그의 신념이 번뜩인다.

조류 → 바닷물의 흐름.
해원 → 바다의 넓은 물결.

홍사용(洪思容)

경기도 용인(龍仁)에서 출생(1900~1947). 호는 노작(露雀). 휘문의숙(徽文
義塾) 졸업. 문예지 『문우(文友)』 창간(1920)에 이어 문예동인지 『백조(白
潮)』를 창간(1922년), 1923년 신극운동단체 '토월회(土月會)'에 가입. 한국
낭만시의 개척자다.

나는 왕(王)이로소이다

나는 왕이로소이다. 나는 왕이로소이다. 어머님의 가장 어여쁜 아들, 나는
왕이로소이다. 가장 가난한 농군의 아들로서…….

그러나 시왕전(十王殿)에서도 쫓기어난 눈물의 왕이로소이다. "맨 처음으
로 내가 너에게 준 것이 무엇이냐" 이렇게 어머니께서 물으시면은 "맨 처음
으로 어머니께 받은 것은 사랑이었지요마는 그것은 눈물이더이다" 하겠나
이다. 다른 것도 많지요마는…….

"맨 처음으로 네가 나에게 한 말이 무엇이냐" 이렇게 어머니께서 물으시면
은 "맨 처음으로 어머니께 드린 말씀은 '젖 주서요' 하는 그 소리였지마는,
그것은 '으아 !' 하는 울음이었나이다" 하겠나이다. 다른 말씀도 많지요마
는…….

이것은 노상 왕에게 들리어 주신 어머니의 말씀인데요.

왕이 처음으로 이 세상에 올 때에는 어머니의 흘리신 피를 몸에다 휘감고
왔더랍니다.

그 날에 동네의 늙은이와 젊은이들은 모두 "무엇이냐"고 쓸데없는 물음질
로 한창 바쁘게 오고 갈 때에도 어머니께서는 기꺼움보다도 아무 대답도 없
이 속 아픈 눈물만 흘리셨답니다. 빨가숭이 어린 왕 나도 어머니의 눈물을 따
라서 발버둥치며 "으아 !" 소리쳐 울더랍니다.

그 날 밤도 이렇게 달 있는 밤인데요. 으스름달이 무리스고 뒷동산에 부엉
이 울음 울던 밤인데요.

어머니께서는 구슬픈 옛 이야기를 하시다가요, 일없이 한숨을 길게 쉬시며 웃으시는 듯한 얼굴을 얼른 숙이시더이다.

왕은 노상 버릇인 눈물이 나와서 그만 끝까지 섧게 울어 버렸소이다.

울음의 뜻은 도무지 모르면서도요.

어머니께서 조으실 때에는 왕만 혼자 울었소이다.

어머니의 지우시는 눈물이 젖먹는 왕의 뺨에 떨어질 때이면 왕도 따라서 시름 없이 울었소이다.

열 한 살 먹던 해 정월 열나흗날 밤, 맨 재텀이로 그림자를 보러 갔을 때인데요. 명(命)이나 긴가 짜른가 보랴고

왕의 동무 장난꾼 아이들이 심술스러웁게 놀리더이다. 모가지가 없는 그림자라고요.

왕은 소리쳐 울었소이다. 어머니께서 들으시도록, 죽을까 겁이 나서요.

나무꾼의 산타령을 따라가다가 건너 산비탈로 지나가는 상두꾼의 구슬픈 노래를 처음 들었소이다.

그 길로 옹달 우물로 가자고 지름길로 들어서며는 찔레나무 가시 덤불에서 처량히 우는 한 마리 파랑새를 보았소이다.

그래 철없는 어린 왕 나는 동무라 하고 쫓아 가다가, 돌부리에 걸리어 넘어져서 무릎을 비비며 울었소이다.

할머니 산소 앞에 꽃 심으러 가던 한식날 아침에

어머니께서는 왕에게 하얀 옷을 입히시더이다. 그리고 귀밑머리를 단단히 땋아 주시며 "오늘부터는 아무쪼록 울지 말아라" 아아 그때부터 눈물의 왕은!

어머니 몰래 남 모르게 속 깊이 소리 없이 혼자 우는 그것이 버릇이 되었소이다.

누우런 떡갈나무 우거진 산길로 허물어진 봉화 뚝 앞으로 쫓긴 이의 노래를 부르며 어슬렁거릴 때에 바위 밑에 돌부처는 모른 체하며 감중연하고 앉았더이다.

아아 뒷동산 장군 바위에서 날마다 자고 가는 뜬 구름은 얼마나 많이 왕의

눈물을 싣고 갔는지요.

　나는 왕이로소이다. 어머니와 외아들 나는 이렇게 왕이로소이다.
　그러나 그러나 눈물의 왕! 이 세상 어느 곳에든지 설움이 있는 땅은 모두
왕의 나라로소이다.

> **주제** 나라를 빼앗긴 민족의 비애 고발
> **형식** 8연의 산문시
> **경향** 상징적, 우화적, 감상적
> **표현상의 특징** 산문체로 비유의 수법으로 심도 있는 이미지를 표현하고 있다. 설화
> 형식을 빌어 민족의 수난을 역사에 고발하고 있다.

해설 및 감상

　감상적 낭만주의를 주조로 하는 『백조』 동인 중에서도 가장 감상적 경향이 짙은 홍사
용은 산문 형식의 이 작품을 통해 근대시의 활달한 시 형식의 한 전형(典型)을 제시했다.
　'왕' 은 곧 '한민족(韓民族)' 을 은유하는 것이다. '어머니' 를 일제의 침략, 즉 한일합
방 이전의 우리나라 국호인 '대한제국' (大韓帝國)으로 바꾸어 보면 이 시에서의 '왕' 이
자전적(自傳的)인 노작(露雀) 자신이 아니라, 일제의 탄압으로 고통받고 있는 우리 민족
을 비유하고 있다는 것을 알 수 있다.
　숙명적으로 비극의 왕인 나는, '어머니' (대한제국)로부터 배운 것은 눈물뿐이었고,
'모가지 없는 그림자' (식민지의 아들)의 삶은 '눈물의 왕' (망국의 한)으로서의 세월이
었는데, 성년(成年)이 된 뒤로는 마음대로 우는 자유조차 빼앗겨, 남이 모르게 혼자 울면
서 '쫓긴 이의 노래' 를 부를 수밖에 없었다.
　'설움이 있는 땅' 은 모두가 '왕의 나라' 라고 강조함으로써, 이 시는 감상의 차원을 넘
어 인간의 본질적인 슬픔으로까지 의도적으로 최고조로 이끌어가고 있다.
　우리가 주목할 것은 인간은 태어나면서부터 괴로운 것이라는 일반적 논리를 내세워
운명적인 비극을 노래해 오다가, '이 세상 어느 곳에든지 설움이 있는 땅은 모두 왕의 나
라로소이다' 라고 현실 세계로 전환시키고 있다.
　이것은 그 당시 3·1운동의 실패로 희망이 좌절된 어두운 조국 땅과 젊은이들의 마음
속 깊이 서려 있는 절망적인 애상(哀傷)을 통절하게 표현하고 있는 것이다.

II. 여울목의 소용돌이

(1921 ~ 1929)

김소월(金素月)

평안북도 곽산(郭山)에서 출생(1903~1935). 본명은 정식(廷湜). 오산(五山)학교 중학부 재학중 은사 김억(金億)에게 사사. 배재(培材)고보 졸업(1923). 18세 청소년으로 시 「낭인(浪人)의 꿈」을 『창조』 제5호(1920. 3)에, 「먼 후일」을 『학생계』 제1호(1920. 7)에 발표하는 조숙성을 보였다. 33세로 요절한 그가 남긴 154편의 작품은 거의가 20세 전후의 것들이다. 시집 『진달래꽃』(賣文社, 1925). 『소월시초』(素月詩抄, 博文書館, 1939)가 있다.

김소월의 일본 토우쿄우상대(東京商大) 입학설이 간혹 있으나, 저자가 지난 1991년에 직접 히토쓰바시대학(一橋大學, 토우쿄우상대의 후신)의 학적과에서 학적부를 조사했으나 학적의 기록이 없었다는 것을 여기 참고로 밝혀둔다.

진달래꽃

나 보기가 역겨워
가실 때에는
말 없이 고이 보내 드리오리다.

영변(寧邊)에 약산(藥山)
진달래꽃
아름 따다 가실 길에 뿌리오리다.

가시는 걸음 걸음
놓인 그 꽃을
사뿐히 즈려 밟고 가시옵소서.

나 보기가 역겨워
가실 때에는
죽어도 아니 눈물 흘리오리다.

※(김소월 원본시집 『진달내꽃』 본서의 표지 4면의 원본 시 참조 요망)

주제 이별의 비애와 극복의 의지

형식 4연의 자유시

경향 서정적, 낭만적, 감상적

표현상의 특징 제2연의 '영변에 약산 진달래꽃'만을 제외하고는 구어체(口語體)의 정수(精髓)를 활용한 7·5조를 바탕으로 하고 있어 고대 한국 민요조의 리듬감을 뛰어나게 살리고 있다.

'역겨워'(몹시 역하여), '즈려'(미리) 등의 토속적 언어의 활용은 한국인에게 남다른 친근감을 갖게 한다.

유성음(有聲音)을 적절히 배합한 '~리오리다'를 반복하여 각운(脚韻)의 효과를 잘 살려 정감(情感)을 돋우고 있다.

이해와 감상

『개벽』(1923. 5)에 발표된 이 시는, 소월의 대표작으로 꼽힌다.

김소월 시의 율조는 7·5조를 바탕으로 하고 있다.

시인 조지훈(趙芝薰) 등은 7·5조를 가리켜 일본율조(日本律調)로 주장했으나 그것은 적절하지 않다.

7·5조의 바탕은 한국 고대 가요(歌謠) 「정읍사(井邑詞)」에 나타나고 있을 뿐 아니라, 백제(百濟)의 왕인(王仁)박사가 일본에 건너가서 서기 405년에 지은 일본 와카(和歌)의 효시인 「난파진가」(難波津歌·梅花頌)에 7·5조가 나타났다(본서의 '7·5조 시가(詩歌) 연구론'인 「일본 시가(詩歌)의 7·5조는 한국의 율조(律調)이다」를 참조 요망함).

한국 근대 서정시의 기조를 이룬 김소월. 즉 우리 민족의 '정한(情恨)의 시가'의 전형으로 꼽히는 것이 소월의 시 「진달래꽃」이라는 것을 우리는 인식해야 한다.

우리말의 효과적인 표현으로 한국 근대 낭만적 서정시를 완성시킨 민요적 성격의 작품이다.

사랑하는 이를 떠나 보내는 사무친 정(情)과 한(恨)이 좌절(연인과의 이별), 미련(재회에의 기대), 원망(기어이 떠나가는 몰인정한 연인에 대한)의 갈등을 거쳐, '죽어도 아니 눈물 흘리오리다'(제4연)고 다짐했다.

이것은 곧 '울어서는 안 된다'는 초자아(超自我)의 윤리적 실천을 굳게 다지고 있는 표현이다.

「진달래꽃」이야말로 아직도 전근대적이던 우리 사회에서 희생적인 고귀한 사랑으로 승화되는 감정의 발전을 이룩한 것이었다.

이 작품은 세련된 정서와 함께 눈부시게 조화된 낭만적인 서정을 짙게 우려낸 우리나라 신시 초기를 장식하는 기념비적 서정시로 탄생한 명시다.

이 시를 가리켜 월탄(月灘) 박종화는 "무색한 시단에 비로소 소월의 시가 있다"고 칭송했으며, 혜산(兮山) 박두진은 "이 이상 더 깊고, 맵고, 서럽게 표현될 수 없을 만큼 완벽하다"고 평가했다.

금잔디

잔디
잔디
금잔디.
심심 산천에 붙는 불은
가신 임 무덤가에 금잔디.
봄이 왔네, 봄빛이 왔네,
버드나무 끝에도 실가지에.
봄빛이 왔네, 봄날이 왔네,
심심 산천에도 금잔디에.

주제 사별한 연인에 대한 정한(情恨)
형식 전연의 자유시
경향 서정적, 민요적, 감상적
표현상의 특징 동어반복하는 어구를 겹쳐 시어의 뜻을 순차적으로 절정(絶頂)으로 이끄는 점층법(漸層法)을 채택하고 있다.
즉, '잔디/ 잔디/ 금잔디'를 3행으로 나눔으로써 잔디의 시각적 효과와 금잔디의 생동감을 역동적으로 드높이고 있다.
'디, 네, 에' 등에 각운(脚韻)을 달고 있다.

이해와 감상

편의상 시를 '노래하는 시'와 '생각하는 시'로 구별한다면 「금잔디」는 전자에 속하며, '노래하는 시'는 리듬을 위한 배려가 큰 것이 특색이다.

이러한 리듬 감각, 즉 민요조의 가락에 정감이 마냥 서럽게 넘친다. 영영 다시는 볼 수 없는 무덤 속의 임과 봄이면 어김없이 돋아나는 금잔디를 서로 대비시킴으로써 소월 특유의 정한이 승화되고 있다.

'금잔디'는 임의 뜨거운 사랑의 불길처럼 무덤가에 퍼지고 있으나, 그러기에 '가신 임' 무덤가에 찾아온 봄이 더더욱 슬프고 한이 되는 심정을 간결하면서도 운치 있게 노래한 작품이다.

'버드나무 끝에도 실가지에'와 '심심 산천에도 금잔디에'에서의 '특수조사'인 '도'는, 운율미(韻律美)를 살리는 가운데 수사의 강조적인 표현을 담고 있다.

엄마야 누나야

엄마야 누나야 강변 살자.
뜰에는 반짝이는 금모래빛,
뒷문 밖에는 갈잎의 노래,
엄마야 누나야 강변 살자.

주제 평화로운 삶의 갈망
형식 전연의 자유시
경향 서정적, 낭만적, 동요적
표현상의 특징 일상어가 아닌 유아어(어린이들의 말투)인 '엄마야 누나야 강변 살
자'를 제1행과 제4행에서 수미상관으로 반복하고 있다. 그 밖의 시구도 거의
가 유성음으로 구성되어 있어, 해맑은 감흥을 살리고 있다.

이해와 감상

『개벽』제19호(1922. 1)에 발표되었다. 순진 무구한 어린이의 귀여운 소망이라는 형태
의 동요다. 이 작품은 기승전결의 시작(詩作) 형식을 빌어, 엄마랑 누나랑 함께 사는 평
화로운 삶에의 갈망을 소박하고 따뜻하게 엮었다.
    꿈처럼 환상적인 고요와 평화, 그것이 강변이라는 호젓한 자연계와 더불어 어쩌면 도
저히 이룰 수 없는 절망감까지 포괄시켜 안타까운 정마저 느끼게 한다. 그러기에 이 짤
막한 단시에서도 우리말의 효과적인 표현의 탁월한 솜씨를 깨닫게 된다.

접동새

접동
접동
아우래비 접동

진두강(津頭江) 가람가에 살던 누나는
진두강(津頭江) 앞 마을에

와서 웁니다.

옛날 우리나라
먼 뒤쪽의
진두강(津頭江) 가람가에 살던 누나는
의붓어미 시샘에 죽었습니다.

누나라고 불러 보랴
오오 불설워
시샘에 몸이 죽은 우리 누나는
죽어서 접동새가 되었습니다.

아홉이나 남아 되는 오랍동생을
죽어서도 못 잊어 차마 못 잊어
야삼경(夜三更) 남 다 자는 밤이 깊으면
이 산 저 산 옮아가며 슬피 웁니다.

주제	육친애(肉親愛)의 정한(情恨)
형식	5연의 자유시
경향	서정적, 감상적, 낭만적
표현상의 특징	경상도 방언인 접동새(두견새)의 울음 소리를 의성화한 '접동/ 접동'과 이를 받는 '아홉 오라비'를 활음조(euphony, 滑音調)로 바꾼 '아우래비'로 빼어나게 표현하고 있다.

이해와 감상

『배재』 제2호(1923. 3)에 발표된 이 작품은 소월이 평북 정주의 오산중학교를 거쳐 진학한 서울의 배재고보를 졸업할 무렵의 것이며, 당시 21세였다.

소월의 뛰어난 시어 표현을 통해 우리는 소월이 시의 리듬을 위해 크게 노력을 한 시인이었음을 알 수 있다. 154편을 헤아리는 소월의 시는 20세 전후에 발표된 것이다.

'가람'은 승려가 살면서 불도(佛道)를 닦던 곳을 말한다. '아우래비'는 '아홉 오라비'로 '아홉 사람의 남동생이나 오빠'를 뜻한다. '오랍동생'은 여자가 자기 남동생을 일컫는 말이며, 여기서 말하는 '의붓어미'는 남편의 생모가 아닌 시아버지의 후실을 가리킨다.

야삼경 → 밤11시부터 새벽1시 사이.

산유화

산에는 꽃 피네
꽃이 피네
갈 봄 여름 없이
꽃이 피네.

산에
산에
피는 꽃은
저만치 혼자서 피어 있네.

산에서 우는 작은 새여
꽃이 좋아
산에서
사노라네.

산에는 꽃 지네
꽃이 지네
갈 봄 여름 없이
꽃이 지네.

주제 삶의 고독과 순수미 추구
형식 4연의 자유시
경향 서정적, 주지적, 서경적(敍景的)
표현상의 특징 서정시의 특징인 자기 감정의 직접적인 토로에서 간접적인 묘사방법
으로 바꾸어 주지적인 표현을 시도하고 있다. 또한 이 시는 두운(頭韻)과 각운
을 갖추고 있다. '가을'을 '갈'로 간결하게 표현하는 시적 기교와 함께 제1연
과 제4연은 꽃이 '피네'가 꽃이 '지네'로 바뀔 뿐 같은 시어가 되풀이되는 동
어반복법이 쓰이고 있다.

소월은 고독의 의미를 산 속에 핀 이름 없는 꽃을 통해 형상화하고 있다. 또한 이 시에서는 감정 처리에 있어서 지성을 중시하는 주지적인 방법을 택하고 있다(제3연은 제외)는 것이 소월의 시 중에서 독특한 점이다.

우리나라 시단이 주지적인 방법에 눈뜬 것이 1930년대 중반 이후의 일이었고, 그때까지는 소월을 포함한 대부분의 시인이 직접적인 감정 토로의 주정적 방법을 사용하고 있었음에도 불구하고, 1920년대에 발표된 「산유화」 한 편만은 간접적인 묘사의 방법을 취하고 있었다는 것은 놀라운 일이 아닐 수 없다.

산에 고독하게 핀 이름도 없는 꽃, 이곳도 아니고 저만치 멀리 떨어져서 홀로 피는 꽃, 이는 시인의 고독감을 객관적으로 능숙하게 비유한 것이다. 그러나 고독에 몸부림치기보다는 새 한 마리를 곁에 불러 앉히고, 그 작은 새의 노래를 즐기는 것이다. 그 기법은 1920년대의 시로서는 매우 능란하다.

초혼(招魂)

산산이 부서진 이름이여!
허공 중에 헤어진 이름이여!
불러도 주인 없는 이름이여!
부르다가 내가 죽을 이름이여!

심중에 남아 있는 말 한 마디는
끝끝내 마저 하지 못하였구나.
사랑하던 그 사람이여!
사랑하던 그 사람이여!

붉은 해는 서산 마루에 걸리었다.
사슴의 무리도 슬피 운다.
떨어져 나가 앉은 산 위에서
나는 그대의 이름을 부르노라.

설움에 겹도록 부르노라.

설움에 겹도록 부르노라.
부르는 소리는 비껴가지만
하늘과 땅 사이가 너무 넓구나.

선 채로 이 자리에 돌이 되어도
부르다가 내가 죽을 이름이여!
사랑하던 그 사람이여!
사랑하던 그 사람이여!

주제 절망 속의 그리움 추구
형식 5연의 자유시
경향 영탄적, 상징적, 감상적
표현상의 특징 '~ 이름이여!', '사랑하던 그 사람이여!', '설움에 겹도록 부르노라!' 등 철저하게 동어반복, 동구(同句)반복을 하고 있다. '느낌표'(!)가 이 시만큼 많은 시는 한국 근대시에서 보기 드물다.
애타게 부르는 호격조사 '여'가 9번이나 반복되고 있는데 주목하자.

이해와 감상

죽은 이의 '넋'을 부르는 것이 '초혼'이다.

이승에는 이미 없는 현실 세계를 떠난 어떤 대상을 애타게 부르며, 절규에 가까운 몸부림으로 몰입(沒入)하려는 것은 영원한 사랑, 또는 영원한 동경이다. 그러나 어떤 한계에 부딪쳐 좌절되고 마는 인간의 숙명적 한계를 영탄하고 있다.

'부서진 이름', '헤어진 이름', '주인 없는 이름'은 애인이 죽었기 때문이며, 그래서 '부르다가 내가 죽을 이름'인 셈이다.

그러기에 우리는 저승으로까지 초현실적으로 폭넓게 뻗치는 소월의 비통한 사랑의 힘도 느낄 수 있을 것같다.

감정적으로 여리고 수동적인 김소월의 시 스타일의 변모가 나타난 것이 이 작품이기도 하다. 즉 이색적으로 격정적이며 능동적인 면을 처음으로 보여주는 또 하나의 대표적 작품이다.

절망으로 가득 찬 이 시는 자신의 비탄을 죽은 애인에게 가탁(假託)하여 호소하고 있다.

그런데 여기서 '죽은 애인'을 일제에게 빼앗긴 조국, 즉 '망국(亡國)'으로 상징했다고도 볼 수 있다. 그와 같은 관점에서라면 '이름'은 '조국'의 상징어가 된다.

따라서 이 시는 복합적인 해석도 가능해진다. 즉 민족의 비극적 숙명이 영혼의 몸부림 속에 광활한 허무감으로 동화된다는 현실적 시각이다.

박종화(朴鍾和)

　서울에서 출생(1901~1981). 호는 월탄(月灘). 휘문의숙 졸업(1920). 시 동인지 『장미촌』(1921)에 「오뇌의 청춘」, 「우유빛 거리」 등의 시를 발표하며 본격적인 시작(詩作) 활동을 했다. 시집 『흑방 비곡』(1924), 『청자부』(1946), 『월탄시선』(1961) 등이 있고, 소설 『금삼의 피』(1938), 『다정불심』(1942), 『대춘부』(1955), 『임진왜란』(1955), 『여인천하』(1960), 『논개와 계월향』(1962) 등과, 수필집 『청태집(靑苔集)』(1942) 등이 있다.

청자부(靑磁賦)

선(線)은
가냘핀 푸른 선은─
아리따웁게 구을러
보살(菩薩)같이 아담하고
날씬한 어깨여
4월 훈풍에 제비 한 마리
방금 물을 박차 바람을 끊는다.

그러나 이것은
천년의 꿈 고려 청자기!

빛깔, 오호! 빛깔
살포시 음영(陰影)을 던진 갸륵한 빛깔아.
조촐하고 깨끗한 비취(翡翠)여.
가을 소나기 마악 지나간
구멍 뚫린 가을 하늘 한 조각
물방울 뚝뚝 서리어
곧 흰 구름장 이는 듯하다.

그러나, 오호 이것은
천년 묵은 고려 청자기!

술병 물병 바리 사발
향로 향합 필통 연적
화병 장고 술잔 베개
흙이면서 옥(玉)이더라.

구름 무늬 물결 무늬
구슬 무늬 칠보 무늬
꽃무늬 백학(白鶴) 무늬
보상화문(寶相華紋) 불타(佛陀) 무늬
토공(土工)이요 화가더라
진흙 속 조각가다.

그러나 이것은
천년의 꿈 고려 청자기!

주제 고려 청자기에 대한 예찬
형식 7연의 자유시
경향 서정적, 전통적, 심미적(審美的)
표현상의 특징 고려 청자기의 모습이나 색깔을 '보살같이 아담하고/ 날씬한 어깨'
라든가, '가을 소나기 마악 지나간/ 구멍 뚫린 가을 하늘' 등 감각적인 시어의
구사와 회화적인 묘사로 선명한 영상미를 표현하고 있다.

이해와 감상

박종화의 낭만적 초기시는 백조파(白潮派)의 경향을 지닌 작품들이었으나, 이 「청자
부」는 그러한 분위기가 전혀 일신된 감각적인 시어로 구체적인 묘사를 하는 것이 두드
러져 보이는 작품이다.
외면적인 묘사에 머물렀고, 소박한 감탄으로 시종하는 평면성을 띠고 있기는 하나, 우
리의 민족 유산에 대한 시인의 참다운 애정과 일제하에서도 겨레의 찬란한 발자취를 부
각시키는 시를 통해 민족문화에 대한 자주정신을 고취시켰다.
보살 → '부처'의 다음 가는 성인(聖人).   음영 → 그림자.
비취 → 짙은 초록색을 띤 보석이며, '옥(玉)'의 일종.   백학 → 흰 학.
보상화문 → 불교의 5개 꽃잎의 흰 연꽃으로 그린 당초(唐草) 무늬.
불타 → 부처님.   토공 → 흙을 다루는 기사.

여기 참고삼아 밝혀둔다면 서양의 근대시에서 최초로 '항아리'를 노래한 시인은 영국의 존 키이츠(John Keats, 1795~1821)다. 그가 노래한 것은 「그리스 항아리 부(賦)」(Ode on a Grecian Urn)다.

'그대는 아직 청순한 고요의 신부(新婦), 그대는 침묵과 아늑한 시간의 수양딸이어'(Thou still unravish'd bride of quietness, Thou foster-child of silence and slow time)라고 고대 희랍의 도기(陶器)를 예찬한 바 있다.

사(死)의 예찬

보라!
때 아니라, 지금은 그때 아니다.
그러나 보라!
살과 혼
화려한 오색의 빛으로 얽어서 짜 놓은
훈향(薰香)내 높은
환상의 꿈터를 넘어서.

검은 옷을 해골 위에 걸고
말 없이 주토빛 흙을 밟는 무리를 보라
이 곳에 생명이 있나니
이 곳에 참이 있나니
장엄한 칠흑(漆黑)의 하늘, 경건한 주토(朱土)의 거리
해골! 무언(無言)!
번쩍 어리는 진리는 이 곳에 있지 아니 하냐
아, 그렇다 영겁(永劫) 위에.

젊은 사람의 무리야!
모든 새로운 살림을
이 세상 위에 세우려는 사람의 무리야!
부르짖어라, 그대들의
얇으나 강한 성대가

찢어져 해이(解弛)될 때까지 부르짖어라.

격분에 뛰는 빨간 염통이 터져
아름다운 피를 뿜고 넘어질 때까지
힘껏 성내어 보아라
그러나 얻을 수 없나니,
그것은 흐트러진 만화경(萬華鏡) 조각
알지 못할 한때의 꿈자리이다
마른 나뭇가지에
고웁게 물들인 종이로 꽃을 만들어
가지마다 걸고
봄이라 노래하고 춤추고 웃으나
바람 부는 그 밤이 다시 오며는
눈물 나는 그 날이 다시 오며는
허무한 그 밤의 시름 또 어찌 하랴?

얻을 수 없나니, 참을 얻을 수 없나니
분 먹인 얇다란 종이 하나로.

온갖 추예(醜穢)를 가리운 이 시절에
진리의 빛을 볼 수 없나니
아, 돌아가자
살과 혼
훈향내 높은 환상의 꿈터를 넘어서
거룩한 해골의 무리
말 없이 걷는
칠흑의 하늘, 주토의 거리로 돌아가자.

주제) 죽음의 세계에 대한 찬미
형식) 5연의 자유시
경향) 퇴폐적, 낭만적, 상징적

표현상의 특징 『백조』 3호(1923. 9)에 발표되었다. 월탄(月灘)의 시세계는 두 가지 경향으로 대별되는데, 하나는 퇴폐적 분위기를 제시하는 초기 작품이며, 다른 하나는 긍정적인 시각에서 특히 민족사나 문화유산에 관심을 표명하고 있는 작품들이다.
「사의 예찬」은 전자의 유형에 속하며, 당시 한국 초기시단의 서구의 병적인 낭만주의의 영향이 크다.
'검은 옷', '해골', '주토빛 흙', '칠흑의 하늘', '무언(無言)', '주토의 거리'는 모두가 죽음의 상징어다.

이해와 감상

1920년대의 실의와 비탄에 잠긴 젊은 기질이 낭만주의의 말기적 증세를 나타내, 암담한 현실보다는 차라리 영원한 생명과 진리가 있는 죽음의 세계로 돌아가고 싶은 심정을 노래하였다.

이 시는, 『백조』시대의 퇴폐적인 낭만주의의 한 전형으로서 문학사상 중요한 위치에 있는 작품이다.

일제의 쇠사슬에 묶인 망국의 현실은 곧 죽음(死)이었다. 그러나 그 죽음을 밟고 일어서는 곳에 '생명'이 있고 '참'이 있기에 젊은이들은 궐기하여 조국의 광복을 부르짖었다.

그러한 민족혼의 절규에도 불구하고 현실에서는 '참'을 얻을 수 없을 때 절망에 넘쳐 차라리 '죽음'으로 돌아가자고 영혼의 세계를 찬미한 것이다.

그것은 현실과의 정면 대결을 피한 현실도피로 볼 수도 있겠으나 생에 대한 차원 높은 긍정의 역설적 표현이라고 하는 편이 보다 타당할 것이다.

이탈리아의 탐미주의자 다눈치오(Gabriele D'Annunzio, 1863~1938)의 「죽음의 승리」(Il trionfo della morte, 1894)의 영향을 받은 것으로 보인다.

훈향 → 태워서 향기를 내는 향료.
칠흑 → '칠'처럼 검고 광택이 있는 것이며, 캄캄한 밤을 상징하는 데 흔히 쓰임.
영겁 → 영원한 세월.
해이 → 마음의 긴장이 풀림.
만화경 → 원통 속에 여러가지 색깔의 유리조각을 넣은 것을 구멍으로 보는 장난감.
추예 → 더럽고 지저분한 것.

박팔양(朴八陽)

경기도 수원(水原)에서 출생(1905~미상). **해금시인**(解禁詩人). 호 여수(麗水). 필명 김니콜라이 등. 배재고보를 거쳐 서울의 경성법학전문학교 졸업. 카프(KAPF, 조선 프롤레타리아 예술가동맹) 맹원. 해방 직후 문학가동맹 중앙집행위원. 1923년 『동아일보』신춘문예에 시 「신(神)의 주(酒)」가 당선되어 문단에 등단했다. 「저자에 가는 날」, 「향수」, 「가난으로 10년 설움으로 10」 등의 대표시 발표. 시집 『여수시초』(1940)가 있다.

인천항

조선의 서편항구 제물포(濟物浦) 부두.
세관의 기(旗)는 바닷바람에 퍼덕거린다.
젖빛 하늘, 푸른 물결, 호수 내음새,
오오, 잊을 수 없는 이 항구의 정경이여.

샹하이(上海)로 가는 배가 떠난다.
저음의 기적, 그 여운을 길게 남기고
유랑과 추방과 망명의
많은 목숨을 실고 떠나는 배다.

어제는 Hongkong, 오늘은 Cherauipo, 또 내일은 Yokohama로,
세계를 유랑하는 코스모포리탄
모자 빼딱하게 쓰고, 이 부두에 발을 나릴제.

축항(築港) 카페로부터는
술취한 불란서 수병의 노래
「오! 말쎄이유! 말쎄이유!」
멀리 두고 와 잊을 수 없는 고향의 노래를 부른다.

부두에 산같이 쌓인 짐을
이리저리 옮기는 노동자들

당신네들 고향이 어데시오?
「우리는 경상도」「우리는 산동성(山東省)」
대답은 그것뿐으로 족하다.

월미도와 영종도 그 사이로
물결을 헤치며 나가는 배의
높디높은 마스트 위로 부는 바람,
쿄우도우마루(共同丸)의 기빨이 저렇게 퍼덕거린다.

오오 제물포! 제물포!
잊을 수 없는 이 항구의 정경이여.

※(한글 철자법은 원본대로임 · 이하 동)

> **주제** 인천항의 불안 의식
> **형식** 7연의 자유시
> **경향** 서경적, 낭만적, 감상적
> **표현상의 특징** 일상어로 된 직서적 표현을 위주로 하고 있다. 서경적(敍景的) 항구
> 의 묘사가 두드러지고 있다. 언어 감각이 국제적이며 동시에 물리적이다.

이해와 감상

일제(日帝) 강점기의 인천항구의 풍경 스케치가 낭만적인 시어구사로 전개되고 있다
(제1연). '유랑과 추방과 망명의/ 많은 목숨을 실고 떠나는 배다'(제2연)에서 박팔양의
메시지가 담기고 있다.

즉 일제 치하의 탄압으로부터 박해를 벗어나려 중국의 상하이로 유랑의 길을 떠나는
가 하면, 쫓겨가는 사람, 조국의 독립을 위해 망명하는 애국자 등 배에 탄 사람들은 극도
의 불안 속에 먼 이국으로 떠나가는 것이다.

제4연은 낭만적인 선원(船員)들의 생태며, 향수에 젖은 프랑스 수병의 감상적인 분위
기를 담고 있다.

제5연에서는 박팔양의 두 번째 메시지가 담기고 있다. '부두에 산같이 쌓인 짐을/ 이
리저리 옮기는 노동자들'에서 노동자의 고통스러운 하역 작업은 오히려 세계 각지의 항
구를 돌고 도는 선원들과는 대조적인 입장이 떠오른다. 더구나 술 취한 수병들은 향수에
젖어 고향 노래를 부르나, 노동자들은 힘겨운 짐나르기에 지칠 대로 지쳐 있다.

그러기에 낭만적인 고향 타령을 할 시간적 여유조차 없다. 입에 풀칠하기에 죽도록 짐

이나 날라야 한다. 그러므로 '당신네들 고향이 어데시오?' (제5연) 하고 물어본다면 고작 대답은 귀찮다는 듯이 '우리는 경상도', '우리는 산동성/ 대답은 그것뿐으로 족하다'는 것. '산동성'은 중국땅이며 그 곳에서 건너 온 부두노동자를 가리킨다. '쿄우도우마루' (제6연)는 일본 화물선이다.

봄의 선구자
— 진달래 꽃을 노래함

날더러 진달래꽃을 노래하라 하십니까
이 가난한 시인더러 그 절박하고도 가냘픈 꽃을
이른 봄 산골짝이에 소문도 없이 피었다가
하루 아침 비바람에 속절없이 떨어지는 꽃을
무슨 말로 노래하라 하십니까

노래하기에는 너무도 슬픈 사실이외다.
백일홍같이 붉게붉게 피지도 못하는 꽃을

 이해와 감상

박팔양은 이른 봄에 다른 꽃에 앞서 우리의 산천을 붉게 물들이며 피는 진달래를 일컬어 '봄의 선구자'로 상징하고 있다.

시인은 자기 스스로를 '가난한 시인'이다, 또한 진달래를 '가냘픈 꽃'으로 애처롭게 비유한다. 여기서 시인과 진달래꽃은 동격(同格)이 된다. 즉 '이른 봄 산골짜기에 소문도 없이 피었다가/ 하루 아침에 비바람에 속절없이 떨어지는 꽃'은 곧 의인화(擬人化)된 박팔양 그 자신이다.

일제치하의 핍박(비바람)에 시달리는 식민지 지식청년의 고뇌, 비분, 저항의지가 이 대목에 강력하게 은유되어 있다. '속절없이 떨어지는 꽃'의 신세인 청년 시인 박팔양의 일제에 대한 증오심은 착 가라앉은 의식의 내면세계에서 자조적(自嘲的)인 저항 의지에서 스스로를 '무슨 말로 노래하라 하십니까?' 하며 반문한다. 여기서 수사(修辭)의 설의법은 일제에 대한 강렬한 저항 의지의 냉소적인 배격의 메시지다.

두 번째 연에서 도치법을 쓰고 있거니와, 즉 시의 행을 옮긴다면 그것은 '백일홍같이 붉게붉게 피지도 못하는 꽃을/ 노래하기에는 너무도 슬픈 사실이외다'가 된다.

이상화(李相和)

　대구(大邱)에서 출생(1900~1943). 호는 상화(尙火). 중앙중학교 수료. 「백조」 동인으로 문단에 등단했다. 「나의 침실로」는 1923년, 18세 때 작품. 시집으로 2인시집인 백기만(白基萬, 1902~1967) 편찬의 『상화(尙和)와 고월(古月)』이 있다.

빼앗긴 들에도 봄은 오는가

지금은 남의 땅— 빼앗긴 들에도 봄은 오는가?

나는 온몸에 햇살을 받고,
푸른 하늘 푸른 들이 맞붙은 곳으로,
가르마 같은 논길을 따라 꿈 속을 가듯 걸어만 간다.

입술을 다문 하늘아, 들아,
내 맘에는 나 혼자 온 것 같지를 않구나!
네가 끌었느냐? 누가 부르더냐?
답답하여라. 말을 해 다오.

바람은 내 귀에 속삭이며,
한 자국도 섰지 마라, 옷자락을 흔들고.
종다리는 울타리 너머 아가씨같이 구름 뒤에서 반갑다 웃네.

고맙게 잘 자란 보리밭아!
간밤 자정이 넘어 내리던 고운 비로
너는 삼단 같은 머리털을 감았구나. 내 머리조차 가뿐하다.

혼자라도 기쁘게 나가자.
마른 논을 안고 도는 착한 도랑이

젖먹이 달래는 노래를 하고, 제 혼자 어깨춤만 추고 가네.

나비, 제비야, 깝치지 마라.
맨드라미, 들마꽃에도 인사를 해야지.
아주까리 기름을 바른 이가 지심 매던 그 들이라도 보고 싶다.

내 손에 호미를 쥐어 다오.
살진 젖가슴과 같은 부드러운 이 흙을
발목이 시도록 밟아도 보고, 좋은 땀조차 흘리고 싶다.

강가에 나온 아이와 같이,
짬도 모르고 끝도 없이 닫는 내 혼아!
무엇을 찾느냐? 어디로 가느냐? 우서웁다, 답을 하려무나.

나는 온몸에 풋내를 띠고,
푸른 웃음, 푸른 설움이 어우러진 사이로,
다리를 절며 하루를 걷는다. 아마도 봄 신명이 지폈나 보다.
그러나, 지금은 들을 빼앗겨 봄조차 빼앗기겠네.

주제 망국(亡國)의 울분과 저항 정신

형식 10연의 자유시(전연 또는 2연의 자유시로 보는 견해도 있다)

경향 애국적, 낭만적 감상적,

표현상의 특징 산문체의 일상어로 직설적, 직서적 표현을 하고 있다.
한국인의 정서가 물씬한 시어들이 상징적으로 표현되고도 있다.
'~오는가?', '끌었느냐?', '~부르더냐?', '~찾느냐?', '~가느냐?' 등 허다
한 설의법(設疑法)을 쓰고 있다.

이해와 감상

『개벽』 70호(1926. 6)에 발표된 저항시다.

　나라를 빼앗긴 민족적 울분 속에 강력한 저항 정신을 노래한 이 작품 때문에 『개벽』지
가 일제 관헌의 탄압을 받고 폐간되는 사건이 발생했다.

　일제하에서 봄을 맞는 착잡한 심정을 압축시킨 '빼앗긴 들에도 봄은 오는가'(제1연)
라는 강도 높은 저항의 첫 행과 '그러나, 지금은 들을 빼앗겨 봄조차 빼앗기겠네' 라는

결구(結句)의 그 강렬한 대조는 일제 강점기 우리나라 시작품의 대표적인 저항시로 평가된다.

두드러진 상징적인 시어 구사로 '가르마 같은 논길', '울타리 너머 아가씨', '삼단 같은 머리털', '맨드라미, 들마꽃에도 인사를 해야지', '아주까리 기름을 바른 이가 지심 매던', '봄 신명이 지폈나 보다'와 같은 정다운 한국적 정서를 다부지게 표현하고 있다.

일제의 강압 아래에서 절망적 현실을 굳센 의지로써 극복하려는 강렬한 저항 정신의 민족혼이 담긴 봄날의 조국의 대자연.

이상화가 엮어 내고 있는 이 시세계를 접할 때 후손인 우리들을 일깨워 주는 국토 예찬의 진실은 눈물겨운 것이 아닐 수 없다.

'내 맘에는 나 혼자 온 것 같지를 않구나'는 빼앗긴 들을 달리는 사람은 '나 혼자'가 아닌 당시 2천만 동포의 심정·행동이며, 결구에서의 '봄조차 빼앗기겠네'를 아직은 빼앗기지 않은 봄(희망)이기에 그것만은 결코 빼앗겨서는 안 된다는 강력한 의지가 또한 눈부시게 빛나고 있다.

이상화는 이육사와 윤동주 등과 더불어 우리 민족의 대표적인 저항시인으로 평가된다.

나의 침실로
— 가장 아름답고 오랜 것은 오직 꿈 속에만 있어라

마돈나! 지금은 밤도 모든 목거지에 다니노라 피곤하여 돌아가련도다.
아, 너도 먼동이 트기 전으로 수밀도(水蜜桃)의 네 가슴에 이슬이 맺도록 달려오너라.

마돈나! 오려무나 네 집에서 눈으로 유전(遺傳)하던 진주는 다 두고 몸만 오너라.
빨리 가자, 우리는 밝음이 오면 어덴지 모르게 숨는 두 별이어라.

마돈나! 구석지고도 어두운 마음의 거리에서 나는 두려워 떨며 기다리노라.
아, 어느덧 첫닭이 울고― 뭇개가 짖도다. 나의 아씨여, 너도 듣느냐.

마돈나! 지난 밤이 새도록 내 손수 닦아 둔 침실(寢室)로 가자, 침실로!
낡은 달은 빠지려는데 내 귀가 듣는 발자욱― 오 너의 것이냐?

마돈나! 짧은 심지를 더우잡고 눈물도 없이 하소연하는 내 마음의 촛불을 봐라.
양털 같은 바람결에도 질식이 되어 얄푸른 연기로 꺼지려는도다.

마돈나! 오너라. 가자, 앞산 그르매가 도깨비처럼 발도 없이 이곳 가까이 오도다.
아, 행여나 누가 볼는지— 가슴이 뛰누나 나의 아씨여, 너를 부른다.

마돈나! 날이 새런다 빨리 오려무나, 사원(寺院)의 쇠북이 우리를 비웃기 전에.
네 손이 내 목을 안아라, 우리도 이 밤과 같이 오랜 나라로 가고 말자.

마돈나! 뉘우침과 두려움의 외나무 다리 건너 있는 내 침실 열 이도 없느니!
아, 바람이 불도다. 그와 같이 가볍게 오려무나 나의 아씨여, 네가 오느냐?

마돈나! 가엾어라 나는 미치고 말았는가, 없는 소리를 내 귀가 들음은—.
내 몸에 피란 피— 가슴의 샘이 말라 버린 듯 마음과 몸이 타려는도다.

마돈나! 언젠들 안 갈 수 있으랴, 갈 테면 우리가 가자 끄을려 가지 말고!
너는 내 말을 믿는「마리아」— 내 침실이 부활의 동굴임을 네야 알련만…….

마돈나! 밤이 주는 꿈, 우리가 얽는 꿈, 사람이 안고 궁구는 목숨의 꿈이 다르지 않으니,
아, 어린애 가슴처럼 세월 모르는 나의 침실로 가자, 아름답고 오랜 거기로.

마돈나! 별들의 웃음도 흐려지려 하고 어둔 밤 물결도 잦아지려는도다.
아, 안개가 사라지기 전으로 네가 와야지 나의 아씨여, 너를 부른다.

주제 이상향에 대한 낭만적 동경
형식 12연의 자유시(전연으로 된 시를 2행씩 짝지어 놓은 2행시라는 견해도 있다).
경향 낭만적, 감상적, 관념적
표현상의 특징 일상어에 의한 분방한 감정의 관능적 표현을 하고 있다.
시어에 있어서도 '목거지'는 모꼬지의 방언으로 향연이나 모임, '수밀도'는 여인의 풍만한 젖가슴, '눈으로 유전하던 진주'는 눈물, '그르매'는 그림자의 고어로 모두가 상징적·관능적 표현이다.
부제인 '가장 아름답고 오랜 것은 오직 꿈 속에만 있어라'라는 풍자적 경구인 에피그램(epigram)에서처럼 이 작품은 발랄한 사랑의 안식처를 희구하는 현실도피의 낭만적인 경향을 띠고 있다.

　18세 청소년 시인 이상화가 『백조』 3호(1923. 9)에 발표한 초기 작품이다.

　시인의 대표작의 하나며, 그 당시 『백조』 동인 전체의 탐미적 경향과 감상적 인생관 등 퇴폐적인 경향의 낭만적 애정시다.

　3 · 1운동 후 민족적 패배감에 쫓기던 당시 상황으로 보아서 '침실'은 사랑의 보금자리라기보다는 '오랜 나라', '부활의 동굴', '아름답고 오랜 거기' 등으로 표현되는 절망적 현실을 극복하고 정신적 좌절을 넘어서는 '민족의 안식처'를 상징하는 의지의 표상이기도 하다.

　각 연의 서두에 등장하는 '마돈나'는 '아씨', '마리아'와 서로 똑같은 존제의 동일인이다. 마돈나는 아씨의 미화이자 추상화 되어 작자의 꿈의 실현을 호소하는 사변(思辨)의 대상이 되고 있다. 그러므로 '마돈나'는 연인을 초월한 진실한 마음의 동반자로서 크게 부각된다.

　관념적으로 다루어지기 쉬운 시간의 흐름을, 초조하게 마돈나를 기다리는 내 앞으로 자국도 없이 도깨비처럼 다가서는 '앞산 그르매'(옛말 · 그림자, 제6연)를 통하여 선명하게 시각화 시킨 감각적인 이미지도 뛰어난 표현 기법이다.

　'마돈나'가 '나'의 꿈의 실현을 호소하는 대상이듯, '침실'은 그 꿈을 실현할 수 있는 동경의 세계다.

　그런데 이 시의 주제가 애국이라든가, 마돈나가 조국을 가리킨다고 보는 경향에 대하여 "이것이야말로 윔재트가 말하는 '의도(意圖)적 오류(誤謬, intentional fallacy)'의 가장 좋은 본보기가 되는 경우"라고 정한모(鄭漢模) 교수가 단호하게 주장한 것도 참고로 해 두자.

　시는 독자의 것이므로 앞으로 다각적으로 연구 검토할 필요가 있다고 본다.

김동명(金東鳴)

강원도 명주(溟州)에서 출생(1901~1968). 일본 아오야마학원(靑山學院) 신학과 졸업. 『개벽』지에 프랑스 시인 보들레르에게 띄우는 『당신이 만약 내게 문을 열어 주시면』이라는 시를 발표하면서 등단한 것이 1923년이다. 시집 『진주만』(1947), 『38선』(1947), 『하늘』(1948), 『목격자』(1957), 사화집 『내 마음』(1964) 등이 있다.

파초

조국을 언제 떠났노.
파초의 꿈은 가련하다.

남국을 향한 불타는 향수(鄕愁),
너의 넋은 수녀보다도 더욱 외롭구나!

소낙비를 그리는 너는 정열의 여인,
나는 샘물을 길어 네 발등에 붓는다.

이제 밤이 차다.
나는 또 너를 내 머리맡에 있게 하마.

나는 즐겨 너를 위해 종이 되리니,
너의 그 드리운 치맛자락으로 우리의 겨울을 가리우자.

주제 파초를 통한 망국의 한
형식 5연의 자유시
경향 서정적, 애국적, 감상적
표현상의 특징 잘 다듬어진 시어로 감각적 이미지의 표현에 치중하고 있다. 각 연을 2행시 형태로 엮는 조사(措辭)가 이채롭다. 파초라는 구체적 사물에 인격을 부여하여 망국한을 달래 보는 상징적 감정이입(感情移入)의 수법이 특징적이다.

『조광(朝光)』(1936. 1)에 발표된 바 있고, 제2시집 『파초』(1938)의 표제가 된 서정시다.

고향을 떠나 온 파초와 나라를 잃은 시인과의 동격적(同格的)인 처지라는 것이 전체의 골격을 이루고 있다. 즉 조국을 빼앗긴 망국의 한과, 남의 땅에 옮겨와서 사는 파초의 동일성(identity)을 부여하고 있다.

망국의 설움을 달래는 시정(詩情)이 파초라는 남의 나라에서 옮겨 심은 열대 식물에 대한 열애로 승화되고 있음을 볼 수 있다. 파초는 마치 시인의 분신인 양 서로가 밀접한 관계로 설정된다. '치맛자락'의 원관념은 파초의 잎사귀다. 폭넓은 치맛자락은 일제 탄압의 냉혹한 현실의 은유인 '우리의 겨울'의 불행을 감싸주는 존재로서의 암시다.

파초의 모습에서 볼 수 있는 특징들이 민족의 자유와 해방을 갈망하는 시의 영상으로 승화되고 있다.

마지막 연의 '우리의 겨울'에서 끝내 '파초', '나', '겨울'은 하나의 공동 운명체로서의 강력한 친화(親和)를 이룬다.

내 마음은

내 마음은 호수요,
그대 저어 오오.
나는 그대의 흰 그림자를 안고 옥같이
그대의 뱃전에 부서지리다.

내 마음은 촛불이요,
그대 저 문을 닫아 주오.
나는 그대의 비단 옷자락에 떨며, 고요히
최후의 한 방울도 남김 없이 타오리다.

내 마음은 나그네요,
그대 피리를 불어 주오.
나는 달 아래 귀를 기울이며, 호젓이
나의 밤을 새이오리다.

내 마음은 낙엽이요,

잠깐 그대의 뜰에 머무르게 하오.
이제 바람이 일면 나는 또 나그네같이, 외로이
그대를 떠나오리다.

이해와 감상

1950년대 이후 이 시는 가곡으로 작곡되어 널리 애창되고 있다.
사랑을 호소하는 평이한 내용의 낭만주의적 작품이다.
매연마다 '호수', '낙엽' 등으로 은유되는 '내 마음'을 주지(主旨, tenor)로 설정하고
그것에 정서적인 적응 대상으로서 '배', '뜰' 등의 매체(媒體, vehicle)를 낭만적으로 조
화시키는 빼어난 기교를 담고 있다.

손님

아이야, 너는 이 말을 몰고 저 목초밭에 나아가 풀을 먹여라. 그리고 돌아
와 방을 정히 치워 놓고 촉대(燭臺)를 깨끗이 닦아 두기를 잊어서는 아니 된
다.

자, 그러면 여보게, 우리는 잠깐 저 산등에 올라가서 지는 해에 고별을 보
내고, 강가에 내려가서 발을 씻지 않으려나. 하면 황혼은 돌아오는 길 위에서
우리를 맞으며, 향수의 미풍을 보내 그대의 옷자락을 희롱하리.

아이야, 이제는 촉대에 불을 켜라. 그리고 나아가 삽짝문을 단단히 걸어 두
어라. 부질 없는 방문객이 귀빈을 맞은 이 밤에도 또 번거로이 내 문을 두드
리면 어쩌랴?

자, 그러면 여보게, 밤은 길겄다, 정담이야 다음에 한들 어떤가. 우선 한 곡조 그대의 좋아하는 유랑의 노래부터 불러 주게나. 거기엔 떠도는 구름 조각의 호탕한 정취가 있어, 내 낮은 천정으로 하여금 족히 한 작은 하늘이 되게 하고, 또한 흐르는 물결의 유유(悠悠)한 음률이 있어, 내 하염 없는 번뇌의 지푸라기를 띄워 주데 그려.

아이야, 내 악기를 이리 가져 오너라. 손이 부르거늘 주인에겐들 어찌 한 가락의 화답이 없을까 보냐. 나는 원래 서투른 악사라, 고롭지 못한 음조에 손은 필연 웃으렸다. 허지만 웃은들 어떠냐?
그리고 아이야, 날이 밝거든 곧 맑게 솔질을 고이 해서 안장을 지어 두기를 잊지 말아라. 손님의 내일 길이 또한 바쁘시다누나.

자, 그러면 여보게, 잠은 내일 낮 나무 그늘로 미루고 이 밤은 노래로 새이세그려. 내 비록 서투르나마 그대의 곡조에 내 악기를 맞춰 보리.
그리고 날이 새이면 나는 결코 그대의 길을 더디게 하지는 않으려네. 허나 또 그대가 떠나기가 바쁘게 나는, 다시 돌아오는 그대의 말방울 소리를 기다릴 터이니.

> **주제** 낭만적인 전원 생활
> **형식** 대화체로 된 6연의 산문시
> **경향** 낭만적, 서정적, 감상적
> **표현상의 특징** 전원생활을 배경으로 하여 일상사를 대화체로 엮은 산문시다.
> 무대극에서처럼 손님인 친구와 부리는 아이와 주인이 등장하고 있다.
> 현실감보다 독백(monologue)을 통한 상상의 세계를 담고 있다.
> 서구에서 시작된 대화체(dialogue)나 목가적 전원시(eclogue)의 유형을 따른 수법이다.

이해와 감상

『신동아』 6월호에 발표된 1934년의 작품이다.
전원에 묻혀서 유유자적하는 주인이 친구를 맞아 돈독한 우정을 나누는 여유만만한 낭만적인 전원시다.
물론, 오늘날 이러한 시가 등장했다면 현실 도피적인 안이한 시라고 나무라겠다. 그러나 일제하에서 우리의 현대시가 터를 닦기 시작한 초기의 로맨티시즘(romanticism) 경향의 시로, 시대적으로 불가피한 발전 도상의 작품이라고 하겠다.

변영로(卞榮魯)

서울에서 출생(1898~1961). 아호는 수주(樹州). 중앙중학교를 거쳐 미국 산호세(Sanjose) 대학 졸업. 「운상소요(雲上逍遙)」를 『개벽』(1923. 1)지에 발표하면서 문단에 등단했다. 시집 『조선의 마음』(1924), 『수주 시문선』 (1959), 영문시집 『아젤리아』 등이 있다.

논개

거룩한 분노는
종교보다도 깊고
불붙는 정열은
사랑보다도 강하다.
아, 강낭콩꽃보다도 더 푸른
그 물결 위에
양귀비꽃보다도 더 붉은
그 마음 흘러라.

아리땁던 그 아미(蛾眉)
높게 흔들리우며
그 석류 속 같은 입술
죽음을 입맞추었네.
아, 강낭콩꽃보다도 더 푸른
그 물결 위에
양귀비꽃보다도 더 붉은
그 마음 흘러라.

흐르는 강물은
길이길이 푸르리니
그대의 꽃다운 혼(魂)

어이 아니 붉으랴
아, 강낭콩꽃보다도 더 푸른
그 물결 위에
양귀비꽃보다도 더 붉은
그 마음 흘러라.

주제 헌신적 애국행위의 찬양
형식 3연의 자유시
경향 서정적, 상징적, 유미적
표현상의 특징 수사에 있어 반복법과 대구법(對句法)이 쓰이고 있다. 주제의 적극적
인 내향성은 탄력적으로 표현되고 있다.
'종교보다도', '사랑보다도', '꽃보다도', '석류 속 같은' 등의 두드러진 직유
법을 구사하고 있다.
'아, 강낭콩꽃보다도 더 푸른'으로 시작되는 후반부의 동어반복이 특색이다.
애국심을 상징하는 '불붙는 정열', 역사를 상징하는 '푸른 그 물결'의 대조가
다시 충성심의 상징인 '붉은 그 마음'과 선명한 색채적인 대조를 이루는 대구
법을 쓰고 있다.

이해와 감상

변영로는 임진왜란(1592~1597) 당시의 의기(義妓) 논개의 순국을 제재(題材)로 민족
애를 뜨겁게 부각시키고 있다.
흔히 찬가(讚歌) 형식의 시는 밖으로 풍기는 정열을 앞세우거나 진부한 교훈으로 흐
르기 쉽다. 그것을 극복하는 주제의 내향적인 응결, 관념적이며 순박한 직유가 오히려
시적 표현미를 이루게 하는 수사적 기교가 이루어지고 있다.
젊은 미인을 표현하는 '아미'(여자의 아름다운 눈썹), '석류 속 같은 입술', '양귀비
꽃' 등에서 표출되는 유미적(唯美的)인 경향도 짙게 나타나고 있다.
남강물이 푸르게 흐르는 한 논개의 조국애 또한 영원하리라는 민족의 저항 의식을 강
하게 드러내고 있다.

봄비

나즉하고 그윽하게 부르는 소리 있어
나아가 보니, 아, 나아가 보니

졸음 잔뜩 실은 듯한 젖빛 구름만이
무척이나 가쁜 듯이, 한없이 게으르게
푸른 하늘 위를 거닌다.
아, 잃은 것 없이 서운한 나의 마음!

나즉하고 그윽하게 부르는 소리 있어
나아가 보니, 아, 나아가 보니
어렴풋이 나는 지난날의 회상같이
떨리는 뵈지 않는 꽃의 입김만이
그의 향기로운 자랑 안에 자지러지노라!
아, 찔림 없이 아픈 나의 가슴!

나즉하고 그윽하게 부르는 소리 있어
나아가 보니, 아, 나아가 보니
이제는 젖빛 구름도 꽃의 입김도 자취 없고
다만 비둘기 발목만 붉히는 은실 같은 봄비만이
소리도 없이 근심같이 나리누나!
아, 안 올 사람 기다리는 나의 마음!

주제 봄비의 낭만적 순수미 추구

형식 3연의 자유시

경향 낭만적, 감상적, 상징적

표현상의 특징 각 연의 첫 1, 2행에서 '나즉하고 그윽하게 부르는 소리 있어/ 나아가 보니, 아, 나아가 보니'라는 동구(同句) 반복을 하고 있다.
'노라!, 누나!' 등의 영탄조의 종결어미 처리를 하고 있다.
'나아가 보니, 아, 나아가 보니'와 같은 반복구(refrain)는 감상적인 분위기로 시를 몰고 간다. 직유적인 표현이 군데군데 구사되고 있다.

이해와 감상

낭만적인 서정시다. 봄날에 비를 기다리며 '소리도 없이 근심같이'(제3연) 내리는 봄비의 비유(직유)로서 신시 초기의 기교파의 선구적 시인으로 손꼽히게 한다.

앞에서 살펴 본 「논개」 등과 이 시는 대조적인 작품이며, 그의 시의 또 하나의 특성을 보이는 상징적 낭만시다.

오늘의 시대에서 감상할 때, 혹자는 치졸하다고 혹평할지 모르겠으나, 이와 같은 기교적인 낭만시를 토양으로 하여 한국 현대시는 발전을 이룰 수 있었던 것이다. 그러므로 이와 같은 작품들은 한국 시문학사에 공헌한 것을 먼저 평가해야 한다.

조선의 마음

조선의 마음을 어디 가서 찾을까.
조선의 마음을 어디 가서 찾을까.
굴 속을 엿볼까, 바다 밑을 뒤져 볼까.
빽빽한 버들가지 틈을 헤쳐 볼까.
아득한 하늘가나 바라다볼까.
아, 조선의 마음을 어디 가서 찾아볼까.
조선의 마음은 지향할 수 없는 마음, 설운 마음!

주제 망국의 자성(自省)과 비애
형식 전연의 자유시
경향 서정적, 상징적, 감상적
표현상의 특징 제1, 2행에서 동구반복을 하고 있다.
'~까'의 '까'는 의문을 나타내는 종결어미 '가'의 된소리 표기다.

이해와 감상

수주(樹州)의 시집 『조선의 마음』(1924. 8)에 실린 표제시. 시가 지니는 특성의 하나로서 그의 민족애를 들 수 있다.

화자는 비록 조국이 일제에게 강점되었더라도 우리에게는 결코 빼앗길 수 없는 '조선의 마음'이 있기에, 그 마음을 굳건히 다지며 지키는 것만이 광복에의 지름길임을 암시하고 있다.

우리나라 역사상의 충신 · 열녀에 관심을 가졌던 시인 변영로는 즐겨 그들을 자주 작품의 제재나 주제 등으로 채택했다. 그 때문에 그의 시작(詩作) 행위는 일제의 감시 속에 늘 검열에 걸리는 고통을 겪기도 했던 것이다.

김동환(金東煥)

함경북도 경성(鏡城)에서 출생(1901~미상). 아호 파인(巴人). 서울 중동중학과 일본 토우요우(東洋)대학에 수학했다. 시 「적성(赤星)을 손가락질하며」가 『금성(金星)』지 제3호(1924. 5. 25)에 추천되어 문단에 등단했다. 그 이듬해에 서사시집 『국경의 밤』(1925. 3)을 상재, 이 시집으로 문단활동의 기틀을 확고하게 했다. 시집 『승천(昇天)하는 청춘(靑春)』(1925), 『3인 시가집』(1936), 『해당화』(1942) 등의 시집이 있다. 6·25사변 때 납북되었다.

국경의 밤

제1부

1

"아하, 무사히 건넜을까
이 한밤에 남편은
두만강을 탈 없이 건넜을까.

저리 국경 강안(江岸)을 경비하는
외투 쓴 검은 순사가
왔다— 갔다—
오르명 내리명 분주히 하는데
발각도 안 되고 무사히 건넜을까?"

소금실이 밀수출 마차를 띄워 놓고
밤새가며 속 태우는 젊은 아낙네,
물레 젓는 손도 맥이 풀려서
파! 하고 붙는 어유(魚油) 등잔만 바라본다.
북국의 겨울밤은 차차 깊어 가는데.

2

어디서 불시에 땅 밑으로 울려 나오는 듯
'어어이' 하는 날카로운 소리 들린다.

또 저쪽으로 무엇이 오는 군호라고
촌민들이 넋을 잃고 우두두 떨 적에
처녀(妻女)만은 잡히우는 남편의 소리라고
가슴을 뜯으며 긴 한숨을 쉰다―
눈보라에 늦게 내리는
영림창(營林廠) 산림(山林)실이 벌부(筏夫)떼 소리언만.

3

마지막 가는 병자의 부르짖음 같은
애처로운 바람 소리에 싸이어
어디서 '땅' 하는 소리 밤하늘을 쩬다.
뒤대어 요란한 발자취 소리에
백성들은 또 무슨 변이 났다고 실색하여 숨죽일 때
이 처녀(妻女)만은 강도 채 못 건넌 채 얻어맞은 사내 일이라고
문비탈을 쓸어안고 흑흑 느껴가며 운다―
겨울에도 한 삼동(三冬), 별빛에 따라
고기잡이 얼음장 긋는 소리언만.

4

불이 보인다. 새빨간 불빛이
저리 강 건너
대안(對岸) 벌에서는 순경들의 파수막(把守幕)에서
옥서(玉黍)장 태우는 빠알간 불빛이 보인다.
까아맣게 타오르는 모닥불 속에
호주(胡酒)에 취한 순경들이
월월월 이태백을 부르면서.

5

아하, 밤이 점점 어두워 간다.
국경의 밤이 저 혼자 시름 없이 어두워 간다.
함박눈조차 다 내뿜은 맑은 하늘엔
별 두어 개 파래져

어미 잃은 소녀의 눈동자같이 깜박거리고
눈보라 심한 강벌에는
외가지 백양(白楊)이
혼자 서서 바람을 걷어 안고 춤을 춘다.
가지 부러지는 소리조차
이 처녀의 마음을 핫! 핫! 놀래 놓으면서—

6

전선(電線)이 운다, 이잉이잉 하고
국교(國交)하러 가는 전신줄이 몹시도 운다.
집도, 백양(白楊)도, 산곡(山谷)도, 외양간 당나귀도 따라서 운다.
이렇게 춥길래
오늘 따라 간도(間島) 이사꾼도 별로 없지.
얼음장 깔린 강 바닥을
바가지 달아매고 건너는
밤마다 밤마다 외로이 건너는
함경도 이사꾼도 별로 안 보이지.
회령서는 벌써 마지막 차 고동이 텄는데.

7

봄이 와도 꽃 한 폭 필 줄 모르는
강 건너 산천으로부터
바람에 눈보라가 쏠려서
강 한복판에
진시왕릉 같은 무덤을 쌓아 놓고는
이내 안압지(雁鴨池)를 파고 달아난다.
하늘 땅 모두 회명(晦冥)한 속에 백금 같은 달빛만이
백설(白雪)로 오백 리, 월광(月光)으로 삼천 리
두만강의 겨울밤은 춥고도 고요하더라.

8

그 날 저녁 으스러한 때이었다

어디서 왔다는지 초조한 청년 하나
갑자기 이 마을에 나타나 오르명 내리명
구슬픈 노래를 부르면서—
"달빛에 잠자는 두만강이여!
눈보라에 깔려 우는 옛날의 거리여,
나는 살아서 네 품에 다시 안길 줄 몰랐다.
아하, 그리운 옛날의 거리여!"
애처로운 그 소리 밤하늘에 울려
청상과부의 하소연같이 슬프게 들렸다.
그래도 이 마을 백성들은
또 '못된 녀석'이 왔다고
수군거리며 문을 닫아 매었다.

         9
높았다— 낮았다— 울었다— 웃었다 하는
그 소리 폐허의 재 속에서
나래를 툭툭 털고 일어나 외우는 백조의 노래같이
마디마디 눈물을 짜아내었다. 마치
"얘들아 마지막 날이 왔다" 하는 듯이
"모든 것이 괴멸할 때가 왔다" 하는 듯도
여럿은 어린애고 자란 이고
화롯불에 마주 앉았다가 약속한 듯이 고요히 눈을 감는다.
하나님을 찾는 듯이——
"저희들을 구해 줍소서"
그러다가 발소리와 같이 '아하' 부르는 청년의 소리가 다시 들리자,
"에익! 빌어 먹을 놈!" 하고 침을 배앝는다.
그 머리로서는 밀정(密偵)하는 소리가 번개치듯 지나간다.
—그네는 두려운 과거를 가졌다.
생각하기에도 애처로운 기억을 가졌다.
그래서 그물에 놀랜 참새처럼
늘 두려운 가슴을 안고 지내 간다.
불쌍한 족속의 가슴이 늘 얼어서!

10

청년의 노래는 그칠 줄 몰랐다.
"옛날의 거리여!
부모의 무덤과 어릴 때 글 읽던 서당과 훈장과
그보다도 물방앗간에서 만나는 색시 사는
고향아, 달빛에 파래진 S촌아!"
여러 사람은 더욱 놀랐다. 그 대담한 소리에
마치 어느 피 묻은 입이
'리벤지'를 부르는 것 같아서,
촌 백성들은 장차 올 두려운 운명을 그리면서
불안과 비포(悲怖)에 떨었다.
그래서 핫! 하고 골을 짚은 채 쓰러졌다.

11

바람은 이 조그마한 S촌을 삼킬 듯이 심하여 간다.
S촌뿐이랴. 강안(江岸)의 두 다른 국토와 인가와 풍경을 시름 없이 덮으면서
벌부(筏夫)의 소리도, 고기잡이 얼음장 긋는 소리도,
구화(溝火)불에 마주 선 중국 순경의 주정 소리도 수비대 보초의 소리도
검열 맡은 필름같이 뚝뚝 중단되어 가면서, 그래도
이 속에도 어린애 안고 우는 촌 처녀의 소리만은 더욱 분명하게 또 한 가지
방랑자의 호소도 더욱 뚜렷하게
울며 짜며 한숨짓는 이 모든 규음(揆音)이
바숴진 피아노의 건반같이
산산이 깨뜨려 놓았다, 이 마을 평화를—

12

처녀(妻女)는 두렵고 시산하고 참다 못하여
문을 열고 하늘을 내다보았다.
하늘엔 불켜 논 방안같이 환히 밝은데
가담가담 흑즙(黑汁) 같은 구름이 배기어 있다.
"웅, 깊고 맑은데—" 하고 멀리 산굽이를 쳐다보았으나
아까 나갔던 남편의 모양은 다시 안 보였다.

바람이 또 한 번 포효(咆哮)하며 지난다.
그 때 이웃집으로 기왓장이 떨어지는 소리 들리고
우물가 버드나무 째지는 소리 요란히 난다—
처마 끝에 달아 맨 고추 다램이도 흩어지면서
그는 "에그 추워라!" 하고 문을 얼른 닫았다.

13
먼 길가에선 술집 막(幕)에서 널문 닫는 소리 들린다.
이내 에익…허…하… 하는 주정꾼 소리도
"춥길래 오늘 저녁 문도 빨리 닫는가 보다" 하고 속으로 외우며
처녀는 돌부처같이 가만히 앉아 있었다. 근심 없는 사람 모양으로.
이렇게 스산한 밤이면은
사람 소리가 그립느니
웩— 웩— 거리고 지나는 주정꾼 소리도.

14
처녀(妻女)는 생각하는 양 없이
출가한 첫 해 일을 그려 보았다—
밤마다 밤마다 저 혼자 베틀에 앉았을 때
남편은 곤해 코 골고—
고요한 밤거리를 불고 지나는
머슴아이의 옥통소 소리에
구곡(九谷)의 청(靑)제비 우는 듯한 그 애연한 음조를 듣고는
그만 치마폭에 얼굴을 파묻고 울기도 하였더니
그저 섧고도 안타까워서—

산으로 간 남편이 저물게 돌아올 때
울타리에 기대어 먼 산기슭을 바라보노라면
오시는 길을 지키노라면
멀리 울리는 강아지 소리에
저도 모르게 한숨을 지었더니
갓난애기의 첫 해가 자꾸 설워서—

그보다도 가을 밤 옷 다듬다
뒷 서당집 노(老) 훈장의 외우는 "공자 왈, 맹자 왈" 소리에
빨래 다듬이도 잊고서 그저 가만히
엎디어 있노라면
마을돌이로 늦게 돌아오는 남편의
구운 감자 갖다 주는 것도 맛 없더니
그래서 그래서 저 혼자 이불 속에서
계명(鷄鳴) 때 지나게 울기도 하였더니,

"아, 옛날은 꿈이구나!" 하고 처녀(妻女)는
세상을 다 보낸 노인같이 무연(憮然)히 한숨을 내쉬었다.

이렇게 생각하고 처녀는 운다.
오랜 동안을 사내를 속이고 울던 마음이
오늘밤 따라와 터지는 것 같아서
―그는 어릴 때, 아직 머리태를 두었을 때―
도라지 뿌리 씻으러 샘터에 가면
강아지 몰고 오는 머슴아이, 만나던 일
갈잎으로 풀막을 짓고
둘이서 풀싸움하던 일
해 지기도 모르게
물장구치고 풀싸움하고 그러던 일.

그러다가 처녀(妻女)는 꿈을 꾸는 듯한 눈으로
"옳아, 그이, 그 언문 아는 선비! 어디 갔을까?"
하고 무릎을 친다.
그리고 입 속으로 "옳아, 옳아, 그이!" 하고는
빙그레 웃는다. 꿈길을 따르면서― 옛날을 가슴에서 파내면서.

　　　　15
바깥에선 밤개가 컹컹 짖는다,
그 서슬에 "아뿔사 내가 왜?" 하고 처녀는

황급히 일어나 문턱에 매어달린다, 죄 되는 일을 생각한 것같이.
그러나 달과, 바람밖에는 아무것도 없었다,
남산 봉화당 꼭지에선
성좌들이 진치고 한창 초한(楚漢)을 다투는데—

                16
"아하, 설날이 아니 오고, 또 어린애가 아니었더면
국금(國禁)을 파하고까지 남편을
이 한밤에 돈벌이로
강 건너 외땅으로 보내지 않았으련만
무지한 병정에게 들키면 그만이지.
가시던 대로나 돌아오시랴.
에그, 과부는 싫어, 상복 입고 산소에 가는 과부는 싫어"
빠지직빠지직 타오르는 심화에
앉아서 울고 서서 맴도는
시골 아낙네의 겨울밤은 지리도 하여라.
다시는 인적기조차 없는데
뒷산곡에는 곰 우는 소리 요란코.

                17
이상한 청년은 그 집 문간까지 왔었다,
여러 사람의 악매(惡罵)하는 눈살에 쫓겨
뼉다귀 찾는 미친개모양으로 우줄우줄 떨면서
오막살이집 문 앞까지 왔었다, 누가 보았던들
망명하여 온 이방인이 포리(捕吏)의 눈을 피하는 것이라 않았으랴.
그는 돌연
"여보, 주인!"
하고 굳어진 소리로 빽 지른다.
그 서슬에 지옥서 온 사자를 맞는 듯이
온 마을이 푸드득 떤다,
그는 이어서 백골을 도적하러 묘지에 온 자처럼
연해 눈살을 사방에 펼치면서 날카로운 말소리로

"여보세요 주인! 문을 열어 주세요"

18
딸그막딸그막 울려 나오는 그 소리,
만인의 가슴을 무찌를 때
모든 것은 기침 한 번 없이 고요하였다.
천지 창조 전의 대공간같이……
그는 다시 눈을 흘겨 삼킬 듯이 바라보더니
"여보, 주인! 주인!! 주인?"
아, 그 소리는 불쌍하게도
맥이 풀어져 고요히 앉아 있는 아내의 혼을 약탈하고 말았다.
사내를 사지(死地)에 보내고 정황없어 하는 아내의—

19
처녀(妻女)는 그 소리에 놀랐다,
그래서 떨었다 밖으로선 더 급하게
"나를 모르세요? 내요! 내요!"
하고 계속하여 난다, 그러면서
주먹이 똑 똑 똑 하고 문지방에 와 맞힌다.
처녀의 가슴도 똑똑똑 때리면서
젊은 여자를 잠가둔 성당 문을 똑똑똑 두다리면서.

20
처녀는 어쩔 줄 몰랐다,
그래서 거의 기절할 듯이 두려워하였다.
그렇지 않아도
아까 남편이 떠날 때,
동리 구장이 달려와 말모개를 붙잡고
"오늘 저녁엔 떠나지를 마오, 부디 떠나지를 마오,
이상한 청년이 나타나 무슨 큰 화변을 칠 것 같소, 부디 떠나지를 마오,
작년 일을 생각하거든 떠나지를 마오,"
그러길래 또 무슨 일이 있는가고,

미리 겁내어 앉았을 때 그 소리 듣고는
그는 에그! 하고 겁이 덜컥 났었다.
죽음이 어디서 빤—히 보고 있는 것 같아서
몸에 오소속 소름이 친다.

21

그의 때리는 주먹은 쉬지 않았다, 똑— 똑— 똑—
"여보세요, 내요! 내라니까"
그리고는 무슨 대답을 기다리는 듯이 가만히 있다, 한참을.
"아, 내라니까, 내요, 어서 조금만"
"아하, 아하, 아하—"
청년은 그만 쓰러진다.
동사(凍死)하는 거지 추위에 넘어지듯이,
그때 처녀는 제 가슴을 만지며
"에그, 어쩌나, 죽나 보다—" 하고 마음이 쓰렸다.
"아하, 아하, 아하, 아하—"
땅 속으로 꺼져가는 것 같은 마지막 소리
차츰 희미하여 가는데 어쩌나! 어쩌나? 아하—
"내라니까! 내요, 아, 조금만……" 그것은 확실히 마지막이다,
알 수 없는 청년의 마지막 부르짖음이다—

이튿날 첫아침 흰 눈에 묻힌 송장 하나가 놓이리라.
건치에 말아 강물 속에 띄워 보내리라,
이름도 성도 모르는 그 방랑자를—
처녀는 이렇게 생각함에,
"에그 차마 못할 일이다!" 하고 가슴을 뜯었다.
어쩔까, 들여놓을까? 내버려둘까?
간첩일까, 마적일까, 아니 착한 사람일까?
처녀는 혼자 얼마를 망설이었다.
"아하, 나를 몰라, 나를— 나를, 이 나를……"
그 소리에 그는 깜짝 놀랐다
어디서 꼭 한 번 들어본 것 같기도 해서

그는 저도 모르게 일어섰다.
물귀신에게 홀린 제주도 해녀같이
그래서 문고리를 쥐었다.
금속성 소리 딸가닥하고 난다,
그 소리에 다시 놀라 그는 뒷걸음친다.

                    22
그러나 그보다 더 놀란 것은 청년이었다.
그는 창살에 넘어지는 아낙네의 그림자를 보고는
미친 듯, 일어서며, 다시
"내요— 내요—" 부른다.
익수자(溺水者)가 배를 본 듯, 외마디 소리, 정성을 다한—

                    23
처녀는 그래도 결단치 못하였다,
열지 않으면 불쌍하고, 열면 두렵고,
그래서 문고리를 쥐고 삼삼 돌았다.
"여보세요, 어서 조금만 아하……"
그러면서 마지막 똑똑을 두다린다,
마치 파선된 배의 기관같이
차츰차츰 약하여져 가면서—

                    24
처녀는 될 대로라듯이 문을 열고 있다,
지켜섰던 바람이 획! 하고 귓불을 때린다,
그때 의문의 청년도 우뚝 일어섰다
더벅머리에 눈살이 깔리고, 바지에 정갱이
달빛에 석골조상같이 꿋꿋하여진 그 방랑자의 꼴!

                    25
어유(漁油)불이 삿! 하고 두 사이를 흐른다,
모든 발음(發音)이 죽은 듯 하품을 친다.

"누구세요, 당신은 네?"
청년은 한 걸음 다가서며
"내요, 내요 내라니까—"
그리고는 서로 물끄러미 치어다본다,
아주 대담하게, 아주 침정(沈靜)하게.

26
그것도 순간이었다
"앗! 당신이 에그머니!" 하고 처녀는 놀라 쓰러진다.
청년도
"역시 오랫던가 아, 순이여"
하고 문지방에 쓰러진다.
로단이 조각하여 논 유명한 조상같이 둘은 가만히 서 있다,
달빛에 파래져 신비하게, 거룩하게.

27
아하 그리운 한 옛날의 추억이어.
두 소상(塑像)에 덮이는 한 옛날의 따스한 기억이어!
8년 후 이 날에 다시 불탈 줄 누가 알았으리.
아, 처녀와 총각이어,
꿈나라를 건설하던 처녀와 총각이어!
둘은 고요히 바람소리를 들으며
지나간 따스한 날을 들춘다—
국경의 겨울밤은 모든 것을 싸안고 달아난다.
거의 10년 동안을 울며볼며 모든 것을 괴멸시키면서 달아난다.
집도 헐리고, 물방앗간도 갈리고, 산도 변하고
하늘의 백랑성 위치조차 조금 서남으로 비틀리고
그러나 이 청춘남녀의
가슴 속 깊이 파묻혀 둔 기억만은 잊히지 못하였다,
봄꽃이 져도 가을 열매 떨어져도
8년은 말고 80년을 가보렴 하듯이 고이고이 깃들었다
아, 처음 사랑하던 때!

처음 가슴을 마주칠 때!
8년 전의 아름다운 그 기억이어!

                28
멀구 광주리 이고 산기슭을 다니는
마을 처녀떼 속에,
순이라는 금년 열여섯 살 먹은 재가승의 따님이 있었다.
멀구알같이 까만 눈과 노루 눈썹 같은 빛나는 눈초리,
게다가 웃을 때마다 방싯 열리는 입술,
백두산 천지 속의 선녀같이 몹시도 어여뻤다.
마을 나무꾼들은
누구나 할 것 없이 마음을 썼다,
될 수 있으면 장가까지라도! 하고
총각들은 산에 가서 '콩쌀금' 하여서는 남몰래 색시를 갖다주었다.
노인들은 보리가 설 때 새알이 밭고랑에 있으면 고이고이 갖다주었다.
마을서는 귀여운 색시라고 누구나 칭찬하였다.

                29
가을이 다 가는 어느 날 순이는
멀구 광주리 맥없이 내려놓으며 아버지더러,
"아버지, 우리를 중놈이라고 해요, 중놈이란 무엇인데"
"중? 중은 웬 중! 장삼 입고 고깔 쓰고 목탁 두다리면서 나무아미타불 불러
야 중이지,
너 안 보았디? 일전에 왔던 동냥벌이 중을"
그러나 어쩐지 그 말소리는 비었다,
"그래도 남들이 중놈이라던데" 하고,
아까 산에서 나무꾼들에게 몰리우던 일을 생각하였다.
노인은 분한 듯이 낫자루를 휙 집어 뿌리며,
"중이면 어때?— 중은 사람이 아니라든? 다른 백성하고 혼사도 못하고 마

음대로 옮겨 살지도 못하고"
하며, 입을 다물었다가
"잘들 한다, 어디 봐! 내 딸에야 손가락 하나 대게 하는가고"
하면서 말없이 딸의 머리를 쓰다듬었다.
낯에는 눈물이 두루루 어울리고,
순이도 그저 슬픈 것 같아서 함께 울었다, 얼마를.

                30
재가승이란― 그 유래는
함경도 윤관이 들어오기 전,
북관의 육진 벌을 유목(遊牧)하고 다니던 일족이 있었다.
갑옷 입고 풀투구 쓰고 돌로 깎은 도끼를 메고,
해 잘 드는 양지볕을 따라 노루와 사슴잡이하면서
동으로 서로 푸른 하늘 아래를
수초를 따라 아무데나 다녔다, 이리저리.
부인들은
해 뜨면 천막 밖에 기어나와,
산 과일을 따 먹으며 노래를 부르다가
저녁이면 고기를 끓이며 술을 만들어,
사내와 같이 먹으며 입맞추며 놀며 지냈다.
그러다가 청산을 두고 구름만 가는 아침이면
산령에 올라 꽃도 따고, 풀도 꺾고―

                31
말은 한가히 풀을 뜯고 개는 꿩을 따르고,
하늘은 맑았고, 푸르고
이 속에서 날마다 날마다 이 일족이
잡아서 먹고서, 먹고서 잡아가지고―
그래서 술을 먹고 계집질을 하고 아이를 낳고 싸움하고 영지를 빼앗고, 암
살이 일어나고―
추장, 무사, 처, 모, 아이, 석부(石釜), 초의(草衣)―
이것이 서로 죽고, 빼앗고 없어지고 하는 대상

평화스럽고도 살벌한 세대를 오래 보내었다.

32
새벽이면 추장이
"얘들아 일어나거라!" 하는 소리에,
천막 속 한 자리에서 잠자던 부부와 부모와 처자와 모든 것들이
이슬을 툭툭 털고 일어나서,
장정은 활을 메고 들에 나가고
처녀는 모닥불을 피워놓고 몸을 쪼인다.
추장은 연해 싸움할 계획을 하고서—
일족은 복잡한 것을 모르고 그날 그날을 보내었다.

33
그네들은 탐탐한 공기를 모르고 성가신 도덕과 예의를 모르고
아름다운 말씨와 표정을 몰랐었다
그저 아름다운 색시를 만나면 아내를 삼고
그래서 어여쁜 자녀를 내어 기르고
밤이면, 달이 떠 적막할 때,
모닥불 옆에서 고기를 구워서는
술안주하여 먹으며, 타령을 하면서
짧은 세상을 즐겁게 보내었다
몇백 년을 두고 똑같이.

34
그러나 일이 났다.
앞마을에 고구려 군사가 쳐들어왔다고 떠들 때,
천막에다 여러 곳에서 나 많은 장정들이 모조리
석부를 차고 활을 메고
여러 대 누려 먹은 제 땅을 안 뺏기려,
싸움터로 나갔다.
나갈 때면 울며불며 매어달리는 아내를 물리치면서
처음으로 대의를 위한 눈물을 흘려 보면서.

남은 식구들은 떠난 날부터
냇가에 칠성단을 묻고 밤마다 빌었다, 하늘에
무사히 살아오라고! 싸움에 이기라고!
그러나 그 이듬해 가을엔 슬픈 기별이 왔었다,
싸움에 나갔던 군사는 모조리 패해서 모두는 죽고
더러는 강을 건너 오랑캐령으로 달아나고,
—사랑하던 여자와 말과 석부와, 석통소를 내버리고서.
즉시 고구려 관원들이 왔었다 이 천막촌에
그래서 죽이리 살리리 공론하다가
종으로 쓰기로 하고 그대로 육진에 살게 하였다,
모두 머리를 깎이고—

        35
몇백 년이 지났는지 모른다,
고구려 관원들도 갈리고
그 일족도 이리저리 흩어져
어떻게 두루 복잡하여질 때,
그네는 혹 둘도, 모여서 일정한 부락을 짓고 살았다.
머리를 깎고 동무를 표하느라고 남들은
집중이라 부르든 말든—
재가승이란 그 여진의 유족.

그래서 백정들이 인간 예찬하듯이
이 일족은 세상을 그리워하며 원망하며 지냈다.

순이란 함경도의 변경에 뿌리운 재가승의 따님.
불쌍하게 피어난 운명의 꽃,
놀아도 집중과 시집가도 집중이라는 정칙받은 자!
그러나 누구나 이 중을 모른다, 집중이란 뜻을
그저 집중 집중 하고 욕하는 말로 나무꾼들이 써왔다.

36
마을 색시들은
해 지기까지 하여서 물터에 물 길러 나섰다,
국사당 있는 조그마한 샘터에로,
그곳에는 수양버들 아래,
오래 묵은 돌부처 구월 볕에 땀을 씻으면서
육갑을 외우고 앉아 있었다.
지나던 길손이 낮잠 자는 터전도 되고—
그 아래는 바로 우물, 바가지로 풀 수 있는 우물,
마을서 먹는 우물, 나무꾼들이 발 씻는 우물, 왕벌이 빠지는 우물,
여러 길에 쓰는 샘물터가 있었다.
또 그 곁에는 치재(致齋) 붙이던 베 조각이 드리웠고.
나무꾼이 윈두 씨름하여 먹고 간 꺼—먼 자취가 남았고
샘물 우엔 벌레 먹은 버들잎 두어 개 띄웠고—

37
"순이는 벌써 머리를 얹었다네,
으아, 우습다 시집간다더라, 청혼왔다구."
"부잣집 며느리 된다고, 어떤 애는 좋겠다"
하며 여럿은 순이를 놀려대이며
버들잎을 가려가며 물을 퍼 담았다.
"밭도 두 맥 소쉬 있고 소도 세 마리나 있고 흥!"
"더구나 새신랑은 글을 안다더라, 언문을"
"또 인물도 얌전하고, 벌이도 잘 하고"
빈정거리는 것 같기도 하고, 부러워하는 것 같기도 하며
마을 처녀들은 순이를 놀려대었다.

38
순이는 혼자 속으로
가만히 '시집' '신부' 하고 불러보았다.
어여쁜 이름이다 함에 저절로 낯이 붉어진다,
"나도 그렇게 된담! 더구나 그 '선비' 하고"

그러다가 문득 아까 아버지 하던 말을 생각하고
나는 집중 집중으로 시집가야 되는 몸이다 함에
제 신세 가엾은 것 같아서 퍽 슬펐다
"어찌 그 선비는 집중이 아닌고? 언문 아는 선비가,
에그 그 부잣집은 집중 가문이 아닌고? 가엾어라"
그는 그저 울고 싶었다 가슴이 답답하여지면서
멀리 해는 산마루를 넘고요—

               39
얼마나 있었는지 멀리 방축 건너로
"노자— 노자 젊어 노자 늙어……" 하는 나무꾼의 목가가 들릴 때,
순이는 깜짝 놀라 얼른 물동이에 물을 퍼 담았다
가을바람이 버들잎 한 쌍을 물동이에 쥐어넣고—

               40
동무들은 다 가고
범나비 저녁바람 쏘이려 나왔을 때,
하늘이 부르는 저녁 노래가 고요히 떠돌아
향기로운 땅의 냄새에 아울려
순이를 때릴 때, 그는 저절로 가슴이 뛰었다—
성장한 처녀의 가슴에 인생의 노래가 떠돌아 못 견디게 기뻤다,
그때 어디서 갈잎이 째지며 휘파람 소리가 들린다.
그러자, 새알만한 돌멩이 발충에 와 떨어진다.

               41
순이는 무엇을 깨달았는지 모로 돌아섰다
귓불이 빨개지고 가슴이 두근거리며
소년은 뛰어나왔다, 갈 밖으로 벙글벙글 웃으면서
"응 순이로구나!" 하면서 앞에 와 마주섰다,
그리고 호주머니에서 '콩쌀금' 을 내어 슬며시 쥐어준다.
순이는 오늘따라 부끄러워
낯을 들지 못하였다 늘 하던 해죽 웃기를 잊고—

"너 멀구밭으로 갔던? 어째 혼자 갔니?"
"나허구 같이 가자구 하지 않았니? 누가 꼬이든?"
"……."

"어째 너 나를 싫어하니? 응"
순이는 그저 고개를 설레설레 흔들었다,
소년은 빨개진 소녀의 귓볼을 들여다보며
"왜 울었니? 누구에게 맞았니?"
"누가 맞았다니!"
"그럼 어째 말을 아니 하니?"
그래도 순이는 잠잠하다.
소년은 손뼉을 치며 하하하 웃으면서
"옳지 알았다 너 부끄러워 우니? 우리 아버지 너 집으로 혼사말 갔다더니
옳지 그게 부끄럽구 우냐!"
"……."
"얘 너는 우리 집에 시집온단다, 권마성(勸馬聲) 소리에 가마에 앉아서 응"
순이는 한 걸음 물러서며
"듣기 싫다 나는 그런 소리 듣기 싫다!"
그리고는 물동이 앞에 와 선다.
아무 말도 없이 고요히— 수정(水精)같이
소년은 웃다가 이 눈치를 차리고 얼른 달려들어
물동이를 이워 주었다.
그리고는 뒷맵시와 불그레한 뺨빛을
또 한 가지 여왕같이 걸어가는 거룩한 그 자태를 탐내 보면서
마치 원광 두른 성녀를 보내는 듯이 한껏 아까워서—

42
조선의 시골에는
백일에 짓는 사랑의 궁전은 없으랴.
종이 무서워 무서워 상전을 바라보듯
거지가 금덩이 안아보듯
두려움과 경이가 큐— 피트의 화살이 되었다.

43
그러는 속에도 사랑은 허화(虛火),
봄눈을 뒤지고 나오는 움같이
고려 지방족의 강득한 씨는
아침나절 호풍이 부는 산국(山國)에도 피기 시작하였다.
여성은 태양이다! 하는 소리가
소년의 입술을 가끔 스쳤다,
두 절대한 친화력에 불타지면서
사랑은 재가승과 언문 아는 계급을 초월하여서 붙었다,

44
그 뒤로부터
비 오는 아침이나 바람 부는 저녁이나
두 그림자는 늘 샘터에 모였다
남의 눈을 꺼리면서,
물 우엔 갈잎 마음 속엔 '잊지 말란 풀'

45
뻐꾸기 우는 깊은 밤중에
처녀의 짓두그릇엔 웬 총각의 토수목 끼었고
누가 쓴 '언문본' 인지 뎅굴뎅굴 굴렀다
순이의 맘에는 알 수 없는 영주가 들어앉았다,
콩쌀금 주던 미소년이 처녀의 가슴에 아아
언문 아는 선비가 안기었다.

46
소년은—
날마다 꼴단 지고 오다가 그 집 앞 돌각담 우에 와 앉았다,
땀 씻을 때에 부르는 휘파람 소리는
어린 소녀에게 전하는 그 소리라.
사랑하는 이의 사랑받으면서
꿈나라의 왕궁을 짓는 하루 이틀

아침은 저녁이 멀고 저녁은 아침이 그리운
만리장성을 쌓을 때—

　　　　47
쌓기는 왕자, 왕녀의 사랑 같은 사랑의 성을
두 소년이 쌓았건만,
헐기는 재가승의 정칙이 헐기 시작하였다.
꽃에는 벌레가 들기 쉽다고
아, 둘 사이에는 마지막 날이 왔다,
벌써부터 와야 할 마지막 날이
전통은— 사회 제도는
인간 불평등의 한 따님이라고,
재가승의 자녀는 재가승의 집으로
그래서 같은 씨를 십대 백대 천대를
순이도 재가승의 씨를 받아 전하는 기계로 가게 되었다.

죽기를 한하는 순이는
울고 떼쓰다가 아버지 교살된다는 말에
할 수 없이 그해 겨울에 동리 존위(尊位) 집에 시집갔었다,
언문 아는 선비를 내어버리고—

여러 마을의 총각들은 너무 분해서
"어디 봐라!" 하고 침을 배알으며
물긷기 동무들은
"어찌 저럴까. 언문 아는 선비는 어쩌고, 흐흥,
중은 역시 중이 좋은 게지" 하고 비웃었다.

　　　　48
이 소문을 듣고 소년은 밤마다 밤마다 울었다.
그리고 단 한 번만 그 색시를 만나려 애썼다.
광인같이 아침 저녁 물방앗간을 뛰다니며
"어찌 갔을까, 어여쁜 순이가

맹세한 순이가 어찌 갔을까?" 하면서.

49

열홀이 지나도 순이는 그림자도 안 보였다
그래서 하늘에 기도를 올렸다,
"하느님이시여! 이게 무슨 짓입니까
팔목에 안기어 풀싸움하던
단순한 옛날의 기억을 이렇게 깨뜨려 놓습니까?"
"아, 순아, 어디 갔니 옛날의 애인을 버리고 어디 갔니?
너는 참새처럼 아버지 품안에서 날아오겠다더니,
너는 참새처럼 내 품안에서 날아갔구나.
순아, 너는 물동이 이어줄 때,
언문 아는 집 각시 된다고 자랑하더니만
언문도 내버리고 선비도 없는 어디로 갔니?"

"멀구알 따다 팔아 열녀전을 쌓겠다더니
순아, 열녀전을 버리고 어디 갔니?
귀여운 말하던 네가 어디 갔니?
귀여운 말하던 네가 어디 갔니?
부엉이 운다 부엉새가 운다 뒷산곡에서
물레젓기 타령하던 때에 듣던 부엉새가 운다 아, 순아!"

50

소년은 너무도 기막혀
새벽에 칠두성을 향하여
"하늘이시여, 칼을 주소서, 세상을 무찌를
순이가 살고 옛날의 샘터가 놓인 이 세상을 무찌를!"

51

에라, 나 보아라!
자유인에 탈이 없는 것이다,
'가헌(家憲)'이라거나 '율법'이라거나,

모두 짓밟아라
뜯어 고쳐라 추장이란 녀석이 제 맘대로 꾸며논 타성의 도덕률을
집중을 사람을 만들자,
순이는 아버지의 따님을 만들자,
초인아, 절대한 힘을 빌려라.
이것을 고치게, 아름답게 만들게
불쌍한 눈물을 흘리지 말게.
큐피트의 지나간 뒤는 꿈이 쓰러지고,
박카스의 노래 뒤는 피가 흐르나니.

                52
몇 날을 두고 울던 소년은 열흘이 되자
모든 바람이 다 끊어지고 할 때
산새들도 깃든 야밤중에,
보꾸러미 하나 둘러메고 이 마을을 떠났다
마지막 눈물을 흘리면서
다시는 이 땅을 안 디딜 작정으로―
구름은 빌까 험하게 분주히 내왕하는데.

                53
소년이 떠난 뒤
하늘은 이 일을 잊은 듯이
해마다 해마다 풍년을 주었다
때맞춰 기름진 비를, 자갈 돌밭에
출가한 순이의 맘에도 안개비를
농부들은 여전히 호미를 쥐고 밭에 나갔다.
마을 소녀들은 멀기 따러 다니구요
언문 아는 선비 일은 차츰차츰 잊으면서.

                54
몇 해 안 가서
무산영상(茂山嶺上)엔 화차통

검은 문명의 손이 이 마을을 다닥쳐 왔다,
그래서 여러 사람은 전토를 팔아가지고
차츰 떠났다.
혹은 간도로 혹은 서간도로
그리고 아침나절 짐승 우는 소리 외에도
쇠 찌적 가는 소리 돌 깨는 소리,
차츰 요란하여 갔다,
옷 다른 이의 그림자도 붙고,

                    55
마을 사람이 거의 떠날 때
출가한 순이도 남편을 따라
이듬해 여름 강변인 이 마을에 옮겨 왔다.
아버지 집도 동강(東江)으로 가고요—

                    56
멀구 따는 산곡에는 토지 조사국 기수가 다니더니,
웬 삼각 표주가 붙구요,
초가집에도 양(羊)납이 오르고—

                    57
촌부들이 떠난 지 5년
언문 아는 선비 떠난 지 8년,

이것이 이 문간에서
서로 들추는 아름다운 옛날의 기억,
간첩이란 방랑자와 밀수출 마부의 아내 되는 순이의
아! 이것은 둘의 옛날의 기억이었다.

제3부
                    58
—청년

너무도 기뻐서
처녀를 웃음으로 보며
"오호, 나를 모르세요. 나를요?"
꿈을 깨고 난 듯이 손길을 들어,
"아아, 국사당 물방앗간에서 갈잎으로 머리 얹고
종일 풀싸움하던 그 일을—
또 산밭에서 멀구 광주리 이고 다니던
당신을 그리워 그리워하던
언문 아는 선비야요!"
"재가승이 가지는 박해와 모욕을 같이하자던
그러면서 소 몰기 목동으로 지내자던
한때는 봄이 온다고 기다리던 내야요"

—처녀
"언문 아는 선비? 언문 아는 선비!
이게 꿈인가! 에그, 아! 에그! 이게 꿈인가,
어떻게 오셨소, 당신이 어떻게 오셨소,
이 추운 밤에, 신작로에는 눈이 어지러운데,
봄이 와도 가을이 와도 몇 가을 봄 가고 와도
가신 뒤 자취조차 없던 당신이
이 한밤에, 어떻게 어디로 오셨소?
시집간 뒤 열흘 만에 떠나더라더니만."

—청년
"그렇다오, 나는
마을 사람들의 비웃음에 못 이겨 열흘 만에 떠났소,
언문도 쓸 데 없고 밭 두렁도 소용 없는 것 보고
가만히 혼자 떠났소.
8년 동안—
서울 가서 학교에 다녔소 머리 깎고,
그래서 세상이 어찌 돌아가는 것을 알고
페스탈로치와 루소와 노자와 장자와

모든 것을 알고 언문 아는 선비가 더 훌륭하게 되었소,
그러다가 고향이 그립고 당신을 못 잊어 술을 마셨더니,
어느새 나는 인육을 탐하는 자가 되었소,
─네로같이 밤낮─
매독, 임질, 주정, 노래, 춤 ─ 깽깽이─
내가 눈 깨일 때는
옛날의 육체가 없고 옛날의 정신이 없고 아 옛날의 지위까지.

나는 산 송장!
오고 갈 데도 없는 산 송장.
아, 옛날이 그리워 옛날이 그리워서 이렇게 찾아왔소,
다시 아니 오려던 땅을 이렇게 찾아왔소,
당신의 이름을 부르면서─
아하, 어떻게 있소, 처녀 그대로 있소? 남의 처로 있소! 흥,
역시 베를 짜고 있소? 아, 그립던 순이여!
나와 같이 가오! 어서 가오!
멀리 멀리 옛날의 꿈을 들추면서 지내요.
아하, 순이여!"

─처녀
"아니! 아니 나는 못 가오 어서 가세요,
나는 남편이 있는 계집,
다른 사내하고 말도 못 하는 계집.
조선 여자에 떨어지는 종 같은 팔자를 타고 난 자이오,
아버지 품으로 문벌 있는 집에─
벌써 어머니질까지 하는─
오늘 저녁에 남편은
이것들을 살리려,
소금 실어 수레를 끄을고 강 건너 넘어갔어요
남편도 없는 이 한밤에 외인하고─
에그 어서 가세요─"

"내가 언제 저 갈 데를 간다고?
백두산 위에 흰 눈이 없어질 때,
해가 서쪽으로 뜰 때 그 때랍니다,
봄날에 강물이 풀리듯이요—"

"타박타박 처녀의 가슴을 드디고 가던 옛날의 당신은
눈물로 장사지내구요.
어서 가요, 어서 가요 마을 구장에게 들키면
향도(香徒) 비장(批杖)을 맞을 터인데"
그러면서 문을 닫는다 애욕의 눈물을 씻으면서—

—청년
"아니, 아니 닫지를 마세요,
사랑의 성전문을 닫지를 마세요.
남에게 노예라도 내게는 제왕,
종이 상전 같은 힘을 길러 탈을 벗으려면
그는 일평생 종으로 지낸다구요
아, 그리운 옛날의 색시여!"

"나는 커졌소, 8년을 자랐소,
굴강한 힘은 옛날을 복수하기에 넉넉하오.
율법도 막을 수 있고 혼도 자유로 낼 수 있소.
아, 이쁜 색시여, 나를 믿어 주구려,
옛날의 백분의 일만이라도."

"나는 벌써 도회의 매연에서 사형을 받은 자이오,
문명에서 환락에서 추방되구요,
쇠마치, 기계, 착가(著枷), 기아(飢餓), 동사(凍死)
인혈을, 인육을 마시는 곳에서 폐병균이 유리하는 공기 속에서
겨우 도망하여 온 자이오
몰락하게 된 문명에서
일광을 얻으러 공기를 얻으러,

그리고 매춘부의 부란한 고기에서,
아편에서 빨간 술에서 명예에서 이욕에서
겨우 빠져 나왔소,
옛날의 두만강가이 그리워서
당신의 노래가 듣고 싶어서."
"당신이 죽었더라면 한평생 무덤가를 지키구요
시집가신 채라면
젖가슴을 꿈으로나 만질까고,
풀밭에서 옛날에 부르던 노래나 찾을까고―"

―처녀
"무얼 또 꾸며대시네,
며칠 안 가서 그리워하실 텐데!'

―청년
"무엇을요? 내가 그리워한다고."

―처녀
"그러문요! 도회에는 어여쁜 색시 있구 놀음이 있구,
그러나 여기에는 아무것도
날마다 밤마다 퍼붓는 함박눈밖에
강물은 얼구요 사람도 얼구요,
해는 눈 속에서 깼다가 눈 속에 잠들고
사람은 추운 데 낳다가 추운 데 묻히고
서울서 온 손님은 마음이 여리다구요.
오늘밤같이 북풍에 우는 당나귀 소리 듣고는
눈물을 아니 흘릴까요?
여름에는 소몰기, 겨울에는 마차몰이 그도 밀수입 마차랍니다,
들키면 경치우는―
단조하고 무미스러운 이 살림,
몇 날이 안 가서 싫증이 나실 텐데―"

"시골엔 문명을 모르는 사람만이
언문도 맹자도 모르는 사람만이
한 번도 듣도 보도 못한 사람만이
소문만 외우며 사는 곳이랍니다."

─청년
"아니 그렇지 않소,
내가 도회를 그리워한다고?
비린내 나는 그 도회에를
우정을 도량형으로 싸구요,
명예하는 수레를 일생 두고 끄으는
소와 막잡이하는 우둔한 차부들이 사는 곳을."

"굴뚝이 노동자의 육반 위에 서고
호사가 잉여가치의 종노릇하는
모든 혼정(昏定)이 전통과 인습에 눌리어
모든 질곡밖에 살 집이 없는
그런 도회에, 도회인 속에,"

"데카당 · 다다 · 염세 · 악의 찬미
두만강가의 자작돌같이
무룩히 있는 근대의
의붓자식 같은 조선의 심장을 찾아가라고요!
아, 전원아, 애인아, 유목업아!
국가와 예식과, 역사를 벗고 빨간 몸뚱이
네 품에 안기려는 것을 막으려느냐?─"
그러면서 청년은 하늘을 치어보았다.
모든 절망 끝에 찾는 것 있는 듯이─
하늘엔 언제 내릴는지 모르는 구름기둥이
조고마한 별을 드디고 지나간다.
멀리 개 짖는 소리, 새벽이 걸어오듯─
8년 만에 온 청년의 눈앞에는

활을 메고 노루잡이 다닐 때
밤이 늦어 모닥불 피워놓고
고기를 까슬며
색시 어깨를 짚고 노래부르던 옛일이 생각난다.
독한 물지 담배 속에
"옛날에 남이 장군이란 녀석이……"
하고 노농(老農)의 이야기 듣던
마을 총각때의 모양이 보인다.
앗! 하고 그는 다시금 눈을 돌린다.

—처녀
"그래도 싫어요 나는
당신 같은 이는 싫어요,
다른 계집을 알고 또 돈을 알구요,
더구나 일본말까지 아니
와보시구려, 오는 날부터 순사가 뒤따라다닐 터인데
그러니 더욱 싫어요 벌써 간첩이라고 하던데!"
"그리고 내가 미나리 캐러 다닐 때
당신은 뿌리도 안 털어줄 걸요,
백은(白銀) 길 같은 손길에 흙이 묻는다고
더구나 감자국 귀밀밥을 먹는다면—"
"에그, 애닲아라.
당신은 역시 꿈에 볼 사람이랍니다, 어서 가세요"

—청년
"그렇지 않다는데도,
에익 어찌 더러운 팔자를 가지고 났담!"
그러면서 그는 초조하여 손길을 마주 쥔다,
끝없는 새벽하늘에는
별싸락이 떴구요—
그 별을 따라 꽂히는 곳에
북극이, 눈에 가리운 북극이 보이고요.

거기에 빙산을 마주쳐 두 손길 잡고, 고요히
저녁 기도를 드리는 고아의 모양이 보인다,
그 소리 마치
"하늘이시어 용서하소서 죄를,
저희들은 모르고 지었으니" 하는 듯.
별빛이 꽂히는 곳, 마지막 벌판에는
이스라엘 건국하던 모세와 같이
인민을 잔혹한 압박에서 건져주려고
무리의 앞에 햇불을 들고 나아가는
초인의 모양이 보이고요,
오 큰 바람이어,
혼의 수난이어, 교착이어!

"버린다면 나는 죽어요
죽을 자리도 없이 고향을 찾은 낙인(落人)이에요,
아, 보모여 젖먹이 어린애를
그대로 모른다 합니까"
그의 두 눈에선 눈물이 두루루 흘렀다.

―처녀
"가요, 가요, 인제는 첫닭 울기,
남편이 돌아올 때인데
나는 매인 몸, 옛날은 꿈이랍니다!"
그러며 발을 동동 구른다,
애처로운 옛날의 따스하던 애욕에 끌리면서.
그 서슬에 청년은 넘어지며
낯빛이 새파래진다 몹시 경련하면서,
"아, 잠깐만 잠깐만"
하며 닫아맨 문살을 뜯는다.
그러나 그것은 감옥소 철비(鐵扉)와 같이 굳어졌다,
옛날의 사랑을 태양을 전원을 잠가둔
성당을 좀처럼 열어놓지 않았다.

"아, 여보, 순이! 재가승(在家僧)의 따님,
당신이 없다면 8년 후도 없구요,
세상도 없구요"

—처녀
"어서 가세요, 동이 트면 남편을 맞을 텐데"

—청년
"꼭 가야 할까요,
그러면 언제나?"

—처녀
"죽어서 무덤에 가면!"
하고 차디차게 말한다.

—청년
"아, 아하 아하……"

—처녀
"지금도 남편의 가슴에 묻힌 산 송장,
흙으로 돌아간대도 가산(家山)에 묻히는 송장,
재가승의 따님은 워낙 송장이랍니다!"
—여보시오 그러면 나는 어쩌고.
—가요, 가요, 어서 가오. 가요?
뒤에는 반복되는 이 소음(騷音)만 요란코—

            59
바로 그때이었다,
저리로 웬 발자취 소리 요란히 들리었다.
아주 급하게— 아주 황급하게
처녀와 청년은 놀라 하던 말을 뚝 그치고,
발자취 나는 곳을 향하여 보았다.

새벽이 가까운지 바람은 더 심하다,
나뭇가지엔 덮였던 눈더미가,
둘의 귓불을 탁 치고 달아났다.

60
발자취의 임자는 나타났다.
그는 어떤 굴강(屈强)한 남자이었다 가슴에 무엇을 안은—
처녀는 반가이 내달으며
"에그 인제 오시네!" 하고 안을 듯한다,
청년은 "이것이 남편인가" 함에 한껏 분하였다.
가슴에는 때 아닌 모닥불길.
"어째 혼자 오셨소? 우리 집에선?"
처녀의 묻는 말에
차부(그는 같이 갔던 차부였다)는 얼굴을 숙인다
"네? 어째 혼자 오셨소 네?"
그때 장정은 할 수 없다는 듯이 가만히 보꾸러미를 가리킨다
처녀는 무엇을 깨달은 듯이
"이게 무언데?" 하고 몸을 떤다
어떤 예감에 눌리우면서.

61
처녀는 하들하들 떠는 손으로 가리운 헝겊을 벗겼다,
거기에는 선지피에 어리운 송장 하나 누웠다.
"앗!" 하고 처녀는 그만 쓰러진다,
"옳소, 마적에게 쏘였소, 건넛마을서 에그" 하면서
차부도 주먹으로 눈물을 씻는다.
백금 같은 달빛이 삼십 장남인
마적에게 총 맞은 순이 사내 송장을 비췄다.
천지는 다 죽은 듯 고요하였다.

62
"그러면 끝내— 에그 오랫던가"

아까 총소리, 그 마적놈, 에그 하나님 맙소서!
강널에선 또 얼음장이 갈린다,
밤새 길게 우는 세 사람의 눈물을 얼리며―"

            63
이튿날 아침―
해는 재듯이 떠 뫼고 들이고 초가고 깡그리 기어 오를 때
멀리 바람은
간도 이사꾼의 옷자락을 날렸다.

            64
마을서는, 그때
굵은 칡베 장삼에 묶인 송장 하나가
여러 사람의 어깨에 메이어 나갔다.
눈에 싸인 산곡으로 첫눈을 뒤지면서.

            65
송장은 어느 남녘진 양지쪽에 내려놓았다,
빤들빤들 눈에 다진 곳이 그의 묘지이었다.
"내가 이 사람 묘지를 팔 줄 몰랐어!"
하고 노인이 괭이를 멈추며 땀을 씻는다,
"이 사람이 이렇게 빨리 갈 줄은 몰랐네!" 하고
젊은 차부가 뒤대어 말한다.

            66
곡괭이와 삽날이 달가닥거리는 속에
거―먼 흙은 흰 눈 우에 무덤을 일궜다,
그때사 구장도 오구, 다른 차꾼들도, 청년도
여럿은 묵묵히 서서 서글픈 이 일을 시작하였다,

            67
삼동에 묻히운 '병남(丙南)'의 송장은

쫓겨가는 자의 마지막을 보여주었다,
아내는, 순이는 수건으로 눈물을 씻으며
'밤마다 춥다고 통나무를 지피우라더니
추운 곳으로도 가시네
이런 곳 가시길래 구장의 말도 안 듣고─"

68
여러 사람은 여기에는 아무 말도 아니 하고 속으로
"흥! 언제 우리도 이 꼴이 된담!"
애처롭게 앞서가는 동무를 조상할 뿐.

69
얼마를 상여꾼들이
땀을 흘리며 흙을 뒤지더니,
삽날소리 딸가닥 날 때
노루잡이 함정만한 장방형 구덩 하나가 생겼다.

70
여러 사람들은 고요히
동무의 시체를 갖다 묻었다
이제는 아무것도 할 수 없다는 듯이.

71
거의 묻힐 때 죽은 병남이 글 배우던 서당집 노 훈장이,
"그래도 조선땅에 묻힌다!" 하고 한숨을 휘─ 쉰다.
여러 사람은 또 맹자나 통감을 읽는가고 멍멍하였다.
청년은 골을 돌리며
"연기를 피하여 간다!" 하였다.

72
강 저쪽으로 점심때라고
중국 군영에서 나팔소리 또따따 하고 울려 들린다.

이해와 감상

1925년 3월에 간행된 서사시집 『국경의 밤』의 표제로 된 장편시다. 한국 시문학의 신시사상(新詩史上) 최초의 장편 서사시다.

이 작품은 한만 국경생활체험을 통해 엮어진 것으로서, 함경북도 경성(鏡城) 출신인 파인 김동환의 체험적 서사시이기도 하다.

무대를 두만강 유역 국경지대로 잡고, 일제에 쫓기어 밀수꾼이 되거나 간도(間島)로 이주하는 사람들의 참담한 현실을 역사에 고발하고 있다. 파인이 젊은 날 일본 토우쿄우의 토우요우(東洋)대학 유학 당시 겨울 방학으로 귀국 도중에 서울의 한 여관방에서 사흘만에 완성했다고 한다.

독자의 이해를 돕기 위하여 그 개략을 요약하면 다음과 같다.

이 작품은 꽁꽁 얼어붙은 두만강 유역의 국경지대를 삶의 터전으로 살고 있는 일제에게 나라 잃은 백성들의 비분을 그 정서적 배경으로 스토리를 엮고 있다.

제1부(1장~27장)에서는 눈 내리는 겨울날 두만강 유역 어느 국경 마을에서 한 여인이, '소금' 밀수출(密輸出) 마차를 끌고 강을 건너 간 남편의 무사 귀환을 불안 속에 기다리고 있다. 저녁 무렵 한 청년이 그 여인의 오두막집에 찾아든다. 청년은 여인의 소녀 시절의 연인이며, 느닷없이 그녀를 찾아 온 것이다.

제2부(28장~52장)에서는 두 사람의 소년 소녀 시절의 사랑이 그려진다. 소녀 순이는 여진족의 후예로 재가승(在家僧)의 딸이었으며 다른 종족과는 결혼할 수 없다는 계율에 매인 몸이었다. 결국 순이는 다른 곳에 시집을 가고, 사랑하던 사람을 잃고 소년은 마을을 떠난다.

제3부(53장~72장)에서는 예전에 사랑했던 여인에게 8년만에 마을로 돌아온 청년이 다시금 사랑을 구한다. 그러나 이미 결혼한 여인은 단호하게 거절한다. 그 무렵에 밀수 마차가 마을로 돌아온다.

그러나 여인의 남편은 마적떼의 총에 맞아 시체가 된 것이 발견되는 비극적 현실 앞에 여인은 절망하는 클라이맥스가 이 시를 마무리한다.

역사적으로 여진족과의 갈등 속에 두만강 유역 주민들의 불안한 삶과 애환이며 사랑 속에서, 한만국경지대로도 일제의 마수가 뻗치고, 참담한 삶에 순응했던 순이의 비극이 상징적으로 우리 겨레의 비애를 역사에 증언하는 민족의 서사시다.

북청(北靑) 물장수

새벽마다 고요히 꿈길을 밟고 와서
머리맡에 찬물을 쏴— 퍼붓고는
그만 가슴을 디디면서 멀리 사라지는
북청 물장수.

물에 젖은 꿈이
북청 물장수를 부르면
그는 삐걱삐걱 소리를 치며
온 자취도 없이 다시 사라져 버린다.

날마다 아침마다 기다려지는
북청 물장수.

주제 북청 물장수의 삶의 의미 추구
형식 3연의 자유시
경향 서정적, 상징적, 감각적
표현상의 특징 청각적인 시어의 참신한 감각적 이미지를 표현하고 있다.
표제의 '북청 물장수'가 동어반복하고 있다.

이해와 감상

이 시는 북청 물장수가 첫 새벽부터 펼치는 근면한 생활을 묘사하고 있다. 이 시인 또한 같은 함경북도 출신이기에 이들을 통한 동향인(同鄕人)으로서의 밀착되는 향수를 느끼며 '날마다 아침마다 기다려지는'(제3연) 심정을 주정적으로 노래했다.

이 시의 시대적 배경은 일제 강점기의 서울 도심지다.

그 당시 서울 시민들은 함경도 북청에서 온 사람들의 물지게의 물 배달을 사 먹었던 것이다. 물장수로 아들을 대학까지 보낸다는 정평이 있는 입지전적 북청 물장수의 과묵하고 근면한 자식 사랑의 희생적인 행위 등 북청 물장수의 남성적인 성격을 정서적으로 질박하게 담고 있다.

일상의 생활 현장을 이렇다 할 기교 없이도 정감적으로 표현했다는 데서 시인의 재능을 엿볼 수 있는 작품이다.

산(山) 너머 남촌(南村)에는

산 너머 남촌에는
누가 살길래,
해마다 봄바람이
남(南)으로 오네.

꽃 피는 사월이면
진달래 향기,
밀 익는 오월이면
보리 내음새.

어느 것 한 가진들
실어 안 오리.
남촌서 남풍 불 제
나는 좋데나.

산 너머 남촌에는
누가 살길래,
저 하늘 저 빛깔이
저리 고울까?

금잔디 넓은 벌엔
호랑나비 떼,
버들밭 실개천엔
종달새 노래.

어느 것 한 가진들
들려 안 오리.
남촌서 남풍 불 제
나는 좋데나.

산 너머 남촌에는
배나무 있고,
배나무 꽃 아래엔
누가 섰다기.

그리운 생각에
영(嶺)에 오르니
구름에 가리어
아니 보이네.

끊였다 이어 오는
가는 노래,
바람을 타고서
고이 들리네.

주제 미지의 세계에 대한 환상과 동경
형식 9연의 7·5조 정형시
경향 낭만적, 서정적, 민요적
표현상의 특징 7·5조 정형시의 구조로 엮어지고 있다.
현실도피적인 낭만적 색채가 짙은 표현을 하고 있다.

이해와 감상

남촌(南村)은 시인이 환상적으로 그리던 이상향이다.

「국경의 밤」에서의 북녘의 억센 남성적인 힘과는 대조적으로 보드라운 여성적 표현으로 돌변하여 이미지 자체에서 오히려 이번에는 여성다움(feminism)마저 들춰낸다.

김동환은 남촌에서 해마다 봄바람에 실려 오는 꽃향기, 구수한 보리 냄새, 고운 하늘빛, 호랑나비, 종달새 노래 등 그리움이며 희망의 이미지를 소박하게 제시한다. 그렇다면 시인이 그리는 남촌은 어디쯤에 있다는 것일까?

독일 시인 카알 부세(Karl Busse, 1872~1928)가 노래했던 「저 산 너머」와는 매우 대조적인 시라는 것을 느끼게도 해준다. 즉, "남들이 모두 산 너머 저쪽에는 행복이 있다기에 찾아갔다가 눈물만 흘리고 돌아왔다"는 절망 의식과는 정반대로, 마음 속 깊숙이 '남촌'이라는 이상향을 행복의 터전으로 설정해 놓고, 그 미지의 세계에 기대하는 모든 희망을 상징적으로 묘사하고 있다. 김동환은 일제치하의 고통 속에서 망국의 한을 씻고 빼앗긴 강토를 되찾을 때 참다운 행복의 터전인 '남촌' 이 이루어질 것을 확신하며, 그 간절한 소망을 이 작품에 실었다고 본다.

신석정(辛夕汀)

전라북도 부안(扶安)에서 출생(1907~1974). 본명은 석정(錫正). 중앙불교
전문 수학. 1924년 『조선일보』에 「기우는 해」를 발표했고, 1931년 『시문학』
제3호에 「선물」을 발표하고 '시문학' 동인으로 본격적인 활동을 시작했다.
시집 『촛불』(1939), 『슬픈 목가』(1947), 『빙하(氷河)』(1956), 『산의 서곡(序
曲)』(1967), 『대바람 소리』(1970) 등이 있다.

임께서 부르시면

가을날 노랗게 물들인 은행잎이
바람에 흔들려 휘날리듯이
그렇게 가오리다
임께서 부르시면……

호수에 안개 끼어 자욱한 밤에
말 없이 재 넘는 초승달처럼
그렇게 가오리다
임께서 부르시면……

포곤히 풀린 봄 하늘 아래
굽이굽이 하늘가에 흐르는 물처럼
그렇게 가오리다
임께서 부르시면……

파아란 하늘에 백로가 노래하고
이른 봄 잔디밭에 스며드는 햇볕처럼
그렇게 가오리다
임께서 부르시면……

주제 전원생활의 순수미 추구
형식 4연의 자유시
경향 서정적, 목가적, 낭만적

이해와 감상

『동광』제24호(1931. 8)에 발표되고, 시집 『촛불』(1939)의 서두를 장식한 작품이다.
한국 최초의 전원시인 신석정의 시풍(詩風)을 보이는 대표적 작품이다.
신석정이 이상적 전원세계의 동경을 환상적으로 엮어낸 초기의 작품으로 각 연마다 알아듣기 쉬운 주정적인 시어구사로 신선한 이미지가 전달되고 있다.
'은행잎', '초승달', '물', '햇볕'으로 상징되는 자연의 은혜를 진실로써 수용하려는 겸허한 자세가 공감도를 드높여준다.

아직 촛불을 켤 때가 아닙니다

저 재를 넘어가는 저녁 해의 엷은 광선들이 섭섭해 합니다.
어머니 아직 촛불을 켜지 말으셔요.
그리고 나의 작은 명상의 새새끼들이
지금도 저 푸른 하늘에서 날고 있지 않습니까?
이윽고 하늘이 능금처럼 붉어질 때,
그 새새끼들은 어둠과 함께 돌아온다 합니다.

언덕에서는 우리의 어린 양들이 낡은 녹색 침대에 누워서
남은 햇볕을 즐기느라고 돌아오지 않고
조용한 호수 위에는 이제야 저녁 안개가 자욱이 내려오기 시작하였습니다.
그러나 어머니 아직 촛불을 켤 때가 아닙니다.
늙은 산의 고요히 명상하는 얼굴이 멀어 가지 않고
머언 숲에서는 밤이 끌고 오는 그 검은 치맛자락이
발길에 스치는 발자욱 소리도 들려 오지 않습니다.

멀리 있는 기인 둑을 거쳐서 들려 오는 물결 소리도 차츰차츰 멀어 갑니다.
그것은 늦은 가을부터 우리 전원(田園)을 방문하는 까마귀들이
바람을 데리고 멀리 가 버린 까닭이겠습니다.

시방 어머니의 등에서는 어머니의 콧노래 섞인
자장가를 듣고 싶어하는 애기의 잠덧이 있습니다.
어머니 아직 촛불을 켜지 말으셔요.
이제야 저 숲 너머 하늘에 작은 별이 하나 나오지 않았습니까?

주제 황혼 속의 삶의 보람
형식 3연의 자유시
경향 상징적, 목가적, 명상적
표현상의 특징 평이한 산문체의 대화 형식으로 주정적인 이미지를 짙게 부각시키고
있다.
회화적인 영상수법으로 감각적 표현이 두드러진다.
'않습니까?' 등 수사에 설의법을 쓰는 강조 표현을 하고 있다.

이해와 감상

서정이 물씬한 목가시인 신석정. 이제 그가 황혼녘 전원을 주정적으로 이미지화 시키는 서정 세계의 시풍을 가리켜, 일찍이 모더니스트 김기림(金起林,「김기림」항목 참조)은 『시단의 회고』(1933)에서 '목신(牧神)이 조으는 듯한 세계를 조금도 과장하지 아니한 소박한 리듬을 가지고 노래한다' 라고 평한 바 있다.

절대자인 어머니, 선의 상징인 '새새끼' 와 '어린 양' 이 자연의 조화로운 황혼을 맞으며 어둠을 등지고 귀소(歸巢)하는 순리(順理)의 법칙이 황혼 속에 부각된다. 이미 까마귀도 멀리 제 둥지로 돌아갔고 이제 마악 불타는 저녁놀은 마냥 아름답다.

'밤이 끌고 오는 그 검은 치맛자락' (제2연)은 악의 표상이 아니라, 물드는 저녁놀과의 대비(對比)를 이루는 시각적 표현이다.

신석정은 '까마귀들이/ 바람을 데리고 멀리' (제3연) 가 버렸다는 표현처럼 까마귀에게도 적의(敵意)가 아닌 선의(善意)로서의 그의 무사한 귀환을 바라고 있다. 그와 같은 동물애호며 자연친화 정신은 이 시인의 선의식으로써 평가해야 할 것이다.

그 먼 나라를 알으십니까

어머니
당신은 그 먼 나라를 알으십니까?

깊은 삼림지대를 끼고 돌면

고요한 호수에 흰 물새 날고
좁은 들길에 들장미 열매 붉어
멀리 노루 새끼 마음 놓고 뛰어 다니는
아무도 살지 않는 그 먼 나라를 알으십니까?

그 나라에 가실 때에는 부디 잊지 마셔요.
나와 같이 그 나라에 가서 비둘기를 키웁시다.

어머니
당신은 그 먼 나라를 알으십니까?

산 비탈 넘지시 타고 내려오면
양지 밭에 흰 염소 한가히 풀 뜯고
길 솟는 옥수수 밭에 해는 저물어, 저물어,
먼 바다 물소리 구슬피 들려 오는
아무도 살지 않는 그 먼 나라를 알으십니까?

어머니 부디 잊지 마셔요.
그 때 우리는 어린 양을 몰고 돌아옵시다.

어머니
당신은 그 먼 나라를 알으십니까?

5월 하늘에 비둘기 멀리 날고
오늘처럼 축축히 비가 내리면,
꿩 소리도 유난히 한가롭게 들리리니
서리까마귀 높이 날아 산국화 더욱 곱고,
노란 은행잎이 한들한들 푸른 하늘에 날리는
가을이면 어머니, 그 나라에서

양지밭 과수원에 꿀벌이 잉잉거릴 때,
나와 함께 그 새빨간 능금을 또옥 똑 따지 않으렵니까?

- **주제** 이상향의 형상(形象) 추구
- **형식** 9연의 자유시
- **경향** 서정적, 낭만적, 목가적
- **표현상의 특징** 대화 형식의 산문체로 내재율을 살리고 있다.
  9연으로 엮었으나 내용상 전편이 3단락으로 구분되고 있다.
  '알으십니까'를 5번이나 동어반복하며, 수사의 점층적(漸層的)인 강조를 한다.

이해와 감상

1939년(11월)에 시집 『촛불』에 발표된 작품이다.

일상어로 꾸밈이 없이 엮으면서도 시적 감동을 주고 있는 빼어난 시이다.

우선 이 작품의 시대적 배경을 살펴보면, 일제 말기인 탄압이 격심해졌던 시기였다. 시인 신석정 뿐 아니라 이 땅의 모든 젊은이들이 겪어야 했던 고통과 비분은 컸던 것이다. 여기서 특히 목가적인 순수 서정시를 즐겨 썼던 신석정은 하나의 시적 '이상향'을 절실히 갈구했던 것이다. 물론 「유토피아」를 쓴 영국인 모어(Sir Thomas More, 1478~1535)는 희랍어의 'ou(영어의 no)'와 'tops(영어의 place)'를 짝 맞추어 제목을 붙였으니 글자 그대로 'no place', 즉 아무데도 없는 곳이 '이상향'이다.

신석정은 그의 심오한 내면 세계에다 이상향을 설정하고 이토록 절실하게 그의 시세계에다 구축했던 것이다. 그 '이상향'은 일제의 쇠사슬을 끊고 자유해방을 맞이하는 '광복의 터전'을 상정(想定)한 것이다. 그것은 숨막히는 고통의 현실상황에서 이 겨레가 희구하는 바를 절실히 보여준 눈부신 경지의 시라고도 하겠다. 물론 그 당시 일부 젊은 시인들이 현실 도피의 한 방편으로 이상향을 추구했던 것이 사실이기도 하지만, 그러한 시적 경향에는 당시 서구 낭만주의의 영향도 컸었다.

이 시에 있어서 '어머니'는 '조국'이요, '민족'이며, '절대자'이다. 김영랑(金永郎), 박용철(朴龍喆) 등과 더불어 심미주의(審美主義) 시세계의 구축에 참여했던 목가시인 신석정의 순수 정신의 표상(表象)을 엿보게 한다.

슬픈 구도(構圖)

나와
하늘과
하늘 아래 푸른 산뿐이로다.

꽃 한 송이 피어 낼 지구도 없고

새 한 마리 울어 줄 지구도 없고
노루 새끼 한 마리 뛰어다닐 지구도 없다.

나와
밤과
무수한 별뿐이로다.

밀리고 흐르는 게 밤뿐이오.
흘러도 흘러도 검은 밤뿐이로다.
내 마음 둘 곳은 어느 밤하늘 별이드뇨.

주제 시대고(時代苦) 속의 우수(憂愁)
형식 4연의 자유시
경향 서정적, 상징적, 저항적
표현상의 특징 간결한 시어로 대구법(對句法)과 반복법를 구사하고 있다.
수식어 대신 뼈대가 단단한 심도 있는 이미지가 두드러지고 있다.

이해와 감상

이 시가 『조광』 10월호에 발표된 1939년은, 꽃이며 새, 노루랑 함께 뛰어놀 터전을 상
실한 지 이미 오래 된 '검은 밤' 뿐인 일제의 암흑기였다. 그는 「촛불」의 세계에서 즐겨
부르던 '어머니' 도 잃어버리고 어두운 절망 속에 잠겨야 했다. 막다른 골목에 몰린 시대
적 상황은 심미파의 전원 시인에게도 강력한 저항 의지의 발로가 예외일 수는 없었다.
신석정의 굳건한 일제 저항 의식은 같은 무렵의 작품인 「지도」에서도 다음처럼 이미
지화 되고 있다.

오늘 펴 보는 이 지도에는
조선과 인도가 왜 이리 많으냐?

'조선' 과 '인도' 는 '식민지' 라는 공통성이 있으며, 그것은 나아가 일제의 동남아 각
지를 점령하고 이른바 '대동아공영권' 이라는 미명하에 식민지화 시키고 있던 가증스러
운 사실을 강렬하게 풍자하는 대목이다. 민족적 아픔의 현실극복 의지는 시인의 감정을
풍자적으로라도 발산시키지 않고는 도저히 배겨낼 수 없었던 것이다.
이 시를 썼던 그 당시를 신석정은 다음처럼 말했다.
"…그러므로 우리도 역시 자연의 일부로 존재하면서 미쳐 날뛰는 일제를 되도록 멀리
하고 싶었던 고달픈 작가의 심정을…(중략). 절망과 암담은 가일층 박차를 가해 왔으니
끝내 나는 '슬픈 구도' 안에 묻히게 되었다."

이장희(李章熙)

대구(大邱)에서 출생(1902~1928). 호는 고월(古月). 일본 쿄우토(京都)중학교 졸업. 『금성』 동인. 1924년에 『조선문단』을 통해 문단에 등단했다. 그의 인간과 문학에 관한 기록은 백기만 편 『상화와 고월』(1951)에 그의 시 11편과 함께 전하고 있다.

봄은 고양이로다

꽃가루와 같이 부드러운 고양이의 털에
고운 봄의 향기가 어리우도다.

금방울과 같이 호동그란 고양이의 눈에
미친 봄의 불길이 흐르도다.

고요히 다물은 고양이의 입술에
포근한 봄 졸음이 떠돌아라.

날카롭게 쭉 뻗은 고양이의 수염에
푸른 봄의 생기(生氣)가 뛰놀아라.

> **주제** 고양이로 상징하는 봄의 생명력
> **형식** 4연의 2행 자유시
> **경향** 상징적, 감각적, 심미적
> **표현상의 특징** 관능적인 이미지의 봄을 서구적 시어인 고양이와 결합시킨 참신성이
> 드러난다.
> '도다', '아라' 등, 영탄조의 종결어미의 각운으로 처리하여 리듬감이 생동한다.

이해와 감상

이장희는 1920년대의 모더니스트다. 모더니즘(modernism)은 사상적으로 자유와 평등을 내세우며, 기성 도덕이며 전통적 권위에 반기를 들었던 20세기 초의 문예사조다.

이장희는 그 당시 유일하게 서구의 모더니즘을 수용할 수 있었던 지성적인 젊은 시인이었다. 그러기에 옛날부터 한국의 시가에서 전혀 찾아볼 수 없었던 동물인 '고양이'를 제재(題材)로 하여 이와 같은 빼어난 상징적 서정시를 이 땅에 선보인 것이다.

그는 1920년대 뿐 아니라 1930년대로 이어지는 한국시단의 가장 뛰어난 현대시인으로 평가된다. 지금까지의 구태의연한 자연 발생적인 감정을 억제하고 객관적인 입장에서 감각적인 시어를 구사한 것이 이 작품이다.

고양이의 '털', '눈', '입술', '수염'으로 연상되는 봄의 '향기', '불길', '졸음', '생기'라는 이질적 상황을 조화시켜 봄은 고양이가 일으켜 세우는 계절로서 뚜렷이 부각되고, 또한 고양이가 봄 속에서 참신한 생명력을 발산시키는 감각적인 시세계를 창출했다.

주관의 범람과 감상적 낭만주의가 시단을 풍미하고 있을 당시, 객관적인 이미지의 처리라는 이와 같은 탁월한 서구시적인 표현 수법은 침체일로를 걷던 퇴폐적이고 낭만적인 한국 시단에서 독보적인 새 바람을 일으켰다. 흔히 봄 하면, 진달래, 고향, 종달새 등이 으레 따르게 되고, 눈물이나 향수가 등장하던 것이 그 당시 우리 시단이었다. 그러한 뒤떨어진 경향에서 살펴볼 때, 즉물적(即物的)인 감각의 수사법을 구사하여 심미적인 이미지를 제시하는 그의 기법은 분명 신선한 것일 수밖에 없었다.

고월(古月)을 가리켜 20년대의 모더니스트라고 하는 연유가 여기에 있다. 그의 일생은 너무 짧았다. 그러나 이 시는 봄과 고양이의 두 세계가 지적(知的)이고도 정적(情的)으로 결합된 감각적 표현의 본보기로 높이 평가하고 싶다.

고양이의 꿈

시내 위에 돌다리
다리 아래 버드나무
봄 안개 어리인 시냇가에 푸른 고양이
곱다랗게 단장하고 빗겨 있소 울고 있소
기름진 꼬리를 쳐들고
밝은 애달픈 노래를 부르지요.
푸른 고양이는 물오른 버드나무에 스르르 올라가
버들가지를 안고 버들가지를 흔들며
또 목놓아 웁니다 노래를 부릅니다.

멀리서 검은 그림자가 움직이고

칼날이 은같이 번쩍이더니
푸른 고양이도 볼 수 없고
꽃다운 소리도 들을 수 없고
그저 쓸쓸한 모래 위에 선혈이 흘러 있소.

이해와 감상

먼저 여기서 이 작품을 썼던 시대인 1920년대를 살펴보자.

일제의 강점에 저항한 우리 민족의 3·1운동(1919년) 이후의 상황은 어땠는가. 3·1 운동 당시 무고한 한국인 7천명 이상 학살한 일제의 만행사실에 어쩌면 이장희는 분노를 느끼면서 이 작품을 상징적으로 묘사한 게 아닌가 한다.

그것 뿐 아니라, 1923년 9월 1일, 토우쿄우지방에 매그니튜드 7. 9의 큰 지진(칸토우 대진재)이 일어나 9만의 지진 사망자를 낸 끔찍한 일이 벌어졌다.

이때 일본의 군경은 흉흉한 민심을 겁낸 나머지 그 타켓을 엉뚱하게도 재일 한국인에게 돌려, "계엄령을 선포하고 조선사람들이 폭동을 일으킨다는 유언비어를 퍼뜨려, 시민 자경단을 조직시켜 조선인 학살을 시작했다"(『日本史年表』歷史學研究會, 1966)는 것.

이로 인해 도처에서 한국인들은 무고하게 일인에게 학살당했으며 그 숫자는 수만명으로 추찰되고 있다. 이 사건을 직접 일본에서 목격한 그 직후에 이장희가 쓴 이 시는 고양이를 칼로 찔러 피흘리게 하여 살해한 '검은 그림자'는 '일제 관헌'(官憲)을 상징하는 것이며, '고양이의 꿈'이란 '조국의 광복'을 열망하며 비참하게 희생만 당하는 우리 민족의 '이상(理想)'으로 풀이하고 싶다.

우리 시단에서는 시의 소재(素材)로서의 고양이는 흔하지 않다. 감상적 낭만주의가 주류를 이룬 당시의 시관(詩觀)으로서는 더더욱 드문 제재(題材)였다. 그럼에도 불구하고 이장희는 '봄'을 '고양이'에 비유함으로써 성공적인 감각시를 낳았다.

또한 이 시에서는, '꼬리를 쳐들고' '애달픈 노래를 부르다가' '버들가지를 안고' 끝내는 '목놓아 울던' 푸른 고양이는 칼에 척살(刺殺, 자살) 되어 '꽃다운 소리도 들을 수 없' 이 죽음을 당해 '쓸쓸한 모래 위에 선혈' 만 남기게 된다.

여기서 고양이의 참혹한 죽음은 이상(理想)인 '꿈'이 잔인하게 좌절당하는 것을 유미적으로 표현한 것이다. 그리하여 현실의 저항심을 환상의 세계로 돌려 '검은 그림자'(제2연 1행)의 살해행위인 일제의 악행을 고발하므로써 다소간의 자위를 시도한 것 같다.

하일소경(夏日小景)

운모같이 빛나는 서늘한 테이블
부드러운 얼음 설탕 우유
피보다 무르녹은 딸기를 담은 유리잔
얇은 옷을 입은 저윽히 고달픈 새악시는

기름한 속눈썹을 깔아 맞히며
가냘픈 손에 들은 은사시로
유리잔의 살찐 딸기를 부수노라면
담홍색의 청량제가 꽃물같이 흔들린다.

은사시에 옮기인 꽃물은
새악시의 고요한 입술을 앵도보다 곱게도 물들인다.
새악시는 달콤한 꿀을 마시는 듯
그 얼굴은 푸른 잎사귀같이 빛나고

콧마루의 수은 같은 땀은 벌써 사라졌다.
그것은 밝은 하늘을 비친 작은 못 가운데서
거울같이 피어난 연꽃의 이슬을
헤엄치는 백조가 삼키는 듯하다.

주제 여름날의 여인의 행동미(行動美) 추구

형식 4연의 자유시

경향 연상적, 감각적, 유미적

표현상의 특징 감각적인 시어 구사로 선명한 이미지를 부각시키고 있다.
'운모같이', '꽃물같이', '앵도보다', '마시는 듯', '잎사귀같이', '수은 같은',
'거울같이', '삼키는 듯' 등 계속되는 직유의 표현방법이 거슬리지 않는 것은
이 시에 등장하는 '새악시'의 청순함에 대한 자연스런 묘사가 작용하는 때문
일 것이다.

이해와 감상

여름날 아리따운 젊은 여성의 신선한 분위기를 연상하면서 이 시를 감상하게 된다. 주제
를 선명하게 부각시키기 위한 다채로운 직유의 표현이 이채로운 비유 효과를 내고 있다.

조 운(曺 雲)

전라남도 영광(靈光)에서 출생(1898~미상). 본명 주현(柱鉉). **해금시인(解禁詩人)**. 한학 수업. 1923 ~27년 독서회를 조직하고 향리에서 작품활동을 시작했으며, 시 「웃는 채로 산에 가면」(조선문단, 1924. 12)을 발표하며 문단에 등단했다. 해방 후 문학가동맹 중앙집행위원. 시집 『조운 시조집』(1947) 등이 있다.

무꽃

무꽃에 번득이든
흰 나비 한 자웅이

쫓거니 쫓기거니 한없이
올라간다

바래다
바래다 놓쳐
도로 꽃을 보누나.

※ (한글 철자법은 원문대로임 · 이하 동)

주제 무꽃과 나비의 친화(親和)
형식 3연의 정형시(시조)
경향 서정적, 낭만적, 감각적
표현상의 특징 간결한 시어로 역동적인 표현미를 보이고 있다.
시상의 전개가 매우 새롭고 기교적이다.

이해와 감상

조운은 고려와 조선시대 등 전통적인 한국 시조가 교훈적이거나 음풍농월(吟風弄月) 에 치우쳤던 데서 완전히 벗어나, 나비 한 쌍의 사랑의 행동 등 서정적인 신선한 감각적 묘사를 하므로써 우리 시조에 새 바람을 일으킨 것을 평가하고 싶다.

제재(題材) 그 자체도 종래의 진부하거나 틀에 박힌 소재 채택 등의 옛 시조에서 벗어나서 밭고랑의 무꽃을 택한 것부터 서정적인 참신성을 사주고 싶다.

종장(終章, 제3연)의 '바래다/ 바래다 놓쳐/ 도로 꽃을 보누나'에서처럼 세련된 시어의 기교를 보이고 있다.

'바래다'는 옷이 희게 바랬다는 뜻이 아니고 '바라다'의 방언이며, 시인은 '바라다보다'를 생략어로써 쓴 것이다.

설청(雪晴)

눈 오고 개인 볕이
터지거라 비친 창에

낙수물 떨어지는 그림자
지나가고

와지끈
고드름 지는 소리
가끔 밤을 설레네.

이해와 감상

'설청'은 눈이 내린 다음의 맑은 날씨라는 뜻으로, 시인이 말을 새로이 지어낸 조어(造語)의 표제다.

시각과 청각의 공감각적 이미지 처리가 매우 뛰어나다.

이 시조의 배경은 눈이 내리고 개인 날 밤의 정경.

창가에서 밤하늘의 아름다운 별을 보는 속에, 창에 '낙수물 떨어지는 그림자/ 지나가고'(중장, 제2연), '와지끈/ 고드름' 떨어지는 소리가 나서 '설레네'(종장, 제3연)하는 심사가 흔들렸다는 것은 무슨 뜻인가.

밤마다 시인은 누군가 정다운 사람이 자기에게 꼭 찾아오기를 기다린 것이다.

도라지꽃

진달래
꽃잎에서부터 붉어지든
봄과 여름

붉다 붉다 못해
따가운 게 싫어라고

도라지 파라소름한 뜻을
내가 짐작하노라.

이해와 감상

이미지의 감각적인 변환(variation)의 처리가 빼어나다.

계절이 '진달래/ 꽃잎에서부터 붉어' 졌다(초장, 제1연)는 봄으로부터 여름에로의 비약적인 표현 기교가 작위적(作爲的)이면서도 발랄한 생동감 속에 스피디한 표현이라서 결코 표현의 무리는 없다.

더구나 그 놀라운 수법은 붉은 진달래 꽃을 이번에는 '파르스름' 한 도라지꽃으로 슬며시 전이(轉移)시키는 1920년대 시조시인 조운은 그야말로 뛰어난 기교파인 테크니스츠(technists)다.

권 환(權 煥)

경상남도 창원(昌原)에서 출생(1903~1954). **해금시인(解禁詩人)**. 본명 경완(景完). 일본 쿄우토(京都)대학 독문과 졸업. 일본 유학생 잡지 『학조(學潮)』(1925)에 작품을 발표했다. 카프(KAPF)의 중심인물로 임화·안막 등과 활동했고, 옥고 중에 발병한 폐환(肺患)으로 마산에서 사망. 시집 『자화상』(1943), 『윤리』(1944), 『동결』(1946) 등이 있다.

가랴거든 가거라
— 우리 진영 안에 잇는 소(小)부루조아지에게 주는 노래

소(小)부루조아지 들아
못나고 비겁한 소부루조아지 들아
어서 가거라 너들 나라로
환멸의 나라로 몰락의 나라로

소부루조아지 들아
부루조아지의 서자식(庶子息) 푸로레타리아의 적인 소부루조아지 들아 어
서 가거라 너 갈 데로 가거라
홍등(紅燈)이 달닌 〈카페〉로

따뜻한 너의집 안방 구석에도
부드러운 복음자리 녀편네 무릅위로!

그래서 환멸의 나라 속에서
달고 단 낫잠이나 자거라

가거라 가 가 어서!
적은 새양쥐 가튼 소부루조아지 들아
늙은 여호 가튼 소부루조아지 들아
너의 가면(假面) 너의 야욕 너의 모든 지식의 껍질을 질머지고.

※ (한글 철자법은 원문대로임 · 이하 동)

이해와 감상

권환은 일본에서 귀국한 임화(林和), 안막(安漠), 김남천(金南天) 등과 카프(KAPF, 조선프롤레타리아 예술가동맹, 1925~1935)의 중심 인물로 활동하면서, 전투하는 계급의식으로 내건 명제(命題)인 '전위(前衛)의 눈으로 사물을 보아라'와 '당의 문학'을 주축으로 작품활동을 전개했다.

바로 이 시 「가랴거든 가거라」를 비롯하여, 「정지한 기계」, 「우리를 가난한 집 여자이라고」, 「소년공(少年工)의 노래」, 「그대」 등등은 계급투쟁을 목적으로 내세웠던 권환의 대표적인 작품이다.

누구나 읽으면 알아보기 쉬운 평이한 구호체(口號體)의 산문이며, 이미지에 치중하는 시문학 작품과는 격을 달리하고 있다.

'너 갈 데로 가거라/ 홍등이 달닌 카페로'(제2연), '녀편네 무릅위로!'(제3연), '달고 단 낫잠이나 자거라'(제4연) 등 비어(卑語)가 두드러지고 있다.

어서 가거라
— 민족반역자, 친일분자(親日分子)들에게

어서 가거라 가거라,
너희들 갈 대로 가거라,
동녘 하늘에 태양이 다 오르기 전에
이 날이 어느듯 다 새기 전에,
가거라 어둠의 나라로
머언 지옥으로!

제국주의 품 안에서 살이 찐,
「오야꼬돈부리」에 배가 부른,
「스끼야기」,「사시미」에 기름이 끼인,
「마사무네」속에 취몽(醉夢)을 꾸던 너희들아.

얼싸 안고 정사(情死)하여라 순사(殉死)하여라.
눈을 감은 제국주의와 함께
풍덩 빠져라.
태평양의 푸른 물결 속에
일본 제국주의의 애첩들아,
일본 제국주의의 충복들아.

또 어디가 부족하냐,
또 무엇이 소원이냐,
인젠 먹고 싶으냐 「피푸덱기」가,
인젠 먹고 싶으냐「탕수육」이,
또 누구에게 보내려느냐,
알미운 그 추파(秋波)를.

어서 가거라,
모처럼 깨끗이 닦아논 이 제단에
모처럼 봉지봉지 피어나는 이 화원에
굴지 말고 늙은 구렁이처럼
뛰지 말고 미친 수캐처럼

어서 가거라 가거라,
너희들 갈 대로 가거라,
물샐 틈 없이 바위처럼 뭉치려는
우리 민족의 통일을 위하여
맑은 옥같이 티끌 없는
우리나라의 건설을 위하여
성스러운 조선을 위하여

오! 벌써 찬란한 태양이 떠오른다.
동녘 하늘이 밝아온다
요란히 들린다 참새 짖는 소리
어서 가거라 도깨비들아
무서운 마귀들아
어둠의 나라로
머언 지옥으로

이해와 감상

7연으로 이루어진 「어서 가거라」 역시 「가랴거든 가거라」처럼 목적시(目的詩)로서, 구호적이며 풍자적이다.

이 작품은 8·15광복 직후의 시이며, 일제하의 친일파를 배격하는 직설적인 표현으로 알아듣기 쉬운 내용이다.

일본어를 모르는 젊은 세대 독자들에게 이해하기 힘든 제2연과 제4연의 일본어 용어들을 차례로 풀어주기로 한다.

오야꼬돈부리(親子どんぶり) → 일종의 닭고기 계란 덧밥. 밥 속에 간장 등 조미료가 들어있다.

스끼야기(すきやき) → 양파와 쇠고기 등이 중심이며, 즉석에서 익혀 먹는 전골.

사시미(さしみ) → 생선회.

마사무네 → 청주의 상호(正宗, まさむね).

피푸뎅기(제4연) → 비프스테이크(beefsteak).

정지용(鄭芝溶)

충청북도 옥천(沃川)에서 출생(1902~1950). **해금시인(解禁詩人)**. 아명 지용(池龍). 휘문고보 졸업(1922). 휘문고보 교비생으로 일본 쿄우토(京都)의 도우시샤대학(同志社大學) 영문과에 유학하여 졸업했다. 귀국 후에 모교에 돌아와 교편을 잡았으며(1929~45), 시 「카페 프란스」 등 9편(동요, 시조 포함)을 『학조(學潮)』 창간호(1926. 6)에 발표하며 문단에 등단했다. 1930년에는 '시문학(詩文學)' 동인(1930. 3~1931. 10)으로서 박용철(朴龍喆)·김영랑(金永郎)·변영로(卞榮魯)·정인보(鄭寅普) 등과 활동했다. 시집 『정지용 시집(鄭芝溶詩集)』(1935), 『백록담(白鹿潭, 본서의 표지그림 참조)』(1941), 『정지용 전집』(1988) 등이 있다.

향수(鄕愁)

넓은 벌 동쪽 끝으로
옛이야기 지줄대는 실개천이 휘(回)돌아 나가고,
얼룩백이 황소가
해설피 금빛 게으른 울음을 우는 곳,

──그 곳이 참하 꿈엔들 잊힐리야.

질화로에 재가 식어지면
뷔인 밭에 밤바람 소리 말을 달리고,
엷은 조름에 겨운 늙으신 아버지가
짚벼개를 돋아 고이시는 곳,

──그 곳이 참하 꿈엔들 잊힐리야.

흙에서 자란 내 마음
파아란 하늘 빛이 그립어
함부로 쏜 활살을 찾으려
풀섶 이슬에 함추름 휘적시든 곳,

──그 곳이 참하 꿈엔들 잊힐리야.

전설(傳說) 바다에 춤추는 밤물결 같은
검은 귀밑머리 날리는 어린 누의와
아무러치도 않고 여쁠 것도 없는
사철 발벗은 안해가
따가운 해ㅅ살을 등에 지고 이삭 줏던 곳,

──그 곳이 참하 꿈엔들 잊힐리야.

하늘에는 성근 별
알 수도 없는 모래성으로 발을 옮기고,
서리까마귀 우지짖고 지나가는 초라한 집웅,
흐릿한 불빛에 돌아 앉어 도란도란거리는 곳,

──그 곳이 참하 꿈엔들 잊힐리야.

※ (한글 철자법은 원문대로임 · 이하 동)

주제 고향의 정한(情恨)

형식 5연의 가사체(歌詞體) 자유시

경향 서정적, 낭만적, 회고적

표현상의 특징 인용된 시의 철자법은 원시(原詩) 그대로이다.

가사(歌詞)의 후렴을 달 듯, '──그 곳이 참하 꿈엔들 잊힐리야' 라는 직서적 (直敍的)인 후사(後詞)를 각 연 후미에 매달았다. '그 곳' 은 각 연 끝에서 지적 된 '곳' 인 '현장' 이다.

즉 '게으른 울음을 우는 곳'(제1연)을 비롯하여 '짚벼개를 돋아 고이시는 곳' (제2연) 등등으로, 각 연 후미에 장소가 표현되고 있다. 자유시의 시형임에도 불구하고 흡사 정형시적인 가사를 방불케 하고 있다. 그 때문에 이 시는 가곡 으로 작곡되어 널리 애창되는 성과를 보고 있다고 본다.

제4연만은 후사(後詞)를 빼고 5행이며, 다른 연은 모두 후사를 빼고 4행씩으 로 엮었다. 시 전편에 걸쳐 짙은 향토적 색감의 시어 구사가 자못 나긋나긋한 낭만적 리듬감을 정답게 살려내고 있다.

제1연의 전원풍(田園風) 묘사인 '지줄대는 실개천' 이며 황소의 '금빛 게으른 울음' 등의 비유가 그리운 고향의 이미지를 강화시키고 있다. '해설피'(제1연 제4행)는 시인이 '헤살프게' 를 뜻하는 묘사를 한 것이다. 즉 '짓궂게 일을 훼 방한다' 는 의미로 파악하면 좋을 성 싶다.

우리들의 가슴 속을 이 시가 절절하게 파고드는 까닭은 무엇인가. 일제(日帝) 강점기의 우리의 고향은 어떤 곳이었던가. 그 해답을 그 당시 일본 유학생이었던 가난한 식민지 농촌의 아들 정지용의 시 「향수(鄕愁)」(『朝鮮之光』 65호, 1927. 3. 발표)를 통해 파악해 보자.

지금(2003년)부터 75년 전, 일본 쿄우토의 도우시샤대학(同志社大學) 영문과 재학생이었던 정지용의 고향 생각은 이 시 「향수」에 고스란히 또한 그야말로 함초롬히 영상(映像)으로 담겨 있다. 저자는 이 해설을 쓰면서 직접 도우시샤대학을 찾아갔었다.

제1연은 근대 조선 농경사회의 빈곤한 밭가리 황소와 2002년 6월 '월드컵 축구 세계 4강'이요, 선진국 진입을 내세우는 '대한민국'의 농촌 현장이, 과거 1927년 당시와 과연 얼마나 다른 것인지 우리 눈으로 돌아보게도 하는 것이 이 작품이다.

농우(農牛) 대신 트랙터며 농촌기계화는 과연 얼마나 이루어졌는가. 물론 '이삭 줍는 여인'(제4연)은 일찌감치 사라졌고, 창고 속 남아도는 쌀더미에 짓눌려 이제는 벼를 심지 말자는 위정자의 목청. 그러나 이 작품에는 일제 강점기하의 한국 농촌의 빈곤상이 상징적으로 고발당하고 있다. 하기야 그 당시 일본 농촌도 별 볼 일 없는 가난에 잔뜩 둘러싸여 있었다.

'금빛 게으른 울음'(제1연)에서, 먼저 '울음'은 '슬픔'의 상징어다. 그러면 '게으른'은 무엇일까. '나태'가 아닌 농촌의 '후진성'을 은유하고 있다고 본다. 즉 일제 동양척식(東洋拓殖)의 농토 착취로 우리 농촌은 몹시 가난하므로 슬플 수밖에 없었던 것이다. '금빛'은 또한 무엇을 수식하고 있는가.

이 시에서는 '금빛'이 황금(黃金)의 광택을 가리키는 것은 아니고, 황소가 스스로 이를 닦을 수 없어 '누런 이'라는 해학적 표현이다. 따라서 '금빛'은 어쩔 수 없는 숙명적인 '게으른'을 수식하는 형용사 구실을 하고 있다.

제2연은 효심 어린 윤리 의식이 담긴 가난한 고향의 겨울밤과 그 고적함이 절실하게 묘사되고 있다. 자나 깨나 근심 걱정 태산 같은 노부(老父)에 대한 그리움을 노래하고 있다.

제3연은 산과 들을 철부지로 뛰놀던 농촌 소년 시절 꿈 많던 날의 정경을 듬뿍 담는다.

제4연에서는 귀여운 농촌 소녀(누이동생 등)에의 그리움, 또한 논밭 일로 가사로 눈코 뜰새 없이 바빠, 얼굴 화장은 커녕 치장조차 모르며 가난에 찌들 대로 찌든 맨발의 아내에의 측은함과 연정이 담겼다. 나이 불과 13살 때 동갑으로 결혼한 아내(宋在淑)며 농촌 부녀자들의 참상을 떠올리는 현장이다.

어쩌면 그는 이 당시 프랑스의 빈곤한 농촌 화가 밀레(Jean F. Millet, 1814~1875)의 그림 「이삭 줍기」를 함께 연상하며 고향의 마누라 생각에 눈시울을 적시고 있었을 것이다.

제5연에서도 역시 황량한 겨울날의 빈궁한 농촌에서, 희미한 등잔불 밑에서 밤이 깊어가는 줄도 모르고 형제 자매가 한창 재미난 이야기 꽃을 피우던 날의 아늑한 정경을 보여준다. 고향에의 그리움이란, 객지에 살아보지 않고는, 타향에서 고생하지 않고는 그 절실함을 깨닫지 못할 것이다. 더더구나 민족의 원한이 피맺혔던 일제 강점기에, 일본 유학생이라는 고달픈 시절의 가난한 조선 농촌 출신 청년 정지용에게 있어서랴.

카오페 오프란스

옮겨다 심은 종려(棕櫚)나무 밑에
빗두루 슨 장명등(長明燈),
카오페 오프란스에 가쟈.

이놈은 루바쉬카
또 한 놈은 보헤미안 넥타이
뻣적 마른 놈이 압장을 섰다.

밤비는 뱀눈처럼 가는데
페이브멘트에 흐늙이는 불빛
카오페 오프란스에 가쟈.

이놈의 머리는 빗두른 능금
또 한 놈의 심장(心臟)은 벌레 먹은 장미(薔薇)
제비처럼 젖은 놈이 뛰여 간다.

『오오 패롵(鸚鵡) 서방! 꼰 이브닝!』

『꼰 이브닝!』(이 친구 어떠하시오?)

울금향(鬱金香) 아가씨는 이 밤에도
갱사(更紗) 커—틴 밑에서 조시는구료!

나는 자작(子爵)의 아들도 아모것도 아니란다.
남달리 손이 히여서 슬프구나!

나는 나라도 집도 없단다
대리석(大理石) 테이블에 닷는 내 뺨이 슬프구나!

오오, 이국종(異國種) 강아지야

내 발을 빨어다오.
내 발을 빨어다오.   (『學潮』1호, 1926. 6)

주제 이국적 정취와 망국(亡國)의 한(恨)

형식 10연의 자유시

경향 상징적, 풍자적, 낭만적

표현상의 특징 표제부터 서양식 목로 술집 이름의 외래어를 달고 있으며, 외래어가
많이 등장하고 있다.
서구적 색채를 바탕으로 낭만적인 이미지를 상징적으로 표현하고 있다.
영어식 인사말 대화체의 도입과 직서적 표현 수법을 동원한 풍자적인 묘사들
이 자못 흥미롭다.
'이놈', '한 놈', '뻣적 마른 놈', '젖은 놈' 등 5번이나 '놈'이라는 비어(卑
語)를 구사해서, 종래의 전형적 시작법에 과감한 파격(破格)을 보이고 있다.

이해와 감상

『학조』(學潮 1호, 1926. 6)에 발표된 이 작품은 한국 근대시 초창기에 정지용이 시를
'언어의 예술'이라는 유형적(類型的) 측면에서 과감하게 탈피시켜, 상징적 이미지에 치
중하던 그 당시 현대시의 서구적인 새 국면으로 과감하게 전개 내지는 개척하려는 실험
시(實驗詩)의 하나로써 쓴 것으로 보고 싶다. 제2연의 '루바쉬카'는 '루바시카'
(rubashika)라는 러시아인의 남자 윗도리이므로, '러시아' 놈이라는 비유다. '보헤미안
넥타이'는 '방랑하는 예술가'를 지칭한다. 즉 집시(Gypsy)라는 '보헤미안'(Bohemian)
의 넥타이를 목에 맨 녀석이므로. '뻣적 마른 놈'까지 3명이 카페로 가는 모양이다.
'카페 프란스'는 프랑스식 간이주점의 이름이니 어쩔 수 없다손 치더라도, 포장도로
인 페이브먼트(pavement) 등 외래어가 넘치고 있는 점 등에서, 이 작품의 성패 여부는
한국 현대시 발전 과정에서 언젠가는 마땅히 논의될 성질의 시이다.
한 일본 도시의 자그만 프랑스식 카페의 이국적인 분위기가 물씬 풍기고 있다.
제8연에서 '나는 자작의 아들도 아무 것도 아니란다'라는 화자의 자아 고백은 매우
자학적인 표현이다. 더구나 '남 달리 손이 희어서 슬프구나!'라는 탄식에 이르면, 스스
로가 귀족이기는 커녕, 식민지 빈농의 아들임에도, 노동으로 무뎌진 시커먼 손이 아닌
살결 고운 손인 것을 오히려 개탄하는 직서적(直敍的) 표현이기에 매우 주목된다.
제7연에 이르면 '카페 프란스'에서 술잔을 기울이는 청년의 '나는 나라도 집도 없단
다'고 자백하는 망국(亡國)의 비극성이 도출되고 있다. 또한 카페의 대리석 식탁에 닿는
'내 뺨이 슬프구나!'하는 비탄은 또한 나라를 빼앗긴 젊은 시인의 짙은 한숨소리가 처
절한 감상성(感傷性)을 실감케 한다. 마지막 제10연에서는 화자가 '이국종 강아지'에게
'내 발을 빨어다오'를 연호(連號)하고 있다. 이것을 일제에 대한 직설적인 저항 의지 대
신에 도입시킨 비유의 풍자적 표현으로 풀이하면 어떨까.

춘설(春雪)

문 열자 선뜻!
먼 산이 이마에 차라.

우수절(雨水節) 들어
바로 초하로 아츰,

새삼스레 눈이 덮힌 뫼뿌리와
서늘옵고 빛난 이마받이 하다.

어름 금가고 바람 새로 따르거니
흰 옷고롬 절로 향긔롭어라.

옹숭거리고 살어난 양이
아아 꿈 같기에 설어라.

미나리 파릇한 새순 돋고
움짓 아니긔던 고기입이 오믈거리는,

꽃 피기 전 철 아닌 눈에
핫옷 벗고 도로 칩고 싶어라.

이해와 감상

　정지용의 시 「춘설」은 1930년대 말기를 대표하는 시각적 이미지의 한 전형적인 낭만적 서정시다. 전체적으로 시각적 이미지에 의한 표현미가 잘 나타나고 있다.
　이 시는 1939년 4월 『문장(文章)』 3호에 발표된 작품이다.
　각 시어에 사투리가 허다하게 나타나고 있기도 하다. 즉 '초하로' (초하루), '아츰' (아침), '어름' (얼음), '향긔롭어라' (향기로워라), '옹숭거리고' (옹송그리고), '움짓 아니긔던' (옴쭉 아니기던), '칩고' (춥고) 등의 충청도 방언(方言)의 말투 등이 쓰여져 있으므로 괄호안의 말로 풀이하면 된다. '핫옷' 은 '핫바지' 등 따뜻한 솜을 옷에 두어 만든 '겨울철 한복' 을 말한다.
　'서늘옵고 빛난 이마받이 하다' 의 경우는 촉각적(觸覺的) 이미지와 '흰 옷고롬 절로 향긔롭어라' 의 후각적(嗅覺的) 이미지가 각각 시각적 이미지와 함께 공감각의 빼어난 감각 작용을 하고 있다. 1930년대 말기의 시이면서도 독자에게 신선한 충동을 주는 것은 시각적인 이미지에 의한 뛰어난 서정적 표현 기교 때문이라고 하겠다.

김광섭(金珖燮)

함경북도 경성(鏡城)에서 출생(1905~1977). 아호는 이산(怡山). 일본 와세다(早稻田)대학 영문과 졸업. 1927년 일본 유학 동창생 동인지 『알(卵)』에 시 「모기장」을 발표하며 문단활동을 시작했다. 시집 『동경(憧憬)』(1938), 『마음』(1949), 『해바라기』(1957), 『성북동 비둘기』(1966), 『반응』(1971) 등이 있다.

성북동 비둘기

성북동 산에 번지가 새로 생기면서
본래 살던 성북동 비둘기만이 번지가 없어졌다.
새벽부터 돌 깨는 산울림에 떨다가
가슴에 금이 갔다.
그래도 성북동 비둘기는
하느님의 광장 같은 새파란 아침 하늘에
성북동 주민에게 축복의 메시지나 전하듯
성북동 하늘을 한 바퀴 휘 돈다.

성북동 메마른 골짜기에는
조용히 앉아 콩알 하나 찍어 먹을
널찍한 마당은커녕 가는 데마다
채석장 포성이 메아리쳐서
피난하듯 지붕에 올라 앉아
아침 구공탄 굴뚝 연기에서 향수를 느끼다가
산 일번지 채석장에 도로 가서
금방 따낸 돌 온기에 입을 닦는다.

예전에는 사람을 성자(聖者)처럼 보고
사람 가까이서
사람과 같이 사랑하고

사람과 같이 평화를 즐기던
사랑과 평화의 새, 비둘기는
이제 산도 잃고 사람도 잃고
사랑과 평화의 사상까지
낳지 못하는 쫓기는 새가 되었다.

주제 자연파괴에 대한 고발과 우수(憂愁)
형식 3연의 자유시
경향 주지적, 풍자적, 문명비평적
표현상의 특징 산업화 사회에 대한 문명비평적인 날카로운 표현을 하고 있다.
일상어에 의한 직서적인 표현을 통해 잃어져 가는 자연미에 대한 우수를 담고
있다.

이해와 감상

이 시는 주지적(主知的) 시인으로 알려진 이산(怡山)이 63세의 노경, 그것도 고혈압으
로 쓰러진 후 투병 생활 3년만(1968)의 시다. 노 시인의 건재함을 보여주는 원숙한 작품
으로 유명하다.

산업화 사회는 인간이 보다 잘 살기 위한 문화발전을 이루고 있다. 그러나 다른 한 편
으로 택지(宅地)개발 등 건설사업으로 엄청난 자연파괴며 공해가 발생하고 있다. 이를
테면 평화의 상징이었던 비둘기가 삶의 터전을 잃고 '쫓기는 새'로 수난을 당한다.

화자는 비둘기가 제 터전을 잃고 방황하는 현실을 비유하여 우리들 도시지역에 사는
인간 또한 정서적인 휴식 공간을 잃어 가는 현상을 예리하게 고발한다.

인간은 산업화 과정에서 자연을 정복한 것이 아니며 오히려 더 큰 것을 상실하는 결과
적으로 불행한 자기파괴의 현실과 직면하고 있다는 것을 풍자하고 있는 것이다.

시 내용은 날카로운 비평적 시각과 따스하며 원숙한 주지적 표현인데 '새벽부터 돌
깨는 산울림에 떨다가 / 가슴에 금이 갔다'(제1연)며, '하느님의 광장 같은 새파란 아침
하늘', '금방 따낸 돌 온기에 입을 닦는다'(제2연) 등은, 현대시의 참신한 주지적 언어 기
교를 감각적으로 돋보이고 있다.

생(生)의 감각

여명(黎明)에서 종이 울린다.
새벽 별이 반짝이고 사람들이 같이 산다는 것이다.

닭이 운다. 개가 짖는다.
오는 사람이 있고 가는 사람이 있다.
　오는 사람이 내게로 오고
　가는 사람이 다 내게서 간다.

아픔에 하늘이 무너지는 때가 있었다.
깨진 그 하늘이 아물 때에도
가슴에 뼈가 서지 못해서
푸르런 빛은
장마에 황야(荒野)처럼 넘쳐 흐르는
흐린 강물 위에 떠 갔다.
나는 무너지는 둑에 혼자 서 있었다.
기슭에는 채송화가 무더기로 피어서
생(生)의 감각(感覺)을 흔들어 주었다.

이해와 감상

　김광섭이 지난 1965년 신병(고혈압)으로 쓰러져 1주일 동안의 혼수 상태에서 헤맸던 이후에 엮어낸 병후시(病後詩).

　'여명에서 종이 울린다'로 시작하여, '아픔에 하늘이 무너지는 때'는 육체적 고통까지 겹친 암담한 좌절의식, '깨진 하늘'은 절망, '뼈'는 의지, '푸르런 빛'은 희망, '흐린 강물'은 죽음의 세계로 흐르는 강물, 화초인 '채송화'는 발랄한 생명의 상징어다.

　'생의 감각'이란 생에 대한 자각, 곧 생명의 재활을 가리킨다.

　인생론적인 면(제1연)과 소생 과정의 극적인 표현(제2연)을 하고 있다.

　마지막 2행 '기슭에는 채송화가 무더기로 피어서/ 생의 감각을 흔들어 주었다'는 암담한 현실의 극복 의지를 보여주는 삶(生)의 비약(elan vital)의 시적 감동이다.

베르그송(Henri L. Bergson, 1859~1941)이 철학적인 '생의 비약'을 제시했다면, 김광섭은 시로써 그것을 형상화 시킨 셈이다.

시가 독자에게 감동을 주어야 한다는 것은 당연한 일이지만 여하간에 시의 기본은 감동으로 시작하여 감동으로 끝나는 데 시적 가치가 빛난다.

무더기로 핀 채송화(제2연 끝부분)라는 표현이 생명이 재활되는 강한 이미지로서의 시적 감동을 주고 있다.

마음

나의 마음은 고요한 물결
바람이 불어도 흔들리고
구름이 지나도 그림자 지는 곳

돌을 던지는 사람.
고기를 낚는 사람.
노래를 부르는 사람.

이 물가 외로운 밤이면
별은 고요히 물 위에 나리고
숲은 말없이 잠드느니.
행여 백조가 오는 날,
이 물가 어지러울까
나는 밤마다 꿈을 덮노라.

> **주제** 정신세계의 갈등과 안정 추구
> **형식** 4연의 자유시
> **경향** 서정적, 감상적, 상징적
> **표현상의 특징** 간결한 시어로 관념의 세계를 표현하고 있다.
> '~사람'(제2연)이 역대어반복(逆對語反復)을 하고 있다.
> '~노라'(제4연)라는 영탄조의 종결어미 처리를 하고 있다.

이산(怡山)의 초기 작품.

『문장』6월호(1939)에 발표되고, 제2시집 『마음』의 표제시가 되었다.

이산은 당초 해외문학파의 일원으로 해외시의 수입·소개를 주로 하였으나 뒷날 창작시로 방향을 바꾸었다.

'나의 마음은 고요한 물결/ 바람이 불어도 흔들리고/ 구름이 지나도 그림자 지는 곳'(제1연)의 제시는 자기의 마음의 심리적 갈등과 함께 항상 파문을 일으키기 쉬운 마음을 경계하려는 의지도 나타내고 있다.

그의 초기 작품은 사변적(思辨的) 경향을 띤 것이 많았고, 즐겨 쓰던 어휘에도 불안·고독·비애 등 관념적인 것들이 많았다.

일제 강점기를 고통스럽게 살았던 시인의 '꿈'은 단순한 개인적인 '이상(理想)세계'가 아닌 일제의 쇠사슬을 끊는 조국의 '광복'이었다고 본다.

자기의 꿈을 잃지 않고 '밤마다 덮'음으로써 지키고 있는 지적 관조(知的觀照)의 저변을 살피고도 싶다. 그러므로 고요한 호수에 '돌을 던지는 사람'이라는 '훼방꾼'은 평화의 파괴자며 '침략자'를 암시하고 있다고 보면 어떨까.

그렇다면 제1연에 묘사된 '호수'(마음)는 처음부터 일제 침략을 당할 소지가 많았던 약체의 조국을 상징적으로 표현한 것이라고 여겨지기도 한다.

시인

꽃은 피는 대로 보고
사랑은 주신 대로 부르다가
세상에 가득한 물건조차
한 아름 꽉 안아 보지 못해서
전신을 다 담아도
한 편에 2천원 아니면 3천원
가치와 값이 다르건만
더 손을 내밀지 못하는 천직(天職).

늙어서까지 아껴서
어릿궂은 눈물의 사랑을 노래하는

젊음에서 늙음까지 장거리의 고독!
컬컬하면 술 한 잔 더 마시고
터덜터덜 가는 사람.

신이 안 나면 보는 척도 안 하다가
쌀알 만한 빛이라도 영원처럼 품고

나무와 같이 서면 나무가 되고
돌과 같이 앉으면 돌이 되고
흐르는 냇물에 흘러서
자국은 있는데
타는 놀에 가고 없다.

주제 시인의 삶과 자아성찰
형식 4연의 자유시
경향 주지적, 상징적, 잠언적
표현상의 특징 일상어에 의한 시인의 잠언적인 인생론을 알아듣기 쉽게 담고 있다.
현실에 대한 비평정신이 지적으로 날카롭게 표현되고 있다.
자서전적인 서술 속에 관념적인 시어가 곁들이고 있다.

이해와 감상

노경의 시인이 1969년 5월 3일자 『동아일보』에 발표한 작품이다.

1960년대의 시인의 생활환경이 얼마나 열악했던 것인지 잘 알려주는 대목인 '전신을 다 담아도/ 한 편에 2천원 아니면 3천원/ 가치와 값이 다르건만/ 더 손을 내밀지 못하는 천직' (제1연)에서, 시를 쓰는 원고료로서 살기 힘든 현실 속에 천직을 지키는 시인의 삶의 모습이 눈물겹다.

'쌀알 만한 빛이라도 영원처럼 품고' (제3연)에서 시인의 고고한 정신세계가 상징적으로 빛나고 있다. 그것은 평생을 시의 진실 추구에 몸바치는 구도적(求道的)인 눈부신 자세다.

그러기에 시인은 '나무와 같이 서면 나무가 되고/ 돌과 같이 앉으면 돌이' (제4연) 된다는 자연의 순리에 순응하는 거짓 없는 인생의 진실을 진솔하게 보여준다.

더구나 '흐르는 냇물에 흘러서/ 자국은 있는데/ 타는 놀에 가고 없다' 는 결구(結句)야말로 인생은 이승을 사라지지만 '참다운 시는 영원히 산다' 는 것을 비장하게 메타포(은유)하고 있다.

임 화(林 和)

서울에서 출생(1908~미상). **해금시인(解禁詩人)**. 본명은 인식(仁植). 보성고보 중퇴. 일본 유학. 1920년대 말기에 귀국하여 서사시 「우리 오빠와 화로」(1928. 2~3)를 『조선지광(朝鮮之光)』에 발표하면서 문단 활동을 시작했다. 카프(KAPF. 조선 프롤레타리아 예술가동맹) 서기장 역임. 1947년 가을 월북. 시집 『현해탄』(1938), 『찬가』(1947), 『회상시집』(1947) 등이 있고, 평론집 『문학의 논리』(1940) 등이 있다.

현해탄(玄海灘)

이 바다 물결은
옛부터 높다.

그렇지만 우리 청년들은
두려움보다 용기가 앞섰다.
산불이
어린 사슴들을
거친 들로 내몰은 게다.
대마도(對馬島)를 지내면
한 가닥 수평선 밖엔 티끌 한 점 안 보인다.
이곳에 태평양 바다 거센 물결과
남진해 온 대륙의 북풍이 마주친다.

몬푸랑보다 더 높은 파도,
비와 바람과 안개와 구름과 번개와,
아세아의 하늘엔 별빛마저 흐리고,
가끔 반도엔 붉은 신호등이 내어걸린다.

아무러기로 청년들이
평안이나 행복을 구하여,
이 바다 험한 물결 위에 올랐겠는가?

첫 번 항로에 담배를 배우고,
둘잿 번 항로에 연애를 배우고,
그 다음 항로에 돈맛을 익힌 것은,
하나도 우리 청년이 아니었다.

청년들은 늘
희망을 안고 건너가,
결의를 가지고 돌아왔다.
그들은 느티나무 아래 전설과,
그윽한 시골 냇가 자장가 속에,
장다리 오르듯 자라났다.

그러나 인제
낯선 물과 바람과 빗발에
흰 얼굴은 찌들고,
무거운 임무는
고든 잔등을 농군처럼 굽혓다.

나는 이 바다 위
꽃잎처럼 흩어진
몇 사람의 가여운 이름을 안다.

어떤 사람은 건너간 채 돌아오지 않았다.
어떤 사람은 돌아오자 죽어갔다.
어떤 사람은 영영 생사도 모른다.
어떤 사람은 아픈 패배에 울었다.
—그 중엔 희망과 결의와 자랑을 욕되게도 내어판 이가 있다면 나는 그것
을 지금 기억코 싶지는 않다.

오로지
바다보다도 모진
대륙의 삭풍 가운데

한결같이 사내다웁던
모든 청년들의 명예와 더불어
이 바다를 노래하고 싶다.

비록 청춘의 즐거움과 희망을
모두 다 땅속 깊이 파묻는
비통한 매장의 날일지라도,
한 번 현해탄은 청년들의 눈 앞에,
검은 상장(喪帳)을 내린 일은 없었다.

오늘도 또한 나 젊은 청년들은
부지런한 아이들처럼
끊임없이 이 바다를 건너가고, 돌아오고,
내일도 또한
현해탄은 청년들의 해협이리라.

영원히 현해탄은 우리들의 해협이다.

삼등선실(三等船室) 밑 깊은 속
찌는 침상에도 어미녀들 눈물이 배었고,
흐린 불빛에도 아버지들 한숨이 어리었다.
어버이를 잃은 어린 아이들의
아프고 쓰린 우름에
대체 어떤 죄가 있었는가?
나는 울음 소리를 무찌른
외방 말을 역력히 기억하고 있다.

오오! 현해탄은, 현해탄은,
우리들의 운명과 더불어
영구히 잊을 수 없는 바다다.

청년들아!

그대들은 조약돌보다 가볍게
현해의 큰 물결을 걷어찼다.
그러나 관문해협 저쪽
이른 봄 바람은
과연 반도의 북풍보다 따사로웠는가?
정다운 부산 부두 위
대륙의 물결은
정녕 현해탄보다도 얕았는가?

오오! 어느 날,
먼 먼 앞의 어느 날,
우리들의 괴로운 역사와 더불어
그대들의 불행한 생애와 숨은 이름이
커다랗게 기록될 것을 나는 안다.
1890년대의
1920년대의
1930년대의
1940년대의
19××년대의
··············
모든 것이 과거로 돌아간
폐허의 거칠고 큰 비석 위
새벽 별이 그대들의 이름을 비칠 때면
현해탄의 물결은
우리들이 어려서
고기떼를 쫓던 실내처럼
그대들의 일생을
아름다운 전설 가운데 속삭이리라.

그러나 우리는 아직도
이 바다 높은 물결 위에 있다.
고향 산비탈, 들판에

줍는 이도 없이 흩어져,
어쩐지 우리는 비바람 속에 외로운
한 줄기 어린 나무들 같다만,
누를 수 없는 행복과 즐거움이
위도 아니고 옆도 아니고, 오로지
곤란한 앞을 향하야 벋어나가는,
아아, 한 가지 정성에 있드구나!

※ (한글 철자법은 원문대로임. 한자 제거. 이하 동)

<table>
<tr><td>주제</td><td>현해탄에서의 청년의 민족 의기(意氣)</td></tr>
<tr><td>형식</td><td>17연의 장시</td></tr>
<tr><td>경향</td><td>주지적, 상징적, 감각적</td></tr>
<tr><td>표현상의 특징</td><td>일상어의 직설적 및 직서적인 표현 속에 주지적 사상을 심도 있게 담고 있다. 연상적 수법으로 시각적 표현미를 다각적으로 살리고 있다. 관념적이고 개념적인 용어가 많이 쓰이고 있으며, 장시(長詩) 구성상의 산만성도 드러내고 있다. 제13연의 '어미너'는 '계집애' 또는 '여편네'를 뜻하는 방언이다. 이 방언은 전국 각지에 '어미너'를 비롯하여 '에미나', '에미네' 등 여러 가지로 흩어져 있다.</td></tr>
</table>

이해와 감상

「현해탄」은 임화의 대표작이다.

현해탄은 대한해협의 남쪽과 일본 큐우슈우(九州) 북쪽과의 경계에 위치하는 험준한 바다이다. 고대 한국(백제·신라·가야)의 세력은 지금부터 2천년 전후의 옛시대부터 이 바다를 건너다니며 일본 큐우슈우 지역을 개척했던 역사적인 해양이다.

일본 유학생으로서 부산에서 배를 타고 일본으로 건너다니던 임화는 이 역사적인 바다에서 한일 근대사뿐 아니라, 한일 고대사(古代史)에 관한 깊은 생각 속에 이 장시를 썼던 것이다. '이 바다 물결은/ 옛부터 높다'(제1연)는 묘사는 단순히 물결이 험한 것을 지적하는 것이 아니고, 한국과 일본의 고대사의 역사적인 파고(波高)를 메타포(은유)하고 있는 것이다.

서기 2세기 경부터 신라인들의 일본 진출과 백제인들의 큐우슈우와 오오사카(大阪), 나라(奈良) 지방의 진출에 의해서 미개한 일본땅에 한국의 벼농사 문화와 철기 문화, 복식문화, 문자 문화, 불교 문화 등의 보급이 이루어졌다. 그와 동시에 고대 한국인들의 일본 왕실 구성 등, 우리 선조들의 왜나라 지배라는 눈부신 발자취를 시인은 생각했던 것이다. 그러나 뒷날 무사국가로 성장한 왜(倭)가 1592년의 임진왜란을 일으킨 일이며, 1910년 한일합방으로의 조선왕국 침략 등, 그 험난한 역사의 소용돌이가 이 시의 모두에 복합적으로 담겨진 것이다.

일제 강점기 하에 일인에게 시달리며 일본을 넘나들던 조선 청년 임화는 현해탄 한 바다 위에서 '그렇지만 우리 청년들은/ 두려움보다 용기가 앞섰다/ 산불이/ 어린 사슴들을 / 거친 들로 내몰은 게다' (제2연)라고 의연한 결의를 했다.

그렇다. '산불'은 일제의 '침략 만행'의 상징어다. '어린 사슴'들은 '조선 청년'이며, 그들은 일제의 아성 속을 찾아가, 거기서 스스로의 용기로써 민족의 재건과 독립의 의기도 키우는 것이었다. '가끔 반도엔 붉은 신호등이 내어걸린다' (제3연)는 것은 우리나라의 역사적 위기를 비유하고 있다.

그러기에 '아무러기로 청년들이/ 평안이나 행복을 구하여/ 이 바다 험한 물결 위에 올랐겠는가?' (제4연)고 비장한 민족적 결의를 토로한다. 일제에 짓밟힌 조국의 구원을 위해 온갖 시련과 모험을 다짐하는 것이다.

담배나 배우고 연애하고 돈맛이나 익히려 현해탄의 항로에 오른 것이 결코 조선 청년이 아니다(제5연). '청년들은 늘/ 희망을 안고 건너가/ 결의를 가지고 돌아왔다' (제6연)지 않는가.

임화는 이제 엄숙한 증언을 한다.

'나는 이 바다 위/ 꽃잎처럼 흩어진/ 몇 사람의 가여운 이름을 안다' (제8연)지 않는가.

민족 독립운동으로 옥에 갇힌 의사(義士)며, 귀국하여 순사(殉死)한 열사(烈士), 또 생사조차 알 길 없는 애국자들(제9연)을 시인은 현해탄에서 비장하게 노래하고 있는 것이다. '한결같이 사내다웁던/ 모든 청년들의 명예와 더불어/ 이 바다를 노래하고 싶다' (제10연)라고.

이와 같은 견지에서 이 작품은 독자 누구에게나 쉽고 또한 감동적으로 이해되고 접근될 줄로 안다. 그런데 제16연에서 연대(年代)가 나타나고 있다. 우리는 그 연대들을 주목하고 잘 살펴볼 일이다.

여기서 '1890년대'는 임화가 우리나라를 외세(外勢)가 침략하려던 조선왕조 말기의 풍운의 시대를 지적한 것이다. 러시아며 청나라 일본 등의 각축장이 되었던 것이 한반도의 1890년대이며, 끝내 일제는 '러일전쟁' (1904. 2)을 일으키고 조선침략을 꾀한다. 즉 1905년 11월의 을사보호조약이 그것이고, 1910년의 한일합방, 그리고 1920년대는 우리의 애국지사들의 1919년 3·1운동 직후의 조선 자주독립운동 시대를 가리킨다.

1930년대는 일본의 소위 황국신도주의(皇國神道主義)의 군국(軍國) 일본이 아시아 각지의 침략의 전진으로서의 중국 침략(南京 점령 등등)의 중일전쟁(1937. 7. 7), 그리고 1940년대는 일본의 하와이 진주만 공격(1941. 12. 8)으로 태평양전쟁의 도발 등을 가리킨다.

이렇듯 임화의 「현해탄」은 민족의 서사시적 방각에서 엮어진 것임을 우리가 살피게 해주는 한국 시문학사의 중요한 작품임을 거듭 여기 지적해 둔다.

밤 갑판(甲板) 위

너른 바다 위엔 새 한 마리 없고,
검은 하늘이 바다를 덮었다.

앞으로 가는지, 뒤로 가는지,
배는 한 곳에 머물러 흔들리기만 하느냐?

별들이 물결에 부디쳐 알알이 부서지는 밤,
가는 길조차 헤아릴 수 없이 밤은 어둡구나!

거리엔 새 시대의 왕자 금속들의 비비대는 소리,
목도(牧島) 앞뒤엔 여명이 활개를 치고 일어나는 고동 소리,
이따금 현해(玄海) 바다가 멀리서
사자처럼 고함 치며 달려 오고……

바야흐로 신세기의 화려한 축제다.
누가 이 새 고향의 찬미가를 부를 것이냐!
교향악의 새 곡조를 익힐 악기는 어느 곳에 준비되었는가?
대양, 대양, 대양.

실로 대양의 파도만이 새 시대가 걸어가는
장엄한 발자취에 행진곡을 맞후리라.

이해와 감상

임화의 시 「밤 갑판 위」는 '너른 바다 위엔 새 한 마리 없고'로 시작하여 '장엄한 발자
취에 행진곡을 맞후리라'(맞추리라)까지 시 전편에 걸쳐, 시각적 이미지가 두드러진 작
품이다. 굳이 해설을 달지 않아도 쉽게 이해가 되리라고 본다.

이 시에서도 청각적 이미지가 시각적 이미지와 함께 공감각의 작용을 하는 행(行)들
을 살필 수 있는데, 즉 '거리엔 새 시대의 왕자 금속들의 비비대는 소리'와 '목도 앞뒤엔
여명이 활개를 치고 일어나는 고동 소리', '사자처럼 고함 치며 달려 오고……' 등이다.

밤에 선박의 갑판 위에 나가 서서 바다를 항해하는 웅장한 광경을 시각적인 이미지로
잘 보여주고 있다.

이은상(李殷相)

경상남도 마산(馬山)에서 출생(1903~1982). 아호는 노산(鷺山). 연희전문
학교 문과, 일본 와세다대학 사학과 수료. 월간지 『신생(新生)』(1929)을 편집
할 무렵부터 시조를 썼고, 1932년에 첫 시조집 『노산 시조집』을 간행하면서
본격적인 문단활동을 시작했다. 작품집 『노산문선(鷺山文選)』(2회 발간,
1942, 1954), 『노산 시조선집』(1958) 등이 있다.

가고파
― 내 마음 가 있는 그 벗에게

내 고향 남쪽 바다 그 파란 물 눈에 보이네
꿈엔들 잊으리오 그 잔잔한 고향 바다
지금도 그 물새들 날으리 가고파라 가고파.

어릴 제 같이 놀던 그 동무들 그리워라.
어디간들 잊으리오 그 뛰놀던 고향 동무
오늘은 다 무얼 하는고 보고파라 보고파.

그 물새 그 동무들 고향에 다 있는데
나는 왜 어이타가 떠나 살게 되었는고
온갖 것 다 뿌리치고 돌아갈까 돌아가.

가서 한 데 어울려 옛날같이 살고 지라
내 마음 색동옷 입혀 웃고 웃고 지내고저
그 날 그 눈물 없던 때를 찾아가자 찾아가.

물 나면 모래판에서 가재 거이랑 달음질하고
물 들면 뱃장에 누워 별 헤다 잠들었지
세상 일 모르던 날이 그리워라 그리워.
여기 물어 보고 저기 가 알아 보나

내 몸엔 즐거움은 아무 데도 없는 것을
두고 온 내 보금자리에 되안기자 되안겨.

처자들 어미 되고 동자들 아비 된 사이
인생의 가는 길이 나뉘어 이렇구나
잃어진 내 기쁨의 길이 아까와라 아까와.

일하여 시름 없고 단잠 들어 죄 없는 몸이
그 바다 물소리를 밤낮에 듣는구나
벗들아 너희는 복된 자다 부러워라 부러워.

옛 동무 노젓는 배에 얻어 올라 치를 잡고
한 바다 물을 따라 나명들명 살까이나
맞잡고 그물을 던지며 노래하자 노래해.

거기 아침은 오고 거기 석양은 저도
찬 얼음 센 바람은 들지 못하는 그 나라로
돌아가 알몸으로 살거나 깨끗이도 깨끗이.

주제 망국(亡國)의 슬픔 속의 향수(鄕愁)
형식 10연의 현대 시조
경향 서정적, 애향적, 감상적
표현상의 특징 주정적인 시어구사의 연시조(聯詩調)로 엮고 있다.
형태상으로는 평시조이며, 자유시처럼 음수율(音數律)을 무시한 운율의 파격을
보인다. 관념적인 표현이 두드러지고 있다.
부제(副題) '내 마음 가 있는 그 벗에게' 를 달고 있다.

이해와 감상

『동아일보』(1932. 1. 8) 지상에 발표되었던 작품이다. 일제에게 나라를 빼앗긴 슬픔 속
에 먼 남쪽 고향 바다를 그리는 마음으로 스스로를 달래는 노래이다. 어릴 때 정답게 놀
던 고향 친구며, 그의 고향인 마산(馬山) 앞 바다의 풍정(風情)이 회화적 그림으로 연상
되는 노산의 대표작이다. 본래 이은상은 자유시로 출발하였으나 성공을 거두지 못하고,
시조로 전환한 뒤에 「가고파」라는 명시조를 남기게 되었다.

효대(孝臺)

일유봉은 해 뜨는 곳, 월유봉은 달 뜨는 곳
동백나무 우거진 숲을 울삼아 둘러치고,
네 사자 호위 받으며 웃고 서 계신 저 어머니!

천 년을 한결같이 비가 오나 눈이 오나,
어여쁜 아드님이 바치시는 공양이라,
효대에 눈물어린 채 웃고 서 계신 저 어머니!

그리워 나도 여기 합장하고 같이 서서,
저 어머니 아들 되어 몇 번이나 절하옵고,
우러러 다시 보오매 웃고 서 계신 저 어머니!

주제 모정(母情)에의 지극한 효심

형식 3연으로 된 현대시조

표현상의 특징 각 연마다 시조의 음수율을 바탕으로 하고 있다.
제1·2·3연은 시조의 초·중·종장 형태로 구성했다.
이 시의 형식은 일단 현대시조로 구분했으나, 완전한 의미에서 정형시도 자유
시도 아니다.

이해와 감상

이 작품의 배경은 지리산에 위치한 화엄사(華嚴寺)이다. 작품소재는 신라 진흥왕 때
연기대사(緣起大師)가 화엄사에다 어머니의 명복을 빌기 위하여 세운 석탑인 즉 효대를
상징적으로 노래하고 있다.

제1연에서는 네 사자를 기둥 삼아 우뚝 솟은 석탑을 통해 자애로운 어머니의 상(像)
을, 제2연에서는 비가 오나 눈이 오나 공양을 바치는 효자의 상을, 제3연에서는 '저 어머
니 아들 되어 몇 번이나 절하' 지 않고는 못 견디는 모정의 그리움과 효심을 담고 있다.

Ⅲ. 암흑에서의 몸부림

(1930~1944)

김광균(金光均)

경기도 개성(開城)에서 출생(1913~1998). 송도상고(松都商高) 졸업. 「야경차(夜警車)」를 『동아일보』(1930. 1. 12)에 발표하며 문단에 등단했다. 『자오선』 및 『시인부락』 동인. 시집 『와사등』(1939), 『기항지』(1947) 등에 이어, 문단 고별 시집 『황혼가』(1969)가 있다. 6·25동란 후는 실업계에 투신, 시작 활동이 별로 크지 못했다.

외인촌(外人村)

하이얀 모색(暮色) 속에 피어 있는
산협촌(山峽村)의 고독한 그림 속으로
파아란 역등(驛燈)을 달은 마차가 한 대
잠기어 가고
바다를 향한 산마루 길에
우두커니 서 있는 전신주 위엔
지나가던 구름이 하나 새빨간 노을에 젖어 있었다.

바람에 불리우는 작은 집들이 창을 내리고
갈대밭에 묻힌 돌다리 아래선
작은 시내가 물방울을 굴리고
안개 자욱한 화원지(花園地)의 벤치 위엔
한낮에 소녀들이 남기고 간
가벼운 웃음과 시들은 꽃다발이 흩어져 있었다.

외인 묘지의 어두운 수풀 뒤엔
밤새도록 가느단 별빛이 내리고
공백(空白)한 하늘에 걸려 있는 촌락의 시계가
여윈 손길을 저어 열 시를 가리키면
날카로운 고탑같이 언덕 위에 솟아 있는
퇴색한 성교당(聖教堂)의 지붕 위에선
분수처럼 흩어지는 푸른 종소리.

이해와 감상

우리나라 모더니즘 운동에 기여한 것이 김광균이다. 그와 동시에 「외인촌」은 한국 서
정시의 방향 전환을 시도한 작품이다.

시는 감성(感性)이 아니고, 지성(知性)으로 써야 한다는 이른바 주지주의 이론이 최재
서(崔載瑞, 1908~1964)에 의해 1930년대 『인문평론』지에 소개되었다. 종래의 '노래하는
시'에서 '생각하는 시'로 이행하는 수법, 다시금 '언어의 회화성'을 중시하게 되었다.
이를 일컬어 이른바 이미지즘 또는 모더니즘이라 부른다. 우리나라 시단에서는 모더니
즘 계열의 관점에서 김기림(金起林, 「김기림」 항목 참조 요망)이 선두주자로 시작업을
했고 뒤이어 김광균 등이 참여하게 되었다.

이 시는 첫 연과 끝 연의 뛰어난 표현에도 불구하고 아름다운 한 폭의 그림, 그 이상을
뛰어넘지 못하고 있다는 평을 받고 있다. 이른바 시적인 사상이 스며들 여지가 없다는
것이다. 그러나 외인촌의 저녁에서 밤까지의 시간적 경과에 따르는 풍경의 비유와 회화
적 감각 표현 등의 기교는 그 당시 빼어났다고 본다.

추일서정(秋日抒情)

낙엽은 폴란드 망명 정부의 지폐
포화에 이지러진
도룬 시(市)의 가을 하늘을 생각하게 한다.
길은 한 줄기 구겨진 넥타이처럼 풀어져
일광(日光)의 폭포 속으로 사라지고
조그만 담배 연기를 내뿜으며
새로 두 시의 급행 열차가 들을 달린다.

포플러나무의 근골(筋骨) 사이로
공장의 지붕은 흰 이빨을 드러낸 채
한 가닥 구부러진 철책(鐵栅)이 바람에 나부끼고
그 위에 셀로판지로 만든 구름이 하나
자욱한 풀벌레 소리 발길로 차며
호올로 황량한 생각 버릴 곳 없어
허공에 떠우는 돌팔매 하나
기울어진 풍경의 장막 저쪽에
고독한 반원(半圓)을 긋고 잠기어 간다.

주제 가을날의 우수와 감상
형식 전연의 자유시
경향 서경적, 낭만적, 서정적
표현상의 특징 시각적 감각에 치중한 영상미를 엮어내고 있다.
현대적인 신선한 비유로써 참신한 이미지를 부각시키고 있다.

이해와 감상

  이 시는 『인문평론(人文評論)』 7월호(1940)에 발표되었고, 제2시집 『기항지(寄港地)』
(1947)에 수록되었다.
  '시는 회화다' 라는 모더니즘의 시론을 실천에 옮긴 본보기로 꼽히는 작품이다.
  거의 모든 행에서 비유기법을 쓰고 있고, '낙엽'이 '망명 정부의 지폐'에, 굽은 '길'이
'구겨진 넥타이'에 비유되고 있다. 또한 내리쬐는 햇살을 '일광의 폭포' 라는 공감각적
이미지의 참신성을 표현한다.
  또한 기차를 의인화 하는 '조그만 담배 연기'가 주는 원근감(遠近感) 같은 것은 회화
성을 살린 영상적인 표현수법이기도 하다.

와사등(瓦斯燈)

차단―한 등불이 하나 비인 하늘에 걸리어 있다.
내 호올로 어딜 가라는 슬픈 신호냐
긴― 여름해 황망히 나래를 접고

늘어선 고층(高層), 창백한 묘석(墓石)같이 황혼에 젖어
찬란한 야경(夜景), 무성한 잡초인 양 헝클어진 채
사념(思念) 병어리 되어 입을 다물다.

피부의 바깥에 스미는 어둠
낯설은 거리의 아우성 소리
까닭도 없이 눈물겹고나

공허한 군중의 행렬에 섞이어
내 어디서 그리 무거운 비애를 지고 왔기에
길―게 늘인 그림자 이다지 어두워

내 어디로 어떻게 가라는 슬픈 신호(信號)기
차단―한 등불이 하나 비인 하늘에 걸리어 있다.

주제 도시문명에 대한 절망
형식 4연의 자유시
경향 낭만적, 감상적, 서정적
표현상의 특징 산문체의 시각적 영상(映像)의 표현에 치중하고 있다.
사물을 비유의 대상으로 표현하고 있다.
도시의 근대화 현상을 감각으로 논리화 하고 있다.

이해와 감상

이 시는 『조선일보』(1938. 6. 3)에 발표되었고 똑같은 표제의 시집 『와사등』(1939)에
도 싣고 있다.
「와사등」이란 개스(gas)로 불을 켜는 등(燈)을 가리킨다. 전기(electric)가 발명되기 전
에 서구에서는 가스등을 켰다. 특히 영국 런던, 프랑스 파리 등 거리의 가로등은 가스등
이었다. 일본에서도 이른바 '메이지유신'(1868) 이후 서양의 문물을 받아들이면서 토우
쿄우의 '긴자'(銀座) 거리에 가스등을 켜기 시작한 것은 1872년부터였다(青木美智男
『日本史』1989).
그의 시가 대개 주지적인 경향을 띄고 있으나 이 「와사등」에서는 '묘석같이 황혼에
젖어'(제1연), '까닭도 없이 눈물겹고나'(제2연), '내 어디로 어떻게 가라는 슬픈 신호
기'(제4연) 등등 낭만적 감상성(感傷性)이 두드러지게 드러나고 있다.
그러므로 이 시는 낭만적 서정시에 속한다.

설야(雪夜)

어느 머언 곳의 그리운 소식이기에
이 한밤 소리 없이 흩날리느뇨.

처마 끝에 호롱불 여위어 가며
서글픈 옛 자췬 양 흰눈이 내려

하이얀 입김 절로 가슴에 메어
마음 허공에 등불을 켜고
내 홀로 밤 깊어 뜰에 나리면

머언 곳에 여인의 옷 벗는 소리

희미한 눈발
이는 어느 잃어진 추억의 조각이기에
싸늘한 추회(追悔) 이리 가쁘게 설레이느뇨.

한 줄기 빛도 향기도 없이
호올로 차디찬 의상(衣裳)을 하고
흰눈은 내려 내려서 쌓여
내 슬픔 그 위에 고이 서리다.

주제 눈 오는 밤의 정경과 추억
형식 6연의 자유시
경향 서정적, 낭만적, 감상적
표현상의 특징 주지적이기보다는 낭만적인 경향의 표현을 하고 있다.
영상적 수법이 관능적 표현(여인의 옷 벗는 소리)과 조화되는 공감각 효과가
크다. '~느뇨' 즉 '느냐'의 옛날 말투를 쓰고 있다.
종래 낭만적 서정시에 있었던 감성적 표현이 눈에 뜨인다.
그러나 눈이 내리는 소리를 '머언 곳에 여인의 옷 벗는 소리'에 비유한 현대
적인 표현감각은, 그것이 관능적인 표현이면서도 저속한 취향을 극복하는 참
신성을 보여주고 있다.

　1938년 『조선일보』 신춘문예 당선작인 이 시는, 주지적 경향이 본격적으로 두드러지기 전인 서정적인 초기 작품이다.

　이 작품 이전의 김광균의 시와는 구조적인 측면에서 다른 모습을 보이고 있다는 점에서 '기성의 새 출발' 로서 평가되었다.

　왜냐하면 이 작품 이전의 그의 시는 서정적이라기보다는 기법이 전반적으로 어딘가 다부지지 못한 엉성한 것이었기 때문이다. 말하자면 「설야」를 기점으로 김광균의 표현 기교는 면모를 일신하는 새 모습을 보이게 되었던 것이다.

　이를테면 시간의 흐름을 '호롱불 여위어 가며' 로 표현하는 등 세련된 상징적 경향의 새로운 이미지즘의 경지를 개척하기 시작했다.

　물론 아직도 '서글픈 옛 자취' 나 '차디찬 의상' 과 같은 감상적 표현이 없는 것은 아니며, 눈을 '그리운 소식' , '추억의 조각' 등에 비유하는 낭만적 표현을 하고 있다.

김상용(金尙鎔)

경기도 연천(璉川)에서 출생(1902~1951). 호는 월파(月坡). 일본 릿쿄우대학 영문과 졸업(1927). 1930년에 시 「무상(無常)」을 「동아일보」(1930. 11. 14)에 발표하면서 문단에 등단했다. 시집 「망향(望鄕)」(1939) 등이 있다.

남(南)으로 창을 내겠소

남으로 창을 내겠소.
밭이 한참갈이
괭이로 파고
호미론 풀을 매지요.

구름이 꾀인다 갈 리 있소.
새 노래는 공으로 들으랴오.
강냉이가 익걸랑
함께 와 자셔도 좋소.

왜 사냐건
웃지요.

주제 전원 생활의 즐거움
형식 3연의 자유시
경향 서정적, 낭만적, 풍자적
표현상의 특징 잘 다듬어진 밝은 시어로 진솔한 표현을 하고 있다.
작자의 굳은 의지가 풍자적으로 두드러지고 있다.
마지막 연을 짧은 2행으로 함축시킨 결어(結語)가 주목을 끈다.
'~소'라는 의지적인 종결어미의 표현이 두드러지고 있다.

『문학』(2호, 1934. 2)에 발표된 작품이다.

표제(表題)인 「남으로 창을 내겠소」는 채광의 뜻도 있겠으나 순리(順理)에 따라 살겠다는 낙천적인 삶의 이미지이고, '한참갈이'는 분수에 알맞는 농토로 무욕(無慾)의 심경을 드러내고 있다.

'구름'은 속세의 부귀영화의 상징어이고, '들으랴오'는 '들으려오'의 뜻인데, '려'를 '랴'로 바꾼 것은 양성 모음의 음감 효과로 명랑하고 해학적인 분위기 조성 때문의 표현 기교다.

'웃지요'는 이백(李白)의 시 「산중문답(山中問答)」의 한 구절인 '笑而不答心自閑(대답 않고 빙긋이 웃어 주니 마음은 절로 흥겹소)'와 일치하는 달관(達觀)의 경지를 드러낸다.

일제 강점기를 살아가던 괴로운 시인에게는 자연에 파묻혀 조용히 살겠다는 낭만적 경향을 드러내고 있다.

현실대결(항일 저항운동 등)보다는 현실도피(자연으로의 귀환, 농경생활 지향 등)의 경향은 누구도 부정할 수 없다. 그러나 소박하면서도 성실한 전원생활을 해학적으로 엮은 인생시라는 방향에서 선의의 해석도 가능한 작품이다.

이 시는 절제된 시어의 빼어난 표현 기법이 평가되어야 한다.

반딧불

너는 정밀(靜謐)의 등촉(燈燭)
신부 없는 동방(洞房)에 잠그리라.

부러워하는 이도 없을 너를
상징해 왜 내 맘을 빚었던지

헛고대의 밤이 가면
설운 새 아침
가만히 네 불꽃은 꺼진다.

이해와 감상

　김상용은 전원적 경향의 서정시인이면서도 서구적인 지적 감각을 가진 시인으로 평가되고 있다.

　반딧불을 '조용하고 편안한 등불'로 비유하면서도 신부(新婦)가 없는 허전한 침실에다 가둬 두는 배타적 표현 심리가 이채로운 작품이다.

　이 땅의 일제 강점기인 1930년대 지성인들이 겪은 좌절 속에서의 강력한 저항의지를 저변에 깔고 있다.

　흔히 기교적 시라고 간주하기 쉬우나 시작품 속에 압축된 의미, 즉 시의 저항적 사상성(思想性)이 차분히 깔려 있는 것이다.

　두 말할 나위 없이 '설운 새 아침'(제3연)이란 반딧불로서는 당연한 운명이겠으나 여기서는 일제하의 어둠의 날이 이어짐을 뜻한다.

김영랑(金永郎)

전라남도 강진(康津)에서 출생(1903~1950). 본명은 윤식(允植). 일본 아오야마학원(青山學院) 영문과 수학. 1930년 박용철(朴龍喆)과 함께 『시문학』 창간 동인. 시 「동백 잎에 빛나는 마음」을 비롯하여 「언덕에 바로 누워」, 「누이의 마음아 나를 보아라」, 「쓸쓸한 뫼 앞에」 등을 『시문학』 창간호(1호 · 1930. 3)에 발표하면서 문단활동을 시작했으며, 1930년대에 계속해서 『문예월간』, 『시원』, 『문학』 등 문학지에 많은 시를 발표했다. 시집 『영랑시집』(1935)과 『영랑시선』(1956) 등이 있다.

모란이 피기까지는

모란이 피기까지는,
나는 아직 나의 봄을 기다리고 있을 테요.
모란이 뚝뚝 떨어져 버린 날,
나는 비로소 봄을 여읜 설움에 잠길 테요.
오월 어느 날, 그 하루 무덥던 날,
떨어져 누운 꽃잎마저 시들어 버리고는
천지에 모란은 자취도 없어지고,
뻗쳐 오르던 내 보람 서운케 무너졌느니,
모란이 지고 말면 그뿐, 내 한 해는 다 가고 말아,
삼백 예순 날 하냥 섭섭해 우옵내다.
모란이 피기까지는,
나는 아직 기다리고 있을 테요, 찬란한 슬픔의 봄을.

주제 소망 성취에 대한 신념

형식 전연의 자유시

경향 유미적, 서정적, 낭만적

표현상의 특징 정감 넘치는 시어구사를 하고 있다.
'~테요'(동어반복)라는 각운(脚韻)을 달아 리듬감을 고조시키고 있다.
'봄을 여읜 설움', '천지에 모란은 자취도 없어지고', '삼백 예순 날 하냥 섭섭해 우옵내다' 등 과장법(hyperbole)을 쓰고 있다.

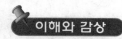 이해와 감상

김영랑은 박용철(朴龍喆), 정지용(鄭芝溶), 변영로(卞榮魯), 신석정(辛夕汀) 등과 더불어 1930년에 『시문학』을 통해 이 땅에 순수시를 꽃피운 유미주의의 기수이다.

특히 『시문학』 창간호에 발표한 「동백 잎에 빛나는 마음」 등 13편의 시는 유미주의적 순수시의 정화(精華)라 할 수 있다.

북의 소월, 남의 영랑으로 일컬어지는 방언시(方言詩)의 대가설(大家說)이 있듯이, 평안도의 투박한 사투리로 쓴 소월 특유의 가락과 대조적으로, 나긋나긋한 전라도의 방언이 토대를 이루고 있는 게 두 시인이다.

물론 평안도 사투리는 백석(白石)의 시도 뛰어나며(「백석」 항목 참조 요망) 함경도 사투리는 이용악(李庸岳)의 시도 빼어난 것을 살피게 된다(「이용악」 항목 참조 요망).

「모란이 피기까지는」에 대해 '모란꽃'을 일제에게 빼앗긴 조국의 상징으로 해석하는 이도 있다. 그러나 '모란꽃'을 실재하는 자연의 꽃에 대해 예술지상주의적 자세로 유미주의적 입장에서 심미적(審美的) 표현을 하고 있다고 보아야 한다.

유미주의 본래의 뜻이란 예술은 그 자체로서 자족(自足)한 것이고, 정치적·윤리적 또는 비심미적(非審美的)인 어떤 목적에 의해서도 평가되어서는 안 된다는 입장이다.

영랑이 '찬란한 슬픔의 봄'이라고 묘사한 대목을 한 번 따져 보기로 하자. '봄'이라는 계절을 수사(修辭)로써 수식하는 데 있어, '찬란한 슬픔'을 얹고 있다. 슬픔이 찬란하다는 것은 무슨 뜻인가. 예술지상주의적 관점에서 슬픔의 미학(美學)을 찬란한 것으로 수식한 것은 슬픔의 비극성(悲劇性)을 극복하려는 의지가 심도 있게 과장 표현된 것이다. 어차피 계절의 봄은 떠나가기 때문에 슬픈 것이다.

돌담에 속삭이는 햇발

돌담에 속삭이는 햇발같이
풀 아래 웃음짓는 샘물같이
내 마음 고요히 고운 봄 길 위에
오늘 하루 하늘을 우러르고 싶다.

새악시 볼에 떠오는 부끄럼같이
시의 가슴에 살포시 젖는 물결같이
보드레한 에메랄드 얇게 흐르는
실비단 하늘을 바라보고 싶다.

이해와 감상

우선 섬세하게 다듬어 낸 아름다운 시어를 차근차근 풀어보자.

'새악시'는 '새색시'의 방언이지만, '색시'에다 음운 '아'를 첨가한 형태이고, '부끄럼'은 리듬을 살리기 위해 '부끄러움'에서 '우'를 생략한 표현이다.

'시의 가슴'은 '시정 넘치는 가슴 속'이며, '실비단 하늘'은 '비단 실로 짠 아름다운 하늘'의 상징적 표현이다.

'풀 아래 웃음짓는 샘물'이라고 하는 이 비유의 표현 등 이 시는 전체적으로 볼 때, 재지(才智)에 넘치는 에스프리(esprit)의 시인 것만은 틀림없다.

그러나 수사적(修辭的)으로 볼 때 의미에 의한 문법(文法)을 무시하는 시니시스(synesis)의 표현을 하고 있다. 더구나 이 작품의 경우도 「모란이 피기까지는」과 마찬가지로 과장법(hyperbole)에 의한 표현미의 시너지(synergy) 효과를 거두고 있다.

내 마음을 아실 이

내 마음을 아실 이
내 혼자 마음 날같이 아실 이
그래도 어데나 계실 것이면

내 마음에 때때로 어리우는 티끌과
속임 없는 눈물의 간곡한 방울방울
푸른 밤 고이 맺는 이슬 같은 보람을
보밴 듯 감추었다 내어 드리지

아! 그립다
내 혼자 마음 날같이 아실 이
꿈에나 아득히 보이는가

향 맑은 옥돌에 불이 달어
사랑은 타기도 하오련만
불빛에 연긴 듯 희미론 마음은
사랑도 모르리 내 혼자 마음은.

주제 사랑의 갈구
형식 4연의 자유시
경향 유미적, 감상적, 낭만적
표현상의 특징 주정적인 시어로 심미적인 표현을 하고 있다.
낭만적이며 감상적인 분위기가 두드러진다.
표제(表題)의 '내 마음을 아실 이', '내 혼자 마음 날같이 아실 이'를 동어반
복하고 있다.
'날같이'와 '이슬같은', '연긴 듯'의 직유의 표현을 하고 있다.

이해와 감상

『시문학』 제3호(1931. 3)에 실린 이 작품은 나의 마음을 나와 같이 알아줄 연인을 간절히 소망하는 사랑의 낭만적인 노래다.

이 시는 누구나 잘 이해할 수 있는 전달이 잘 되는 연애 감정을 드러내고 있다.

김영랑은 영국의 낭만주의 시인인, 크리스티나 로제티(Christina G. Rosetti, 1830~1894)며 존 키이츠(John Keats, 1795~1821) 등의 영향을 받은 시인이기도 하다.

특히 이 작품은 그와 같은 영국 낭만시의 표현 기법이 다분히 드러나고 있다.

사행시(四行詩)

1
임 두시고 가는 길의 애끈한 마음이여
한숨 쉬면 꺼질 듯한 조매로운 꿈길이여

이 밤은 캄캄한 어느 뉘 시골인가.
이슬같이 고인 눈물을 손끝으로 깨치나니

2
풀 위에 맺어지는 이슬을 본다.
눈썹에 아롱지는 눈물을 본다.
풀 위엔 정기가 꿈같이 오르고
가슴은 간곡히 입을 벌인다.

3
좁은 길가에 무덤이 하나
이슬에 젖이우며 밤을 새인다.
나는 사라져 저 별이 되오리.
뫼 아래 누워서 희미한 별을

4
저녁 때 저녁 때 외로운 마음
붙잡지 못하여 걸어다님을
누구라 불어 주신 바람이기로
눈물을 눈물을 빼앗아 가오.

5
무너진 성터에 바람이 세나니
가을은 쓸쓸한 맛뿐이구려
희끗희끗 산국화 나부끼면서
가을은 애닯다 속삭이느뇨.

6
뵈지도 않는 입김의 가는 실마리
새파란 하늘 끝에 오름과 같이
대숲의 숨은 마음 기여 찾으려
삶은 오로지 바늘 끝같이

7
푸른 향물 흘러 버린 언덕 위에

내 마음 하루살이 나래로다
보실보실 가을 눈(眼)이 그 나래를 치며
허공의 속삭임을 들으라 한다.

8
허리띠 매는 시악시 마음실같이
꽃가지에 은은한 그늘이 지면
흰 날의 내 가슴 아지랭이 낀다.
흰 날의 내 가슴 아지랭이 낀다.

주제 봄날과 이별의 정한(情恨)
형식 8편의 4행시
경향 낭만적, 유미적, 감상적
표현상의 특징 8연의 자유시 형태로 8편의 4행시를 이루고 있다.
잘 다듬어진 시어로 주정적인 표현을 하고 있다.
전라도 방언들이 나타나고 있다.
호격조사 '~여', 직유의 표현 '~같이' 등의 동어반복 표현이 보인다.

이해와 감상

시인 김영랑의 시 형식의 또 다른 경향이 바로 4행시이며 시작 태도는 음성 구조
(sound structure)를 이루고 있다. 『영랑 시집』(1935)을 보면 4행시는 28편이다. 모두 53
편 중 반수 이상이 4행시로서 그는 4행시를 즐겨 썼던 것이다.

또한 53편의 시를 모두 표제(表題)가 없는 번호순으로 차례를 표시했다. 4행시는 김영
랑이 우리나라 최초의 시집 간행을 했다. 아시아 지역에서는 인도의 시성(詩聖) 타고르
(Tagore, 1861~1941)의 「기탄잘리」(Gitanjali, 1912)에 번호순의 시가 실려 있다.

각 4행시마다, 정감 넘치는 섬세한 시어가 방언과 어우러져서 독자의 눈길을 끌고 있
다. 앞의 「돌담에 속삭이는 햇발」과 유형적으로 동등한 발상과 표현이 동원되고 있다.

박용철(朴龍喆)

전라남도 광산(光山)에서 출생(1904~1938). 호는 용아(龍兒). 배재고보 수료. 일본 아오야마학원(靑山學院) 및 토우쿄우 외국어학교 독문과 수학 중 귀국하여 연희전문학교 중퇴. 『시문학』(1930)의 창간 동인으로 김영랑 등과 활동했다. 『시문학』 창간호(1930. 3)에 시 「떠나가는 배」, 「싸늘한 이마」, 「비 내리는 밤」, 「밤 기차에 그대를 보내고」 등을 발표하면서 문단에 등단했다. 『시문학』을 주재했고, 이어서 『문예월간』(1931)과 『문학』(1934)도 스스로 간행 주재했다. 2권으로 된 『박용철 전집』(1935)이 있다.

떠나가는 배

나 두 야 간다
나의 이 젊은 나이를
눈물로야 보낼 거냐
나 두 야 가련다

아늑한 이 항군들 손쉽게야 버릴 거냐
안개같이 물어린 눈에도 비치나니
골짜기마다 발에 익은 묏부리 모양
주름살도 눈에 익은 아, 사랑하던 사람들

버리고 가는 이도 못 잊는 마음
쫓겨 가는 마음인들 무어 다를 거냐
돌아다보는 구름에는 바람이 헤살짓는다
앞 대일 어덕인들 마련이나 있을 거냐

나 두 야 가련다
나의 이 젊은 나이를
눈물로야 보낼 거냐
나 두 야 간다

이해와 감상

이 시는 박용철이 일제에게 조국을 빼앗긴 채 망명길을 떠나는 젊은이의 울분과 비애를 상징적으로 노래하고 있다.

일제 침략으로 학대받던 우리 겨레는 남부여대하여 정든 고향 땅을 등지고 비통한 가슴을 안고 만주 땅이며 중국 등지로 망명의 길을 떠났던 것이다.

화자는 망명의 모습을 항구에서 떠나는 배에다 비유하고 있고, '골짜기마다 발에 익은… 주름살에도 눈에 익은 아, 사랑하는 사람들'(제2연) 등의 표현으로 고향 땅, 사랑하는 조국, 가족과 친지 등, 동포에 대한 연민의 정 속에 절망하면서도 또한 뜨거운 사랑을 담고 있다.

어디로

내 마음은 어디로 가야 옳으리까
쉬임 없이 궂은 비는 내려오고
지나간 날 괴로움이 쓰린 기억
내게 어둔 구름 되어 덮이는데.

바라지 않으리라던 새론 희망
생각지 않으리라던 그대 생각
번개같이 어둠을 깨친다마는
그대는 닿을 길 없이 높은 데 계시오니

아— 내 마음은 어디로 가야 옳으리까.

주제 현실에 대한 절망과 방황
형식 3연의 자유시
경향 낭만적, 감상적, 상징적
표현상의 특징 주정적인 일상어로 비애로운 심정을 이미지로 담고 있다.
제1연의 제1행에서 '내 마음은 어디로 가야 옳으리까'로 시작해서 마지막 연에서 역시 '내 마음은 어디로 가야 옳으리까'로 수미상관의 동어반복을 하고 있다.

이해와 감상

앞에서 살펴 본 「떠나가는 배」와 똑같은 발상으로 형상화 시킨 동계열의 감상적인 서정시다.

일제 강점기에 고통받던 겨레와 특히 좌절의 날들을 보낸 방황하는 젊은이들의 모습이 또렷이 연상되는 작품이다. 심미적 구조 이외의 요소를 배제하려는 박용철 시인의 시작 태도를 엿볼 수 있는 작품이다.

'궂은 비', '어두운 구름'(제1연)은 인생의 역경을 뜻하기보다는 시대적 배경, 즉 일제 침략이라는 질곡(桎梏)의 상황을 비유하는 것으로 보면 된다. 제2연에 등장하는 '그대'는 하나의 '이상적 이미지'며, '추상적 존재'로 해석하면 된다.

이대로 가랴마는

설만들 이대로 가기야 하랴마는
이대로 간단들 못 간다 하랴마는

바람도 없이 고이 떨어지는 꽃잎같이
파란 하늘에 사라져 버리는 구름쪽같이

조그만 열로 지금 수떠리는 피가 멈추고
가는 숨길이 여기서 끝맺는다면—

아— 얇은 빛 들어오는 영창 아래서
차마 흐르지 못하는 눈물이 온 가슴에 젖어 내리네.

작품 자체에서 심리적 구조 이외의 요소는 불순한 것으로 배제하려는 시작법이 두드러진 것이 우리가 쉽게 파악할 수 있는 박용철 시세계의 특징적인 경향이다.

시를 감상하려는 독자는 작가의 이름을 보지 않아도 이 시가 어느 시인의 것인지 대뜸 알 수 있을 것이다.

특히 박용철의 경우 이 시인의 표현기법은 말할 것도 없고 일관된 심리적 사고가 담긴 목소리가 살아 있기 때문이다. 또한 그것은 곧 그 시의 생명일 것이다.

그는 젊은 날 일본에서 외국어대학에 다니면서 반일(反日) 감정을 서양문학에 심취하는 열렬한 학습태도로써 순화 수용한 발자취를 뚜렷하게 살피게 한다.

그것은 외국 문학의 이론을 폭넓게 수용하려는 자세로 일관한 박용철 시인의 작품에서, 키에르케고르(S. A. Kierkegaard, 1813~1855)류의 철학적 인생관이며 우수를 찾아볼 수 있기 때문이다.

한때 그가 주재하였던 잡지 『문학』(1934)에 키에르케고르를 번역·소개한 사실에서도 그와 같은 족적이 나타나고 있다.

김기림(金起林)

함경북도 학성(鶴城)에서 출생(1908~미상). **해금시인(解禁詩人)**. 호 편석
촌(片石村). 보성고보를 거쳐 일본 토우쿄우(東京)의 니혼대학(日本大學) 문학
예술과와 토우후쿠제대(東北帝大) 영문과 졸업. 『조선일보』 학예부 기자로
근무. 1931년 『신동아』에 시 「고대(苦待)」, 「날개만 돋치면」 등을 발표하며
문단에 등단했다. 장시집 『기상도(氣象圖)』(1936) 이외에 시집 『태양(太陽)의
풍속(風俗)』(1939), 『바다와 나비』(1946), 『새노래』(1948) 등이 있다. 정지용
과 함께 제3차(1988. 3. 31) 해금시인이 되었다.

태양(太陽)의 풍속(風俗)

태양아
다만 한 번이라도 좋다. 너를 부르기 위하여 나는 두루미의 목통을 빌어 오
마. 나의 마음의 무너진 터를 닦고 나는 그 위에 너를 위한 작은 궁전을 세우
련다. 그러면 너는 그 속에 와서 살아라. 나는 너를 나의 어머니 나의 고향,
나의 사랑, 나의 희망이라고 부르마. 그리고 너의 사나운 풍속을 쫓아서 이
어둠을 깨물어 죽이련다.

태양아
너는 나의 가슴 속 작은 우주의 호수와 산과 푸른 잔디밭과 흰 방천(防川)에
불결한 간밤의 서리를 핥아버려라. 나의 시내물을 쓰다듬어 주며 나의 바다
의 요람(搖籃)을 흔들어 주어라. 너는 나의 병실을 어족들의 아침을 달리고 유
쾌한 손님처럼 찾아오너라.

태양보다도 이쁘지 못한 시(詩). 태양일 수가 없는 서러운 나의 시(詩)를 어
두운 병실에 켜놓고 태양아 네가 오기를 나는 이 밤을 새어가며 기다린다.

- **주제** 조국 광복의 염원
- **형식** 3연의 주지시
- **경향** 주지적, 저항적, 상징적

이해와 감상

여기 소개하는 시 「태양의 풍속」은 그의 모더니즘 계열의 대표적인 작품이다. 「태양의 풍속」은 그의 애국적인 저항의지를 뚜렷이 담고 있다.

일제 강점기인 암흑의 시대에 정의(正義)의 상징으로써 '태양아' 하며 목을 길게 빼고 ('두루미의 목통', 제1연 2행) 태양을 부르던 모더니스트 김기림.

20세기 초에 기성 도덕적 관념이며 전통적 권위에 도전하면서 반기(反旗)를 들었던 서구의 문예사조를 가리켜 이른바 '모더니즘'(modernism)으로 부른다.

이 사조는 사상적으로는 자유(liberty)와 평등(equality) 등 소시민적 생활 속에서 지식인들 사이에 기계문명(mechanical civilization)을 구가하는 사조로서 발전했던 것을 한국 최초로 도입한 시인이 김기림이었다.

김기림은 한국의 대표적인 모더니즘 시운동의 기수로서 자연발생적인 시를 배격하면서, 시의 주지성(主知性)을 강조하였다. 그는 센티맨터리티, 즉 감상성(感傷性)을 나무라며 문명비평 정신을 높이 내세웠고, 기계주의인 서구적 매커니즘(mechanism)을 찬양했던 것이다. 김기림의 장시(長詩) 「기상도」(氣象圖, 1936)는 그의 한국 최초의 모더니즘 시이론의 기치를 시로써 내건 작품이기도 했다.

'나의 마음의 무너진 터를 닦고…… 너의 사나운 풍속을 쫓아서 이 어둠을 깨물어 죽이련다' (제1연)는 시인의 의지는 절망적인 현실('무너진 터') 속에서 태양의 거센 위력('사나운 풍속')으로 일제('이 어둠')를 멸망시키겠다('깨물어 죽이련다')는 단호한 결의를 한다.

이 시가 쓰여진 시기인 1930년대 후반은 일본 군국주의가 중국침략으로 난징(南京)을 점령(1937. 12. 13)하며 대학살을 자행했으며, 광둥(廣東)도 점령(1938. 10. 21)하는 등, 평화롭던 아시아를 뒤흔들었다.

김기림은 제2연에서도 다시 태양을 부르며 '불결한 간밤의 서리를 핥아버려라'고 일제의 마수를 상징적으로 배격하고 있다.

'병실' (제2 · 3연)이란 시인의 상처입은 정신적 터전인 '나의 조국'의 상징어다.

'서러운 나의 시' (제3연)는 식민지 시인의 비통한 어둠의 시이며, 그러기에 밝은 '태양아, 네가 오기를 나는 이 밤을 새어가며 기다린다' (제3연)고 했다.

여기서 '태양'은 자유 해방이며 '이 밤'은 '일제 강점기'의 상징어다.

꿈꾸는 진주여 바다로 가자

'마네킹'의 목에 걸려서 까물치는
진주 목걸이의 새파란 눈동자는
남해(南海)의 물결에 젖어있구나.
바다의 안개에 흐려 있는 파―란 향수를 감추기 위하여
너는 일부러 벙어리를 꾸미는 줄 나는 안다나.

너의 말없는 눈동자 속에서는
열대의 태양 아래 과일은 붉을 게다.
키다리 야자수(椰子樹)는
하늘의 구름을 붙잡을려고
네 활개를 저으며 춤을 추겠지.

바다에는 달이 빠져 피를 흘려서
미쳐서 날뛰며 몸부림치는 물결 위에
오늘도 네가 듣고 싶어하는 독목주(獨木舟)의 노젓는 소리는
삐―걱 빼―걱
유랑할 게다.

영원의 성장을 숨쉬는 해초의 자주빛 산림 속에서
너에게 키쓰하던 상어의 딸들이 그립다지.

탄식하는 벙어리의 눈동자여
너와 나 바다로 아니 가려니?
녹쓸은 두 마음을 잠그려 가자
토인의 여자의 진흙빛 손가락에서

모래와 함께 새여 버린
너의 행복의 조약돌들을 집으러 가자.
바다의 인어와 같이 나는

푸른 하늘을 마시고 싶다.

'페이브먼트'를 따리는 수 없는 구두소리.
진주와 나의 귀는 우리들의 꿈을 육지에 부딪치는
물결의 속삭임에 기울여진다.

오— 어린 바다여. 나는 네게로 날아가는 날개를 기르고 있다.

> **주제** 낭만적 현실 도피
> **형식** 8연의 자유시
> **경향** 낭만적, 서정적, 상징적
> **표현상의 특징** 비교적으로 알아듣기 쉬운 산문체의 상징적 표현을 하고 있다.
> 부분적으로는 문명비평적인 현실 고발도 드러내고 있으나 대체적으로 환상적
> 인 묘사에 치중하고 있다.
> '과일은 붉을 게다', '춤을 추겠지', '유랑할 게다' 등, 추찰의 종결어미를 쓰
> 고 있다.

이해와 감상

　23세 때인 젊은 김기림의 초기시인 이 작품(『朝鮮日報』 1931. 1. 23 발표)은 그의 주지
적인 모더니즘 시세계에 진입하기 이전의 기념비적인 발랄한 서정적 낭만시의 대표작
이다.
　그에게도 이런 낭만시가 있었다는 것을 살피는 것도 뜻이 큰 것이다.
　일제 강점기라는 시대적인 극한 상황 속에서, 그 당시의 청년 김기림은 일제와 거리가
먼 저 동남아지역 남방(南方)의 낙원에 대한 동경심을 담았던 것 같다.
　'진주 목걸이의 새파란 눈동자는/ 남해의 물결에 젖어 있구나' (제1연)는 풍자적인 문
명 비평의 수법을 보인다. 자연의 바다에 살고 있는 조개 속에 들어 있어야 할 '진주'를,
인간의 욕심이 끄집어낸 사치심에 대한 배격이다. 이런 대목에서 김기림은 이 낭만시에
서도 모더니즘의 주지적 경향을 내보였다.
　'하늘의 구름을 붙잡으려고/ 네 활개를 저으며 춤을 추겠지' (제2연), '독목주의 노젓
는 소리는/ 삐—걱 빼—걱/ 유랑할 게다' (제3연) 등 역동적 시각 이미지와 청각적 이미
지가 공감각 작용을 하고 있다.
　'너에게 키쓰하던 상어의 딸들이 그립다' (제4연)며 '바다의 인어와 같이 나는/ 푸른
하늘을 마시고 싶다' (제5연)와 같은 판타지(fantasy)의 환상적 묘사가 이 낭만시의 성격
을 두드러지게 내세우고 있다.

무녀(巫女)

하늘을 인
몇 잎 남은 대나무
그 마른 꼭대기에 떠도는
이승과 저승의 부교(浮橋)

허연 거품 물고
원색 깃발 펄럭이며
징소리 장구소리 벌어지는 춤사위

여기가 어디멘고
누구의 연(緣)이던고

방울소리 요란해도
포개 입은 무복(巫服)만큼
더 불어오는 잡귀(雜鬼)들

켜질하듯 어르고
징소리로 울려서
진땀 흘려 밀어내는
동짓달 그믐 오밤중 굿판

머리 위의 성좌(星座)가
무너져 내릴 때
스르르 한마당 자리를 말면

끝난 사육제(謝肉祭)의 빈 광장
거기에
자꾸만 확대되는
자화상이 그려진다.

　무녀(巫女)를 제재(題材)로 삼은 이 작품도 주목되는 김기림의 대표시에 속한다. 더구나 이 작품은 상징적 수법의 전통적 경향의 상징적 서정시로서 높이 평가된다.

　김기림은 일본 대학의 여러 곳에 장기간 유학했거니와, 그 당시 일본의 큰 신사에서 '무녀'의 춤추는 모습들을 직접 보았을 것이 아닌가 한다.

　그렇다면 한국에서는 세속화된 무속이 일본에서는 천황가며 신사에서 조상신인 천신(天神) 제사로 승화되었다는 사실(史實)을 파악했을 것 같고, 동시에 이 시 「무녀」의 집필 동기가 되지 않았을까 추찰케도 한다.

　그 이유는 우리나라의 전통적인 무녀를 일컬어 '하늘을 인/ 몇 잎 남은 대나무/ 그 마른 꼭대기에 떠도는/ 이승과 저승의 부교'(제1연)라고 이승과 저승을 이어주는 신성한 존재로서 무녀(巫女)의 신성성(神聖性)을 이 작품에서 완연하게 형상화 시키고 있기 때문이다.

　김기림은 무녀의 굿판이 지상과 천상의 가교 구실을 한다는 상황 묘사(제5·6연) 속에서 '머리 위의 성좌가/ 무너져' 내린다는 비유와 더불어 '자꾸만 확대되는/ 자화상이 그려진다'(마지막 연)는 메타포(은유)로써, 무녀의 순수한 거동을 유감없이 신성시(神聖視)하고 있는데 우리가 주목하게 된다.

　우리나라의 무속은 고대 고구려의 동맹(東盟, 東明), 부여(夫餘)의 영고(迎鼓), 예(濊)의 무천(舞天) 등 국가적 제사 축제로부터 이어져 왔던 것으로서, 그것이 일본 황실로까지 전파되었던 것이다(홍윤기 『일본문화사』 서문당, 1999).

　저자는 지난 해(2002년) 7월 11일 일본 토우쿄우의 천황궁(皇居)에 직접 들어가서, 천황가에서 천황이 신상제(新嘗祭) 제사에서 고대 한국신(園神·韓神) 제사를 지내며, 주축문(主祝文)인 「한신」(韓神)이 낭창(朗唱)되는 가운데, 축문에 경상도 말(아지매 오게 오오오오 오게, 阿知女 於介 於於於於 於介)이 나오는 것을 천황궁 제사 담당 책임자(궁내청식부·악장보)인 아베 스에마사(阿倍季昌, 1943~) 씨로부터 확인하였다(EBS TV 교육방송, 2002. 8. 15 광복절 특집방송 「일본 황실 제사의 비밀」).

　일본 천황궁과 신사에서는 제사에 무녀인 '미코'(巫女, みこ)가 참여하며 상록수(삐주기나무) 나뭇가지를 들고 춤춘다. 그 광경은 우리나라의 무녀와 매우 흡사하다(홍윤기 「일본천황가의 한국신 제사와 황국사관 고찰」 『日本學硏究』 檀國大學校 日本學硏究所, 2002. 10).

유치환(柳致環)

경상남도 충무(忠武)에서 출생(1908~1967). 호는 청마(靑馬). 연희전문 문과 졸업. 1931년 『문예월간』에 「정적(靜寂)」을 발표하며 문단에 등단했다. 시집 『청마 시초』(1939), 『청령일기』(1949), 『보병과 더불어』(1951), 『청마 시집』(1954), 『제9시집』(1957), 『뜨거운 노래는 땅에 묻는다』(1960), 『미류나무와 남풍』(1964), 『파도야 어쩌란 말이냐』(1966) 등이 있다.

깃발

이것은 소리 없는 아우성.
저 푸른 해원(海原)을 향하여 흔드는
영원한 노스탈쟈의 손수건.
순정은 물결같이 바람에 나부끼고
오로지 맑고 곧은 이념의 푯대 끝에
애수는 백로처럼 날개를 펴다.
아아 누구던가.
이렇게 슬프고도 애달픈 마음을
맨 처음 공중에 달 줄을 안 그는.

> **주제** 조국 광복에의 낭만적 의지
> **형식** 전연 9행의 자유시
> **경향** 낭만적, 감상적, 저항적
> **표현상의 특징** 극도의 생략법에 의한 절제된 시어로 심도 있는 이미지를 부각시키고 있다. 청각적 이미지와 시각적 이미지의 공감각(synesthesia)의 표현을 하고 있다. '맨 처음 공중에 달 줄을 안 그는'(제9행)과 '아아 누구던가'(제7행)의 도치법(inversion)을 쓰고 있다.
> '~누구던가'로 설의법(設疑法)을 써서 의문점을 강조시키고 있다.

📌 이해와 감상

『조선문단』 1월호(1936)에 발표되고, 그의 첫 시집 『청마 시초(靑馬詩抄)』(1939)에 수록된 작품이다. 9행의 짧은 시이지만 높고 곧은 의지를 상징하는 동시에 생명의 깃발을 낭만적으로 노래한 것이다. 바닷가 언덕 위에서 펄럭이는 깃발은 곧 시인의 고독한 정신의 언덕 위에서 나부끼는 향수(nostalgia)의 깃발이요, 애달픈 의지의 표상이다. 흔히들 이 작품을 지금까지 철학적인 이념의 시라고들 평가했으나, 시 예술을 두고 철학적 논리의 대상으로 삼은 것은 재고의 여지가 있다.

'맑고 곧은 이념의 푯대'(제5행)는 일제 침략에 대한 시인의 '저항 의지'를 상징적으로 묘사한 것이다.

'저 푸른 해원'(제2행)이란 민족의 이상인 '조국 광복'의 상징어다. 다만 이 시의 표현 기법은 그 당시 우리 시단의 감상적, 낭만주의 경향을 띠울 수밖에 없었던 것이다. 일제에게 나라를 짓밟힌 침통하고 암울한 시대였기 때문이다.

관념적인 시어도 등장하고 있으나 이 작품은 한국 시단에서 그 당시 한국 현대시 표현 기법의 기초구조를 고양시킨 시문학적 인프라(infrastructure) 성과의 한 전형으로 평가하련다.

생명의 서(書)

나의 지식이 독한 회의(懷疑)를 구하지 못하고
내 또한 삶의 애증(愛憎)을 다 짐지지 못하여
병든 나무처럼 생명이 부대낄 때
저 머나먼 아라비아의 사막으로 나는 가자.

거기는 한 번 뜬 백일(白日)이 불사신같이 작열하고
일체가 모래 속에 사멸한 영겁(永劫)의 허적(虛寂)에
오직 알라의 신만이
밤마다 고민하고 방황하는 열사(熱沙)의 끝.

그 열렬한 고독 가운데
옷자락을 나부끼고 호올로 서면
운명처럼 반드시 '나'와 대면케 될지니
하여 '나'란, 나의 생명이란
그 원시의 본연한 자태를 다시 배우지 못하거든
차라리 나는 어느 사구(沙丘)에 회한 없는 백골을 쪼이리라.

이해와 감상

「생명의 서」는 자신의 특유한 시세계를 관념적으로 담고 있는 유치환의 대표작이다. 1938년 10월 9일자 『동아일보』에 발표했고, 제2시집 『생명의 서』(1947)의 표제가 된 작품이다.

사멸(死滅)과 허적(虛寂)의 터전인 열사의 끝에 서서 생명과의 결연한 대결 의식을 나타내고 아라비아 사막을 등장시켜 시의 뚜렷한 배경을 이루고 있다. 오히려 자신의 생명을 부여잡으므로써 삶의 의의를 추구해 보는 것이 이 작품의 근본적인 내용이다.

'밤마다 고민하고 방황하는 열사의 끝'인 '아라비아의 사막'을 죽음의 세계와 생명이 고민하는 세계라는 두 의미로 풀이할 때, 청마의 시세계에는 생명의 본원을 추구하면서도 그 저변에는 노장사상(老莊思想)과도 상통하는 청마 특유의 허무 사상이 깔려 있다. 그러나 이 생명의 추구는 끝내 해결 못하고, 다음의 「바위」같은 작품으로서 생명의 본연적 자태가 곧 허무라고 고백하게 된다.

바위

내 죽으면 한 개 바위가 되리라.
아예 애련(愛憐)에 물들지 않고
희로(喜怒)에 움직이지 않고
비와 바람에 깎이는 대로
억 년 비정(非情)의 함묵(緘默)에
안으로 안으로만 채찍질하여
드디어 생명도 망각(忘却)하고
흐르는 구름
먼 원뢰(遠雷).

꿈꾸어도 노래하지 않고
두 쪽으로 깨뜨려져도
소리하지 않는 바위가 되리라.

이해와 감상

시인은 그의 생명인 바위를 통해서 죽음이라는 허무의 세계를 극복하려고 한다.
바위는 청마(靑馬)에게 있어서 생명의 이상적인 결집체(結集體)요, 시정신의 결정(結
晶)이다.
생명의 내부에로 귀착해 가는 자세는 이 시인이 추구하는 참다운 이상의 경지이다.
화자는 이상(꿈)을 발견하더라도 함부로 그것을 노래하지 않으며 또한 비명도 지르지
않겠다는 자아 인식 속에서 인간혼을 상징적으로 제시한다.

울릉도

동쪽 먼 심해선(深海線) 밖의
한 점 섬 울릉도로 갈거나.
금수(錦繡)로 굽이쳐 내리던
장백(長白)의 멧부리 방울 뛰어,
애달픈 국토의 막내
너의 호젓한 모습이 되었으리니,

창망(蒼茫)한 물굽이에
금시에 지워질 듯 근심스레 떠 있기에

동해 쪽빛 바람에
항시 사념(思念)의 머리 곱게 씻기우고,

지나 새나 뭍으로 뭍으로만
향하는 그리운 마음에,
쉴 새 없이 출렁이는 풍랑 따라
밀리어 오는 듯도 하건만,

멀리 조국의 사직(社稷)의
어지러운 소식이 들려 올 적마다,
어린 마음 미칠 수 없음이
아아, 이렇게도 간절함이여!

동쪽 먼 심해선 밖의
한 점 섬 울릉도로 갈거나.

주제 고도에 대한 낭만과 애정
형식 6연의 자유시
경향 서정적, 낭만적, 애국적
표현상의 특징 주정적인 시어로 심도 있는 이미지를 부각시키고 있다.
제1연과 제6연이 수미상관의 동어반복 되는 구성을 보이고 있다.
「막내」라는 의인법으로 정다운 수사를 하고 있다.

이해와 감상

「울릉도」는 유치환의 이른바 생명파적인 사변적 · 관념적인 표현 기법을 벗어난 서정적인 국토애 정신을 시적으로 형상화 시키고 있다는 점에 주목하게 되는 그의 대표작의 하나다.

'애달픈 국토의 막내' 라는 감상적인 표현이 오히려 울릉도에 대한 심상미를 한껏 북돋아 준다. '금시에 지워질 듯 근심스레 떠 있기에' 로 시각적 묘사며 귀중한 국토로서의 울릉도를, '뭍으로 뭍으로만' '밀리어 오는' 일편 단심과 '어지러운 소식이 들려 올 적마다' '미칠 수 없음' 을 안타까워 하는 애국적 표현이 감동적이다.

그것은 국수적인 차원을 초월하는 시 예술로서의 개체생태학적 감정이입을 그 바탕에 두고 울릉도를 한 편의 시로써 승화시키고 있는 시작법이다.

이 상(李 箱)

서울에서 출생(1910~1937). 본명은 김해경(金海卿). 보성고보, 경성고등공업학교 졸업. '9인회(九人會)'에 참여함으로써(1931) 본격적인 문단활동을 시작했다. 주요 작품은 시 「오감도(烏瞰圖)」(1934), 단편소설 「날개」(1936), 「종생기」(1937), 「실화(失花)」(1939) 등이 있다.

오감도(烏瞰圖)

시 제1호
13인의아해가도로로질주하오.
(길은막다른골목이적당하오.)

제1의아해가무섭다고그리오.
제2의아해도무섭다고그리오.
제3의아해도무섭다고그리오.
제4의아해도무섭다고그리오.
제5의아해도무섭다고그리오.
제6의아해도무섭다고그리오.
제7의아해도무섭다고그리오.
제8의아해도무섭다고그리오.
제9의아해도무섭다고그리오.
제10의아해도무섭다고그리오.

제11의아해도무섭다고그리오.
제12의아해도무섭다고그리오.
제13의아해도무섭다고그리오.
13인의아해는무서운아해와무서워하는아해와그렇게뿐이모였소.
(다른사정은없는것이차라리나았소.)
그중에1인의아해가무서운아해라도좋소.

그중에2인의아해가무서운아해라도좋소.
그중에2인의아해가무서워하는아해라도좋소.
그중에1인의아해가무서워하는아해라도좋소.

(길은뚫린골목이라도적당하오.)
13인의아해가도로로질주하지아니하여도좋소.

시 제2호
나의아버지가나의곁에서조을적에나는나의아버지가되고또나는나의아버
지의아버지가되고그런데도나의아버지는나의아버지대로나의아버지인데
어쩌자고나는자꾸나의아버지의아버지의아버지의……아버지가되니나는
왜나의아버지를껑충뛰어넘어야하는지나는왜드디어나와나의아버지와나
의아버지의아버지와나의아버지의아버지의아버지노릇을한꺼번에하면서
살아야하는것이냐.

시 제3호
싸움하는사람은즉싸움하지아니하던사람이고또싸움하는사람은싸움하지
아니하는사람이었기도하니까싸움하는사람이싸움하는구경을하고싶거든
싸움하지아니하던사람이싸움하는것을구경하든지싸움하지아니하는사람
이싸움하는구경을하든지싸움하지아니하던사람이나싸움하지아니하는사
람이싸움하지아니하는것을구경하든지하였으면그만이다.

시 제4호
환자의 용태(容態)에 관한 문제

ıııııııııı ·
ı · ı
ᘔᘔᘔᘔᘔᘔᘔ · ᘔᘔ
ᘔᘔ · ƐƐƐƐƐƐƐ
ƐƐƐ · ㄣㄣㄣㄣㄣㄣㄣ
ㄣㄣㄣㄣㄣㄣㄣ · ƐƐƐ
ㄣㄣㄣㄣ · ϛϛϛϛ
ϛϛϛϛϛ · 66666
666666 · ৴৴৴৴
888 · ৴৴৴৴৴৴৴

℘℘ · 88888888
0 · ℘℘℘℘℘℘℘℘
· 0000000000
　　진단 0 · 1
　　26. 10. 1931
　　　이상 책임의사 이상(李箱)

시 제9호. 총구(銃口)

매일같이열풍(烈風)이불더니드디어내허리에큼직한손이와닿는다. 황홀한
지문(指紋)골짜기로내땀내가스며들자마자쏘아라. 쏘으리로다. 나는내소화
기관(消化器管)에묵직한총신(銃身)을느끼고내다문입에매끈매끈한총구(銃口)
를느낀다. 그러더니나는총(銃)쏘으드키눈을감으며한방총탄(銃彈)대신에나
는참나의입으로무엇을내뱉었더냐.

시 제10호 나비

찢어진벽지(壁紙)에죽어가는나비를본다. 그것은유(幽)계에낙역(絡繹)되는비
밀한통화구(通話口)다. 어느날거울가운데의수염(鬚髥)에죽어가는나비를본
다. 날개축처진나비는입김에어리는가난한이슬을먹는다. 통화구를손바닥
으로꼭막으면서내가죽으면앉았다일어서드키나비도날아가리라. 이런말이
결코밖으로새어나가지는않게한다.

시 제12호

때묻은빨래조각이한뭉텅이공중으로날아떨어진다. 그것은흰비둘기의떼
다. 이손바닥만한한조각하늘저편에전쟁이끝나고평화가왔다는선전이다.
한무더기비둘기떼가깃에묻은때를씻는다. 이손바닥만한하늘이편에방맹이
로흰비둘기의떼를때려죽이는불결한전쟁이시작된다. 공기(空氣)에숯검정
이가지저분하게묻으면흰비둘기의떼는또한번이손바닥만한하늘저편으로
날아간다.

시 제15호

1

나는거울없는실내에있다.거울속의나는역시외출중이다.나는지금거울속의나를무서워하며떨고있다.거울속의나는어디가서나를어떻게하려는음모(陰謀)를하는중일까.

2

죄(罪)를품고식은침상(寢床)에서잤다.확실한내꿈에나는결석(缺席)하였고의족(義足)을담은군용장화(軍用長靴)가내꿈의백지(白紙)를더럽혀놓았다.

3

나는거울있는실내로몰래들어간다.나를거울에서해방(解放)하려고.그러나거울속의나는침울한얼굴로동시에꼭들어온다.거울속의나는내게미안한뜻을전한다.내가그때문에영어(囹圄)되어있드키그도나때문에영어(囹圄)되어떨고있다.

4

내가결석(缺席)한나의꿈.내위조(僞造)가등장(登場)하지않는내거울.무능이라도좋은나의고독의갈망자(渴望者)다.나는드디어거울속의나에게자살(自殺)을권유하기로결심하였다.나는그에게시야(視野)도없는들창(窓)을가리키었다.그들창은자살만을위한들창이다.그러나내가자살하지아니하면그가자살할수없음을그는내게가르친다.거울속의나는불사조(不死鳥)에가깝다.

5

내왼편가슴심장(心臟)의위치를방탄금속(防彈金屬)으로엄폐(掩蔽)하고나는거울속의내왼편가슴을겨누어권총을발사하였다.탄환은그의왼편가슴을관통하였으나그의심장은바른편에있다.

6

모형심장(模型心臟)에서붉은잉크가엎질러졌다.내가지각(遲刻)한내꿈에서나는극형(極刑)을받았다.내꿈을지배(支配)하는자는내가아니다.악수할수조차없는두사람을봉쇄한거대(巨大)한죄(罪)가있다.

이해와 감상

이상의 시세계는 한 마디로 무의식의 초현실적인 세계다.

어떤 의식이나 의도가 전혀 없는 상태의 시의 표현이다.

그것을 초현실적인 시세계로 보면 된다. 이러한 시의 배경이 되는 서구사상의 변천 과
정부터 살필 필요가 있다. 그리스도교의 중세 문화는 르네상스로 붕괴되었다. 그리하여
신본주의를 대신하는 새로운 생활 원리로서 인본주의 사상이 나타나게 되었다.

인본주의란 이성(理性) 중심, 이성 만능의 사상이며 그것은 곧 합리주의 사상을 뜻하
는 것이다.

이 합리주의 사상도 시대의 흐름과 함께 여러 가지 모순이 드러나면서 현대인의 회의
와 비판의 대상이 되었다. 제1차 세계대전(1914~1918)의 발발은 이러한 세기말적 사조
에 불을 붙였다. 결국 이러한 반합리주의의 경향을 바탕으로 일어난 문예사조가 다다이
즘(dadaisme)이다.

서구에서 생겨난 다다이즘이라는 일종의 부정정신은 합리주의에 기반을 둔 모든 문
화적 전통을 부정하고 시 표현에 있어서도 일체의 기성 언어에 대한 부정과 파괴로 나타
나게 된다.

때문에 언제까지나 다다이즘은 문예사조에 있어서 계속될 수는 없는 일이었다.

그와 같은 시대적인 문예사조의 변천 속에서 20세기 초 프랑스에서 일어난 것이 초현
실주의 문학 운동이다.

그와 같은 시대에 정신의학자 프로이드(S. Freud, 1856~1939)의 명저 『꿈의 해석』은
정신 분석학적 결론으로서, 시문학에도 큰 영향을 끼쳤다. 그것은 인간의 심리를 '의
식'·'무의식'으로 구분하고, 즉 "무의식이야말로 인간의 마음의 대부분이다"고 하며
인간생활에 미치는 '무의식'의 강력한 지배력을 강조했다. '무의식'의 세계는, 인간의
영감이나 욕망의 원천이 되기도 하는 심층부의 심리, 즉 잠재의식이라는 비합리적인 영
역이다.

그동안 합리주의의 한계에 부딪쳐 새로운 돌파구를 찾던 20세기의 시인들은 인간 심
리의 합리 구역을 떠나 새로 발견된 비합리 구역으로 옮겼다. 여기서 시인 브르통(A.

Breton, 1896~1966)을 중심으로 '생의 조건에 대한 개조, 혹종의 건설 및 세계와의 화해를 시도' (「초현실주의와 전후파(Le Surréalisme et L'Après Guerre)」, T. Tzara, 1896~1963) 하는 초현실주의의 기치를 치켜든 것이었다. 차라(T. Tzara)는 프랑스 시인으로서 '다다이즘'의 창시자다.

이들과 함께 현대시에는 일대 변혁이 일어나게 되었다. 즉 새로운 표현 형식으로서 무의식의 내부에 축적 · 방치된 의식들을 있는 그대로 기술하는 이른바 '자동기술법'을 도입한 것이다.

그러므로 처음부터 형식이나 의미 같은 것은 염두에 두지 않고, 제 마음속에서 떠오르는 심리 세계를 기술하는 일이다.

초현실주의에 매료된 최초의 한국시인이 이상이었다.

새로운 이상의 시세계는 내향적으로 볼 때 자학 · 자조 · 자위요, 외향적으로는 풍자 · 고발 · 저항일 수밖에 없었다.

「오감도」는 1934년 7월 23일부터 『조선중앙일보』에 연재되었던 것인데, 독자들은 이 시를 대하자 어리둥절하거나 발끈하면서 '정체 불명의 작품 게재는 즉시 중지하라'는 항의가 빗발쳐서 연재가 중단되고 말았다.

원래 '조(鳥, 새)감도'라고 할 것을, '오(烏, 까마귀)'로 바꾼 것부터가 문제가 된다. 길조(吉鳥)일 수도 있는 '새'를 굳이 '죽음의 전조(前兆)'로 알려진 불길한 까마귀(烏)로 바꾼 새로운 표현에 독자들은 당황할 수밖에 없었다.

또한 '13의 아해(兒孩)', '도로', '질주', '길', '골목' 등이 무엇을 뜻하느냐에 대해서도 구구한 추측이 나돌 뿐 정확한 해답은 구하기 어려웠다.

이상의 초현실적인 무의식 세계의 자동기술법에 의한 작품은 불안과 절망 속의 이상의 지성과 체험의 소산이었다.

일제 강점기의 정치 사회적 압박, 불안정한 개인의 생활의 난맥상 속에서 그는 인간의 허무 의식과 자조적인 패러독스(paradox, 역설)로 풍자한 것이 그의 작품세계였다.

지금까지도 그의 시세계는 하나하나 무어라 단정할 수 없는 이상 만의 심층심리가 전해오고 있는 셈이다. 그 점 역시 독자들은 독자 나름대로 해석할 자유가 있음을 여기 지적해 둔다.

거울

거울속에는소리가없소
저렇게까지조용한세상은참없을것이오.

거울속에도내게귀가있소

내말을못알아듣는딱한귀가두개나있소

거울속의나는왼손잽이요
내악수를받을줄모르는악수를모르는왼손잽이요

거울때문에나는거울속의나를만져보지를못하는구료마는
거울아니었던들내가어찌거울속의나를만나보기만이라도했겠소

나는지금거울을안가졌소마는거울속에는늘거울속의내가있소
잘은모르지만외로된사업에골몰할게요

거울속의나는참나와는반대요마는또쩨닮았소
나는거울속의나를근심하고진찰할수없으니퍽섭섭하오.

주제 자의식의 분열에 대한 고뇌
형식 6연의 변형시
경향 초현실적, 심리적, 풍자적
표현상의 특징 초현실주의의 기본 방식인 자동기술법의 표현을 따르고 있다.
띄어쓰기를 무시하고 있다. 앞에서 설명했듯이 극단적 반이성주의의 다다이즘
시의 방법으로서의 기존 문법질서를 파괴하는 표현 태도다.

 이해와 감상

『가톨릭 청년』(1934. 10)에 발표된 다다이즘적인 쉬르리얼리즘(초현실주의) 시다.
독백체의 모놀로그(monologue) 화술의 기교를 보여주고 있다.

좀더 설명한다면 이 시는 자의식의 세계에서 고뇌하고 있는 현실적 자아인 '나' 와, 현
실을 초월한 또 하나의 자아인 '거울 속의 나' 를 등장시킨다.

여기서 시인은 두 자아의 대립과 모순을 통하여 '순수 자아' 를 상실하고 고민하는 현
대 의식의 비극성을 나타내고 있다.

이와 같은 이상의 시도는 난해하다는 이유로 배격받기도 했던 것이다. 그러나 궁극적
으로는 그 당시 우리의 후진적이던 시단에 큰 자극이 되었다.

그리하여 이상의 시세계는 우리의 시가 정신적인 20세기를 전개할 수 있도록 이끌었
다는 점에서 큰 의의를 지니는 것이다.

노천명(盧天命)

황해도 장연(長淵)에서 출생(1913~1957). 이화여자전문학교 영문과 졸업.
1932년 『신동아』에 시 「밤의 찬미」를 발표하며 문단활동을 시작했다. 『시원
(詩苑)』 동인. 시집 『산호림(珊瑚林)』(1938), 『창변』(1945), 『별을 쳐다보며』
(1953), 『사슴의 노래』(1958), 『노천명 시집』(1972) 등이 있다.

사슴

모가지가 길어서 슬픈 짐승이여,
언제나 점잖은 편 말이 없구나.
관(冠)이 향기로운 너는
무척 높은 족속이었나 보다.

물 속의 제 그림자를 들여다보고
잃었던 전설을 생각해 내고는
어찌할 수 없는 향수에
슬픈 모가지를 하고
먼 데 산을 바라본다.

주제 빼앗긴 조국의 우수(憂愁)와 광복의 소망
형식 2연의 자유시
경향 서정적, 관조적, 감상적
표현상의 특징 절제된 시어로 섬세하고 정감 넘치는 감성미를 표현하고 있다.
감정이입(感情移入)의 표현 수법으로 사슴을 의인화 시키고 있다.
'~이여'의 호격조사가 첫행에 두드러지고 있다.

이해와 감상

1930년대의 여류 시인으로 모윤숙과 쌍벽을 이룬 노천명의 첫 시집 『산호림(珊瑚林)』
(1938)에 수록된 대표작이다. 절제된 언어에 의하여 사슴의 의인화(擬人化)와 작가의 감

정을 옮겨 넣는 감정이입(感情移入)의 수법으로 사슴을 자신의 분신으로 등장시키고 있다. 시집 『산호림』에는 서문도 발문(跋文)도 없으며 그 대신 「자화상」이라는 시가 눈길을 모은다.

그러기에 이른바 '절제된 언어'의 표본으로 유명한 이 시집은 제2시집 『창변(窓邊)』(1945)에 수록된 「푸른 5월」, 「고독」과 더불어 노천명을 '사슴과 5월과 고독의 시인'으로 부르게 되었다.

'사슴'은 '노천명'의 의인화이므로 '관(冠)이 향기로운 너는/ 무척 높은 족속이었나보다'(제1연)에서, '관'은 '영예'이며 '족속'은 한민족(韓民族)의 상징어다.

따라서 우리 민족은 오랜 눈부신 민족문화를 가진 뛰어난 겨레인 것을 화자가 강조하는 것이다. 우리는 이 작품이 쓰여졌던 당시인 1930년대를 고찰할 필요가 있다.

그때 일제는 황국신도(皇國神道)의 군국주의 무단정치로 우리 민족의 숨통을 죄면서, 3·1운동(1919) 10년 만에 항일운동의 불길은 1929년 11월 광주(光州)학생사건으로 다시금 거세게 이어지기 시작했던 것이다.

그러자 일제는 계속 거센 탄압을 가했고, 1932년 1월 8일에는 이봉창(李奉昌, 1901~1932) 의사가 일본 토우쿄우 천황궁의 사쿠라타문(櫻田門) 앞길에서 히로히토(裕仁, 1901~1989) 천황에게 폭탄을 던지는 의거를 했다. 나라를 빼앗기고 짓밟히던 그 당시의 지성인들의 울분은 날로 드높아졌던 것이며, 이 당시 최고의 지식 여성이었던 노천명의 분노와 슬픔은 '슬픈 모가지를 하고/ 먼 데 산을 바라본다'(제2연)고 했으니, '먼 데 산'이란 다름 아닌 '조국 광복'의 빛나는 상징어다.

푸른 오월

청자 빛 하늘이,
육모정 탑 위에 그린 듯이 곱고,
연못 창포 잎에,
여인네 맵시 위에,
감미로운 첫여름이 흐른다.

라일락 숲에,
내 젊은 꿈이 나비처럼 앉는 정오,
계절의 여왕 오월의 푸른 여신 앞에,
내가 웬일로 무색하고 외롭구나,

밀물처럼 가슴 속으로 몰려드는 향수를
어찌 하는 수 없어,
눈은 먼 데 하늘을 본다.

긴 담을 끼고 외딴 길을 걸으며 걸으며,
생각이 무지개처럼 핀다.

풀 냄새가 물큰,
향수보다 좋게 내 코를 스치고.

청머루 순이 벋어 나오던 길섶,
어디메선가 한나절 꿩이 울고,
나는
활나물, 혼닢나물, 젓가락나물, 참나물을 찾던,
잃어버린 날이 그립지 아니 한가, 나의 사람아.

아름다운 노래라도 부르자.
서러운 노래를 부르자.

보리밭 푸른 물결을 헤치며
종달새 모양 내 마음은
하늘 높이 솟는다.

오월의 창공이여!
나의 태양이여!

주제 5월의 정취(情趣)와 향수(鄕愁)

형식 9연의 자유시

경향 서정적, 전원적, 감상적

표현상의 특징 주정적인 시어로 섬세한 계절 감각미를 표현하고 있다. 향토적 분위기가 넘치는 가운데 고향의 여러 가지 정감 어린 나물을 열거하고 있다.
'아름다운 노래라도 부르자/ 서러운 노래를 부르자'는 역대어반복(逆對語反復)을 한다. '~창공이여', '~태양이여' 하는 호격조사 '여'가 두드러진 호소력을 나타내고 있다.

「푸른 오월」은 일제 강점기에 쓴 시들을 광복의 기쁨 속에 제2시집 『창변(窓邊)』 (1945)에 수록한 작품이다. 이 시는 '계절의 여왕' 5월의 싱그러운 자연을 노래한 제1단락(1~3연), 옛 고향의 5월의 광경을 노래한 제2 단락(4~7연), 5월의 감격을 노래한 제3단락(8~9연)으로 나누게 된다.

'청자 빛 하늘이/ 육모정 탑 위에 그린 듯이 곱고'에서 화자는 우선 5월의 아름다운 생기 넘치는 계절의 전개 속에 민족적 전통미를 메시지로 제시하고 있는 점을 우리가 주목할 일이다. '청자빛'이란 우리나라 민족문화재인 고려청자의 그 비색(翡色)의 눈부신 아름다운 청색이며, '육모정'과 '탑'은 우리나라 고래로부터의 정자며 불탑(佛塔)을 일컫는 것이다.

노천명은 신록의 5월과 더불어 일제에게 빼앗긴 조국의 눈부신 모습이며 발자취를 뚜렷이 강조하고 있다. 그러면서 이내 시인은 '청머루 순이 벋어 나오던 길섶, / 어디메선가 한나절 꿩이 울고' 있는 그리운 고향 산천으로 뜨거운 마음이 동하여 움직여간다.

고향산천의 가지가지 맛난 산나물들에서는 향수뿐이 아닌 민족적인 기호식물들이 안겨주는 친화력을 북돋아준다. 마냥 정답게 우리들 가슴마다에 그 향기가 물씬 젖어온다. 이런 나물의 이름 하나 하나에서 우리는 한국인의 국적을 핏줄에 새기게도 된다.

이른바 '이름 모를 나물'이라는 따위의 넋두리가 한국인의 시에서 나타나지 말기를 강조해 두고 싶다.

그런데 이 제6연에서 '나의 사람아' 하고 화자가 누군가 그리운 사람을 부르므로써, 이 인물의 등장이 그 당시 처녀시인 노천명에게는 소녀시절의 연인을 연상시키기도 한다.

남사당(男寺黨)

나는 얼굴에 분칠을 하고
삼단 같은 머리를 땋아내린 사나이

초립에 쾌자를 걸친 조라치들이
날라리를 부는 저녁이면
다홍치마를 두르고 나는 향단(香丹)이가 된다.
이리하여 장터 어느 넓은 마당을 빌어
램프불을 돋운 포장 속에선
내 남성(男聲)이 십분 굴욕되다.

산 넘어 지나온 저 동리엔
은반지를 사주고 싶은
고운 처녀도 있었건만
다음 날이면 떠남을 짓는
처녀야!
나는 집시의 피였다.
내일은 또 어느 동리로 들어간다냐.

우리들의 도구(道具)를 실은
노새의 뒤를 따라
산딸기의 이슬을 털며
길에 오르는 새벽은
구경꾼을 모으는 날라리 소리처럼
슬픔과 기쁨이 섞여 핀다.

주제 남사당의 족적과 비애
형식 4연의 자유시
경향 주정적, 감상적, 낭만적
표현상의 특징 시어가 주정적이면서도 지성에 바탕을 둔 표현을 하고 있다.
작자의 전통의식이 내면 세계에 그득 담겨 있다.
다채로운 시각 표현을 통해 영상미(映像美)가 두드러진다.
남사당·초립·쾌자·조라치·남성·십분·굴욕 등 한자어가 많이 등장한다.

이해와 감상

『삼천리』 9월호(1940)에 발표되었고, 제2시집인 『창변(窓邊)』(1945)에 수록된 작품이
다. 남사당(男寺黨)은 사당 복색을 하고 이곳저곳 떠돌아다니면서 소리나 춤을 팔며, 사
당처럼 노는 사내를 말하며, 사당(寺黨)은 패를 지어 다니면서 노래와 춤을 파는 창녀를
가리킨다.
초립(草笠)이란 나이가 어린 사내로서 관례(冠禮)한 사람이 쓰던 누른 빛깔의 가는 풀
로 엮어 만든 갓을 말한다. 쾌자(快子)는 옛 전복(戰服)의 하나로서 근래에는 '복건'과
함께 명절이나 돌날에 어린이에게 입히는 옷이다. 조라치(詔羅赤)는 왕실이나 나라에서
세운 절이나 불당의 뜰을 청소하는 하인을 일컫는 말이다.
'다홍치마를 두르고 나는 향단이가 된다/ ~내 남성이 십분 굴욕되다'(제2연)의 남사
당 주인공의 여성역(女性役)이며, '은반지를 사주고 싶은/ 고운 처녀'(제3연)의 인생고
와 로맨스의 아픔에는 일제 강점기의 젊은이들의 시대고(時代苦)가 투영되고 있다.

'남성(男聲)이 십분 굴욕되다', '다음 날이면 떠남을 짓는/ 처녀야!/ 나는 집시의 피였다', '산딸기의 이슬을 털며', '슬픔과 기쁨이 섞여 핀다' 등 역동적 표현을 통하여, 날라리를 불며 떠도는 유랑집단 남사당패가 낭만적이고 흥겨운 듯이 보이나, 실제로는 남 모를 애달픈 인생의 비애를 지닌 집단이라는 것이 강조되고 있다.

이름 없는 여인이 되어

어느 조그만 산골로 들어가
나는 이름 없는 여인이 되고 싶소
초가 지붕에 박넝쿨 올리고
삼밭에 오이랑 호박을 놓고
들장미로 울타리를 엮어
마당엔 하늘을 욕심껏 들여놓고
밤이면 실컷 별을 안고

부엉이가 우는 밤도 내사 외롭지 않겠소
기차가 지나가 버리는 마을
놋양푼의 수수엿을 녹여 먹으며
내 좋은 사람과 밤이 늦도록
여우 나는 산골 얘기를 하면
삽살개는 달을 짖고
나는 여왕보다 더 행복하겠소.

주제 전원생활에의 소망
형식 2연의 자유시
경향 서정적, 감상적, 낭만적
표현상의 특징 일상어에 의한 직서적인 소박한 심경토로여서 전달이 잘 되고 있다.
전원의 풍취가 시각적인 영상미를 표현해 주고 있다.
'~싶소', '~않겠소', '~행복하겠소' 등의 종결어미가 특징적이다.

노천명은 인생의 행로에 고독이 따랐던 여류시인이다.

시집 『산호림』(1938)에 수록된 시 「자화상(自畵像)」에서 '조그마한 거리낌에도 밤잠을 못 자고 괴로워하는 성격은 살이 머물지 못하게 학대(虐待)' 한다는 그런 예민하고 섬세했던 성품의 노천명 시인.

그것은 그녀의 생래의 깔끔하고 냉철한 성품에서 오는 조심스러운 마음의 역설적 표현으로 보아야 한다.

노천명에게도 연인이 있었다고 한다. 그러나 그 사람과는 결혼할 수 없는 어떤 사정이 있었다는 설이 있기도 하다.

그런 의미에서 노천명을 일컬어 부질없이 '고독벽' 을 가졌다고 함부로 단정해서도 안 될 것 같다.

그에게 이와 같은 필부(匹夫)와의 필부(匹婦)로서의 벽촌의 농경생활의 소망은 소박하다기보다는 오히려 이상적인 것일 수밖에 없다. 왜냐하면 그녀는 '내 좋은 사람과 밤이 늦도록/ 여우 나는 산골 얘기를' (제2연)하며 산 일이 없기 때문이다.

다른 일면에서 우리가 냉정하게 따져 볼 것은 그의 일제 강점기의 시가 갖는 시대적 배경을 깊이 추구해 볼 가치도 크다고 하는 점이다.

따라서 이 작품의 시 전체적인 암시는 지긋지긋한 일제 탄압에서 벗어나, 벽지의 농촌에 가서 숨어 살고 싶다는 일제에 대한 혐오심이 담겨 있다고 본다. 즉 '배일사상' 으로서 현실 탈출의 의미가 담긴 것으로 볼 수도 있다.

장만영(張萬榮)

황해도 연백(延白)에서 출생(1914~1975). 아호는 초애(草涯). 토우쿄우(東京)의 미자키영어학교(三崎英語學校) 고등과 졸업. 「동광」(東光, 33호, 1932. 5)에 시 「봄 노래」가 추천되어 문단에 등단했다. 시집 「양(羊)」(1937), 「축제(祝祭)」(1939), 「유년송(幼年頌)」(1948), 「밤의 서정」(1956), 「저녁 종소리」(1957), 「추억의 오솔길」(1975), 「어느 날의 소녀에게」(1977) 등이 있다.

달·포도·잎사귀

순이, 벌레 우는 고풍한 뜰에
달빛이 호수처럼 밀려 왔고나.

달은 나의 뜰에 고요히 앉았다.
달은 과일보다 향그럽다.

동해 바다 물처럼
푸른
가을
밤

포도는 달빛에 스며 고웁다.
포도는 달빛을 머금고 익는다.

순이, 포도 넝쿨 밑에 어린 잎새들이
달빛에 젖어 호젓하구나.

주제 가을 밤의 서정

형식 5연의 자유시

경향 서정적, 낭만적, 감각적

표현상의 특징 시의 제목에 천체(天體)와 식물 등 3가지 대상을 함께 등장시키고 있다. '순이'라는 농촌 소녀를 낭만적 대상으로 묘사하고 있어 흥미롭다. '호수처럼' 또한 '동해 바다 물처럼' 등 직유(直諭)의 표현을 동원하여 가을 달밤의 서경미를 과장(exaggeration)시키고 있다. 전체적으로는 2행시 형태를 취하면서도 제3연만은 4행을 잡아, 의도적으로 시각적 영상미의 구성을 시도하고 있다.

이해와 감상

장만영은 이른바 이미지스트(imagist) 계열의 시인으로 평가된다. 이 시는 유럽에서 1912년 경에 이른바 사상주의(寫像主義)에 입각하여 일어난 이미지즘(imagism) 시인들의 수법을 도입한 흔적을 보여주는 작품이다.

이미지즘을 좀더 구체적으로 지적한다면 '마음 속에 떠오르는 그림'인 이미지(image)를 시로 표현하는 사상주의, 심상(心象)주의, 형상(形象)주의 등을 공동으로 함께 말한다. 이미지즘은 영국 시인이며 평론가 T. E. 흄(Thomas Ernest, Hulme, 1883~1917)이 런던에서 '시인클럽'(Poets' Club)을 창설하면서, 주창한 현대시의 새로운 방법론이다. 그 후 유럽시단에서는 흄을 '이미지즘의 아버지'로 칭송하기에 이르렀다.

이미지와 지성(知性)을 중시하는 이미지즘은 흄의 암시를 받은 미국 시인 에즈라 파운드(Ezra Loomis Pound, 1885~1972)가 이 시운동에 앞장섰다. 그리하여 「황무지」(The Waste Land, 1922)의 시인으로 이름난 영국의 T. S. 엘리엇(Thomas Stearns Eliot, 1888~1965)에게도 큰 영향을 끼쳐, T. S. 엘리엇은 시 「프루프록의 연가」(The Love-song of J. Alfred Prufrock, 1915)를 쓰기에 이르렀다.

이미지즘은 영국 빅토리아조(朝)의 현실도피적인 낭만주의 시문학에 반기를 들었으며, 또한 프랑스의 상징주의에도 반동적으로 대립했다. 우리나라에서는 장만영 뿐 아니라 박재윤(朴載崙), 조영출(趙靈出), 장서언(張瑞彦), 이규원(李揆元) 등이 이 운동에 참여했다. 이 작품 「달·포도·잎사귀」라는 제목 역시 그가 3개의 이미지를 포괄적으로 제시하고 있어서, 흡사 전원의 가을밤 풍경을 사진에서처럼 시 독자들의 마음 속에 이미지화(心像化) 시키려는 시도를 하고 있다.

특히 이 시에서는 시각적 이미지의 수법을 열심히 동원하고 있다. 그럼에도 불구하고 '순이'라는 농촌 소녀를 상징적으로 등장시켜 낭만적 경향을 보이고 있어서, 이미지즘이 지향한 반(反) 낭만주의를 거역하고 있기도 한 것을 지적해 둔다.

서정적 이미지로서, '달은 과일보다 향그럽다', 또는 '포도는 달빛을 머금고 익는다'는 후각적 감각미와 더불어 시각적 영상미를 북돋우고 있다.

비의 image

병든 하늘이 찬비를 뿌려……
장미 가지 부러지고
가슴에 그리던
아름다운 무지개마저 사라졌다.

나의 '소년'은 어디로 갔느뇨, 비애를 지닌 채로.

이 오늘 밤은
창을 치는 빗소리가
나의 동해(童骸)를 넣은 검은 관에
못을 박는 쇠망치 소리로
그렇게 자꾸 들린다……

마음아, 너는 상복을 입고
쓸쓸히, 진정 쓸쓸히 누워 있을
그 어느 바닷가의 무덤이나 찾아 가렴.

이해와 감상

이 시는 낭만적 퇴폐주의 경향의 작품이다.

'비'는 비통한 눈물을 이미지화 시키고 있다. 그러나 이미지 묘사에 힘쓰는 시인답지 않게 지나친 감상(感傷)에 빠지므로써 앞의 시와는 사뭇 대조적이다.

제3연의 '소년'은 제2연의 '아름다운 무지개'와 함께 '꿈과 희망'의 상징어다.

제4연의 '동해'는 '꿈과 희망이 깨져 버린 죽음'의 상징어다.

서정시에 있어서 참으로 비통한 현실을 저주하는 절규와도 같은 그런 감상주의의 센티멘털리즘(sentimentalism)은 18세기 영국 낭만주의 서정시의 말기에 나타난 경향이다. 즉 자기 내부에서 만들어내는 자의식(自意識, self-conciousness)의 정서이므로 21세기 현대시에서의 그와 같은 퇴폐적인 감상주의는 상상조차 할 것이 못된다. 센티맨털리즘의 자의식에 대해, 영국 비평가 해즐릿은, 「영국 시인 셰익스피어와 밀턴의 강의(1818)」에서 "자기 자신의 내부에서 발생하여 스스로를 뜯어 먹고 살면서 모든 것을 자기에게 맞도록 주조하는 습관적인 정서 내지 감상성(感傷性)이다"라고 비판한 것이 유명하다.

이육사(李陸史)

경상북도 안동(安東)에서 출생(1904~1944). 본명은 원록(源祿). 1930년 중국 베이징(北京)대학 사회과 졸업. 1927년에 중국 베이징에서 돌아왔을 때 의사(義士) 장진홍(張鎭弘)의 조선은행 대구지점 폭파사건에 연루되어 대구형무소에 투옥, 3년간 옥고를 치렀다. 이때 감방의 호수가 264호여서 '육사(陸史, 六四)'라는 호를 붙이게 됐다고 한다. 출옥 후 중국에 다시 갔고, 귀국하여 시 「황혼」을 『신조선(新朝鮮)』지에 발표하며(1933) 문단에 등단했고, 시작활동이 본격화 되었다. 1937년 '자오선(子午線)' 동인. 『육사 시집』(1946) 등이 있다. 『육사시집』의 초판본 표지는 본서 표지 그림 참조 요망(저자 소장).

청포도

내 고장 칠월은
청포도가 익어 가는 시절.

이 마을 전설이 주저리주저리 열리고,
먼 데 하늘이 꿈꾸며 알알이 들어와 박혀,

하늘 밑 푸른 바다가 가슴을 열고
흰 돛단배가 곱게 밀려서 오면,

내가 바라는 손님은 고달픈 몸으로
청포(靑袍)를 입고 찾아온다고 했으니,

내 그를 맞아, 이 포도를 따 먹으면,
두 손을 함뿍 적셔도 좋으련.

아이야, 우리 식탁엔 은쟁반에
하이얀 모시 수건을 마련해 두렴.

주제 향토애 속의 우정 추구
형식 2행 6연의 자유시
경향 서정적, 상징적, 향토적

주정적인 향토색 짙은 시어의 구사가 두드러진다.
'청포도', '하늘', '푸른 바다', '청포(靑袍)' 등의 청색계와 '흰 돛단배', '은 쟁반', '하이얀' 등의 백색계의 시어를 끌어들여 청신한 시적 분위기를 이루고 있다. 제3연의 '바다가 가슴을 열고'처럼 정서적으로 행동하는 이미지를 부각시키는 의인법의 표현도 하고 있다.

이해와 감상

이 작품은 향토색 짙은 육사의 대표적 순수 서정시라는 평가와 함께, 다른 한편으로 민족의 광복 염원을 시화한 것으로 간주되기도 한다.

그러므로 이 시를, '청포도'라는 사물에 대한 작가의 정서를 표현한 서정시로 보느냐, 또는 '청포'로써 광복의 의미를 상징한 시로 해석하느냐가 문제가 된다.

육사 시의 거의가 애국사상에 바탕을 두고 있다는 차원에서 그의 특징인 애국적인 요소가 포도를 따먹는 순수한 감각적인 대상에까지 조국 광복을 기다리는 사실과 결부시킨다는 것은 견강부회하는 해석인 것 같다.

'청포'(靑袍)는 '빛깔이 푸른 도포'다.

청포는 조선시대(1392~1910)에 선비들이 여름에 모시를 옥빛(담록색)으로 물들여 입었던 것이다. 그렇다고 일제 강점기에 못 입으란 법은 없다. 육사가 '내가 바라는 손님'이란 '꼭 만나보고 싶은 사람'이며 '남성'이다. 도포는 남성 예복이기 때문이다. 그 사람이 정다운 '친구'이거나 또는 독립운동을 하던 '애국투사'일 수도 있다. 그 경우에는 '청포'가 '광복'·'희망찬 소식' 등의 상징어가 된다.

'고달픈 몸으로'에서 일제하의 우리 겨레는 친일파 인물들을 제외하면 모두 고달팠던 것이다. 설령 '손님'이 애국투사라 하더라도 그는 친구이며 이 작품의 주제는 짙은 향토애와 정다운 우정의 추구를 하고 있다고 보아야할 것 같다.

절정

매운 계절의 채찍에 갈겨
마침내 북방으로 휩쓸려 오다.

하늘도 그만 지쳐 끝난 고원(高原)
서릿발 칼날진 그 우에 서다.

어디다 무릎을 꿇어야 하나

한 발 재겨 디딜 곳조차 없다.

이러매 눈 감아 생각해 볼밖에
겨울은 강철로 된 무지갠가 보다.

주제 수난 속의 조국 현실 극복 의지
형식 2행 4연의 자유시
경향 서정적, 상징적, 애국적
표현상의 특징 간결한 시어로 심도 있는 이미지의 상징적인 표현을 하고 있다.
2행시 형식으로 4연을 엮었다. 각 연의 종결어미를 '～다'로 한결같이 똑같이 맺는다. 한시의 격식인 기승전결(起承轉結)의 표현기법을 도입하고 있다.

이해와 감상

이 시는 가중되는 일제 탄압의 극한 상황 속에서도 현실을 굳세게 견디어 냄으로써 조국 광복을 기약하자는 눈부신 극복의 의지가 담겨 있다.

'겨울은 강철로 된 무지갠가 보다'에서, '겨울'은 조국의 수난. '강철'은 '물방울의 무지개'가 아닌 '강력한 조국 광복의 의지'의 상징어다. '무지개'를 '조국 광복'으로 해석할 때, '강철로 된 무지개'는 제1연의 첫 행 '매운 계절의 채찍', 즉 '가혹한 일제 압박'과의 대결에서 '강철 같은 굳센 희망'의, 투철한 저항의지의 메타포(은유)다.

암담한 현실을 극복하는 '강철같이 굳센 무지개'라는 은유가 담긴 절대적인 시미(詩美)의 세계를 형상화한 것은, 시인의 고결한 정신의 승화였다.

그러기에 박두진(朴斗鎭)은, "이 8행 4연의 서정시가 표출해 주는 절박한 민족적 현실과 정황은 다른 어떠한 신문 기록으로도, 수만 수천어로도 표현하지 못하고, 오직 시만이 할 수 있는 압축성과 응결성, 그러한 감정적 진실과 표현의 진실을 획득하고 있다"고 평했다. 또한 강인한 남성적 시어의 구사는, "시란 그에게 있어서는 금강석처럼 굳은 그의 기백의 소산이며, 유언을 대신하는 삶의 최종적인 언어"(金宗吉「육사의 시」)라는 평도 소중하다.

광야(曠野)

까마득한 날에
하늘이 처음 열리고

어디 닭 우는 소리 들렸으랴.

모든 산맥들이
바다를 연모(戀慕)해 휘달릴 때도
차마 이 곳을 범(犯)하던 못하였으리라.

끊임 없는 광음(光陰)을
부지런한 계절이 피어선 지고
큰 강물이 비로소 길을 열었다.

지금 눈 내리고
매화 향기 홀로 아득하니
내 여기 가난한 노래의 씨를 뿌려라.

다시 천고(千古)의 뒤에
백마 타고 오는 초인(超人)이 있어
이 광야에서 목놓아 부르게 하리라.

> **주제** 조국 광복의 새 세계 동경
> **형식** 3행 5연의 자유시
> **경향** 상징적, 애국적
> **표현상의 특징** 세련된 시어로 심도 있는 이미지를 표현하고 있다.
> 3행시 형식으로 5연을 엮고 있다. 종결어미에 '~랴', '~라' 등 역동적 표현
> 을 강조하고 있다. 관념적인 시어가 두드러진다.

📌 이해와 감상

윤동주 등과 함께 일제 말기의 민족시인·저항시인으로 일컬어지는 육사의 대표작의
하나다. 제1~3연에서는 과거를, 제4연은 현재, 제5연은 미래를 노래함으로써 '까마득
한 날' 에서 '다시 천고의 뒤' 까지의 시간의 흐름이 담긴다

'광음' (光陰)은 세월, '강물' 은 문명, '매화 향기' 는 조국 광복의 기운을 상징하며,
'백마 타고 오는 초인' 은 광복을 이루는 초현실적 민족 정신을 가리킨다.

이육사는 전후 17회나 투옥되었고, 끝내는 그 옥고로 인해 40세에 요절한 독립운동 투
사며, 일본 제국주의의 죄악사를 정통 문학으로써 고발한 영원한 민족시인이다.

박남수(朴南秀)

평안남도 평양(平壤)에서 출생(1918~1994). 일본 쥬우오우대학 졸업 (1941). 시 「삶의 오료(悟了)」를 『조선중앙일보』(1932)에 발표하고, 시 「여수」를 『시건설(詩建設)』(제7호. 1935. 10)에, 「제비」는 『조선문학(朝鮮文學)』 (1936. 9) 등에 속속 발표하면서 문단활동을 단속적으로 했다. 그러나 다시 『문장』의 신인 추천과정을 밟아서 시 「거리(距離)」(1940. 1)로써 추천을 완료했다. 시집으로 『초롱불』(1940), 『갈매기 소묘』(1958), 『신(神)의 쓰레기』 (1964), 『새의 암장(暗葬)』(1970) 등이 있다.

아침 이미지

어둠은 새를 낳고, 돌을
낳고, 꽃을 낳는다.
아침이면
어둠은 온갖 물상(物象)을 돌려 주지만
스스로는 땅 위에 굴복한다.
무거운 어깨를 털고
물상들은 몸을 움직이어
노동의 시간을 즐기고 있다.
즐거운 지상(地上)의 잔치에
금(金)으로 타는 태양의 즐거운 울림.
아침이면,
세상은 개벽(開闢)을 한다.

주제) 아침의 신선한 감각미

형식) 전연의 주지시

경향) 주지적, 초현실적, 풍자적

표현상의 특징) 산문체의 일상어로 주지적 표현을 하고 있다.
사물을 비유의 대상이 아니라 이미지로서 영상미(映像美)를 그려내고 있다.
언어기능이 갖는 색채, 음향, 내용을 감각적으로 처리하고 있다.

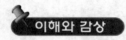 **이해와 감상**

이 시는 『사상계』 3월호(1968)에 발표했고, 제4시집 『새의 암장(暗葬)』(1970)에 수록했다.

박남수는 「조선시의 출발점」에서 다음과 같이 스스로 밝힌 일이 있다.

"언어를 정복하지 못한 예술가(문학가)처럼 불쌍한 것은 없다. 좋은 소재(사상)를 소재로서만 제공한 것은 결국 예술 작품이 아니다."

그의 말처럼 과연 시인이 언어를 정복할 수 있을 것인가. 그것은 과장된 주장이며 다만 자기 나름대로의 자기 개성적인 시어의 세계를 구축하면서 언어를 최대한으로 구사하여 자기 특유의 시를 형상화 시켜야 할 것이다.

또한 가장 중대한 사실은 시가 논리적이어서는 안 될 것이다. 말하자면 언어를 구사한다는 것이 논리적인 시를 쓰자는 것은 아니기 때문이다.

요즘 보면 이른바 '주지시'를 쓴다면서 무슨 삶의 철학 논리를 전개하는 것인지, 현학적(衒學的, pedantic) 주장을 펼치는 따위 엉뚱한 '시' 아닌 '글'을 보게도 된다. 시는 '논리'의 전개가 아닌 '이미지'의 '언어예술'이다.

새

1
하늘에 깔아 논
바람의 여울터에서나
속삭이듯 서걱이는
나무의 그늘에서나, 새는 노래한다.
그것이 노래인 줄도 모르면서

새는 그것이 사랑인 줄도 모르면서
두 놈이 부리를
서로의 죽지에 파묻고
다스한 체온을 나누어 가진다.

2
새는 울어

뜻을 만들지 않고,
지어서 교태로
사랑을 가식(假飾)하지 않는다.

　　　3
―포수는 한 덩이 납으로
그 순수(純粹)를 겨냥하지만

매양 쏘는 것은
피에 젖은 한 마리 상한 새에 지나지 않는다.

이해와 감상

　이 시는 『신태양』(1959. 3)에 발표했고, 제3시집 『신의 쓰레기』(1964)에 수록된 작품이다. 시인 박남수의 대표작으로 꼽히고 있다.

　제1연은 새의 무지(無知), 제2연은 새의 진실에 대한 시인의 연민의 정이 담겨진다.

　물론 그것은 새 본체(本體)가 아닌 다만 인간의 눈과 지식으로써 '새'를 보았을 때의 일이다.

　그리고 제3연에 가서 비로소 시인은 자연의 파괴, 서정에 대한 가혹한 행위, 인간의 포악성을 문명 비평적인 자세로 자연과 서정의 파괴를 따끔하게 고발하고 있다.

　인간이 문명의 이기(利器, 여기서는 총)로써 자연의 생명 등 평화로운 순수, 진실한 순수를 파괴하는 현실을 들추어내고 있다.

　이것은 곧 인간이 스스로 만든 문명에 의해 궁극적으로 자아를 파괴한다는 점을 각성시키려는 것이다. 현대인의 무지며 과오에 대한 날카로운 경종(警鐘)을 울리고 있다.

모윤숙(毛允淑)

함경남도 원산(元山)에서 출생(1901~1990). 호는 영운(嶺雲). 이화여자전
문학교 영문과 졸업. '시원(詩苑)' 동인으로 활약하면서 시 「조선의 딸」, 「이
생명을」을 발표하여 일제관헌(경기도 경찰서)에 체포 구금 당하기도 했다.
처녀시집 『빛나는 지역』(1933)을 상재하며 문단활동을 본격적으로 시작했다.
시집 『옥비녀』(1947), 『렌의 애가』(장편 사문시집, 1937), 『정경』(1959), 『풍
랑』(1951) 등과 수필집 『내가 본 세상』(1953), 『포도원』(1960), 『풍토』
(1970) 등이 있다.

이 생명을

임이 부르시면 달려가지요.
금띠로 장식한 치마가 없어도
진주로 꿰맨 목도리가 없어도
임이 오라시면 나는 가지요.

임이 살라시면 사오리다.
먹을 것 메말라 창고가 비었어도
빚더미로 옘집 채찍 맞으면서도
임이 살라시면 나는 살아요.

죽음으로 갚을 길이 있다면 죽지요.
빈 손으로 임의 앞을 지나다니요.
내 임의 원이라면 이 생명을 아끼오리.
이 심장의 온 피를 다 빼어 바치리다.

무엔들 사양하리 무엔들 안 바치리
창백한 수족에 힘 나실 일이라면
파리한 임의 손을 버리고 가다니요?
힘 잃은 그 무릎을 버리고 가다니요?

주제	절대적인 사랑과 헌신
형식	4연의 자유시
경향	서정적, 낭만적, 애국적
표현상의 특징	주정적인 시어로 솟구치는 감정을 억제하지 못하는 격정적 표현을 하고 있다. 4행시 형식으로 4개의 연을 구분하는 구성을 하고 있다. 종결어미에 '~요'라는 정감을 나타내는가 하면 '~리다'로써 결연한 의지를 담고 있기도 한다. '~없어도', '가다니요?'(설의법)를 동어반복하고 있다.

이해와 감상

처녀시집 『빛나는 지역』(1933. 10)에 수록되었다.

물질적인 조건을 초월하는 헌신적인 숭고한 애정을 노래하고, 임의 곁을 어찌 떠나겠느냐고 무엇이든 다 바치겠다는 헌신적인 다짐으로 끝을 맺고 있다.

이 작품은 개인의 굳은 애정을 비유하여 노래하고 있으나, 그보다는 조국에 대한 사랑의 맹세를 노래한 것으로 보는 것이 타당할 것이다.

이 작품 등 때문에 일경에 체포당한 것에서도 알 수 있듯이 '임'을 '조국'을 비유한 것이라는 심증이 성립된다. 누구나 이해하기 쉬운 소박한 시어를 구사하여 어떠한 악조건도 초월하여 이념과 사랑으로 하나가 되는 귀한 정신이 표현되어 있다. 20세기 초의 창가(唱歌) 형식의 시의 구성을 보이는 4연의 4행시라는 데 거듭 주목할 필요가 있다.

기다림

천년을 한 줄 구슬에 꿰어
오시는 길을 한 줄 구슬에 이어 드리겠습니다.
하루가 천년에 닿도록
길고 긴 사무침에 목이 메오면
오시는 길엔 장미가 피어지지 않으오리다.
오시는 길엔 달빛도 그늘지지 않으오리.

먼 먼 나라의 사람처럼
당신은 이 마음의 방언(方言)을 왜 그리 몰라 들으십니까?

우러러 그리움이 꽃피듯 피오면
그대는 저 5월 강 위로 노를 저어 오시렵니까?

감초인 사랑이 석류알처럼 터지면
그대는 가만히 이 사랑을 안으려나이까?
내 곁에 계신 당신이온데
어이 이리 멀고 먼 생각의 가지에서만
사랑은 방황하다 돌아서 버립니까?

주제 사랑의 애소
형식 3연의 자유시
경향 서정적, 감상적, 낭만적
표현상의 특징 주정적인 시어로 감상적이며 관념적인 표현을 하고 있다.
전편에 걸쳐 두드러진 경어체(敬語體)를 쓰고 있다.
'들으십니까?' 등 수사(修辭)에 거듭되는 설의법을 써서 절실한 호소를 하고
있다.

이해와 감상

인간은 누구나가 각기 다른 무엇을 기다리고 있다.
진실한 사랑의 재회를 기다리기도 하고, 먼 곳에 가 있는 참다운 친구를 기다리기도
하면서, 어떤 뜻을 이룰 날을 기다린다.
'마음의 방언'(혼자서 되풀이하는 안타까운 호소), '5월 강'(맑고 푸른 정경을 상징
함) 등 감미로운 시어의 구사가 특색이다.
각기 누구나가 그의 이상을 향해, 진실을 위해 모두들 기다리고 있다. 참다운 사랑의
기다림을 그린 시로서 우리의 마음을 따사로운 설렘 속으로 안기게 해 준다.

오장환(吳章煥)

충청북도 회인(懷仁)에서 출생(1916~미상). **해금시인(解禁詩人)**. 서울의 휘문중학 중퇴. 1933년 『조선문학』 4호에 산문시 「목욕간」을 발표하며 문단활동을 시작했다. '시인부락' 동인. 8·15광복 직후에 조선문학가동맹의 시부위원으로 활동. 시집 『성벽(城壁)』(1937), 『헌사(獻辭)』(1939), 『병든 서울』(1946), 『나 사는 곳』(1947) 등이 있다.

The Last Train

저무는 역두(驛頭)에서 너를 보냇다.
비애(悲哀)야!

개찰구에는
못 쓰는 차표와 함께 찍힌 청춘의 조각이 흐터저잇고
병든 역사가 화물차에 실리여간다.

대합실에 남은 사람은
아즉도
누궐 기둘러

나는 이곳에서 카인을 맛나면
목노하 울리라.

거북이여! 느릿느릿 추억을 실고 가거라
슬픔으로 통하는 모든 노선이
너의 등에는 지도처럼 펼처잇다.

※ (한글 철자법은 원문대로임 · 이하 동)

이해와 감상

20세기 초, 기성 도덕이며 전통적 권위에 반기를 들었던 이른바 모더니즘(modernism)에 심취하며, 암담한 일제 강점기에 대한 저항의식이 강했던 그 대표적인 시인이 오장환이다.

식민지의 지식 청년으로서의 현실적인 고통은 'The Last Train'과도 같은 시대고(時代苦) 속에 '막차'를 떠나보내는 절망 속에 빠졌던 것이다. 그러기에 이 작품은 감상적이기는 하되, 서정의 바탕 위에서 상징적 또는 낭만적 풍자시를 이따금씩 썼던 오장환의 대표작이기도 하다.

'저무는 역두에서 너를 보냇다/ 비애야!'(제1연)에서처럼, 이 작품의 시대적인 배경은 일제 식민지라는 절망적 현실이다.

얼핏 보기에는 로맨틱한 낭만주의의 퇴폐적인 시 같으나, 오히려 의식이 강한 주지적인 면도 드러내는 낭만적인 풍자시에 속한다.

비극적 현실 속에 '병든 역사가 화물차에 실리여'(제2연) 가고, '대합실에 남은 사람은/ 아즉도/ 누궐 기둘러'(제3연) 하듯이, 누구도 기다릴 사람이 없으며, 망국(亡國)의 역사 속에 어떠한 빛도 희망도 소망도 없는 암흑과 절망에 가로놓인 것이다.

'나는 이곳에서 카인을 맛나면/ 목노하 울리라'(제4연)고 한다.

자기의 친동생을 때려죽인 살인자인 원죄(기독교의 『성경』의 주인공 '카인'을 만나면 목놓아 울겠단다. 그러기에 지금(일제 강점기)의 일본 군국주의자들의 죄악은 카인을 훨씬 더 능가하는 잔혹한 것이라는 풍자적인 강력한 메타포(은유)다.

오장환은 거북이 등판의 균열(龜裂)을 슬픔으로 통하는 노선도(路線圖)로써 비유하면서, '느릿느릿 추억을 실고 가거라'(제5연)고 하는 것은 또한 무슨 뜻인가.

지금의 비극은 앞으로 닥칠 더 큰 비극보다는 오히려 나으니, 차라리 그것을 마음 속에 간직하자는 불가항력적인 현실적 절망의 몸부림이다. 그러나 두 말할 나위없이 여기에는 일제에 대한 증오심이 그득차 있는 것이다.

푸른 열매

난파선 배쪼각이 떠오는 바다가에는
오늘도
타관 사람이 말없이 앉아
떠가는 구름장을 바라다보고

비석 보이는 송림 사이론

고요한 묘지에 꽃을 뿌리는
외인들의 고아원 어린 아이가
종소리와 함께 깨였다
종소리와 함께 잠잔다.

말없는 사나이
꿈꾸는 목화(木靴)에
한 송이 파란 열매가 맺혔고
해저의 도시에는 집집마다
술창고의 향취가 풍기어 온다

바람이 날려 푸득이며 떨어지는
갈매기의 하얀 날개죽지를 주워 들고
낯선 사나이는
눈 감고 자는 듯이 죽어버린다.

장독대 나란히 보이는
쬐그만 어촌에도
집집마다 거북이가 잠자는
시커먼 해저의 도시에도
한 개의 태양과 해바라기와 양귀비꽃은 우거졌노라.

주제	절망 극복의 소망
형식	6연의 자유시
경향	서경적(敍景的), 낭만적, 감상적
표현상의 특징	산문체로 평면적인 알기 쉬운 기승전결의 수법을 쓰고 있다.

시의 전개는 서경적이며 전체적으로 매우 산만하다.
'비석'(제2연), '묘지'(제3연), '죽어 버린다'(제5연)와 같은 직설적인 시어로서
죽음과의 내면적 연관성을 담고 있다.

이해와 감상

이 작품은 『인문평론』(1939. 10)에 발표되었던 것이다.

이 시의 배경은 바닷가(제1연)이며, 송림 사이에는 외인묘지가 있다(제2, 3연)는 것을 서경적으로 묘사하고 있다.

물론 이 무대도 절망적 현실이다.

즉 '난파선 배쪼각이 떠오는 바다가'(제1연)이기 때문이다. 바로 그곳에 공동묘지가 있다는 표현이다.

'고요한 묘지에 꽃을 뿌리는/ 외인들의 고아원 어린 아이가/ 종소리와 함께 깨였다/ 종소리와 함께 잠잔다.'(제3연)고 하는 외인 묘지에다 꽃을 뿌리는 이 아이들은 비록 부모 없는 고아이기는 하되, 교회 종소리를 들으며 자라나는 희망의 존재다.

'말없는 사나이/ ……/ 술 창고의 향취가 풍기어 온다'(제4연)는 앞(제1~3연)에서 본 직설적 표현에서 반전하여 상징적 묘사로 돌아서며, 희망적(파란 열매가 맺혔고, 제4연)이며 동시에 유복하고 낭만적인 분위기로 감싸인다(해저의…… 풍기어 온다, 제4연). 그러나 다시 장면은 바뀌어 비극으로 감입한다(제5연).

기승전결의 수법으로 엮어진 이 시의 결론(제6연)은 어떤가.

표제(表題)와 이어지는 희망찬 서경(敍景)이 펼쳐진다. 그러기에 이 작품은 전체적으로 산만하며 불안정하다.

다시 말해 일제 강점기에 고통받던 시대속에 자나깨나 고뇌하던 시인이 정신적 안정을 찾으려고 몸부림치는 그런 애처로운 모습이 담겨 있어서 오늘의 우리로 하여금 연민의 정을 느끼게도 하는 작품이다.

김현승(金顯承)

광주(光州)에서 출생(1913~1975). 호는 남풍(南風), 다형(茶兄). 숭실전문 학교 문과 졸업. 1934년 『동아일보』에 시 「쓸쓸한 겨울 저녁이 올 때 당신들은」을 발표하며 문단에 등단했다. 시집 『김현승 시초』(1957), 『옹호자의 노래』(1963), 『견고한 고독』(1968), 『절대 고독』(1970) 등이 있다.

플라타너스

꿈을 아느냐 네게 물으면
플라타너스
너의 머리는 어느덧 파아란 하늘에 젖어 있다.

너는 사모할 줄을 모르나
플라타너스
너는 네게 있는 것으로 그늘을 늘인다.

먼 길에 올 제
호올로 되어 외로울 제
플라타너스
너는 그 길을 나와 같이 걸었다.

이제 너의 뿌리 깊이
영혼을 불어넣고 가도 좋으련만.
플라타너스
나는 너와 함께 신(神)이 아니다!

수고론 우리의 길이 다하는 어느 날
플라타너스
너를 맞아 줄 검은 흙이 먼 곳에 따로이 있느냐?

나는 길이 너를 지켜 네 이웃이 되고 싶을 뿐
그 곳은 아름다운 별과 나의 사랑하는 창이 열린 길이다.

- **주제** 고독한 삶과 반려자 추구
- **형식** 5연의 자유시
- **경향** 서정적, 상징적, 관념적
- **표현상의 특징** 간결한 시어 구사로 심도 있는 이미지를 표현하고 있다.
  설의법(設疑法)의 강조 표현을 하고 있다.
  플라타너스를 시인과 동격(同格)으로 의인화 시키고 있다.
  관념적인 표현이 두드러지고 있다.

이해와 감상

『문예』 초하호(1953)에 발표되고, 첫 시집 『김현승 시초』(1957)에 수록된 시다. 김현승은 1930년 말경까지 몇몇 시를 발표한 뒤 해방 후 다시 시를 발표하게 되었다.

플라타너스라는 가로수에 대해 '파아란 하늘'의 꿈을 가지고 사는 모습의 제시 속에 '나와 같이 걸었다' (제3연)고 가로수를 의인화 하는 인격을 부여하였다.

화자는 고독의 반려자가 된 플라타너스에게 영혼을 불어넣고 싶으나, '나는 너와 함께 신이 아니' (제4연)기 때문에 '나는 길이 너를 지켜 네 이웃이 되고 싶을 뿐' (제5연)이라 고백한다.

이 시에 대해서 김현승은 다음과 같은 작가 자신의 설명을 했다.

"인간에게는 반려가 필요하다. 현실적인 반려가 없으면 정신적인 반려라도 필요하다. 그것이 애인이건 친구건 동지이건 또는 일정한 이상이건 하다 못해 자기 자신의 고독이건 자기를 이해하고 격려하고 도와주고 알아주는 반려가 필요하다.

이 시는 플라타너스를 소재로 하여 작가의 고독한, 그러나 꿈을 가진 삶의 반려를 노래하고 있다."

눈물

더러는
옥토(沃土)에 떨어지는 작은 생명이고저……

흠도 티도,

금가지 않은
나의 전체는 오직 이뿐!

더욱 값진 것으로
드리라 하올 제,

나의 가장 나아종 지닌 것도 오직 이뿐.

아름다운 나무의 꽃이 시듦을 보시고
열매를 맺게 하신 당신은
나의 웃음을 만드신 후에
새로이 나의 눈물을 지어 주시다.

주제 생명의 순수가치 추구
형식 5연의 자유시
경향 상징적, 서정적, 관념적
표현상의 특징 상징적인 시어 구사로 심도 있는 이미지를 표현하고 있다.
'이고저·드리라 하올 제·보시고·주시다' 등의 경어체 표현을 하고 있다.
인생에 대한 기독교적인 관념적 성찰을 하고 있다.

이해와 감상

이 시는 6·25사변 때 『시문학』 창간호에 실렸다가 첫 시집 『김현승 시초』(1957)에 실린 초기 작품이다. '열매를 맺게 하신 당신은/ 나의 웃음을 만드신 후에/ 새로이 나의 눈물을 지어 주시다'(제5연)라는 마지막 연이 이 시의 '해답'이며 이는 그가 사랑하던 어린 아들을 잃고, 그 슬픔을 기독교 신앙으로 승화시켜 썼다고 한다.

이 시에 대해 김현승은 다음과 같이 밝혔다.

"나는 내 가슴의 상처를 믿음으로 달래려고, 그러한 심정으로 썼다. '인간이 신 앞에 드릴 것이 있다면 그 무엇이겠는가. 그것은 변하기 쉬운 웃음이 아니다. 이 지상에 오직 썩지 않는 것이 있다면 그것은 신 앞에서 흘리는 눈물뿐일 것이다' 라는 것이 이 시의 주제라고 할 수 있을 것이다. 그리고 이 시는 눈물을 좋아하는 나의 타고난 기질에도 잘 맞는다."

절대 고독

나는 이제야 내가 생각하던
영원의 먼 끝을 만지게 되었다.
그 끝에서 나는 하품을 하고
비로소 나의 오랜 잠을 깬다.

내가 만지는 손 끝에서
아름다운 별들은 흩어져 빛을 잃지만
내가 만지는 손 끝에서
나는 무엇인가 내게로 더 가까이 다가오는
따스한 체온을 느낀다.

그 체온으로 내게서 끝나는 영원의 먼 끝을
나는 혼자서 내 가슴에 품어 준다.
나는 내 눈으로 이제는 그것들을 바라본다.

그 끝에서 나의 언어들을 바람에 날려 보내며,
꿈으로 고이 안을 받친 내 언어의 날개들을
이제는 티끌처럼 날려 보낸다.

나는 내게서 끝나는
무한의 눈물겨운 끝을
내 주름 잡힌 손으로 어루만지며 어루만지며,
더 나아갈 수 없는 그 끝에서
드디어 입을 다문다 ―나의 시(詩)는.

주제 궁극적인 고독의 의미 추구
형식 5연의 자유시
경향 관념적, 서정적, 주지적

산문체의 일상어로 심도 있는 이미지를 담고 있다.
'나는 ~' 이라는 자기 주장의 동어반복이 두드러지고 있다.
'~ 깬다', '~ 느낀다', '~ 바라본다', '~ 보낸다', '~ 다문다' 등 완벽한
산문체의 종결어미를 달고 있다.
마지막 연의 마지막 행에서 도치법을 쓰고 있다.

이해와 감상

제4시집 『절대 고독』(1970)의 표제시다.

김현승은 후기에 이르러 『견고한 고독』(1968), 『절대 고독』 등 시집을 통해 스스로의 삶과 고독의 의미 추구에 힘썼다.

그러기에 '1950년대에 와서야 발견된 1930년대 우리 시단의 모더니스트로 일컬어지는 김현승이, 전에 없이 깊은 시적 사유(思惟)에 도달한 철학시·추상시'라는 평을 받기도 했다.

'나는 이제야 내가 생각하던/ 영원의 먼 끝을 만지게 되었다' (제1연)는 스스로의 '미래 세계의 발견'을 제시하면서 이 서정적 관념시는 원대(遠大)한 출발을 하고 있다.

시인의 상상력이 얼마나 활달하며 그 추상적 한계가 또한 얼마나 무제한한 것인가를 웅변으로 보여주는 작품이다.

그의 고독은 모든 진리는 단독자에 의해서만 전해지고 받아들여진다고 설명한 덴마크의 철학자 키에르케고르(S. A. Kierkegaard, 1813~1855)와 입장을 같이한다고 스스로 밝히기도 했다.

시는 철학이 아닌 언어예술이라는 관점에서 이 작품은 논의되어야 한다.

김현승은 시집 『절대 고독』의 서문에서 "고독을 표현하는 것은 나에게는 가장 즐거운 시예술의 활동이며, 윤리적 차원에서 참되고 굳세고자 함이다"라고 주장하고 있기 때문이다.

앞에서 지적했듯이 '고독'을 추구한다는 것은 확실히 모순이다.

그래서 그는 이를 신앙과는 별개인 자신의 기질(氣質)의 소산으로 돌리고, '나의 고독은 키에르케고르와 같이 구원을 바라며 신에게 벌리는 두 팔—나뭇가지와 같은 고독도 있다. 아직까지는 나의 시에 있어서는 단지 고독을 위한 고독, 절망을 위한 절망이고자 한다"라고 말했다.

이용악(李庸岳)

함경북도 경성(鏡城)에서 출생(1914~미상). **해금시인**(解禁詩人). 일본 죠우찌대학(上智大學) 신문학과 졸업. 시「애소유언(哀訴遺言)」(1935. 4),「임금원의 오후」(1935. 9),「벌레소리」(1935. 9),「북국의 가을」(1935. 9) 등을 발표하며 문단에 등단했다. 시집『분수령(分水嶺)』(1937),『낡은 집』(1938),『오랑캐꽃』(1947) 등이 있다. 시집『오랑캐꽃』의 초판본 표지는 본서의 표지 그림 참조 바람.(저자 소장)

오랑캐꽃

—긴 세월을 오랑캐와의 싸흠에 살았다는 우리의 머언 조상들이 너를 불러 '오랑캐꽃'이라 했으니 어찌 보면 너의 뒤ㅅ모양이 머리태를 드리인 오랑캐의 뒤ㅅ머리와도 같은 까닭이라 전한다

안악도 우두머리도 돌볼 새 없이 갔단다
도래샘도 멧 집도 버리고 강건너로 쫓겨 갔단다
고려 장군님 무지 무지 처 드러와
오랑캐는 가랑잎처럼 굴러 갔단다

구름이 모여 골짝 골짝을 구름이 흘러
백년이 몇 백년이 뒤를 니어 흘러 갔나

너는 오랑캐의 피 한 방울 받지 않았건만
오랑캐꽃
너는 돌가마도 텔메투리도 몰으는 오랑캐꽃
두 팔로 해ㅅ빛을 막아줄께
울어 보렴 목놓아 울어나 보렴 오랑캐꽃

※ (한글 철자법은 원문대로임 · 이하 동)

주제 오랑캐꽃과 민족사 추구
형식 3연의 자유시
경향 역사적, 해학적, 연상적

표현상의 특징 '오랑캐'와의 역사며, 꽃의 형태에 관한 설명문을 부제(副題) 대신 달고 있다. 남의 집 부녀를 가리키는 '안악'(아낙) 등 시인의 함경도 사투리가 시어로 쓰이고 있다.
시각적인 이미지가 선명하게 영상화(映像化) 되고 있다.
'갔단다'(제1연)가 3번이나 동어반복한다.

이해와 감상

우선 시어의 해설부터 해둔다. '오랑캐꽃'이란 '제비꽃'을 말한다. 자주빛 꽃이 좌우 상칭(左右相稱)으로 한 송이씩 핀다.

'오랑캐'는 고대에 두만강 건너 동만주와 연해주 일대에 살던 여진족(女眞族)을 가리킨다. 퉁그스계통 부족이며 반농 반수렵족으로서 두만강 북쪽 일대에서 고대부터 우리나라 사람들과 무력충돌을 했었다.

침입했던 오랑캐들을 용맹한 우리의 '고려 장군'이 물리치는 바람에 오랑캐는 부녀자뿐 아니라 그들의 두목(우두머리)조차 내팽개치고, 두만강 건너로 혼비백산 도망쳤단다. 즉 '오랑캐는 가랑잎처럼 굴러 갔다'(제1연)는 유머러스한 해학적 표현을 하고 있다.

'도래샘'은 빙 돌아서 흐르는 샘물이다. '폣 집'은 폣장으로 덮은 움집(土幕).

'무지 무지'는 '우악스럽게'를 뜻한다. '구름이 모여~ 뒤를 니(이)어 흘러 갔나'(제2연)는 오랜 시간과 역사의 흐름을 가리키고 있다. '돌가마'는 돌로 만든 솥이며, '텔메투리'는 짐승의 털가죽으로 만든 방한용의 신발이다.

'너는 오랑캐의 피 한 방울 받지 않았건만 / 오랑캐꽃 / 너는 돌가마도 텔메투리도 몰으는(모르는) 오랑캐꽃'(제3연)은 이용악이 '오랑캐'족 하고 전혀 관계 없는 '오랑캐꽃'의 순수성을 강조하고 있다.

부제(副題)에서 '오랑캐꽃'의 형태가 '머리태를 드리인 오랑캐의 뒤ㅅ머리와도 같다'는 것에서 꽃이름이 생긴 것을 이용악은 단호하게 지적하고 있다.

시인은 함경북도 두만강 일대에 살던 고대의 우리 선조들이 오랑캐들의 침입으로 큰 피해와 고통을 입었던 오랜 역사의 발자취를 오랑캐꽃과 연관지어 민족적 긍지를 신선하게 심상화 시키고 있다.

강ㅅ가

아들이 나오는 올겨울엔 걸어서라두
청진으로 가리란다

높은 벽돌 담 밑에 섰다가
세 해나 못본 아들을 찾어 오리란다

그 늙은인
암소 따라 조이밭 저쪽에 사라지고
어느 길손이 밥 지은 자친지
끄슬은 돌 두어개 시름겨웁다

이해와 감상

이 작품은 일제 치하에 옥고를 치르던 독립운동가인 아들을 그리는 뜨거운 모정(母情)을 제재(題材)로 다룬 이용악의 대표작의 하나이다.

3년간이나 청진감옥에서 고통받는 아들을 찾아갔건만 일제 옥리로부터 면회조차 거절당한 채 붉은 벽돌담 밑에서 서성거렸던 그 노모가, 금년 겨울에는 엄동설한의 시골길을 걸어서 또 다시 아들 면회를 가겠다는 의지가 담겼다(제1연).

아들 면회를 하러 가겠다는 노파는 암소를 뒤따라 조밭(함경도 방언·조이밭) 저쪽으로 사라졌고, 화자는 누군가 노숙하며 돌에 그릇을 얹어 밥지어 먹은 자리(제2연)가 보기에도 근심스러운 흔적을 이루고 있다고 안타까운 심정을 소박하게 엮고 있다.

슬픈 사람들끼리

다시 만나면 알아 못 볼
사람들끼리
비웃이 타는 데서
타래곱과 도루모기와
피 터진 닭의 볏 찌르르 타는
아스라한 연기 속에서
목이랑 껴안고
웃음으로 웃음으로 헤어저야
마음 편쿠나
슬픈 사람들끼리

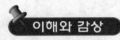

　사람이 정든 사람과 헤어진다는 것은 슬픔이 아닐 수 없다. 더구나 그 헤어짐은 영원한 작별인 것이다.

　'다시 만나면 알아 못 볼/ 사람들끼리' 이기 때문이다.

　이것은 일제 강점기에 독립운동을 하던 동지들이 급박한 처지에 이르러 어쩔 수 없이 서로가 헤어지는 애통한 이별의 술자리를 엮고 있다.

　그들은 '비웃' (청어)이며 '타래곱' 과 '도루모기' (도루묵) 등 생선 안주와 닭볏 따위를 불에 구워 먹으며, 그 연기 속에 서로가 목을 얼싸안고 눈물을 씹어 삼키고 있다.

　이제 헤어지면 언제 다시 만날지 모를, 아니 기약 없는 이별이기에 설령 어디서 먼 훗날 다시 만난다 하여도 그 때는 이미 얼굴이 변해 버려, 서로 알아보지도 못할 그런 절망적인 작별의 자리인 것이다.

비늘 하나

파도소리가 들려오는 게 아니요

꽃향기 그윽히 풍기거나

따뜻한 뺨에 볼을 부비는 것이 아니요

안개 속 다만 반짝이는 비늘 하나

모든 사람이 밟고 지나간 비늘 하나

　이용악의 시세계 속에서 에스프리(esprit) 넘치는, 그야말로 시재(詩才)가 번뜩이는 감각적 상징시(symbolic poetry)의 가편(佳篇)이다.

　절제(節制)된 시어 속에 번뜩이는 이미지로만 엮어졌다.

　이런 작품은 굳이 그 제재가 어떤 것인지 억지로 해석하려 할 것이 아니라, 독자가 시를 읽어서 떠오르는 정서(情緖) 그 자체를 스스로의 이미지로써 연상한다면 좋을 것이다. '비늘 하나' 는 이용악의 '빛나는 시심' (詩心)인 것만은 틀림없다.

이 찬(李 燦)

함경남도 북청(北靑)에서 출생(1910~미상). **해금시인(解禁詩人)**. 본명은 무종(務鐘). 일본 릿쿄우(立敎)대학을 거쳐 와세다(早稻田)대학 문과를 중퇴했다. 카프(KAPF) 중앙위원, 해방 직후 문학가동맹에서 활동. 시 「너희들을 보내고」(문학건설, 1932), 「양촌우음 6장」(조선일보, 1935), 「월야(月夜)」(조선일보, 1935) 등을 발표하며 문단활동을 시작했다. 시집 『대망(待望)』(조선일보, 1937), 『분향(焚香)』(1938), 『망양(茫洋)』(1940) 등이 있다.

Tea Room · Elise

쏟칠 데 없는 울분이
연기가 되여

미도리 · 코코아
연기가 되여
Tea Room · Elise—

너는 오늘밤도
갖화장한 시악시 이마같이 뽀오이양구나

빛 잃은 샨데리아

그렇다고 너는 별로 우울할 게 없다

우리 사랑스런 시인의 머리는 무거워 무거워
황홀하니 치여다보는 그 버릇을 잃은 지 오래나니

다만 손때 뻔시르르한 테–불 커버가 얄밉구나
웨 그리 부질없게 초조로히 그의 세월을 되빛이고 있는겐요

오–호 어여쁜 웨브여
이런 밤에는 자장가가 좋잖으냐

그 달고 간즈러운 음율이
그 나릿하고 폭으-ㄴ한 여음이

차라리 잠을 부르게
잠을 부르게——

밖은 12월 갈 길도 머ㄴ데
우리 시인은 추위가 제일 싫단다.

(1928. 월간 『朝光』)

※ (한글 철자법은 원문대로임 · 이하 동)

주제	시인의 낭만과 우수
형식	11연의 자유시
경향	낭만적, 관능적, 감각적
표현상의 특징	연(聯)을 많이 설정하여 시각적인 이미지 효과를 시도했다.
	시의 전개가 청춘의 낭만적 분위기에 휩싸여 있다.
	부분적으로는 상징적 수법을 쓰고 있다.

이해와 감상

'엘리제'라는 다방에서 시인(이찬)은 담배를 피우며 분노를 달래고 있다.
'미도리'(綠)는 '녹색'이라는 담배의 상호다(제2연).
그의 분노는 두 말할 것도 없이 일제의 탄압에 대한 저항 의지다.
'빛 잃은 샨데리아'는 일제 치하에서 관청의 절전(節電) 단속 때문에 화려한 수많은
전구를 켜지 못하는 형편이거나, 전력 부족의 정전(停電) 상태를 가리킨다고 본다.
'빛 잃은 샨데리아//그렇다고 너는 별로 우울할 게 없다'(제4·5연)고 화자가 '너(샨
데리아)'에게 위안의 말을 한다. 그러나 이것은 시인 자신의 우울함을 강조하는 것이다.
따지고 본다면 혹독한 일제 강점기 당시를 살아보지 못한 오늘의 젊은 세대로서는 이해
가 제대로 안 될지도 모른다.
일제는 35년간의 침략기에 이 땅의 젊은이들을 일본군에 강제 징병해서 죽음의 싸움
터로 몰아세웠고, 심지어 젊은 여성들을 종군위안부로 징발했다. 또한 건강한 청장년은
징용으로 끌어내어 일본 큐우슈우(九州) 등 각지의 탄광 노동자로, 또는 동남아 지역 등
전쟁터의 탄약 운반 노무자로 모진 고통을 안겨주었다.
이와 같은 우리 민족의 아픔의 시대를 살았던 최고의 지식 청년, 더더구나 젊은 시인
은 비분 속에서 스스로를 달래며 '우리 사랑스런 시인의 머리는 무거워 무거워'(제6연)

이렇게 스스로가 고뇌했던 것이다. 시인이 자기 자신을 '우리 사랑스런 시인', 즉 '3인 칭 단수'로써 다루는 것도 흥미로운 표현이라고 본다.

희망(希望)

희망은 입입이 하늘 타는
잠자리 나래

하늘해도 몸을 들어 창공에 솟구는
잠자리 나래

갈 길 잃은 어둔 밤 고달픈 꿈속에
펴고 못 거두는 잠자리 나래

아하 거미줄의 그 수난에 생은 잃어도
편 채 남기고 가는 잠자리 나래

그러기에
잠자리 나래는 곱다.

이해와 감상

   시각적 이미지로서 '잠자리'를 등장시켜 '희망'의 상징어로 설정한 이 작품은 그 당 시로서는 빼어난 감각시로서 평가할 만하다. 시의 연을 간결하게 여러 개로 처리하는 이 찬은 여기서 '2행 자유시'로 다루고 있는 것이 표현상 특징이기도 하다. 그의 시「북만 주로 가는 월(月)이」 같은 경우에도 비교적 긴 시를 2행 자유시로 쓰고 있기도 하다.
   '잠자리 나래'가 각 연마다 5번이나 모두 동어반복하면서 이 작품은 '잠자리 나래'가 곧 '희망'의 상징어임을 거듭 강조하는 수사의 점층법(漸層法)을 쓰고 있다.
   고통받던 일제 치하의 아픔이 제3연과 제4연에서 매우 무겁게 침통한 묘사를 하고 있 다. 희망의 잠자리 날개가 꿈속에서조차 희망의 날개 구실을 못한다(제3연)는 비유며, 거미줄에 걸려 죽게 된 잠자리거나, 날개는 편 채 죽는다(제4연)는 이 대목은 무엇을 강 력하게 은유하고 있는가. 이것은 '죽어도 희망은 버리지 않는다'는, 즉 날개를 편 채 거 미줄(일제의 쇠사슬)에 희망의 날개를 남긴다는 강렬한 조국광복의 의지다.

백 석(白 石)

평안북도 정주(定州)에서 출생(1912~1997). **해금시인(解禁詩人).** 본명 기행(夔行). 오산중학(평안북도) 졸업. 토우쿄우(東京) 아오야마(靑山)학원에서 영문학 수학. 1935년 『조선일보』에 시 「정주성」을 발표하며 문단활동을 시작했다. 러시아 시인 『이사코프스키 시선집』 번역 출간(1954), 동화시집 『집게네 네 형제』(1957), 시 「돌아온 사람」 등 3편을 『조선문학』(1961, 평양)에 마지막으로 발표한 뒤 공개 발표작품이 없음. 시집 『사슴』(1936) 등이 있다.

개

접시 귀에 소 기름이나 소뿔등잔에 아즈까리 기름을 켜는 마을에서는

겨울 밤 개 짖는 소리가 반가웁다.

이 무서운 밤을 아래 웃방성 마을 돌아다니는 사람은 있어 개는 짖는다.

낮배 어니메 치코에 꿩이라도 걸려서 산넘어 국수집에 국수를 받으려 가는 사람이 있어도 개는 짖는다.

김치 가재미선 동침이가 유별히 맞나게 익는 밤
아배가 밤참 국수를 받으려 가면 나는 큰마니의 돋보기를 쓰고 앉어 개 짖는 소리를 들은 것이다.

※ (한글 철자법은 원문대로임 · 이하 동)

주제	향토의 겨울 정취
형식	변형 자유시
경향	감각적, 향토적, 전통적
표현상의 특징	평안도 사투리('반가웁다' 등등)와 더불어 향토적, 전통적 색감이 짙은 시어가 정답게 표현되고 있다. 청각적 이미지와 시각적 이미지의 유별나게 강한 공감각적(共感覺的)인 처리가 매우 빼어나다. 안정된 정서를 연상적 수법으로 엮어 독자를 즐겁게 이끈다.

1930년대에 청각적 이미지 처리에 가장 뛰어난 감각파 시인 백석의 대표작으로 꼽을 만하다.

쇠기름이나 아주까리 기름으로 등잔불을 켜는 마을(제1행)의 겨울밤의 개 짖는 소리 (제2행)는 독자에게도 차가운 하늘을 뒤흔들며 메아리치는 그 소리가 저윽이 정답게 전달된다. 벽지 산촌의 겨울밤은 마을 사람들이 이리저리 정다운 이웃을 찾아다니느라 어둠 속에 무섭기는 하되, 개 짖는 소리가 오히려 위안이 된다(제3행).

'어니메(제4연)'는 '어느 곳에'의 방언이고, '치코'는 '그물코'다. '국수집'은 국수를 뽑아서 파는 가게. '가재미'(제5연)는 넙치 비슷한 자그만 바다 물고기인 '가자미'를 가리킨다. 한겨울 밤에 오순도순 둘러앉아 동치미에 국수를 말아 먹는 풍미가 마냥 입맛을 돋우는데 개는 집도 잘 지켜주며 저도 먹고 싶다고 짖어대나 보다.

정주성(定州城)

산턱 원두막은 비었나 불빛이 외롭다
헝겊 심지에 아주까리 기름의 쪼는 소리가 들리는 듯하다

잠자리 조을던 무너진 성터
반딧불이 난다 파란 혼(魂)들 같다
어데서 말 있는 듯이 커다란 산새 한 마리 어두운 골짜기로 난다

헐리다 남은 성문이
하늘 빛같이 훤하다
날이 밝으면 또 메기수염의 늙은이가 청배를 팔러 올 것이다

평안북도 정주 땅의 고려 숙종(1095~1105 재위)·예종(1105~1122 재위)때의 옛 정주 성터가 이 작품의 제재(題材)인 시의 무대다.

우리는 조상들이 남긴 성터에 가면 누구거나 으레 민족 역사의 발자취를 가슴 속에 아로새기기 마련이다.

백석은 한밤에 옛 성터에 올라 성터 저 아래쪽 언덕배기 농토의 원두막의 희미한 불빛을 조망한다(제1연).

아주까리 기름으로 불을 켜는 등잔 기름이 다 된 듯 원두막의 불빛이 흐리다는 청각 이미지(기름의 조는 소리, 제1연)를 가슴 속으로 연상한다. 물론 먼 거리에서 등잔 기름이 조는 그 소리가 들릴 리 만무하지만.

여름밤 성터로 날고 있는 반딧불이를 '파란 혼'(제2연)이라고 비유하는 이 대목이 곧 시인이 호국(護國)정신의 메시지를 전하고 있는 중요한 목청이다.

정주성을 지키며 적군(여진족)을 물리치던 용감한 그 옛날 고려의 장병(우리 조상님) 들의 자랑스럽고도 눈부시게 빛나는 영혼이 살아서 후손들 앞에 이 밤 반딧불이의 모습 으로 화신(化身)하여 날고 있는 것이 아닌가.

이 당시 고려 장군 윤관(尹瓘, 미상~1111)은 예종 2년(1107)에 신기군(神騎軍, 기마병)·신보군(神步軍, 보병)·강마군(降魔軍, 승병) 등 11만 명을 거느리고 정주관(定州關)을 출발하여 여진을 정벌하고 함흥평야를 점령하는 대승을 거두었던 것이다.

여덟팔자 콧수염의 청배 장수 노인(제3연)이야 성터로 오던 말던 말이다.

주막(酒幕)

호박닢에 싸오는 붕어곰은 언제나 맛 있었다

부엌에는 빨갓케 질들은 팔(八)모 알상이 그 상 위엔 새파란 싸리를 그린 눈 알 만한 잔(盞)이 뵈었다

아들 아이는 범이라고 장고기를 잘 잡는 앞니가 뻐드러진 나와 동갑이었다

울파주 밖에는 장군들을 따러와서 엄지의 젖을 빠는 망아지도 있었다

이해와 감상

1930년대의 평안남도 시골 장터의 주막 풍경이다.

소년 시절, 시인의 친구 '범이'는 뻐드렁니가 독특하지만 그는 냇가서 물고기 잡는 솜씨가 뛰어났던 모양이다.

주막에는 장터에 온 장꾼들이 몰려와서 컬컬한 목을 축이는 것이고, 그런 정취가 연상적으로 평화롭게 묘사된 정다운 감각적인 작품이다.

김용호(金容浩)

경상남도 마산(馬山)에서 출생(1912~1973). 호는 야돈(耶豚), 추강(秋江), 학산(鶴山). 일본 메이지대학 전문부 법과 졸업(1941), 이어 메이지대학 신문 고등연구과 수료(1942). 1935년 노자영(盧子泳)이 주재하는 『신인문학』에 시 「첫 여름밤 귀를 기울이다」를 발표하고 문단에 등단했다. 일제하의 민족의 비분을 담은 장시 「낙동강」을 『사해공론(四海公論, 1938. 9)에 발표하여 주목받았다. 시인 김대봉(金大鳳, 1908~1943)과 『맥(貘)』(1938)을 창간 동인. 시집 『향연』(1941), 『해마다 피는 꽃』(1948), 『푸른 별』(1952), 『날개』(1956), 『의상 세례』(1962), 서사시 「남해 찬가」(1952) 등이 있다.

주막(酒幕)에서

어디든 멀찌감치 통한다는
길 옆
주막

그
수없이 입술이 닿은
이 빠진 낡은 사발에
나도 입술을 댄다.

흡사
정처럼 옮아 오는
막걸리 맛

여기
대대로 슬픈 노정(路程)이 집산하고
알맞은 자리, 저만치
위엄 있는 송덕비(頌德碑) 위로
맵고도 쓴 시간이 흘러 가고……

세월이여!
소금보다 짜다는
인생을 안주하여
주막을 나서면,

노을 비낀 길은
가없이 길고 가늘더라만,

내 입술이 닿은 그런 사발에
누가 또한 닿으랴
이런 무렵에.

주제 서민적 삶의 애환
형식 8연의 자유시
경향 서정적, 관조적, 낭만적
표현상의 특징 일상어로 인간애가 담긴 서민 생활의 단면을 기교적으로 정감 있게
표현하고 있다.
시어의 배치 등 조사(措辭)의 구조적인 특색을 보이고 있다.
작자의 소박한 심리적 선의식(善意識)이 뚜렷하게 나타나고 있다.

이해와 감상

주막의 막걸리 잔을 매개체로 해서 인생의 흐름과, 그 흐름 속에 이어지는 생활의 애환이 '수없이 입술이 닿은/ 이 빠진 낡은 사발에/ 나도 입술을 댄다'(제2연)로 정답게 표현되어 있다.

주막에 앉아 술잔을 기울이는 시인은 인생무상을 생각하듯, 지난날 위풍스러운 지방선비의 과장된 송덕비의 주인공도 연상해 본다. 지금의 이빠진 막걸리 잔으로 으름장 놓던 지방관(地方官)도 별 수 없이 입술을 적시며 살았을 것이고, 장터에 나뭇짐을 지고 갔던 이마가 주름진 허름한 초부도 그 잔에 입술을 대고 삶의 애환을 한숨지었던 것을 연상한다.

화자는 스스로가 입술을 댔던 그 잔으로 다음 번에 누가 또 인생의 괴로움을 달래겠는가 연상하는 눈빛이 빛나는 시간이다. 전혀 대수로울 게 없는 투박한 술잔을 심상의 발상체(發想體)인 소재(素材)로 삼아 우리로 하여금 소박한 인간애의 선의식을 훈훈하게 안겨주는 가편(佳篇)이다.

눈 오는 밤에

오누이들의
정다운 얘기에
어느 집 질화로엔
밤알이 토실토실 익겠다.

콩기름 불
실고추처럼 가늘게 피어나던 밤

파묻은 불씨를 헤쳐
잎담배를 피우며

'고놈, 눈동자가 초롱같애.'
내 머리를 쓰다듬어 주시던 할머니,
바깥엔 연방 눈이 내리고
오늘밤처럼 눈이 내리고.

다만 이제 나 홀로
눈을 밟으며 간다.

오우버 자락에
구수한 할머니의 옛 얘기를 싸고,
어린 시절의 그 눈을 밟으며 간다.

오누이들의
정다운 얘기에
어느 집 질화로엔
밤알이 토실토실 익겠다.

이해와 감상

눈이 내리는 밤, 쌓이는 눈을 홀로 밟고 가면서, 그 옛날 오누이가 모여 앉아 질화로에 밤을 구워 먹으며 할머니에게 옛날 이야기를 졸라대던 어린 시절을 회상하는 달콤한 추억과 구수한 향토색이 짙게 풍기는 서정시이다.

시어도 과거가 어린 시절의 동심의 세계로 이어진 반면에, 현재는 이미 어른이 된 원숙한 서민적 심경과 연결되어 그 공감도가 넓게 확산되고 있다.

눈 오는 밤이면 누구나 느낄 수 있는 추억과 고독을 신선감 넘치게 다룬 산뜻한 서정시다.

'바깥엔 연방 눈이 내리고/ 오늘밤처럼 눈이 내리고' (제4연)에서 앞의 '눈' 은 회상하는 과거의 눈이고 뒤의 '눈' 은 현재 내리고 있는 눈이며, 제7연의 '어린 시절의 그 눈을 밟으며 간다' 에서의 '눈' 은 어린 시절과 똑같은 그 눈을 말하는 것으로서, 과거와 현재를 적절히 교차·배합시킨 효과적인 심상 표현을 하고 있다.

신석초(申石艸)

충청남도 서천(舒川)에서 출생(1909~1975). 본명은 응식(應植). 일본 호우세이대학 철학과 수학. 1937년부터 동인지 『자오선(子午線)』에 시 「호접(胡蝶)」(1937. 11), 「무녀(巫女)」(1937. 11) 등을 발표하며 문단활동을 시작했다. 이후 『시학(詩學)』에 시 「파초」(1939. 3), 「가야금」(1939. 9) 등과 『문장(文章)』에 시 「검무랑(劍舞娘)」(1940. 1), 「바라춤」(1941. 4) 등 대표작을 계속 발표했다. 시집 『석초시집』(1946), 『바라춤』(1959), 『폭풍의 노래』(1970) 등이 있다.

바라춤

묻히리랏다 청산(靑山)에 묻히리랏다
청산이야 변하리 없어라
내 몸 언제나 꺾이지 않을
무구(無垢)한 꽃이언마는
깊은 절 속에 덧없이 시들어지느니
생각하면 갈갈이 찢어지는
내 마음 슬허 어찌 하리라

묻히리랏다 청산에 묻히리랏다
청산이야 변하리 없어라
나는 혼자이로라— 찔레 얽어진
숲 사이로 표범이 불러 에우고
재올리 바랏소리 빈 산을 울려
쩅쩅 우는 산울림과 밤이면 달 피해 우는
두견이 없으면 나는 혼자이로라

숨으리 장긴 뜰 안헤 숨으리랏다.
숨으어 보살이 아니시이련만
공산나월(空山羅月)은 알았으리라
필 때도 필 데도 없이

나는 우노라 혼자서 우노라
밤들어 푸른 장막 뒤의
우상(偶像)은 아으 멋 없는 장승일러라

감으면 꿈ㅅ결 같은 '마아야'는 떠올라라
아득한 연화대(蓮花臺)에 꿈꾸는
장부의 두루미 목을 난 그리노라
홀목도 흰 백합으로 어리어
날 안어라 난 안겨라 끄니여
뷔인 전당(殿堂) 안혜 헛되히
서늘한 금상을 안어라

아아 적막한 누리 속에
내 홀로 여는 맘을 어찌하리라
밤으란 달 빠진 시냇물혜
벗어 흰 내 몸을 썻어라
도화(桃花) 떠 눈부신 거울 속에
신(神)도 와서 어릴 꺼꾸러진
유혹의 진주를 남하 보리라

아아 과일 같은 내 몸의
넘치는 이 욕구를 어찌하리라
익어 뚜렷한 꽃닢의
심연(深淵) 속에 다디단 이슬은 떠돌아서
환장할 누릴 꿈을 나는 꾸노라
가사(袈裟) 벗어 메고 가사(袈裟) 벗어 메고
맨 몸에 바라를 치며 춤을 추리라

몸하 맨 몸하 푸른 내 몸하
가노라 마(魔)의 수풀을 가노라
젊음은 덧없는 질김을 쫓아서
포학(暴虐)한 가싯길을 가노라

탐하는 장미의 넌출 우혜
뻗은 강줄을 뉘라 그치리요
어느 뉘라 그치리요

불타는 바다 우혜 불타는 바다 우혜
난 더저진 쪽달일러라
황금으로 맨 시위를 당겨
쏘으면 나러도 엘 화살일러라
풀러 배암의 꿈트리는
짓으로 비밀의 굴레를 벗고
빈들에 핀 꽃가지 꺾어라

아스리 나는 미쳤어라
나는 짐승이 되었어라
나는 '마아라' 의 짐승이 되었어라
내 혼과 몸의 시앗을 쪼개일
빛난 장검(長劍)을 난 잃었는가
숙명(宿命)의 우리 안혜 날 진
오롯한 자랑을 나는 잃었는가

묻히리랏다 청산에 묻히리랏다
청산이야 변하리 없어라
나는 절로 질 꽃이어라
지새어 듣는 머언 북소래
이제하 난 굳세게 살리라
날 이끄을 백합의 손도 바람도
아무 것도 내 몸을 꺾을 리 없어라……

주제 불교적 번뇌와 진리 추구
형식 의고적(擬古的) 장시
경향 고전적, 불교적, 상징적

이해와 감상

이 작품은 『문장』 폐간호(1941. 4)에 실린 서사(序詞) 부분이다.

이 시의 전문(400행)은 1957년에 탈고했다.

제행무상(諸行無常)의 불교사상을 깔면서 고려가요 「청산별곡」의 시어 표현과 가락 등 의고적(擬古的)인 형식미를 현대적으로 복원하고 있다.

대학시절에 프랑스 상징주의 시인 발레리(Paul A. Valery, 1871~1945)에게 심취한 때가 있었다는 신석초. 그는 한국 시단에서 의고적(擬古的)인 시, 즉 우리나라 옛날 시가의 형식을 모방하여, 전통기법을 지키는 데 힘쓴 시인으로 평가되고 있다.

우리의 고전 시가문학의 연구는 물론이고 옛날의 형식을 오늘에 되살리면서, 고전 시가의 표현양식을 부활 내지 개량하는 작업은 앞으로도 계속하는 시인의 등장이 기다려진다. 새로운 것만을 내세우면서 순수한 우리 것의 전통미마저 망각하지 않기 위해서도 의고적 수법의 표현기법 개선 등은 온고지신(溫故知新)의 참다운 의미가 있다고 본다.

삼각산 옆에서

이 산 밑에 와 있네
내 흰 구름송이나 보며
이 곳에 있네.

꽃이나 술에
묻히어 살던
도연명(陶淵明)이 아니어라.

눈 개면 환히 열리는 산
눈 어리는 삼각산 기슭
너의 자락에 내 그리움과
아쉬움을 담으리.

이해와 감상

　신석초의 낭만적 정취가 물씬한 서정적 서경시(敍景詩)다.
　서울의 삼각산을 벗삼아, 청신한 산정(山情)에 안겨, 삶의 의미를 마음 속에 새기며 살 겠다는 한 폭의 한국화를 바라보는 정취마저 안겨준다. 도연명(365~427)은 진(晉)나라 시인이며, 팽택(彭澤)의 영(지방장관)이 된 지 80여일 뒤에 그 직위를 스스로 팽개치면서 시 「귀거래사」(歸去來辭)를 써 남기고 고향으로 돌아가 버렸다. 그는 산수를 벗삼으며 시를 썼고, 이때부터 그가 쓴 서경시(敍景詩)가 발전의 기틀을 닦게 된다.
　신석초는 도연명처럼 꽃과 술에는 젖지 않고 청빈하게 살아가겠다는 것이다.

고풍(古風)

분홍색 회장저고리
남 끝동 자주 고름
긴 치맛자락을
살며시 치켜들고
치마 밑으로 하얀
외씨버선이 고와라.
멋들어진 어여머리
화관 몽두리
화관 족두리에
황금 용잠 고와라.
은은한 장지 그리메
새 치장 하고 다소곳이
아침 난간에 섰다.

이해와 감상

『시문학』 창간호(1971. 7)에 발표되었다.

13행으로 된 전연시인데, 내용은 3단락으로 구분된다.

첫 번째 단락은 회장저고리와 외씨버선의 의상미(1~6행), 두 번째는 어여머리의 표현(7~10행), 마지막 단락은 장지문 그림자를 배경삼아 서있는 미인(11~13행)이다.

누구나 이 시를 읽는다면 우리의 전통 한복, 특히 여성의 복식의 아름다움을 절실히 파악하게 될 것이다. 더구나 이 시는 평면적인 복식의 예찬이 아니라 역동적으로 살아서 움직이고 있는 입체적인 묘사라는 데 더욱 우리가 주목할 필요가 있다.

우리 것의 소중함 뿐 아니라 우리 것의 대외적인 자랑이 우리 것을 영원히 지켜나게 될 것을 다져주는 가편(佳篇)이다.

서정주(徐廷柱)

　전라북도 고창(高敞)에서 출생(1915~2000). 호는 미당(未堂). 중앙불교전
문 수학(1936). 1936년 『동아일보』 신춘문예에 시 「벽」이 당선되어 문단에
등단했다. 1936년에 『시인부락』 주재. 생명파(인생파) 시인. 시집 『화사집』
(1941), 『귀촉도』(1948), 『서정주시선』(1956), 『신라초』(1961), 『동천』(1969),
『국화 옆에서』(1975), 『질마재 신화』(1975), 『80소년 떠돌이의 시』(1997) 등
이 있다.

국화(菊花) 옆에서

한 송이의 국화꽃을 피우기 위해
봄부터 소쩍새는
그렇게 울었나 보다.

한 송이의 국화꽃을 피우기 위해
천둥은 먹구름 속에서
또 그렇게 울었나 보다.

그립고 아쉬움에 가슴 조이던
머언 먼 젊음의 뒤안길에서
인제는 돌아와 거울 앞에 선
내 누님같이 생긴 꽃이여.

노오란 네 꽃잎이 피려고
간밤엔 무서리가 저리 내리고
내게는 잠도 오지 않았나 보다.

주제 생명의 신비와 인연
형식 4연의 자유시
경향 주정적, 불교적, 감상적

이해와 감상

국화라는 식물이 하나의 생명으로서의 치열한 생명 창조의 역정(歷程)을 극명하게 노
래한다. 청춘과 삶의 의미를 천착하는 경륜을 가진 여인(누님)에다 국화꽃을 비유하는
생명의 미감 표현수법이 능수능란하다. 생명에 대한 외경(畏敬)사상을 우주의 섭리로써
순화시키는 시작업이다. 이것은 독실한 불교신도였던 서정주의 불교적인 바탕의 삼세
인연설(三世因緣說)과 윤회전생관(輪廻轉生觀) 관조(觀照)의 경지를 제시하는 것이 아
닌가 한다. 국화꽃과 소쩍새 울음이며 천둥소리, 또한 무서리는 불교의 연기론(緣起論)
에 바탕을 둔 심상 표현으로 보는 것이 일반적인 견해다.

봄날의 소쩍새로부터 가을날에 늙은 누님처럼 생긴 국화가 핀다는 이 계절의 추이와
인생의 긴 과정이 조화미를 이루는 한국 서정시의 가편(佳篇)이다.

서정주는 「국화 옆에서」의 제3연을 주제연(主題聯)으로 밝히면서, 1947년 가을에 이
시를 쓰게 된 동기를 다음처럼 밝혔다.

"모든 젊은 날의 흥분과 모든 감정 소비를 겪고 이제는 한 개의 잔잔한 우물이나 호수
와 같은 형이 잡혀서 거울 앞에 앉아 있는 한 여인의 미의 영상이 내게 마련되기까지는
이와 유사한 많은 격렬하고 잔잔한 여인의 영상들이 내게 미리부터 있었음은 물론이다."

화사(花蛇)

사향(麝香) 박하(薄荷)의 뒤안길이다.
아름다운 배암……
얼마나 커다란 슬픔으로 태어났기에 저리도 징그러운 몸뚱아리냐.

꽃대님 같다.

너의 할아버지가 이브를 꼬여 내던 달변(達辯)의 혓바닥이

소리 잃은 채 낼름거리는 붉은 아가리로
푸른 하늘이다…… 물어 뜯어라, 원통히 물어 뜯어

달아나거라, 저놈의 대가리!

돌팔매를 쏘면서, 쏘면서, 사향 방초ㅅ길 저놈의 뒤를 따르는 것은
우리 할아버지의 아내가 이브라서 그러는 게 아니라
석유 먹은 듯…… 석유 먹은 듯……가쁜 숨결이야.

바늘에 꼬여 두를까 보다. 꽃대님보다 아름다운 빛……

클레오파트라의 피 먹은 양 붉게 타오르는
고운 입술이다…… 스며라, 배암!

우리 순네는 스물난 색시, 고양이같이 고운 입술……스며라, 배암!

주제 원시적 생명력의 탐구
형식 8연의 자유시
경향 주정적, 관능적, 저항적
표현상의 특징 주정적인 시어로 참신한 감각적 표현을 하고 있다.
　　　　　　　 '스며라, 배암!' 등 역동적인 명령어 표현을 하고 있다.
　　　　　　　 '몸뚱아리', '아가리', '저놈의 대가리', '저놈의 뒤' 등 비어 표현을 하고 있다.

이해와 감상

서정주가 21세 때에 『시인부락』 제2호(1936. 12)에 발표한 초기 작품이다.
구약성경에서 무화과를 따먹은 뱀을 통해 이른바 원초적 생명의 상징적 존재로서의
꽃뱀인 '화사집시대'라는 문학기(文學期)가 되었거니와, 시집 『화사집』(1941)을 펴냈을
때 그의 시풍이 '악마적이고 원색적'이라는 평가가 나타났다.
이것은 동시에 그 당시 보들레르의 퇴폐적 관능미와 저항정신이 서정주의 강렬한 토
속적 원생주의(原生主義)와 조화되는 것이었다.
더구나 이 시에서의 관능적 표현미는 생명의 본원적인 미감(美感)으로 조화시킨 데
있다. 즉, 뱀의 대가리의 남근(男根) 충동, '가쁜 숨결' 절세 미녀 '클레오파트라의 고운
입술'과 '스물난 색시'인 꽃다운 '순네'로 이어지는 관능적 고조의 점층적 표현은 곧
'스며라, 배암'의 관능적 은유의 적극적 행동 양식을 통한 순수생명 탄생으로 이어진다.
이 시의 바탕은 그 소재와 각도를 달리 구약성서 창세기에 등장하는 아담, 이브시대의

'유혹의 뱀'에 대한 증오와 적개심을 표상한 것이 아니고, 인간이 타락하기 전의 원초적인 생명(뱀)에 대한 때묻지 않은 신비성을 추구하는 것이다. 그러기에 서정주를 이른바 '생명파 시인'으로 평가하기에 이른다.

행진곡(行進曲)

잔치는 끝났더라. 마지막 앉아서 국밥들을 마시고
빠아간 불 사르고,
재를 남기고,

포장을 걷으면 저무는 하늘.
일어서서 주인에게 인사를 하자

결국은 조금씩 취해가지고
우리 모두 다 돌아가는 사람들.

목아지여
목아지여
목아지여
목아지여

멀리 서 있는 바닷물에선
난타하여 떨어지는 나의 종소리.

※(철자법은 원문에 준함)

용어풀이 이 시를 이해하기 위해서는 우선 시 속에
나오는 용어들을 먼저 살펴야 한다.
'국밥'이란 일제하의 서울 사람들이 생일쯤에나 집에서 먹던 귀한
'장국밥'을 가리킨다. 즉 생일잔치며 기쁜 날 끓여 먹는 대표적인 음식이다.
결혼잔치 때는 삶은 '국수'를 '장국'에 만 것을 먹는 게 상례다.

장국밥은 '조선 간장'으로 소의 볼기에 붙은 기름기 많은 '혹살'로 끓인 쇠고기 국물에 밥을 만 것이다. 대접의 밥에다 뜨거운 국물을 부을 때 넣는 것은 산적(쇠고기를 길쭉하게 썰어 파, 마늘 따위 양념을 하여 꼬챙이에 꿰어서 구운 것)이다. 서울의 청계천 수표동 일대에는 조선왕조 때부터 이름난 음식점인 '장국밥집'이 몇 집 있었다. 물론 값이 비쌌고, 요즘의 매식처럼 함부로 아무나 들어가서 사먹을 수는 없었던 음식이다.

'빠아간'은 '빠알간'의 뜻이다.

'포장'은 잔칫집 큰 마당에서 수많은 손님을 맞아 대접하느라 땅바닥에는 돗자리를 깔고 긴 상들을 놓고 큰 폭의 광목천으로 둘러친 것을 가리킨다.

'난타'는 함부로 마구 때리는 것.

이해와 감상

이 시는 미당의 제2시집 『귀촉도(歸蜀道)』(宜文社, 1948. 4. 1)의 제3부에 실렸던 작품이다. 이 시집은 그 당시 소설가 김동리(金東里)가 발문을 쓰고 모두 24편의 시를 수록하고 있다.

「행진곡(行進曲)」은 미당이 일제 강점기 무렵 일제의 탄압으로 『朝鮮日報』가 폐간당하던 당시(1940. 8. 10)의 기념시로써 썼던 작품이다. 『朝鮮日報』 폐간 당시 학예부장이던 시인 김기림(金起林, 「김기림」항목 참조 요망)의 폐간 기념시의 청탁을 받았던 서정주가 썼던 것이라고 미당 스스로 다음처럼 밝히고 있다.

"집에 돌아오니 엽서 한 장과 전보 한 장이 나를 기다리고 있었다. 둘 다 조선일보 학예부장 김기림(金起林)이한테서 온 건데, 엽서의 내용은 조선총독부에서 신문을 폐간하라고 하여 그 기념호를 내게 되었으니 며칠까지 기념시를 한 편 빨리 써 보내라는 것이고, 전보는 그것을 다시 독촉하는 것이었다.

그러나 헤아려 보니 그 기념호가 나온 날짜는 이미 지났고, 나는 초청받고도 너무 늦게 가서 이미 끝난 잔치 자리에 혼자 불사른 재나 밟고 서 있는 꼴이 되어 있었다. 그래도 늦은 대로 나는 그걸 안 쓰고는 있을 수가 없어 '행진곡(行進曲)'이란 제목으로 하나 지어 보았다"(『미당자서전』 2권, 민음사, 1994).

『朝鮮日報』가 일제의 강타로 폐간되던 '1940년'이라는 시대적 배경을 살피는 것이, 이 작품은 물론이고 그 당시 조선 지식인들이 당했던 고통스런 심정을 이해하는 데 다소나마 보탬이 될 것 같다. 일제는 1940년 3월 8일에 그 당시 와세다대학의 고대사학 교수 쓰다 소우키치(津田左右吉, 1873~1961)의 저서 『일본상대사연구』(日本上代史研究, 1930, 岩波書店 : 저자 所收) 등 4권의 역사 연구론을 압수·판매 금지시킨 동시에, 출판법 위반죄로 출판사 사장(岩波茂雄)과 함께 기소했다.

쓰다 소우키치는 "『일본서기』(日本書紀, 720) 등 일본의 고대사의 기사(記事)가 햇수를 윗쪽으로 600년이나 허위(虛僞)로 길게 늘렸으며, 제1대 왕(神武, 진무)부터 제9대 왕(開化, 카이카)까지는 거짓으로 꾸며진 것"이라는 것 등을 학문적으로 규명했던 것이다. 그와 같은 역사 연구론의 문헌비판(文獻批判) 때문에 터진 사건으로 쓰다 소우키치 교수는 금고 3개월형의 처분을 받는 등 이 사건은 일제하에 학문의 자유가 완전히 유린당한 엄청난 큰 사건이었다(홍윤기『일본문화사』서문당, 1999).

이 당시 일제는 학문연구 뿐 아니라 정치활동도 본격적으로 탄압하면서, 5월 9일에는 사회운동가며 정치가였던 카스가 쇼우이치(春日正一, 1907~1988)를 구속하는 등 탄압을 가속하며, 7월 8일에는「일본노동총동맹」을 강제 해산시킨 데 이어, '조선총독부'가 표방한 '일본어보급', '용지기근대책', '언론통제'라는 가공스러운 탄압으로 8월 10일, 서울의『朝鮮日報』와『東亞日報』가 함께 강제 폐간당했다.

또한 8월 15일「대일본농민조합」의 강제 해산, 8월 23일「신쿄우(新協)극단」·「신쓰키치(新築地)극단」의 강제 해산, 12월 23일「문화사상 단체의 정치활동 금지」결정, 그 밖의 '생활학교'(生活學校) 동인들의 검거 선풍 등등 살벌한 철권의 탄압으로 '대일본제국'(大日本帝國)의 정권을 확립해 나갔던 것이다.

그 대표적인 사례가 11월 10일에 토우쿄우의 왕궁인 황거(皇居) 앞 광장에서「기원 2600년 기념식」을 거행하면서 소위 '만세일계'(萬世一系)의 왕통을 허위 선전하는 황국신도의 군국주의 행동강령을 촉진시키는 것이었다. 기원 2600년의 '600년'이야말로 일제 검찰에 기소 당한 쓰다 소우키치 교수가 '거짓'이라고 학문적으로 규명한 일제 황국신도 사상의 치부였던 것이다. 바로 이와 같은 서슬 퍼런 일제 탄압 속에서 미당의 주지적 상징시「행진곡」은 작시되었던 것이다.

우선 표제인「행진곡」이란 무슨 뜻인가. 그것은 시제(時制, tense)가 현재 진행형을 가리킨다. 즉 계속되고 있는 '일제 탄압의 진행'을 메타포(은유)하고 있는 것이다.

이 시의 제1·2연은 잔치가 끝난 상황 묘사다. '빠아(알)간 불 사르고'의 '빨간 불'은 애국 단심(丹心)의 '붉은 마음'의 상징어다. '잔치'는 '언론사 활동'을 은유하는 상징어다. 즉 언론 제작 활동인 신문을 폐간시킨 일제의 악행을 풍자하는 표현이다.

그러므로 '마지막 앉아서 국밥들을 마시고'의 행동은 신문사의 비통한 종간(終刊) 현장이며 '국밥'(앞에서 설명)은 '조선인의 민족정신'(民族精神)의 상징어다. 기자들이 비분에 젖어 조국의 광복을 다지며 눈물을 뿌리는 모습이 고도로 비유된 것이다.

'포장'은 잔치가 끝나면 마당의 상을 치우면서 걷는 것이니, 신문의 폐간으로 이제 조선은 빛을 잃은 '저무는 하늘'인 언론이 없는 암흑천지(暗黑天地)가 된다는 참담한 묘사다. '주인'은 다름 아닌 지금까지의 신문 '애독자'들이다.

즉 비통한 눈물에 젖어 조선 민중에게 고개 숙이는 일이다. '목아지여'가 호격조사 '여'와 더불어 4번 동어반복되고 있다. '목아지'는 서정주의 심정어(心情語)다. '조선민족이여'로 풀어보면 어떨까. 독자들 나름대로 해석해도 좋을 성 싶다. '멀리 서 있는 바닷물'(마지막 연)은 온 겨레의 열망인 '광복의 터전'을 상징한다. 그러나 '난타'당해서 '떨어지는 나의 종소리'란다. '종소리'는 시인의 '애국심'이며 주정어(主情語)로서의 비감(悲感)의 감각적 표현이다.

이 시의 주제는 '절망 극복의 순수의지'다. 비통한 시대의 애통한 심성(心性)의 주지적 상징시인 이 작품이 그 당시 신문에 발표되지 못했다는 것은 못내 아쉽다고 끝으로 적어두련다.

귀촉도(歸蜀途)

눈물 아롱 아롱
피리 불고 가신 님의 밟으신 길은
진달래 꽃비 오는 서역(西域) 삼만 리
흰 옷깃 여며 여며 가옵신 님의
다시 오진 못하는 파촉(巴蜀) 삼만 리.

신이나 삼아 줄 걸, 슬픈 사연의
올올이 아로새긴 육날 메투리
은장도 푸른 날로 이냥 베어서
부질없는 이 머리털 엮어 드릴 걸.

초롱에 불빛 지친 밤하늘
굽이굽이 은핫물 목이 젖은 새
차마 아니 솟는 가락 눈이 감겨서
제 피에 취한 새가 귀촉도 운다.
그대 하늘 끝 호올로 가신 님아.

주제 사랑의 한(恨)의 표상(表象)
형식 7·5조의 음율을 기반으로 한 3연의 자유시
경향 주정적, 상징적, 감상적
표현상의 특징 주정적인 시어로 이별의 비애를 심도 있게 심상화 시키고 있다.
전체적으로 대부분의 시구가 7·5조의 잣수율로 엮어져 있다.
'촉제(蜀帝) 두우가 죽어 그 영혼이 새로 환생하여, 두견 또는 자규라 하였다(杜宇死 其魂化爲鳥 名曰杜鵑 亦曰子規, 成都記)'는 전설을 소재로 삼아, 임을 떠나 보낸 한 청상(靑孀)의 애절한 모습을 담아 망국의 한(恨)을 엮어내고 있다.
'서역 삼만 리'나 '파촉(巴蜀) 삼만 리'는 죽은 사람의 저승길이 생자(生者)와의 머나먼 거리를 제시했다. 또한 '진달래'는 그 한자어가 두견화(杜鵑花)인 데서 새의 전설과 관련된 상징어.
이 시에서 제1연과 제2연은 과거이며, 제3연은 현재로서 시간의 흐름에 따라 시의 상황이 이루어지고 있다.

『춘추(春秋)』제32호(1943. 10)에 처음 발표했으며 3년 후 제2시집 『귀촉도』(1946)의 표제시다.

임의 화신인 두견의 피를 토하는 비통한 울음 소리는 어두운 밤하늘에서 일제 탄압기의 민족적인 한을 동양적인 유현(幽玄)한 사상으로 호소하는 비유의 표현이다.

이 시는 본래 제1시집 『화사집』(1941)보다 5년이나 앞선 1936년에 쓴 것이다. 당연히 제1시집에 들어갈 것이 빠져 제2시집에 수록되었다고 한다.

「화사」와 같은 초기시의 세기말적 보들레르의 야성적 악마성이 극복되면서 이번에는 동양적 서정과의 새로운 접근과 결합으로 서정주 시문학의 제2기 '귀촉도 시대'를 대표하는 작품이다.

서정주는 시작 주석에서 "귀촉도란, '항용 우리들이 두견이라고도 하고 소쩍새라고도 하고 접동새라고도 하고 자규라고도 하는 새가 귀촉도… 귀촉도… 그런 발음으로 우는 것이라고' 지하에 돌아간 우리들의 조상 때부터 들어 온 데서 생긴 말씀"이라고 해설하고 있다.

동천(冬天)

내 마음 속 우리 님의 고운 눈썹을
즈믄 밤의 꿈으로 맑게 씻어서
하늘에다 옮기어 심어 놨더니
동지 섣달 날으는 매서운 새가
그걸 알고 시늉하며 비끼어 가네.

주제 순수한 사랑의 외경 추구
형식 전연의 자유시
경향 상징적, 불교적, 초현실적
표현상의 특징 7·5조의 잣수율로 엮어져 있다.
압축된 시어로 환상적인 초현실 세계의 표현을 하고 있다.
불교사상을 배경으로 깔고 있다.
고도의 비유의 수법으로 상징적 표현을 하고 있다.

『현대문학』제137호(1966. 5)에 실렸고, 제4시집『동천(冬天)』의 표제가 된 매우 난해한 시이다.

이 시집의 후기(後記)에서 미당은, "특히 불교에서 배운 특수한 은유법의 매력에 크게 힘입었음을 여기 고백하며, 대성(大聖) 석가모니에게 다시 한 번 감사를 표한다"고 불교의 삼세인연(三世因緣)을 바탕 삼은 시세계인 것을 지적했다.

시 전편을 5행시로 승화시킨 가편(佳篇)이다.

현실이 이상 세계로 승화하여 지고(至高)의 가치가 꽃피었다는 상징적 표현미가 이 난해시의 참 맛인 것.

동지 섣달의 동천(冬天)을 나는 '매서운 새(현실)'도 결코 '즈믄(千, 천) 밤의 고운 꿈으로 맑게 씻'은 '내 마음 속 우리 님의 고운 눈썹(이상)'을 감히 건드리지 못하고 피하여 '비끼어' 간다는 절대 가치에 대한 시적 형상화의 표현이다.

윤곤강(尹昆崗)

충청남도 서산(瑞山)에서 출생(1911~1950). 본명은 붕원(朋遠). 일본 토우쿄우 센슈우대학 졸업(1933). 시론 「포에지에 대하여」(조선일보, 1936. 2) 등과 함께 시를 발표하면서 문단에 등단했다. 카프(KAPF) 회원. 시집 『대지 (大地)』(1937), 『만가(輓歌)』(1938), 『동물시집』(1939), 『빙화(氷華)』(1940), 『피리』(1948), 『살어리』(1948) 등과 여러 편의 시론(詩論)이 있다. 특히 주목되는 것은 김기림(金起林)과 논전하며 월평 「코스모스의 결여(缺如)」(『인문평론』1940. 1), 「시정신의 저조」(『인문평론』 1940. 2), 김기림과 정지용을 비판한 시론(詩論) 「감각과 주지(主知)」(『동아일보』 1940. 6) 등 수많은 평론을 발표했고 '고려가요'의 연구 등 대학강단 활동도 펼쳤다.

아지랑이

머언 들에서
부르는 소리
들리는 듯

못 견디게 고운 아지랑이 속으로
달려도
달려 가도
소리의 임자는 없고

또 다시
나를 부르는 소리,
머얼리서
더 머얼리서
들릴 듯 들리는 듯……

주제 불안과 절망의 의식세계
형식 3연의 자유시
경향 절망적, 환상적, 감각적
표현상의 특징 간결한 시어로 낭만적, 환상적 분위기의 심상 표현이 두드러지고 있다. 각 연 끝에 전혀 종결어미를 달고 있지 않다. '들리는 듯', '들릴 듯 들리는 듯' 등의 직유와 동의어(同義語) 반복을 하고 있다.

이해와 감상

윤곤강은 봄날의 아지랑이를 보면서 현실을 초월하는 신비한 환각을 느낀다. 머언 들에서 그를 부르는 주인공은 진정 누구인가.

그것이 청춘의 낭만적 자의식(自意識)의 환각일까. 나를 '머언 들에서/ 부르는 소리'는 절망의 시대 속에 '조국 광복'을 외치는 '민족의 소리'를 스스로 환청하는 것은 아닌가. 그러기에 '소리의 임자'를 찾아 달려간 것인지도 모른다.

『시학』동인으로 활동했던 윤곤강의 일제하의 작품세계는 늘 불안과 절망의 주제 속의 언어표현을 하고 있다는 데 주목해야 한다.

그와 같은 것은 그 당시가 암담한 일제 강점기였다는 것을 우리가 거듭 살펴야 한다.

윤곤강은 일본서 귀국하여 카프에 참가했다가 일본 경찰에 검거(1934. 5 ~12)당해 장기간 전라북도 경찰부에서 옥고를 치렀는데, 그 당시부터 시를 쓰기 시작했던 것이다.

일제에 항거하며 곤욕을 당하던 시대에 그의 시의 저변에 위기 의식과 절망의 시적 표현은 「아지랑이」와 같은 '먼 들'의 조국 광복의 염원의 소리를 시인이 환청으로 듣고 있었던 것이다.

혹자는 이 시의 주제를 가리켜 '새 봄맞이의 환희'다, 또는 '소리의 주인공을 못 만나는 슬픔' 등으로 내세우기도 한다.

피리

보름이라 밤 하늘의
달은 높이 현 등불 다호라
임하 호올로 가오신 임하
이 몸은 어찌 호라 외오 두고
너만 혼자 홀홀히 가오신고

아으 피 맺힌 내 마음
피리나 불어 이 밤 새오리
숨어서 밤에 우는 두견새처럼
나는야 밤이 좋아 달밤이 좋아
이런 밤이사 꿈처럼 오는 이들—

달을 품고 울던 「벨레이느」
어둠을 안고 가는 「에세이닌」
찬 구들 베고 간 눈감은 고월(古月), 상화(尙火)…

낮으란 게인 양 엎디어 살고
밤으란 일어 피리나 불고지라
어두운 밤의 장막 뒤에 달 벗삼아
임이 끼쳐 주신 보밸랑 고이 간직하고
피리나 불어 설운 이 밤 새오리

다섯 손꾸락 사뿐 감아 쥐고
살포시 혀를 내어 한 가락 불면
은쟁반에 구슬 구을리는 소리
슬피 울어 예는 여울물 소리
왕대숲에 금바람 이는 소리……

아으 비로소 나는 깨달았노라
서투른 나의 피리 소리언정
그 소리 가락 가락 온누리에 퍼지어
메마른 임의 가슴 속에도
붉은 피 방울 방울 돌면
찢기고 흩어진 마음 다시 엉기리

주제 달밤 피리 소리의 정한(情恨)
형식 6연의 자유시
경향 전통적, 환상적, 감상적
표현상의 특징 전래의 한국 고어를 시어로 재현시키는 아케이즘(archaism, 古體主義)의 시도로써 '높이 현'(높이 켜), '다호라'(같구나), '임하'(임이시여), '어찌호라'(어찌 하라고), '외오 두고'(외따로 멀리 두고), '아으'(아 ; 감탄사) 등을 표현했다.
'벨레이느'는 프랑스 시인 베를렌(P. Verlaine), '에세이닌'은 러시아 시인 예세닌(A. S. Esenin), '고월'은 시인 이장희, '상화'는 이상화를 가리킨다.

원제는 「피리 부는 밤」이었으나 시집에서 「피리」로 개제되었다. 이 시는 『백민(白民)』 제15호(1948. 7)에 발표되었고, 같은 해 출간된 그의 제5시집 『피리』의 표제시다. 1930년대 중반에 옥고를 치르며 쓰기 시작한 윤곤강의 시의 주제가 대개 불안이나 절망에서 취해졌던 것을 앞에서 지적했다.

윤곤강은 광복 이후 대학 강단에서 연구활동을 하며 시를 쓰던 시기에 민족의 정서와 가락에서 시의 새로운 방법론을 추구하며 「피리」와 같은 전통적 대상을 제재(題材)로 하는 시세계를 펼쳤던 것이다.

그와 동시에 시인은 학문적으로 고려 가요 등 옛 가요 연구에 힘써 『근고조선 가요찬주(近古朝鮮歌謠撰註)』 등 저술 업적을 이루었다.

나비

비바람 험살궂게 거쳐 간 추녀 밑—
날개 찢어진 늙은 노랑 나비가
맨드라미 대가리를 물고 가슴을 앓는다.

찢긴 나래에 맥이 풀려
그리운 꽃밭을 찾아갈 수 없는 슬픔에
물고 있는 맨드라미조차 소태 맛이다.

자랑스러울 손 화려한 춤 재주도
한 옛날의 꿈조각처럼 흐리어
늙은 무녀(舞女)처럼 나비는 한숨진다.

일제 강점기에 동물을 제재로써 시를 쓴 윤곤강의 『동물시집』(1938)은 풍자적 표현 등이 평가되었다. 그 대표적인 작품인 나비에게 있어서 날개가 찢어졌다는 것은 곧 나비의 죽음을 가리키는 비극적 메타포(은유)다.

나비의 비애를 노래한 이 시는, 19세기 말 보들레르(C. P. Baudelaire, 1821~1867), 베

를렌(P. Verlaine, 1844~1896), 랭보(J. N. A. Rimbaud, 1854~1891) 등에 의해 프랑스를 중심으로 일어난 데카당스(Décadence, 퇴폐) 문예사조의 영향을 받은 것으로 보는 견해도 있다.

늙고 병든 나비의 형상을 통하여 그 말로가 환각(幻覺)과 같다는 풍자와 더불어 고려해야 할 것은 역시 일제의 황국신도·군국주의 침략 망상의 발악상(發惡相)을 '날개 찢어진 늙은 노랑 나비'로써 비유하며 풍자하고 있다고 보아야 할 것 같다.

'맨드라미 대가리'는 일제가 침략한 한반도며 만주땅 등 '극동지역'을 상징한다고 보고 싶다.

'자랑스러울 손 화려한 춤 재주'란 곧 반어적(反語的)으로 간악한 일제침략 만행을 복합적으로 풍자하고 있는 것이다.

일제 고등경찰에서 고문당하는 등 8개월 동안 온갖 고초를 치렀던 1934년의 악몽을 겪은 이후, 서서히 그의 시작법은 동물을 비유의 대상으로 설정하여 일제의 악랄한 처사를 원숙하게 비판하기에 이른 것이며 그 대표작을 「나비」로 간주하련다.

그와 같은 차원에서 윤곤강의 저항의지의 시작업은 이제부터 반드시 재평가되어야 한다고 본다.

시 「왕거미」에서 보면 일제 침략을 '저 놈은 소리도 없이 달려들어/ 단숨에 회회동동 얽어놓고/ 맛나게도 뜯어 먹으리라!'(제5연)로 풍자하고 있다.

또한 굶은 뱀을 노래한 「아사」(餓蛇)에서는 '굶은 배암처럼/ 척— 늘어진 몸둥아리다 // 참을 수 없는 식욕이여!'라고 비판하고 있는 배경을 간과할 수 없을 성 싶다.

그런가 하면 「황소」에서는 일제에 대한 민족적 저항의지가 '삼킨 콩깍지를 되넘겨 씹고. 음메 울며 슬픔을 새기는 것은// 두 개의 억센 뿔이 없는 탓은 아니란다'로써 뜨거운 의지를 은유하고 있다.

윤동주(尹東柱)

북간도(北間島) 동명촌(東明村)에서 출생(1917~1945). 아명은 해환(海煥). 연희전문학교 문과 졸업. 일본 릿쿄우대학, 도우시샤대학 수학. 1943년 여름 방학의 귀국 직전에 독립운동가로 체포되어 2년형을 언도 받고 후쿠오카에서 복역 중 옥사. 일제의 관헌에게 모질게 고문당한 뒤 발병하여 사망한 것으로 추찰된다. 유고시집 『하늘과 바람과 별과 시』(1948)가 있다. 이 시집의 초판본 표지는 본서의 표지 그림을 참조 바람(저자 소장).

서시(序詩)

죽는 날까지 하늘을 우러러
한 점 부끄럼이 없기를
잎새에 이는 바람에도
나는 괴로워했다.
별을 노래하는 마음으로
모든 죽어가는 것을 사랑해야지.
그리고 나한테 주어진 길을
걸어가야겠다.

오늘 밤에도 별이 바람에 스치운다.

주제 삶의 진실 추구
형식 2연의 주지시
경향 상징적, 잠언적, 감상적
표현상의 특징 산문체의 주정적인 시어로 전달이 잘 되는 표현을 하고 있다.
         잠언적인 심도 있는 이미지가 부각되고 있다.
         두 연으로 나누어 있으나 전연체로 볼 수도 있다.

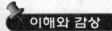 **이해와 감상**

이 시는 윤동주가 도일한 다음해인 1941년 11월 20일에 쓴 것이다.
해방 직후 간행된 윤동주의 유고시집 『하늘과 바람과 별과 시』(1948. 1)의 서두에 놓인 시로, 진실 추구에 대한 시인의 자세가 직서적으로 묘사된 명시다.

인생의 철리를 담은 한국 현대시의 대표적인 아포리즘(aphorism)의 초기 잠언시다.

우리는 '죽는 날까지 하늘을 우러러/ 한 점 부끄럼이 없기를' 바라는 이 작품을 통해 시인의 투명한 내심(內心)을 절절히 파악할 수 있다.

'잎새에 이는 바람에도/ 나는 괴로워' 하는 마음은, 자연의 순수 무구한 나뭇잎 하나, 나뭇가지 하나에서처럼 참다운 자신의 모습을 되새겨 보는 양심 선언의 극치인 것이다.

자아에 대한 내적 응시 속에 조국 광복의 염원이 담겨 있다. 이 작품은 현실에 저항하며 고고하게 살아가려는 빛나는 자세를 노래하고 있다.

1945년 2월 일본 후쿠오카(福岡) 형무소에서 29세의 나이로 시인이 타계한 것도 이와 같은 깨끗한 정신의 항거 속에서 일제와 침묵으로 대결하다 혹독한 고문으로 빚어진 순사(殉死)였던 것 같다.

오늘날 부정부패 때문에 사회적으로 지탄받게 되는 정객 등이 이 빛나는 시어를 함부로 회자하는 것은 윤동주에 대한 모독이므로 각성해야 할 것 같다.

별 헤는 밤

계절이 지나가는 하늘에는
가을로 가득 차 있습니다.

나는 아무 걱정도 없이
가을 속의 별들을 다 헬 듯합니다.

가슴 속에 하나 둘 새겨지는 별을
이제 다 못 헤는 것은
쉬이 아침이 오는 까닭이요,
내일 밤이 남은 까닭이요,
아직 나의 청춘이 다하지 않은 까닭입니다.

별 하나에 추억과
별 하나에 사랑과
별 하나에 쓸쓸함과
별 하나에 동경(憧憬)과

별 하나에 시와
별 하나에 어머니, 어머니

어머님, 나는 별 하나에 아름다운 말 한 마디씩 불러 봅니다. 소학교 때 책상을 같이했던 아이들의 이름과, 패(佩), 경(鏡), 옥(玉), 이런 이국 소녀들의 이름과, 벌써 아기 어머니 된 계집애들의 이름과, 가난한 이웃 사람들의 이름과, 비둘기, 강아지, 토끼, 노새, 노루, '프랑시스 잼', '라이너 마리아 릴케', 이런 시인의 이름을 불러 봅니다.

이네들은 너무나 멀리 있습니다.
별이 아스라이 멀듯이,

어머님,
그리고 당신은 멀리 북간도에 계십니다.

나는 무엇인지 그리워
이 많은 별빛이 내린 언덕 위에
내 이름자를 써 보고,
흙으로 덮어 버리었습니다.

딴은, 밤을 새워 우는 벌레는
부끄러운 이름을 슬퍼하는 까닭입니다.

그러나 겨울이 지나고 나의 별에도 봄이 오면,
무덤 위에 파란 잔디가 피어나듯이
내 이름자 묻힌 언덕 위에도
자랑처럼 풀이 무성할 거외다.

주제 조국광복에 대한 동경
형식 10연의 자유시
경향 서정적, 낭만적, 애국적

전달이 잘 되는 평이한 일상어의 직서적 표현기법이 정서적으로 친근감을 안겨준다.

가을 하늘과 별과 고향땅으로서 정든 북간도의 이국 정서가 낭만적으로 표현되고 있다.

윤동주 특유의 릴리시즘(lyricism)적 발상법과 상징적 · 암시적 표현법이 산문체로 서술되고 있다.

이해와 감상

유고시집 『하늘과 바람과 별과 시』(1948)에 수록되어 있으나, 실은 연희전문학교 졸업 직전인 1941년 11월 5일의 작품이다.

'별' 은 윤동주가 설정한 이상(理想)의 상징이다.

그는 바로 그런 별을 헤면서 과거를 회상하고 어머니를 그리워한다.

조국 땅에서 살지 못하고 만주 북간도 땅으로 쫓겨 간 어머니는 누구인가. 그 어머니는 윤동주의 어머니인 동시에 그 곳에 사는 많은 한국의 어머니들, 일제에게서 버림받은 한국인의 상징적 어머니상(像)이다.

또한 어머니는 곧 모국(母國)의 표상이며 내 조국의 상징어다. 윤동주는 오로지 밤낮으로 조국광복의 날만을 염원하면서, '밤을 새워 우는 벌레' 와 같이 무능력한 자신을 부끄러워 하면서 별(조국광복의 이상)을 가슴 속 깊이 담았다.

자화상

산모퉁이를 돌아 논 가 외딴 우물을 홀로 찾아가선 가만히 들여다봅니다.

우물 속에는 달이 밝고 구름이 흐르고 하늘이 펼치고 파아란 바람이 불고 가을이 있습니다.

그리고 한 사나이가 있습니다.
어쩐지 그 사나이가 미워져 돌아갑니다.

돌아가다 생각하니 그 사나이가 가엾어집니다.
도로 가 들여다보니 사나이는 그대로 있습니다.

다시 그 사나이가 미워져 돌아갑니다.
돌아가다 생각하니 그 사나이가 그리워집니다.

　우물 속에는 달이 밝고 구름이 흐르고 하늘이 펼치고 파아란 바람이 불고
가을이 있고 추억처럼 사나이가 있습니다.

주제 갈등하는 자아 성찰
형식 6연의 자유시
경향 서정적, 상징적, 감각적
표현상의 특징 일상어의 산문체로 독자에게 전달이 잘 되는 표현을 하고 있다.
　　　　　　시 전편에 걸쳐 영상적 수법으로 감각적 표현을 하고 있다.

이해와 감상

　이 시는 1939년 9월에 쓴 것이다. 그 당시는 일본의 군국주의자들이 중국을 침략하여
'난징'(南京)에서 중국인 '대학살'(1937. 12. 13)을 자행한 뒤, 중국 각지를 침략하고 '대
학의 군사훈련 필수 명령'(1939. 3. 20)이며 '국민징용령'(1939. 7. 8) 공포 등, 삼엄한 군
국주의 강화를 시행했었다. 바로 그 시기에 윤동주는 갈등에서 벗어나지 못하고 번뇌하
는 자기 자신에 대한 애증의 시를 쓴 것이다.
　우물 속에 '한 사나이'를 등장시킨 선명한 자기 인식의 심리적 묘사로써, 일제하의 한
젊은이의 슬픔을 확연하게 부각시키고 있다.
　'한 사나이'는 우물 속에 비친 시인 자신의 모습이다. 그 우물 속의 얼굴에서 윤동주
는 스스로 그 얼굴이 미워지고, 가엾어지고, 그리워지는 까닭은 무엇인가. 그것은 윤동
주 시의 본질이라고 할 수 있는 망국민(亡國民)의 '부끄러움'과 조국광복을 이루지 못하
고 있는 스스로에 대한 자책감이며 죄의식 때문에서다.

참회록(懺悔錄)

　　　파란 녹이 낀 구리 거울 속에
　　　내 얼굴이 남아 있는 것은
　　　어느 왕조의 유물이기에
　　　이다지도 욕될까.

나는 나의 참회의 글을 한 줄에 줄이자.
―만 이십 사 년 일 개월을
무슨 기쁨을 바라 살아 왔던가.

내일이나 모레나 그 어느 즐거운 날에
나는 또 한 줄의 참회록을 써야 한다.
―그 때 그 젊은 나이에
왜 그런 부끄런 고백을 했던가.

밤이면 밤마다 나의 거울을
손바닥으로 발바닥으로 닦아 보자.

그러면 어느 운석(隕石) 밑으로 홀로 걸어가는
슬픈 사람의 뒷모양이
거울 속에 나타나 온다.

주제 망국의 분노와 자아 성찰
형식 5연의 자유시
경향 주지적, 상징적, 애국적
표현상의 특징 산문체의 일상어로 자조적 · 자학적 표현을 하고 있다.
연마다 영상적(映像的)인 수법의 연상적(聯想的) 표현이 두드러진다.
'욕될까', '왔던가', '했던가' 등 회한에 찬 절망적인 의식을 설의법으로 자문
하고 있다.

이해와 감상

윤동주는 이육사(李陸史) 등과 더불어 일제말의 대표적인 저항시인으로 손꼽힌다.
이 시는 윤동주가 일경에 체포되기 1년 전에 썼던 작품이다.
만 24년 1개월이라는 세월을 망국(亡國)의 백성으로 살아오는 젊은 시인의 분노와 자
책이 너무나도 강렬한 심상화를 이루고 있다. 윤동주 시는 외향적인 밖으로의 외침이 아
니라 일제에게 찬탈 당한 조국에서 버림받은 기아(棄兒)처럼 태어난 '부끄러움'의 부각
을 시적 본질로 삼고 있다.
그와 같은 '부끄러움'의 이미지는 조국에 대한 죄책감과 결합되어 속죄의식(贖罪意
識)으로 나타났다. 그러기에 윤동주는 민족의 슬픈 자화상을 '녹이 낀 구리 거울'을 통

해 홀로 들여다보고 있는 '현실적 삶'을 스스로가 죄악으로 깨닫는 '또 하나의 자아'에 대한 자학적인 참회록을 쓴 것이다. 또한 그와 같은 것은 무위 무능하여 멸망당한 조선 왕조(朝鮮王朝)에 대한 힐난인 동시에, 어쩌지도 못하는 자아의 무력에 대한 자책이다.

십자가

쫓아오던 햇빛인데
지금 교회당 꼭대기
십자가에 걸리었습니다.

첨탑(尖塔)이 저렇게도 높은데
어떻게 올라갈 수 있을까요.

종소리도 들려오지 않는데
휘파람이나 불며 서성거리다가,

괴로웠던 사나이
행복한 예수 그리스도에게처럼
십자가가 허락된다면

모가지를 드리우고
꽃처럼 피어나는 피를
어두워 가는 하늘 밑에
조용히 흘리겠습니다.

주제 십자가의 순절정신(殉節精神)
형식 5연의 자유시
경향 애국적, 기독교적, 저항적
표현상의 특징 산문체로 조국을 위한 순국의 거룩한 의지를 표현하고 있다.
경어체로 엄숙한 분위기를 담고 있다.

이 작품은 윤동주가 연희전문학교 졸업반에 재학중인 1941년 5월 31일에 썼다고 한다.
조국 광복을 위해 십자가에 못박힌 그리스도의 자기 희생의 순절정신이 담겨 있다.

그러기에 '괴로웠던 사나이'는 민족적 '부끄러움'에 대한 속죄를 하겠다는 십자가 정신을 숙연히 다지는 것이다.

제1연에서의 '햇빛'은 조국 광복의 상징어다.

제2연에서 첨탑(尖塔)에 오르기를 주저하는 것은 광복 달성의 험난한 현실 상황이다.

마지막 제5연에서는 수난자의 피가 '꽃처럼'으로써 최후를 가장 황홀한 경지로 은유한다.

윤동주에게 있어서 옥고의 시련과 거룩한 죽음은 우리의 민족 자존에의 숭고한 희생이었던 것이다.

또 다른 고향

고향에 돌아온 날 밤에
내 백골(白骨)이 따라와 한방에 누웠다.

어둔 방은 우주로 통하고
하늘에선가 소리처럼 바람이 불어온다.

어둠 속에 곱게 풍화 작용하는
백골을 들여다보며,
눈물짓는 것이 내가 우는 것이냐
백골이 우는 것이냐
아름다운 혼이 우는 것이냐.

지조(志操) 높은 개는
밤을 새워 어둠을 짖는다.
어둠을 짖는 개는
나를 쫓는 것일 게다.

가자 가자
쫓기우는 사람처럼 가자
백골 몰래
아름다운 또 다른 고향에 가자.

주제 불굴의 저항 정신
형식 5연의 자유시
경향 상징적, 주지적, 저항적
표현상의 특징 일상어의 산문체로 자의식의 세계를 표현하고 있다.
제3연에서 '내가 우는 것이냐' 등 이어(異語)반복의 설의법(設疑法)의 강조적
수사를 쓰고 있다.
박진감 넘치는 주정적 표현이 두드러진다.

이해와 감상

　표제인 「또 다른 고향」(제5연에도 나옴)은 그가 태어난 만주땅의 용정(龍井)이 아니
다. 즉 그가 영적으로 가장 깨끗한 영원한 안식처, 즉 순국(殉國)의 터전을 가리키고 있
다.
　윤동주는 스스로가 상상으로써 설정한 이미지의 풍화되는 백골을 들여다보며 눈물짓
는 존재에 대한 자기 성찰의 절규를 한다.
　즉 이 시에서 '내' 라는 존재는 본래적 자아이며 '백골' 은 사회적 자아로서의 현실적
자아고, 또한 '아름다운 혼' 은 이상적 자아다.
　'지조 높은 개' (제4연)는 풍자적인 민족의 정기(精氣)를 메타포한다.
　그런데 우리가 유의해야 할 것은 '나 · 백골 · 아름다운 혼' 으로 분열된 자아(自我)에
대한 해석과 '지조 높은 개' 로 표현된 타아(他我)는 한동안 논의의 대상이 되어 왔다는
점이다.
　더구나 후자에 있어서, 개를 매개로 충성심을 도입했다는 것은 기이하며, 지사적(志士
的) 개체로 보기에는 적절하지 못한 것 같다고도 논한다.
　그와 같이 구구한 주장으로 불투명한 시 콘텐츠의 해석의 난립 속에서도, 어쨌거나 이
시는 매우 중요시 되고 있다. 그것은 이 작품의 주제가 민족의식의 강조보다는 차원 높
은 시의 이미지 형상화 때문이라고 본다.

박두진(朴斗鎭)

경기도 안성(安城)에서 출생(1916~1998). 호는 혜산(兮山). 『문장』에 시 「향현(香峴)」(1939. 6), 「묘지송」(1939. 6), 「낙엽송」(1939. 9), 「의(蟻)」 (1940. 1), 「들국화」(1940. 1) 등 5편이 추천 완료되어 문단에 등단했다. '청록파'(박목월, 조지훈과 함께) 시인 중의 1인. 시집 『해』(1949). (『해』의 초판본 표지는 본서의 표지 그림 참조 요망, 저자 소장), 『오도(午禱)』(1954), 『박두진 시선』(1956), 『거미와 성좌』(1961), 『인간 밀림』(1963), 『하얀 날개』(1967), 『수석 열전(水石列傳)』(연작시, 1973), 『고산식물』(1973), 『사도행전』(1973), 『속, 수석열전』(1976), 『야생대』(1977), 『포옹무한』(1981), 『불사조의 노래』(1987), 『수벽을 깬다』(1990) 등과 자작시 해설집 『시와 사랑』(1960), 『한국 현대시론』(1970) 등이 있다.

해

해야 솟아라. 해야 솟아라. 말갛게 씻은 얼굴 고운 해야 솟아라. 산 넘어 산 넘어서 어둠을 살라 먹고, 산 넘어서 밤새도록 어둠을 살라 먹고, 이글이글 애띤 얼굴 고운 해야 솟아라.

달밤이 싫여, 달밤이 싫여, 눈물 같은 골짜기에 달밤이 싫여, 아무도 없는 뜰에 달밤이 나는 싫여……

해야 고운 해야, 늬가 오면 늬가사 오면, 나는 나는 청산이 좋아라. 훨훨훨 깃을 치는 청산이 좋아라. 청산이 있으면 홀로래도 좋아라.

사슴을 따라 사슴을 따라, 양지로 양지로 사슴을 따라, 사슴을 만나면 사슴과 놀고,

칡범을 따라 칡범을 따라, 칡범을 만나면 칡범과 놀고……

해야 고운 해야, 해야 솟아라. 꿈이 아니래도 너를 만나면, 꽃도 새도 짐승도 한 자리에 앉아, 워어이 워어이 모두 불러 한 자리 앉아 애띠고 고운 날을 누려 보리라.

이해와 감상

『상아탑』 제6호(1946. 5)에 발표되고, 첫 시집 『해』(1949)의 표제가 된 박두진의 대표작이다. '해'는 모든 생명의 근원이며, 삶의 용기와 희열의 상징으로 역동적 이미지를 펼쳐주는 것이다. 8·15 해방의 감격을 '해'라는 구체적 사물을 통하여 상징화 시키고 있다. 침통하기 그지없던 일제 강점기 말기에 시단에 등단했던 박두진은 조국 해방이라는 기쁨의 한 절정에서 비로소 붓을 들어 「해」를 썼다.

'해야 솟아라. 해야 솟아라. 말갛게 씻은 얼굴 고운 해야 솟아라'라는 용출적(湧出的)인 가락으로 역동적 심상미를 담고 있다. 또한 차분한 감정의 억제를 잇대어 준다. 여기서 우리가 주목해야 할 것은 상징적인 시어인 '달밤이 싫여'(제2연)는 지난날의 민족적 슬픔의 배척이고, '청산'(제3연)은 희망차게 약동하는 새로운 조국건설을 상징한다.

지난날의 슬펐던 아픔의 눈물을 새삼스럽게 짓씹으며, '눈물 같은 골짜기에 달밤이 싫여'라는 배격 속에 감상(感傷)의 제어로서의 제3연은 건강한 의식의 밝고 활달한 심상으로서 '훨훨훨 깃을 치는 청산이 좋아라'(제3연)고 솟구치는 의기(意氣)를 표출시키고 있다. '사슴'과 '칡범'은 약자와 강자의 상징어로서, '고운 날'은 조국 광복인 해방의 기쁨과 동시에 인간과 자연의 친화 속에 보람을 이루는 시대를 표상하고 있다.

독실한 기독교 신자인 박두진은 '해'를 통하여, '태초에 하나님이 천지를 창조' 했고 '흑암(黑暗)이 깊음 위에' 있어서 신은 '빛이 있으라!'고 명하여 천지간에 광명을 낳게 했다는 「창세기」의 그 빛이 이 땅에 밝게 비춰 주기를 염원했던 것이다. 박두진의 경우 이 시의 내면에서 우리는 그의 신앙적 자연관조의 경건한 자세도 아울러 살필 수 있다.

청록파(靑鹿派) 시인들은 시의 소재를 한결같이 자연에서 구하고 있는데, 자연미를 추구하는 관점이나 표현방법에는 각기 나름대로의 서로 다른 특색이 있다.

도봉(道峯)

산새도 날아와
우짖지 않고,

구름도 떠가곤

오지 않는다.

인적 끊인 곳
홀로 앉은 가을 산의 어스름.

호오이 호오이 소리 높여
나는 누구도 없이 불러 보나.

울림은 헛되이
빈 골 골을 되돌아올 뿐.

산 그늘 길게 늘이며
붉게 해는 넘어가고

황혼과 함께
이어 별과 밤은 오리니.

삶은 오직 갈수록 쓸쓸하고
사랑은 한갓 괴로울 뿐.

그대 위하여 나는 이제도, 이
긴 밤과 슬픔을 갖거니와,

이 밤을 그대는, 나도 모르는
어느 마을에서 쉬느뇨?

주제 가을날의 비탄과 우수(憂愁)

형식 2행 10연의 자유시

경향 서정적, 낭만적, 감상적

표현상의 특징 일상어에 의한 직서적인 표현으로 독자에게 전달이 잘 된다.
각 연을 2행시로 구성하고 있다. 작자의 삶의 성찰이 진솔하게 드러나고 있다.
낭만적이고 감상적인 시어가 두드러지고 있다.
수사에 설의법(設疑法)을 쓰고 있다(마지막 연).

이해와 감상

　3인 시집 『청록집』(1946)에 수록된 작품이며, 서울 외곽의 도봉산에 올랐을 때 고독하고 암담한 현실에 좌절한 심경을 침통하게 엮고 있다.
　박두진은 일제 침략기의 고통받던 발자취를 「시와 사랑」에서 다음처럼 지적하고 있다.

"산을 찾고, 산에 숨어 살고, 그리고 안으로 울고, 그러한 심정을 얼마간 시로써 미화시키는 것으로 자위(自慰)를 삼았다. (중략) 그리하여 도피도 장했고, 서러움을 노래하는 것도 하나의 지조였다. 최후의 모국어에 그지없는 애착을 느끼고 그것을 깎고 다듬고 그 말로써 울었다." 10연의 작품이나 내용상 4개 문단으로 나누어 살피는 게 알맞다.

광복직후 정치·사회적 혼란기의 고독한 상황을 담은 제1문단(1~3연), 역시 가을날의 외로움의 공허속의 제2문단(4~5연), '삶은 오직 갈수록 쓸쓸하고/ 사랑은 한갓 괴로울 뿐'이라는 소외감과 좌절의 제3문단(6~8연), 이상적인 대상에 대한 그리움을 호소하는 제4문단(9~10연)이다. 그런데 제7연의 '밤은 오리니'의 '밤'은 실제의 밤이며, 제9·10연의 '밤'은 모두 일제 강점기인 암흑시대를 상징한다.

묘지송(墓地頌)

북망(北邙)이래도 금잔디 기름진 데 동그만 무덤들 외롭지 않으이.

무덤 속 어둠에 하이얀 촉루(髑髏)가 빛나리. 향기로운 주검의 내도 풍기리.

살아서 설던 죽음 죽었으매 이내 안 서럽고 언제 무덤 속 화안히 비춰 줄 그런 태양만이 그리우리.

금잔디 사이 할미꽃도 피었고, 삐이 삐이 배, 뱃종! 뱃종! 멧새들도 우는데, 봄볕 포근한 무덤에 주검들이 누웠네.

> **주제** 생명의 영원성 추구
> **형식** 4연의 자유시
> **경향** 서정적, 관조적, 감상적
> **표현상의 특징** 각 연을 1행시로써 길게 엮는 조사(措辭)의 독특한 구도를 보이고 있다. '삐이 삐이 배, 뱃종! 뱃종' 하는 특이한 음색의 의성어로 음성 상징의 표현을 하고 있다.

이해와 감상

『문장』 제5호(1936. 6)에 실렸던 첫 추천 작품이다. 그 당시 박두진은 시 「향현」(香峴)을 함께 정지용으로부터 추천받았고, 시추천사에서 "훌륭한 질적 차원(質的次元)을 개척하였다"는 높은 평가를 받았다. 흔히 '죽음'을 소재로 할 경우 두려움과 슬픔 등 어두운 삶의 이미지를 담는다. 그러나 박두진은 그의 종교적 신념으로 부활(復活)의 이미지를 시로써 형상화 시키고 있다. 무덤은 종착지(終着地)가 아니며 새로운 생명이 부활하는 영생지(永生地)다. 멧새의 의성음(擬聲音) 구사가 이 시의 분위기를 사뭇 명쾌하게 해 주고 있다.　　**북망**→묘지 지역.　　**촉루**→해골.

이한직(李漢稷)

서울에서 출생(1921~1976). 호는 목남(木南). 일본 케이오우(慶應)대학 법학과 3년 재학중 일본군 학도병으로 징집당했고 해방 이후 귀국했다. 「문장」에 시 「풍장」(1939. 5), 「온실」(1939. 8), 「낙타」(1939. 8) 등이 추천 완료되어 문단에 등단했다. 대표시 「가정」(1939. 11), 「높새가 불면」(1940. 3), 「동양의 산」(1952. 1), 「여백에」(1952. 1). 유고시집으로 『이한직 시집』(1977, 저자 소장)이 있다.

낙타

눈을 감으면

어린 시절, 선생님이 걸어 오신다.
회초리를 들고서

선생님은 낙타처럼 늙으셨다.
늦은 봄 햇살을 등에 지고
낙타는 항시 추억한다.
—옛날에 옛날에—

낙타는 어린 시절, 선생님처럼 늙었다.
나도 따뜻한 봄볕을 등에 지고
금잔디 위에서 낙타를 본다.

내가 여윈 동심의 옛 이야기가
여기 저기
떨어져 있음직한 동물원의 오후.

주제 어린 시절의 회고
형식 5연의 자유시
경향 서경적, 상징적, 회고적
표현상의 특징 산문적인 표현이나 주정적인 이미지의 내면 세계가 차분하게 표현되고 있다. 전체적으로 시 내용이 쉽게 전달되고 있다.
윤리의식을 담아 상징적으로 '선생님'과 '낙타'를 상관적으로 비유를 하고 있다.

이 시는 「온실」과 함께 정지용의 추천으로 『문장』 제7호(1939. 8)에 발표된 작품이다.

이한직은 과작(寡作)의 시인으로서 모두 21편의 시를 유고시집인 『이한직 시집』에 담아 오늘에 남기고 있다.

늦은 봄날 동물원에서 낙타를 바라보면서, 그 모습을 통해 늙으신 은사와 더불어 소년 시절의 추억이 한 폭의 풍경화와 같이 서경적(敍景的)인 묘사 속에 포근하게 엮어졌다.

'어린 시절, 선생님이 걸어오신다/ 회초리를 들고서'(제1연)에서 이한직은 '낙타'의 쭈굴쭈굴한 형상에서 소년 시절의 늙은 은사의 모습을 연상하고 있어 흥미롭다.

'낙타는 어린 시절, 선생님처럼 늙었다'(제3연)고 하는 이 낙타의 의인화의 수법은 그 당시 만 18세의 약관(弱冠)에 쓰여진 것이었다. 윤리의식을 형상화 하고 있는 그의 시적 천재성에 대해 시인 박목월(朴木月)은 '조숙한 것도 슬픈 숙명일까/ 열 여덟에 떠오른 시단의 찬란한 별'이라고 추모시 「이한직」에서 칭송하고 있다.

박두진(朴斗鎭)은 이한직의 추모사 「한직, 한직」에서, "1939년도는 암담한 시대였다. 무릇 민족이 지니고 있는 모든 민족적인 것을 모조리 박탈 말살하려던 제국주의 일본의 발악과 강포(强暴)가 차츰 그 극에 달해가고 있을 때였다. 이때 마지막 켜는 등불처럼 우리 앞에 나타난 것이 문예지 『문장』이었다. 그리고 그 비운(悲運)의 민족의 최후의 서정을 가장 순수하고 맑은 목소리로 울려내려던 나 어린 시인들이 『문장』의 추천시인들이었다. …중략… 그 중에도 특히 가장 나이가 어린 한직의 시는 그 시풍 자체가 매우 참신했다. 여리고 나긋나긋하면서도 격조가 높았다"(『이한직 시집』)고 회고했다.

저자는 『이한직 시집』이 일본에서 간행된(1979. 7) 직후에 그 가족으로부터 보내 준 시집을 신경림(申庚林)을 통해 전달받아 지금껏 간직하고 있다.

풍장(風葬)

사구(砂丘) 위에서는
호궁(胡弓)을 뜯는
님프의 동화가 그립다.

계절풍이여
카라반의 방울소리를
실어다 다오.

장송보(葬送譜)도 없이
나는 사구 위에서
풍장(風葬)이 되는구나.

날마다 밤마다
나는 한 개의 실루엣으로
괴로워 했다.

깨어진 오르갠이
묘연(杳然)한 요람(搖籃)의 노래를
부른다, 귀의 탓인지

장송보도 없이
나는 사구 위에서
풍장이 되는구나.

그립은 사람아.

주제 시대고(時代苦)와 자유의 희구

형식 7연의 자유시

경향 서정적, 상징적, 감각적

표현상의 특징 절제된 시어로 함축된 이미지 표현을 하고 있다.
'님프'(요정), '카라반'(사막의 낙타몰이 상인 집단), '실루엣'(윤곽 내부 전체의 검은 그림자), '오르갠'(풍금) 등 많은 외래어를 두드러지게 구사하고 있다. 제3연과 제6연은 똑같은 시구를 연(聯) 전체로 동어, 동구 반복하는 특이한 강조법을 쓰고 있다. 단 1행으로 된 끝 연도 특이한 형태의 결구로 강도 있는 표현이며, '그립은'은 '그리운'의 뜻이다. '묘연' → 기억이 흐릿함.

이해와 감상

이 시는 『문장』 제4호(1939. 5)에 실렸던 그의 첫 추천 작품이다.

이한직의 시어 속에 외래어에 의한 서구적인 체취를 풍긴다는 평도 있으나, 그 당시 서구시의 감정 억제며 시어의 절제된 표현법은 초기 작품임에도 불구하고 그의 시가 지니는 뛰어난 측면이 잘 드러나 있다. 이한직의 시를 처음 추천했던 정지용은 다음과 같은 추천사로 지적하기도 했다.

"이한직 군, 시가 노성하여 좋을 수도 있으나 젊을수록 좋기도 하지 아니한가. 패기도 있고 꿈도 슬픔도 넘치는 청춘이라야 쓸 수 있는 시다. 선이 활달하기는 하나 치밀하지 못한 것이 흠이다. 의와 에를 틀리지 마시오. 외국 단어가 그렇게도 쓰고 싶은 것일까?"

한편 박두진은 『이한직 시집』(1977)에 실린 그를 추모하는 글에서, 이 「풍장」을 비롯한 「낙타」, 「온실」 등 일련의 초기시에 대하여 다음과 같이 평하고 있다.

"나이가 어린 한직의 시는 그 시풍 자체가 매우 참신했다. 여리고 나긋나긋하면서도 격조가 높았다. 오롯한 지적 자세가 표일(飄逸)하면서도 짜릿하고 시적 페이소스 (pathos, 情念)와 조화를 잘 이루고 있었다."

동양(東洋)의 산(山)

비쩍 마른 어깨가
항의하는 양 날카로운 것은
고발 않고는 못 참는
애달픈 천품(天稟)을 타고난 까닭일 게다
격한 분화(噴火)의 기억을 지녔다
그때는 어린데도 심히 노해 볼 수도 있었기 때문이다.

식물들은 해마다 헛되이 뿌리를 박았으나
끝내 삼림(森林)은 이루지 못하였다
지나치게 처참함을 겪고 나면
오히려 이렇게도 마음 고요해지는 것일까
이제는 고집하여야 할 아무 주장도 없다.

지금 산기슭에 「바즈-카」포가 진동하고
공산주의자들이 낯설은 외국말로 함성을 울린다.
그리고 실로 믿을 수 없을 만큼 손쉽게
쓰러져 죽은 선의(善意)의 사람들
아 그러나 그 무엇이 나의 이 고요함을
깨뜨릴 수 있으리오
눈을 꼭 감은 채

나의 표정은 그대로 얼어 붙었나 보다.
미소마저 잊어버린

나는 동양의 산이다.

이해와 감상

　이한직의 시는 모두 21편이거니와 그의 시세계의 특징은 시대적인 배경을 통해 각기 다른 경향을 보이고 있다.

　초기 추천작품을 썼던 1939년도엔 일제 말기의 시 「풍장」이며 「낙타」, 「온실」 등의 시세계는 비교적으로 사뭇 안정되고 고요한 정신적인 배경 속에 작품이 이루어졌다. 일제의 가혹한 한민족 탄압시대였다는 점에서 그것은 안이한 시적 발상(發想)이었다는 평이 지적되기도 한다.

　여기 발표된 시 「동양(東洋)의 산」은 시상(詩想)이 거세게 작동하면서 6·25 동족상잔의 시대적인 격랑(激浪)을 작품에 직설적으로 표현하고 있다. 더구나 이데올로기의 비판으로서 '공산주의자들이 낯설은 외국말로 함성을 울린다/ 그리고 실로 믿을 수 없을 만큼 손쉽게/ 쓰러져 죽은 선의(善意)의 사람들'(제3연)을 고발하는 과감한 표현을 주저하지 않는다.

　이한직은 6·25동란 당시에는 종군작가의 일원이 되어 공군 소속인 '창공구락부'(蒼空俱樂部, 창설단장은 아동문학가였던 馬海松)에 속해 활동했다. 이 시기에 이 작품과 「여백(餘白)에」를 썼고, 뒷날 『한국시단』(韓國詩壇, 1968. 10, 韓國新詩六十年 記念事業會 발행)에도 발표했다.

　「동양의 산」에서 화자는 스스로를 회의하고 탄식하면서, '아 그러나 그 무엇이 나의 이 고요함을/ 깨뜨릴 수 있으리오/ 눈을 꼭 감은 채/ 나의 표정은 그대로 얼어붙었나 보다/ 미소마저 잊어버린// 나는 동양의 산이다'(제3·4연)라고 비통해 하는 아픔의 시를 쓰고 있다.

　1960년 4·19 이후에 이한직이 다시 4·19정신을 기리는 시 「깨끗한 손을 가진 분이 계시거든」과 「진혼(鎭魂)의 노래」를 썼던 것 역시 민족사를 배경으로 하는 일종의 상황시(狀況詩)였다고 본다.

조지훈(趙芝薰)

경상북도 영양(英陽)에서 출생(1920~1968). 본명은 동탁(東卓). 혜화전문 문과 졸업. 『문장』에 시 「고풍의상」(1939. 4), 「승무」(1939. 12), 「봉황수」 (1940. 2) 등이 추천 완료되어 문단에 등단했다. 1940년 『백지』 동인. 세칭 청록파 시인 중의 1인. 시집 『풀잎 단장(斷章)』(1952), 『지훈 시선』(1956), 『역사 앞에서』(1959), 『승무(僧舞)』(1975), 『조지훈 시집』(1983), 『지훈육필 시집』(2001), 시론 『시의 원리』(1953) 등이 있다.

승무(僧舞)

얇은 사(紗) 하이얀 고깔은
고이 접어서 나빌레라.

파르라니 깎은 머리
박사(薄紗) 고깔에 감추오고

두 볼에 흐르는 빛이
정작으로 고와서 서러워라.

빈 대(臺)에 황촉불이 말없이 녹는 밤에
오동잎 잎새마다 달이 지는데

소매는 길어서 하늘은 넓고
돌아설 듯 날아가며 사뿐히 접어 올린 외씨보선이여!

까만 눈동자 살포시 들어
먼 하늘 한 개 별빛에 모두오고

복사꽃 고운 뺨에 아롱질 듯 두 방울이야
세사에 시달려도 번뇌는 별빛이라.

휘어져 감기우고 다시 접어 뻗는 손이
깊은 마음 속 거룩한 합장인 양하고

이 밤사 귀또리도 지새우는 삼경(三更)인데
얇은 사(紗) 하이얀 고깔은 고이 접어서 나빌레라.

주제 한국 불교의 고전미
형식 9연의 자유시
경향 서정적, 불교적, 고전적
표현상의 특징 주정적인 섬세한 시어로 리듬감을 살리고 있다.
승무하는 여인의 외면과 내면을 구상적으로 표현하고 있다.
불교적인 선미(禪美)를 의식화 시키고 있다.
'나빌레라(나비일레라의 준말로 나비와 같구나의 뜻)', '파르라니', '감추오고', '정작으로', '외씨보선', '살포시', '모두오고' 등의 정감적 시어 구사를하고 있다.

이해와 감상

이 시는 조지훈이 『문장』지에 추천된 두 번째의 작품이며, 『청록집』(1946)에도 수록되었다. 흔히 조지훈의 대표작으로 꼽는다.

촛불 켠 산사(山寺)의 오동잎 지는 달밤의 여승의 춤을 통한 불교적 승화의 의미를 추구하는 이 시는 각 연을 우리가 다음처럼 구분하면 이해가 쉬워질 것이다.

제1연은 고깔의 모양, 제2·3연은 고깔을 쓴 머리와 얼굴의 모습, 제4연은 춤추는 장소, 제5연은 팔다리의 움직임, 즉 춤사위의 특징, 제6·7연에서는 춤추는 여승의 얼굴 표정, 제8연에서는 손놀림의 신비스런 조화를 노래하고, 끝 연에서는 첫 연의 표현을 반복하여 수미상관의 안정감을 시도하는 동어반복의 강조를 하고 있다.

조지훈은 이 시를 쓴 경위를 밝히고 있다. 즉 그는 실제로 산사에서 여승이 춤추는 것을 보고 쓴 것이 아니란다. 그는 「승무」를 쓰게 된 동기가 한국화가였던 김은호(以堂 金殷鎬) 화백의 「승무도」라는 그림을 보면서 그 광경을 스케치하여 시를 쓰게 되었다. 20세가 되던 해의 여름에 첫 미술전람회에서 김은호(金殷鎬) 화백의 「승무도(僧舞圖)」를 보고 감동을 받았고, 그 몇 달 후 구왕궁(舊王宮) 아악부(雅樂部)에서 「영산회상(靈山會相)을 듣고 난 뒤 구체화 되었다고 한다.

구체적인 경위를 다음처럼 조지훈의 술회로써 살펴보자.

"「승무」를 비로소 종이에 올리게 된 것은 내가 스무살 되던 해의 첫 여름의 일이다. 미술전람회에 갔다가 김은호의 「승무도」 앞에 두 시간을 서 있는 보람으로 나는 비로소 무려 7, 8매의 스케치를 가질 수 있었다. 움직임을 미묘히 정지태(靜止態)로 포착한 한 폭의 동양화에서 리듬을 찾을 수 있는 것은 당연한 발견이었으나 그 그림은 아마 기녀(妓女)의 승무를 모델로 한 상 싶어 내가 찾는 인간의 애욕, 갈등 또는 생활고의 종교적 승화 내지 신앙적 표현이 결여되어 그때의 초고는 겨우 춤의 외면적 양자를 형상하는 정도의 산만한 언어의 나열에 지나지 않았다. (중략) 먼저 초고에 있는 서두의 무대 묘사를 뒤로 미루고 직입적(直入的)으로 춤추려는 찰나의 모습을 그릴 것(제1~3연), 그 다음 무대를 약간 보이고(제4연), 다시 이어서 휘도는 춤의 곡절로 들어갈 것(제5연), 관능(官能)이 샘솟는 노출을 정화시킬 것(제7연), 그 다음 유장(悠長)한 취타(吹打)에 따르는 의상의 선(線)(제8연), 그리고 마지막 춤과 음악이 그친 뒤 교교한 달빛과 동터오는 빛으로써 끝막을 것(제9연), 이것이 그때의 플랜이었으나 이 플랜으로 나오는 사흘동안 퇴고에 퇴고를 거듭하여 스무줄로 된 한 편의 시를 겨우 만들게 되었다. 퇴고하는 중에도 가장 괴로웠던 것은 장삼(長衫)의 미묘한 움직임이었다. 나는 마침내 여덟줄이나 되는 묘사는 지워버리고 나서 단 두 줄로 '소매는 길어서 하늘은 넓고/ 돌아설 듯 날아가며 사뿐히 접어올린 외씨보선이여' 라 하고 말았다. 이리하여 나는 전편 15행의 「승무」를 이루었던 것이다"(조지훈『詩의 原理』1953).

　시인 자신의 이와 같은 해설은 이 작품을 이해하는 데 도움이 된다. 그러나 매우 안타까운 사실은 「승무」가 직접 산사에서 여승이 춤추는 광경을 보고 난 뒤에 그 감동을 썼더라면 얼마나 좋았을까 하는 점이다. 그뿐 아니라 이당 김은호 화백의 모델이 된 것이 '여승'이 아닌 '기녀'였다는 것도 화백의 작위적인 작업태도를 엿보게 한다.

　일찍이 송재영(宋在永) 교수가 조지훈의 시세계를 논하면서, "그의 시는 액자 속에 갇힌 한 폭의 아름다운 풍경화처럼 보인다"(「조지훈론」1971)고 했는데, 그것은 조지훈 시의 심미적 표현의 한계를 지적한 것이기도 하다. 즉 한정된 언어에 구속당하는 시작법에 대한 것이다.

고풍의상(古風衣裳)

하늘로 날을 듯이 길게 뽑은 부연(附椽) 끝 풍경이 운다.
처마 끝 곱게 늘이운 주렴에 반월이 숨어
아른아른 봄 밤이 두견이 소리처럼 깊어가는 밤
곱아라 고와라 진정 아름다운지고
파르란 구슬빛 바탕에 자주빛 호장을 받친 호장 저고리
호장 저고리 하얀 동정이 환하니 밝도소이다.
살살이 퍼져 내린 곧은 선이 스스로 돌아 곡선을 이루는 곳
열 두 폭 기인 치마가 사르르 물결을 친다.

치마 끝에 곱게 감춘 운혜(雲鞋) 당혜(唐鞋)
발자취 소리도 없이 대청을 건너 살며시 문을 열고,
그대는 어느 나라의 고전을 말하는 한 마리 호접
호접인 양 사풋이 춤을 추라, 아미(蛾眉)를 숙이고……
나는 이 밤에 옛날에 살아 눈 감고 거문고 줄 골라 보리니
가는 버들인 양 가락에 맞추어 흰 손을 흔들어지이다.

주제 한국 의상의 고전미 추구
형식 전연의 자유시
경향 서정적, 고전적, 전통적
표현상의 특징 주정적인 시어로 심도 있는 이미지를 부각시킨다.
부연(네모지고 짧은 서까래), 주렴(구슬을 꿰어 꾸민 발), 호장 → 회장(저고리의 깃·겨드랑이·끝동 등 각 부분에 장식으로 대는 색채 헝겊), 운혜(앞 코에 구름 무늬를 수놓은 여성용 마른신의 하나), 당혜(앞뒤에 당초문을 새긴 가죽신), 호접(蝴蝶, 나비), 아미(蛾眉, 미인의 눈썹) 등 특색 있는 시어가 고전적 분위기를 두드러지게 만든다.
'～소리처럼', '호접인 양', '버들인 양' 등 직유의 표현을 하고 있다.
'호장'은 잘못된 표현이며, 회장(回裝)이 표준어다.

이해와 감상

조지훈이 『문장』(1939. 4)에 첫 추천된 작품이며, 『청록집』(1946)에도 발표했다.
우리나라 고전의상을 제재(題材)로 하는 '옛날식의 옷'이라는 표제(表題) 그대로, 한국 의상의 고전미를 추구하는 작품세계다.
이 시를 이해하기 위해서는 전편을 5개 문단으로 나누어 풀어보는 게 좋겠다. 시의 배경을 이루는 제1문단(1~3행)을 서두로 하여 제2문단(4~6행)에서 저고리의 우아미가 묘사된다. 제3문단(7~8행)은 치마의 곡선미의 율동, 제4문단(9~12행)에서 나비(호접)로 비유되는 여성미와 제5문단(13~14행)에서 어여쁜 미인의 춤추는 나긋나긋한 맵시가 거문고 가락에 어우러지는 것이다.
한 폭의 고풍스러운 풍속화 그림을 보는 것 같은 시의 분위기는 역시 「승무」에서와 한결 같은 생동감 넘치는 역동적인 생명의 시가 아닌 정적인 의식세계의 미려사구(美麗辭句)로 장식된 표현미의 테두리에 머물고 있다는 지적을 받게 된다.
그러기에 조지훈을 추천한 시인 정지용은 그 추천사에서 "매우 유망하시외다. 그러나 당신이 미인화(美人畵)를 그리신다면 이당(以堂) 김은호 화백을 당하시겠습니까. 당신의 시에서 앞으로 생활과 호흡과 연치(年齒)와 생략이 보고 싶습니다"라고 평했다. 말하자면 전시품 그림과 같은 한계성의 시가 아닌 살아 있는 인간미와 신선한 문학성 등 심미성을 강하게 요청했다는 점을 우리는 아울러 살피게 된다.

봉황수(鳳凰愁)

벌레 먹은 두리기둥, 빛 낡은 단청, 풍경 소리 날아간 추녀 끝에는 산새도
비둘기도 둥주리를 마구 쳤다. 큰 나라 섬기다 거미줄 친 옥좌 위엔 여의주
희롱하는 쌍룡 대신에 두 마리 봉황새를 틀어 올렸다. 어느 땐들 봉황이 울었
으랴만 푸르른 하늘 밑 추석(甃石)을 밟고 가는 나의 그림자 패옥(佩玉) 소리도
없었다. 품석(品石) 옆에서 정일품(正一品) 종구품(從九品) 어느 줄에도 나의 몸
둘 곳은 바이 없었다. 눈물이 속된 줄을 모를 량이면 봉황새야 구천에 호곡하
리라.

- **주제** 망국(亡國)의 비애
- **형식** 전연의 자유시
- **경향** 민족적, 고전적, 감상적
- **표현상의 특징** 연(聯)을 나누지 않은 주정적인 산문체의 서술을 하고 있다.
  나라 잃은 슬픔이 물씬한 망국정서를 내면에 담고 있다.
  고전적인 제재(題材)를 고풍스런 시어로 표현하고 있다.

이해와 감상

조지훈이 『문장』(1940. 2)지에서 정지용에게 세 번째로 추천 받은 마지막 작품이다.
정지용의 추천을 받은 일련의 작품으로 역시 대표작에 꼽히는 그의 초기시이기에 여
기 함께 실어둔다.

조선왕조가 일제의 침략으로 1910년에 망하고 말았으니, 경복궁 근정전(勤政殿)의 옥
좌도 퇴락 속에 거미줄마저 끼고, '여의주 희롱하는 쌍룡(雙龍) 대신에 두 마리 봉황(鳳
凰)새' 만이 허망한 그림으로 낡아가고 있다는 비통한 지적이다.

21세의 청년 시인 조지훈은 그 당시 혜화전문 재학생으로서, 경복궁을 가로막은 소위
'조선총독부' 를 노려보면서 경복궁 안으로 들어갔을 것이다. 그는 민족의 역사의 옛 터
전인 경복궁 근정전 앞뜰의 품계석(品階石)들도 바라보면서 씁쓰레한 입맛을 다셨던 것
이리라.

'정일품 종구품 어느 줄에도 나의 몸을 둘 곳은 바이 없었다' 는 이 비통한 묘사는 추
석(벽돌같이 다듬어 만든 넓적한 돌)을 밟았을 조선왕조 그 조정의 선비들이 패옥(금관
조복, 金冠朝服의 즉 금으로 장식한 머리에 관을 쓰고 붉은 비단의 예복에 좌우로 늘어
뜨려 차는 옥) 소리를 내며 임금 앞에서의 조하(朝賀, 조정에 들어가 왕에게 인사함)의
모습이 사라진 슬픔을 호곡(號哭)한다는 것이다.

따지고 보면 이 임자 잃은 경복궁도 임진왜란(1592~1597) 당시 왜병들이 방화하여 불타 버린 폐허에다 흥선대원군(興宣大院君)이었던 이하응(李昰應, 1820~1898)이 고종 2년(1865. 4)부터 재건에 앞장서서, 고종 6년(1869. 6)에 완성을 본 조선왕궁이 아니런가.

너는 지금 3 · 8선(三八線)을 넘고 있다

군용 트럭 한 구석에 누워
많은 별빛을 쳐다보다 잠이 든다.

오늘밤을 해주(海州)에서 쉬면
내일 어스름엔 평양(平壤)엘 닿는다.

갑자기 산을 찢는
모진 총소리

산마루 돌아가는 이 지점에서
부슬비가 내린다.

잔비(殘匪)를 경계하는 위하사격(威嚇射擊)
이 차에는 실상 M1 한 자루가 있을 뿐.

젊은 중위(中尉)는
고향집에 가는 것이 즐겁단다.

문득 헤드라이트에 비취는 큰 글씨 있어
〈너는 지금 3 · 8선을 넘고 있다〉고.

사랑하는 사람들이 마주서서 우는
3 · 8선 위에 비가 내리는데

옮겨간 마음의 장벽(障壁)을 향하여
옛날의 삼팔선을 내가 이제 넘는다.

이해와 감상

조지훈의 초기시(추천 작품)인 「고풍의상」을 비롯하여 「승무」, 「봉황수」 등에서는 한국의 고전미며 불교적인 미의식의 세계를 묘사했다.

그러나 8·15 해방을 거쳐 6·25사변 이후에는 그의 시세계가 정치적인 사회시에로 전환한다.

그는 문총구국대(文總救國隊)의 기획위원장(1950)과 국방부의 6·25참전 종군문인단(從軍文人團) 부단장을 역임하면서 시작활동을 했다.

그 시기에 쓰여진 작품의 하나가 「너는 지금 38선을 넘고 있다」다.

6·25(1950. 6·25)때 3·8선을 쳐내려와 낙동강까지 밀고 내려왔던 인민군이 유엔군과 국군해병대의 9.15(1950. 9. 15) 인천상륙작전 성공으로 수도 서울을 수복하자, 파죽지세로 남하했던 인민군들은 북쪽으로 계속 패퇴(敗退)했다.

이 당시 북진(北進)하는 국군의 대오에서 조지훈은 광복 직후 말로만 들었던 국토분단의 민족 비극의 3·8선을 넘으면서 이 시를 썼던 것이다.

'젊은 중위는/ 고향집에 가는 것이 즐겁단다' (제6연)고 하는 젊은 중위의 고향은 '해주' 인지 '평양' 인지는 알 길 없으나 북한 땅인 것이다. 그 중위는 8·15 이후 3·8선을 넘어 월남했던 젊은이인 것이다.

광복 직후 열강의 소위 '포츠담선언' 으로 우리는 전혀 타의에 의해 국토가 동강나고 이데올로기의 양대 틈바구니에서 비통한 동족상잔을 치렀던 것이다. 그런 뜻에서 조지훈의 이 시는 또한 오늘날 우리에게 많은 것을 생각케도 한다.

박목월(朴木月)

경상북도 경주(慶州)에서 출생(1916~1978). 본명은 영종(泳鍾). 대구 계성 (啓聖)중학을 졸업했다. 『문장』에 시 「길처럼」(1939. 9), 「산그늘」(1939. 12), 「그것은 연륜이다」(1940. 9), 「가을 으스름」(1940. 9), 「연륜」(1940. 9) 등 이 추천 완료되어 문단에 등단했다. 엄밀한 의미에서 최초의 문단 등단은 동 시 「통딱딱 통딱딱」(1933)이 윤석중(尹石重) 편집의 『어린이』 잡지에 특선된 시기인 17세 때였다. 청록파(靑鹿派) 시인 중의 1인. 시 잡지 『심상(心象)』간 행. 시집으로 『청록집』(1946), 『산도화』(1954), 『난·기타』(1959), 『청담』 (1964), 『경상도의 가랑잎』(1968), 『무순』(1976) 『박목월 시선집』(1984), 『내 영혼의 숲에 내리는 별빛』(1981) 등과 자작시 해설집 『보라빛 소묘(素描)』 (1959) 등이 있다.

나그네

강나루 건너서
밀밭 길을

구름에 달 가듯이
가는 나그네.

길은 외줄기
남도(南道) 삼백 리,

술 익는 마을마다
타는 저녁놀.

구름에 달 가듯이
가는 나그네.

주제 자연과 인간의 친화
형식 2행 5연 자유시
경향 서정적, 향토적, 상징적

간결한 언어로 엮고 있고, 제2연과 제4·5연은 7·5조의 음수율로 리듬감을 잡고 있다.

대칭적인 '2행시'의 행의 배열과 향토색이 짙은 시어의 함축된 구사를 하고 있다. 제2연·제5연에서 같은 구절로 동어반복을 하고 있다.

이해와 감상

청록파(靑鹿派) 시인 박목월의 대표작이다. 조지훈의 「완화삼(玩花衫)」에 답하는 시로서 두 작품 모두 『상아탑』 제5호(1946. 4)에 발표되었다.

기본율조가 7·5조 잣수율로 된 이 작품에 대해 "7·5조를 주로 쓴 김소월의 아류(亞流)"라고 비판한 평론가가 있으나, 7·5조는 백제가요 「정읍사」에 일찍이 나타난 우리의 민요조며 그 율조는 왕인(王仁, 4C~5C)에 의해 일본에까지 전파된 '와카'(和歌)에 역연하다는 것을 상기해야 한다. 상세한 것은 저자의 「7·5조 시가 연구론」(본서·앞부분 게재)을 참조 바란다.

박목월은 이 시에 대해서 스스로 말하기를 "나그네는 일제의 억압 아래 우리 겨레의 총체적인 얼(魂)의 상징이며, 버리는 것으로써 스스로를 충만하게 하는 그 허전한 심정과 그 심정이 꿈꾸는 애달픈 하늘, 그 달관의 세계, 이런 뜻의 총화적(總和的)인 영상(映像)이다"고 했다. 그러기에 구름에 달 가듯이 가는 나그네에게 남도 삼백 리 술 익는 마을은 인정이 넘치는 정다운 겨레의 터전이다.

'나그네' 하면 자칫 고독과 감상(感傷)에 빠지기 쉬우나 박목월의 시적 기량으로 우리는 인간과 자연 친화(親和)의 순수 서정미를 접하게 된다.

윤사월

송화(松花)가루 날리는
외딴 봉우리.

윤사월 해 길다
꾀꼬리 울면

산지기 외딴집
눈먼 처녀사

문설주에 귀 대고
엿듣고 있다.

주제	산촌(山村)의 정적미
형식	4연의 자유시
경향	서정적, 향토적, 감상적
표현상의 특징	절제된 시어로 엮은 7·5조 운율의 2행 자유시다.

4연의 구성은 기승전결에 해당한다.

초여름 산 속의 정경을 서경적으로 묘사하고 있다.

'송화가루·꾀꼬리·산지기 외딴집·문설주' 등 향토적 색감이 짙은 간결한 시어로 정적미와 애절함을 두드러지게 한다.

이해와 감상

『상아탑』제6호(1946. 5)에 발표된 작품.

'외딴 봉우리·외딴집·눈먼 처녀' 등 3가지의 고독과 비극적인 요소로 시를 구성했다. 특히 '눈먼 처녀'는 가난한 산지기의 과년한 딸로서 이 처녀가 문설주에 귀를 대고 꾀꼬리 울음 소리를 엿듣고 있는 모습은, '윤사월'과 '눈먼 처녀'가 주는 애통스러운 뉘앙스(nuance, 미묘한 특색)와 동시에 빈곤한 전통적 천민(賤民)의 비극성을 고발하고 있다는 새로운 해석을 해야만 한다.

즉 이 시가 성공한 것은 단순한 자연미의 예찬에 머무는 데 있지 않다. 8·15 광복 직후 혼란한 정국이며 빈곤 속에 갈팡질팡하던 시대적 상황에 절망하고 있던 지식층 시 독자들에게 극단적 비극 현실이 한국적 토속 감정으로 비유되어 형상화되므로써 시문학으로서의 빛을 발하게 되었다고 본다.

청(青)노루

머언 산 청운사(青雲寺)
낡은 기와집

산은 자하산(紫霞山)
봄눈 녹으면

느릅나무
속잎 피어 가는 열두 굽이를

청노루

맑은 눈에

도는
구름

이해와 감상

『청록집』(1946)에 수록되어 있다. 박목월의 초기 작품 세계를 대표하는 이 시는 동물인 노루에게 '청'(靑)자를 붙여 감각적으로 지위를 승격(昇格)시킨 심상의 표현미가 이채롭다.

또한 '청노루'를 비롯, '청운사'의 '청'(靑), '자하산'의 '자'(紫) 등 청색이며 보라색 등의 시각적 색채감 속에 산수화 그림의 청청하고 싱그러운 서경미를 살리는 세련미를 자아내고 있다. 어떤 이는 이 시가 작품상으로 "「나그네」보다도 예술성이 더 높다"고 하지만, 「나그네」의 역동성에 비해 정적성이 강하다는 것을 지적하고도 싶다. 청노루의 '맑은 눈에// 도는/ 구름'에 역동성이 나타나고도 있으나 역시 정관적인 시세계다.

시인이 언어를 절제할 수 있다는 것은 기량이 뛰어난 것을 말해 준다. 그러기에 불과 47개의 음절을 동원하여 직관에 의한 빼어난 심상의 형상화 솜씨에 경탄하게 되는 작품이다.

나무

유성에서 조치원으로 가는 어느 들판에 우두커니 서 있는, 한 그루 늙은 나무를 만났다. 수도승일까. 묵중하게 서 있었다.

다음날 조치원에서 공주로 가는 어느 가난한 마을 어구에 그들은 떼를 져 몰려 있었다. 멍청하게 몰려 있는 그들은 어설픈 과객일까. 몹시 추워 보였다.

공주에서 온양으로 우회하는 뒷길 어느 산마루에 그들은 멀리 서 있었다. 하늘 문을 지키는 파수병일까. 외로와 보였다.

온양에서 서울로 돌아오자 놀랍게도 그들은 이미 내 안에 뿌리를 펴고 있었다. 묵중한 그들의, 침울한 그들의, 아아 고독한 모습. 그 후로 나는 뽑아낼 수 없는 몇 그루의 나무를 기르게 되었다.

주제 침울하고 고독한 자아성찰
형식 전연의 자유시
경향 주지적, 상징적, 감상적
표현상의 특징 산문체에 의한 상징적인 심상 표현이 구상적으로 드러나고 있다.
유성, 조치원, 온양, 공주 등 지명이 충청지방의 향토색을 연상시킨다.
연상적 수법으로 비약적인 표현에 치중하고 있다.
'있었다', '보였다'(동어반복), '되었다' 등 과거형 종결어미를 달고 있다.

이해와 감상

박목월의 인생적인 고독한 삶을 스스로 성찰하고 있는 생명의 고고(孤高)하고 진실한 그 구경(究竟)의 의미를 캐내고 있는 시작업이다. 화자가 차를 타고 유성에서 조치원을 거쳐 공주로 다시 온양으로 여행하면서 목격하는 고목들을 통해 스스로의 노화과정을 성찰하는 침울하고 고독한 인생의 의미를 진지하게 반추하는 산문시다.

빈 컵

빈 것은
빈 것으로 정결한 컵.
세계는 고드름 막대기로
꽂혀 있는 겨울 아침에
세계는 마른 가지로
타오르는 겨울 아침에.
하지만 세상에서
빈 것이 있을 수 없다.

당신이
서늘한 체념으로
채우지 않으면
신앙의 샘물로 채운다.
그리고
오늘 아침에는
나의 창조의 손이
장미를 꽂는다.
로즈 리스트에서
가장 매혹적인 죠세피느 불르느스를.
투명한 유리컵의
중심에.

주제　충만된 세계의 희열
형식　전연의 자유시
경향　서정적, 관념적

 이해와 감상

　영혼에의 구도적 자세를 탐구하고 있는 이 작품은 시집 『무순(無順)』(1976)에 수록된 시다. 시집 『경상도의 가랑잎』(1968) 이후 박목월은 본래의 서정의 낭만적 시세계로부터 사회적 현실 시각에로의 전환 등 사물의 본질추구와 지적인식(知的認識)의 세계로 확대되고 있다.

　시인 스스로 말했던 '영혼의 시야'를 지향하는 모습을 살피게 되는 현대 서정시로의 전환된 시작업이라 할 수 있다. 빈 컵은 박목월이 설정한 시적 삶의 세계를 상징하고 있다.

　그는 빈 컵에다 '서늘한 체념' 또는 '신앙의 샘물'을 채울 것인가. 화자는 '창조의 손'으로 가장 매혹적인 장미꽃을 빈 컵에 꽂는다. 그것은 신앙의 샘물로 꽃피우는 사랑의 꽃인가 보다.

　박목월이 1970년대의 정치·사회적 혼란기에 새로운 시적 방각(方角)을 찾아다니던 때의 대표적 작품이다.

조 향(趙 鄕)

경상남도 사천(泗川)에서 출생(1917~1984). 본명은 섭제(燮濟). 대구사범
학교 졸업. 일본 토우쿄우(東京)의 니혼대학(日本大學) 상경과 수학. 1940년
『매일신보』신춘문예에 시 「초야(初夜)」가 당선되어 문단에 등단했다. 일제에
의해 반일(反日)사상 혐의로 일경에 체포된 사건도 있다. 동인지 『Geiger,
가이거』(1956), 『일요일문학』(1962)를 주재했다.

바다의 층계

낡은 〈아코오딩〉은 대화를 관뒀습니다.

──여보세요!

〈뿐뿐 따리아〉
〈마주르카〉
〈디이젤, 엔징〉에 피는 들국화.
──왜 그러십니까?

　모래 밭에서
수화기
　여인의 허벅지
　　낙지 까아만 그림자,

비둘기와 소녀들의 〈랑데부우〉
그 위에
손을 흔드는 파아란 기폭들,

나비는
기중기(起重機)의
허리에 붙어서
푸른 바다의 층계를 헤아린다.

주제 초현실적 상황미(狀況美)의 추구
형식 6연의 주지시(主知詩)
경향 초현실적, 환상적, 감각적
표현상의 특징 우리나라의 한 대표적인 모더니즘(modernism) 시인답게, 전편에 걸쳐 주지적인 묘사를 하는 것이 그 특징이다.
이성적인 가치나 논리를 거부하고 환상적인 잠재의식의 표현에 치중하고 있다. 20세기 영국의 T. E 흄이나 T. S 엘리엇 등이 추구한 신고전주의(新古典主義, neo-classicism)의 불연속적(不連續的), 기하학적(幾何學的)인 실재관을 연상시키는 수법이, 이 짤막한 작품의 전편에 걸쳐 흥미롭게 잘 나타나고 있다.
'모래 밭에서/ 수화기 여인의 허벅지/ 낙지 까아만 그림자'에서, 기하학적 실재관이 두드러지게 보여진다.
즉 설명이나 이야기 등 산문적 요소를 배제하고 심층심리 속의 이미지만 엮었다. 아코오딩을 비롯하여 뽄뽄 따리아, 마주르카, 디이젤 엔징, 랑데부우 등 외래어를 동원하고 있다(외래어 한글 표기는 원시에 준함).

이해와 감상

　　모더니스트 조향은 초현실주의인 쉬르리얼리즘(surrealism)의 수법을 구사하고 있다. 이 시는 우리가 도저히 이성적(理性的)으로는 파악할 수 없는 비합리적 인식과 잠재의식의 세계를 묘사하고 있다. 쉬르리얼리즘은 프랑스 시인 아폴리네르(Guillaume Apollinaire, 1880~1918), 프랑스 작가 브르통(André Breton, 1896~1966)이며, 시인 아라공(Louis Aragon, 1897~1976), 엘뤼아르(Paul Eluard, 1895~1952) 등에 의해 강력하게 추진된 20세기 전반(前半)의 문학운동으로 큰 주목을 받았다. 이른바 예술 파괴를 제창하면서 제1차대전인 1916년에 스위스에서 일어났던 다다이즘(dadaisme)을 계승한 문예운동이 쉬르리얼리즘이었다. 이성(理性)과 미적·도덕적인 배려의 제약을 받지 않고 사고(思考)의 자동기술법(自動記述法, automatism)에 의한 의식하(意識下)의 세계를 묘사하는 시작업이다. 한국에서는 이상(李箱, 앞의 「이상」 시인 편의 설명을 참조할 것)을 비롯하여 이시우(李時雨, 생몰년 未詳), 신백수(申百秀, 1915~1945) 등이 관여했다.

　　여기 참고로 부기해 둔다면, 일본에서는 시인 니시와키 쥰사브로우(西脇順三郎, 1894 ~1978)가, 영국 옥스퍼드대학에 유학하고 귀국한 뒤에, 쉬르리얼리즘 시작업을 전개한 대표시인이다. 그의 시집 『앰바르발리아, Ambarvalia』(1933)며 『나그네 돌아오지 않다, 旅人かへらず』(1944)가 매우 유명하다.

　　조향은 현대 한국의 대표적인 쉬르리얼리즘의 시로서 「바다의 층계」를 남겼다.

　　낡은 아코디언의 연주로부터 시작되어, 서정적인 동물인 나비가 차가운 머신(기계)인 기중기(크레인)에 들러붙어 바다의 서정(抒情)을 순차적으로 교감해 나간다는 것이니, 참으로 그 의식의 엄청난 비약을 또한 우리가 이성(理性)으로써 파악하려는 게 어쩌면 무리일 것 같다.

박화목(朴和穆)

평안남도 평양(平壤)에서 출생(1923~　　). 호는 은종(銀鍾). 평양신학교를 거쳐 만주 하얼삔 영어학교, 봉천(奉天)신학교 졸업. 미국 시라큐스대학 수료. 1941년에 동시 「피라미드」를 『아이생활』에 발표하며 문단에 등단했다. 이후 동시와 시를 썼고, 『죽순(竹筍)』(1948) 동인으로 활동. 시집 『시인과 산양』(1958), 『그대 내 마음의 창가에 서서』(1960), 『주(主)의 곁에서』(1961), 『천사와의 씨름』(1978) 등이 있다.

오동(梧桐)

나의 창 바깥에 서 있는 오동은
세월 흘러간 오랜 벗.

밤마다 별이 비칠 때 커튼을 거두면
오동잎은 사상(思想)처럼 시시로 창가에 부닥치는 것이었다.

한 때는 수박처럼 싱싱한 기상이 깃들여
토족(土族)의 손바닥 같은 이파리들이 퍼덕이었는데,
아하, 이 어인 일이뇨?

하루 아침 유달리 설레는 동작과
점점 변색해 가는 피부는……

오늘 밤,
눈 같은 달빛이 쏟아지면
나의 상념은 곤충처럼 슬퍼지고,
오동 가지 끝에 걸린 비애의 표상(表象)에서
나의 영혼이 한껏 두려운 한밤을 지낼까 보오.

주제	늙은 오동나무에의 정한(情恨)
형식	5연의 자유시
경향	서정적, 상징적, 감각적

산문체의 일상어로 오동을 의인화 시키고 있다.
　　　'사상(思想)처럼', '수박처럼', '손바닥 같은', '눈 같은', '곤충처럼' 등, 직유
법을 많이 쓰고 있는 것도 표현상의 특징이다.

이해와 감상

'오동은… 오랜 벗' 이라는 비유에서, 이 시인이 얼마나 아끼며 오랜 날을 키워 온 오동나무인가를 알 수 있다. 박화목의 시에 일관되는 따사로운 서정성에는 유난히 섬세한 감성이 깃들어 있다. 때로는 그것들이 감상미(感傷美)마저 풍겨서 공감도를 더해 준다.

특히 마지막 연에서 '눈 같은 달빛', '곤충처럼 슬퍼지고', '가지 끝에 걸린 비애의 표상' 등등이 그것이다.

이 시가 우리에게 흐뭇한 공감도를 안겨 주는 이유는 박화목의 기독교적 이상주의를 배경으로 하는 휴머니즘적인 시작태도(詩作態度)에 있다고 할 것이다.

그는 제재(題材)이며 소재인 오동나무를 친근감 있게 '오랜 벗' 으로 의인화 하였고, 다시 오동잎을 '토족(土族)의 손바닥' 같다고 표현함으로써 '인간의 손바닥' 으로 적극적으로 구상화 시키고 있다.

더구나 그것은 젊었던 시절의 회상일 뿐이며, '수박처럼 싱싱했던 기상(氣象)이 깃들' 었던 오동나무가 이제는 늙고 병들어 그 잎이 '점점 변색해 가는' 것을 발견한 시인은 '아아, 이 어인 일이뇨?' 하고 개탄하고 경악하는 것이다.

그리고는 '나의 영혼이 한껏 두려운 한밤을 지낼까 보다' 고 인생 무상의 허무감을 노래한다.

보리밭

보리밭 사잇길로 걸어가면
뉘 부르는 소리 있어
나를 멈춘다
옛 생각이 외로워
휘파람 불면
고운 노래 귓가에
들려 온다
돌아보면 아무도
뵈이지 않고

저녁놀 빈 하늘만
눈에 차누나

이 시는 윤용하(尹龍河)의 곡이 붙어 더욱 널리 알려지고 있는 명시다.

박화목의 시는 이 「보리밭」이외에도 「망향」, 「과수원길」 등등 많은 작품에 곡이 붙여져서 명곡으로 널리 불려지고 있거니와 그 중에서도 「보리밭」은 그의 대표적 서정시다. 그는 초기에 목가적 전원시를 썼고, 서정적 시세계를 거쳐 인생과 사상(事象)에 대한 관조적인 시, 그리고 주지적인 시로 폭을 넓혀 왔다.

이 「보리밭」은 그의 순수 서정의 정화(精華)라고 해도 과언이 아니다.

시어의 함축과 절제, 이미지의 절도 있는 전이(轉移) 속에 조형적(造形的)인 심상(心象)의 균제미(均齊美)를 느끼게 한다.

호접(蝴蝶)

가을 바람이 부니까
호접이 날지 않는다.

가을 바람이 해조(海潮)같이 불어와서
울 안에 코스모스가 구름처럼 쌓였어도
호접 한 마리도 날아오지 않는다.

적막만이 가을 해 엷은 볕 아래 졸고
그 날이 저물면 벌레 우는 긴긴 밤을
등피 끄스리는 등잔을 지키고 새우는 것이다.

달이 유난하게 밝은 밤
지붕 위에 박이 또 다른 하나의 달처럼
화안히 떠오르는 밤

박화목 │ 333

담 너머로 박 너머로
지는 잎이 구울러 오면
호접같이 단장한 어느 여인이 찾아올 듯싶은데……

싸늘한 가을 바람만이 불어와서
나의 가슴을 싸늘하게 하고
입김도 서리같이 식어 간다.

이해와 감상

이 시의 제재는 '나비'이지만 시인은 나비를 통한 가을날의 고독과 인생의 허무감을
노래하고 있다.

여기서 주목해야 할 사실은 '호접(나비)'은 곧 이 시인의 이상상(理想像)으로서의 상
징적 존재다.

이 상징적 존재로서의 나비는 제5연에 가서 '여인'으로서 변용을 보인다. 또한 '호접
같이 단장한 어느 여인이 찾아올 듯싶은데……'는 화자가 스스로의 고독을 강조하고 있
는 시구이다.

그런데 우리가 주목해야 할 것은 '여인'이란 반드시 '연인(戀人)'으로서의 여인을 말
하는 것이 아니고, 마음의 고독을 달래 줄 수 있는 이상적인 존재를 뜻하고 있다.

시인은 마지막 연에서 고독의 절정으로 니힐(nihil, 허무)에 사로잡힌다. 이것은 어떤
의미에서는 유미적(唯美的)인 경향의 '고독의 시'랄 수 있다.

특히 마지막 연은 '싸늘한', '싸늘하게', '서리같이'로 고독이 그 극치에서 동결되는
듯한 짙은 파토스(pathos, 비애로서의 情念)를 안겨 준다.

Ⅳ. 광복의 종소리는 울리고

(1945~1949)

김수영(金洙暎)

서울에서 출생(1921~1968). 일본 토우쿄우 상대에 입학했으나 학병을 피해 귀국(1943). 연희전문 영문과 중퇴(1945). 1945년 『예술부락』에 시 「묘정(廟庭)의 노래」를 발표하며 문단에 등단했다. 시집 『새로운 도시와 시민들의 합창』(공저, 1949), 『평화에의 증언』(공저, 1957), 『달나라의 장난』(1959), 『거대한 뿌리』(1974), 『주머니 속의 시』(1977), 『달의 행로(行路)를 밟을지라도』(1979), 『시인이여 기침을 하자』(1984) 등이 있다.

눈

눈은 살아 있다.
떨어진 눈은 살아 있다.
마당 위에 떨어진 눈은 살아 있다.

기침을 하자.
젊은 시인이여 기침을 하자.
눈 위에 대고 기침을 하자.
눈더러 보라고 마음 놓고 마음 놓고
기침을 하자.

눈은 살아 있다.
죽음을 잊어버린 영혼과 육체를 위하여
눈은 새벽이 지나도록 살아 있다.

기침을 하자.
젊은 시인이여 기침을 하자.
눈을 바라보며
밤새도록 고인 가슴의 가래라도
마음껏 뱉자.

주제 순수 가치 창조에의 갈망
형식 4연의 산문시
경향 주지적, 상징적, 저항적

산문체의 상징적 표현 속에 강렬한 순수 지향의 의지를 표현하고 있다.
일상어이면서도 지적인 내용을 담고 있다.
'눈은 살아 있다'와 '기침을 하자'의 동어 반복을 하고 있다.

이해와 감상

1950년대에 모더니즘(modernism) 시운동에 나섰던 김수영은 한때 도시문명의 비판에 앞장섰다. 하늘에서 내리는 '눈'이 지상에 떨어진 뒤에도 '살아 있다'고 시인은 노래한다. 그러나 여기서 '눈'이 '살아 있다'는 표현은 과연 무엇을 뜻하는 것인가. 눈은 순결의 상징이기도 하지만, 생명의 본질적 현상을 상징적으로 표현하고 있는 것이다.

따라서 이 시는 실제로 내리는 눈을 묘사한 것이 아니라 눈의 순수성을 통해 불순한 일상적 상황에 대한 배격과 울분을 토로한 것이다.

'기침'과 '가래침'은 불순한 것에 대한 김수영의 강렬한 비판의식과 저항정신을 상징적으로 표현한 것이다. 시민을 배반한 독재자에게, 신의를 저버린 모든 자에게, 또한 온갖 그릇된 것에 대한 신랄(辛辣)한 고발(기침·가래침)이다. 그러기에 순수 가치 창조에 대한 참다운 소망과 인간적인 고뇌를 담고 있다.

그동안 김수영은 여러 시편에서 암담하고 험악한 시대사조에 저항하며 건전한 시민정신 속에서 인간애의 휴머니즘 넘치는 시를 소박한 일상어로 엮는 독자적인 시세계 구축에 힘썼다. 이 점에 관해 김수영은 다음과 같이 말했다.

"시의 내용— 종교적이거나 사상적인 도그마(dogma, 敎義)를 시 속에 직수입하고 싶은 충동을 느껴 본 일은 없다. 시의 어머니는 어디까지나 언어, 따라서 나는 시의 내용에 대하여 고심해 본 일이 없고 나의 가슴은 언제나 무(無), 이 무 위에서 파괴와 창조가 동시에 이루어진다. 앞으로 남은 문제는 어떻게 하면 생활을 더 심화시키는가 하는 것."

현대식 교량

현대식 교량을 건널 때마다 나는 갑자기 회고주의자가 된다.
이것이 얼마나 죄가 많은 다리인 줄 모르고
식민지의 곤충들이 24시간을
자기의 다리처럼 걸어 다닌다.
나이 어린 사람들은 어째서 이 다리가 부자연스러운지를 모른다.
그러니까 이 다리를 건너갈 때마다
나는 나의 심장을 기계처럼 중지시킨다.

(이런 연습을 나는 무수히 해 왔다.)

그러나 문제는 이러한 반항에 있지 않다.
저 젊은이들의 나에 대한 사랑에 있다.
아니 신용이라고 해도 좋다.
'선생님 이야기는 20년 전 이야기이지요'
할 때마다 나는 그들의 나이를 찬찬히
소급해 가면서 새로운 여유를 느낀다.
새로운 역사라고 해도 좋다.

이러한 경이는 나를 늙게 하는 동시에 젊게 한다.
아니 늙게 하지도 젊게 하지도 않는다.
이 다리 밑에서 엇갈리는 기차처럼
늙음과 젊음의 분간이 서지 않는다.
다리는 이러한 정지의 증인이다.
젊음과 늙음이 엇갈리는 순간
그러한 속력과 속력의 정돈(停頓) 속에서
다리는 사랑을 배운다.
정말 희한한 일이다.
나는 이제 적을 형제로 만드는 실증을
똑똑하게 천천히 보았으니까!

주제 세대 교체의 참다운 이해
형식 3연의 산문시
경향 주지적, 관념적, 풍자적
표현상의 특징 산문체의 일상어로 이미지의 비약적 전개를 하고 있다.
함축된 표현에 의한 시의 난해성을 드러내고 있다.

이해와 감상

1950년대의 한국시 발전도상에 부각된 큰 문제는 시의 난해성이다.
『현대문학』(1965. 7)에 발표된 이 작품도 난해한 현대시의 부류에 속한다.
특히 애매한 시어의 난발로 난해시의 문제가 장기간 논의의 대상이 되었다. 이 작품을
이해하려면 우선 '현대식 교량'이 담고 있는 의미 내용을 포착할 일이다.

즉, '현대식 교량'이란 과거의 봉건적 요소와 현대적 요소가 교차하는 과도기, 이른바 세대 교체론을 대두시킨 과도기적 생활상을 여러 층의 사람이 강물을 건너다니는 교량(다리)에다 비유했다.

이 시의 배경에는 6·25동란이라는 동족상잔과 그 이후 서구 문물의 범람 등 세대간의 갈등이며 의식의 변화 등을 암시하고 있는 것이다

이 '교량'에서는 과거에 대한 죄책감으로 '심장을 기계처럼 중지시켜야' 하는 기성세대와 '선생님 이야기는 20년 전 이야기지요' 하고 반항하는 새 세대가 만나게 된다.

낡은 세대 속에서 자라나는 젊은 세대, 즉 낡은 역사 속에서 새로운 역사가 싹터 모순과 반발은 다리 밑에서 서로가 엇갈리는 기차와도 같다. 이 과도기의 상황을 신구세대가 올바르게 이해하므로써 극단의 반목과 갈등보다는 협조와 사랑과 이해를 이루자는 것이 이 시가 제시하는 기본적인 정신이다.

풀

풀이 눕는다
비를 몰아오는 동풍에 나부껴
풀은 눕고
드디어 울었다
날이 흐려서 더 울다가
다시 누웠다

풀이 눕는다
바람보다도 더 빨리 눕는다
바람보다도 더 빨리 울고
바람보다도 먼저 일어난다

날이 흐리고 풀이 눕는다
발목까지
발밑까지 눕는다
바람보다 늦게 누워도
바람보다 먼저 일어나고

바람보다 늦게 울어도
바람보다 먼저 웃는다
날이 흐리고 풀뿌리가 눕는다

이해와 감상

　김수영은 그의 주지적 시의 형상화 작업에서 한결같이 그 내면세계에 저항의지를 결연하게 담는다.
　앞의 「눈」에서도 그렇거니와 그의 또 하나의 대표작인 「풀」에서는 자연의 오브제(대상)인 사물을 사회현상(social phenomina)에 가탁하여 신랄하게 풍자하고 있다.
　'동풍' (제1연)에 뒤흔들린 '풀은 눕고/ 드디어 울었다/ 날이 흐려서 더 울다가/ 다시 누웠다' 는 이 메타포에는 군사독재에 시달렸던 시인 스스로의 아픔이 심도 있게 배어 있는 것이다.
　저자와도 늘 명동의 주점 '구만리' 에서 만났으며, 고통받던 선배 시인 김수영의 깊은 속을 자주 들을 수 있었다.
　군사정권에 저항하던 시인은 가슴 아프게도 귀가길에 그만 교통사고로 유명을 달리했던 것이다.
　'날이 흐리고 풀뿌리가 눕는다' 는 이 표현에는 어딘가 시인의 눈부신 저항정신의 종국(終局)의 예감이 짙게 밴 결구가 되고 말았으며 그것이 못내 가슴 아프다.

정한모(鄭漢模)

충청남도 부여(扶餘)에서 출생(1923~1991). 서울대학교 국문학과 졸업, 동 대학원 수료. 동인지 『백맥(白脈)』 제1호(1945. 12)에 시 「귀향시편(歸鄕詩篇)」을 발표하며 문단에 등단했다. 동인지 『시탑(詩塔)』(1946~1947)을 주재했고, 『주막(酒幕)』(1947) 동인 활동. 시집 『카오스의 사족(蛇足)』(1958), 『여백을 위한 서정』(1959), 『아가의 방(房)』(1970), 『새벽』(1975), 『사랑시편』(1983), 『아가의 방 별사(別詞)』(1983), 『나비의 여행』(1983), 『원점에 서서』(1989) 등이 있다.

가을에

맑은 햇빛으로 반짝반짝 물들며
가볍게 가을을 날고 있는
나뭇잎
그렇게 주고 받는
우리들의 반짝이는 미소로도
이 커다란 세계를
넉넉히 떠받쳐 나갈 수 있다는 것을
믿게 해 주십시오.

흔들리는 종소리의 동그라미 속에서
엄마의 치마 곁에 무릎을 꿇고
모아 쥔 아가의
작은 손아귀 안에
당신을 찾게 해 주십시오.

이렇게 살아가는
우리의 어제 오늘이
마침내 전설 속에 묻혀 버리는
해저(海底) 같은 그 날은 있을 수 없습니다.

달에는

은도끼로 찍어낼
계수나무가 박혀 있다는
할머니의 말씀이
영원히 아름다운 진리임을
오늘도 믿으며 살고 싶습니다.

어렸을 적에
불같이 끓던 병석에서
한없이 밑으로만 떨어져 가던
그토록 아득하던 추락(墜落)과
그 속력으로
몇 번이고 까무러쳤던
그런 공포의 기억이 진리라는
이 무서운 진리로부터
우리들의 이 소중한 꿈을
꼭 안아 지키게 해 주십시오.

주제 삶의 순수가치 추구
형식 5연의 자유시
경향 주지적, 문명비평적, 윤리적
표현상의 특징 일상어의 표현이나 엄밀한 시적 구조와 의미의 명징성(明澄性)이 드
러나고 있다.
각 연의 마지막 행(行)에 '주십시오'(동어반복), '없습니다', '싶습니다' 등 경
어체의 종결어미를 쓰고 있다.

이해와 감상

제2시집 『여백(餘白)을 위한 서정(抒情)』(1959)에 수록된 작품이다.

작자의 윤리덕(倫理德)이며 인간애의 휴머니즘 정신이 물씬 풍기는 시세계가 전개되
고 있다.

인간의 삶을 위협하고 불안과 공포에 떨게 하는 온갖 문명(文明)의 박해로부터 벗어
나 참되고 아름다운 삶을 영위할 수 있는 참뜻을 터득하게 해달라는 시인의 기원(祈願)
이 가슴에 울려온다. 그것은 인간애의 순수 의식에 의한 인간성 회복에의 열망이다.

제1연에서 '우리들의 반짝이는 미소'는 '우리들의 참다운 사랑의 정신'이고, 제2연에
서의 '아가의 작은 손아귀 안'은 '순결 무구한 평화의 터전'이며, 제3연에서의 '해져 같

은 그 날'은 '암담한 멸망의 날'을 가리키고 있다.

　제4연의 '할머니의 말씀'은 산업화 되어 가는 공해로 고통당하는 세계가 아닌 영원한 이상향에 대한 '참다운 말씀'이며, 제5연의 '소중한 꿈'은 온갖 삶의 난상(亂相)과 공포에서 벗어난 '참되고 아름다운 삶에의 의지'다.

　인생을 긍정적으로 관조하는 인간애의 휴머니즘의 창조적 작업이야말로 오늘과 같은 시대에 있어 시인에게 주어진 귀중한 과제가 아닐 수 없다.

나비의 여행
— 아가의 방·5

아가는 밤마다 길을 떠난다.
하늘하늘 밤의 어둠을 흔들면서
수면(睡眠)의 강을 건너
빛 뿌리는 기억의 들판을
출렁이는 내일의 바다를 날으다가
깜깜한 절벽
헤어날 수 없는 미로(迷路)에 부딪치곤
까무라쳐 돌아온다.

한 장 검은 표지를 열고 들어서면
아비규환(阿鼻叫喚)하는 화약 냄새 소용돌이
전쟁은 언제나 거기서 그냥 타고
연자색 안개의 베일 속
파란 공포의 강물은 발길을 끊어 버리고
사랑은 날아가는 파랑새
해후(邂逅)는 언제나 엇갈리는 초조
그리움은 꿈에서도 잡히지 않는다.
꿈길에서 지금 막 돌아와
꿈의 이슬에 촉촉이 젖은 나래를
내 팔 안에서 기진맥진 접는
아가야

오늘은 어느 사나운 골짜기에서
공포의 독수리를 만나
소스라쳐 돌아왔느냐.

주제 아기를 통한 삶의 순수가치 추구
형식 3연의 자유시
경향 주지적, 논리적, 풍자적
표현상의 특징 산문체의 일상어로 환상적인 전율의 세계를 표현하고 있다.
'아가는 밤마다 길을 떠난다', '하늘하늘 밤의 어둠을 흔들면서', '수면의 강',
'기억의 들판', '내일의 바다' 등과 같은 비유(은유)의 표현을 하고 있다.
순수한 삶에 대한 열망을 과장(hyperbole)하여 표현하고 있다.

이해와 감상

정한모의 제3시집 『아가의 방(房)』(1970)의 표제시다.

그의 인간애에 대한 시적(詩的) 방법론(方法論)인 '아가'는 곧 '나비'라는 관계 설정
을 제시하고 있는 연작 시집이 『아가의 방』이다.

그는 인간애의 참다운 시발을 순결 무구한 어린 생명체인 '아가'로부터 출발시키며
아가에 대한 어른들의 참다운 사랑을 호소하고 있다.

이 시에서 클라이맥스는 제3연의 '아가야/ 오늘은 어느 사나운 골짜기에서/ 공포의
독수리를 만나/ 소스라쳐 돌아왔느냐'고 비인간적 상황을 풍자적으로 고발하는 것이다.

여기서 '아가의 방'에 대한 시인의 말을 직접 들어 본다.

"아가의 방은 인간의 가장 순수한 성지이다. 매연도, 초연 냄새도 스며들어서는 안 된
다. 더구나 살육의 공포나 위협으로 마구 흔들어댈 수는 없다. 갈수록 인간의 가치가 땅
에 떨어지고 피 비린내 나는 죽음의 공포가 일상화 되어 가는 현대에서 인간 생명의 절
대적인 성지는 마지막 보루처럼 수호되어야 한다."

김윤성(金潤成)

서울에서 출생(1925~   ). 호는 조운(釣雲). 1946년 『백맥(白脈)』의 동인으로 그 창간호에 시 「들국화」, 「밤의 노래」 등을 발표하며 문단에 등단했다. 『백맥』동인들 중에서 시인들만의 모임인 「시탑(詩塔)」 동인. 시집 『바다가 보이는 산길』(1956), 『예감(豫感)』(1970), 『애가(哀歌)』(1973), 『자화상』(1978), 『돌의 계절』(1982), 『꺼지지 않는 횃불로』(1982) 등이 있다.

나무

한결 같은 빗속에 서서 젖는
나무를 보며
황금색 햇빛과 개인 하늘을
나는 잊었다
누가 나를 찾지 않는다.
또 기다리지도 않는다.

한결 같은 망각 속에
나는 구태여 움직이지 않아도 좋다.
나는 소리쳐 부르지 않아도 좋다.
시작도 끝도 없는 나의 침묵은
아무도 건드리지 못한다.

무서운 것이 내게는 없다.
누구에게 감사받을 생각도 없이
나는 나에게 황홀을 느낄 뿐이다.

나는 하늘을 찌를 때까지
자랄려고 한다.
무성한 가지와 그늘을 펼려고 한다.

이해와 감상

『문예』(1949. 9)지에 발표된 김윤성의 초기시에 속하는 작품으로 서정성을 바탕으로 하면서도 현대적 감각이 융합된 주지적 서정시라 하겠다.

나무는 나이고 나는 나무로 동일시되는 가운데 제1연에서는 '누가 찾지도 않고 또 기다리지도 않는' 나무의 독자적 세계, 즉 한정된 공간 속에 유폐(幽閉)된 고독감을 담는다.

제2·3연에서는 '나는 나에게 황홀을 느낄 뿐' 인 자기 만족과 자위(自慰)로 '아무도 건드리지 못하는' 굳은 내면 세계, 즉 내부 생명의 강력한 힘에 대한 신뢰를, 제4연에서는 '하늘을 찌를 때까지/ 자랄려' 는 나무의 의욕적인 건실한 자세를 통해 시인 자신의 강건한 삶의 고고한 순수가치를 추구하는 의욕을 담고 있다.

바다가 보이는 산길

바다가 보이는 산길이 난 좋아.
엉겅퀴, 들장미 피는 유월 녹음 밑에 앉아 바라보는
바다가 난 좋아.

한잠 들고 깨어 봐도 그 자리 그 곳에
오도 가도 염(念)도 않는 범선(帆船) 두어 개,
먼 먼 바위 섬엔
부서지는 파도성(波濤聲)이 들리지 않아
고요히 피었다가 사라지는 흰 물살들이
아직도 꿈속인 양 아물거리는
유월 바다가 보이는 산길이 난 좋아.

이해와 감상

이 시는 김윤성의 첫 시집 『바다가 보이는 산길』(1956)의 표제가 된 그의 초기 시를 대표하는 작품의 하나다.

녹음이 깔린 6월의 산길에서 바라다보는 바다의 서정이 듬뿍 담긴 서경시다.

제1연의 첫 행과 제2연의 끝 행에서 '(유월)바다가 보이는 산길이 난 좋아'로 수미상관의 유어 반복법이 취해지고 있는데, 이 반복 속에서 그 시의 내용이 극적 변용을 이루고 있는 점을 간과해서는 안 된다.

즉, 제1연은 '바다가 보이는 산길이 난 좋아'로 시작하여 '바다가 난 좋아'로 맺어짐으로써 '바다'를 좋아한다는 인상이 강한 데 대하여 제2연의 끝 행에서는 '유월 바다가 보이는 산길이 난 좋아'로 맺음으로써 '바다'를 노래하면서도 '바다가 보이는 산길'이 더 좋다고 강조하고 있다. 이것은 곧 6월의 푸르른 바다의 서정과 녹음이 우거진 고요한 산길의 조화미를 형상화 시킨 표현의 묘라 하겠다.

효조(曉鳥)

새벽 창가에 듣는
참새소리는, 조금도
시끄럽지 않아서 좋다
들으면서 잊을 수 있고
잊으면서 문득 다시 듣는
그 즐거운 소리
새벽 맑은 기분에
오히려 소리 있어 더 한층 고요해지는
나의 마음, 나의 작은 새여
대낮의 소음과 함께 지금은
어디로 사라졌는가

이해와 감상

새벽녘부터 처마 밑에서 재잘대는 참새소리는 누구에게나 정답고 약간은 소란스러워도 고마운 지저귐이다. 왜냐하면 늦잠 들지 말도록 일깨워 주는 괘종시계가 아닌 귀여운 목소리기 때문이다.

그런데 김윤성은 '새벽 참새'에게 '조금도/ 시끄럽지 않아서 좋다'고 인간애적인 따사로운 정감을 전해 주고 있다.

그렇다. 오늘날처럼 아파트 건축 전성시대이고 보면 이제 도시에 사는 많은 주민들은 그 정다운 새벽 참새소리조차 듣지 못하는 자연에서 추방된 불운한 존재임을 새삼 깨닫게 되는 것이다.

구 상(具 常)

함경남도 원산(元山)에서 출생(1919~   ). 일본 니혼(日本)대학 종교학과 졸업(1941). 본명 상준(常浚). 1946년 원산에서 동인지 『응향(凝香)』을 주재하였고, 『응향』에 시 「길」, 「여명도」, 「밤」 등을 발표하며 시작(詩作) 활동을 시작했다. 시집으로 『구상시집』(1951), 『초토의 시』(1956), 『밭 일기』(1967), 『까마귀』(1981), 『나는 너에게 너는 나에게』(1982), 『드레퓌스의 벤취에서』(1984), 『木瓜 옹두리에도 사연이』(1984), 『구상 연작시집』(1985), 『구상 시전집』(1986), 『한국전쟁시선』(1986) 등이 있다.

초토(焦土)의 시

하꼬방 유리 딱지에 애새끼들
얼굴이 불타는 해바라기 마냥 걸려 있다.

내려 쪼이던 햇발이 눈부시어 돌아선다.
나도 돌아선다.

울상이 된 그림자 나의 뒤를 따른다.
어느 접어든 골목에서 걸음을 멈춰라.

잿더미가 소복한 울타리에
개나리가 망울졌다.

저기 언덕을 내려 달리는
체니[少女]의 미소엔 앞니가 빠져
죄 하나도 없다.

나는 술 취한 듯 흥그러워진다.
그림자 웃으며 앞장을 선다.

주제 전쟁의 상실감과 인간애
형식 6연의 자유시
경향 상징적, 민족적, 해학적
표현상의 특징 산문체의 일상어로 이미지 전달이 잘 되는 표현을 하고 있다.
6연의 시에서 제5연만이 3행이고 나머지는 2행시로 연을 이루고 있다.
'하꼬방', '애새끼들'과 같은 속어와 비어, '체니'라는 평안도 방언을 쓰고 있다.

이해와 감상

그의 시집 『초토의 시』(1956)의 표제가 된 이 시는 15편으로 된 연작시 중 제1편에 해당한다. 6·25동란이라는 뼈아픈 우리 민족의 상처를 외면하여 절망에 그치게 할 것이 아니라 민족적 아픔을 서로가 손모아 따뜻이 보살피며 극복해야만 한다는 것이다.

그러기에 굳센 의지로 그 비극적 현실을 감싸려는 화자의 자세가 연작된 각 편마다 의연하게 담겨 있다. 6·25는 우리 민족이 겪은 동족상잔의 비극이기에 그 비극적 터전의 이모저모를 가슴 뭉클하게 엮었다.

배고픈 아이들, 천진난만한 소녀 등등 죄 없는 어린 것들을 결코 내버려 둘 수 없기에 시인은 그들이 초토에서 건강하고 슬기롭게, 뛰고 달리도록 어루만지고 얼싸안아 주고 있다.

강

1

아침 강에
안개가
자욱 끼어 있다.

피안(彼岸)을 저어 가듯
태백(太白)의 허공 속을
나룻배가 간다.

기슭, 백양목 가지에

까치가 한 마리
요란을 떨며 날은다.

물 밑의 모래가
여인네의 속살처럼
맑아 온다.

잔 고기떼들이
생래(生來)의 즐거움으로
노닌다.

황금의 햇발이 부서지며
꿈결의 꽃밭을 이룬다.

나도 이 속에선
밥 먹는 짐승이 아니다.

　　　　2
산들이 검은 장삼을 걸치고
다가앉는다.
기도소의 침묵이 흐른다.

초록의 강물결이
능금빛으로 물들었다가
금은으로 수를 놓다가
설원(雪原)이 되었다가
이 또한 검은 망사(網絲)를 쓴다.

강 건너 마을은
제단같이
향연(香煙)이 피어 오르고

나루터에서
호롱을 켠 조각배를 타고
외론 혼이 저어 나간다.

3
강이 숨을 죽이고 있다.
기름을 부어 놓은
유순(柔順)이 흐른다.

닦아 놓은 거울 속에
구름 한 점 없는 하늘이
마냥 깊다.

선정(禪定)에 든 강에서
나도 안으로 환해지며
화평을 얻는다.

4
바람도 없는 강이
몹시도 설렌다.

고요한 시간에
마음의 밑뿌리부터가
흔들려 온다.

무상(無常)도 우리를 울리지만
안온(安穩)도 이렇듯 역겨운 것인가?

우리가 사는 게
이미 파문이듯이
강은 크고 작은

물살을 짓는다.

6

강에 은현(銀絃)의
비가 내린다.

빗방울은 물에 번지면서
발레리나가 무대 인사를 하듯
다시 튀어 올라 광채를 짓고
저 큰 흐름 속으로
사라지고 만다.

강은 이제 박수 소리를 낸다.

10

저 산골짜기 이 산골짜기에다
육신의 허물을 벗어
흙 한 줌으로 남겨 놓고
사자(死者)들이 여기 흐른다.

그래서 강은 뭇 인간의
갈원(渴願)과 오열(嗚咽)을 안으로 안고
흐른다.

나도 머지 않아 여기를 흘러가며
지금 내 옆에 앉아
낚시를 드리고 있는 이 작은애의
그 아들이나 아니면 그 손주놈의
무심한 눈빛과 마주치겠지?
그리고 어느 날 이 자리에
또 다시 내가 찬미(讚美)만의 모습으로
앉아 있겠지!

주제 자연 친화로서의 자아성찰
형식 10편으로 된 연작 자유시
경향 서정적, 서경적, 상징적
표현상의 특징 강이라는 시제(詩題)로 10편의 연작시를 흡사 강물이 자연스럽게 흐
르듯 엮고 있는 시로서, 압축된 언어로 절도(節度) 있게 구성하고 있다.
(제5·8·9편은 게재를 생략했음을 참고할 것.)

이해와 감상

구상은 자신의 삶의 존재를 철학적으로 규명하는 가운데 풍자적 서정을 통해 참다운 인간애를 추구하는 시인이다.

이 작품에서는 인생의 심오한 구경(究境)을 아름다운 자연과의 교감(交感) 속에 주지적 심미(審美)의식으로 형상화 하고 있다.

화자는 강변에서 인간적인 자아를 벗어나 강이 새로이 안겨주는 그 오묘한 자연 속에 자신을 투영, 자연과 시인이 하나의 조화를 이루는 과정에서의 자연 친화를 통한 새로운 지성적인 발견이며 나아가 자아에 대한 진지한 성찰을 하고 있다.

이것이야말로 무릇 시인이 자연의 경이(驚異)를 발견하고 거기서 얻은 예지(叡智)를 우리들에게 마음껏 펼쳐 주는 소중한 작업이다.

시인의 말을 직접 들어 보자.

"나의 시는 자연 서정으로 만발하던 시대에 시의 출발 당초부터가 나와 남과 인류의 운명이나 그 불행이 상념의 초점이었던 것이 사실이요, 그래서 나에게는 시의 소재의 농도가 큰 배지(背地)를 이루고 있다.

여기서 나의 시작(詩作)의 독자성이 생기는 것이고, 이에 영향이 되고 있는 우리 시사(詩史) 반세기는 나에게 비판적인 태도를 가지게 하는 이유가 발생한다.

말하자면 나의 시작은 우리 시단의 상황을 공백시하는 데서 오는 새로운 이념과 방법에 대한 부단한 관심에서인 것이다. …(중략)… 이로써 나의 시는 한 마디로 말해서 운명을 정서로 감응하는 피조자(被造者)의 노래이다."

박인환(朴寅煥)

강원도 인제(麟蹄)에서 출생(1926~1956). 경성 제일고보를 거쳐 평양의전 수료. 1946년 「국제신보」에 시 「거리」를 발표했고, 「남풍(南風)」을 「신천지 (新天地)」(1947. 7)에 발표하며 문단에 등단했다. 합동시집으로 「새로운 도시와 시민들의 합창」(공저, 1949), 시집 「박인환 시선집」(1955), 「목마와 숙녀」(1976) 등이 있다.

목마(木馬)와 숙녀(淑女)

한 잔의 술을 마시고
우리는 버지니아 울프의 생애와
목마를 타고 떠난 숙녀의 옷자락을 이야기한다.
목마는 주인을 버리고 그저 방울 소리만 울리며
가을 속으로 떠났다. 술병에서 별이 떨어진다.
상심한 별은 내 가슴에 가볍게 부서진다.
그러한 잠시 내가 알던 소녀는
정원의 초목 옆에서 자라고
문학이 죽고 인생이 죽고
사랑의 진리마저 애증(愛憎)의 그림자를 버릴 때
목마를 탄 사랑의 사람은 보이지 않는다.
세월은 가고 오는 것
한 때는 고립을 피하여 시들어 가고
이제 우리는 작별하여야 한다.
술병이 바람에 쓰러지는 소리를 들으며
늙은 여류 작가의 눈을 바라다보아야 한다.
……등대(燈臺)……
불이 보이지 않아도
그저 간직한 페시미즘의 미래를 위하여
우리는 처량한 목마 소리를 기억하여야 한다.
모든 것이 떠나든 죽든

그저 가슴에 남은 희미한 의식을 붙잡고
우리는 버지니아 울프의 서러운 이야기를 들어야 한다.
두 개의 바위 틈을 지나 청춘을 찾은 뱀과 같이
눈을 뜨고 한 잔의 술을 마셔야 한다.
인생은 외롭지도 않고
그저 잡지의 표지처럼 통속(通俗)하거늘
한탄할 그 무엇이 무서워서 우리는 떠나는 것일까.
목마는 하늘에 있고
방울 소리는 귓전에 철렁거리는데
가을 바람 소리는
내 쓰러진 술병 속에서 목메어 우는데―

주제 현대인의 불안 의식과 고뇌
형식 전연의 자유시
경향 주지적, 상징적, 낭만적
표현상의 특징 산문체이면서도 리듬감 있는 구성이 독자의 공감도를 높여 주고 있다.
'술·방울 소리·가을·별·소녀·인생·세월·작별·등대·청춘·잡지의 표지'와 같은 서정과 낭만적인 시어의 구사로 6·25사변 후 폐허가 되었던 도시(서울)가 다시 조금씩 되살아나고 있는 때의 시대적 불안을 표현하고 있다. '목마'는 불안과 허무의 시대상을 상징한다. 또한 '숙녀'는 내면세계를 '의식의 흐름' 수법으로 철저하게 추구한 영국 작가 버지니아 울프(Adeline Virginia, Woolf, 1882~1941)를 가리킨다.
'페시미즘'(pessimism)은 '염세주의' 또는 '비관론'을 뜻한다.

이해와 감상

『박인환 시선집』(1955. 10)에 수록된 이 작품은 떠나가는 모든 것들에 대한 애상(哀傷)을 낭만적으로 노래한 시다.

6·25사변이라는 동족상잔의 비극이 휩쓸아치고 간 폐허의 서울 땅. 불안과 무질서 등이 난무하는 혼란 속에서 치열한 생존경쟁으로 지새던 50년대 초에, 시인 박인환은 불안의식과 문명의 위기의식을 상징적 수법에 의한 낭만적 감각으로 노래했다.

'한 잔의 술을 마시고' 이야기하는 버지니아 울프의 비극적 생애와 떨쳐 버릴 수 없는 불안과 허무의 시대가 '목마'로 표상되어 있다. 즉 가을 속으로 떠나가 버린 목마와 숙녀의 허무 의지는 바로 작가의 고뇌이며 동시에 시대적 슬픔이다.

박인환이 애독했던 영국의 여류작가인 버지니아 울프의 출세작은 「제이컵의 집」

(Jaycob′s house, 1922)이며, 대표작은 「델러웨이부인」(Mrs. Dalloway, 1925)이다. 「델러웨이부인」은 정치가의 마누라며, 중년여성인 그녀의 하룻 동안의 생활 속에서 과거사를 회고하는 내용으로 엮은 소설이다.

그녀의 작품들은 이른바 '의식의 흐름'(stream of consiousness)의 수법으로 쓴 소설들이다. '의식의 흐름'이란 미국의 철학자이자, 심리학자며 소설가였던 제임즈(William James, 1842~1910)가 주창했다. 그는 "인간의 의식은 강물처럼 시시각각 변하면서 끊임없이 흐른다"는 것이었다.

프루스트(Marcel Proust, 1871~1922)의 소설 「잃어버린 시간을 찾아서」(À la Recherche du Temps Perdu, 1907~27)와 죠이스(James A. Joyce, 1882~1941)의 「젊은 예술가의 초상」(A Portrait of the Artist as a Young Man, 1916)이 '의식의 흐름'의 대표적 작품이기도 하다.

31세의 젊은 나이로 타계한 박인환은 그 짧은 삶을 통해 시와 술을 벗하여 끈질기게 현대사회의 위기와 불안 의식을 낭만적인 감각으로 노래한 우수(憂愁)의 시인이었다.

이 작품에서도 '목마는 하늘에 있고/ 방울 소리는 귓전에 철렁거리는데/ 가을 바람 소리는/ 내 쓰러진 술병 속에서 목메어 우는데'와 같은 표현은, 그 당시 직정적(直情的)이며 감상(感傷)에 빠진 시단에 낭만적이며 동시에 주지적인 호소력을 보여주었다.

세월이 가면

지금 그 사람 이름은 잊었지만
그 눈동자 입술은
내 가슴에 있네.

바람이 불고
비가 올 때도
나는
저 유리창 밖 가로등
그늘의 밤을 잊지 못하지.
사랑은 가고 옛날은 남는 것
여름날의 호숫가 가을의 공원
그 벤취 위에

나뭇잎은 떨어지고
나뭇잎은 흙이 되고
나뭇잎에 덮여서
우리들 사랑이
사라진다 해도

지금 그 사람 이름은 잊었지만
그 눈동자 입술은
내 가슴에 있네.

내 서늘한 가슴에 있네.

이해와 감상

박인환은 6 · 25동란으로 폐허가 돼 버린 이 땅의 불안한 시대의 우수 어린 시인이었다.

그러기에 그는 벅차게 삶을 고뇌하며 전쟁의 상처 속에서 그 위안제로 낭만적인 노래가 있어야만 했다.

시인은 이와 같은 애틋한 회상의 노래를 지었고, 작곡가였던 그의 벗(이진섭)은 즉흥적으로 그 시에다 샹송 스타일의 곡을 붙여 노래불러 주었던 것이다.

전쟁이 할퀴고 간 황량한 도시에서 시인은 정서에 목이 말라 그 대신 술로 목을 적시고, 흘러간 사랑을 노래했고, 사랑이 무르익던 여름날의 호숫가며 가을날의 낙엽 지던 공원을 그리워했다.

이 시를 통해서 우리는 전쟁에 깨어진 빌딩과 포연(砲煙)에 그슬린 벽돌담의 잔해가 나뒹굴던 서울의 1950년대 명동 거리와 초라한 주점 등을 연상(聯想)하게 된다.

오늘의 번화해진 명동에서는 그 옛날의 헐벗었던 자취란 찾을 길 없다. 다만 6 · 25이후 한 때 '시공관' 이라 부르던 일제 때 '명치좌' (明治座) 극장 외형만이 하나 명동 어귀에 뎅그러니 남아있을 따름이다.

김춘수(金春洙)

경상남도 충무(忠武)에서 출생(1922~　). 일본 니혼(日本)대학 예술과 수학. 1946년 『날개』에 시 「애가」를 발표하고, 1949년 『백민』에 시 「산악」, 『문예』에 시 「사(蛇)」를 발표하며 문단에 등단했다. 시집 『구름과 장미』(1948), 『늪』(1950), 『기(旗)』(1951), 『인인(隣人)』(1953), 『제일 시집』(1954), 『꽃의 소묘』(1959), 『부다페스트에서의 소녀의 죽음』(1959), 『타령조 기타』(1969), 『처용』(1974), 『남천(南天)』(1977), 『비에 젖는 달』(1980). 『처용 이후』(1982), 『서서 잠드는 숲』(1993), 『거울 속의 천사』(2001), 『쉰 한 편의 비가(悲歌)』(2002) 등이 있다.

꽃

내가 그의 이름을 불러 주기 전에는
그는 다만
하나의 몸짓에 지나지 않았다.

내가 그의 이름을 불러 주었을 때
그는 나에게로 와서
꽃이 되었다.

내가 그의 이름을 불러 준 것처럼
나의 이 빛깔과 향기에 알맞는
누가 나의 이름을 불러 다오.
그에게로 가서 나도
그의 꽃이 되고 싶다.

우리들은 모두
무엇이 되고 싶다.
나는 너에게 너는 나에게
잊혀지지 않는 하나의 의미가 되고 싶다.

주제 사물의 존재론적 인식과 가치 추구

형식 4연의 주지시

경향 주지적, 초현실적, 심층심리적

표현상의 특징 심층심리적인 바탕에서 꽃을 '그' 등으로 의인화(擬人化) 시키고 있다.
꽃과 나의 '존재'와 '관계'를 초현실적 수법으로 표현하고 있다.
일상적인 용어로 주지적 표현을 하고 있다.

이해와 감상

『현대문학』(1955. 9)에 발표되었다. 이 시는 서정시가 아니다. '꽃'이라는 생명체에 대한 존재론적 인식과 그 내면 세계를 추구하고 있는 심층심리적인 쉬르리얼리즘의 시다.

'내가 그의 이름을 불러 주었을 때/ 그는 나에게로 와서/ 꽃이 되었다'(제2연)고 하는 꽃과 나의 '관계'가 비로소 초현실적으로 성립된다.

'이름을 불러 주었'다는 호명(呼名)에서 드디어 꽃의 존재가 확립된 것이다.

흔히 꽃을 그 형태이며 향기와 생명력을 가지고 노래해 온 서정시가 아닌, 주지시다.

말하자면 지성과 이미지를 근본으로 하는 시의 존재가치며 그 궁극적인 내면세계로 화자가 사상(思想)을 가지고 초현실적으로 들어가고 있다.

화자는 그가 꽃과 만나 꽃의 이름을 불러주어 교감(交感)하더니 이번에는 그가 '꽃'이 되기를 소망한다. 즉 '나의 이 빛깔과 향기에 알맞은/ 누가 나의 이름을 불러다오'(제3연) 하고 애원한다.

일상적인 의미로서의 꽃의 시가 아닌 삶의 새로운 의미를, 그 가치를 부여하는 시다.

나의 하나님

사랑하는 나의 하나님, 당신은
늙은 비애다.
푸줏간에 걸린 커다란 살점이다.
시인 릴케가 만난
슬라브 여자의 마음 속에 갈앉은
놋쇠 항아리다.
손바닥에 못을 박아 죽일 수도 없고 죽지도 않는
사랑하는 나의 하나님, 당신은 또

대낮에도 옷을 벗는 어리디어린
순결이다
삼월에
젊은 느릅나무 잎새에서 이는
연둣빛 바람이다.

주제 절대자의 긍정적 설정
형식 전연의 주지시
경향 주지적, 상징적, 심층심리적
표현상의 특징 추상적이면서도 즉물적인 대상을 심층심리적으로 표현하고 있다.
작자의 선의식이 밝게 이미지화 되고 있다.
인생론적인 시이면서도 관념적인 표현을 배제시킨 솜씨가 두드러진다.
종결어미를 '~이다'로 긍정적으로 마무리하고 있다.

이해와 감상

김춘수가 여기서 제시하고 있는 '하나님'은 그가 설정한 한 절대자다. 따라서 어떤 종교적인 또는 신화적인 신(神)이라는 이미지를 벗어나서 이 시의 내면세계에 접근하는 게 바람직하다.

화자는 그의 하나님을 일컬어 '늙은 비애'와 '푸줏간에 걸린 커다란 살점'과 '놋쇠항아리', '어리디어린 순결', '연둣빛 바람' 등의 5가지 심상으로 상징하고 있다.

이것은 시인이 그의 '하나님'의 5가지 속성을 심층심리의 발상에서 제시한 것이므로 각기 서로 다른 존재가 아니라 하나의 기다란, 또는 둥근 고리쇄로 연결되는 속성에 속한다. 즉 서로가 상반하는 모순 속에서도 하나의 공통성을 지니고 있다.

그 순서를 이미지의 속성으로써 정리해 보면 삶의 '아픔'과 '희생'·'침묵'(인내)·'순수', 그리고 '희망'으로 이어진다. 따라서 김춘수의 하나님의 존재론적 자아는 '시련의 극복을 통한 희망찬 삶'을 이끌어 주는 긍정적인 신앙의 절대자로서의 존재다.

이와 같은 총체적인 이미지의 합성을 불과 13행의 시 속에 압축시킨 데에 시인의 앨리고리(allegory, 諷諭) 등 뛰어난 메타포 표현역량을 평가하지 않을 수 없다.

혹자는 김춘수가 릴케(Rainer Maria Rilke, 1875~1926)의 영향을 입었다고 한다. 그것은 김춘수가 릴케처럼 시의 대상을 물상(物象)에서 추구하는 시창작 방법론을 가리키는 것 같으나, 저자는 그런 피상적인 판단에 쉽사리 동의하지는 않는다.

내게 지적하라고 한다면 김춘수는 시의 언어구사가 남달리 무변하며 광범한 가장 활달한 한국 시단의 대표적 이미지스트라고 평가하련다. 그와 같은 사실은 「나의 하나님」이 입증하고 있다.

김춘수를 좀더 구체적으로 지적한다면 그의 이미저리 구사는 매우 다양하다. 예컨대,

비유적 이미저리(figurative imagery)를 비롯하여 정신적 이미저리(mental imagery), 상징적 이미저리(symbolic imagery)가 복합적으로 다양하게 구사되고 있다. 즉 은유(metaphor), 풍유(諷諭, allegory), 제유(提喩, synecdoche), 환유(換喩, metonymy), 의인화(擬人化, personification), 상징(symbol) 등이 그의 표현기교다.

여기서 나는 동시에 "위대한 문학이란 가능한한 최대한의 의미로서 충실된 언어다"라고 하는 이미지스트 에즈라 파운드(Ezra Loomis Pound, 1885~1972)의 지적이 「나의 하나님」에 적용된다는 확신을 갖고 있다.

부다페스트에서의 소녀의 죽음

다뉴브강에 살얼음이 지는 동구(東歐)의 첫겨울
가로수 잎이 하나 둘 떨어져 뒹구는 황혼 무렵
느닷없이 날아온 수 발의 소련제 탄환은
땅바닥에
쥐새끼보다도 초라한 모양으로 너를 쓰러뜨렸다.
바쉬진 네 두부(頭部)는 소스라쳐 삼십 보 상공으로 뛰었다.
두부를 잃은 목통에서는 피가
네 낯익은 거리의 포도를 적시며 흘렀다.
──너는 열 세 살이라고 그랬다.
네 죽음에서는 한 송이 꽃도
흰 깃의 한 마리 비둘기도 날지 않았다.
네 죽음을 보듬고 부다페스트의 밤은 목놓아 울 수도 없었다.
죽어서 한결 가비여운 네 영혼은
감시의 일만의 눈초리도 미칠 수 없는
다뉴브강 푸른 물결 위에 와서
오히려 죽지 못한 사람들을 위하여 소리 높이 울었다.
다뉴브강은 맑고 잔잔한 흐름일까,
요한 시트라우스의 그대로의 선율일까,
음악에도 없고 세계 지도에도 이름이 없는
한강의 모래 사장의 말없는 모래알을 움켜쥐고

왜 열 세 살 난 한국의 소녀는 영문도 모르고 죽어 갔을까?
죽어 갔을까, 악마는 등 뒤에서 웃고 있었는데
한국의 열 세 살은 잡히는 것 한 날도 없는
두 손을 허공에 저으며 죽어 갔을까,
부다페스트의 소녀여, 네가 한 행동은 네 혼자 한 것 같지가 않다.
한강에서의 소녀의 죽음도
동포의 가슴에는 짙은 빛깔의 아픔으로 젖어든다.
기억의 분(憤)한 강물은 오늘도 내일도
동포의 눈시울에 흐를 것인가,
흐를 것인가, 영웅들은 쓰러지고 두 주일의 항쟁 끝에 너를 겨눈 같은 총부
리 앞에
네 아저씨와 네 오빠가 무릎을 꾼 지금
인류의 양심에서 흐를 것인가,
마음 약한 베드로가 닭 울기 전 세 번이나 부인한 지금,
다뉴브강에 살얼음이 지는 동구(東歐)의 첫 겨울
가로수 잎이 하나 둘 떨어져 뒹구는 황혼 무렵
느닷없이 날아온 수 발의 소련제 탄환은
땅바닥에
쥐새끼보다도 초라한 모양으로 너를 쓰러뜨렸다.
부다페스트의 소녀여
내던진 네 죽음은
죽음에 떠는 동포의 치욕에서 역(逆)으로 싹튼 것일까.
싹은 비정(非情)의 수목들에서보다
치욕의 푸른 멍으로부터
자유를 찾는 네 뜨거운 핏속에서 움튼다.
싹은 또한 인간의 비굴 속에 생생한 이마아지로 움트며 위협하고
한밤에 불면의 염염(炎炎)한 꽃을 피운다,
부다페스트의 소녀여.

주제 자유 수호를 위한 불멸의 의지
형식 전연의 자유시
경향 주지적, 시사적, 풍자적

산문체의 일상어로 직서적인 표현을 하고 있다.
긴장된 언어와 박력 있는 역동적 표현이 두드러진다.
부다페스트의 소녀와 서울의 소녀를 상호 연관적 수법으로 심상화 시킨다.
'뛰었다', '않았다', '없었다', '울었다' 등등 과거형 어미처리를 하고 있다
'~흐름일까', '~선율일까', '~갔을까?', '~것일까' 등 수사의 설의법을 써
서 시적 감동을 고조시키고 있다.

이해와 감상

시집 『부다페스트에서의 소녀의 죽음』(1959. 11)의 표제시다.

1956년 부다페스트의 반소 · 반정부 데모를 일으켰던 헝가리의 '자유화 항거사건' 을
소재로 한 작품이다.

이 시에서는, 연상 수법의 교묘한 배합으로 다뉴브강의 흐름을 한강과 연달아 헝가리
의 불행을 한국의 불행으로 맞물리는 그와 같은 인류의 공감적인 공통성(共通性)의 비극
을 철저하게 투영하고 있다.

1956년 10월 23일에 헝가리(Hungary)의 수도 부다페스트(Budapest)에서 일어난 반소
반정부 사건이 거세게 폭발했던 그 배경을 모르고는 이 작품의 올바른 이해는 힘들다고
본다.

헝가리는 소련 공산당의 지배를 받는 소련의 위성국가였다. 헝가리의 대학생과 노동
자들은 스탈린(Iosif V. Stalin, 1879~1953) 주의에 불만을 품고 이에 반대하며 반소 · 반
정부 데모를 일으켰던 것이다.

헝가리 시민들의 항거는 약 2개월 지속되었으며, 소련군의 무자비한 군사적인 탄압과
친소 카다르(J. Kadar) 정권의 강압으로 의거는 끝장나면서 세계 여론은 비등했던 것이
다.

그 비극적인 저항 사건을 소재로 김춘수의 시가 이루어진 것이다.

그런데 흥미 있는 일은 그 해인 1956년 2월(14~25일)에 모스크바에서 열린 소련 공산
당 제20차 대회에서 후루시쵸프(Nikita S. Khrushchev, 1894~1971) 공산당 제1서기가 소
련의 공산주의 독재자였던 스탈린을 비판하기 시작했던 것이기도 하다.

나의 아픔과 더불어 남의 아픔까지 천착하는 폭넓은 시각 속에 엮어진 「부다페스트에
서의 소녀의 죽음」은 이른바 '국제화시대' 라는 오늘의 시점에서 우리가 다시금 음미해
볼 만한 역편(力篇)이다.

김종길(金宗吉)

경상북도 안동(安東)에서 출생(1926~   ). 혜화전문학교 국문과를 거쳐 고려대학교 영문학과 졸업. 동국대학교 대학원, 영국 셰필드대학 및 케임브리지대학에서 연구. 1947년 『경향신문』 신춘문예에 시 「문(門)」이 입선하였으며, 1955년 『현대문학』에 시 「성탄제」를 발표하며 문단에 등단했다. 시집 『성탄제』(1969), 『하회(河回)에서』(1977), 역시집 『20세기 영시선(英詩選)』(1954), 시론집 『시론(詩論)』(1965) 등이 있다.

춘니(春泥)

여자대학은 크림빛 건물이었다.
구두창에 붙는 진흙이 잘 떨어지지 않았다.
알맞게 숨이 차는 언덕길 끝은
파릇한 보리밭——
어디서 연식 정구의 흰 공 퉁기는 소리가 나고 있었다.
뻐꾸기가 울기엔 아직 철이 일렀지만
언덕 위에선
신입생들이 노고지리처럼 재잘거리고 있었다.

> **주제** 봄날의 신생(新生)의 서경(敍景)
> **형식** 전연의 주지시
> **경향** 주지적, 감각적, 서경적
> **표현상의 특징** 서양화 스케치의 그림을 연상시키는 청신한 이미지가 절도 있고 간결한 시어구사를 통해 산뜻하게 부각하고 있다.
> 시각과 청각이 공감각의 조형미(造形美)와 같은 작용을 하고 있다.
> '이었다', '않았다', '있었다' 등의 과거형 어미처리를 하면서도 진부하거나 거북한 어감(語感)보다는 상쾌한 까닭은 이 시인의 감각적인 표현법이 탁월한 것을 말해 준다.

이해와 감상

특별한 의미를 부여하지 않으면서도 오히려 시적 의미(poetic meanings)가 강한 시로서 성공한 작품이다. 제목인 '춘니(春泥)'는 봄날의 진흙탕이며, 특히 눈 녹은 진흙탕을 뜻하는 말이다.

영국에 유학하여 주지적(主知的) 영향을 받은 것으로 평가되는 시인답게 시어의 사구(辭句) 배치 등 조사(措辭)에 감상(sentiments) 따위가 배제된 시를 써 왔다. 그의 대표작으로 꼽고 싶은 이 작품도 주지적인 이미지 조형 속에 서경적(敍景的)인 묘사가 자못 흥미롭다.

서경시가 흔히 빠지는 주관적 자연미 예찬을 극복하는 지적(知的) 표현의 행(行)들이 두드러지게 눈에 띤다. 즉 '구두창에 붙는 진흙이 잘 떨어지지 않았다' 와 같은 봄날의 진흙탕 길의 상황묘사와 같은 주지적 표현이며, '알맞게 숨이 차는 언덕길 끝' 이랑, '어디서 연식 정구의 흰 공 통기는 소리가 나고 있었다' 등등 새봄의 역동적(力動的)인 감각적 표현들이 일반 서경시의 낭만적 경향과 획을 달리하고 있는 특징이다.

물론, 이 시의 마지막 부분에서 혹자는 '뻐꾸기가 울기엔 아직 철이 일렀지만/ 언덕 위에선/ 신입생들이 노고지리처럼 재잘거리고 있었다' 는 대목을 로맨티시즘(romanticism)의 낭만적인 묘사라고 지적할지도 모른다. 그러나 이 대목은 19세기 영국시적인 로맨티시즘의 현실도피적 낭만성이 아니라, 오히려 현실 삶에의 서정성으로써 평가해야 마땅할 것이다. 앞으로 「춘니」는 한국 현대시 발전 도상에서 계속하여 논의되어야 할 가편(佳篇)이 아닌가 한다.

채점(採點)

너는 키가 큰 편이었지,
너는 언제나 곧은 자세를 하고 있었지.

내가 학기말 시험 답안을 채점한 것은
신문의 버스 사고 기사 가운데서
너의 이름과 사진을 본 뒤였어.

90점이 조금 미달인 점수를
네가 받아 볼 수 없는 평점표(評點表)에
또박 또박 나는 옮겨 적었지.

학우(學友)들이 마련한 너의 유작전(遺作展)을 돌아보았더니
시(詩)에서도 너는 그만큼 자랐었더군.

'장미가 등을 밝힌다' 는 '8월의 뜰에'

너는 그 큰 키와 곧은 자세로 서 있더군.

'자주 자기의 손금을 읽어본다'는
졸업반 여학생인 너는
여전히 거기 혼자 서 있더군.

주제 생사(生死)의 의미 추구
형식 6연의 주지시
경향 주지적, 연상적, 존재론적
표현상의 특징 감정을 극단적으로 억제하며 다각적으로 인간 존재의 내면세계의 의미를 추구하고 있다.
'이었지', '있었지', '였어', '았더니', '있더군' 등 과거형 어미처리로써 연상작용의 수법을 동원하고 있다. 사제(師弟) 사이의 인간 관계를 시험지 채점을 통해 특이하게 이미지화 시키고 있다.

이해와 감상

주지적인 실험시(實驗詩)로서 성공한 작품이다. 한국 현대시의 전통적인 관습을 과감하게 타파시킨 점에 주목할 가치가 큰 인간 존재론적(ontologisch)인 시다.

이 작품은 시의 주제(主題, theme)의 바리에이션(variation, 변화, 변주)을 선명하게 이미지화 시키는 전형적인 예, 즉 모델·케이스(model case) 같다. 공부도 잘하고 시도 곧잘 쓰는 키 큰 졸업반 소녀가 그만 교통사고로 세상을 떠난 것이 이 시의 콘텐츠다.

더구나 그녀는 여대생답지 않게 운명론적(運命論的)인 손금을 스스로 보았다고 하는 해학적 표현이 이 시의 감각미를 북돋아 주고 있다. 시의 원형적(原形的)인 주제로서의 생사(生死)의 사항을 시로써 형상화 시키는 일은 결코 용이한 것이 못된다.

그럼에도 이 작품은 인간의 삶과 죽음의 과정이 관념을 극복하고 차분하게, 또한 산뜻한 그림으로 또렷이 부각한다.

일상적 현실세계와 초현실적 세계를 한 장의 시험답안지 또는 시화전의 작품을 통해 시각적인 바탕에서 주제의 바리에이션을 진지하게 독자와 밀착시키고 있다.

소

너 커다랗게 뜬 검은 눈에는
슬픈 하늘이 비치고

그 하늘 속에서
내가 산다

어리석음이 어찌하여
어진 것이 되느냐

때로 지긋이 눈을 감는 버릇을
너와 더불어
오래 익히었구나.

이해와 감상

　소는 3연의 주지시인데, 수사학적으로 엄밀하게 분석한다면 상징적 주지시이다. 이 시에서는 김종길이 프랑스 상징시의 영향도 받은 것을 느끼게 해준다. 이 시는 풀이하기보다는 읽어서 그 맛을 더 크게 얻을 수 있다.

　제1연인 '너 커다랗게~ 내가 산다'의 상징수법에서 나는 프랑스의 천재 시인 장 콕토(Jean Cocteau, 1889~1963)와 같은 철두철미한 시어 절제(節制)의 뛰어난 수법을 연상한다.

　뒷날에 가서 장 콕토는 반(反)상징주의(anti-symbolism)를 제창하고 전위예술의 기수로 전향했지만.

성탄제(聖誕祭)

어두운 방안엔
빠알간 숯불이 피고,

외로이 늙으신 할머니가
애처로이 잦아드는 어린 목숨을 지키고 계시었다.

이윽고 눈 속을
아버지가 약(藥)을 가지고 돌아오시었다.

아 아버지가 눈을 헤치고 따오신
그 붉은 산수유 열매—

나는 한 마리 어린 짐승,
젊은 아버지의 서느런 옷자락에
열(熱)로 상기한 볼을 말없이 부비는 것이었다.

이따금 뒷문을 눈이 치고 있었다.
그 날 밤이 어쩌면 성탄제의 밤이었을지도 모른다.

어느새 나도
그 때의 아버지만큼 나이를 먹었다.

옛 것이라곤 찾아볼 길 없는
성탄제 가까운 도시에는
이제 반가운 그 옛날의 것이 내리는데,

서러운 서른 살 나의 이마에
불현듯 아버지의 서느런 옷자락을 느끼는 것은,
눈 속에 따 오신 산수유 붉은 알알이
아직도 내 혈액 속에 녹아 흐르는 까닭일까.

이해와 감상

'크리스마스' 때는 눈길을 헤쳐 사랑하는 가족들이 머나먼 데서 모두 고향집으로 밀어 닥친다. 그러나 그 옛날 작고한 자부(慈父)의 모습은 다시 뵈올 수 없다.

작자는 소년시절 독감에 고열로 쓰러져 사경을 헤매던 시절의 성탄제를 회억한다.

엄동설한에 산 속의 눈길을 헤쳐 산수유 빨간 열매를 따다 약으로 달여 먹여주시던 아버지의 사랑 속에 마냥 행복했던 어린 날은 다시 돌아오지 않지만 '눈 속에 따오신 산수유 붉은 알알이 / 아직도 내 혈액 속에 녹아 흐르는' 부정(父情)에 가슴이 자꾸만 뜨거워 진다.

김종길의 주지적 시세계와는 경향을 달리하는 상징적 서정시의 세계가 성탄제를 짙은 윤리애(倫理愛)로 감동시키고 있다.

홍윤숙(洪允淑)

평안북도 정주(定州)에서 출생(1925~   ). 서울대학교 사범대학 수학.
1947년 『문예신보』에 시 「가을」을 발표하며 문단에 등단했다. 『조선일보』
(1958)에 희곡 「원정(園丁)」도 당선되었다. 시집 『여사(麗史)시집』(1962),
『풍차(風車)』(1964), 『장식론(裝飾論)』(1968), 『일상(日常)의 시계소리』(1971),
『타관(他關)의 햇살』(1974), 『하지제(夏至祭)』(1978), 『사는 법』(1983), 『태양
의 건너 마을』(1987), 『경의선 보통열차』(1989), 『낙법(落法)놀이』(1994),
『실낙원의 아침』(1996), 『조선의 꽃』(1998), 『마지막 공무』(2000), 『내 안의
광야』(2002) 등이 있다.

겨울 포플러

나는 몰라
한겨울 얼어붙은 눈밭에 서서
내가 왜 한 그루 포플러로 변신하는지

내 나이 스무 살 적 여린 가지에
분노처럼 돋아나던 푸른 잎사귀
바람에 귀 앓던 수만 개 잎사귀로 피어나는지

흥건히 아랫도리 눈밭에 빠뜨린 채
침몰하는 도시의 겨울 일각(一角)
가슴 목 등허리 난타하고
난타하고 등 돌리고 철수하는 바람
바람의 완강한 목덜미 보며
내가 왜 끝내 한 그루 포플러로
떨고 섰는지

모든 집들의 창은 닫히고
닫힌 창 안으로 숨들 죽이고
눈물도 마른 잠에 혼불 끄는데

나는 왜 끝내 겨울 눈밭에
허벅지 빠뜨리고 돌아가지 못하는
한 그루 포플러로 떨고 섰는지

주제 시련을 초극(超克)하는 미의식
형식 5연의 주지시
경향 주지적, 상징적, 의지적
표현상의 특징 제1연 첫 행의 '나는 몰라'는 제1연의 어미(語尾)를 이어주는 '변신하는지', 제2연의 '피어나는지', 제3연의 '떨고 섰는지', 그리고 제5연의 역시 '떨고 섰는지'와 도치된 상태로 문장의 상호 호응 관계를 이루고 있다.
이것은 '나는 몰라'라는 시행을 세 번 생략하는 시어의 절약 효과와 동시에 '내가 모른다'는 사실을 더욱 크게 강조하는 성과를 거두고 있다.

이해와 감상

이 시는 서정시가 아닌 상징적 주지시다.

1년 4계절을 두고 포플러는 봄에 싹이 트고, 여름에 무성하며, 가을에 낙엽을 날린다. 그렇다면 홍윤숙은 하필이면 사철 중의 겨울 포플러를 택했는가. 그렇다. 겨울에는 나목(裸木)이 된다.

황량한 겨울 바람 속에, 매서운 북풍(北風)과 눈보라 속에 버티고 서서 가장 혹독한 계절의 응시자(凝視者)가 된다.

서정시인은 봄이나 여름 또는 가을의 포플러를 그의 시의 대상이나 소재(素材)로써 택할 것이지만 홍윤숙은 가장 험난한 계절 속의 포플러를 그 소재로 택했다. 그러나 사실은 이 포플러는 상징적인 의미의 포플러일 따름이다.

의인화 된 이 포플러는 홍윤숙 자신이 기도하고 고난받는 사람일 수도 있다. '겨울 포플러'는 분노(憤怒)의 의미를 내포하면서 바람의 횡포에 맞서 비폭력·무저항주의(non-resistancism)로 의연히 버티고 선 채 증언하며 인고(忍苦)한다.

불안에 떠는 겨울의 증언자는 허벅지까지 눈밭에 빠져서 그 매운 추위에 끝까지 끈질기게 맞선다. 사실, 포플러가 떨고 서 있는 이유를 화자가 어째서 모르겠는가.

'나는 모른다'는 도치법으로써 안다는 사실의 부정적인 강조인 것이다.

여기서 또한 이 시는 클라이막스에 이르면서 최고조(最高潮)의 공감대를 형성한다. 우리는 시가 난해하다기에 앞서 그 시의(詩意)를, 즉 내면 추구의 심도를 올바르게 파악하는 것이 얼마나 중요한 것인가를 입증해 주는 한국 현대시의 가편(佳篇)이다.

낙엽의 노래

헤어지자 우리들 서로 말없이 헤어지자
달빛도 기울어진 산마루에
낙엽이 우수수 흩어지는데
산을 넘어 사라지는 너의 긴 그림자
슬픈 그림자를 내 잊지 않으마

언젠가 그 밤도 오늘 밤과 꼭 같은
달밤이었다
바람이 불고 낙엽이 흩어지고
하늘의 별들이 길을 잃은 밤

너는 별을 가리켜 영원을 말하고
나는 검은 머리 베어 목숨처럼 바친
그리움이 있었다 혁명이 있었다

몇 해가 지났다
자벌레처럼 싫증난 너의 찌푸린 이맛살은
또 하나의 하늘을 찾아 거침없이
떠나는 것이었고

나는 나대로 송피(松皮)처럼 무딘 껍질 밑에
무수한 혈흔(血痕)을 남겨야 할 아픔에
견디었다.

오늘 밤 이제 온전히 달이 기울고
아침이 밝기 전에 가야 한다는 너——
우리들이 부르던 노래 사랑하던 노래를
다시 한 번 부르자

희뿌여히 아침이 다가오는 소리
닭이 울면 이 밤도 사라지려니

어서 저 기울어진 달빛 그늘로
너와 나 낙엽을 밟으며
헤어지자 우리들 서로 말없이 헤어지자

주제 이별의 허망과 애상(哀傷)

형식 8연의 자유시

경향 서정적, 주지적, 상징적

표현상의 특징 현란한 시어의 구사로 젊은 날의 환희와 고독과 정열을 표현하고 있다. 제1연의 첫 행과 마지막 연의 끝 행을 '헤어지자 우리들 서로 말없이 헤어지자'로 수미상관의 동어 반복법을 활용하여 이별의 애절함을 강조하고 있다.

이해와 감상

「낙엽의 노래」는 바로 이별의 노래다. '달빛·낙엽·그림자·달밤·바람·별·그리움·아픔·노래' 등의 시어가 간직하는 센티멘털리즘이 중심 분위기를 형성하는 가운데 이별은 낙엽으로 표상되어 있다.

이 시는 또한 사랑의 노래다.

'너는 별을 가리켜 영원을 말하고/ 나는 검은 머리 베어 목숨처럼 바친/ 그리움이 있었다'(제3연)고 하는 것은 이 시의 주된 테마가 사랑에 관련되고 있음을 뜻한다.

그런 사랑이었는데도 몇 해가 지난 '오늘 밤', 너와 나는 낙엽이 흩어지듯 헤어져야만 한다는 것이다. 가을이 되어 낙엽이 나무를 떠나듯이 사랑하는 사람들 또한 헤어져야 한다. 그것은 진실과 영원을 약속했기에 핏자국 같은 고통을 씹으며 작별해야 한다는 것이다.

그리하여 이 시는 사랑의 기본 형식인 이별의 허망함을 '달빛 그늘로/ 너와 나 낙엽을 밟으며'(마지막 연)와 같이 유미적(唯美的) 애상(哀傷)으로 변주(變奏)되고 있다.

여수(旅愁)

가을은
커다란 한 손을
주머니에 찌르고

한 걸음 앞서
쟈르뎅 룩쌍부르에 와 있었다.

그 키는
날마다 한 치씩 자라는가
하늘 만한 높이에서
이따금 사나운 손길을 흔들었다.

마로니에 둥근 잎들은
굵은 빗발치듯 후둑거렸고
그 때마다 내 마음은
금이 간 유리창처럼
덜컹거렸다.

주제 가을 여로(旅路)에서의 우수(憂愁)

형식 3연의 자유시

경향 서정적, 상징적, 낭만적

표현상의 특징 각 연의 마지막이 '있었다', '흔들었다'. '덜컹거렸다'의 종결어미를 이루고 있다.
끝의 연에서 '마음'을 '금이 간 유리창'으로 직유(直喩)한 것은 타향(외국)에서의 불안한 의식을 극단적으로 고조시키는 동시에, 아늑한 고향(고국)의 품에 안기고 싶은 갈망, 즉 향수를 짙게 깔려는 의도에서이다.

이해와 감상

시는 멋과 맛이 있어야 한다고 한다.

이는 읽는 멋, 즉 공감대가 형성되어야 하고, 읽고 난 다음의 뒷맛, 즉 감흥이 수반되어야 한다는 것이겠는데, 그러한 의미에서 이 시의 멋과 맛을 살펴본다.

가을이 저도 모르는 사이 성큼 다가선 '룩쌍부르' 공원(프랑스·파리)에 들른 이 여류 시인은 본능적으로 고국의 가을을 머릿속에 떠올렸는지도 모른다.

고향의 가을에서도 적막감을 느끼는 것이 인지상정(人之常情)인데, 하물며 이역만리 타국 땅에서의 썰렁한 가을은, 실상 그 자연미의 정서적인 음미보다는 고향 생각, 그래서 이런 저런 걱정으로 연결되게 마련인 것이다.

가을은 깊어 가는데, '하늘 만한 높이에서' '사나운 손길을 흔' 드는 스산한 바람과 '마로니에 둥근 잎'에 후드득거리는 빗발에서 우수에 젖은 나그네 마음은 '금이 간 유리창처럼/ 덜컹거' 리는 불안으로 퍼져 나갔다고 노래한다.

　우리는 정갈하고 깔끔한 시어로 구성된 이 짧막한 시를 통하여 타관에서 절실하게 고 국을 그리는 한 나그네의 가을에 공감과 감흥을 느끼게 되는 것이다.

광야를 꿈꾸며

사람이 광야로 갈 수 없을 때 광야가 사람에게 오기도 한다
네 평 반짜리 나의 방은 때로 나의 광야가 된다
그 곳에서 나는 세상에 매여 있는 모든 끈 풀어 버리고
사막에서 불어오는 황량한 영혼의 바람에 몸을 맡기고
시공을 넘어 마음의 성소 한 채 지어 보려 하지만
어쩔까 전화 벨 소리 초인종 소리에도 무너지고 마는
약한 모래성
도시의 광야는 이렇게 꿈꾸며 지나가는 길일 뿐이다

이해와 감상

　이 작품을 읽으려니 40년 간이나 이스라엘 백성들을 이끌고 광야를 헤매며 시련받았 다는 모세(Mosheh)가 마침내 젖과 꿀이 흐른다는 가나안 땅을 찾았다는 『구약』의 「모세 5경」이 떠오른다.

　홍윤숙은 인생 80을 바라보는 그 기나 긴 광야에서 빛나는 시(詩)를 찾아 헤매며 오늘 에 이르고 있다. 바로 그 광야의 터전을 '네 평 반짜리 나의 방'에서 찾고 있다는 것이다. 그리고 진솔하게 고백한다.

　'그 곳에서 나는 세상에 매여 있는 모든 끈 풀어 버리고/ 사막에서 불어오는 황량한 영혼의 바람에 몸을 맡기고/ 시공을 넘어 마음의 성소 한 채 지어 보려 하지만/ 어쩔까 전화 벨 소리 초인종 소리에도 무너지고 마는/ 약한 모래성'이 되고 만다고 회한한다.

　'전화 벨 소리', '초인종 소리'라는 이 세속(世俗)의 공격에 시의 성전(聖殿)을 열심히 짓고 있는 노시인은 스스로의 광야에서 끝내 그 빛나는 꿈을 이루려 몸부림치며 다시금 시련 극복의 의지를 눈부시게 불태우고 있는 것이다.

김요섭(金耀燮)

함경북도 나남(羅南)에서 출생(1927~작고). 1941년(14세)에 『매일신보(每日新報)』에 동화 「고개 너머 선생」이 입선(入選)되었고, 1947년 『죽순(竹筍)』에 시 「바닷가」가 추천되어 문단에 등단했다. '죽순'(1947) 동인. '현대시'(1962) 동인. 시집 『체중(體重)』(1954), 『달과 기계(機械)』(1965), 『국어의 주인』(1970), 『빛과의 관계』(1973), 『달을 몰고 달리는 진흙의 거인』(1977), 『은빛의 신』(1980) 등이 있다.

음악

태초의 말씀과 함께
하늘에는 불과 음악이 있었다.
하늘 가득히 울려 퍼졌던 음악
사람들을 찾아 마을 위로 거리 위로
휘날리며 오는 동안
소리는 스러지고 눈송이가 되었다.

나뭇가지 위
음악의 흰 그림자로 앉은 눈송이
눈송이로만 있기에는 심심했다.
나무 속 심줄을 타고 녹아드는
뿌리 끝에서 소리가 나고
흙들이 귀를 기울였다.

어느 태초의 아침 같은
아침
대지는 풀포기를 토하면서
허공에다 새를 날렸다.
음악처럼.

이해와 감상

태초부터 하늘에 존재했던 '음악' 이 '사람들을 찾아' 서 '휘날리며 오는 동안' 에 소리 없는 '눈송이' 로 변했고, 눈송이는 '나무 속 심줄을 타고' '뿌리' 끝으로 녹아 내려서 '흙들이 귀를 기울' 이게 하였으며, 마침내 어느 아침, '대지는 풀포기를 토하면서' '허공에다' '음악처럼' '새를 날렸다' 는 매우 주지적인 차원의 구성으로 생명력이 약동하는 삶의 놀라움을 노래하고 있다.

순수시와 참여시의 조화를 의도하고 있다고 볼 수도 있는 이 작품은, 모더니즘의 세련됨을 거친 리리시즘과 사회성을 융합한 초기시의 시기를 지나, 점차 판타지와 종교적인 색채를 띠게 되는 작품이다. 이 시는 김요섭의 이른바 존재의 원소(元素)를 탐구하는 데 주력하는 그의 경건한 시세계를 단적으로 보여주는 것으로 평가된다.

옛날

언덕은 꿈을 꾸는 짐승

언덕을 깨우지 않으려고
유월이
능금빛 속에 숨어 있었다.

꽃잎 지는 소리가
옛날의 바람 소리 같다.

이해와 감상

주지적 서정시이다. 언덕과 꿈꾸는 짐승을 비유하는 허두부터 이 시는 감각적이기보다는 오히려 둔중한 고요(정적, 침묵)의 분위기를 느끼게 한다. 지나간 일이란, 즉 옛날에는 그것이 제아무리 거창하고 시끄러운 것이었다 하더라도 지금에 와서 돌아보면 정적이요, 침묵에 싸인 유물이거나, 추억일 따름이다.

따라서 마지막 연에서 꽃잎 지는 소리를 옛날의 바람소리로 직유(直喩)한 것은 공감이 가는 표현이라 하겠다. 그렇다. 옛날의 바람소리는 그 당시엔 몹시 시끄러웠다. 그러나 지금에 와서는 옛날의 바람소리란 결코 시끄러울 수 없다. '꽃잎이 지는 소리' 란 소리가 없는 것, 즉 우리의 느낌 속에 소리가 전혀 들리지 않는 것이다. 그러니까 옛날은 침묵이요, 정적일 따름이다.

화병

그이를 향해 열린 채
비어 있는 마음

무거운 뉘우침이 고여 간다

마리아
가난한 화병 속에
그대의 눈물이라도 채워 주시오

환한 아침이 넘칠 듯 고여 가는 화병
향기로운 이름은
기쁨처럼 활짝 피어난다

그이에게 바치는
숱한 이슬내 풍기는 울음

이해와 감상

'꽃병' 은 하나의 상징적인 존재다. 이를테면 꽃병을 '자기 자신' 으로 의인화시켜 나는 '꽃병' 이라고 비유(比喩)하면서 이 시를 읽어 보면 어떨까. 그래서 제3연에 가서 '화병 속에' 대신에 '내 안에' 로 뜻을 모아 보면, 이해의 폭은 커질 것이다.

시는 그것을 읽는 독자의 것이기 때문에 스스로 느끼는 대로 그것을 받아들이면 되고, 이리저리 유추(類推)해서 내 것으로 소화하면 더욱 값지다.

김남조(金南祚)

대구(大邱)에서 출생(1927~   ). 서울대학교 사범대학 국문학과 졸업.
1948년 『연합신문』(聯合新聞)에 시 「잔상」, 「서울대 시보」에 시 「성숙」 등을
발표하며 문단에 등단했다. 시집 『목숨』(1953), 『나 아드의 향유(香油)』
(1955), 『나무와 바람』(1958), 『정념의 기』(1960), 『풍림(楓林)의 음악』
(1963), 『겨울 바다』(1967), 『설일(雪日)』(1971), 『사랑초서(草書)』(1974), 『동
행(同行)』(1976), 『빛과 고요』(1982), 『시로 쓴 김대건 신부』(1983), 『바람세
례』(1988), 『평안을 위하여』(1995), 『희망학습』(1998) 등이 있다.

봄에게

1
아무도 안 데려오고
무엇 하나 들고 오지 않은
봄아,
해마다 해마다
혼자서 빈 손으로만
다녀가는
봄아,
오십 년 살고 나서 바라보니
맨손 맨발에
포스스한 맨머리결

정녕 그뿐인데도
참 어여쁘게
잘도 생겼구나
봄아,

2
잠시 만나

수삼 년 마른 목을 축이고
잠시 찰나에
평생의 마른 목을 축이고
봄 햇살 질펀한 데서
인사하고 나뉘니
인젠
저승길 목마름만 남았구나

봄이여
이승에선 제일로
꿈만 같은 햇빛 안에
나는 왔는가 싶어.

이해와 감상

기상학(氣象學)에서는 지구의 북반구(北半球)의 3, 4, 5월이 '봄' 이라는 계절로 규정
되어 있다. 그와 같은 한국인의 아름다운 봄 속에 살아가는 봄의 계절적 감각 속에서, 봄
과 인생을 동반자(同伴者)로서 밀착시키며 삶의 진실을 추구하는 가편(佳篇)이다.

시는 이렇게도 쓰는 것이구나 하는 한국 현대시의 새로운 표현 방법의 한 제시라고도
할 수 있다.

김남조는 인생 50의 달경(達境)에 서서 봄과 서로 대등한 존재로 봄을 응시하며, '해
마다 해마다/ 혼자서 빈 손으로만/ 다녀가는' 봄에게 '정녕 그 뿐인데도/ 참 어여쁘게/
잘도 생겼구나' (제2연)고 찬미한다.

해마다 한 번씩 인간의 이승을 다녀가는 봄의 그 눈부신 몸짓 속에서 그 '잠시 찰나에
/ 평생의 마른 목을 축이고' 오늘까지 값지게 살게 해 준 은혜로움을 참다히 깨달으며
'봄 햇살 질펀한 데서/ 인사하고 나뉘니/ 인젠/ 저승길 목마름만 남았구나' (제3연)하는

경건한 자성(自省)이 독자의 가슴을 뭉클하게 만든다.

　인생을 항상 새로운 목숨의 소생 속에 이끌어 주고 있는 봄과의 만남 속에 참으로 목 메이는 기쁨을 '꿈만 같은 햇빛 안에/ 나는 왔는가 싶어' (제4연)하고 생명파의 '목숨의 시인' 답게 뜨겁게 감사하고 있다.

목숨

아직 목숨을 목숨이라고 할 수 있는가
꼭 눈을 뽑힌 것처럼 불쌍한
산과 가축과 신작로와 정든 장독까지

누구 가랑잎 아닌 사람이 없고
누구 살고 싶지 않은 사람이 없고
불붙은 서울에서
금방 오무려 연꽃처럼 죽어갈 지구를 붙잡고
살면서 배운 가장 욕심 없는
기도를 올렸습니다.

반만년 유구한 세월에
가슴 틀어박고 매아미처럼 목태우다 태우다
끝내 헛되이 숨겨간 이건 그 모두
하늘이 낸 선천(先天)의 벌족(罰族)이더라도

돌멩이처럼 어느 산야에고 굴러
그래도 죽지만 않는
그러한 목숨이 갖고 싶었습니다.

주제 생명에 대한 간절한 소망과 기도
형식 4연의 자유시
경향 주지적, 서정적, 종교적

주지적이며 서정적인 세련된 시어의 표현이 돋보인다.
신앙의 깊이 속에서 우러나오는 잠언적(箴言的)인 비유가 감동적이다.
섬세한 상념과 경건하고 지적인 생활의 자세가 엿보인다.

이해와 감상

신뢰할 수 없는 인간 존재의 허망성에 대한 질문, '아직 목숨을 목숨이라고 할 수 있는
가'(제1연)로 시작되는 이 시는 '가랑잎' 같은 생명의 절망감과 그 절망 끝에 얻어지는
신앙으로 이어지고, 그러므로 '돌멩이처럼 어느 산야에고 굴러/ 그래도 죽지만 않는/ 그
러한 목숨이 갖고 싶었습니다'(제4연)와 같은 목숨에 대한 참으로 알뜰하며 간절한 소망
과 기도가 절실하다고 맺은 짜임새 있는 구성을 살필 수 있다.

김남조는 인간성의 긍정과 생명의 연소를 바탕으로 한 참신한 정열을 언어로 다스리
는 데 주력하며, 가톨릭적 사랑과 윤리가 작품의 배후에 자리잡은 주지적 서정시를 발표
해 왔다. 이 작품은 전쟁의 비극적 상황에서 느낀 절박한 위기 의식을 형상화한 김남조
의 초기시로, 처녀시집 『목숨』(1953)의 표제가 되었다.

6·25사변의 참화 속에서 인간 생명의 존귀함을 절실하게 표현한 민족의 현장시(現場
詩)인 이 작품을 통해 이 여류 시인은, 전쟁의 비통한 상황 속에서, 그리고 폐허에서 아비
규환(阿鼻叫喚)하던 사람들, 그들 하나하나의 목숨을 위하여 기도하는 것이다.

동족상잔의 비극을 극복하려는 애절하고 뜨거운 기구(祈求)의 자세를 선명하게 느낄
수 있는 김남조의 대표작의 하나이다.

정념의 기

내 마음은 한 폭의 기(旗)
보는 이 없는 시공(時空)에
없는 것 모양 걸려 왔더니라

스스로의
혼란과 열기를 이기지 못해
눈 오는 네거리에 나서면

눈길 위에

연기처럼 덮여오는 편안한 그늘이여,
마음의 기(旗)는
눈의 음악이나 듣고 있는가

나에게 원이 있다면
뉘우침 없는 일몰(日沒)이
고요히 꽃잎인 양 쌓여가는
그 일이란다.

황제의 항서(降書)와도 같은 무거운 비애가
맑게 가라앉은
하얀 모래벌 같은 마음씨의
벗은 없을까.

내 마음은
한 폭의 기(旗).

보는 이 없는 시공에서
때로 울고
때로 기도 드린다.

주제 참다운 삶에의 기구(祈求)
형식 7연의 자유시
경향 서정적, 상징적, 명상적(冥想的)
표현상의 특징 제4시집 『정념의 기』(1960)의 표제가 된 이 작품은 스스로의 마음을 한 폭의 기(旗)에 비유하면서 정감 넘치게 묘사하고 있다.
특히 직유적 표현이 두드러진데, '없는 것 모양', '연기처럼', '꽃잎인 양', '항서와도 같은', '모래벌 같은' 등이다. 첫 연의 첫 행(行)과 제6연 1·2행은 동어 반복을 하고 있다.

이해와 감상

자아의 상념(想念)을 진솔하게 묘사한 점에서 이 시는 독자에게 절실한 공감을 주고 있다.

'혼란과 열기를 이기지 못해' '정념의 기' 는 눈 오는 거리로 나서고, 그 곳에서 안식(安息)의 그늘을 찾아보고, 그리고 고독을 함께 나눌 정결(淨潔)한 마음의 벗을 찾아 헤맨다. 그러기에 '정념의 기' 는 아무도 보지 않는 시공(時空)에서 울기도 하고 기도도 한다. 이것은 시인 김남조의 순수하고 참다운 삶에의 절실한 몸부림이요, 종교적인 엄숙한 기구의 자세이다.

이 시의 표제(表題)가 '정념(情念)의 기' 이기도 하거니와 자못 뜨거운 정감을 담은 깃발로서 오래도록 우리들의 가슴 속에서 나부껴 줄 것이다.

너를 위하여

나의 밤 기도는
길고
한 가지 말만 되풀이한다

가만히 눈 뜨는 건
믿을 수 없을 만치의
축원

갓 피어난 빛으로만
속속들이 채워 넘친 환한 영혼의
내 사람아

쓸쓸히
검은 머리 풀고 누워도
이적지 못 가져 본
너그러운 사랑

너를 위하여
나 살거니
소중한 건 무엇이나 너에게 주마

이미 준 것은
잊어버리고
못다 준 사랑만을 기억하리라
나의 사람아

눈이 내리는
먼 하늘에
달무리 보듯 너를 본다

오직
너를 위하여
모든 것에 이름이 있고
기쁨이 있단다
나의 사람아

이해와 감상

　이 작품에서 시인이 설정한 존재인 '너'는 그가 섬기는 절대자(絶對者)다.
　여기서 '너'는 일반론적인 대칭(對稱)으로서의 그러한 '너'가 아닌 김남조의 생애를 통한 영원한 경애(敬愛)의 가장 드높은 존재(sein)를 '너'로써 묘사하고 있는 것이다.
　그와 같은 차원에서 이 시를 감상한다면 독자는 이해가 빨라질 것이다.
　흔히 이런 경우 다른 시인들은 '너' 대신에 '당신' 또는 '그대'를 상징어로써 쓰고 있기도 하다.
　'갓 피어난 빛으로만/ 속속들이 채워 넘친 환한 영혼의/ 내 사람아' (제3연)의 '내 사람'이 '너'의 존재다.
　그러기에 김남조는 '눈이 내리는/ 먼 하늘에/ 달무리 보듯 너를 본다' (제6연)고 했으니 '너'야말로 시인에게는 가장 신비하고 거룩한 경애의 절대자인 것이다.

김규동(金奎東)

함경북도 종성(鍾城)에서 출생(1925~　). 경성중학교 졸업. 연변의과대학 수료. 1948년 『예술조선』에 「강」이 입선되어 문단에 등단했다. 시집 『나비와 광장(廣場)』(1955), 『현대의 신화』(1958), 『죽음 속의 영웅(英雄)』(1977), 『깨끗한 희망』(1985), 『오늘밤 기러기떼는』(1989), 『생명의 노래』(1991) 등이 있다.

나비와 광장(廣場)

현기증 나는 활주로의
최후의 절정에서 흰 나비는
돌진의 방향을 잊어버리고
피묻은 육체의 파편들을 굽어본다

기계처럼 작열한 작은 심장을 축일
한 모금 샘물도 없는 허망한 광장에서
어린 나비의 안막을 차단하는 건
투명한 광선의 바다뿐이었기에——

진공의 해안에서처럼 과묵(寡默)한 묘지 사이 사이
숨가쁜 Z기의 백선과 이동하는 계절 속
불길처럼 일어나는 인광(燐光)의 조수에 밀려
이제 흰 나비는 말없이 이즈러진 날개를 파닥거린다

하얀 미래의 어느 지점에
아름다운 영토는 기다리고 있는 것인가
푸르른 활주로의 어느 지표에
화려한 희망은 피고 있는 것일까

신도 기적도 이미
승천하여 버린 지 오랜 유역——
그 어느 마지막 종점을 향하여 흰 나비는
또 한 번 스스로의 신화와 더불어 대결하여 본다

이해와 감상

풀밭이나 평화로운 산과 들을 누벼야 할 '나비'가 전쟁터 한복판을 날고 있는 것이다. '피묻은 육체의 파편들을 굽어본다'(제1연)는 나비의 현실은 누가 뭐래도 이미 비극의 현장을 배회하고 있는 버림받은 존재인 것이다.

그러기에 나비는 목이 타 숨막혀 질식할 처지에 직면했다. 우선 살기 위해 필사적으로 나래를 파닥이느라 심장은 최고조로 뜨거워졌으나 극심한 갈증을 녹일 한 모금의 샘물도 없는 전쟁터. 그 광장에서는 폭탄의 눈부신 작열로 나비는 눈이 가려 행방마저 잃고 만다(제2연). 모두가 다만 입을 꾹 다문 채 죽은 자들. 그 숱한 묘지가 조용히 흩어진 사이 사이를 아직도 살의(殺意)에 번뜩이는 젯트 전투기들은 하늘에 흰 선을 긋는다. 지상을 폭격하는 속에서 나비는 이미 날개가 일그러져서 사경을 헤맨다(제3연).

제4연에서 '하얀 미래'는 '희망'의 상징어다. 그러나 이 빈사의 나비가 자유와 평화를 누리며 살아가야 할, 아니 끝내 찾아가야 할 터전은 과연 어디에 있다는 말이냐. 나비는 울부짖으며 아직도 가혹한 절망 속에서 한 줄기 새 빛의 터전을 열망한다(제4연).

이미 전쟁의 포화 속에 폐허가 된 조국 강산은 신의 구원의 손길이거나 회생할 기적도 바랄 수 없는 나락의 터전이다. 그러나 나비는 결코 좌절하지 않는 스스로의 신념을 가슴 속에 굳게 다짐하는 것이다. 끝내 패배할 수 없는 한 마리 나비는 폐허의 조국, 그 광장에서 끈덕지게 새 희망('신화')을 창출하느라 이를 악물고 좌절을 극복하며 끈덕진 나래짓을 거듭하고 있는 것이다(제5연). 의인화된 나비는 곧 '시인' 자신의 존재론적 상징 표현이다. 1950년대 이후, 모더니즘 시의 영지 개척에 앞장섰던 김규동은 그 후 주지적 자각 속에 민족사적 리얼리즘의 구축에 힘써 왔다.

북에서 온 어머님 편지

꿈에 네가 왔더라
스물세 살 때 홀쩍 떠난 네가

마흔일곱 살 나그네 되어
네가 왔더라
살아 생전에 만나라도 보았으면
허구한 날 근심만 하던 네가 왔더라
너는 울기만 하더라
내 무릎에 머리를 묻고
한 마디 말도 없이
어린애처럼 그저 울기만 하더라
목놓아 울기만 하더라
네가 어쩌면 그처럼 여위었느냐
멀고먼 날들을 죽지 않고 살아서
네가 날 찾아 정말 왔더라
너는 내게 말하더라
다신 어머님 곁을 떠나지 않겠노라고
눈물어린 두 눈이
그렇게 말하더라 말하더라.

주제 모정(母情)과 국토 통일
형식 전연의 서간체(書簡體) 자유시
경향 윤리적, 주지적, 감상적
표현상의 특징 이산가족의 처절한 심경을 무리없이 편지 형식으로 설득력 있게 표현하고 있다.
어머니가 아들을 끔찍이 사랑하는 심경이 눈물겹게 엮어지고 있다.
자상한 어머니의 말투로써의 '네가'·'왔더라'·'말하더라' 등의 동어반복이 두드러지고 있다.

이해와 감상

이 시는 남북으로 흩어져서 처절한 마음으로 살고 있는 1천만 이산가족의 애절한 마음을 대변하는 눈물 젖은 목소리 넘치는 역편(力篇)이다. 굳이 해설을 붙이는 게 군더더기가 될 성싶다. 누구나 읽어서 가슴에 뜨겁게 와 닿는 내용이다.

'네가 왔더라' 하는 '왔더라' 가 4번이나 반복되는 가운데 시인의 윤리덕(倫理德)이 전편에 효성(孝誠)으로 충만하고 있다.

사무치는 어머니에 대한 그리움이 화자의 편지 형식으로 엮어지는 가운데, 이산가족들 뿐 아니라 온 겨레를 울리고도 남는 비통한 아픔이 흘러 넘치고 있다.

'누구의 잘못으로 아무 죄 없는 선량한 우리 민족은 참담한 분단의 비극을 겪고 있어야만 한다는 말인가' 하는 민족적 분노가 부각되어 있다.

고향

고향엔
무슨 뜨거운 연정이 있는 것이 아니었다.

산을 두르고 돌아 앉아서
산과 더불어 나이를 먹어가는 마을

마을에선 먼 바다가 그리운 포플라 나무들이
목메어 푸른 하늘에 나부끼고

이웃 낮닭들은 홰를 치며
한가히 고전(古典)을 울었다.

고향엔 고향엔
무슨 뜨거운 연정이 기다리고 있는 것이 아니었다.

이해와 감상

누구에게나 고향은 언제나 그립기만한 곳이다. 그러나 고향은 있어도 찾아갈 수 없는 실향민의 고향이란 그야말로 가슴 아픈 터전이다.

김규동은 북쪽 고향에의 향수를 이 2행 5연의 상징적 서정시로써 깔끔하게 이미지 처리하는 솜씨를 세상에 보여준다.

'산을 두르고 돌아 앉아서/ 산과 더불어 나이를 먹어가는 마을'로 과연 어느 날 다시 귀향할 수 있을 것인가.

노 시인은 젊은 날 고향 마을에서의 '이웃 낮닭들은 홰를 치며/ 한가히 고전을 울었'던 그 시절을 절절한 가슴으로 회억한다.

'고향엔/ 무슨 뜨거운 연정이 있는 것이 아니었다'고 수미상관으로 부정하는 이 부정의 부정에는 일종의 반어적(反語的)인 연정의 짙은 그리움이 담기고 있는 것이다.

이원섭(李元燮)

강원도 철원(鐵原)에서 출생(1924~   ). 호는 파하(巴下). 혜화전문학교 졸업. 1948년 『예술조선』 현상 모집에서 시 「기산부」와 「죽림도」가 당선되었고, 『문예』(1949. 11)에 시 「언덕에서」외 2편이 추천되어 문단에 등단했다. 시집 『향미사(響尾蛇)』(1953), 역시집(譯詩集)에 『당시신역(唐詩新譯)』(1961), 『당시(唐詩)』(1967), 『시경(詩經)』(1967) 등이 있다.

죽림도(竹林圖)

세상과 멀어
세상과 멀어
봄이란들 제비조차
안 오는 곳이었다.

사철은 푸르른
죽림 가운데서
죽처럼 마음만을
지켜 사는 곳이었다.

어찌 슬픔인들
없을까마는
북두(北斗)같이 드높이
위치한 곳이었다.

세월조차 여기에는
만만적(漫漫的) 하여
한 판의 바둑이
백 년인 곳이었다.

이해와 감상

『예술조선』제2호(1948. 5)의 현상모집에 당선되어 「기산부(箕山賦)」와 함께 발표된
작품이다. 노장사상에 심취하여 대숲에 모여 앉아 청담(淸談)으로 소일했다는 산도(山
濤)·왕융(王戎) 등 죽림칠현(竹林七賢)의 모습이 떠오르는 소묘적(素描的)인 표현으로,
세속을 떠나 죽림 속에 사는 동양적인 달관의 세계를 노래하고 있다.

유교의 형식주의를 배격하고 노장의 허무사상에 심취한 이들처럼, 『시경(詩經)』, 당시
(唐詩), 불교사상의 영향을 강하게 받은 이원섭은 '세상과 멀어/ 제비조차 안 오는' '죽
림'을 그의 정서적 바탕으로 유수(幽邃)한 자연미의 경지를 제시하여 당시 시단에서 큰
주목을 끌었던 가편(佳篇)이다.

향미사(響尾蛇)

향미사야.
너는 방울을 흔들어라.
원을 그어 내 바퀴를 뺑뺑 돌면서
요령(搖鈴)처럼 너는 방울을 흔들어라.

나는 추겠다, 나의 춤을!
사실 나는 화랑의 후예란다.
장미 가시 대신 넥타이라도 풀어서 손에 늘이고
내가 추는 나의 춤을 나는 보리라.

달밤이다.

끝없는 은모랫벌이다.
풀 한 포기 살지 않는 이 사하라에서
누구를 우리는 기다릴 거냐.

향미사야.
너는 어서 방울을 흔들어라.
달밤이다.
끝없는 은모랫벌이다.

주제 향미사를 통한 자아 성찰
형식 4연의 자유시
경향 서정적, 해학적, 낭만적
표현상의 특징 첫 연과 끝 연의 허두에서 '향미사야/ 너는 (어서) 방울을 흔들어라' 하고 수미상관의 유어 반복과 명령형의 표현을 하고 있다.

이해와 감상

『문예』신춘호(1953)에 발표되었고, 그의 제1시집인 『향미사』의 표제가 된 작품이다. 이국(異國)의 동물인 향미사(사하라 사막에 사는 방울뱀)를 소재로 삼은 선택부터 매우 이색적이다.

'풀 한 포기 살지 않는' 사하라 사막의 이 외로운 동물을, 안정을 찾을 수 없어 절망의 몸부림을 하는 자기 자신의 모습으로 동격시 하는 상징적 의인 수법으로 비유하고 있다. 이것은 자아 성찰을 통해 절망적인 현실 상황을 극복하려는 의지의 표현이다.

생활의 허망감을 동양적 사상으로 승화시키는 이원섭의 시풍이 잘 드러난다.

그것은 무위(無爲)며 자연을 도덕의 표준으로 보며, 허무를 우주의 근원으로 삼는 노장사상(老莊思想)과 이에 신선사상(神仙思想)이 가미된 도교(道敎)에 기울고 있는 시의 경향인 것이다. 노장에 심취했던 김관식은 이원섭을 계승했다(「김관식」 항목 참조).

물론 이와 같은 노장 등 사상의 측면만을 따지기보다는, 이원섭의 시작법의 새로운 해학적·풍자적인 수법도 동시에 살펴야 할 것 같다. 그와 같은 견지에서 이 작품은 시대고 (時代苦)에 저항하는 시인의 의지가 상징적 방법으로 나타나고 있는 측면도 고려되어야 할 것 같다. 왜냐하면 6·25동란이라는 민족적인 아픔의 시대에 이 작품이 등장한 것이다.

이유야 어쨌든 간에, 동족상잔이라는 참혹한 현실이 이원섭에게는 견딜 수 없는 심정적 아픔으로 작용한 것이, 마침내 낭만적인 경향의 이 풍자시를 낳게 했다고 보고도 싶다. 그밖에도 이 시의 무대를 살필 때, 우리는 이한직의 「풍장」(「이한직」 항목 참조 요망)의 캬라반의 사막(1939)이래, 오랜만에 중동의 사막이 배경이 된 것도 흥미 있는 일이다. 노장의 대나무 숲에서 벗어나 그 광활한 사하라 사막으로 이원섭이 시의 무대를 옮겼기 때문이다.

탈

어떤 이는 내 얼굴을 칭찬하고
어떤 이는 보고서 침뱉더라만
이것은 사실 내 얼굴이 아니란다.
이것은 서글픈 나의 탈이란다.

어머니 뱃속에 있을 때부터
쓰고 있던 빛나는 영광이란다.
내 삶의 물줄기의 흘러 나오는
젖처럼 솟아나는 샘물이란다.

죽을 때까지 벗지 못하는
무서운 금단(禁斷)의 율법이란다.
조상으로부터 피로 이어온
서리보다도 더 엄한 계명이란다.

아무도 열 수 없는 성문이란다.
한 오리의 달빛조차 못 스며드는
필리핀(比律賓) 해구(海構)의 품속이란다.
영원히 안 풀리는 얼음뫼란다.

이해와 감상

    이원섭의 대표적인 풍자시다. '탈'이란 '가면'을 가리킨다. 화자는 스스로의 얼굴을 가리켜 '이것은 사실 내 얼굴이 아니란다/ 이것은 서글픈 나의 탈이란다' (제1연)고 당당하게 부정한다.

    이번에는 그 탈을 일컬어 '어머니 뱃속에 있을 때부터/ 쓰고 있던 빛나는 영광이란다' (제2연)고 자랑 삼기도 한다. 화자는 더 나아가 '탈'로서의 제 얼굴을 '조상으로부터 피로 이어 온/ 서리보다도 더 엄한 계명' (제3연)이라고 민족적인 혈맥(血脈)을 강조한다. 그것은 현실(제1연)에 대한 자성(自省)이며 저항의지의 역사 인식적인 메타포다.

    탈의 존재론(제4연)은 '아무도 열 수 없는 성문이'라고 했는데, 여기에 시인의 심오한 의지가 담겨 있는 것이다. 시대고(時代苦)의 아픔을 의연하게 극복하려는 빛나는 의지는 누구도 결코 건드릴 수 없다는 뜻이다.

김구용(金丘庸)

경상북도 상주(尙州)에서 출생(1922~2001). 본명은 영탁(永卓). 성균관대학교 국문학과 졸업. 『신천지(新天地)』에 시 「산중야(山中夜)」(1949), 「백탑송(白塔頌)」(1949) 등을 발표하며 문단에 등단했다. 시집 『시집Ⅰ』(1969), 『시(詩)』(1976), 『구곡(九曲)』(장시, 1978), 『송백팔(頌百八)』(연작시집, 1982) 등이 있다.

선인장

그는 팔을 어제와 내일로 뻗고
간혹 방황한다.

한밤중에 눈 뜨고 있는 그림자이다.

자기 몸을 애무하듯
서로의 가지에 기대어 봐도
우리는 휴지 쪼각이며
기생충이었다.

누구는 소용 없는 일이라고 하지만
그는 알 수 없는 일을 근심한다.

빼앗긴 그릇(器)과
전개하는 사장(沙場)
그의 말씀만 푸르렀다.

주제 생명의 순수 의미 추구
형식 5연의 주지시
경향 주지적, 초현실적, 구도적(求道的)

이해와 감상

구도적인 몰아(沒我)의 경지에서 새로운 시의 형상화 작업을 하고 있는 초현실적 기법의 시이다. 다시 말해서 이 시는 쉬르리얼리즘의 자동기술법(自動記述法)으로 엮은 의식의 표현이다.

조금도 숨김없이 떠오르는 이미지들을 진솔하게 표현하고 있다. 그러므로 이런 시를 풀이하려고 들면 오류를 범하기가 쉽다.

김구용은 장구한 시일을 두고 불타(佛陀)의 진리를 추구해 모더니즘 시인이다. 그런데 이 시에서 등장하는 '그' 란 아무래도 그의 정신적 지주인 부처님의 존재인 것 같다.

첫 연에서 '그는 팔을 어제와 내일로 뻗고' 있다는 사실은 곧 부처님이 과거의 세계와 또한 미래의 세계를 모두 함께 제도(濟度)하는 것을 형상화한 표현으로 간주해도 무리가 아닐 것이다.

더더욱 부처님의 존재가 뚜렷해지는 것은 마지막 연의 마지막 행(行)에서의 '그의 말씀만 푸르렀다' 는 것에서이다.

그 푸르른 말씀이란 일체 중생(衆生)을 생사(生死) 번뇌가 엇갈리는 고해(苦海)에서 제도하여 극락(極樂)인 피안(彼岸)의 세계로 이끌어 주는 말씀이 아닌가.

김구용은 부처님 앞에서의 인간의 존재를 '휴지 쪼가리이며/ 기생충이었다' 고 풍자적으로 진솔하게 고백하는 것이다.

조병화(趙炳華)

경기도 안성(安城)에서 출생(1921~2003). 일본 토우쿄우고등사범학교 졸업. 아호는 편운(片雲). 시집 「버리고 싶은 유산」(1949)으로 문단에 등단했다. 이어서 「하루만의 위안」(1950), 「패각의 침실」(1952), 「인간고도」(1954), 「사랑이 가기 전에」(1955), 「서울」(1957), 「석아화」(1958), 「기다리며 사는 사람들」(1959), 「밤의 이야기」(1961), 「낮은 목소리로」(1962), 「공존의 이유」(1963), 「먼지와 바람 사이로」(1972), 「어머니」(1973), 「남남」(1975), 「딸의 파이프」(1978), 「안개로 가는 길」(1981), 「머나먼 약속」(1983), 「해가 뜨고 해가 지고」(1985) 등을 포함한 51권의 시집이 있다.

의자

지금 어드메쯤
아침을 몰고 오는 분이 계시옵니다.
그분을 위하여
묵은 이 의자를 비워 드리지요.

지금 어드메쯤
아침을 몰고 오는 어린 분이 계시옵니다.
그분을 위하여
묵은 의자를 비워 드리겠어요.

먼 옛날 어느 분이
내게 물려주듯이

지금 어드메쯤
아침을 몰고 오는 어린 분이 계시옵니다.
그분을 위하여
묵은 의자를 비워 드리겠습니다.

이해와 감상

인간 역사의 발자취란 무엇인가.

그것은 물이 위에서 아래로 흐르듯이 거역할 수 없는 순리에 따라 밟아 오기 마련이다. 새로운 것이 탄생하고 낡은 것은 물러간다.

인간의 역사는 새로운 것의 등장(登場)과 낡은 것의 퇴장(退場)이 반복되어 왔고, 또 계속 되풀이되어 갈 것이다.

조병화는 그러한 세대교체를 '의자'를 통해 상징적 수법으로 묘사함으로써, 인간생활의 순리적 변모의 당위성을 시화(詩化)하고 있다. 과거에 내가 '먼 옛날의 어느 분이 내게 물려주듯이' 물려받은 그 의자를 이제는 내 뒤에 오는 '어린 분'에게 물려주겠다는 것이다.

이것은 결코 관념적인 의식의 표현이 아니라 선각적(先覺的)인 이지(理知)요, 지성적인 윤리의 시적 형상화이다.

시란 참신한 주제를 노래하는 것이어야 한다. 남들이 늘 쓰는 주제를 되풀이할 때 우리는 그것을 진부하다고 외면하게 된다. 그리고 시란 공감에 의한 즐거움과 정신적인 여유에 의한 소산(所産)이어야 한다고 볼 때, 조병화의 「의자」는 독자를 실로 그가 제공하는 '가장 편안한 의자'에 앉혀 주고 있는 것이다.

바꾸어 말한다면 평범한 시어의 선택과 무리 없는 시상의 전개, 그리고 그 바탕에 깔려 있는 회상적 상상력의 센티멘털리즘은 그의 시의 원천이자 특성이 되고 있는 것이다.

호수

물이 모여서 이야길 한다
물이 모여서 장을 본다

물이 모여서 길을 묻는다
물이 모여서 떠날 차빌 한다.

당일로 떠나는 물이 있다
며칠을 묵는 물이 있다
달폴 두고 빙빙 도는 물이 있다
한여름, 길을 찾는 물이 있다

달이 지나고
별이 솟고
풀벌레, 찌, 찌,

밤을 새우는 물이 있다
뜬눈으로 주야 도는 물이 있다
구름을 안는 물이 있다.
바람을 따라가는 물이 있다
물결에 처지는 물이 있다
수초밭에 혼자 있는 물이 있다

주제 물과 삶의 모습과 보람
형식 4연의 자유시
경향 주지적, 낭만적, 상징적
표현상의 특징 평이한 일상어로 단조롭게 경어체의 표현을 하고 있다.
주정적인 부드러운 감각의 이미지를 드러내고 있다.
리드미컬한 반복법에 의해 주제를 뚜렷하게 나타내고 있다.

이해와 감상

조병화는 시가 난해해서는 안 된다는 것을 반증한 시인이다.
현대적 도시풍의 서정시인다운 면목이 생생히 드러나 있는 경쾌한 터치의, 그러나 깊이가 있는 표현이다.
시가 어렵다는 것은 독자와 시를 멀게 만드는 한 원인이 되기도 한다. 그의 시는 쉽고 즐거우면서도 뜻이 깊다.
『한국 전후 문제시집』「작가는 말한다」에 쓴 그의 시작 노트를 보면 "무엇보다도 자기 위안, 무엇보다도 자기 구원, 무엇보다도 자기 해결을 위해서 시라는 인간 정신의 서부(西部)로 뛰어들었다. 다시 말하면, 문학을 찾아서 시를 읽지 않았었고, 지식을 위해서 시를 읽지 않았었고, 이론을 세우기 위해서 시를 읽지 않았었고, 교양을 쌓기 위해서 시를 읽지 않았었고, 무엇보다도 문학사의 역사적 위치를 위해서 시를 읽지 않았었다"라고 하고 있다.

"시의 본질은 언어의 본질로 파악되어야 한다"라고 주장했던 새로운 존재론자인 하이데거(Martin Heidegger, 1889~1976)의 말이 있기도 하지만, 그의 시는 일상어가 가지고 있는 고정관념을 배격하고 새로운 일상어를 창조해 냄으로써 언어의 본질을 새로이 파악하고 있는 것을 발견하게 된다.

이 작품에서는 물이 모여서 이야기를 하고, 장을 보고, 길을 묻고 또 떠날 차비까지 한다.

지금까지 과연 어느 시인이 이러한 노래를 지어서 우리에게 들려주었는가. 이것은 전혀 새로운 일상어로 짜여져 있다. 그것이 곧 새로운 시언어다.

언어의 본질을 파악해서 새로운 이야기를 노래해 주는 것이 현대시다.

우리가 읽기에는 쉽되, 그것이 즐겁고 또 뜻이 깊은 데서 비로소 시로서의 형상화를, 예술로서의 승화(昇華)를 말할 수 있다.

한하운(韓何雲)

함경남도 함주(咸州)에서 출생(1919~1975). 함흥제일고보, 중국의 국립 베이징(北京)대학 농학원 졸업. 시 「전라도길」 등 12편을 「신천지」(1949. 4)에 발표하고 문단에 등단했다. 시집 「한하운시초(韓何雲詩抄)」(1949), 「보리피리」(1955), 「한하운시전집」(1956), 자작시 해설집 「황토(黃土)길」(1960), 「한하운시집」(1964), 「가도가도 황토길」(1983) 등이 있다.

보리피리

보리피리 불며
봄 언덕
고향 그리워
피-ㄹ 닐니리

보리피리 불며
꽃 청산(靑山)
어릴 때 그리워
피-ㄹ 닐니리

보리피리 불며
인환의 거리
인간사 그리워
피-ㄹ 닐니리

보리피리 불며
방랑의 기산하(幾山河)
눈물의 언덕을 지나
피-ㄹ 닐니리

이해와 감상

시집 『보리피리』(1955)의 표제가 된 이 작품은, 낭만적인 감상이 아니라 인간 존재를 위하여 절규하는 그의 대표작이며, 한국의 명시로 손꼽힌다.

전라남도 고흥군 소록도(小鹿島)에 「보리피리」의 시비(詩碑)가 서 있다. 천형(天刑)의 시인 한하운은 인간으로서의 고고(孤高)한 심혼(心魂)을 눈부시게 불사르며 평생 서정시를 썼다.

'인환의 거리'는 사람들이 많이 모여 사는 곳을 뜻하고 있다.

그는 인간적인 고통을 시로써 극복하면서 그의 리리시즘(lyricism, 서정미)을 남다른 인생론적 시각에서 세련되게 형상화 했던 것이다.

한하운은 "청운의 뜻이 어허, 천형의 문둥이가 되고 보니 지금 내가 바라보는 세계란 오히려 아름답고 한(恨)이 많다. 아랑곳없이 다 잊은 듯 산천초목과 인간의 애환이 다시금 아름다와 스스로 나의 통곡이 흐느껴진다. 나를 사로잡는 것, 그것은 울음 속에서 터지는 모든 운율이 나의 노래가 되고 피리가 되어 조국땅 흙 속에 가라앉을 것이다"라고 밝혔다.

V. 통한(痛恨)의 물결을 넘어서

(1950～1960)

전봉건(全鳳健)

평안남도 안주(安州)에서 출생(1928~1988). 평양 숭인상고 졸업. 「문예 (文藝)」에 시 「원(願)」(1950. 1), 「4월」(1950. 3), 「축도(祝禱)」(1950. 5) 등 이 추천 완료되어 문단에 등단했다. 연대(連帶)시집 『전쟁과 음악과 희망과』 (김광림 등과 공저, 1957)가 있고, 시집 『사랑을 위한 되풀이』(1959), 『춘향 연가(春香戀歌)』(1967), 『속의 바다』(1970), 『피리』(1980), 『북의 고향』 (1982), 『새들에게』(1983), 『돌』(1984) 등이 있다.

피아노

피아노에 앉은
여자의 두 손에서는
끊임없이
열 마리씩
스무 마리씩
신선한 물고기가
튀는 빛의 꼬리를 물고
쏟아진다.

나는 바다로 가서
가장 신나게 시퍼런
파도의 칼날 하나를
집어 들었다.

주제 연상 작용에 의한 순수 표현미
형식 2연의 자유시
경향 연상적, 초현실적, 감각적
표현상의 특징 절제된 감각인 시어의 구사를 하고 있다.
하나의 이미지로부터 비약하는 여러 가지 이미지의 연상적 표현이 매우 이채롭다.
이해하기 어려울 정도의 시 콘텐츠(내용)의 비약을 보여주고 있다.

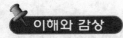

이 시는 쉬르리얼리즘적 경향을 나타내는 작품의 하나이다.

전봉건은 처음에 서정시로 출발했으나, 6 · 25사변을 체험한 후 주지적인 전쟁시를 발표하는 등 젊은 전쟁 세대의 의식을 형성하였다.

그 후 그의 시는 초현실주의적 수법을 비교적 온화하게 원용(援用)한 이미지의 조형(造型)에 주력한 대표시가 「피아노」다.

피아노를 연주하는 여인의 하얀 손가락에서 빛이 번뜩이는 신선한 물고기를, 그리고 그 물고기가 떼지어 노니는 푸른 바다에서 다시 거센 바다의 칼날 같은 파도를 연상하는 이미지의 비약을 형성하고 있다. 한 대의 피아노 연주가 안겨주는 시적 감흥이 결코 단조로운 것이 아님을 엮어내고 있다.

유방(乳房)

사과는 내 손에 넘친다.
수밀도는 내 손에 넘친다.
솜구름이 지나가면서
금의 바늘로 건드린다.
아프고
간지러운
손바닥.
둥근 하늘은
내 손에 넘친다.

네 유방(乳房)은 내 손에 넘친다.

어떤 의미에서 전봉건을 가리켜 온건한 쉬르리얼리스트라고도 말한다. 이것은 그의 잠재의식의 '받아쓰기'의 표현법이 남달리 거세거나 거칠기보다는 사뭇 부드럽기 때문에서다.

「유방」은 바로 그러한 전형적인 작품에 속하는 초현실주의 시다. 한 알의 '사과'라는 조형미(造形美)의 이미지로서의 오브제(objet, 대상)가 '수밀도'(복숭아)로 전이(轉移)

하고 끝내는 '유방'으로 변화한다. 그런데 화자는 불만이다. 그것들 하나 하나가 '손에 넘친다'는 사실 때문이다. 손에 넘친다는 것은 스스로 소유하고 누릴 수 없는 비소유(非所有)의 대상이며 궁극적으로 삶의 아픔이다.

속의 바다

　　나는 모래에 관한 기억을 가진다.
　　모래의 기억, 밟고 선 여자의 젖은 발.
　　모래의 기억, 여자는 전신을 흔들어서 물방울을 떨쳤다.
　　모래의 기억, 그래도 태양은 여자의 등허리에서 젖고,
　　모래의 기억, 벌린 두 다리 사이에서 이글거리고 뒤척이고……바다는.
　　모래의 기억, 여자는 팔을 들어 뻗쳤다.
　　태양과 바다에 젖어 자꾸 자꾸 뻗어 나가는 열의 손가락.
　　여자는 온 몸으로 바람을 빨아 들였다.
　　그때 목덜미로 유방으로 흘러내린 머리칼에서 태양은 부서지고.
　　머리를 빗으면 태양의 가루가 날리는 속에서.
　　모래의 기억, 여자는 기지개를 켰다.
　　나는 모래에 관한 기억을 가진다.

이해와 감상

　전봉건의 대표작의 하나이다. 전봉건의 뛰어난 감각적인 시어 구사와 함께 시각적인 독특한 조사로 엮어지고 있는 작품이다. 우리는 이 「속의 바다」에서도 전봉건의 온화한 초현실주의적인 경향의 빼어난 기교를 터득하게 된다.
　이 시를 풀이하려 하기 전에 독자들은 시인의 눈부신 이미지 전개 속에 압도당하고 말 것이다. 그것은 생명있는 시의 신선한 충동이고, 그러한 시적 감흥 속에 휘말릴 때에 시인의 자의식의 내면, 즉 「속의 바다」에서 우리는 출렁이는 순수미의 물결에 휩쓸리고 말 것이다.
　'모래'는 한 알갱이 한 알갱이가 눈부신 이미지의 빛가루다. 곧 이것이 시의 생명적 상징인 '여자'와 조화를 이루면서 다시 생명의 원천(源泉)인 '태양'과 더불어 찬란한 이미지의 조화를 형성하게 되는 것이다.
　이 시를 통해서 전봉건은 생명에의 외경(畏敬)과 우주(宇宙)의 순수 본질을 천착하면서 상징적 기교에 의한 심층심리의 표현을 하고 있다.

이인석(李仁石)

황해도 해주(海州)에서 출생(1917~1979). 해주고보 졸업. 『백민』지(1950. 5)에 시 「우렁찬 노래」를 발표하며 문단에 등단했다. 시집 『사랑』(1955), 『종이집과 하늘』(1961), 『우짖는 새여, 태양이여』(1980)이 있고, 시극(詩劇) 「잃어버린 얼굴」(『자유문학』1960. 8) 등으로 시극운동에도 참여했다.

강서(江西) 고분벽화

문을 열어라
맥박 치며 육박해 오는 이 생명은 무엇인가
내 안의 어느 깊은 곳에 굳게 닫긴 석문(石門)을
이처럼 줄기차게 뒤흔드는 것은 무엇인가
연연 누천년…… 은밀히 묻혀 있던
우리 본연의 모습을
지금에야 알 것 같구나.

청룡백호(靑龍白虎)와 괴수(怪獸)들이
주홍빛 입으로 내뿜는 숨소리에서
봉황(鳳凰)과 주작(朱雀)이 푸르득거리는 나래짓에서
지금에야 알 것 같구나
창궁(蒼穹)과 광야를 주름잡아 비약하던 사나이들이
호랑이와 괴수를 강아지처럼 애무하던 사나이들이
살았었다는 것을
누구였던가를

석벽(石壁)에서 생동하는
강인하고 거침없는 선(線)과 선(線)은
웅혼(雄渾)한 역사의 흐름……
수제(隋帝)의 백만 대군을 도륙(屠戮)하던 슬기와 용맹이
대륙을 제패하던 위업이

여기에 왕양(汪洋)하게 흐르고 있다.

그것은 경이
그것은 율동
그것은 호연한 기상
발랄하고 청신한 정서
바로 그것은 눈부신 생활······

우뚝 우뚝 솟은 기암(奇巖)을 에돌며
굽이쳐 흐르는 주옥(珠玉)의 물결
맑은 아침 햇빛 속에 노루와 사슴들이
불로초 그늘을 넘노는 이 터전은
본시 무릉도원이런가
비선(飛仙)들이 청조(靑鳥)를 멍에하고
운산(雲山)을 날아 넘는다.

가벼운 옷자락을 미풍에 나부끼며
꽃잎의 맨발로 구름을 헤쳐 날으는
피리 부는 여인이여
어느 오묘한 가락 있어
산천 초목과 짐승마저 황홀케 하였는가
붉은 천도(天桃)를 따는 선녀여
어느 영원의 문 앞으로 손짓하려는가.

그것은 환희
그것은 사랑
그것은 현묘(玄妙)한 조화
다함 없는 아름다운 꿈
바로 그것은 무한한 가능······
문을 열어라
우리의 피와 핏속을 질주하는
고구려의 모습을
오늘에 살아서 맥박 치며 육박해 오는

찬란한 생명을
지금에야 알 것 같구나

주제 민족적 우월성의 재발견

형식 7연의 자유시

경향 민족적, 전통적, 감각적

표현상의 특징 고구려 고분벽화의 기백을 회화적(繪畵的) 수법으로 형상화 시키고 있다.
제1연과 제7연의 마지막 행에서 수미상관으로 '지금에야 알 것 같구나'의 동
어반복(同語反復)을 함으로써 수사의 강조 효과를 얻고 있다.
'~무엇인가', '~는가' 등 설의법(設疑法)을 쓰고 있다.

이해와 감상

고구려의 강서대묘(江西大墓) 고분벽화를 통해서, 웅휘(雄輝)했던 우리 겨레의 숨결
과 드높은 민족문화 예술의 경지(境地)를 시로써 재현하고 있는 작품이다. 이인석의 일
련의 작품 경향은 역사 의식에 대한 자각의 자세이다. 민족의 참다운 숨소리를 예술로
승화시켜 그것을 독자들의 가슴 속에 생생하게 심어 주려는 의지가 넘치고 있다.

'강서대묘'는 서기 6세기 후반에서 7세기 초경에 평안남도 강서군 우현리(遇賢里)에
그 당시 고구려인 지배자의 무덤으로 만들어진 대형 고분이다.

이 지역에는 모두 3기의 무덤이 있는데, "그 중에 가장 큰 '강서대묘'는 고구려 고분
벽화 가운데 그 기운(氣韻)이 생동하는 '사신도'(四神圖)가 웅휘하게 표현되었다"는 것
이 최순우(崔淳雨) 교수의 평가다.

이 고분의 벽화는 불교와 신선사상을 배경으로 하던 종교관의 그림이다. 현실의 석면
(石面) 위에다 아름다운 채색 그림의 그림을 그린 것인데, 동쪽 벽의 '청룡'(靑龍)을 비
롯하여, 서쪽 벽의 '백호'(白虎), 남쪽 벽은 '주작'(朱雀), 북쪽 벽은 '현무'(玄武) 그림
이다. 또한 천정에는 그 중앙에 '황룡'(黃龍)을 중심하여 '인동'(忍冬), '연화당초문'(蓮
花唐草文)과 그밖에 산악(山岳)이며, 신선(神仙), 천녀의 비천(飛天), 봉황(鳳凰), 기린
(麒麟) 등등의 그림으로 담겨 있다. 이와 같은 훌륭한 고구려 고분벽화는 북한 땅 여러
곳과 지금의 중국땅(만주) 지역에도 널리 이루어져 있어서 고구려의 세력권이 고대의 부
여·고구려시대로부터 동북아시아를 주름잡은 민족의 발자취를 역연하게 입증한다.

그 뿐이 아니다. 고구려 고분벽화는 지난 1969년 봄에, 일본땅 나라(奈良)지방 아스카
(飛鳥)지역에서 발견되어 한일 고대사학계 뿐 아니라 세계적인 주목을 모았던 것이다.
이른바 '타카마쓰총'(高松塚)이라 부르게 된 이 고구려인 고분에서는 아름다운 채색 그
림의 '사신도'와 고구려 여인 등 인물들의 그림이 벽면에 생생하게 살아있듯 표현되어
있다.

저자는 직접 이 고분에 여러 차례 가 보았으며 졸저(『한국인이 만든 일본국보』문학세
계사, 1996)로써 밝힌 바 있음을 아울러 적어둔다.

이형기(李炯基)

경상남도 진주(晉州)에서 출생(1933~   ). 동국대학교 불교학과 졸업. 『문예』에 시 「비 오는 날」(1949. 12), 「코스모스」(1950. 4), 「강가에서」(1950. 6) 등이 추천 완료되어 문단에 등단했다. 시집 『적막강산(寂寞江山)』(1963), 『돌베개의 시』(1971), 『꿈꾸는 한발(旱魃)』(1976), 『풍선심장(風船心臟)』(1981), 『보물섬의 지도』(1985), 『그 해 겨울의 눈』(1985), 『심야의 일기예보』(1990), 『낙화』(2002) 등이 있다.

산(山)

산은 조용히 비에 젖고 있다.
밑도 끝도 없이 내리는 가을비
가을비 속에 진좌(鎭座)한 무게를
그 누구도 가늠하지 못한다.
표정은 뿌연 시야에 가리우고
다만 윤곽만을 드러낸 산
천 년 또는 그 이상의 세월이
오후 한 때 가을비에 젖는다.
이 심연(深淵) 같은 적막에 싸여
조는 둥 마는 둥
아마도 반쯤 눈을 뜨고
방심무한(放心無限) 비에 젖는 산
그 옛날의 격노(激怒)의 기억은 간 데 없다.
깎아지른 절벽도 앙상한 바위도
오직 한 가닥
완만한 곡선에 눌려 버린 채
어쩌면 눈물어린 눈으로 보듯
가을비 속에 아롱진 윤곽,
아 아 그러나 지울 수 없다.

이해와 감상

이 시는 표현상으로는 정적 관조를 하고 있으나 시의 콘텐츠(내용)는 동적인 이미지로 가득 차 있다는 것을 파악할 일이다. 시인은 비에 젖는 가을 산을 통해 우리 민족의 오랜 역사의 수난의 발자취를 부각시키고 있다. 마냥 겉으로는 조용한 듯한 이 시는 내적으로 강렬한 저항 의지의 메시지를 담고 있는 것이다.

'산은 조용히 비에 젖고 있다'는 것은 겉으로 들어내지 않는, 즉 무저항(無抵抗)의 비극 극복의 자세요, 그러기에 시련을 조용히 참고 이겨내 온 민족의 끈기를 절실하게 깨닫게 한다. 지금 오후 한 때 비에 젖는 산은 '천년 또는 그 이상의 세월'을 줄기차게 감내하며 이겨 왔기에, 어쩌면 오후 한 때, 즉 일시적인 시련은 결코 대수로울 게 없다는 의지가 무겁게 담겨 있다. 더구나 우리 민족사의 허구 많은 시련기를 일컬어 화자는, '그 옛날의 격노의 기억은 간데 없다'고 부정하면서도, 눈물에 젖어 '가을비 속에 아롱진 윤곽/아아 그러나 지울 수 없다'고 강조한다.

그렇다. 어찌 우리가 호란(胡亂)이며 왜란(倭亂), 더더구나 근세의 일제 강점기며, 또한 동족상잔의 6·25동란을 잊을 수 있을 것인가. 그 참혹한 역사를 스스로 몸으로써 겪어 온 것이 우리의 산이 아닌가. 강이 아니랴.

낮달

새를 그린다
힘차게 퍼덕이는 커다란 날개
날개를 타고 가는 크레온의 곡선을

그려놓고 다시 보니

새가 없다
다만 찢긴 날개 몇짝
무참하게 방바닥에 흩어져 있다

그리려는 순간에 재빨리
어디론가 멀리 날아가 버린 새
모양이 없는 새
그리고 뒤에 남은 휴지의 구겨짐

창밖엔 헛것처럼 달이 떠 있다
남은 도화지로
누군가 하늘에 오려붙인 새
새가 아닌 낮달이

주제 낮달의 상상미(想像美)
형식 4연의 자유시
경향 서정적, 시각적, 환상적
표현상의 특징 이 시에서 우리가 살필 수 있듯이 시각적 이미지가 중심 표현이다.
모두 4연(聯)으로 된 이 시는 전편이 시각적 감각 표현으로 이루어져 있다.
감각적인 동시에 운동적 이미지에 의해서 역동적(力動的)인 생동감을 보여주
고 있다.
'창밖엔 ~새가 아닌 낮달이'(제4연)에서 도치법을 쓰고 있다.
제1연의 경우도 역시 도치법을 도입한 시 형태다.

이해와 감상

앞에서 살펴 본 서정적인 저항시 「산」과는 대조적인 서정적 상징시의 세계가 담겨 있
다. 시각 중심의 감각시의 시각적 이미지란, 시를 통해서 눈으로 직접 보는 것 같은 느낌
이 우리들의 마음에 떠오르는 심상(心象)을 말한다.

이와 같은 시각적인 이미지는 현대시의 표현기교(表現技巧)에 있어서 매우 중요한 과
제이기도 하다. 더 쉽게 말해서 살아있는 시의 지배적인 이미지 표현이 바로 시각적 이
미지이기 때문이다.

시각적 이미지의 기교를 익히기 위해서는 특히 움직이는 물상을 묘사하는 시어(詩語)
의 수련에 힘쓸 일이라는 것을 시범적으로 보여주고 있는 작품이다.

코스모스

자꾸만 트이고 싶은 마음에
하야니 꽃피는 코스모스였다

돌아서며 돌아서며 연신 부딪치는
물결 같은 그리움이었다

송두리채— 희망도 절망도
불타지 못하는 육신

머리를 박고 쓰러진 코스모스는
귀뚜라미 우는 섬돌가에
몸부림쳐 새겨진 어룽이었다

그러기에 더욱
흐느끼지 않는 설움 호올로 달래며
목이 가늘도록 참아 내련다

까마득한 하늘가에
나의 가슴이 파랗게 부서지는 날
코스모스는 지리라

이해와 감상

　이형기는 본래 서정적, 유미적 경향의 시를 썼으나 근년에 이르며 격정의 인식 논리 또는 문명비평의 경향으로 다양하게 전환된다. 이 의인화(擬人化) 된 작품「코스모스」는 후자에 속하는 경향을 띠고 있다는 관점에서 살핀다면 이해가 빨라질 것이다.

　'머리를 박고 쓰러진 코스모스는/ 귀뚜라미 우는 섬돌가에/ 몸부림쳐 새겨진 어룽이 었다' (제4연)에서처럼, 코스모스는 주정적(主情的)인 세계의 꽃이라기보다는 이른바 주 지적(主知的)인 인식논리의 대상이 되고 있다. '어룽' 이란 어룽어룽한 빛, 또는 무늬를 뜻한다.

천상병(千祥炳)

경상남도 창원(昌原)에서 출생(1930~1993). 서울대학교 상대(商大) 수학. 『죽순』에 시 「공상(空想)」(1949. 7) 등 2편이 추천되었고, 『문예(文藝)』에 시 「강물」(1952. 1), 「갈매기」(1952. 6) 등이 추천 완료되어 문단에 등단했다. 또한 『문예』에 평론 「사실(寫實)의 한계」(1953. 11), 「한국의 현역대가」(1955. 5)를 발표했다. 시집 『새』(1971), 『주막(酒幕)에서』(1979), 『요놈 요놈요 이쁜 놈』(1991), 『저승가는 데도 여비가 든다면』(1995), 『귀천』(2001), 『아름다운 이 세상 소풍 끝내는 날』(2001) 등이 있다.

귀천(歸天)

나 하늘로 돌아가리라
새벽 빛 와 닿으면 스러지는
이슬 더불어 손에 손을 잡고,

나 하늘로 돌아가리라
노을 빛 함께 단 둘이서
기슭에서 놀다가 구름 손짓하면은,

나 하늘로 돌아가리라
아름다운 이 세상 소풍 끝내는 날,
가서 아름다웠더라고 말하리라.

주제 천국에의 동경
형식 3연의 자유시
경향 서정적, 낭만적, 초현실적
표현상의 특징 특별한 기교를 부리지 않고 있으나 이상향(천국)에 대한 영상미가 잘 다듬어진 서정어(抒情語)로 부각되고 있다.
사물을 비유의 대상으로 삼지 않고 초현실적 이미지로 자연스럽게 표현하고 있다. 온갖 이성적 관념을 무시하는 시작 태도가 드러난다.
각 연에서 동어반복과 도치법을 쓰고 있다.

천상병은 때묻지 않은 어린 소년과도 같은 세속에 전혀 타협하지 않은 순수한 심성의 시인이었다. 그러기에 험난한 세상과 마주치는 그에게는 가난이 늘 그의 무거운 등짐이었다. 천상병이 결혼했던 초기의 일이다. 저자와 소설가 정인영(鄭麟永)이 시인의 처 목순옥(睦順玉) 씨를 만났을 때, 목 여사는 우리에게 말하기를 "너무 착한 분이라서 돈벌이는 힘들겠고, 그 대신 제가 열심히 일해서 잘 살아갈 겁니다"고 하며 그 당시 자수를 생계수단으로 삼고 있었다. 그것이 1974년 경의 일이다.

'나 하늘로 돌아가리라'(제1·2연)를 동어반복하는 이 시인에게 있어서 이 직설적 표현은 이승에서의 아무런 스스로의 책무나 작업 등 전혀 부담을 느끼지 않는 순수한 심경의 토로다. 그는 마누라가 지어주는 밥을 먹고 떠오르는 시상(詩想)을 써내는 것밖에는 달리 할 일은 없었다. 명동(明洞)의 송원기원(松垣棋院·원장은 趙南哲 9단)을 기웃거리고, '양철집'에 들러 대포 한 잔 마시고는 거리를 누빈다. 남산을 올라가 돌기도 했다.

그러기에 그에게는 '아름다운 이 세상 소풍 끝내는 날/ 가서 아름다웠더라고 말하리라'(제3연)는 깨끗하고도 담담한 자세가 늘 갖춰져 있었다.

'새벽 빛 와 닿으면 스러지는/ 이슬 더불어 손에 손을 잡고'(제1연), '노을 빛 함께 단 둘이서/ 기슭에서 놀다가 구름 손짓하면'(제2연) 그는 '나 하늘로 돌아가리라'고 했듯이, 천상병은 '이승'과 '노을'이며 '구름' 등 자연계의 물상(物象)이며 현상(現象)마저 의인화 시키는 뛰어난 메타포의 솜씨를 발휘하고 있다.

새

외롭게 살다 외롭게 죽을
내 영혼의 빈 터에
새 날이 와, 새가 울고 꽃잎 필 때는,
내가 죽는 날
그 다음 날

산다는 것과
아름다운 것과
사랑한다는 것과의 노래가
한창인 때에
나는 도랑과 나뭇가지에 앉은

한 마리 새

정감에 그득찬 계절
슬픔과 기쁨의 주일,
알고 모르고 잊고 하는 사이에
새여 너는
낡은 목청을 뽑아라

살아서
좋은 일도 있었다고
나쁜 일도 있었다고
그렇게 우는 한 마리 새

주제 삶의 고독과 애환(哀歡)
형식 4연의 자유시
경향 서정적, 낭만적, 감상적
표현상의 특징 새를 소재로 인간적 고독의 본질을 추구하고 있다.
역설적(逆說的)인 표현수법을 통해 삶과 죽음의 내면의식을 파헤치고 있다.
낭만적인 색채가 짙게 드러나고 있다.
정감 어린 시어구사이나 다분히 관념적 표현을 한다.

이해와 감상

천상병이 즐겨 다루는 제재(題材)인 '새' 중의 대표작이다.

인간은 이 세상에 혼자 태어날 때부터 어쩌면 이미 고독한 존재다. 다만 가족이라든가 친구며 이웃이 서로 손잡고 있어서 고독한 사실을 망각하고 있는 것이다.

그와 같이 따져 볼 때 '외롭게 살다 외롭게 죽을/ 내 영혼의 빈 터'(제1연)라고 시인이 적극적으로 고독을 의식한다는 것이 어쩌면 철저히 외로움을 깨닫는 의도적 방법인 것 같다. 그런데 더욱 가슴 조이게 하는 것이 천상병은 그의 영혼의 빈 터에 '새 날이 와, 새가 울고 꽃이 필 때는/ 내가 죽는 날/ 그 다음 날'이라고 하는 고독 속의 죽음의 예감이다.

그러므로 그의 시적 논리는 철두철미한 절대 고독이다. 왜냐하면 시인 스스로가 '죽은 그 다음 날'에야 '새가 울고 꽃이 핀'다니 말이다.

천상병은 젊은 날부터 독신으로 살면서 문학을 공부했다. 그러기에 그는 자서전적으로 스스로의 고독한 생(生)을 고백하기를 '산다는 것과/ 아름다운 것과/ 사랑한다는 것과의 노래가/ 한창인 때에/ 나는 도랑과 나뭇가지에 앉은/ 한 마리 새'였다고 노래하는 것이다. 그가 장가 든 것도 나이 40을 훌쩍 넘긴 때, 주변의 벗들의 주선으로 겨우 이루어졌다. 따지고 보자면 그는 천래(天來)의 타고난 시인이며, 죽어서도 영원한 이 땅의 시인이다.

그는 애당초부터 결혼은 생각지도 않는 고독한 유랑의 시인이었고, 한 때는 오랜 기간 동안 명동거리를 떠났었다. 그는 한 때(60년대 말기) 저 멀리 인천시 남동구 만수동 외떨어진 한적한 농촌(지금은 대도시 아파트 단지)에 방 한 칸을 빌어 밤이면 걸어서 그 먼 곳까지 서울 명동을 출입했다. 그 무렵 저자도 함께 그의 거처를 가 본 일이 있다.

'살아서/ 좋은 일도 있었다고/ 나쁜 일도 있었다고/ 그렇게 우는 한 마리 새' (제4연)에서 그의 '좋은 일' 이란 목순옥 씨와의 결혼이며 '나쁜 일' 이란 고독 속의 병마와 싸운 나날 등이라고 본다.

동창(同窓)

지금은 다 뭣들을 하고 있을까?
지금은 얼마나 출세를 했을까?
지금은 어디를 걷고 있을까?

점심을 먹고 있을까?
지금은 이사관이 됐을까?
지금은 가로수 밑을 걷고 있을까?

나는 지금은 굶고 있지만,
굶주려서 배에서 무슨 소리가 나지마는
그들은 다 무엇들을 하고 있을까?

이해와 감상

이렇다 할 기교를 부리지 않고 진솔한 자신의 일상적인 심상을 붓가는 대로 쓰고 있다. 천상병의 동창이란 창원에서 자라나던 초등학교 시절의 고향 친구와 마산중학 시절 청소년 때의 벗들과 6·25직후 서울에 유학했던 서울상대 동창생 등을 각기 꼽을 수 있다. 그가 대학에 다니며, 서울의 불탄 벽돌이 뒹굴던 명동 일대의 전쟁 폐허의 시절에 만나던 동창생은 별로 없었던 것으로 저자는 기억한다.

그러기에 그는 '지금은 다 뭣들을 하고 있을까?/ 지금은 얼마나 출세를 했을까?/ 지금은 어디를 걷고 있을까?' (제1연) 하고 지난 날의, 동창생들을 그리워하고 '지금은 이사관이 됐을까?' (제2연) 즉 혹시 고등 관직(官職)에 오르지 않았을까 하고 물으며 자못 궁금해 하는 데에 천상병의 타고난 순수무구한 심성이 또렷이 드러난다.

한국시에서, 그것도 모두 합쳐 3연 9행의 시에서, 7행은 각기 그와 같이 옛날 동창생의 행적을 일상의 구두어(口頭語)로 묻고 있는 데에 또한 그의 훈훈한 인간미가, 기교적인 그 어떤 시보다 이 작품의 가치를 드높여주고 있다.

더구나 자기 자신은 입에 풀칠도 못하는 기아의 배고픈 고통(제3연) 속에서도 오히려 동창생들의 처지를 걱정하는 고운 심성은 독자들을 감동시킬 수밖에 없다.

비 · 11

빗물은 대단히 순진무구(純眞無垢)하다.
하루만 비가 와도,
어제의 말랐던 계곡(溪谷)물이 불어 오른다.

죽은 김관식(金冠植)은
사람은 강가에 산다고 했는데,
보아하니 그게 진리대왕(眞理大王)이다.

나무는 왜 강가에 무성한가.
물을 찾아서가 아니고,
강가의 정취(情趣)를 기어코 사랑하기 때문이다.

이해와 감상

천상병은 그의 절친한 시우(詩友)였던 '김관식'(「김관식」항목 참조 요망)과 돈독한 사이였다. 술을 즐기던 두 시인은 또한 서로의 가난 속에서 이따금씩 함께 잔을 기울이는 것으로써 삶의 위안을 삼았던 것이다. 관념적인 이 작품에서 천상병은 직설적으로 김관식을 '진리대왕'이라고까지 격찬하고 있어서 흥미로운 분위기를 이룬다.

'빗물은 대단히 순진무구하다' (제1연)고 외칠 수 있는 것은, 역시 천상병이 순진무구하기 때문이며, 다른 시인이 이런 표현을 했다면 어울리지 않았을 것이다.

'나무는 왜 강가에 무성한가/ 물을 찾아서가 아니고/ 강가의 정취를 기어코 사랑하기 때문이다' (제3연)고 했듯이, 이 한 편의 훼이블(fable) 같은 작품은 이숍(Aesop, BC. 5~6세기경)이 동물을 이야기에 동원한 것과는 달리, 아끼는 벗(김관식)을 가탁시켜, 자연의 섭리와 교훈을 우정 속에 이미지화 시키는 '우화' (寓話) 작법적인 솜씨가 두드러지고 있다.

송영택 (宋永擇)

부산(釜山)에서 출생(1933~). 아호는 청서당(聽黍堂). 서울대학교 독문학과 졸업. '신작품(新作品)'(1952) 동인. 『신작품』(1952. 3)에 시 「가을·2」를, 『문예』에 시 「소녀상(少女像)」(1953. 1)이 추천되었고, 『현대문학』에 추천 완료되어 문단에 등단했다. 역시집 『릴케 시집』(1959) 등이 있다.

소녀상(像)

이 밤은
나뭇잎이 지는 밤이다.

생각할수록 다가오는 소리는
네가 오는 소리다.
언덕길을 내려오는 소리다.

지금은
울어서는 안 된다.
다시 가만히 어머님을 생각할 때다.

별이 나를 내려다 보듯
내가 별을 마주 서면
잎이 진다, 나뭇잎이 진다.

멀리에서
또 가까이에서……

주제 생명의 실존적 의미 추구
형식 5연의 자유시
경향 서정적, 감각적, 우수적(憂愁的)

이해와 감상

이 시는 송영택의 존재의 탐구와 리리시즘의 생동성(生動性)을 추구하는 초기 대표시이다. 그는 일찍이 소년 시인으로 시단 활동을 시작했고, 20세 때에 이 「소녀상」이 『문예』 신춘호(1953)에 첫 추천되었다.

이 시가 말해 주듯 그는 그만큼 조숙한 시인이다.

가을밤에 떨어지는 한 잎 낙엽에서 생명의 경이(驚異)와 그 존재 의미를 추구하며 목숨의 구경(究境)을 천착하려는 진지한 자세에서 우리는 시인의 우수와 고독한 몸짓과 마주서게 된다. 또한 폭발하는 감상(感傷)을 의연히 극복하는 자세 '지금은／ 울어서는 안 된다'(제3연)가 그것이다. 그런가 하면 '잎이 진다, 나뭇잎이 진다'에서 서정(抒情)의 생동적 표현감각(제4연)을 통해 생(生)의 의미를 응시하는 시인의 눈이 반짝거린다.

10월의 서정 (I)

― 너와 나의 목숨

10월이
하이얀 운동화를 신고 지나간다.
수목은
소슬한 바람 속에 정일(靜溢)을 느낀다.
어느덧 자라난 내 목숨이여.
도상(途上)에서 전조(轉調)하는 가을 나절을
혹은 놀라고, 생각에 잠겼다가
최후를 되씹는
차분한 걸음걸이.
작은 새들의 둥우리에서

어린 아가들의 손사래에서
잃었던 노래라도 찾아낸다면.

10월이
하이얀 운동화를 신고 지나간다.
수목은
눈부시게 청명한 입김을 느낀다.
어느 날 성숙한 네 목숨이여.
내일을 상실한 시간 주변을
서서히 맴도는 가을 나절에
혹은 울다가, 웃기도 하다가
나직이 되새기는
사랑과 미움.
돌아서 앉은
적적한 무릎 위에 나뭇잎이 쌓이면.

이해와 감상

　연작시 「10월 서정」의 (I)에 해당하는 작품으로 '너와 나의 목숨'이라는 부제(副題)가 달려 있다. 『현대문학』 1월호(1965)에 발표된 이 시는 한국 시단의 조숙한 서정시인 송영택의 대표작으로 꼽힐 만한 작품이다.

　우리는 여기에서 생명의 외경(畏敬)을 노래하는 시인의 엄숙하고도 진지한 구원(救援)에의 자세, 그리고 해 지는 가을 언덕의 우수와 고독의 실루엣을 바라보게 된다.

　'10월이/ 하이얀 운동화를 신고 지나간다'는 송영택의 절창(絶唱)은 누구에게나 가슴을 울려 줄 만한 메타포로 평가된다.

　여기서 '하이얀 운동화'는 무엇을 비유(상징)하고 있는 것일까. 하이얀 것, 그것은 청정(淸淨), 순진무구(純眞無垢), 환희(歡喜)의 상징이다.

　송영택은 청정한 가을이 오는 것을 흰 운동화로 비유한 것으로 보고 싶다. 맑고 깨끗한 계절이 지나가는 것을 '하이얀 운동화를 신고 지나간다'고 상징적으로 표현함으로써 가을을, 목숨의 충만(充滿)의 의미를, 또한 목숨의 마지막 조락(凋落)의 의미를 눈부시게 우리 시사(詩史)에 제시했다.

박재삼(朴在森)

일본 토우쿄우에서 출생하고 경상남도 삼천포(三千浦)에서 성장(1933~
1997). 고려대학교 국문학과 수료. 시조 「강물에서」가 『문예(文藝)』(1953.
11)에, 「섭리(攝理)」가 『현대문학』(1955. 6)에, 시 「정적(靜寂)」이 『현대문학』
(1955. 4)에 각기 모윤숙, 유치환, 서정주 추천으로 실려 문단에 등단했다.
시집 『춘향이 마음』(1962), 『햇빛 속에서』(1970), 『천년의 바람』(1973), 『어
린 것들 옆에서』(1975), 『뜨거운 달』(1979), 『비 듣는 가을나무』(1980), 『추
억에서』(1983), 『내 사랑은』(1985), 『대관령 근처』(1985), 『찬란한 미지수』
(1986) 등이 있다.

밤바다에서

누님의 치맛살 곁에 앉아
누님의 슬픔을 나누지 못하는 심심한 때는
골목을 빠져나와 바닷가에 서자.

비로소 가슴 울렁이고
눈에 눈물 어리어
차라리 저 달빛 받아 반짝이는 밤바다의 진정할 수 없는
괴로운 꽃비늘을 닮아야 하리.
천하에 많은 할 말이, 천상의 많은 별들의 반짝임처럼
바다의 밤물결 되어 찬란해야 하리.
아니 아파야 아파야 하리.

이윽고 누님은 섬이 떠 있듯이
그렇게 잠들리.
그때 나는 섬가에 부딪치는 물결처럼 누님의 치맛살에 얼굴을 묻고
가늘고 먼 울음을 울음을.
울음 울리라.

주제 한국적 정한의 순수가치 추구
형식 3연의 자유시
경향 주정적, 상징적, 영상적
표현상의 특징 산문체이면서도 내재율을 살려 짙은 정감을 풍기고 있다.
감각적이고도 섬세한 언어 구사로 이미지를 명징(明澄)하게 처리하고 있다.
제2연에서 '~하리'라는 종지사(終止詞)를 어미로 세 번 다루었으며, 제3연의
마지막 두 행에서 '울음을 울음을/ 울음 울리라'는 동어반복 등 효과적인 점
층법(漸層法)으로 감정을 고조(高潮)시키고 있다.

이해와 감상

이 시는 『현대문학』(1957. 3)에 발표된 그의 초기 대표작의 하나이다.

박재삼의 시에서 두드러진 특징은 '한국적 정한'을 애련한 가락으로 엮고 있다는 것
이다.

시인이 선천적으로 타고난다 하는 것은 시인의 천성적 재능을 두고 이르는 것이겠지
만, 거기에 후천적으로 다듬어진 야무지며 질기고 향기로운 말을 그 타고난 감정과 가락
으로 노래(시)로 읊을 때 비로소 우리는 그를 명실상부한 시인으로 일컫게 되는 것이다.

박재삼은 신시 90년사에 있어서 그만이 지닌 특유의 서정과 가락으로 시를 써 왔다.

누님의 슬픈 사연은 시인의 여린 가슴에 여인의 한(恨)을 깨닫게 하고 나이 어린 시인
은 슬픔을 대신할 수 없어 밤바다로 뛰어나가며, 소리를 죽여 울음을 씹어 삼킨다.

박재삼은 소박한 일상생활과 자연에서 소재를 택하여 애련하고 섬세한 여성적 가락
으로 한국적 정한의 세계를 읊고 있다.

포도(葡萄)

형(刑)틀에 매여 원통하던 일을 이승에서야 다 풀고 갔으련만
저승에 가 비로소 못 잊겠던가
춘향(春香)이 마음은 조롱조롱 살아 다시 열렸네.

저것은 가냘피 아파 우는 소리였던 것을,
저것은, 여럿이 구슬 맺힌 눈물이던 것을,
못 견딜 만큼으로 휘드리었네.

우리의 무릎을 고쳐, 무릎 고쳐 뼈마치는 소리에 우리의 귀는 스스로 놀라고,
절로는 신물이 나, 신물나는 입맛에 가슴 떨리어,
다만 우리는 혹시(或時) 형리(刑吏)의 손아픈 후예(後裔)일라……

그러나 아가야, 우리에게도 비치는 것은
네 눈이 포도라, 살결 또한 포도라……

주제 포도를 통한 삶의 아픔 추구
형식 4연의 자유시
경향 서정적, 상징적, 감상적
표현상의 특징 심도 있는 메타포로 포도의 상징적 표현미를 엮어내고 있다.
포도를 의인화 시키는 빼어난 솜씨가 돋보인다.
제2연에서는 1행과 2행이 이어반복을 하고 있다.
'~련만', '~던가', '~었네', '~일라', '~라' 등의 정감 넘치는 옛말 투의
종결어미가 두드러지고 있다.

이해와 감상

포도를 바라보는 시인의 눈에서 춘향의 정절과 옥고의 뼈아픔을 연상해낸다.
이 시는 고도의 상징적 서정시다. 포도송이들이 마치 형틀에 묶여 있는 것으로 압축된
표현을 하고 있다.
의인화 된 포도송이를 통해 춘향 뿐 아니라 우리 겨레의 민족사적 아픔으로까지 확대
연장시켜 메타포(은유)하고 있다.
박재삼 특유의 민족적인 정한이 물씬하게 밴 포도송이가 주렁주렁 매달려 있다.

잠 못 드는 밤에

네 살짜리 잠자던 아이가
갑자기 킬킬킬 웃고 있다.
하늘나라 임금님의
수염이라도 만져 보아서 그런가.

혹은 땅 밑 가늘은 뿌리로
공주님의 겨드랑이라도
간지럽혀 못 견디게 우스워서 그런가.

그런 건 모르겠다마는
이 밤중에도 하여간
햇빛 하나는 잘 받은
꽃 같은 웃음이다.

그 웃음 너무 맑아
내게 묻은 마흔 살 때가
정갈하게 벗겨지고 있다.

이해와 감상

이 시 「잠 못 드는 밤에」는 그의 제4시집 『어린 것들 옆에서』에 들어있는 작품이다.
박재삼의 시가 지니는 목소리의 빛깔과 청은 그의 부드러운 성품과 따사로운 입김으로 번지면서, 순진무구한 어린 것을 뜨거운 사랑으로 감싸준다.
잠 못드는 밤에 어린 것의 옆에서 '꽃 같은 웃음' 을 배우고 그 밝은 웃음에서 '마흔 살 때' 를 정갈하게 벗기는 삶의 예지를 터득한다.
이것은 실로 눈부신 생(生)의 경이(驚異)가 아니런가.
시는 결코 먼 데나 고상한 말재주에 있는 것이 아니요, 진실한 몸가짐과 눈부신 생명에의 참다운 사랑과 외경(畏敬)의 마음가짐에서 비로소 빛나는 탄생을 보는 것이다. 보기 드문 생활시의 가편(佳篇)이다.

한성기(韓性祺)

함경남도 정평(定平)에서 출생(1923~1984). 대전사범학교 교사로 있다가 신병으로 사직하고, 한 때 입산(入山) 생활도 했다. 「문예」에 시 「역(驛)」(1952. 5), 「병후(病後)」(1953. 9), 「현대문학」에 「아이들」, 「꽃병」(1955. 4) 등으로 추천 완료되어 문단에 등단했다. 시집 「산에서」(1963), 「낙향 이후」(1969), 「실향」(1972) 등이 있다.

역(驛)

푸른 불 시그낼이 꿈처럼 어리는
거기 조그마한 역이 있다

빈 대합실에는
의지할 의자 하나 없고

이따금
급행열차가 어지럽게 경적을 울리며
지나간다

눈이 오고
비가 오고……

아득한 선로 위에
없는 듯 있는 듯
거기 조그만 역처럼 내가 있다.

주제 순수가치의 추구
형식 5연의 자유시
경향 서경적(敍景的), 관조적, 낭만적

소박한 일상어를 쓰면서도 시상을 안정되게 압축시키고 있다.
'꿈처럼'(제1연)과 '역처럼'(제5연)이라는 직유법을 구사하여, 자연스럽게 '조그마한 역'과 시인 자신을 상징적 동격(同格)으로 설정하는 표현의 조화를 이룬다.
제4연의 '눈이 오고/ 비가 오고……'로써 세월의 흐름을 낭만적으로 표현하고 있다.

이해와 감상

'푸른 불 시그낼이 꿈처럼 어리는/ 거기 조그마한 역이 있다'(제1연)에서 잘 알 수 있듯이, 한성기는 정서를 통해 사물을 관조하여 경이로운 현상을 새롭게 실체적(實體的)으로 구상하는 탁월한 솜씨를 보여주고 있다.

기교를 부리지 않으면서도 소박한 일상어로 예리한 관조를 통해 정적(靜的)인 제2연과 동적(動的)인 제3연이 상대적으로 시각(視覺)과 청각(聽覺)의 공감각적인 빼어난 표현을 하고 있다.

급행열차가 그냥 스쳐 버리는 의자 하나도 없는 한적한 시골역은 시인 자신의 조용하고 한적한 인생행로와도 같은 존재임을 과장 없이 비유하고 있다. 그와 같이 시인이 진솔하게 묘사하는 데서 독자로 하여금 공감도가 사뭇 커진다.

더구나 이 작품은 전혀 난해한 시어를 쓰지 않고 있으면서도, 결코 단조롭지 않게 시상의 묘미를 듬뿍 느끼게 해준다. 그와 같은 것은, 이 시가 갖는 서정적으로 안정된 표현수법의 분위기 때문이라고 본다.

말

거리의 모퉁이에
다수굿이 서 있는 말
바람이 지나갔다
갈기머리의 빗자국
앞머리의 빗자국
누가 빗어 주었겠느냐
또그닥 또그닥
네 굽을 놓을 때의 발굽소리
바람이 지나갔다

바람이 지나간 자국
둥어리며
배며
볼기짝이며
누가 쓸었겠느냐
말은 다수굿이 서 있다
그
바람소리가 들리는 듯……

주제 순수미의 추구
형식 전연의 자유시
경향 서정적, 낭만적, 관조적
표현상의 특징 평이한 일상어를 쓰면서도 시적 기교가 돋보이는 표현을 하고 있다.
동적(動力)인 존재를 피동적(被動的)인 위치에 설정한 예리한 관찰력이 잘 나
타나고 있다.
작자의 정적(靜的)인 인간미의 의식이 조명되고 있다.

이해와 감상

한성기의 시는 정적(靜的)인 존재와 동적(動的)인 사물을 서로 대비시키는 관조(觀照)
의 수법이 남달리 뛰어나다. '거리의 모퉁이에/ 다수굿이 서 있는 말'에서처럼 가장 동
적인, 아니 역동적(力動的)인 동물의 하나인 말을 조용하게 길모퉁이에다 세워놓고 서경
적(敍景的)으로 독특하게 묘사하고 있다.

'바람이 지나갔다/ 갈기머리의 빗자국/ 앞머리의 빗자국/ 누가 빗어 주었겠느냐'(제
3~6행). 이처럼 가지런한 말의 갈기털과 앞머리를 바라보면서 매우 예리한 시각적 감각
의 표현미를 이루고 있다.

지나간 바람이 말의 갈기머리며 앞머리를 곱게 빗어주고 갔다는 이 우의적(寓意的)인
표현이 자못 흥미롭다.

말이 걷는 발자국 소리를 통해 작자는 말을 의인화 시켰고, 인간의 숙명적인 슬픔을
말 발자국 소리로 비유하며 청각과 시각 묘사로서 공감각적으로 조화시킨다.

끝내 한성기는 말의 아름다운 자태에서 울려오는 심정적(心情的) 충동을 향기가 번져
온다는 조어(造語) '운향'(韻香)까지 만들어내는 등, 심도 있는 애마(愛馬)의 동물애호
정신을 발휘하고 있다.

다만 이 시에서 우리가 주목할 것은 '바람'의 존재론적(存在論的)인 고찰이 아닌가 한
다.

이를테면 19세기 영국 여류시인 크리스티나 로제티(Christina. G Rossetti, 1830~1894)

의 시 「누가 바람을 보았나」(Who has seen the wind)를 살펴보면 어떨까.

'누가 바람을 보았나?/ 나도 당신도 보지 않았어/ 그러나 나뭇잎이 흔들릴 때/ 바람은 지나쳐 가는 것이지' (Who has seen the wind?/ Neither I nor you;/ But when the leaves hang trembling,/ The wind is passing through).

김소월(金素月)의 경우도 우리가 바람의 존재론적 견지에서 한성기의 「말」에 앞서서 소월의 시 「개여울의 노래」를 주목하게 된다.

즉, '그대가 바람으로 생겨났으면/ 달 돋는 개여울의 빈 들 속에서 내 옷의 앞자락을 불기나 하지' 가 그것이다.

인간의 눈으로는 볼 수 없는 자연계의 존재인 바람이 나뭇잎을 흔든다, 옷자락을 흔들거나 말의 갈기를 흔들었다는 각자의 이미지 처리에는 공통성이 뚜렷하다.

한국시가 1908년 이전의 정형시(定型詩, 시조·창가 등)로부터 자유시(自由詩)에로 새로운 시 형식으로 전환하는 과정에서 당연히 서양의 자유시의 형식을 도입했으며, 또한 이미지의 표현법이며 시 경향에 있어 서구의 다양한 영향을 받았던 것을 우리는 고찰해야 한다.

그런 견지에서 앞으로 한국 현대시사(韓國現代詩史) 연구에 있어서 마땅히 서구시며 동양시(중국·일본 등)와의 근본적인 상호 비교 분석 등 종합적인 연구에 힘써야 할 일이다.

김관식(金冠植)

충청남도 논산(論山)에서 출생(1934~1970). 호는 현현자(玄玄子). 동국대학교 농과대 수료. 어렸을 때부터 최남선(崔南善), 오세창(吳世昌) 등 한학 대가들 밑에서 성리학(性理學), 동양학(東洋學), 서예(書藝) 등을 사사(師事)했으며, 『현대문학』에 시 「연(蓮)」(1955. 5), 「계곡에서」(1955. 6), 「자하문 근처」(1955. 11) 등이 추천 완료되어 문단에 등단했다. 시집 『낙화집(落花集)』(1952), 『해넘어 가기 전의 기도』(공저, 1956), 『김관식 시선』(1956), 역시집 『노당한시존』(老棠漢詩存, 1958) 등이 있다.

가난 송가(頌歌)

귀를 씻고 세상 일 듣지 말꺼나
피에 젖은 아우성
고달픈 삶에, 가쁜 호흡을 지키기 위해
사나이는 모름지기 곡괭일 들고
여자여. 너는……

세리(稅吏)도 배 고파 오지 않는 곳
낮거미 집을 짓는 바람벽에는
썩은 새끼에 시래기 두어 타래……
가난 가난 가난 아니면
고생 고생 고생이렸다
(시름없이 튕겨 보는 가야금 줄에 청승맞게 울면서 흐느끼는 가락은)

단정학(丹頂鶴)은 야위어 천년을 산다
성인(聖人)에의 지름길은 과욕(寡慾)의 길
밭고랑에서 제 땀방울을 거둬들이는
부지런한 지나(支那)의 꾸리[苦力]와 같이
기나긴 세월을 두루미 목에 감고 견디어 보자.

가만히 내 화상(畵像)을 들여다본 즉
이렇게 언 구렁창에 내던져 괜찮은 건가.

'눈으로 눈이 들어가니'
'눈물입니까' '눈물입니까'
요지경 같은 세상을 떠나

오늘도 나는 누더기 한 벌에 바릿대 하나
눈보라 윙윙 기승부리고
사람 자국이 놓인 일 없이
흰곰의 떼 아프게 소리쳐 우는, 저
천산북로(天山北路)를 넘어가노라.

주제 삶의 우수(憂愁)

형식 5연의 자유시

경향 해학적, 풍자적, 주지적

표현상의 특징 일상어로 빈곤한 삶의 아픔과 그 현실을 진솔하게 고백하는 표현을 하고 있다.
해학적으로 문답형의 대화체(제4연)를 도입하고 있다.
'꾸리'를 비롯하여 '천산북로' 등 중국과 연관된 단어를 시어로 표현하고 있다.

이해와 감상

김관식은 50년대 중반인 젊은 날 노장(老莊)에 심취하여 시를 썼고, 해박한 한학(漢學)으로 우리 시단을 풍미하면서 동양적인 예지로써 서정의 꽃을 피운 그의 시 「무(無)에 대하여」, 「연(蓮), 「자하문 밖」 등 가편(佳篇)을 엮어냈던 것이다. 그러나 정계 입문(1960년 국회의원 출마 등)에 실패하여 서울 세검정(洗劍亭)의 과수원을 팔아야 하는 등 가세가 기우는 가운데 가난은 그를 호되게 엄습했던 것이다.

그는 당시(1950년대 말기) 인천(仁川)에 살고 있던 저자의 집에도 몇 번씩 찾아왔고 김양수(金良洙, 인천 거주 문학평론가)와 셋이서 '3백밀리포'라는 독한 술을 마셨던 나날도 있었다.

표제처럼 가난을 찬양하는 노래라는 「가난 송가」란 풍자적이며 자학적인 반어(反語)의 표현이 아닐 수 없다.

제1연에서 '피에 젖은 아우성'(제1연)은 '4·19학생의거'(1960)이며, '여자여. 너는…'의 여자는 가난에 고생하는 아내에 대한 목메이는 아픔이 여운지는 대목이다.

제2연의 '셰리도 배 고파 오지 않는 곳'이란 김관식이 살고 있던 '문화촌' 산간지대의 무허가 판자집 동네를 가리킨다. 지금은 아파트 단지 등 도시의 부촌이 되었으나 그 당시에는 한적하기 그지없는 빈민촌이다.

우리는 이 시를 통해 시인의 가난뿐 아니라 우리 국민들이 6·25와 4·19 이후 거의 대부분의 사람이 빈곤에 허우적이던 시대를 역사적으로 되돌아 보게 되는 것이다. 물신 숭배가 난무하는 오늘의 시대에 어쩌면 이 시 한 편은 우리를 반성시키는 참다운 각성제가 되었으면 좋겠으나, 어찌 그걸 바랠 수 있으랴.

제3연의 '단정학'은 정수리에 혈관이 뭉쳐서 붉고 아름답게 보이는 천연기념물의 학이며, 장수조(長壽鳥)로 알려지는 속설(俗說)을 나타낸다.

'단정학은 야위어 천년을 산다/ 성인(聖人)에의 지름길은 과욕의 길'(제3연)은 풀어 보자면 어찌 인간이 학처럼 오래오래 살 수 있겠으며, 더더구나 성인(聖人)이 되자는 뜻은 허망한 노릇이라고 스스로의 젊은 날의 큰 뜻을 자성(自省)하는 엄숙한 표현이다.

'지나의 꾸리'란 근세 중국의 빈곤한 노동자를 가리킨다.

제4연의 '눈물'은 '눈(雪)물이냐 눈물(淚)이냐'의 해학적 표현이거니와, 가난의 아픔이 진하게 은유된 대목이 아닐 수 없다.

'천산북로'(제5연)는 중국 신강성(新疆省) 천산산맥 이북지역이며 실크로드로 이어지는 고대부터 동서 교통의 요지다. 김관식은 이 대목에서 고대 동서양문명의 교류지대로 바릿대(승려의 밥그릇)를 지니고 정신의 양식을 구하려는 수도승(修道僧)이 되어 고행하는 명상적인 자아를 표현하고 있어 감동적이다.

신라소묘(新羅素描)

꽃으로 치면
아조 활짝 핀 석류(石榴)꽃과 같은 꽃.

우리나라에도 해와 같이 황홀히 광명(光明)하던 시절이 있었다면 그것은 신라(新羅).
아하 빛이여 눈이 시리다.
눈이 멀을가 눈을 뜨지 못하겠네
봄이 와 밭고랑에 포란 옥(玉)비녀 꼭지처럼 봉긋한 옹긋싹이 뾰조록이 돋으면

무너진 돌담부럭 금이 간 틈서리에 잠 깨어 흙을 털고 부스스 일어나는 놈이 있고녀.
내가 꿈에 본
한 마리의 땅벌레.

　김관식이 신라 천년의 고대 문화를 찬미하는 예찬의 시세계가 세련된 시어로 차분하게 형상화 되고 있다.

　'꽃으로 치면/ 아조 활짝 핀 석류꽃과 같은 꽃'(제1연)을 신라로서 비유하고 있다. 석류꽃은 6월에 짙은 등홍색(橙紅色) 여섯 개의 붉은 꽃잎이 피거니와 시인은 그 꽃뿐 아니라, 꽃과 더불어 탐스럽게 익은 과실의 씨앗이 드러나는 과정을 집약적으로 황홀한 신라문화로써 메타포하고 있는 것이다.

　'아하 빛이여 눈이 시리다/ 눈이 멀을가 눈을 뜨지 못하겠네'(제2연)의 비유는 절창(絶唱)이다.

　제2연의 '옹굿'은 봄철에 어린 잎을 뜯어 나물로 무쳐 먹는 엉거시과의 다년초인 옹굿나물을 가리킨다.

　제3연으로 이어지는 '내가 꿈에 본/ 한 마리의 땅벌레'는 살아 있는 신라문화의 상징어다.

　'무너진 돌담부락'은 신라가 망한 천년의 발자취를 비유하는 것이고, '금이 간 틈서리에 잠 깨어 흙을 털고 부스스 일어나는 놈'인 '땅벌레'는 신라는 망했어도 그 옛날 찬란한 문화는 생생하게 살아서 눈부시게 꿈틀댄다는 고도의 메타포다. 여기에 김관식의 대표작 「신라소묘」의 진가가 한국 시문학사에서 평가되어야 할 것이다.

무(無)에 대하여

　없었다가는 생겼으니까 없어지는 게 고향이로다.
　온 곳이 어데인지를 모르는 거와 마찬가지로 가는 곳이 어데인지도 나는 모른다.

　우리들은 사실상 어머니 배안에서 탯줄을 떨어트려 태어나기 십삭 전 이미 고향을 잃어버린 것이지만

　동해바다에 먼동이 틀 때 짚신에 감발하고 길옷차림을 마을 골목을 뚫고 나와 안개 낀 나루터의 선술집 같은 데서 건너갈 배가 어서 대어 오기만 조용한 마음으로 기대리고 있을 뿐.

　그리하여 마즈막 거기까지는

아니 갈래야 아니 갈 수도 없는
가고 싶어도 그 밖에는 한발자치도 내드디지 못하는
그 어떠한 천길 벼랑끝 낭어덕진 곳으로 아무래도 기어히 이르고야 말 것
이다.

거기엔 바로 죽음으로 통하는
무거운 돌문이 열리어 있고
있었다가는 없어지는 게 모든 이치의 근원이니라.

※ (한글 철자법은 원문대로임)

이해와 감상

이 시는 김관식의 초기 대표작이다.

노장(老莊) 사상에 심취했던 젊은날의 시인이 도가(道家)의 시조 노자(老子, BC. 5C
경)에 경도하여 무위(無爲) 사상을 공부하면서 썼던 작품이다.

'온 곳이 어데인지를 모르는 거와 마찬가지로 가는 곳이 어데인지도 나는 모른다' (제
1연)고 하는 애써 인생사(人生事)에 인위(人爲)를 가하지 않고 자연 그대로 순응하려는
의지가 심상화(心象化) 되고 있는 솜씨가 번뜩이는 작품이다.

'안개 낀 나루터의 선술집 같은 데서 건너갈 배가 어서 대어 오기만 조용한 마음으로
기대리고 있을 뿐' (제3연)이라는 화자의 의연한 인간적 자세가 자못 늠름하기도 하다.

그것은 모든 인위적인 기교와 지혜를 배척하여 자연무위(自然無爲)의 도(道)로 귀의
하라던 노자의 『도덕경』(道德經)의 가르침에 대한 현대시적인 이미지의 형상화라는 것
을 지적하게 된다.

벌써 지금부터 50년 전에 김관식은 자연친화의 자연의 도를 따르자는 예지를 이 시로
써 뚜렷이 제시했던 셈이다.

고도산업화 사회의 공해며 자연파괴도 이제 우리가 무위사상의 견지에서 고찰하는
것도 의미가 있지 않을까.

이흥우(李興雨)

경기도 부천(富川)에서 출생(1928~   ). 1955년에 시 「연꽃」을 『동아일보』
에 발표하고, 1957년 합동시집 『평화에의 증언』에 장시를 발표하며 문단에
등단했다. 대표적 장시 「명종(名鐘)의 부(賦)」를 『시문학』(1966. 3)에 발표했
다. 시집 『한국의 마음』(1981), 『나비야 청산간다』(1993), 『기파랑의 산책』
(2003) 등이 있다

존재 X

하나의 작은 돌 위에서
하나의 나무 이파리가 간들거린다.

꽃이 활짝 만발한 것은
눈동자가 빛나며 쏘아오던 시절.

맨 처음에
그것은 나무 이파리였을까. 하나의 돌이었을까.

강물과 시내 사이에
짐승들의 노래가 흐른다.
잠자리 같은
원초의 구름이 흐른다.

맨 처음에 그것은 눈동자였을까.
지평의 풀밭 위를
아무 것도 없는
존재의 밝은 밤에

해가 소요한다.
새가 날 듯,
별과 달들이 반짝인다.

맨 처음에 그것은 꽃이었을까.

꽃의 유전(流轉)처럼
멸망하는 생명.
머언 고향의 안개 같은
아주 오랜 질서의
밝은 어둠의 충만.
4각의 지평에 대응하며.

맨 처음에 그것은 하나의 돌이었을까. 이파리였을까.
꽃이었을까. 눈동자였을까.
먼 훗날에도
맨 처음처럼
그것은 꽃일까. 눈동자일까.
또 지금처럼
하나의 돌일까. 이파리일까.

주제 생명의 탄생과 그 연원(淵源)의 추구
형식 9연의 주지시
경향 주지적, 상징적, 초현실적
표현상의 특징 잠재의식의 받아쓰기인 초현실주의의 자동기술법적 표현을 하고 있다.
심층심리의 감각적인 이미지를 전개시키고 있다.
난해한 것 같지 않으면서 매우 난해한 의미의 심도가 깊은 표현을 하고 있다.

이해와 감상

『현대문학』4월호(1967)에 발표한 「존재X」는 이흥우가 1960년대에 쓴 대표작의 하나로 꼽히고 있다. 이러한 시를 가리켜 우리는 흔히 난해시라고 한다. 그러나 난해하다고 물러서기에 앞서서 이러한 시의 형식과 경향을 이해하는 일이 중요하다.

「존재X」는 두 말할 것도 없이 쉬르리얼리즘의 계열에 속하는 시라는 것을 알아야 한다. 이흥우는 이 시를 쓸 때에 현실에 있어서의 논리, 이른바 이성적(理性的) 가치 그 자체는 인정하지 않고, 잠재의식에 의해서 그 의식의 내용, 다시 말해서 환상적인 세계를 묘사하고 있는 것이다. 우리나라에는 이러한 쉬르리얼리즘 계열의 시를 써 온 시인들로 이상(李箱) (「이상」 항목 참조 요망)을 비롯해서 김춘수(金春洙) (「김춘수」 항목 참조 요망) 등 몇몇 시인을 꼽을 수 있다. 난해시라고 부르기에 앞서서 그 시의 형식과 내용을 파악하는 안목을 기름으로써 비로소 현대시를 이해하게 될 것이다.

표제인 「존재X」를 풀이하는 일은 결코 만만치 않은 것이다. 우선 '존재론' (ontology)이라는 내용은 철학적인 배경에서 출발해 왔다. 즉 그리스(희랍) 초기의 아리스토텔레스(Aristoteles, BC. 384~322)가 '제1철학' 이라고 일컬었던 뒷날의 '형이상학' 으로부터였다. 오늘의 새로운 존재론은 낡은 사변적 존재론에서 벗어나, 살아가는 목적과 의미를 깊게 뿌리박으려는 마르셀(Gabriel Marcel, 1889~1976) 등의 실존적 존재 탐구로 발전하기에 이르렀다. 물론 이흥우가 추구하는 「존재X」는 어디까지나 철학적 명제로서의 존재론적인 규명이 아니고, 이것은 전혀 시문학 창작으로서의 심층심리의 시적 탐구다.

따라서 「존재X」의 'X' 란 무엇을 가리키고 있는가. 여기서 'X' 는 무한한 '가능성' 으로서의 존재로써 풀이하면 될 것이다. 따라서 이 작품을 읽으면서, 독자들은 화자의 잠재의식에서 우러나온 이미지의 조각들을 자기 나름대로 해석하며 수용한다면 일단 그것으로 족한 것이다.

눈보라치는 황야(荒野)의 야우(野牛)

1
황량한 벌판을 파란 폭풍이 짖었다.
하얀 눈보라가 휘몰아쳤다.

묵묵히 걷고 있는 들소 한 마리.

흐느낄 듯한 폭풍에 묻혀
눈보라에 묻혀.

반점처럼 검은 털가죽이
회오리치는 흰 눈에 첩첩이 싸였다.

퇴화하여 가는 종족의
슬픈 운명을 한 몸에 지고

무리 잃은 채 걷고 있는 들소 한 마리.
마멸되어 가는 생명의 아쉬운
뼈를 깎을 듯 소중한 시간의 창살(囚子)들을
겹겹이 속으로만 자긋자긋 되씹으며
미소도 소멸된 감은 듯한 눈은

눈보라에 싸여 대범하였다. 표정이 없었다.

　　　　　　2
가혹한 대지의 법칙처럼 움직여 가는 네 개의 다리.
가혹한 법칙처럼 휘몰아치는 눈보라
가혹한 법칙처럼 다가오는
종말의 숙명을 역력히 보며 깨닫는 수난자.

의

우울.

뼈를 에이어 깎는 희열의 가혹한 반추.

주제　들소의 존재론적 의미 추구
형식　2부작 변형 주지시
경향　주지적, 상징적, 문명비평적
표현상의 특징　산문체의 일상어로 대상을 감각적으로 논리화 시키고 있다.
　　　　　　원초적인 사태의 본질을 날카롭게 추구하고 있다.
　　　　　　특히 제2부에서 조사(措辭)의 특이한 표현을 하고 있다.

이해와 감상

　이 시는 일반론적이거나 또는 앞의 작품 「존재X」에서와 같은 초현실적 관점에서 살필 대상이 아니다. 어디까지나 이 작품은 본격적인 존재론적(Ontologisch) 시야에서 시적 내용이 파악되어야 한다.

　예컨대 이 시는 생명체의 퇴화 내지 멸망에 대한 시인의 위기의식을 이미지화 시키고 있다는 문명비평적인 관점에서 살핀다면 그 이해의 진폭은 커질 것이다.

　'퇴화하여 가는 종족의/ 슬픈 운명을 한 몸에 지고// 무리 잃은 채 걷고 있는 들소 한 마리' (제5 · 6연)의 존재론적 해석은 곧 종족의 멸종의 상징을 가리킨다. 이것은 오로지 들소에 국한되는 것이 아니라 인류 전체, 지구 공동체의 위기에 대한 화자의 경고의 메시지다. 이 시의 제1연의 서두로 올라가 보자.

　'황량한 벌판을 파란 폭풍이 짖었다' 고 한다. '파란 폭풍' 이라는 이 감각적 표현이 안겨주는 '파란색' 은 무엇을 암시하고 있는 것일까. 또한 '폭풍이 짖었다' 고 했는데 '짖었다' 는 동사의 상징적 의미는 무엇인가. 여기서 '파란 폭풍' 은 '핵폭발' 과 같은 인류 파괴의 행위며 '짖는다' 는 것은 '발악' 을 가리키는 것이다. 즉 '가혹한 법칙처럼 다가오는 / 종말' (제7연)을 고발하는 화자의 문명비평은 매우 예리하다.

박봉우(朴鳳宇)

광주(光州)에서 출생(1934~1990). 호는 추풍령. 전남대학교 문리대 수료. 1956년 『조선일보』 신춘문예에 시 「휴전선(休戰線)」이 당선되어 문단에 등단했다. 『영도(零度)』, 『신춘시(新春詩)』 동인. 시집 『휴전선(休戰線)』(1957), 『겨울에도 피는 꽃나무』(1959), 『사월(四月)의 화요일』(1962), 『황지(荒地)의 풀잎』(1976), 『서울하야식』(1986) 등이 있다.

휴전선

산과 산이 마주 향하고 믿음이 없는 얼굴과 얼굴이 마주 향한 항시 어두움 속에서 꼭 한 번은 천둥 같은 화산이 일어날 것을 알면서 요런 자세로 꽃이 되어야 쓰는가.

저어 서로 응시하는 쌀쌀한 풍경.
아름다운 풍토는 이미 고구려 같은 정신도 신라 같은 이야기도 없는가, 별들이 차지한 하늘은 끝끝내 하나인데…… 우리 무엇에 불안한 얼굴의 의미는 여기에 있었던가.

모든 유혈(流血)은 꿈같이 가고 지금도 나무 하나 안심하고 서 있지 못할 광장. 아직도 정맥은 끊어진 채 야위어 가는 이야기뿐인가.

언제 한 번은 불고야 말 독사(毒蛇)의 혀같이 징그러운 바람이여. 너도 이미 아는 모진 겨우살이를 또 한 번 겪으려는가 아무런 죄도 없이 피어난 꽃은 시방의 자리에서 얼마를 더 살아야 하는가 아름다운 길은 이뿐인가.

산과 산이 마주 향하고 믿음이 없는 얼굴과 얼굴이 마주 향한 항시 어두움 속에서 꼭 한 번은 천둥 같은 화산이 일어날 것을 알면서 요런 자세로 꽃이 되어야 쓰는가.

주제 분단 비극 극복의 의지
형식 5연의 자유시
경향 서정적, 상징적
표현상의 특징 각 연의 마지막 시행의 어미(語尾) 처리에 있어서 '쓰는가', '있었던
가', '뿐인가', '이뿐인가' 등과 같이 한결같이 설의법의 종결어미 '가'로 끝
나고 있다.
비극적 현실에 대한 준엄한 고발을 통해 분단의 비통한 상황이 상징적으로 강
렬하게 묘사되고 있다.

이해와 감상

이 시는 『조선일보』 신춘문예(1956) 당선작으로, 국토 분단과 동족상잔의 비극, 그리
고 휴전이라는 불안한 상황을 실감케 하는 현실 고발의 차원 높은 시다.

동족상잔의 상흔이 가시지 않은 불신의 상황에서 또 다시 이토록 뼈저린 민족의 비극
이 일어나서야 되겠느냐 하는 시인의 외침이 너무나도 숙연한 분위기를 자아낸다.

화자는 '별들이 차지한 하늘은 끝끝내 하나인데…' 하면서(제2연) 분단의 아픔과 통
일의 의지를 풍자적으로 표현하고 있다. 이 시가 우리 시단에 화제를 꽃피웠던 것도
1950년대 중반이니 벌써 50년의 긴 세월이 흘렀다.

이 땅은 언제쯤 조국의 평화로운 통일의 숙망(宿望)을 이루게 될 것인가.

강렬한 통일 의지를 내면 의식으로 불사르고 있는 이 작품으로 하여 분단의 아픔을 더
욱 절절히 통감(痛感)하게 된다.

바람의 미학

바람은
어느 날 나에게

'미(美)와
음(音)의
무형(無形)한
체온으로'
병실을 찾아와서 이야기하였다.

바람······
꽃밭으로 넘어가는
머언 먼 목소리.

다시는 들리지 않는
메아리가 남기고 간 은은한 신호흡(新呼吸)

무한한 우리들의
사랑스러움이여······

이해와 감상

「휴전선」과는 대조적인 서정의 미학(美學)을 엿보게 하는 작품이다.
 이것은 시인이 병상(病床)에서 느낀 바람의 서정을 노래한 시이다.
 제3연에서의 '꽃밭'은 화자가 간절하게 소망하는 '터전'이다. 즉, 그의 '건강의 새 터전'이요, 그가 추구하는 '이상향'이기도 하다.
 화자는 병실에 찾아왔던 '미(美)와/ 음(音)의/ 무형한/ 체온'의 바람을 멀리 뒤쫓아 가서 그 아름다운 건강의 터전에 머물고 싶은 소망을 따사롭게 밝히고 있다.

박희진(朴喜璡)

경기도 연천(延川)에서 출생(1931~   ). 고려대학교 영문학과 졸업. 『문학예술』에 시 「무제」, 「허(虛)」(1955), 「관세음상(觀世音像)에게」(1956) 등이 추천 완료되어 문단에 등단했다. '60년대 사화집' 동인. 시집 『실내악(室內樂)』(1960), 『청동시대(靑銅時代)』(1965), 『미소하는 침묵』(1970), 『빛과 어둠의 사이』(1976), 『서울의 하늘 아래』(1979), 『가슴 속의 시냇물』(1982), 『4행시 134편』(1982), 『라일락 속의 연인(戀人)들』(1985), 『아이오와에서 꿈에』(1985), 『시인아 너는 선지자 되라』(1985), 『산화가(散花歌)』(1988), 『북한산 진달래』(1990), 『연꽃 속의 부처님』(1993), 『물운대의 소나무』(1995), 『문화재, 아아 우리 문화재』(1997), 『화랑영가』(1999), 『하늘·땅·사람』(2000), 『1행시 960수와 17자시 730수·기타』(2003) 등이 있다.

관세음상(觀世音像)에게

1

석연(石蓮)이라
시들 수도 없는 꽃잎을 밟으시고
환히 이승의 시간을 초월하신 당신이옵기
아 이렇게 가까우면서
아슬히 먼 자리에 계심이여

어느 바다 물결이
다만 당신의 발 밑에라도 찰랑이겠나이까
또 어느 바람결이
그 가비연 당신의 옷자락을 스치이겠나이까

자브름하게 감으신 눈을
이젠 뜨실 수도 벙으러질 듯
오므린 입가의 가는 웃음결도
이젠 영 사라질 수 없으리니
그것이 그대로 한 영원(永遠)인 까닭이로라

해의 마음과

꽃의 훈향을 지니셨고녀
항시 틔어 오는 영혼의 거울 속에
뭇 성신의 운행을 들으시며 그윽한 당신
아 꿈처럼 흐르는 구슬줄을
사붓이 드옵신 손가락 하나 움직이지 않으시고

        2
당신 앞에선 말을 잃습니다
미(美)란 사람을 절망케 하는 것
이제 마음 놓고 죽어 가는 사람처럼
절로 쉬어지는 한숨이 있을 따름입니다

관세음보살
당신의 모습을 저만치 보노라면
어느 명공의 솜씨인고 하는 건 통
떠오르지 않습니다

다만 어리석게 허나 간절히 바라게 되는 것은
저도 그처럼 당신을 기리는 단 한 편의
완미(完美)한 시를 쓰고 싶은 것입니다 구구절절이
당신의 지극히 높으신 덕과 고요와 평화와
미(美)가 어리어서 한 궁필의 무게를 지니도록
그리하여 저의 하찮은 이름 석자를 붙이기엔
너무도 아득하게 영묘한 시를

주제 절대자에 대한 찬미
형식 2부작 7연의 자유시
경향 서정적, 불교적, 상징적
표현상의 특징 잘 다듬어진 경어체(敬語體)의 일상어로 전편에 근엄한 시의 분위기
를 이루고 있다.
설의법(設疑法)을 써서 절대자에 대한 숭앙심(崇仰心)을 간접적으로 강조하는
수사의 표현을 하고 있다.
'너무도 아득하게 영묘한 시를 → 완미(完美)한 시를 쓰고 싶은 것입니다'(제7
연)로 이어지는 도치법을 쓰고 있다.

관세음보살(Avalokiésvara)은 불교의 부처의 다음가는 지위에 있는 대자대비(大慈大悲)한 성인(聖人)이다. 박희진은 그의 참다운 불심(佛心)을 관세음상 앞에 합장하며 불도를 닦고 있다. 보리(菩提)를 구하고 아울러 뭇 중생을 교화해 주는 관음의 거룩한 뜻을 받아 이와 같은 불교적인 작품을 현대시로써 형상화 시키고 있다.

'어느 바다 물결이/ 다만 당신의 발 밑에라도 찰랑이겠나이까/ 또 어느 바람결이/ 그 가비연 당신의 옷자락을 스치이겠나이까' (제2연) 하는 장엄한 묘사에서처럼 시의 제재(題材) 그 자체가 좀처럼 다루기 힘든 시세계이나, 속깊은 불도(佛道)에서 우러나는 메타포는 자못 감동적이다.

명공(名工)의 빼어난 조각상(제6연)보다는 중생이 괴로울 때 구원해 주는 자비로운 관세음보살의 진리를 깨달은 본성(本性)에 머리숙이며, '당신 앞에선 말을 잃습니다/ 미란 사람을 절망케 하는 것/ 이제 마음 놓고 죽어 가는 사람처럼/ 절로 쉬어지는 한숨이 있을 따름입니다' (제5연)고 엄숙한 고백을 하고야 만다.

아니 '당신을 기리는 단 한 편의/ 완미(完美)한 시를 쓰고 싶은 것입니다' (제7연)고 절절한 소망을 피력하고 있다.

항아리

무슨 흙으로 빚었기에
어느 여인의 살결이 이처럼 고울 수 있으랴
얇은 하늘빛 어리인 바탕에
그려진 것은 이슬 머금은 닭이풀인가
만지면 스러질 듯 아련히 묻어 오는
차단한 기운이여

네가 놓이는
자리는 아무데고 끝인 동시에
시작이 되는 너는 그런 하나의 중심이라
모든 것은 잠잠할 때에도
너는 끊임없이 숨쉬며 있는

오 항아리

너 그지없이 둥근 것이여
소리없는 가락의 동결(凍結)이여
물 위에 뜬
연꽃보다도 가벼우면서 모든 바위보다
오히려 무겁게 가라앉는 것

네 살결 밖을 감돌다 사라지는
세월은 한갓 보이지 않는 물무늬인가
항아리 만든 손은 티끌로 돌아가도
불멸의 윤곽을 지니인 너 항시 우러른
그 안은 아무도 헤아릴 길이 없다

이해와 감상

메타포의 뛰어난 솜씨가 고려청자를 새로운 시로써 빚어내고 있다.

'네가 놓이는/ 자리는 아무데고 끝인 동시에/ 시작이 되는 너는 그런 하나의 중심이라'(제2연)고 하는 고려 청자의 민족미(民族美)로서의 영구불멸성(永久不滅性)의 은유는, 이 가품(佳品)을 우리 시문학사에서 부동의 항아리로 자리매김할 수 있다고 본다.

여기서 박희진의 「항아리」 시작상(詩作上)의 심미적(審美的) 표현기법도 주목할 만하다. 그는 「항아리」를 통한 주제(主題)의 바리에이션(variation)을 역동적 변주 형식으로 구성하므로써 메타포의 신선한 표현미를 보여주고 있다.

여기서 말하는 주제의 바리에이션이란 음악으로 치자면 변주곡(變奏曲)을 뜻한다. 물론 시에 있어서는 이미지(image)와 포름(forme, 형식), 리듬(rhythm, 운율) 따위가 다양하게 변화하지만 그 밑바닥을 흐르는 '주제' 그 자체에는 변화가 없다. 더구나 때와 장소에 따라서 다양한 변주가 가능하다면 가능한 만큼 그 주제는 그 속에 내재(內在)하면서 점점 더 그 깊이와 빛을 더하며 번쩍이게 된다. 박희진의 '항아리'는 바로 그런 주제의 변주를 통해서 심미적 깊이와 메타포의 솜씨를 발휘하고 있다고 본다.

신경림(申庚林)

충청북도 중원(中原)에서 출생(1935~   ). 본명은 응식(應植). 동국대학교 영문학과 졸업. 『문학예술』에 「낮달」(1955. 12), 「갈대」(1956. 1), 「석상(石像)」(1956. 4) 등이 추천 완료되어 문단에 등단했다. 시집 『농무(農舞)』(1973), 『새재』(1980), 『달넘세』(1985), 『남한강』(장시집, 1987), 『가난한 사랑노래』(1988), 『길』(1990), 『쓰러진 자의 꿈』(1993), 『어머니와 할머니의 실루엣』(1998), 『뿔』(2002) 등이 있다.

농무(農舞)

징이 울린다 막이 내렸다
오동나무에 전등이 매어달린 가설 무대
구경꾼이 돌아가고 난 텅 빈 운동장
우리는 분이 얼룩진 얼굴로
학교 앞 소줏집에 몰려 술을 마신다
답답하고 고달프게 사는 것이 원통하다
꽹과리를 앞장 세워 장거리로 나서면
따라붙어 악을 쓰는 건 쪼무래기들뿐
처녀애들은 기름집 담벽에 붙어 서서
철없이 킬킬대는구나
보름달은 밝아 어떤 녀석은
꺽정이처럼 울부짖고 또 어떤 녀석은
서림이처럼 해해대지만 이까짓
산구석에 처박혀 발버둥친들 무엇하랴
비료값도 안 나오는 농사 따위야
아예 여편네에게나 맡겨 두고
쇠전을 거쳐 도수장 앞에 와 돌 때
우리는 점점 신명이 난다
한 다리를 들고 날나리를 불거나
고갯짓을 하고 어깨를 흔들거나

주제 농민의 순수 저항의지

형식 전연의 주지시

경향 애향적, 저항적, 전통적

표현상의 특징 시어가 상징적이며 주지적으로 심도 있는 표현을 하고 있다.
신경림의 초기 대표시 「갈대」와 같은 일반적인 서정시의 이미지 중심 묘사의 테두리를 완전히 벗어나고 있다.
'고달프다', '원통하다', '악을 쓴다', '울부짖다', '발버둥친다' 등과 같은 정서적으로 극한적인 시어구사가 농민의 참상을 리얼하게 고발하고 있다.
우리의 정통 농악기인 '징'을 비롯하여 '꽹과리', '날나리' 등이 농악의 분위기를 고조시키는 청각적 이미지의 구성 효과를 보이고 있다.

이해와 감상

『창작과 비평』(1971, 가을호)에 발표된 작품.

우리 농촌은 전통적으로 '농민은 천하의 으뜸'(農者天下之大本)이라는 농기(農旗)를 드높이 쳐들었다. 그러나 항상 지배자들로부터 가혹하게 수탈만 당하는 서글픈 농민들의 농악대는 마을이며 장터를 돌았으나 근심 걱정 끊일 날 없어 늘 가슴 속은 쓰리고 허전했다.

'농자천하지대본'은 위정자들의 허울 좋은 구두선(口頭禪)일 따름, 전혀 실행 없는 헛소리였다. 날로 해를 거듭할수록 농촌은 피폐해 갔다.

더더구나 탐관오리들은 각 지방에서 피골이 상접한 농민들의 고혈을 빨았으니, 견디다 못해 끝내 죽기를 각오하고 간악한 관가에 대항하여 조선조 명종(明宗, 1545~1567) 14년(1559)에 황해도 땅에서의 임꺽정(林巨正, 생년미상~1562)의 봉기를 필두로, 순조(純祖, 1800~1834) 11년(1811)에 와서는 평안도의 홍경래(洪景來, 1780~1812), 뒤이어 1894년 전라도 고부에서 전봉준(全琫準, 1853~1895)이 앞장선 동학혁명(東學革命)이 횃불을 쳐들었던 것이다.

벽초 홍명희(碧初 洪命憙)의 대작 『임꺽정』에 등장하는 혁명가 임꺽정 등 인물이 신경림의 시 '농무'에 등장하므로써, 1960년대 이후 군사정권 당시, 피폐했던 우리 농민의 아픔을 '이까짓 산구석에 처박혀 발버둥친들 무엇하랴/ 비료값도 안 나오는 농사 따위야 (후반 부분)하며 저마다 입을 모아 비통하게 탄식한다.

이 시의 클라이맥스를 이루는 마지막 대목을 다시 집중해서 살펴보자.

'쇠전을 거쳐 도수장 앞에 와 돌 때/ 우리는 점점 신명이 난다/ 한 다리를 들고 날나리를 불거나/ 고갯짓을 하고 어깨를 흔들거나'에서 농무하는 농민들의 '점점 신명이 난다'는 반어법(反語法)의 구사다.

'쇠전'은 '우시장'(牛市場)이 아닌 비참한 농촌의 절박한 현장에 대한 비극적 상징어며, '도수장'은 소의 처형장이 아닌 농민들의 죽음에 직면한 참담한 역사 현장을 고발하는 심도 있는 메타포(은유)다.

갈대

언제부턴가 갈대는 속으로
조용히 울고 있었다.

그런 어느 밤이었을 것이다. 갈대는
그의 온몸이 흔들리고 있는 것을 알았다.

바람도 달빛도 아닌 것.
갈대는 저를 흔드는 것이 제 조용한 울음인 것을
까맣게 몰랐다.

──산다는 것은 속으로 이렇게
조용히 울고 있는 것이란 것을
그는 몰랐다.

주제 자연을 통한 인간적 자아 성찰
형식 4연의 자유시
경향 서정적, 주지적, 감상적
표현상의 특징 '언제부턴가 갈대는 속으로/ 조용히 울고 있었다'(제1연)고 하는 감
정이입(感情移入)의 의인법을 쓰고 있다. 잘 다듬어진 시어로 내재율을 살리고
있다. 또한 감각적인 기교로 감성의 순수미를 표현하고 있다.

이해와 감상

신경림의 대표적 초기시다.

1950년대 중반에 그는 순수 서정의 시세계를 처음으로 보여주었다. 일찍이 파스칼
(Blaise Pascal, 1623~1662)이 '인간은 한 줄기 갈대에 지나지 않는다. 그러나 인간은 생
각하는 갈대'라고 그의 『명상록(Pensées)』에서 내세우면서 사고(思考)에 의한 인간성의
근본 자각이 신(神)에 이르는 길이라고 내세웠다. 그러나 신경림은 파스칼의 관념의 세
계와는 상반하는 문학 창작의 예술의 경지를 보여준 것이 그의 시 「갈대」이다.

이 작품은 수사(修辭) 운용에서 주지주의(intellectualism)의 시창작 방법론을 저변에
깔고 있으나, 주정주의(emotionalism)의 서정적 시작법을 혼용한 독특한 스타일의 작품

임에 틀림없다고 본다.

신경림은 '생각하는 갈대'가 아니고 '깨닫는 갈대의 노래', 즉 자연의 경이(驚異)를 인간의 삶과 일체화(一體化) 시키면서 철학이 아닌 예술(시)로써 형상화 시키고 있는 것이다.

우리들은 50년대에 이 시를 대하면서 감동했고, 이 땅에 새로운 지평(地平)을 여는 한 주지적 서정시인이 등장하고 있음을 지켜봤던 것이다. 그 당시 신경림의 시는 종래 한국시의 전통적인 주정적(主情的) 서정시에서 주지적(主知的) 서정시로의 전환 작업을 전개했던 것이다.

친구

작문 시간에 늘 칭찬을 듣던
점백이라는 애는 남양 홍씨네 산지기 자식
협동조합 정미소에 다녀
마루 없는 토담집을 마련했다.

봉당 멍석에까지 날아오는 밀겨
십년만에 만나는 나를 잡고 친구는
생오이와 막소주를 내고
아내를 시켜 틀국수를 삶았다.
처녀처럼 말을 더듬는 친구의 아내

나는 그녀의 아버지를 안다.
자전거를 타고 술배달을 하던
다부지고 신명 많던 그를 안다.
몰매 맞아 죽어 묻힌 느티나무 밑
뫼꽃 덩굴이 덮이던 그 돌더미도 안다.

그래서 너는 부끄러운가, 너의 아내가
그녀를 닮아 숫기 없는 삼학년짜리 큰 자식이

부엌 앞에 지게와 투박한 물동이가
친구여 곳간 뒤 솔나무 밭은 이제
나 혼자도 갈 수 있다.

나의 삼촌과 아이들이 송탄을 굽던 곳,
친구여, 밀겨와 방앗소리에 우리는 더욱 취해
어깨를 끼고 장거리로 나온다.
친구야, 그래서 부끄러운가.

이해와 감상

　신경림의 시는 초기의 주지적 서정의 시작법(詩作法)이, 1970년대로 접어들면서 이른바 '이야기하는 주지시'로 그만의 독특한 시작 형식이 나타나게 된다.
　그는 시집 『농무(農舞)』(1973. 5)를 통해 그의 독특한 스타일의 '이야기 시'를 우리 시단에 보여준 것이다.
　농촌, 특히 그가 태어난 산촌(山村)의 서정적인 배경으로 나타나는 농촌의 생활을 통한 인간의 고통과 노여움이며 슬픔, 고뇌 등을 구수한 토속(土俗)적 시어로써 감칠맛 나게 엮었다. 아니 그의 주지적 이야기 시작법은 빈곤에 허우적대는 우리 농업현장에 대한 한국 현대 시문학사적(詩文學史的)인 고발이라는 것이 어쩌면 온당한 평가인지도 모른다.
　1970년대 초에 쓰여진 이 시 「친구」 역시 그의 시집 『농무』에 들어 있는 그의 대표적인 작품이며, 초기의 경향인 서정적 감각의 인간존재를 다룬 시세계에서 벗어나서, 새로이 시도한 그의 주지적 '이야기 시'의 한 전형을 보여주는 작품이라 하겠다.

박용래(朴龍來)

충청남도 부여(扶餘)에서 출생(1925~1980). 강경상업학교를 졸업한 후 은행원, 중고교 교사 역임. 『현대문학』에 시 「가을의 노래」(1955. 6), 「황토길」(1956. 1), 「땅」(1956. 4) 등이 추천 완료되어 문단에 등단했다. 시집 『싸락눈』(1969), 『백발의 꽃대궁』(1975), 시선집 『강아지풀』(1978) 등이 있다.

탁배기(濁盃器)

무슨 꽃으로 두드리면 솟아나리.
무슨 꽃으로 두드리면 솟아나리.

굴렁쇠 아이들의 달.
자치기 아이들의 달.
땅뺏기 아이들의 달.
공깃돌 아이들의 달.
개똥벌레 아이들의 달.
갈래머리 아이들의 달.
달아, 달아
어느덧
반백(半白)이 된 달아.
수염이 까슬한 달아.
탁배기(濁盃器) 속 달아.

> **주제** 연상적 표현미
> **형식** 2연의 변형 자유시
> **경향** 서정적, 전통적, 감각적
> **표현상의 특징** 시의 표제를 우리의 전통 농주인 막걸리를 담아 마시는 둥근 탁주 사발로 삼은 것이 이채롭다.
> 밀도 있는 간결한 언어구사 속에 시의 리듬감을 연상적 수법으로 살리고 있다.
> 전편에 걸쳐 동어반복(同語反復)의 수법이 두드러지게 나타나고 있다.
> 우리나라 재래의 여러 가지 아이들 놀이의 민속(民俗)을 소재로 삼아 전통적 정서를 고루 일깨워 주고 있다.

　향토적인 서정시로서 심상을 깔끔하게 승화시키는 솜씨가 빼어난 시인답게, 「탁배기」에서도 우리 겨레의 정서를 뛰어난 감각시로 형상화 시키고 있다.

　둥글고 하얀 막걸리 사발과 둥근 달을 대칭적으로 비유하는 시각적인 묘사가 다른 시인에게서 찾아볼 수 없는 독보적인 경지를 개척한 작품이다.

　막걸리 사발에 담긴 탁주를 마시는 시인의 정서는 스스로의 어린 시절의 회상을 통해 영상화(映像化) 시키는 언어의 화면적(畵面的)인 나라타즈(narratage) 수법이 동원되고 있어서 매우 흥미롭다. 굴렁쇠를 굴리면서 달리던 어린 시절, 자치기도 하고 땅뺏기며, 여자 애들의 공기놀이, 또한 밤에는 개똥벌레 잡으러 냇가에 노닐던 아이들, 갈래머리 소녀들이랑 그 모든 것이 이제는 지난 날의 아름다운 추억이 되고 있다.

　벌써 시인의 얼굴엔 수염이 까칠하고, 희끗희끗한 머리가 막걸리 잔 속에 비치며 어른거린다(시의 마지막 2행). 예부터 강릉(江陵)의 명승 경포대(鏡浦臺)에서는 다섯 개의 달, 즉 밤하늘의 달, 바다의 달, 호수의 달, 술잔에 비친 달, 그리고 마음 속의 달이 뜬다 했는데, 박용래에게는 어린 날의 여러 유희의 광경이 탁배기 속에 달로써 뜬 모양이다.

저녁눈

　늦은 저녁때 오는 눈발은 말집 호롱불 밑에 붐비다.

　늦은 저녁때 오는 눈발은 조랑말 발굽 밑에 붐비다.

　늦은 저녁때 오는 눈발은 여물 써는 소리에 붐비다.

　늦은 저녁때 오는 눈발은 변두리 빈터만 다니며 붐비다.

　『월간문학』(1969. 4)에 발표된 작품이다. 눈 내리는 농촌의 저녁 무렵이 잘 다듬어진 함축된 시어로 평화롭게 묘사된 역동적인 서정시다.

　'저녁 때 오는 눈발은――' 하는 동어반복을 하면서, 눈이 날리는 장소의 변화가 자못 흥미롭게 전개되고 있다. 눈발은 호롱불 밑에 번거롭게 날리는가 하면, 심지어 조랑말 발굽 밑에, 또한 여물 써는 작두소리 속에도 침투한다. 그러더니 끝내 눈발은 변두리 빈 터로만 다니면서 역동적인 활동 그 자체도 고적(孤寂)한 경지에 이른다는 정서의 변화가 군더더기 없는 서정적인 시어로 깔끔하게 마무리되고 있다.

　전체적으로 볼 때 박용래의 시작법의 특징은 언어의 최대한의 생략으로써 군소리를 없애는 절제가 큰 특징이다. 따라서 압축된 함축미의 표현이 돋보이고 있다.

문덕수(文德守)

경상남도 함안(咸安)에서 출생(1928~   ). 호 청태(靑苔). 홍익대학교 졸업. 고려대학교 대학원, 일본 쓰쿠바 대학 대학원 수료. 『현대문학』에 시 「침묵(沈默)」(1955. 10), 「화석(化石)」(1956. 3), 「바람 속에서」(1956. 6) 등이 추천 완료되어 문단에 등단했다. 시집 『황홀』(1956), 『선(線)』(1966), 『본적지』(1968, 김광림 등과 공저), 『새벽바다』(1975), 『영원한 꽃밭』(1976), 『살아남은 우리들만이 다시 6월을 맞아』(1981), 『다리 놓기』(1982), 『조금씩 줄이면서』(1985), 『그대, 말씀의 안개』(1986), 『만남을 위한 알레그로』(1990), 『수로부인의 독백』(1991), 『사라지는 것들과의 만남』(1994), 『빌딩에 관한 소문』(1997) 등이 있다.

꽃과 언어

언어는
꽃잎에 닿자 한 마리 나비가
된다.

언어는
소리와 뜻이 찢긴 깃발처럼
펄럭이다가
쓰러진다.

꽃의 둘레에서
밀물처럼 밀려오는 언어가
불꽃처럼 타다간
꺼져도

어떤 언어는
꽃잎을 스치자 한 마리 꿀벌이
된다.

주제 | 새로운 생명력의 탐구
형식 | 4연의 주지시
경향 | 주지적, 상징적, 초현실적
표현상의 특징 | 무의식의 심층심리적인 상태를 통해 이른바 초현실주의 수법으로 이
미지와 이미지를 결합하여 내면 세계의 의미를 추구하고 있다.
절제된 시어의 구사와 참신한 언어 감각으로 회화성이 짙은 표현을 취함으로
써 언어가 간직하는 조화미를 보여주고 있다.

이해와 감상

이 시는 상호 연관성이 없는 심층심리의 이미지와 이미지를 떠오르는 대로 연상작용
에 의하여 결합·기록하고 있는 것이므로 여기서 어떤 목적성이나 의미와 같은 이성적
이미지를 찾아내려는 것은 무의미한 일이다.

초현실주의의 입장에서는 인간의 근원적인 순수 감각, 즉 온갖 이성적(理性的)인 지
시를 받지 않은 '무의식' 속에서 끌어낸 이미지만을 가장 순수하고 새롭고 참된 시의 길
이라고 강조하고 있다.

그러므로 이러한 시를 감상하기 위해서는, 차분히 읽어 나가는 가운데 그 아름다운 이
미지의 조명과 참신한 언어 감각에서 유발되는 감성적인 순수성을 음미해야 할 것이다.
다시 말하면 이 시에서 '언어'가 '꽃잎'에 닿자 한 마리의 '나비'가 되고 다시 '꽃잎'을
스치자 한 마리의 '꿀벌'이 되었다고 한다. 이와 같은 이미지 변환(變換)의 전개로 형성
되는 그 언어의 조화며 새로운 이미지의 조형을 통하여 쾌적한 공감을 느끼고, 이로써
새로운 생명력의 탐구에 주력하는 작가의 자세를 파악할 수 있으면 되는 것이다. 문덕수
의 대표작이다.

조금씩 줄이면서

잔고(殘高)를 조금씩 줄이면서
석류알처럼 눈뜨고 싶구나.

그동안 흐드러지게 꽃피우거나
나비 벌들 떼지어 윙윙 몰려와
제풀에 뚝뚝 떨어져 묻히는
꿀단지 하나 그득히 빚은 일도 없으나,

잎사귀들 한두 잎씩 떨어뜨리고
곁가지 곁넝쿨도 조금씩 쳐내고
몰아치는 성난 돌개바람이나
괴어서 소용돌이치는 물줄기도 돌려서,

겨우내 개울둑에 알몸으로 홀로 서서
이브처럼 눈뜨고 싶구나.

주제 삶을 통한 자아성찰(自我省察)
형식 4연의 주지시
경향 주지적, 상징적, 심리적
표현상의 특징 연상적 기법에 의해서 자아에 대한 내면 세계를 천착하고 있다.

이해와 감상

이 시는 1985년에 간행된 시집 『조금씩 줄이면서』의 표제가 된 시다. 문덕수의 젊은 날의 시 「꽃과 언어」, 「원에 관한 소묘」 등에 비해서 그 기법이 더욱 세련된 원숙한 경지를 보이고 있다.

이미지와 이미지의 연상 표현이 매우 자연스러운 가운데 참신한 시적 감각으로 엮어지고 있다는 점 또한 그렇다.

특히 이 시는 그의 순수 심리주의 경향의 추구가 알차게 열매를 맺고 있으며, 현실 상황에 대한 자아의 자세를 성찰하는 내면 세계의 추구가 형상화 되고 있다.

근화찬(槿花讚)

신시(神市) 적의 빛을 이은 순하디 순한
보랏빛의 꽃송이.
한 계단 한 계단 올라서면서
절벽너머 절벽을 올라서면서
하늘 끝의 하늘 끝의 정상을 더듬어
오늘 무궁화가 핀다.

가난한 뜰에서 무궁화가 핀다.
저 꽃잎을 따서 연한 꽃잎을 따서
나랏님의 왕관이나 만들어 볼까.
나랏님의 곤룡포나 만들어 볼까.
대궐 안의 열두 솟을대문이나 만들어 볼까.
숨막히는 막다른 어둠의 골목에서
한 송이 필 때마다 종이 울리고
한 송이 필 때마다 골짝이 열리고
한 송이 필 때마다 새벽이 열리는
무궁화가 핀다.
가난한 우리집의 무궁화가 핀다.

이해와 감상

　표제의 「근화찬」이란 '무궁화 예찬' 이라는 한자어 표현이다.
　'신시 적의 빛을 이은 순하디 순한/ 보랏빛의 꽃송이' (제1 · 2행)로써 문덕수는 단군 (檀君)의 건국이념을 상징하는 꽃으로서 무궁화를 설정하고 있다.
　그러기에 우리의 국화인 무궁화는 '하늘 끝의 하늘 끝의 정상을 더듬어/ 오늘 무궁화 가 핀다' (제5 · 6행)고 하는 민족의 성천(聖天)을 교감하는 거룩한 민족정신을 표상시킨 다.
　우리의 국화 무궁화를 시인이 노래한다는 것은 너무도 당연한 일이다.
　이와 같은 국화며 국기에 대한 찬시에 대해 국수적이니 어떠니 하는 것은 이민족적인 컴플렉스다.
　어떤 정객은 '야구' 등 운동경기장에서의 국기게양이며 국가 합창에 이의(異議)를 제 기했다. 그는 세계의 자유민주 각국의 야구장 등 운동경기장에 가보지 못한 것 같다.

김해성(金海星)

전라남도 나주(羅州)에서 출생(1935~   ). 본명 희철(囍喆). 호 소심(素心).
경희대학교 국문학과 졸업, 동 대학원과 서울대학교 신문대학원을 거쳐 동국
대학교 대학원 수료. 『자유문학』에 시 「목련」(1956. 12), 「신라금관」(1957.
3), 『현대문학』에 시 「나비와 화분」(1957. 11), 「밭」(1957. 11) 등이 추천 완
료되어 문단에 등단했다. 이후 『서울신문』 신춘문예(1967)에 문학평론 당선.
시집 『바다 제비』(1959), 『풍토(風土)』(1961), 『신라금관』(1963), 『꽃사랑나
무』(1970), 『백제금관』(1976), 『구건포』(1976), 『영산강』(서사시집, 1969),
『치악산』(서사시집, 1977), 『물동이사연』(1985), 『김해성 시선집』(1986) 등이
있다.

신라금관(新羅金冠)

아침 햇발이 유달리 눈부신 서라벌 하늘 밑의 박물관(博物館) 한 구석, 안으
로만 소원을 몸부림치며 천년을 침묵 속에 살아온 금관. 신라의 호사 찬연한
치국비화(治國秘話)가, 거기 조용히 잠들고 있는 관(冠), 쉬흔 여섯 임금의 고혼
(孤魂)은, 금빛발 속에 생생히 살아 있다냐.

아아 어디선가
금관이 울며 지심(地心)을 흔드는 소리
천년 전 그 날 밤에 반짝이는 별은 지금도 눈떴는데
꽃잎처럼 피어나던 신라의 옛 모습은,
주렁주렁 매어 달린 수술 소리 낭랑한 음향으로 하여
그 때의 흥성(興盛)한 시절을 이야기 듣는 듯 싶어라.

만호궁전(萬戶宮殿) 숱한 향연(饗宴)도
이제는 노을밭에 날던 갈매기의 기도
선선히 틔어 원광(圓光)이 도는 하늘
그 하늘이사 컴컴한 밤에도
해 돋는 순간처럼 밝아 온 또 다른 태양인데
억년 훗날도 변치 않을
내 땅의 하늘을 샅샅이 돌아

에밀레종은 목놓아 천년을 울어울어
세월을 잊은 듯 금빛발치는
또 다른 동방의 빛 빛 빛, 빛발이여.

　여기 서라벌 하늘 밑에 천년을 변함 없이 살아 있어, 땅속 깊이 묻힌 수많은 임금의 비원(悲願)이 내재하여 있는 관(冠). 아아 신라 터전에, 피맺힌 하늘을 이고 새순이 돋아날 것만 같아, 한 그루 서 있는 설뚜꽃은 언제 핀다냐.

주제 신라금관의 순수가치 추구
형식 4연의 변형 자유시
경향 전통적, 상징적, 감각적
표현상의 특징 잘 다듬어진 시어로 상징적으로 엮어낸 역사의 발자취가 독자에게 감동적으로 전달되고 있다.
　'천년'을 비롯하여 '금빛발', '빛' 등의 동어반복의 수사(修辭)가 한결 감각적 이미지를 북돋고 있다.
　제1연과 제4연은 기승전결의 서론과 결론 형식의 독특한 수미상관의 구조를 보이고 있다.

이해와 감상

　신라 천년의 찬연한 민족사를 상징하는 신라금관을 경건하게 마주선 시인의 심혼(心魂)이 빼어난 감각의 비유를 하고 있다.
　내 것이 없이 남의 것만이 있을 수 없으며, 자랑스러운 민족의 보배인 '안으로만 소원을 몸부림치며 천년을 침묵 속에 살아온 금관'(제1연)은 천년 뒤 마침내 김해성의 상징적 솜씨로 새로운 명품 금관의 시로 형상화되어 독자들을 즐겁게 해준다.
　이 작품은 약관의 김해성이 1957년 『자유문학』에 노산 이은상의 추천을 받은 작품이다.
　'아아 어디선가/ 금관이 울며 지심을 흔드는 소리'(제2연)는 역사의 아픔이며, '천년전 그날 밤에 반짝이는 별은 지금도 눈떴'(제2연)다는 것은 민족사를 우리가 결코 잊지 말고 다시금 성찰(省察)하자는 화자의 역사 인식에 대한 각성의 메시지다.
　이 제2연은 특히 청각적 이미지가 우리들 마음 속을 '주렁주렁 매어 달린 수술 소리 낭랑한 음향'의 감각적 이미지로 은은히 메아리쳐 준다.
　'그 하늘이사 컴컴한 밤에도/ 해 돋는 순간처럼 밝아 온 또 다른 태양'(제3연)으로서 신라금관은 겨레의 역사 위에 군림하며, 박물관을 찾아드는 세계인들에게 부러움과 찬양을 받고 있는 것이다.
　여기 덧붙여 두자면 일본 등 외국의 박물관에서는 훌륭한 진열품의 벽면(壁面)에는 송시(頌詩)며 찬양의 글을 써붙이고 있거니와, 이 「신라금관」의 시편도 경주박물관 벽면에 장식되었으면 한다.

일본의 국보 제1호는 본래 7세기 초에 신라 진평왕(眞平王, 579~632 재위)이 왜(倭)의 여왕(推古, 592~628 재위)에게 보내준 신라 목조(赤松) 불상(보관미륵보살 반가사유상 · 일본 국보 제1호)이다 (일본 고대 불교왕조실록『扶桑略記』13C 등).

바로 이 신라 불상을 찬양한 독일 철학가 야스퍼스(Karl Jaspers, 1883~1969)가 예찬한 글이 코우류우지(廣隆寺 · 京都市太秦) 사찰의 영보전(靈寶殿) 벽면에 게시된 것을 저자는 쿄우토 땅에 갈 때마다 늘 지켜본다는 것도 굳이 여기에 밝혀두련다.

그런데 이 사찰에서는 '신라 불상'이라는 국적 표시를 전혀 외면하고 있다. 더구나 자기네가 직접 만들었다는 시늉을 하느라 불상 설명서에서 "일본 아스카(飛鳥)시대(7C) 불상이다"는 표현을 하고 있다. 이곳 '코우류우지'의 신라불상과 거의 형태가 똑같은 것이 서울의 국립박물관에 있는 한국 국보 제83호(금동미륵보살반가상)다.

영산강(榮山江)

—序章

1

태초에
어느 거령신(巨靈神)
하늘과 땅을 갈랐을
그 순간부터

여기 소백 · 노령(小白蘆嶺)에서
맑은 샘이 솟구쳐
서해로 오백리
몇억 광년을 두고 두고……

백사(白蛇)와 용(龍)과 같이
꿈틀거리고 노래하는
너 영산강아!

너의 줄기찬 생명으로
청산을 한 몸에 안고
넓은 평야를 감돌며
선학(仙鶴)의 나래를 적시는데

얼마나 많은 범선들이
오르 나렸더냐

영산강은
어제도—
오늘도—
내일도—

잔잔히 흐르면서
아무도 모를 비밀 안고
역사를 겹쳐 쌓은
여운을 남겨 좋다.

큰 파도가 일지 않아
평화로운 강심(江心)이 더욱 좋다.

주제 영산강의 역사 의미 추구
형식 장편 서사시
경향 역사적, 전통적, 상징적
표현상의 특징 장편 서사시 「영산강」의 서장이다.
　　겨레의 곡창을 관통하는 풍요한 젖줄의 발자취를 비유의 수법으로 웅혼하게
　　표현하고 있다.
　　고대 백제의 역사를 비롯하여 고려와 조선시대에 이르는 역사의 사항들을 빠
　　짐없이 다루고 있다.
　　신화와 설화, 씨족의 계보, 민요 등 폭넓게 취재한 한국적 정취가 물씬하게 표
　　현되고 있다.

김해성이 1969년에 창작한 서사시집 『영산강』의 서장(序章)의 서두만을 여기에 실어 둔다.

'태초에/ 어느 거령신/ 하늘과 땅을 갈랐을/ 그 순간부터// 여기 소백 노령에서/ 맑은 샘이 솟구쳐' (제1 · 2연) 영산강 그 풍요한 젖줄은 천지창조 이래 우리 하늘의 거령신(巨靈神)의 솜씨로 만경벌을 이루며 '서해로 5백리/ 몇억 광년을 두고 두고' (제2연) 흘러내리기 시작한 것이란다. 그 흐르는 물줄기는 백사처럼 들판을 휘고 길게 번뜩이며 구불구불 내리는가 하면 또한 용처럼(제3연) 꿈틀거리며 큰 강줄기로 줄기차게 이어진다.

우리에게 민족의 역사가 얼마나 소중한 것인가는 새삼 논할 것이 없거니와 내외의 시 문학사를 돌아볼 때, 역시 방대한 스케일의 민족적인 서사시는 여러 가지 형태로 엮어져야만 하는 게 아닌가 한다.

밭

이른 아침의 꽃밭에 항시 갸름하게 퍼지는 소망의 망울. 수많은 목숨의 희열(喜悅). 지치도록 투욱 틔어 오는 화려한 시공. 칠색 무늬 곱다란 수틀을 안은, 내 누님의 귀밑처럼 푸른 하늘 바탕에 꽃술을 열고 향기를 풍기던 지심 만리 길에서, 청렴한 나비날에 업혀 화신(花神)도 찾아와 화연(花宴)에 참석하는 밭. 싱싱한 가슴을 부벼, 따슨 이슬을 마시고 피운 꽃잎. 그렇게 느긋한 꽃의 지평에 이글거려, 해의 햇발 속에 연약한 꽃 한 송이 생생히 살은, 이 꽃마을에 천년을 살아가는 것인가.

「밭」은 전연(全聯)의 변형 구조의 구성을 하고 있는 상징적 서정시다.

서두의 '이른 아침의 꽃밭에 항시 갸름하게 퍼지는 소망의 망울' 에서처럼 김해성이 세련된 시어로 엮어낸 서정적인 수법의 메타포가 우리의 심성을 황홀한 꽃밭으로 안내하여 준다.

'수많은 목숨의 희열. 지치도록 투욱 틔어 오는 화려한 시공' 과 같은 비유는 내재적 삶의 가치와 외형적 생의 율동미가 상호 연관하여 감각적인 감흥을 북돋아 준다.

또한 '싱싱한 가슴을 부벼, 따슨 이슬을 마시고 피운 꽃잎' 과 같은 역동적 표현미도 우리를 눈부신 꽃밭으로 이끌어 주고 있다.

박성룡(朴成龍)

전라남도 해남(海南)에서 출생(1932~1999). 호는 남우(南隅). 중앙대학교 국문학과 졸업. 『영도(零度)』(1954) 동인. 『문학예술』에 시 「교외(郊外)」(1955. 12), 「화병정경(花甁情景)」(1956. 7) 등이 추천 완료되어 문단에 등단했다. 『60년대 사화집』동인. 시집 『가을에 잃어 버린 것들』(1969), 『춘하추동(春夏秋冬)』(1970) 등이 있다.

과목(果木)

과목에 과물들이 무르익어 있는 사태처럼
나를 경악케 하는 것은 없다.

뿌리는 박질(薄質) 붉은 황토에
가지들은 한낱 비바람들 속에 뻗어 출렁거렸으나

모든 것이 멸렬(滅裂)하는 가을을 가려 그는 홀로
황홀한 빛깔과 무게의 은총을 지니게 되는

과목에 과물들이 무르익어 있는 사태처럼
나를 경악케 하는 것은 없다.

——흔히 시(詩)를 잃고 저무는 한 해, 그 가을에도
나는 이 과목의 기적 앞에 시력을 회복한다.

주제 창조의 의미 추구
형식 5연의 2행 자유시
경향 서정적, 상징적, 감각적
표현상의 특징 감각적인 조사(措辭)에 의해서 전편이 신선감으로 넘치고 있다.
제5연에서 시인의 경건한 시작 태도가 표현되고 있다.
제1연과 제4연은 각기 전연(全聯)이 동어반복(同語反復)으로 내용을 크게 강조하고 있다.

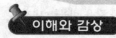 이해와 감상

이 시는 가을날에 과일들이 익어 가는 그 원숙(圓熟)함과 생명 탄생의 경이에 감복하면서, 또한 시인이 시 작업에 충실하지 못했던 것에 대해 과목 앞에서 자아를 반성하는

이색적인 표현을 하고 있다. 조물주의 생명 창조의 그 경이로움에 화자가 다시금 깨우치는 감동의 시세계(詩世界)를 펼쳐 보이고 있다.

이 시에 대해 박성룡은 스스로 시작 동기를 다음처럼 말하고 있다.

"「과목」이란 작품은 '신의 은총'을 주제로 하였다. 그러나 엄밀히 말하면 어느 은사의 말 한 마디에서 얻은 소재였다. …그 은사께서는 '참 신기하단 말야. 저렇게 토박한 땅에서 저런 과일이 열리다니…' 하시는 것이었다. 그 은사의 그 한 마디는 오랜 동안 내 머리 속에서 사라지질 않았다. 그래서 그것을 작품화해 본 것이었다."

풀잎

풀잎은
퍽도 아름다운 이름을 가졌어요.
우리가 '풀잎' 하고 그를 부를 때는,
우리들의 입 속에서는 푸른 휘파람 소리가 나거든요.

바람이 부는 날의 풀잎들은
왜 저리 몸을 흔들까요.
소나기가 오는 날의 풀잎들은
왜 저리 또 몸을 통통거릴까요.

그러나, 풀잎은
퍽도 아름다운 이름을 가졌어요.
우리가 '풀잎', '풀잎' 하고 자꾸 부르면,
우리의 몸과 맘도 어느덧
푸른 풀잎이 돼 버리거든요.

이해와 감상

풀잎의 싱싱한 생명력과 그 발랄한 율동의 생동미(生動美)를 '풀잎은/ 퍽도 아름다운 이름을 가졌어요' (제1연) 등 전편에 걸쳐 정다운 '동요체(童謠體)'로 노래하고 있는 흥미로운 서정시다.

또한 '∼요'와 같은 상냥한 어미처리는 이 시의 주제를 더욱 선명히 하는데, 그것은 어린이의 말이 주는 신선감, 그리고 신생(新生)의 약동하는 기운을 독자에게 듬뿍 느끼게 한다. 화자의 빼어난 표현의 기교로서 '풀잎'의 생명력과 생동미가 독자와 밀착되어 공감도를 더욱 드높여 준다. 이 시의 주제는 '풀잎의 순수한 생명력 추구'다.

신기선(申基宣)

함경북도 청진(淸津)에서 출생(1932~   ). 호는 범석(凡石). 동국대학교 국문학과 졸업. 『문학예술』에 시 「운작(雲雀)」(1956. 7) 등이 3회 추천 완료되어 문단에 등단했다. '시극동인회(詩劇同人會)' 동인, 「60년대 사화집」 동인. 시집 『맥박(脈搏)』(1974), 『아리랑 산천에 흐르는 눈물』(2001) 등이 있다.

길

사람이 가는 길은 많더라.
'ㄱㄴㄷㄹ' 길은 많아도
민족의 한 사람이 되어 가는 길은
하늬바람 마파람에 뜬 구름 위에
한 줄로 뻗은 한 길이더라.
'ㄱㄴㄷㄹ'
이슬 구으는 글에
흰 마분지에 먹꽃이 끓는
한 피가 모여가는 한 길이더라.

주제 국토 통일에의 염원
형식 전연의 자유시
경향 서정적, 낭만적, 국토애적
표현상의 특징 'ㄱㄴㄷㄹ'이라는 우리 말의 자음순(子音順)을 배열해서 우리나라의 각 길의 이름을 복합적으로 표현했다.
두 번째 'ㄱㄴㄷㄹ'은 한글로 된 지명(地名)의 아름다움을 역시 복합적으로 뜻하고 있다.
'많더라', '길이더라', '길이더라'로 끝맺는 동어반복 등의 어미 처리로 지나간 사실을 정중하게 표현하는 독특한 수법을 쓰고 있다.

이해와 감상

민족과 국가의 통일을 염원하는 절실한 소망을 느끼게 해주는 통일 의지의 시이다. 이러한 시가 왕왕 빠지기 쉬운 하나의 특징적인 딜레머는 직관적이고 관념적인 생경한 묘사이다.

　그러나 신기선은 그의 뛰어난 언어감각과 세련된 기교에 의한 선명한 이미지 처리로 써 시의 형상화(形象化)에 성공하고 있다.

　그동안 신기선은 통일 염원의 애국시를 계속해서 써 오고 있기도 하거니와 이 「길」이 야말로 민족의 동질성 회복과 국토 통일의 염원을 절실하게 공감시키는 그의 대표작이라고 하겠다.

설악산(雪嶽山)에서

구름 첩첩 몸을 비틀며
진통하며 솟는 동해의 해.

바다 위에
구름 바다……

구름에 묻혀 나는 없고
바하의 음악이 구름따라 흐른다.
발 밑에 여장을 풀어 놓고
앉을 자리를 찾는데
발부리에 패여 나온
몇 개의 탄피(彈皮)
그 속에서 몰려 나오는 불개미떼의 연대(聯隊)

누구 것인가
누구 것인가
이 탄피는…….

북으로 밀려 갔다
남으로 밀려 오는 설악산의 안개구름.
무릎 꿇고 앉은 잔솔들은
닫혀 버린 155마일에
키가 자라지 않는다.

이해와 감상

상징적 표현수법을 쓰고 있으나, 워낙 민감한 주제를 다루고 있어서 누구에게나 설득력 있게 공감도를 드높여준다.

앞에서 감상한 「길」도 그렇거니와 신기선의 통일의지의 시편들이 갖는 특성은 뛰어난 메타포(은유)의 솜씨다.

「설악산」에서도 예외없이 그와 같은 비유수법의 구사로써 민족의 아픔을 엮어내고 있다.

국토분단의 아픔(제1연)으로 시작하여 '발부리에 패여 나온/ 몇 개의 탄피'(제3연)가 은유하는 것은 '동족상잔의 역사적 비극'의 고발이다. 그 탄피들이 누구의 잘잘못을 따지기 전의 형제간에, 혈육간의 살육에 동원된 '악의 흔적'이다.

'누구 것인가/ 누구 것인가/ 이 탄피는……'(제4연) 하고 화자는 아파한다. 하늘을 원망하며 우러러 보고 있었는지도 모른다.

그러기에 무심한 설악산 구름만이 '북으로 밀려 갔다/ 남으로 밀려'(제5연) 온다고 탄식한다. 이 시는 설악산이 관광놀이터가 아닌 민족적 아픔의 눈물터라는 신랄한 고발이다.

꽹과리

작은 숨소리에서부터
커다란 숨소리들이 엉킨다.
살아 있었구나.
……할아버지 할머니
……순이와 돌이
살아 있었구나

삼베로 만든 호흡이
쟁과리 속에서 살아 나온다.
흙 하나만 맑게 닦는
그 호흡만이 살아 나온다.

이해와 감상

쟁과리는 소금(小金)이라고도 하며, 주로 농악 등에 쓰이는 잘 알려진 우리의 민속 악기이다.

쟁과리의 울림 속에는 이 겨레의 슬픔이 깃들이는 것 같고 눈물이 젖고, 또한 때로는 기쁨과 환희가 한 데 어우러져 흥을 돋우어 신명나게 해 준다.

그러기에 쟁과리는 겨레의 살아가는 숨소리이기도 하다.

그 소리 속에 '할아버지, 할머니/ 순이와 돌이' (제4 · 5행)의 소리가 살아서 울린다.

농악을 할 때 앞장서는 상쇠와 부쇠 등 쟁과리 소리에 따라서 우리 마을은 여름내 피땀 흘린 보람을 가꾸게도 되었던 것이다. 그러나 일제(日帝)의 착취 등등, 그 쟁과리 소리에는 기쁨보다는 약자의 슬픔과 원한이 더욱 짙게 물들었던 것은 아닌가.

성찬경(成贊慶)

충청남도 예산(禮山)에서 출생(1930~   ). 서울대학교 영문학과 졸업, 동
대학원 수료. 『문학예술』에 시 「미열(微熱)」(1956. 1), 「궁(宮)」(1956. 6), 「프
리즘」(1956. 8) 등이 추천 완료되어 문단에 등단했다. '60년대 사화집' 창
간동인. 시집 『화형둔주곡(火形遁走曲)』(1966), 『벌레소리 송』(1970), 『시간
음(時間吟)』(1982), 『반투명』(1989), 『황홀한 초록빛』(1989), 『묵극』(1995),
『나의 별아 너 지금 어디에 있니?』(2000) 등이 있다.

보석밭

가만히 응시하니
모든 돌이 보석이었다
모래알도 모두가 보석알이었다.
반쯤 투명한 것도
불투명한 것도 있었지만
빛깔도 미묘했고
그 형태도 하나하나가 완벽이었다.
모두가 이름이 붙어 있지 않은
보석들이었다.
이러한 보석이
발 아래 무수히 깔려 있는 광경은
그야말로 하늘의 성좌를 축소해 놓은 듯
일대 장관이었다.
또 가만히 응시하니
그 무수한 보석들은
서로 빛으로
사방 팔방으로 이어져 있었다.
그 빛은 생명의 빛이었다.
이러한 돌밭을 나는 걷고 있었다.
그것은 기적의 밭이었다.
홀연 보석밭으로 변한 돌밭을 걸으면서
원래는 이것이 보석밭인데
우리가 돌밭으로 볼 뿐이 아닌가 하는

생각이 들었다.
있는 것 모두가 빛을 발하는
영원한 생명의 밭이
우리가 걷고 있는 곳이다.

> **주제** 생명적 새 가치 부여
> **형식** 전연의 주지시
> **경향** 주지적, 상징적, 잠언적
> **표현상의 특징** 평이한 일상어로 고도의 상징적 표현을 하고 있다.
> 주지적인 표현이면서도 의미의 심도가 깊다
> 전체적으로 시의 내용이 아포리즘(aporism)을 담고 있다

이해와 감상

  성찬경의 「보석밭」을 읽어 보자. 시인의 뛰어난 상상적(想像的) 표현미는 그 시인의
시어 구사의 기교에 따라서 심도 있는 이미지화 속에서 두드러지게 나타난다는 것을 깨
닫게 하는 작품이다.
  모두 27행으로 쓴 「보석밭」에서 '모든 돌이 보석이었다'(제2행)의 돌과 '모래알도 모
두가 보석알이었다'(제3행)의 모래알이 시인의 상상적 표현력에 의해서 '보석'으로 독자
에게 이미지화 되고 있다. 그것이 바로 이 작품의 특성임을 누구나 쉽게 파악할 것이다.
  시인은 지금 돌밭을 걸어가고 있다(제19행). 그러나 시인은 곧 그의 상상의 세계에서
보석밭으로 변한 돌밭(제21행)을 걷고 있는 것이다. 시인은 이와 같이 그의 순수한 언어
를 통해서 그가 선정한 '대상'(對像)에게 '새로운 가치'를 부여하는 것이다.
  즉 '있는 것 모두가 빛을 발하는/ 영원한 생명의 밭이/ 우리가 걷고 있는 곳이다'(제25
~27행)라고. 이것을 가리켜 우리는 '시적(詩的) 가치'로 부르게 된다. 다시 말해서 그
가치는 '정신적 가치'이며 동시에 '진실의 의미'인 것이다.
  시가 독자에게 위안을 줄 수 있다는 것은 시인의 뛰어난 언어 표현의 예술로서 독자들
에게 시의 참다운 가치를 인식시키는 일이다. 독자가 시를 읽고서 위안이 되고 즐겁거나
감동을 받았다면 그것은 곧 독자가 시로부터 구원(relief)받은 것을 뜻한다.

눈물

눈물을 통해서 세상을 본다.
눈물 안에 여러 빛이 어려온다.

무지개 사리알 구슬 따위가 뿜는 그런 빛이다.

어쩌다가 고인 눈물이다.
그러나 이 눈물 밑엔
무거운 삶의 짐이 산으로 솟아 있다.

잠시 고인 눈물에서 깊은 평화를 얻는다.
눈물에 비치는 세상은 역시 아름답기 때문이다.
눈물이 마음 안에 고운 노을로 퍼진다.

주제 눈물의 순수 가치 추구
형식 3연의 주지시
경향 주지적, 잠언적, 상징적
표현상의 특징 산문체의 일상어로 심도 있는 심상 표현을 하고 있다.
주지적 표현이나 상징적 수법을 쓰고 있다.
시의 모든 행에 '~다' 라는 단정적인 종결어미를 달고 있다.
표제의 '눈물' 로부터 '눈물' 이 각 연마다 동어반복되고 있다.

이해와 감상

'눈물' 이라고 하는 대상을 제재(題材)로 하는 시인의 인스피레이션(靈感)이 던지는 메시지는 '눈물을 통해서 세상을 본다' 고 했다.

서양의 속담에 '눈물에 젖은 빵을 먹어 보지 않고는 인생을 논하지 말라' 고 했다. 성 찬경은 그런 세속적 교훈이 아닌 시로서 승화된 '눈물' 의 존재 가치를 우리에게 뚜렷이 제시했다.

여기서 세상을 투시하는 눈물의 상징적 의미는 무엇인가. 그것은 '무지개' 며 '사리(舍利)알', '구슬(玉)' 따위라고 했다. 무지개가 물상학(物象學)에서는 물방울에 햇빛이 통과하는 일시적 굴절 반사 현상이지만 시에서는 '이상' (理想)으로서의 눈부신 상징이다.

'사리알' 이란 불교에서 성인(聖人)의 유골에서만 생성된다는 가장 성스러운 뼈의 알 갱이다. 또한 옥이란 돌인 각섬석(角閃石)으로서 반투명의 담록색 보석이다.

눈물에서 '무지개 사리알 구슬 따위가 뿜는 그런 빛이' 나온다고 했으니, 그 빛은 인 간세상에서 가장 아름답고 진실하며 오묘한 빛을 가리킨다. 그와 같은 빛이 나오기 위해 서 눈물이 생겨나는 그 뒷바탕의 모습은 과연 어떤 것일까.

화자가 제시하는 것은 가장 순수한 것, 또한 가장 고통스러운 것을 참고 견디며 진실 을 추구한 데서 이루어진 빛깔로서의 눈물이다. 그 구체적인 제시는 '눈물 밑엔/ 무거운 삶의 짐이 산으로 솟아 있다' (제2연)고 비유한다. '삶의 짐' 이란 인생의 고역(苦役)이다. 그러기에 인고(忍苦)를 극복한 참다운 '눈물에서 깊은 평화를 얻는다' (제3연)는 것이다.

가을에

모시에 밴 땀을
서늘한 쓰르라미 소리가 싣고 간다.
가을은
엷은 우수가 반짝이는 계절이다.
땀흘린 세월이 다 영글어
목곤한* 열매 되어 고개를 숙인다.
가을의 열매엔
길게 숨쉬는 은유가
득실 들어 있다.
볼을 스치는 바람은 누구의 영혼인가?
갈대밭에서 반쯤 비쳐 보이는
저 건너는 무슨 마을인가?
가을엔
내 서늘한 사랑을 배우기 위해
마음의 순례에 나서리라.
가을은
시간이 흘러가는 소리가
벌레 소리와 함께
제일 잘 들리는 계절이다.

※ 목곤하다 : 보기보다 무겁다.

이해와 감상

신선한 가을의 이미지가 우리들의 마음을 한결 개운하게 감싸주는 계절의 서정미를
이루고 있다.

'모시'는 우리의 전통적 여름옷이다. 그러므로 '모시에 밴 땀'은 한여름 뙤약볕 아래
근로한 성실한 농민상을 연상시켜 준다.

그와 같은 여름날의 노고를 위안하듯 '모시에 밴 땀을/ 서늘한 쓰르라미 소리가 싣고
간다'(제1·2행)는 메타포는 이 시를 더욱 감칠 맛 나게 전개시켜 준다.

가을의 상념들을 이제 독자들이 맘껏 스스로 감상하도록 제3행부터는 여러분의 몫으
로 남겨두련다.

인태성(印泰星)

충청남도 예산(禮山)에서 출생(1933~   ). 고려대학교 영문학과 졸업.
1955년 『동아일보』 신춘문예에 시 입선. 1956년 『문학예술』에 시 「다하지
못한 말을 핏줄에 새기며」(1956. 1), 「해바라기」(1956. 4), 「발화(發花)」
(1956. 12) 등이 3회 추천 완료되어 문단에 등단했다. 『60년대 사화집』 동
인. 시집 『바람 설레는 날에』(1981), 역시집(譯詩集) 『바이런 시집』(1965) 등
이 있다.

창(窓)과 밤과

창은 막 짙어 오는 어둠을
겹겹으로 감수하면서
창인 것을 스스로 잊어버리고 있다.

내게로 밀려드는 암흑색의 너울을
의상으로 둘러 입은
창은 명상에 구겨진 날개를
까맣게 펼친다.

밀물치며 오는 밤
캄캄한 창은 광명의 폐허.

내게 언어와 기억과 경이를
눈물어린 미소의 표현을 알게 한
어머니.

이 밤 나는 여기
혼자 있는 때문이라 차라리
외로울 줄을 모른다.

흘러가고 남은 시간의 공백 위에
보라

온갖 기원을 담은 자세들을.

열려라 창이여
밤새 빛나는 꿈을 잃고
창이 열리면 나는 창이 된다.

주제 삶을 통한 자기 성찰
형식 7연의 자유시
경향 주지적, 상징적, 심층심리적
표현상의 특징 잘 다듬어진 시어로 심도있는 이미지를 담고 있다.
주지적 심층심리의 초현실적인 표현을 하고 있다.
밤을 '암흑색의 너울'이라고 비유한 것을 비롯하여 '명상에 구겨진 날개', '창
은 광명의 폐허' 등 직유·은유의 비유가 감각적으로 뛰어난 영상미로써 표현
되고 있는 것이 두드러진 특징이다.
내재율을 중시하고 있는 운율이 시구마다 은은하게 넘치고 있다.

이해와 감상

　시란 무엇인가. 그것은 그 내용이 아름다워야 하고 진실을 꿰뚫는 치열한 몸부림이 승화되어 미적으로 형상화 되어야 한다.

　그런 의미에서 인태성은 '창'이라는 생명이 없는 사물에 초현실적으로 뜨거운 목숨의 입김을 불어넣어 준다. 어디 그뿐인가. 화자 스스로가 '창'이 되어 창의 화신(化身)으로서의 밤을 체험한다.

　삶 그 자체를 심층심리에서 울어나오는 '이미지의 받아쓰기'(쉬르리얼리즘의 기법)를 통해, 스스로 실험하면서 순수미를 창조하는 시인의 작업이다. 여기서 우리는 인태성의 '창'을 통해 새로운 창과 밤의 세계를 바라보게 된다. 이 시는 1950년대에 널리 애송된 가편이다.

투우(鬪牛)

내닫는 검정소 무딘 발굽 아래
긁히는 땅거죽 먼지를 올린다.
붉은 보자기 겨냥하는
세운 두 뿔, 속력을 달아 휙휙휙

훌렁대는 바람막 찢기는 소리.

겹쳐드는 벽과 벽
공기는 숨구멍 틀어막는 투박한 마스크.
설치고 치받아 끊일 새 없이
이승 저승을 가름하는 극한선(極限線) 위로
몸뚱이를 반반씩 걸치면서 넘나든다.

날쌘 몸짓 소리 없는 비명
그늘에 숨어 덮쳐 오는 그
어둠을 꿰어 한 형체를 뭉쳐 내려는 그, 그
그 아픈 숨결 돌틈으로 끼어 잦아들어
죄어드는 힘줄은 전신을 묶는 듯.

두 도가니는 절절 생목숨을 끓이지만
곤두서는 서릿발이 살갗을 선뜩인다
밀물 썰물이 마주 당기고 밀치다가
차고 뜨겁게 솟구쳐 부서질 때
후두둑 끊기는 듯 이어지는 마음의 사슬.

나간 넋을 불러들여
불에 불을 붙이는 눈
캄캄한 표적(標的)을 번갯날이 잡는다
죽음은 막 추상(抽象) 속에서 뛰쳐나와
바위 덩어리 되어 나뒹군다.

쾅——무너지자 이내
막판을 뒤덮는 더 커다란 그림자
삽시간에 하늘이 땅이 휑하게
함성을 쓸어내고 숨소릴 누르는 관중(觀衆)
손아귀에 승리를 틀어쥔 그는 비틀거린다.

공허(空虛)가 찌르는 칼을 받으며 비틀거린다
하아얀 낮달이 팽팽팽 어지럽게 돌아

정기(精氣) 걷히는 눈에 장막을 치는 뽀오얀 안개
둘러 솟은 산들도 점점 나직이 가라앉는 듯
외치는 높은 물결도 꿈 속처럼 귀에 멍멍하다.

주제 투우를 통한 삶의 진실 추구
형식 7연의 주지시
경향 상징적, 주지적, 풍자적
표현상의 특징 세련된 일상어에 의한 심도있는 이미지가 넘치고 있다.
문장 내부의 잠재적인 내재율(内在律)을 이루고 있다.
다양하게 전개되는 역동적인 이미지가 감각적으로 표현되고 있다.

이해와 감상

이 작품의 특징은 시적 내용이 구체적이고 구성상의 형식미가 돋보이고 있다는 점이다. 형식미란 드라마적인 것이다. 즉, 시의 내용을 담는 시의 구성에 있어서 도입부로 시작되어 사건(즉, 내용)이 중심을 이루고 클라이맥스에 이르면서 완결(完結)이 이루어진다는 사실이다.

특히 이 「투우」에서 그와 같은 형식미가 두드러지다는 것을 독자들은 쉽게 파악할 수 있을 것이다.

시의 전개부터가 격렬한 내용을 안겨 주면서, '획획획'(제1연)과 같은 의성어의 점층적 사용은 이 시에 생명을 박력있게 불어넣는 표현들이다.

투우장의 격렬한 싸움, 과연 그것이 소와 인간만의 싸움이랴.

선량한 한 마리의 소가 수많은 구경꾼들의 흥을 돋우기 위해 무참히 살해당한다. 어디 그뿐인가. 투우사도 구경꾼들을 위한 직업적 몸부림 속에 목숨을 빼앗긴다. 투우장 안에서 싸우는 소와 투우사는 관중들의 함성 속에 희화적으로 우롱당하고 있는 것은 아닌가.

아니, 이 사회라는 거대한 투우장에서는 과연 누가 소이고 투우사이며 또한 관중일까. 화자는 스페인식 투우를 통해서 생에 몸부림치는 아비규환의 사회상이며 거기서 뒹굴고 있는 인간 군상(群像)을 풍자하고 있다.

과원(果園)에서

개화(開花)를 서두는 나무마다
햇빛과 바람이 와서 일한다.

줄지어 늘어선 정연한 질서

수천 수만의 가지들이
흔들리는 저것은
기쁨을 노래하는 설렘일까
살갗의 아픔을 견디는 몸짓일까.

겨울은 매서웠다
가지 끝에 찢기는 바람소리가.
잿빛 공간에 정적이 내릴 땐
차라리 삼엄했지
무장(武裝)을 잃은 병정들의 주검같아서.

때가 왔다.
개화(開花)를 허락하는 섭리는
햇빛과 바람을 미장공으로 명하여
수액(樹液)을 끌어 올리라 했다.

망울들은 부풀어
절정으로 치달린다
포시시 터지는 한 순간을 목표로.

이때 새삼 무능을 깨닫는 건 우리다.
과목들의 즐거움을 도울
아무런 힘도 가지지 못한.

이해와 감상

  인태성은 겨울을 견뎌낸 과수원에서 삶의 참다운 의미를 상징적 서정시로 천착하고 있다. '수천 수만의 가지들이/ 흔들리는 저것은/ 기쁨을 노래하는 설렘일까/ 살갗의 아픔을 견디는 몸짓일까' (제2연)에서 화자는 우리에게 과목을 의인화 시켜 삶의 진실을 파악시킨다.
  가령 나뭇가지의 흔들림을 세상사의 온갖 시련이라고 가정할 때, 그 나뭇가지가 오랜 겨울날의 추위며 온갖 고통을 이겨내고 다시 살아난 '기쁨' 도 있겠다. 그러나 또한 이제 새로운 눈부신 꽃을 세상에 피워내야 할 진통의 '아픔' 도 크다는 것을 화자는 다부지게 비유하고 있다. 그런 견지에서 「과원에서」는 독자들에게 새로운 삶의 가치추구를 뚜렷이 제시해 주고 있는 것이다.

김지향(金芝鄉)

경상남도 양산(梁山)에서 출생(1938~). 홍익대학교 국문학과 졸업. 단국
대학교 대학원 수료. 1956년에 시집 『병실』을 발표하며 문단에 등단했다.
'여류시(女流詩)', '시법(詩法)' 동인. 시집 『막간풍경(幕間風景)』(1958), 『사
육제(謝肉祭)』(1961), 『검은 야회복』(1965), 『속의 밀알』(1970), 『빛과 어둠
사이』(1974), 『가을 이야기』(1981), 『내일에게 주는 안부』(1983), 『사랑 그
낡지 않은 이름에게』(1986), 『베드로의 삶』(1987), 『사랑 만들기』(1987), 『세
상을 쏟아』(1990), 『비 온 뒤 풀밭』(1993), 『밤, 별이 혼자 보고 있는』
(1994), 『위험한 꿈놀이』(1995), 『유리상자 속의 생』(1997), 『때로는 나도 증
발되고 싶다』(2000), 『한 줄기 빛처럼』(2002), 『리모콘과 풍경』(2002) 등이
있다.

사랑 그 낡지 않은 이름에게

그대는
사람들의 입에 오르내릴 때만
빛나는 이름
사람의 무리가
그대 살을
할퀴고 꼬집고 짓누르고
팔매질을 해도
사람의 손만 낡아질 뿐
그대 이름자 하나
낡지 않음
하고 우리들은 감탄한다
그대가 지나간 자리엔
반드시 자국이 남고
그대가 멈추었던 자리엔
반드시 바람이 불어
기쁘다가 슬프게 패이고
슬프다가 아픔이 여울지는
이름

그 이름이
가슴에서 살 땐
솜사탕으로 녹아내리지만
가슴을 떠날 땐
예리한 칼날이 된다
그렇지 그대는
자유주의자 아니 자존주의자이므로
틀 속에 묶이면 자존심이 상하는 자
틀 밖에 놓아두면
보다 더 묶임을 원하는 자
그대를 집어들면
혀가 마르거나
기가 질려 마음이 타 버리거나
한다고 우리는 때때로 탄복한다
그렇지 사랑의 이름이
사랑이기 때문
실은 사랑이 슬픔 속에 자라지만
기쁨 속에 자란다고 진술한다
실은 사랑이 아픔 속에 끝나지만
새 기쁨을 싹 틔운다고 자술한다
사랑의 끝남은 미움이지만
실은 끝남이 없는 아름다움이라고
사랑은 사랑은 끝없이 자백한다.

주제 사랑의 순수가치 추구
형식 전연의 주지시
경향 주지적, 풍자적, 해학적
표현상의 특징 수사적(修辭的) 표현 대신에 주지적(主知的) 판단을 예리하게 표현하고 있다.
시의 대상이 주관적, 객관적으로 복합된 속에 연상적 수법의 비약적 표현을 한다.
산문적인 시어구사를 하면서, 내재율에 치중하고 있다.
시의 저변에 해학적 의미가 짙게 깔려 있다.

'사랑'에 관한 시적(詩的) 논리는 항상 관념에 빠질 위험이 크다. 그것을 극복하는 방법으로 김지향은 '사람의 무리가/ 그대 살을/ 할퀴고 꼬집고 짓누르고/ 팔매질을 해도/ 사람의 손만 낡아질 뿐'이라는 냉담한 비유 등 적극적으로 풍자적 비유의 표현수법을 동원하고 있다.

시의 규범(規範)은 따로 있지 않으나, 그 작품의 성패는 독자에 의해 곧 판가름난다. 그러므로 시인은 늘 긴장하면서 새로운 시의 표현 수법을 탐구한다. 김지향은「사랑 그 낡지 않은 이름에게」라고 '이름'이라는 추상적인 존재를 의인화(擬人化) 시키는 대담한 수법을 우리에게 제시하며 독자에게 도전하고 있다.

'그 이름이/ 가슴에서 살 땐/ 솜사탕으로 녹아내리지만/ 가슴을 떠날 땐/ 예리한 칼날이 된다'는 메타포야말로 매우 날카롭고도 신선하다. 즉 의인화되었던 '이름'은 '사랑의 진실'로써 승화했기 때문이다.

우리가 흔히 알고 있는 관념으로서의 '사랑'을 시로 형상화 시키는 작업은 결코 만만치 않다. 그러기에 화자는 '사랑의 끝남은 미움이지만/ 실은 끝남이 없는 아름다움이라고/ 사랑은 사랑은 끝없이 자백한다'고 사랑의 번뇌를 진솔하게 시인한다.

가을잎

가을에게 붙들리지 않으려고
밤중에도 눈을 뜨고
기을잎은
온 몸으로 뒹굴기 내기를 한다.
온 몸으로
나의 눈 속에 풍덩 빠져
박하분 냄새로 살아난다
박하분 냄새가
내 몸 속까지 흘러들어
나의 영혼 전체가
박하 내로 떠오른다
밤의 기슭의 헛간
어둔 헛간의 어둔 가슴

그 좁은 고랑을 가만가만 비켜서
조금씩 뜨거워져 터지고 있는
가을 옆으로
옆으로 흘러간다
가을은 뜨거운 가슴뿐
손이 없으므로
가을잎을 붙들지 못한다.

주제 생명의 참다운 의미 추구
형식 전연의 자유시
경향 서정적, 상징적, 연상적
표현상의 특징 의인적 수법으로 내면 세계의 이미지를 엮고 있다.
상상력의 다채로운 감각을 역동적으로 보여주고 있다.
차분한 시어 구사 속에서도 박진감을 느끼게 해 준다.

이해와 감상

김지향의 상상력에는 번뜩이는 광채의 날개들이 빛나고, 심오한 사고(思考)의 과정에서 지적인 예지를 깨닫게 해 준다.

이 시에서도 시인은 자아를 '가을잎'으로 설정하고 상상력을 종횡으로 발휘하며 이미지를 참신하게 형상화 시키고 있다.

'가을에게 붙들리지 않으려고… 뎅굴기 내기를 한다'는 이 시인의 집요한 의식 내면의 탐구 자세는 독자로 하여금 시에 새로운 눈을 뜨게 해 준다. 벌려 놓는 전개의 작업이 아닌 오므리며 응축시키는 상념(想念)의 다부진 작업은 마침내 '가을은 뜨거운 가슴뿐'이라고 결론짓는다. 그렇다. 가을잎은 가을에게 붙잡히기를 원치 않았다. 다만 그 '뜨거운 가슴'에 몸을 적시고, 삶의 참다운 의미를 깨닫고픈 것이다.

편지

마당귀에 조금은
도는 그네를 타고 햇빛이 누워 있다.
그네는 바로 멎고 햇빛은 달아난다.

엎드렸던 바람이 머리를 쳐들고
먼 데 강이 넘어지는 소리가 걸어온다.
기둥에 남은 온기를 붙들고
한쌍의 고양이가 죽은 듯 얼어 있다.
이내 뜨던 별도
햇빛을 뒤따라 땅 속으로 내려가고
둘러보아도 기척도 없는 내 곁에
다시 와 머무는 사람의 그림자
마당귀에 머리 든 바람이
멎은 그네를 흔들어도 침묵처럼
비어 있는 이 어험한 때
이승엔 없는 너에게
나는 약속도 없는
편지를 쓴다.

 이해와 감상

김지향이 노래하고 있는 것은 무엇인가.

이 시는 '고독'의 의미를 심층의식(深層意識)에서 다루고 있다. 그렇기 때문에 독자
들에게 얼른 이 '편지'의 뜻이 빠르게 전달되지 못하는 것도 무리가 아니다.

이 작품은 '주지적 경향의 초현실시'다. 화자는 평면적 사고가 아닌 입체적 의식의 내
면세계, 즉 심리의 심층에 존재하는 또 다른 자아(自我)와의 초현실적인 대화를 하고 있
다.

'이승에 없는 너'는 바로 현실에 존재하지 않는 또 하나의 서정적 자아이며, 궁극적으
로 시(詩)로서의 분신일 수도 있다. 이 시는 그의 대표작의 하나이다.

구자운(具滋雲)

부산(釜山)에서 출생(1926~1972). 동양외국어전문대학 노어과 수료. 「현
대문학」에 시 「균열」(1955. 3), 「청자수병」(1956), 「매(梅)」(1957. 6) 등이
추천 완료되어 문단에 등단했다. '60년대 사화집' 동인. 시집 「청자수병」
(1969), 유고시집 「벌거숭이 바다」(1976) 등이 있다.

청자수병(靑磁水瓶)

아련히 번져 내려
구슬을 이루었네
벌레들 살며시
풀 포기를 헤치듯
어머니의 젖빛
아롱진 이 수병(水瓶)으로
이윽고 이르렀네.

눈물인들
또 머흐는 하늘의 구름인들
오롯한 이 자리
어이 따를손가?
서러워 슴슴히
희맑게 엉긴 것이랑
여민 입
은은히 구을른 부풀음이랑
궁글르는 바다의
둥긋이 웃음지은 달이랗거니.

아롱 아롱
묽게 무늬지워 어우러진 운학(雲鶴)
엷고 아스라하여라

있음이여!
오, 저으기 죽음과 이웃하여
꽃다움으로 애설푸레 시름을
어루만지어라.

오늘
뉘 사랑 이렇듯 아늑하리야?
꽃잎이 팔랑거려
손으로 새는 달빛을 주우려는 듯
나는 왔다

오, 수병(水甁)이여!
나의 목마름을 다스려
어릿광대
바람도 선선히 오는데
안타까움이야
호젓이 우로(雨露)에 젖는 양
가슴에 번져 내려
아렴풋 옥을 이루었네.

주제 고려 청자수병의 전통미
형식 5연의 자유시
경향 상징적, 낭만적, 감상적
표현상의 특징 섬세하게 다듬어진 세련된 시어 구사를 하고 있다.
직유와 은유의 비유 표현을 통해 청자수병의 내면 세계와 동시에 외형미를 표현하고 있다.
낭만적인 서정미를 추구하고 있으나 감상에 빠져 결과적으로 묘사에 산만성도 드러나고 있다.

이해와 감상

우리의 전통적인 정서를 통해 고려 청자수병의 아름다움을 형상화하는 데 힘쓴 가편(佳篇)이다. 6 · 25동란을 소재로 한 상황시가 한창이던 당시인 1956년에 추천작으로 발표된 작품이다.

역사적 현장 의식을 외면하고 있다는 데 우선 주목하게 된다.

전쟁의 잿더미가 된 서울의 한복판에 살면서, 고려청자기의 전통미를 묘사했다는 것을 나무라기보다는 오히려 그 반면에 모든 것이 파괴당한 극단적으로 참혹한 역사의 현장 앞에서 어쩌면 잊혀 버리기 쉬운 민족사의 의식을 이 고려청자 물병을 통해 각성하자는 의미로 해석한다면 또한 우리에게 시사하는 바 결코 적지 않다는 생각도 든다.

6·25 동족상잔은 온갖 것을 다 망가뜨리고, 모든 이에게 비통한 민족적 슬픔을 엄청나게 안겨 준 비극이었다.

한국 현대시에서 '청자'를 예찬한 최초의 대표적인 시는 월탄 박종화(月灘 朴鍾和)의 「청자부(靑磁賦)」(시의 발표는 1946. 5)가 유명하다(「박종화」항목 참조 요망). 「청자부」는 일제치하에서 민족의식을 고취하며 썼던 명시거니와, 「청자부」에 뒤이어 10년 만에 「청자수병」이 우리 시단을 다시금 장식한 것이었다.

구자운은 1970년대를 전후하면서 다음과 같은 현실의식이 강한 저항의지의 시 「벌거숭이 바다」등을 발표하기에 이른다.

벌거숭이 바다

비가 생선 비늘처럼 얼룩진다
벌거숭이 바다.

괴로운 이의 어둠 극약(劇藥)의 구름
물결을 밀어 보내는 침묵의 배

슬픔을 생각키 위해 닫힌 눈 하늘 속에
여럿으로부터 떨어져 섬은 멈춰 선다.

바다, 불운으로 쉴 새 없이 설레는 힘센 바다
거역하면서 싸우는 이와 더불어 팔을 낀다.

여럿으로부터 떨어져 섬은 멈춰 선다.
말없는 입을 숱한 눈들이 에워싼다.
술에 흐리멍텅한 안개와 같은 물방울 사이

죽은 이의 기(旗) 언저리 산 사람의 뉘우침 한복판에서
뒤안 깊이 메아리치는 노래 아름다운 렌즈
헌 옷을 벗어버린 벌거숭이 바다.

주제 이율배반의 현실의식

형식 6연의 자유시

경향 상징적, 저항적, 감각적

표현상의 특징 언어감각이 섬세하면서도 두드러진 현실고발의 시정신을 담고 있다.
삶의 아픔이 상징적으로 무거운 이미지로 침통하게 표현되고 있다.
'얼룩진다', '멈춰선다', '팔을 낀다', '에워싼다' 등 각운(脚韻)을 달아 의미
를 강조하고 있다.

이해와 감상

구자운의 유고시집 『벌거숭이 바다』(1976)의 표제시다.

종래 전통적 정서를 서정적으로 묘사하던 시인이, 1960년대 이후 현실의식에 입각해서 스스로 '서정시'에서 벗어나, 시적 사고(思考)의 전향이 이루어지던 시기의 대표작이 「벌거숭이 바다」다.

'괴로운 이의 어둠 극약의 구름/~/ 슬픔을 생각키 위해 닫힌 눈'(제2~3연)에서처럼 절망적인 현실의식이 침통한 고발을 하고 있다.

그는 소아마비로 인한 다리의 장애를 가진 불편한 몸으로 말년에 실직과 병고에 시달리면서 비감(悲感)하며, 또한 불합리한 현실에 저항하며, 특히 '죽음'의 주제들을 내걸고 여러 편의 시를 썼다.

이 시는 그 당시의 '절망적 현실'을 고발하고 있거니와 그는 시의 마지막 연에서처럼 어쩌면 죽음의 미학으로서 '헌 옷을 벗어버린 벌거숭이 바다'라고 신랄하게 풍자하고 있다.

'벌거숭이 바다'란 무엇인가.

내놓을 것은 다 까발린 군사독재와 그 가증스러운 현실에 대한 강력한 저항이여 심도 있는 메타포라고 하겠다.

이경남(李敬南)

황해도 안악(安岳)에서 출생(1929~). 평양사범대학 국문과 중퇴. 『현대
문학』에 시 「별」(1955. 9), 「그토록 나도 가야만 하리」(1956. 4), 「북창(北
窓)」(1957. 8), 「바다로 가는 강변에서」(1957. 8) 등이 추천 완료되어 문단에
등단했다. 시 동인지 『60년대 사화집』을 주재했다. 시집 『북창(北窓)에 어리
는 별』(1969) 등이 있다.

황혼(黃昏)에 서서

이 손으론 만져볼 수도 없는
하늘 나라의 오묘한 손길이
유리창마다 불꽃을 달아준다.

모두들 등불을 향해 돌아가는 시간.
화안한 대낮에는
그토록 찾으려도 잡히지 않던 스스로의 형상이
손금처럼 뚜렷이 모양지으며 떠오르는
지금은 황혼.

서녘 바람에 이울리는 잡초도
발길에 닿는 돌멩이도
신부(神父)님도
이 절대한 한 가지 채색 속에
선(善)을 잉태하는
황혼에 서서

나는 아침에 열어놓지 않은 마음의 문을 사롯이 열어둔다.
──신(神)에게 드릴 편지를 가지고 먼 길을 떠났다가
하마 미치지 못해 헛되이 돌아올
기진한 '님' 을 맞아 주려고……

이해와 감상

이경남은 황혼의 무아지경의 아름다움 속에서 초현실시(超現實詩)의 자동기술법(自動記述法)인 오우토머티즘(automatisme), 즉 심층심리의 의식의 흐름을 진솔하게 기술하는 방식으로 '하늘나라의 오묘한 손길이/ 유리창마다 불꽃을 달아준다' (제1연)는 쉬르리얼리즘의 표현을 도입하고 있다. 이것은 시인의 황홀한 자의식(自意識)의 세계다.

이 땅 최초의 쉬르리얼리스트 이상(李箱)은 '거울'과의 대화를 했으나, 이경남은 '황혼'이라는 거대한 우주 속에 깊숙히 안겨 그의 절대자(絶對者)로부터의 삶의 진실의 교시(敎示)를 받아들이려 하고 있다. 그러기에 '나는 아침에 열어 놓지 않은 마음의 문을 사롯이 열어둔다' (제4연)는 것이다.

그런데 '신(神)에게 드릴 편지를 가지고 먼 길을 떠났다가/ 하마('이미'의 방언) 미치지 못해 헛되이 돌아올/ 기진한 남' (제4연)이란 누구인가. '남'은 당사자인 '시인' 자신이다. 구체적으로는 초현실적 자아이다. 신(神)이란 우리의 지구를 지배하는 절대자다. 그러므로 '편지'는 '유서'다. 신은 시인에게 지상에서 할 일이 아직도 잔뜩 남았으니, 괜스리 기진하도록 힘들게 찾아오지 말랬다는 것이다.

'아침에 열어 놓지 않은 마음의 문'의 '아침'은 '젊은 날'의 상징어다. 그리고 보면 '마음의 문을 사롯이 열어둔' 시인은 벌써 노경(老境)에, 즉 노을밭에 서 있는 것이다.

강 건너 얼굴

나의 시야를 가득히 채워 오는
너에 대해서 내가 안다는 것은
꽃의 의미를 모르는 거와 같다.

—새금파리에 맺히는 이슬 방울
—새벽 창에 어리는 별들의 속삭임
그리고, 강 건너 살을 꽂은 무지개의 호선(弧線)

내가 너에 대해서 안다는 것은
너의 동자와 너의 음성과 너의 미소가
우물 가득히 찰찰 넘치는 하늘이 되어
나의 시야를 덮쳐 오고 있다는
이 어쩔 수 없는 하나의 실재뿐.

아아 내가 너에 대해서 안다는 것은
저 꽃들이, 저마다 피고 지는 의미를 모르듯이
내가 나를 도무지 모르는 거와 같다.

주제 자의식(自意識)에 대한 성찰
형식 4연의 주지시
경향 주지적, 상징적, 초현실적
표현상의 특징 쉬르리얼리즘(초현실주의) 경향의 주지적인 시이면서도 상징적인 기법으로 심층심리(深層心理)를 표현하고 있다.
'너에 대해서 내가 안다는 것은'(제1연), '내가 너에 대해서 안다는 것은'(제3연) 등의 유어반복으로 내용을 강화시키고 있다.

이해와 감상

『신사조(新思潮)』(1962. 6)에 발표된 작품으로 간결하고 감각적인 시어의 기능적인 구사가 돋보이는 가운데, 이경남은 그의 자의식의 세계를 집요하게 천착하고 있다.

즉, 강 건너 저쪽 피안(彼岸)에 존재하는 제2인칭의 '너' 란 곧 시인 스스로가 '자기 자신'을 두고 노래하는 것이다. 이러한 환상적인 잠재의식으로 묘사되는 초현실시는 얼핏 보기에 알아듣기 쉬운 것 같으나 사실은 매우 난해한 시이다.

순간과 영원

그 날 그 자리에 내가 서 있지 않았더라면
나는 오늘토록 죽음을 색실 고운 무지개로 알아 왔을 게다.

그 날 그 자리에서 내가 그것을 안 보았더라면
나는 참으로 행복한 소년인 채 자라 왔을 게다.

바다가 울고 있는 성난 해벽(海壁)

모래사장에 우리는 서 있었다.
나는 망원경을 들고 대안(對岸)을 바라보며
두 사나이에게 화려한 꿈을 들려주고 있었다.

그 때 그 소식은 어느 천계(天啓)가 보내온 것이던가.
한 발의 포탄이 작열하는 물기둥.
나는 엎드려 구구산(九九算)을 세고
두 사나이도 번개처럼 무너졌는데,
얼마나 흘렀을까, 내가 눈을 떴을 때
나는 코발트의 하늘을 보았고
두 사나이는 이미 시체였다.

그 날 그 자리에 내가 서 있지 않았더라면
그 날 그 자리에서 내가 그것을 안 보았더라면
순간이 영원으로 이어지는 전쟁의 미학(美學)을
나는 아직 모르는 양(羊)이었을 것이다.

주제 전장(戰場)에서의 삶과 죽음

형식 5연의 주지시

경향 주지적, 초현실적, 풍자적

표현상의 특징 잠재의식의 심층심리를 통해 전쟁의 비극을 호소력 있게 표현하고 있다. 가능한 한 감성적인 수식어를 배제함으로써 긴박한 상황 묘사가 더욱 실감있게 다가온다. '그 날 그 자리에 내가 서 있지 않았더라면'(제1연)과 '그 날 그 자리에서 내가 그것을 안 보았더라면'(제2연) 등의 '유어반복'으로 내용을 강조하고 있다.

이해와 감상

이경남은 전쟁 현장의 체험을 초현실적 잠재의식을 통해 이른바 사고(思考)의 받아쓰기를 하고 있다. 그것은 '삶과 죽음'을 '순간과 영원'으로 메타포 (은유)되고 있다.

전쟁에 의한 죽음이란 무엇인가. 비통한 죽음을 생생히 목격한 화자는 전쟁을 중오하면서도 오히려 잠재의식에서 '전쟁의 미학'이라는 풍자를 하고 있다.

죽음이 던지는 인간의 비극은 '순간'에 빚어져 '영원'으로 가슴 속에 응어리지는 것이다. 화자는 그것을 심층심리의 무의식 상태에서 신랄하게 고발하고 역사 앞에 증언하면서, 또 다시 그러한 비극이 되풀이 되어서는 안 된다는 참다운 '휴머니즘의 미학'을 제시하고 있는 것이다.

이상국(李相國)

충청북도 충주(忠州)에서 출생(1931~1995). 호는 우촌(雨村). 청주대학교 국문학과 졸업. 고려대학교 대학원 수료. 1957년에 시집 「오후의 밀도(密度)」를 상재(上梓)하고 문단에 등단했다. 시집 「잿빛 속의 세월」(1970), 「목적의 강(江)」(1985), 시 해설집으로 「한국 대표시 해설」(1978), 「영원한 명시(名詩)의 화원(花園)」(1983) 등이 있다.

우유 먹는 아이

우유 먹는 아이를
가만히 들여다 보고 있노라면
우유처럼 뽀이얀
인생이 걸어 나온다.

일본 여자에게 배운
꽃꽂이 솜씨로
식탁을 꾸미고
묵은 세월을
창 밖으로 밀어내면
젊은 엄마의 유방(乳房)은
브래이저 속에서
한가하다.

아이는
플라스틱 젖꼭지에서
말을 배우고
어린 가정부의
치마폭에서
사랑을 익힌다.

이제 오월이 와도

아이는 슬프지 않으리
진 자리
마른 자리
거두어 간 식탁에
오늘은
산뜻한
생화(生花)가 핀다.

이해와 감상

「우유 먹는 아이」는 현대사회에서 성장하고 있는 유아(幼兒)를 통해 문명 비평적(文明批評的) 성격을 시화(詩化)한 작품이다.

이 시가 개성적이고 인상적인 작품임을 그 제재를 통해서 직감하게 된다.

첫 연에서 '우유처럼 뽀이얀 인생'이라는 직유에서 우리는 우유 같은 풍요의 윤택(潤澤)함이나 기쁨보다는, 오히려 슬프고 비인간적(非人間的) 현실을 강렬하게 느끼지 않을 수 없다.

현대 시인의 예리한 감각은 고도산업사회가 던져주는 문화적 비인간화 현상의 진행을 준엄하게 묘파해내고야 말았다.

화자는 성장하는 어린이에게는 딱딱한 화학제품의 플라스틱 젖꼭지가 아닌 모성의 애정과 체온이 담긴 젖꼭지가 절실하게 소중하다는 사실을 절절하게 경고하고 있다.

자라는 아이에게 영양보다 더 간절히 필요한 것은 엄마의 체온이요 사랑이다.

엄마의 체온과 사랑이 없이 자라나는 그 아이는 어디서 그의 인간다운 사랑을 배우고 익힐 것인가.

가정부(家政婦)에게서(제3연) 과연 그 아이가 엄마 대신 참다운 인성을 배우고 정서를 익힐 수 있다는 말인가.

제2연에서의 '묵은 세월'은 '우리의 값진 전통'을 비유한 것이다. 즉, 모든 엄마가 귀여운 자식을 위해 가슴팍을 헤치고 따사로운 젖꼭지를 물려주었던 것이다.

이상국은 성장하는 아이들에게 참다운 엄마의 사랑이 얼마나 절실한 것인가를 문명비평적 시 한 편으로써 우리에게 절실히 공감시켜 주고 있다.

조영서(曺永瑞)

경상남도 창원(昌原)에서 출생(1932~   ). 동아대학교 수료. 시 「벽에는」
(1957. 7), 「바위」(1957. 10) 등으로 『문학예술』지의 추천을 받고 문단에 등
단했다. '신작품(新作品)' 동인으로 고석규(高錫珪), 송영택(宋永擇) 등과 50
년대에 부산 문단에서 활동했고, 상경 후는 『60년대 사화집』 동인으로 활약
했다. 시집 『언어(言語)』(1969), 『햇빛의 수사학』(1975) 등이 있다.

비음(鼻音)

교회당
십자가에
못 박힌
음산한
겨울.

──마침내는 눈이 내린다.

바람이
핥고 간
감기 든 골목에
코먹은
저음(低音).

──나직이 기침하는 우수의 숲.

그 수풀진
나의
눈시울에서 흔드는
너의 하얀
손수건 같은……

주제 겨울 풍경 속의 우수(憂愁)

형식 5연의 자유시

경향 주지적, 연상적, 풍자적

표현상의 특징 시각적인 것과 청각적인 것을 공시적(共時的)으로 밀도 있게 공감각화시키고 있다.

제2연과 제4연을 1행씩으로 한 직선적인 시어의 배열(配列)이 시각적인 효과와 동시에 시적 감흥(感興)을 더해 주고 있다.

어구(語句)를 겹쳐 쓴 것과도 같은, 그런 점층적인 클라이맥스(climax)의 묘미가 또 다른 표현상 특징을 이루고 있다.

이해와 감상

함축성 있는 시어 구사로 겨울의 골목 안은 둔중한 소리가 여울진다. 참신한 이미지 처리로 눈 나리는 겨울날의 '우수의 숲'이 독자들의 가슴에도 와 닿는 가편이다.

이제 우리는 화자와 함께 우리들의 겨울 지붕 밑에서 우수(憂愁)와 고독을, 또한 연민의 정을 함께 나눠야 하지 않을까.

조영서의 바리톤(barytone)에 귀를 기울이고 시 「비음」에 대한 해설을 직접 들어 본다.

"눈이 내리는 골목. 나는 그 한가운데 서 있다. 바람 소리는 십자가를 울리고 나는 더욱 고독하다. 우울하다. 우수(憂愁)에 덮인 하늘과 땅 사이 눈이 뿌리고 눈이 쌓이곤 했다. 나는 감기를 앓다."

모래알

1
모래알,
모래알 속엔 거울의 긴 침묵이 있습니다.
모래알 속엔 하늘이 갇혀 있습니다.
모래알 속엔 햇빛이 눈 멀어 있습니다.
모래알,
모래알이 모래바람을 겁 없이 일으킵니다.

2

모래알,
모래알이 숨을 쉽니다.
모래알이 침침한 가슴을 폅니다.
모래알 깊이 꿈이 꿈틀거립니다.
모래알 속에 묻힌 하늘이 바늘귀를 비집고 나옵니다.
모래알에 박힌 햇살이 실오라기 같은 눈을 뜹니다.
모래알,
모래알이 번쩍이는 기쁨을 누립니다.

주제 우주의 섭리와 자아 성찰
형식 2부작의 변형 주지시
경향 주지적, 상징적, 심층심리적
표현상의 특징 시 전편에 걸쳐 쉬르리얼리즘의 심층심리의 표현을 하고 있다.
산문적인 문체로 콘텐츠의 전달이 잘 되고 있다.
심미적인 이미지 처리가 발랄한 생명력과 신선감으로 충만되고 있다.

이해와 감상

시인은 모래알을 통해서 삼라만상(森羅萬象)을 스스로 창조하며 또한 스스로 경이(驚異)한다.

1950년대 후반 한국 시단의 이미지스트로서 「낙조」, 「백지에는」, 「미소」, 「나무는」 등 등 여러 편의 수작(秀作)을 통해, 조영서는 이지적(理知的)인 동시에 청신한 서정성(抒情性)까지 곁들였었다.

이제 독자는 화자의 초현실적인 심층심리의 사고(思考)의 받아쓰기 표현기법과 마주친 셈이다. 그리하여 화자가 모래알 속에 갇히면서 또한 그 모래알 속에서 우주의 섭동(攝動) 제공에 주시하게 될 것이다.

우리나라에서는 쉬르리얼리즘의 심층심리의 표현기법이 이상(李箱)으로부터 시작되었다(「이상」 항목 참조 요망). 그 후 여러 시인들에 의해 오늘에 이르기까지 다양한 각도에서 이른바 초현실주의의 시작업(詩作業)이 간단없이 이어져 오고 있다는 것을 독자들은 이 책을 통해 다각적으로 접하게 될 것이다.

여기서 직접 조영서의 「모래알」의 이야기를 들어 본다.

"모래알—이 조그만 모래알. 하잘 것 없는 것에 대한 하나의 개안(開眼). 어쩌면 아무 것도 아닌, 미미한 것이 이 우주(宇宙)의 엄청난 비밀을 간직하고 있는 것이 아닌가. 생(生)에서 죽음까지의 모든 것을."

강인섭(姜仁燮)

전라북도 고창(高敞)에서 출생(1936~   ). 한국외국어대학교 불어과 졸업. 프랑스 파리대학교 수학. 1958년 『동아일보』 신춘문예에 시 「산록(山鹿)」이 당선되어 문단에 등단했다. 『신춘시』 동인, 시집 『녹슨 경의선(京義線)』(1969), 『녹슨 경의선 그 이후』(1982), 『파리, 그 다락방 시절』(1993), 『강인섭 통일시집』(2001) 등이 있다.

산록(山鹿)

꽃그늘을 돌아
뿔 없는 사슴은 산바람을 마신다.

풀피리 지나 착한 피가 울고
구름이 놓아 가는 푸른 징검다리.

솔바람 저어 가는 귓바퀴에
산 넘어 산 넘어서 출렁이는 바다가 오고

먼 신라— 순교자의 핏빛 속에
외로이 치뜬 눈까풀은
차라리 별과 같은 이야기
그 멀고 따스한 눈짓.

밤마다 꾸꾸기 울음 속에
넘치는 숨결이 엉켜
검은 밤을 보채어 정든 판장을 넘었다.

꽃보래치는 골마다 포성이 울어
진하게 진하게 붉혔다. 무안해 버린
아, 목이 긴 사슴이여.

두고 온 새끼들은 기름진 초원에서
연한 뿔을 짤리우고
하늘 닿게 발돋움하여 산등에 울고 섰다.

아, 손금 같은 사랑은 개울처럼 흘러가고
증언하는 바위 등에 차고 서러운 바람이 분다.

누구의 피 속에 피곤한 몸부림이 있어
뿔 없는 사슴은 산 속에 웅크려
두 눈을 호수가에 빠뜨리고 있는 것이냐?

이제 긴 목에는 강물이 흐르고
가슴에 번져가는 처량한 파도 소리.

스스로의 동굴에 메아리가 울어
뻐근히 저어 오는 물이랑이여.

주제 역사에 대한 자기 성찰
형식 11연의 자유시
경향 상징적, 의지적
표현상의 특징 일상어의 산문체로 주정적인 이미지가 짙게 드러나고 있다.
역사의 내면성을 한 마리의 산 사슴을 통해 상징적으로 묘사한다.
호격조사 '~여'를 써서 감정을 고조시키고 있다.
'별과 같은', '손금 같은', '개울처럼' 등의 직유법을 쓰고 있다.
설의법(設疑法)의 강조표현을 하고 있다.

이해와 감상

『동아일보』 신춘문예(1958. 1) 당선작이다. 산사슴(山鹿)이 민족사의 증언자로서 등
장하여 동족상잔의 비극적인 우리 겨레의 아픔을 '산 넘어 산 넘어서 출렁이는 바다가
오고// 먼 신라— 순교자의 핏빛 속에'(제3 · 4연)라는 겨레의 유구한 역사의 발자취를
배경으로 마침내 6 · 25동란의 비극을 '꽃보래치는 골마다 포성이 울어/ 진하게 진하게
붉혔다'(제6연)는 아픔의 고발을 한다.
일제 강점기의 비통한 역사도 다시금 되밟는다.

강인섭은 비유법을 적절히 구사하면서 참신한 이미지 처리로써 역사의 물이랑을 늠름하게 건너간다. 화자는 민족사의 아픔을 상징적으로 절도 있게 표현하면서, 겨레의 절망이며 슬픔을 의기로써 극복하려는 시적 자세가 당당하다.

「산록」을 대하면 노천명이 「사슴」(「노천명」항목 참조 요망)을 슬피 노래하면서 민족사에 일제침략을 고발한 명시(名詩)가 떠오른다. 그 당시 노천명은 '모가지가 길어서 슬픈 짐승이여' 하고 민족사의 원한을 외쳤는데, 6 · 25를 체험한 강인섭은 포성이 우는 골에서 산록은 너무도 어처구니 없는 전쟁에 그만 '무안해 버린/ 아, 목이 긴 사슴' 이 되어 버리고 만 것을 통탄하며 절규하게 된 것이다. 일제가 패망한 지 불과 5년이 채 지나기도 전에 또 다시 우리는 비극을 맞이해야만 했던 것이다.

그러기에 '두고 온 새끼들은 기름진 초원에서/ 연한 뿔을 짤리우고/ 하늘 닿게 발돋움하여 산등에 울고 섰다'고 어린 새끼 사슴들마저 뿔이 잘리운 전쟁의 폐허 속에서, 또한 우리 모두는 울부짖는 어린 전쟁고아들을 그 당시 적나라하게 목격했던 것이다.

철원

참으로 그 곳을 기억할
아무 것도 남아 있지 않았다.

한 때는 궁예의 옛 도읍지였고
4만 인구의 알뜰한 고향이었던 철원시가
이제는 무성한 잡초와
쨍쨍히 내려 쪼이는 햇볕들의
놀이터가 되어 있을 뿐이다.

철의 삼각지의 일각(一角)이던 이곳
전쟁의 극성스런 발톱들이
제멋대로 할퀴고 흐느끼다가
저녁 연기처럼 사라져 버린
폐허의 도시.

사람과 가축의 해골들이

부서진 기왓장 속에서
비바람에 삭아 갔다는 철원 거리에
옛 군청의 콘크리트 벽만이
고인돌처럼 앙상히 남아 있을 뿐,
탄흔에 찢긴 느티나무 한 그루
서있지 않고
케터필러 소리를 기억하는
전신주 하나 남아 있지 않았다.

언제 이곳에도
와자하게 골목을 채우던
아이들의 웃음 소리가 들렸으며
동구 밖에서 마을 처녀를 기다리는
사나이의 초조한 그림자가 흔들리고 있었던가.

한때는
금강산으로 가는 시그널을 밝혀 주고
철원 평야를 휩쓰는 강추위에도
서로의 입김을 모아
오순도순 목소리를 낮추어 살아갔다는
이 고장 사람들.

귀농선(歸農線) 이남에
신철원이라는 어설픈 마을을 세워 놓고
폐허의 가슴들을 달래고 있지만
5만분의 일 지도에서 밖에는
철원이 철원임을 증명할
아무런 증거도 남아 있지 않았다.

포성이 멎은 다음 날
수채 구멍에서 늙은 고양이 한 마리가 살아 나와
눈 먼 걸음걸이로 포연 속을 헤매다가

어디론지 인적을 찾아 사라졌다는
전설 속의 철원 거리.

이제 선사시대로 돌아간 허허벌판에
눈이 쌓이면 눈보라가 우짖고
포탄이 떨어진 웅덩이에는
개구리만 요란히 짖어대고 있었다.

뒤따르는 포성과
보채는 아기 울음을 등에 업고
고향 땅을 떠났던 사람들이
하나 둘……
취중에 제집 찾아들 듯
귀농선 통행증을 가슴에 달고
폐허의 거리로 돌아왔지만,

고성(古城)의 돌담 언저리나
흩어진 사금파리 위에서 쉬고 있는 햇볕들이
누구를 알아볼 것인가.

고향에 돌아온 사나이에게
한 가닥 향수의 실마리조차 쥐어 주지 못하는
기억상실의 도시에는
군용 트럭의 행렬만이
뿌연 먼지를 일으키며
그 날의 통증처럼 지나가고 있었다.

언젠가는
산지 사방으로 흩어졌던 사람들이
다시 이곳에서 모여들어
모두를 새로 맞이할 이 빈 터 위에
높은 종루(鐘樓)를 세우고

가슴 깊이 간직한 전쟁의 신음으로
세계를 향해 간단 없이 울어야 하거늘,

아, 우리들
이렇게 한 도시를
철저히 부수어 놓고도
8월의 땡볕 아래
남과 북의 총구는
또 다시 서로를 겨냥해야 하는가.

주제 민족 분단의 비극
형식 14연의 장시적 자유시
경향 민족적, 상징적, 연상적
표현상의 특징 포성이 터졌던 전쟁의 폐허를 회화적으로 리얼하게 묘사하고 있다.
산문체의 일상어로 엮고 있으면서도 운문적인 내재율을 살리고 있다.
전편에 걸쳐 독자에게 전달이 잘 된다.

이해와 감상

표제(表題) 그대로 6·25 사변의 격전지였던 철원의 전화와 참상을 시적으로 형상화하면서 민족 분단에 의한 비극을 묘파하고 있다. 그러나 강인섭은 참화의 자국을 증언하는 데만 그치지 않고 이것을 슬기롭게 극복하려는 자세로 역사적 현장을 조명한다.

'아, 우리들/ 이렇게 한 도시를/ 철저히 부수어 놓고도/ 8월의 땡볕 아래/ 남과 북의 총구는/ 또 다시 서로를 겨냥해야 하는가' (마지막 연)라고.

이 땅의 국토분단과 동족상잔의 비극은 그 시대를 체험한 모든 시인들이 증언하며 반드시 써야 한다면 그것을 저자의 독단이라고 누가 나무랠 것인가.

무엇 때문에 우리는 그와 같은 민족사의 통한을 자국했는지, 그 끔찍했던 역정을 반드시 돌아보아야만 한다.

그리하여 후손에게 다시는 그와 같은 엄청난 죄악의 유산을 또다시 물려주어서는 안 될 것이다.

──철원 땅.

어디 6·25의 참화가 그곳뿐이었던가. 이 나라 방방곡곡 처참했던 파괴의 자국은 거의 다 아물었지만, 그러나 우리들의 기억 속에 또렷한 그 자취들은 언제쯤 말끔히 아물게 될 것인가.

그러기에 다시금 이 가편(佳篇)을 읽어보게 된다.

김창직(金昌稷)

경상북도 영주(榮州)에서 출생(1930~). 호는 부원(芙園). 경북사대 국어
국문학과 수료. 『시(詩)와 시론(詩論)』(1958) 창간 동인. 『시와 시론』지를 통
해 시 「칠석」(1958. 4), 「바다」(1960), 「조국의 이름을 명읍(鳴泣)하는 성좌」
(1961) 등을 발표하며 문단에 등단했다. 시집 『인상(印象)』(1961), 『냉전지대
(冷戰地帶)』(1962), 『시인의 연대표』(1978), 『연기의 풍속도』(1980), 『눈썹
위의 영가(靈歌)』(1990), 『달과 영혼과의 간주곡』(1997) 등이 있다.

도깨비 타령

앵두빛
별 하나 슬며시
창문으로 넘어와
밤새껏 얼룩지더니

꿈 속을 파헤쳐
가슴 통째
아주 난장판 치더니만

옆자리에
머리맡에
손 저어 더듬어 봐도

서걱서걱
창빛 쓸려간 새벽녘
체온만 남아 쌔근댄다.

주제 순수 이미지 추구
형식 4연의 자유시
경향 서정적, 풍자적, 해학적
표현상의 특징 작자의 진한 인간미가 유머러스하게 독자에게 전달된다.
연상적 수법으로 시의 표현미를 북돋고 있다.
현실비판의 시정신을 역으로 뛰어나게 표현하고 있다.

이해와 감상

현대시라고 해서 직설적이거나 직서적(直敍的)인 현실 비판만 한다면 결코 독자들은 시의 '맛'을 느끼지 못할 것이다.

그러므로 정견(政見) 같은 역설(力說)은 정치가들에게 떠맡기고, 시인은 시재(詩才)랄까 에스프리(esprit) 번뜩이는 서정미(抒情美)를 제시하는 게 매우 바람직하다고 본다.

이 세상에 도깨비가 어디 있다는 것인가. 있다면 조용한 우리 사회를 허황되게 뒤흔드는 살아있는 쓸모없는 존재들이 도깨비일 것이다.

김창직은 「도깨비 타령」을 표제(表題)로 제시하면서 역(逆)으로 오늘의 어지러운 사회현실을 해학적으로 풍자하고 있다.

제2연의 '꿈속'을 '부조리한 현실'로 대입시키고, '가슴 통째'를 '현대사회'로, 또한 '난장판' 치는 것을 온갖 불의와 부도덕한 행위로써 메타포(은유)하고 있는 것이다.

'앵두빛/ 별'(제1연)은 낮의 세계의 악동(惡童)이 밤의 시간에 도깨비로서 나타나 선량한 시인의 침실로 침입한 것은 아니런가.

화자는 도깨비가 머물다 간 자리에 '체온만 남아 쌔근거린다'고 온후한 인간적 연민의 정을 유감없이 발휘하고 있는 현대시의 가편(佳篇)이다.

사슴

오물에 뒤범벅 된
억새풀 골짝을 지나

달밤이니 꽃이니 사랑이니,
눈물 따위에 바둥거리는
연민의 거리를 지나

무연한 귓가의
얼어붙은 바람 소리에
문득 발길 멈춰 선 사슴.

홀로 지샌
대안(對岸)의 새벽 창을 우러르며

풀도 향기로운 것만으로 연명하다가

죽음 밖의 거울 빛에
참 모습 어른거리다가

기인 목
하늘 위로 투영하는 사슴.

햇살 잠길 녘엔
노을빛 떠 흐르는 냇물을 지나

개구리 머구리
시새움에 울어대는
연못가의 무덤을 지나

깡마른 수숫대궁에
혀 끝 대고
번뇌의 눈시울 사르르 덮는
사슴……

주제	이상향에의 탐구
형식	9연의 자유시
경향	낭만적, 상징적, 문명비평적
표현상의 특징	연상적인 수법으로 감각적인 시어 구사의 표현미가 돋보인다. 작자가 추구하는 이상향에 대한 동경의 의지를 상징적으로 묘사하고 있다.

이해와 감상

이 시에 있어서 제재(題材)로 등장한 '사슴'은 곧 '시인' 자신이다. 즉 사슴의 의인화(擬人化)로써 주목된다.

'오물에 뒤범벅 된/ 억새풀 골짝'(제1연)이란 곧 공해며 자연 파괴의 '오염(汚染)된 현실 세계'의 비유다.

제2연에서의 '연민의 거리' 역시 '치정과 아귀다툼의 도시'다.

말하자면 '사슴'은 그의 본연(本然)의 이상향을 찾아 길을 떠나고 있는 것이다.

이것은 문명이 얼룩진 부조리의 현실 세계에서 단호하게 벗어나는 결연한 일탈(逸脫)이다.

김창직의 「사슴」은 서구적 로맨티시즘(romanticism, 낭만주의)과 심볼리즘(symbolism, 상징주의)을 곁들인 표현 기법의 골격(骨格)을 동원해서 보여주는 표본적인 문명비평적 서정시다.

그런데 여기서 반드시 짚고 넘어갈 것이 있다.

그것은 노천명의 명시(名詩) 「사슴」에서 감상성(感傷性)인 센티멘털리즘이, 김창직의 「사슴」에서는 '개구리 머구리/ 시새움에 울어대는/ 연못가의 무덤을 지나'(제8연)에서처럼 오히려 감상성의 극복 의지가 두드러지게 표현되고 있어서 노천명의 「사슴」과는 각도를 달리하여 대비(對比)되고 있다는 것을 지적하고 싶다.

또한 '풀도 향기로운 것만으로 연명'(제4연)한다는 묘사는 너무나도 그 의식(意識)이 화려하다. 그러므로 향기로운 게 아닌 것, 즉 순수하지 않은 것이라면 오히려 그것을 먹기보다는 목숨을 잇지 않겠다는 고고(孤高)한 의지가 승화되고 있다.

우리는 일찍이 이런 마음가짐을 '선비정신'으로 삼아왔거니와, 오늘 21세기를 살아가는 우리는 김창직의 「사슴」을 통해 시인의 순수 의식에 젖어들게 된다.

춘한(春寒)

녹슬은
창살에
유령처럼 일렁이는
지난 밤 꿈자리.

얼부푼
살갗을
향유(香油)로 닦아내도
개구리의 촌보(寸步)는 힘에 겹다.

아무렇지 않게
이젠
아픈 데를 쓰다듬는
등신불(等身佛).

인종(忍從)의 세월은
수없이 앗기어도
잎새처럼 쌓인
저 하늘빛은
아직도 차가웁다.

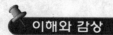
이해와 감상

감성적(感性的)인 세련된 시어의 표현미가 밝은 색조(色調)의 뉘앙스(nuance, 미묘한 특색)를 이루고 있는 빼어난 기교의 현대 서정시다.

꽃샘 속에서 화자는 '인종의 세월은/ 수없이 앗기어도/ 잎새처럼 쌓인/ 저 하늘빛은/ 아직도 차가웁다' (제4연)고 계절을 상징적으로 비유하며, 자아(自我)를 돌아본다. 아니 현실에 대한 시각을 날카롭게 번뜩인다.

시인의 의지적인 심성(心性)이 투명한 계절 감각과 시대의식속에 눈부시게 조화를 이루는 「춘한」(春寒)이 차다기보다는 맵고, 맵다고 하기엔 너무도 밝다.

정지용의 「춘설」(春雪)이 주정적(主情的) 계절 감각의 서정시라면 (「정지용」 항목 참조 요망) 김창직의 「춘한」(春寒)은 주지적(主知的) 계절 감각의 상징시다. 바로 이와 같은 시의 커다란 표현차이는 곧 시대적인 큰 간격과 변화 속의 한국현대시의 발전상을 입증하는 일이다.

향유(香油) → 향기가 좋은 고급 기름.

촌보(寸步) → 몇 발자국도 안 되는 걸음.

등신불(等身佛) → 불교적인 발원(發願)으로 자신의 키와 똑같게 만든 불상(佛像)이다.

정공채(鄭孔采)

경상남도 하동(河東)에서 출생(1934~). 연세대학교 정외과 졸업. 『현대문학』에 시 「종(鐘)이 운다」(1957. 11), 「여진(女眞)」(1958. 2), 「하늘과 아들」(1958. 4) 등이 추천 완료되어 문단에 등단했다. 『시단(詩壇)』 동인. 시집 『정공채 시집 있습니까』(1979), 『해점(海店)』(1980), 『아리랑』(1986), 『사람소리』(1989), 『땅에 글을 쓰다』(1990), 『새로운 우수(憂愁)』(2000) 등이 있다.

꿈의 열차

옛날의 꽃
과거와 함께 이 열차를 타도
당신 손목은 아직껏 아직껏 아름답군요.
목소리도 나직하구요, 부드럽구요, 깨끗하구요
긴 산협(山峽)을 지나고
출렁대는 바다 위론 듯
바다를 끼고 달릴 때
기적도 두어 차례 울립니다
당신은 그 하얀 손으로
한 모금의 술잔도 따라 내밀어 줍니다
소리
기적 소리는 푸른 파도 위로 굴러가고
어딘 듯 작은 간이역 하나쯤도
과거의 꽃마냥 지나치고 있는 시간입니다
가만한 미소가 당신 얼굴에 고이고
눈매에는
중년의 깊은 사랑이 있습니다
이 열차는
멀리멀리 오랜 시간을 타고
산협과 바다
바다와 산협을 돌아
어느 항구 도시에 닿을 예정입니다
이윽고 우리는

바다 층계가 트인 희맑은 실내에서 여장을 풀겠지만
꿈의 열차는
멈추지 않을 것입니다
푸른 바다를 끼고
서러운 산협을 이름답게 돌아 나갈 것입니다

주제 참다운 삶의 의미 추구
형식 전연의 자유시
경향 서정적, 낭만적, 상징적
표현상의 특징 경어체(敬語體)와 시어의 반복동어 등 조사(措辭)의 특이성과 더불어 시의 감흥(感興)과 친근감이 넘치고 있다.
산문체이면서도 리듬 감각을 잘 살리고 있다. '꿈의 열차'라고 하는 표제(表題)에서 역동적(力動的)이고 낭만적인 감각미가 풍긴다.

이해와 감상

꿈의 열차가 달려가야 할 곳은 어디인가. 그 곳은 시인이 갈망하는 이상향이다.

즉, 시인이 추구하고 있는 참다운 삶의 터전, 정신의 고향이요, 순수미(純粹美)의 구경(究竟)이라고 하겠다. 어찌 시인만이 그 구경을 추구하랴마는, 시인은 그의 시세계를 그의 정신적 본향(本鄕)에다 형상화 시키는 작업을 하고 있다는 얘기다.

'꿈의 열차', 그것은 얼마나 황홀한 열차일까.

그런데 제3행에 등장하는 '당신'은 누구일까. 손목이 아직도 아름다운 당신이란 화자가 추구하는 이상상(理想像)이요, 그에게 있어서의 절대자이다.

구체적으로 말해서 상상(想像)의 여인일 수도 있고, 신(神)일 수도 있다. 아니면 자기 자신, 자아(自我)의 이상적 분신(分身)일 수도 있다.

꿈의 열차는 '긴 산협을 지나고…기적도 두어 차례'(제8행) 울린다. 그리고 오랜 시간이 지난 다음에도 꿈의 열차는 멈추지 않고 '푸른 바다를 끼고/ 서러운 산협을 아름답게 돌아'(제27·28행) 나간단다. 꿈의 열차는 화자가 목적하는 이상향에 도달하기까지 멈추지 않고 끝없이 달린다고 하는 생동감 넘치는 일종의 발랄한 행동시(行動詩)이다.

산(山) 그늘

1
흐름에 묻고자

흐름 위에 묻고자 한다
산그늘
말 없는 산그늘
저 산그늘에
인생 오십도 매양 길구나.

                    2
한 소년이 걸어가도
내 눈에는 한 쓸쓸한 중년으로 보이네.
산그늘 한(恨)이 서려, 한에 서리어.

한 중년이 걸어가도
내 눈에는 한 소년의 외로운 가출(家出)이 되어 있네
감빛 산그늘 눈물에 어려.

한 소년이거나 한 중년이거나
산그늘
저 산 그늘
옛날의 고향집 어스럼일레
그 고향 마을 저녁답 어스럼일레.

이해와 감상

　심미성(審美性)과 언어의 세련미가 어울려 시적 뉘앙스(nuance, 미묘한 특색)가 돋보이는 인생시(人生詩)다.
　멀리 산그늘을 바라보는 화자의 관조(觀照)의 눈빛이 번뜩인다.
　정공채는 '움직이는 시' 와 '조용한 시' 로써 그의 시작법(詩作法)을 구별하고 있다. 그러기에 「꿈의 열차」가 움직이는 시라면 「산그늘」은 조용한 시이다.
　이제 시인의 말을 직접 들어보기로 한다.
　"시인의 말이라 해서 별 말이 있겠습니까. '움직이는 시' 를 쓸 때와 '조용한 시'를 쓸 때가 따로 있기도 합니다. 소재라 할까, 주제에 따라 그렇습니다.
　굳이 한 마디 시인의 말을 한다면, 언제나 탄탄한 시반(詩盤) 위에 짓는 불변의 산(山)이고 싶습니다. 출렁대는 바다이고 싶습니다."

유경환(劉庚煥)

황해도 장연(長淵)에서 출생(1936~   ). 연세대학교 졸업. 연세대학교 대학원 수료. 미국 하와이 대학교, 미시간대학교에서 연구. 「현대문학」에 시 「바다가 내게 묻는 말」(1957. 11), 「석화(石火)」(1958. 2), 「혈화산(血火山)」(1958. 4) 등이 추천 완료되어 문단에 등단했다. 시집 「생명의 장(章)」(1955) 「감정지도(感情地圖)」(1969), 「산(山) 노을」(1972), 「흑태양(黑太陽)」(1974), 「고전의 눈밭에서」(1975), 「이 작은 나의 새는」(1977), 「새가 그리는 세월」(1979), 「누군가는 땅을 일구고」(1981), 「혼자 선 나무」(1985), 「서울 오솔길」(1986), 「노래로 가는 배」(1991), 「원미동 시집」(1997), 「시간의 빈터」(2000) 등이 있다.

혼자 선 나무

나무 위로 바람 없이
날아 오르는 꽃잎을
아이가 쳐다보고 있다.

뾰죽탑 위로 바람 없이
오르내려 흩어지는 구름 조각 끝
아이가 턱에 걸고 있다.

날아오르는 일이
가장 하고 싶던 갈망이었음을
뉘에게도 말할 사람이 없었던 때

꽃잎보다 구름보다 높게
전봇대만큼 키 크는 꿈을
대낮 빈 마을에서 아이가 꾼다.

그 아이는 지금껏 혼자인
늙지 않으려는 나.

이해와 감상

「혼자 선 나무」는 유경환의 제8시집 『혼자 선 나무』의 표제시다.

이 시의 제재는 의인화 된 시인 스스로를 상징 표현하고 있다. 즉, '혼자 선 나무'는 곧 '혼자 선 시인'이다.

이 시의 특성은 '소년 유경환'이 이상을 추구하는 과정을 회고하면서, '현재의 유경환'이 어린 날의 '소년 유경환'과 동화(同化)되는가를 스스로 실험하고 있다.

'날아 오르는 꽃잎', '구름 조각'은 이상을 상징하는 시어들이다.

제4연에서 소년의 이상 추구의 몸부림은 '전봇대만큼 …아이가 큰다'는 것으로써, 이 시의 클라이맥스가 이루어진다.

'그 아이는 지금껏 혼자인/ 늙지 않으려는 나'로 결론짓는다.

여기서 '늙지 않으려는 나'란 지금도 '대낮 빈 마을에서' 꿈을 꾸는 아이이다.

화자는 지금도 소년의 의기(意氣) 속에서 부단히 이상을 추구하고 있는 자아를 발견하고 있는 것이다.

비 오는 날

비 오는 날이라야 한가로와지는 숲의 이야기에 귀 모을 수 있어 바람의 거적 들춰 입으며 기웃거려 본다, 고향을.

빗속에 가려 안 뵈는 줄 알고 허리까지 내놓은 숲 지껄인다. 서낭당 늙은 나무 한 옆에 그 많은 말들 짓눌러 놓았던 돌들이 말을 흘리기 시작한다.

옷 벗은 욕심들이 빗물 타듯 빨랫줄에 매달린 채 헹궈지고 땟물 든 고향 애기도 멱을 감는다.

오랜 귓속의 소문까지도 모조리 긁어내 드러난 하늘의 바닥을 본다. 젖은 뺨살의 숲이 맨몸을 떤다. 숲의 잔뿌리 돌머리까지 기어올라 뭔가 무너지고 있음을 견뎌내면 고향이 몸살을 앓는다.

주제 비오는 날의 고향의 그리움

형식 4연의 자유시

경향 서정적, 상징적, 낭만적

표현상의 특징 세련된 시어로 정감 넘치는 이미지를 깔끔하게 담아나가고 있다.
조사(措辭)의 기법이 특이하게 행(行)을 가르지 않은 채 연(聯)을 나눈 구도적 (構圖的)인 특색을 보이고 있다.
제1연에서 '바람의 거적을 들춰 입으며 → 고향을 → 기웃거려 본다'의 어순 이 되는 도치법을 쓰고 있다.
각연의 종결어미를 '~ㄴ다'로 표현하는 각운(脚韻)을 달고 있다.

이해와 감상

'비 오는 날', 시인은 머나먼 고향의 숲을 생각한다.

어린 날 뛰놀던 비 맞은 숲.

지금은 갈 수 없는 그 숲의 서정(抒情)이 빗물을 타고 물씬하게 번지고, 서낭당에 쌓인 흙빛 사연(역사)들은 고향의 자취들을 빗물로 흠뻑 적셔 준다.

사실 이런 망향시(望鄕詩)는 자칫하면 감상(感傷)에 빠지기 쉬운데 그는 그러한 센티 멘털리티(sentimentality, 感傷性)를 인텔리전스(intelligence, 知性)로 극복하면서 오히려 신선감(新鮮感) 넘치는 비 오는 날의 고향 노래를 형상(形象)하고 있다.

고 은(高 銀)

전라북도 군산(群山)에서 출생(1933~   ). 본명 은태(銀泰). 법명 일초(一超).「현대문학」에 시 「봄밤의 말씀」, 「눈길」, 「천은사운(天隱寺韻)」(1958. 11) 등이 추천 완료되어 문단에 등단했다. 시집 『피안감성(彼岸感性)』(1960), 『해변의 운문집(韻文集)』(1962), 『부활(復活)』(1975), 『제주도』(1976), 『입산(入山)』(1973), 『새벽길』(1978), 『조국의 별』(1984), 『마침내 시인이여』(1984), 『전원시편』(1986), 『가야 할 사람』(1986), 『만인보』(1·2·3, 1986), 『시와 현실』(1987), 『백두산』(서사시, 전7권), 『남과 북』(2000), 『히말라야시편』(2000), 『순간의 꽃』(2001) 등이 있다.

임종(臨終)

우리여, 나는 서방정토에 가지 않으렵니다.
죽어도 죽어도 이 나라에 있으렵니다.
죽어서 몸이야 흙이 되건만
물과 바람이 되건만
내 넋은 흉흉한 귀신이 되어서
이 나라 강산에 있으렵니다.
그동안 살아오면서 집 없이 떠돌기도 했습니다.
죽어서는 이 나라가 온통 집입니다.
영산강 기슭에도 떠돌고
갈 수 없던 대동강 모란봉 위에도 떠돌면서
울고 싶은 백 사람의 눈물이 되고
깊은 밤 술이 되어
우리 억압자의 배 안에 들어가렵니다.
이 나라에서 태어날 때는
다른 나라에 살려고 태어나지 않았습니다.
하나의 괴로움은 여러 괴로움,
함께 괴롭고 함께 사랑하여
이 나라의 즈믄 달빛으로 살았습니다.
우리여, 나는 서방정토에 가지 않으렵니다.

한평생 이 나라에 산 것인 양
죽어도 죽어도 이 나라의 그믐밤 귀신이 되렵니다.
물이 얼고 모진 바람이 불어도
함께 얼음 밑의 물이 되고
함께 바람의 아픔으로 바람 소리가 되렵니다.
우리여, 어찌하여 이 나라를 떠나겠습니까.
이 나라의 흙과 풀
황토 언덕의 잔 소나무들도
몇 천년의 역대로 죽은 할아버지들입니다.
죽어도 죽어도 그들과 함께 있으렵니다.
억압자와 내 마음의 침략자의 오줌이 되어
이 나라의 풀 한 포기를 기르렵니다.
우리여, 나는 죽어서 서방정토에 가지 않으렵니다.
그런 곳에 가다니 그런 곳에 가다니,
왜 그런 곳에 가겠습니까.
죽어도 이 나라의 귀신이 되렵니다.

주제 생명의식의 민족애 추구
형식 전연의 자유시
경향 민족적, 종교적, 명상적,
표현상의 특징 사설조(辭說調)의 전연시이다. 작자의 주관적 세계가 직서적(直敍的)
으로 민족애를 묘사하고 있다. 불교적인 귀의(歸依)를 거부하며, 토속적인 독
특한 민족 종교관의 시세계를 관념적으로 표현하고 있다. 경어체(敬語體)를 구
사하는 기도문과 같은 호소가 외형미와 내용미의 조화를 이루며 공감도를 드
높이고 있다.
'영산강'이며 '대동강 모란봉' 등 지명과 불교의 극락인 아미타불의 세계 '서
방정토'를 대비적으로 묘사하고 있어 시간과 공간을 초월하는 분위기 또한 이
채롭다. '우리여'는 '나'라는 개체가 아닌 민족적 객체의 '우리 민족'에다 호
격조사(呼格助詞) '여'를 매달아 '우리 민족이여'의 준말인 셈이다. '우리여'
를 동어반복하며 잇대어 부르는 강조법이 두드러진다.

이해와 감상

　불교 승려였던 작자는 그가 장차 죽으면 마땅히 돌아가야 할 극락세계 서방정토 대신
에 그의 조국강산에 '흉흉한 귀신이 되어' 살아가겠다는 비장한 결의를 내세우고 있다.

저승에 가서 편히 쉬기보다는, 역사적으로 수난과 고통만을 거듭해 온 조국의 터전을 떠돌겠다는 의지가 자못 경건하다. 즉, 소아(小我)가 아닌 대아(大我)를 추구하기 위해 세속적인 집도 없이 애족의 일념으로 고초 속에 떠돌던 방랑의 길에서, 그런 소가(小家)가 아닌 그야말로 대가(大家)인 내 나라 내 땅에서만 영원토록 살겠다는 절절한 소망이다.

'서방정토에 가지 않고' (제19행) '갈 수 없던 대동강 모란봉 위에도 떠돌면서/ 울고 싶은 백 사람의 눈물이 되고' (제10 · 11행) 싶다는 열망이 감동스럽다.

이것이야말로 그의 조국통일 의지의 강렬한 메타포(은유)다. 그는 두 손을 꽉 마주 쥐고 깊게 머리숙인 채, 조국통일을 염원하는 절절한 아픔의 눈물을 함께 흘리면서, 통일된 조국의 기쁨의 눈물을 겨레와 함께 흘릴 날을 간절하게 기원하는 것이다.

'하나의 괴로움은 여러 괴로움/ 함께 괴롭고 함께 사랑하여' (제16 · 17행) 온 조국 강토이기에 '물이 얼고 모진 바람이 불어도/ 함께 얼음 밑의 물이 되고/ 함께 바람의 아픔으로 바람 소리가 되' (제22~24행)겠다는 이 확고부동한 의지 또한 가상하다.

그러기에 '몇 천년의 역대로 죽은 할아버지들' (제28행)인 소나무들과 함께 '이 나라의 귀신이 되렵니다' (마지막 행)는 임종(臨終)의 유언 또한 비장한 것이다.

상구두쇠

조선 철종 때
한양성 밖 장단 지경에
김 구두쇠가 있었겠다
그가 장 구두쇠네 집에
아들 시켜 장도리 빌리러 보냈겠다
빈 손으로 돌아왔겠다
안 빌려 준대요 못질하면 장도리 닳는다고
그러자 김 구두쇠
에이 그놈의 영감 구두쇠로군
하는 수 없다 우리 집 장도리 꺼내어 오너라
안방 벽장 왼쪽 안구석에 있다
고조 할아버지 때부터 내려온 장도리다
장단에서 더 가면
개성 구두쇠
거기서 더 가면 해주 구두쇠

개성 구두쇠는
오줌 팔 때 오줌에 물 타는데
해주 구두쇠는
그 오줌 살 때
손가락으로 오줌 찍어 맛보고
물 탔나 안 탔나 보고 사 간다는 것이렸다
이런 구두쇠 여러분에 의해
조선 상업이 이루어져 왔나니
그 구두쇠 온 데 간 데 없더니 나라 기우는 것이렸다
암 그렇고 말고
구두쇠도 정기여 민족정기여

이해와 감상

이 작품은 고은의 전작시 「만인보」(萬人譜 · 2, 1986)에 발표된 작품이다. 조선왕조 때의 장단 지경 김 구두쇠를 필두로 개성 구두쇠, 해주 구두쇠 등등 기라성 같은 검약가(儉約家)며 절세의 상술가(商術家)들이 출몰했다는 재담(才談)이 독자들을 마냥 즐겁게 감싸 안는다.

이쯤 되면 일찍이 19세기부터 오늘의 21세기에 이르는 오랜 가계(家系)의 세계 대표 재벌인 로스차일드(Rothschild) 재벌의 마이어 · A 바우어(Mayer Amschel Bauer, 1744~1812)가 그 옛날 다섯 아들을 함께 불러 놓고, "인생에 있어서 가장 중대한 것은 돈이다. 너희들은 하나에도 저금, 둘에도 저금, 셋도 저금 하잖음 안 돼" 했더니, 넷째 아들이 "그러면 아버지, 넷째로는 무엇을 하면 좋은가요?"라고 물었다. "솔로몬아, 아주 잘 물었어. 네 번째로도 너희들이 할 일은 오로지 저금이닷!" 했다지만, 진작에 우리의 상구두쇠를 만났더라면 그들 6부자는 오늘날 더 큰 재벌이 되었을지도.

고은은 이 시의 결어에서 강력한 풍자의 메시지를 내던지고 있다.

'그 구두쇠 온 데 간 데 없더니 나라 기우는 것이렸다/ 암 그렇고 말고'.

화자는 이 새타이어(satire, 풍자)에 뒤이어 본론을 일깨운다. 즉 '구두쇠도 정기여 민
족정기여'.

정경유착으로 부정부패가 극심하고, 인륜(人倫)은 땅에 떨어진 지 오래지 않은가. 더
더구나 졸부들의 사치와 허영으로 끝 모르는 망국적(亡國的) 낭비의 난동상. 물신숭배
의 원시적인 페티시즘(fetishism, 물신숭배) 망령(亡靈)들이 온 나라를 휘적거리는 현대
의 가증스러운 물신(物神)주의자들을 각성시키겠다는 '근검 절약정신' 의 애국적 의기
에 우리는 공감하게 되는 것이다.

어느 여대생(女大生)의 노래
— 私註 : 1974년 12월의 구고(舊稿)

오빠, 부디 살아 있어요.
이 나라의 바람은 오빠 편이에요.
이 나라의 십이월 눈보라는 오빠 편이에요.
어느 날 밤중에 잡혀 간 오빠.
— 이제 걸어둔 오빠 옷에도
.오빠의 사내 냄새는 날아갔어요.
오빠, 부디 살아 있어요.
창살 사이 조각달을 바라보아요.
아니에요. 아니에요.
— 밤중에도 서서 우는 누이에게
이 나라의 억새꽃 날던 언덕에 돌아와요.
이 나라의 마을과 읍내 사람들은
모든 겨울밤에 잠들었지만
오빠의 꿈으로 눈이 내려요.
— 오빠, 오빠의 뼈가 보고 싶어요.
큰 허파와 멍든 염통은 어떤지요.
이 때에 사는 것 서러워 말아요.
오빠 대신 제가 서러워 하고

그러다가 이 나라의 이 때에 사는 것을
— 참으로 눈 감고 기뻐하겠어요.
오빠, 부디 살아 있어요.
이 나라의 흙 한 줌을 삼켜서
오빠가 돌아오기를 기다리겠어요.

주제 옥고(獄苦) 속의 진실 추구
형식 전연의 고백체(告白體) 자유시
경향 주정적, 상징적, 저항적
표현상의 특징 이 작품이 최초로 탈고된 시기를 부제로서 달고 있다.
일상어의 회화체로 설득력 있게 표현하고 있다.
존재 양식의 천명(闡明)을 바탕에 깔고 있는 존재론(存在論)의 의미를 역설적
(力說的)으로 부각시키고 있다.

이해와 감상

고은이 군사독재에 항거하다 투옥되어 옥고를 치르던 당시의 정황이 화자인 '어느 여대생'에 의해 극명하게 묘사되고 있다.

'오빠, 부디 살아 있어요/ 이 나라의 바람은 오빠 편이에요'(제1·2행)로서 시작되는 '오빠 편'이란 불의에 저항하는 양심집단의 상징이다.

누구나 알아듣기 쉬운 일상어로 표현하면서도 심도 있는 이미지의 깊이를 절절히 공감케 한다.

죽음에 내몰린 채 옥고에 신음하는 '오빠, 부디 살아 있어요'가 동어반복으로 애절하게 연호(連號)된다.

또한 '이 나라의 흙 한 줌을 삼켜서/ 오빠가 돌아오기를 기다리겠어요'(제22·23행)라는 의연한 결의는 절박한 현상의 위기 의식을 극복하려는 눈부신 의지 속에 공감도 큰 여운을 독자의 가슴마다 남겨 준다.

권용태(權龍太)

경상남도 김해(金海)에서 출생(1937~   ). 중앙대학교 대학원 수료. 『자유
문학』에 시 「바람에게」(1958. 2), 「산(山)」(1958. 8), 「기(旗)」(1958. 11) 등
이 추천 완료되어 문단에 등단했다. 시집 『아침의 반가(反歌)』(1968), 『남풍
(南風)에게』(1980), 『북풍에게』(1999) 등이 있다.

남풍(南風)에게

1
겨우내
굳어 버린 나뭇가지에서
남풍은 되살아나
싱싱한 아침의 모습으로
고향의 봄을 맞는다.

꽃눈이 내리기를 기다리는
산곡(山谷)의 어느 여울목에서
남풍은
바다의 노을처럼 경이로운
메아리로 피어난다.

남풍은
밀림으로 통하는 카니발의
해안통(海岸通)을 따라
사랑의 유적(遺蹟)을 방황하다가,
나의 부끄러운 의식(儀式)으로
비산(飛散)해 가는 종소리가 아닌가.

기(旗)가 펄럭일 때마다
남풍은 울었다.

성(城)을 쌓고 비(碑)를 세우고
싶은 언덕에서.

                    2
남풍은
내 일과가 시작되는 아침나절
이 우울한 살롱에 들러
계절의 언어를 나누고 돌아간다.

남풍은
조용히 음악을 다스리는
수목 곁에서
사과나무를 기어오르는
다갈색(茶褐色) 손짓을 남겨둔 채
떠나간
초록 댕기 같은 그런 유흔(遺痕) 같은 거.

여름날
출구를 잃은 바람은
그리운 밤의 체온 속을 돌아 나오다가
굳어 버린 수목들을
흔들어 깨우기도 하고
연인들의 뜨거운 가슴 속에
소낙비를 뿌리게도 하고,

남풍은
나뭇가지에 걸려
다 해체되어 가는
포플라 같은 손을 흔들며
소리없이 떠나간
봄비가 아닌가.

                    3
남풍은

누구의 계시도 없이
살아날 파도 속에 묻혀
허전한 가슴으로 울어댄다.

어쩌면
구름으로 덮인 거리에서
의지를 잃고 서성대는
외로운 우리의
눈짓을 닮아간다.

남풍은
밤의 창틀 속에 갇혀
달아날 하구(河口)를 잃고
서성대는
사랑 같은 그런 속삭임이 아닌가.

남풍은
다시는 되살아 올 수 없는
마네킹의
그림자와도 같은 기억 속에서
모든 가슴을 적시고 간
눈물을 생각한다.

남풍은
전쟁이 돌아간
성벽의 비원(悲願) 속에 묻혀
울고 섰는
감미로운 그런 음악이 아닌가.

주제 삶의 진실을 추구하는 자세
형식 3부작의 자유시
경향 서정적, 주지적, 낭만적

이해와 감상

남풍(南風)이란 무엇인가. '마파람', 즉 남쪽에서 불어오는 훈훈한 바람이다. 여기서 시인은 이 따사로운 마파람을 상징적 존재로 의인화하고 있다.

이 '남풍'은 시인이 설정한 '희망'이요 미학이고, '생명'이며 '이상', 그리고 모든 것의 '가능적(可能的)인 존재'다.

그러기에 이 남풍은 제1부에서 '아침', '메아리', '종소리', '울음'으로 전화(轉化)되고, 제2부에서는 '화자', '흔적', '바람', '봄비'로, 그리고 제3부에서는 '울음', '표정', '밀어', 그리고 마지막에는 '남풍'으로서 본연의 존재를 확인한다.

이상에서 살펴본 것처럼, 이 시에서 남풍은 시인이 추구하는 진실의 추적자(追跡者)이다.

시인은 '남풍에게' 온갖 피노미너(phenomena, 事象)를 통해, 그 하나 하나의 현상 본질을 파악하면서 삶의 참다운 의미를 천착하는 것이다.

권용태가 전개하는 지적 이미지 속에서 우리는 삶의 환희와 비애, 인생의 맛과 멋, 고뇌와 낭만의 들판을 남풍과 함께 달리는 것이다.

봄편지

봄 뜰에
햇살이 모이는 이맘 때쯤은
적조(積阻)하게 지냈던
고향 친구에게
편지를 띄우는 게 멋이네.

묵은 벼루에
묵(墨)을 갈고,
고전(古典)의 어투로

무슨 안부부터 물을까.

속진(俗塵)으로 때묻은
나의 서울 생활,
먼지 털듯 털어놓고
삼동(三冬)을 지난
고향 사람들의 소식이나
물을까.

때로는 봄의 갈증을
소주잔으로 달래며
아무리 살아 보아도
흙범벅이 된 내 구두,
마음은 언제나
고향 언덕에 머물고 있네.

주제 고향땅의 순수미 추구
형식 4연의 자유시
경향 서정적, 주지적, 전통적
표현상의 특징 절제된 시어와 고풍스런 토착어로써 전통적인 향리(鄕里)의 정서를 부각시키고 있다.
'물을까'(동어반복)로 수사의 설의법을 표현하고 있다.
'~ 멋이네', '~ 있네' 등의 감동적인 종결어미를 달고 있다.

이해와 감상

권용태는 「봄편지」라는 표제에다 구김없는 고향땅의 정서를 제재(題材)로, 도심 속 생활의 자아 성찰을 하고 있다.

봄이 오고 정다운 고향 친구 생각에 오랜만에 먹을 갈아 붓으로 옛 글투의 편지를 써 보고 싶으나 '무슨 안부부터 물을까'(제2연) 망설인다.

'속진으로 때묻은/ 나의 서울 생활/ 먼지 털듯 털어놓고/ 삼동을 지난/ 고향 사람들의 소식이나/ 물을까'(제3연)하고 또 다시 주저한다.

어째서일까. 서울살이에 아스팔트 위에서도 '흙범벅이 된 내 구두'(제4연) 탓인가.

'흙범벅'이란 도시의 공해며 오염된 잡다한 것 밖에는 무엇 하나 순수한 고향에 떳떳이 전할 게 없다는 자성(自省)의 목청이다. 그러기에 깨끗한 고향이 그리운 것이다.

추이편(追而篇)

여보게,
살아갈수록 더 거칠은 손을
그대, 세속(世俗)스런 우물에다
씻어 본들
어두운 시력을
회생시킬 수 있겠던가.

비가 내려서 더욱 추워진
겨울 날씨에
지우산으로 생활을 받으며

일년 열 두 달
만우절 속을 살아가는
우리 살림에
구두끈을 잡아매 본들
별 수야 있던가.

때로는 골프 클럽이
비만의 자유를 누리는
감동없는 완쾌 속을 지나며
내 땅의 넓이를 측량하다가
음모의 달을 겨냥질해 버렸네.

이해와 감상

「추이편(追而篇)」이라는 제재부터 특색이 있다.

추이(追而)란 편지 같은 것을 쓰고 난 다음, 본문 뒤에 추가해서 말한다는 뜻의 추신 (追伸)과 비슷한 말이다.

그렇다면 권용태는 자못 겸허한 제목을 붙인 셈이다. 그러나 이 시를 읽어 보면 그 뜻은 추가(追加)하는 게 아니오, 사실은 알맹이를 밝히고 있는 앨리고리(풍유)의 시다.

이제하(李祭夏)

경상남도 밀양(密陽)에서 출생(1938~). 홍익대학교 조각과 수료. 『현대문학』에 시 「노을」(1957. 7), 「설야(雪夜)」(1958. 9) 등이 추천되었고, 단편소설 『황색(黃色) 강아지』(1958. 6)가 『신태양』지의 현상공모에 당선되어 문단에 등단했다. 시집 『저 어둠 속 등빛들을 느끼듯이』(1982), 『빈 들판』(2003) 등이 있다.

빨래

이처럼 희디 흰 것을 여성들에게만
전담시킬 수가 없다. 마치
발바닥까지 바랜 듯이
우쭐한 기분이므로,
남자들도 때로 빨래를 해보지 않으면 안 된다

나로서는
백 여덟 번을 정식으로 결혼을 하고
백 여덟 번을 정식으로 이혼을 해도
통째 깨끗해질 수는 없다.

콘돔,
제리,
순금의 링,
어느 피임기구를 사용해도
죄는 씻겨지지 않는다.

죄는 늘어붙어 언제나
뒤집혀 있기 때문에,
참으로 윤회(輪廻)가 사실이라면
나로서는, 죽어서

빨래 같은 것이 한 번 되어 보고 싶다.

내장도 피도 없는 그런 것이 되어 보고 싶다.
하지만 어느 누구에게 입혀지고 싶지는 않다.
어느 산악(山嶽) 같은 모성, 어느 벌판 같은
조부의 품으로부터도 떠나

높은 가시 울타리에 두 팔을 벌리고
눈부시게 걸려서
진정으로 죄를 지은 자가 진정으로 울면서
바라다 볼 때
나로서는
다만 청명하게
마주 보아 주고만 싶다.

주제 개혁적 자의식(自意識)의 미(美)
형식 6연의 주지시
경향 주지적, 심미적(審美的), 풍자적
표현상의 특징 즉물적 심리 현상을 산문체의 일상어로 직서적 표현을 하고 있다.
시적 기교를 부리지 않는 진솔한 고백이 독자에게 호응되고 있다.
상징적 수법의 표현도 있으나 전체적으로 독자에게 이미지 전달이 잘 되고 있다.
각종 피임기구가 시어로 등장하여 이색적이다.

이해와 감상

이제하는 이미 50년대 후반에서 60년대 초에 걸쳐, 전통적 요소의 제거에 과감하게 나선 전위적(前衛的) 시인으로 평가된다.

그는 이 작품 「빨래」에서 제시하고 있듯이, 자의식(Selbstbewuβtsein)을 통한 기성적인 사고방식이며 범상한 인간의 일상성(日常性)의 타파를 대전제로 하는 참신한 포에지(poésie)의 시정신을 발휘하고 있다.

이 시의 제1연에서처럼 '남자들도 때로 빨래를 해보지 않으면 안 된다'고 했듯이, 그것이 곧 21세기라는 오늘의 새로운 시대에 적응하는 60년대 시(詩)인 「빨래」의 놀라운 미래의 통찰력으로서, 지금 와서 작용하고 있지 않은가.

'나로서는/ 백 여덟 번을 정식으로 결혼을 하고/ 백 여덟 번을 정식으로 이혼을 해도/ 통째 깨끗해질 수는 없다'(제2연)에서처럼, 화자는 하나의 가설(假說)을 제시하면서 인간 본연의 원죄(原罪)를 불교적인 윤회의 방법론을 통해 신랄하게 고발하고 있다.

'백 여덟 번'은 불교의 인간의 108가지 백팔번뇌(百八煩惱)를 가리킨다.

'나로서는, 죽어서/ 빨래 같은 것이 한 번 되어 보고 싶다// 내장도 피도 없는 그런 것이 되어 보고 싶다'(제4 · 5연)에서 끝내 이제하는 탐미주의(眈美主義, aestheticism)의 죽음의 미학을 연상시키면서 원천적으로 '빨래'를 통한 가장 깨끗한 환각적인 상징의 이미지를 흥미롭게 제시하고 있다.

빈 들판

빈 들판으로
바람이 가네 아아

빈 하늘로
별이 지네 아아

빈 가슴으로 우는 사람
거기 서서

소리 없이
나를 부르네

어쩌나 어쩌나
귀를 기울여도

마음 속의 님
떠날 줄 모르네

빈 바다로
달이 뜨네 아아

빈 산 위로

밤이 내리네 아아

빈 가슴으로 우는 사람
거기 서서

소리 없이
나를 반기네

이해와 감상

낭만적인 '2행 자유시'의 형식을 취하고 있는 가사체(歌詞體)다.

이제하는 통기타를 치며 스스로 작사 작곡에 노래까지 부르는 한국 시단의 '싱어송라이터'(singer song writer)다.

1950년대 서울 명동(明洞)의 전쟁의 잿더미 속에서 낭만시를 읊던 우수의 시인 박인환(「박인환」항목 참조 요망)이 노래 「세월이 가면」을 쓰자, 그의 벗(방송작가 이진섭)은 샹송 스타일의 곡을 붙여 아픔의 시대를 함께 노래부르기도 했다.

지난 날 우리가 명동을 함께 거닐던 날의 청년 시인 이제하는 오늘 21세기의 새로운 우수 시인으로 「빈 들판」을 새롭게 들고 나왔다.

'빈 들판', '빈 하늘', '빈 가슴', '빈 바다', '빈 산' 등, 이 모든 텅빈 공허(空虛)의 의식 세계는 고도산업화 속에 선진국을 운운하는 우리들에게 온갖 불의와 부패, 위선과 허위에 대한 시인의 날카로운 고발이다.

가슴 속 적시는 멜로디로 부드럽게 감싼 역사에의 저항이다, 도전이다, 강력한 이미지의 비판이다.

21세기 우수의 시인 이제하는 배가본드(vagabond, 정처 없는 나그네)가 아닌 어쩌면 역사 비판의 새로운 보헤미안 포이트리(bohemian poetry, 방랑시)를 마악 쓰기 시작한 것이다.

황동규(黃東奎)

서울에서 출생(1938~   ). 서울대학교 영문학과 졸업, 동 대학원 수료. 영국 에든버러대학교 대학원 수료. 「현대문학」에 시 「시월(十月)」(1958. 2), 「동백나무」(1958. 11), 「즐거운 편지」(1958. 11) 등이 추천 완료되어 문단에 등단했다. 시집 「어떤 개인 날」(1961), 「비가(悲歌)」(1965), 「삼남(三南)에 내리는 눈」(1975), 「나는 바퀴를 보면 굴리고 싶어진다」(1978), 「열하일기(熱河日記)」(1982), 「풍장(風葬)」(1984), 「우연에 기댈 때도 있었다」(2003) 등이 있다.

풍장(風葬) · I

내 세상 뜨면 풍장시켜다오
섭섭하지 않게
옷은 입은 채로 전자시계는 가는 채로
손목에 달아 놓고
아주 춥지는 않게
가죽가방에 넣어 전세 택시에 싣고
군산에 가서
검색이 심하면
줄포쯤에 가서
통통배에 옮겨 실어다오

가방 속에서 다리 오그리고
그러나 편안히 누워 있다가
선유도 지나 무인도 지나 통통소리 지나
배가 육지에 허리 대는 기척에
잠시 정신을 잃고
가방 벗기우고 옷 벗기우고
무인도의 늦가을 차가운 햇빛 속에
구두와 양말도 벗기우고
손목시계 부서질 때
남 몰래 시간을 떨어뜨리고

바람 속에 익는 붉은 열매에서 툭툭 튕기는 씨들을
무연히 안 보이듯 바라보며
살을 말리게 해다오
어금니에 박혀 녹스는 백금 조각도
바람 속에 빛나게 해다오

바람 이불처럼 덮고
화장(化粧)도 해탈도 없이
이불 여미듯 바람을 여미고
마지막으로 몸의 피가 다 마를 때까지
바람과 놀게 해다오.

주제 순수 가치의 탐구 의지
형식 3연의 자유시
경향 주지적, 상징적, 풍자적
표현상의 특징 풍자에 의해 의식의 내면 세계를 지적으로 표현하고 있다.
상징적 수법으로 이미지의 선명한 표현을 하고 있다.
일상어를 구사하고 있으며 문명 비평적 경향이 깃들이고 있다.
'시켜다오', '실어다오', '해다오' 등 간절한 요구의 어미처리가 정감적 분위
기를 이루고 있다.

이해와 감상

풍장(風葬)이란 무엇인가부터 알아야 이 시를 이해하는 데 도움이 될 것이다.
풍장이란 글자 그대로 시신을 노천에다 놓아서 비바람에 쐬어 자연적으로 풍화시키
는 원시적 장법(葬法)이다. 그러므로 이 작품은 그 제재(題材)부터가 매우 독특하다.
현대에 살면서 어째서 원시적 방법의 장법을 내세우는 것인가 하는 반어(反語)의 분
위기부터 느끼지 않을 수 없음에서다.
즉, 현대문명 사회에서 물질만능주의가 빚는 구조적 모순에 대한 화자의 비평이 가해
진다. 인류는 땅에 떨어지고 '나' 만을 위해 온갖 행위를 주저하지 않는다. 그래서 사람
을 함부로 살해하는 잔인한 범죄(가죽 가방에 토막시체를 담는 일 따위) 등 유형, 무형의
물질만능, 황금만능이 빚는 진실파괴 행위를 낳고 있다.
첫째 연 제3행의 '전자시계' 와 제2연의 '백금 조각' 은 '물질만능' 을, 그리고 제3연의
'화장도 해탈도' 는 온갖 세속적 타락을 비유하는 것이다. 제2연의 말미인 '어금니에 박
혀 녹스는 백금 조각도/ 바람 속에 빛나게 해다오' 는 이 시의 클라이맥스이며 영구 불변
이라는 '백금' 이 녹슨다는 풍자는 이 시의 의미 내용을 강조하는 반어적인 표현이다.

한국 현대시에서 표제(表題)를 「풍장」으로 썼던 최초의 시는 이한직(「이한직」항목 참조 요망)의 것이 있다.

장마 때 참새 되기

하류 끊긴 강이 다시 범람한다
세 번 네 번 범람한다
외우지 않기로 한다
──물이 지우는 몇 개의 섬

신문을 읽지 말고
혹은 읽으면서 잊어 버리고
몇 번 재주 넘어
──천천히 참새가 된 나와 아내

비가 내린다
물이 거듭 쳐들어온다
새는 지붕 간신히 막아 놓고
아들아, 아빠가 춤을 춘다

창 틈으로 날아들었다가
머리를 바람벽에 부딪치고
눈 앞이 캄캄해져서
참새가 참새가 춤을 춘다.

이해와 감상

수재(水災)를 겪어 보지 못한 사람은 그것이 얼마나 참담한 것인지 깨닫지 못한다. 그러기에 옛날부터 홍수를 일컬어 심지어 '물난리'라고까지 했다.

이 시는 바로 그 물난리의 현대적인 해석이요, 그것의 형상화 작업이다. 산업의 고도화, 도시의 문명화 속에서도 수재를 겪는다는 사실은 어처구니 없는 비극이랄 수 밖에 없다. 물이 찬 집 속에서 허우적거리는 모습을 해학적으로 풍자하므로써 그 슬픈 현실을 고발하고 있는 풍자시다.

신동엽(申東曄)

충청남도 부여(扶餘)에서 출생(1930~1969). 전주사범학교, 단국대학교 사학과 졸업. 건국대학교 대학원 국문학과 수료. 1959년 『조선일보』 신춘문예에 장시 「이야기하는 쟁기꾼의 대지」가 입선되어 문단에 등단했다. 이후 석굴암을 지은 김대성(金大成)의 애인 아사녀의 간절한 사랑을 그린 장시 『아사녀(阿斯女)』(1963)와 동학혁명을 주제로 한 장편 서사시(敍事詩) 『금강(錦江)』(1967)을 발표했다. 시집 『신동엽전집(申東曄全集)』(1975), 『누가 하늘을 보았다 하는가』(1980), 『꽃같이 그대 쓰러진』(1989), 『금강』(1989), 『젊은 시인의 사랑』(1989) 등이 있다.

껍데기는 가라

껍데기는 가라.
4월도 알맹이만 남고
껍데기는 가라.

껍데기는 가라.
동학년(東學年) 곰나루의, 그 아우성만 살고
껍데기는 가라.

그리하여, 다시
껍데기는 가라.
이 곳에선, 두 가슴과 그 곳까지 내논
아사달과 아사녀가
중립(中立)의 초례청 앞에 서서
부끄럼 빛내며
맞절할지니

껍데기는 가라.
한라에서 백두까지
향그러운 흙가슴만 남고
그 모오든 쇠붙이는 가라.

이해와 감상

알기 쉬운 일상어로 민족정신을 고양하는 시인의 절규가 자못 비장하다.

민족사의 수난의 현장에서 신동엽은 역사 앞에 비굴한 위선자들을 향하여 '껍데기는 가라!' 고 꾸짖고 있다. '3·15 부정선거' 당시 불의에 맞서, 자유당 정권의 총검 앞에 대항하며 피 흘린 것은 이 땅의 꽃다운 젊은 학도들이었다. 그러나 그 성스러운 희생에도 불구하고 4·19의거 정신을 역사에 모독한 것은 박정희의 5·16군사 쿠데타였다. 그러기에 시인은 군사정권의 불의를 규탄하며 물러가라고, '4월도 알맹이만 남고/ 껍데기는 가라' 고 모두부터 외친다.

또한 제2연에서는 '동학년 곰나루의, 그 아우성만 살고/ 껍데기는 가라' 고 다시 고함친다. 고종 31년(서기 1894년)에 녹두장군 전봉준이 앞장서서 악정(惡政)을 바로 잡자고 봉기했던 동학혁명의 절규와 그 고매한 민족정신의 계승을 강조하고 있다.

제3연에서는 '두 가슴과 그 곳까지 내논' 그야말로 순수한 벌거벗은 아사달·아사녀의 혼례식을 연출하는 것이다. 경주 불국사의 석가 3층석탑, 무영탑(無影塔) 축조 전설의 석공(石工)인 아사달과 그를 연모하던 처녀 아사녀를 청순한 한 쌍의 민족상(民族像)의 모델로서 결혼시키는 것이다.

제4연은 우리의 국토통일을 은유하는 마지막 소중한 대목이다. '한라에서 백두까지/ 향그러운 흙가슴' 이라는 이 메타포야말로 우리 민족의 숙망인 조국의 평화통일을 절절히 열망하는 참뜻으로서의 민족적 상징의 존재를 '향그러운 흙 가슴' 으로 은유하고 있다.

마지막 행(行)의 '쇠붙이' 는 '총검' 즉 '군사독재' 를 비유하며 그것을 배격하는 강력한 저항의지다.

4월은 갈아엎는 달

내 고향은

강 언덕에 있었다.
해마다 봄이 오면
피어나는 가난.

지금도
흰 물 내려다보이는 언덕
무너진 토방가선
시퍼런 풀줄기 우그러넣고 있을
아, 죄 없이 눈만 큰 어린 것들.

미치고 싶었다.
4월이 오면
산천은 껍질을 찢고
속잎은 돋아나는데,
4월이 오면
내 가슴에도 속잎은 돋아나고 있는데,
우리네 조국에도
어느 머언 심저(心底), 분명
새로운 속잎은 돋아오고 있는데,

미치고 싶었다.
사월이 오면
곰나루서 피 터진 동학의 함성,
광화문서 목 터진 사월의 승리여.

강산을 덮어, 화창한
진달래는 피어나는데,
출렁이는 네 가슴만 남겨놓고, 갈아엎었으면
이 균스러운 부패와 향락의 불야성 갈아엎었으면
갈아엎은 한강 연안에다
보리를 뿌리면
비단처럼 물결칠, 아 푸른 보리밭.

강산을 덮어 화창한 진달래는 피어나는데
그날이 오기까지는, 사월은 갈아엎는 달.
그날이 오기까지는, 사월은 일어서는 달.

주제 부정 부패 척결의 추구
형식 5연의 자유시
경향 주지적, 풍자적, 저항적
표현상의 특징 일상어의 주지적 표현속에 심도있는 이미지가 잘 전달되고 있다.
사회부정에 대한 저항의지가 역동적으로 세차게 표현되고 있다.
'미치고 싶었다', '갈아 엎었으면', '그 날이 오기까지는' 등 동어반복을 하고
있다.

이해와 감상

남달리 역사의 저항의식이 투철한 시인이 '4월은 갈아엎는 달'이라고 주창한다.
'갈아엎는 것'은 '혁명'의 상징어다.
그러면 어째서 갈아엎어야 하는지, 그 내용이 알아듣기 쉬운 일상어로 또렷이 제시되
고 있다.
이 땅의 오랜 빈곤 속의 '내 고향은/ 강언덕에 있었다/ 해마다 봄이 오면/ 피어나는 가
난// …… 시퍼런 풀줄기 우구려 넣고 있을/ 아, 죄없이 눈만 큰 어린 것들'(제1·2연)이
초근목피(草根木皮)를 씹는 그 비통하기 이를데 없는 4월 보리고개의 가난을 갈아엎자
는 것이다.
이 시에서도 「껍데기는 가라」에서처럼 '미치고 싶었다/ 사월이 오면/ 곰나루서 피터
진 동학의 함성/ 광화문서 목터진 사월의 승리여'(제4연)하고 또 다시 '동학혁명'과
'4·19의거'(제4연)가 공시적(共時的)으로 등장하고 있다.
더더구나 불의와 부정으로 치부한 자들의 '이 균스러운 부패와 향락의 불야성을 갈아
엎었으면'(제5연)하고, 그 부패한 자들이 향락하는 타락의 터전을 갈아엎고, '갈아 엎은
한강 연안에다/ 보리를 뿌리면/ 비단처럼 물결칠, 아 푸른 보리밭'(제5연)이라는 참으로
신성한 보리밭의 풍요를 가꾸자는 것이다.
풍년가 속에 깨끗한 삶의 터전을 이루는 날을 위해, 불의와 부패는 척결하자는 것이
이 풍자시의 주제이다.
누구나 알아듣기 쉬운 직서적인 일상어로 엮고 있어서 쉽게 이해할 수 있을 것이다.

홍윤기(洪潤基)

서울에서 출생(1933~　). 호는 귀암(龜岩). 한국외국어대학교 영어과 졸업. 일본 센슈우대학 대학원 국문학과 수료. 『현대문학』에 시 「석류사초(石榴詞抄)」(1958. 8), 「비둘기」(1959. 2), 「신령지(新領地)의 노래」(1959. 4)가 3회 추천 완료되었고, 『서울신문』 신춘문예(1959)에 시 「해바라기」가 당선되어 문단에 등단했다. 『신춘시(新春詩)』 동인. 시집 『내가 처음 너에게 던진 것은』(1986), 『수수한 꽃이여』(1989), 『시인의 편지』(1991), 시해설집 『한국현대詩 · 이해와 감상』(1987), 『한국 명시 감상』(1987), 『시창작법』(1992), 역시집 『이벤젤린』(1980), 『바이런 시집』(1991), 『한국현대詩해설』(2003) 등이 있다.

단 풍

기운 썩 좋은 낯 붉은 아이들
아우성치면서 벼랑 타고 오르는 소리.

성대(聲帶) 썩 좋은 아이들
온통 산에 불 지르는 함성이다.

아니 온몸 속속들이
시뻘겋게 달아올라
이윽고 분출(噴出)하는 화산(火山)이다.

불타는 산 속에서 나도 불붙어
고래고래 외친다.

주제 생명력의 순수 가치 추구
형식 4연의 자유시
경향 서정적, 상징적, 감각적
표현상의 특징 문덕수(文德守) 교수는 이 작품의 '표현상의 특징'을 다음과 같이 지적하고 있다.
"대상을 의인적(擬人的) 수법으로 생동감(生動感)이 있게 표현할 뿐 아니라 전편의 결구(結構)가 간결하게 잘 짜여져 있다."(『세계문예대사전』 성문각, 1975)

정한모(鄭漢模) 교수는 이 작품에 대하여 다음과 같은 해설을 하고 있다.

"가을의 '불꽃'이라고 할 수 있는 '단풍'의 이미지를 멀리 정관(靜觀)하는 눈이 아니라, 안에서 용솟음치며 끓어오르는 힘, 즉 역동적 이미지로 표현하고 있다.

1, 2연은 단풍을 '기운(힘) 썩 좋은 아이들'의 '아우성(고함) 소리'로 비유(은유)한 청각적 이미지로, 3연은 '시뻘겋게 달아올라', '터져 솟는 화산(火山)'으로 비유한 시각적 이미지로 표현하고 있다. 다 같이 살아 있는 힘에 넘치고 있는 이미지들이다. 이러한 세 연을 받아 마지막에서 드디어 '불타는 산 속에서 나도 불붙어/ 고래고래 외'치는 것이다. 역동적인 3개의 이미지들이 적층적(積層的)인 효과를 가지고 마지막 연과 하나가 되면서 이 작품은 완벽하게 짜여진다. '단풍'의 내면적 에너지가 이 시인으로 하여 더욱 역동적인 생명력으로 표출되고 있는 수작(秀作)이다."

홍윤숙(洪允淑) 시인은 「단풍」을 다음처럼 평했다.

"붉게 물든 가을 단풍을 보면서 시인 뿐 아니라 모든 사람들은 깊은 감회에 젖는다. 하여 어떤 이는 애상에 빠질 수도 있고, 또 어떤 이는 향수 또는 소박한 신비감에 빠져 영탄적이거나 잠언적인 술회를 하기도 한다. 불같이 화려하고 아름다운 단풍을 보면서 대개는 계절의 추이라던가 시간의 흐름 또는 쓸쓸한 상실감 같은 것에 이끌려 착잡한 심정이 되는 것이 상례이다.

그런데 홍윤기 시인의 「단풍」은 우선 한 마디로 통쾌하고 시원하다.

'기운 썩 좋은 아이들이' 아무런 두려움 없이 '불을 지르며 함성을 지르는' 그 단풍의 형상에서 원목 같은 건강함과 직선적인 일격에 가슴이 탁 뚫리는 것 같은 통쾌함을 맛보게 한다. 사물을 보는 시인의 시각에 따라 같은 사물일지라도 전연 새로운 영상을 창조해내는 힘, 그것이 바로 시인이 지닌 능력이며 생명이라 할 것이다.

'불타는 산 속에서 나도 불붙어/ 고래고래 외친다'를 읽으면서 미루어 짐작한다. 홍윤기 시인은 영원히 늙지 않는 정열과 폭발하는 힘을 지닌 시인일 것이라고……."

김상일(金相一) 문학평론가는 「단풍」에 대해 다음처럼 평가했다.

"洪潤基 씨의 「단풍」을 읽는다. 다음 인용은 전4연 9행 중 마지막 연 2행이다.

'불타는 산 속에서 나도 불붙어/ 고래고래 외친다'.

잡지 광고에 따르면, '명작'이라는 것인데, 미상불 사실이다. 새삼스럽지만 「단풍」이란 무엇이냐. 그것도 모르냐고 반문할 독자가 있어, 손짓을 해 가며, 이 좋은 세상에 내장산이나 설악산에도 못가봤느냐며, 가을이면 적 황갈색으로 변하는 나뭇잎 어쩌구 고래고래 외치며 설명할까. 그러나 슬기로운 독자여, 이 자리는 시를 논하는 장소이지 사상론(寫像論) 따위로 과학 논문을 쓰고 있는 게 아닌 것이다. 그것은 무엇이냐. 모든 어느 전후 문맥에 따라 의미작용을 달리하고 있었으니, 여기는 먼저 '불'을 의미한다고 읽자. 그것은 놀랍게도 복수적 의미를 무진장 생산하고 있었으나, 가령 태양 방사 에너지요, 생명이기도 하다. 그렇다면 이 시는 만고 풍상을 겪으며 살아온 생명의 쇠락·약동을 절

창한 것으로 읽을 수 있는 것이다,

약간 부연해야 하겠다. 이 시는 제목이 시사하고 있듯이 생명의 쇠락을 노래하고 있는
듯이 보이는데, 어째서 그 약동을 지적하고 있느냐고 반문할지도 모른다.

물론 이 시는 분명 그런 측면이 있다. 그러나, 우리는 가령 자기 신체임에도 불구하고
보이지 않은 면(가령 잔등)이 있는 법인데, 따라서 자연도 보이지 않는 면이 더 많았던
것이다.

단풍도 겉만 보면 존재의 쇠락(혹은 죽음)이 보였지만, 그러나 그(잎) 죽음은 같은 생
명의 보전이나 약동을 위해서 자기 희생을 하고 있었던 것이다.

'불타는(단풍이) 산 속에서 나도 불붙어'는 그리하여 이렇게 바꾸어 읽는 것이다.

'생명의 불꽃이 타는 산 속에서 나도(생명의 불꽃처럼) 불붙어'라고. 그러면 '고래고
래 외친' 이유는 무엇인가. 물론 화가 나서다. 왜. 문자 그대로 생명의 불꽃이 속에서 타
고 있었기 때문인 것이다.

죽음(쇠락)을 물리치기 위해서 고래고래 외친 것이다."

또한 이상국(李相國) 시인은 「단풍」에 대해 다음처럼 평가했다.

"이 시는 단풍을 제재로 하여 자연과 인간과의 일체감을 보여준 시이나 그 표현 수법
에 있어 특이한 시다. 1연의 '기운 썩 좋은 낯 붉은 아이들'이나 2연의 '성대(聲帶) 썩 좋
은 아이들'은 다 같이 단풍을 의인화한 표현인데, 그 단풍을 기운 좋고 성대 좋은 아이들
로 보고 있는 발상이 매우 특이하다.

흔히 이런 제재(題材)의 시라면 보통의 경우 가을 산의 정적(靜的) 배경을 통해서 단
풍의 시각적 이미지를 보여주거나 아니면 또 다른 내면적 세계를 보여주는 것이 보통인
데 이 시에서는 매우 발랄한 역동적(力動的) 이미지를 도입하여 시 전체가 마치 불타는
화산을 보는 것과 같은 신선감을 주고 있다.

특히 이 시의 4연에서 '불타는 산 속에서 나도 불붙어/ 고래고래 외친다'와 같은 표현
은 시각과 청각이 공감각(共感覺)을 이루어 그야말로 물아일체(物我一體)의 경지를 보
여 준다. 단풍이라는 흔한 제재를 통하여 그 이미지의 창출 수법이 얼마나 참신한가를
눈여겨 볼 일이다.

지난 날의 영탄적인 음풍농월의 시들과 비교해 보면 현대시의 감각적인 시어의 신선
감을 이해하게 될 것이다."(『韓國代表詩總解說』 1987)

해바라기

한동안 놀빛 성난 바다가 흠썩 떠밀려와 꽃 한 송이, 풀 한 포기, 나뭇잎 하
나 없이 말끔히 씻겨내린 황토 언덕으로 검은 사멸(死滅)과도 같은 고요가 내

리면 나는 원죄(原罪)를 짓씹는 꽃.
　아니 태초, 황량한 원시림의 수많은 짐승들이 암흑을 꿰뚫어 울부짖던 그
핏물 든 포효……
　더욱 진한 오늘의 의미.

　그것은 당신을 향하여, 아니 나를 향한 이 기나긴 어둠 속에 파묻힌 채 어
쩌면 마지막 절정에로 파열하는 몸부림의 무거운 종소리……
　또 저렇게 숨막히는 캄캄한 벽
　허물어진 가슴을 다시 한 번 짓밟고 선 공허의 모든 흔들림이여

　해바라기……
　오늘 해바라기는 울지도 웃지도 않는 오로지 피묻은 나래의 파문…….
　그것은 눈을 부릅뜬 복병(伏兵)의 무너진 잔등 위에 올라탔던 내가
　무명용사(無名勇士)와도 같은 서러운 명예의 핏빛 태양의 아들인 까닭이냐.

　사뭇 엄숙한 식민지의 하늘 아래 들끓어 간 순교자들이여
　또 그 날은 낯설은 철조망 언저리에서 너희는 모두다 황금빛 찬란한 목청
의 해바라기는 아니었는가
　저마다 괴로운 가슴을 쥐어뜯으며 더 짙붉은 규환(叫喚)의 낱낱 버림받은
폐상(廢像)으로
　우리들은 포화(砲火)가 뒹굴어 간 울 안에 쓰러진 채 생채기진 얼굴을 파묻
고──
　더러는 짤리운 모가지를 흔들며 죄없이 웃어야만 했거니

　지금 마악 창 밖으로 하늘을 찢어 땅을 가르던 천둥이 끊이더니
　황폐의 도시 저편엔 소나기가 퍼붓고……
　누굴 향해 소리치는 저 겹겹 벗어날 수 없는 밤 속엔 함성의 강
　피눈물진 열망의 목소리가 끓는가
　새로운 아침을 말하라 분향(焚香)의 해바라기
　목메인 절규여
　저마다의 가슴에 빛나야 할 그 날의 둥근 해, 둥근 해……

주제	민족적 비극 극복의 의지
형식	5연의 자유시
경향	민족적, 주지적, 상징적
표현상의 특징	저자의 작품이므로 이 항목은 주관적 해설을 생략하며, 다음의 김종 길 교수와 성찬경 교수 및 유안진 교수의 작품해설을 참고하시기 바란다.

이해와 감상

김종길(金宗吉) 교수는 이 작품 「해바라기」에 대해 다음처럼 해설했다.

"이 작품은 처절한 역사의 격랑 속에 놓인 한국 민족의 모습을 '해바라기'의 이미지로 상징하고 있다.

도합 다섯 부분으로 구성된 호흡이 긴 자유시 형식을 취했고 어조가 열정적이다. 수사적으로는 전체적으로 과장법(hyperbole)이 사용되고 있다.

주로 상징적 기법을 채택한 작품으로 한국 민족의 모습을 처절하고 적막한 시공간 속에 '원죄를 짓씹는 꽃'으로서의 '나'의 모습으로 대표시킨 첫부분이 단적으로 그 점을 보여준다. 그러나 첫부분의 후반에서 '사멸(死滅)과도 같은 고요'는 '수많은 짐승들'의 '핏물 든 포효'로 바뀌고 그것은 다시 둘째 부분에서 '몸부림의 무거운 종소리'로 변한다.

셋째 부분에서 '해바라기'의 이미지는 피가 묻은 채 '울지도 웃지도 않는' 무표정의 그것이다. 그것은 넷째 부분과 끝 부분에서 넌즈시 암시되듯 일제 식민통치와 조국의 분단과 한국전쟁을 거치면서도 '저마다의 가슴에 빛나야 할 그날의 둥근 해'를 바램으로만 간직해야 하는 민족의 딱한 좌절의 이미지인 것이다."

「해바라기」에 대해 성찬경(成贊慶) 교수는 또한 다음처럼 평한 바 있다.

"이 시에서 '해바라기'의 심상은 우선 인간존재의 뿌리에 응어리처럼 박혀 있는 '원죄'의 의미를 담는다.

또한 시대의 역사적 격랑과 투쟁, 고난과 순교의 아픔을 뜻하기도 한다. 동시에 '해바라기'는 질기면서도 서민적인 그 특성으로 해서 무명성(無名性)과 맥이 통하기도 한다.

이러한 '해바라기'가 미래를 바라볼 때 그것은 '피눈물진 열망(熱望)의 목소리'와 '새로운 아침'을 여는 '분향'이 되기도 하지만, 언제 어디서고 항존(恒存)하는 이 꽃은 삶의 원초적 비극성을 상징하는 구실도 갖게 되는 것이다.

디오니소스적인 정열을 균제된 틀에 담은 빼어난 시라 하겠다."

「해바라기」에 대해 유안진(柳岸津) 교수는 다음과 같이 평했다.

"읽는 이로 하여금 불타는 열기와 눈부시어 눈뜰 수 없는 태양 아래 노오랗게 피어 오르는 해바라기 그의 숨가쁜 호흡과 열정의 숨찬 외침이 들려오는 듯한 홍윤기의 「해바라기」는, 타오르는 태양이 되어 태양과 겨루며 태양에 항거하는 모습을 선연하게 떠올리게 한다.

하늘에 태양이 있다면, 땅에 뿌리내리고 사는 우리 모두는 저마다 땅의 태양인 해바라기가 아닐까 하는 격정에 사로잡히게 하는 홍윤기의 「해바라기」. 저마다 설정한 이상의 표적을 향해 발돋움하고 피어오르는 꽃, 맹렬히 불타 오르다가 스스로 무너지는 해바라기. 그래서 식민지의 하늘 아래 들끓어간 순교자들로 형상화하여, 해바라기 꽃의 특성을 잘 살려내는 데 성공했지 않을까.

일제 강점기와 동족상잔의 6 · 25 비극을 거치면서 이 땅에 사는 목숨이 상처와 원죄와 암흑과 철조망과 폐상과의 투쟁으로, 또한 몸부림과 찢기움과 황폐함으로 이어질수록 홍윤기의 「해바라기」의 절규는 숨막히는 태양열보다 더 숨막히는 메아리가 된다고 보았을까. 시인의 생애만이 아니라 모든 이의 저마다의 생애도 그러함을 이 시의 화자는 불가마처럼 토해내고 있다. 시의 화자가 곧 독자가 아닌가."

산(山)을 보면

산을 보면
큰 뼈대가 꿈틀대는 것을 굵직하게 볼 수 있다
묵직한 생각이 깊게 괸 저 골짜기
거기다 파묻어 온 우리 백성들의 우렁찬 목소리가
금시라도 쩌렁쩌렁 울려 올 것 같다

기나긴 역사의 한(恨)이 서린 저 산맥을 타고
솟구치는 것은 무엇인가
아직도 머리를 숙인 채 묵묵히
고개를 넘고 또 넘어 오는
저 군중들의 기이다란 행렬이 보이는가

아, 산을 보면 저절로 눈물이 난다
염통이 우직끈거리는 분노의 커다란 불덩어리가
분명 저 속에서 이글거리고 있을 것 같다.
산을 보면

이해와 감상

「산을 보면」(『新東亞』 1986. 5)에 대해 박재삼(朴在森) 시인은 다음과 같이 평한 바 있다.

"이 작품은 우선 은유(메타포)의 솜씨가 매우 뛰어난 시라고 하겠다.

『현대문학』등단 때(1958~59)부터 박두진(朴斗鎭) 선생께서 늘 칭찬했던 홍윤기 시인은 민족적 정서를 순화시킨 품격 높은 시를 우리나라 시단(詩壇)에 꾸준하게 발표하여 오고 있다.

「산을 보면」에서는 역사적 3·15부정선거며 5·16군부사건을 배경으로 이에 항거하는 굳건한 민족의지를 역동적으로 비유하는 상징시의 새로운 모습을 시적으로 승화시키고 있다. 거듭 지적하자면 이 작품은 우리 겨레가 겪어 왔거나 또한 지금도 겪고 있는 겨레의 정한(情恨)이 흠뻑 밴 공감성 드높은 저항(抵抗) 의지와 더불어 그 시심(詩心)이 빛나고 있다.

읽고 다시 음미해 보면 시인의 고매한 기상(氣尙) 또한 우리들 가슴에 뜨겁게 젖어드는 감동적인 시라고 본다."

또한 이흥우(李興雨) 시인은 「산을 보면」에 대해 다음처럼 평했다.

"산을 보며 사람들은, 더욱 시인은 많은 생각을 한다. 가까이 보는 동산, 정다운 야산도 있고 멀리 바라보는 느긋한 큰 산도 있다. '굵직하게 꿈틀거리는 큰 뼈대'의 산악(山嶽)이 있고 기억이나 상상의 세계의 거봉과 명산들도 수없이 헤아릴 수 있다. 연기를 뿜으며 언제나 폭발하는 활화산, 이미 백만년 천만년 전에 냉각된 사화산, 그러나 아무리 냉각된 산이라도 그 깊은 속의 지심에서는 지금도 시뻘건 마그마가 설설 끓는다.

산을 보며, 산을 마주하면서 시인은 점점 산으로 들어가고 산은 시인의 머리로 시인의 가슴으로 성큼성큼 걸어들어온다. 산의 큰 뼈대, 우렁찬 백성들의 목소리, 머리를 숙인 채 묵묵히 고개를 넘는 군중, 지나간 역사가 찌렁찌렁 울리며 시인의 가슴은 스스로 설설 끓는 마그마가 되고 찌렁찌렁 이글거리는 백성이 된다. 굵직하게 뼈대가 꿈틀거리고, 염통이 우지끈거린다.

그리고, '저절로 나는 눈물'이 된다."

강계순(姜桂淳)

경상남도 김해(金海)에서 출생(1937~   ). 성균관대학교 불문학과 졸업.
1959년 『사상계』 신인 현상문예에 시 「풍경화」, 「영상」, 「낙일」 등이 당선되
어 문단에 등단했다. 시집 『강계순 시집』(1974), 『천상(天上)의 활』(1979),
『흔들리는 겨울』(1982), 『빈 꿈 하나』(1984), 『동반(同伴)』(1986), 『익명의
편지』(1990), 『짧은 광채』(1995) 등이 있다.

동반(同伴)
—변방의 나무

남루의 가랑잎 뿌려놓고
반짝이며 조금씩 식어가는 가을햇살의
마지막 손길을 나는
지켜보고 있다
골이랑마다 빠져서 달아나는
먼 물길을
일어서고 스러지는 근심의 바람을
새들의 비상과
빈 들판에 버려진 부드러운 살
위험하게 흔들리며 커 가는
저녁 연기를
그리고 투명하게 빌수록 더욱
따뜻해지는 고통의 내음을 나는
맡고 있네.

드디어 완전한 소멸로 다시
살아나는 지상(地上), 겨울 하늘에서
순결의 눈 내려와 덮이고
지킬 것 아무것도
없어질 때까지
황량한 바람 속에서 빈 몸으로

보이지 않게 그대와
만날 때까지 나는
변방의 꿈을 횡단하고 있네.

이해와 감상

이 시는 강계순의 연작시 「동반(同伴)」의 제6편에 해당되며 '변방의 나무' 라는 부제가 주어지고 있다.

많은 시인들이 삶의 의미를 시적 형상화하기 위해 꾸준하게 추구하고 있거니와 강계순은 그러한 삶의 현장 속에서가 아니라, 그가 제시한 것처럼 삶의 변방에 떨어져 서서 삶의 장터를 예리하면서도 진지하게 응시하고 있다. 젊은 날의 번쩍거리는 상념(想念)들은 오히려 공허하다. 그러나 차분하게 인생을 관조할 수 있는 자세 속에서 우리는 가을 나무의 물씬한 향기와 참맛을 지닌 탐스러운 열매를, 그 값진 서정의 형상(形象)을 바라보게 된다.

인간이란 무엇인가. 늘 버림받고, 늘 외롭고, 그 어디고 기댈 곳조차 없는 것 같다. 그러나 시인은 변방의 한 나무로 서서 스스로 걸어온 삶의 역정(歷程)을 다시 한 번 시어로써 그 정화(精華)를 은은히 노래해 주는 것이다. 결코 허덕일 것도 서두를 것도 없다.

강계순의 데뷔작 「풍경화」 등에서는 활기에 넘치는 젊음의 조각들이 반짝거리고 있었다면, 이 「변방의 나무」에서는 생(生)의 질서와, 참다운 삶의 내용이 알차게 승화되고 있다.

"포도주와 친구는 오래 될수록 값지다" 는 서양 사람들의 격언이 있듯이, 오랜 날의 피나는 시작업을 통해 얻어진 강계순의 대표작으로 꼽고 싶다.

장마

좇아 오는구나
아무리 도망쳐도

신발 벗어 들고 뒤쫓아 오는구나

머리채를 휘어 잡혔다가
발뒤꿈치를 밟혔다가
구사일생 숨 돌리고 돌아다 보면
바로 거기에
젖은 눈으로 아직도
지켜보고 섰구나

해도 하늘도 가리고 우뚝 서서
길목마다 우뚝 서서
내 앞을 가로막는

키 크고
팔 넓어
아무데도 통로를 찾을 수 없는
거대한 어둠

쫓아 오는구나
저벅저벅 소리를 내면서
집요하게 내 뒤를 밟아
숨통을 조여대는
장마여
지겹고도 무서운
아, 힘에 부치는 추적.

주제 현실적 위기의식

형식 5연의 자유시

경향 주지적, 상징적, 풍자적

표현상의 특징 간결한 시어로 상징성이 강한 주지적 표현을 하고 있다.
위기의식의 내면세계 등 주제를 뚜렷이 드러내고 있다.
두 번의 동어 반복인 '쫓아 오는구나'와 '뒤쫓아 오는구나'와의 동의어(同義語) 반복으로 절박한 현실의 위기의식을 수사(修辭)의 점층법(漸層法)으로 강조시키고 있다.

　비참한 현실 앞에서도 시인은 그것을 한 편의 값진 '시'로써 극복하며 의연하게 삶을 돌아본다.

　여기서 강계순이 택한 소재(素材)는 강물이 범람하고 인명을 삼키는 그 처절한 물난리일 수도 있고, 그러한 소재를 온갖 사회 현상 등 여러가지 사상(事象)에 비유하며 풍자적으로 형상화 시킨 절실한 삶의 노래다.

　시인의 표현 기법은 얼핏 보기에는 단조로운 것 같으나, 사실은 이 앨리고리(allegory, 諷諭)의 이면에 숨겨진 삶의 투혼(鬪魂)은 자못 격렬한 것이다. 더구나 이 시「장마」에서는 그 나름대로의 두드러진 시구도(詩構圖)의 조사(措辭)가 특히 이채롭다.

　시란 결코 주어진 어떤 틀이 따로 있는 것이 아니라는 사실을 웅변으로 보여주는 장쾌(壯快)한 맛이 넘치는 가편(佳篇)이다.

산·3

남자의 어깨에 매달리듯
아침마다 나는
내 집 앞을 지키고 있는 산의
우람한 골격에 매달린다.

궂은 날 어둠 속에서도
살 붙이고 사는 남자의 오랜 심성을
알고 있듯이
산의 구석구석
희끗희끗 벗겨져 나간 바위 모서리까지
더듬듯이 환히 보인다.

마음보다 몸이 먼저 눈뜨는
객기의 젊은 날에는
꽃들만 한 아름 피어 있던 산
그 뒤에 숨어 서서
빙긋이 웃으면서 버티고 있던

끊을 수 없는 존재의
확실성.

곳곳에 야합(野合)의 불 밝히고 누운
작은 골짜기를 내려다 보면서
침묵 속에 서 있는 산의 얼굴
침묵의 자유로 날아와
내 심중에 큰 나무 하나 심고
아침마다 나를 지켜보는
거대한 남자의 골격
창 앞에 다가와서
나를 압도한다.

이해와 감상

해학적으로 '산'을 의인화 시키는 상징적 서정시라고 하겠다.

강계순이 매일처럼 마주 대하고 있는 집 앞쪽의 산을 통해서 스스로의 인생을 산과 대비시키는 자전적(自傳的)인 묘사가 감성적인 설득력을 유감없이 발휘하고 있다.

'아침마다 나는/ 내 집 앞을 지키고 있는 산의/ 우람한 골격에 매달린다'는 듬직한 산에 대한 믿음과 의존의 자세(제1연), '산의 구석구석/ 희끗희끗 벗겨져 나간 바위 모서리까지/ 더듬듯이 환히 보인다'는 산과 남편에 대한 신뢰와 이해(제2연), '꽃들만 한 아름 피어 있던 산/ 그 뒤에 숨어 서서/ 빙긋이 웃으면서 버티고 있던'의연한 산(제3연), 신념을 심어 주는 산(제4연)은 이 여류 시인에게 동시에 찬양의 웅자(雄姿)가 아닐 수 없다.

이유경(李裕憬)

경상남도 밀양(密陽)에서 출생(1940~　). 한국외국어대학교 불어과 졸업.
『사상계』에 시 「과수원(果樹園)」(1959. 3) 등이 추천 완료되어 문단에 등단
했다. '현대시' 동인. 시집 『과수원』(1958), 『밀알들의 영가(靈歌)』(1969),
『하남시편(下南詩篇)』(1975), 『초락도(草落島)』(1983), 『풀잎의 소리들』
(1988) 등이 있다.

벌레에게

벌레여 너의 울음의 끝장이 무엇인지
모르고 너는 운다 눈물도 없이
좀 더 잔혹하게 울어라 이 들판
멸망의 곡식과 풀잎의 탄식을
호박꽃들의 불쌍한 웃음을 울어라
개울바닥에 배터져 죽은 송사리
갈비뼈의 허무를 울어라
자갈밭의 목마름
저 푸른 명징의 하늘을 울어라
나뭇잎과 가지의 덧없는 이별
베인 벼그루터기의 아픔
서걱이는 갈대와 바람의 만남
벌레여 울어라 밤새도록
아침 이슬 한 방울
눈물로 맺힐 때까지
너의 울음이 너를 녹여
모든 끝장을 울음으로 채울 때까지

주제 순수한 삶의 가치추구
형식 전연의 자유시
경향 서정적, 풍자적, 상징적

벌레를 의인화 시켜 풍자적으로 노래하고 있다.
세련된 시어의 감각적인 구사와 함께 시행(詩行)을 바꾸는 등 변화감 있는 독특한 조사(措辭)를 보인다.
후반부의 연속 도치형도 마찬가지이다.

이해와 감상

　시인 이유경은 현대의 햄릿적 고뇌를 중시한다고 했다. 그리하여 다양한 제재의 소화와 함께 해학과 풍자를 곁들인 현대의식, 특히 현대사회에 있어서 이상과 자아와의 갈등에서 야기되는 이율 배반적인 인간의 고뇌를 표현하는 많은 작품을 발표하였다.

　이 시에서는 '벌레'를 상징어로 씀으로써 곤혹스런 현실의 온갖 존재를 풍자하고 있다. 그런데 '울음'이란 무엇인가. 울음이란 슬픔과 고통의 언어이다. 운다는 사실보다 더 슬퍼해야 할 것은 '울음의 끝장이 무엇인지' 모르고 운다는 현실이다.

　그뿐 아니라 울음에 동반되어야 할 '눈물도 없이' 운다는 절박한 상황이다. 그러나 화자는 '좀더 잔혹하게 울어라' 하고 벌레에게 외친다. 풍성한 상상력, 다채로운 형상이 메타포(metaphor)의 미학(美學)을 살피게 하는 현대적 풍자시의 가편(佳篇)이다.

쪽정이 탄식

싹트진 못하리 긴 악몽에 갇혀
땅 밑에 누워 나 끝내 썩어 버리면
타인들 잔뿌리에나 매달려 있을 뿐
아니면 허공에 날려 다니리 티끌처럼
떨어져도 줏어갈 손 하나 없는

물에선 뜨리 갈앉아 죽은 듯 진통하는
다른 씨앗들 위에 나 실없는 부침(浮沈)
흔들리다 흔들리다 개울물에 떠내려가
흘러 바다에 가면 해파리 밥이나 될까
죽어도 혼잔 싹트지 못하리 이 땅

봄날 잡초들 낄낄대며 자랄 때
나무들 삐걱대며 잎사귀 밀어낼 때
나 쪽정이 눈물에 젖어 오래오래
노래 부르리 싹트지 못하는 괴로움

탄식하며 땅 속에서 위에서 아니면
물 위에서 노래 부르니

 이해와 감상

표제(表題)의 '쭉정이'란 알맹이가 없는 빈 껍데기이다. 빈 껍데기의 탄식이라니 자못 풍자적이다. 전체적으로 채택된 제재(題材)부터가 해학적인 상징적 수법의 풍자시이다.

쭉정이의 의인적 묘사, 세련된 기법과 조사(措辭)의 특이성은 앞의 「벌레에게」와 유사한 경향을 보이고 있으며, 또한 화사한 은유의 수사미가 돋보인다.

마른 풀

서서 당했던 핍박은 놔두고
마른 풀이 잠들어 흙에 묻힙니다
지난 삶은 한갓 찬 바람으로 가득차 있거나
구름이 눈이 되어 내려와 흩날리거나
해서 마른 풀의 덧없음을 지웁니다
보시오 저 동천(冬天)의 한밤
달의 허무와 비애를, 그처럼
마른 풀은 완고하게 버려져 있고
산기슭이거나 흙담 밑이거나 매한가지로
옆에 무수한 씨앗 뿌려 두었음을
마른 풀이 모든 핍박을 떠나
잠들어 누웠음은 묘지의
교훈으로 파악할 수 없습니다
마른 풀은 우리가 담요 속으로 몸을 밀어넣듯
흙 속에 웅크려 따스함을 구하는 중이니까요

 이해와 감상

'마른 풀'의 존재론적인 내면의 의미를 심도있게 추구하는 작품으로 주목되고 있다.

'서서 당했던 핍박은 놔두고/ 마른 풀이 잠들어 흙에 묻힙니다'라는 이 메타포의 인식 논리란 두 말할 것도 없이 불의(不義)에 의한 희생의 아픔을 역설하는 것이다.

이유경은 억울한 죽음에 대한 저항의 날카로운 시언어를 통해 참다운 보상을 다부지게 요청하고 있는 것이다.

박경석(朴慶錫)

충청남도 조치원(鳥致院)에서 출생(1933~). 필명 한사랑(韓史郎, 1959
~1981). 육군사관학교 및 육군대학 졸업. 국방대학원 수료. 시집 『등불』
(1959)이 수주(樹州) 변영로(卞榮魯)의 추천으로 문단에 등단했다. 시집 『한
강은 흐른다』(1983), 『꽃이여 사랑이여』(1984), 『어머니인 내 나라를 향하
여』(1986), 『그리움에 타오르며』(1986), 『별처럼 빛처럼』(1987), 『사랑이 지
핀 불꽃 재우며』(1991), 『상록수에 흐르는 바람』(1994), 『부치지 못한 편지』
(1995), 『꽃처럼』(1997) 등이 있다.

씀바귀

남은 날
모두 주고
얻고 싶던 단 한 사람

이룰 수 없는
엉겅퀴 가로놓여
생으로 앓다가

쓰디쓴
그리움은
하얗게 익어간다

뿌리가 더 쓴
씀바귀던가
사랑은

주제 사랑의 순수가치
형식 4연의 자유시
경향 서정적, 상징적, 낭만적
표현상의 특징 세련되고 절제(節制)된 시어로 야무지게 주제를 표현하고 있다.
엄밀한 구조로 빼어난 조사(措辭) 처리를 하고 있다.
고도(高度)의 상징적 수법으로 표현미를 드러내고 있다.

　고집스럽게 현대의 서정시(lyric poem)만을 써서 이름난 릴리시스트(lyricist, 서정시인) 박경석의 대표작이 「씀바귀」다.

　한국 사람에게는 한국 사람만의 민족적 정서가 있고 애환이 있으며 또한 한국인들만이 체득하는 사랑의 그리움과 아픔과 미움이 한데 어우러져 애틋하게 엮어내는 정한(情恨)이 우리들 가슴마다 깊숙이 깃들여 왔다.

　그러기에 서양의 서정시를 잘 썼다는 셀리나 존 키이츠, 바이런, 하이네, 괴테 등의 시가 안겨주는 사랑의 애환이 한국인들에게는 아무래도 황진이나 김소월, 김영랑에게서처럼 절절한 충동이 부딪쳐 오지 못한다.

　가령 크리스티나 로제티(Christina. G Rossetti, 1830~1894)와 같은 영국의 빼어난 여류시인의 애절한 사랑의 시편들일지라도, 조선의 여류시인 황진이의 명시 「동짓달 기나긴 밤」한 편과도 비길 수 없는 것이다. 다시 말해서 서양의 서정시는 한국인의 정서적 충동과는 맥이 사뭇 다른 것이다.

　한국인에게는 서양과 다른 한국인만의 끈끈한 서정의 숨결이 있고 그 진한 목숨의 가락이 있는 것이다.

　그와 같은 맥락에서 살펴볼 때 박경석의 「씀바귀」는 가슴을 파고드는 사랑의 감칠맛 나는 비유며, 한국적 정한(情恨)의 정서가 넘치고 있다.

　시인은 씀바귀라고 하는 화초를 통해서 삶의 진실과 사랑을 낭만적 서정시로 엮고 있다. 이 시는 꽃을 의인화 시키며 동시에 꽃을 통해서 사랑의 아픔을 눈부시게 메타포(은유)하고 있어, 다시 읽으면 읽을수록 정제(精製)된 서정미가 우리의 심혼과 밀착화하고 있다.

샐비어

　　몇 해 전
　　무작정 집을 나와
　　우연히 흘러든 찻집에서
　　언제나처럼 껌을 씹고 있던
　　순옥이가
　　길가 좌판에 널려 있는
　　붉은 색 루즈를 하나 골라
　　지금 막 칠하고 있다

주제 삶의 우수(憂愁)와 구원(救援)
형식 전연의 자유시
경향 주지적, 풍자적, 상징적
표현상의 특징 특이한 소재로 참신한 감각적 표현을 하고 있다.
간결한 묘사이면서도 현실 고발의 시정신이 전달되고 있다.
서민의식 속에 지성이 번뜩이고 있다.

이해와 감상

짙붉은 농홍색의 꽃을 피우는 샐비어(salvia)는 차조기과에 속하는 다년초다.

시인은 오늘의 사회상을 날카롭게 투시하며 감각적인 상징수법으로 이농(離農)이며 가출 등 반윤리적인 세태를 풍자하고 있다.

'몇 해 전/ 무작정 집을' 나온 '순옥이'의 역경(逆境)은 결코 남의 불행으로 외면할 수 없는 우리의 우수(憂愁)이며 심각한 사회문제다.

박경석은 샐비어 꽃을 통해 연상적으로 불행한 청춘상(靑春像)을 부각시켜 고발하며 오늘의 그 현실적인 위기의 경각심과 동시에 사회적 병리(病理)의 제거와 무지(無智)의 아픔에 대한 구원(救援)의 따사로운 손길을 촉구하고 있다.

조국

젊음은 충정의 의기로 햇불 되어
저 역사의 대하 위에 비추이니
오 찬연하여라 아침의 나라

영롱하게 빛뿜는 영혼의 섬광
이어 온 맥박 영원으로 향하고
여기 찾은 소망 자손에 전한다

반만년 다시 누만년을 위해
곳곳마다 눈부신 꽃무지개 피어 올려
승리로 이어지는 축제 삼으리

내 한 몸 으스러져 한 줌 흙 되어도
온 누리에 떨치고 싶은
오직 하나뿐 어머니인 내 나라여

> **주제** 조국애의 정신
> **형식** 4연의 자유시
> **경향** 애국적, 상징적, 감각적
> **표현상의 특징** 잘 다듬어진 시어로 나라 사랑의 숭고한 의지를 부각시키고 있다.
> 알맞은 비유로 국토의 영상미를 돋보이고 있다.
> 3행시 형식의 구도(構圖)로 내용이 잘 전달되고 있다.

이해와 감상

알기 쉬운 표현이나 심도 있는 이미지로 누구나 읽어서 따사로운 공감의 시세계를 이루고 있다.

우리에게 '조국'이란 큰 자랑이다. 조국을 내세우는 것을 국수주의(國粹主義)로 본다면 그것은 폭거(暴擧)다.

만약 당신이 무국적자로서 조국이 없다고 치자. 그렇다면 그대는 지구상에서 이른바 국제사회의 완벽한 고아다.

우리가 오늘날 세계 속에서 국제화(國際化)며 지구가족이라 하는 글로벌리즘(globalism)을 내세우자면 더 더욱 우리에게는 조국이 있어야 하고, 자랑스러운 내 뿌리 터전이 있어야 한다.

조상이 아프리카 땅에서 미국의 노예로 팔려 왔으나, 자신의 6대에 걸친 모계(母系)의 뿌리를 찾아 헤매며 아프리카 천지를 누비던 알렉스 헤일리(Alex Paimer Halely, 1921~1992)라는 미국 흑인의 자서전적인 실록(實錄) 이야기 『뿌리』(Roots, 1976)는 세계인을 감동시킨 '조국(祖國) 찾기'의 눈부신 발자취였음을 여기 아울러 부기해 두련다. 이 책은 '풀리처상'(1977) 등을 받기도 했다.

시인이라면 누구이거나 자기 조국을 노래한 시 한 편쯤은 써 볼 일이다. 제 이름이 떳떳하다면 조국은 더욱 자랑이 클 것이다.

이 작품은 현재「전쟁기념관」(서울 삼각지)에 시비로 우뚝 서 있다.

최승범 (崔勝範)

전라북도 남원(南原)에서 출생(1931~). 아호는 고하(古河). 전북대학교 국문학과 졸업, 동 대학원 수료. 「현대문학」에 시 「설경」(1958), 「소낙비」(1958), 「사온일(四溫日)」(1959) 등이 추천 완료되어 문단에 등단했다. 시집 「후조(候鳥)의 노래」(1968), 「설청(雪晴)」(1970), 「계절(季節)의 뒤란에서」(1971), 「여리시 오신 당신」(1975), 「이 한 점 아쉬움을」(1978), 「지등(紙燈) 같은 달이 뜨면」(1984), 「바람처럼 구름처럼」(1986), 「자연의 독백」(1998), 「몽골기행」(2000) 등이 있다.

태지(苔紙)

헹구고 다시 일은
섬섬 이끼 수를 놓은
가는 대발마다
새벽빛이 트여 들고
옛 어른
정갈한 서안(書案)머리
먹 향기도
번져 온다.

두루마리 한 자락을
자르르 펼쳐 들면
그냥 그대로도
고운 선 무늬 이룬
우리네
옛 어른들의
마음결이
읽힌다.

주제	한국 전통문화의 찬미
형식	2연의 현대 시조
경향	전통적, 향토적, 감각적

고풍스러운 멋과 맛을 섬세한 시어의 구사로써 현대적인 생활 감각
속에 밀착시켜 주고 있다.
한국의 자랑인 종이 문화(文化), 즉 제지법의 우수성을 나타낸 이 시는 자연스
러운 비유법을 구사해서 뛰어난 시적 경지를 보이고 있다.

이해와 감상

고도산업화 사회 속에서 자칫 망각해 버리기 쉬운 우리의 전통문화적 산품을 새삼 우
리에게 생생하게 부각시켜서 우리 것에 대한 소중함과 눈부신 전통성을 구김살 없이 맑
은 감성으로 노래하고 있다. 그리하여 뿌리의 생명원(生命源)을 섬세하고 감각적인 시
어 구사로써 형상화 시키는 데 성공하고 있는 것이다. 최승범은 이 작품에 대해서 다음
과 같이 소박하게 그 소감을 말하고 있다.

"태지(苔紙)는 합죽선과 더불어 전주(全州)의 특산품이다. 할아버지 할머니가 이 종이
를 아껴 쓰시기도 했다. 이 종이를 대하면 그 때엔 느끼지 못했던 아름다움이 돋는다. 붓
글씨를 좀 쓸 줄 안다면 작히나 좋을까. 때로 바라보는 것만으로 그 아름다움에 젖는다."

우리 민족의 '종이' 문화는 일찍이 고조선 시대부터였다.

특히 삼국시대였던 7세기 초인 서기 610년에 고구려 승려 담징이 왜왕실(推古여왕 당
시, 592~628 재위)에 건너가서 종이 만드는 법을 가르쳐 주었던 것(『日本書記』720). 그
제지법이란 '닥나무'로 한지(韓紙)를 만드는 법이며 일인들이 오늘날 자랑삼는 '와시'
(和紙)가 바로 담징이 지금부터 1천4백년 전에 왜인들에게 가르쳐 준 것임을 여기 덧붙
여 밝혀 둔다.

일요산행(日曜山行)

유월의 일요일은
막내 '섭'이와 나섰다
표고(標高) 2백 16미터
서울 남산만한 산인데
오솔길
숲섶을 스치는 바람이
이렇듯 달기만 할까.

눈과 귀 닿는 것마다

'섭' 에겐 별(星)로 오나 보다
호젓한 길
아빠를 뒤딸다 앞섰다……
마루턱
뛰오른 품이
새끼 사슴 같다.

한 천년 제 자리 누려 선
느티나문데도
잎잎의 표정은
아침 풀꽃이다
포곡새
한낮의 정적을 퍼내는 속
까치발처럼 가벼운
산행(山行).

이해와 감상

심상적(尋常的)인 시어 구사임에도 오히려 산행(山行)의 발길은 마냥 가쁘고도 즐겁다.

도심의 번잡한 생활 속에서 휴일 하루를 오붓하게 즐기는 부자(父子)의 모습이 전혀 숨가쁘지 않은, 산뜻한 산행의 맛을 독자에게 안겨 준다.

내면 세계를 천착하는 시인의 이미지 처리가 제1연과 제2연에, 그리고 제3연에서는 서정적 이미지 처리가 섬세한 언어감각에 힘입어 잘 드러나고 있다.

최승범은 이 시에 대해서 다음과 같이 일러 준다.

"꼭 무슨 명산 대천이어야만 하랴. 그저 도심지에서 벗어나는 일은 즐겁다. 그런데도 이 일이 마음같이 이루어지질 않는다. 땅콩잎이 맑은 숨결을 일렁이는 들밭길이나 도라지꽃의 산길을 자꾸 오르고 싶다."

김찬식(金燦植)

전라북도 김제(金堤)에서 출생(1938~). 중앙대학교 졸업. 동국대학교 행정대학원 수료. 1959년 시「크리스마스 선물」을 『자유신문』에 발표하며 문단에 등단했다. '시(詩)와 의식' 동인. 칼럼집 『오늘에 생각한다』(1981)가 있다.

스케치 I · 봄

바람이 부푼다
새들이 소란하다

엎드린 채 일어서는
엉거주춤한
산(山)

떠나간 사람이 그립다
무덤 속 아버지가 궁금하다

간밤 비는
도시를 세면(洗面)하고
더욱 넘치는
하수구

파란 내음이
버들가지에 출렁이는
간지러운 육신

우주는
거대한 입의 시도(試圖)
하나의 풍선이다.

이해와 감상

봄을 바라보는 시인의 눈이 유난히 반짝인다.

지난 겨울은 너무도 길고 우울하고 추웠으며, 이제 새봄이 온 것이다. 그리하여 시인은 이제 새봄의 새 '바람이 부푼다' 는 생명이 팽창되는 환희를 생명의 소리, 즉 '새들이 소란하다' 는 사실로써 비유하면서 봄을 맞이한 것이다.

비록 산은 아직도 무겁게 '엎드린 채 일어서' 지만, 그러나 '엉거주춤한 산' 에도 생명의 약동은 봄과 더불어 시작될 것이다.

그러면 또 생각나는 것이 있다. 또한 새 생명의 약동과 함께 '떠나간 사람' 에 대한 절실한 그리움, 즉 인간애이다.

윤리 의식에 의한 따사로운 인간 정신, 곧 그것은 시인 정신이다. 시인에게서 느끼는 체온은 그 시를 더욱 짙은 시적 감동으로 이끌어 준다.

봄비

봄을 안고 부르르 떤다.
어디로 가라는 최고장(催告狀)
들이냐.

비 사이 올올이 출렁이는
바람은
열 일곱 살 광녀(狂女)의 인조 속치마
중얼중얼 히히덕거리는
하이얀 이빨

날더러 어쩌라는 것이냐,
뱀의 혓바닥…….

빗속을
봄이
부르르 떨며 헤맨다.

이해와 감상

봄은 무섭고 두려운 겨울을 보내고 따사로운 햇빛 속에 새 생명이 움트는 발랄한 계절이다. 그런데 봄비가 '봄을 안고 부르르 떤다' 니 무슨 일인가.

'최고장' 은 법으로 압박하는 통지인데, 김찬식은 이 표현을 통해, 시대고(時代苦)의 아픔을 상징하면서, 불의에 저항하는 강력한 의지를 표시하고 있는 것이다.

'하이얀 이빨', '뱀의 혓바닥' 등 날카로운 비평정신의 상징어가 봄이 아닌 겨울을 살아가는 시민사회의 아픔을 예리하게 풍자 고발하고 있다.

불면(不眠)

세속(世俗)이 유혹해 간 영혼의 눈동자를
먼 발치서나마
마주칠 법한 희열(喜悅)

누구라
이 갈증을
병(病)이라 이를 건가.

영혼을 간음하고
매도(賣渡)하는
시정(市井)에서
정처없는 이방인이여,
축복받은 고도(孤島)여,

영롱한 이 혼백을
어이
수면제로야 다스릴 건가,

불면은 영원을 향한
조그만 부활.

이해와 감상

세상을 살아가면서 어찌 태평스럽게 드렁드렁 코만 골고 살 수 있을까. 인간에게는 인간답게 살아야 할 고뇌가 있다.

인간은 불면 속에서 삶을 번뇌하고, '세속이 유혹해 간 영혼의 눈동자' (제1연)를 찾아 헤매고 있다.

그러나 아직 마주치지 못한 채 가슴을 설레면서 어느 날인가, 어느 밤인가 꼭 마주칠 것 같은 '진실'과의 대좌(對坐)를 부단히 추구하며 잠을 이루지 못하고 있다.

여기서 김찬식이 추구하는 영혼이란 곧 시의 진실이다. 그러기에 목 타는 갈증은 결코 병일 수 없다.(제2연)

영혼을 더럽히기보다는 오히려 고고하게 그의 시의 세계에서, 그 정신의 텃밭에서, 깨끗하게 '축복받은 고도' (제3연)를 지키려는 고고(孤高)한 심성(心性)이 시혼을 활활 불지르고 있다.

심오한 고뇌를 결코 '수면제' (제4연) 따위로 다스릴 수 없는 시인은 시생명(詩生命)의 부활을 불면 속에서 끊임없이 추구하고 있다.

마종기(馬鍾基)

일본 토우쿄우(東京)에서 출생(1939~　). 연세대학교 의과대학 졸업. 서울대학교 대학원 의학과 수료. 『현대문학』에 시 「해부학교실(解剖學敎室)」(1959. 1), 「나도 꽃으로 서서」(1959. 4), 「돌」(1960. 2) 등이 추천 완료되어 문단에 등단했다. 시집 『조용한 개선』(1960), 『두 번째 겨울』(1965), 『변경의 꽃』(1976), 『안 보이는 사랑의 나라』(1980), 『마종기 시선』(1982), 『모여서 사는 것이 어디 갈대들 뿐이랴』(1986), 『이슬의 눈』(1997), 『새들의 꿈에서는 나무 냄새가 난다』(2002) 등이 있다.

해부학 교실(解剖學 敎室) · 1
―조용한 개선(凱旋)

재생하는 환희에 넘쳐
넘쳐 나는 개선가.

　여기는, 먼 먼 시대로부터 시작하여 눈 먼 몇 십대의 할아버지 때부터 시작하여, 아직까지도 우리의 감격을 풀지 못하는 나약한 꽃밭.

　여기는 또 조용한 갈림길, 우리는 깨끗이 직각으로 서로 꺾여져 가자. 다시 돌아다볼 비굴한 미련은 이제 팽개쳐 버리자.

　갑자기 너는 무엇이 안타까워 눈물을 흘리는가? 우리 오랫동안 부끄러워 눈길을 피하던, 영원한 향수가 익어 있는 어머니의 젖가슴, 너는 다시 우리를 낳아 준 본래 어머니의 젖가슴으로 돌아가야 한다.

　허면, 우리는 고운 매듭을 이어주는 숨소리를 음미할 때마다, 살아 있는 보람이 물결 일어 넘쳐나는 개선가를 불러 준다.
　여기는 먼 먼 시대로부터 시작하여 단 한 번의 서정을 느껴보는 스스로의 꽃밭.

이해와 감상

　의사인 마종기가 의학적 수술에 의한 생명의 재생을 기뻐하는 '재생하는 환희에 넘쳐 / 넘쳐 나는 개선가'(제1연)를 노래하는 대목은 감동적인 메시지의 제시다.

　그럼에도 불구하고 '눈 먼 몇 십대의 할아버지 때부터 시작하여, 아직까지도 우리의 감격을 풀지 못하는 나약한 꽃밭'(제2연)으로써 '나약한 꽃밭'이라고 비유하는 해부학 교실의 산적한 중대 과제에 대한 미숙함을 성찰한다. '눈 먼 몇 십대'란 현대의학이 대두하기 이전의 시대를 가리킨다.

　'우리는 깨끗이 직각으로 서로 꺾여져 가자'(제3연)는 것은 서로가 상반(相反)하는 방향으로 가자는 것이며, 이것은 새로운 의술(醫術)의 개발을 위한 냉철한 시각의 참신한 면학(勉學)을 제창하는 것이다. 그것을 밑받침하는 것이 '다시 돌아다볼 비굴한 미련은 이제 팽개쳐 버리자'고 하기 때문이다. 잘못 된 과거에 대한 집착이며 관습은 결연하게 벗어나야 한다는 것.

　'너는 다시 우리를 낳아 준 본래 어머니의 젖가슴으로 돌아가야 한다'(제4연)는 것은 또 무엇을 메타포하고 있는 것일까. 잘못된 과거는 타파하더라도 '우리를 낳아 준 본래 어머니의 젖가슴'(제4연) 즉 순수한 전통의 세계는 지켜 나가자는 주장이다.

　물론 이 시는 반드시 의학적인 해부학(인체 등의 수술, 생물학적 발생학 등)의 견지로서만 따지지 말고 인생론적인 인간학적 입장에서도 비유되는 시로 풀이해도 흥미로울 것임을 아울러 지적해 둔다.

정신과 병동

비 오는 가을 오후에
정신과 병동은 서 있다.

지금 봄이지요. 봄 다음엔 겨울이 오고 겨울 다음엔 도둑놈이 옵니다. 몇 살이냐고요? 오백 두 살입니다. 내 색시는 스물 한 명이지요.

  고시를 공부하다 지쳐 버린
  튼튼한 이 청년은 서 있다.
  죽어 버린 나무가 웃는다.

  글쎄, 바그너의 작풍(作風)이 문제라니 내가 웃고 말밖에 없죠. 안 그렇습니까?

  정신과 병동은 구석마다
  원시의 이끼가 자란다.
  나르시스의 수면이
  비에 젖어 반짝인다.

  이제 모두들 제자리에 돌아왔습니다.

  추상을 하다, 추상을 하다
  추상이 되어 버린 미술 학도,

  온종일 백지만 보면서도
  지겹지 않고
  까운 입은 삐에로는
  비 오는 것만 마음 쓰인다.

  이제 모두들 깨어났습니다.

주제 사회병리의 현실의식
형식 9연의 주지시
경향 주지적, 풍자적, 사회병리적
표현상의 특징 일상어에 의해 알아듣기 쉬운 표현으로 전달이 잘 된다.
관념적인 시어가 많이 쓰이고 있다.
설의법과 경어체의 표현도 하고 있다.

이해와 감상

　정신과 병동의 풍경은 결코 남의 일이 아닌 우리의 현실을 풍자하는 시작(詩作) 태도의 의미가 짙다.

　저자의 외우(畏友)인 백상창(白尙昌) 박사는 "정신과의 참다운 치료방법은 우리가 살고 있는 사회의 병리(病理)를 제거하는 데서 비로소 가능하다"는 것을 밝혀, 국내외에 그 학론(學論)이 높이 평가되고 있다.

　바로 그와 같은 사회병리현상이 이 시에 고스란히 담겨 있는 것이다. 계절이 가을철이지만 '지금은 봄이지요, 봄 다음엔 겨울이 오고 겨울 다음엔 도둑놈이 옵니다' (제2연)라는 이 풍자적 현실 표현을 과연 누구가 정신이상자의 주장이라고 부정할 수 있을 것인지 되새겨보게 된다.

　첫째 세계적으로 오늘 날의 기상이며 계절(季節)의 변화가 어떤가.

　여름철 홍수 대신에 눈이 퍼부었다는 남방국가의 기상이변은 남의 나라 얘기만도 아니다. 지난 4월(2003년 4월 8일) 꽃이 한창 피던 강원도 땅에 폭설이 퍼부었으니, '봄 다음엔 겨울이 오고'가 실현된 현상인가.

　더더구나 사회병리학의 견지에서는 '겨울 다음엔 도둑놈이 옵니다' (제2연)는 또 어떤가.

　온갖 산업재해 등 공해에 의한 기상이변의 속출, 또한 이 나라 구석구석 심지어 사회 지도층에서도 이따금 '도둑놈' 소리를 듣는 파렴치한 인물은 선량한 다수 국민을 슬프게 만들고 있으니, 정신과 병동에서 치료받고 있는 환자들의 세계에다 앵글을 맞춘 이 작품은 우리 사회의 온갖 병리며 아픔에 대한 강력한 고발이다.

이 중(李 中)

경상남도 마산(馬山)에서 출생(1933~　). 숭실대학교 영문학과 졸업. 서울
대학교 신문대학원 · 경상대학교 교육대학원. 경원대학교 대학원 수료. 『현대
문학』에 시 「유혹」(1959. 8), 「기구」(1960. 1), 「후반(後半)」(1960. 3) 등이
추천 완료되어 문단에 등단했다. 시집 『땅에서 비가 솟는다』(1967), 『우리는
다음날』(1987), 『산을 허문다』(1990) 등이 있다.

산을 허문다

밤마다 꿈에서 산을 허문다
인왕산 도봉산 드디어 어젯밤엔
관악마저 허물곤 남으로 길을 떠난다.

가야산 지리산 숨가쁜 채로
바다를 무엇으로 건널까

남해 금산에서 하루 머물고
상주 해수욕장 메워지는 소리
귓전으로 흘리며

한라에 올라 백두를 부른다
허물려면 한꺼번에 허물어 버려야지
내일 밤엔 설악과 금강을
허물 차례이다
허무는 꿈도 그 밤에 허물고

주제 조국통일의 의지
형식 4연의 주지시
경향 주지적, 연상적, 감각적

한라에서 백두까지 서울을 비롯한 전국 각지의 명산들이 등장한다.
'산'이라고 하는 정적(靜的) 관조의 대상을 그 정반대인 동적(動的)으로 솟구
치고 무너지는 두드러진 연상적 표현을 하고 있다.
간결한 시어구사 속에 지적 의미가 심도 있게 부각되고 있다.
제4연 끝행 '허무는 꿈도 그 밤에 허물고'는 첫행 '한라에 올라 백두를 부른
다'로 이어지는 도치법을 쓰고 있다.

이해와 감상

누구나 시인들은 제각기 자기 목소리로 조국의 통일을 염원하는 노래를 부른다. 목소
리들은 각기 달라도 그 뜻은 모두 하나로 집약이 된다. 어서 국토분단이 평화적으로 종
식되고 민족의 동질성이 회복되어야 한다는 점이다.

이중은 '꿈'을 동원해서 '통일'을 갈망하는 새로운 고도의 메타포 수법에 의한 작품
을 형상화 시켰다. 시는 독자에게 언제나 올바로 알아들을 수 있는 설득력을 요망하고
있다. 바로 그러한 설득력은 시어가 알기 쉬워야 한다는 것이 대전제(大前提)이고, 더욱
바람직한 것은 지금까지 없었던 새로운 표현 기법을 동원하는 일이다.

우리 시단에는 허구 많은 통일 염원의 시들이 발표되어 왔고, 그중 특기할 만한 것의
하나로서 이중의 「산을 허문다」는 주목할 만한 역편(力篇)이다.

제1연의 제1행에서의 '산을 허문다'는 메시지는 두 말할 것도 없이 뚜렷한 '통일의
의지(意志)'를 제시하고 있다.

이래서 산을 허무는 작업은 인왕산, 도봉산, 관악산으로 이어지며 시작이 되는 것이
다. 제2연에 가면 가야산과 지리산을 허물고, 제4연에서 마침내 목청을 드높인다.

남쪽에서 가장 높은 한라산에서 북쪽의 가장 높은 백두산을 부른다는 것이다. 이것은
통일을 염원하는 절규(絶叫)의 클라이맥스를 이루는 대목이다. 그리고 제5연에 가서 설
악산과 금강산도 마지막으로 허무는 것이다.

마침내 '허무는 꿈' 마저도 내일 밤에는 허물어 버린다는 것이다. 왜냐하면 더 이상 허
물을 산이 없기 때문이다. 모두 평지가 된 것이다. 가로막힌 산이라는 장애물이 모두 제
거되었다. 드디어 통일의 날이 오는 것이다. 통일에 대한 시적 발상이 너무도 기발하다.

낙타여
— 타락사초(墮落史抄) 1 중에서

1

낙타여
행진곡이 들리는 내 귀의 주변을

반주에 굶주린 채
떠나가는 낙타여
열사(熱砂) 위를 물통 안고 떠나가는 낙타
항아리 속 바늘방석
맨발의 평민 같은 일상의 벼랑에서
낙타여
내가 옥에 갇히는 날 희희낙락(喜喜樂樂)
절구질하며 달릴 낙타여
아랍의 중로(中老)가
이스라엘 젊은 여군(女軍)의 총탄에 쓰러지던
그 날 그 메마른 상황의 가슴팍에도
지금 너의 동족은 있는지
낙타여
행진도 끝나고 부재(不在)의 잔해만 오롯이 피어 남아
옥(獄)의 압력에 다만 내가 미칠 때
더욱 낙락(樂樂)하여 일족을 불러 잔치할
오만한 동포 낙타여

　　　　2
기차게 부실한 피해자의 무릎에도
눈은 내려 지상이 무거운데
증언대를 끌고 가는
목이 갈(渴)한 낙타여
조포(弔砲)도 울리잖는 광장 기슭으로
지도를 끌고 가는 아 낙타여
아 낙타여
너는 언제나 네 입으로 나팔을 불 거냐
죽은 자의 입김으로 나팔을 불 거냐
산 자의 입술 모아 나팔을 불 거냐
부실한 피해자의
두 눈에 비로소 전력(電力)이 들을 때
애이부상(哀而不傷)——나의 종언(終焉)을 슬퍼 말라

이해와 감상

석유(石油)통을 사이에 놓고 급기야 이권 쟁탈전은 중동 땅에서 불붙어 온지도 벌써 20년 가까운 것 같다. 그러나 오늘에도 다시 그 터전에서 잇따라 불똥은 튀고 있다.

뿐인가. 영토 분쟁으로 아랍과 이스라엘의 분쟁은 엄청난 서로의 살상으로 치달아, 연상 지도에 피를 물들여 오기도 했다.

이미 지난 1970년대에 발표된 이중의 시 「낙타여」는 어쩌면 오늘의 시점에서 우리가 시사적으로 새로운 역사 인식을 위해서도 다시 한 번 음미할 만한 중대한 시적 소재(素材)를 강력하게 제시하고 있는 것이다.

'낙타'를 표제(表題)로 한 우리의 명시는 1939년 8월 『문장』지에 발표된 이한직(李漢稷)의 추천작품이었다(「이한직」 항목 참조 요망). 그로부터 약 40년이 지난 시대에 이중의 새로운 '낙타'가 등장했다.

'아랍의 중로(中老)가 / 이스라엘 젊은 여군(女軍)의 총탄에 쓰러지던 / 그 날 그 메마른 상황의 가슴팍에도 / 지금 너의 동족은 있는지 / 낙타여 (1의 중반부, 제11~15행)를 거듭 가슴 속에 되씹게 해준다.

아라비아 사막을 떠나 멀리 한국땅 동물원(창경원 시절)에 와서 구경거리로 살고 있던 이한직의 평화로운 낙타와 전혀 대조적인 것이다. 격동의 중동 땅 전운 속의 열사(熱砂)를 누비다 총탄에 쓰러지는 이중의 낙타는 어쩌면 불운한 아라비안의 운명적 상징인 것 같다.

그 옛날(11C 말~13C) '성지 예루살렘 회복'이라는 구호 아래 서구 그리스도 교도에 의한 십자군 원정의 역사 이래, 중동은 이른바 가자지구(Gaza地區) 등등, 작열하는 총포탄 터지는 소리 속에 피와 죽음이 잇달아 왔으니 '조포도 울리잖는 광장 기슭으로 / 지도를 끌고 가는 아 낙타여 (제2부, 제5·6행) 하고 현대의 낙타를 부르는 화자의 외침 또한 비장한 현대사의 현장은 아니런가.

누가 옳고 그르기를 가리기 전에 이중은 '애이부상—— 나의 종언을 슬퍼 말라(제2부 마지막 행)'고 낙타의 상처와 그 죽음을 뜨거운 시어(詩語)로써 위무한다. '상처 입었으나 지나치게 슬퍼 아니 한다'(애이부상)는 이 반어적(反語的) 새타이어(풍자)의 심도가 오늘의 시점에서 더욱 심장한 의미를 우리로 하여금 되씹게 해준다.

이기반(李基班)

전라북도 전주(全州)에서 출생(1931~   ). 호는 월촌(月村). 전북대학교 대학원 국문학과 수료.『자유문학』에 시「설화(說話)」(1959. 6),「까마귀는 울어도」(1960. 3) 등이 추천 완료되어 문단에 등단했다. 시집『불멸의 항변』(1965),『대합실의 얼굴들』(1968),『내 마음밭의 꽃말』(1969),『겨울 나그네』(1973),『아침 눈망울』(1980),『어둠에 묻힌 빛』(1981),『흙의 미학』(1982),『가을 항아리』(1986),『강물로 흐르려네』(1993),『점 하나 찍어 놓고』(1994),『흙을 위한 서시(序詩)』(1995),『학이여, 날아라』(2000) 등이 있다.

봄 · 환상(幻想)

한 번 날아간 파랑새는 돌아오지 않는 걸까. 여운처럼 돋아나는 목숨의 자리, 잠에서 깨어난 빈 가지들이 하늘 아래 손을 흔들고 있다.

머언 들 끝에서 실려오는 풀냄새 그 지순한 빛깔에 젖어 흐느끼는 얼굴, 마음자락이 강물에 흐르고 있다.

어머니 부르다 부르다가 지쳐버린 발돋움이 충혈된 눈망울로 흐느끼고 있다. 보고 싶다고, 품안에 안기고 싶다고……

동구 밖 느티나무 노을 가지에 저녁 연기 그을리는 건너 마을 언덕에서 목쉰 종소리로 울고 있다. 종소리로 울고만 있다.

주제 봄날의 환상과 우수(憂愁)
형식 4연의 자유시
경향 서정적, 상징적, 감상적
표현상의 특징 잘 다듬어진 감각적인 일상어로 서정적인 호소력을 표현하고 있다.
시어의 구조적인 배열로(행을 바꾸지 않고 길게 잇대는) 조사(措辭)의 시각적 효과를 노리고 있다.
'흔들고 있다', '흐르고 있다', '흐느끼고 있다', '울고 있다' 등, 현재 진행형의 종결어미를 달고 있다.
시의 분위기가 표제(表題)처럼 환상적이다.

　전형적인 서정시인 이기반은 릴리시즘(lyricism)의 요소로써 환상(fantasy)의 표현미를 형상화 시키느라 '파랑새'를 동원했다.

　'한 번 날아간 파랑새는' 정말 '돌아오지 않는 걸까' 하여 독자는 연상적으로 봄 하늘을 멀리 바라다 본다. 계속해서 추켜본다. 거기서 '여운처럼 돋아나는 목숨의 자리, 잠에서 깨어난 빈 가지들이 하늘 아래 손을 흔들고 있다'는 화자의 따사로운 정감이 우리의 가슴을 훈훈하게 달궈준다.

　벨기에의 상징주의 시인 매테를링크(Maurice Maeterlinck, 1862~1949)의 동극(童劇, 6막 12장)『파랑새』(L'Oiseau blue. 1908)의 나무꾼집의 어린 남매 '칠칠'과 '미칠'이 행복의 파랑새를 찾아 꿈의 세계로 들어간다는 그야말로 환상의 터전으로 떠나간다.

　꿈의 나라 여행에서 돌아왔을 때 저희들의 집에 있는 '비둘기'가 파랗게 보인다.

　그 비둘기를 이웃 할머니네 집에서 앓고 있던 딸에게 주었더니 신기하게도 병이 나았다. 그러나 그만 비둘기는 날아가 버렸다. 연극무대의 칠칠이 관객을 향하여 "저 새를 찾거든 저희들에게 돌려주세요" 하면서 연극은 막을 내린다.

　이기반은 지금도 그 비둘기를 찾고 있고, 그 파랑새는 '동구 밖 느티나무 노을 가지에 저녁 연기 그을리는 건너 마을 언덕에서 목쉰 종소리로 울고 있다'는 것이다.

가을 항아리

바람벌에
꽃잎 지던 날
눈물 같은 아픔에 젖어
한 세월
구름을 띄워 보내다가,

소리 없이
안아 본 꿈
그 꿈마저 눈이 돋아
날아간 자리에
허기를 채우느라
우러러 발돋움하던

나날의 인고여.

파아란 하늘을 열어
해와 달을 먹고 잉태한
별빛을
아름 따다 채우는가
그득히 배 부른 항아리
알알이 넘치는
가을 항아리.

이해와 감상

이 시는 그릇인 '항아리'를 노래하는 것이 아니다. 가을이라는 계절적 대상을 하나의 거대한 '항아리'로서 설정하고, 그 속에다 채울 수확을 위한 이미지들의 작업을 채우는 것이다.

제1연은 '시련기'고, 제2연은 '곤궁기'며 제3연에서 값진 '수확기'를 맞이하는 감동을 가을이라는 대자연의 항아리에 그득 그득히 거두어들이는 것이다.

김후란(金后蘭)

서울에서 출생(1934~   ). 본명은 형덕(炯德). 서울대학교 사범대학 수학. 『현대문학』에 시 「오늘을 위한 노래」(1959. 11), 「문(門)」(1960. 4), 「달팽이」(1960. 12) 등이 추천 완료되어 문단에 등단했다. 시집 『장도(粧刀)와 장미』(1968), 『음계(音階)』(1971), 『어떤 파도』(1976), 『눈의 나라 시민이 되어』(1982), 『사람 사는 세상에』(1985), 『숲이 이야기를 시작하는 이 시각에』(1990), 『서울의 새벽』(1994), 『우수의 바람』(1994), 『세종대왕』(장편서사시, 1997) 등이 있다.

문

그 어디에서도 끝날 수 없는
긴 긴 밤이었습니다

그 무엇으로도 메울 수 없는
크낙한 공간이었습니다

이제 이렇듯 서러울 수 있는
내 가난한 영혼은

마지막 구원의 영상 앞에
두 손 모아 엎디었는데

창 밖의 숱한 낙엽의 울음소리는
또 어인 일이오니까

이 한밤 이리도 몸부림 치는
머리 갈기갈기 산발한 갈대

뒷산 두견이도 목이 쉬었고
메아리도 어이 돌아오지 않는데

모든 것이 오늘로 끝나고 또 오늘로 시작됨을
진정 믿어서 옳으리이까

꼬박 드새운 참회의 밤은
훤하게 열려 오는 아침과 더불어

영원으로 통하는
문을 이루고

그 문을 향하여
머리 곱게 빗은 나
맨발로 몇 백 년이고 걸어가오리다.

주제 삶의 진실 추구
형식 11연의 자유시
경향 서정적, 상징적, 감각적
표현상의 특징 절대자를 향한 인생의 경이(驚異)가 순수하게 담겨져 있다.
경어체(敬語體)의 일상어로 구김 없이 고백하는 시 구조 속에 시인의 경건한
신앙에서 우러나는 휴머니티(humanity, 人間性)가 짙게 풍긴다.
전체적으로 2행 자유시로 엮은 가운데, 마지막 시행(詩行)만이 3행으로 엮어
져, 결어(結語)를 강조하는 등, 시 전편에 걸쳐 조사(措辭) 사용, 즉 문자의 용
법과 사구(辭句)의 배치의 치밀성을 유감 없이 발휘하고 있다.

이해와 감상

이 시의 '문'은 절대자에게로 지향하는 최후의 순수한 생명의 통로로서 설정되어 있
다.
즉 이 작품의 클라이맥스를 이루는 마지막 두 연인 '영원으로 통하는/ 문을 이루고//
그 문을 향하여/ 머리 곱게 빗은 나/ 맨발로 몇 백 년이고 걸어가오리다' (제10연, 제11연)
에서처럼, 시인은 고뇌를 통한 참다운 인생 참회의 결정적(結晶的)인 고백을 하고 있다.
지금까지 스스로가 걸어 온 인생의 길을 몇 번씩이고 돌아보지 않았다면, 어쩌면 우리
는 이렇듯 삶의 순수한 가치를 끝내 파악해내지 못할 것이다.
그러기에 누구이거나 어느 하룻 밤 만이라도 참으로 뼈아프게 끝내 자아를 올바르게
성찰할 수 있다면, 그는 마침내 인생의 완전한 길을 걷기 시작하는 참다운 지상(地上)의
면죄부(免罪符)를 장차 가슴 속에 차분하게 지니게 되리라는 것을, 화자는 엄숙한 자세

속에 유감 없이 메타포(은유)하고 있다.

　가장 완벽한 존재인 절대자에게로의 귀의(歸依)야말로 그것이 이승이건 저승이고 간에 인간의 삶의 도정(道程)에서 어찌 궁극의 목표가 되지 않을 수 있으랴는 것을 우리는 이 작품을 통해 거듭 인식하게 된다.

나무

어딘지 모를 그곳에
언젠가 심은 나무 한 그루
자라고 있다

높은 곳을 지향해
두 팔을 벌린
아름다운 나무
사랑스런 나무
겸허한 나무

어느 날 저 하늘에
물결치다가
잎잎으로 외치는
가슴으로 서 있다가

때가 되면
다 버리고
나이테를
세월의 언어를
안으로 안으로 새겨 넣는
나무

그렇게 자라가는 나무이고 싶다
나도 의연한 나무가 되고 싶다.

이해와 감상

여성 시인으로서의 섬세한 감성이 뛰어난 표현이기보다는 중후한 이성적(理性的) 표현미를 느끼게 하는 가편(佳篇)이다.

이 시의 제재(題材)인 '나무'는 곧 '시인'의 비유다.

그리고 시인은 '높은 곳', 즉 '절대의 터전' 또는 이상향(理想鄕)을 향해 '두 팔을 벌린' 나무이다. 그 '높은 곳'에 이르기 위해 구도적(求道的) 자세를 가다듬은 '아름다운 나무/ 사랑스런 나무/ 겸허한 나무'(제2연)다.

그리하여 '세월의 언어', 즉 인간사와 세속(世俗)의 모든 경험을 정화(淨化)시켜 '안으로 안으로 새겨 넣는'(제4연) 시인 김후란의 겸허한 자세는 곧 시의 구도자로서의 참다운 자아를 발견하게 될 것이다.

저 불빛 아래

저기 보이는
산 기슭
저 불빛 아래 사는 인
누구일까

문득 둘러보면
너무나 많은 이
떠나갔네

먼 길 짧은 생

왜 그리 종종걸음쳐야 하는지

서러운 날
더욱 따사로운 불빛
그리운 얼굴
오, 그리운 그 손.

주제 인간애의 순수미
형식 4연의 자유시
경향 서정적, 연상적, 감각적
표현상의 특징 직서적인 표현 속에 인간애의 정감이 감동적으로 전달되고 있다.
일상적인 시어구사이면서도 내면세계의 지성미가 듬뿍 드러난다.
시각적인 감각과 짙은 이미지의 표현에 치중하고 있다.

이해와 감상

시인에게 있어 따사로운 체온과 싱싱한 감성(感性)과 빛나는 지성(知性)이 겸비되었을 때, 비로소 우리는 그에게서 값진 시를 발견할 수 있다.

'저 불빛 아래' (제1연)에 사는 사람을 찾고 있는 김후란에게서 우리는 인간애와 촉촉하게 젖어드는 서정(抒情), 그리고 윤리 의식을 발견하게 된다.

떠나간 많은 사람들(제2연), 또한 삶의 몸부림(제3연)에 대한 시인의 연민(憐憫)의 정은 너무나도 따사롭다.

그리고 '서러운 날' (제4연)에는 '저기 보이는/ 산 기슭/ 저 불빛' (제1연)에 사는 인간의 참다운 정을 그리며 그 얼굴과 그 손을 꼭 쥐고 싶어 가슴 속이 불탄다. 여기서 우리는 김후란의 휴머니즘의 인간애를 터득하게 되는 것이다.

박진환(朴鎭煥)

전라남도 해남(海南)에서 출생(1936~   ). 동국대학교 국문학과 졸업. 중앙대학교 대학원 국문학과 수료. 1960년 『동아일보』 신춘문예에 시 「가을의 시」가 입선되어 문단에 등단했다. 『진단시(震壇詩)』동인. 시집 『귀로(歸路)』(1973), 『어둠 고(考)』(1979), 『사랑 법』(1984), 『뒤돌아 보고 살기』(1986), 『에덴의 빛깔로』(1989), 『다른 것이 되고 싶다』(1989), 『서울별곡』(1989), 『돌팔이가 의사 뺨치고』(1992), 『순수의 풍향계』(1994), 『대곡리(大谷里)에서』(1997), 『춘하추동』(1998), 『제5계절에』(1999), 『꽃시집』(2000), 『어화집』(2000), 『표상유희』(2001), 『산사(山寺)기행』(2003) 등이 있다.

동행(同行)

맨발의 나와
꽃신의 내가 동행이다.

길 아닌 길 천리를 돌아 온 나와
나로부터 한 발짝도 떠나지 못하는
내가 동행이다.

촛불을 켜
노독(路毒)을 푸는 나와
잠들지 못하는 내가
한밤의 어둠을 밝히며
울음하는 동행이다.

철들수록
길 아닌 길과 만나고
철들수록
길다운 길의 험난함과 만나는
나와 나의 동행은 절름발이다.

한 시대의 어둠을 삶으로 맛보면서

헛디딘 실족(失足)의 행인

나와 나는
꽃신과 맨발이 짝지은
외길에 선 의족(義足)의 동행이다.

주제 이율배반의 현실 인식
형식 6연의 자유시
경향 주지적, 상징적, 풍자적
표현상의 특징 알기 쉬운 간결한 시어로 설득력 있게 이원적(二元的) 사회구조를
선명하게 제시하고 있다.
풍자적인 현실 고발의 시정신을 심도 있게 표현하고 있다.
표제인 '동행'을 '동행이다'의 동어반복으로 강조하고 있다.

이해와 감상

'동행'이란 함께 간다고 하는 행동 양식이다. 어떤 동행이냐 하면, '맨발의 나와/ 꽃신의 내가 동행'한다(제1연)는 것이다. 직설적으로 풀어본다면 이 동행은 사회적으로 소외된 '나'와 그 반대인 세속적으로 영예롭게 우대받는 '나'인 것이다. 어쩌면 그것은 인생 행로의 부침(浮沈)의 상대적인 상징 표현이기도 하다. 곧 여기서 이율배반적(二律背反的)인 이상과 현실의 인간적, 사회적인 모순의 대칭 구조가 드러나는 것이다.

영국 작가 스티븐슨(R. L. Stevenson, 1850~1894)의 명작 「지킬박사와 하이드씨」(Dr. Jekyll and Mr. Hyde, 1886)의 선과 악의 이중 인격적 인간형도 이 시가 연상시킨다. 선악을 제 마음대로 구사할 수 있는 법을 알게 된 지킬박사는 점차적으로 선에서 악의 성격을 지닌 하이드씨의 지배를 받고 살인을 저지르는 등 본래의 선의 본성(本性)으로 복귀하지 못하고 파멸한다는 얘기다.

박진환은 스티븐슨적인 선악의 구조 대신에 '길 아닌 길 천리를 돌아온 나'라는 세상에 눈이 어두워 허망하게 실패하는 인간형으로서의 허상(虛像)과 본래의 '나로부터 한 발짝도 떠나지 못하는 나'(제2연)라는 무능한 인간형으로서의 실상(實像)을 대조시키고 있다. 그러기에 이 두 인간형은 어느 쪽이고 간에 '울음하는 동행이다'(제3연)라는 통절한 '아픔'에 직면하고 있다.

따라서 '나와 나의 동행은 절름발이'(제4연)라는 부조리한 현실의 갈등구조 속에서 어느 쪽이거나 허덕이는 허상적 자아와 실상적 자아로서 마주친다는 의미 심장한 통찰을 한다.

제5연에서의 '어둠'은 '불의와 불법의 사회'의 상징어이며 그러기에, 선량한 '맨발의 나'는 불가항력적인 실족(失足)을 할 수밖에 없다. 결과적으로 '꽃신'도 '맨발'과 함께 의족(義足)의 동행이라는 침통한 고발을 하고야 마는 수작(秀作)이다.

사랑 법

가령 우리가 달리 먹고 사는 것이 있다면 나는 시를 먹고 아내는 성경을 먹고 산다. 그러나 나는 먹고 살기 위해 먹은 만큼 코피로 쏟아 내고 아내는 먹는 만큼 사랑의 살이 찌는 모양이다. 나는 가끔 아내를 이기주의자라 생각하고 나를 자유주의자라고 믿는 터다. 내가 먹고 사는 시 속엔 고뇌가 있고 아내가 먹고 사는 성경(聖經) 속엔 사랑이 있다. 고로 나는 고뇌를 먹고 아내는 사랑을 먹는 셈이다. 다같이 달리 먹고 사는 법을 알고 있으나 나와 아내가 다른 점은 굳이 내가 고뇌를 택한 점이고, 사랑이라 믿고 있는 점이다. 아내는 이를 착각이라고 믿고 아내의 착각을 착각이라고 다시 믿는 내가 딱할 따름이다. 아내와 나는 한 울타리 안에 살면서 또 다른 울타리를 치고 각기 사는 법을 달리하고 있는 셈이다. 부부이면서 부부로 느껴지지 않는 때는 바로 이러한 때다. 기실 우리는 당초 남남이었듯이 지금도 남남 이상일 수 없는지도 모를 일이다. 이를 서로 알고 미안해 하고 그렇다고 미워하거나 나무라거나 사랑하지 않는 것도 아니다. 사랑, 그것은 생각하기 따라서는 빛깔도, 모양도, 주는 법도, 받는 법도 전혀 다른 것 같다. 아내는 이를 익히 알고 있는 듯 싶고 나는 일부러 모르는 체하는지도 모른다. 사랑 법, 그것을 아직은 잘 모른다. 아는 것은 달리 먹고 사는 법을 사랑으로 알고 사랑한 만큼 코피를 쏟는다는 사실 뿐이다.

주제 부부의 내면세계 추구
형식 변형시
경향 주지적, 종교적, 풍자적
표현상의 특징 구조적으로 독특한 변형시의 형태를 취하고 있다.
산문적인 표현이나 상징적인 시어도 구사하고 있다.
소박한 선의식 속에, 읽어서 누구나 알아듣기 쉬운 묘사로 부부의 내면세계의 본질을 예리하게 추구하고 있다.

이해와 감상

남편인 시인은 '시를 먹고 아내는 성경을 먹고 산다' 는 표현이 자못 해학적이다.
이기주의자와 자유주의자라는 상대적인 구분으로부터 부부관계를 대칭적인 측면에서 이미지화 시키는 직설적인 표현수법이 종래의 시에서 좀처럼 보기 드문 새로운 구성을 하고 있어 주목된다. '내가 먹고 사는 시 속엔 고뇌가 있고, 아내가 먹고 사는 성경 속엔 사랑이 있다' 고 하는 박진환. 그는 시의 진실을 캐기 위해 '고뇌' 하고 있고, 그의 아내는 성경을 통해 '사랑' 을 깨우치고 있다고 선언한다.

그런데 화자는 끝내 사랑 법을 모른다고 결론짓는다. 즉 '사랑 법, 그것을 아직은 잘 모른다. 아는 것은 달리 먹고 사는 법을 사랑으로 알고 사랑한 만큼 코피를 쏟는다는 사실뿐이다'고 고백한다. 이것은 가장(家長)인 남편이 아내를 위해 고통을 겪으며 최선을 다해 일한다고 하는 삶의 미학(美學)인 것이다.

박진환은 자작시 「사랑 법」에 대해 이렇게 밝힌 것이, 유명하기에 여기 덧붙여 둔다.

"「사랑 법」은 내게 그지없이 소중한 자신의 모습을 보게 하는 거울이 되어준다.

거울 하나로 행복할 수 있는 여인의 행복 이상의 것을 나는 원하지 않는다. 시가 그 이상의 것이라면 시는 내 차지가 되어 주지 않았을 것이기 때문이다."

박진환에게는 자기 자신에 대한 올바른 성찰이 곧 아내에 대한 참다운 '사랑 법'이란다.

달

벗는다
한사코 벗는다
초사흘 그믐이면
칼날 같은 독기(毒氣)
청상(靑孀)의 세운 눈썹이다가
열닷새 음보름이면
훌훌 벗고 웃는 요기(妖氣)
훔쳐 보고
또 훔쳐 보다가
끼르륵 끼르륵 숨어서 웃는
귀또리는 참
부끄러움이 많은 놈이다.

이해와 감상

세련된 시어로 「달」의 심미적 상황을 예리한 감각으로 풍자하고 있다.

보름달로부터 초승달까지의 천체 운행상의 인간의 달에 대한 시각적 변모를 '벗는다'는 의인적 표현으로 묘사하는 것이 이채롭고도 흥미롭다.

당(唐)나라(618~907) 때 시인 이백(李白, 701~762)이 '달을 잡겠다'고 강물 속에 뛰어들었다는 고사(故事)가 전하거니와, 박진환은 시로써 달의 옷을 벗기고 있어, 이런 해학적 메타포는 우리가 오늘 새삼스럽게 주목해야 할 것 같다.

시인들의 새로운 시의 제재(題材) 개발이 요즘처럼 요망되는 때가 따로 없는 것 같다. 매너리즘에 빠지고 진부한 언어유희는 식상한다. 이 시에 등장하는 '부끄러움이 많은 놈'이라는 '귀또리'의 의인화도 참신한 이미지 처리로서 평가된다. 그러기에 오늘의 현대시는 이렇듯 새로운 목숨을 숨쉬며 청신하게 살아 있어야만 한다.

Ⅵ. 새로운 지평(地坪)을 열며

(1961~1980)

이근배(李根培)

　충청남도 당진(唐津)에서 출생(1940~　　). 호는 사천(沙泉). 서라벌예술대
학 문예창작과 졸업. 1961년 『서울신문』 신춘문예에 시조 「벽(壁)」이 당선되
고, 『경향신문』 신춘문예에 시 「묘비명(墓碑銘)」이 당선되어 문단에 등단했
다. 또한 『조선일보』 신춘문예에 시 「압록강」이 입선되었으며, 1962년에는
동시 「달맞이꽃」이 『조선일보』 신춘문예에 당선되었다. 이어 1964년에는 시
「북위선(北緯線)」이 『한국일보』 신춘문예에 당선되었다. 『신춘시(新春詩)』 동
인. 시집 『사랑을 연주하는 꽃나무』(1960), 『노래여 노래여』(1981), 『한강(漢
江)』(장편서사시, 1985) 등이 있다.

평원

비로소 나의 개간이 어리석음을 알았다.

간밤에 비를 맞은
풀꽃들의 우수.

내 함성이 다 건너지 못하는
저 무량한 꿈의 밭을
이제는 바람도 불지 않는다.

성장한 별들이 그 나름의 감회로 잠이 들 때
초목들은 무어라고 내 반생의 허물을 문답할 것인가.

오랜 날을 자의(自意)로만 살아온
아 이 슬픈 매몰을,

목숨이여,
휴식의 잠잠한 때에
금빛으로 닦아 놓고.

노동의 꽃으로 가득히 채울
무변(無邊)한 땅에서
나는 눈물 고여야겠다.

이해와 감상

스스로 걸어온 반평생의 인생을 넓은 들판으로 설정하고 연민하며 자성의 눈을 번쩍 뜰 때, '비로소 나의 개간이 어리석음을 알았다' (제1연)는 마음의 눈동자가 빛난다.

「평원」이라는 표제(表題)는 범상한 것 같으나 '내 함성이 다 건너지 못하는/ 저 무량한 꿈의 밭' (제3연)처럼 자아성찰의 들판은 보다 폭넓고 다채로운 참신한 이미지의 전개에 썩 어울리는 것 같다.

그러기에 이근배가 평원(平原)에서 '성장한 별들이 그 나름의 감회로 잠이 들 때/ 초목들은 무어라고 내 반생의 허물을 문답할 것인가// 오랜 날을 자의로만 살아온/ 아 이슬픈 매몰을' (제3 · 4연)하고 회오할 때, 그 평온은 결코 순탄한 벌판이 아닌 황야(荒野)의 거센 소용돌이의 행로이기도 했던 것을 깨닫게 해준다.

솔로몬왕이 허구 많은 훈언(訓言)을 남겼지만, 그보다는 참다운 뉘우침이 그 어떤 역설적(力說的)인 잠언(箴言, proverb)보다도 값지고 눈부신 것이 아닐까.

이제 앞으로 남은 다시 반생의 평원을 향해 화자는 결연히 '목숨이여/ 휴식의 잠잠한 때에/ 금빛으로 닦아 놓고// 노동의 꽃으로 가득히 채울/ 무변한 땅에서/ 나는 눈물 고여야겠다' (제6 · 7연)고 참으로 가난한 마음의 진한 결의를 한다.

북위선(北緯線)

1
서투른 병정은 가늠하고 있다.
목탄으로 그린 태양의
검은 크레파스의 꽃밭의 지도(地圖)의
눈이 내리는 저녁 어구에서

병정은 싸늘한 시간 위에 서 있다.
지금은 몇 도 선상인가
그리고 무수히 탄우(彈雨)가 내리던
그 달빛의 고지는 몇 도 부근이던가.
가슴에는 뜨거운 포도주,
한 줄기 눈물로 새김하는 자유의
피비린 향수에 찢긴 모자
이슬이 맺히는 풀잎마다의 이유와
마냥 어둠의 표적을 노리는
병정의 가슴에 흐르는 빙하
그것은 얼어붙은 눈동자와
시방 날개를 잃은 벽이었던가.
꽃이었던가.

　　　　2
한 마리 후조가 울고 간
외로운 분계선
산딸기의 입술이 타던 그 그늘에
녹슨 탄피가 잠들어 있다.
서로 맞댄 산과 산끼리 강과 강끼리
역한 어둠에 돌아누운 실재(實在)여.
빈 바람이 고요를 흔들어 가는
상잔(相殘)의 동구 밖에 눈이 내리고
어린 사슴의 목쉰 울음이
메아리쳐 돌아간 꽃빛 노을 앞에서
반쯤 얼굴을 돌린 생명이여.
사랑보다 더한 목마름으로
바라보아도 저기 하늘 찢긴 철조망
한 모금 포도주의 혈즙(血汁)으로
문질러도 보는 이 의미의 땅에서
병정이여.
조국은 어디쯤 먼가.
눈먼 신화의 골짜기, 나무는 나무대로
바람은 바람대로 소스라쳐 뒹굴던

뿌연 전쟁의 허리춤에서
성냥불처럼 꺼져간 외로운 자유
그 이지러진 풍경 속에
오늘도 적멸(寂滅)의 눈이 내린다.

      3
누가 잃어버린 것일까.
황토 흙에 묻힌 군화 한 짝.
언어도 없는 비명(碑銘)의 돌아선 땅에서
누가 마지막 입맞춤 마지막 포옹을
묻어 두고 간 것일까.
국적도 모르고 군번도 없는 채,
버리운 전쟁의 잠꼬대여
멀리 흐느끼는 야영(夜營)의 불빛은
검은 고양이의 걸음으로 벽을 오르고,
후미진 밤의 분계선 근처에
병정의 음악은 차게 흐른다.
허나 돌과 나무 어느 하나도
손금처럼 따습게 매만질 수 없는
빙점의 북한선
작고 파닥이는 소조(小鳥)의 가슴처럼
피가 사위는 대안(對岸)이여.
세계가 귀대이는 초소에서
오늘도 전단(傳單)의 눈발을 맞는 간구(懇求)
그 목마른 안존(安存) 위에
떨리는 자유여, 강하(江河)여.
서투른 병정이 가늠한 두 개의 판도(版圖)
검은 크레파스의 태양의, 꽃밭의,
싸늘한 시간 위에서
병정이여, 여기는
북한선 몇 도의 어둠 속인가.
눈이 내리는 찬 지경의
북한선 몇 도의 사랑 밖인가.

이해와 감상

『한국일보』 신춘문예(1964) 당선작이다. 국토분단의 비극 속에서 현실적인 역사인식
은 당시 이 땅의 젊은 시인들의 중대한 제재였으며 많은 이들이 다투어 작품을 다루기도
했다. 남북이 대치하는 휴전선 일대에서 총을 들고 서있는 병사에게 포커스를 맞춘 이근
배의 예리한 시각은 동족상잔의 비극을 가슴 아파 한다(제1부).

철새들은 남북을 마음껏 오가지만 우리에게는 휴전선 분단의 비극이 오늘도 실재하
고 있는 것이다. 형제가 서로 총을 겨누고 피에 젖은 탄피가 뒹굴고 있는 현장. 그렇게
제2부는 포괄적으로 점철되고 있다.

'병정이여/ 조국은 어디쯤 먼가' 라고 조국의 평화통일의 날은 언제 오는가고 고뇌하
며 반문한다.

'눈먼 신화' 는 민족사에 대한 통렬한 자성(自省)일 뿐 아니라, 동족상잔의 비극을 도
발한 자들에 대한 준엄한 문책이다.

오늘의 이른바 젊은 세대는 단순하고 안이한 판단을 극복하고 국토분단과 민족사적
분열에 대해 보다 진지하게 우리의 과거와 현재 미래를 돌아보자는 뜻에서 이 역편(力
篇)을 제시해 둔다.

내가 산이 되기 위하여

어느 날 문득
서울 사람들의 저자거리에서
헤매고 있는 나를 보았을 때
산이 내 곁에 없는 것을 알았다
낮도깨비처럼 덜그덕거리며
쓰레기 더미를 뒤적이며

사랑 따위를 팔고 있는 동안
산이 떠나 버린 것을 몰랐다
내가 술을 마시면
같이 비틀거리고
내가 누우면 따라서 눕던
늘 내가 되어 주던
산을 나는 잃어버렸다
내가 들르는 술집 어디
만나던 여자의 살냄새 어디
두리번거리고 찾아도
산은 보이지 않았다
아주 산이 가버린 것을 알았을 때
나는 피리를 불기 시작했다
내가 산이 되기 위하여.

주제 진실 추구와 자아성찰
형식 전연의 자유시
경향 서정적, 상징적, 연상적
표현상의 특징 지적인 표현미가 고도의 서정성으로 융화되고 있다.
자아인식의 치열한 이미지들이 빛의 편린처럼 번뜩이며,
연상작용에 의한 회화적 표현이 돋보인다.

이해와 감상

이 작품에서 이근배가 제시한 '산'은 가장 소중한 '삶의 가치'의 상징어다.
시인들이 왕왕 도그마(dogma, 교리)에 빠지는 것은 자아성찰이 부족한 데 기인한다.
그러나 이근배는 그러한 함정을 훌륭하게 극복하면서 서정시의 새로운 경지를 펼치고
있다.
생활의 흔들림 속에서 잃어버렸던 자아를 찾는 그의 시세계가 새로운 서정(抒情)으로
형상화되고 있다. 누구나 친근해질 수 있는 노래이면서 그 심미적 의미 또한 우리에게
새로운 감동을 안겨주고 있다.
'서울 사람들의⋯ 산이 내 곁에 없는 것을 알았다'는 각성은 스스로 잃어버린 진실,
스스로 등을 돌렸던 정신세계와의 순수한 재결합이다. 순수와 진실은 정신세계를 비유
하는 상징어다.

박재릉(朴栽陵)

강원도 강릉(江陵)에서 출생(1937~). 연세대학교 국문학과 졸업. 1961년
『자유문학(自由文學)』 신인 현상문예에 시 「너와 나」가 당선되어 문단에 등
단했다. '한국시' 동인. 시집 『작은 영지(領地)』(1963), 『작은 영지(領地)·2』
(1964), 『꺼지지 않는 잔존(殘存)』(1965), 『밤과 연화(蓮花)와 상원사(上院
寺)』(1972), 『망부제(亡父祭)』(1992), 『삭발하고 분바르고』(2002) 등이 있다.

지금 잠들면

지금 잠들면 무서워.
지금 꿈속은 평원동(平原洞) 근철 거야.
댕기 딴 시악시들이 불 켜들고 나올 거야.

아직 안 간, 머언 오매가 머리 풀고 웃는구나.
오매한테 붙은 그놈이
이젠 오매한테서 뜨려고 해.

지금 잠들면 무서워.
지금 잠들면 평원동은
온통 음산한 달빛일 거야.

뜨락에 선 대추나무 하나가
넌지시 이켠 밖으로 손을 뻗어…….

지금 잠들면 무서워.
꿈속에선 언제나 난 애기처럼 어려
천년 전에 죽은 애 귀신에 씌운 듯
발버둥치는 애기 울음으로 어려.

뒷 울 밑으로 선 서너개의 장신(長身).
돌담 잎새 사이사이로 오락가락하는 머리카락.

히히 덤빌 거야. 입맞추러 덤빌 거야.
지금 잠들면 무서워.
지금 잠들면 무서워.

*오매 : 강원도 벽촌 사투리로 처녀를 뜻함

주제 정령설(精靈說)의 환상적 이미지 추구
형식 7연의 자유시
경향 환상적, 정령적, 상징적
표현상의 특징 일상어로 환상적 대상을 토속적 정령설에 입각해서 표현하고 있다.
심야의 음산한 분위기가 짙게 이미지화 되고 있다.
표제인 '지금 잠들면'과 '지금 잠들면 무서워'가 동어·이어반복하고 있다.
그밖에도 '평원동', '오매', '~ 거야' 등이 동어반복되고 있다.

이해와 감상

이 시는 인간의 심원(深遠)한 오뇌(懊惱)를 귀신에게 결부시켜 정령(精靈)의 세계를 현대시로써 이미지화 시키는 데 성공한 박재릉의 대표작의 하나이다. 특히 이 작품은 시각적인 상상적 표현미가 두드러져서 리드미컬한 '지금 잠들면 무서워'의 반복과 더불어 조화를 이루면서 독자로 하여금 유현(幽玄)한 경지를 심도 있게 감지시키고 있다.

'지금 잠들면 무서워'라고 하는 행이 다섯 번이나 동어반복을 하고 있음을 살필 수 있다. 또한 이 시에서는 수미동어의 반복을 하고 있기도 하다.

이와 같은 반복이 시인이 의도하고 있는 정령의 이미지를 강조시키는 데 얼마나 수사적(修辭的) 효과를 작용시키고 있는지 잘 알게 된다. 그러므로 반복법은, 시의 내용에 걸맞고 리드미컬하게 기교적으로 구사하면 그 시의 이미지 강화에 크게 구실한다는 사실도 파악할 수 있다.

박재릉은 우리나라 무속(巫俗)을 바탕으로 지난 1970년대부터 토속적인 정령설을 시 작품으로 형상화 시키는 작업을 계속 해오고 있다. 살아 있는 인간세계에다 환상세계의 통념인 귀신을 등장시키는 이 시적 시도가 그 성공도와 관계없이 일단 시단적으로 크게 주목받아 오고 있는데 독자들도 관심이 쏠릴 줄로 안다.

일본에서는 정령 연구가 학문적인 토대 위에 이미 19세기 말부터 「요괴학」(妖怪學)이 토우쿄우대학 철학과 출신의 불교철학자 이노우에 엔료우(井上圓了, 1858~1919) 교수에 의하여 학문이 성립되었다. 이노우에 엔료우 교수가 창설한 토우쿄우의 도우요우대학(東洋大學)은 「요괴학」의 본터전이며, 이노우에 박사의 『요괴불멸론』등 10권의 저술을 바탕으로 학문연구가 오늘날 왕성하다(홍윤기 『일본문화백과』 서문당, 2000).

우리나라에서는 서정범(徐廷範) 교수 등 몇분의 무속과 정령 연구가 널리 알려지고 있다. 여하간 정령 등 불교와 민속학적 토대에서의 시창작 활동도 그 의의가 크다고 본다.

제야(祭夜)에

조상은 오다가도 문전에 찌푸리고 섰다.
조상 곁엔 파란 구걸의 혼들이 오고 간다.

애비는 절 안 하고
에미는 객물에다 쏟아지는 눈물을 쏟았다.

죽어선 동복(同腹)이 된 배다른 을이를 위해
애미는 속으로 그에게 술을 따랐다.

을이는 또 새로이 어딜 갔으랴!
살아서 갓 못 쓴 그 어느 나들이 놈과
의붓살이 의붓살이 의붓살이로만

맺힌 핏대로 피먹는
피먹는
저기 생시(生時)의 돌이와 히히 웃고 살아.
저기 생시의 석이와 히히 웃고 살아.

이해와 감상

제사 지낼 때는 방문은 말할 것 없고 대문을 열어놓아 혼령을 모시기 마련이다.
제상에 돌아가신 분을 모실 때, 지방(紙榜)을 써 세우고 집사(執事)는 빈 놋그릇에 놋쇠 젓가락을 세워서 소리가 나게 구르고, 초헌 드리는 제주가 일어나 재배하고 나서 축문을 외우며 제사가 진행이 된다.
일본에서도 가정에 상청(喪廳) 구실하는 불단(佛壇)을 안방에 모시고 있는데 돌아간 분의 혼령을 모실 때는 한국에서처럼 쇠그릇에다 쇠젓가락을 구르고 있다. 그러기에 일본 사람들은 "빈 그릇을 두들기면 귀신 나온다"는 말들을 곧잘 한다.
박재릉의 「제야에」는 그와 같은 제사드리는 밤의 혼령의 생동감 넘치는 출현을 시로써 형상화 시키고 있는 것이다. 누구에게나 그 상황이 리얼하게 전달이 잘 될 줄로 안다.

신세훈(申世薰)

경상북도 의성(義城)에서 출생(1941~). 중앙대학교 연극영화과 졸업. 동국대학교 대학원 수료. 1962년 『조선일보』 신춘문예에 시 「강과 바람과 해바라기와 나」가 당선되어 문단에 등단했다. '신춘시' 동인. 시집 『티우이들의 현장』(공저, 1965), 『비에트남 엽서』(연작시집, 1965), 『강과 바람과 산』(1978), 『사랑 그것은 낙엽』(청소년 시집, 1984), 『뿌리들의 하늘』(장시집, 1985), 『조선의 평행선』(1991), 『꼭둑각시의 춤』(1993), 『체온이야기』(1999), 『3·4·5·6조』(2000) 등이 있다.

목쉰 연가
―사랑하는 나무

백번 찍어 안 넘어가는 나무
천 번을
만 번을 찍었거니
결국 사랑하는 나무는 비참히 쓰러졌네.

섰던 세월의 태양이 아무리 그리워도
누워서 밤이슬 맞게 되는 것
누워서 어둠 안으로 죽어가는 것.

나도 사랑하는 나무 옆에 넘어져
오랜 잠들 때까정 넘어져
한 천 년을
한 만 년을
하늘의 별에 대고 얘기할런다.

> **주제** 시의 순수성 추구
> **형식** 3연의 자유시
> **경향** 서정적, 상징적, 의지적
> **표현상의 특징** 연작시이며, '사랑하는 나무'라는 부제(副題)를 달고 있다.
> 제1연에서는 풍자적 수사법을 쓰고 있다.
> 한글로만 시를 쓰고 있으며, 정감 넘치는 일상어로 순수 이미지를 표현하고 있다.

　연작시 「목쉰 연가」의 제17번째 작품이다. 앞에서도 지적했지만 신세훈은 모든 시를 '한글'로 씀으로써 우리 글에 시인의 진지한 자세를 보여주고 있다.

　「목쉰 연가」를 통해 시인의 강인한 의지를 우리가 엿볼 수 있는데, '열 번 찍어 안 넘어가는 나무 없다'는 '十斫木無不顚'이라는 『순오지(旬五志)』의 옛말을 연상케 한다. 물론 이 시는 풍자적 성격의 작품이다.

　이 시의 부제(副題)로써 밝혀지고도 있거니와 '사랑하는 나무'란 어떤 존재인가. 그것은 그의 시와 시세계(詩世界)이며, 이 시의 첫째 연에서 시인은 그의 시 작업을 이렇게 의지적으로 은유하고 있는 것이다.

　한 편의 시를 쓰기 위해서, 또한 자신의 시세계를 형성하기 위해서 시인은 초부(樵夫)가 거대한 나무를 열 번, 백 번 찍어 넘어뜨리는 것보다 더한 천 번 만 번, 아니 끝없는 각고 속에 심혼(心魂)을 불사르는 작업을 줄기차게 이어가고 있는 것이다.

　이 시에서 신세훈의 시적 이상상(理想像)은 제3연의 마지막 시행(詩行)으로써 끝내 등장하는데, 그것은 곧 '하늘의 별'이다. '하늘의 별'에게 시인은 그의 시를, 그 정화(精華)를 보여주겠다는 것이다.

잠실 밤개구리

　　잠실 밤개구리가 운다.
　　밤새도록 밤새도록 운다.
　　울음숲을 이루며 잠실잠실
　　실실실 잠실……
　　아파트가 더 들어서면
　　고향을 잃어버린다고 운다.
　　비 맞은 인디언 물귀신처럼 운다.
　　아스팔트가 덮이면
　　변두리 산으로 쫓거나
　　숨 다할 거라고 무한정 밤을 운다.

　　잠실 밤하늘을 원망이라도 하듯
　　순하디 순한 흙값이 금값임을
　　허공천에 대고 원망이라도 하듯
　　잠실 밤개구리가 새워 새워 운다.

금구렁이들이 자꾸자꾸 모여들면
이제 울 수도 없을 거라고 자꾸 운다.
울음시위와 울음화살로는
마른 번갯불로 빛나는 그림자 앞에서는
울어봐도 다 소용 없을 거라고 자꾸 운다.
여름밤 인디언 물귀신처럼 그리 슬피 운다.

주제 물신숭배의 배격 의지
형식 2연의 주지시
경향 해학적, 풍자적, 문명비평적
표현상의 특징 작자의 배금주의 배격의지가 심도 있는 이미지로 부각되고 있다.
'금구렁이', '인디언 물귀신' 등 속어 표현이 해학적이다.
'운다'는 청각적 시어의 동어반복이 두드러지는 점층적 강조법의 수사가 이채
롭다.

이해와 감상

신세훈은 「잠실 밤개구리」를 통해 일찌감치 1970년대 초에 물신주의(fetishism) 배격
의 날카로운 문명비평의 경구(epigram)를 던졌다.

산업화사회의 잘못된 배금사상이 빚은 세칭 부동산 투기는 우리의 아름다운 자연을
여지없이 뭉개 버렸다. 이에 얼마 안 되는 도시의 풍광마저 콘크리트의 거성(巨城)으로
푸른 하늘마저 가려, 햇빛이 겨우 비집고 옮겨 앉을 옹색한 터전마저 모두 그늘져 버리
고 말았지 않은가.

'금구렁이들이 자꾸자꾸 몰려들면/ 이제 울 수도 없을 거라고 자꾸 운다'던 시인의 빼
어난 잠언(箴言, aphorism)에 등장했던 아포리즘의 잠실 밤개구리들은 종족마저 멸종된
채, 21세기 초엽인 오늘에도 '금구렁이'들은 이곳 저곳 재건축단지로 '자꾸자꾸' 몰려
들고 있으니, 이 거염뿐인 이기주의 금구렁이들을 퇴치시킬 명관(名官)들은 언제쯤 마패
를 번쩍이며 나타날 것인가.

비에트남 엽서

그 티우이 배(裵)를 좋아하던 월남 처녀
웨잉·테이·하안이 산보를 하던 길에
우리는 철조망을 치고 지뢰를 묻었다.

그 철도청장 딸은 철주까지 걸어 나와
슬픈 얼굴을 하고 되돌아갈 적에
달팽이는 철조망 가에 핀
이름 모를 꽃나무에 기어오르고 있었다.

고 언제나 아가씨 뒤를 따라 쫄랑거리던
그 집 귀여운 개가 지뢰를 밟고 죽은 이튿날
티우이 배는 다시 하안을 볼 수 없었다.

전장의 아침은 조용한 꿈속이었다.
그리고 조용한 이별이었다.

주제 베트남 전쟁의 비극
형식 4연의 자유시
경향 주지적, 서정적, 풍자적
표현상의 특징 간결한 일상어의 산문체로 심도있는 이미지를 담고 있다.
'~물었다', '~있었다', '~없었다', '~이었다' 등 과거형 종결어미 처리를
하고 있다.
시의 콘텐츠가 독자에게 감동적으로 전달되고 있다.

이해와 감상

이 시를 이해하기 위해서는 베트남 전쟁(1960~1975)을 간략히 살펴야 한다.
베트남 전쟁은 인도지나반도의 분단국가로서의 베트남인들의 비극을 몰고 왔던 동족
간의 큰 싸움이었다.
이 전쟁 당시 '맹호부대'·'청룡부대'·'백마부대' 등등 수십만의 한국군이 참전하
여 미군과 함께 베트콩 등 월맹 공산군과 싸웠던 것이다.
이 베트남 전쟁 당시에 참전 한국군 장교였던 시인 신세훈이 그 전쟁 상황을 시로 쓴
것이 이 작품이다.
바로 그의 전우였던 티우이 배의 연인인 월남처녀 하안의 불행한 죽음을 애도하는 이
시의 드라마틱한 내용을 이제 독자들은 다소나마 이해할 줄 안다.
우리는 6·25동란도 그렇거니와 약소 분단국가의 동족상잔의 아픔을 베트남 전쟁의
제재(題材)에서도 우리가 실감하게 된다.
한국시문학사에서도 이 작품은 중요한 기록이 될 것이다. 이 베트남 전쟁에서 수많은
한국군 장병들이 희생당했고 상이군인이 되었다. 그 뿐 아니라 그 당시 미군의 고엽제
살포에 의한 피해 후유증에 고통받는 분들도 우리가 마음 아프게 여기는 것이다.

박이도(朴利道)

평안북도 선천(宣川)에서 출생(1938~   ). 호는 석동(石童). 경희대학교 국
문학과 졸업, 동 대학원 수료. 1962년 『한국일보』 신춘문예에 시 「황제와
나」가 당선되어 문단에 등단했다. '신춘시(新春詩)' 동인. 시집 『회상(回想)의
숲』(1968), 『북향(北鄕)』(1969), 『폭설』(1975), 『바람의 손끝이 되어』(1980),
『불꽃놀이』(1983), 『빛의 형상(形象)』(1985), 『안개주의보』(1987), 『홀로 상
수리나무를 바라볼 때』(1991), 『약속의 땅』(1994), 『을숙도에 가면 보금자리
가 있을까』(2000), 『민담시집』(2002) 등이 있다.

소시장에서

가난을 풀어 가는 길은
너를 소시장에 내놓는 일이다
한숨으로 몇 밤을 지새고
작은 아들쯤 되는 너를 앞세우고
마을을 나선다
너는 큰 자식의 학비로 팔려 간다

왁자지껄 막걸리 사발이 뒹군다
소시장 말뚝만 서 있는 빈 터
찬 달빛이 무섭도록 시리다
헛기침 같은 울음으로
새 주인에 끌려 가던 너의 모습
밤 사이 이슬만 내렸다

우리집 헛간은 적막에 싸이고
아들에게 쓰는 편지글에
손이 떨린다

소시장에서 울어 버린
뜨거움
아들아, 너는 귀담아 들어라
오늘 우리 집안의 아아픔을

이해와 감상

이 작품에서 우리는 이른바 선진국입네, 경제성장 운운하고 있는 우리의 대도시와 농어촌의 엄청난 경제적 격차며, 부익부 빈익빈의 일그러진 축재와 숨찬 빈곤을 대비적으로 연상하지 않을 수 없다. 이러한 시대를 살아가는 시인의 예지의 눈빛은 오늘 '소시장'의 현장 리포트로서, 그 제재가 설정되고 동시에 휴머니즘의 인간애 정신은 그 구원의 시적 방법론으로서 오늘의 처절한 현실을 풍자하며 고발한다.

선량한 농민에게 그 집안의 농우는 참으로 사랑하고 사랑 받는 혈육이나 진배없는 '작은 아들 쯤 되는'(제1연) 가족이다. 그 작은 아들녀석을 대처에 유학간 '큰 자식'의 등록금이며 생활비 때문에 내다 파는 가장의 눈에서는 남의 눈에 보이지 않는 피눈물 같은 것이 소리없이 '밤사이 이슬'(제2연)로 내렸던 것이다.

'찬 달빛이 무섭도록 시리다'(제2연)는 은유는 '비통한 현실이 저주스럽도록 뼈아프다'는 직설(直說)로부터의 시적 형상화다.

화자는 '아들아, 너는 귀담아 들어라/ 오늘 우리 집안의 이 아픔을'(마지막연) 했는데, 여기서 '아들'은 누구인가. '위정자'가 아니겠는가.

'우리 집안'은 '우리의 사회현실'이며 '아픔'은 남을 속일 줄 모르는 성실하고 선량한 다수 국민의 '고통'의 상징어다.

'소시장'은 우리들이 눈시울 적시며 살고 있는 오늘의 '시련의 터전'이다.

빛의 하루

해 속에서 새 빛가루를 묻히고
바닷속 헤집고 나와
반짝반짝 전파를 낸다.
제일 먼저

산봉우리 바위 틈
비집고 나오는 멧새
밤새 흘린 어둠의 눈물
이슬이 괴어 그의 눈 속에
빛을 준다.
고목(古木)에 감긴 여린 수박풀에 앉아
마을을 내려다본다.
솟아오르는 굴뚝 연기
하늘 높이 흩어지는
시간의 피안(彼岸)을 좇는다.

> **주제** 삶의 진실 추구
> **형식** 전연의 자유시
> **경향** 서정적, 상징적, 감각적
> **표현상의 특징** 시어 구사가 매우 간결하며 감성적인 표현을 하고 있다.
> 한 마리의 멧새를 의인법으로 등장시켜 상징적으로 묘사하고 있다.
> 언어의 시각적, 영상적 표현으로 감각적인 효과를 이루고 있다.

이해와 감상

진실은 빛이며 삶의 길잡이이다. 시인은 한 마리 이름 모를 멧새에게서도 빛을 추구한
다. 화자는 스스로 빛을 캐는 한 마리의 멧새가 되려는 것이다. 기독교 『성경』의 「창세
기」를 보면 태초에 신이 세상 천지를 창조했을 때는 혼돈과 공허와 어둠이었다.

신은 '빛이 있으라!' 명하여 비로소 빛은 탄생되었다고 한다. 이 작품은 신이 창조한
빛을 시적으로 형상화(形象化) 시키려는 그러한 진지한 자세가 드러나 보인다.

하루 생활의 빛, 그것은 가난하되 정직하고 근면하고 성실하며, 이웃을 아끼고 상처
입은 이를 어루만져 주는 참사랑의 빛일 것이다. 경건한 신앙 속에 참다운 삶의 빛(진실)
을 추구하는 화자의 빛의 하루하루의 모습을 우리가 역력히 볼 수 있다.

눈물의 의무

눈물이 흐르고 있다는 것은
나는 아직 살아 있다는 것

트인 하늘이며, 어느 산 밑으로 향하여
감격할 수 있는 불면의 눈은
화끈히 달아 오르는 불덩이
열망하듯 호소하듯,
그것은 귀한 보석을 지닌 것
눈물이 흐르고 있다는 것은
아주 먼 날들을 더듬어
훈훈한 초원으로 풍기는 바람 속,
생명으로 이어오는
많이 반짝이는 별처럼
나는 아직 살아 있다는 것
생각한다는 것
아직 남아 있는 시간과
마음껏 주어진 자유로
어쩔 수 없이 눈물이 흐르고 있다는 것은
많은 소망으로 애무하는
이 절대한 생명의 의무

이해와 감상

눈물은 슬플 때 나오고 기쁠 때도 나온다. 슬퍼할 줄 알고 기뻐 할 줄 아는 것은 곧 인간만의 아름다운 특권이 아닐 수 없다.

그러한 아름다운 눈물을 흘리지 못하는 사람이 있다면 얼마나 불행한 일인가, 잠시 생각해 보게 된다.

그렇다. '눈물이 흐르고 있다는 것은/ 나는 아직 살아 있다는 것' (제1~2행)이다. 그러기에 살아 있는 나는 '눈물의 의무'를 다해야만 한다.

눈물을 흘릴 수 있는 감격스러운 일, 모든 고통과 슬픔을 함께 나누며 울어 줄 수 있는 눈물의 소유자가 되어야 할 것이다.

눈물이 있으되 눈물을 참되게 흘릴 줄 모른다면 그것은 눈물의 참값을 다하지 못하는 일이요, 또 그것은 내가 참으로 살아 있는 것이 아니지 않은가.

화자는 「눈물의 의무」로써 우리에게 많은 것을 새로이 깨닫게 해 준다.

허영자(許英子)

경상남도 밀양(密陽)에서 출생(1938~　). 숙명여자대학교 국문학과 졸업, 동 대학원 수료. 『현대문학』에 시 「도정연가(道程連歌)」(1961. 2), 「사모곡(思母曲)」(1962. 4), 「연가삼수(戀歌三水)」(1962. 9) 등이 추천 완료되어 문단에 등단했다. '청미회(靑眉會)' 동인. 시집 『가슴엔 듯 눈엔 듯』(1966), 『친전(親展)』(1971), 『어여쁨이야 어찌 꽃뿐이랴』(1977), 『빈 들판을 걸어가면』(1984), 『조용한 슬픔』(1990), 『기타를 치는 집시의 노래』(1995), 『목마른 꿈으로써』(1997) 등이 있다.

겨울 햇볕

내가 배고플 때
배고픔 잊으라고
얼굴 위에 속눈썹에 목덜미께에
간지럼 먹여 마구 웃기고

또 내가 이처럼
북풍 속에 떨고 있을 때
조그만 심장이 떨고 있을 때
등어리 어루만져 도닥거리는

다사로와라
겨울 햇빛

주제 사랑의 진실추구
형식 3연의 자유시
경향 서정적, 낭만적, 상징적
표현상의 특징 세련된 섬세하고 감각적인 시어로 서정을 짙게 표현하고 있다.
　사상(事像)을 빼어난 비유의 솜씨로 메타포하고 있다.
　도치법을 쓰고 있다.
　'얼굴 위에', '속눈썹에', '목덜미께에' 등 '~에'라는 처소격조사(處所格助詞)
　를 인체부위에 집중적으로 표현한다.

표제(表題)인 「겨울 햇볕」은 심도 있는 복합 상징어다.

'겨울'은 '고난', '시련', '아픔'의 시어며, '햇볕'은 '희망', '용기', '약동'의 시어다. 그러므로 겨울과 햇볕은 상대어(相對語)다. 즉 반의어(反意語)며 반대어다

이 시는 우리가 영문(英文)의 구조를 뒤로부터 거슬러 오며 해석을 하듯이, 제3연에서 주어(主語) 즉 '겨울 햇빛'을 찾아내게 된다.

'배가 고플 때'처럼 인간 고통의 극치는 따로 없을 것이다. 배가 고프면 끝내 목숨을 잃지 않는가. 이 생리적인 생체적인 아픔은 삶과 죽음의 고빗길에 놓여 있다.

대관절 허영자는 무엇에 배가 고프다는 것인가. 밥에, 지식에, 사랑에 그 어느 것을 가리키는 배고픔인가를 우리는 따져볼 일이다. 여기서 시인은 참다운 '사랑'에 배가 고프다고 본다면 어떨까. 그 사랑이란 반드시 연정(戀情)만이 아닌 휴머니즘의 인간애, 인류애를 가리킬 수도 있다. 물론 그 해석은 독자가 어느 쪽을 택하든지 자유에 속한다는 대전제하에 말이다.

정말 밥을 먹을 수 없는 가난 속에 배고플 때 '배고픔 잊으라고/ ~간지럼 먹여 마구 웃기고' 있다는 처절하고도 비통한 상황은 현실적으로 빈곤한 역사 속에 장구한 세월 살아온 우리 민족에게, 특히 현대에는 6·25동란 때 거의 모든 사람이 굶주림에 시달렸던 뼈저린 현실도 존재했던 일이기도 하다. 여하간에 가령 어린애들이 너무 배고파 서로 간지럼을 먹여 잠시나마 웃으며 배고픔을 잊으려는 그 참상은 시인의 해맑은 소녀다운 순수한 정서적 발상과 같은 가장 구김 없고 따사로운 이미지의 결정(結晶)이다.

배고픔 다음의 고통을 추위라고 일컬을 때 '내가 이처럼/ 북풍 속에 떨고 있을 때'(제2연)야말로 설상가상의 참혹한 아픔이다. 그러나 참으로 다행스러운 결론이 내려진다. '등어리 어루만져 도닥거리는// 다사로와라/ 겨울 햇빛'이라니 이제, 온갖 고난과 시련이며 아픔은 끝나는 것이다. 시인은 진한 목소리로 '고난 속에서의 구원'이라는 '큰 사랑'의 안간애, 인류애를 우리로 하여금 각성시키고 있다.

바위

한 여인이
그 영혼을
송두리째 드린다 하면

한 여인이
그 살을
피를

내 음을
송두리째 드린다 하면

아아,
그대의 고독은 풀릴 건가.

차겁고 어둡고 말 없는 얼굴
그대 마음을 풀 길 없는
크나큰 이 슬픔

울먹이며 떨며 머뭇대는
나의 사랑아!

> **주제** 사랑의 진실
> **형식** 5연의 자유시
> **경향** 서정적, 낭만적
> **표현상의 특징** 강렬하고도 유현(幽玄)한 서정성이 넘치는 시어를 구사하고 있다.
> 섬세하고도 호소력 있는 언어의 감각미가 넘실댄다.
> 이미지의 명징성이 두드러지게 형상화되고 있다.

이해와 감상

허영자는 '사랑'을 주제로 하는 참다운 삶의 의미를 추구하는 서정시인이요, 그러한 가운데 사랑의 진실을 캐고 있는 시인이다.

그 사랑이란 청춘의 연정만이 아닌 인간의 모든 사랑을 포용하고 있다. 사랑이란 과연 무엇인가. 진실이 어떻게 담겨 있는 형상인가, 어떤 의미이며 내용이고, 몸부림인가.

화자는 '차겹고 어둡고 말 없는 얼굴/ 그대 마음을 풀 길 없는/ 크나큰 이 슬픔// 울먹이며 떨며 머뭇대는/ 나의 사랑아'(제4·5연) 하고 「바위」를 통해서 상징적으로 '군센 사랑'의 진실을 천착하고 있다.

우리의 가슴에 뜨거운 서정의 울림을 듬뿍 안겨 주는 호소력 넘치는 가편(佳篇)이다.

자수(刺繡)

마음이 어지러운 날은

수를 놓는다.

금실 은실 청홍실
따라서 가면
가슴 속 아우성은 절로 갈앉고

처음 보는 수풀,
정갈한 자갈돌의
강변에 이르른다.

남향 햇볕 속에
수를 놓고 앉으면

세사번뇌
무궁한 사랑의 슬픔을
참아 내올 듯

머언
극락정토 가는 길도
보일 상 싶다

이해와 감상

　허영자의 「자수」는 시인이 설정한 상상의 세계에 대한 시각적인 작용이 두드러진 서
정적 감각시라고 하겠다.
　이 작품은 화자가 우선 수를 놓는 한국의 정숙한 전형적인 여인상을 먼저 연상시키면
서, 차분하게 전개되고 있다.
　화자는 한국 전통 자수의 과정을 통해서 그 정서와 신념이 융화된 시세계를 눈부시게
서정의 가락으로 수놓는 것이다.
　즉 '처음 보는 수풀/ 정갈한 자갈돌의/ 강변에 이르른다'(제3연)의 '강변' 이란 이 시
인의 이상적인 동경의 세계이다.
　그리고 번거로운 세사(世事)들을 극복하고 마침내 불타의 낙원인 '극락정토' 에 이르
는 순결 무구한 시정신의 도정(道程)을 '극락정토 가는 길도'(마지막 연) 마음 속에 수놓
는 것이다.
　한국적인 유현하고도 섬세한 정적(靜的) 세계를 이미지네이션의 세련된 상상기법을
통해 감각적으로 빼어나게 형상화 시키고 있다.

이성부(李盛夫)

광주(光州)에서 출생(1942~　　). 경희대학교 국문학과 졸업. 『현대문학』에
시 「소모(消耗)의 밤」(1961. 10), 「백주(白晝)」(1962. 7), 「열차(列車)」(1962.
12) 등이 추천 완료되어 문단에 등단했다. 1967년에는 『동아일보』 신춘문예
에 시 「우리들의 양식」이 당선되기도 했다. 시집 『이성부 시집』(1969), 『우
리들의 양식』(1974), 『백제행』(1976), 『전야(前夜)』(1981), 『빈 산 뒤에 두고』
(1989), 『야간산행』(1996), 『지리산』(2001) 등이 있다.

백제행(百濟行)

잡혀 버린 몸
헛간에 뉘혀져
일어설 줄 잊었네.

고요히 혀 깨물어도
피흘리는 손톱으로 흙을 쥐어뜯어도
벌판의 자궁에서 태어난 목숨
그 어머니인 두 팔이 감싸주네.

이 목마른 대지의 입술 하나,
이 찬물 한 모금,
죽은 듯 다시 엎디어 흙에 볼을 비벼 보네.
해는 기울어
쫓기는 남편은 어찌 됐을까?

별들이 내려와 그 눈을 맑게 하고
바람 한 점
그 손길로 옷깃을 여며 주네.

어둠 속에서도
눈밝혀 걸어오는 사람들의 발자국 소리,

귀에 익은 두런거림.

먼 데서 가까이서
더 큰 해일(海溢)을 거느리고 사랑을 거느리고
아아 기다리던 사람들의
돌아오는 소리 들려오네.

주제 대의(大義) 추구의 의지
형식 6연의 자유시
경향 서정적, 저항적, 상징적
표현상의 특징 세련된 주정적 시어로 심도 있는 이미지를 표현하고 있다.
연상적 수법으로 암시적이고 비약적인 사상을 담고 있다.
'~잊었네', '~감싸주네', '~비벼보네' 등등 감동적인 종결어미 '네'를 잇대
어 달고 있다.

이해와 감상

표제의 「백제행」은 백제 땅으로 간다는 뜻인데, 여기서 독자는 간다는 '행'(行)은 '백
제를 생각해 보자'는 인식 논리가 저변에 짙게 깔렸다는 것을 먼저 살필 일이다.

5·16쿠데타 이후 철저하게 소외당했던 것이 어느 지역이라는 것은 상식적인 지적이
된다.

이 저항시의 무대는 그러기에 옛날 백제 터전이 되고, 여기에 드라마틱한 백제 무대에
서정적인 비유의 대상인 주인공들이 여럿 등장한다.

'잡혀 버린 몸'(제1연)의 '아내', '쫓기는 남편'(제3연), 그리고 '걸어 오는 사람들'
(제5연)이 그것이다. 여기 메타포 된 주인공들이란 좀더 적극적인 표현을 하자면 군사정
권에 '저항'하는 '반체제 인사'와 그 때문에 붙잡혀 행방을 밝히라고 고문당하며 고통
받는 아내, 그리고 남편의 동지들이다.

아내는 영어의 몸이면서도 동지들이 집단적으로 '더 큰 해일을 거느리고 사랑을 거느
리고'(마지막 연) 돌아오는 발자국 소리에 기쁨을 숨기지 못한다.

여기서 '해일'은 '혁명'의 상징어다.

오늘날 유일하게 전해 오는 백제가요 「정읍사」(앞 「7·5조 시가연구론」 참조 요망)에
서 행상을 떠난 남편을 기다리던 백제 여인의 개인적인 사랑과, 이성부가 설정한 서정적
비유의 대상인 백제여인의 사랑은 남편에 대한 애정뿐 아니라 그의 동지들이 함께 무사
하여 '큰 해일'을 반드시 이루고 다가오기를 기다리는 역사적인 의(義)로운 기다림의 정
신을 메타포하고 있다.

매월당(梅月堂)

다 버리고 돌아서서
흐르는 물에 두 발 담그고
이마의 땀 씻고
고인 가래 뱉어내고
문득 눈 들어 바라보면 보인다.
뜬 구름 한 점, 그리움 한 점,
육신 찢겨져 무덤에 이르지 못하고
청천 하늘 떠돌며 굽어보는
부릅뜬 눈 보인다.
거지가 되어
삭발 민대가리 누더기가 되어
더더욱 불타는 몸이 되었으니
혼자가 되어 혼자가 아님을 알았으니.
종이 위에 쓰여진 시
찢어
흐르는 물에 띄워 보내고
다시 써 보는 말씀
한 묶음의 고요
또 찢어 흘려 보낸다.
다 버리고 나면 이 세상 산천초목
안 보이는 힘
모두 내 것이며 우리인 것을.

주제 매월당(梅月堂)의 행적과 진실 추구

형식 전연의 자유시

경향 서정적, 주지적, 풍자적

표현상의 특징 역사적인 인물의 발자취를 시로써 정감 있게 표현하고 있다.
의식의 내면을 주지적으로 심도 있게 부각시키고 있다.
상징적이고 풍자적인 표현으로 인간적 고뇌와 진실 추구의 분위기를 잘 살리
고 있다.

매월당은 조선 세종조에 태어나 성종 때에 작고한 문인이며 학자인 김시습(金時習, 1435~1493)을 말한다.

어려서는 신동(神童)이었으나 소년 시절에 부모를 여의고 역경을 겪으면서, 삭발하고 중이 되었는가 하면, 방랑과 가난 속에서도 남에게 굴하지 않고 그른 것을 단호하게 나무라고 양심을 지키며 절의(節義) 속에 시를 짓고, 이 땅 최초의 한문 소설 『금오신화(金鰲神話)』를 펴낸 인물이다.

이성부는 그러한 매월당의 편모를 시로 형상화 시킴으로써 삶의 짙은 의미와 그 내면적 진실을 추구하고 있다.

'다 버리고 돌아서서'로 시작이 되는 이 첫 행에서 우리는 김시습이 세속과의 타협을 단호히 거절하고 청빈 속에 통절(痛切)한 진실을 추구하는 고행(苦行)의 시발(始發)을 여실하게 깨닫게 된다.

이 작품의 마지막 세 줄의 행(行)에서 다시금 우리는 이 시의 절정을 발견한다.

'다 버리고 나면 이 세상 산천초목/ 안 보이는 힘/ 모두 내 것이며 우리인 것을'이 바로 그것이다. 즉, 세속적인 탐욕의 소아(小我)를 과감히 떨쳐 버리고 구경(究竟)의 진리인 대아(大我)를 발견하는 일이다.

봄

기다리지 않아도 오고
기다림마저 잃었을 때에도 너는 온다.
어디 뻘밭 구석이거나
썩은 물 웅덩이 같은 데를 기웃거리다가
한눈 좀 팔고, 싸움도 한 판 하고,
지쳐 나자빠져 있다가
다급한 사연 들고 달려간 바람이
흔들어 깨우면
눈 부비며 너는 더디게 온다.
더디게 더디게 마침내 올 것이 온다.
너를 보면 눈부셔
일어나 맞이할 수가 없다.
입을 열어 외치지만 소리는 굳어

나는 아무 것도 미리 알릴 수가 없다.
가까스로 두 팔 벌려 껴안아 보는
너, 먼 데서 이기고 돌아온 사람아.

옛날부터 오늘에 이르기까지 많은 시인들이 여러 가지 형식과 내용으로 다루어 온 제재(題材)가 '봄' 이다.

그러기에 '봄' 하면 진부하다는 선입감부터 느끼게 된다. 그러나 이성부는 그와는 다른 발상의 시각(視覺)에서 새타이어(satine, 풍자)로써 봄의 이미지를 밀도 있게 형상화하고 있다.

더구나 이 시는 그 허두에서부터 해학(humor)적이다.

즉, '기다리지 않아도 오고/ 기다림마저 잃었을 때에도 너는 온다'(제1·2행)고 노래함으로써 이 시는 봄이 오는 자연의 당위성을 완곡하게 유머러스(humorous, 해학적)한 표현으로 강조하고 있다.

그렇다. 불의와 불법은 어김없이 무너지고 만다.

조사(措辭)의 독특한 면을 실감(實感)시키는 이 「봄」은 '너를 보면 눈부셔/ 일어나 맞이할 수가 없다'(제11·12행)로써 치열한 의식의 절정을 이룬다.

봄이란 무엇인가.

그것은 긴 겨울 땅속에 움츠렸던 생명들에게 새로운 풀잎을 돋게 하고, 신선한 꽃을 피게 하는 새 삶의 공여자(供與者)다.

그러기에 화자가 '너, 먼 데서 이기고 돌아온 사람아' 하고 봄을 의인화(擬人化) 시켜 승리자로서 메타포(metaphor)하고 있는 것도 참신한 표현이 아닐 수 없다.

강 민(姜 敏)

서울에서 출생(1933~   ). 본명은 성철(聲哲). 동국대학교 국문학과 수료.
『자유문학』에 시 「노래」(1962. 1)를 발표하며 문단에 등단했다. 『현실(現實)』
동인. 시집 『물은 하나 되어 흐르네』(1993), 『기다림에도 색깔이 있나 보다』
(2002) 등이 있다.

꽃 속에 들어가

꽃 속에 들어가 창을 연다.
초가을 별빛이 차갑게 스며들어, 꽃 속은
낙엽과
전쟁과
미소와
그리하여 온통 떠난다는 얘기로만 가득 찬다.

창을 닫는다.
언젠가 이웃하던 낱낱의 모습들이 어둠을 타고, 혹은 피할 수 없는 애증을
강요한다.

내 안에는 이미 순색(純色)을 잃은 피가 그것들과 엉켜서 꽃 속을 흐른다.
문득 가지 끝에는 영혼과 헤어진 감동이 눈을 뜨고,
시야에는 이웃하던 낱낱의 모습들이 다시 형체를 이루어,
나는 꽃을,
꽃은 꽃병을,
꽃병은 나를……
자꾸 생각은 뒤만을 좇는다.

──꽃 속에 들어가 꽃을 꺾는다.

주제	순수한 생명의 내면 추구
형식	4연의 주지시
경향	주지적, 상징적, 초현실적
표현상의 특징	초현실적 수법으로 현실의 내면적 의미를 추구하고 있다.

산문체나 리듬 효과를 살리면서 이미지의 변용(變容)에 의한 감각미(感覺美)의 효과를 얻고 있다.

조사(措辭)의 구조적 처리가 독특한 구도(構圖)의 형태를 구성하고 있다.

'~연다', '~찬다', '~한다', '~흐른다', '~좋는다', '~꺾는다' 등 모든 종결어미에 '~ㄴ다'의 각운(脚韻)을 달고 있다.

이해와 감상

시 동인지 『현실(現實)』(1963)에 발표된 작품이다.

허두(虛頭)에서 '꽃 속에 들어가 창을 연다'로 시작하여, 제2연에서 '창을 닫는다'로, 그리고 말미(末尾)에서 '──꽃 속에 들어가 꽃을 꺾는다'로 끝맺는다.

이 시는 기승전결(起承轉結)의 형식을 취하고 있는 독특한 형태의 쉬르리얼리즘적 주지시다. 잠재 의식적인 연상작용으로 현실에 대한 갈등과 저항 의지를 이미지화 시키고 있다. 즉 심층심리 작용에 의한 자연(꽃)과의 교감으로 부조리한 현실 극복이라는 방법에 접근하고 있다.

'꽃 속에 들어가 창을 연다'고 하는 사실부터가 비논리(非論理)의 표현이다.

이러한 것은 앞에서 쉬르리얼리즘의 시편(「이상」 항목 등 참조 요망)들을 통해 설명했지만, 시인이 잠재의식 속에서 이른바 자동기술법(自動記述法)으로 이미지의 받아쓰기를 한 것이다. 쉬르리얼리즘의 방법론은 무의식 속에서 떠오르는 마음의 언어를 꾸밈없이 받아쓰는 데 있다. 이것은 모든 이성(理性)의 제약을 배제시키고, 인간의 자유와 상상력을 회복하려는 시작법이다.

구름은 흘러도

끝없이 길어 올려도
다함 없는, 그대 영혼
미명(未明)의 현주소
우물 속에는
별이, 꽃이, 목숨이 이울고
그것은 먼 바다에서 밀려와
환희로 꽃피다가

순금의 나락(奈落)으로 물구나무 섰다가
이윽고 끝없이 길어 올리는 손길
하얀 미명의 계곡을
다함 없는 죽음의 여로를
춤추다가
춤추다가
사랑의 꿈나무는
형상(形象)의 열매
노을녘의 음모
가시 돋친 기계의 황량한 풍경을
어느 비약(秘藥)으로 잉태했나
구름은 흘러도
다함 없는 춤!

주제 강력한 의지의 선언
형식 전연의 자유시
경향 서정적, 주지적, 상징적
표현상의 특징 간결한 시어로 심도 있는 이미지를 담고 있다.
　　　　　　　시의 전개가 주지적인 표현 속에 역동적인 구성을 하고 있다.
　　　　　　　'~다'나 '~네' 등의 종결어미를 쓰고 있지 않다.
　　　　　　　'춤추다가' 등의 동어반복을 하고 있다.

이해와 감상

『한국현대시선(韓國現代詩選)』(1973. 1)에 발표된 삶의 진실 추구를 위한 강력한 의지의 선언을 주제로 하는 상징적 주지시다.

비유법에 의한 이미지의 변용(變容)을 통한 감각적 표현미가 한층 더 이 시의 진가를 우리에게 보여주고 있다. 화자는 우물 안에서 '그대 영혼'을 길어 올리는 작업을 하고 있다. '그대 영혼'이 존재하는 '우물'이란 시인이 추구하는 '진리의 작업장', 즉 '미명(未明)의 현주소'이다. 여기서 '미명'이란 진실의 상징어(象徵語)이다.

시인은 그의 통절한 삶의 아픔을 절묘한 시적(詩的) 판타지(fantasy)와 풍자(satire)를 통해 승화시키는 데 성공하고 있다. 메커니즘의 횡포, 부조리한 상황이라는 현실을 극복하려는 의지가 순수서정(純粹抒情)의 두레박에 의해, 그 구원(救援)의 따사로운 손길로서 길어 올려지고 있다. 그런가 하면 윤동주의 시 「자화상」(「윤동주」 항목 참조 요망)에서의 정적(靜的)인 '우물'의 내부(제2연)와 강민의 동적(動的)인 '우물'의 내부(제4~8행)는 상호 대조적인 상황 묘사라는 것도 지적이 된다.

새는……

일렁이는 바다
그 무형(無形)한 형지(刑地)에
먼 동이 트면
새는
죽지 잃은 새는
비로소 야맹(夜盲)의 눈을 뜬다.

밤새도록
머리 속에서 재각거리던
시계 소리도 멎었는데
둘러보는 동서남북
막막한 손길
불가해(不可解)한 안개

새는
죽지 잃은 새는
굳건한
의지의 나무를 잊지 못한다.

새는
죽지 잃은 새는
나의 사랑은……

이해와 감상

이 시에서 '새는/ 죽지 잃은 새는'(제1연)의 이 비참한 새는 시대적 아픔을 상징하는
서정적 존재다. 3번씩이나 동어반복되고 있어서 자못 인상적이다.

비통한 존재적 대상인 새는 야맹의 눈을 뜨고(제1연), 불가해한 안개 속에 파묻히고
(제2연), 그런 절망 속에서도 '의지의 나무를 잊지 못한다'(제3연)는 것이다.

이 '의지의 나무'의 심상은 혼란 속에서 눈비벼 보는 새로운 건전한 사회 건설에 대한
존재적인 추구며 그 상징어다.

신중신(愼重信)

경상남도 거창(巨昌)에서 출생(1941~   ). 서라벌예술대학 문예창작과 졸업. 「사상계」 제4회 신인문학상에 시 「내 이렇게 살다가」(1962. 11) 외 2편이 당선되어 문단에 등단했다. 시집 『고전(古典)과 생모래의 고뇌』(1972), 『투창(投槍)』(1977), 『빛이여 노래여』(장편 서사시, 1985), 『낮은 목소리』(1989), 『모독(冒瀆)』(1990), 『바이칼호에 와서』(1993), 『카프카의 집』(1998), 『응답시편』(1998) 등이 있다.

투창(投槍)

한 완강한 사내가
한 확실한 사내의 가슴을 겨눠
창(槍)을 던진다.
팽팽한 긴장을 찢으며
날아가는 창, 창날이 긋는 섬광(閃光)
그러나 사내의 가슴은 원시림처럼 깊고
흘리는 진홍의 피처럼 강인해서
결코 쓰러지는 법이 없다.
던지는 사내가 현기증을 일으키며
다시 새로운 창을 날린다.
해는 중천에 멈춰 서 있고
모든 사상(事象)은 비늘을 곤두세운 채
마른 땀을 흘린다.
물음이 없고 제의도 대답도 없이
당연한 하나의 귀결이듯
던지는 자의 슬픈 위의(威儀)와
당하는 자의 꺾이지 않는 아픔이
잠시도 숨을 돌리지 않는다.
가슴에 피를 흘리며 사랑을 흘리며 사내는
저 자연의 불가해처럼 허연 이빨을 드러내고
우는 듯 웃는 듯 우뚝 치켜서 있다.

주제 ▶ 불굴의 정의감 추구
형식 ▶ 전연의 주지시
경향 ▶ 주지적, 상징적, 잠언적
표현상의 특징 ▶ 산문체의 표현이나 연상적 수법으로 비약적인 내용을 전달하고 있다.
긴장된 언어와 박진감 있는 묘사로 감각적 표현미를 이루고 있다.
'~처럼', '~듯' 등의 직유의 표현을 하고 있다.
'사내', '창', '가슴', '피', '우는 듯' 등의 동어반복을 하고 있다.

이해와 감상

시를 읽어 갈수록 긴장 속에 박진감을 안겨주는 역동적인 표현미가 넘치고 있다.

이 작품은 사내와 사내의 대결 과정을 상징적으로 담고 있으나, 고도의 주지적 차원의 내면세계를 제시하고 있는 일종의 난해시다.

우리는 이른바 '모순' (矛盾)이라고 하는 창과 방패에 대한 고사성어를 기억할 수 있으나, 이 시의 내용은 그런 것과는 전혀 접근의 각도가 다르다.

'당연한 하나의 귀결이듯/ 던지는 자의 슬픈 위의와/ 당하는 자의 꺾이지 않는 아픔이/ 잠시도 숨을 돌리지 않는다' 고 화자는 어떤 불의(不義)거나 결코 정의(正義)를 꺾을 수 없다는 굳건한 의지의 세계를 형상화 시키고 있는 일종의 아포리즘(aphorism, 잠언)의 시다.

그러므로 정의는 '가슴에 피를 흘리며 사랑을 흘리며 사내는/ 저 자연의 불가해처럼 허연 이빨을 드러내고/ 우는 듯 웃는 듯 우뚝 치켜서 있다' 는 아픔을 극복해내는, 결코 쓰러지지 않는 눈부신 의지를 표상하고 있다.

내 이렇게 살다가

내 이렇게 살다가
한여름 밤을 뜨겁게 사랑으로 가득 채우다
모두들 돌아간 그 길목으로 돌아설 땐
그냥 무심코 피어날까.
저 노을은 그래도 무심코 피어날까.

그러면 내 사랑은
무게도 형체도 없는 한 점 빛깔로나 남아서

어느 언덕바지에
풀잎을 살리는 연초록이라도 되는가.

밤새워
바늘 구멍으로 세상을 들여다보던
우리 엄마는
죽어서 바늘 구멍만한 자리라도 차지할까.

가을은
졸음이 육신 속을 스며들 듯
나를, 시들은 잔디 사이
고요한 모랫길로 끄을고 가는데
끄을려 가는 발자국에 진탕물이라도 고여
내가 지나간 표지(表識)라도 되었으면……

꽃은 시들어
우리의 기억을 살리는 다리가 되나
땅 속에 사묻혀 드는
한 가닥 향기로나 남아 있나.

살아서 이 세상을 가득 채우는 모든 것이 되어
죽어서 모두들 돌아간 그 길목으로 돌아서면
가을 밤 하늘에
예사로 하나 둘 별이 돋을까.
무심코 별은 빛날까.

주제 참다운 삶의 의미 추구
형식 6연의 자유시
경향 서정적, 상징적, 감각적
표현상의 특징 인생에 대한 경건한 자세를 느끼게 하는 분위기가 넘치고 있다.
지적인 분석을 곁들인 시어를 심도 있게 구사하고 있다.
'피어날까', '돋을까', '빛날까' 등은 감각적 표현미를 효과적으로 살리고 있다.

티없이 맑은 심상으로 의식의 내면 세계를 형상화 시키고 있다.

인간이 이 세상을 살아가는 진지하고도 엄숙한 그 연원적 의미를 상징적 수법으로 비유하는 데 성공한 신중신의 출세작이다.

특히 제3연에서 화자는 '밤새워/ 바늘 구멍으로 세상을 들여다보던/ 우리 엄마는/ 죽어서 바늘 구멍 만한 자리라도 차지할까' 라고 밤을 지새며 바느질하는 어머니의 헌신적인 생활관을 윤리적인 심미안으로 아름답게 형상화 시키고 있다.

제4연에서는 '발자국에 진탕물이라도 고여/ 내가 지나간 표지라도 되었으면……' 하는 성실한 자아의 분석적인 성찰을 바라보게 된다.

그리고 이 시의 흐름도 마지막 연에서 그 절정에 이르러 빛난다. 즉, '살아서 이 세상을 가득 채우는 모든 것이' 되겠다는 희생과 봉사의 뜨거운 의지가 광채를 발한다.

회색 그림자

깊은 밤을 울리는 발자국 소리
땅 속으로 잦아들 듯 사라져 가는 회색의 그림자
지난 일에 대해서 입 다물고
어깨를 늘어뜨린 채
그렇게 해야 했을 것을, 늘 그만큼의
미진(未盡)을 깨우쳐 가면서
혼자 밤을 향해 가는 사내.
손에 든 아무것도 없어
짐스럴 것 없는 허탈이 달무리로 걸리고
언젠가 어린 것에게 사다 준
완구쯤을 기억해 내기도 하며
여윈 목덜미 어둠으로 묻혀 간다.

'회색 그림자'는 시인이 자기 스스로를 비유하고 있는 것이다. 자신의 인생 행로의 발자취를 그와 같이 진솔하게 성찰하고 있다. 그러면서 인고(忍苦)의 길을 묵묵히 걸으며 고난과 아픔을 극복하려는 갸륵한 의지가 이 시의 중심축을 이루고 있다.

이수익(李秀翼)

경상남도 함안(咸安)에서 출생(1942~). 서울대학교 사범대학 영어교육과 졸업. 1963년 『서울신문』 신춘문예에 「고별(告別)」이 당선되어 문단에 등단했다. 『현대시』 동인. 시집 『우울한 상송』(1969), 『야간열차』(1978), 『단순한 기쁨』(1986), 『아득한 봄』(1991), 『푸른 추억의 빵』(1995), 『눈부신 마음으로 사랑했던』(2000), 『불과 얼음의 콘서트』(시선집, 2002) 등이 있다.

우울한 상송

우체국에 가면
잃어 버린 사랑을 찾을 수 있을까
그곳에서 발견한 내 사랑의
풀잎 되어 젖어 있는
비애를
지금은 혼미하여 내가 찾는다면
사랑은 처음의 의상으로
돌아올까

우체국에 오는 사람들은
가슴에 꽃을 달고 오는데
그 꽃들은 바람에
얼굴이 터져 웃고 있는데
어쩌면 나도 웃고 싶은 것일까
얼굴을 다치면서라도 소리내어
나도 웃고 싶은 것일까

사람들은
그리움을 가득 담은 편지 위에
애정의 핀을 꽂고 돌아들 간다.
그때 그들 머리 위에서는

꽃불처럼 밝은 빛이 잠시
어리는데
그것은 저려오는 내 발등 위에
행복에 찬 글씨를 써서 보이는데
나는 자꾸만 어두워져서
읽질 못하고,

우체국에 가면
잃어 버린 사랑을 찾을 수 있을까
그곳에서 발견한 내 사랑의
기진한 발걸음이 다시
도어를 노크
하면,
그때 나는 어떤 미소를 띠어
돌아온 사랑을 맞이할까

> **주제** 삶의 우수와 그 의미 추구
> **형식** 4연의 자유시
> **경향** 서정적, 상징적
> **표현상의 특징** 상징적 표현으로 이미지의 깊이를 담고 있다.
> 짙은 서정성이 풍기고 있는 이 시의 제1연과 마지막 제4연에서 '우체국에 가면……내 사랑의'(동어반복)라는 수미상관의 강조적 수사가 이어지고 있다.

이해와 감상

샹송(chanson)이란 프랑스 사람들의 시민정신이 담긴 노래라고 풀이하면 될 것이다. 이 시의 표제(表題)는 상징적이다. 이수익의 시에서 일관되게 나타나고 있는 것은 '우수'의 흐름인데, 「우울한 샹송」에서도 그것은 예외가 아니다.

'우체국'이란 어떤 곳인가. 우체국이야말로 참다운 인간의 육성(肉聲)이 겉으로 소리를 내는 것이 아닌 '편지'라는 통신문들의 집합과 이산 속에 조용하지만 삶의 내용 자체가 생생하게 살아 있는 곳이요, 인생의 애환의 짙은 의미가 집결되고 있는 곳이다.

그러기에 시인은 '우체국'을 그의 삶의 진실을 캐는 참다운 사랑의 광(鑛)으로 삼은 것이다. 이는 결코 범상한 발상일 수 없으며 시인이 부단히 추구해 온 시어(詩語)의 눈부신 발굴이기도 하다.

과연 우리는 '우체국에 가면/ 잃어 버린 사랑을 찾을 수 있을까.' (제1·4연)

산적되어 있는 저 편지 더미 속에 분명 참다운 인간애가 들어 있을 것이다. 그렇다면 그 어떤 편지가 나에게, 내가 찾고 있는 참다운 사랑을 안겨 줄 수 있을 것인가.

아니 우리가 이 삶의 터전에서 '잃어 버린 사랑'을 회복해 줄 수 있을 것인가. 헐벗고 아픈 온갖 사회적 고통의 상처를 치유해 줄 수 있을 것인가.

현대인의 우수(憂愁)가 지적으로 형상화 된 이수익의 대표작이다.

봄에 앓는 병

모진 마음으로 참고 너를 기다릴 때는
괜찮았느니라.

눈물이 뜨겁듯이 그렇게
내 마음도 뜨거워서,
엄동설한 찬 바람에도 나는
추위를 모르고 지냈느니라.
오로지
우리들의 해후(解逅)만을 기다리면서……

늦게서야 병(病)이 오는구나,
그토록 기다리던 너는 눈부신 꽃으로 현신(現身)하여
지금
나의 사방에 가득했는데

아아, 이 즐거운 시절
나는 누워서
지난 겨울의 아픔을 병으로 앓고 있노라.

이해와 감상

사계절 중에서 가장 화사한 계절에 앓는 병이란 무엇인가. 이것은 육신의 병이 아닌 마음의 병이다.

'엄동설한 찬 바람에도 나는/ 추위를 모르고'(제2연) 지냈는데 어째서 '늦게서야 병이' 오는가. 이 병은 온갖 시련을 극복하면서 진실을 추구하는 영혼의 질환이다.

화자가 해후(邂逅)만을 기다리는 '우리'는 누구인가. 그리고 그는 마침내 '눈부신 꽃으로 현신하여/ 지금/ 나의 사방에 가득했는데'(제3연)도, 화자는 어째서 이 즐거운 계절에 병을 앓아야 하는가. 그것은, 육신의 고통뿐이 아니라 영혼의 아픔과의 싸움에서 끝내 시의 진실을 캐내려는 것이다.

안개꽃

불면 꺼질 듯
꺼져서는 다시 피어날 듯
안개처럼 자욱이 서려 있는
꽃.

하나로는 제 모습을 떠올릴 수 없는
무엇이라 이름을 붙일 수도 없는
그런 막연한 안타까움으로 빛깔진
초연(初戀)의
꽃.

무데기로
무데기로 어우러져야만 비로소 형상(形像)이 되어
설레는 느낌이 되어 다가오는 그것은

아,
우리 처음 만나던 날 가슴에 피어 오르던
바로 그
꽃!

이해와 감상

화자는 「안개꽃」을 첫사랑의 꽃(제2연)으로 설정하고, 그 사실을 구체적으로 '아/ 우리 처음 만나던 날 가슴에 피어 오르던/ 바로 그/ 꽃!'(제4연)으로써 귀결짓고 있다.

누구에게나 전달이 잘 되는 내용의 감각적이면서도 서정적인 표현미가 그야말로 청초하게 산뜻한 정조(情調)를 엮어내고 있다.

김종해(金鍾海)

부산(釜山)에서 출생(1941~　). 『자유문학』 신인 현상문예에 시 「저녁」 (1963. 3)이 당선되어 문단에 등단했다. 1965년에는 『경향신문』 신춘문예에 시 「내란(內亂)」이 당선되기도 했다. 『현대시』, 『신년대(新年代)』 동인. 시집 『인간의 악기(樂器)』(1966), 『신의 열쇠』(1971), 『왜 아니 오시나요』(1979), 『천노(賤奴) 일어서다』(1982), 『항해일지』(1984), 『풀』(2001) 등이 있다.

가을 비감(悲感)

여보, 지금 바람은 차고 밤은 깊었소
내 창문을 닫아주오, 빗장을 걸어야겠소
시들은 들꽃으로 귀를 가리고
내 잠시 세상을 잊으려 하오
세상에는 노오란 안개, 노오란 연기
떠들썩한 소음을 잊으려 하오
세상에서 떨어지는 그 숱한 가랑잎에
젖지 않기 위하여
꿈꾸는 내 하늘을 우산으로 가리고
오늘은 내 잠시 잠들려 하오
여보, 지금 바람은 차고 밤은 깊었소
내 침상으로 잦아지는 벌레들의 눈물
아아, 저것 벌레들 벌레들 벌레들……
여보, 우리가 깊이깊이 숨겨둔 사랑의 이름을
오늘 시들은 내 들꽃의 이마 위에
다시 한 번 꽂아주오
내일 우리 집 현관에 매달린 광주리에
하나님이 수레로 싣고 온 장미빛 새벽을
하나 가득 풀면
우리가 가야 할 길은 또렷이 떠오르고……
그러면 갑시다, 우리가 가진 사랑의 열쇠로

우리처럼 지쳐 쉬는 굳게굳게 닫힌 집으로
여보, 굳게굳게 닫힌 집으로!

주제 삶에의 순수 의지
형식 전연의 주지시
경향 주지적, 상징적, 문명비평적
표현상의 특징 의식세계의 내부를 상징적 수법으로 절도 있게 표현하고 있다.
세련된 언어의 지적 미감(美感)이 넘친다.
대화체 형식의 다감한 목소리로 영상적 이미지를 엮어내고 있다.

이해와 감상

표제(表題) 「가을 비감」은 어쩐지 슬픔의 이미지가 강하게 밀어닥친다.
따질 것도 없이 가을은 조락(凋落)이 던져 주는 쓸쓸함과 결별(訣別)의 의미로 하여
슬픔이 이는 계절이다.

김종해는 상징적으로 계절을 설정하고, 오프닝 메시지에서 '여보, 지금 바람은 차고
밤은 깊었소' 하면서 '내 창문을 닫아주오, 빗장을 걸어야겠소' 하고 일체 사상(事象)과
의 접근을 막으며 단절을 선언한다.

이 메타포의 시는 의식세계에 있어서 외부와의 교감(交感)의 중지를 뜻한다.

무엇 때문에 화자는 이렇듯 가을을 비감하는 것인가.

'세상에는 노오란 안개, 노오란 연기/ 떠들썩한 소음을 잊으려' (제5·6행) 하기 때문
이란다. 즉 산업화 사회가 날로 심각하게 저지르는 온갖 공해에 대한 단호한 문명비평의
결의가 은유되고 있다.

더더구나 '세상에서 떨어지는 그 숱한 가랑잎에/ 젖지 않기 위하여/ 꿈꾸는 내 하늘을
우산으로' (제7~9행) 지키겠다는 것. 여기에는 공해 등 자연파괴뿐 아니라, 정치며 사회
악적 오염요소로부터 격리하는 순수의지의 수호정신이 아울러 강조되고 있는 것이다.

꿈꾸는 내 하늘은 시인의 이상세계다.

1960년대에 발표된 작품으로 산업화 사회의 부조리한 현실 속에서 인간존재와 그 가
치를 추구하고 있는 김종해의 대표작의 하나다.

겨울 메시지

시들 것은 시들고 떨어질 것은 모두 떨어졌다.
들판이여, 목마른 이 땅을 기르던 여인들은 모두 집으로 숨고

새벽에 일어나 저희 우물을 긷던 그 부산한 소리마저 들리지 않는다.
집집마다 등불을 끄지 않고 이 밤에 다들 자지 않지만
오오, 이제 바람이 불면 마을의 문들을 꼭꼭 닫으시오
허나 대문에 빗장을 내다지르고도 저희는 잠들지 못한다.
서로의 아픔과 슬픔을 익숙하게 비벼댈 이 깊은 어둠 속에서
저희의 불빛은 더 희게 번쩍인다
캄캄한 숲 속에서 컹, 컹, 컹, 컹 울리는 저 울부짖음
사나운 한 마리 짐승의 울부짖음이 차라리 그리운 이 외롭고 어두운 날
목마른 대지에 젖을 먹여 기르던 여인들은 모두 집으로 숨고
들판은 새로 태어날 제날을 안고 머리를 숙이었다
이 외롭고 어두운 날, 아버지여
시들은 풀꽃의 죽지 않은 뿌리, 짓밟히고 억눌린 모든 것의 얼굴들에
이제 곧 저희의 배가 가까이 옴을 예언하소서

주제 절망극복의 순수 의지
형식 전연의 자유시
경향 서정적, 상징적, 풍자적
표현상의 특징 산문체의 일상어로 심도 있는 이미지를 담고 있다.
'않는다', '못하다' 등의 부정적 의지의 종결어미가 눈길을 끈다.
'~여'(호격조사), '~하소서' 등으로 강렬한 소망을 연호하고 있다.

이해와 감상

이 작품도 1960년대에 발표된 것으로서 「가을 비감」과 같은 시기의 김종해의 대표작이다. 「겨울 메시지」, 즉 '겨울 성명(聲明)' 이다.

추운 겨울의 이야기란 무엇인가.

'새벽에 일어나 저희 우물을 긷던 그 부산한 소리마저 들리지 않는다' 는 것은 겨울 추위에 '얼어붙음' 을 은유하고 있다.

춥고 어두운 겨울날에 대한 시적 이미지의 변용이 상징적으로 형상화 되고 있다.

이 땅에 빚어진 1960년 군사쿠데타의 독재 정권이 빚는 온갖 정치적 탄압으로부터 자유민주주의는 4 · 19의거의 참다운 보람마저 짓밟히고야 말았던 것이다.

그러기에 '대문에 빗장을 내다지르고도 저희는 잠들지 못한다/ 서로의 아픔과 슬픔을 익숙하게 비벼댈 이 깊은 어둠 속에서' (제6 · 7행) 모두는 온갖 고통을 감내하며 시달리는 것이다.

화자는 딕테이터(dictator, 독재자)의 광폭한 외침을 짐승의 울부짖음으로 신랄하게 풍자하여 '캄캄한 숲 속에서 컹, 컹, 컹, 컹 울리는 저 울부짖음'(제9행)으로 규명하며, '사나운 한 마리' 짐승의 울부짖음이 차라리 그리운 이 외롭고 어두운 날'(제10행)이라고 가슴 아파 한다.

빛

주의하셔요
우리들이 이 곳에 선택받은 자로서 일어섰을 때
누군가가 우리의 등잔에 붙여준 한 알의 불씨,
그것이 꺼지지 않도록 주의하셔요
세상의 험악한 물살과
서러운 일들이 우리를 덮고
우리의 지극한 사랑을 멀리하더라도
우리의 슬픔과 아픔을 씻어주는 사랑이
지금 멀리 떨어져 있더라도
마음 안에 비치는 이 빛을 잊지 마셔요
슬프고 외로운 빛들끼리 부둥켜 안고
이 가혹한 어둠을 견디며
새로 태어날 아침을 기다리셔요

이해와 감상

여기서 표제(表題)의 '빛'은 자유와 민주주의를 위한 '정의'의 상징어다.
우리가 군사독재에 억압받던 시대에 화자는 그 아픔의 시대를 슬기롭게 극복하자는 빛나는 의지를 '등잔에 붙여 준 한 알의 불씨'(제3행)로써 메타포하고 있다.
불씨는 '희망'이며 '용기'의 상징어이다.
'주의하셔요', '기다리셔요'에서처럼, '~요'라는 주의를 끌게 하는 조사를 쓰고 있는 표현상 특징도 정답게 살피게 된다.

조태일(趙泰一)

전라남도 곡성(谷城)에서 출생(1941~1999). 경희대학교 국문학과 졸업, 동 대학원 수료. 1964년 『경향신문』 신춘문예에 시 「아침 선박(船舶)」이 당선되어 문단에 등단했다. 『신춘시』 동인. 시집 『아침 선박』(1965), 『식칼론』 (1970), 『국토』(1975), 『가거도』(1983), 『연가』(1985), 『별 하나에 사랑과』 (1986), 『자유가 시인더러』(1987), 『산속에서 꽃속에서』(1991), 『풀꽃은 꺾이지 않는다』(1995), 『혼자 타 오르고 있었네』(1999) 등이 있다.

국토 · 2

참말로 별일이다.
내 꿈속의 어떤 촌락에서는
헐벗은 눈물과 눈물들이
소리 없이 만나고, 쉴 새 없이 부딪쳐서
또 다른 눈물들을 탄생시킨다.

눈물의 새끼들은 순식간에 자라서
애무도 맘놓는 정처도 없는 곳에
또 다른 눈물들을 탄생시킨다.

뿐이랴.
어메의 눈물이 아베의 맨살에 닿자
살도 어느덧 눈물이 되고,
아베의 눈물이 어메의 맨살에 역습하자
그 살도 또한 눈물이 되는,

오오, 황홀한 범람,
그것은 모두 부릅뜬 눈망울인데,
하염없이 바라만 보아도
내 몸도 거칠게 출렁이는 눈물이 된다.

어차피 피와 살이 한 통속이 되고
뼉따귀와 혼이 한 함성으로 번지는,
눈물의 정점, 정점,
참말로 별일이다.

주제 시대적 고통에 대한 애한(哀恨)
형식 5연의 주지시
경향 주지적, 감상적, 현실비판적
표현상의 특징 잘 다듬어진 일상어의 표현 속에 심도 있는 이미지가 부각되고 있다.
소외당한 궁핍한 농촌의 시대상을 엿볼 수 있다.
'눈물'의 동어반복이 이어지고 있다.

이해와 감상

조태일의 연작시 「국토」는 조국에 대한 참다운 '국토애'라는 사랑을 담고 있다. 그는 1960년대 중반에 문단에 등단하여 저자 등과 '신춘시' 동인 활동을 하던 중, 베트남 전쟁에 파병된 일원으로 월남전선에 다녀왔다.

조태일이 월남에서 돌아온 뒤부터 그는 군사독재 체제에 반기를 들고 그야말로 현실의식이 강한 저항시를 쓰기 시작했다. 그는 그 암울했던 정치적 탄압에 남달리 강렬하게 저항했으며 거기서 그의 연작시 「국토」는 한 편 한 편 탄생했다.

우리는 조태일의 시를 문학성을 가지고 논하기에 앞서 그의 과감하고 건강했던 저항 의지를 먼저 높이 사줘야 한다.

프랑스를 점령한 나치스 독일군이 자유주의자들을 내몰고 시인 화가 등 지식인을 박해하며 예술과 학문의 자유를 유린했을 때 이에 맞선 것은 시인 폴 발레리(Paul Valéry, 1871~1945) 등 수많은 문인들이었다. 이들에 의해서 이른바 '레지스탕스'(résistance, 저항) 문학이 등장한 것이었다.

군사독재 체제에 대항한 조태일의 저항시 「국토」는 그런 견지에서 한국 시문학사에서 우선 평가되어야 할 것이다.

이 작품 「국토 · 2」는 체제에 대한 직서적인 비판의 시가 아닌, 삶의 아픔을 노래한 주지적 상징시의 가편(佳篇)이다.

'눈물의 새끼들은 순식간에 자라서/ 아무도 맘놓는 정처도 없는 곳에/ 또 다른 눈물들을 탄생시킨다'(제2연)고 하는 이 메시지는 독재체제하의 극심한 가난에 시달리며 도저히 견딜 수 없는 혹독한 삶의 아픔이 불가항력적인 '눈물'로써 모든 대상이 메타포(은유)되고 있는 것이다.

그러나 눈물에 흠뻑 젖은 눈의 강렬한 적의(敵意)는 '오오, 황홀한 범람/ 그것은 모두 부릅뜬 눈망울인데/ 하염없이 바라만 보아도/ 내 몸도 거칠게 출렁이는 눈물이 된다'(제4연)고 저항의지는 안으로 분노를 삼키고 있다.

깃발이 되더라
— 국토 · 14

내 몸을 떠난 팔다리일 망정
쉬지 않고 늘 파닥거리는 뜻은
미움을 사랑으로 뒤바꾸기 위해서라서
그 행동의 끝을 끝끝내 만나기 위해서라서

길고 캄캄한 굴뚝 속의 한밤중을

맨주먹으로만 활보를 해도
어느덧 전신은 그냥 가득한
발광하는 빛이 되더라.

발광하는 빛이 되더라.
한(恨) 많은 휴지들이 끼리끼리 모여서
자기 살결에 오순도순 불을 지피는
이 치열한 정적(靜寂) 속을 활보하면
어느덧 전신은 천지간에 가득한
들끓는 가마솥이 되더라.
들끓는 가마솥이 되더라.

내가 날리는 목소리가 네 몸에 닿으면
네 몸은 곳곳을 부딪치는 함성이 되고

내가 뱉는 숨결이 네 몸에 닿으면
네 몸은 그냥 갈기갈기 찢기는 폭풍이 되고

내가 뿌리는 눈물이 네 몸에 닿으면
네 몸은 그냥 내리꽂는 폭포가 되고

내가 기른 머리털이 네 몸에 닿으면
네 몸은 원없이 나부끼는 깃발이 되더라

깃발이 되더라.
깃발을 올라타고 가물거리는 사랑은
사랑을 올라타고 또 떠나는 행동은.

이해와 감상

이 작품의 표제(表題)의 '깃발'은 '승리'의 상징어다.

군사독재 체제와 맞싸워서 마침내 불의의 집단을 제거시켰을 때에 나부끼는 자유와 승리의 기쁨의 깃발이다.

그와 같은 화자의 굳은 의지, 불타는 신념(제4연)은 국토애(國土愛)로 승화되는 것이다(제9연).

모두 9연으로 엮은 이 시는 각 연마다 키워드(keyword)가 제시되어 있다.

즉 '희생'(제1연)으로 시작하여, '암흑 정치'(제2연), '저항운동'(제3연), '불굴의 의지, 신념'(제4연), '규탄'(제5연), '투쟁'(제6연), '결사'(結社, 제7연), '자유 쟁취'(제8연), '승리'(제9연)로 맺어진다.

이 시의 서두에서의 '내 몸을 떠난 팔다리일 망정'(제1연 1행)은 불의에 저항하기 위해 싸우다 희생된 것을 강렬하게 비유하는 암유(暗喩)다.

'미움을 사랑으로 뒤바꾸기 위해서'(제1연 3행)에서의 '미움'은 독재체제에 대한 '증오'이며, 그러한 '증오의 시대'를 물리치므로써 참다운 나라사랑을 할 수 있는 새로운 시대에 대한 '사랑'을 각기 비유하고 있는 것이다.

이와 같은 맥락에서 독자들은 「깃발이 되더라」를 무난히 이해할 수 있을 것이다.

문병란(文炳蘭)

전라남도 화순(和順)에서 출생(1935~). 조선대학교 국문학과 졸업. 『현대문학』에 시 「가로수」(1959. 10), 「밤의 호흡(呼吸)」(1962. 7), 「꽃밭」(1963. 11) 등이 추천 완료되어 문단에 등단했다. '원탁' 동인. 시집 『문병란 시집』(1971), 『정당성』(1973), 『죽순 밭에서』(1977), 『호롱불의 역사』(1978), 『벼들의 속삭임』(1980), 『땅의 연가』(1981), 『새벽의 서(書)』(1983), 『동소산의 머슴새』(1984), 『아직은 슬퍼할 때가 아니다』(1985), 『무등산』(1986), 『견우와 직녀』(1996), 『인연서설』(1999), 『꽃에서 푸대접하거든 잎에서나 자고 가자』(2001), 『아무리 째째해도 사랑은 사랑이다』(2002), 『시와 삶의 오솔길』(2003) 등이 있다.

땅의 연가(戀歌)

나는 땅이다
길게 누워 있는 빈 땅이다
누가 내 가슴을 갈아 엎는가?
누가 내 가슴에 말뚝을 박는가?

아픔을 참으며
오늘도 나는 누워 있다.
수많은 손들이 더듬고 파헤치고
내 수줍은 새벽의 나체 위에
가만히 쓰러지는 사람
농부의 때 묻은 발바닥이
내 부끄런 가슴에 입을 맞춘다.

멋대로 사랑해 버린 나의 육체
황토빛 욕망의 새벽 우으로
수줍은 안개의 잠옷이 내리고
연한 잠 속에서
나의 씨앗은 새 순이 돋힌다.

철철 오줌을 갈기는 소리
곳곳에 새끼줄을 치는 소리
여기저기 구멍을 뚫고
새벽마다 연한 내 가슴에
욕망의 말뚝을 박는다.

상냥하게 비명을 지르는 새벽녘
내 아픔을 밟으며
누가 기침을 하는가,
5천년의 기나긴 오줌을 받아 먹고
걸걸한 백성의 눈물을 받아 먹고
슬픈 씨앗을 키워 온 가슴
누가 내 가슴에다 철조망을 치는가?

나를 사랑해다오, 길게 누워
황토빛 대낮 속으로 잠기는
앙상한 젖가슴 풀어 헤치고
아름다운 주인의 손길 기다리는
내 상처받은 묵은 가슴 위에
빛나는 희망의 씨앗을 심어다오!

짚신이 밟고 간 다음에도
고무신이 밟고 간 다음에도
군화가 짓밟고 간 다음에도
탱크가 으렁으렁 이빨을 갈고 간 다음에도
나는 다시 땅이다 아픈 맨살이다.

철철 갈기는 오줌 소리 밑에서도
온갖 쓰레기 가래침 밑에서도
나는 다시 깨끗한 땅이다
아무도 손대지 못하는 아픔이다.

오늘 누가 이 땅에 빛깔을 칠하는가?
오늘 누가 이 땅에 멋대로 선(線)을 긋는가?
아무리 밟아도 소리하지 않는
갈라지고 때 묻은 발바닥 밑에서
한 줄기 아픔을 키우는 땅
어진 백성의 똥을 받아 먹고
뚝뚝 떨어지는 진한 피를 받아 먹고
더욱 기름진 역사의 발바닥 밑에서
땅은 뜨겁게 울고 있다.

> **주제** 조국에 대한 사랑과 분노
> **형식** 9연의 주지시
> **경향** 상징적, 풍자적, 저항적
> **표현상의 특징** 상징적 또는 주지적인 산문체의 표현 속에 저항의식이 매우 짙게 깔려 있다.
> 관념어며 속어, 비어 등이 표현되고 있다.
> 작자의 애국사상이 물씬하게 배어 있다.
> '갈아 엎는가?' 등 여러 대목의 종결어미에 강렬한 이미지의 수사적인 설의법을 쓰고 있다.

이해와 감상

　문병란은 조국강토를 '땅'으로 상징하고 있다. 그러므로 '나는 땅이다' (제1연)의 '나'는 '조국'의 의인화(擬人化) 표현임을 알 수 있다.
　'누가 내 가슴을 갈아 엎는가?/ 누가 내 가슴에 말뚝을 박는가?' (제1연)의 비유는 일제 침략과 '포츠담회담' (1945. 7. 17 ~ 8. 2, 미영소 3국 영수가 한반도의 북위 38도선의 남북분단을 결정)으로 조국이 8·15광복과 함께 분단의 말뚝이 박힌 것을 가리킨다.
　그와 같은 차원에서 이 작품은 독자에게 공감도 높게 전달이 잘 되는 시라는 것을 살필 수 있다.
　제5연에서 '5천년의 기나긴 오줌을 받아 먹고/ 걸걸한 백성의 눈물을 받아 먹고'의 '오줌'은 연면하게 이어 온 민족의 '발자취'의 상징어이고, '눈물'은 우리 겨레가 외세 침략에 시달린 뼈저린 '비극'의 상징어다.
　바로 그 조국 땅에 '누가 내 가슴에다 철조망을 치는가?'고 제5연에서도 국토분단의 분노를 제1연에 이어 재차 강조하고 있다.
　제7연을 보자. '짚신'과 '고무신', '군화'의 세 가지 신발은 우리 역사의 변혁을 나타내는 시대적 상징어다.

'짚신' 은 조선 왕조시대까지의 오랜 전근대를 가리키며, '고무신' 은 갑오경장(甲午更張, 1894) 이후 우리나라가 서양을 본받는 개화기를 지칭한다. '군화' 는 일제 군국주의 침략시대와 또한 5 · 16군사 쿠데타 등 군사독재시대를 메타포하고 있다.

씀바귀의 노래

달콤하기가 싫어서
미지근하기가 싫어서
혀 끝에 스미는 향기가 싫어서

온 몸에 쓴내를 지니고
저만치 돌아 앉아
앵도라진 눈동자
결코 아양떨며 웃기가 싫어서

진종일 바람은 설레이는데
눈물 죽죽 흘리기가 싫어서
애원하며 매달려 하소연하기가 싫어서

온 몸에 툭 쏘는 풋내를 지니고
그대 희멀쑥한 손길 뿌리쳐
눈웃음치며 그대 옷자락에 매달려
삽상하게 스미는 봄바람이 싫어서

건달들 하룻밤 입가심
기름낀 그대 창자 속
포만한 하품 씻어내는 디저트가 되기 싫어서

뿌리에서 머리 끝까지 온통 쓴 내음
어느 흉년 가난한 사람의 빈 창자 속에 들어가

맹물로 피를 만드는
모진 분노가 되었네
그대 코 밑에 스미는
씁쓰름한 향기가 되었네.

주제 사회비리에 대한 저항
형식 6연의 주지시
경향 주지적, 풍자적, 저항적
표현상의 특징 씀바귀를 의인화하여 사회적 병리현상을 풍자하는 표현을 하고 있다.
작자의 다른 시의 표현기법과 다른 '~ 싫어서'라는 독특한 동어반복 기법이
두드러지고 있다.
'되었네'를 동어반복하면서 '~네'라는 감동적 종결어미를 쓰고 있다.

이해와 감상

상징적 주지시로서 비유나 풍자적 표현이 구송하듯 알아듣기 쉬워 매우 전달이 잘 되는 작품이다.

'달콤하기가 싫어서/ 미지근하기가 싫어서/ 혀 끝에 스미는 향기가 싫어서'(제1연)에서 직서적인 관념을 담고 있는데 반해, '온 몸에 쓴내를 지니고/ 저만치 돌아 앉아/ 앵도라진 눈동자/ 결코 아양떨며 웃기가 싫어서'(제2연)에서는 은유적인 의인법을 쓰고 있어 대비를 이룬다.

더구나 제4연에 이르면 '온 몸에 툭 쏘는 풋내를 지니고/ 그대 희멀쑥한 손길 뿌리쳐/ 눈웃음치며 그대 옷자락에 매달려/ 삽상하게 스미는 봄바람이 싫어서'에서처럼 수사의 의인법은 해학적인 극치를 이룬다.

그러면서 이 시는 '어느 흉년 가난한 사람의 빈 창자 속에 들어가/ 맹물로 피를 만드는/ 모진 분노가 되었네'(제6연)라는 부조리한 사회의 위선과 비리며 기아와 절망의 현실 고발이 통렬하다.

호수

수많은 사람을 만나고 온 밤에
꼭 만나고 싶은 사람이 있다.

무수한 어깨들 사이에서
무수한 눈길의 번득임 사이에서
더욱 더 가슴 저미는 고독을 안고
시간의 변두리로 밀려나면
비로소 만나고 싶은 사람이 있다.

수많은 사람 사이를 지나고
수많은 사람을 사랑해 버린 다음
비로소 만나야 할 사람
비로소 사랑해야 할 사람
이 긴 기다림은 무엇인가.

바람 같은 목마름을 안고
모든 사람과 헤어진 다음
모든 사랑이 끝난 다음
비로소 사랑하고 싶은 사람이여
이 어쩔 수 없는 그리움이여

이해와 감상

　한 시인의 작품을 다각적인 각도에서 공부하는 것도 독자의 즐거움이다.
　이 상징적 서정시는 문병란의 또 다른 시세계로서 그의 폭넓은 능숙한 비유의 경지를
보여주고 있다.
　'호수'는 물이 괴는 곳이지만, 여기서는 사람들의 집결과 교감이 호수로서 설정되어
이채로운 메타포의 서경(敍景)이 펼쳐지고 있다.
　'가슴 저미는 고독을 안고/ 시간의 변두리로 밀려나면/ 비로소 만나고 싶은 사람'(제2
연)이란 다름 아닌 '비로소 사랑해야 할 사람'(제3연)이다.
　또한 그 사람이란 '모든 사람과 헤어진 다음/ 모든 사랑이 끝난 다음/ 비로소 사랑하
고 싶은 사람'이 호수에 이채롭게 등장하고 있다.
　문병란의 「호수」는 조병화(趙炳華, 1921~2003)의 「호수」(「조병화」 항목 참조 요망)
와 함께, 한국 시문학사에서 상호 대비되는 가편(佳篇)이다.

성기조(成耆兆)

충청남도 홍성(洪城)에서 출생(1931~   ). 호는 청하(靑荷). 국민대학교 및
경희대학교 대학원 국문학과 수료. 1963년에 제1시집 『별이 뜬 대낮』을 상
재(上梓)하고 문단에 등단했다. 시집 『근황(近況)』(1972), 『흙』(연작시집,
1980), 『사랑을 나누면서』(1988), 『바람 쐬기』(1989), 『방문을 열며』(1991),
『사는 법』(1996), 『다락리에서』(1999), 『나무가 되고 싶다』(2001) 등이 있
다.

꽃

여기 사뭇 허허한 벌판에 한 송이
꽃이 피었다.

태초로부터 아무도 있어 주질 않는
황량한 벌판

풀과 풀, 돌과 돌 사이—

다만 푸른 하늘과 벌판, 벌판과
구름을 벗하여 신의 은총인
태양과 이야기할 뿐……

하늘을 날으는 새의 몇마디
즐거운 말을 듣고

벅찬 가슴을 그 누구와도 말할 수 없는
그저 허허(虛虛) 내년도 또 후년도
몇해고 졌다 필 꽃, 꽃이 여기
한 송이 피었다.

이해와 감상

꽃에 관해 시의 제재로써 많은 시인들이 시를 써 오고 있다. 꽃이야말로 다각적인 견지에서 우리가 추구할 수 있는 서정적 또는 주지적 시대상이 아닐 수 없다.

성기조가 꽃의 내면세계나 생태 또는 형태적인 접근이 아닌, 꽃의 존재론적인 의미를 형상화 시키는 데 주력한 것이 이 「꽃」이다. 기독교 『구약성경』에 보면 "태초에 말씀이 있었다"고 했는데, 성기조는 주목할 만한 메시지를 우리에게 던지고 있다.

그것은 즉 '여기 사뭇 허허한 벌판에 한 송이/ 꽃이 피었다'는 대전제다. 더구나 그 벌판은 '태초로부터 아무도 있어 주질 않는/ 황량한 벌판'(제2연)에서란다.

그 꽃이 '신의 은총인/ 태양과 이야기할 뿐'(제4연)이며 '새의 몇마디/ 즐거운 말을 듣고'(제5연) 있다는 것이다. 여기서 꽃은 자연의 꽃이 아닌 인간적으로 의인화(擬人化)된 상태라는데 우리의 관심은 쏠리지 않을 수 없다.

사랑 별곡

바람이 부는데 살랑이는 바람이
그 속에 사랑이란 사랑이 흘러 녹아
내 귀에 들려오는데 음악처럼
사랑은 귓속에서 속삭이는데
사랑이라고—.

구름이 가는데 구름이
햇볕에 쫓겨 흩어지는 구름이
눈을 흘기는데
높이 떠 있는 해를 발돋움하고 입맞추려는
해바라기를 질투하는데

뜨거워야 사랑이냐고―.

사랑은 꽃잎에 머물러 방싯 웃고
사랑은 꿀벌이 되어 호박꽃 속에 머물고
사랑은 나비가 되어 화분(花粉)을 입에 물고
빙빙 하늘을 선회하는데
어질어질하는 눈 속으로 사랑이 들어오네

사랑은 눈 속에서 가슴의 문을 열고 들어오네
사랑은 다소곳하지 않고 너울너울 춤을 추네
사랑이―사랑이라고.

<table>
<tr><td>주제</td><td>사랑의 순수미 추구</td></tr>
<tr><td>형식</td><td>4연의 자유시</td></tr>
<tr><td>경향</td><td>서정적, 낭만적, 상징적</td></tr>
<tr><td>표현상의 특징</td><td>주정적인 시어로 심도 있는 이미지가 잘 전달되고 있다.</td></tr>
</table>

정감적인 시어를 리듬감 있게 구사함으로써 명쾌한 음악성이 돋보인다.
'사랑'이라는 낱말이 14개가 들어 있는 등 조사(措辭)의 독특성을 살피게 된다.
'사랑이라고―', '사랑이냐고―' 등의 동의어(同義語) 반복 또는 동어반복을
하고 있다.

이해와 감상

　　표제(表題)에, 중국 시가(詩歌)에 대하여 운(韻)이나 조(調)가 없이 된 것이라 하여 한
국의 독특한 시가를 일컫는 말인 '별곡(別曲)'을 붙여서 보다 한국적인 서정의 세계를
연상시키고 있다. 음악으로 친다면 변주곡(變奏曲)과도 같은 느낌을 주는, 시의 변주가
사랑의 내면적인 다양성을 자연스럽게 전개하고 있는 서정시다.
　　앞에서도 지적했지만 이 시에서는 '사랑'이라는 말이 14번이나 반복되고 있지만 우
리 눈에 거슬리지 않는 것은 이 시가 사랑의 의미를 외향적(外向的)으로 외치지 아니 하
고 오히려 내향적(內向的)으로 그 의미를 부드러운 전개 속에 응축(凝縮)시키는 시적 작
업을 하고 있기 때문이다. 사랑시의 가편(佳篇)이다.

근황

잘 그려진 신선도를 본다.

그림 속의 노인과 말벗이 되어
천년도 넘는 옛날로 돌아가
우물 속에서 물을 퍼올리듯
인정을 퍼올리면
산굽이, 굽이를 돌아오는 학의 울음
바람은 유현(幽玄)한 곳에서 꽃내음을 찾아낸다.

노인은 천천히 걸음을 옮기며
따라오라고, 자꾸만 따라오라고
뒤범벅이 된 세태, 시끄러운 거리
그리고 온갖 불신을 싸워 이겨
세상을 빨래하고
이슬 같은 인정을 찾으며
따라오라고 손짓하며
정자 속으로 들어간다.

잘 그려진 남화풍(南畵風)의 신선도
그 속의 노인이——.

이해와 감상

성기조가 신선도(神仙圖)를 바라보면서 노래한 시로 『시문학』(1972. 3)에 게재되고,
제2시집 『근황』(1972. 8)의 표제시가 되었다.

세속(世俗)과 탈속(脫俗)의, 즉 신선의 경지를 이 짤막한 한 편의 시로 노래함으로써,
독자는 각박한 현실에서 잠시 벗어나, 심산 유곡의 선인(仙人)의 손짓을 따라가 그의 심
오(深奧)한 철리(哲理)를 뒤쫓고 싶어진다.

실제로 아비규환을 벗어나 '이슬 같은 인정'(제2연)을 찾아가고픈 심경이 절도 있게
묘사되어 감흥을 안겨 준다.

신선도 속 노인의 불그레한 얼굴, 인자한 눈빛이 번뜩이는 이 시는 현실에 대한 인간
적 자성(自省)을 추구하며 체온 있는 인간성 회복을 위한 윤리 의식을 발현(發顯)하고 있
다고 본다.

한국 현대시단에서 노장(老莊)사상을 그 바탕으로, 시창작을 해온 시인으로는 이원
섭, 김관식, 성기조, 정광수 등 몇몇 시인을 꼽게 된다. 그야말로 장구한 역사와 심오한
동양정신의 세계에서 취재할 만한 시의 제재(題材)로서 노자의 『도덕경』 등은 시창작의
보고(寶庫)인 만큼 우리가 관심을 기울일 만한 분야라고도 하겠다.

진을주(陳乙洲)

전라북도 고창(高敞)에서 출생(1927~   ). 본명은 을주(乙澍). 전북대학교 국문학과 졸업. 1949년부터 『전북일보』에 시를 발표하기 시작하였고, 『현대문학』에 시 「부활절도 지나 버린 날」(1963. 6)이 추천되고 또한 『문학춘추』 신인문학상에 「교향악」(1966. 12)이 당선되어 문단에 등단했다. 시집 『가로수』(1966)에 이어, 진을주 신작 1인집 1권 『조준』(1968), 2권 『도약』(1968), 3권 『숲』(1969), 4권 『학』(1969), 시집 『슬픈 눈짓』(1983), 『사두봉 신화』(1987), 『그대의 분홍빛 손톱은』(1990), 『부활절도 지나 버린 날』(1990) 등이 있다.

가로수

뿔이 있어 좋다.
그리운 사슴처럼 뿔이 있어 좋다.
퇴색한 나날과
퇴색한 산천을
사비약 눈이 나리는 날
나려서 쌓이는 날,
가로수 내인 길을
두고 온 고향이 문득 가고픈
겨울보다도,

어린 사슴의 어린 뿔 같은
고 뾰죽한 가지에 수액(樹液)을 타고 나온
파아란 새싹으로 하여,
대지의 숨결을 내뿜는
봄의 가녀린
서곡보다도,

등허리가 따가운
볼이 한결 더 따가운
그보단 숨이 막히는 더위에
짙푸른 혓바닥을 낼름거리며

그 할딱이는 여름의
육성(肉聲)보다도,

안쓰러운 가로수의
체온이 스몄을 낙엽을
구루몽처럼 밟으며
너랑 걷다가
해를 지우고 싶은 가을은
아아 진정 서럽도록
즐거워라.

가로수는
뾰죽한 뿔이 있어 좋다.
뿔을 스쳐 오고 가는
계절의 숨소리가 들려서 좋다.

주제 가로수 사계(四季)의 순수미 추구

형식 5연의 자유시

경향 서정적, 상징적, 감각적

표현상의 특징 세련된 시어로 짙은 서정과 심상미가 표현되고 있다.
작자의 섬세한 감각의 상징적 표현이 두드러진다.
'뿔이 있어 좋다'(수미상관), '퇴색한', '~보다도' 등의 동어반복을 하고 있다.
'사비얍'(제1연)이라는 작자가 만든 시어(형용사)가 눈길을 끈다.

이해와 감상

진을주는 「가로수」를 통해 '사슴처럼 뿔이 있어 좋다'는 사슴의 상징적인 심상미를 서두부에서 강렬하게 제시하고 있다. 그러기에 이와 같은 메시지는 '가로수는 사슴의 뿔'로써 동격화(同格化)되는 이미지 작용이 시 전편을 압도해 버린다.

'사비얍 눈이 나리는 날'에서의 형용사로서 등장시킨 작자의 조어(造語)는 눈이 '재빠르게 살며시 흩뿌리는 상태'를 형용하고 있다고 보며, 앞으로 논의의 대상이 될 만하다고 평가해 두련다.

가로수의 네 계절인 겨울(제1연)을 비롯하여 봄(제2연), 여름(제3연), 그리고 가을(제4연)로 구성되어 있다.

가을의 연(聯)에서는 '구르몽처럼 밟으며'라고 이른바 낙엽의 명시를 남긴 프랑스의 시인이며 작가였던 구르몽(Rémy de Gourmont, 1858~1915)의 시를 연상시킨다.

'시몬느, 나뭇잎 져버린 숲으로 가자/ 낙엽은 이끼와 돌과 오솔길을 덮고 있구나/ 시몬느, 너는 좋으냐 낙엽 밟는 소리가……' (「Les Divertissements, 1912」에 수록됨)가 아울러 마음에 떠오르기도 한다.

아침

햇씨를 쪼아 물고
사비약 내린 나래.

금관(金冠)을 얹는 제왕의 첫발.

수정 같은
마음밭에
서장(序章)의 깃발 오르고,

곳곳마다
파닥이는……
파닥이는……

금빛 비늘이 눈부시게
이웃
이웃으로
번진다.

<table>
<tr><td>주제</td><td>아침의 순수미 추구</td></tr>
<tr><td>형식</td><td>5연의 자유시</td></tr>
<tr><td>경향</td><td>서정적, 상징적</td></tr>
<tr><td>표현상의 특징</td><td>상징적인 수법과 절제(節制)된 시어 구사로 '금빛 비늘' 같은 이미지를 창출해 내고 있다.
제4연에서는 '파닥이는…'이 동어반복되는 점층법(漸層法)을 써서 정감(情感)을 드높이고 있다.</td></tr>
</table>

시에 있어서 가장 소중한 것은 '감성(感性)의 흐름' 또는 '의식의 흐름'이다. 그것은 곧 시의 생명이 동맥과 정맥의 혈액처럼 흐르는 것이라고 할 수 있다. 그리고 우리는 그 것을 시의 에스프리(esprit), 즉 시의 정수(精髓)로 삼고 있다.

아침의 영상미(映像美)가 단순히 영상미로서 끝나지 않고 그 이미지의 전개 속에 시 의 새로운 의미 내용을 전달해 줄 때, 비로소 그 시는 생명을 값지게 얻는다. 저 하늘의 눈부신 아침 햇살을 시인은 '이웃/ 이웃으로' (제5연) 널리 널리 퍼뜨린다.

'금관을 얹는 제왕의 첫발' (제2연)이란 곧 '의욕에 넘치고 새 활기에 찬 아침'을 심도 있는 심상으로 강렬하게 상징하고 있다.

행주산성(幸州山城) 갈대꽃

울먹은
상복(喪服)의 미소.

비린내 낭자한 강바람에
모시치마 나부끼듯
간드러진 허리 허리.

여윈 햇볕에
행주 부녀자들의 옛 지문(指紋)도
밝디밝은 강변 조약돌.

맺힌 한(恨)
강심(江心)에 뿌리 내려
찬 서리 모는 기러기 따라
아스름 하늘가에 흐른다.

그 때
그 때의 화약 냄새

수라장 소리
타는 듯한 노을 속.

울적한 산성에
휘휘친친 피어 오르는
대낮 소복(素服)의 지등행렬(紙燈行列).

서럽도록 아름답게
하르르 하르르 무늬치는
씨뿌려 내일을 밝히는
축제다.

이해와 감상

　시인은 역사의 현장을 무심히 지나지 않고, 그 곳에서 민족이 걸어온 유구한 역사의
발자국 소리를 생생하게 듣는다.
　그러기에 그 곳에 돋아난 풀잎 하나, 들꽃 하나하나에서도 민족의 거센 숨소리를 가슴
속에 담을 수 있다.
　임진왜란의 소용돌이 속에서 간악한 왜적의 침략을 물리치고 나라와 겨레를 지키자
는 결의에 찬 부녀자들은 숨이 턱에 차는 가파른 산성을 향해, 주워 모은 돌들을 앞치마
에 담아 올렸던 것이다.
　이제 시인은 행주산성 강변에 핀 갈대꽃에서, 또한 흩어져 뒹구는 조약돌에서 그 고통
받던 나날의 뜨거운 숨결을 절절하게 노래하고 있다.
　『시문학』 2월호(1973)에 발표된 이 시는, 모더니즘적 수법의 세련을 거친 그의 인생
과 자연에 대한 참신하고 투명한 인식을 보여주는 작품이라 하겠다. 또한 그는 그 동안
민족의 숨결을 담은 가작 시편도 계속 발표해 오고 있다.

이경희(李璟姫)

함경남도 영흥(永興)에서 출생(1935~   ). 경기여고 졸업. 1963년 『한국일보』 신춘 여류시단에 시 「분수」와 「길」을 발표하며 문단에 등단했다. 한국 최초의 여류시 동인 『청미(靑眉)』 동인. 시집 『분수』(1980), 『그대의 수채화』(1991), 『아주 잠시인 것을』(2001) 등이 있다.

분수(噴水) · I

난 첼리스트.

다칠세라, 당신을
금이 갈세라,
가만히 포옹하면
매지근한 체온에
튀는 스타카토.

내 어깨에 기대인
당신의 머릿카락은 바닷물결

차츰
잠기우는 몸을 안고
흔드는 파도의 요람

내 기인 손가락은
당신의 허리에서 내려가는
엉뚱한 애무처럼

몸저리는 연소(燃燒)에 타는
쏘나기, 쏘나기 소린
내 그이의 분수.

주제	삶의 진실 추구
형식	6연의 자유시
경향	서정적, 상징적, 낭만적
표현상의 특징	세련된 시어로 연상기법의 표현을 하고 있다.

현악기 첼로(cello)와 분수를 동시에 각기 의인화 시키고 있다.

'첼리스트'(cellisst, 첼로 연주자), '스타카토'(stacato, 한 음부(音符), 한 음부씩 끊어서 연주하는 것) 등 음악 용어를 시어로 구사하면서 분수의 시각적 이미지와 청각적 이미지를 공감각화(共感覺化) 시키고 있다.

'쏘나기'(함경도·강원도 지방의 방언)와 같이 '소나기'의 '소'를 '쏘'로 된소리를 냄으로써 시의 극적 클라이맥스를 표현하고 있다.

 이해와 감상

이 시는 이경희의 대표작으로서 그의 연작시 「분수·I」이다.

시인의 언어를 다루는 데 무리가 없고 뛰어난 기법을 엿보게 하는 역편(力篇)이다. 그러나 이 시가 전혀 기교에만 흐르고 있다는 것은 아니다.

'다칠세라, 당신을/ 금이 갈세라/ 가만히 포옹하면/ 매지근한 체온에/ 튀는 스타카토' (제2연)에서처럼 화자는 큰 몸집의 현악기인 첼로를 의인화 시키며, 체온(體溫)마저 부여하는 애정어린 메타포(은유)를 하고 있다.

'내 어깨에 기대인/ 당신의 머릿카락은 바닷물결'(제3연)에서 '당신'은 역시 첼로를 2인칭 단수로써 호칭하는 것이며, '머릿카락'이라는 것은 첼로가 발산하고 있는 음률(音律)을 '분수의 물결'로써 시각화 시키는 눈부신 비유 표현이다.

그러기에 이 작품은 행동하는 삶의 내면 세계에 대한 시인의 응집(凝集)된 주제 표현이 강력하게 담겨 있다.

즉 삶의 진실을 추구하는 진지한 자세 또한 '그이'라는 한 절대자에 대한 화자의 인간적 고백이 때묻지 않은 의식의 분수로써 역강(力强)하게 솟구치고 있다.

초하고백(初夏告白)

입하(立夏)가 되어도
꾸역 꾸역
내의를 끼어입고
춘곤(春困)의 잔재(殘滓)를 방어한다.

아침 저녁
만원 버스에 실려
제3한강교를 건너가고 건너오면서
쏴아 쏴아
교각 사이로 빠져 나가는
빈 영혼의 소리를 듣는다
그 어이없이 날렵한 매무새를 본다.

절그렁 절그렁
쇠고랑을 끌고
녹슨 시간 위에 서서
아득한 강기슭을 바라보면

어느새
내 몸뚱이를 빠져 나간
바람은
오색의 조각보로 너울거리며
망망한 자유를 누리는 듯하다.
그 허무한 바람은,
그 어이없는 바람은,

아득한 곳에서
나는
여리디 여린
연두빛 속살의
무방비를 생각한다.

주제 삶의 현장의 미학
형식 5연의 자유시
경향 서정적, 주지적, 상징적
표현상의 특징 간결한 일상어의 산문체로 심도 있는 이미지를 담고 있다.
서민의 애환을 비유의 대상으로 감각적인 표현을 하고 있다.
밝고 건전한 영상미가 돋보인다.

삶이란 무엇인가. 추위처럼 우리의 육신을 휘감고 뒤흔드는 것일까.

화자는 이제 삶의 현장을 뛰면서 그의 의식의 내면 세계와 현실의 외면 세계의 교감 (交感)을 통해서 삶의 참다운 의미를 고백하는 것이다.

절기(節氣)가 달력에서는 '입하' 지만 외기가 차가워 추위 때문에 '꾸역 꾸역/ 내의를 끼어입고/ 춘곤의 잔재를 방어한다// 아침 저녁/ 만원 버스에 실려/ 제3한강교를 건너가 고 건너오면서' (제1·2연) 겪고 있는 서민들의 애환이 오히려 건강한 의식의 저변에서 빛나고 있다.

얼핏 보기에는 하나의 스케치처럼 엮고 있으나, 그 뒤에 숨겨진 삶의 진실을 추구하는 자세는 자못 진지하다.

바람의 연분(緣分)

홀연히
근심을 실어가시는가 하면
홀연히
근심을 실어오시기도 하는
조금은
심술을 안고
살아가시는 바람

허나
그 심술에 숨어 있는
깊은 뜻은
한낱
길섶에 깔려 있는
이름없는 풀꽃에게까지라도
정성스레 심어주는
사랑의 고지(告知)

그리하여

어느날 홀연히
수태(受胎)를 알리는 기쁨으로
천년을 요상하게
불어 사는 바람

이해와 감상

바람의 존재론적인 삶의 의미를 추구하는 보기 드문 주제의 작품이다.
바람이 '근심'을 실어가기도 하고 실어오기도 한다는 이 발상에는 희화적(戱畵的)인
사회성(社會性)이 저변에 짙게 깔려 있다.
'바람'과 '심술'의 등식적인 이미지가 독자에게 자못 시사하는 바 큰 가편(佳篇)이다.

이 탄(李 炭)

서울에서 출생(1940~   ). 본명 김형필(金炯弼). 한국외국어대학교 영어과 졸업. 단국대학교 대학원 국문학과 및 한양대학교 대학원 국문학과 수료. 1964년 『동아일보』 신춘문예에 시 「바람불다」가 당선되어 문단에 등단했다. 시집 『바람불다』(1967), 『소등』(1968), 『줄풀기』(1975), 『옮겨 앉지 않은 새』 (1979), 『솔잎 소리』(1983), 『대장간 앞을 지나며』(1983), 『철마의 꿈』 (1990), 『당신의 꽃』(1993), 『반쪽의 님』(1996), 『윤동주의 빛』(1999) 등이 있다.

아침을 오게 하자

아침을 보리밭의 푸른 빛에서 오게 하자.
아침을 고깃배의 삐걱거리는 소리에서 오게 하자
아침을 오게 하자
아침을 오게 하자

우리들은 다시 흙으로 간다며
우리들은 다시 흙이 된다며
고향을 다듬자
우리들의 고향을 다듬자

우리들의 낮과 밤을 만들고
우리들이 자랑스런 목숨을 만들자.

기다리는 시간처럼 어둡고 괴로운 게 어디 있으랴
우리가 스스로 사랑을 배우고
우리가 스스로 지식을 쌓아올리듯
터를 다듬자

가난이 누구의 죄냐
아침을 오게 하자
아침을 오게 하자

주제 숭고한 애향 정신
형식 5연의 주지시
경향 주지적, 상징적, 감각적
표현상의 특징 간결한 시어구사로 '아침을 오게 하자' 등 상징성이 강한 동어반복을 하고 있다.
주제를 강력하게 드러내는 심도 있는 이미지가 음악성을 곁들이고 있다.
지성에 바탕을 둔 언어감각이 신선하게 전달되고 있다.

이해와 감상

피폐해진 우리의 농어촌의 재건은 이 땅의 애국적인 젊은이들에게 주어지는 중대한 과제다. 저자는 외국에서 농촌 복귀를 이른바 '유우턴'(U-turn)이라고 표현하며, 지방자치단체들이 활발하게 움직이는 것을 볼 수 있었다.

이탄의 '아침을 오게 하자' 는 어서어션(assertion)은 우리 시대에 가장 소중한 양심의 주장이다. 그러기에 '아침을 오게 하자' 고 하는 화자의 요망을 우리는 조금도 거부감 없이 받아들일 수 있다고 본다.

'아침을 보리밭의 푸른 빛에서 오게 하자/ 아침을 고깃배의 삐걱거리는 소리에서 오게 하자' (제1연)고 농어촌의 활기찬 새아침을 절실하게 소망한다.

여기서 '보리밭의 푸른 빛' 이란 무엇인가.

그것은 '삶의 희망' 의 상징어다.

보리의 풍년을 비유하는 풍요한 양식을 뜻한다. '고깃배의 삐걱거리는 소리' 는 또 무엇인가. 이것은 '풍어(豊漁)' 의 청각적 비유다. 만선(滿船)의 고깃배는 워낙 물고기를 그득 잡아서 실었으니 목선이라 저절로 삐걱거릴 수밖에. 밭에서는 양식이 잘 자라고 바다에선 물고기가 잘 잡히는 '아침을 오게 하자' 는 시인의 노래는 아무리 반복을 해도 우리를 다만 즐겁게 해줄 따름이다.

제2연에서는 애향(愛鄕)의 정신이 빛나고 있다. 고도산업화 사회에서의 이농(離農)이 빚는 갖가지 비극적 요소를 원색적으로 풍자하고 야유하기보다는 오히려 뜨거운 포용의 가슴으로 애향의 노래를 부르고 있다.

제3연에서 시인의 메시지가 '우리들이 자랑스런 목숨을 만들자' 고 심도 있는 호소력을 이루어 준다.

그리고 제4연에서 괴로움을 극복하고 사랑의 터를 가꾸자는 것. 가난을 탓하기 전에 모든 긍정적인 삶 속에서 어둠을 떠나 보내고 참다운 아침이 밝도록 하자는 간절한 메시지는 새로운 시의 빛이다. 그것은 눈부신 새아침을 오게 하는 시적 형상화 작업이다.

이탄은 수사(修辭)에서 반복법(反復法)을 절도 있게 구사하고 있거니와, 이것은 시의 의미를 고조시키는 일종의 강조법이기도 하다.

그러므로 「아침을 오게 하자」에서처럼 반복법을 효과적으로 쓴다면 그만큼 시의 심도 있는 이미지를 독자에게 전달시키게 마련이다.

과수원에서

 가끔 생각은 했지만 내 다리가 너무 약하구나, 등을 꼿꼿이 하고 하늘을 향한 어깨가 믿음직한 과수원의 나무들 사이에서 나는 너무 심했던 음주(飮酒)를 미안하게 생각한다. 미안하다, 미안하다. 한 해의 결실을 풍성히 거둔 열매를 보면 좁은 소견머리가 더욱 미안해진다.

 제자리에서 비와 바람을 이기며 완성의 눈을 감는 나무의 냄새가 마음을 적신다.

 단추마다 과일의 풋풋한 맛이 괴고 여기선 해가 달다.

 믿었다 말았다 믿었다 말았다, 사람들 틈에서 나는 때 묻은 머리칼의 냄새를 날리며 히히 웃었지 웃었지, 미안할 뿐이다.

 과일나무 하나하나에 나는 미안하다는 인사를 하며 서툰 그림을 그린다. 인내의 등과 푸근한 어깨를, 붓에다 향기를 듬뿍 적신다.

주제 순수 자아의 성찰
형식 전연의 자유시
경향 서정적, 주지적, 상징적
표현상의 특징 산문체이면서도 내재율에 의한 리듬감을 살리고 있다.
'미안하다, 미안하다', '웃었지 웃었지', '믿었다 말았다 믿었다 말았다'와 같은 동어 반복으로 의미내용을 강화시키고 있다.

이해와 감상

 여기서 '과수원'이란 무엇인가.
 이탄이 설정한 '과수원'은 인생의 터전, 곧 우리가 사는 사회를 과수원에 비유하고 있는 것이다.
 그러면서 이 과수원의 계절을 수확기(收穫期)에 설정하고 있다. 자아를 돌아보는 겸허한 자세를 통한 인간미가 이 시 전반에 물씬하게 풍기고 있다.
 '한 해의 결실을 풍성히 거둔' 자아에 대한 진지한 반성이며, 실로 진솔한 삶의 자세. 그것은 인생의 참 노래이다. 그러기에 진실됨을 노래하는 이 시는 드높은 생명력을 얻게 된다.

줄풀기

수면(水面) 위에서
바람의 얼굴을 만난다.
수면 위에서 마침내 마음의 줄을 풀고
물 속 깊이
일그러진 감정의 아가미를 낚는다.

어둠의 뼈
비늘 같은 눈물,
한평생 인간은 줄을 풀고
얽힌 줄을 풀어 내고
자신을 만든다.

저만큼
물 위에 반짝인 햇빛의
점 하나

빈 낚싯대 같은 인생을 모두 불러다
점 하나를 낚는다.

이해와 감상

상징적 수법에 의한 인생훈(人生訓)의 시적 아포리즘(잠언)이다.

시인이 인생을 관조하는 진지한 자세, 거기에서 자아를 돌아보는 혜안(慧眼)이 번뜩이고 있다. 시란 반드시 난해하고 어려워야 그 의미가 강하고 사유의 깊이가 심오한 것은 아닐 것이다.

인간의 삶이란 이탄이 노래하는 것처럼 '한평생 인간은 줄을 풀고/ 얽힌 줄을 풀어 내고/ 자신을 만든' 는 과정이 아닐 수 없다는 「줄풀기」는 가편(佳篇)이다.

줄이 몹시 엉컸다 하여 성급하고 초조해서는 안 된다. 그럴수록 더 차근히 성실하게 얽힌 것을 풀면서 '물 위에 반짝인 햇빛의/ 점 하나' (제3연)의 진실을 평생토록 낚아야 한다는 것은 감동을 안겨준다.

소한진(蘇漢震)

경상북도 구미(龜尾)에서 출생(1936~   ). 본명 병학(秉學). 호 일산(日山).
동아대학교 국문학과 졸업. 건국대학교 대학원 국문학과 수료. 1964년 시화
집 『비영상(非映像)의 미학』을 상재하면서 문단에 등단했다. 시집 『아이』
(1974), 『부채살 속의 바다』(1979), 『기억의 바다로 떠나는 겨울 여행』
(1986), 『겨울 허망의 꽃』(1987), 『빛의 무덤 속에서』(2000) 등이 있다.

밤을 주제로 한 작품

성(城)과 성(城), 피안이라는 말, 기억의 바다, 다섯 개의 해골, 밤의 샤넬 등
을 생각해 본다

미래와 미래, 미래에서 과거로, 그 앞의 점으로
빠르게 내리긋는
저들 검은 선을 따라가면
회랑(回廊)은 없다

정전이다

밀폐된 벽과 털복숭이 속살을 찢고
겨울 여행에서 돌아와
잠을 청하면
심장부근에 얼음 덩어리가 부딪혀 부서지는 소리……

저 기억의 바다엔 회오리바람 흰 꽃이 둥둥 떠다니고

밤의 자막(字幕) 위로
빈 틈 없는 점들이 떠오른다 떠오른다 사라진다……
저게 파도인가
   와와 파도가 휘감긴다
      휘감겨서 떨어진다 떨어진다

나를 부른다

비육체세계(非肉體世界)의 채널은 어딥니까?

사자(死者)의 날엔 해골인형 해골빵 해골사탕 과자 등을 먹는다구요?

미래와 미래, 미래에서 과거로, 그 앞의 점으로
빠르게 내리긋는
저들 검은 선을 따라가면
성벽 위엔 검은 댕기 검은 댕기……
팔색조(八色鳥)의 깃털이 무더기로 짤라져 쌓이는데

아청(鴉靑)빛 하늘은 열릴 것인가?

주제 초현실적 밤의 미(美) 추구
형식 10연의 변형 주지시
경향 초현실적, 주지적, 영상적
표현상의 특징 초현실적인 잠재의식의 심미적(審美的) 표현을 하고 있다.
이성적(理性的)인 일체 관념을 배제하고 판타지(fantasy)의 세계를 전개시키고 있다.
'～ 어딥니까?', '～ 먹는다구요?', '～ 열릴 것인가?' 등 수사의 설의법(設疑法)을 쓰고 있다.

이해와 감상

한국 시단의 쉬르리얼리즘(surréalisme), 즉 초현실주의 시작품의 등장은 이상(李箱)으로부터 시작된다(「이상」 항목 참조 요망).

그 뒤를 이어 8·15광복 이후, 후반기(後半期) 동인을 이끈 조향(趙鄕)이 중요한 작업을 했다(「조향」 항목 참조 요망).

6·25동란 이후 여러 시인들이 쉬르리얼리즘 시의 시작(詩作)을 시도하는 가운데, 1960년대 이후 한국 시단에서 주목받게 된 시인이 소한진이었다. 그의 시적 특색은 이 작품에서도 잘 살필 수 있듯이, 지금까지의 초현실시가 밟아온 언어의 공간미(空間美)에다 그는 영상미(映像美)를 첨가시켜 참신하게 형상화 시키고 있다는 데 우리를 주목시킨다.

'밀폐된 벽과 털복숭이 속살을 찢고' (제4연)
'저 기억의 바다엔 회오리바람 흰 꽃이 둥둥 떠다니고' (제5연)
'빈 틈 없는 점들이 떠오른다 떠오른다 사라진다…/ 저게 파도인가/ 와와 파도가 휘감긴다' (제6연).

위에서 예시한 것처럼 종래의 초현실주의 시에서 찾아볼 수 없는 언어의 영상미를 연출하므로써 우리들이 느끼고 있는 일상적인 관념에서 독자를 해방시킨 특수한 객체로서의 '밤의 세계'가 소한진이 다루고 있는 오브제(objet)다.

소한진은 우리 시단에서 새로운 수법으로서의 역동적(力動的)인 영상미를 우리에게 파악시키고 있다. 우리는 이제 쉬르리얼리즘 계통의 시를 대할 때 우선 선입관을 버려야 한다. 막연히 난해하다는 생각도 금물이다.

시작품 그 자체에 독자가 함께 참여한다면 일반론적인 현대시에 식상(食傷)한 경우, 21세기의 새로운 초현실시의 시세계와의 교감은 자못 소중한 것이다.

따지고 보자면 쉬르리얼리즘의 시세계는 우리가 보편적으로 인식하고 있는 이성적(理性的) 가치며, 논리(論理) 따위를 부정하며, 오로지 인간의 순수한 내면의식(內面意識), 즉 때묻지 않은 잠재의식을 중심 가치로써 삼고 있는 것이다.

더 쉽게 설명하자면 환상적인 언어의 공간미가 시의 오브제다. 오브제란 현대 예술에서 물체를 도구로서가 아니라, 미(美)를 만드는 소재로써 쓰이는 경우의 물체, 또는 그와 같이 만든 작품을 말한다.

두 말할 나위없이 소한진의 이 작품은 캄캄한 '밤의 세계'가 이 시의 오브제다.

꽃게

굴껍질에 발가락을 베인 바다는 비린내를 뿜으며 엎으러져 있다
모랫기둥이 찢어진 텐트 탬버어린 기타아를 말아 올리고 있다
밥주발을 노리는 꽃게 조 집게발

이해와 감상

'굴껍질에 발가락을 베인 바다'라는 소한진의 이 초현실적 표현에 이제 독자들은 어쩌면 새삼스럽게 큰 흥미를 느낄 것이다.

굴껍질에 인간이 발가락을 베인 것이 아니고, 바다가 발가락을 베었다는 것이니, 이와 같은 초현실적 메타포는 지금까지 우리 시단에서 진부하고 유형적인 시를 읽던 독자들에게는 신선할 것이다.

일찍이 프랑스의 저명한 시인 장콕토(Jean Cocteau, 1889~1963)는 '내 귀는 소라껍질 바다소리를 그리워하오'라고 노래했다. 그와 같이 평면적인 낭만적 상징시의 경향과 비교해 본다면 소한진의 영상적인 초현실시의 표현은 새롭고 탁월한 것이다

독자는 이 작품을 읽어가면서, 앞에서 지적했듯이 기성적 관념이나 논리에서 벗어나야만 하며, 그런 가운데 독자 스스로는 시인의 판타지의 세계, 잠재의식의 경지로 함께 몰입하면 좋을 것이다.

초현실주의 시가 난해하다는 것은 당연한 일이다.

그 시인의 작품 세계는 잠재의식에서 우러나온 인스퍼레이션(靈感)을 받아쓰기한 것이기 때문이다. 이른바 자동기술법(自動記述法, automatisme)에 의해서 시를 마음 속에서 떠오르는 대로 정직하게 쓴 것이기 때문이다.

길

언덕을 넘고 강을 건너면 또 숲을 만나야 하는
돌밭길은 멀고
당나귀 탄 아이가 가고 있다
산까치가 운다
헬레니즘은 헬레니즘의 길로
시오니즘은
비정의 산으로
사통팔달(四通八達)로 뻗은
길은 하나
그 동토길을 혜초(慧超)가 가고
당나귀 탄 아이가 연을 날리며 가고 있다

이해와 감상

오늘날 우리가 지켜보는 중동 각국의 이른바 헬레니즘이나 시오니즘 등, 민족적 분쟁이며 또한 최근의 이라크전쟁 등, 세계인의 길은 자고로 갈래도 많고 피투성이로 파괴된 폐허의 길이 오늘에까지 참담하게 이어져 온다.

그 허구 많은 길 속에서 한국의 쉬르리얼리스트 소한진은 가장 평화롭고 자비로운 부디즘(불교)의 길을 찾아, 저 머나먼 신라(新羅, BC 57~935) 땅으로부터 천축(天竺, 인도)으로 고행의 길을 나섰던 혜초(慧超, 704~미상)의 길로, 우리를 그의 판타지의 세계로 이끌어 민족의 고승과도 만나게 해주고 있다. 혜초의 여행기『왕오천축국전』(往五天竺國傳)은 세계적으로도 높이 평가되는 8세기 인도땅 성지(聖地)순례 기록이다.

박곤걸(朴坤杰)

경상북도 경주(慶州)에서 출생(1935~   ). 호 해읍(海邑). 대구사범학교 졸업. 1964년 『대구매일신문』 신춘문예에 시 「광야」가 당선되어 문단에 등단했다. 1975년 『현대시학』에 시 「환절기」, 「숨결」 등이 추천 완료되기도 했다. 시집 『환절기(換節期)』(1977), 『숨결』(1982), 『빛에게 어둠에게』(1987), 『가을산에 버리는 이야기』(1995), 『딸들의 시대』(1998), 『화천리(花川里)』(1999) 등이 있다.

홍부가

아득히 먼 봄을 제비가 성큼 물고 오던
강남녘에
정든 땅 언덕의
초록빛 향수를 다 쓸어 뭉개고
풀피리 물고 홍부네 아이들은 어디로 숨었는가.
농우(農牛)가 세월을 씹고 봄밭을 갈던
잠실벌에
정든 집 초가 문전에
논밭 농사를 다 밀어붙이고
짚신 신고 홍부는 어디로 떠났는가.

한 줌 흙을 금싸라기로 부추겨 올리고
천하대본이 새로 바뀌어
비닐하우스식 재배단지의 8학군에는
유전공학을 터득한 맹모(孟母)들이
논밭에 퇴비 뿌리듯 금비 뿌리고
저희들 자식 농사를 짓는다.

홍부네 제비는 힘겨워
날아오르지 못 하는 저 최상의 고층에
배보다 큰 비만의 박이 열리게
여든까지의 이기(利己)의 버릇을

세 살 버릇에서부터 시작하며
자식 농사까지 검은 이윤을 챙기는가.

홍부네 아이는 답을 못 내는
평생 생애의
인생 재배법의 답을 내고
자기 말고 타인은 김매듯이 다 솎아내고
금화(金貨), 은화(銀貨)의
박꽃 피어라. 박열매 맺어라
수세(水稅) 안 물은 특용작물,
제값 더 받는 속성작물,
저네들의 독점출하가 수상하다, 이 땅에.

혼을 안고 죽창을 들고
봄이여, 어디서 오는가.
홍부가(興夫歌) 소리판 한 마당 접고
흥겹게 잡귀잡신의 지신밟기를 펼쳐라.
우리들의 가락동 귀신이 얼떨떨해라.
우리들의 노량진 귀신이 얼떨떨해라.

주제 물신숭배에 대한 저항의식

형식 5연의 주지시

경향 고전문학적, 풍자적, 문명비평적

표현상의 특징 평이한 일상어로 독자에게 내용 전달이 잘 되고 있다.
주지적 표현 속에 물신숭배의 현실 극복의 의지가 짙게 깔려 있다.
'떠났는가', '챙기는가', '어디서 오는가' 등 수사의 설의법을 쓰고 있다.
'우리들의 가락동 귀신이 얼떨떨해라', '우리들의 노량진 귀신이 얼떨떨해라'
의 동의어(同義語) 반복을 하고 있다.
서울 송파구의 '잠실벌'이며 '가락동', 동작구의 '노량진' 등 지명이 나온다.

이해와 감상

1970년대 이후 고도산업화 사회로의 추이 과정에서 드러난 사회악적인 '물신숭배'라
는 페티시즘(fetishism)의 물욕, 금욕은 여러 시인으로 하여금 우수(憂愁)의 시를 한국 시
문학사에 남기게 되었다.

박곤걸은 그 새로운 시적 방법론으로써 조선 고종(1863~1907) 때 신재효(申在孝, 1812~1884)가 쓴 판소리 「홍부가」를 비유의 텍스트로 삼고 몰지각한 세태를 풍자하는 데 그 의의가 있다고 본다.

'홍부네 아이들은 어디로 숨었는가/ …짚신 신고 홍부는 어디로 떠났는가' (제1연)라는 선량한 빈민층 농민들의 전락 과정의 비유는 서울 강남지역의 이른바 고등학교 입학 학군(學群)인 '8학군'으로 몰려든 세칭 '맹모' (孟母)들에게 불똥이 거세게 튄다.

'비닐하우스식 재배단지의 8학군에는/ 유전공학을 터득한 맹모들이/ 논밭에 퇴비 뿌리듯 금비 뿌리고/ 저희들 자식 농사를 짓는다' (제2연)는 격렬한 직설적 고발이다.

자식 교육을 위해 맹자 어머니가 세 번 이사했다는 고사의 '맹모'로 비유된 약삭빠른 이기적 교육열은 서민층 자녀(홍부네 아이)들은 얼씬도 못하는 최상가로 아파트 값을 솟구쳐 올리면서, 이 지구상 어디서도 찾아볼 수 없는 극심한 부동산투기라는 새로운 물신 숭배의 종교(fetishistic religion)를 퍼뜨리게 되었다.

그야말로 서민들의 좌절을 직시하는 화자는 '혼을 안고 죽창을 들고/ 봄이여, 어디서 오는가' (제5연)고 절망 극복의 풍자적 메시지마저 던지고 있다.

가을산에

가을산이 잎을 버리는 산비알을 걸어가면서 우리도 가진 것을 가을산에 버리는 이야기를 했다. 절명의 풀잎들이 씨앗을 떨구어 몇 개의 기적을 땅에다 묻고 흙으로 돌아가 지워지는 미완의 풀이름들 사이에 우리의 이름도 지워지고 있었다.

아무것도 줄 것이 없어 아무것도 받을 것이 없는 우리의 빈 가슴으로는 가다 말고 서서 기다릴 것이 없는데 날아가다 앉아서 노래하며 기다리는 이름 없는 새들을 이름지어 불러주며 이 아름다운 것들 곁에서 아름다운 것이 되어지고 있었다.

우리는 잡은 손을 서로 놓고 나도 나를 버리고 너도 너를 버리고, 진실로 나 아닌 것은 다 발가벗겨 내고 다시 한 톨씩 가을산에 버려지고 있었다.

잊혀 간 그날 세상의 아무것도 아직 갖지 않았던 알몸의 나이 적에 우리가 산을 불러 주고 산이 답해 주던 소리를 새겨 두 귀를 모두 가을산에 내어주고, 가장 추상적으로 만발한 산안개를 마시며 우리는 가장 사실적으로 희고 고운 망울의 산안개꽃으로 불현듯 피고 있었다.

주제 삶의 순수가치 추구
형식 4연의 산문시
경향 서정적, 상징적, 감각적
표현상의 특징 이렇다 할 비유의 수법을 쓰지 않는 평이한 산문체를 쓰고 있으나 감동적으로 내용 전달이 된다.
시각적인 이미지가 영상적으로 서정미를 표현하고 있다.
각 연의 종결어미에 한결같이 '～ 있었다'는 과거형을 동원하고 있다.
행을 배제하고 연을 나눈 조사(措辭)의 기법이 특이하다.

이해와 감상

자연(가을산)과 인간의 친화(親和) 정신이 물씬 풍기는 작품이다.

가을의 조락(凋落)을 지켜보는 화자는 가을산이 잎을 버리듯이 '우리도 가진 것을 가을산에 버리는 이야기를 했다'(제1연)고 이 작품을 시작한다. 여기서 자연이 잎을 버리는 것은 그 형체(形體)가 있으나, 인간이 '가진 것을 가을산에 버린다'는 것은 무형(無形)의 스스로의 '정신'을 버리는 작업이다.

따라서 이 경우 가을산과 인간이 버리는 것은 전혀 그 내용이 다를까. 아니다. 인간은 다만 가을이 시든 나뭇잎을 버리는 것을 보면서, 자기 내부의 '정신의 부분들'을 내버리는 것은 아니다. 그 버리는 정신의 부분들이란 '비움의 미학'을 위한 공간 정화다. 고승이 면벽 참선하며 헛된 마음 속을 깨끗이 하듯이 시인도 세상에서 스스로가 지녔던 욕된 것을 모두 버리고 속을 말끔히 비운다는 것이다.

나뭇잎은 떨어져 썩어서 부엽토가 되고 그 영양소로 다시금 나무에 올라 잎으로 재생하고 나무로 커진다. 인간도 자연의 버림의 명제에서 터득한 참다운 비움 속에서 새로운 삶의 순수한 정신을 가슴속에 채우게 되는 것이 아닐까.

그것은 '세상의 아무것도 가지지 않았던 알몸의 나이 적'(제4연) 즉 천진난만한 소년시절의 그 순진무구한 정신세계를 회복하는 일이다.

9월

수수밭에서 바람의 키가 자라고
푸른 하늘을 지고 가는 가을의 어깨가 가볍다

풀 냄새 나는 여름의 여인들은
금방 바다에서 돌아와서
빨간 단풍나무를 저만큼 불태워 놓고
젖은 팬티를 벗어 말린다.

생활의 안팎에 황홀하게 얼룩져 있는
추억의 낙서를 지우개로 지우고 나면
세월의 강물은
파란 음성으로 발굽소리를 높이며 흘러간다.
속살결에 흐르는 전류에 감전하여
노을녘에 오시는 이, 가슴 두근거리며 맞는다.

이해와 감상

박곤걸의 「9월」은 일종의 존재론적인 상징적 서정시로서 메타포(은유)의 솜씨를 발휘
하고 있는 수작(秀作)이다.
'수수밭에서 바람의 키가 자라고/ 푸른 하늘을 지고 가는 가을의 어깨가 가볍다'고 하
는 서두의 메시지는 가을의 상징적 곡식인 머리 숙인 붉은 수수이삭들 사이로 9월이라
는 초가을이 물들면서 서늘한 바람이 부는 정경을 참신한 계절적 감각으로 형상화 시키
고 있다.
일찍이 라이너 마리아 릴케(Rainer Maria Rilke, 1875~1926)가 『형상(形象)시집』(Das
Buch der Bilder, 1902)에서 노래했던 명시 「가을날」(HERBESTTAG) 같은 감상적(感傷
的) 서정시와는 격을 달리하는 21세기의 신선한 서정적 이미지로 충만하고 있다.
'풀 냄새 나는 여름의 여인들은/ 금방 바다에서 돌아와서/ 빨간 단풍나무를 저만큼 불
태워 놓고/ 젖은 팬티를 벗어 말린다'고 하는 관능적 이미지를 극복하는 생산지향적(生
産志向的) 메타포의 표현기법도 자못 주목된다. 잘 다듬어진 일상어를 통해 독자에게 설
득력 있는, 즉 전달이 잘 되는 시세계를 전개시키고 있다.
작자는 '언어' (language)에게 생명을 부여하여, 그 언어로 하여금 자연의 궁극적인 살
아 있는 진선미의 가치를 캐내는 시적 작업을 하고 있다.
따지고 본다면 언어의 존재론적(Ontologisch) 이미지의 추구는 철학적인 명제(命題)이
며, 시가 관념(idea)을 극복하고 언어 예술로서 승화되는 길은 결코 만만치 않은 것이다.
시적 존재론을 설명하려면 폴 발레리(Paul Valéry, 1871~1945)가 "시의 최초의 일행
(一行)은 신(神)이 쓰고, 이행(二行)째부터 시인이 쓴다"고 한 지적이 떠오르기도 하거니
와, 그동안 박곤걸은 꾸준히 새로운 시언어 개발을 전개시키고 있다는 것도 여기 아울러
짚어 둔다.

유안진(柳岸津)

경상북도 안동(安東)에서 출생(1941~   ). 서울대학교, 미국 플로리다주립대 대학원 수료. 1965년 『현대문학』에 시 「달」, 「위로」, 「별」 등이 추천 완료되어 문단에 등단했다. 시집 『달하』(1970), 『절망시편(絕望詩篇)』(1972), 『물로 바람으로』(1975), 『그리스도 옛 애인(愛人)』(1978), 『달빛에 젖은 가락』(1981), 『영원한 느낌표』(1985), 『꿈꾸는 손금』(1987), 『월령가 쑥대머리』(1987), 『구름의 딸이요 바람의 연인이어라』(1990), 『누이』(1995), 『봄비 한 주머니』(1999) 등이 있다.

사리(舍利)

가려주고
숨겨주던
이 살을 태우면

그 이름만 남을 거야
온 몸에 옹이 맺힌
그대 이름만

차마
소리쳐 못 불렀고
또 못 삭여 낸

조갯살에 깊이 박힌
흑진주처럼

아아, 고승(高僧)의
사리처럼 남을 거야
내 죽은 다음에는.

이해와 감상

표제(表題)인 사리(舍利)는 불타(佛陀)나 고승 등 성자(聖者)의 유골인 불사리(佛舍利)를 가리킨다.

화장(다비)한 다음에 나온다는 가장 정결하고 빛나는 '사리'인 그 알갱이는 모든 불자(佛者)가 극락왕생(極樂往生) 길에 간절히 소망하는 것이라지만, 어디 그리 세상에 손쉽게 남길 수야 있겠는가.

유안진은 제5연에서 도치법을 써서 스스로의 간절한 소망을 '내 죽은 다음에는/ 아아, 고승의/ 사리처럼 남을 거야'라고 시를 끝맺고 있다.

여기서 유안진이 남기겠다는 '사리'는 곧 그의 분신(分身)인 '빛나는 시(詩)'인 것이다.

'가려주고/ 숨겨주던/ 이 살을 태우면// 그 이름만 남을 거야/ 온 몸에 옹이 맺힌/ 그대 이름만'(제1, 2연)에서 두드러지게 나타난 '이름'은 곧 성자의 '사리'이며 고매한 시인의 '시'가 아닐 수 없다.

유안진은 사리를 '조갯살에 깊이 박힌/ 흑진주처럼'(제4연)으로 비유하고 있거니와 세상에 보기 드물다는 흑진주는 시인의 가슴 속에서 오랜 세월 응축된 정수인 '참다운 시'의 존재이기도 하다.

'사리'에 관한 우리나라의 옛 기록은 일본 고대사(古代史)에 처음으로 나타나고 있기에, 다음처럼 그 발자취를 참고삼아 밝혀둔다.

서기 588년에 일본 최초의 7당 가람인 아스카절(飛鳥寺·法興寺)을 나라(奈良)의 아스카(飛鳥) 땅에서 짓기 시작한 것은 백제인 건축가 태량미태(太良未太, 생몰년 미상)와 문가고자(文賈古子, 생몰년 미상) 등 8명의 백제인들이었다. 그 당시 혜총(惠總) 스님과 영근(令斤) 스님 등 세 분은 백제로부터 부처님 진신사리(眞身舍利)를 가지고 백제 건축가들과 함께 왜왕실로 건너갔다(『日本書紀』720).

그 후 백제인들이 아스카절을 5년째 건축하고 있던 당시인 서기 593년 1월에, 그 당시 왜의 나라 스이코여왕(推古, 592~628 재위)은 백제옷(百濟服)을 입은 만조백관과 더불어 부처님 진신사리를 아스카절 탑신 속에 봉안했다(『扶桑略記』13C)는 것이다.

서리꽃

손발이 시린 날은
일기(日記)를 쓴다

무릎까지 시려 오면
편지를 쓴다
부치지 못할 기인 사연을

작은 이 가슴마저
시려 드는 밤이면
임자 없는 한 줄의
시(詩)를 찾아 나서노니

사람아
사람아
등만 뵈는 사람아

유월에도 녹지 않는
이 마음을 어쩔래
육모 서리꽃
내 이름을 어쩔래.

주제 참사랑에의 소망
형식 5연의 자유시
경향 서정적, 상징적, 감각적
표현상의 특징 신선한 언어 감각으로 처리한 시적 뉘앙스가 선명하다.
'서리꽃'이라는 표제(表題)는 독특하고 인상적이다.
유안진 특유의 아늑하고 섬세한 서정이 전편에 걸쳐 차분하게 서려 있어 군더더기가 없는 맑고 투명한 이미지가 배어나고 있다.

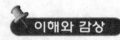

이해와 감상

　겨울의 서정으로는 매우 섬세한 감각이 작용하고 있는 어여쁜 노래다.

　유안진은 이 시에서도 그렇거니와 한결같이 그의 시에서 자못 예리한 동공으로 인생을 꿰뚫어 보려는 자태를 보인다.

　서리꽃이란 매우 추운 겨울날의 된서리의 모습이다. 물론 식물에도 서리(鼠李)꽃, 즉 갈매나무꽃이 있다. 그러나 여기서는 냉혹한 현실을 서리꽃으로 비유하고 있는 것이다.

　'일기', '편지', 그리고 마침내 '시'로써 진실을 호소해야 하는 상황, 그 상황은 어떤가. 등을 돌리고 있지 않은가. 비리(非理)와 배반(背反) 속에서 사는 현실을 시인은 의연하게도 서리꽃으로 극복하려고 한다. 뜨거운 태양이 뜨는 6월에도 녹지 않는 서리꽃의 언 마음을 과연 누가 달래 줄 것인가. 유안진의 대표작의 하나이다.

김치

우리 피붙이들끼리는
생리적으로 내통되는 입맛이었구나

눈물겹도록 고집스런 체질이 증명해 주는
밥 반찬 이상의 으뜸 음식이었구나

너무나 혈연적인 천륜(天倫) 관계였구나

차라리 식욕을 앞지르는
높으나 높은 정신이었구나.

　　주제 한국 김치의 찬양
　　형식 4행의 자유시
　　경향 전통적, 주지적, 감각적
　　표현상의 특징 민족 정서가 순화된 내면세계의 감동적인 묘사를 하고 있다.
　　　　표현대상이 주관적 및 객관적 복합 구조를 이루면서 차분하게 조화되고 있다.
　　　　시어 구사가 감각적이며 '～었구나', '～였구나' 등 과거형의 정다운 종결어미
　　　　처리를 하고 있다.

　김치는 한국인이 세계에 자랑삼을 만한 우리나라 고유의 전통음식이다.

　'우리 피붙이들끼리는/ 생리적으로 내통되는 입맛' 이라는 이 '입맛' 의 진한 의미를 어느 외국인이고 간에 과연 한국인만큼 감칠맛 나게 가슴 속에 파악할 수 있을까.

　시인이 우리의 기호식품에 대한 애정을 가지고 노래한다는 것은 결코 국수적(國粹的) 인 것이 아니며 매우 소중한 자랑스러운 조국의 선양 작업이다.

　오늘날 우리의 김치를 외국인들이 세계 각지에서 칭송하지만 더구나 그들이 '김치' 를 제재(題材)로 제대로 된 시는 쓸 수는 없을 것이다.

　'내통되는 입맛(제1연) · 으뜸 음식(제2연) · 천륜 관계(제3연) · 높은 정신(제4연)' 의 이 점층적(漸層的) 메타포가 던져주는 공통분모의 수사적인 강조법은 가히 명품(名品) 에로의 귀결이다.

　일인(日人)들이 '김치' 를 '키무치' (キムチ) 운운하며, 어처구니 없게도 저희들 것이 라고 법석을 떨었지만 '세계식품기구' 는 "김치는 한국 고유식품"(2002)이라고 우리의 손을 번쩍 들어주는 판정을 내린 바 있다.

강우식(姜禹植)

강원도 주문진(注文津)에서 출생(1941~). 성균관대학교 대학원 국문학과 수료. 『현대문학』에 시 「박꽃」(1963. 12), 「사행시초(四行詩抄)」(1965. 5), 「사행시초(四行詩抄)」(1966. 5) 등으로 추천 완료되어 문단에 등단했다. 시집 『사행시초(四行詩抄)』(1974), 『고려의 눈보라』(1977), 『꽃을 꺾기 시작하면서』(1979), 『벌거숭이 방문』(1983), 『시인이여 시여』(1986), 『물의 혼』(1986), 『설연집(雪戀集)』(1988) 등이 있다.

출토(出土)된 울음에 의한 습작(習作)

4

일제(日帝) 때는 소리나는 것들을
다 거둬가 버렸다.

천년의 어둠이 찢기며
고려의 무덤 속에서
서슬이 퍼런 청자들이 부끄러운
알몸을 드러냈다.

한겹 속옷에
사내의 눈길 스침도 꺼려 하던
우리네 아녀자들처럼 소리없이
울고 있었다.

이조(李朝)의 무덤 속에서도
소리나는 것들은
다 파헤쳐졌다.

사상범을 가두듯
왜놈들은
그들의 땅으로 다 가져가 버렸다.

철사호문호(鐵砂虎文壺)

호랑이 무늬가 새겨진
우리 백자들이
다다미방에 앉아서
울고 있었다.

바람만 조금 스쳐도
왜놈들의
시뻘건 간덩이를 씹어 삼킬 듯이
호랑이가 살아서
울고 있었다.

이해와 감상

강우식의 6부작 「출토된 울음에 의한 습작」의 제4부 시편이다. 우리의 민족사(民族史)의 바탕에서 각기 다른 역사적 사건의 내면을 조명하여 비평하고 고발하는 상징수법의 주지적 작품이다.

이 제4부는 일제 강점기에 일본 군국주의자들이 한반도에서 발광적으로 온갖 쇠붙이며 민족문화재들을 함부로 뒤져내어 각 가정에서 약탈해 간 사건을 묘사하고 있어, 시문학사의 견지에서 우선 주목되는 작품이다.

이 시를 젊은 세대가 이해하기 위해서는 일제 말기의 포악했던 역사적 상황을 여기 간략하게 밝혀두어야만 하겠다.

일제는 1941년 12월 8일, 일본의 공군과 해군이 동시에 태평양 하와이섬의 미국 해군기지를 사전의 선전포고도 없이 기습 공격하여 태평양함대를 박멸했다.

그뿐 아니라 동남아의 말레이지아 반도에도 일본군이 기습 상륙하는 불법공격을 자행했던 것이다. 그리고 나서야 미영(美英) 양국에게 비로소 사후 선전포고가 아닌 형식적인 신고를 했다.

일제가 초기에는 기습작전으로 동남아시아 각지를 살기등등하게 점령하면서 이른바 '대동아공영권'이라는 아시아 전체의 지배체제를 선언까지 했다. 그러나 날이 갈수록 일본군은 동남아 각지며 태평양 지역에서 참담하게 패전하여 전세는 멸망의 길로 곤두박질치고 있었다.

이에 당황한 일제는 대포며 탱크와 전투기며 군함 제작에 필요한 철강 생산에 박차를 가했으나 지하자원의 태부족으로 갈팡질팡하게 되었다. 급기야 일제는 1941년 11월 20일에 설립했던 「철강통제회」(鐵鋼統制會)를 중심으로 조선총독부가 각 지방 관공서에 명령하여 가정의 철강제품의 헌납을 강제 집행하기에 이른 것이다. 이에 일부 조선인 가정에서 저항하자 일본 경찰이 앞장서서 가정들을 강제 수색하여 각종 철기며 식사용의 놋그릇, 놋수저, 심지어 놋요강(변기)에 이르기까지 모조리 강탈해 가는 것이었다. 사람들은 당황하면서 제기(祭器)들은 땅 속에 파묻기도 했다.

'일제 때는 소리나는 것들을/ 다 거둬가 버렸다'(제1연)는 메시지를 이제 독자들은 이해할 것이다. 심지어 '이조의 무덤 속에서도/ 소리나는 것들은/ 다 파헤쳐졌다'(제4연)고 화자는 일제의 철기제품 강탈을 낱낱이 신랄하게 고발하고 있다.

일제는 전세가 계속 불리해지자 그동안 '쌀 배급제' 등 모든 물자의 통제를 날로 강화하면서 심지어 '소금'마저 배급제를 실시했고(1942. 1. 1), 아궁이에 때는 장작이며 숯도 배급제(1943. 5. 1)를 단행했던 것이다.

'철사호문호// 호랑이 무늬가 새겨진/ 우리 백자들이/ 다다미방에 앉아서/ 울고 있었다'(제6·7연)는 것은 또 무엇인가.

일제는 각 가정의 철강제품을 약탈하느라 집안 구석구석을 뒤질 때 나오던 우리의 청자, 백자 등 민족문화재도 함께 약탈해 간 사실을 비판하고 있는 것이다.

"일제가 우리나라에서 약탈해 간 문화재는 현재 파악된 것만 3만 4천여 점"(신형준 「뺏은 나라 文化財. 뺏긴 나라 文化財」『朝鮮日報』2002. 12. 24)이나 된다고 한다.

설연집(雪戀集)

한 수(首)
눈은 내리면서도 내리는 줄도, 눈인 줄도 모른다.
섭섭함이 그리고, 그래서, 그렇지마는
사랑아, 내 마음도 그렇게 가리라. 별 하나
초롱히 씨로 받아 질 속에 넣고 싶은 여자 곁으로…

두 수(首)
내 가려운 맨살 등을 긁어내리는 빗금,
그대의 흰 손톱만큼한 눈송이들이 내린다.
눈안개 퍼지는 저녁이면 가슴에 구멍을 뚫고
그녀의 사랑말인양 마구 담고 싶었다.

세 수(首)
사랑하는 사람아, 눈이 풋풋한 해질녘이면
마른 솔가지 한 단쯤 져다 놓고
그대 방 아궁이에 불을 지피고 싶었다.
저 소리 없는 눈발들이 그칠 때까지…

네 수(首)
눈이 내리면 음독하듯이 한 잔 술을 혀 끝에 핥는다.
마흔 다섯 살의 쓸쓸한 폐선. 그가
겨울 바다로 훌쩍이며 십리 밖 바닷가에 살고 있어…
오늘은 눈길을 따라 이유도 없이 갔다 왔다.

다섯 수(首)
그리운 사람을 생각할 때는 기역기역 눈이 내리고
외로워서 외로워서 목이 젖으며
겨울 강에 빠져 죽고 싶은 사람들에겐
백두루미로 백두루미로 눈이 내린다.

주제) 인간애와 순수미 추구
형식) 5수의 연작 4행시
경향) 서정적, 인간애적, 감각적
표현상의 특징) 4행시 5편을 연작시(連作詩)로 엮고 있다.
각 편을 시조에서처럼 수(首)로서 구분하고 있다.
간결하고도 함축성 있는 시어의 표현미가 돋보인다.
다섯째 수(首)에서, '외로워서'와 '백두루미로'의 동어반복(同語反復)은 점층적
(漸層的) 수사(修辭) 효과를 이루고 있다.

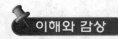

 강우식은 우리 시단에서 '4행시'로써 독보적인 면모를 보여주는 시세계(詩世界)를 전개해 오고 있다. 이 작품은 애틋한 사랑과 뜨거운 인간애의 절실함을 느끼게 해 준다.

 특히 셋째 수에서는 향토적인 질박한 인간애가 회화적(繪畵的)으로 연상되어, 솔가지가 타는 그윽한 향기와 따뜻한 온돌방의 이미지에 의한 인간애적 휴머니즘의 훈훈한 체온을 느끼게 해 준다. 공해(公害)의 현장에서 살고 있는 우리들에게 이런 신선한 눈(雪)과 사랑의 고향 노래는 우리의 감각을 청신하게 가다듬어 주는 지적 작업이 아닐 수 없다. 더구나 첫째 수에서 보는 것처럼 '별'을 잉태할 수 있는 여자의 형상화 작업에서, 우리는 시적 분신(詩的分身)을 추구하는 화자의 순수한 미의식(美意識)과 마주치게 된다.

 따지고 본다면 별을 잉태할 수 있는 여자란 결코 유미적(唯美的)인 아름다움만의 추구가 아니라, 이것은 강우식이 추구하는 이상적 본향(本鄕)의 상징적 존재 구축이라고 본다. 「설연집」은 주제가 명징(明澄)한 연작 4행시이다.

내 마지막 겨울은

여자보다 더 끊기 어려운 것은 술이다.
이제 문득 다시 이 몸 생각하면
삼동(三冬) 내내 바람과 함께 서걱이는
처마 끝 한 타래의 시래기 같을 뿐이다.

바람아, 내 만일 겨울에 죽게 된다면
마음 속 계집처럼 너를 부를 터이니
그리운 임 만나러 가는 얼음 강판에
죽은 재나 날려서 미끄럼이나 막아다오.

 강우식의 시의 짙은 서정에는 강렬한 인생의 정한(情恨)이 서리고 있다. 그것이 여인이든 친구이든 또는 삶이든 고향이든 간에, 거기에서는 인생에 대한 향수가 우러나 우리를 촉촉하게 구성진 가락으로 휘말아 버린다. 그리고 어느 사이엔가 판소리의 가장 느린 장단처럼 '진양조'로 서서히 우리의 가슴을 두드린다.

 「내 마지막 겨울은」은 이 시인의 시적 기교가 두드러진 감각적이고도 구성진 노래다. 특히 제2연의 마지막 두 행(行)에서 화자의 통절(痛切)한 사랑의 아픔이 빼어난 표현미를 이룬다.

정현종(鄭玄宗)

서울에서 출생(1939~). 연세대학교 철학과 졸업. 『현대문학』에 시 「화음
(和音)」(1964. 5) 「여름과 겨울의 노래」(1965. 8) 등이 추천 완료되어 문단
에 등단했다. '60년대 사화집', '사계' 동인. 시집 『사물의 꿈』(1972), 『고통
의 축제』(1974), 『떨어져도 튀는 공처럼』(1984), 『거지와 광인(狂人)』(1985),
『나는 별아저씨』(1988), 『사랑할 시간이 많지 않다』(1990), 『한 꽃송이』
(1992), 『세상의 나무들』(1994), 『이슬』(1996), 『갈증이며 샘물인』(1999) 등
이 있다.

그대는 별인가
— 시인을 위하여

하늘의 별처럼 많은 별
바닷가의 모래처럼 많은 모래
반짝이는 건 반짝이는 거고
고독한 건 고독한 거지만
그대 별의 반짝이는 살 속으로 걸어 들어가
'나는 반짝인다'고 노래할 수 있을 때까지
기다려야지
그대의 육체가 사막 위에 떠 있는
거대한 밤이 되고 모래가 되고
모래의 살에 부는 바람이 될 때까지
자기의 거짓을 사랑하는 법을 연습해야지
자기의 거짓이 안 보일 때까지

주제 시의 진실과 시인의 사명
형식 전연의 주지시
경향 주지적, 상징적, 풍자적
표현상의 특징 절제된 시어구사와 더불어 심도 있는 풍자적 이미지를 담고 있다.
수사(修辭)의 반어법(反語法)을 통해 시의 의미를 강화시키고 있다.
난해시 같으면서도 비교적으로 전달이 잘 되는 설득력이 표현되고 있다.
'반짝이는', '반짝인다' 등의 동의어(同義語) 반복을 하고 있다.

부제 '시인을 위하여'를 달고 있듯이, 정현종은 그의 시와 시인에 대한 관념을 '별'로 비유하면서, 「그대는 별인가」, 즉, '그대는 시인인가'라고 설의(設疑)하는 수사(修辭)의 독특한 표제(表題)를 달고 있다.

'하늘의 별처럼 많은 별/ 바닷가의 모래처럼 많은 모래'라고 '시인이 많다'고 하는 직유를 하는 동시에 문제 제기를 하고 있다.

오늘날 우리나라에는 '시인이 1만명이 넘는다'는 말이 돌고 있으나, 결코 많은 편은 아니다. 저자가 오랜 세월 살았던 일본 땅에는 '시인이 3만명이 넘는다'고도 한다. 인구 비례로 한일간의 시인수는 비슷한 셈. 시인이 많은 것은 좋으면 좋았지 나쁜 일은 결코 아니다. 악인이 많다면 문제가 크겠지만.

다만 중요한 것은 한국 시문학사를 장식할 만한 시인이 얼마나 나왔으며, 또 앞으로 얼마나 될 것인가에 우리는 기대를 걸어야 하겠다.

'그대 별의 반짝이는 살 속으로 걸어 들어가/ 나는 반짝인다'고 노래할 수 있을 때까지/ 기다려야지'에서 '살 속으로 걸어 들어가'는 것이란 '시인의 시의 내부 세계의 탐색'이다. 더구나 '나는 반짝인다'는 은유는 '훌륭한 시로 성공하고 있는 시인'을 가리킨다. 바로 그런 빛나는 시인의 탄생을 스스로 포함하여 기다리겠다는 의지다. 이제 반짝이는 시인이 탄생하기 위해서는 '거대한 밤이 되고 모래가 되고/ 모래의 살에 부는 바람이 될 때까지' 시련과 피나는 탁마가 뒤따라야만 될 것이다.

도치법을 쓰고 있는 마지막 두 행에서 '자기의 거짓이 안 보일 때까지/ 자기의 거짓을 사랑하는 법을 연습해야지'는 역설적(逆說的)인 반어의 표현이다. 즉 '거짓'은 '진실'·'참다움'의 상징어로 풀어지게 된다.

빛— 꽃망울

당신을 통과하여
나는 참되다, 내 사랑
당신을 통과하면
모든 게 살아나고
춤추고
환하고
웃는다.
터질 듯한 빛—

당신, 더 없는 광원(光源)이
빛을 증식한다!
(다시 말하여)
모든 공간은 꽃핀다!

당신을 통해서
모든 게 새로 태어난다, 내 사랑.
새롭지 않은 게 있느냐
여명의 자궁이여.
그 빛 속에서는
꿈도 심장도 모두 꽃망을
팽창하는 우주이니
당신을 통과하여
나는 참되다, 내 사랑.

주제 절대자에 대한 동경
형식 2연의 자유시
경향 상징적, 환상적, 낭만적
표현상의 특징 상징적인 시어로 환상적인 표현에 치중하고 있다.
관념적인 시어도 등장하고 있다.
'당신을 통과하여', '당신을 통과하면', '당신을 통해서' 등 동의어(同義語) 반
복이 두드러지고 있다.

이해와 감상

표제인 「빛─ 꽃망울」은 절대자인 '당신'의 '빛'이며 동시에 '꽃망울'이다.
'당신을 통과하여/ 나는 참되다, 내 사랑/ 당신을 통과하면/ 모든 게 살아나고/ 춤추고
/ 환하고/ 웃는다'(제1연)는 이 진지한 표현에는 정현종이 설정한 절대자인 '당신'에게
대한 경건한 신앙적인 고백이 환상적으로 담겨 있다.
이 시의 키워드(keyword)는 당신의 '빛'이다. 그 빛에 의하여 '모든 공간은 꽃핀다!'
고 하지 않는가.
'당신을 통해서/ 모든 게 새로 태어난다'(제2연)고 한다.
그리하여 '당신을 통과하며/ 나는 참되다, 내 사랑'이라고 결어(結語)를 맺었는데, 이
것이 지시하는 것은 '빛'은 절대자이며 '꽃망울'은 빛에 의해서 이루어지는 '참다운 사
랑'이다. 이와 같이 알맞은 비유를 통해서 시인의 정서도 함께 빛나는 가편(佳篇)이다.

말의 형량(刑量)

― 사랑 사설(辭說) 셋

　한 알의 말이 썩는 아픔, 한 덩어리의 말의 불이 타는 아픔, 말씀이 살이 된 살이 타는 무두질의 아픔, 제가 하는 바를 모르고 하는 저 죽은 사람들에게 버림받은 말의 이별의 슬픔, 이별 슬픈 말, 완강한 어둠의 폭력에 상처 입은 한 줄기 빛의 예리한 아픔의 아름다움, 어둠 긁는 말의 마디마디에 흐르는 피의 아픔의 아름다움, 어둠 슬픈 말, 꽃도 피면 시드나니가 아니라 시들음의 향기화(香氣化), 죽음에 향기를 충전(充電)하는 삶의 필요성, 큰 죽음은 크게 반짝이고 작은 죽음은 작게 반짝임, 별 하나 나 하나의 두려움, 말의 두려움, 말 하나 나 하나의 두려움, 말을 사랑하는 두려움, 말을 사랑할 줄 모르는 자, 말의 사랑을 모르는 자의 무신적(無神的) 폭력, 가엾음, 분노, 가엾음의 분노, 분노의 가엾음…… 말이 머리 둘 곳 없음에 시대가 머리 둘 곳이 없다.

이해와 감상

　"한 알의 밀알이 땅에 떨어져 썩지 않으면 한 알 그대로이고, 썩으면 많은 열매가 맺느니라."(『신약』「요한복음」12장 24절)는 데서 '한 알의 밀알' 대신 대입된 것이 '한 알의 말'이다.

　'한 덩어리의 말의 불이 타는 아픔, 말씀이 살이 된 살이 타는 무두질의 아픔'으로써 정현종은 언어를 다루어 탁마하는 시의 진실을 파악하기 위한 시련의 과정을 심도 있는 이미지로 비유하고 있다.

　이 작품은 시의 내면세계의 의미를 지적으로 추구하면서, 그 표현은 연상작용의 수법을 쓰고 있는 게 특색이다.

　이 작품은 독자에게 전달이 잘 되는 설득력이 넘치고 있다. 굳이 해설을 붙이는 게 사족이 될 것 같다. 독자들 나름대로 음미하기 바란다.

이일기(李一基)

경상북도 청도(靑道)에서 출생(1937~). 동국대학교 대학원 수료. 『현대문학』에 시 「기항지(寄港地)」(1963. 5), 「불 붙는 바다」(1965. 2), 「우중(雨中)」(1965. 10) 등이 추천 완료되어 문단에 등단했다. 『목마 시대(木馬時代)』 동인. 대표시 「눈에 관한 각서」, 「말에게 부치는 말」, 「친구에게」, 「들꽃을 보며」, 「지신전상서(地神前上書)」 등이 있다.

귀가후

식민(植民)의 설움을 뉘우치는
늦은 저녁상 앞에 앉아
우스개 잘 하는 신문의
안면 있는 세사(世事)를 더듬거리다가

뜨락에 서 있는 몇그루의 나무와
그 속잎같이 돋아나는
아이들 앞에서
조조선선(祖祖先先) 오랜 위안의
헛기침을 하다.

어느새 밤도 이슥하여
나는
내 등피(燈皮)에 와 서리는
언어들을 문지르고

사설(辭說) 없는
아내는
잔생활의 도마질에 쌓이는
일상의
녹슨 모서리를 닦고 있다.

이해와 감상

시는 독자에게 심도 있는 이미지를 전달하면 그것으로서 족하다. 더구나 그 이미지가 감동적일 때 그 작품은 성공한다.

나는 '시는 감동의 메시지다' 라고 주장해 온다. 시가 독자에게 감동을 주지 못한다면 우리는 시를 쓸 이유가 없는 것이다.

하루의 일과가 가장(家長)에게는 늘 번잡하고 때로 고통스러운 것이다. 그러기에 집에 돌아와 아내와 얼굴을 마주 대하기보다는 오히려 그것을 피하려 신문지면을 훑으며 현실도피를 하는 것이 오늘의 가장의 습관 같은 버릇이 되고 있다.

그 속을 뻔히 아는 선량하고 슬기로운 아내도 모르는 척하고 '일상의/ 녹슨 모서리' 만 '닦고 있' 는 것이다. 현학적인 난해시보다 이렇듯 수수한 삶의 일면의 이미지 전달은 오늘의 시를 윤택하게 만드는 가편(佳篇)을 낳게 한다.

눈에 관한 각서(覺書)

눈은
축복의 시늉이라고 할 수 없다.
일몰 무렵
역두(驛頭)의 외등, 혹은
광장 가로등 위로
내리는
눈은

말하자면, 잔인한
미소와도 같이
보이지 않는 곳에서

부터 밀적(密積)하는
눈은,
쇠잔한 나목(裸木)의
이미 차단된 간격 위를
맹목(盲目)한 치레로 수런거리는
눈은

우리들이 내왕하던
눈익은
길을, 그리고
어쩌면 남아 있을
그 가능한 해후의
요긴한 면적을
회회로이 무너버리는
소란한 난무(亂舞).

눈은
축복의 시늉이라고 할 수 없다.
요염한 주막의
단조로운 우스개와도 같이
희롱거리면서
기적(汽笛)이 곧잘 밤을 일깨우는
여인숙
나그네의 창간(窓間)으로 와
쌓이는
슬픈 문답.
오늘
우리들의 실향(失鄕)처럼
싸늘하고
실의(失意)처럼 아프게 내리는
눈은,
전적(轉籍)을 문책하는
임검(臨檢)의 심문과도 같이
헤어진 전신(全身)의

본적(本籍)을 뉘우치게 하고
그리고
비어 있는 모든
광야의 폐허 위에서만 가득히
내려서 쌓인다.
눈은

죽음같이 싸늘한
처소(處所)에서
기동(起動)하고
멍든 상처 위에서만
성숙하면서
고양이처럼 검고
전설처럼 아득한
눈은,
전락한 여인네의
창백한 변백(辨白)으로
어디에서나 신음하는
검은
그림자 속,
검은 손을 흔들며
이미 사장(死藏)된 어휘를, 다시
설정하면서 내리는
눈은
축복의 시늉이라고 할 수 없다.

주제 눈(雪)과 사상(事象)의 의미 추구

형식 5연의 자유시

경향 서정적, 풍자적, 상징적

표현상의 특징 회화적인 연상 기법에 의한 이미지의 변화가 다채롭다.
현실에 대한 조명(照明)으로 세태를 풍자하고 있다.
상징적인 표현과 더불어 감각미를 살리고 있다.
'눈은'이 8회, '눈은/ 축복의 시늉이라고 할 수 없다'는 3회의 동어 반복을
함으로써 눈의 의미를 강조했다.

　눈이 내리는 정경(情景)을 바라보는 이일기의 시각은 그것이 점차적으로 각도를 달리하며 온갖 사상(事像)을 예리하게 투시한다. 그리하여 시인은 눈을 통하여 눈에 관한 메모랜덤(memorandum, '각서')을 밝히는 것이다.

　화자가 표현하는 사실들은 눈에 대한 그의 새로운 해석이다. 그런데 우리들이 주목해야 할 사실은 동어 반복과 점층적 표현으로 강조하고 있는 '눈은/ 축복의 시늉이라고 할 수 없다'는 구절이다. 이 부정적(否定的)인 묘사의 저변을 이루는 사실은 무엇인가. 그것은 축복의 상징적 표현이어야 할 강설(降雪)을 제대로 수용할 수 없는 사회적 부조리(不條理) 상황에 대한 시인의 저항의지의 증언이다. 시인의 말을 잠시 들어본다.

　" '시인은 언어의 지배자인데 이는 그가 경험 그 자체의 지배자인 까닭'이라고 리처드즈(Ivor Armstrong Richards, 1893~1979)는 「과학과 시」에서 적고 있다. 시가 경험의 산물이라고 할 수 있는 것은 시의 발상이 감성에 의한 것이 아니라 경험의 결과에서 그 소재나 방법론적 표현이 생성되는 것을 입증한다. 시가 경험의 산물로서 가치를 지니는 데서 우리는 한 편의 시를 통해 과거와 현재와 미래를 접하게 된다. 그래서 진정한 시인은 언제나 현실에 대한 자족보다는 회의를, 이해보다는 변화를 끊임없이 갈구하게 되는 것이 아닌가 싶다. 내가 아직 한 권의 시집을 묶어 내놓지 못한 것도 가치의 변화를 속단한 후의 후회처럼, 나는 시에 대한 두려움과 나의 시에 대한 회의로 하여 일상의 생활 속에서도 언제나 시를 떨쳐 버리지 못하기 때문이다."

뜨락에 내린 우수

　　빈 뜨락에 비가 내리면
　　토란 앞에 돋아나는
　　토란 소리
　　파초 잎이 흐느끼는
　　파초 소리
　　후박 잎에 묻어나는
　　후박 소리

　　소리라는 소리란 죄다 모여
　　살갗에서
　　뼈 속으로 저며드는
　　우수의 내왕

그 우수란 죄다 모여
토란 잎에서
파초 잎에서
후박 잎에서
더러는
우리들의 회상의 우산 위로
추억의 나비처럼 내려앉아
제각기 한숨 소리를 낸다.

한 그루 나무의
한 잎사귀에서도
나의 우수는
언제나
차단된 먼 광야의
저무는 강변에서
방황하고
신음하는

아아, 마른 풀밭의
내 마른 가슴 위를 달리며
유년의 뜨락에 피어나던
그 찬란한 대낮을 짓밟고
내리는
빗속에서
나는 늘 한기(寒氣)가 든다.

🎩 이해와 감상

　이일기의 우수(雨水)에서는 짙은 서정의 감각미와 더불어 지성적 표현미를 함께 느낄 수 있다. 따지고 보자면 우수는 시인과 불가분의 정서요, 정감의 표현 대상이 아닐 수 없다.
　토란이나 파초, 후박 잎들에만 우수가 내리는 것이 아니고 '우리들의 회상의 우산 위로/ 추억의 나비처럼 내려 앉'(제2연)는다는 낭만의 섬세한 감각적 표현에는 신선미가 감돈다.
　그리고 이 시는 강렬한 클라이맥스와 더불어 마지막 연에서 '그 찬란한 대낮을 짓밟고/ 내리는/ 빗 속에서/ 나는 늘 한기를 느낀다'(제4연)는 과감한 자아성찰의 저항적 결론을 내린다.

홍신선(洪申善)

경기도 화성(華城)에서 출생(1944~). 동국대학교 국문학과 졸업, 동 대학원 수료. 『시문학』에 시 「희랍인의 피리」(1965. 5), 「비유를 나무로 한 나의 노래는」(1965. 9), 「이미지 연습」(1965. 11) 등이 추천 완료되어 문단에 등단했다. 시집 『서벽당집(棲碧堂集)』(1973), 『겨울 섬』(1979), 『삶 거듭 살아도』(1982), 『우리 이웃 사람들』(1984), 『다시 고향에서』(1990), 『황사바람 속에서』(1996) 등이 있다.

이주민촌(移住民村) 병철이

물들이 단련된 근육을 불끈거려요
그 속 캄캄한 어디
떠내려가다가 겨우 걸린 함석지붕 위,
호박고지는 남아서 마르는지
마르는 몸에서 실타래처럼 냄새를 뽑아 섞는지
불끈불끈 도지는 거친 성남이
물살이 넓직한 등줄기 근육으로 이어지고

미처 나오지 못한 우리 집안네들은 집안네끼리 숨어서
보상금, 면례(緬禮), 봉제사(奉祭祀), 접빈객(接賓客)을 주물럭거리는지, 또
당숙과 재당숙은 이마 맞대고 같이 허물어지는지
가라앉은 것은 다시 떠오르지 않아요.
물만이 다져진 근육을 불끈거려요.

아버지는 자전거포 했어요. 점방에 놓고 온
보상도 못 받은 배곯던 때와 꿈이 보고 싶어요. 체인,
핸들, 바퀴살, 페달, 고놈들 차가운 물에다 눈뜬 얼굴들 꺼 버리고
꺼진 몸이나 챙겨
가으로 떠밀리는지 아버지는 지금도 더듬더듬 과거를 더듬어
그놈들을 수리해요.

틀렸어요 아버진
엉뚱한 델 때우고 붙여봐야 될 거 없어요
세상 한복판, 뚫린 곳 정통으로 때워야죠.

이주민촌 사람들
누구나 흉터를 뚫린 델 감추고 있어요.
소금배 부리던 손 놓고 소주나 주야장천 마시는, 소주에 반편이 녹은
장천 아재도 다아
낚싯배 몇 척 놓고 붙어 있지만
보여주나요 어디, 다아 숨기고 있어요.

어쩌다 보이는 건
잠긴 기슭들이 시커먼 흙으로 삭아 한 시절의 허리통이
물 빠진 아침이면 시신처럼 드러나는 것,
삭다 만 행길이 진흙에 묻히고 묻히다 다시 고개를 쳐들고 있는 것.
애터진 마음 달래고 미래를 달래지만
서로 더듬어 미래 어디선가 확인할 거야요.

숨긴 것들
떠오르지 않는 흉터를
캐다 옮겨 심은 나무가
칼끝만한 푸른 잎 붙이고 선 것을
안 내킨다는 듯이 선 것을.

주제 수몰민의 삶의 아픔과 연민
형식 7연의 주지시
경향 주지적, 상징적, 문명비평적
표현상의 특징 수몰지구 이주민의 정황을 연상적으로, 일상어로 차분히 묘사하고
있다.
서정성이 짙게 풍기면서도 지성과 융합된 문명비평적인 표현을 하고 있다.
'~요', '~죠' 등 존칭이나 주의를 끄는 설명어의 어미처리를 하고 있다.
각 연의 종결어미를 '~지고', '~해요', '~야죠', '~있어요', '~거야요',
'~것을'로써 종래의 '~다', '~네' 등의 종결어미 표현양식을 탈피하고 있다.

　홍신선은 산업화 과정에서 다목적 댐 건설로 '떠내려가다가 겨우 걸린 함석지붕 위/ 호박고지가 남아서 마르는지' (제1연)라고 끝내 풍지박산 되고 만 고향 땅, 그 상실 당한 터전 이주민들의 분노와 침울한 정황을 날카로운 시각으로 치밀하게 인식시키고 있다.

　'미처 나오지 못한 우리 집안네들은 집안네끼리 숨어서/ 보상금, 면례, 봉제사, 접빈객을 주물럭거리는지, 또/ 당숙과 재당숙은 이마 맞대고 같이 허물어지는지' (제2연)라고 파헤치는 화자의 시각은 매우 첨예하다.

　19세기 말의 미국에서, 또한 20세기 후반의 일본에서도 대형 댐 건설로 곳곳마다 탈도 많고 말썽뿐인 수몰지구 이주민들의 고통의 발자취는 컸고, 우리도 역시 예외없이 고도 산업화라는 딱지가 붙으면서 미국이다 일본의 재판삼판(再版三版)이라는 불가항력적인 수몰민의 아픔을 겪게 됐다.

　'아버지는 자전거포 했어요. 점방에 놓고 온/ 보상도 못 받은 배곯던 때와 꿈이 보고 싶어' 아버지는 지금도 '그놈들을 수리' (제3연)하건만, '틀렸어요 아버진/ 엉뚱한 델 때우고 붙여봐야 될 거 없어요/ 세상 한복판, 뚫린 곳 정통으로 때워야' (제4연) 한다는 이해학적인 충고는 더욱 처절하다.

　자전거를 때우던 아버지가 어찌 뻥 뚫린 세상의 구멍을 때울 수 있을 것인가. 시인의 뜨거운 시선은 역사의 현장을 오늘의 시로써 꼼꼼히 챙기는 빛을 뿌리고 있다.

산꿩 소리

누가 죽어서
저 들판의 대머리 빗기며
묵묵히
공허가 되어 와 섰느냐.

이제 이 세상에서
자네의 꿈은
저 들보리밭에 우는 산꿩 소리에나
남아서
꿔구엉 꿔구엉
제 속을 제 속의 멍을
속속들이 다 뒤집어

허공에 허옇게 주느니

허공에 허옇게 들린
산꿩 소리나
받아 들고
누가 묵묵히
공허가 되어 와 섰느냐.

주제 순수가치의 추구
형식 3연의 자유시
경향 서정적, 상징적, 감각적
표현상의 특징 잘 다듬어진 시어로 짙은 서정미를 표현하고 있다.
　　　　　　산꿩 소리를 소재로 하여 삶의 순수가치를 추구하고 있다.
　　　　　　설의법을 쓰는 '섰느냐'를 동어반복하고 있다.
　　　　　　'주느니'(제2연)에서 '~니'라고 사유를 나타내는 연결어미를 쓰고 있다.

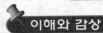

이해와 감상

　주지적인 지성적 시만 대하다가 주정적인 서정시를 읽으면 한결 시의 맛을 강렬하게 느끼게 되는 까닭은 무엇일까.

　시는 어김없이 서정의 바탕 위에서 이루어지는 '노래'라는 것을 어떤 시대, 세계의 그 어느 곳에서도 부정할 수 없다.

　저자의 경우도 때로 주지적인 시를 쓰면서도 금세 서정시로 되돌아가고 만다.

　사물에 부딪쳐서 일어나는 감정인 정서가 시속에 알맞게 용해되지 않는다면 시는 너무도 건조하여 시문학사(詩文學史)에서 일찌감치 증발되고 말았을 것이다. 주정과 주지의 시적 경향은 앞으로 백년 쯤 뒤로 가지 않더라도 과연 어느 것이 옳았는지 결판이 날 것이다.

　홍신선의 「산꿩 소리」는 그 제재가 한국 근대시 이후 서정시의 정한(情恨)의 주제와는 시각을 달리하는 허무의지(虛無意志)를 통한 삶의 순수가치를 추구하고 있어 주목된다.

　'꿔구엉 꿔구엉' 하는 의성어의 청각적 이미지 속에서 '제 속을 제 속의 멍을/ 속속들이 다 뒤집어/ 허공에 허옇게'(제2연) 내어준다고 하는 이 메타포의 아픔의 미학은 21세기 한국 현대시단에서 논의해 봄직한 빼어난 삶의 가치 추구의 비유다.

　「산꿩 소리」에서는 노자(老子, BC 5C경)의 무위(無爲)사상의 현대적 해석의 새로운 이미지가 강하게 연상되기도 한다고 덧붙여 둔다.

논 · 2

쉿된 뜸부기 울음 소리
물이여
내 설움 하나이 뜸부기 목청에
가서 앉았다 저렇게 날아온다.
골짜기 개울에
눈 멀었던 허공과 배고픔을
눈 떠어 데리고
허옇게 내려앉는다.
내려와 까칠한 성깔들을 서로 들이대며
바람 속에
한 시대와 싸움질을 하느니
올해에도
네 설움은
뜸부기 목청에 가서 앉았다
저렇게 날아와 앉는다.

이해와 감상

「산꿩 소리」에 이어지는 「논 · 2」의 '쉿된 뜸부기 울음 소리' 는 홍신선의 서정미가 뚜렷이 돋보이는 가편(佳篇)이다.

이 시에서 뜸부기의 목청에 가탁한 '네 설움' 은 '눈 멀었던 허공과 배고픔' 이다.

농사를 아무리 정성껏 열심히 지어도 기아에 허덕이는 고통 속에서, 위정자들에게 저항하느니, 차라리 절망 속에서 뜸부기 울음 소리에 한(恨)을 달랜다는 처절한 아픔의 정서가 눈물겹다.

고창수(高昌秀)

함경남도 흥남(興南)에서 출생(1934~). 성균관대학교 영문학과 졸업. 1965년 『시문학』에 「파편 줍는 노래」, 「도시의 밤」, 「화폭환상」 등이 추천 완료되어 문단에 등단했다. 시집 『파편 줍는 노래』(1976), 『산보로』(1982), 『몇 가지 풍경』(1988), 『원효를 찾아』(1994), 『소리와 고요 사이』(2000), 『씨네 포엠』(2001) 등이 있다.

어촌(漁村)에서

당신이 왼종일 바라보던
그 물고기 몇 마리가
당신의 침침한 시력을 아물게 하였을까.
거칠던 그 바다가
당신이 끝 없이 지켜보던
고깃배를 되돌려 보냈을까
끝내 당신의 목소리는
서걱이는 갈대를 닮고
당신의 몸짓은
파도와 기러기를 닮아 갔었다.
바다는 당신에게
끝 없는 파선(破船)의 레퍼터리를 주고
잃었다 되찾기도 한 어구(漁具) 같은 것
주인 잃은 목소리
파도 사이 그림자의 몸부림 같은 것을
당신 집 툇마루에 던지기도 하였다.
당신의 꿈 속에는 이따금
가장 깊은 바다 밑의 불꽃을 흔들어 주는
돌고래가 득실거리기도 하였다.

이해와 감상

어촌의 여러 가지 열악한 현실은 풍어(豊漁)의 기대보다는 하루하루의 삶이 어민들에게 몹시 불안하고 조심스럽기만 하다.

'당신이 왼종일 바라보던/ 그 물고기 몇 마리가/ 당신의 침침한 시력을 아물게 하였을까' (서두부)에서 '침침한 시력'은 흉어(凶漁)에 의한 삶의 아픔의 비유다.

물고기는 좀처럼 잡히지 않는 데다 거센 날씨와 풍파로 '당신이 끝 없이 지켜보던/ 고깃배를 되돌려 보냈을까' (제5·6행)고 어촌의 현장에 서 있는 화자는 근심만이 커진다.

오늘의 시인은 이제 새로운 제재(題材)를 찾아내어 진부하고 구태의연한 매너리즘(mannerism)을 탈피해야 한다는 관점에서, 고창수의 「어촌에서」는 의미 큰 주제를 제시하고 있다.

시를 찾아서

제대로 와 주지도 않는
시를 쫓는 일에 지친 나는
시 쫓는 일을 포기하기로 마음 먹었다.
시에 신들린 것도 아니면서
공연히 허영심에 들떴다는 생각이 났다.
그러던 하루 저녁
꿈엔 듯 생시엔 듯 작고한 L시인이 나타나서,
침통한 표정으로 큰 거울을 들여다보고 있었다.
달빛이 환한 하늘 어디선가
무수한 박쥐들이 밀려와,

캄캄한 연못 속으로 떨어지면서
그들 몸만큼한 불꽃으로 다시 튀어올랐다.
L시인은 초자연주의 그림처럼
희한한 색깔로 두 눈이 빛나고 있었다.
떨어지는 박쥐들을 손짓하면서
그는 나에게 타일러 주었다.
"결국 시란 이런 것을 천착하는 일이오"라고
그리고는 하얗디 하얀 이빨을 드러내며 웃었다.

나는 이상한 희열을 온 몸에 느꼈다.

주제 시에 대한 자아 성찰

형식 2연의 자유시

경향 주지적, 서정적, 환상적

표현상의 특징 산문체의 진솔한 표현으로 전달이 잘 되며 작자의 굳센 의지가 두드러지고 있다.

이렇다 할 기교를 부리지 않고 있으며 관념적인 표현들이 동원되고 있다.

'시를 쫓는 일' 등, 동어반복을 하고 있다.

'먹었다', '있었다'(동어반복), '올랐다', '웃었다' 등 과거형 종결어미의 표현을 하고 있다.

이해와 감상

표제인 「시를 찾아서」라는 고창수의 진지한 자아탐구 과정이 독자에게 설득력을 발휘하고 있다.

'시를 쫓는 일에 지친 나는/ 시 쫓는 일을 포기하기로 마음 먹었다' (서두부)는 절망적인 표현 속에는 '단념'이 아닌 오히려 도발적으로 '시를 쫓는 일'의 강력한 의지가 의도적인 동어반복에 잘 나타나고 있다.

논리적으로 '부정의 부정은 긍정'이라는 것을 강조하듯, '시에 신들린 것도 아니면서/ 공연히 허영심에 들떴다'는 자기 부정은, 사실상 작자 스스로가 '시에 신들린 것'이며 '허영심'에 들떠 있는 것이 아니라, 참으로 빛나는 시작업이라는 고통 속에 시의 탁마를 끊임 없이 해오고 있다는 자아 성찰이다.

고창수는 드디어 작고한 L시인과의 꿈의 해후를 통해 그 영감(靈感)의 매개 과정에서 참다운 시의 길을 깨닫는 것이다.

'나는 이상한 희열을 느꼈다' (마지막 행)는 술회는 곧 작자에게 밀어닥친 눈부신 인스피레이션의 출현이다.

가을 밤

시골 시냇물가에
떨어진
별 몇 개를
주정뱅이 두 사람이
허리를 구부려
줍습니다.

주워서
산허리 동굴 속으로
던져 넣습니다.
그리고는
시냇물 속에
은빛 섞인 오줌을 눕니다.

이해와 감상

시가 반드시 길어서 좋은 것만도 아니라는 것을 입증하는 가편(佳篇)이 「가을 밤」이라고 지적하고 싶다.

'별 몇 개를/ 주정뱅이 두 사람이/ ……줍 는다(제1연)는 이 메타포는 깊어가는 가을 밤의 정취 속에 시각적인 이미지가 매우 신선하다.

작위적(作爲的)인 말장난이 심한 오늘의 시단에서 시의 진솔한 표현미가 바로 이런 것이 아닌가 한다.

근래에 보기드문 풍자적이며 해학적인 서정시로서 시단에서 논의될 만한 새로운 메타포가 독자의 눈길을 끌어준다.

천양희(千良姬)

부산(釜山)에서 출생(1942~   ). 이화여자대학교 국문학과 졸업. 1965년 『현대문학』에 시 「정원(庭園)한 때」, 「화음(和音)」, 「아침」 등이 추천 완료되어 문단에 등단했다. 시집 『신이 우리에게 묻는다면』(1983), 『사람 그리운 도시』(1988), 『하루치의 희망』(1992), 『마음의 수수밭』(1994), 『단추를 채우면서』(1996), 『물에게 길을 묻다』(1998), 『오래된 골목』(1998), 『나는 터널처럼 외로웠다』(2002) 등이 있다.

어떤 하루

건설중인 빌딩 꼭대기에
둥지를 튼 송골매 두 마리가 새끼를 낳아
다른 곳으로 날아갈 때까지
공사를 중단했다는 이야기가 몇 년 전
오스트렐리아 맬버른에서 들려와
나를 감동시키더니
우리는 언제 저렇게 아름답게
살 수 있을까 궁금해지더니
며칠 전 신문을 보고
일어날 수 없는 일이 일어난 것처럼
놀랐느니
아파트 공사장에
까치 한 마리가 새끼를 낳아
다른 곳으로 날아갈 때까지
공사를 중단했다는 이야기가
맬버른이 아닌 우리나라 서울에서 들려와
나를 감동시키느니
이것이 사랑하며 얻는 길이거니
득도의 길이거니
아름다움과 자비는 어디에서나 자랄 수 있는 것
나, 오늘 무우전(無憂殿)에 들고 말았네.

이해와 감상

천양희는 미담가화(美談佳話)를 통해, 불교적인 자연친화의 동물애호사상을 흥미롭게 전개시키고 있어 주목된다.

흔히 전래되어 오는 방생사상은 한국 불교의 자비로운 동물애호 정신으로 높이 평가되는 것이다. 그런 반면에 오늘의 고도산업화 사회의 도시 고층화 건설 등은 동물 등 생태계 보존에 크나큰 불안요인이기에 「어떤 하루」의 시적 메시지는 중대한 의미를 포용하고 있다.

따지고 보자면 시문학의 존립 자체도 자연보호를 배경으로 할 때만이 이 언어예술의 발전이 더욱 알차게 이루어질 것이다. 근심 걱정없는 순리대로의 사회 건설이야말로 우리 모두를 정신적인 '무우전'에 안주시킬 것이다.

은사시나무같이

인간의 온갖 이름과 모양을 버리고
사랑은 뿌리는 것이 아니라 거두는 것이라고
은사시나무같이
반짝이는 신화 하나 남겨줄 아버지도 없다.

잘못 묶여진 길 찬 서리로 내려앉아
깃을 칠 수풀도 보이지 않고
덤불 속으로 잎들의 한가운데 잠들어 있는
모든 너의 희망은
묵은 가지처럼 구부러져
이 지상의 화살로 꺾이려 한다.

산지사방
네 근심의 쓰디쓴 뿌리
다만 무참히 파고들기 위하여
갈 곳도 없이 길손처럼
진을 치는 어둠 속을 기고 기어서
우리가 우리에게 가까이 왔노라고
은사시나무같이
반짝이는 유서 하나 남겨줄 아버지도 없다

주제 혼미한 시대상에 대한 우수(憂愁)

형식 3연의 주지시

경향 주지적, 서정적, 풍유적(諷諭的)

표현상의 특징 일상어의 산문체 표현을 하고 있으나 내면적으로 시적인 운율을 살리고 있다.
'은사시나무같이'(제1·3연)라는 수미상관의 동어반복의 직유를 하고 있다.
'반짝이는 신화 하나 남겨줄 아버지도 없다'(제1연)와 '유서 하나'(제3연)의 수미상관의 역대어구(逆對語句) 반복도 하고 있다.
'~없다'라는 존재론적인 부정의 종결어미를 반복하고 있다(제1·3연).

이해와 감상

잠언시가 솔로몬왕으로부터 시작되거니와, 천양희는 '사랑은 뿌리는 것이 아니라 거두는 것'이라는 새로운 명제(命題)를 제시하고 있다.

기독교에서는 '사랑은 베푸는 것'이 그 종교적 이념이라는 것을 살필 때, 흥미로운 대조를 이룬다. 이 시에서 등장하는 '아버지'(제1·3연)라는 절대자의 설정은 무엇을 비유하고 있는 것인가가 이 시의 난해성을 푸는 열쇠다.

아버지는 온갖 혼미한 오늘의 난세난국(亂世亂局)의 새로운 구원자로서 화자가 은유하고 있는 절대자로서의 존재라고 풀이하면 시의 이해가 빠르게 이루어질 것 같다.

절망

한 치씩 키만 크고
뿌리 질긴 너희의 선입관은

이 세상의 넉넉한 무덤을 만들고
깨닫지 못한 일들의
오, 더러운 쾌락의 거품 산산조각 흩어진다
거짓은 하루 하루 새순 돋듯 자라나서
변신하는 행위는 허물벗는 벌레같이 난폭하다
오늘도 거절해서는 안 되는 생
우리는 자주 무력한데
무슨 보석으로 치장한 가슴이라서
나는 이렇게
사람의 확실한 빛을 보려 하는가
말갛게 개인 하늘
상한 영혼이라도 조각 조각
떠돌기를 원하는가

이해와 감상

어지러운 세상을 살아가는 아픔이 어디 시인에게만 주어진 것이겠으랴. 그러나 혼미하기 이를데 없는 난맥의 현실을 문학적 방법론으로라도 고발하지 않을 수 없을 때, 어쩌면 우리가 시를 쓰는 보람을 누리게 된다고도 볼 수 있다.

다만 '우리는 자주 무력한데/ ……사람의 확실한 빛을 보려 하는가' (제9~12행)라는 이 허망한 토로가 시를 읽는 독자의 마음을 더욱 아프게 해준다.

끝내 화자는 '말갛게 개인 하늘/ 상한 영혼이라도 조각 조각/ 떠돌기를 원하는가' (제13~15행)고 절망의 호소를 한다.

그와 같은 비참한 아픔의 결구는 '오, 더러운 쾌락의 거품 산산조각 흩어진다/ 거짓은 하루 하루 새순 돋듯 자라나서/ 변신하는 행위는 허물벗는 벌레같이 난폭하다' (제5~7행)는 사악한 현실 고발을 귀결짓는 요인이기도 하다.

이가림(李嘉林)

만주(滿洲)에서 출생(1943~   ). 본명 계진(癸陳). 성균관대학교 불문학과 졸업, 동 대학원 수료. 프랑스 루앙(Rouen)대학 대학원 수료. 1966년 「동아일보」 신춘문예에 시 「빙하기(氷河期)」가 당선되어 문단에 등단했다. 시집 『빙하기』(1973), 『유리창에 이마를 대고』(1981), 『슬픈 반도』(1989), 『순간의 거울』(1995), 『내 마음의 협궤열차』(2000) 등이 있다.

강적(强敵)

기억해 보라 우리들의 적이 무엇인가를
한 떼기 꿈을 파먹어 들어오는 강적이
모기가 아니라, 콜레라가 아니라, 물과 바람이 아니라
우리들 스스로의 엉큼한 손이라는 것을

속아서 속아서 헤어지는 모든 만남 속에
미끄러운 너털웃음 속에
숨어 있는 놈, 거머리 같은 놈, 컴컴한 놈
그놈이 우리들의 사랑을 찢어놓고 있음을
그놈이 우리들의 노래를 간통하고 있음을
그놈이 우리들의 불을 훔치고 있음을

햇빛이 놋대야 가득히 비치고
몇 마리 흰 비둘기도 거짓말처럼 날고 있는 하늘
새 도시 가까운 황토 들판에서는
박넝쿨 담장을 허물어뜨리는 불도저
그 늠름한 파괴가 저질러지고 있다 힘찬 발길에
우물도 감나무도 끌고 온 피의 흔적도
파묻히면 끝장이다 울음마저 없다

기억해 보라 우리들의 적이 무엇인가를

한 뙈기 꿈을 파먹어 들어오는 강적이
모기가 아니라, 콜레라가 아니라, 물과 바람이 아니라
우리들 스스로의 엉큼한 손이라는 것을

이해와 감상

이가림의 제재(題材)인 '적'이라는 것은 표제(表題)의 제시처럼 '강적'이다.

이 적의 존재는 매우 리얼한 비교법(比較法)의 수사를 통해 그 도식이 우선 설정되고 있다. 즉 '적→강적→엉큼한 손→숨어 있는 놈→거머리 같은 놈→컴컴한 놈'이 다름 아닌 강적이다.

제2연에서의 '사랑'은 '평화'의 상징어이며, '노래'는 '행복', '불'은 '희망'이다.

제3연에 가면 보다 구체적인 사례로서의 상징적 표현이 등장한다. 즉 '박넝쿨 담장을 허물어뜨리는 불도저/ 그 늠름한 파괴'와 '힘찬 발길에/ 우물도 감나무도 끌고 온 피의 흔적'이 매우 뚜렷하게 지적되고 있다.

여기서 화자가 제시한 '불도저의 늠름한 파괴'와 '피의 흔적'은 일맥 상통하는 메타 포(은유)가 강렬하게 담긴 것이다.

'늠름한'은 우리의 자연과 전통 파괴에 대한 불도저의 잔인성을 가리키는 문명비평이 며, 피의 흔적은 군사독재에 의한 희생에 대한 역사적 고발이다.

오랑캐 꽃

나를 짓밟아 다오 제발
수세식 변소에 팔려온 이 비천한 몸

억울하게 모가지가 부러진 채
유리컵에나 꽂혀 썩어가는 외로움을
이 눈물겨운 목숨을, 누가 알랴.
말라 비틀어진 고향의 얼굴을 만나면
죽고 싶다 다시는 돌아갈 수 없는
슬픈 전라도 계집애의 죄,
풀꽃들만 흐느끼는 낯익은 핏줄의 벌판은
이미 닳아진 자(者)를 받아주지 않는다.
쑥을 뜯고 있는 주름살의 어머니에게
마지막으로 갈 수 있을까.
이 곪아 터지지도 못하는 아픔
맥주잔에 넘치는 비애의 거품을 마시고
더럽게 더럽게 웃는 밤이여
나를 짓밟아 다오 제발

주제 욕된 청춘상(靑春像)의 고발의지
형식 전연의 자유시
경향 고발적, 감상적, 저항적
표현상의 특징 일상어에 의한 시대적 상황이 리얼하게 표현되고 있다.
비극적인 현실의 소재를 사회비평의 차원에서 고발하고 있다.
수미상관으로 '나를 짓밟아 다오'와 비어(卑語)로 '더럽게'가 동어반복되고 있다.

이해와 감상

1960년대 이후 피폐한 농촌으로부터의 이농(離農)현상은 위정자가 책임져야 할 몫이지만 결과적으로 무수한 도시 빈민을 흐트러 놓았다.

거기 한 전형으로서 '수세식 변소에 팔려온 이 비천한 몸'으로 풍자되고 있는 대도시 술집의 농촌 출신 여성의 눈물겨운 비극적 인생이 상징적으로 등장한다.

전라도·경상도·충청도·강원도 그 어디서고 무수하게 진출당한 이런 슬픈 여성들. '말라 비틀어진 고향의 얼굴' (제6행)의 참상과 마주친다면 자살 충동이라도 생길지 모를 비통한 모델은 수세식 변소보다 '풀꽃들만 흐느끼는' (제9행) 정든 땅 재래식 변소로 돌아갈 용기마저 잃은 채, '맥주잔에 넘치는 비애의 거품을 마시' (제14행)며 비운의 나날을 보내고 있다. 이가림이 붙여준 그녀의 닉네임(nickname)은 표제의 「오랑캐 꽃」. 어째서 이 불우한 여주인공에게 그와 같은 꽃이름이 붙었을까.

그 해명은 이용악(李庸岳, 1914~미상)의 명시 「오랑캐 꽃」(「이용악」 항목 참조 요망)

이 상세하게 밝혀준다.

'오랑캐 꽃'은 우리나라의 야생화이건만 그 머리의 모습이 한반도(함경도 지방)를 침범했던 오랑캐와 닮았다는 데서, 이용악은 그 억울한 사연을 오랑캐 꽃의 꽃이름에서 찾아냈던 것이다. 이가림의 '오랑캐 꽃'역시 가난이 빚은 억울한 인생의 누명을 '오랑캐 꽃'으로써 은유하고 있는 것이다.

돌

끝 없는 밤의 추위에
온몸을 할퀴며 목말라 쓰러질지라도
나는 버리지 않는다 기다리는 힘
새벽을 기다리는 힘

이 천박한 끈질김 저주받아
골짜기에 내던져져 파묻힐지라도
나는 잃지 않는다 기어이 태어날 꿈
더욱 큰 삶으로 일어설 뿌리이기에

피와 눈물의 땅 위에서
번갯불에 비친 찰나 밖에는 살지 못해
바람이 불 때마다 뜨겁게 우는 것
두려움 없이 하늘을 쳐다보는 것

이해와 감상

시를 언어의 재능으로써가 아닌 뜨거운 가슴으로 쓰는 시인을 들라면 우선 이가림을 내세우련다.

그는 「돌」을 의인화 하여 '새벽을 기다리는 힘'을 강렬하게 돌에게 심어주고 있다.

그의 시의 저변에 일관되고 있는 저항의지는 그의 시작법의 텍스트이기도 하거니와, 1950년대 이후, 아니 1910년 일제 강점기 이후의 한국 시인에게 있어서 빛나는 시정신을 나는 저항의지에서 찾아내고 있다.

우리가 무엇 때문에 시를 쓰는 것일까. 우리는 돌의 단단한 결의 속에 새로운 생명의 가치를 부여하는 시인의 의지를 존중해야만 할 것이다.

채규판 (蔡奎判)

전라북도 옥구(沃求)에서 출생(1940~   ). 호 금오(金烏). 원광대학교 대학원 국문학과 수료. 1966년 『한국일보』 신춘문예에 시 「바람 속에 서서」가 당선되어 문단에 등단했다. 『신춘시』 동인. 시집 『바람 속에 서서』(1967), 『채규판 소곡집』(1969), 『풀길 산책』(1973), 『환각 유희』(1979), 『아침의 강』(1980), 『아침을 걸으며』(1981), 『어린이 놀이터에서』(1983), 『만경강에 드리운 낚시끝』(1985), 『허망의 노래』(1990), 『만경강』(1990), 『줄포기행』(1990), 『채규판 시전집 · Ⅳ』(1999) 등이 있다.

바람 속에 서서

나는 숱한 지느러미로 꽉 찬 내부에 섰다.
그 중에서도 길이 잘든
불티가 쌓이는 광장이다.

힘이라던가, 아름다움이라던가 하는 사랑의 의지들을
나는 가끔 손에 담는데, 그것들은
곧 무수한 출범의 까닭을 만든다.

또는 톱니가 많이 난 가슴을 갖고 있어서
그 가슴은 피로할 줄을 모르며
산란하는 철이 아니래도
항시 별이 든다.

그러므로 바다의 난간을 좁히고 열리는 문,
트이는 빛을
아, 가장 가까운 둘레에서 시작하는 소중한 작업을
아무에게도 들키지 않는다.

수런대는 낙과(落果)의 틈을 비집고
비로소 오는

풀씨의 새벽이여.

찰나를 잇는 징명(澄明)한 음악이 가려울 때,
네 귀 반듯한 티켓을 쥐고
행복을 살 수는 없을까고
서성거릴 때
눈물알의 표피에 접히는
참 건강한 안식이여.

순(純)히 꽃 잎새와 꽃 그늘의 반조(反照) 같은 것이
안으로 물살져 흐르는데
조리개를 통해 빛나는
환희의 원시림.

밀밭이 넘치는 행길을 건너서 아니면 부서져 나간
첨탑 모서리로부터
바람은 내린다.

마침내, 칭칭 감아 조이는 비옥함 속에 서서
나는 신비한 체험을 한다.
친구여,
일찍이 창을 열고 조금 잡아 넣어둔
신(神)의 오열은
무슨 색조의 바람일까고

그 바람의 손짓은 불모이기를 거부하는
나의 온 몸의 털 끝에
숨쉰다.

그러므로 나는 미소하고 노래한다.
숱한 지느러미와 불티의 결집(結集)에 갇혀서
조금씩 알아져가는 생명의 시원(始源)을.

이해와 감상

'나는 숱한 지느러미로 꽉 찬 내부에 섰다' (제1연)고 채규판은 이 시를 통해 주지적 상징시의 새로운 이미지 창출을 시도하고 있다. '수런대는 낙과의 틈을 비집고/ 비로소 오는/ 풀씨의 새벽이여' (제5연)와 같은 묘사는 종래의 한국 서정시에서는 찾아볼 수 없었던 정서(情緒)의 새로운 공간적 충동의 서정미를 표현하고 있다.

한국 현대시는 어떤 의미에서거나 서정을 바탕으로 성립되어야 하며, 그 대전제하에 21세기의 새로운 서정시가 창출되어야만 한다. 그런 견지에서 '친구여/ 일찍이 창을 열고 조금 잡아 넣어둔/ 신의 오열은/ 무슨 색조의 바람일까' (제9연)라고 묻고 있는 화자의 문제 제기의 시어들은 우리 시의 새로운 가능성을 유감없이 제시하며 그 특유의 서정적 상징시, 내지는 주지적 상징시의 새로운 시세계를 엮어 내보이고 있다.

그런데 대저 '신의 오열' 이란 무엇인가.

화자는 '신' 을 설정해 놓고 우주의 창조자인 신을 흐느껴 울게 만든다. 여기서 '무슨 색조' 란 절대자의 사상의 색채를 파헤쳐 보려는 극한에의 도전이다.

여하간에 「바람 속에 서서」는 우리 시문학사에서 논의될 만한 충분한 시사고(詩思考)의 심오한 내면적 경지를 우리 앞에 펼친 것으로 평가하고 싶다.

산풀 시행(詩行)

풀씨가 산향(山香)을 낸다.
바람이 묻었으리라고 생각되는
산풀을 뜯는다.

산풀 앞에서

열려 오는 가람빛 기억이
마치 신화다.

환희로 시작하는 풀씨의 음성을 듣고 있으면
밤은
울안에
꽃등을 켠다.

수림(樹林) 그늘에서
바람은
풀씨를 팔고 있을런지 모르겠다.

다 풀어내지 못한 풀씨의 속말이여.
담소(談笑)로 배회하다가
문득 떠나 버리는
유폐(幽閉) 같은 것이여.

산풀을 뜯어
마음 한 구석을 메운다.
산풀 하나를 따서 손에 담는다.

산 색시의 맑은 색깔이
산향을 풍기며 온다.

꽃숲에 묻혀
풀씨의 연인이 된다.

주제 산풀의 순수가치
형식 8연의 자유시
경향 서정적, 주지적, 상징적
표현상의 특징 '풀씨'며 '바람'을 정답게 의인화 시키고 있다.
　　　　'산풀', '풀씨' 등의 동어반복이 수사의 적층적인 효과를 이룬다.
　　　　잘 다듬어진 주정적 또는 주지적 시어들이 서로 조화롭게 어울려, 궁극적으로
　　　　는 서정미의 표현을 북돋고 있다.

　채규판의 「산풀 시행」에서 '환희로 시작하는 풀씨의 음성을 듣고 있으면/ 밤은/ 울안 에/ 꽃등을 켠다' (제3연)는 오늘의 서정시의 한 새로운 전형을 발견하게 된다.

　'풀씨'는 다윈의 진화론적 '종(種)의 기원(起源)'을 시적으로 문제 제기하고 있는 것 같은 사상적으로 커다란 스케일을 연상시키는 상징어로 등장하고 있다.

　'산풀 앞에서/ 열려 오는 가람빛 기억이/ 마치 신화다' (제2연)라는 직유에서는 또한 기독교적인 창조론과 불교적인 윤회론이 상충하는 새로운 의미론을 전개시키기도 한다.

　종래의 서정시로부터 상징시며 이미지즘의 시세계까지 두루 망라된 시의 경향도 보이는 게 이 작품이다.

이미지 연습

꽃노을 풍요(風謠)를 들을 것이다.

문은 닫혔으므로
나는 무형(無形)일 것이다.

다리를 건너는 바람이여.
밤의 피부에 낙하하는 물빛이여.

나의 호흡 속에 사는 식구들.

가령, 황홀한 선율이 아니더라도
얼굴을 덮고야 마는 눈의 그림자와,
되울림이 빽빽한 가슴 한 부위에
한참씩 피고 접히는 생각의 수목(樹木)과
화음의 질긴 의지와
……

달팽이의 순한 신화네

나신(裸身)으로 빚는
생명의 꽃금이네

더러는 영혼을 후비는
진동—
찢겨 나부끼는 바람의 아픔을
비껴 가지 못할 것이네.

이해와 감상

표제(表題)에서 「이미지 연습」으로 내세웠듯이, 이 작품은 채규판이 그의 포에지 (poesy), 즉 시작(詩作)에 있어서의 이미지의 세계를 한 편의 시로 엮고 있어서 독자에게 주목되는 작품이다.

모름지기 시에 있어서 이미지는 시 그 자체의 각 부분적인 생명체들이거니와 모름지기 현대시의 새로운 이미지 구성은 시와 독자와의 영속성(永續性)을 크게 좌우하는 관건 이다.

한국시가 한국인들에게 오래도록 읽히기 위해서는 날로 새로운 이미지 창출의 수사 학(rhetoric)의 발전적인 동반이 요청된다.

시인들이 엮어내는 시의 오묘하고 감동적인 언어 표현의 중요성은 일찍이 고대 그리 스의 아리스토텔레스(Aristotelés, 384~322 BC)의 『수사학』(Techné Rhétoriké)으로부터 현대의 I. A 리처드즈(Ivor A. Richards, 1893~1979)의 『수사학의 철학』(The Philosophy of Rhetoric)이며 『시의 언어』(The Language of Poetry) 등 그의 비평 이론의 참신성을 보 였다. 그것은 '시를 읽는다' 는 행위에 있어 그와 동시에 시를 의식적으로 분석하자는 데 있다.

독자들도 시를 읽을 때마다 수사학적인 견지에서 시를 의식적으로 분석하는 비평가 의 입장이 된다면 그것이 곧 한국시 발전의 계기가 될 것이다.

그런 견지에서도 「이미지 연습」은 독자들에게 중요한 이미지의 새로운 메시지 전달의 가편(佳篇)이다.

문효치(文孝治)

　전라북도 군산(群山)에서 출생(1943~　). 동국대학교 국문학과 졸업.
1966년 「한국일보」 신춘문예에 시 「산빛(山色)」, 「서울신문」 신춘문예에 「바
람 앞에서」가 당선되어 문단에 등단했다. 시집 「연기(煙氣) 속에 서서」
(1976), 「무령왕(武寧王)의 나무새」(1983), 「백제의 달은 강물에 내려 출렁거
리고」(1988), 「백제 가는 길」(1991), 「바다의 문」(1993), 「선유도를 바라보
며」(1997), 「남내리 엽서」(2001) 등이 있다.

산빛(山色)

당신의 입김이
이렇게 흐르는 산허리는
산빛이 있어서 좋다.

당신의 유방 언저리로는
간밤 꿈을 해몽하는
조용한 아우성의 마을과

솔이랑 학(鶴)이랑 무늬 그려
도자기 구워내다
새벽 이슬 내리는 소리.

5월을 보듬은 당신의 살결은
노을, 안개,
지금 당신은 산빛 마음이다.

언제 내가 엄마를 잃고
파혼(破婚) 당한 마음을
산빛에 묻으면

청자(靑磁) 밑에 고여 있는

가야금 소리.

산빛은 하늘에 떠
돌고 돌다가
산꽃에 스며 잠을 이룬다.

주제 청자(靑磁)의 전통미 추구
형식 7연의 자유시
경향 서정적, 전통적, 낭만적
표현상의 특징 고려청자의 외형미를 산에 비유하며 감각적으로 묘사하고 있다.
잘 다듬어진 시어구사를 통해, 민족적 정서의 내면 세계를 표현하는 데 힘쓰
고 있다.
시각과 청각의 공감각적 표현미를 엮으려는 기교가 돋보이고 있다.

이해와 감상

「산빛」은 『한국일보』 신춘문예 당선작이다. 청자를 제재(題材)로 하는 명시는 박종화의 「청자부」를 비롯하여, 구자운의 「청자수병」 등 몇몇 편을 꼽게 된다.

「청자부」는 일제강점기에 우리 민족의 전통적인 정서를 부각시켰다는 데 그 의의가 컸고, 「청자수병」은 6·25의 전쟁의 잿더미가 쌓인 채, 우리 겨레가 동족상잔으로 참혹한 고통 속에 안겼던 비참한 시대를 역사적 배경으로 전통적 민족정서의 재현에 힘썼다는 데 그 의의를 찾아보게 된다.

문효치의 「산빛」은 5·16쿠데타가 일어났던 1960년대 후반의 군사정권 시대를 우리가 그 역사의 배경으로 살던 시대에 엮어냈던 작품이라는 점을 감안하면서, 이 전통 정서를 추구하는 시인의 「산빛」을 감상하면 좋을 성싶다.

제2연의 '당신의 유방 언저리로는/ 간밤 꿈을 해몽하는/ 조용한 아우성의 마을'이 주목된다. 왜냐하면 향리의 시골 마을은 당연히 '조용한 마을'이어야 하거늘, 그 복판에 '아우성'이 끼어들어 있기 때문이다. 여기서 '아우성'은 지금까지 평온하던 마을에, 역사적인 타격이며 아픔이 가해진 것을 화자는 의식적으로 강조하고 있다. 좀더 적극적으로 지적하자면 쿠데타에 의한 우리 민족의 희생상을 결부시키고 있다.

제5연의 '언제 내가 엄마를 잃고/ 파혼 당한 마음을/ 산빛에 묻으면' 했는데, 여기서는 우리 민족의 6·25동란을 메타포하고 있다.

난리통에 남부여대 피난길이며 부모를 잃고 울부짖던 전쟁고아들의 애절한 광경이 연출되고 있다. 그것은 '파혼 당한'(제5연) 아가씨와 같은 절망적 현실의 아픔을, 우리 민족이 청자기의 앙가슴에 포근히 감싸 정서적으로 순화(醇化)시키려는 것으로 풀어본다면, 이 시는 1960년대의 현실의식을 전통 정서 속에 조화시키는 시적 표현으로써 성공하고 있다고 본다.

무령왕(武寧王)의 청동식리(靑銅飾履)

하늘이 주신 목숨을 다 살으시고, 하나도 빼지 않고 다 살으시고, 곱슬거리
는 백발(白髮)을 날리며, 달이라도 누렇게 솟고 퍼런 바람도 불고 하는, 참 재
미도 많은 날, 이윽고 옷 갈아입으시고 왕후(王后)며 신하들 다 놓아 두고, 혼
자 길을 떨치고 나서서, 꾸불꾸불한 막대기 하나 골라 짚고, 아, 참말 미끄러
운 저승길로 가실 때 이 신을 신으신다.

　돌밭, 가시밭, 진흙 뻘길을 허리춤 부여잡고 달음질도 하고 수염을 쓰다듬
으며 점잖게 걷기도 하여 임금님을 저승까지 곱게 모신 후 이제 또 다시 여기
에 돌아와 쇠못이 박힌 불꽃 무늬의 신이여 누구를 모셔가려 함이냐. 하늘이
정한 목숨을 구석구석 다 살으시고 그리고 웃으며 떠날 그 누구를 모셔가려
함이냐.

주제 무령왕의 민족사적 의의 추구
형식 전연의 변형 자유시
경향 민족적, 전통적, 낭만적
표현상의 특징 공주(公州) 무령왕릉에서 발굴된 부장품의 일종인 쇠못장식 청동신
발의 역사적 의미를 민족적 정서로 유연하게 표현하고 있다.
연상적 수법으로 왕의 모습이 정답고 위엄있게 드러나고 있다.
전연(全聯) 형식이나 2연으로 나눈 것 같은 구성이다.

이해와 감상

　우리 민족의 역사와 전통적 정서를 이미지화 시키는 데 주력해 오는 문효치의 시작업
은 우선 한국 시단에서 평가되어 마땅하다고 본다.

　민족적인 고유한 문학 내용은 오늘날의 국제적인 지구가족 시대이기에 매우 바람직
하다고 본다. 일본의 '역사왜곡'을 감안할 때 더욱 그렇다.

　이 작품을 이해하려면, 먼저 우리는 공주(公州) 땅에서 1971년 7월 8일 발굴된 백제 제
25대 무령왕(武寧王, 501~523 재위)의 '왕릉'(王陵)의 역사적 의의가 한국 민족에게 얼
마나 크고 값진 일인지 다시금 돌아보아야 할 일이다.

　그 당시 '무령왕릉'이 발굴되므로써, 우리는 비로소 무령왕의 휘(이름)가 왕의 묘지석
(墓誌石)으로 '사마'(斯麻)라는 사실을 고고학적으로도 확인하게 되었다.

　또한 무령왕이 62세가 되던 계묘년, 즉 서기 523년 5월 3일 승하한 사실을 알게 되었다
(寧東大將軍百濟斯麻王年六十二歲).

그뿐 아니라 일본 고대의 청동거울인 '인물화상경' (人物畵像鏡)은 무령왕이 왜에 살고 있던 친동생 케이타이 천황(繼體天皇, 507~531 재위)이 장수하도록 염원하여 백제왕실에서 직접 만들어 보내준 것(홍윤기『일본문화사』서문당, 1999)도 입증하게 되었다.

'무령왕릉' 이 발견되므로써 일본 고대역사학계는 비로소 일본 왕실과 고대 정치사회의 문화가 근본적으로 백제(百濟)를 배경으로 이루어졌다는 것이 하루 아침에 밝혀졌다.

일본의 저명한 고대사학자인 쿄우토대학(京都大學)의 우에다 마사아키(上田正昭, 1927~)교수는 그 무렵 무령왕릉을 직접 답사하고 난 뒤에 다음과 같이 밝혔다.

"무령왕의 묘지석이 일본 고대역사에 던져준 파문은 크다. 왜냐하면 역사교과서에도 종종 취급하여 온 유명한 스다하치만신사(隅田八幡神社, 和歌山縣橋本市)에 소장되어 있는 '인물화상경' 의 명문(銘文)의 해석에도 재검토할 필요가 있다는 것을 시사하기 때문이다" (『古代史再發見』角川書店, 1975).

'인물화상경' 에는 대왕(大王)인 백제 무령왕(사마)으로부터 왜땅에 살고 있는 아우왕(케이타이천황)이 오래도록 잘 살기를 염원하여 청동거울을 만들어서 보내준다는 글씨가 새겨져 있다(홍윤기『일본천황은 한국인이다』효형출판, 2000).

무령왕과 왕비의 부장품인 청동으로 만든 쇠못장식 쇠신발인 '청동식리' 며 '장식 귀고리' , 다리미 등등 왕릉 속의 현실에서 발굴이 된 각종 매장물들은 일본의 옛 무덤(古墳)에서 발굴된 것과 거의 똑같은 것들이었다. 그 때문에 즉각 일본의 양식 있는 고대역사 학자들은 일본 고대의 지배자가 백제인들이었음을 지적하기 시작했던 것이다.

문효치는 무령왕의 민족사적 위치를 왕릉 속에서 발굴된 '청동식리' 를 매개하여 고양시키고 있다. 그의 민족사의 전통적 제재(題材)에 의한 시창작 작업은 앞으로 한국 시단이 주목해야만 할 작업임을 여기 거듭 지적해 둔다.

무령왕(武寧王)의 나무 두침(頭枕)

나는 이제 천년의 무게로
땅 속에 가 호젓이 눕는다.

살며시 눈감은 하도 긴 잠 속
육신은 허물어져 내리다가
먼지가 되어 포올포올 날아가 버리고,

그 자리에 나의 자유로운 영혼은

한 덩이의 푸르른 허공이 되어
섬세한 서기(瑞氣)로 남느니.

너는 이 때에 한 채의 현금(玄琴)이 되어
빛깔 고운 한 가닥 선율이 되어
안개처럼 멍멍히 젖어 들어오는
그리운 노래로나 서리어 다오.

이해와 감상

무령왕의 왕릉 발굴 당시 나온 1천여 점의 부장품의 하나가 '나무 두침(頭枕)' 인 목침 (머리고임)이다.

왕이 살아 생전에 베고 취침했던 애완품이다.

무령왕은 서기 538년에 왜나라 왕실에다 처음으로 불교를 전한 성왕(聖王, 523~554 재위)의 생부이다. 그 당시의 왜왕은 케이타이(繼體)천황의 아들인 킨메이천황(欽明, 538~571 재위)이었다.

쉽게 말해서 백제 성왕의 사촌동생이 왜나라의 킨메이천황이다.

무령왕은 백제 제24대 동성왕(東成王, 479~501 재위)의 왕자이며, 동성왕이 서거했을 때, 백제인 지배의 왜왕실에서 살고 있다가 백제로 귀국하여 왕위에 올랐던 것이다 (홍윤기『일본천황은 한국인이다』효형출판, 2000).

문효치는 고대 일본을 지배했던 백제 왕족의 상징적인 군왕(君王)인 무령왕릉의 역사적 발자취를 여러 편의 작품으로 구상화 시키고 있어서, 이 전통적 민족시 작업을 우리는 관심을 기울여야 할 것이다.

오늘날 일본이 군국화 경향 속에 역사 왜곡으로 물의를 빚고 있는 허다한 잘못을 규명하기 위해서도 시를 공부하는 우리는 또한 한일고대사 규명에 힘써야 하지 않을까 한다.

정민호(鄭旼浩)

경상북도 영일(迎日)에서 출생(1939~   ). 아호는 한경자(寒卿子). 서라벌예술대학 문예창작과 졸업. 1966년 『사상계』에 시 「이 푸른 강변의 연가(戀歌)」외 3편이 신인문학상에 당선되어 문단에 등단했다. 시집 『꿈의 경작(耕作)』(1969), 『강변의 연가』(1974), 『어둠처럼 내리는 비』(1981), 『넉넉한 밤을 위하여』(1984), 『새로 태어남의 이유』(1990), 『눈부신 아침』(1991), 『역사의 강, 역사의 땅』(1995), 『꽃잎으로 피어나리』(1998), 『세월』(1999), 『세월 앞에』(2001) 등이 있다.

달밤

별들이 땅에 내려와
하얗게 깔려 꿈을 꾸고 있다.
흔들리는 나뭇가지가
땅에 내린 별들을 쓸어 모은다.
벌판에 흩어진 풀벌레 소리가 멎고
긴 밤이 서서히 지나가며
죽은 영혼들의 잠을 흔들어 깨운다.
달빛이 내리는 빈 하늘에는
남국의 실로폰 소리가
가나다 순으로 오르고,
밤 4시 새벽차의 장사(長蛇)가
달빛을 싣고 서쪽으로 달린다.
선도산(仙桃山) 그늘에 잠긴 마을들이
서서히 옷깃을 여미며 일어선다.
여명을 찍어내는 이마에는
몇 점의 땀구슬이 맺히고
밤의 작업을 끝낸 사내들이
저 산의 허리춤으로부터 일어서고 있다.

주제 달밤의 사상(事象)과 순수미
형식 전연의 자유시
경향 서정적, 상징적, 환상적
표현상의 특징 일상어에 의한 산문체이면서도 세련된 시적 깊이를 느끼게 한다.
신선한 이미지의 달밤이 전개되는 감각적 표현이 돋보인다.
사물을 관조(觀照)하고 영상화 시키는 환상적인 연상 기법이 탁월하다.

이해와 감상

'달밤' 하면 흔히 '감상(感傷)'에 빠지기 쉬우나, 오히려 달밤의 참신한 이미지로 순수한 의식 세계, 이를테면 '흔들리는 나뭇가지가/ 땅에 내린 별들을 쓸어 모은다'(제3·4행)와 같은 기교적으로 빼어난 시각적 표현미가 두드러지고 있다.

그런가 하면 '달빛이 내리는 빈 하늘에는/ 남국의 실로폰 소리가/ 가나다 순으로 오르고'(제8~10행)에서처럼 즉물적(卽物的) 파악이 건강하다. 회화성과 음악성의 공감각에 의한 환상적 균제미를 이루고 있다.

또한 이 시에서 상징적으로 두드러진 역동적 표현미는 마지막 4행이다. 즉 '여명을 찍어내는 이마에는/ 몇 점의 땀구슬이 맺히고/ 밤의 작업을 끝낸 사내들이/ 저 산의 허리춤으로부터 일어서고 있다'(제15~18행)는 역동적인 결구(結句)다.

연서(戀書)

그대여, 꽃 속에 맺힌
아침 이슬을 받아 보아라.
그렇게 어리는
맑은 순정을 읽어 보아라.

그대여, 아침에 내리는
신설(新雪)의 푸른 보드라움을
가만히 손바닥에 놓아 보아라
그리고 가만히 머리 숙여
우리들의 마음을 들여다 보아라.

이해와 감상

'연서'란 사랑 편지다.

물론 여기서 정민호가 붙인 '연서'라는 표제(表題)는 순수한 마음, 깨끗한 심상(心象)의 상징적 표현이다.

그러므로 '그대'라는 대상은 가상(假想)의 추상적 존재다.

'꽃 속에 맺힌/ 아침 이슬', '신설의 푸른 보드라움' 등의 순수하고 맑은 생명력, 그러한 것에 의해서 시인은 인간의 청결한 이미지(image)를, '젊음'을, '사랑'을, 그리하여 '삶'의 본원적 의미를 다부지게 캐내고 있는 것이다.

사랑 편지의 설레임과도 같은 것, 그런 뜨거운 열망과 희열 속에서 오히려 자아를 반성하고 돌아보는 진지한 자세 '그리고 가만히 머리 숙여/ 우리들의 마음을 들여다 보아라'(마지막의 두 시행)는 인간애의 휴머니즘적 미의식(美意識)의 표현이다.

강가

도기야(都祈野) 벌판에 갈대가 무성했다.
귀에 실은 가을바람 소리
한 사나이가 손을 흔든다.
벌판에 쏟아지는 금빛 햇살
몇 마리의 비둘기가 하늘에 날은다.
낮차가 지나가는 대구행 이백리를
차창 밖으로 손을 흔든다.
흰 옷 입은 늙은이가 드리운 낚시
조용히 흔들리는 부목(浮木)

강언덕 과수원엔 매달린 능금
햇살이 따가와 붉게 익는다.
도기야 벌판에 갈대가 무성했다.
갈대 속으로 그 때처럼
소년들이 뛰어 다닌다.
강을 건너는 마음 늙은이의
펄럭이는 옷고름,
도기야 벌판에 갈대가 무성했다.

이해와 감상

 서정시를 전연체(全聯體)로 엮으면 흔히 구도적으로 독자가 압박감을 받기 쉽다.
 그러나 「강가」는 압박감 대신에 박진감이 역동적으로 느껴지는 신선한 감각시로서 전
달이 잘 되고 있다.
 당장에라도 가을 바람 속에 사나이가 손 흔드는 '벌판에 쏟아지는 금빛 햇살' 속으로,
도기야 벌판으로 달려가고프다.
 낚싯대 드리운 노인의 서경(敍景)이며, 풍성한 열매, 뛰달리는 건강한 아이들 속으로,
그 강변으로 온갖 도심의 찌든 때를 씻고 벗으러 찾아가고 싶다.

김규화(金圭和)

전라남도 승주(昇州)에서 출생(1940~). 동국대학교 국문학과 졸업, 동
대학원 수료. '영도(零度)', '여류시(女流詩)' 동인. 『현대문학』에 시 「죽음의
서장(序章)」(1963. 3), 「무위(無爲)」(1964. 12), 「무심(無心)」(1966. 4) 등이
추천 완료되어 문단에 등단했다. 시집 『이상한 기도(祈禱)』(1981), 『노래내
기』(1983), 『관념여행』(1989), 『평균서정』(1992), 『멀어가는 가을』(1995),
『망량이 그림자에게』(1998) 등이 있다.

자화상

얼굴엔
만국의 지도가
그려져 있다.

왼갖 떫은 세상 일
슬프고 아픈 일
삭이지 못한 독버섯 되어
깃발처럼 얼굴에 펄럭인다.

정연하기 평문(評文)같이
흔쾌하기 칼 끝같이
맺고 끊지 못하여
언제나 호인(好人).

포효하는 이에겐
고개를 옆으로 부러뜨리고,

껍질도 두꺼이
알(卵) 속에 말려든

나, 죽으면

어느 집 대문 곁에
한 그루 식물이 되어
비켜 서 있을까.

이해와 감상

시에서의 자화상이란 글로써 제 얼굴 뿐 아니라 의지적인 심정을 묘사하는 것을 말한다.
김규화는 종래의 서술적인 의미의 평면적 자화상을 엮지 않고 자기 나름대로의 새로운 자화상을 표현하고 있다.

이것은 의식의 입체적인 표현이다. 즉, 사유(思惟)의 내면을 암유(暗喩)하면서 지적 사고(知的思考)를 이미지화 하는 데 역점을 두고 있다.

그러므로 얼핏 보기에는 쉬운 시 같지만 사실은 난해한 시에 속한다.

첫 연에서 '얼굴엔/ 만국의 지도가/ 그려져 있다' 는 메타포는 무엇을 말하는 것인가. 사실은 이것은 얼굴의 표정이 아니라 의식 내면의 세계에 대한 사고의 표현이다.

이것을 국제화 시대(國際化時代)에 있어서 자아의 존립(存立)을 표현하는 은유로 본다면, '왼갖 떫은 세상 일/ 슬프고 아픈 일/ 삭이지 못한 독버섯 되어/ 깃발처럼 얼굴에 펄럭인다' (제2연)고 하는 이 제2연을 음미하는 데 도움이 될 것이다.

이상한 기도

그를 향해 흘리는
물 같은 애정

그를 향해 쏟는
향그런 미움

끝내 거부하는 몸짓의
뒤에
화인(火印)처럼 찍히는
한 가닥 사랑의 찌꺼기

봄날 울타리 아래 돋아나는
새싹, 그 당연함을
뒤따라 더 쫓게 하지 마시고
뿌리째 뽑든지
싹둑 자르소서.

마지막 남은 웅덩이의 물
오뉴월 땡볕에
한 움큼도 남기지 말고
마르게 하소서.

남은 건 오직
허공 같은, 물빛 같은
빈 시선

눈 부릅뜨고 받는
진득이는 나의
자연스런 모성(母性)도
오직 뿌리째 뽑아 주소서.

늪같이 되게 하소서.
버린 쓰레기, 터진 깡통
다 받아 탁한 가슴 속
저 밑바닥에 갈앉히고
흐린 물로 덮고

버려진 기억같이

하늘만,
한사코 흐린 시선으로
하늘만 보게 하소서.

주제 강렬한 의지의 선언
형식 9연의 주지시
경향 주지적, 풍유적, 감각적
표현상의 특징 잘 다듬어진 시어로 박진감 있는 콘텐츠의 감각인 전개를 하고 있다.
'자르소서', '하소서' (동어반복), '주소서' 의 '~소서' 라는 소망을 밝히는 종결
어미가 강력한 호소력을 부각시키고 있다.
비유에 있어서 '물 같은' (제1연), '허공 같은, 물빛 같은' (제6연) 직유법을 동
원하고 있다.

이해와 감상

인간에게는 누구나 소망이 있기에 그것의 달성을 기원한다. 김규화의 「이상한 기도」
는 주지적(主知的)인 앨리고리(allegory, 諷諭)의 시다.

시어가 반짝반짝 윤이 나면서 그 새타이어(풍자)는 자못 예각적(銳角的)이다.

'그를 향해 쏟는/ 향그런 미움' (제2연)이라든가, '화인처럼 찍히는/ 한 가닥 사랑의 찌
꺼기' (제3연), '뿌리째 뽑든지/ 싹둑 자르소서' (제4연) 등등 반어적(反語的) 표현이 수사
적 효과를 높여 준다.

그리하여 끝내 자아에 대하여 강렬한 반어(反語)를 구사한다.

즉, '눈 부릅뜨고 받는/ 진득이는 나의/ 자연스런 모성도/ 오직 뿌리째 뽑아 주소서'
(제7연) 하고 있다.

표정 연습

양 미간 속살 어디쯤에서
근육이 수시로 밀고 끌고

수면(水面)의 겉껍질같이
바람에 잔주름 일고

울고 근심하는 요지경 세상,
물 속도 환히 내다보이고

천태만상이 넝마와 같이
물 위에 떠오르는 속사정

모두 죽이고 남은 표정이게
나는 날마다 표정 연습을 한다.

속살 어디쯤서 밀고 끌어도
그 어느 것에도 흔들리지 않는

환한 부처님의 표정이든지
속없는 어린 아이 얼굴이든지…….

이해와 감상

　시 형식이 2행 7연의 자유시인 이 작품의 이미지가 시 자체를 살아서 움직이게 만들고 있는데, 그것은 곧 시인의 재능이며 표현의 빼어난 테크닉이다.
　「표정 연습」이라는 표제(表題)가 독자에게 던져주는 메시지는 참다운 삶의 행동양식을 찾아보라는 아포리즘(aphorism, 잠언)을 포용하고 있다.
　즉 제7연의 그 모범답안(부처님 표정·어린 아이 얼굴)에서 우화적인 앨리고리의 결론을 눈부시게 맺고 있다.
　부처님의 표정, 천진난만한 동안(童顔)과 같은 표정을 이루기 위한 표정연습은 범인은 결코 이룰 수 없는 불가능한 것이다. 그러나 그것을 이루려고 힘쓰는 선의식(善意識)의 참다운 행동양식이야말로 우리 모든 인간의 과업으로 제시된 참다운 메시지다.
　과연 누가 그런 훌륭한 지순(至純)한 표정에 도달할 수 있을 것인가.

양채영 (梁彩英)

경상북도 문경(聞慶)에서 출생(1935~   ). 본명은 재형(在瀅). 충주사범학교 졸업. 국민대학교 대학원 국어교육과 수료. 1966년 『문학춘추』와 『시문학』에 시 「안테나 풍경」, 「가구점」, 「내실의 식탁」이 추천 완료되어 문단에 등단했다. '한국시(韓國詩)', '내륙문학회(內陸文學會)' 동인. 시집 『노새야』(1974), 『선(善)·그 눈』(1977), 『은사시나무잎 흔들릴 때』(1984), 『지상의 풀꽃』(1994), 『한림(翰林)으로 가는 길』(1996), 『그리운 섬아』(1999), 『그 푸르른 댓잎』(2000) 등이 있다.

신세계(新世界)

오늘은 마른 풀잎에 누워
꿈을 꾸자.
오늘은 나무에 기대어
하늘을 보자.
이 세상에 한(恨)이 맺힌 것은
너 뿐인가.
울고 간 소리도 아우성도
모두 들어보자.
저 바람소리 속에도
피는 섞여 울고
밤길, 밟히는 달빛에도
칼에 맞아 떨어진
날개죽지는 퍼득인다.
울고 가는 바람도
울고 오는 아우성도
하늘에서 푸른 빛깔이 되고
나뭇잎에서 나뭇잎이 되고
반짝이는 강물에서
강물이 되듯이
오늘 내 옆에 놓인

너의 손,
너의 무너진 가슴에
한 송이 꽃을 달아주며….

이해와 감상

양채영은 「신세계」에서 감각적인 이미지들을 동원하여 통일의 눈부신 의지를 절절하게 다루고 있다.

얼핏 읽어보기엔 일반적인 서정시라고 여기기가 쉽다. 그러나 이 시의 내면 세계는 어김없는 조국 통일의 의지가 그득히 담겨 있다.

전연(全聯)으로 엮어진 이 시의 제2행인 '꿈을 꾸자' 는 것은 통일에 대한 '소망' 을 뜻하는 상징어이고 제4행의 '하늘을 보자' 는 것은 통일에 대한 '이상(理想)' 을 가리킨다.

제5행에서의 '한(恨)' 이란 우리 민족의 분단의 비통함을 지시하고 있다. 제7행 역시 분단의 아픔을 나타내는 청각적 이미지의 표현이다.

그리고 제10행에서의 '피는 섞여 울고' 는 민족의 동질성과 그 비극의 처절한 민족적 비극의 묘사이다.

전체적으로 이 시는 시각 이미지와 청각 이미지를 구사해서 공감각적 기법의 수사로 '신세계' 라는 '통일의 새 날, 새 세상' 을 추구하고 있다.

관념적인 통일 의지의 표현을 극복하고, 잘 다듬어진 시어들을 통해서 서정적인 이미지들을 새로운 통일 의지의 시세계로 구상화 시키고 있는 가편(佳篇)이다.

그 나뭇가지에

내 언젠가
몸도 마음도 정결타 믿던 때에

어느 산천에 난
사려 깊은 나무 한 그루
이 마당가에 심었다.
전쟁이 터지고
모든 것이 터지고
그 나무는 내게서
멀리 떠나 버렸다.

싸움에도 지치고
별도 지고
이젠 남을 용서해 줄까
망설이는 때
누군가 내 어깨를 툭 친다
어느 날 마당가에 심었던
커다란 나뭇잎이었다.
아직 나무에는
새가 남아 울고
그때 그 산천에서 보았던
구름 한 덩이가
그 나뭇가지에 얹혀 있다.

주제 동족상잔의 비극과 우수
형식 2연의 자유시
경향 서정적, 상징적, 문명비평적
표현상의 특징 간결하고 명징(明澄)한 시어로 밀도 있는 이미지를 표현하고 있다.
우수에 찬 시이나 문명비평적 수법으로 주지적 사상을 기교적으로 담고 있다.
감각적 이미지에 치중하고 있다.
'터지고'(동어반복), '지치고', '지고', '울고' 등의 연결어미 '고'가 두드러지
고 있다.

이해와 감상

양채영은 한국 시단의 뛰어난 기교파 시인이다. 이 작품 역시 그의 빼어난 솜씨가 역
사적으로 아픔의 시대를 살아가는 우수(憂愁)의 시대 상황을 주정적인 감성과 밀도 있는

지성으로 혼합된 참신한 이미지를 창출하고 있다.

'몸도 마음도 정결타 믿었던 때' 란 화자의 청소년 시절이다.

'전쟁이 터지고/ 모든 것이 터지고/ 그 나무는 내게서/ 멀리 떠나 버렸다' (제1연)는 6·25동족상잔의 비극이 평화롭던 가정과 이웃, 사회와 국가의 모든 것을 파괴시키면서 민족의 아픔은 그 자국이 너무도 커졌다.

'싸움에도 지치고/ 별도 지고' (제2연)는 전쟁통에 사상자가 많이 발생하고, 국민들은 남부여대 피난생활에 지친 가운데, 젊은이들은 꿈 많던 청소년 시절의 이상(별)마저 깨지고 말았다는 비통한 현실 고발이다.

'이젠 남을 용서해 줄까/ 망설이는 때' (제2연)란 휴전 이후 남북의 화해와 교류의 시대를 상징적으로 표현하고 있다.

'아직 나무에는/ 새가 남아 울고/ ……구름 한 덩이' (제2연)에서 새의 울음은 분단의 아픔이며 구름 한 덩이는 전쟁의 구름이다.

이 시에서 '나무'는 시인이 설정시킨 민족의 자유와 평화 지향의 '선의식'(善意識)의 상징어다.

벼꽃

다시 생각해도
옥양목 빛이었다.
눈으로 듣는
우리나라 산천의 화답(和答),
숭늉에도 한 덩이 구름의 향기.
애무당들 고운 남치마 속이
태백이나 지리산에 걸쳐
징징 남도 징소리를 낸다.
이제사 열리는 한 세상,
속눈썹이 길어서
칭칭 괴는 못물이 질펀하고,
부여(扶餘)나 삼한(三韓) 때의
뼈근한 팔뚝바람이 뻗쳐
저렇게 향기롭고 귀하구나.
귀하구나.

「벼꽃」은 우리의 전통 농업인 벼농사 문화의 민족적 긍지와 자부심의 표상이다. 지금까지 우리의 벼농사 문화를 시로써 눈부시게 형상화 시킨 작품은 드물었다.

'숭늉에도 한 덩이 구름의 향기' 라는 이 고도의 은유는 너무도 그 인식 내용이 고매하고 또한 전통성이 즐겁다.

우리는 '숭늉' 이 커피 따위와는 비길 수 없는 진한 벼농사 문화의 진국이라는 것을 새삼스럽게 고마워 해야 할 일이다.

태백산, 지리산을 끼고 드넓은 벌판으로 모내기를 기뻐하는 농악대의 징소리 울려 퍼지는 가운데, '칭칭 괴는 못물이 질펀' 하니 올 농사도 풍년이 기약된다.

'부여나 삼한 때의/ 뻐근한 팔뚝바람' 이란 또 무엇인가.

우리의 선조들은 만주벌판에 살던 부여 때부터 벼농사를 이미 시작했고 계속 남하하면서 한반도의 진한 · 마한 · 변한(삼한) 때로 벼농사는 퍼져 나갔던 것이니 그 농사 팔뚝바람은 벼문화를 눈부시게 꽃피워 '저렇게 향기롭고 귀하구나/ 귀하구나' (마지막 행) 노래하겠끔 된다.

여기 한 마디 더 달아두자.

그 당시 한국 고대인들은 다시 이번에는 일본열도로 건너가 채집문화 밖에 모르던 미개한 왜나라 땅에 우리의 벼농사문화를 가르쳐 주기에 이른 것이다.

그러기에 일본 고대사(古代史)에는 농기구 이름에 여기 저기서 한(韓)자가 붙는데, 이를테면 '삽' 을 왜인들은 '카라사비' (からさび, 韓鉏)라고 했고, '도리깨' 는 '카라사오' (からさお, 韓竿), '대장간' 은 '카라카누치' (からかぬち, 韓鍛冶)라고 했던 것 등등이다 (홍윤기 『일본문화사』 서문당, 1999).

이향아(李鄕莪)

충청남도 서천(舒川)에서 출생(1938~). 본명 영희(英姬). 경희대학교 국문학과 졸업, 동 대학원 수료. 1966년 『현대문학』에 시 「설경(雪景)」, 「가을은」, 「찻잔」 등이 추천 완료되어 문단에 등단했다. 시집 『황제여』(1970), 『동행하는 바람』(1975), 『눈을 뜨는 연습』(1978), 『물새에게』(1983), 『껍데기 한 칸』(1986), 『갈꽃과 달빛과』(1987), 『강물 연가』(1989), 『어디서 누가 실로폰을 두드리는가』(1993), 『환상일기』(1994), 『종이등 켜진 문간』(1997), 『살아 있는 날들의 이별』(1998), 『당신의 피리를 삼으소서』(2000), 『오래된 슬픔 하나』(2001), 『꽃들은 진저리를 친다』(2003) 등이 있다.

사과꽃

6·25사변이 터진 몇 해 후
이북에서 월남했다는 내 친구 경옥이
경옥이 얼굴은 사과꽃같이 작았다
목청을 떨며 사과꽃 노래를 불렀었다
이북에서 배웠노라는 소련 노래 사과꽃
발바닥으로 마룻장 굴러 손뼉을 치며
아버지가 알면 혼찌검이 난다면서
그애는 졸라대면 사과꽃을 불렀었다
우리가 이남에서 미국 노래를 배울 때
경옥이는 이북에서 사과꽃을 배웠다
지금은 수녀가 된 내 친구 경옥이
소련에 핀 사과꽃은 경옥이의 노래였다.

주제 국토 분단의 비극적 의미추구

형식 전연의 주지시

경향 주지적, 풍자적, 상징적

표현상의 특징 섬세한 시어가 아닌 평이한 일상어의 묘사이나, 국토 분단의 민족적 아픔이 애절하고도 강력하게 전달된다.
우정으로 넘치는 절절한 이미지의 구상적(具象的) 표출이 시의 분위기를 맛깔스럽게 만들고 있다.
주지적 표현이면서도 상징적 수법을 효과적으로 동원하고 있다.
'불렀었다'(동어반복) 등 종결어미 처리가 과거형으로 일관되고 있다.

통일을 열망하는 의지의 시는 여러 가지 유형으로 여러 시인들에게서 다양하게 묘사되어 오고 있다.

이향아의 「사과꽃」은 국토 분단의 민족적인 비애를 「사과꽃」이라는 소련(러시아)의 노래를 비유해서 절절하게 엮어낸 수작(秀作)이다.

물론 이 시는 '통일'을 하자고 제창을 하는 목청 큰 유형의 시는 아니다. 그러나 누구나 이 한편의 시에서 우리 겨레의 국토 분단의 비극이 얼마나 통절(痛切)한 것이었는지를 가슴 깊이 되새기게 해줄 것이다.

이런 아픔의 시야말로 시인의 통일 염원이 안으로 응축된 빛나는 노래라고 하겠다.

시인이 통일을 절규하기보다는 이렇듯 우리가 겪은 분단의 비극적 현실을 투명한 감성으로써 여과시켜 마무리하는 심상의 시작업이야말로 우리의 숙망(宿望)을 구현하려는 참다운 의지의 열매라고도 하겠다.

예리한 역사의식을 절묘한 시로써 승화(昇華)시키는 메타포의 솜씨가 「사과꽃」을 자못 눈부시게 개화(開花)시키고 있다.

'우리가 이남에서 미국 노래를 배울 때/ 경옥이는 이북에서 사과꽃을 배웠다'고 하는 이 상반하는 비극적 현실을 극복하려는 풍자와 더불어 화자의 군건한 의지가 가상하다.

시인이 직접 자유화가 된 오늘의 러시아를 1991년에 여행하면서 쓴 작품이라는 것도 아울러 밝혀두는 게 독자들에게 이해의 폭을 더 넓혀 주리라고 본다.

돌아누우며

돌아누울 때마다 등이 시리다.
배반하는 자보다 나는
춥다.
멀고 먼 지층의 사닥다리 밑으로
아리한 절망,
아 하강.

돌아누울 때마다 언제나
새로 만나는 낯선 어둠의
아까 버린 어둠보다

육중한 손
밤새도록 뒤채겨도 끝내는,
한 치 밖으로도 도망하지 못하면서
나는 끝없이 끝없이
돌아눕는다.

슬프다.
머리 끝에서 발 뒷꿈치까지
떨리는 인욕의 날을 세우고
내일 아침 한 웅큼 삭아내릴
후회로나 남을까
망설이며 맹세하듯
돌아눕는다.

주제 허무의식의 극복
형식 3연의 주지시
경향 주지적, 상징적, 풍자적
표현상의 특징 산문체의 형식으로 직서적 표현을 하고 있다.
시의 리듬을 살리기 위해 시어의 마디를 얽어서 만드는 조사(措辭)의 표현이
각 연의 끝부분에서 제각기 구도적인 특징을 보이고 있다.
상징적인 표현 수법으로 주제의 분위기를 한층 고조시키고 있다.

이해와 감상

어쩌면 이 지구는 배반의 커다란 덩어리인지도 모른다. 민족이다 국가며 집단, 나아가 인간 개개인의 사회, 이 모든 구성요소에는 배반이 담겨 있다.

'배반하는 자보다 나는/ 춥다' (제1연)고 하는 허망함 속에서 부대끼며 살아가는 것이 현대인의 일상사인 것 같다.

바로 그러한 배반이라는 개념을 관념으로서가 아닌 시 예술의 언어로써 형상화 시킨 다는 작업은 좀처럼 엄두를 내거나 손댈 만한 게 못되는 것이 사실이다.

어쩌면 그와 같은 거창한 제재(題材)이기 때문에 나는 이향아의 여러 시편 중에서 「돌아누우며」를 애써 택해 보았다.

'읽히는 시' 보다는 '씹히는 시' 의 그 깊은 맛을 음미하기에 알맞은 명품(名品)인 것 같다.

연연(戀戀)

내 비록 하루 세 끼
밥은 먹고 살아도
내 소망은 새가 되는 일,
내가 믿는 것은
당신과의 약속
어느 날 홀연히 날 불러도
그 소리 듣지 못한 채
귀먹어 있으면 어쩌나
어쩌나

그 외 딴 걱정은 없습니다,
걱정 없습니다.

이해와 감상

이향아의 주지적 서정시다.

그립고도 애틋하여 잊지 못하는 상태가 표제(表題) 「연연」의 뜻이다.

참다운 '사랑' 을 '새' 라는 상징어로써 노래하고 있는 것이 「연연」이다.

'내 비록 하루 세 끼/ 밥은 못 먹어도' 사랑을 위한 '새' 가 되겠다는 비장한 결의가 선언되고 있다.

이와 같은 절절한 메시지는 사랑을 위해서는 죽을 수도 있다는 강렬한 암시다.

다만 '귀가 먹어' 사랑의 말을 듣지 못하면 어쩌나 걱정하다가, '그 외 딴 걱정은 없습니다' 고 단언한다.

'외 딴 걱정' 은 '부질 없는 근심' 을 해학적으로 비유하고 있다.

김상훈(金尚勳)

경상북도 울릉(鬱陵)에서 출생(1936~). 호는 민립(民笠). 동국대학교 졸업, 동 대학원 수료. 1966년 『매일신문』 신춘문예에 시조 「영춘송」(迎春頌)이 당선되어 문단에 등단했다. 시집 『파종원』(播種苑, 1977), 『우륵(于勒)의 춤』(1989), 『내 구름 되거든 자네 바람 되게』(1996), 『산거』(山居, 1996), 『다시 송라(松羅)에서』(1996), 영역(英譯)시집『Bamboo Grove Winds, Pine Grove Winds』(대밭바람 솔밭바람)』(1997) 등이 있다.

우륵(于勒)의 춤

슬픔이 너무 커서
기가 막히면
넋을 놓고
히죽대며
웃는다더라

통곡도 몸부림도
후련찮으면
미친 듯이
둥실둥실
춤춘다더라.

세상에 있는
아프고 애저린 소릴랑은
죄다 한 데 묶어
열두줄 가얏고에
실어 흐느껴도
설움은 마디 마디
더욱 에이는 듯 피맺혀
마침내 우륵은
노래하고
춤추었다

천년을 울어도
만년을 울어도
탄금(彈琴)으로 못 다 풀
망국(亡國)의 애한(哀恨)

차라리 온 몸으로
울기 위하여
바람 되어 불꽃 되어
휘돌아 갔다.

그래도 혼자로는
분이 안 차서
계고(階古), 법지(法知), 만덕(萬德)이를 데려다
노래도 가르치고 춤도 가르치고
한(恨)을 길들이며 웃는 법도 가르쳤다.

대문산(大門山) 깎아지른
벼랑 끝에서
대가야(大伽倻) 기운 운(運)을
금선(琴線)에 싣고
오늘도 울고 있을
그의 영신(靈身)을

달래 강(江)
봄 바람이
달래고 있다.

주제 악성(樂聖)과 망국(亡國)의 비애
형식 8연의 자유시
경향 전통적, 낭만적, 풍자적
표현상의 특징 주정적인 세련된 시어로 심도 있는 이미지를 담고 있다.
엄밀한 구조 속에 주제(主題)가 독자에게 잘 전달되고 있다.
작자의 인간애적 휴머니티가 작품 속에 그득 풍긴다.
'웃는다더라', '춤춘다더라'라는 이어(異語)반복을 하고 있다.
'울어도', '가르치고' 등의 동어반복을 하고 있다.

　대가야가 신라에게 멸망(서기 562년) 당하자 몸소 '가야곳'을 만들었던 악성 우륵은 큰 슬픔에 젖어 머나먼 타관 신라 땅 북쪽의 한적한 강변의 탄금대(彈琴臺, 지금의 忠州 지역)로 떠나가 그 곳에서 제자들(계고・법지・만덕)을 가르쳤다는 역사의 일화는 너무도 유명하다.

　김상훈은 그와 같은 역사 내용을 제재(題材)로 하여 망국의 슬픔 속의 우륵의 인간적 비애를 '통곡도 몸부림도/ 후련찮으면/ 미친 듯이/ 둥실둥실/ 춤춘다더라'(제2연)는 '우륵의 춤'으로써 역동적으로 비유(은유)하며 망국(亡國)의 비애와 삶의 아픔을 짙게 승화시키고 있다.

　화자는 몸과 마음의 결집된 '춤'이라는 예술적 양식(樣式)으로서의 역사의 정한(情恨)과 망국의 애통성(哀痛性)을 활달한 시어구사로써 끝내 전통적 정서로 형상화 시키는 뛰어난 솜씨를 보여주는 가편(佳篇)이다.

　우리나라 삼국시대의 현악기인 12현의 가야금이나 6현의 거문고를 일컬어 아득한 옛날부터 '가야곳', '검은곳'이라는 '곳'(琴)으로 일러왔다.

　그와 같이 우리나라 고래의 '현악기'인 금(琴)을 '곳'으로 호칭한 데서 한국 고대 현악기인 '곳'이 고대 일본으로 건너가면서 왜나라에서도 '곳' 즉 '코토'(コト)로 부르게 되었던 것이다.

　"일본의 현악기는 고대 한국의 '곳'에서 '코토'(コト)로 부르게 되었다"고 일본의 대표적인 음악학자 타나베 히사오(田邊尚雄) 교수가 밝힌 바 있다(「音樂から見た古代日本と朝鮮, 1973). 지금도 일본의 나라(奈良)땅 정창원(正倉院)에는 이미 서기 7~8세기에 신라에서 보내주었던 '가야금'이 3체나 잘 보존되어 오고 있으며(홍윤기『일본문화사』서문당, 1999), 저자는 지금부터 20여년 전에 나라국립박물관(奈良國立博物館)에서의 특별전시회 때 고대 신라의 '가야곳'을 직접 보면서 큰 감동을 받은 바 있다.

　안타깝게도 현재 우리나라에는 고대 신라 때의 가야금이 전해 오는 것이 없기 때문이다.

환우기(換羽期)의 물새

일찍이
살 돋는 아픔
깃을 입는 아픔이사
앓아 보지 않은 이가
어떻게 알랴.

마른 갈밭

쓰린 바람
찬 빗발에 젖으며
뼈를 찍는 동통(疼痛)으로
한 철 내내 앓으며
목쉰 울음 몇 마디도
안으로만 삼키는
핏빛 속살 속의 속마음의 아픔을.

맑은 해풍(海風)도 아픔으로 와 닿고
따슨 양광(陽光)도 아픔으로 와 닿고
은(銀)빛 모래톱도 아픔으로 와 닿아도

그 날의 완강한 목소리를 위하여
그 날의 높고 먼 날개짓을 위하여
내 하늘 내 바다를 가슴 속에 열고
기진한 몸으로도
거친 파돌 건너는

일찍이
살돋는 아픔
깃을 입는 아픔이사
앓아 보지 않는 이가
어떻게 알랴.

주제 삶의 아픔 극복 의지

형식 5연의 자유시

경향 서정적, 상징적, 낭만적

표현상의 특징 세련된 주정적 시어로 심도 있는 이미지를 표현하고 있다.
조사(措辭) 처리에 있어서 시각적으로 독특한 구조를 보이고 있다.
'~이랴', '~아픔을', '~와 닿아도', '~건너는', '~알랴' 등, 흔히 쓰는 종결어미 '~다'며 '~네' 등을 배제하므로써 각 연을 리드미컬한 결구(結句)로 처리를 하고 있다.
제3연에서 '아픔으로 와 닿고'(동어), '아픔으로 와 닿아도'가 동의어(同義語) 반복을 하고 있다. 제1·5연은 '수미상관'으로 동어반복을 하고 있다.

이 작품은 『월간문학』(1978. 4)에 발표되었던 시다.

김상훈은 갈대밭에 살면서 깃털을 갈아야 하는 물새의 삶의 고통을 상징적으로 우리의 현실 사회에서의 삶의 아픔으로 넌지시 메타포(은유)하고 있다.

1960년대 이후 줄곧 가시돋친 군사독재 시대를 체험했던 우리에게 있어서 너나 할 것 없이 우리는 숨막힌 채 자유민주주의에 목말라 허덕였다. 저마다 주먹을 불끈불끈 움켜쥐며 '그 날의 완강한 목소리를 위하여/ 그 날의 높고 먼 날개짓을 위하여/ 내 하늘 내 바다를 가슴 속에 열고/ 기진한 몸으로도/ 거친 파돌 건너는'(제4연) 굳건한 신념 속에 '그 날'이 올 것을 열망했던 것이다.

자유민주주의 회복의 '그 날'을 기원하며 김상훈은 「환우기의 물새」의 민족사적인 아픔을 비유하여 노래했던 가편이다.

파종원(播種苑)

한 그루 타는 복숭아
햇물 고은 그늘 아래

돌아와 여기 서면
나도 한 채 꽃나무고

눈 젖어 오는 새봄이
사래마다 일렁인다.

발 벗고 마음 벗고
씨롱 메고 들에 나니

일찍이 노래였던 꿈
울려 퍼진 대지 위에

종다리 목청 돋우고
민들레도 피는구나.

슬픔일랑 땅 속에 묻고
박전(薄田)에도 씨를 놓자

한철 겨운 콧노래여,
타래 엮은 수심(愁心)이여!

강산을 열고 올 봄 빛
봇물이야 마를 손가.

이해와 감상

표제(表題)는 '아름다운 동산에 씨앗을 뿌린다' 는 뜻이다.

김상훈의 대표작의 하나로 그야말로 인구에 회자되는 명편(名篇)인 「파종원」이다.

3연으로 된 현대시조인이 이 작품은 시조의 기본형식인 잣수(字數)의 제약을 자유롭게 벗어나서, 종장(終章)의 첫 구만은 '3자' 를 지키고 있어서 '시조시' 로서 대접받고 있다. 즉 제1연의 종장의 '눈 젖어' 를 비롯해서 제2연의 '종다리' 및 제3연의 '강산을'이 바로 그것들이다.

얼핏 보기에는 '2행시' 로 된 9연의 자유시 형식으로 보이는 '연시조' 의 틀이다.

본래 시조의 기본구조는 초장, 중장, 종장의 3장(章)이며, 각 장은 4구(句)씩으로 규정되어 왔다. 또한 각 구의 잣수의 경우는 초장→3(4)·3(4)·4, 중장→3(4)·4·3(4)·4, 종장→3·5(7)·4·3의 격조(格調)였던 것이고, '평시조' 를 기본형식으로 하여 '엇시조', '사설시조', '연시조' 로 나뉘어 왔다.

20세기 초부터 본격적인 자유시 형식의 '한국 현대시' 의 등장과 함께 종래 한국시의 기본구조였던 '시조' 의 세계에도 차츰 자유시의 영향이 미치게 된 것은 시대적 추세였다고 하겠다. 물론 그간에 잣수론(字數論)도 이모 저모로 논의되어 왔다.

이 작품은 그야말로 세련된 시어와 동시에 외형상의 고정된 잣수(字數)를 상당히 벗어나고 있으면서도 두운(頭韻)·각운(脚韻)의 빼어난 운향(韻響)이며 율격으로 독자에게 밀어드는 감흥이 드높다.

잘 다듬어진 시어구사여서 독자에게 콘텐츠의 전달이 제대로 되고 있다.

'햇물' (초장)은 아름다운 햇빛이 둥글게 나타나는 '햇무리' 고, '사래' (종장)는 '밭이랑' 을 가리킨다. 제2연에서의 '씨룽' 은 '씨앗을 담는 바구니' 를 가리킨다.

제3연의 '박전' (薄田)은 '메마른 밭' 을 가리키며 '타래' 는 '실' 또는 '고삐' 같은 것을 감아서 틀어놓은 분량의 단위를 가리킨다. 또한 '봇물' 은 '보에 고인 물' 을 말한다. 이상과 같은 낱말의 시어들을 통해 이 작품이 독자에게 심도 있는 이미지를 뿌듯이 안겨주고 있음을 누구나 잘 감상하게 될 줄 안다. 몇 번씩 낭송하며 이 연시조의 현대적인 뛰어난 표현미를 느껴보도록 독자들께 권하련다.

강인한(姜寅翰)

전라북도 정주(定州)에서 출생(1944~　). 본명 동길(東吉). 전북대학교 국
문학과 졸업. 1967년 『조선일보』 신춘문예에 시 「대운동회의 만세소리」가
당선되어 문단에 등단했다. 『목요시(木曜詩)』 동인. 시집 『이상기후(異常氣
候)』(1966), 『불꽃』(1974), 『전라도 시인』(1982), 『우리나라 날씨』(1986),
『시를 찾는 그대에게』(2003) 등이 있다.

귀

길이 끝나는 곳에서
바람이 일어난다
바람보다 투명한 우리들의 귀.

하찮은 이야기에도
놀라기를 잘해
잠자는 시간에도 닫혀지지 않고
문 밖에 나가 쪼그려 앉는
가엾은 우리들의 귀.

이 세상 어디선가
총성이 울리고, 사람이
사람이 눈 부릅뜬 채 거꾸러져도
전혀 듣지 못하고

수도 꼭지에서 방울방울
무심히 떨어지는 물방울
그 동그란 소문 속으로 들어가 버리는
편리한 우리들의 귀.

주제	시대고(時代苦)의 아픔과 우수
형식	4연의 자유시
경향	서정적, 저항적, 풍자적

시어가 상징적이며 심도 있는 이미지의 표현이 두드러진다.
내면의식에 치중하는 현실에 대한 저항의식이 강렬하게 담겨 있다.
'우리들의 귀', '바람', '방울' 등, 동어반복을 하고 있다.

이해와 감상

강인한은 「귀」라고 하는 표제를 제시하면서 이 감각기관을 비유의 대상으로써 완전한 이미지로 승화시키는 독특한 수법을 동원하여 이 작품은 많은 독자에게 주목받고 있다.

'길이 끝나는 곳에서/ 바람이 일어난다'(제1연)의 '길이 끝나는 곳'이란 어디인가. 이것은 절망의 터전이며 암흑의 현실을 은유하는 것이다. 또한 바람이란 온갖 좌절에서 허우적이는 민중의 '아우성'이며 '몸부림'의 상징어가 된다.

더더구나 바람이라는 아픔의 아우성 소리를 더욱 정확하게 포착하는 것이 곧 '투명한 우리들의 귀'라 한다.

'하찮은 이야기에도/ 놀라기를 잘' 한다는 귀의 공포적인 현실. 그러기에 또 어떤 저주스럽고 두려운 사건들이 거리에서 다시 빚어지고 있는지 잠도 이루지 못하는 너무도 암담한 채 바깥 소식이 몹시 궁금한 선량한 민중의 상징적 존재는 '귀'다(제2연).

'이 세상 어디선가/ 총성이 울리고, 사람이/ 사람이 눈 부릅뜬 채 거꾸러져도/ 전혀 듣지 못하고'(제3연)에서는 군사독재 광주(光州)사건의 뼈저린 1980년의 참상 고발인 동시에, 그 끔찍한 사건의 전말을 전혀 듣지 못했던 불행을 환기시키는 '귀'의 존재다.

제4연에서는 풍자적인 '편리한 우리들의 귀'를 통해 진상은 어떤 강압으로도 숨길 수 없이 밝혀진다는 화자의 냉엄한 고발이기도 하다.

냉장고를 노래함

삼년 전 월부로 사들인 냉장고
아래층에
달걀 한 줄과
김치 한 단지,
곯아 버릴 수도 없고 시어 버릴 수도 없이
억지로 억지로 싱싱한 체함.
이층에는 오십원짜리
싸구려 아이스크림 세 개
학교에서 돌아올 우리 아이들을
조용히 기다리고 있음.

내가 마실 맥주 몇 병과
아내가 마실 오렌지 쥬스는
처음부터 부재중.
아내와 나는 이 대형 냉장고 곁에
쪼그리고 앉아 미소지으며
사진찍기를 좋아함.
문을 열면
짜고 매운 한국의 냄새 뿐이지만
그러나 문을 닫고
잠자리에 누워서도 하염없이
냉장고를 사랑함.
열려라 냉장고, 열려라 냉장고.
아이들은 열렬히 마술의 문에 매달려
꿈꾸며 노래함.

주제 생활문화 변화와 저항의식
형식 전연의 자유시
경향 문명비평적, 해학적, 풍자적
표현상의 특징 일상어로 사물을 비유의 대상으로 하는 논리적 표현을 하고 있다.
자기 고백적인 생활의 단면적 표현이 진솔하여 전달이 잘 된다.
한국인의 생활양식의 변화를 문명비평적인 시각에서 풍자하고 있다.
'~함' 이라는 약어적인 종결어미를 반복하고 있다.

이해와 감상

이 작품은 우리나라가 산업화사회로의 전환기인 1970년대 이후 한국인의 생활변화를 '월부 냉장고'를 통해 상징적으로 비유하는 독특한 제재(題材)를 다루고 있다.

오늘날에 와서는 이미 세탁기며 청소기, 가스레인지, 냉방기(air conditioner) 등등 가전제품이 집안에 들어차게 되었지만, 1960년대의 텔레비전 월부시대에 뒤이은 1970년대의 냉장고 월부시대는 서민의 생활경제에 큰 축을 주름잡았던 것이다.

'내가 마실 맥주 몇 병과/ 아내가 마실 오렌지 쥬스는/ 처음부터 부재중'이라는 이 풍자적 표현은 그 당시 중산층을 자처하던 가정의 경제가 새로 들여놓은 문명의 이기인 냉장고와 경제적 실랑이마저 했던 사회사(社會史)의 발자취를 고발하는 것이다.

'열려라 냉장고'는 흡사 「아라비안나이트」의 주문과도 같은 해학적인 메타포다. 냉장고를 풍성히 채울 경제적 여유가 뒤따라야만 한다는 그 효용가치에 대한 비판이다.

저녁 비가(悲歌)

이 나라 목판목(木版木)의 가을
한쪽으로 기러기 떼 높이 날아
칼끝처럼 찌르는 일획의 슬픔
——갈대여.

끝끝내 말하고 죽을 것인가.

어리석은 산 하나
말 없이 저물어 스러질 뿐
역사란 별 것이더냐
피 묻은 백지, 마초 한 다발.

이해와 감상

　강인한의 「저녁 비가」 역시 「귀」와 한 계열의 군사독재 비판의 심도 있는 이미지의 상징시다.

　이와 같은 시는 무엇 때문에 표제(表題)에 엘레지(élégie)라는 '비가'가 붙어 있는지 독자가 주목할 때에 비로소 시의 콘텐츠(contents)며 미닝즈(meanings), 즉 내용이며 의미를 파악하기 쉽다.

　'저녁'이란 '끝났다'는 상징어다. 즉 여기서는 나라가 망한다는 '망국'(亡國)을 지칭한다.

　제1연의 목판화에 그려진 기러기떼 날아가는 가을 풍경에서 쭉 뻗힌 '갈대'에게 화자는 침통한 심정을 외친다. '끝끝내 말하고 죽을 것인가'(제2연).

　온갖 죄악을 역사 앞에 증언하고 고귀한 죽음을 택할 것이냐고 준엄하게 묻는 설의법의 수사적(修辭的) 표현이다.

이건청(李健淸)

경기도 이천(利川)에서 출생(1942~   ). 한양대학교 국문학과 졸업, 동 대학원 수료. 1967년 「한국일보」 신춘문예에 시 「목선(木船)들의 뱃머리가」가 입선되었으며, 「현대문학」에 시 「손금」(1968. 11), 「구시가(舊市街)의 밤」(1969. 10), 「구약(舊約)」(1970. 1) 등이 추천 완료되어 문단에 등단했다. 시집 「이건청 시집」(1970), 「망초꽃 하나」(1983), 「하이에나」(1989), 「해지는 날의 짐승에게」(1991), 「코뿔소를 찾아서」(1995), 「석탄형성에 관한 관찰기록」(2001) 등이 있다.

눈먼 자를 위하여

눈먼 자여
잎이 진다. 말없이 잎이 진다.
푸른 잎이 푸른 채 진다.
빙글빙글 돌며 지상에 내린다.
눈먼 자여, 그대가 가는 길 어디에나
나무들은 울창하고
나무들은 어디에나 서서
나무들의 뜻과 느낌을 키운다.
그대가 볼 수 없는 나무들의 뜻과 느낌이
흔들린다. 바람이 불 때마다 흔들린다.
눈먼 자여,
서쪽을 향해 부는 바람이
서쪽으로 잎을 흔든다.
동쪽으로 부는 바람이
동쪽으로 잎을 흔든다.
그러나,
서쪽을 향해 부는 바람이
서쪽으로 잎을 흔드는 것도
동쪽으로 부는 바람이
동쪽으로 잎을 흔드는 것도
눈먼 그대는 볼 수 없다.

그대가 볼 수 없는 지상에
잎은, 바람에 불려 떨어진다.
빙글빙글 돌며 지상에 내린다.
그대가 볼 수 없는 5월의 푸르름 위에
눈먼 자여 잎이 진다.
소리 없이 잎이 진다.

주제 생명의 가치와 그 존엄성 추구
형식 전연의 자유시
경향 주지적, 상징적, 문명 비평적
표현상의 특징 산문체이나 내재율을 잘 살리고 있다.
일상어를 구사하면서도 선명한 이미지로 비극적 내면성을 파고 들고 있다.
제2행과 제3행에서 '진다'가 반복되면서 점층적 강조의 표현이 이루어진다.
또한 마찬가지로 마지막 시행 부분에서도 '떨어진다', '내린다', '진다' 등 수
미상관(首尾相關)의 유어(類語)와 동어(同語)의 반복으로 클라이맥스를 이루고
있다.

이해와 감상

보다 더 잘 살아보겠다는 고도산업화(高度産業化) 과정에서 각종의 끔찍한 공해유발
로 인간은 오히려 스스로를 파괴하고 있다. 그것은 베르그송(Henri L. Bergson, 1859~
1941)이 내세운 '생의 비약 (elan vital)이 아니라, '생의 파괴' 일 따름이다.

'푸른 잎이 푸르른 채' 지는 이유는 무엇인가. 환경의 오염이 푸르고 싱싱한 잎의 생
명을 끊고 있고, 생태계를 파괴하면서 모든 생명의 가치와 그 존엄성을 파괴하고 있음을
이건청은 일찍이 1970년대 초에 우리나라 최초의 문명비평적인 신선한 감각으로 증언
한 것이 바로 이 작품이었다.

산업 공해로 인한 선의의 피해자인 어질고 선하고 약한 자가 '눈먼 자'가 된다면 문명
을 제 손에 쥔 그들도 '눈먼 자'로서 시인은 그들도 함께 구제해야만 할 것이 아니런가.

그 거대한 슬픔을 극복하기 위해 이건청이 건강한 휴머니즘의 인간애로써 '눈먼 자'
를 위하여 감동적으로 노래하고 있는 가편(佳篇)이다.

황야의 이리 · 5

산성에 갇혀서 왕이 운다.
눈이 내려 쌓여 나뭇가지를 휘이게 하고

눈은 내려 쌓여 나뭇가지를 부러뜨린다.
툭 하고 부러뜨린다.
산성에 갇혀서 왕이 운다.
눈에 덮인 저 비탈에
추운 척후(斥候)가 매복해 있다.
적들은 잠들고 말들만 깨어 있다.
눈을 맞으며 깨어 있다.
말들이 눈 내린 성 밖, 적들 곁에 서 있다.
말들은 적이 아니다.
산성에 갇혀서 왕이 운다.
기왓장이 하나 무너져 내린다.
말들은 적이 아니다.
눈은 풀풀 내려 마른 풀들을 덮는다.
우물이 하나 지워진다.
우물이 둘 지워진다.
눈이 내린다.
깨진 기왓장과 척후 위에 내려 쌓인다.
얇은 옷을 입은 왕이 운다.
적들이 적설을 이루고 있다.
밤새도록 쌓이고 있다.
남문이 닫혀 있다.
북문이 닫혀 있다. 동문, 서문이 닫혀 있다.
눈은 내려 쌓여 나뭇가지를 부러뜨린다.
툭, 툭, 툭 도처에서 가지들이 꺾이고 있다.

주제 불의에 대한 저항의지
형식 전연의 자유시
경향 초현실적, 해학적, 풍자적
표현상의 특징 산문체의 일상어로 우화적(寓話的)인 표현을 하고 있다.
잠재의식의 심층심리를 자동기술법으로 표현하고 있다.
'산성에 갇혀서 왕이 운다'는 동어반복을 비롯하여 동의어(同義語) 반복·이어(異語) 반복이 두드러진다.
연작시 「황야의 이리」의 5에 해당하는 작품이다.

연작시 「황야의 이리 · 5」(『현대문학 사화집』1987)는 현대사회의 정신적 위기를 각성시키는 초현실적 풍자시다.

'산성'은 몰락의 상징적 파멸의 현장으로 설정되어 있다. 이 페이블(fable, 우화)의 주인공인 우는 왕은 과연 누구인가.

우리는 1980년대의 비극적 역사상황을 결코 망각할 수 없다.

'눈에 덮인 저 비탈에/ 추운 척후가 매복해 있다/ 적들은 잠들고 말들만 깨어 있다/ 눈을 맞으며 깨어 있다/ 말들이 눈 내린 성 밖, 적들 곁에 서 있다/ 말들은 적이 아니다/ 산성에 갇혀서 왕이 운다'에서 '적'은 군사독재의 '주구'들이라면 '말'은 눈을 동그랗게 뜨고 적의 죄상을 지켜보고 있는 '군중'의 상징어일 수도 있겠다. 그리고 '우는 왕'이란 설명할 것도 없이 '독재자'가 아니겠는가.

그 당시 발표되어 인구에 널리 회자되었던 이 작품은 심층의식의 초현실시로서 주목된다.

눈쌓여 오갈 데 없는 산성에 갇힌 '왕이 운다'는 이 해학적인 비극적 현실. 그것은 이건청의 시대적 불안의식과 아픔의 표상성(表象性)이 심층심리의 사고(思考)의 받아쓰기로서 이상(李箱)의 「거울」(「이상」 항목 참조 요망) 이래 새로이 평가할 만한 초현실시의 하나로 살피고 싶다.

망초꽃 하나

정신병원 담장 안의 망초들이
마른 꽃을 달고
어둠에 잠긴다.
선 채로 죽어 버린 일년생 초본(草本)
망초잎에 붙은 곤충의 알들이
어둠에 덮여 있다.
발을 묶인 사람들이 잠든
정신병원 뒤뜰엔
깃을 웅크린 새들이 깨어
소리 없이 자리를 옮겨 앉는다.
윗가지로 윗가지로 옮겨 가면서

날이 밝길 기다린다.
망초가 망초끼리
숲을 이룬 담장 안에 와서 울던
풀무치들이 해체된
작은 흔적이 어둠에 섞인다.
모든 문들이 밖으로 잠긴
정신병원에
아름답게 잠든 사람들
아, 풀무치 한 마리 죽이지 않은
그들이 누워 어둠에 잠긴
겨울 영하의 뜨락
마른 꽃을 단 망초.

 **이해와 감상**

이건청의 시의 저변에 일관되고 있는 맥(脈)의 움직임은 인간애의 휴머니즘이다. 그의 시선은 늘 밝은 곳보다는 어두운 곳에 머물고, 또한 거기에다 따스한 빛을 던지려는 자세다.

그러기에 「망초꽃 하나」에서도 어김없이 그가 사상(事象)에 접근하고 있는 그의 지성적 시각은 약자에 대한 뜨거운 포용이며 동시에 현실에 대한 날카로운 응시다.

이런 양심적인 시적 행동성에서 우리는 시인의 성실한 지성적인 자세를 거듭 발견할 수 있다.

'정신병원' 이란 과연 어디인가.

화자의 초점은 정신이 망가지게 된 사람들에게 집주(集注)되고 그 현장의 페노미나(phenomena)에 대한 조명(照明)을 통해 부조리의 현상이 예리하게 비판된다.

'정신병원 담장 안의 망초' 는 어째서 죽었는가.

또한 '발을 묶인 사람들이 잠든/ 정신병원 뒤뜰' 에서는 어둠 속에서 소리 없이 새들이 날이 밝기를 기다리며 윗가지로 옮겨 앉는다.

더더구나 망초의 죽음으로 이제는 자연의 아름다운 생명체인 메뚜기(돌무치)들의 흔적마저 희미하다.

시인은 이 모든 불쌍한 것들(피해자)에 대한 연민의 정을 쏟으며, 생명의 진실과 그 존엄성의 보장을 따사로운 가슴으로 추구하고 있다.

오탁번(吳鐸藩)

충청북도 제천(提川)에서 출생(1943~   ). 고려대학교 영문학과 졸업, 동
대학원 국문학과 수료. 1967년 『중앙일보』 신춘문예에 시 「순백(純白)이 빛
나는 이 아침에」가 당선되어 문단에 등단했다. 시집 『너무 많은 가운데 하
나』(1985), 『벙어리 장갑』(2002) 등이 있다.

순은(純銀)이 빛나는 이 아침에

눈을 밟으면 귀가 맑게 트인다.
나뭇가지마다 순은의 손끝으로 빛나는
눈 내린 숲길에 멈추어,
멈추어 선
겨울 아침의 행인들.

원시림이 매몰될 때 땅이 꺼지는 소리,
천년동안 땅에 묻혀
딴딴한 석탄으로 변모하는 소리,
캄캄한 시간 바깥에 숨어있다가
발굴되어 건강한 탄부(炭夫)의 손으로
화차에 던져지는,
원시림 아아 원시림
그 아득한 세계의 운반소리.

이층 방 스토브 안에서 꽃불 일구며 타던
딴딴하고 강경한 석탄의 발언(發言).
연통을 빠져 나간 뜨거운 기운은
겨울 저녁의
무변한 세계 끝으로 불리어 가
은빛 날개의 작은 새,
작디 작은 새가 되어

나뭇가지 위에 내려앉아
해뜰 무렵에 눈을 뜬다.
눈을 뜬다.
순백의 알에서 나온 새가 그 첫번째
눈을 뜨듯.

구두끈을 매는 시간만큼 잠시
멈추어 선다.
행인들의 귀는 점점 맑아지고
지난 밤에 들리던 소리에
생각이 미쳐
앞자리에 앉은 계장 이름도
버스 · 스톱도 급행번호도
잊어버릴 때, 잊어버릴 때,
분배된 해를 순금의 씨앗처럼 주둥이 주둥이에 물고
일제히 날아 오르는 새들의 날개짓.

지난 밤에 들리던 석탄의 변성(變成) 소리와
아침의 숲의 관련 속에
비로소 눈을 뜬 새들이 날아 오르는
조용한 동작 가운데
행인들은 저마다 불씨를 분다.
불씨, 불씨를 분다.

행인들의 순수는 눈 내린 숲 속으로 빨려가고
숲의 순수는 행인에게로 오는
이전(移轉)의 순간,
다 잊어버릴 때, 다만 기다려질 때,
아득한 세계가 운반되는
불씨, 불씨를 분다,
은빛 새들의 무수한 비상(飛翔) 가운데
겨울 아침으로 밝아가는 불씨를 분다.

초현실적인 제재를 환상적인 분위기 속에 심리적인 이미지로써 조화시키고 있다.
알기 쉬운 것 같은 표현이나 의미의 심도가 매우 깊다.
'새'와 '불씨' 등의 동어반복이 두드러지고 있다.

이해와 감상

눈이 잔뜩 내린 깨끗하고 조용한 겨울 아침으로부터 이 시는 서경적으로 전개된다.
'나뭇가지마다 순은(純銀)의 손끝으로 빛나는/ 눈 내린 숲길에 멈추어/ 멈추어 선/ 겨울 아침의 행인들'(제1연)에서처럼, 스톱 모션(stop motion)은 과학적으로도 입증되는 눈 내린 아침 숲길의 평화적인 광경이다.

뾰족한 첨탑(尖塔)이며 나뭇가지 끝도 눈으로 등그마니 감쌓여 일체의 소리는 그 반향(反響)이 무뎌져서 세상은 마냥 조용하기만 하다.

이때 시인은 역(逆)으로 아득한 고생대 원시림의 붕괴의 우렁찬 소리를 연상한다. 또한 '천년동안 땅에 묻혀/ 딴딴한 석탄으로 변모하는 소리'(제2연)까지 심상의 음향을 듣는 것이다. 그 뿐 아니라 깊은 땅 속에서 드디어 탄화(炭化)된 그 석탄을 캐내고 운반하는 탄부(炭夫)의 신성한 노동의 소리와 마침내 화차에 실리는 원시림(석탄)의 소리를 가슴으로 뿌듯하게 껴안는다.

이 제2연은 청각적 이미지가 역동적(力動的)으로 작용해서 감각적으로 건강한 콘텐츠의 이미지가 충만된다. '지난 밤에 들리던 석탄의 변성(變成) 소리와/ 아침의 숲의 관련 속에/ 비로소 눈을 뜬 새들이 날아 오르는/ 조용한 동작 가운데/ 행인들은 저마다 불씨를 분다/ 불씨, 불씨를 분다'(제5연)에서 오탁번은 '눈 내린 숲길'(제1연)로부터 시작된 '원시림'과 '석탄'의 이미지를 '새'와 '행인들의 불씨'에로 변이(變移)하는 배리에이션(variation)의 등식(等式) 관계로 화려하게 성립시키고 있다.

저자는 이 시를 1960년대 중반의 한국 시단에다 초현실적 이미지의 신선한 충동을 안겨준 소중한 작품으로 우리 시사(詩史)에서 평가하고 싶다.

라라에 관하여

원주고교 이학년 겨울, 라라를 처음 만났다. 눈 덮인 치악산을 한참 바라다 보았다.

7년이 지난 2월달 아침, 나의 천정(天井)에서 겨울 바람이 달려가고 대한극장 이층 나열 14에서 라라를 다시 만났다.

다음날, 서울역에 나가 나의 내부(內部)를 달려가는 겨울 바람을 전송하고 돌아와 고려가요어석연구(高麗歌謠語釋研究)를 읽었다.

형언할 수 없는 꿈을 꾸게 만드는 바람소리에서 깨어난 아침. 차녀를 낳았다는 누님의 해산 소식을 들었다.

라라, 그 보잘 것 없는 계집이 돌리는 겨울 풍차 소리에 나의 아침은 무너져 내렸다. 라라여, 본능의 바람이여, 아름다움이여.

주제 여성의 순수미
형식 5연의 자유시
경향 풍자적, 낭만적, 페미니즘적
표현상의 특징 '라라'의 인명(人名)과 교명(校名), 지명(地名), 그리고 책명(冊名)까지 표기하여 시적 리얼리티를 드러내고 있다.
낭만적인 서정미가 풍기는 소재를 직서적 산문체의 형식으로 표현하고 있다.
연상적 수법으로 주제를 선명하게 부각시키고 있다.

이해와 감상

난해하고 난삽한 자기 최면과도 같은 시보다는 투명하고도 설득력 있는 이미지의 구성이 독자들에게는 위안이 되고 즐거움이 된다. 그런 견지에서 그 후자에 속하는 오탁번의 「라라에 관하여」는 독자들에게 정다운 공감도를 안겨주리라고 본다.

'원주고교 이학년 겨울, 라라를 처음 만났다. 눈 덮인 치악산을 한참 바라다보았다'고 하는 연상적 묘사는 과거를 회상시키는 영화의 리트로스펙트 시이퀀스(retrospect sequence)를 방불케 하는 나라타즈 수법이다.

제2, 3연은 생활현장의 이동이 일기체로 뚜렷이 부각된다. 단 낭만적인 것(제2연)과 현실적인 것(제3연)이 분위기를 뜨거운 것에서 냉철한 세계로 전환시켜 준다.

로맨틱한 이 시는 제3연의 '바람'의 전송으로부터 본물(本物)의 존재, 즉 '라라는 바람이다'는 메타포(metaphor)의 경지를 제시하고 있다. 메타포는 본래 그리스어의 '메타퍼라인'(metapherein)에서 생성된 것으로서, 메타(meta)는 '그것을 초월하여' 등의 의미가 있고, '퍼라인'(pherein)은 '운반한다'를 가리킨다. 이 두 합성어 메타퍼라인은 '그것을 초월하여 날라준다'는 뜻이다.

더 구체적으로는 '새로운 말의 관계를 만든다'는 의미다. 'A는 B다'라는 등식이기보다는 'A는 A도 B도 아닌 C…X'로의 전환이다.

'라라'라는 여성이 '바람'으로의 전환은 곧 메타포된 시적 존재다. 그와 동시에 '차녀'와 '누님'(제4연)과 '라라'는 동격의 '바람'이기도 하다. 오탁번은 「라라에 관하여」를 통해서 메타포의 한 전형을 제시하고 있다.

지용에게

　지용을 꿈꾼 저녁마다 창밖에서 바람 소리가 들렸다. 아침이면 알지 못할 방문객이 초인종을 누르며 나를 찾아왔는데 그의 모습도 그가 투표권이 있는지도 나는 모른다. 그는 자꾸 종을 누르며 나는 점점 그를 알지 못하며, 지용을 꿈꾼 저녁마다 창밖에서 바람소리가 들렸다.
　난초(蘭草)닢에 적은 바람이 오다. 난초(蘭草)닢은 춥다.

이해와 감상

『문장』(文章, 1939. 2~1941. 4)은 일제 강점기 당시 한국의 문학종합지로서 통권 36호까지 내며 공헌했다.

소설가 이태준(李泰俊, 1904~미상)이 주간을 맡았고, 정지용(「정지용」항목 참조 요망)이 신인 시인을 추천했다.

광복 이후 1948년 10월에 정지용이 『문장』을 속간했으나 제1호가 창간호이자 종간호가 되고 말았다.

오탁번은 정지용을 꿈꾼 것을 제재(題材)로 하여 시를 쓰고 있다.

지용의 우리 시문학사에서 자리하는 비중이 얼마나 큰 것인가는 뒷날의 시문학 연구가들에게 다시 맡기겠거니와, 그의 발자취를 오늘의 시인들이 훈모하는 의미는 자못 짙은 것이다.

오탁번은 지용의 꿈을 통해 '꿈꾼 저녁마다 창밖에서 바람 소리'를 들었다 한다. 그리하여 '난초닢에/ 적은 바람이 오다// 난초닢은/ 춥다'(『新生』37호, 1932. 12)는 지용의 노래도 들었다고 「지용에게」 보고하고 있다.

김시종(金市宗)

경상북도 문경(聞慶)에서 출생(1942~   ). 호 영강(潁江). 한국방송대학교 법학과 졸업. 1967년 『중앙일보』 신춘문예에 시조 「도약(跳躍)」이 당선되어 문단에 등단했고, 『월간문학』(1969)에 시 「타령조」를 발표하면서 자유시로 전환했다. 시집 『오뉘』(1967), 『청시(靑柿)』(1971), 『불가사리』(1974), 『창맹의 입』(1978), 『보랏빛 목련』(1981), 『교정의 소리』(1982), 『흙의 소리』(1984), 『신의 베레모』(1988), 『대동여지도』(1991), 『초로의 밤』(1995), 『사는 법』(1998) 등이 있다.

불의 여신(女神)

불의 여신을
신문에서 두어 번 보았다.

실오라기 하나 가리지 않은
누드 모델 같은 그녀를.

그녀는 호텔의 겁화(劫火) 속을
터럭 하나 다치지 않고
용케 빠져 나왔다.

ㄷ호텔의 화재 때도
ㄷ코너의 큰 불에도
그녀는 있었지만
불사신(不死神)이었다.

그녀를 울린 사내는
타 죽었지만
울던 그녀는
외려 살아 남았다.

불(肉火)을 일으킬 뿐

불에 타지 않는 불의 여신.

맨몸으로 살아가는
정직한 그녀를
아무도 모른다.
이 세대의 누구도 알아주지 않는다.

주제 인간애의 정신
형식 7연의 자유시
경향 풍자적, 휴머니즘적, 시사적(時事的)
표현상의 특징 작자의 순수한 의식세계를 상징적으로 표현하고 있다.
인간의 숭고한 생명의식을 직서적으로 나타내고 있다.
시사적인 소재를 휴머니즘의 인간애로 넘치게 한다.

이해와 감상

시의 소재는 무궁무진하지만, 시인이 새로운 시의 세계를 개발하는 작업은 결코 손쉬운 것이 아니다. 김시종은 신문 사회면의 화재사건에다 그의 예리한 사고(思考)의 앵글을 갖다대고, 이 시대의 삶의 의미를 심도 있게 해학적으로 풍자하며 이미지화 시키고 있다.

'실오라기 하나 가리지 않은/ ……// 그녀는 호텔의 접화 속을/ 터럭 하나 다치지 않고/ 용케 빠져 나왔다'(제2, 3연)는 '불사신(不死神)이었다'(제4연)고 경탄한다. 또 한편에서 우리는 이 시를 읽으면서 참으로 다행한 일이었다고 안도한다.

오늘날, 누구의 잘못인지는 몰라도 이른바 '러브호텔'이 주택가며 심지어 농촌 주변까지 난립하는 어지러운 세태 속에서, 나락을 모르고 추락하고 있는 세상의 타락을 개탄하고만 눌러 앉아 입을 틀어막고 조용히 있을 것인가.

화자는 「불의 여신」을 통해, 오늘의 문란하기 그지 없는 사회 윤리에 경종을 울리기보다는 오히려 가엾은 '불의 여신'의 구원을 절절하게 호소하고 있는 것이다. 이것은 '페미니즘'이 아닌 오늘의 시대에 너무도 절실한 참다운 인간애의 '휴머니즘'의 고양이다.

불가사리

송도말년(松都末年)
불가사리란

놈이 있었다.

쇠란 쇠는
모두 먹고
과부 침모(針母)
바늘조차
삼키고

그 불가사리가
요즘에
다시 나타났다.

동빙고에 나타나고
인왕(仁旺)에도 보이고
시골에도 출몰한다.

분명 쇠를
먹긴 먹었는데
X-ray에도
문제의 쇠는
잡히지 않는다.

불가사리는
스님의 목탁도
의금부의 아령도
끄덕 없이 먹어 치우고

막판엔
이태백의 원고지를
찢어 삼키려 든다.

주제 부정부패와 우수(憂愁)

형식 7연의 자유시

경향 풍자적, 해학적, 상징적

표현상의 특징 간결한 시어로 사회악에 대한 조명이 선명하다.
현실 고발의 시정신이 잘 전달되고 있다.
반어적(反語的)인 표현 수법이 공감도를 드높여 준다.

이해와 감상

고려(高麗, 918~1392)가 망할 무렵의 극심한 부정부패의 풍자의 대상이었던 괴물이 '불가사리' (不可殺伊)였다는 것은 유명한 전설이다.

상상의 짐승인 불가사리는 곰처럼 생겼으나 코끼리의 코와 무소의 눈, 쇠꼬리, 범의 다리를 가졌는데 쇠를 먹고 살았단다. 이 녀석이 고려 땅에 나타나 쇠라는 쇠는 심지어 바늘까지 몽땅 먹어 치웠다니 그게 사실이라면 나라가 온전할 리 있었을까.

'쇠란 쇠는/ 모두 먹고/ 과부 침모/ 바늘조차/ 삼키고' (제2연) 했다던 '그 불가사리가/ 요즘에/ 다시 나타났다' (제3연)는데, 어디에 나타났는가.

'동빙고에 나타나고/ 인왕에도 보이고/ 시골에도 출몰한다' (제4연).

동빙고(東氷庫)란 서울의 동빙고동을 가리키는 것으로서 이 작품이 발표(『現代文學』 1972. 2)될 당시, 그 지역에 부정부패한 사람들이 산다고 언론에서 지적이 되기도 했다. 인왕은 청와대의 맞은편 산이다.

'막판엔/ 이태백의 원고지를/ 찢어 삼키려 든다' 니 당(唐)나라 시성(詩聖)의 '원고지'가 오늘에 남았다면야 중국의 국보요 그 값어치 또한 황금에 비길 것인가.

21세기가 밝은 오늘은 불가사리가 또 어디서 서식하고 있을 것인가. 「불가사리」는 발표 당시 인구에 회자(膾炙)되었음을 아울러 밝혀두련다.

낙법

바람이 불고 나면
거죽에 얼굴을 내민
사과는 다 떨어진다.

잎새에 낯이 가려진
숨은 사과가

새 얼굴을 드러낸다.

바람이 불 때마다
애꿎은 사과만 떨어진다.

하늘은 언제나 그대로일 뿐
원정(園丁)도 늘 같은 모습이다.

이해와 감상

뉴턴(Isaac Newton, 1643~1727)이 만유인력의 법칙을 발견하여, 고전역학(古典力學)에 대응하는 새로운 역학을 세운 것은 어디까지나 과학이다.

김시종은 과학이 아닌 시로써 현대사회의 역학적 이미지를 해학적으로 메타포해서 우리를 즐겁게 해준다.

'바람이 불고 나면/ 거죽에 얼굴을 내민/ 사과는 다 떨어진다'는 것에서 '모난 돌이 정을 맞는다'는 속담도 연상된다.

섣불리 잘난 체 말라는 아포리즘(aphorism, 잠언)이다.

현대 한국의 풍자시인다운 경구다. 그러나 수양하던 은둔자 속에서 실력자가 등장(제 2연)하지만 세파 속에 늘 피해만 보는 불운한 이도 있다(제3연)는 이 새타이어(풍자)는 또한 씹히는 맛이 나기도 한다.

「낙법」의 교훈은 두 말할 나위 없이 촐랑대지 말고 신중한 인생을 살 것(제4연)을 결어로 빛내고 있다.

임성숙(林星淑)

충청남도 공주(公州)에서 출생(1933~   ). 공주사범대학 국문학과 졸업.
『현대문학』에 시 「모두 떠나간」(1966. 8), 「행렬(行列)」(1966. 12), 「작은 손
바닥에」(1967. 5) 등이 추천 완료되어 문단에 등단했다. 시집 『우수(憂愁)의
뜨락』(1970), 『꽃』(1972), 『우물파기』(1974), 『여자』(1977), 『소금장수 이야
기』(1979), 『하늘보기』(1985), 『기다리는 연습』(1990), 『바람이되 태풍이지
않게 하소서』(1993), 『엄살빼기 군살빼기』(1996), 『한계령을 넘어가네』
(1999), 『고난의 양식 슬픔의 자산』(2003) 등이 있다.

넉넉히 한 세기(世紀)면

잠시 순간이면 먹구름도 걷힐 것을
한나절이면 비도 멎고
지긋이 한철이면 장마는 물러 갈 것을

봄 먼 산마루 눈도 녹아 내렸듯이
때가 오면 절벽이 무너지고
사슬도 매듭도 풀릴 것을

넉넉히 넉넉히 한 세기면
우리의 일들은 끝나는 것을

그러나 어쩌리 지금 이 순간
나의 몫
나는 눈물 흘리며 아파야 하고
땀 흘려 일해야 하고
피 흘리며 이겨야 하고
살 태워 사랑해야 하리니.

이해와 감상

인간이 한 세상을 사는 기간을 넉넉히 잡으면 한 세기, 즉 100년쯤 되겠다. 그 동안에
우리는 무엇을 어떻게 해야만 할 것인가.

여류 시인의 섬세한 감성(感性)이기보다는 오히려 차분한 지성(知性)의 다짐이 우리
들에게 공감도를 드높여 주고 있다.

임성숙은 고난을 인내로써 극복하는 가운데 성실한 인간 형성의 과정을 숙연히 다짐
한다. 그렇다.

표제(表題)에 직설적으로 제시한 그대로 '넉넉히 한 세기면' 인간사는 그 결말이 이루
어진다.

'지금 이 순간/ 나의 몫/ 나는 눈물 흘리며 아파야 하고/ 땀 흘려 일해야 하고/ …/ 살
태워 사랑해야 하리니'라는 화자의 그 결말이 소중하고 알차고 눈부신 것이기를 굳게
기약하는 가편(佳篇)이다.

장미

화원에서 옮겨온 장미가
다음 해 뜻밖에 찔레로 피어서
산골짝으로 뻗어갔을 때
친구여 나는 병상에 누웠다.
병상에 누워서 기척 없이 엄습해 오는
찔레 향기 같은 너를 들어 마신다.
너를 들어 마시며 정신 없이 쫓다가

멈칫 돌아서게 하는
우뚝 치솟은 그대 환상의 장미

저 산골짝에서 화원으로
내 작은 뜰 안에서 다시 산골짝으로
어디로든지 통하는 휑하니 광장에서
무척 한가로운 것 같은
눈앞이 침침한 어질머리 속
친구여 나는 찔레 향기 같은
너를 자꾸만 들어 마신다.

주제 삶의 진실 추구
형식 2연의 자유시
경향 서정적, 주지적, 상징적
표현상의 특징 간결한 시어로 심도 있는 이미지를 표현하고 있다.
산문적인 구성이지만 시의 내재율을 살린 리듬 감각이 자연스러운 박자감을
나타내고 있다.

이해와 감상

　의인적(擬人的) 수법의 상징적 서정시이다.
　'산골짝→화원→산골짝' 의 경로에 의한 야생꽃의 변이과정을 통한 환경친화적인 자
연과 인간의 조화의 분위기를 북돋고 있다.
　병상의 여류 시인은 장미를 무척이나 좋아했나 보다. 그러기에 화자는 장미와 대화를
나누며, 친구를 찾고 있다.
　여기서 '친구' 의 존재란 무엇일까?
　그것은 곧 이 시인이 추구하고 있는 '이상' 이다. 그리고 이 이상은 장미의 새로운 변
용(變容)을 거쳐 시인의 환상은 더욱 아름답게 사유(思惟)의 세계 속에서 꽃 피게 되는
것이다.
　이 시에서의 표현의 뛰어난 기교는 허두에서 '장미' 가 '찔레' 로 변화된 사실이다.
　물론 찔레도 장미과의 꽃이지만, 그러한 뜻밖의 변화는 병고로부터 벗어나는 삶의 새
로운 생기(生氣) 회복의 이미지가 임성숙의 표현의 기교로써, 이 시를 한층 높은 차원으
로 이끌어 올리고 있는 것이다.

아가(雅歌)

확 부싯돌을 긋자
망설임 없이
불붙는 그 순간 우리는
너를 확인하자
나를 확인하자.

볕드는 날이 있고 또 있다 한들
우리의 날이 몇날이리
마음껏 볕을 쪼이자
비 오는 날 눈 오는 날이 또 몇날이리
두려움 없이 비도 눈도 맞자.

햇빛 속에선 우리 아지랑이로 만나고
빗속에선 우리 빗방울로 만나고
눈보라 속에선 우리 눈꽃으로 만나
서로의 잠을 흔들어 깨우고
초롱 초롱 샛별 튀는 눈으로
너를 확인하자
나를 확인하자.

이해와 감상

　「아가」는 '노래중의 노래' 라는 뜻을 가진 본래 구약성서 중의 시가집을 말한다. 남녀의 사랑을 문답체 형식으로 노래한 것이 「아가」의 내용이다.
　임성숙의 「아가」는 그런 것과는 전혀 무관한 존재론적인 주지시다.
　너와 나를 확인하는 행동양식으로써 '확 부싯돌을 긋자' 는 메시지가 자못 감동적으로 전달된다.
　행동하는 자아와 타아(他我)의 존재를 위한 청신하고 활기찬 삶을 위해 '햇빛 속에선 우리 아지랑이로 만나고/ 빗속에선 우리 빗방울로 만나고/ 눈보라 속에선 우리 눈꽃으로 만나' 서로가 각성하고 행동하자(제3연)는 강렬한 메시지가 '샛별' 로 빛나고 있다.

안혜초(安惠初)

서울에서 출생(1941~   ). 이화여자대학교 영문학과 졸업. 1967년 『현대문학』에 시 「귤 · 레몬 · 탱자」, 「4월 아침에」, 「태양」 등이 추천 완료되어 문단에 등단했다. 시집 『귤 · 레몬 · 탱자』(1975), 『달 속의 뼈』(1980), 『쓸쓸함 한 줌』(1986), 『아직도』(1986), 『그리고 지금』(1987), 『살아 있는 것들에는』(2001) 등이 있다.

만추(晚秋)
― 가을의 과원(果園)에서

보아라, 가을이 이토록
눈부시게 아름다운 줄은
가을이 이토록
가슴 미어지게 향그러운 줄은

놀라움 다시 한 번
하늘만하여
새로움 다시 한 번
하늘만하여

그리운 것들은
모두 모두
여기 모여
손짓하고 있구나

그리운 얼굴들,
그리운 이름들,
그리운 시간들은,

한여름의 속 살 데워내는

사나운 불별
한겨울의 뿌리마저 얼리우는
매서운 눈 바람

저마다 절절이 아픈 사연일랑
마알갛게 마알갛게
다스리고서

눈과 눈을 씻게 하며
가슴과 가슴을 열게 하며

오, 이제 더는
숨길 수 없는 그리움으로

이제 더는 참을
수 없는 그리움으로

그리운 것들은
모두 모두
여기 모여
외쳐대고 있구나.

주제	삶의 순수가치 추구
형식	9연의 자유시
경향	서정적, 상징적, 감각적
표현상의 특징	서정성이 짙게 풍기면서도 지성과 융합되어 독자에게 이미지 전달이 잘 된다. 잘 다듬어진 시어로 동어반복(同語反復), 또는 이어(異語)반복을 하며 정감 넘치는 리듬감을 살리고 있다. 삶의 진지함과 경건한 감사의 자세가 공감도를 드높이고 있다.

이해와 감상

　열매들이 탐스럽게 익은 가을날의 과수원은 여름내 땀흘린 보람으로 모두의 가슴을 뿌듯한 기쁨과 감사의 마음으로 껴안아준다. 그러기에 안혜초는 그 순수한 심정을 구김

없이 서정미 넘치도록 표출시킨다.

'보아라, 가을이 이토록/ 눈부시게 아름다운 줄은/ 가을이 이토록/ 가슴 미어지게 향그러운 줄은' (제1연) 하고. '얼굴들' , '이름들' , '시간들' (제4연) 등 이 모든 소중한 수확과 값진 교류와 노력이 이루어지기까지, 또한 우리는 얼마나 고난과 아픔을 끈질기게 견뎌내야만 했을까.

'한여름의 속 살 데워내는/ 사나운 불볕/ 한겨울의 뿌리마저 얼리우는 매서운 눈 바람' (제5연) 등 기쁨 뒤에 숨은 시련이 보다 큰 과원의 열매를, 인생의 성과를 안겨주기 마련이다.

안혜초는 상징적 서정시의 수법으로 우리의 삶과 사랑의 풍토를 역동적(力動的)인 이미지로 활기차고 풍요하게 가꾸고 있다.

목숨

주신 목숨을
내가 내 목숨이라 하여
내 마음대로
끝내 버릴 수는
없다

던져 버릴 수도
없다

구름산 첩첩
노오랗게 핑핑
도는 하늘
거센 물결 콱콱
숨통 조여온다 해도
일어서야 한다
나아가야 한다

주신 목숨

마지막 그 숨결이
다하는 시각까지

일어서야 한다
나아가야 한다

이해와 감상

시가 전체적으로 역동적인 분위기로 밝고 건강한 삶의 이미지로 넘치고 있다.
생명의 순수가치를 추구하고 있는 이 시는 '끝내 버릴 수는/ 없다' (제1연), '던져 버릴
수도/ 없다' (제2연)와 같이 절제된 시어의 함축된 단정적인 묘사가 강렬한 이미지의 힘
을 싣고 있다.
'일어서야 한다/ 나아가야 한다' (제3·5연)의 동어반복은 제재(題材)인 '목숨'의 귀
중함을 통해 목숨을 주신 절대자를 대신하는 화자의 눈물어린 사랑과 호소로써 독자에
게 감동적으로 전달되고 있다.

잠들고 싶은 자에게

그대, 저만치 길섶에 누워
바이없이 일어설 줄 모르는 자여,
잠들고 싶은 것은
그대 혼자만이 아니다.
그대 혼자만이 아니다.

힘주어 말할 수 있는 것은 이 뿐.
일어서라, 움직이라,
계속 움직이라,
곰곰 생각하려고 멈추지 말라.
달려들면 밑도 끝도
없는 망설임의 덫,
삶의 인력(引力)이 어찌 즐거움 뿐이랴.

이해와 감상

　안혜초는 좌절하는 자에게 새로운 에피그램(epigram, 풍자시)을 던져, '잠들고 싶은 것은/ 그대 혼자만이 아니다'고 강력하게 흔들어 깨운다. 즉 수사(修辭)의 '경구법' 표현 수법이다.

　그렇다. 모든 자가 편히 눕고 싶은 것이다. 그러나 일어서서 '움직이라'고 단호하게 충고한다.

　움직이면 더 큰 편안함이 이루어질지도 모른다. 그런데 시인은 다시 따끔하게 야단친다. '삶의 인력이 어찌 즐거움 뿐이' (마지막 행)냐고.

　이와 같은 아포리즘(aphorism, 잠언)의 시는 오늘의 복잡다단한 첨단 산업화 사회에서 모든 이에게 알찬 영양소 구실을 해줄 인식논리 구실도 한다.

홍희표(洪禧杓)

대전(大田)에서 출생(1946~   ). 동국대학교 국문학과 졸업, 동 대학원 수료. 『현대문학』에 시 「내 살결에」(1966. 12), 「봄바람에게」(1967. 5), 「아침의 노래」(1967. 9) 등이 추천 완료되어 문단에 등단했다. 시집 『어군(魚群)의 지름길』(1968), 『숙취(宿醉)』(1973), 『마음은 구겨지고』(1978), 『한 방울의 물에도』(1982), 『살풀이』(1984), 『금빛 은빛』(1987), 『세상달공 세상달공』(1990), 『이 뭐꼬!』(1993), 『반쪽의 슬픔』(1997), 『라인강의 쥐탑』(1999), 『무서워라 개망초꽃』(2000) 등이 있다.

씻김굿 · 3
— 남쪽으로 북쪽으로

제비꽃은
남쪽으로 고개 들고
진달래는
북쪽으로 깽깽 울고

구름 위의 탄피
탄피 위의 구름

장끼는
북쪽으로 날아가고
까투리는
남쪽으로 내려오고

노을 위의 총알
총알 위의 노을

먼 발치의 노을
잠기듯

먼 발치에 총알
박히다

백두산의 꽃일레라
한라산의 꽃일레라.

주제 분단조국에 대한 통일의 의지
형식 6연의 자유시
경향 전통적, 상징적, 풍자적
표현상의 특징 「남쪽에서 북쪽으로」라는 부제부터가 그렇듯이, 전편이 대칭적(對稱
的)인 묘사를 하고 있다는 게 이 시의 표현상의 특징이다.
굳이 지적할 것은 없지만 '제비꽃'과 '진달래꽃'이라든가 '장끼'와 '까투리',
그리고 '백두산의 꽃'과 '한라산의 꽃'과 같은 전편적인 시 구조상(構造上)의
대칭적인 시어 구사가 국토분단 현실을 은연중에 수사적(修辭的)으로 과장법
(hyperbole) 표현을 하고 있다.

이해와 감상

연작시 「씻김굿 · 3」이다.

이 시는 제1연에서는 통일의 소망이 전개되면서 제3연에서는 남북을 왕래하는 꿩을
통해서 남북교류의 민족적 동질성 회복을 상징적으로 묘사하고 있다.

즉 '씻김굿'의 과정에서 과거의 아픔을 삭여내고 한 핏줄로 용서와 화해를 이루는 남
북의 만남, 더 나아가 국토통일의 기원을 절절하게 노래하고 있는 것이다.

전통적으로 널리 알려진 무속(巫俗)인 전라도의 '씻김굿'은 원혼을 위로해서 편히 저
승으로 보내는 굿이다.

홍희표는 그러한 무술(巫術)로서의 씻김굿이 아니다. 어제의 삶과 오늘의 삶에 대한
철저한 벗김과 씻김의 역사적인 과정을 통해서 민족적 자아를 냉철하게 분석하며 내일
의 조국 평화통일의 비전을 제시하려는 것이 그의 연작시 「씻김굿」의 의도다.

그리고 보면 마땅히 국토분단의 비극적인 과정도 철저하게 다뤄지게 되고 또한 민족
적 염원의 달성도 간절히 열망하게 되는 것이다.

그와 같은 견지에서 이 시에서는 분단 비극의 과정이 통렬하게 고발(告發)되고 있다.
즉 제2연과 제4연의 '탄피'와 '총알'이 바로 그것이다.

끝내 피를 보고야만 동족상잔의 그 참담한 현실을 시인은 씻김굿의 굿놀이 과정에서
응축시켜 읊고 있는 것이다.

홍희표는 그 뼈아픈 민족적인 치부의 비통함을 일단 굿노래로 구상화 시키므로써 뼈
저린 역사를 성찰하면서 그 아픔을 극복하려는 강력한 의지를 담고 있다.

살풀이

엄마 뱃속에서
뱃속에서 학살당하는
우리 애기
그 애기들을 모살(謀殺)하는
가로수 하얀 길
도리도리 짝자꿍.

집 팔고 논 팔고
이민 간 아들 딸
우리 애기 잘도 논다
해받이 무덤 아래
안경테만 남기고 간
양로원 할아버지.

큰 손 큰 입 때문에
막차 타다
백치(白痴)가 되어
이빠진 죽사발 껴안은
자식 달린 옆집 과부
가마솥에 누룽지.

중금속에 오염된
낟알들
깡소주에 낄낄대는
행려병자들
안녕들 하신가
곤지곤지 곤지야.

하이타이할 물건 모아

살풀이하고
도둑질할 노래 모아
살풀이하고
도리도리 도리도리
짝자꿍 짝자꿍.

주제 부조리한 사회의 개선(改善) 추구
형식 5연의 자유시
경향 풍자적, 해학적, 동요적
표현상의 특징 정다운 재래 동요를 인용하며 시의 분위기를 효과적으로 살리느라 각운을 쓰고 있다.
축약된 시어 구사로써 날카롭게 부조리한 사회의 본질을 직서적으로 풍자한다.
전반적으로 시적 분위기가 매우 비평적이다.

이해와 감상

표제인 '살풀이'란 전통적인 우리 무속에서 타고난 흉살을 미연에 막아보려는 굿의 일종이다. 살풀이를 시의 제재로써 다루는 것은 이색적이며 크게 주목된다.

우리의 시가 서정성(抒情性)을 추구하는 데 그쳐 안이하게 정주(定住)하려는 태도를 정면으로 윽박지르는 홍희표의 이 서정적 풍자시는 그 성패여부와 관계없이 실험시(實驗詩)로서 하나의 표본을 제시한 것임에 틀림없다.

저자는 우리의 21세기 서정시의 과제로써 부단한 새로운 제재(題材)의 개발이며, 시대적 감각에 적응할 수 있는 새로운 시어와 그 콘텐츠의 신선성(新鮮性)이 요망된다는 점에서, 「살풀이」를 우선 평가하고 싶다.

시인은 재래동요의 시구인 '도리도리 짝자꿍'이며 '가마솥의 누룽지' 등의 동요적 리듬감을 도입시켜 이 풍자시의 반인륜(反人倫) 행위며 여러 유형의 비리고발(非理告發)을 시적 분위기로 순화(醇化)시키려 하고 있는 점도 흥미롭다.

'엄마 뱃속에서/ 뱃속에서 학살당하는/ 우리 애기'(제1연)라는 존엄한 생명 경시의 비인간적 잔혹행위의 직서적(直敍的)인 표현으로 「살풀이」는 주목받기 시작한다.

잇대어 존속 학대의 가정파괴(제2연)며 사리사욕에 눈 먼 물신숭배(fetishism)에 의한 희생자들(제3연), 공해의 폐해며 사회불안(제4연) 등 신문사회면을 연상시키는 한국의 사회악이 예리하게 풍자되고 있다.

작자는 사회정의의 구현(제5연)을 해학적으로 제청하며 「살풀이」로서의 비극적(悲劇的)인 감정의 정화(淨化), 즉 카타르시스(catharsis)를 강력하게 지향하고 있다. 시대적 혼란상의 재정비를 위해서도 「살풀이」는 한국의 시문학사상(詩文學史上) 반드시 짚고 논의되어야 할 중요한 작품이다.

김종철(金鍾鐵)

부산(釜山)에서 출생(1947~　). 서울대학교 대학원 영문학과 수료. 1968
년 『한국일보』 신춘문예에 시 「재봉(裁縫)」이 당선되어 문단에 등단했다. 또
한 1970년 『서울신문』 신춘문예에 시 「바다 변주곡」이 당선되기도 했다. 시
집 『서울의 유서(遺書)』(1975), 『오이도(烏耳島)』(1984), 『오늘이 그 날이다』
(1990), 『못에 관한 명상』(1992), 영문시집 『The Floating Island』(1999),
『등신불시편』(2001) 등이 있다.

고백성사
— 못에 관한 명상 · 1

오늘도 못을 뽑습니다
휘어진 못을 뽑는 것은
여간 어렵지 않습니다
못이 뽑혀져 나온 자리는
여간 흉하지 않습니다
오늘도 성당에서
아내와 함께 고백성사를 하였습니다
못자국이 유난히 많은 남편의 가슴을
아내는 못 본 체하였습니다
나는 더욱 부끄러웠습니다
아직도 뽑아내지 않은 못 하나가
정말 어쩔 수 없이 숨겨둔 못대가리 하나가
쏘옥 고개를 내밀었기 때문입니다

주제 참다운 삶의 자아 성찰
형식 전연의 주지시
경향 주지적, 상징적, 풍자적
표현상의 특징 일상어의 간결한 산문체로 서술하면서도 수사(修辭)의 클라이맥스
(climax)의 점층적 표현을 하고 있다.
적절한 비유로 스스로의 삶의 행위를 진솔하게 고백한다.
'~습니다'(동어반복), '~입니다' 등 경어체의 종결어미가 두드러지고 있다.
연작시 「못에 관한 명상」의 1에 해당하는 작품이다.

　현대시의 제재(題材)는 다양하거니와 가톨릭의 고백성사를 바탕으로 고백시(告白詩)가 형상화된 것은 우리 시사(詩史)에서 우선 주목된다. 왜냐하면 흔히 자아의 내적(內的) 또는 외적(外的) 생활의 내용을 기탄없이 서술하는 고백문학적인 차원에서, 그것의 시적인 방법론의 도입이기 때문이다.

　아우구스티누스(Aurelius Augustinus, 354~430)의 『참회록』(Confessiones, 400) 이후 루소(Jean Jacques Rousseau, 1712~1778)의 『고백록』(Les Confessions, 1760)이 적나라한 자기 고백의 문학성을 평가받게도 되었다는 족적도 살피게 된다. 또한 각도를 돌려 우리의 시문학의 새로운 장르로서 21세기와 더불어 '고백시'는 수준 높은 자아 성찰의 문호를 활짝 여는 작업으로 평가될 수도 있을 것이다. 여기 부언해 두자면 김종철의 연작시 「못에 관한 명상」은 고백문학적 차원에서 다양한 고백시를 담고 있는 것도 주목할 일이다.

　이제 작품을 읽어보자.

　'못이 뽑혀져 나온 자리는/ 여간 흉하지 않습니다'(제4·5행)라는 메시지는 현대사회의 부조리한 단면을 시니컬하게 풍자하는 비평의식이 충만하고 있다.

　어쩌면 거기에는 화자의 대사회적인 죄의식 인식의 진한 혼적이 고백(confess)되는 실토이기도 하다.

　그와 같은 맥락에서 '못자국이 유난히 많은 남편의 가슴'이며, '숨겨둔 못대가리 하나'는 너나없이 죄 많은 자아에 대한 참다운 반성인 동시에 못질하는 실존적 문명의 죄악에 대한 신 앞에서의 단호한 자아성찰의 비평이며 뜨거운 참회다.

　그러기에 내면적인 자아의 외계로의 제시는 오늘의 주지시(主知詩)의 경지에서 비로소 자아 고백의 진솔한 행위로서 독자로부터 평가받아 애독될 것이다.

서울의 유서(遺書)

서울의 폐(肺)를 앓고 있다
도착중의 언어들은
곳곳에서 서울의 구강(口腔)을 물들이고
완성되지 못한 소시민의
벌판들이 시름시름 앓아 누웠다
눈물과 비탄의 금속성들은
더욱 두꺼워 가고
병든 시간의 잎들 위에

가난한 집들이 서고 허물어지고
오오 집집의 믿음의 우물물은
바짝바짝 메마르고
우리는 단순한 갈증과
몇 개의 죽음의 열쇠를 지니고 다녔다
날마다 죽어서 다시 살아나는
양심의 밑둥을 찍어 넘기고
헐벗은 꿈의 알맹이와
약간의 물을 구하기 위하여
우리는 밤마다 죽음의 깊은 지하수를
매일 매일 조금씩 길어 올렸다.
절망의 삽과 곡괭이에 묻힌
우리들의 시대정신에서 흐르는 피
몇장의 지폐에 시달린 소시민의 운명들은
탄식의 밤을 너무나 많이 싣고 갔다
오오 발가숭이 거리에
병들은 개들이 어슬렁거리고
새벽 두 시에 달아난 개인의 밤과
십년간 돌아오지 않은 오디세우스의 바다가
고서점의 활자 속에 비끌어 매이고
스스로 주리고 목마른 자유를
우리들의 일생의 도둑들은 다투어 훔쳐갔다
아무것도 남지 않은 죽음의 눈들은
집집의 늑골위에서 숨죽이며 기다리고
콘크리트 뼈대의 거칠거칠한 통증들은
퇴폐한 시가의 전신을 들썩이고
오염의 찌꺼기에 뒤덮인
오디세우스의 청동의 바다는
몸살로 쩔쩔 끓어 올랐다
그때마다 쓰라린 고통의 서까래는
제 풀에 풀썩풀썩 내려앉고
우리가 앓는 성병중의 하나가

송두리째 뽑혀 나갔다
어디서나 단순한 목마름과
죽음의 열쇠들은 쩔렁거리고
세균으로 폐를 앓는 서울은
매일 불편한 언어의 관절염으로 절뚝이며
우리들 소시민의 가슴에 들어 와 몸을 떨었다.

주제 부조리 현상에 대한 고발
형식 전연의 주지시
경향 주지적, 풍자적, 문명비평적
표현상의 특징 일상어의 산문체이면서도 짜임새 있는 시적 기교로 표현의 효과를
이루고 있다.
부조리한 사회 현실이 조목조목 폭로 고발되고 있다.
작자의 사회정의 의식의 정열이 박진감 넘치게 상징적으로 표현되고 있다.

이해와 감상

「서울의 유서」의 '서울'이란 '한국'의 집약적 상징어다. 대저 무엇 때문에 서울의 죽음을 알리는 글을 쓰고 있는 것인가.

화자는 오프닝 메시지에서 이미 '서울의 폐를 앓고 있다'는 비통한 아픔의 현실을 상징적으로 신랄하게 고발하고 있다.

폐환의 요인들은 하나하나 다부진 모습으로 실체를 드러낸다. 우선 시행착오로 어긋나고 모순된 사회현상 등 일체 상황이 도처마다 '서울의 구강을 물들이고'에서 소시민들의 볼멘 소리도 함께 터지고, 그들의 삶의 터전도 파괴당하고 있다.

데모대의 항거와 터지는 최루탄이며 시위 제지의 장갑차 등 차량이 난무하기에 '눈물과 비탄의 금속성들은/ 더욱 두꺼워지고', 빈민촌의 재건축이다, 이권다툼의 폭력배 동원 등 삐걱거림으로 '가난한 집들이 서고 허물어지고' 있는 것이다.

서민 등, 이른바 도시 빈민의 삶의 아픔을 비롯하여 공해 등 각종 사회문제가 부각되는 가운데, '스스로 주리고 목마른 자유를/ 우리들의 일생의 도둑들은 다투어 훔쳐갔다'는 비통한 고발로써 독재 정치며 부정부패가 신랄하게 풍자되고 있다.

이 시에서 또한 '십년간 돌아오지 않은 오디세우스의 바다'라는 그리스 신화의 비유도 주목된다.

고대 그리스 신화의 이타카(Ithacé)왕인 오디세우스(Odysseus)는 적국에 쳐들어가 목마(木馬)의 전술로 대승한 트로이(Troy) 전쟁의 영웅이다.

오디세우스는 그리운 고국땅으로 돌아오는 험준한 바다에서 온갖 모험을 겪어낸 끝에 10년만에야 개선하여 정절을 지킨 아내 페넬로페이아(Pénelopeiá)와 감격적인 재회

를 하는 호메로스(Homéros, BC 8 이전의 시인)의 대서사시 『오디세이아』(Odysseiá)를
인용하여 군사독재의 장기집권시대를 날카롭게 풍자하고 있다. 바로 그 난폭하던 시대
에 당당하게 시대적 횡포를 규탄하는 시인의 이미지네이션(imagenation)의 굽힘없고 활
달한 표현력은 감동적이다.

등신불
― 등신불 시편 · 1

등신불을 보았다
살아서도 산 적 없고
죽어서도 죽은 적 없는 그를 만났다
그가 없는 빈 몸에
오늘은 떠돌이가 들어와
평생을 살다 간다

이해와 감상

　김종철의 연작시 「등신불 시편」1의 작품이다.
　그야말로 절제된 시어를 구사하여 사람 키 크기의 '등신불'이 지니는 불교적 영원성
을 눈부시게 발상(發想)한 살아 있는 시 이미지의 피규어(figure, 像)다. 부처님에게 스스
로의 발원(發願)을 담아, 자신의 키와 똑같게 불상을 만든다는 '등신불'. 그 등신불 속에
발원자가 아닌 엉뚱한 '떠돌이가 들어와/ 평생을 살다 간다'는 이 풍유(군사독재자)는
고도로 응축된 정치사회적 풍자가 시로써 승화되어 있다. 거짓이 온갖 탈을 쓴 위선적인
현실의 아픔에 대한 이 새타이어에서 감동이 뭉클 가슴에 맞닿았다. 나는 여기서 앵글을
일본으로 잠시 돌려 일본고대사에 대한 일본의 역사왜곡도 지적하련다.
　일본 나라(奈良) 땅의 호우류우지(法隆寺, 607년 백제인 건축가들이 창건) 사찰 유메
도노(夢殿)의 비불(秘佛) 「구세관음상」(救世觀音像 · 일본 국보)은 백제 위덕왕(威德王,
554～598 재위)이 만든 녹나무 목조 등신불(等身佛)이다. 위덕왕이 서기 538년에 일본에
불교를 전파시킨 아버지인 성왕(聖王, 523～554 재위)을 추모하여 등신불로 만든 것이
다. 그러나 일인들은 그 사실을 밝히지 않고 입을 꾹 다문 채 일본 국보라는 자랑만 늘어
놓고 있다. 나는 그 사실(史實)이 상세히 기록된 일본의 고문서 『성예초』(聖譽抄)를 찾아
내어 밝힌 바 있음(홍윤기 『일본문화사』 서문당, 1999)을 여기 군이 밝혀 둔다.

유자효(柳子孝)

부산(釜山)에서 출생(1947~). 서울대학교 불문학과 졸업. 1968년 『신아일보』 신춘문예 시부문에 입선하고, 1972년 『시조문학』에 추천 완료되어 문단에 등단했다. 시집 『성 수요일의 저녁』(1982), 『짧은 사랑』(1990), 『떠남』(1993), 『내 영혼은』(1994), 『지금은 슬퍼할 때』(1996), 『데이트』(2000) 등이 있다.

은하계 통신

저 세상에서 신호가 왔다.
무수한 전파에 섞여 간헐적으로 이어져 오는 단속음은
분명 이 세상의 것은 아니었다.
그 뜻은 알 수 없으나
까마득히 먼 어느 별에서 보내온
자신의 존재를 알리는 신호였다.
더욱이 이 세상에서 신호를 받고 있을 시각에
신호를 보내는 저 세상의 존재는 이미 없다
그 신호는 몇 백년, 몇 천년 전에 보낸 것이기 때문이다.
결코 만날 수 없는
아득한 거리와 시간을 향하여 보내는 신호.
살아 있는 존재는 어딘가를 향하여 신호를 보낸다.
끊임없이 자신을 알리고자 한다.
그 신호가 영원을 향하고 있을 때
우리는 그것을 신이 보낸 신호라고 믿는다.
신이 살지 않는 땅에서 받는
신들의 간절한 신호.
오늘도 저 세상의 주민들은 신호를 보낸다.
몇 백년 뒤, 몇 천년 뒤의
결코 갈 수 없는 세상의 주민들에게…….

주제 은하계 신호와 삶의 비약

형식 전연의 주지시

경향 주지적, 상징적, 존재론적(Ontologisch)

표현상의 특징 우주과학적 사고에 의한 삶의 본질을 예리하게 추구하고 있다.
시사적(示唆的)인 시어들이 복합적으로 표현되고 있다.
주제가 선명하게 잘 전달되고 있다.

이해와 감상

시인은 보이지 않는 것을 보이도록 부단히 이미지를 만들어 세상(독자)에다 내보내고 있다.

그것은 결코 평면적인 것이 아니라 입체적인 것이며 동시에 고차원의 것이다. 그것이 곧 삶의 비전(vision)의 창출이며 전개다.

바로 그 공간에서는 베르그송(Henri Louis Bergson, 1859~1941)이 지적한 '생의 비약'(elan vital)이 성립된다.

유자효는 '저 세상에서 신호가 왔다'(제1행)는 메시지를 던졌고, '그 신호가 영원을 향하고 있을 때/ 우리는 그것을 신이 보낸 신호라고 믿는다'(제14·15행)는 소신을 내세운다.

여기서 베르그송의 『창조적 진화』학설에서의 '참된 실재(實在)는 순수 지속(純粹持續)'이라는 명제(命題)를 새삼 인식하게 된다.

즉 '아득한 거리와 시간을 향하여 보내는 신호/ 살아 있는 존재는 어딘가를 향하여 신호를 보낸다'(제11·12행)고 하는 이 비유야말로 실재하는 순수지속이며 생의 비약이고 삶의 기쁨이다.

시간과 공간 속에 우리가 자아의 존재를 형성시키려는 창조적 행위야말로 자아와 외계(外界)와의 경계를 초월하는 참다운 생의 비약을 이루는 진취적인 작업이다.

유자효는 그것을 '신이 살지 않는 땅에서 받는/ 신들의 간절한 호소'로써 은하계통신(銀河系通信)을 적극적으로 수용하는 기쁨을 누리고 있다.

일찍이 릴케(Rainer Maria Rilke, 1875~1926)가 「올페우스(Orpheus)에의 소네트(sonnet)」에서 '솟아오르는 한 그루의 나무 오오 순수의 승화/ 오오 올페우스가 노래한다! 오오 귀속에 한 그루의 나무가 생겨난다'고 하는 그리스 신화세계의 생의 비약을 메타포했다.

그런가 하면 오늘의 한국 시인 유자효는 이 작품에서 우주공간을 초월하여 은하계 통신을 '신이 살지 않는 땅에서 받는/ 신들의 간절한 신호'(제16·17행)라는 21세기의 눈부신 생의 비약을 메타포하여 제시하는 가편(佳篇)을 보여주고 있다.

누나의 손

누나의 손은 따뜻하다.

천지에 흰 눈이 덮이던 날, 책 보따리를 허리에 두르고 꽁꽁 얼어서 집으로 돌아오면 동구밖까지 나와서 기다리다가 눈투성이 코흘리개의 손을 잡아주던 누나의 손은 따뜻했었다. 공부를 한다고 호롱불 밑에서 코 밑이 까맣게 그을려 졸고 있으면 사탕이며 과자 몇 개를 살며시 쥐어주던 누나의 손은 따뜻했었다.

감나무 위에 까치가 울던 누나가 시집 가던 날 아침, 잠꾸러기의 머리맡에 종이돈 몇 장을 손수건에 싸서 놓아두고 이불을 여며주던 누나의 손은 따뜻했었다.

이제는 장성한 딸을 시집보내는 누나의 장년.

"먼 데서 뭐할라꼬 왔노?" 화들짝 놀라며 가방을 받아드는,

어느새 어머니를 빼닮은 누나의 손은 아직도 따뜻하다.

주제 누나에 대한 육친애
형식 전연의 변형 주지시
경향 서정적, 낭만적, 영상적
표현상의 특징 주정적인 산문체로 직서적이며 직설적인 표현을 하고 있다.
'누나의 손은 따뜻하다'는 현재형으로 시작하여 '누나의 손은 따뜻했었다'는 과거형의 동의어(同義語)반복을 하고 있다.

이해와 감상

형제자매간에 누나가 없는 사람은 어쩌면 이와 같은 육친애의 깊은 정감을 누구나 부러워 할 것 같다.

철부지 소년 시절의 성장기로부터 시작되는 누나의 사랑이, 누나의 결혼과, 노년이 된 누나의 모습에서 이번에는 누나가 아닌 모상(母像)을 발견하는 혈족의 윤리덕(倫理德)으로 잔잔한 감동을 안겨주고 있는 보기 드문 감동편이다.

오늘날 핵가족이다, 이혼이다, 사회적으로 가정 파괴가 잦아지는 거칠은 시대상 속에서 유자효는 형제자매의 훈훈한 가정적 미덕을 제시하고 있어서, 잠언적인 시보다는 오히려 독자들에게 공감도가 큰 가족애 정신이 따사롭게 전달되고 있다.

정(釘)

햇빛은 말한다
여위어라
여위고 여위어
점으로 남으면,
그 점이
더욱 여위어
사라지지 않으면,
사라지지 않으면,
단단하리라.

이해와 감상

표제의 「정」(釘)이란 '못'이다.

이 작품은 완벽한 메타포에 의한 이른바 난해시에 속한다. 우선 '햇빛'은 '진리'의 상
징어라는 대전제하에 이 시를 감상해 보자.

못은 어딘가에 박히지 않고는 제 몫을 다하지 못한다. 또한 못이 제대로 박힐 때 못은
그 박힌 자리에서 제 몫을 완수하기 마련이다. 즉 '여위고 여위어/ 점으로'(제3·4행) 박
힌 그 곳에 남을 때 비로소 못은 제구실을 다한다.

그런 상태는 '더욱 여위어/ 사라지지 않으면/ 사라지지 않으면/ 단단하리라'(제6~9
행)는 바로 그 시점이다.

그런데 유자효가 여기서 은유하고 있는 것은 현실에서의 '못질'이 아니라 인간의 본
질적인 '수양(修養)과 사회에 대한 참다운 봉사(奉仕)며 나아가 대의(大義)를 위한 희
생을 비유하고 있는 것이다.

즉 못이 생긴 대로 그냥 드러나 있다는 것은 무능이거나 오만이며 또는 과장이거나 허
세로서 비유될 수도 있다.

여기서 우리는 시인이 '못'을 '사람'으로 대입시킨 의인적(擬人的)인 수법으로써 이
작품을 이해하는 것이 가장 바람직한 것이라고 본다.

강은교(姜恩喬)

서울에서 출생(1945~　). 연세대학교 영문학과 졸업, 동 대학원 국문학과
수료. 1968년 『사상계(思想界)』 신인문학상에 시 「순례자(巡禮者)의 꿈」이
당선되어 문단에 등단했다. 시집 『허무집(虛無集)』(1971), 『풀잎』(1974), 『빈
자일기(貧者日記)』(1978), 『소리집』(1982), 『붉은 강』(1984), 『바람노래』
(1987), 『오늘도 너를 기다린다』(1989), 『벽 속의 편지』(1992), 『어느 별에서
의 하루』(1996), 『시간은 주머니에 은빛 별 하나 넣고 다녔다』(2002) 등이
있다.

우리가 물이 되어

우리가 물이 되어 만난다면
가문 어느 집에선들 좋아하지 않으랴
우리가 키 큰 나무와 함께 서서
우르르 우르르 비 오는 소리로 흐른다면

흐르고 흘러서 저물 녘엔
저 혼자 깊어지는 강물에 누워
죽은 나무뿌리를 적시기도 한다면
아아, 아직 처녀인
부끄러운 바다에 닿는다면

그러나 지금 우리는
불로 만나려 한다
벌써 숯이 된 뼈 하나가
세상에 불타는 것을 쓰다듬고 있나니

만리 밖에서 기다리는 그대여
저 불 지난 뒤에
흐르는 물로 만나자

푸시시 푸시시 불 꺼지는 소리로 말하면서

올 때는 인적 그친
넓고 깨끗한 하늘로 오라

이해와 감상

지구의 생명원(生命源)을 논할 때 가장 소중한 것이 물이기에, 시인은 '물'을 제재(題材)로 하여 인류 구원의 방법론을 메타포하는 시의 형상화 작업을 하고 있다.

물은 '죽은 나무 뿌리를 적시기도 한다면'(제2연) 과연 죽은 나무도 다시 살릴 수 있을 것인가 하고 화자는 모두와 함께 스스로도 '물이 되어'(제1연) 만함한 생명원이 되어 주고 싶다는 박애(博愛)의 정신을 호소한다.

여기서 '죽은 나무'는 말라 죽은 나무만이 아니고, 이 세상 온갖 '억울한 죽음'의 상징어다. 어째서 비통한 죽음이 생겼는가. 그 허무(虛無)의 극복은 자애로운 시심(詩心)으로라도 따뜻이 감싸주고 위안해 주어야만 한다.

비참한 전쟁. 우리 민족이 겪은 역사상의 허구 많은 전쟁, 더구나 6·25라는 동족상잔은 말할 것도 없고, 근년에는 팔레스타인과 이스라엘의 끊임없는 충돌이며, 이라크 전쟁 등등, '지금 우리는/ 불로 만나려 한다'(제3연)고 강은교는 '불'을 경고하면서, '벌써 숯이 된 뼈 하나가/ 세상에 불타는 것을 쓰다듬고 있나니'하며 몹시 근심한다. '숯이 된 뼈'는 '전쟁의 아픔'이며 동시에 적의(敵意)의 '보복'의 상징어다.

'만리 밖에서 기다리는 그대'는 누구인가. '그대'는 '조국'이다. 조국이 또 다시 전쟁의 불덩이 속에 휘말려 들어도 될 것인가.

시인의 '물'의 마음으로 우리는 세상의 온갖 악의에 찬 난폭한 '불'을 꺼야 할 것이다.

백성

나는 한 마리 바퀴벌레올시다.
더듬이 하나로 온 땅과 입맞추는
징그러운 징그러운 바퀴벌레올시다.

어둠의 입이올시다.
폐허의 눈이올시다.
평화의 원자(原子)올시다.
순진한 공포올시다.

나는 열심히 벽을 기어오르나이다.
방방곡곡 숨어서 눈뜨나이다.
오늘 밤에도 저 십리의 벽을 타고 넘으면

아
다정히 누워 있는 수평선 같은 수챗구멍
등때기엔 달디단 쓰레기
눈먼 달 따라 엎어져

울어라 더듬이여
흘러라
흘러라
더듬이여

나는 한 마리 바퀴벌레올시다.
더듬이 하나 삼천리 절망에 펄럭이는
불쌍한 불쌍한 평화주의자올시다.

주제 삶에 대한 연민의 정
형식 6연의 자유시
경향 풍자적, 저항적, 상징적
표현상의 특징 일상어에 의한 풍자적이며 해학적 표현을 하고 있다.
사태의 본질을 집요하고 예리하게 문명비평적으로 파헤치고 있다.
직서적인 표현이면서도 이미지가 부드럽게 전달되고 있다.

이해와 감상

우리가 약방에 찾아가 살충제, 그것도 바퀴벌레 전문 살충약을 사다 집안 구석구석 뿌
린다.

그야말로 혐오의 대상인 '징그러운 징그러운 바퀴벌레' (제1연)로써 무고하게 살해당하는 벌레의 운명.
　이 작품은 1970년대의 우리들의 사회상을 배경으로 군사독재 치하에서 자유민주주의를 절실히 추구하던 선량한 다수 국민(백성)의 아픔을 상징적으로 바퀴벌레에다 비유한 풍자적 저항시다.
　'나는 열심히 벽을 기어오르나이다/ 방방곡곡 숨어서 눈뜨나이다/ 오늘 밤에도 저 십리의 벽을 타고 넘으면// 아/ 다정히 누워 있는 수평선 같은 수챗구멍/ 등때기엔 달디단 쓰레기/ 눈먼 달 따라 엎어져// 울어라 더듬이여 (제3~5연)의 비참한 그런 '바퀴벌레' 처럼 천대받던 백성들의 피눈물나는 저항의지가 지금 이 작품을 통해 새롭게 공감된다.
　즉 그것은 '어둠의 입'이요 '폐허의 눈'이고 '평화의 원자'이며 '순진한 공포' (제2연) 그 자체 하나하나였기 때문이다.

동백(冬柏)

만약
내가 네게로 가서
문 두드리면.

내 몸에 숨은
봉오리 전부로
흐느끼면.

또는 어느 날
꿈 끝에
네가 내게로 와서

마른 이 살을
비추고
활활 우리 피어나면.

끝나기 전에

아, 모두
잠이기 전에.

주제 삶의 참다운 가치 추구
형식 5연의 자유시
경향 서정적, 상징적, 낭만적
표현상의 특징 절제된 시어로 심도있는 이미지를 세련되게 표현하고 있다.
의미전달의 혼선을 방지하기 위해 5개의 연으로 나누는 구도이나, 전편을 하나의 센텐스(문장)로 이어서 감상할 수도 있다.
종결어미 '~네', '~다' 등을 쓰지 않고 있으며 가정(假定)의 연결어미 '~면'을 그 대신 3번 반복하여 시의 표현미를 북돋고 있다.

이해와 감상

이른 봄 눈(雪) 속에도 핀다는 동백꽃.

'만약/ 내가 네게로 가서/ 문 두드리면// 내 몸에 숨은/ 봉오리 전부로/ 흐느끼면// 또는 어느 날/ 꿈 끝에/ 네가 내게로 와서' (제1~3연)처럼 강은교는 '동백'을 의인화(擬人化) 시켜 스스로가 동백과 동화(同化)하여 삶의 진실한 의미가 무엇인지 진지하게 추구하고 있다.

어쩌면 시인은 허무(虛無)의지의 극복을 위하여 동백꽃의 진실을 캐내려 그 오묘한 내면의 '문을 두드리'(제1연)는 것은 아닌가. 뉘앙스의 미묘한 표현미가 고요 속에 파묻히고 있다.

이 시는 5연으로 엮어진 자유시이나, 각 연의 끝에 종결어미(終結語尾)를 전혀 달고 있지 않아, 시 전편이 전연(全聯)의 이미지로써 통합되는 가운데, 섬세한 감각의 미적(美的) 표현이 독자를 압도하는 가편(佳篇)이다.

오세영(吳世榮)

전라남도 영광(靈光)에서 출생(1942~). 서울대학교 대학원 국문학과 수료. 1968년 『현대문학』에 시 「잠깨는 추상(抽象)」 등이 추천 완료되어 문단에 등단했다. 『현대시』 동인. 시집 『반란(反亂)하는 빛』(1970), 『가장 어두운 날 저녁에』(1982), 『모순(矛盾)의 흙』(1985), 『불타는 물』(1988), 『사랑의 저쪽』(1990), 『꽃들은 별을 우러르며 산다』(1991), 『신의 하늘에도 어둠은 있다』(1991), 『어리석은 헤겔』(1994), 『무명연시(無明戀詩)』(1995), 『아메리카 시편』(1997), 『너, 없음으로』(1997), 『적멸의 불빛』(2001) 등이 있다.

바람 소리

육신(肉身)으로 타고 오는
바람 소리.
잘 있거라, 잘 있거라,
해어름 나루터에 달빛 지는데
강 건너 사라지는 님의
말 소리.

육신(肉身)으로 타고 오는
갈잎 소리.
잘 가거라, 잘 가거라,
세모시 옷고름엔 별빛 지는데
속눈썹 적시는 가을
빗소리.

이승은 강물과 바람뿐이다.
옷고름 스치는 바람뿐이다.
치마폭 적시는 강물뿐이다.

육신(肉身)으로 타고 오는
물결 소리

마른 하상(河床) 적시는 가을
빗소리.

이해와 감상

연작시 「무명연시」44에 해당되는 시다. 이 작품은 오세영의 공감각적 이미지를 두드러지게 부각시키는 전형적인 상징적 서정시다.

심리적인 감각 작용에는 이른바 공감각(共感覺, synesthesis)의 작용도 있다. 예를 든다면 청각적인 소리를 듣는 동시에 시각적인 색채나 형태 등을 동시에 느끼는 경우를 말한다.

즉 하나의 자극에 의해서 생기는 어떤 감각의 작용과 동시에 또 다른 영역의 감각이 작용하는 것을 말한다.

시에 있어서의 그런 공감각의 작용은 이미지의 부각에 크게 기여하며 시의 생동(生動) 내지는 역동적 이미지를 북돋아 주는 중요한 구실을 한다.

'바람 소리, 말 소리'(제1연), '갈잎 소리, 빗소리'(제2연), '물결 소리, 빗소리'(제4연) 등 자연의 소리를 통한 정서를 인간(말 소리)과 친화(親和)시키고 있는 작품 형태이다.

'육신으로 타고 오는/ 바람 소리'가 '잘 있거라 잘 있거라'라는 이별의 말 소리(제1연)를 낳고, '육신으로 타고 오는/ 갈잎 소리'가 '잘 가거라 잘 가거라'고 역시 조락의 나뭇잎지는 가을날의 이별의 빗소리(제2연)를 흘린다.

제1연의 '님'을 남성, 제2연의 '세모시 옷고름'은 여성으로 서로가 대칭적인 연(聯)을 구성하고도 있다.

한국 현대시에서 최초의 '소리'의 시는 주요한의 '빗소리'(「주요한」 항목 참조 요망)였다는 것을 여기에 아울러 밝혀 둔다.

무명연시(無明戀詩)
— 님은 가시고 · 1

님은 가시고
꿈은 깨었다.

뿌리치며 뿌리치며 사라진 흰 옷,
빈 손에 움켜 쥔 옷고름 한 짝,
맺힌 인연 풀 길이 없어
보름달 보듬고 밤새 울었다.

열은 내리고
땀에 젖었다.

휘적 휘적 사라지는 님의 발자국,
강가에 벗어 논 헌 신발 한 짝,
풀린 인연 맺을 길 없어
초승달 보듬고 밤새 울었다.

베갯머리 놓여진 약탕기(藥湯器) 하나
이승의 봄밤은 열에 끓는데,

님은 가시고
꿈은 깨이고.

주제 절대자와의 이별

형식 6연의 자유시

경향 서정적, 낭만적, 불교적

표현상의 특징 「——님은 가시고 · 1」의 부제를 달고 있듯이, 님과의 이별의 슬픔을
전통적인 정서로 나타내고 있다.
'님은 가시고/ 꿈은 깨었다'(제1연)와 '님은 가시고/ 꿈은 깨이고'가 수미상관
의 수사적 표현을 하고 있다.
'깨었다', '울었다', '젖었다' 등의 과거형 종결어미를 쓰고 있다.
시 전체적인 표현이 구조적으로 매우 기교적이다.

표제의 '무명' (無明)은 불교에서 불교의 근본의(根本義)에 통달하지 않은 심리적 상태로서, 번뇌의 근원이 되는 진리에 어두운 것을 가리킨다.

오세영은 연작시 「무명연시」로써 불심(佛心)의 존재론적인 인식을 시로써 형상화 시키는 다양한 작업을 해왔다.

'뿌리치며 뿌리치며 사라진 흰 옷/ 빈 손에 움켜 쥔 옷고름 한 짝' (제2연)은 극력한 사랑의 아픔이 처절하게 민족적인 전통 표현을 곁들이며 메타포되고 있다.

뿌리치며 떠나간 님의 옷은 '백의민족'의 흰 옷이며, 떠나 버린 님(절대자)의 옷고름 한 짝을 쥐고 '보름달 보듬고 밤새 울었다'는 표현에는 님과의 통절한 이별의 아픔을 담는다.

'휘적 휘적 사라지는 님의 발자국/ 강가에 벗어 논 헌 신발 한 짝' (제4연)에서 '헌 신발 한 짝'은 '옷고름 한 짝' (제2연)과 대구적(對句的)인 상관 관계를 드러낸다.

제2연에서 '보름달'과 제4연에서의 '초승달'은 이별이 15일 이상이나 시간적으로 경과한 것을 상징적으로 표현하고 있다.

그릇 · 1

깨진 그릇은
칼날이 된다.

절제와 균형의 중심에서
빗나간 힘
부서진 원(圓)은 모를 세우고
이성(理性)의 차가운
눈을 뜨게 한다.

맹목의 사랑을 노리는
사금파리여.
지금 나는 맨발이다.
베어지기를 기다리는
살이다.

상처 깊숙이서 성숙하는 혼

깨진 그릇은
칼날이 된다

무엇이나 깨진 것은
칼이 된다.

이해와 감상

절제된 시어를 상징적으로 구사하면서 '사랑'의 의미론적인 시세계를 용이주도하며
흥미진진하게 전개시키고 있다.

여기서 '그릇'은 '사랑'의 상징어다.

즉 그릇이라고 하는 포용의 용기(容器)로서 '사랑'을 인식해 본다면 이 시의 풀이는
한결 쉽게 접근할 수 있을 것이다.

'깨진 그릇'(제1연)은 곧 사랑의 파국이다.

그렇다면 '칼날'(제1연)은 원한이며 앙갚음, 나아가 적의(敵意) 내지 살의(殺意)로까
지 발전할 것인가.

그러나 '빗나간 힘'(제2연)은 각성(覺惺)과, 성찰(省察)이 절실히 요망되는 것이다. 즉
'이성의 차가운/ 눈을 뜨게 한다'(제2연)는 것이다.

'맹목의 사랑'(제3연)에 대한 지극히 위험한 현실 인식 속에서, '상처 깊숙이서 성숙
하는 혼', 그것은 이성(理性)에의 회복이다. 그러나 '무엇이나 깨진 것은/ 칼이 된다'(제
4연)는 귀결은 무질서하고 혼란한 현대 사회를 올바르게 경각시키는 새로운 아포리즘
(aphorism, 箴言, 잠언)이다.

김여정(金汝貞)

경상남도 진주(晋州)에서 출생(1933~   ). 본명 정순(貞順). 성균관대학교 국문학과 졸업. 경희대학교 대학원 국문학과 수료. 1968년 『현대문학』에 「남해도(南海島)」, 「화음(和音)」, 「편지」가 추천 완료되어 문단에 등단했다. 시집 『화음(和音)』(1969), 『바다에 내린 햇살』(1973), 『겨울새』(1978), 『파도는 갈기를 날리며』(1982), 『어린 신(神)에게』(1983), 『날으는 잠』(1986), 『해연사(海燕詞)』(1989), 『사과들이 사는 집』(1991), 『봉인 이후』(1995) 등이 있다.

술 마시는 여자

여자가 독한 술을 마신다.
여자가 시퍼런 바다를 마신다.
여자가 섬을 마신다.
여자가 남자를 마신다.
여자가 칼을 마신다.
여자가 절망을 마신다.
여자가 죽음을 마신다.

독한 술을 마신 여자가
독한 술이 되어 출렁인다.
시퍼런 바다를 마신 여자가
시퍼런 바다가 되어 넘친다.

섬을 마신 여자가
섬이 되어 흐르고
남자를 마신 여자가
하늘이 되어 열리고
칼을 마신 여자가
칼이 되어 번쩍인다.

절망을 마신 여자가

절망을 마신 여자가
절망이 되어 무너진다
절망이 되어 무너진다
죽음을 마신 여자가
무덤이 되어
솟아오른다.

주제 여성의 남녀평등권 추구
형식 4연의 주지시
경향 주지적, 페미니즘(feminism)적, 풍자적
표현상의 특징 직설적이고 직서적인 표현이 독자에게 쉽게 전달되고 있다.
시의 수사(修辭)에 있어서 이 작품은 철저한 동어반복의 시세계를 보여주고 있다.
동어반복의 적층효과를 통해 '여자'의 존재가치를 철저하게 파헤치고 있다.

이해와 감상

김여정의 이 작품은 페미니즘(남녀동권주의 · 여성해방론)의 차원에서 이 땅의 획기적인 작품이다. 20세기에 들어선 1930년대부터 서구사회는 페미니즘에 비로소 눈을 뜨기 시작했다. 역사적으로 서양사회에서도 여자들은 남녀동권은 고사하고 속박당하며 천시되어 여성의 참다운 권리는 언급조차 되지 못했다. 심지어 여자는 '바지'를 입지 못하게 했다. 여자가 바지를 입는다는 것은 남자의 세계에 대한 도전이었다.

미국에서 여자가 바지를 입으면 경찰에 체포당했다. 이것은 넌센스가 아니라 그 당시 미국의 신문 기사들이 전하고 있다. 프랑스에서도 영국에서도 바지 입는 여성은 어처구니 없게도 '교통법규 위반죄'로 단속의 대상이었다.

바지는 단순히 남자의 복장이 아니라 '일할 수 있는 복장'이다. 그러기에 여자도 치렁치렁한 치마며 스커트 대신 바지를 입고 활동하자는 '블루머리즘'(bloomerism)이 복장 개혁 운동가 아메리아 블루머(Ameria Bloomer, 1818~1892)에 의해 장차 남녀 동권운동으로 발전한 것이다.

여자가 '독한 술'로부터 '시퍼런 바다'며 '섬', '남자', '칼', '절망', '죽음'까지 '마신다'(제1연)는 제시는 여성의 남녀 동권뿐 아니라 여성의 온갖 능력, 그리고 여성의 남성과 똑같은 좌절과 종말까지도 함께 누리며 공유(共有)할 것을 메타포하고 있다.

여기서 '남자를 마신다'는 것은 '남성 지배'이며 '칼을 마신다'는 것은 '권력의 장악'이다. 그러므로 여자도 남자처럼 당연히 그 과정에서 실의에 빠지기도 하고 멸망하는 것이다.

이와 같은 차원에서 이 시는 여성의 정당한 평등권의 실현과 그 프로세스가 풍자적으로 설득력 있게 전개되어 주목되는 작품이다.

콩새
― 여름

콩새야
올 여름에 콩새야
찬란한 빛 속에서 날아나와
떼지어 날아나와
여름 바다에 푸른 피 섞어
여름 바다로 태어나
청옥(靑玉)
하늘의 눈알이 되는
여름 하늘에 콩새야.

싱싱 하늘의 눈동자가 빛난다.
싱싱 바다의 피가 솟구친다.
싱싱 하늘의 날개 바다의 날개가
천으로 만으로
푸득인다 번쩍인다.

주제 여름철 콩새의 순수미

형식 2연의 자유시

경향 서정적, 전통적, 역동적

표현상의 특징 절제(節制)된 서정적 시어 구사를 통해 '콩새'를 매개로 하는 사상
(事象)의 시각적 이미지를 참신하게 부각시키고 있다.
이 시를 정감화(情感化) 시키는 것은 민요적인 리듬감을 시도하는 '콩새야'를
동어반복하는 강조법의 수사작용(修辭作用)이다.
역시 '날아나와'와 '싱싱'의 동어반복이 주는 리듬감이 흥겨운 동시에, 심도
있는 이미지화를 돕고 있다.

이해와 감상

「콩새」는 누구나가 정답고 즐겁게 낭송하며 동화되는 살아 있는 리듬 감각이 뛰어난
역동적인 작품이다. 김여정은 여름날과 콩새를 서경적(敍景的)으로 조명하면서 시각화
를 시도하고 있다. 그러나 일반적인 서경(敍景)으로서의 시각화가 아니라 정신 내면 세
계의 심도 있는 시각적 전개라고 하겠다.

좀 더 구체적으로 지적한다면 환상적(幻想的) 시각화를 시도하고 있다. 그러기에 이와 같은 시각적 이미지의 전개는 유니크(unique)한 독자성(獨自性) 때문에 신선감이 넘친다. 우리가 시를 읽는 즐거움은 다각적으로 살필 수 있다.

여기서는 우리의 전통적 민요의 가락이 안겨주는 리듬감 속의 민족적인 정서가 심성적(心性的)인 공감각의 조화를 이뤄주고 있다.

겨울새

울지 마라 새야
겨울새야
어느 때는 쇳소리로
어느 때는 쉰소리로
어느 때는 숫제 소리도 못내고
우는 새야
쇳소리로 울 때는
벌겋게 끓어 오르는 동해(東海) 바다

쉰소리로 울 때는
하얗게 졸아붙는 서해(西海) 소금밭
소리도 없이 우는
네 날개짓 속에 숨어드는
하늘에
소름이 돋는다 새야
철부지 겨울새야

이해와 감상

이 시에서 '겨울새'는 시인 자신의 의인화다. 김여정은 「겨울새」를 통해 시대적인 아픔과 그리하여 역사에 대한 저항 의지를 상징적으로 담고 있다. 겨울새는 얼어붙는 계절(독재 정치의 탄압 등)의 시련당하는 자유민주주의 시민의식의 상징어다. 쇳소리로 우는 아픔의 고음(高音), 압박을 이겨내려 고통을 참는 쉰소리의 울음은 저음(低音)이며, 어쩌면 소리도 제대로 내지 못하는 절망과 좌절의 침통한 울음이다. 여기서 동해는 '분노'의 상징적 표현이고, 서해는 '시련'의 은유다. 철부지 '겨울새'는 철이 없는 어리석음이 아니라, 계절(정치, 사회적)을 잘못 만난 불운한 존재를 암시하고 있다.

오규원(吳圭原)

경상남도 밀양(密陽)에서 출생(1941~   ). 동아대학교 법학과 졸업. 「현대문학」에 시 「겨울 나그네」(1965. 7), 「우계(雨季)의 시」(1967. 6), 「몇 개의 현상(現象)」(1968. 11) 등이 추천 완료되어 문단에 등단했다. 시집 「분명한 사건」(1971), 「순례(巡禮)」(1973), 「사랑의 기교」(1975), 「왕자가 아닌 한 아이에게」(1978), 「이 땅에 씌어지는 서정시」(1981), 「희망 만들며 살기」(1985), 「가끔은 주목받는 생(生)이고 싶다」(1987), 「사랑의 감옥」(1991), 「길, 골목, 호텔 그리고 강물 소리」(1995), 「토마토는 붉다 아니 달콤하다」(1999) 등이 있다.

부재(不在)를 사랑하는 우리집 아저씨의 이야기

빨래가 빨래줄에서 마를 동안 빨래가 이름을
비워 둔 사실을 아시나요?
코스모스가 언덕에서 필 동안 코스모스의 육신이 서 있는
위치를 혹시 아시나요?
우리의 확신이 거울 앞에서 빠져 나간 뒤 어디에서
옷을 벗고 누웠는지 아시나요?
그리고
부재를 사랑하는 우리집 아저씨의 현실이
어디에 있는지 모르시나요?

옆집 아저씨의 말은 언제나 분명하고
너무 분명하기 때문에
너무 분명한 것의 두려운 오류 때문에
나는 믿지를 못하고 우리집 사람들도
모두 믿지를 못하고
저 많은 나라의 외투를 벗기려 펄럭이는 한 자락 바람을
차라리 아끼는 우리집
뜰의 풀잎들은 제각기 흩어져
(풀잎 위의 이슬도 제각기 흩어져 흔들리며)
고독하게 귀가 마릅니다.

은하수를 아시나요?
빨래가 이름을 비워 둔 그 부재(不在)는 방법입니다.
코스모스가 서 있는 그 위치는 이상입니다.
옷 벗은 확신은 참회입니다.
그리고
부재를 사랑하는 우리집 아저씨의 현실은 꿈의 대문 안쪽입니다.

주제 존재의 역설적(逆說的) 의미 추구
형식 2연의 주지시
경향 주지적, 풍자적, 존재론적
표현상의 특징 알기 쉬운 일상어의 주지적 표현이나 고도의 상징적 수법을 쓰고 있다.
외형적으로는 난해시 같지 않으나 내재적인 의미의 심도가 깊은 난해시다.

이해와 감상

이 시는 부재(不在)의 외형적 묘사가 아닌 고통받고 있는 존재(存在)에 대한 내재적이
며 본질적인 의미와 가치를 추구하고 있다.

한 마디로 난해시다. 이 시를 이해하기 위해서는 현실과 꿈(이상)이라는 이율배반(二
律背反)의 논리로부터 우리가 이해하며 들어가야 한다.

가령 당신이 지금껏 성실하고 정직하게 살아가려고 애쓰지만 과연 그만한 노력의 참
다운 땀의 대가를 얻고 있냐고 내가 묻는다면 당신은 내게 뭐라고 대답할 것인가.

어쩌면 당신은 '노우' 하고 내게 고개를 저을 것이다.

부재(不在)는 이곳에 없는 것이고, 따라서 존재는 이 자리에서 떠나가 버린 것, 없는
것이다. 오규원이 이 시의 서두에 제시한 '빨래'는 '현실'이고, '코스모스'는 '이상'(理
想)으로써 설정하고 있으며, 그 해답은 이 시의 뒤쪽에서 '부재를 사랑하는 우리집 아저
씨의 현실은 꿈의 대문 안쪽입니다'(마지막 행)라고 명백하게 밝혀주고 있다.

다시 이 시의 서두로 돌아가 보자. 즉 '빨래가 이름을/ 비워 둔 사실'에서의 '이름'이
라는 것은 '존재'를 가리키는 것이다.

따라서 이름을 비워둔 것은 '존재'가 아닌 '부재'를 지적하는 것이다.

부재란 더 구체적으로 지적하면 버림받은 즉 '소외'당한 존재다.

어째서 인간이 소외당하느냐? 여기서 마르쿠제(Herbert Marcuse, 1898~1979)가 외친
것처럼 고도산업 사회의 인간 소외론을 들추거나, 에리히 프롬(Erich Fromm, 1900~
1980)의 물신숭배의 문명비평을 제시할 것도 없이 다만 이 시의 주인공인 '우리집 아저
씨'는 바로 그러한 고난의 시대의 수난자들이다.

더구나 '많은 나라의 외투를 벗기려 펄럭이는 한 자락 바람' 속에서, 그러한 외세(外勢)
의 소용돌이 속에서 정신차려야만 할 우리집 아저씨며 옆집 아저씨들의 가련한 처지다.

바깥 바람뿐 아니라 집안에서, 아파트 청약 모델하우스에서도 거센 바람은 직간접으로 아저씨들의 등덜미를 때린다.

버스 정거장에서

노점의 빈 의자를 그냥
시라고 하면 안 되나
노점을 지키는 저 여자를
버스를 타려고 뛰는 저 남자의
엉덩이를
시라고 하면 안 되나
나는 내가 무거워
시가 무거워 배운
작시법을 버리고
버스 정거장에서 견딘다

경찰의 불심 검문에 내미는
내 주민등록증을 시라고
하면 안 되나
주민등록증 번호를 시라고
하면 안 되나
안 된다면 안 되는 모두를
시라고 하면 안 되나

나는 어리석은 독자를
배반하는 방법을
오늘도 궁리하고 있다
내가 버스를 기다리며
오지 않는 버스를
시라고 하면 안 되나

시를 모르는 사람들을
시라고 하면 안 되나

배반을 모르는 시가
있다면 말해 보라
의미하는 모든 것은
배반을 안다 시대의
시가 배반을 알 때까지
쮸쮸바를 빨고 있는
저 여자의 입술을
시라고 하면 안 되나

주제 시를 통한 삶의 진실 추구
형식 4연의 주지시
경향 주지적, 해학적, 풍자적
표현상의 특징 구어체의 일상어로 작자의 시의 인식론을 알기 쉽게 펼치고 있다.
시의 내용이 전체적으로 현실적이고 비평적이다.
'~안 되나' 가 종결어미로서 두드러지게 동어반복되고 있다.

이해와 감상

이 시는 오규원이 평등한 시민의식을 배경으로 시의 방법론을 알기 쉽게 역설하고 있어 자못 주목된다.

시는 결코 어떤 특정한 계층의 전유물이 아니며, 만인이 어느 곳에서나 쓰거나 읽고 보람을 느끼면 된다는 공유론(共有論)이다.

화자가 '~안 되나' 하는 선의의 완곡한 제의가 오히려 '~해야 돼' 라는 따위 직설적 강요와 비길 수 없는 설득력을 강하게 발휘하고도 있다.

한 잎의 여자

나는 한 여자를 사랑했네. 물푸레나무 한 잎같이 쬐그만 여자, 그 한 잎의 여자를 사랑했네. 물푸레나무 그 한 잎의 솜털, 그 한 잎의 맑음, 그 한 잎의 영혼, 그 한 잎의 눈, 그리고 바람이 불면 보일 듯 보일 듯한 그 한 잎의 순결과 자유를 사랑했네.

정말로 나는 한 여자를 사랑했네. 여자만을 가진 여자, 여자 아닌 것은 아무 것도 안 가진 여자, 여자 아니면 아무 것도 아닌 여자, 눈물 같은 여자, 슬픔 같은 여자, 병신 같은 여자, 시집(詩集) 같은 여자, 영원히 나 혼자 가지는 여자, 그래서 불행한 여자.

그러나 누구나 영원히 가질 수 없는 여자, 물푸레나무 그림자 같은 슬픈 여자.

이해와 감상

「한 잎의 여자」의 '잎'은 나뭇잎을 가리킨다.

한 사람의 여자의 '사람'이라는 인칭명사보다, 성성한 나뭇잎을 연상시키는 푸른 '잎'의 호칭은 매우 신선한 느낌을 준다.

오늘의 시가 독자에게 읽히기 위해서는 '시는 시다워야 한다'는 시인의 제시가 절실하게 요망되고 있다. 시다워야 한다는 '제시'는 곧 새로움이다. 신선한 감각의 새 표현법을 찾기에 시인들이 도전하고 있는 게 오늘의 현실이다.

'나는 한 여자를 사랑했네. 물푸레나무 한 잎같이 쬐그만 여자, 그 한 잎의 여자를 사랑했네. 물푸레나무 그 한 잎의 솜털, 그 한 잎의 맑음, 그 한 잎의 영혼, 그 한 잎의 눈'이라는 이 페미니즘(feminism, 남녀동권주의)적인 여성 칭송 감각의 참신성은 새로운 메타포가 아닐 수 없다.

'물푸레나무'는 우리나라 산야 널리 분포된 우리와 친숙한 나무다. 낙엽 활엽 교목이며 잎은 난형(卵型)으로 탐스럽고, 잎 뒷면의 주맥(主脈)에 갈색 털이 나 있다.

이 시는 구어체의 전달이 잘 되는 표현을 하고 있어서 누구나 읽어서 이해가 잘 될 것이라고 본다.

이시영(李時英)

전라남도 구례(求禮)에서 출생(1949~   ). 서라벌예술대학 문예창작과 졸업. 고려대학교 대학원 국문학과 수료. 1969년 『중앙일보』 신춘문예에 시조 「수(繡)」가 당선, 같은 해 『월간문학』 신인상에 시 「채탄」, 「어휘」 등이 당선되어 문단에 등단했다. 시집 『만월(滿月)』(1976), 『바람 속으로』(1986), 『길은 멀다 친구여』(1988), 『이슬 맺힌 노래』(1991), 『무늬』(1994), 『사이』(1996), 『조용한 푸른 하늘』(1997) 등이 있다.

이름

밤이 깊어 갈수록
우리는 누군가를 불러야 한다
우리가 그 이름을 부르지 않았을 때
잠시라도 잊었을 때
채찍 아래서 우리를 부르는 뜨거운 소리를 듣는다

이 밤이 길어 갈수록
우리는 누구에게로 가야 한다
우리가 가기를 멈췄을 때
혹은 가기를 포기했을 때
칼자욱을 딛고서 오는 그이의
아픈 발 소리를 듣는다

우리는 누구인가를 불러야 한다
우리는 누구에게로 가야 한다
대낮의 숨통을 조이는 것이
형제의 찬 손일지라도
언젠가는 피가 돌아
고향의 논둑을 더듬는 다순 낮이 될지라도
오늘 조인 목을 뽑아
우리는 그에게로 가야만 한다

그의 이름을 불러야 한다
부르다가 쓰러져 그의 돌이 되기 위해
가다가 멈춰 서서 그의 장승이 되기 위해

주제 민중정서의 건강한 회복
형식 3연의 주지시
경향 주지적, 저항적, 풍자적
표현상의 특징 시어가 매우 상징적이며, 동시에 상징 수법으로 주지적 사상을 심도 있게 표현하고 있다.
전체적으로 그 표현 양식이 우수에 차 있으면서도 지성의 세련미와 더불어 독자에게 큰 감동을 안겨준다. '우리는'을 비롯하여 '누구', '~때' 등의 동어반복이 두드러지게 나타나고 있다.

이해와 감상

1960년 이후 겉으로 드러나기까지 한 '페이터'(fetter, 족쇄)의 잔혹한 속박시대를 사는 지성, 시인은 족쇄 집단에 대한 강렬한 저항의지로 반정부 운동에 참여(參與)하며 가슴 속이 까맣게 타들어갔다. 그러기에 누군가의 이름을 부르지 않고는 배겨낼 수 없는 것이다.

'밤이 깊어 갈수록/ 우리는 누군가를 불러야 한다'고 호소하는 화자는 이 역사의 암흑의 현장을 '밤'이라는 상징어로써 통렬하게 풍자하며 고발하고 있다.

'채찍 아래서 우리를 부르는 뜨거운 소리'는 끝내 저항하며 일어선 선량한 민중의 절규다. 군사독재의 '채찍' 아래 시달리던 시민들은 참다운 데모크라시와 그 자유를 쟁취하기 위해 앞장선 민중의 지도자를 찾아 헤맨 것이다. 그러기에 누군가의 이름을 부르며 '누구에게로 가야'만 했다.

그러나 상황은 또 어떤가. 얼마나 절박한가. '우리가 가기를 멈췄을 때/ 혹은 가기를 포기했을 때/ 칼자욱을 딛고서 오는 그이의/ 아픈 발 소리를 듣는다'고 화자는 침통하게 호소했다. 총검 앞에서 사정없이 구타당하고 모질게 고문당한 '칼자국'의 주인공, 바로 '그이의 아픈 발소리'는 우리들의 가슴을 찢는 시민 공동의 아픔인 것이다.

그러기에 '우리는 누구인가를 불러야 한다/ 우리는 누구에게로 가야 한다'(제3연)고 '이름'을 찾아갈 것을 거듭 외치며 역설하는 것이다.

'언젠가는 피가 돌아/ 고향의 논둑을 더듬는 다순 낮이 될지라도' 그보다 더욱 시급한 것은 숨막히는 독재를 타파하는 정의의 대오에 선뜻 나서서, '이름'을 부르며 '이름'에게로 나아가자는 절박한 현실 의식이다.

이 작품은 이시영의 대표시 「서시」(序詩)와 또한 「너」와 일맥 상통하는 가편(佳篇)이다.

'어서 오라 그리운 얼굴

산 넘고 물 건너 발 디디러 간 사람아
댓잎만 살랑여도 너 기다리는 얼굴들
봉창 열고 슬픈 눈동자를 태우는데
이 밤이 새기 전에 땅을 울리며 오라
어서 어머님의 긴 이야기를 듣자'

이상의 「서시」를 함께 독자들이 참고하기 바라련다.

후꾸도

장사나 잘 되는지 몰라
흑석동 종점 주택은행 담을 낀 좌판에는 시푸른 사과들
어린애를 업고 넋 나간 사람처럼 물끄러미
모자를 쓰고 서 있는 사내
어릴 적 우리집서 글 배우며 꼴머슴 살던
후꾸도가 아닐는지 몰라
천자문을 더듬거린다고
아버지에게 야단 맞은 날은
내 손목을 가만히 쥐고 쇠죽솥 가로 가
천자보다 좋은 숯불에 참새를 구워 주며
멀뚱멀뚱 착한 눈을 들어
소처럼 손등으로 웃던 소년
못줄을 잘못 잡았다고
보리밭에 송아지를 떼어놓고 왔다고
남의 집 제삿밤에 단자를 갔다고
사랑이 시끄럽게 꾸중을 들은 식전 아침에도
말없이 낫을 갈고 풀숲을 헤쳐
꼴망태 위에 가득 이슬 젖은 게들을 걷어와
슬그머니 정지문에 들이밀며 웃던 손
만벌매기가 끝나면
동네 일꾼들이 올린 새들이를 타고 앉아

상머슴 뒤에서 함박 웃던 큰 입
새경을 타면 고무신을 사 신고
읍내 장터로 서커스를 한판 보러 가겠다고 하더니
갑자기 서울서 온 형이
사년 동안 모아둔 새경을 다 팔아갔다고 하며
그믐날 확독에서 떡을 치는 어깨엔
힘이 빠져 있었다
그날 밤 어머니가 꾸려준 옷보따리를 들고
주춤주춤 뒤돌아보며 보름을 쇠고
꼭 오겠다고 집을 떠난 후꾸도는
정이월이 가고 삼짇날이 가도 오지 않았다
장사나 잘 되는지 몰라
천자문은 다 외웠는지 몰라
칭얼대는 네댓살짜리 계집애를 업고
하염없이 좌판을 내려다보며 서 있는 사내
그리움에 언뜻 다가서려고 하면
나를 아는지 모르는지 모자를 눌러쓰고
이내 좌판에 달라붙어
사과를 뒤적거리는 사내

주제 전통정서와 삶의 우수
형식 전연의 주지시
경향 주지적, 전통적, 인간애적
표현상의 특징 농촌의 전통적인 정서와 인간애의 선의식(善意識)을 진솔하게 표현하고 있다.
향토색 짙은 토속적인 시어들이 잃어져가는 한국인의 소박한 민족 정서를 깔끔하게 되살리고 있다.
마지막 행 '사과를 뒤적거리는 사내'는 첫 번째 행 '장사나 잘 되는지 몰라'와 이어지는 도치법을 쓰고 있다.

이해와 감상

이시영은 물신적(物神的)인 사리사욕에 눈 먼 악랄한 이기주의자들이 들끓는 침울한 시대를 극복하려는 소외당한 서민의 애절한 현실을 리얼하게 고발하고 있다. 그러기에 따사로운 인간성 상실의 시대에서 시인이 삶의 참다운 가치를 추구하는 작업이야말로 한국시의 새로운 변모를 제시하는 유닉한 시 작업이 아닐 수 없다.

누구나가 읽어가면서 자연스럽게 우리의 옛날 농촌과 오늘의 시대가 대비적으로 연상되는 가운데 독자로 하여금 뜨거운 친화력(親和力)을 안겨준다.

'후꾸도' 라는 '꼴머슴' 은 어쩔 수 없는 탈농(脫農)의 이농자(離農者)다. 소위 잘 산다고 하는 산업화 사회로 몸소 뛰어든 그에게는 현실 또한 얼마나 가혹한 것인가. 변두리 노점의 사과장수는 그의 젊은 마누라가 뎅그라니 아이만 후꾸도에게 또 하나의 무거운 짐으로 내팽개치고 어디론가 도망친 것은 아닌가.

'어린애를 업고 넋 나간 사람처럼 물끄러미/ 모자를 쓰고 서 있는 사내' 에게 화자는 연민의 정을 듬뿍 느끼면서 그의 소시적의 순박한 인간미를 가슴 속으로부터 정겹게 예찬한다.

'숯불에 참새를 구워 주며' , '이슬 젖은 게들을~ 들이밀며 웃던 손' , '읍내 장터로 서커스를 한판 보러 가겠다' 고 별렀으나 그 조그만 소박한 꿈마저 이루지 못한 채, 생홀아비 사과장수로 전락하여 고역을 치루는 불우하기 그지없는 인생.

이들 '도시 빈민' 의 현장은 이른바 고도 산업화에 뒤이은 첨단 정보화 사회를 떠벌이는 오늘의 우리 주변에서 수두룩하게 발에 채이고 있지 않은가.

투기꾼, 사기꾼보다 더욱 못된 검은 큰 손들의 등살에 짓눌린 채, 오늘의 서민 대표 '후꾸도' 의 앞날은 또 어찌 변모해 갈 것인지.

한국 20세기 농촌과 도시의 현상학적인 한 단면의 이 형상화 작업은 어쩌면 이제 우리가 마악 21세기에 들어선 오늘에 당면한 현대시의 또 하나 살아 있는 새로운 제재(題材)로서 평가될 것이다.

만월(滿月)

누룩 같은 만월이 토담벽을 파고들면
붉은 얼굴의 할아버지는 칡뿌리를 한 발대
가득 지고 왔다
송기를 벗기는 손톱은 즐겁고
즐거워라 이마에 닿는 할아버지 허리에선
송진이 흐르고
바람처럼 푸르게 내 살 속을 흐른다
저녁 풀무에서 달아오른 별들,
노란 벌이 윙윙거리면
마을 밖 사죽골에 삿갓을 쓰고

숨어 사는 어매가
몰매 맞아 죽은 귀신보다 더 무서웠다
삼베치마로 얼굴을 싼 누나가
송기밥을 이고
봉당으로 내려서면
사립문 밖 새끼줄 밖에서는
끝내 잠들지 못한
맨대가리의 장정들이 컹컹 짖었다
부엉이 울음소리가 쭈그리고 앉은
산길에는 썩은 덕석에 내다버린 아이들과 선지피가 자욱했다
어둠 속에 숨 죽인 갈대 덤불을 헤치고
늙은 달이 하나 떠올랐다

이해와 감상

산촌의 근면하고 우직한 농민상(農民像)은 독자로 하여금 그 정서가 우선 가슴에 뭉클 와 닿는다.

'칡뿌리를 한 발대/ 가득 지고 왔다' (제2·3행)는 할아버지의 붉은 얼굴은 토담벽을 파고드는 '누룩 같은' (제1행) 둥근 달 때문에 벌겋게 상기한 것이런가.

토속적인 우리의 순박한 전통적 관습이 물씬 밴 농촌 풍정 속에서 '마을 밖 사죽골에 삿갓을 쓰고/ 숨어 사는 어매' (제10·11행)의 아픈 사연은 무엇이런가.

또한 누나는 어째서 그 고운 얼굴에 '삼베치마로 얼굴을 싼' (제13행) 것인지, 독자에게는 절로 불안과 우수(憂愁)가 엄습해 온다.

어디 그 뿐이랴.

'산길에는 썩은 덕석에 내다버린 아이들과 선지피가 자욱했다' (제15행)니 거기에는 비통한 민중의 고통스러운 도피며 아픔과 또한 피할 길 없는 슬픈 사연이 짙게 깔려 있는 것이다.

1950년을 전후한 각 지역의 사상적 좌우익 충돌이며, 6·25 동족상잔의 비극의 틈바구니에서 산간지대며 벽지의 주민들은 본의 아닌 억울한 희생과 무고한 피해자로 전락했던 것이다.

그 뿐 아니라 5·16군사쿠데타로 60년대 이후부터의 정치적 탄압 등등, 가혹한 처벌에 의한 비인간적 학대에 대한 화자의 강력한 저항의지가 마침내 밤의 역사의 고통을 응시해 온 '늙은 달' (마지막행)로 덩실 떠올랐다.

「만월」은 8·15 광복 이후 불운과 불행을 거듭해 온 우리의 민족적 온갖 아픔을 단편적이나마 진지하게 부각시킨 한국시문학사에서 반드시 평가되어야 할 역편(力篇)이다.

김지하(金芝河)

전라남도 목포(木浦)에서 출생(1941~   ). 본명은 영일(英一). 서울대학교 미학과 졸업. 1969년 『시인(詩人)』에 시 「비」, 「황톳길」, 「가벼움」, 「녹두꽃」, 「들녘」 등을 발표하며 문단에 등단했다. 『사상계』(1970. 5)에 담시(譚詩)「오적」(五賊)을 발표했다. 시집 『황토(黃土)』(1970), 『타는 목마름으로』(1982), 대설(大說)『남(南) 1, 2』(1984), 『애린』(1986), 『별밭을 우러르며』(1989), 『뭉치면 죽고 헤치면 산다』(1991), 대설(大說)『남(南) 3, 4, 5』(1994), 『중심의 괴로움』(1994), 『틈』(1995), 『오적(五賊)』(2001), 『마지막 살의 그리움』(2002), 『절, 그 언저리』(2003) 등이 있다.

타는 목마름으로

신새벽 뒷골목에
네 이름을 쓴다 민주주의여
내 머리는 너를 잊은 지 오래
내 발길은 너를 잊은 지 너무도 너무도 오래

오직 한 가닥 있어
타는 가슴 속 목마름의 기억이
네 이름을 남 몰래 쓴다 민주주의여

아직 동트지 않은 뒷골목의 어딘가
발자욱 소리 호르락 소리 문 두드리는 소리
외마디 길고 긴 누군가의 비명 소리
신음 소리 통곡 소리 탄식 소리 그 속에 내 가슴팍 속에
깊이깊이 새겨지는 네 이름 위에
네 이름의 외로운 눈부심 위에
살아오는 삶의 아픔
살아오는 저 푸르른 자유의 추억
되살아오는 끌려가던 벗들의 피묻은 얼굴
떨리는 손 떨리는 가슴
떨리는 치떨리는 노여움으로 나무판자에

백묵으로 서툰 솜씨로
쓴다.

숨죽여 흐느끼며
네 이름을 남 몰래 쓴다.
타는 목마름으로
타는 목마름으로
민주주의여 만세

주제 민주주의 회복의 열망
형식 4연의 주지시
경향 주지적, 저항적, 풍자적
표현상의 특징 직설적인 표현으로 비민주적 시대를 날카롭게 비판하고 있다.
산문체의 표현이나 언어의 내재율을 담아내고 있다.
수사적(修辭的) 표현 대신에 심정적 정서가 역동적으로 표현되어 전달이 잘 되고 있다.
표제의 '타는 목마름으로'를 비롯하여 '네 이름을', '민주주의여', '살아오는', '떨리는' 등 동어반복이 두드러지고 있다.

이해와 감상

김지하는 군사독재 치하에서 부단한 민주화 투쟁으로 누차 옥고를 치른 현대의 대표적인 저항시인이다. 1980년대 초에 발표된 이 작품은 이 땅의 정치적 자유민주주의 국가의 건설을 절규하는 시인의 절절한 목소리 그 자체다.

'신새벽 뒷골목에/ 네 이름을 쓴다 민주주의여' (제1연), '네 이름을 남 몰래 쓴다 민주주의여' (제2연)에서처럼 김지하는 뒷골목에서, 옥중에서도 목이 메어 민주주의의 회복을 갈망한 것이다.

일제 강점기에 이 땅의 애국 저항시인들이 조국의 광복을 절규한 이래, 군사독재하에서 여러 시인들이 저항하며 절규했거니와, '아직 동트지 않은 뒷골목의 어딘가/ 발자욱 소리 호르락 소리 문 두드리는 소리/ 외마디 길고 긴 누군가의 비명 소리/ 신음 소리 통곡 소리 탄식 소리' (제3연)에 그런 공포정치하에서 화자는 스스로도 신음하고 통곡하며, 탄식하면서 '살아오는 삶의 아픔' 속에 '끌려가던 벗들의 피묻은 얼굴'을 직시하며 '떨리는 손 떨리는 가슴/ 떨리는 치떨리는 노여움으로 나무판자에/ 백묵으로 서툰 솜씨로' 민주주의를 썼다고 한다.

'타는 목마름으로/ 민주주의여 만세'로 결구(結句)되는 이 주지적 저항시는 우리의 역사와 함께 시문학사에 길이 새겨질 것이다.

녹두꽃

빈손 가득히 움켜쥔
햇살에 살아
벽에도 쇠창살에도
노을로 붉게 살아
타네
불타네
깊은 밤 넋 속의 깊고
깊은 상처에 살아
모질수록 매질 아래 날이 갈수록
흡뜨는 거역의 눈동자에 핏발로 살아
열쇠 소리 사라져 버린 밤은 끝없고
끝없이 혀는 짤리어 굳고 굳고
굳은 벽 속의 마지막
통곡으로 살아
타네
불타네
녹두꽃 타네
별 푸른 시구문 아래 목 베어 횃불 아래
횃불이여 그슬러라
하늘을 온 세상을
번뜩이는 총검 아래 비웃음 아래
너희, 나를 육시토록
끝끝내 살아.

주제 동학혁명 정신과 현실의 울분
형식 전연의 자유시
경향 상징적, 저항적, 역사적
표현상의 특징 잘 다듬어진 상징적 시어로 심도 있는 이미지를 담고 있다.
동학혁명 정신을 배경으로 깔고 저항의지를 짙게 표현하고 있다.
'타네/ 불타네' 와 '타네/ 불타네/ 녹두꽃 타네' 의 동의어(同義語)반복을 하고 있다.

김지하는 표제(表題)「녹두꽃」으로써 녹두장군 전봉준(全琫準, 1853~1895)의 동학혁명(1894) 정신을 상징적으로 표방하고 있다.

작자는 그가 군사독재에 저항하며 옥중에서 투쟁하던 당시의 상황에서 '빈손 가득히 움켜쥔/ 햇살에 살아/ 벽에도 쇠창살에도/ 노을로 붉게 살아/ 타네/ 불타네' 하며, 전봉준의 혁명정신을 노을로 붉게 탄다는 상징적인 칭송을 하고 있다.

시인은 그가 고문당하며 옥고 속에 '깊은 상처에 살아/ 모질수록 매질 아래 날이 갈수록' 시달리는 형국의 나날을 '굳은 벽 속의 마지막/ 통곡으로 살아' 가면서도 '타네/ 불타네/ 녹두꽃 타네'의 눈부신 신념 속에 순교의 '횃불'을 가슴 속에 불지른다.

'시구문'(水口門, 수구문의 구어체화)이란 지금 서울의 광희문(光熙門, 태조 5년인 서기 1396년에 초창) 옛 터전으로서 조선왕조 때 처형당한 사람들을 이곳에 내다버렸던 통곡의 문이다.

'육시'(戮屍)란 이미 죽은 이에게 다시 목을 치는 참형이거니와, 작자는 군사독재의 탄압 아래 '너희, 나를 육시토록/ 끝끝내 살아'로써 참혹한 죽음 속에서도 녹두꽃 정신은 영원히 빛난다는 비장한 결의를 담고 있다.

가벼움

불꽃이 타는
이마 위에 물을 이고
물의 진양조의 무게 아래 숨지는
나비 같은 가벼움
나비 같은 불꽃이 타는
이마 위에 물살을 이고
퍼부어 내리는 비의 새하얀
파성을 이고 불꽃이 타는
이마 위에 이마 위에
총창이 그어댄 주름살의 나비 같은
익살을 이고
불꽃이 타는 그 이마 위에
물살이 흐르고 옆으로

옆으로 흐르는 물살만이 자유롭고
불꽃이 타는 이마 위에
퍼부어 내리는 비의 새하얀
공포를 이고
숨겨 간 그 날의 너의
나비 같은 가벼움.

🎩 이해와 감상

김지하의 시에는 어느 것이나 민족적 의기와 동시에 불의에 항거하는 정신이 강하게
드러나고 있어서 이 작품도 그 예외는 아니다.
「가벼움」이라고 스케치하듯 표제를 단 이 주지적 상징시도 어김없이 강렬한 저항의지
를 그 배경에 깔고 있다.
이 시의 마지막 행(行)에 보면 '나비 같은 가벼움' 이라는 직유의 표현이 표제의 「가벼
움」과 직결되거니와, 이것은 죽음에 대한 '불꽃이 타는 이마 위에/ 퍼부어 내리는 비의
새하얀/ 공포를 이고/ 숨겨 간 그 날의 너의/ 나비 같은 가벼움' 이라는 비통한 풍자다.

오적(五賊)

시(詩)를 쓰되 좀스럽게 쓰지 말고 똑 이렇게 쓰랏다.
내 어쩌다 붓끝이 험한 죄로 칠전에 끌려가
볼기를 맞은 지도 하도 오래라 삭신이 근질근질
방정맞은 조동아리 손목댕이 오물오물 수물수물
뭐든 자꾸 쓰고 싶어 견딜 수가 없으니, 에라 모르겠다
볼기가 확확 불이 나게 맞을 때는 맞더라도
내 별별 이상한 도둑이야길 하나 쓰겠다.
옛날도, 먼 옛날 상달 초사흗날 백두산 아래 나라선 뒷날
배꼽으로 보고 똥구멍으로 듣던 중엔 으뜸
아동방(我東方)이 바야흐로 단군이래 으뜸
으뜸가는 태평 태평 태평성대라
그 무슨 가난이 있겠느냐 도둑이 있겠느냐
포식한 농민은 배터져 죽는 게 일쑤요

비단옷 신물나서 사시장철 벗고 사니
고재봉 제 비록 도둑이라곤 하나
공자님 당년에도 도척이 났고
부정부패 가렴주구 처처에 그득하나
요순시절에도 사흉은 있었으니
아마도 현군양상(賢君良相)인들 세 살 버릇 도벽(盜癖)이야
여든까지 차마 어찌할 수 있겠느냐
서울이란 장안 한복판에 다섯 도둑이 모여 살았겄다.
남녘은 똥덩어리 둥둥
구정물 한강가에 동빙고동 우뚝
북녘은 털빠진 닭똥구멍 민둥
벗은 산 만장 아래 성북동 수유동 뾰죽
남북간에 오종종종 판잣집 다닥다닥
게딱지 다닥 코딱지 다닥 그 위에 불쑥
장충동 약수동 숫을대문 제멋대로 와장창
저 솟고 싶은 대로 솟구쳐 올라 삐까번쩍
으리으리 꽃궁궐에 밤낮으로 풍악이 질펀 떡치는 소리 쿵떡
예가 바로 재벌(豺閥), 국회의원(蟈獪狋猿) 고급공무원(跍礫功無源), 장성(長猩),
장차관(暲獚瞳)이라 이름하는,
간뗑이 부어 남산하고 목질기기 동탁배꼽 같은
천하 흉포 오적(五賊)의 소굴이렷다.
사람마다 뱃속이 오장육보로 되었으되
이놈들의 배안에는 큰 황소불알만한 도둑보가 겉붙어 오장칠보,
본시 한 왕초에게 도둑질을 배웠으나 재조는 각각이라
밤낮없이 도둑질만 일삼으니 그 재조 또한 신기(神技)에 이르렀겄다.
하루는 다섯놈이 모여
십년 전 이맘때 우리 서로 피로써 맹세코 도둑질을 개업한 뒤
날이날로 느느니 기술이요 쌓이느니 황금이라, 황금 십만근을 걸어놓고
그간에 일취월장 묘기(妙技)를 어디 한 번 서로 겨룸이 어떠한가
이렇게 뜻을 모아 도(盜)짜 한자 크게 써 걸어놓고 도둑시합을 벌이는데
때는 양춘가절(陽春佳節)이라 날씨는 화창, 바람은 건듯, 구름은 둥실
저마다 골프채 하나씩 비껴들고 꼰아잡고
행여 질세라 다투어 내달아 비전(秘傳)의 신기(神技)를 자랑해쌌는다.

첫째 도둑 나온다 재벌이란 놈 나온다

돈으로 옷해 입고 돈으로 모자해 쓰고 돈으로 구두해 신고 돈으로 장갑해 끼고

금시계, 금반지, 금팔찌, 금단추, 금넥타이 핀, 금카후스보턴, 금박클, 금니빨, 금손톱, 금발톱, 금작크, 금시계줄.

디룩디룩 방댕이, 불룩불룩 아랫배, 방귀를 뿡뿡뀌며 아그작 아그작 나온다

저놈 재조봐라 저 재벌놈 재조봐라

장관은 노랗게 굽고 차관은 벌겋게 삶아

초치고 간장치고 계자치고 고추장치고 미원까지 톡톡쳐서 실고추 파 마늘 곁들여 날름

세금받은 은행돈, 외국서 빚낸 돈, 왼갖 특혜 좋은 이권은 모조리 꿀꺽

이쁜년 뀌어서 첩삼아 밤낮으로 직신작신 새끼까기 여념없다

수두룩 까낸 딸년들 모조리 칼쥔 놈께 시앗으로 밤참에 진상하여

귀띔에 정보얻고 수의계약 낙찰시켜 헐값에 땅샀다가 길뚫리면 한몫잡고

천원 공사 오원에 쓱싹, 노동자 임금은 언제나 외상외상

둘러치는 재조는 손오공 할애비요 구워 삶는 재조는 뙤놈술수 뺨치겄다.

또 한 놈이 나온다.

국회의원 나온다.

곱사같이 굽은 허리, 조조같이 가는 실눈,

가래끓는 목소리로 응승거리며 나온다

털투성이 몽둥이에 혁명공약 휘휘감고

혁명공약 모자 쓰고 혁명공약 배지차고

가래를 퉤퉤, 골프채 번쩍, 깃발같이 높이 들고 대갈일성, 쪽 째진 배암샛바닥에 구호가 와그르르

혁명이닷, 구악(舊惡)은 신악(新惡)으로! 개조(改造)닷, 부정축재는 축재부정으로!

근대화닷, 부정선거는 선거부정으로! 중농(重農)이닷, 빈농(貧農)은 이농(離農)으로!

건설이닷, 모든 집은 와우식(臥牛式)으로! 사회정화(社會淨化)닷, 정인숙(鄭仁淑)을, 정인숙을

철두철미 본받아랏!

궐기하랏, 궐기하랏! 한국은행권아, 막걸리야, 주먹들아,

빈대표야, 곰보표야, 째보표야,

올빼미야, 쪽제비야, 사꾸라야, 유령(幽靈)들아, 표도둑질 성전(聖戰)에로 총궐기하랏!

손자(孫子)에도 병불(兵不) 후사, 치자즉(治者卽) 도자(盜者)요 공약즉(公約卽) 공약(空約)이니

우매(愚昧) 국민 그리 알고 저리 멀찍 비켜서랏, 냄새난다 퉤—

골프 좀 쳐야겠다.

셋째놈이 나온다 고급공무원 나온다.

풍신은 고무풍선, 독사같이 모난 눈, 푸르족족 엄한 살,

콱다문 입꼬라지 청백리(淸白吏) 분명쿠나

단 것을 갖다주니 쩔레쩔레 고개저어 우린 단 것 좋아 않소,

아무렴, 그렇지, 그렇구 말구

어허 저놈 뒤좀 봐라 낯짝 하나 더 붙었다

이쪽 보고 히뜩히뜩 저쪽 보고 헤끗헤끗, 피둥피둥 유들유들

숫기도 좋거니와 이빨꼴이 가관이다.

단 것 너무 처먹어서 새까맣게 썩었구나, 썩다 못해 문드러져

오리(汚吏)가 분명쿠나

산같이 높은 책상 바다같이 깊은 의자 우뚝 나직 걸터앉아

공(功)은 쥐뿔 없는 놈이 하늘같이 높이 앉아 한 손으로 노땡큐요 다른 손은 땡큐땡큐

되는 것도 절대 안 돼, 안 될 것도 문제 없어, 책상 위엔 서류뭉치, 책상 밑엔 지폐뭉치

높은 놈껜 삽살개요 아랫 놈껜 사냥개라, 공금은 잘라먹고 뇌물은 청(請)해 먹고

내가 언제 그랬더냐 흰 구름아 물어보자 요정(料亭) 마담 위 아래로 모두 별 탈 없더냐.

넷째놈이 나온다 장성(長猩)놈이 나온다

키크기 팔대장성, 제밑에 졸개행렬 길기가 만리장성

온몸에 털이 숭숭, 고리눈, 범아가리, 벌룸코, 탑삭수염, 짐승이 분명쿠나

금은 백동 청동 황동, 비단 공단 울긋불긋, 천근만근 훈장으로 온몸을 덮고 감아

시커먼 개다리를 여기 차고 저기 차고

엉금엉금 기나온다 장성(長猩)놈 재조봐라

쫄병들 줄 쌀가마니 모래 가득 채워놓고 쌀은 빼다 팔아 먹고
쫄병 먹일 소돼지는 털 한 개씩 나눠주고 살은 혼자 몽창 먹고
엄동설한 막사 없어 얼어죽는 쫄병들을
일만 하면 땀이 난다 온종일 사역시켜
막사 지을 재목 갖다 제집 크게 지어놓고
부속 차량 피복 연탄 부식에 봉급까지, 위문품까지 떼어 먹고
배고파 탈영한 놈 군기잡자 주어패서 영창에 집어넣고
열중쉬엇 열중열중열중쉬엇 열중
빵빵들 데려다가 제마누라 화냥끼 노리개로 묶어두고
저는 따로 첩을 두어 운우어수(雲雨魚水) 공방전(攻防戰)에 병법(兵法)이 신출
귀몰(神出鬼沒).
마지막 놈 나온다
장차관이 나온다
허옇게 백태끼어 삐적삐적 술지게미 가득 고여 삐져나와
추접 무비(無比) 눈꼽낀 눈 형형하게 부라리며 왼손은 골프채로 국방을 지
휘하고
오른손은 주물럭주물럭 계집 젖통 위에다가 증산 수출 건설이라 깔짝깔짝
쓰노라니
호호 아이 간지럽사와요
이런 무식한 년, 국사(國事)가 간지러워?
굶더라도 수출이닷, 안 팔려도 증산이닷, 아사(餓死)한 놈 뼉다귀로 현해탄
에 다리놓아 가미사마 배알하잣!
째진 북소리 깨진 나팔소리 삐삐빼빼 불어대며 속셈은 먹을 궁리
검정 세단 있는데도 벤쯔를 사다 놓고 청렴결백 시위코자 코로나만 타는
구나
예산에서 몽땅 먹고 입찰에서 왕창 먹고 행여나 냄새날라 질근질근 껌씹
으며
켄트를 피워 물고 외래품 철저단속 공문을 휙휙휙휙 내갈겨 쓰고 나서 어
허 거참 달필(達筆)이다.
추문 듣고 뒤쫓어온 말 잘하는 반벙어리 신문기자 앞에 놓고
일국(一國)의 재상더러 부정(不正)이 웬말인가 귀거래사(歸去來辭) 꿍얼꿍얼,
자네 핸디 몇이더라?
오적(五賊)의 이 절륜한 솜씨를 구경하던 귀신들이

깜짝 놀라서 어마 뜨거라 저놈들한테 붙잡히면 뼉다귀도 못추리겠다
똥줄빠지게 내빼버렸으니 요즘엔 제사지내는 사람마저 드물어졌겠다
이리 한참 시합이 구시월 똥호박 무르익듯이 몰씬몰씬 무르익어가는데
여봐라
게 아무도 없느냐
나라 망신시키는 오적(五賊)을 잡아들여라
추상 같은 어명이 쾅,
청천하늘에 날벼락치듯 쾅쾅쾅 연거푸 떨어져내려 쏟아져
퍼붓어싸니
네이― 당장에 잡아 대령하겠나이다, 대답하고 물러선다
포도대장 물러선다 포도대장 거동봐라
울뚝불뚝 돼지코에 술찌꺼기 허어옇게 묻은 메기 주둥이,
침은 질질질
장비사돈네팔촌 같은 텁석부리 수염, 사람 여럿 잡아먹어 피가 벌건 왕방
울 눈깔
마빡에 주먹혹이 떨 때마다 털렁털렁
열십자 팔벌이고 멧돝같이 좌충우돌, 사자같이 으르르르릉
이놈 내리훑고 저놈 굴비엮어
종삼 명동 양동 무교동 청계천 쉬파리 답십리 왕파리 왕십리 똥파리 모두
쓸어모아다 꿇리고 치고 패고 차고 밟고
꼬집어뜯고 물어뜯고 업어메치고 뒤집어던지고 꼰아
추스르고 걷어팽개치고
때리고 부수고 개키고 까집고 비틀고 조이고
꺾고 깎고 벳기고 쑤셔대고 몽구라뜨리고
직신작신 조지고 지지고 노들강변 버들같이 휘휘낭창 꾸부러뜨리고
육모방망이, 세모쇳장, 갈쿠리, 긴 칼, 짧은 칼, 큰 칼, 작은 칼
오라 수갑 곤장 난장 곤봉 호각
개다리 소다리 장총 기관총 수류탄 최루탄 발연탄 구토탄 똥탄 오줌탄 뜸
물탄 석탄 백탄
모조리 갖다 늘어놓고 어흥―
호랑이 방귓소리 같은 으름장에 깜짝, 도매금으로 끌려와 쪼그린 되민중
들이 발발
전라도 갯땅쇠 꾀수놈이 발발 오뉴월 동장군(冬將軍) 만난 듯이 발발발 떨

어댄다.
  네놈이 오적(五賊)이지
  아니요
  그럼 네가 무엇이냐
  날치기요
  날치기면 더욱 좋다. 날치기, 들치기, 밀치기, 소매치기, 네다바이 다 합쳐
서
  오적(五賊)이 그 아니냐
  아이구 난 날치기 아니요
  그럼 네가 무엇이냐
  펨프요
  펨프면 더욱 좋다. 펨프, 창녀, 포주, 깡패, 쪽쟁이 다 합쳐서
  풍속사범 오적(五賊)이 바로 그것 아니더냐
  아이구 난 펨프 아니요
  그럼 네가 무엇이냐
  껌팔이요
  껌팔이면 더욱 좋다. 껌팔이, 담배팔이, 양말팔이, 도롭프스팔이, 쪼코렛팔
이 다 합쳐서
  외래품 팔아먹는 오적(五賊)이 그 아니냐
  아이구 난 껌팔이 아니요
  그럼 네가 무엇이냐
  거지요
  거지면 더더욱 좋다. 거지, 문둥이, 시라이, 양아치, 비렁뱅이 다 합쳐서
  우범 오적(五賊)이란 너를 두고 이름이다. 가자 이놈 큰집으로 바삐 가자
  애고 애고 난 아니요, 오적(五賊)만은 아니어라우. 나는 본시 갯땅쇠로
  농사로는 밥 못먹어 돈벌라고 서울 왔소. 내게 죄가 있다면은
  어젯밤에 배고파서 국화빵 한 개 훔쳐 먹은 그 죄밖엔 없습네다.
  이리 바짝 저리 죄고 위로 틀고 아래로 따닥
  찜질 매질 물질 불질 무두질에 당근질에 비행기 태워 공중잡이
  고춧가루 비눗물에 석초까지 퍼부어도 싹아지없이 쏙쏙 기어나오는 건
  아니랑께롱
  한 마디뿐이겠다
  포도대장 할 수 없어 꾀수놈을 사알살 꼬실른다 저것 봐라

오적(五賊)은 무엇이며 어디 있나 말만하면 네 목숨은 살려주마
꾀수놈 이 말 듣고 옳다구나 대답한다.
오적(五賊)이라 하는 것은
재벌과 국회의원, 고급공무원, 장성, 장차관이란 다섯 짐승,
시방 동빙고동에서 도둑시합 열고 있소.
으흠, 거 어디서 많이 듣던 이름이다. 정녕 그게 짐승이냐?
그라문이라우, 짐승도 아조 흉악한 짐승이지라우.
옳다 됐다 내 새끼야 그 말을 진작 하지
포도대장 하도 좋아 제 무릎을 탁 치는데
어떻게 우악스럽게 쳐버렸던지 무릎뼈가 파싹 깨져 버렸겠다, 그러허나
아무리 죽을 지경이라도 사(死)는 사(私)요 공(功)은 공(公)이라
네놈 꾀수 앞장서라, 당장에 잡아다가 능지처참한 연후에 나도 출세해야
겠다.
꾀수놈 앞세우고 포도대장 출도한다
범눈깔 부릅뜨고 백주대로상에 헷드라이트 왕눈깔을 미친 듯이 부릅뜨고
부릉 부릉 부르릉 찍찍
소리소리 내지르며 질풍같이 내닫는다
비켜라 비켜서라
안 비키면 오적(五賊)이다
간다 간다 내가 간다
부릉 부릉 부르릉 찍찍 우당우당 우당탕 쿵쾅
오적(五賊) 잡으러 내가 간다
남산을 훌랑 넘어 한강물 바라보니 동빙고동 예로구나
우레 같은 저 함성 범 같은 늠름기상 이완대장(李浣大將) 재래(再來)로다
시합장에 뛰어들어 포도대장 대갈일성,
이놈들 오적(五賊)은 듣거라
너희 한갓 비천한 축생의 몸으로
방자하게 백성의 고혈 빨아 주지육림 가소롭다
대역무도 국위손상, 백성원성 분분하매 어명으로 체포하니
오라를 받으렸다.
이리 호령하고 가만히 둘러보니 눈 하나 깜짝하는 놈 없이
제 일에만 열중하는데
생김생김은 짐승이로되 호화찬란한 짐승이라

포도대장 깜짝 놀라 사면을 살펴보는데

이것이 꿈이냐 생시냐 이게 어느 천국이냐

서슬 푸른 용트림이 기둥처처 승천하고 맑고 푸른 수영장엔 벌거벗은 선녀(仙女) 가득

몇십리 수풀들이 정원 속에 그득그득, 백만원짜리 정원수(庭園樹) 백만원짜리 외국(外國) 개

천만원짜리 수석비석(瘦石肥石), 천만원짜리 석등석불(石燈石佛), 일억원짜리 붕어 잉어, 일억원짜리 참새 메추리

문(門)도 자동, 벽도 자동, 술도 자동, 밥도 자동, 계집질 화냥질 분탕질도 자동자동

여대생(女大生) 식모두고 경제학박사 회계두고 임학(林學)박사 원정(園丁)두고 경영학박사 집사두고

가정교사는 철학박사 비서는 정치학박사 미용사는 미학(美學)박사 박사 박사박사박사박사

잔디 행여 죽을세라 잔디에다 스팀넣고, 붕어 행여 죽을세라 연못 속에 에어컨넣고

새들 행여 추울세라 새장 속에 히터넣고, 개밥 행여 상할세라 개집 속에 냉장고넣고

대리석 양옥(洋屋) 위에 조선기와 살짝 얹어 기둥은 코린트식(式) 대들보는 이오니아식(式)

선자추녀 쇠로 치고 굽도리 샛슈박고 내외분합 그라스룸 석조(石造)벽에 갈포발라

앞뒷 퇴 널찍터서 복판에 메인홀 두고 알매달아 부연얹고

기와 위에 이층올려 이층 위에 옥상트고 살미살창 가로닫이 도자창(盜字窓)으로 지어놓고

안꽈 중문 솟을대문 페르샤풍(風), 본따놓고 목욕탕은 토이기풍(風), 돼지우리 왜풍(倭風)당당

집 밑에다 언못파고 연못 속에 석가산(石假山), 대대층층 모아놓고

열어재킨 문틈으로 집안을 언뜻 보니

자개 캐비넷, 무광택 강철함롱, 봉그린 용장, 용그린 봉장, 삼천삼백삼십삼층장, 카네숀 그린 화초장, 운동장만한 옥쟁반, 삘딩같이 높이 솟은 금은 청동 놋촉대, 전자시계, 전자밥그릇, 전자주전자, 전자젓가락, 전자꽃병, 전자거울, 전자책, 전자가방, 쇠유리병, 흙나무그릇, 이조청자, 고려백자, 꺼꾸로

걸린 삐까소, 옆으로 붙인 샤갈,

　석파란(石坡蘭)은 금칠 액틀에 번들번들 끼워놓고, 산수화조호접인물(山水花鳥蝴蝶人物)

　내리닫이 족자는 사백점 걸어두고, 산수화조호접인물(山水花鳥蝴蝶人物)

　팔천팔백팔십팔점이 한꺼번에 와글와글,

　백동토기, 당화기, 왜화기, 미국화기, 불란서화기, 이태리화기, 호피담뇨 씌운 테레비, 화류문갑 속의 쏘니녹음기, 대모책상 위의 밋첼카메라, 산호책장 곁의 알씨에이 영사기, 호박필통에 꽂힌 파카만년필, 촛불켠 샨들리에, 피마주기름 스탠드라이트, 간접직접 직사곡사 천정바닥 벽조명이 휘황깜깜 호화율율.

　여편네들 치장 보니 청옥머리핀, 백옥구두장식,

　황금부로취, 백금이빨, 밀화귓구멍마게, 호박밑구멍마게, 산호똥구멍마게, 루비배꼽마게, 금파단추, 진주귀걸이, 야광주코걸이, 자수정 목걸이, 싸파이어 팔찌

　에메랄드 발찌, 다이아몬드 허리띠, 터키석(石)안경대,

　유독 반지만은 금칠한 삼원짜리 납반지가 번쩍번쩍 칠흑암야에 횃불처럼 도도 무쌍(無雙)이라!

　왼갖 음식 살펴보니 침 꼴깍 넘어가는 소리 천지가 진동한다

　소털구이, 돼지콧구멍볶음, 염소수염튀김, 노루뿔삶음, 닭네발산적, 꿩지느라미말림,

　도미날개지짐, 조기발톱젓, 민어 농어 방어 광어 은어 귀만 짤라 회무침, 낙지해삼비늘조림, 쇠고기 돈까스, 돼지고기 비후까스, 피안뺀 복지리,

　생율, 숙율, 능금, 배 씨만 발라 말리워서 금딱지로 싸놓은 것, 바나나식혜, 파인애플화채, 무화과 꽃닢설탕 버무림,

　롱가리트유과, 메사돈약과, 사카린잡과, 개구리알수란탕, 청포우무, 한천묵, 꽹장망장과화주, 산또리, 계당주, 샴펭, 송엽주, 드라이찐, 자하주, 압산, 오가피주, 죠니워카, 구기주, 화이트호스, 신선주, 짐빔, 선약주, 나폴레옹 꼬냑, 약주, 탁주, 소주, 정종, 화주, 빼주, 보드카, 람주(酒)라!

　아가리가 딱 벌어져 닫을 염도 않고 포도대장 침을 질질질질질질 흘러싸면서 가로되

　놀랠 놀짜로다

　저게 모두 도둑질로 모다들인 재산인가

　이럴 줄을 알았더면 나도 일찍암치 도둑이나 되었을 걸

원수로다 원수로다 양심(良心)이란 두 글자가 철천지 원수로다
이리 속으로 자탄망조하는 터에
한놈이 쓰윽 다가와 써억 술잔을 권한다
보도 듣도 맛보도 못한 술인지라
허겁지겁 한잔 두잔 헐레벌떡 석잔 넉잔
이윽고 대취하여 포도대장 일어서서 일장연설 해보는데
안주를 어떻게나 많이 처먹었던지 이빨이 확 닳아없어져 버린 아가리로
이빨을 딱딱 소리내 부딪쳐 가면서 씹어뱉는 그 목소리 엄숙하고 그 조리 정연하기
성인군자의 말씀이라
만장하옵시고 존경하옵는 도둑님들!
도둑은 도둑의 죄가 아니요, 도둑을 만든 이 사회의 죄입네다
여러 도둑님들께옵선 도둑이 아니라 이 사회에 충실한 일꾼이니
부디 소신(所信)껏 그 길에 매진, 용진, 전진, 약진하시길 간절히 바라옵고 또 바라옵나이다.
이 말 끝에 박장대소 천지가 요란할 때
포도대장 뛰어나가 꾀수놈 낚궈채어 오라묶어 세운 뒤에
요놈, 네놈을 무고죄로 입건한다.
때는 노을이라
서산낙일에 객수(客愁)가 추연하네
외기러기 짝을 찾고 쪼가달 희게 비껴
강물은 붉게 타서 피흐르는데
어쩔꺼나 두견이는 설리설리 울어쌌는데 어쩔꺼나
콩알 같은 꾀수묶어 비틀비틀 포도대장 개트림에 돌아가네
어쩔꺼나 어쩔꺼나 우리 꾀수 어쩔꺼나
전라도서 굶고 살다 서울와 돈번다더니
동대문 남대문 봉천동 모래내에 온갖 구박 다 당하고
기어이 가는구나 가막소로 가는구나
어쩔꺼나 억울하고 원통하고 분한 사정 누가 있어 바로잡나
잘 가거라 꾀수야
부디부디 잘 가거라.
꾀수는 그 길로 가막소로 들어가고
오적(五賊)은 뒤에 포도대장 불러다가

그 용기를 어여삐 녀겨 저희집 솟을대문,
바로 그 곁에 있는 개집 속에 살며 도둑을 지키라 하매,
포도대장 이 말 듣고 얼시구 좋아라
지화자 좋네 온갖 병기(兵器)를 다 가져다 삼엄하게 늘어놓고 개집 속에서
내내 잘 살다가
어느 맑게 개인 날 아침, 커다랗게 기지개를 켜다 갑자기
벼락을 맞아 급살하니
이때 또한 오적(五賊)도 육공(六孔)으로 피를 토하며
꺼꾸러졌다는 이야기. 허허허
이런 행적이 백대에 민멸치 아니 하고 인구(人口)에 회자하여
날 같은 거지 시인의 싯귀에까지 올라 길이 길이 전해 오겄다.

주제 구조적 부정부패 고발
형식 판소리 양식의 장시
경향 풍자적, 해학적, 비판적
표현상의 특징 웅대한 스케일로 1960년대의 한국사의 역사적 현장을 '판소리' 양
식으로 장시화(長詩化) 시키고 있다.
신랄한 비유의 표현으로 5·16군사정권하의 재벌을 비롯한 정치·사회·군사
문화적 일체의 불의와 부정부패를 폭로하고 있다.
또한 온갖 사회악이 직설적이고 직서적인 구어체의 표현으로 진솔하게 드러나
고 있다.
동서고금의 역사적 또는 문화적 인물들의 이름이며 각종 상품명이 실감나게
제시되고 있다.
관념어를 비롯하여 고사성어며 구호와 비어 속어 조어(造語) 등등이 두드러지
고 있다.
일본의 군국주의자들이 황당무계하게 내세운 소위 '왜'의 '개국신'이라는 '카
미사마'(神樣)며 '왜풍(倭風)당당' 등의 시구를 통해 일제의 황국신도사상 등
군사정권하의 일제 잔재를 배격하는 강한 이미지를 드러내고 있다.

이해와 감상

김지하가 우리 시문학사의 기념비적인 담시(潭詩)·「오적」을 발표한 것은 1970년(『사
상계』5월호)의 일이다.
'담시'란 서양시에서는 발라드(ballade)를 가리키나, 이 작품에서는 우리 민족적 풍정
(風情)과 고유한 판소리의 가락을 바탕으로 하는 내용의 시문학 형식의 새로운 고발시
문학의 장르를 전개시키고 있다.

우리에게는 전통적 민족음악을 배경으로 하는 창극(唱劇)의 가사(歌辭)문학 형식의 '판소리'가 조선 영조(英祖, 1724~1776 재위) 때부터 등장했다.

　특히 주목되는 신재효(申在孝, 1812~1884)의 판소리(辰斗本)가 서민적인 해학성과 사실성이 날로 공감도를 더하면서 민중에게 찬양받으며 성가를 올리게 되었다. 드디어 왕실에서도 판소리가 옹호되어 「춘향가」며 「심청가」, 「박타령」 등등 순조(純祖, 1800~1834) 당대에 더욱 발전했던 것이다. 그 후 일제의 조선침략(1910~1945)으로, 조선민족문화 말살정책으로 판소리는 서서히 자취를 감추게 되었다.

　이제 그 판소리 양식을 새로이 도입한 김지하의 「오적」은 민족 전통가치의 순수한 '옹호성'을 그 바탕으로 사설(辭說)문학의 새로운 '창조성'과 문학내용의 역사적 현실 고발의 '순수성'이라는 심층구조의 맥락에서 계속 논의되고, 그 궁극적인 시문학의 가치와 역량이 우리 시문학사에서 평가되어야 할 것이다.

　따지고 볼 것도 없이 우리의 근·현대사에 있어서 민족의 근대화가 일제 침략으로 잔혹하게 저지 당했다. 그런 가운데, 일제 패망과 더불어 국토분단의 비극에 의한 이데올로기의 난맥 속에 우리 겨레는 사상적 중심축을 세울 만한 정치, 사회적 안정된 터전을 이루지 못했던 것이다. 그런 와중에 반일적인 이승만독재 정치와 부정부패에 잇대어 이번에는 친일적인 박정희 군사독재와 그 불의며 부정부패가 20세기 종반까지 잇닿으며 오늘날에 이르게 되었다.

　우리는 이제 1960년대를 그 배경으로 하는 담시 「오적」의 문학성을 정당하게 논의하기 위한 그 이념적 가치의 귀중성을 평가하면서, '나'와 '우리'라는 존재를 끈질기게 탐구해야 한다. 더구나 오늘의 혼란한 국제정세하에서의 민족의 이정표를 바로 잡는데 우리는 시문학의 중대성을 재인식해야만 할 것이다.

　이 시의 표제인 「오적」(五賊)은 1960년대의 민족의 역적(逆賊)을 지칭하고 있다. 본래 「오적」이라는 용어의 등장은 일제침략 당시의 민족반역자들을 지칭해 온 역사적 명칭이다. 을사보호조약(乙巳保護條約)에 도장찍어, 이토우 히로부미(伊藤博文·이등박문, 1841~1909) 등 일제 침략자들에게 나라를 판 오적인 학부대신 이완용(李完用, 1858~1926)을 비롯하여 외부대신 박제순(朴齊純), 내부대신 이지용(李址鎔), 군부대신 이근택(李根澤), 농상공부대신 권중현(權重顯) 등 5명의 민족반역자가 곧 오적이다.

　일제에게 나라를 매도한 오적에 대한 것 뿐이 아닌, 새로운 역사 인식으로서 현대의 '오적'의 시문학적 제시는 한국현대시문학사에서 계속 논의되어야만 할 역편(力篇)이다. 이제 우리가 21세기라는 새 세기를 지향하면서 이 담시 「오적」이야말로 우리의 현대 사회정치사의 숙정(肅正)과 국가 발전을 위한 자아성찰의 비젼을 유감없이 제시하고 있다고 거듭 평가하지 않을 수 없다.

　그와같은 차원에서 뿐 아니라 국제 사회의 각종 비인간적 횡포며 약육강식의 그릇된 논리에 대한 우리의 새로운 대국제사회적 시각의 올바른 가치판단을 위한 방향제시도 이 작품을 통해 대비 인식하는 계기를 삼았으면 하는 게 저자의 소견이기도 하다. 특히 일본의 군사국가로의 재무장 등 최근의 행보는 '이완용 오적시대'만을 우리가 주목할 것만은 아니라는 것도 이 명편(名篇)을 통해 새삼 깨닫게 된다.

문정희(文貞姬)

전라남도 보성(寶城)에서 출생(1947~). 동국대학교 대학원 국문학과 수료. 1969년 「월간문학」 신인상에 시 「불면」, 「하늘」이 당선되어 문단에 등단했다. 시집 「꽃숨」(1965), 「문정희 시집」(1973), 「새떼」(1975), 「혼자 무너지는 종소리」(1984), 「아우내의 새」(1986), 「찔레」(1987), 「우리는 왜 흐르는가」(1987), 「하늘보다 먼 곳에 매인 그네」(1988), 「꿈꾸는 눈썹」(1990), 「별이 뜨면 슬픔도 향기롭다」(1992), 「구운몽」(1994), 「남자를 위하여」(1996) 등이 있다.

찔레

꿈결처럼
초록이 흐르는 이 계절에
그리운 가슴 가만히 열어
한 그루
찔레로 서 있고 싶다.

사랑하던 그 사람
조금만 더 다가서면
서로 꽃이 되었을 이름

오늘은
송이송이 흰 찔레꽃으로 피워 놓고

먼 여행에서 돌아와
이슬을 털 듯 추억을 털며
초록 속에 가득히 서 있고 싶다.

그대 사랑하는 동안
내겐 우는 날이 많았었다.

아픔이 출렁거려
늘 말을 잃어갔다.

오늘은 그 아픔조차
예쁘고 뾰족한 가시로
꽃 속에 매달고

슬퍼하지 말고
꿈결처럼
초록이 흐르는 이 계절에
무성한 사랑으로 서 있고 싶다.

주제 사랑의 내면적 순수가치 추구
형식 8연의 자유시
경향 서정적, 상징적, 낭만적
표현상의 특징 감각적인 섬세한 시어로 상징적인 기교적 표현에 치중하고 있다.
산문체의 표현이나 언어의 내재율을 효과적으로 살리고 있다.
'~처럼'을 동어반복하는 직유와 조사(助詞)인 '~조차'가 두드러지고 있다.
첫연과 종연(終聯)에서 '찔레로 서 있고 싶다'와 '무성한 사랑으로 서 있고 싶다'는 수미상관(首尾相關)의 이어(異語)반복을 하고 있다.

이해와 감상

　문정희는 표제(表題)인 찔레꽃을 통해서 제재(題材)인 사랑의 내면적인 순수가치를 빼어나게 형상화 시키고 있다.
　'꿈결처럼/ 초록이 흐르는 이 계절에/ ……찔레로 서 있고 싶다'(제1연)는 황홀한 비유에서 신선한 계절과 찔레꽃의 정열적인 감각미가 눈부신 판타지(fantasy)의 세계를 조용하게 연출하고 있다.
　이 제1연의 이미지들은 제4연에서 본격적으로 '이슬을 털 듯 추억을 털며/ 초록 속에 가득히 서 있고 싶다'는 강력하고도 예민한 소망을 제시하는 데서 이 작품의 세 번에 걸친 키워드(keyword)격인 제재어(題材語) '서 있고 싶다'는 중심축이 우뚝 일어선다.
　'그대 사랑하는 동안/ 내겐 우는 날이 많았었다'(제5연)는 수사적(修辭的) 표현을 쓰지 않은 연(聯)과 '아픔이 출렁거려'(제6연) '예쁘고 뾰족한 가시로/ 꽃 속에 매달고'(제7연)로 수사가 동원된 연이 대비(對比) 효과를 이루어 독자에게 감칠맛나는 이미지 전달이 잘 되고 있다.

고독

그대 아는가 모르겠다.

혼자 흘러와
혼자 무너지는
종소리처럼

온몸이 깨어져도
흔적조차 없는 이 대낮을
울 수도 없는 물결처럼
그 깊이를 살며
혼자 걷는 이 황야를.

비가 안 와도
늘 비를 맞아 뼈가 얼어붙는
얼음번개

그대 참으로 아는가 모르겠다.

주제 고독의 내면세계 추구
형식 5연의 자유시
경향 서정적, 상징적, 감각적
표현상의 특징 절제된 시어로 적절한 직유를 써서, 본격적인 서정적 상징시를 형성
시키고 있다.
대상을 표시하는 심리내용인 '고독'이라는 관념을 의인화하는 표현기법이 매
우 뛰어나다.
첫연과 종연의 동의어(同義語)반복이 수미상관을 이루고 있다.

이해와 감상

　나는 이 작품을 대하면서 문득 가랜드(Hamlin Garland, 1860~1940)의 「산은 고독한
패거리」(The mountains are a lonely folk)라는 시를 머리 속에 떠올렸다.

'산은 말이 없는 패거리다/ 그들은 먼 데 외톨이로 서 있다' (The mountains they are silent folk ;/ They stand afar—alone)고 했다.

가랜드는 고독을 노래하기 위해 참으로 거창한 광야의 산을 외형적(外形的)으로 들먹였다.

그러나 그것과는 전혀 대조적으로 문정희는 고독을 '혼자 흘러와/ 혼자 무너지는/ 종소리'로서 무형(無形)의 내면적(內面的)인 감각만의 비유로써 우리에게 절절한 공감을 안겨주고 있다.

더구나 '비가 안 와도/ 늘 비를 맞아 뼈가 얼어붙는/ 얼음번개' (제4연)를 일컬어 '고독'으로 형상화 시키고 있어서 독자는 감동하게 된다.

'고독'은 '얼음번개'라고 하는 이 탁월한 메타포와 더불어 또한 떠오르는 것은 이육사(李陸史, 1904~1944)의 시 「절정」에서의 '겨울은 강철로 된 무지개' (「이육사」 항목 참조 요망)라는 메타포가 대비된다.

물론 '얼음번개'와 '강철 무지개'는 각기 비유의 대상이 전혀 다르다. 그러나 우리에게 주목되는 것은 기상학(氣像學)의 형상인 '물방울'이 고체의 광물(鑛物)인 '강철'로 형상화된 이래 반세기가 훨씬 지난 오늘에 와서, 이번에는 하늘의 '빛' (전기)이 방전의 고체인 '얼음'으로 형상화된 새로운 시어의 탄생이 자못 감동적이다.

이 점은 한국시문학사에서 마땅히 논의되고 평가될 줄로 안다.

비의 사랑

몸 속의 뼈를 뽑아 내고 싶다.
물이고 싶다.
물보다도 더 부드러운 향기로
그만 스미고 싶다.

당신의 어둠의 뿌리
가시의 끝의 끝까지
적시고 싶다.

그대 잠 속에
안겨
지상의 것들을

말갛게 씻어 내고 싶다.

눈 틔우고 싶다.

한국의 현대시사(現代詩史)에서 1920년대의 사랑의 시는 일반적으로 그 경향이 김소월 등 '감상적 서정시'로 출발했고, 1950년대 박인환에게서 진일보한 「세월이 가면」(「박인환」 항목 참조 요망) 등 소시민적 또는 메르헨(Märchen, 동화)적 무드의 '낭만적 서정시'의 테두리에 머물렀다.

그 후 1970년대의 문정희의 사랑의 시 「비의 사랑」에서는 그와 같은 로맨티시즘(romantisism) 시의 세계를 훌쩍 뛰어넘어 새로운 이미지의 '상징적 서정시'(symbolic poetry)로서의 참신한 시형식이 등장하고 있다.

시에 있어서의 서정성을 배제한다면 인체의 '혈액'(blood)이 없는 것과 똑같이 생명력을 상실한 거와 진배 없다.

인간의 연정으로서의 '사랑의 시'는 당연히 요청되는 중대 사항이다. 그와 동시에 21세기의 새로운 사랑 노래(love song)는 우리에게서 계속해서 새롭게 형상화 되어야만 한다.

그와 같은 관점에서, '당신의 어둠의 뿌리/ 가시의 끝의 끝까지/ 적시고 싶다'(제2연)는 빼어난 메타포는 참으로 두드러진 표현미로 넘치고 있음을 평가하련다.

정희성(鄭喜成)

경상남도 창원(昌原)에서 출생(1945~   ). 서울대학교 대학원 국문학과 수료. 1970년 『동아일보』 신춘문예에 시 「변신」이 당선되어 문단에 등단했다. 시집 『답청』(1974), 『저문 강에 삽을 씻고』(1978), 『한 그리움이 다른 그리움에게』(1991), 『시를 찾아서』(2001) 등이 있다.

저문 강에 삽을 씻고

흐르는 것이 물뿐이랴
우리가 저와 같아서
강변에 나가 삽을 씻으며
거기 슬픔도 퍼다 버린다
일이 끝나 저물어
스스로 깊어가는 강을 보며
쭈그려 앉아 담배나 피우고
나는 돌아갈 뿐이다
삽자루에 맡긴 한 생애가
이렇게 저물고, 저물어서
샛강 바닥 썩은 물에
달이 뜨는구나
우리가 저와 같아서
흐르는 물에 삽을 씻고
먹을 것 없는 사람들의 마을로
다시 어두워 돌아가야 한다

주제 농촌현실 인식과 우수(憂愁)
형식 전연의 자유시
경향 서정적, 상징적, 저항적
표현상의 특징 짙은 서정성이 풍기면서도 지성과 융합된 표현을 하고 있다.
농촌 현실의 비극성을 비판하는 저항정신이 두드러지고 있다.
시 전체 배경에는 향토적 색감의 절망적 분위기가 침울하게 깔려 있다.

　정희성은 1970년대 한국 농촌의 절망적인 현실에 비분을 씹으며 그것을 상징적으로 통렬하게 비판하고 있다. 하루 일을 마친 농민이 날이 저무는 강물에 삽을 씻는 것은 당연한 일이지만, 이 시의 표제인 '저문강'은 파국적 현실을 암담하게 비유하고 있다.

　그러므로 삽을 씻는다는 것은 농사일도 이제는 모두가 다 끝장나고 말았다는 너무도 비참한 고발이다.

　'흐르는 것이 물뿐이랴'(제1행)는 수사의 반어적(反語的)인 설의(設疑)는 심각한 현실적 문제 제기다. 그것은 '우리'(농민)가 위정자로부터 버림받아 그냥 물처럼 아무런 자국도 없이 흘러가 버리고 있다는 탄식이다. 그러므로 강물에 보람없는 삽을 씻으면서 '거기 슬픔도 퍼다 버린다'(제4행)고 낙망을 한다. '삽자루에 맡긴 한 생애가/ 이렇게 저물고, 저물어서/ 샛강 바닥 썩은 물에/ 달이 뜨는'(제9~12행)데서 오염된 그 물에 끝장나 버린 평생의 농사마저 걷어치우고, '먹을 것 없는 사람들의 마을로/ 다시 어두워 돌아가야 한다'(제15~16행)는 배고픔에 허덕이는 농촌 현실이 처절하고 암담하게 독자에게 압도해 온다.

아버님 말씀

학생들은 돌을 던지고
무장경찰은 최루탄을 쏘아대고
옥신각신 밀리다가 관악에서도
안암동에서도 신촌에서도 광주에서도
수백 명 학생들이 연행됐다는
소식을 들을 때마다
피 묻은 작업복으로 밤늦게
술취해 돌아온 너를 보고 애비는
말 못하고 문간에 서서 눈시울만 뜨겁구나
반갑고 서럽구나
평생을 발붙이고 살아온 터전에서
아들아 너를 보고 편하게 살라 하면
도둑놈이 되라는 말이 되고
너더러 정직하게 살라 하면
애비같이 구차하게 살라는 말이 되는
이 땅의 논리가 무서워서

애비는 입을 다물었다마는
이렇다 하게 사는 애비 친구들도
평생을 살붙이고 살아온 늙은 네 에미까지도
이젠 이 애비의 무능한 경제를
대놓고 비웃을 줄 알고 더 이상
내 말에 귀를 기울이지 않는구나
그렇다 아들아, 실패한 애비로서
다 늙어 여기저기 공사판을 기웃대며
자식새끼들 벌어 먹이느라 눈치 보는
이 땅의 가난한 백성으로서
그래도 나는 할 말은 해야겠다
아들아, 행여 가난에 주눅들지 말고
미운 놈 미워할 줄 알고
부디 네 불행을 운명으로 알지 마라
가난하고 떳떳하게 사는 이웃과
네가 언제나 한 몸임을 잊지 말고
그들이 네 힘임을 잊지 말고
그들이 네 나라임을 잊지 말아라
아직도 돌을 들고
피 흘리는 내 아들아

주제 시대고(時代苦)와 고발정신
형식 전연의 산문시
경향 주지적, 훈계적, 사회비평적
표현상의 특징 일상어의 산문체이며 연을 가르지 않고 있다.
현실고발의 전달이 잘 되는 표현을 하고 있다.
혼란한 시대적 상황을 배경으로 깔고 있다.

이해와 감상

8·15광복 이후 이 땅의 자연 발생적인 학생 집단 데모는 1960년의 3·15부정선거 때부터였다. 자유당 장기집권 독재에 저항한 4·19의거는 민주정권을 이룬 역사적 산물이었다. 그러나 그것도 눈 깜짝할 사이였고, 1961년 5·16군사 쿠데타가 발생하므로써 이 땅에는 군사독재에 항거하는 학생 데모가 잇따르게끔 되었다.

바로 그와 같은 내용은 정희성이 「아버님 말씀」으로 구상화 시킨 것이며, 데모의 대열에 나선 아들에게 훈계하는 그대로다. 이 시의 배경은 박정희 군사정권 당시인 1970년대다. 그러나 그 이후에도 잇달은 전두환 정권 등의 군사독재며 정국의 혼란은 선량한 다수 시민에게 우수(憂愁)와 저항심만을 부추겨 오게 되었다.

진달래

잘 탄다, 진아
불 가운데 서늘히 누워
너는 타고
너를 태운 불길이
진달래 핀다
너는 죽고
죽어서 마침내 살아 있는
이 산천
사랑으로 타고
함성으로 타고
마침내 마침내 탈 것으로 탄다
네 죽음은 천지에
때아닌 봄을 몰고 와
너를 묻은 흙가슴에
진달래 탄다
잘 탄다, 진아
너를 보면 불현 듯 내 가슴
석유 먹은
진달래 탄다

이해와 감상

정희성은 '진달래'를 정답게 '진아'라고 불러주며, 시대의 아픔을 진달래 불길 속에 불태우고 있다. 김소월이 지금부터 꼭 80년 전에 「진달래꽃」을 『개벽』지(1923. 5)에 발표했던 당시의 '진달래'는 '사랑의 정한(情恨)'이 그 주제였으나, 오늘의 「진달래」는 1980년 5월의 민주화운동으로 군사독재에 항거하다 쓰러진 거룩한 희생을 위무(慰撫)하는 '불굴의 의지' 다. '진아/ 너를 보면 불현듯 내 가슴/ 석유 먹은/ 진달래 탄다' (제16~19행)고 하는 결어에서는 석유를 몸에 뿌리고 분신했던 1970년대 「전태일 사건」 등 강력한 저항과 희생의 자국들이 우리들 가슴 속에서 진하게 떠오른다.

이해인(李海仁)

강원도 양구(楊口)에서 출생(1945~   ). 올리베타노 성베네딕트 수녀회 입회. 필리핀 세인트 루이스대 영문학과 졸업, 서강대학교 대학원 종교학과 수료. 1970년 『소년』지에 동시 「하늘은」, 「아침」, 「나의 꿈 속엔」 등이 추천 완료되어 문단에 등단했다. 시집 『민들레의 영토』(1976), 『내 영혼에 불을 놓아』(1979), 『오늘은 내가 반달로 떠도』(1983), 『시간의 얼굴』(1989), 『엄마와 분꽃』(1992), 『다른 옷은 입을 수가 없네』(1999), 『외딴 마을의 빈 집이 되고 싶다』(1999), 『작은 위로』(2002), 『여행길에서』(2003) 등이 있다.

민들레의 영토

기도는 나의 음악
가슴 한 복판에 꽂아 놓은
사랑은 단 하나의
성스러운 깃발

태초부터 나의 영토는
좁은 길이었다 해도
고독의 진주를 캐며
내가 꽃으로 피어나야 할 땅

애처로이 쳐다보는
인정의 고음도
나는 싫어

바람이 스쳐 가며
노래를 하면
푸른 하늘에 피리를 불었지

태양에 쫓기어
활활 타다 남은 저녁놀에
저렇게 긴 강이 흐른다.

노오란 내 가슴이
하얗게 여위기 전
그이는 오실까

당신의 맑은 눈물
내 땅에 떨어지면
바람에 날려 보낼
기쁨의 꽃씨

흐려 오는 세월의 눈시울에
원색의 아픔을 씻는
내 조용한 숨소리

보고 싶은 얼굴이여.

주제 절대자에 대한 신앙
형식 9연의 자유시
경향 서정적, 종교적, 명상적
표현상의 특징 범상한 일상어를 가지고 말쑥한 연가(戀歌) 형식으로 다루고 있다.
제6연의 '그이', 제7연의 '당신', 제9연의 '보고 싶은 얼굴' 등은 각기 절대자
를 지칭하고 있다.
전체적으로 명상적이며 낭만적인 분위기가 짙다.

📌 이해와 감상

이해인은 수녀 시인으로서 경건한 종교적 명상 속에서 시를 써오고 있다.
「민들레의 영토」는 이해인의 첫 시집의 제재시(題材詩)인 동시에 그녀의 대표작으로
꼽히는 가편(佳篇)이다.
'민들레'란 곧 시인 이해인 자신을 의인적 수법으로 표현하고 있는 것이며, 그가 사는
영토에 절대자가 강림(降臨)하기를 간절히 기구하는 자세가 역력하게 연상된다.
그리하여 '당신의 맑은 눈물'(제7연)이 민들레의 영토에 떨어져서 민들레를 아름답게
꽃피우고, 마침내 그 '기쁨의 꽃씨'(제7연), 즉 생명의 꽃씨들을 지상에 보다 넓게 뿌리
면서, 민들레의 영토에 절대자(신)의 축복을 받기를 절절하게 기도하며 명상하고 있는
화자의 모아 쥔 두 손을 엿볼 수 있다.

오월의 아가(雅歌)

'칼로 물을 베는' 식의
사랑싸움을
참
많이도 했습니다

하느님,
아름답다 못해 쓸쓸한
당신과의 싸움은
늘 나의 눈물로
끝이 났지만
눈물을 통해서만
나는
새로이 철드는
당신의 '아이'였습니다

푸른 보리를 키우는
오월의 대지처럼
나를 키우시는 당신

가슴에 새를 앉히는
오월의 미루나무처럼
나를 받아 주시는 당신

당신께 감히 싸움을 거는 것은
오월의 찔레꽃 향기처럼
먼 데까지 도달해야 할
내 사랑의 시작임을
믿어 주십시오, 하느님.

이해와 감상

표제(表題)처럼 수녀시인 이해인의 절대자의 세계에 진입하는 신앙고백과도 같은 '오월의 아가'다.

'칼로 물을 베는 식의/ 사랑싸움을/ 참/ 많이도 했습니다'(제1연)라는 메시지는 세속적인 부부간의 사랑싸움과는 본질적으로 다른 신과 인간과의 진실의 세계 속의 겨루기가 심오하게 담기고 있다.

즉 '당신과의 싸움'이란 진리의 터전에 들어가기 위한 화자의 인간적인 시련을 상징하는 '눈물을 통해서만'(제2연) 비로소 신의 '철드는/ 당신의 아이'였다는 참다운 자아성찰이다.

강

지울수록 살아나는
당신 모습은

내가 싣고 가는
평생의 짐입니다.

나는 밤낮으로 여울지는
끝 없는 강물

흐르지 않고는

목숨일 수 없음에

오늘도 부서지며
넘치는 강입니다.

이해와 감상

서정적이면서도 상징적인 수법으로 엮어진 강물이 우리들의 가슴 한복판을 넘실대며 흘러 주고 있다.

제1연에서 어김없이 등장하는 것은 이해인 시인이 앙모(仰慕)하는 '당신', 즉 절대자인 신이다.

더구나 제2연은 자못 엄숙하면서도 흥미로운 표현을 하고 있다.

절대자를 모시는 일을 '평생의 짐' 이라고 비유하는 대목이 눈부신 리얼리티를 더해 주며, 우리에게 경건하게 압도해 온다.

'평생의 짐' 이란 곧 일생동안 한결같은 참된 신앙심의 값진 상징어다.

노향림(盧香林)

전라남도 해남(海南)에서 출생(1942~   ). 중앙대학교 영문학과 졸업.
1970년 『월간문학』 신인상에 시 「불」, 「가을 과원」 등이 당선되어 문단에 등
단했다. 시집 『K읍 기행』(1977), 『눈이 오지 않는 나라』(1987), 『그리움이 없
는 사람은 압해도를 보지 못하네』(1992), 『후투티가 오지 않는 섬』(1998) 등
이 있다.

눈

망가진 새들이 추락한다.

내리는 눈 위에 혼(魂)이 있고
내리는 눈에는 프로펠러가 있다.

양 다리를 쩍 벌리고
흐린 구름들이
B-29처럼 떠 있다.

내리는 눈들은 어디로 날아가나.
내리는 눈에는 감은 눈이 있고
내리는 눈에는 시동걸린 엔진이 운다.

내리는 눈들은 쓰러진 마을 하나 끌고
먼 나락으로 추락할까.

'엎드려, 더 납작하게!'

추억, 귀를 막아도 들리는
내리는 눈 속으로만 들리는
완벽한 폭발음.

이해와 감상

눈(雪)이 내리는 속에서 화자는 지금도 '완벽한 폭발음'(제7연) 소리를 들으며 그 비참했던 전쟁을 증언하고 고발하는 것이다.

6·25사변을 겪어보지 못한 세대는 이 시의 이미지를 파악하는 데 다소 어려움이 있을 것이다. 다만 전쟁 영화나 전쟁 뉴스 필름에서 거대한 폭격기가 하늘에서 지상으로 줄줄이 투하시키는 폭탄이 평화롭던 조용한 지상(地上)인 사람들의 집과 마을 등을 한 순간에 뒤덮는 처참한 장면을 일단 연상하면서 이 작품을 대하는 게 좋을 것 같다.

이 시에서 '눈'(雪)은 끔찍한 인간 살상 '폭탄'의 상징어다. 폭탄은 평화로운 눈의 정경과는 정반대의 죽음의 연출자다. 그러므로 '망가지는 새들의 추락'(제1연)은 곧 폭탄 투하의 메타포(은유)다. 폭탄은 망가지는 '새'로도 비유되었다.

'B-29'(제3연)는 미국이 제2차대전 때, 독일과 일본의 하늘을 시커멓게 덮은 거대한 폭격기다. 이 폭격기는 6·25때 또다시 우리나라의 하늘을 뒤덮으며 거침없는 폭탄의 세례를 퍼부었던 공포의 존재다. 아마도 노향림은 나어린 소녀 시절에 그 끔찍한 B-29의 폭탄 투하 지역에서 구사일생 목숨을 건진 과정을 「눈」으로써 당시의 역사 현장을 형상화 시키고 있는 것 같다.

'내리는 눈(폭탄)들은 쓰러진 마을(폭격으로 파괴당한 마을) 하나 끌고/ 먼 나락(처참한 죽음의 폐허)으로 추락할까'(제5연).

폭탄이 떨어지는 마을에서 무섭게 폭발한 파편이 날아드는 것을 피하고 살아 남기 위해서는 방공호 안이며, 또는 길가에서 '엎드려, 더 납작하게!'(제6연)해야만 살아 남을 가능성이 있다. 따지고 보자면 전쟁통에 인간의 생명이란 흡사 모기 따위의 목숨처럼 보잘 것 없이 호되게 시달리는 것이나, 실은 존엄한 생명임을 단호하게 증언하고 있다.

저녁 눈

구세군 본영은 가까웠다.

자선남비 속으로
숨어 들어가는 눈 몇 송이

작년에
내가 넣은 니켈 주화 두어 닢

어디 아프리카 메마른 땅에 엎드려
등이 타 들어가고 있는지

희망원 근처 마른 풀잎으로
흔들리고 있는지
풀잎 사이 차갑게 배를 헐떡이고 있는지

스스로 반짝이며 끌고 온 하늘을 끊어 버리고
숨차 숨차 하며 헐떡이는지

지상에는 평화, 따뜻한 피로 몸을 이루어
비로소 제 몸에 방울을 넣고 다니는 눈.

주제 인간애의 자선(慈善) 추구
형식 7연의 자유시
경향 주지적, 상징적, 인간애적
표현상의 특징 간결한 시어로 자선의 의미를 선명하게 조명하고 있다.
작자의 따사로운 인간미가 훈훈하게 전달되고 있다.
서경(敍景)과 서정(抒情)의 양상이 공시적(共時的)으로 조화롭게 표현되고 있다.

이해와 감상

노향림이 눈을 제재(題材)로 삼은 또 하나의 작품이다.

「저녁 눈」은 서경적(敍景的)으로 평화롭게 지상에다 휴머니즘의 인간애의 구휼(救恤) 남비를 걸어 놓고 시작된다.

자선남비에 모이는 구원의 손길이 아프리카에서 타들어가는 가뭄에 시달리는 원주민을 죽음으로부터 구원하는 시원한 물이 되고, 식량이 되기 바라는 화자의 호소(제4연), 희망원에 살고 있는 고아들이 주린 배를 움켜쥐고 추위에 떨고 있는 현실을 결코 외면해서는 안 되는 당위성(제5연) 등을 상징적으로 역설한다.

'지상에는 평화' (제7연)를 이루기 위해서는 거리에 울리는 캐롤송보다는 '비로소 제 몸에 방울을 넣고 다니는 눈' (제7연), 즉 구원의 따사로운 동전소리가 시끄러운 방울소리로써 자선남비를 그득그득히 울려줄 것을 시인은 간절히 소망하며 그 참뜻을 메타포하고 있는 것이다.

휴머니즘의 인간애가 넘치는 가편(佳篇)이다.

유년

반자짜리 다락방이 비어 있는 유령의 집이었다 변소 뒤편으로 바다는 청동의 거북의 등을 드러내고 누워 있었다 풀밭 속에 다 낡은 샌들을 신고 산발한 달빛들이 늘 어른거렸다 간간이 개짖는 소리만이 중세기처럼 들려오고 바다는 좀처럼 깨어나지 않았다.

이해와 감상

누구에게나 어린 시절은 있기 마련이다.

시인의 유년은 바닷가에서 '청동의 거북의 등을 드러내고' 펼쳐진 남해 바다 푸른 물이 출렁였다는 것.

큰 바다의 출렁이는 파도 소리를 지켜보며, 또한 풀밭이 펼쳐진 곳으로 밤이면 휘영청한 달빛들이 바람에 흔들리듯 달빛을 비치고, 한밤에 개짖는 소리 속에 바다는 조용한 밤을 이따금씩 심심치 않게 지켰던 것이다.

노향림의 바닷가 소녀 시절의 이미지들이 구김없이 감성적인 따사로운 상징적 시어로 우리들을 바닷가의 물씬한 정서 속에 안겨준다.

시의 조사(措辭)가 특이한 구도의 전연체로 엮고 있는 표현상의 특징을 살피게 해주고 있다.

김월한(金月漢)

경상북도 문경(聞慶)에서 출생(1934~　). 대구사범학교 졸업. 1972년 「조선일보」 신춘문예에 시조 「미루나무」가 당선되어 문단에 등단했다. 시집 「솔바람 소리」(1974), 「다시 수유리에서」(1983), 「대추나무 사계(四季)」(2003) 등이 있다.

항아리 송(頌)

후미진 어느 골짝
누워 있던 몸이었다

이리 저리 짓뭉개진
형상 없는 몸이었다

밤마다
무엇이 되고자
꿈을 꾸는 몸이었다

어느날 고운 손길이
너를 보듬고 만졌는가

불길 물길 다 견디고
숨결 살아 도는 모양

허공도
네 몸 속으로
들며 나며 숨쉰다.

이해와 감상

우리의 항아리. 그것은 세계인이 한결같이 찬미하고 부러워하는 민족의 유산이다. 청자(靑磁)며, 백자(白磁), 그것이 호란(胡亂)이며 왜란(倭亂)을 견뎌내며 후손에게 이어져 왔고, 또한 땅 속 깊은 곳을 비집고 우리 앞에 불쑥 얼굴을 내밀며 다시 나와 그 우아미(優雅美)며 겨레의 눈부신 슬기를 천하에 뽐내는 것이다.

김월한은 이러한 민족의 보배가 이루어지는 온갖 과정인 프로세스를 이렇듯 세련된 시어로 정감 넘치게 형상화 시키고 있다.

'후미진 어느 골짝/ 누워 있던 몸이었다' (제1연, 초장)는 것은 사물을 비유의 대상으로서가 아니라 완전한 이미지로써 승화시키고 있는 것이다.

여기에 시인의 인스피레이션(靈感)의 미학이 근원을 이루는 것이다.

'밤마다/ 무엇이 되고자/ 꿈을 꾸는 몸이었다' (제1연, 종장)는 이 표현은 그 연상적 수법이 너무도 비약적이어서 좀처럼 발상하기 힘든 박진력 속에 독자를 압도시키고야 만다.

'불길 물길 다 견디고/ 숨결 살아 도는 모양// 허공도/ 네 몸 속으로/ 들며 나며 숨쉰다' (제2연, 중·종장)는 이 세련된 삶의 원리가 공감도를 드높인다.

잡초(雜草) 3제

엉겅퀴

엉크렇게 가시를 세워
함부로 손 못대게 하고

늘상 풀숲 한가운데
못난 꽃도 피워가며

차라리
못난 엉겅퀴로
그렇게 살 걸 그랬다

바랭이 풀

논밭둑 아무데나
흙을 밟고 기어가며

풀더미 헝클어진 속
미로 찾듯 헤쳐 나와

그래 넌
또 한 해를 살
풀씨라도 뿌리겠지

질경이

채이고 짓밟혀도
다시 살아 일어선다

아무데나 버려져도
질경이 질긴 목숨

바람도
찢긴 상채기를
다시 어루만진다.

한국인에게는 장미꽃보다는 엉겅퀴가 소중하며 바랭이 풀과 질경이의 생물학이 서구적인 것에 반드시 앞서 연구되고 시어화(詩語化) 되어야만 한다. 이것은 결코 국수적인 사고가 아닌 오로지 민족적 자아의 재발견 의지일 따름이다.

내 것이 없이 어찌 나의 독립이 있고 남과의 떳떳한 공존이 가능하다는 것이랴.

왕왕 '이름 모를 꽃이다', '이름 모를 나무다, 새다' 따위의 글을 읽을 때마다 마음이 우울해진다. 어째서 제나라의 화초며 나무의 이름조차 제대로 못 쓰며 문인입네, 또는 학자연할 수 있을 것인가.

김월한은 「엉겅퀴」로 하여금 '늘상 풀숲 한가운데/ 못난 꽃도 피워가며' 라는 풍자적 자아인식의 의인화 수법을 보여 독자들을 감동시킨다.

여기서 우리의 화초 엉겅퀴는 이 땅의 너무도 소중한 야생화이기에 시인은 반어적(反語的) 표현으로 엉겅퀴에 대한 사랑을 노래하고 있는 것이다.

저 잘났다 내세우는 어리석음보다는 오히려 '못난 꽃' 이란 가장 '사랑스러운 꽃', 즉 '내 국토의 꽃' 으로서의 빛부신 은유다.

「바랭이 풀」의 끈질긴 생명력, 「질경이」의 억센 몸부림에다 시인이 부여하는 빛나는 목숨은 '바람도/ 찢긴 상채기를/ 다시 어루만진다' 고 했다. 또한 '채이고 짓밟혀도/ 다시 살아 일어선다' 고 했으니, 이것은 우리 민족이 오랜 역사 속에 외세에 짓밟혀도 끝내 다시 일어서서 민족 정기(精氣)를 회복하는 그 의연한 모습의 역동적 메타포인 것이다.

가을 서시(序詩)

한동안 엄청나게
도시를 들끓게 하더니
미친 사람들을 어디론가
하나씩 내몰더니.

하늘은 머리 위로
무겁게, 무겁게 착 가라앉아
마구 소나기도 한바탕
쏟아 놓더니
그리고도 나에게
완강히 버티던 여름.

이제
새로 돋은 새 가지
제일 많이 흐드러지게 해 놓고

풀벌레 영근 울음 소리
아득히 밀려난
깊은 하늘.
그 하늘 속을 날으는 가을 제비.

나도 무게를 조금씩 더하다가
어느 산곡(山谷)의 불타는 풍엽(楓葉)
그 완성을 보다가
다시 조용히 손을 거두리라.

주제 가을의 의미와 자아 성찰
형식 5연의 자유시
경향 서정적, 풍자적, 감각적
표현상의 특징 잘 다듬어진 일상어를 통해 감각적인 표현미를 보여주고 있다.
'하더니', '내몰더니', '쏟아 놓더니' 등의 연결어미 처리가 이채롭다.
제1연과 제2연에서는 연상적 수법으로 여름날의 광경을 짜임새 있게 표현하고 있다.

이해와 감상

첫 연에서의 연상적 여름 묘사는 인구 폭발(도시를 들끓게 하더니)과 피서(미친 사람들……하나씩 내몰더니)의 풍자적 표현이 저항감을 강하게 보여준다.

또한 제 2연에서의 무더위와 소나기 등에 의해서 더위에 의한 계절적(여름)인 고통이 감각적으로 표현되고 있다.

그리고 이 시에 있어서의 클라이맥스인 동시에 절창(絕唱)은 마지막 제 5연이다.

'나도 무게를 조금씩 더하다'는 인간으로서의 성실한 자아 탁마이며, 또한 '불타는 풍엽(단풍잎)'에서 상징적인 완성의 의미를 깨닫게 해주고 있다.

감태준(甘泰俊)

경상남도 마산(馬山)에서 출생(1947~). 중앙대학교 문예창작과 졸업. 한양대학교 대학원 국문학과 수료. 1972년 『월간문학』 신인상에 시 「내력」이 당선되어 문단에 등단했다. 시집으로 『몸 바뀐 사람들』(1978), 『마음이 불어 가는 쪽』(1987) 등이 있다.

철새

바람에 몇번 뒤집힌 새는
바람 밑에서 놀고
겨울이 오고
겨울 뒤에서 더 큰 겨울이 오고 있었다.

"한번⋯⋯"
우리 사는 둥지를 돌아보면서
아버지가 말했다.
"고향을 바꿔보자"

내가 아직 모르는 길 앞에서는
달려갈 수도
움직일 수도 없는 때,

아버지는 바람에 묻혀
날로 조그맣게 멀어져 가고, 멀어져 가는 아버지를 따라
우리는 온몸에 날개를 달고
날개 끝에 무거운 이별을 달고
어디론가 가고 있었다.

환한 달빛 속
첫눈이 와서 하얗게 누워 있는 들판을 가로질러

내 마음의 한가운데
아직 누구도 날아가지 않은 하늘을 가로질러
우리는 어느새
먹물 속을 날고 있었다.

"조심해라, 얘야"
앞에 가던 아버지가 먼저 발을 헛딛었다.
발 헛딛은 자리,
그곳이 서울이었다.

주제	삶의 사회적 의미 추구
형식	6연의 자유시
경향	주지적, 해학적, 풍자적
표현상의 특징	대화체의 짤막한 대사를 제 2연과 제 6연에 끼워 넣어서 시 콘텐츠의 극적인 효과를 얻고 있다.
	일상어의 언어를 유연하게 구사하면서 문장의 내적 음률, 즉 내재율을 잘 살리고 있다.
	특히 두드러진 표현상의 특징은 은밀한 해학성이다.

이해와 감상

우리는 감태준의 시를 즐겁게 읽지만, 읽고 나면 가슴에 뜨거운 것이 번지는 것을 깨닫는다. 무엇 때문일까.

그것은 해학(諧謔)의 저변에 짙게 깔려 있는 처절한 삶의 의미 내용 때문이다.

'아들의 고향'의 주체(主體)인 '아버지'가 '한번……, 고향을 바꿔보자'고 하는 감태준적인 해학은 그의 시의 본질적인 요소이며, 이것이 곧 그의 시의 참 생명력임을 독자들은 그의 시편들에서 깨닫게 될 것이다.

아들을 향해, "조심해라, 얘야" 하던 아버지가 발을 헛딛은 자리, '그 곳이 서울이었다'고 하는 이 처절한 해학은 차라리 해학도 풍자도 아닌 트레지디(tragedy, 비극)의 착지(着地)다.

물신(物神)을 숭배하는 페티즘(fetism) 세력 때문에 시골서 공연히 어설프게 올라왔다가는 발붙일 곳도 없는 냉혹한 서울땅. 거기서 쓴 잔을 마시고 울부짖을 바에야 차라리 일찌감치 유우턴(U-turn)하여 새마을운동을 하는 편이 훨씬 났다는 잠언적 암시가 머릿속을 스치게도 한다. 철새인 제비는 '강남' 땅을 오고 가지만 투기의 철새들은 서울의 '강남' 땅을 누비며 21세기가 밝은 것도 까맣게 잊고 있는 것 같다.

이 시는 그의 대표작인 가편(佳篇)이다.

사람의 집

구름의 집은 바람이 불어가는 쪽에 있고, 사람의 집은 마음이 머무는 데 있다.

하루종일 아는 길만 따라다니다가
나는 또 어제 그 자리,
바람이 불어와서
아무도 한 자리에 서 있지 않는 거기,
저녁이 오면
저녁이 재빨리 깊어진다.

장난감 곰은 지금도 그 가게에 있을까?
건강하고 마음이 비었으니
마땅히 행복할까?

횡단보도에 빨간 불이 켜지면
나는 갑자기
생각 밖으로 목이 길어진다.
목이 더 길어지기 전에
그래, 한 번은 달라져야지

잘 움직이는 기계
언제 보아도 한 가지 웃음을 띠고 북을 치는 반달곰
너는 태엽이 풀리는 그때까지
되풀이 북을 칠 것이고
나는 아침에 마신 물을
저녁에도 마신다.

저녁에는 술도 마신다.
우리나라 나이로 올해 서른 넷
얼굴을 너무 많이 허용하고

힘의 안배에 실패한 것일까
벌써 다리가 풀리고
허전한 저녁에는 술을 마신다

홍형과 나는
흩어진 구름을 한 자리에, 바쁘게 잔을 바꾸고
서로 잔이 되어
잔의 주인도 바꿀 때,
그때에도 바람은 문득문득
등 뒤에서 불어가고
우리는 또 처음부터 잔을 바꾼다

바람이 멎지 않을 때는
술집도 바꾼다
바꾼 잔을 다시 바꾸고 담배를 바꾸고
얼굴을 바꾸고 여자를 바꾼다
잠자리도
꿈도 바꾼다

어제는 섣불리 꿈을 바꾸었다
발랄한 아가씨와 나란히
밤길을 걸을 때,
언덕 위 숲속으로
짐짓 수줍은 듯 나를 태우고 달리는 흰 말의
엉덩이를 눈앞에 보았을 때,
나는 몇 차례나 마음에
무덤을 파곤 했다

이젠 스스로 빛나리라
삽을 쥐고 돌아서면서
마음에도 큰 삽을 쥐어주고 돌아서면서,
저녁 하늘을 찾아나선 어떤 샛별처럼

이젠 무덤 밖에서 빛나리라

'인간은 약하며
인간은 구원받아야 한다고
십자가를 높이 단 교회의 매부리코 전도사가
또 찾아오기 전에!'

바꿀 것이 없을 때는
우리 별이 됩시다

구석에서 구석으로 몰리는 사내는 끝내
구석에서도 모로 쓰러지고,
네에, 역부족입니다.
안 됐군요
한 마디로 완전히 실망입니다

나는 무엇이며
마음에 도는 이 풍차는 무엇인가?
옆구리에 봉투를 낀 채
혼자서 잔을 기울이는 아저씨,
당신의 눈에 구름은 무엇인가?
천장에 목을 단 전등은 무엇인가?
나는 무엇이며
예수는 무엇인가?

생각하면, 시간은 늘 얼굴을 가린 채
내 앞에서 성큼성큼 걸어가고
한 번 잘못 들어선 길은
가도가도 끝이 없는 것,
구름은 언제나
머문 곳이 집이었지, 과연 그럴까?

내 귓속에는
뭔가 지나가는 소리가 멈추지 않는다
이제도 막 자리를 뜨는 한 패거리 꾼들이
학도가를 부르며 지나가고
돌아보면 벽인데
누가 철책 너머로 나를 기웃거리며 지나가고

오늘의 새소식
17세의 정신이상자가
간호원을 살해하고 달아났습니다.
시오리 밖에는 안개가 끼이는데
여러분들께서는 밤길을 밤길을……

조심하시길, 술집 밖에는
안개비가 낮게 깔리는 밤 아홉시
어린이 여러분, 잠자리에 들 시간입니다
일찍 자고 일찍 일어나는 건강한 어린이가 됩시다
술집 밖에는
이십 층 빌딩이 나를 내려다보고 서 있다
내 꿈의 머리까지 보이는 듯
공중에 철근을 감추고
철근 위에 벽돌과 타일을 붙인 너는
정말 늠름해
너를 보고 있으면
내가 점점 작아진다
너무 작아져서
오늘같이 마음이 흔들릴 때는
내가 안 보인다

웃기지 마, 홍형이 말했다
내일까지는 아직도 긴 밤이 우리 앞에 가로누워 있고
여기는 사람이 만든 도시,

눈 감지 마
안 보이면
뒤를 봐,
넌 뒤에 있을 거야, 언제나

발로 차면 굴러가고
던지면 날아가는 돌들처럼
우리 걸어온 자리,
사람과 차가 뒤섞이고
집이 없는 곳,
바람이 불어와서
아무도 한 자리에 서 있지 않는 거기,

행인을 보고
한 없이 꾸벅거려 절을 하는
기계인형 옆에서
고개를 비스듬히, 북을 치는 반달곰은
마땅히 행복할까?

가을보다 먼저 단풍든 가로수가 나를 보고
생각난 듯 잎이 진다
잘 가게, 안개비 속으로
홍형은 허리를 구부정히
사람들과 한 물결이 되어 흘러가고,

단풍잎 틈틈이
아직 파랗게 살아서 안개비를 맞는
이 잎은 시인의 딸
이 잎은 시인의 둘째 딸, 밀림의 곰을 타고
아프리카로 가는
이 잎은 시인의 아들,
일찍 자고 일찍 일어나는 건강한 어린이가 됩시다.

방금 바람을 따라간 가랑잎은
내가 아는 얼굴인데,
곰은 아니고
이름 앞에 번호를 단 여자
35번 미스 정도, 전도사도, 17세의
정신이상자도 아닌데,
나는 아닌지
내가 아는 누구인데

누구인들 어때
여기는 사람이 만든 도시,
철근과 벽돌을 섞어
빈터에 교회를 짓고
빈터가 없으면 아파트에
아파트의 벽면에 예수를 걸어놓고 꿇어앉아
사랑과 용서와
구원을 비는, 하나님의 종들이
언제부턴가
자신을 더 믿어온 도시,
나는 아직도 마음보다 발이 먼저 머무는 곳,
장난감 곰은 지금도 그 가게에 있을까?
집을 짓다 말고, 밤에는 나도 구름처럼 바람을 따라가는
한 마리 곰이 아닐 것인가.

주제 참다운 삶의 의미추구
형식 산문체 장시
경향 주지적, 해학적, 풍자적
표현상의 특징 일상어로 부드럽게 시어의 감각적 표현미를 보이고 있다.
표현상의 두드러진 특징은 인간애의 휴머니즘에 담긴 해학성이다.
감칠맛나는 시어로 독자에게 전달이 잘 되고 있다.

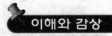

시인은 고층 빌딩 건설 현장에서, 타일을 붙이는 타일공을 바라보며 어째서 점점 자신이 작아지는 것일까(제17연의 경우) 자아성찰한다. 그의 건실한 노동에 대해서 화자는 지성을 어떻게 건강하게 발휘해야만 할 것인가를 메타포하고 있다.

시인의 눈에 비치는 온갖 사상(事象)은 그것이 유형(有形)이건 무형(無形)이건, 가시적(可視的)이건 불가시적(不可視的)이건, 또는 어떤 미지(未知)이거나 인식(認識)이거나 능히 시의 영액(靈液)으로 빚어서 작품으로 형상화 시켜야만 한다.

감태준은 그것을 수식이 없고 담담한 이야기로 엮어서 우리들을 은은하게 군말없이 감동시키고 있다. 더구나 그 시어들이 빚어 주는 번뜩이는 이미지는 우리로 하여금 미처 깨닫지 못한 시적 구제(救濟)의 방법을 선명하게 제시해 준다.

'발로 차면 굴러가고/ 던지면 날아가는 돌들처럼/ 우리 걸어온 자리'를 감태준 시인은 뚜렷하게 손짓하고 있다.

그가 「철새」에서 지적한 것처럼 '발 헛딛은 자리'에서 우리는 저마다 버둥거리고 있는 것은 아닐까. 더더구나 산업화 사회의 비리(非理)와 기계적인 횡포는 저도 모르는 사이에 비명만을 크게 올리게 한다.

사모곡(思母曲)

어머니는 죽어서 달이 되었다
바람에게도 가지 않고
길 밖에도 가지 않고,
어머니는 달이 되어
나와 함께 긴 밤을 같이 걸었다.

누가 내게 "시가 무엇이냐?"고 물을 때, 나는 즉석에서 「사모곡」과 같은 시를 대신 제시하고 싶다. 시는 어떤 특별한 생김새도 또한 별다른 알맹이를 샘플로 내세울 것도 없을 성 싶다. 그러나 좋은 시와 그렇지 않은 글은 어떤 뚜렷한 잣대 없이도 대뜸 구별이 된다.

달밤을 거닐면서 너무도 그리웠던 어머니의 영상(映像)으로서, 달로 화신(化身)한 모상(母像)을 마음 속에 깊숙이 새긴다는 것은 감태준의 권리요, 또한 그만의 노래며, 이제 그의 전매특허 격인 시가 되고야 말았다.

읽을수록 그 깊이와 그윽한 여운이 독자를 감동으로 사로잡는다.

유창근(俞昌根)

충청남도 부여(扶餘)에서 출생(1947~   ). 명지대학교 대학원 국문학과 수료. 1972년 『아동문학』에 시 「장난감 장수」, 「코스모스」, 「꽃소식」 등이 추천 완료되어 문단에 등단했고, 1986년 『월간문학』 신인문학상에 문학평론이 당선되기도 했다. 시집 『둘이서』(1980), 문학연구론 『문학의 흐름』(1993), 『한국 현대시의 위상』(1996), 『문학을 보는 눈』(2001) 등이 있다.

장난감 장수

거리엔
발길이 뜸해졌는데
로터리 육교 위에
웅크리고 앉은
장난감 장수.

헤드라이트 물결이
출렁이는 것도,
푸른 별빛이
머리 위로 쏟아져 내리는 것도
까맣게 잊은 듯이
비닐 장난감을 손에 쥐고
찌르륵 찌륵.

층계 올라오는 소리만 듣고도
누군지 알 수 있나?

장난감 소리는
커졌다 작아졌다
아이일 땐
커지고

어른일 땐
작아지고…….

언제 봐도
똑같은 모습
밤송이만큼이나 구멍난
보자기에 앉아
연신
층계 쪽으로 귀를 열고
찌르륵 찌륵
리듬을 맞추는
장난감 장수의
주름진 손에
머언
옛 이야기 흐른다.

이해와 감상

이 시는 장난감 장수의 행동양식을 작자의 특이한 감수성을 동원하여 애정어린 휴머
니즘의 인간애 정신으로 표현하는 데 성공한 시다.

이런 유의 시가 자칫하면 감상(感傷)에 빠지기 쉬운 것을 유창근은 안정된 언어감각
으로 차분히 극복하면서, 대상을 하나의 존엄한 인간상(人間像)으로 아름답게 형상화 시
키고 있다. 즉 '헤드라이트 물결이/ 출렁이는 것도/ 푸른 별빛이/ 머리 위로 쏟아져 내리
는 것도/ 까맣게 잊은 듯이/ 비닐 장난감을 손에 쥐고/ 찌르륵 찌륵' (제2연)하고 있는 장
난감 상인이야말로 어린애와도 같이 세속을 초월한 성실한 직업적 삶의 행동가다.

장난감 소리의 고저(高低)를 조절(제4연)하는 그는 '층계 올라오는 소리만 듣고도/ 누
군지 알 수 있나?' (제3연)에서처럼 초능력적 직업성이 흥미롭게 암시되기도 한다.

제3연의 '설의법'(設疑法)의 제시는 제4연의 표현이 시언어라는 계산 위에서 동원된
것이 아니요, 절실한 영감(inspiration)으로 연결되는 이미지의 비약적 현상이다.
  그러기에 우리가 시를 공감하는 것은 시인과 독자와의 일체(一體)로서의 순수한 정신
적 교감의 희열(喜悅)이다.

매미 소리

플라타너스
푸른 터널 속에
꿈처럼 흐르는 소리
가슴 설레이는 소리.
청대 푸른 끝에
거미줄 감으며
날아갈세라
날아갈세라
가슴 조이던
한여름 고향 소리.

풋김치 고추장에
보리밥 비벼 주시던
주름진 얼굴에도,
할머니 허연 머리칼에도
해마다
이맘때면
솔바람 몰고 오던
여름 소리.

이해와 감상

유창근의 「매미 소리」는 곧 '고향 소리' 이고 '여름 소리' 인 동시에 여름 고향의 정겨운 소식(消息)이다.

그 소리는 처음에 '꿈처럼 흐르는 소리/ 가슴 설레이는 소리' (제1연)로서 우리를 아늑한 고향에로 포근히 안겨주는 청각적 이미지를 일으켜준다. 그리고 고향에는 유년(幼年)의 행복이 깃들이는 것이다.

매미를 잡기 위해서 매미채를 만들어 서둘러서 '청대 푸른 끝에/ 거미줄 감으며/ 날아갈세라/ 날아갈세라/ 가슴 조이던' 소년의 또렷한 기억 속에 존재한다.

그렇다. 우리들의 여름 고향에는 '풋김치 고추장에/ 보리밥' 이 있고 '주름진 얼굴에도/ 할머니 허연 머리칼' (제2연)이 정겹고 훈훈하다.

오늘날 산업화 사회의 극심한 공해(公害)의 현장에서 생존 경쟁으로 뜀박질하는 우리들에게는 바로 한 여름 매미 소리며 고향 소리가 곧 먼 날에 잊혀진 낙원(樂園)인 우리의 본(本) 뿌리에의 재인식을 도출해 주는 삶의 신선한 청량제가 되고 있음을 화자가 「매미 소리」로써 우리들을 각성시켜 주고 있다.

산에서

허전한 마음이 모여
바위가 되고
그 허전한 마음을
달래주는
나무
나뭇잎들

내가 조용해지고 싶을 때
또는
슬퍼지고 싶을 때
나는
한 마리의 짐승이 된다.

내 마음 속에
자리 잡히는 산
서로의
조용한
절규(絕叫)가 있다.

> **주제** 산의 내면적 가치추구
> **형식** 3연의 자유시
> **경향** 서정적, 상징적, 문명비평적
> **표현상의 특징** 세련된 간결한 시어로 함축된 내적 의미를 부각시키고 있다.
> 극도의 표현의 생략기법으로 극대(極大)의 설득력 있는 이미지를 생성한다.

이해와 감상

'나무'(제1연)와 '한 마리의 짐승'(제2연)은 '내 마음'(제3연)과 일체(一體)를 이루면서 끝내 3자(三者)인 나무와 짐승과 시인은 조용히 '절규'한다.

요란스럽게 소리지르는 것이 아니라 진실을 외치고 난 뒤의 그 무거운 여운 속에 우리를 아늑하게 안기게 해주는 것이다.

대저, 무엇이 잘못 되었기에 나무와 짐승과 시인은 서로가 마음의 손을 맞잡고 조용히 절규하는 것일까.

여기서부터 독자들은 각자가 자유롭게 상상해도 좋을 것이다. 세상에 발표된 시는 독자의 것이기 때문이다.

나무를 함부로 베는 못된 업자(業者)는 있지 않은가. 또한 산을 뭉개어 낙원의 보금자리에서 동물을 내모는 악의 손은 없을까.

산을 노래하던 시인은 포악한 손에 의해 그가 아끼고 사랑했던 아름다운 자연을 빼앗긴 채 끝내 분노하면서 나무와 짐승과 더불어 조용히 절규한다.

유창근은 우리에게, 아니 우리 후손에게 너무도 소중한 국토 보존을 위해 이렇듯 문명비평의 수작(秀作)을 조용히 읽혀 주고 있는 것이다.

윤석산(尹石山)

충청남도 공주(公州)에서 출생(1946~). 국민대학교 국문학과 졸업. 한양대학교 대학원 수료. 『시문학』에 시 「접목」(1971. 1), 「용왕굿」(1972. 8), 「무녀」(1972. 8) 등이 추천 완료되어 문단에 등단했다. 시집 『아세아(亞細亞)의 풀꽃』(1977), 『벽 속의 산책(散策)』(1985), 『말의 오두막집에서』(1991), 『나는 왜 비 속에 날뛰는 저 바다를 언제나 바다라고만 부르는 걸까』(1994), 『다시 말의 오두막집 남쪽 언덕에서』(1999) 등이 있다.

칼쟁이는 칼을 간다

칼쟁이는 날마다 칼을 간다. 자기를 위해 가는 게 아니라 언젠가 만날 칼잽이를 위해 간다.

샤브리느는 날마다 샤워를 한다. 자기를 위해 샤워하는 게 아니라 오후 두 시 딩댕동 울릴지 모르는 밸소리를 위해 샤워를 한다.

제주시 오라동 정실마을 이만수(李滿水) 씨는 해마다 호밀을 심는다. 밤마다 호밀밭 이랑으로 놀러와 북대기질 치는 달[月]을 위해 호밀을 심는다.

나는 날마다 언어를 간다. 칼을 가는 칼쟁이랑, 날마다 샤워하는 샤브리느랑, 오후 두 시 푸르게 울릴지 모르는 초인종이랑

밤마다 호밀밭 이랑에서 히히덕댈 달을 위해 언어를 간다

주제 삶의 존재론적 의미 추구

형식 5연의 주지시

경향 존재론적(Ontologisch), 풍자적, 해학적

표현상의 특징 잘 다듬어진 산문체의 일상어로 심도 있는 이미지를 예리하게 다스리고 있다.
종결어미를 단정적으로 귀결시키는 '~ㄴ다'의 표현으로 각운(脚韻)을 달고 있다.
연(聯)을 가르면서도, 연안의 행(行)을 따로 나누지 않는 조사(措辭)의 특이한 구도(構圖)를 제시하고 있다.

새타이어(satire, 풍자)와 유머(humor, 해학)의 표현을 통해 삶의 존재론적 의미를 언어 예술(시)로써 형상화 시키는 데 성공하고 있다. 현대의 철학적 존재론자들인 하이데거(Martin Heidegger, 1889~1976)를 비롯하여 마르셀(Gabriel Marcel, 1889~1973), 딜타이(Wilhelm Dilthey, 1833~1911), 싸르트르(Jean-Paul Sartre, 1905~1980) 등, 이들의 각기 독특한 주장의 저변에는 하나의 공통성이 있는데, 그것은 살아가는 의미와 목적을 '새롭고 깊이 있게 뿌리 박자'는 실존적인 존재 지향에 있다.

윤석산은 그와 같은 철학적 견지가 아닌 언어예술의 시적 방법론을 새롭게 제시하고 있어서, 이 작품은 한국 현대시단에서 주목받는다.

예술작품 해석에 대한 날카로운 통찰 속에 문예학(文藝學)의 기초를 확립하기도 했던 철학자 딜타이는 "인간의 형이상학적 요구는 불멸이다"고 내세웠고 또한『존재와 소유』에서 '인간 실존의 신비'를 문학적으로 표현한 마르셀 등, 그들과 같은 관점에서 이 시를 살펴볼 때 존재론의 시인 윤석산은 '검객'이며, '창녀', '농민' 그리고 '시인'(작자 자신) 등을 등장시켜, 일체의 존재성을 꿰뚫는 근본형식이며 기본구조에 대한 새로운 의미를 시 언어로써 부여하고 있는 가편(佳篇)이다.

산책(散策)을 끝내고
— 벽 속의 산책(散策) · 16

산은 멀리 있어 산이고
물은 가까이 흘러 물이다.
산책을 시작할 무렵
새알같이 열린 풋대추는
어느덧 뜨락에서 혼자 익어서
늦가을 햇살이 한 개 따 먹고
지나가는 흰 구름이 한 개 따 먹고
드문드문 가지가 비었다마는
나 혼자는 삼동(三冬)내 따 먹어도
남을 것 같다.
남을 것 같다.

주제 참다운 삶의 의미 추구
형식 전연의 자유시
경향 주지적, 서정적, 아포리즘(aphorism)적 표현상의 특징 '벽 속의 산책 · 16'이라는 부제(副題)를 달아서 연작시(連作詩)로 발표한 것을 표시하고 있다. 마지막 두 행(行)에서 '남을 것 같다'는 동어반복(同語反復)을 하여 시의 의미 내용을 점층적으로 강화시키고 있다.

간결하고도 산뜻한 영상적(映像的)인 표현미와 더불어 심도 있는 이미지가 감동적으로 표현되고 있다. 서정적 대상을 통해서 삶의 참다운 의미를 지적(知的)인 감각으로 말쑥하게 담아내 주고 있다.

이해와 감상

윤석산은 「벽 속의 산책」이라는 16편의 연작시를 그동안 독자들에게 보여 왔거니와 많은 화제 속에서 그 「벽 속의 산책」을 일단 끝냈다. 바로 이 작품이 그 마지막 작품이다. 지금까지 그는 벽을 통해서 이 세상을 바라보았고, 벽의 내부에 잠입해서 생명의 근원을 천착하는가 싶더니, 이번에는 그의 벽에다 세상을, 가장 때묻지 않은 순수한 산과 물을 옮겨다 놓아 시단의 주목을 받게 되었다.

거기다 대추나무까지 옮겨 놓고 새알 같은 시의 열매인 '대추'를 똘똘하게 영글게 하여, 저 하늘의 태양에게, 또한 스치는 구름에게 나눠주고도 남은 풍성한 열매들을 가슴 뿌듯이 간직하며 기뻐하고 있다. 삶의 의미 추구가 흡사 철학적인 논리인 것 같으면서도 반짝이는 시인의 예지가 드디어 승화된 새로운 아포리즘의 표현미를 우리에게 보여주고 있다. 무슨 군더더기 같은 소리가 더 필요한가.

고독한 풍경(風景)

공원에서 돌아오는 길이다.
이 세상 마지막 날 저녁처럼
아내의 머릿결에 내리는 햇살이 너무 고와서
사랑한다고 되풀이해 말했다.
나는 애써 그 말을 찾아냈는데
아내는 팔장을 풀며 조용히 웃는다.

이해와 감상

시에는 가식이란 결코 있을 수 없다는 것을 진솔하게 보여주는 윤석산의 주지적 서정시의 가편(佳篇)이다. 뒤집어서 말한다면 시란 진선미(眞善美)의 결정(結晶) 같은 이미지로 이루어지는 불가시(不可視)의 언어 예술이 아닌가 보고 싶다.

시인은 '사랑'이라는 시의 언어를, 그 진실을 캐내고도 이렇듯 외로워한다. 왜 그럴까. 사랑의 구경(究竟)을 찾아 나가기에는 그 길이 어쩌면 너무 멀고 힘이 들며 또 끝없이 외로운 길이기 때문인지도 모른다. 우리는 이 '고독한 풍경'에서 범상(凡常)한 일상의 단면(斷面)을 하나하나 꾸준히 엮어 가는 시인의 진실과 고뇌를 함께 터득하게 된다.

신달자(愼達子)

경상남도 거창(居昌)에서 출생(1943~). 숙명여자대학교 대학원 국문학과 수료. 1964년 『여상(女像)』에 「환상(幻想)의 방」이 당선되었고, 그 후 『현대문학』(1972)에 「발」, 「처음 목소리」 등이 추천 완료되어 문단에 등단했다. 시집 『봉헌문자』(1973), 『겨울 축제』(1976), 『고향의 물』(1982), 『모순의 방』(1985), 『아가』(1986), 『아버지의 빛』(1999), 『어머니 그 삐뚤삐뚤한 글씨』(2001) 등이 있다.

섬

어둠이 내리면서
나의 섬은 밝아왔다.

어둠이 내리면서 나의 꿈은
별빛으로 내리고
하루의 심지를 끈 자리에
깨어나는 섬
가장 진실된 나무 하나 자라고 있는
나의 섬에 나는 돌아와 있었다

돌아와 있는 이 하나의 사실
눈이 찔리는 저 현실로부터
등을 돌리고 바라보는 신세계(新世界)
나의 두 발은 초원 위를 걷고 있었다

꿈의 마른 잎을 따내면
안식(安息)의 꽃 한 송이 피어나고
순한 불빛이 영원처럼
섬을 둘러왔다.

돌아와 있는 이 하나의 현실

가슴 깊이 키운 새 한 마리
창공을 난다
몸 하나로
무한공간을 받쳐 든
나의 섬

서서히 어둠이 가고
어둠 따라 섬은 떠나고
하늘로 이어진 수천의 층계도 내려앉는다
섬이 지워지고
어제와 같이 아침이 오고 있었다.

주제 이상향의 표현미

형식 6연의 자유시

경향 상징적, 주지적, 환상적

표현상의 특징 흡사 아름다운 섬을 바라보는 것과도 같은 시각적 표현 중심의 감각
시다.
작자의 진선미 의식이 서경적(敍景的)으로 영상미(映像美)를 잘 표현하고 있다.
일상어의 구사로 이렇다 할 시작법(詩作法)의 기교를 부리지 않으면서도 의미
의 심도(深度)가 깊다.

이해와 감상

이 시는 우선 독자에게 부담을 주지 않고 술술 읽히는 가운데 진한 감흥을 안겨준다.
얼핏 읽기에는 주정적인 서정시 같으면서도 주지적인 상징시의 세계가 환상적으로 이
미지화되고 있다.

'어둠이 내리면서/ 나의 섬은 밝아왔다'고 하는 오프닝 메시지(openning message)는
독자들에게 흡사 해 뜨기 전 바다의 여명(黎明)과도 같은 광경을 연상시키는 일모(日暮)
속의 별빛 눈부신 유토피아(utopia)의 판타지(fantasy)를 광대한 무대 위에 설정시킨다.
거기서 비로소 빛나는 꿈의 세계가 아름답게 전개된다.

그것이 신달자가 추구하는 유토피아다. 그런데 안타깝게도 시적(詩的) 유토피아는
'이 세상에 없는' 즉 '존재하지 않는 세계'다.

16세기 초의 영국 인문주의자 토머스 모어(Sir Thomas More, 1478~1535)가 써낸 책
이 『유토피아』다. 이 말은 본래 그리스어로 '아무데도 없는 곳'(outopos)이다. 그리스어
의 'ou'는 영어의 'no'이고 'topos'는 'place'다. 즉 'no place'가 유토피아의 영어식 표
현이며, 토머스 모어 경(卿)이 그리스어에서 스스로가 만든 영어 단어가 'utopia'였다.

이제 시인은 '섬'이라는 그 스스로의 '유토피아'를 시로써 창작하는 '눈이 찔리는 저 현실로부터/ 등을 돌리고 바라보는 신세계'(제3연)를 이루고는 이미 '두 발은 초원 위를 걷고 있었다'고 현실 인식의 존재론적 의미를 명쾌하게 제시했다.

어디 그 뿐이랴. 그가 창조한 '신세계'에서 '꿈의 마른 잎을 따내면/ 안식의 꽃 한 송이 피어나고/ 순한 불빛이 영원처럼/ 섬을 둘러왔다'(제4연)는 것이다. 그러나 끝내 이 눈부신 환상 여행은 '섬이 지워지고/ 어제와 같이 아침이 오고 있었다'(제6연)고 고백한다.

16세기 초의 토머스 모어 경이 인문학으로서 이루지 못한 이상향을 오늘의 한국 시인 신달자는 끝내 시로서 그 새로운 영토를 형상화 시키므로써, 독자들을 위안하고 기쁘게 해주고 있다.

영하(零下)

헐떡이며 왔다
그렇게 가을을 건너와서
곁눈질해서 본 단풍산을
군데군데 겨울 이불자락에 무늬 놓아
몸을 두르고
그것 하나로 추위를 가리려고
마음은 어느 가을 하루의
계곡을 끼고 도는데
어쩌자고 어깨는 시려 오나
추억은 실오라기 하나도
될 수 없는 것인가
지금 내 방은 영하.

주제 이상과 현실의 갈등
형식 전연의 자유시
경향 서정적, 심층심리적, 주지적
표현상의 특징 간결한 시어 속에 삶의 의미가 고도로 함축되어 있다.
제재(題材)가 상징적이며 난해하다.
내면 의식에 치중하면서 역설적(逆說的) 표현 기법을 쓰고 있다.

　이런 작품은 시의 의미 내용을 논리적으로 풀려고 하면 오히려 혼란에 빠지기 쉬운 난해시에 속한다. 그런 까닭에 이미지와 이미지의 배리에이션(variation), 즉 변환(變換)에서 시의 맛을 느끼면 좋을 것이다.

　표제(表題)처럼 기온상의 추위가 '영하'의 날씨가 아닌 심리상태의 한랭성(寒冷性)을 말하고 있다. 이 시의 맨 마지막 행인 '지금 내 방은 영하'의 '내 방'은 신달자의 '정신세계'를 은유하고 있는 것이다.

　시인에게는 건너왔다는 가을(제2행)이, 단풍이 아름답고 황홀한 가을이 아닌, 하나의 시련의 계절로서 설정되어 있다. 그러기에 '추억은 실오라기 하나도/ 될 수 없는 것인가'(제10·11행)라고 가을의 아픔을 고백한다.

　이 작품은 부분적으로 그 정서가 잠재 의식적인 심층심리의 충동을 표현하고 있다. 즉 이상과 현실의 괴리를 서정적 터치로 엮어낸 주지적 서정시에 속하는 작품이다.

처음 목소리

님의
첫 말씀은
혀 밑에 숨겼다

천 마디의 의미를
한 떨기 꽃으로
피우는 꽃밭에

잎새마다 들리는
님의 목소리

세 발자욱
밖에까지
향이 묻혔다

주제 절대자에 대한 동경
형식 4연의 상징적 자유시
경향 종교적, 명상적, 상징적
표현상의 특징 극히 절제된 시어로 비유의 묘를 살리면서 시 전편을 상징적으로 빼
어나게 메타포하고 있다.
표제의 '처음 목소리'가 '첫 말씀'(제1연)으로, 다시 '천 마디'(제2연)로써 확장
되었다가 '님의 목소리'(제3연)로 변이(變移)하는 교향적인 버라이어티(variety)
의 이미지 변환(變換) 효과가 매우 다부지고 자연스럽게 표현되고 있다.

이해와 감상

한용운의 「님의 침묵」의 주제가 '님에 대한 연모의 정'을 다루고 있다면, 신달자의
「처음 목소리」는 순수가치를 추구하는 '님에 대한 동경'을 테마로 삼은 명시다.

이제 100년의 한국 현대시 시사(詩史)에서 '님'을 주제로 하고 있는 또 한 편의 명시
는 모윤숙의 「이 생명을」이기도 하다(「모윤숙」편의 「이 생명을」참조).

신달자가 추구하는 절대자(絕對者)인 '님'이 누구이건 독자로서는 개의할 필요는 없
다고 본다.

한용운의 '님'의 경우에도 역시 그것이 '불타'인지 '조국'인지 또는 '연인'인지 우리
가 간여할 바 아니다(「한용운」편의 「님의 침묵」참조).

나는 '처음 목소리'가 어쩌면 "빛이 있으라!"는 『창세기』의 신(神)의 목소리가 아닌
가 추측해 볼 따름이다.

시인에게 직접 '님'이 누구냐고 물어 볼 필요는 없다. 시인은 작품 발표의 자유와 권
리가 있고, 또한 그와 마찬가지로 독자는 작품 해석의 자의적(自意的)인 자유와 권리가
있기 때문이다.

여하간 '님의/ 첫 말씀'은 '천(千) 마디의 의미를/ 한 떨기 꽃으로'(제2연) 응축시켜서
꽃피우기에 이 세상 모든 '잎새마다' 님의 목소리가 그윽한 향기 속에 자욱하게 울려 퍼
지고 있다.

그 뿐 아니라, '세 발자욱/ 밖에까지' 즉 온 세상에 님의 거룩한 '향(香)'이 묻혔다'(제4
연)고 풀어본다면 어떨까.

여기서 '님의 향'은 곧 '님의 계시'(啓示)다.

신달자의 님에 대한 동경심은 근본적으로 님의 본원적 순수가치를 추구하는 감동을
우리에게 듬뿍 안겨주고 있다(『現代文學』1972, 발표 작품).

김남웅(金南雄)

경기도 평택(平澤)에서 출생(1943~). 호 심석(心夕). 동국대학교 국문학과 졸업. 감신대 및 경기대학교 대학원 수료. 「현대문학」에 시 「국화」(1963), 「입춘」(1965), 「종소리」(1972)가 추천 완료되어 문단에 등단했다. 시집 「희망 동산」(1961), 「수풀」(1965), 「잿더미」(1972), 「내 영혼의 눈을 들어」(1979) 「내 잔이 넘치나이다」(1992), 「죽는 게 죽는 건 아니다」(2001) 등이 있다.

어느 새우젓 장수의 일기(日記)

새우젓 장수를 몇 년 하다가
내가 배운 것은 오로지 덤을 주는 일이다.

한 사발을 사도
한 공기를 사도
좀 더 주고 싶은 마음

나보다 나 뵈는 사람
훨씬 나 뵈는 사람
그럴수록 좀 더 주어야 하는
마음

새우젓 장수를 오래 하면서
내가 아직 더 배울 것은
보다 후히 사발을 되는 일이다.

새우젓 사발을 되듯
세상 인심을 되며
언제 어데서고 성큼 나를
내어주는 일이다.

우리들은 모두
무엇인가를 주고 받는다
우리 누가 이런 후한 사발이 될 것인가?

평생에 내가 할 일은
오로지 이 후한 사발이 되는 일이다.
아무에게라도 선뜻
후히 나를 되어 주는 일이다.
후히 나를 내어 주는 일이다.

주제 부(富)의 사회환원의 가치 추구
형식 7연의 자유시
경향 주지적, 상징적, 전통적
표현상의 특징 세련되게 다듬어진 일상어로 표현하고 있어서 제재(題材)의 전달이
잘 된다.
'～일이다'를 점층적으로 동어반복하는 강조법이 이채롭다.
산업화 속에 이미 사라진 도시의 전통적 풍속을 절실하게 회상시킨다.

이해와 감상

새우젓 장수가 새우젓통을 지게에 짊어지고 서울 등 도시의 골목길을 누비며 다니던
그 전통적 풍속도(風俗圖)가 본격적으로 우리의 시야에서 자취를 감추게 된 것은 6·25
사변 이후의 일이다.

서해(西海)의 새우젓배들이 서울의 마포강으로 들락이며 마포 전차 종점(전차가 다니
던 옛날) 넘어 강변은 이른 봄부터, 초겨울에 한강이 얼기 전까지는 새우젓 파시(波市)가
서울의 인파로 북적댔다.

새우젓 장수들은 새우젓통을 지게에 지고 서울의 온갖 골목을 누볐던 것.

작자는 그 옛날 새우젓 장수의 후한 인심을 도입시켜, 고도산업화 속에 예전에 볼 수
없이 우리 사회의 인간애의 휴머니즘이 사라진 냉냉한 배타적 현실을 대비시켜 풍자하
고 있다.

오늘의 사회는 부분적으로나마 물질적인 풍요를 누리면서도 오히려 극단적인 치부와
사리사욕이며 또는 집단이기주의로 각박해지다 못해 잔인해지고 있지는 않은가.

예컨대 수도권 일부 지역에서는 이웃 지역간에조차 조석으로 지나다니는 도로의 자
동차 소통을 막는 등 집단 이기주의가 난무하고 있어 식자를 서글프게 하고 있다.

김남웅의 '새우젓 장수'의 발상이야말로, 우리 민족의 전통적인 선의식(善意識)이며,
비록 가난 속에서도 후한 인심을 베풀던 인간미 넘치는 지난날의 시대를 조명하면서, 부

(富)의 사회환원의 미덕이 과연 무엇인가를 눈부시게 부각시키고 있다.

　'보다 후히 사발을 되는 일'(제4연), 즉 '언제 어디서고 성큼 나를/ 내어주는 일'(제5연)인 사회 봉사와 희생 정신을 뜨겁게 고양시키고 있다.

　그러면서 화자는 '우리 누가 이런 후한 사발이 될 것인가?' 하고 수사적으로 설의법을 써서 제재(題材)의 참뜻을 강조한다.

　오늘날 매너리즘에 빠진 진부한 시의 소재가 식상(食傷)케 하는 시대에, 이 한 편의 작품은 한국 시단을 경각시키는 일품(逸品)이다.

국화(菊花)

꽃이여
이젠 너의 가슴을 열어봐도
좋으냐.
툇마루에 져가는
국화 꽃이여.

아무리 커다란 자물통도
너를 잠글 순 없다.

나는 어제를 탓하지 않는다.
어쩌다 과오의 젊음을 이고
툇마루에 기죽은
국화 꽃이여.

나는 다만 새로운 내일을 연다.
거기엔 무능한 슬픔의 아무 것도
있을 수 없다.

고통도 고민도 나는 연다.
사랑도 미움도 나는 연다.

꽃이여

이젠 너의 가슴을 열어봐도
좋으냐.
툇마루에 져가는
국화 꽃이여.

이해와 감상

서정주가 「국화」를 '인제는 돌아와 거울 앞에 선/ 내 누님같이 생긴 꽃'(「서정주」항목 참조)으로 국화를 주정적(主情的)인 낭만시로 엮었던 시대에서 이미 반세기 이상 지난 21세기의 시대가 왔다.

이제 김남웅의 새로운 「국화」시는 오늘의 시대에 현실적 삶의 아픔을 리얼하게 메타포(은유)하고 있다.

더구나 대상인 국화는 '툇마루에 져가는/ 국화 꽃'(제1연)이라는 설정이 이른바 '구조 조정'이며, 실업대란(失業大亂) 등 실직자의 절망적 현실을 날카롭게 풍자하며 비유하고 있다.

김남웅은 이 작품에서 이른바 IMF시대(1998)에 실직한 채 집안에 틀어박힌('툇마루' 신세) 젊은이를 뚜렷이 연상시키고 있다.

그렇지만 '아무리 커다란 자물통도/ 너를 잠글 순 없다'(제2연)는 은유는 시인이 그(실직자)에게 재기(再起), 재활(再活)의 신념을 불어넣는 선의식(善意識)의 시작업이다.

비록 지금은 잠시 구조조정으로 다니던 직장에서 물러나 어쩔 수 없어 '툇마루에 기죽은/ 국화 꽃'(제3연)이지만.

그러기에 화자는 신념 속에 '나는 다만 새로운 내일을 연다'(제4연)고 거듭 굳건한 확신을 세운다.

그러므로 '고통도 고민도 나는 연다/ 사랑도 미움도 나는 연다'(제5연)고 화자는 솟구치는 용기로 가슴이 뛰고 있는 것이다.

시들어가는 국화꽃을 시인이 의인적 수법으로 흥미롭게 시적 형상화를 이루는 이채로운 작품이다.

서정주의 주정적 「국화꽃 옆에서」 떠난 21세기의 새로운 의지의 김남웅의 주지적 「국화」는 국화꽃에게 새로운 존재론적 의미를 부여하고 있다.

새벽녘

코빼기가 뻘개 산비알을
헤매다
돌아온 놈

심한 고열
이 코뿔

잃어버린 세월의
살 두어 점

하얀 거즈에도
묻어나던
네
영혼

뒤안길의
흰 달무리

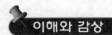 이해와 감상

　누구나 거울을 통해 자화상을 본다.
　이상(李箱)은 그의 시 「거울」(「이상」 항목 참조)에서 '거울이 아니었던들 내가 어찌
거울 속의 나를 만나 보기만이라도 했소' 라고 했다.
　여기서 우리는 풍자적이며 해학적인 「자화상」을 통해 김남웅의 스스로의 삶을 돌아보
는 자세의 진지함을 또한 뚜렷이 엿보게 된다.
　절제된 시어로 심도있는 이미지를 담고 있는 주지적 서정시다.
　시는 결코 위선이 아닌 진실의 언어임을 이 작품이 잘 보여주며 독자를 감동시킨다.
　'코뿔' 은 감기를 가리키는 속어다.

서영수(徐英洙)

경상북도 경주(慶州)에서 출생(1937~   ). 호 동전(東田). 서라벌예술대학 문예창작과 졸업. 1972년 『현대시학』에 시 「외박(外泊)」, 「엊저녁 달빛」, 「세수(洗手)」, 「어제의 비」 등이 추천 완료되어 문단에 등단했다. 시집 『별과 야학』(1959), 『낮달』(1979), 『동전시초(東田詩抄)』(1985), 『경주 하늘』(1990), 『선도산일기(仙桃山日記)』(1994) 등이 있다.

낮달

북간도로 간
무뿌리 같은 소녀
그 이마가 고왔다.

낮달이 내려다보는 울 안
사금파리 소꿉질에
아버지가 됐던 나는
바지랑대 같이 마디도 없는
뼈가 굵었다.

뒤안 대숲에
바람이 깨어 술렁이는 날
점치고 돌아오는 할머니의 걸음만큼씩
징용 간 아버지의 편지가 날아왔다.

북간도로 간
무뿌리 같은 소녀
만주 벌판의 해바라기 밭을 안고
한낮을 돌다 돌다
헐어버린
가슴으로

낮달은 멀겋게 떠서
나를 불러 내었다.

주제 낮달과 유년의 정한(情恨)
형식 4연의 자유시
경향 서정적, 상징적, 고발적
표현상의 특징 세련된 시어로 상징적으로 메타포하며 심도 있는 이미지를 부각시키
고 있다.
섬세하고 예민한 묘사와 동시에 남성적인 굵직한 톤(tone)이 대조를 이루는
표현이 이채롭다.
각 연이 '~고왔다', '~굵었다', '~날아왔다', '~내었다'는 과거형 종결어미
를 이룬다.

이해와 감상

서영수의 「낮달」이라는 표제는 동어반복으로 강조되고 있는 '북간도로 간/ 무뿌리 같
은 소녀'(제1연)의 상징어다.

그 소녀가 '내려다보는 울 안'의 화자는 이미 소꿉질하던 철부지 어린애가 아니라 이
제는 '뼈가 굵'어 버린(제2연) 어른이다.

이 작품에서 주목되는 것은 시인이 제시하는 시대적 '아픔'의 상황 설정이다.

일제 강점기의 그 가혹했던 탄압 속에 '징용간 아버지'(제3연)와 정답던 소녀의 집안
역시 일제에 의해 문전옥답을 빼앗기고 남부여대하여 만주벌판으로 황량한 이주의 머
나먼 길을 떠났기 때문이다.

이 상징적 서정시는 그와 같은 일제 침략을 날카롭게 메타포(은유)하며 동시에 우리
시문학사에 의연하게 고발하고 있다.

강화도 광성보

깊은 황토물
세차게 굽이쳐 흐르는 강줄기 같은
바다
파도 소리 아니고
폭포 소리도 아닌

알 수 없는
물굽이 소리
민족의 울음이런가
무명 용사의 통곡이런가
님들의 넋
바람 되어
광성보에 나부끼니
옷깃에 스며오는
하늘과 바다
그리고 바람들
겨레의 핏줄인양
아프게도 당기더라.

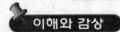

주제 강화도의 호국정신 추구
형식 전연의 주지시
경향 주지적, 서정적, 상징적
표현상의 특징 시어가 주제에 부합하는 역동적인 이미지를 표현하고 있다.
청각적인 '파도 소리', '폭포 소리', '민족의 울음', '용사의 통곡' 등 감각 표
현이 두드러지고 있다.
또한 '민족', '님들의 넋', '겨레' 등 애국적 관념이 담긴 시어가 쓰이고 있다.

이해와 감상

강화도는 우리나라의 역사와 더불어 민족사가 거세게 소용돌이 치던 유서 깊은 터전
이다.

'병자호란' (1637) 때에는 왕도(王都)의 피난지로 왕족들의 피난터였다.

그러므로 왕도 4진(四鎭)의 하나로서 나라를 지키기 위해 강화도 전역에 72포대(砲臺)
를 두었기에 '광성보(廣城堡)' 등은 왕도의 보루였고, 조선왕조시대에 왕도 한양의 관문
을 수호하던 우리 군사들의 호국정신이 빛나던 오랜 터전이다.

서영수는 이 곳을 견학하며 민족사의 숨결에 가슴 뛰며, 조선 군사들이 정족산성에서
프랑스군을 무찌른 '병인양요'(丙寅洋擾, 1866) 이래, 이번에는 강화도 초지진(草芝鎭)
을 함락시킨 미군을 광성진(廣城鎭)에서 맞싸워 피흘리며 격퇴시킨 '신미양요'(辛未洋
擾, 1871)의 역사 제재(題材)를 시로써 깔끔하게 형상화 시키고 있다.

민족의 청사를 기행시로써 엮는 일 또한 시인에게 보람찬 작업이 아닐 수 없다.

김년균(金年均)

전라북도 김제(金堤)에서 출생(1942~   ). 서라벌예술대학 문예창작과 졸업. 1972년 『풀과 별』에 시 「출항(出航)」, 「작업(作業)」 등이 추천 완료되어 문단에 등단했다. 시집 『장마』(1974), 『갈매기』(1976), 『바다와 아이들』(1979), 『사람』(1983), 『풀잎은 자라나라』(1986), 『아이에서 어른까지』(1997), 『사람의 마을』(1999), 『하루』(2001) 등이 있다.

고향

절반은 남에게 주고
남은 시간은 구걸을 하며

메마른 바람처럼 하루내 쫓기다가
자리에 들면

멍든 다리, 결리는 허리 매만지다
잠든 사이로
찾아오는
고향.

어릴 때 뛰놀던
마을이
둥둥 떠다닌다.

천 길 만 길 떨어진
빛도 없는 벌판에
몸이나 져야 잊게 될는지

손짓 발짓 하나에도
비단같이 눈뜨는
그리움.

이해와 감상

『현대문학』(1986. 12)에 발표된 80년대 중반의 작품으로, 당시 이농(離農)과 실향(失鄕)의 아픔이 뼈에 사무치던 현실을 문명비평적인 시각에서 이미지화 시킨 화제작이다.

'절반은 남에게 주고/ 남은 시간은 구걸을 하며'(제1연) 살아가는 선량한 농민들의 비통한 현실을 독자가 눈으로 보는 것 같은 서경(敍景)으로 떠오른다.

이 상황은 누가 책임져야 할 시대적인 죄악인가.

일제하에 '동양척식'의 검은 손에 착취당했던 금싸라기 땅을 8·15광복으로 다시 찾았건만, 그 후 6·25사변과 군사 쿠데타를 거치는 동안 산업화 사회가 가져 온 이농현상이며, 부의 독선적·이기적 불균형 속에 순진한 고향 사람들은 제땅을 헐값에 팔아 넘기고, 비참한 고용살이로 허탈하게 밀려나고 말았으니 농민들은 버림받고 말라는 것인가.

'메마른 바람처럼 하루내 쫓기다가/ 자리에 들면// 멍든 다리, 결리는 허리 매만지다/ 잠든 사이로/ 찾아오는/ 고향'을 화자는 가슴 속에서 몹시 아파한다.

그러면서 마음 깊은 속에는 마냥 즐거웠던 '어릴 때 뛰놀던/ 마을이/ 둥둥 떠다닌다'고 지난 날을 그리워한다. 고향은 어디고 누구에게나 다 그런 것인가.

'손짓 발짓 하나에도/ 비단같이 눈뜨는/ 그리움' 속에 시인의 애향심 넘치는 연민의 정은 마냥 뜨겁게 솟구친다.

갈매기

나를 버리고, 버려진 몸이
두엄 깊이 묻히다가
갯벌에 고운 씨 뿌리면
갈매기는 찾아와 울까.
무너진 바다, 파도는 드높고
울지 않던 갈매기.
되살아날까, 서른 살 더운 피로

피울음 울어
예감의 천리길에 빛을 주는 이,
갈매기는 마침내 찾아와 울까.
시간의 눈금은 바다를 열지만
내 가난한 어깨는
조선 말(朝鮮末) 향토빛 섣달 위에 머문다.
되살아날까, 나를 버리면,
그리하면 소문도 없이
무너진 바다는 잠들고
갯벌엔 고운 씨 돋아날까.
갈매기는 마침내 찾아와 울까.
어둠에 젖은 갈매기,
그러나 보름달만 먹는 갈매기는
울지 않고 오늘도
해안선 깊숙이 날개만 키운다.

주제 삶의 내면적인 의미 추구
형식 전연의 자유시
경향 서정적, 상징적, 낭만적
표현상의 특징 주정적인 시어로 엮어지는 시각적 이미지가 서경적 풍경을 보여주고
있다.
갈매기를 매개체로 하여 사물에 대한 내면세계를 날카롭게 추구하고 있다.
시 전편의 사상적 바탕은 존재론(ontology)에 두고 메타포 되고 있다.
'~울까', '~되살아날까' 등 설의법을 써서 동어반복하고 있다.

이해와 감상

『시문학』(1975. 9)에 발표된 작품으로 「갈매기」는 시인 김년균 자신의 상징어다.

'나를 버리고, 버려진 몸이/ 두엄 깊이 묻히다가/ 갯벌에 고운 씨 뿌리면/ 갈매기는 찾아와 울까' (서두부)라는 메시지는 자기 희생의 고고한 정신세계의 비유다.

'갯벌' 이란 화자가 살고 있는 황폐한 영토다. 그는 그 버려진 땅에 스스로가 심신을 바쳐 소생(蘇生)의 구원의 제물이 되겠다는 결연한 의지로 빛나고 있다.

'서른 살 더운 피로/ 피울음 울어/ 예감의 천리길에 빛을 주는 이/ 갈매기는 마침내 찾아와 울까' 에서 '빛을 주는 이' 와 '갈매기' 의 비유는 동격(同格)의 동의어(同義語), 즉 시인을 가리킨다. '어둠에 젖은 갈매기' 는 절망의 현실 속에서 '보름달만 먹는' 시련에 부대끼면서도 '울지 않고 오늘도/ 해안선 깊숙이 날개만 키운다' 고 했다. 그러므로 갈매기의 '날개' 는 불굴의 의지며 눈부신 신념이다.

설의웅(薛義雄)

함경남도 이원(利原)에서 출생(1936~). 성균관대학교 국문학과 졸업. 단국대학교 대학원 국문학과 수료. 1972년 『현대시학』에 시 「상여」, 「갯마을·안개·봄」, 「소나기」 등이 추천 완료되어 문단에 등단했다. 시집 『소나기』(1974), 『그때 떠난 자리』(1981), 『설의웅 시집』(1982), 『두어 방울의 눈물』(2002) 등이 있다.

꽃샘바람 앞에 서서

북방 한계선 가까이

버스는
동해바다의 수평선을 그으며
통과하고 있었다

원산을 떠난 급행열차의 기적에
눈이
뜨이던

함경남도 이원과 서울 길이 트여
봄나들이로
고향에 갈 수 있다면

진달래꽃 꺾어 쥐고
해질녘에 잠깐

경이라는 소녀가 처음 부끄러웠던
버찌나무 숲에나
거쳐 오고 싶은 충동

북방 한계선 가까이

버스는
동해바다의 수평선 위에
떠 있었다.

> **주제** 망향의 정한
> **형식** 8연의 자유시
> **경향** 서정적, 상징적, 낭만적
> **표현상의 특징** 망향의 절절한 심경과 분단 민족의 비애를 내밀하게 감동적으로 표현하고 있다.
> 시어가 간결하며, 짙은 서정, 삶의 아픔이 은은하게 울리고 있다.
> '경이'라는 '소녀'를 등장시켜 절실한 애향(愛鄉)의 심정을 드러내고 있다.
> 시연(詩聯)의 배열에 있어서 조사(措辭)의 시각적 효과를 이루고 있다.

이해와 감상

국토의 분단이 벌써 50년을 넘었다.

더구나 6 · 25라는 동족상잔의 비극과 함께 우리 민족이 겪고 있는 분단과 이산(離散)의 큰 고통은 이루 다 말하기에 겨레의 가슴만 아프다.

설의웅은 북녘에 두고 온 고향에 대한 절실한 망향의 정을 서정적 상징 수법으로 표현하여 우리에게 순수한 정신미의 형상작업(形象作業)을 보여 주고 있다.

1천만 이산가족의 그 통절한 아픔을 겉으로 외치기보다는, 차라리 그 고통을 가슴의 내부에서 불살라 정화(淨化)시키는 시인의 무구(無垢)한 정신미가 우리의 가슴을 물씬하게 적셔 주고 있다.

분단 민족의 비애를 소재로서 다루되 결코 감상(感傷)에 빠지지 않으면서 그 주제인 망향의 정한을 서정적으로 형상화시킨 시적 기교 또한 돋보인다.

남북의 분단으로 끊어졌던 철도가 연결되었다고 이 원고를 쓰고 있는 가운데 언론보도(2003. 6. 14)가 전해 왔다. 남북관계자가 '경의선 철도'를 연결하고 철로 위에서 악수 나누는 장면이 보도되었다.

그 철길로 이미 반세기가 넘어 분단의 아픔을 극복하는 평화로운 열차의 왕래가 부디 이루어지길 바라는 마음일 따름이다.

지평

누가 뭐래도 상놈이란다 나는

뿌리 없이 떠돌아다니는
피난살이

가난이야 하늘도 안다마는

가시내야
네 가슴 어느 한 구석에 있자 나는.

주제 실향민의 연민과 우수(憂愁)
형식 4연의 자유시
경향 서정적, 주지적, 풍자적
표현상의 특징 절제된 시어로 함축있는 이미지를 담고 있다.
하나의 센텐스(문장)로 이어지는 콘텐츠가 4개의 연으로 가르는 의도적인 조
사(措辭)의 특이한 구도를 보이고 있다.
제1연과 제4연에서 도치법을 쓰고 있다.
제4연에서 '있자' 라는 함경도 방언을 표현하고도 있다.

 **이해와 감상**

설의웅이 실향의 아픔을 엮고 있다.
실향민의 시대도 이 땅에서 이미 반세기가 훌쩍 넘어갔다. 길게는 벌써 60년을 헤아리
게도 된다.
시는 읽어서 그 내용이 우리의 가슴에 와 닿고, 무언가 알맹이가 읽는 이에게 남아 준
다면 그 시는 성공하고 있다 하겠다.
우리의 주변에서 보면 자꾸만 무언가 설명하려는 시편(詩篇)들을 대하게 되어 은근히
짜증스럽기까지 할 때가 있다.
시란 우리가 말로 다 설명할 수 없는 또 다른 세계를 갖고 있는 것이다.
「지평」은 인간애, 고독, 삶의 아픔이 간결한 시어와 서정으로 조화미를 이루는 가운
데, 우리의 마음에 하나의 새로운 지평을 가져다 주는 가편(佳篇)이다.
독자에게 또 하나의 새로운 지평을 열어 준 셈이다.

정대구(鄭大九)

경기도 화성(華城)에서 출생(1936~). 숭실대학교 대학원 국문학과 수료.
1972년 『대한일보』 신춘문예에 시 「나의 친구 우철동 씨」가 당선되어 문단
에 등단했다. 시집 『나의 친구 우철동 씨』(1976), 『겨울 기도』(1981), 『무지
리 사람들』(1986), 『우리들의 베개』(1986), 『두 귀에 바퀴를 달고』(1987),
『수색쪽 하늘』(1989), 『남촌에 전화를 걸며』(1991), 『네 거리에 아이들』
(1992), 『뿌리의 노래』(1999), 『어머니의 응답』(2000), 『동물원에 갇힌 나를
본다』(2003) 등이 있다.

나의 친구 우철동 씨

1. 복면(覆面)

우체국장 우철동 씨는
모처럼 공휴일을 집에서 아이들과 즐기다가
갑작스런 전화에 불려 나왔다.
누구인가. 이렇게 나의 친구 우철동 씨를
불러내게 하는 그는.

우리는 여름을 철거하고
이층의 삐걱이는 불안(不安)과 만난다.
어디서 돌발된 긴급사태가
우리의 낡은 지붕을 두드리고
뜨거운 커피잔 속에
가랑잎 구르는 소리가 난다.

누구인가. 이렇게 급살로
우리의 풍경을 바꾸어 놓는 그는.
저기 저 비실 비실
도망치듯 빠져 나가는
복면의 사내가
키득키득 웃는다.

여성적인 나의 친구 우철동 씨는
그리고 오늘 그의 긴 침묵은
요즘, 주소도 없이 우표도 안 붙이고
갑작스레 날아 들어온
편지를 받게 된다.
누구인가. 이렇게 발신인도 없이
무례한 편지를 띄워서
우체국장인 우철동 씨를
떨게 하는 그는.

나는 다방 이층에서
거리로 나온다.
여기 저기 번득이고
숨어 있는 눈초리를
그리고 기슭으로 비켜서는 얼굴들
'여보시오' '여보시오'
음, 그 사내는
아주 생면부지의 사내도 아닌 것 같다.

저 녀석 저 녀석은
나의 친구 우철동 씨를 불러내어
낡은 생철 지붕을 두드리고
커피를 마시던 우리를 엿보던 녀석
발신인도 없는 엽서를 띄워 보내고
내 친구로 하여금 수시 몰라 보게 한 녀석
네 녀석을 정면으로 만났다.
너는 누구냐.

너는 내가 아끼는
그릇을 깨뜨리게 하고
너는 춘사(椿事)를 빚게 하고
너는 나의 뒤통수를 치고
이마에 돌을 부딪치게 하고

너는 나의 여인을
이층 계단에서 돌아서게 했다.
그리고 너는
장차 나의 딸을 죽음으로 몰고 갈 것이다.

그러나 우리 어머니는
우리 어머니시고
오늘 80회 생신을 기념했다.
그리고 여인은 나를 아주 떠난 게 아니다.
나의 딸은 아직 태어나지도 않고
다만 땅에는 사과가 떨어지고
뭇거리에서
나의 흰 '와이셔츠' 가 더러워질 뿐이다.

주제 사회불안의 우수와 고발
형식 3부작의 산문체 장시
경향 주지적, 풍자적, 상징적
표현상의 특징 일상어에 의한 풍자적인 산문체의 진솔한 표현이 독자에게 친근감과
함께 내용 전달이 잘 되고 있다.
암시적인 상징적 수법으로 시대적 상황의식을 배경에 깔고 있다.
'우철동' 이라는 인물을 시의 주인공으로 다루고 있다.
시 전편에 걸쳐 '우철동 씨' 며 '내 친구', '너는' 등등 동어반복이 계속되고 있다.
'불러내게 하는 그는'(제1연), '떨게 하는 그는'(제4연)의 동의어(同義語)반복
을 하고 있다.
제1, 4연 등에서 효과적으로 도치법을 쓰고 있다.

이해와 감상

3부작의 '신춘문예' 당선작의 제1부다.

장시(長詩)여서 지면관계상 제1부만을 소개하며 후일 다른 책자에서 전편을 게재 해
설할 예정이다. 정대구는 1960년대 이후 긴박한 우리나라의 정치적 사회적 공포분위기
를 현대시의 참신한 수법으로 날카롭게 파헤치고 있다.

선의식(善意識)의 공무원인 우체국장 우철동 씨가 '모처럼 공휴일을 집에서 아이들과
즐기다가/ 갑작스런 전화에' (제1연) 정체불명의 괴한으로부터 밖으로 불려 나왔다고 하
는 이 상황은 당시(군사독재 박정희 정권)의 공포적인 사회분위기며 선량한 소시민의 불
안의식을 현대시의 방법론으로서 새롭게 시도한 실험시라고 우선 지적하고 싶다.

이 작품의 작의(作意)야말로 공포분위기가 감돌던 군사독재 정치하에서 가면을 쓴 관계자들의 양민 탄압에 대해 도도하게 고발하고 있어 주목받은 가편(佳篇)이다. 여기서 강조해 두고 싶은 것은 이 시가 산문체로 엮여져 있다는 점이다. 그 점은 오늘날의 주지시가 운문체를 벗어나 산문화 추세를 이루고 있는 견지에서 이 작품도 그런 경향의 선도적인 큰 작용을 했다고도 지적해 두고 싶다.

저자는 근본적으로 시의 산문화 경향에는 찬성하고 있지 않다. 왜냐하면 시는 운문이 그 표현의 기본 틀이기 때문이다. 최남선 등이 1908년 이후에 이 땅에 도입한 새로운 시의 형식은 정형시의 틀을 깨고, 서양의 '운문시'(verse)의 도입을 시도했던 것이다.

'운문'이라는 서양시는 소설적인 '산문'(prose)과는 그 표현기법이 서로 상반(相反)하고 있는 것이다. 우리나라의 '시조'(時調) 역시 운문의 바탕위에 그 전통을 이어왔다는 것은 두 말할 나위도 없다. 시조의 정형성(定型性)은 다만 그 잣수(字數)의 규정에 있는 것이고, 내용 자체는 운문 시가다.

앞으로 시의 운문성과 산문성에 관한 것은 한국 현대시에 있어서도 마땅히 충분한 논의가 되어야 할 과제라는 것만 여기에 지적해 두련다.

돌밭

북한강 돌밭에 가서
나는 보았다
지천으로 구르는 돌무더기
발길에 이리 저리 채여도
아무도 주워가지 않는
못생긴 나의 분신들
나는 보았다
누가 나를 여기 버렸나
누가 나를 구원하려나
어쩌다 마음 간 돌 한 덩어리
차마 버릴 수 없어
내가 나를 구원하는 길을
나는 찾아내야지
필요 없는 부분을 깎아내고
필요한 부분은 끝까지 견디어 남아서
나도 숨쉬는 보람으로

뜻 둔 사람에게 들키기를
들켜서 한 몫의 삶으로 눈을 뜨고
내가 나의 뜻을 살리리라
진짜진짜 한 점의 살
한 점의 돌이 될 때까지.

주제 돌을 매개로 하는 자아성찰
형식 전연의 주지시
경향 주지적, 상징적, 풍자적
표현상의 특징 간결한 일상어로 '돌'을 의인화 하는 친근한 표현을 하고 있다.
상징적 표현으로 독자에게 감동적으로 내용이 잘 전달되고 있다.
'나는 보았다', '누가 나를~' 등의 동어반복을 하고 있다.

이해와 감상

　정대구는 '돌'이라는 대상의 본질을 비유를 통해 날카롭게 추구하는 이색적인 시작업을 하고 있다.
　'발길에 이리 저리 채여도/ 아무도 주워가지 않는/ 못생긴 나의 분신들/ 나는 보았다'(제4~7행)고 하는 이 자학적인 새타이어(풍자)는 현학적(衒學的)인 생경한 주지적 표현들이 난무하는 한국 현대시단에서 진솔한 비유의 바람직한 묘사로 평가된다.
　'누가 나를 여기 버렸나/ 누가 나를 구원하려나'(제8·9행)라는 존재론적(Ontologisch)인 문제 제기도 또한 흥미롭다.
　그러나 화자는 곧 잇대어 그 해답을 스스로 제시하기를 '내가 나를 구원하는 길을/ 나는 찾아내야지'(제12·13행) 하는 신념에 넘치는 굳센 의지를 건강하게 드러내고 있어 이 시를 더욱 세상에 빛낸다.
　수석(壽石)을 채석(採石)하는 돌밭의 현장에서 화자는 스스로가 하나의 못생긴 돌로 화신(化身)하여 참다운 삶의 의미를 천착하는 겸허한 시적(詩的) 자세가 자못 독자에게 공감도를 드높여 준다.

늦가을

풀들이 쓰러지고
그 위를 바람이 쳐부순다.

차고 짧은 쇳소리
피투성이가 된
손을 씻고
계집의 목이 떨어진다.
이제 잃어버린 물건은
다시 찾지 못한다.
귀가 질긴 마지막 한 잎이
떨고 있다 떨고 있다.
하느님,
마지막 이 울음을
끊어 주소
빨리 끊어 주소

이해와 감상

이 시는 처절한 삶의 현실을 '늦가을'로 비유하는 고도의 표현수법을 쓰고 있는 단시형의 짧은 작품이다.

14행의 짤막한 이 '소네트'(sonnet) 형식의 시편에서 '쳐부순다'를 비롯하여 '피투성이', '계집의 목', '울음' 등 거센 이미지의 일상어들이 시어로 등장하여 공포에 찬 격렬한 이미지가 황량한 계절적인 풍정(風情) 속에 독자를 휘몰아 간다.

그리하여 끝내 화자는 '하느님/ 마지막 이 울음을/ 끊어 주소/ 빨리 끊어 주소'(제11~14행)하고 동어반복하는 구원을 다급하게 읍소하는 긴박한 처절감이 그득 넘치고 있다.

여기서 정대구의 새로운 '소네트' 시작법에 대해서 잠시 살펴보기로 한다.

본래 소네트는 고대 이탈리아에서 13세기 초인 1220년 경부터 발생했던 '소네토'(soneto)라는 정형(定型)의 '14행시'였다. 그것이 이어지며 뒷날 단테(Alighieri Dante, 1265~1321) 등에 의해 완성되었다.

이 '소네토'를 영국 시인 와이어트(Sir Thomas Wyatt, 1503~1542) 등이 16세기 초에 영국으로 도입했고, 정형시 형태를 영국에서 자유로운 구조로 바꿨다.

이 때부터 소네트는 영국에서 크게 발전하면서 셰익스피어(William Shakespeare, 1564~1616)며 근대로 이어 오면서 20세기의 브라우닝(Elizabeth Browning 1806~1861)이며 로제티(Christina G. Rossetti, 1830~1894) 등 영국 여류 시인의 14행의 명시들이 나타나므로써 더욱 발전했던 것이다.

정대구의 14행시 형식의 '소네트'는 앞으로 우리의 큰 관심의 대상이기도 하다. 일본에서는 우에다 빈(上田 敏, 1874~1916)이 '소네트'를 영시에서 가져다가 처음으로 일본에 소개했다는 것도 부기해 둔다.

정호승(鄭浩承)

경상남도 하동(河東)에서 출생(1950~   ). 경희대학교 국문학과 졸업, 동
대학원 수료. 1972년 『한국일보』 신춘문예에 동시 「석굴암에 오르는 영희」
가 당선되었고, 1973년 『대한일보』 신춘문예에 시 「첨성대」가 당선되어 문
단에 등단했다. 1982년 『조선일보』 신춘문예에 단편소설 「위령제」도 당선되
었다. 시집 『슬픔이 기쁨에게』(1979), 『서울의 예수』(1982), 『새벽 편지』
(1987), 『별들은 따뜻하다』(1990), 『사랑하다가 죽어 버려라』(1997), 『외로우
니까 사람이다』(1998), 『눈물이 나면 기차를 타라』(1999), 『내가 사랑하는
사람』(2000) 등이 있다.

연어

바다를 떠나 너의 손을 잡는다
사람의 손에게 이렇게
따뜻함을 느껴본 것이 그 얼마 만인가
거친 폭포를 뛰어 넘어
강물을 거슬러 올라가는 고통이 없었다면
나는 단지 한 마리 물고기에 불과했을 것이다
누구나 먼 곳에 있는 사람을 사랑하기는 쉽지 않다
누구나 가난한 사람을 사랑하기는 쉽지 않다
그동안 바다는 너의 기다림 때문에 항상 깊었다
이제 나는 너에게 가장 가까이 다가가 산란을 하고
죽음이 기다리는 강으로 간다
울지 마라
인생을 눈물로 가득 채우지 마라
사랑하기 때문에 죽음은 아름답다
오늘 내가 꾼 꿈은 네가 꾼 꿈의 그림자일 뿐
너를 사랑하고 죽으러 가는 한낮
숨은 별들이 고개를 내밀고 총총히 우리를 내려다본다
이제 곧 마른 강바닥에 나의 은빛 시체가 떠오르리라
배고픈 별빛들이 오랜만에 나를 포식하고
웃음을 터뜨리며 밤을 밝히리라

이해와 감상

　　세계적으로 잘 산다는 그런 나라들을 향해 이민을 떠나가는 이들에게 일단 읽히고 싶은 게 정호승의 「연어」다. 조국(祖國)이라는 의미는 어느 민족에게도 뜨겁고 진한 것이다.

　　'바다를 떠나 너의 손을 잡는다'(제1행)에서 '너'는 '조국'이다. 즉 조국의 의인화다. 바다를 떠났다는 것은 당초에 한반도의 모강(母江)을 떠나 저 멀리 베링해(Bering海) 등 먼 바다로 떠났다가 그 곳에서 성장하여 다시 어머니 품으로 회귀하는 것을 가리킨다.

　　그리하여 조국의 '손을 잡는다'고 한다.

　　'거친 폭포를 뛰어 넘어／ 강물을 거슬러 올라가는 고통이 없었다면／ 나는 단지 한 마리 물고기에 불과했을 것이다'(제4~6행)에서 그 온갖 죽음의 공포와 시련을 극복하고 귀환한 '연어'는 '한 마리 물고기' 이상의 존귀한 생명체다.

　　사람이 사람답지 못할 때 미물로 비유 전락되거니와, 여기서 연어는 조국(母川)을 배반하지 않는 가장 빛나는 금의환향이며, 그리하여 '이제 나는 너에게 가장 가까이 다가가 산란을 하고／ 죽음이 기다리는 강으로 간다'(제10 · 11행)는 눈부신 승화를 한다.

　　'울지 마라／ 인생을 눈물로 가득 채우지 마라／ 사랑하기 때문에 죽음은 아름답다'(제12~14행)는 표현은 '연어'를 비유하는 정호승의 인생에 대한 잠언(aporism)이며 시적 교훈(poetic instruction)이다.

　　고도의 이성(理性)을 가졌다는 인간이 미물이라는 '연어'가 제시하는 메타포(은유)는 가슴 속에 거듭 씹힌다.

구두 닦는 소년

구두를 닦으며 별을 닦는다
구두통에 새벽별 가득 따 담고
별을 잃은 사람들에게

하나씩 골고루 나눠 주기 위해
구두를 닦으며 별을 닦는다
하루 내 길바닥에 홀로 앉아서
사람들 발 아래 짓밟혀 나뒹구는
지난 밤 별똥별도 주워서 닦고
하늘 숨은 낮별도 꺼내 닦는다
이 세상 별빛 한 손에 모아
어머니 아침마다 거울을 닦듯
구두 닦는 사람들 목숨 닦는다
목숨 위에 내려앉은 먼지 닦는다
저녁별 가득 든 구두통 메고
겨울밤 골목길 걸어서 가면
사람들은 하나씩 별을 안고 돌아가고
발자국에 고이는 별바람 소리 따라
가랑잎 같은 손만 굴러서 간다

주제 인고(忍苦)와 희망의 추구
형식 전연의 자유시
경향 주지적, 상징적, 풍자적
표현상의 특징 쉬운 일상어로 연상작용에 의한 내면세계의 의미를 추구한다.
작자의 인간애의 휴머니즘이 빛나고 있다.
고통을 극복하려는 굳센 의지와 지성이 융합되어 독자에게 전달이 잘 된다.

이해와 감상

여기서 정호승의 '별'은 '희망'의 상징어다.

그러므로 '별을 잃은 사람들에게/ 하나씩 골고루 나눠 주기 위해/ 구두를 닦으며 별을 닦는다'(제3~5행)고 한다.

'사람들 발 아래 짓밟혀 나뒹구는/ 지난 밤 별똥별도 주워서 닦고/ 하늘 숨은 낮별도 꺼내 닦는다'(제7~9행)에서의 '별똥별'은 '짓밟힌 인권'이며 '낮별'은 '박해 당하는 정의'의 상징어다.

이 시는 기승전결의 수법으로 구두닦이 소년의 새벽 출발로부터 겨울밤 골목길의 귀가에로 희망을 닦는 작업이 근면 성실하게 엮어져 있다.

내가 사랑하는 사람

나는 그늘이 없는 사람을 사랑하지 않는다
나는 그늘을 사랑하지 않는 사람을 사랑하지 않는다
나는 한 그루 나무의 그늘이 된 사람을 사랑한다
햇빛도 그늘이 있어야 맑고 눈이 부시다
나무 그늘에 앉아
나뭇잎 사이로 반짝이는 햇살을 바라보면
세상은 그 얼마나 아름다운가

나는 눈물이 없는 사람을 사랑하지 않는다
나는 눈물을 사랑하지 않는 사람을 사랑하지 않는다
나는 한 방울 눈물이 된 사람을 사랑한다
기쁨도 눈물이 없으면 기쁨이 아니다
사랑도 눈물 없는 사랑이 어디 있는가
나무 그늘에 앉아
다른 사람의 눈물을 닦아주는 사람의 모습은
그 얼마나 고요한 아름다움인가

이해와 감상

　2연으로 엮은 매우 전달이 잘 되는 설득력이 강한 주지시다.
　'나는 그늘이 없는 사람을 사랑하지 않는다'(제1행)에서의 '그늘'은 이 시의 키워드 (keyword)다.
　여기서 '그늘'은 '아픔'의 대명사로 시작된다. 그러나 '아픔'은 아픔으로서만 존재하고 끝나는 것이 아니라 '한 그루 나무의 그늘'(제3행)에서처럼 '참다운 봉사자'로서 일어선다.
　'햇빛도 그늘이 있어야 맑고 눈부시다'(제1연 4행)가 제시되듯, '그늘'(어둠)이 존재하므로써 '햇빛'(밝음)이 빛나는 대조(對照) 속에 '그늘'의 미학이 돋보이게 된다.
　제2연에서의 '눈물'은 '그늘'과의 공통어(共通語)로서 역시 '아픔'이며 '참다운 봉사자' 또는 '희생자'로서 눈부시게 부상한다.

김승희(金勝熙)

광주(光州)에서 출생(1952~   ). 서강대학교 영문학과 졸업, 동 대학원 국문학과 수료. 1973년 『경향신문』 신춘문예에 시 「그림 속의 물」이 당선되어 문단에 등단했다. 시집 『태양미사』(1979), 『왼손을 위한 협주곡』(1983), 『미완성을 위한 연가』(1987), 『달걀 속의 생』(1989), 『어떻게 밖으로 나갈까』(1992), 『세상에서 가장 무서운 싸움』(1995), 『빗자루를 타고 달리는 웃음』(2000) 등이 있다.

남도창(唱)

동(東)녘은 많지만
나의 태양은 다만 무등 위에서 떠올라라.

나는 남도의 딸,
문둥이처럼, 어차피, 난,
가난과 태양의 혼혈인 걸,

만장 펄럭이는 꽃상여길 따라따라
넋을 잃고
망연자실 따라가다가
무등에 서서—
무등에 서서—

가난한 사람들의 얼굴 위에
요화(妖花)처럼
이글거리며 피어나던
붉은 햇덩어리를 보았더니라,
모두들 사당패가 되자 함인가,
백팔번뇌 이 땅을 용서하자 함인가,

신명지펴 신명피어

벌레 같은 한평생
가난도 아니고
죄도 아닌 사람들,
나는 남도의 딸,
징채잽이처럼, 어차피, 난,
가락과 신명의 혼혈인 걸,

무등의 가락으로 해가 질 때만
노을은 원한이 되는 것이니—
천치도 아니고
부처도 아닌
내 고향 사람들의 울음을 모아
지는 해
굽이굽이
서러운 목청

돌아가— 돌아가서—
내 썩은 오장육부를 징채삼아
한바탕 노을을 두들겨 보노니
붉은 햇덩이는 업과(業果)처럼 둥글다가
문득 스러지면서
가장 진한 남도창(唱)을
철천지에— 뿌리더라—

주제 남도창과 극한 상황 극복 의지
형식 7연의 자유시
경향 서정적, 저항적, 상징적
표현상의 특징 강렬한 톤의 상징적 표현수법으로 시대고(時代苦)의 상황을 고발하
고 있다.
주정적인 분위기 속에서 끈질긴 저항의지를 감정이입(感情移入) 수법으로 묘
사하고 있다.
작자의 절절한 정의감이 감동적으로 표현되고 있다. '나는 남도의 딸' '혼혈인
걸' '무등에 서서' 등 동어반복을 하고 있다.

김승희는 뛰어난 상상력의 발동으로 「남도창」을 구성지게 열창한다.

시인의 역량을 결정짓는 것이 상상력이라는 것은 여러 사람이 주창해 왔는데, 특히 에 즈라 파운드(Ezra Loomis Pound, 1885~1972)의 "최대의 문학이란 그 언어를 가능한 최대의 의미로서 넘쳐 나게 하는 데 존재한다"(『How to Read』, 1931)는 말이 떠오른다.

그와 같은 상상력이란 환상적이거나 비실재적(非實在的)인 것을 지적하는 것이 전혀 아니고, 눈에 보이지 않는 것, 이를테면 '아픔'이라든가 '불안'이며 '불의'(不義), 또는 인간의 '사랑' 등을 가시적(可視的)인 의미(meanings)로써 엮어내는 빼어난 묘사력을 일컫는다.

'나는 남도의 딸/ 문둥이처럼 어차피 난/ 가난과 태양의 혼혈인 걸'(제2연)에서의 가 난과 태양과의 혼혈녀(混血女)라는 이 상상적 묘사(imaginative description)는 우리 눈에 보이지 않는 것이나 가시적인 의미로서 또렷이 나타나고 있다.

여기서 '태양'(sun)은 불의와 맞싸우는 '정의'(正義)의 상징어다.

광주(光州)의 상징인 큰 산 '무등에 서서// 가난한 사람들의 얼굴 위에/ 요화처럼/ 이 글거리며 피어나던/ 붉은 햇덩어리를 보았더니라'(제3·4연)에서 '가난한 사람들'이란 돈이 없다는 소리가 아니라 '선량하고 정직하나 권력이 없어 압박 받는 민중'을 상징하 는 것이며, '붉은 햇덩이'는 정의의 궐기를 비유하는 시어다.

화자인 남도의 딸 혼혈녀는 '천치도 아니고/ 부처도 아닌/ 내 고향 사람들의 울음을 모아/ 지는 해/ 굽이굽이/ 서러운 목청'(제6연)으로 광주 사람들의 억울함을 분노를 '내 썩은 오장육부를 징채삼아/ 한바탕 노을을 두들겨' 본다는 아픔의 오열 속에 자유와 정 의의 '징'을 마음껏 울리며 목청껏 남도창을 읊고 있다.

여인 등신불
— 세브란스 병원 분만실에서

한 남자를 사랑했다고 하여
이런 고통이 있는 것은 아닙니다
한 남자와 잠깐 쾌락을 같이 했다 하여
이런 원통한 아픔이
있는 것은 아닙니다

여인들이여, 울고 찢기고 흐느끼며 발광하는

여인들이여,
이 성스러운 하얀 굴 속에서
한 남자란 이제 지극히 사소한 우연에
지나지 않습니다
짐승처럼 짐승처럼 지금 우리가
온몸을 물어 뜯으며 울부짖는 것은
스님이 영혼을 구하기 위하여
다비의 불바다 속으로 들어감과 같습니다
하얀 도자기를 구워내기 위하여
불가마 속에 천하무비의 큰 불을
지피는 것과 같습니다

도살장에서 젊은 도수가 하염없이
나의 정수리에 도끼를 내려치는
것 같습니다
도끼날이 나의 숨골에 박힐 때마다
흰 불의 꽃송이가 하염없이 튀어올라
흩어지고 있습니다
만다라의 꽃잎입니다
자비의 세례입니다

그대— 죄가 있었으면
죄를 태우십시오
그대— 업이 남았으면
업을 태우십시오

여인들의 울부짖는 소리가 어찌
범패보다 아름답지 않습니까?
범패보다 더 진한 막다른 소리들이
관처럼 하얀 방을 자욱히 메웁니다
오뇌와 비원의 처절한 촉수들이
찢어지는 살점을 쥐고 흔듭니다

쾌락처럼 그렇게 실신하면서
나는 천지 가득히 터지는 범종소리를
들은 것 같습니다

아가의 울음소리— 갓난동이의 첫 울음소리가
문득문득 하나의 태허(太虛)를 울리고
신탁처럼 장렬한 핏덩이 하나가
이제 삶 속에 우뚝 섭니다
우리는 어디에서 와서 어디로 가는가—
하얀 잠이 가득히 와서
내 육체의 모든 문을 꼭꼭 여며주고 있습니다

주제 분만(分娩)의 고통과 여성의 성업(聖業)
형식 6연의 자유시
경향 불교적, 풍자적, 페미니즘적
표현상의 특징 시어가 진술하며 불교적이다.
각 연에서 격렬한 클라이맥스의 압축된 점층적(漸層的)인 표현수법을 보인다.
'아닙니다', '같습니다', '~십시오', '있습니다' 등 경어체의 종결어미를 두드
러지게 쓰고 있다.
'한 남자', '여인들이여', '짐승처럼', '범패보다' 등 동어반복을 하고 있다.

이해와 감상

여성이 아기를 분만하는 일이란 성업(聖業)이다. 인류는 여성에 의해 유구한 역사를
존속하며 오늘에 이르고 있다. 김승희는 이 작품을 통해 분만하는 여성을 표제에서처럼
불교적으로 「등신불」로써 찬양하고 있다. 분만의 고통이 어떤 것인지는 저자도 까맣게
모르는 일이나, 이 작품을 통해 어렴풋이나마 그 고통이 '원통한 아픔'(제1연)이라는 처
절한 아픔을 다소나마 인식하고 있다.

'울고 찢기고 흐느끼며 발광하는/ 여인들'(제2연)에 의해 '지극히 사소한 우연에/ 지
나지 않'는 남자가 태어나고, '짐승처럼 짐승처럼 지금 우리가/ 온몸을 물어 뜯으며 울
부짖는 것은/ 스님이 영혼을 구하기 위하여/ 다비의 불바다 속으로 들어감과 같습니다/
하얀 도자기를 구워내기 위하여/ 불가마 속에 천하무비의 큰 불을/ 지피는 것과 같습니
다'(제2연)고 하는 이 직유의 절절한 묘사는 아기의 탄생을 이끄는 모든 여성의 위대성
을 제대로 깨닫지 못한 자괴와 더불어 이 절창(絶唱)에 다만 감동할 따름이다.

승려가 피안에 이르기 위해 다비에 그 육신을 맡기는 일과, 또한 불가마 속에서 천하
무비의 큰 불 속에 훌륭한 도자기가 탄생하는 그 필설로 다할 수 없는 고통을 이겨내기

에 참으로 필사적인 분만을 담당한 여성은 저마다 스스로 가히 '등신불'을 이루는 것이라는 데 공감한다.

'도끼날이 나의 숨골에 박힐 때마다/ 흰 불의 꽃송이가 하염없이 튀어올라/ 흩어지고 있습니다/ 만다라의 꽃잎입니다/ 자비의 세례입니다// 그대— 죄가 있었으면/ 죄를 태우십시오/ 그대— 업이 남았으면/ 업을 태우십시오'(제3, 4연). 이렇듯 온갖 고통 속에서도 등신불을 발원(發願)하는 정결한 여성의 분만은 다만 성업(聖業)일 따름이다.

자살자의 노래

떠나는 건 쉬워—

처음엔 왼발을,
그 다음엔
오른발,
그리고 슬쩍 몸을 날리는 거야.
애욕처럼 진하게
두 눈을 감고—

그런데
아직
유서를 못 썼어
나의 사인(死因)을 포장해 줄
극비의
설형문자를,

그 때까지는 살려고 해—

하하—
이건 변명이
아니라
소명이라오!

새로운 것이 아니면 시가 아니다. 시가 새롭기 위해서는 그 제재(題材)가 전혀 새로워야만 한다.

우선 그런 견지에서도 김승희는 새로운 소재를 가지고 시업에 천착하고 있는 것을 이 「자살자의 노래」에서도 쉽게 살피게 해준다.

'처음엔 왼발을/ ~/ 애욕처럼 진하게/ 두 눈을 감고'(제2연)라고 화자는 풍자적으로 자살방법론을 서두에 제시한다. 그러나 곧 이번에는 죽음이란 값어치 없다는 것을 해학적으로 교시(敎示)한다(제2연).

'진흙판' 위에다 뼈(骨筆)로 새겨서 쓴 설형문자(楔形文字, cuneiform)의 유서(遺書)를 써야지만 '너는 죽을 자격이 있다' 는 엄중한, 아니 불가능한 조건을 내건다.

더구나 이라크 전쟁(2003. 4~5)으로 깨진 옛 바빌로니아 왕도 바그다드의 그 훌륭한 고대 박물관이 약탈자들에 의해 풍지박산이 나고 말았으니, 이제 어디가 설형문자가 새겨진 진흙판이며 그릇 따위 거룩한 인류문화의 유산을 다시 찾아낼 수 있을 것인가.

자살자여, 이제 설형문자의 유서를 써야 할 소명(召命)마저 지킬 수 있는 자 지구상에는 결코 나타날 수 없을 것 같구나.

김명인(金明仁)

경상북도 울진(蔚珍)에서 출생(1946~   ). 고려대학교 국문학과 졸업, 동
대학원 수료. 1973년 『중앙일보』 신춘문예에 시 「출항제(出港祭)」가 당선되
어 문단에 등단했다. 시집 『동두천』(1979), 『마침내 겨울이 가려나 봐요』
(1986), 『머나먼 곳 스와니』(1988), 『물 건너는 사람』(1992) 『푸른 강아지와
놀다』(1995), 『바닷가의 장례』(1997), 『길의 침묵』(1999), 『바다의 아코디언』
(2001) 등이 있다.

東豆川 · 1

기차가 멎고 눈이 내렸다 그래 어둠 속에서
번쩍이는 신호등
불이 켜지자 기차는 서둘러 다시 떠나고
내 급한 생각으로는 대체로 우리들도 어디론가
가고 있는 중이리라 혹은 떨어져 남게 되더라도
저렇게 내리면서 녹는 춘삼월 눈에 파묻혀 흐려지면서

우리가 내리는 눈일 동안만 온갖 깨끗한 생각 끝에
역두(驛頭)의 저탄 더미에 떨어져
몸을 버리게 되더라도
배고픈 고향의 잊힌 이름들로 새삼스럽게
서럽지는 않으리라 그만그만했던 아이들도
미군을 따라 바다를 건너서는
더는 소식조차 모르는 이 바닥에서

더러운 그리움이여 무엇이
우리가 녹은 눈물이 된 뒤에도 등을 밀어
캄캄한 어둠 속으로 흘러가게 하느냐
바라보면 저다지 웅크린 집들조차 여기서는
공중에 뜬 신기루 같은 것을
발 밑에서는 메마른 풀들이 서걱여 모래 소리를 낸다

그리고 덜미에 부딪혀 와 끼없는 바람
첩첩 수렁 너머의 세상은 알 수도 없지만
아무것도 더 이상 알 필요도 없으리라
안으로 굽혀지는 마음 병든 몸뚱이들도 닳아
맨살로 끌려가는 진창길 이제 벗어날 수 없어도
나는 나 혼자만의 외로운 시간을 지나
떠나야 되돌아올 새벽을 죄다 건너가면서

주제 시대적 갈등과 연민
형식 4연의 주지시
경향 주지적, 상징적, 문명비평적
표현상의 특징 산문체의 일상어로 긴장된 이미지를 담고 있다.
내적 갈등에 의한 사고의 감각이 날카롭다.
서경적(敍景的) 수법으로의 묘사를 하고 있다.
제1 · 3 · 4연에서 수사의 도치법을 쓰고 있다.

이해와 감상

6 · 25동란을 겪고, 이 땅에서 계속하여 남북간에 교전중이던 시기에 판문점(板門店)에서 소위 휴전협정(1953. 7. 23)이 성립되었다. 그 이후로 동두천(東豆川)은 미군 주둔지의 한 상징적 장소가 된 터전으로 유명해졌다.

이제는 동두천 지역의 미군들이 그 고장을 떠나 한강 이남의 오산, 평택 지역으로 이동한다고 미국측에서 발표한 바 있다(2003. 5).

어쨌거나 동두천은 서울의 용산이며 우리나라 어느 미군 주둔지에서나 마찬가지로 속칭 '지이아이'(govement issue, 官給)라는 미군과 기지촌 공주님들의 아메리칸드림이 한껏 부풀던 고장이다.

'기차가 멎고 눈이 내렸다 그래 어둠 속에서/ 번쩍이는 신호등/ 불이 켜지자 기차는 서둘러 다시 떠나고/ 내 급한 생각으로는 대체로 우리들도 어디론가/ 가고 있는 중이리라' (제1연)에서처럼 공주님들 뿐만 아니고, 전쟁고아로 버림받아 전쟁 폐허의 터전을 굶주리며 나돌던 아이들도 미군의 온정의 손길로 슈우샨 보이며 하우스 보이 등으로 연명하다가 그 신세를 면했다. 그리고 이번엔 상고머리에 핼로 모자를 얹어 쓰고 지이아이의 사랑의 품속에 미군을 따라 바다를 건너(제2연) 가 버리기도 하는 것이었다.

이런 저런 인생의 뒤얽힌 갈등과 연민 속에 '더러운 그리움이여' (제3연) 하고 화자가 호소하는 아픔의 모순형용. 여기에는 '첩첩 수렁 너머의 세상…… 마음 병든 몸뚱이들도 닳아/ 맨살로 끌려 가는 진창길' (제4연)에 대한 문명비평의 날카로운 시각과 더불어 뜨거운 휴머니즘의 인간애가 짙게 깔리고 있다.

머나먼 곳 스와니 · 1

어머니 장사 떠나시고 다시 맡겨진 송천동
봄날은 골짜기마다 유난히 햇볕 밝게 내려서
날이 풀리면, 배고파지면 아이들 따라
바위 틈에 숨은 게들 잡으러 개펄로 갔다

게들은 바위 모서리나 청태 낀 비탈에
제 몸 가득 흰 거품 부풀려 먼 수평선 바라보아도
해종일 바람 불고 파도 그치지 않아서
송천동, 선뜻 발자국 지워지며 끝없던 모랫벌

어느새 그해 여름 지나고 막막한 가을도 가서
물결은 더욱 차갑게 출렁거리고 인적조차 끊어지면
송천동, 아득한 방죽 따라 구름 몰려와
눈 내려 또 한 해 겨울 돌아오던 곳

누구는 어느 집 양자 되고 다시 몇 명은
낯선 사람 따라서 바다 건너 떠나갔지만
모른다, 내게 와 부딪친 그리움도 부질없이
아직도 그 물결에 젖고 있을지
송천동 송천동 바람 불어 게들 바위 틈에 숨던 곳

이해와 감상

　상투적인 진부한 소재는 이제 시단에서 사라져야할 때가 된 것 같다. 그러기 위해서는
제재(題材)의 참신성이 요청된다. 그런 견지에서 「머나먼 곳 스와니·1」은 1970년대 후
반에 관심을 모을 만한 새로운 소재(素材) 개척의 가편(佳篇)이었다.
　낭만적 서정 가곡인 미국작곡가 포스터(Stephen Collins Forster, 1826~1864)의 명곡
「스와니 강」의 가사를 표제(表題)로 삼고 있거니와, 포스터는 미국의 '아프리카 흑인 노
예 해방의 아버지' 라는 링컨(Abraham Lincoln, 1809~1866)을 훈모했던 백인으로도 이
름났다. 더구나 그가 작곡한 175곡의 가곡은 아프리카 출신 흑인들의 민요조 가락을 저
변에 깔고 있다는 게 음악적 특성이다.

김명인의 이 작품을 이해하는 데는 어쩌면 그와 같은 사상적인 내면을 살피는 역사적 현실인식을 요망하고 있다. 화자가 '송천동'의 고아원에서 어린 시절을 보냈던 배고픈 시절이란 6·25사변 이후의 대한민국 국민들이 민족적으로 비참했던 시대가 그 배경이 되고 있다. 피난살이 등의 극심한 생활고 때문에 어머니가 어쩔 수 없이 자식을 고아원에 맡기고 장사를 떠난 경우 뿐 만이 아니고, 난리통에 부모를 잃은 완전한 전쟁고아들이 전국 각지의 고아원에는 초만원 사태였던 것이다.

바닷가 고아원에서 봄날이 되면 아이들은 허기진 배를 움켜쥐고 '바위 틈에 숨은 게들 잡으러 개펄로 갔다'(제1연)는 이 서글픈 현실은 6·25동란이라는 민족적 비극이 탄생시킨 뼈아픈 역사의 진한 자국이다.

역사가의 개설적 서술보다 시인의 역사 현실 인식의 진지한 시적 작업은 그 순수 이미지의 형상화 속에 공감도를 독자에게 더욱 뜨겁게 안겨준다.

'누구는 어느 집 양자 되고 다시 몇 명은/ 낯선 사람 따라서 바다 건너 떠났지만'(제4연)에서처럼, 화자는 유년 시절의 미국 입양아가 된 고아원 벗들의 그리움 뿐이 아니고, 오늘의 송천동 고아원을 모델 케이스로 지금도 해외로 입양아가 빠져가고 있는 그 현실적 아픔을 극명하게 우리의 시문학사에 고발하고 있는 것이다.

우리는 6·25라는 동족상잔의 비극을 거창한 전쟁사적 측면에서보다는 「동두천·1」이며 「머나먼 곳 스와니·1」 등에서처럼 겉으로 보기에는 자그마한 인생론 같으면서도 실은 더 큰 우리의 민족적 아픔의 큰 발자취의 편린들을 잇따라 한국 시문학사에 뚜렷이 엮어나가야만 할 것이다. 그런 견지에서 이 시편들은 매우 값진 시작업이다.

출항제(出港祭)

겨울의 부두에서 떠난다.
오랜 정박(碇泊)의 닻을 올리고
순풍을 비는 출항제,
부두의 창고 어둑한 그늘에 묻혀 남 몰래 우는
내 목숨 같던 애인이여.
오오, 무수히 용서하라 울면서 지켜보는 시대여.
지난 봄 갈 할 것 없이 우리들은 성실했다.
어두운 밤길을 걸어
맨 몸으로 떠나는 날의 새벽,
눈 내리는 세계.
우리들의 항해일지 속 뜨거운 체험으로 끼워 넣으며
불손했고 쓰라렸던 사람을 덮는다.

감동도 없이 붙들어 지킬 신념도 없이
한 때 깊이 빠져 가던 우리들의 탐닉(耽溺),
일상의 식탁과 우울한 밤의 비비적거림이
한갓 구설의 불티처럼 꺼져가고 있다.
이제는 당당하게 떠나리라,
아, 실어 올린 전생애는 제 나이만큼 선창 속에서 보채고
흰 가슴에 사나운 물빛을 켜들고
먼 바다로 달려가는 무서운 시간들.
내 의식의 깊이를 횡단해 가는
알 수 없는 설레임도 들리고 있다.
차가운 눈발의 동행 속에서
하얗게 서려오던 유년의 숲,
꺾어진 꽃대궁을 끌어안고
그 때 눈물로 다스리던 가슴이여.
북풍처럼 사납게 몰려와서
목숨의 한 끝을 쪼아대는 이웃의 이목 속에서 피흘리고
문득 생사의 늪에 앙상한 채 버려지던 지난 날,
마지막 한 방울의
숨어 있던 야성의 피가 깡깡 굳은 풍토병을 적시고
한 세대의 사슬을 의롭게 풀어내던 것을,
질기고 칙칙한 동면(冬眠)을 몰아세우고
우리들은 깊이 잠든 식솔들을 마저 깨웠다.
불면으로 지새우며 밤새껏 항해도를 뒤적이며
버려진 모든 목소리를 새롭게 걸러내며
내 울음이 시대의 물목을 지켜서고.
이윽고 여명 속에 떨어지는 아득한 별빛,
우리들은 마침내 물빛 푸른 어장을 찾아내었다.
풀려나는 긴장으로 또 한 번 감기는 눈꺼풀 속을
파고드는 새벽잠을 털어내고
성실한 두 팔로 기어오르는 불안을 뿌리칠 때,
우리들은 순수한 믿음의 항해 속
차고 맑은 파도처럼 떠도는 저 보이지 않는 역사의
새로운 부활을 감지한다.

끈끈한 적의를 안개처럼 피워 올리며
난파의 갯벌을 휩쓸며 바람은
한 때 우리들이 열던 출항의 부두로 내리 몰지만
허나, 굳센 믿음의 밧줄을 이어 잡으며
목숨의 한 끝을 건져내는 강인한 힘,
우리들은 불의 힘에 온 몸을 태운다.
아직도 몰아치는 눈보라에 하염없이 쓰러지며
이마 위에 솟는 피만큼 검붉게
흉중을 헹궈내는 식솔이여,
이제는 내 돛폭의 그늘에 마저 숨어라.
신선한 믿음도 밑바닥이 보이잖게
금린(金鱗) 밝게 떠도는 물빛, 아침의
아아, 무한한 폐활량.
우리들은 태어나지 않은 역사의 새로운 잉태 속으로 떠난다.
온 핏속에 또 다시 떠도는 체험의
오오, 무수히 용서하라, 울면서 지켜보는 시대여.
비로소 우리는 오랜 정박의 닻을 올리고
순풍을 비는 출항제,
겨울의 부두에서 떠나고 있다.

 이해와 감상

　겨울의 부두를 떠나는 젊은 어부들의 넘치는 기백 속에는 아픈 시대의 발자국을 뒤덮는 새로운 의기와 신념의 눈부신 기상이 넘친다.
　1973년도 『중앙일보』 신춘문예 당선작으로서, 그야말로 시단의 신선한 폐활량의 새 기운을 당당하게 채워 주었던 역편(力篇)을 우리가 함께 다시 감상해 보기로 하자.
　1970년대 초라는 시대적 배경을 따져 보자면 1950년대의 6 · 25동란시대, 4 · 19의거와 이승만 · 이기붕 독재정권 타도, 그리고 박정희 군사쿠데타 시대로 한창 이어져 나가던 역사적 배경이었다.
　한국 시단에는 언제까지고 정치적 이데올로기에만 급급하는 울분과 분노며 혼란과 좌절, 절망의 언어들만을 요청하는 것은 아니었다. 무언가 새로운 시언어의 출현과 참신한 주제의 제시가 독자들의 가슴을 후련하게 꿰뚫어 주어야만 했다.
　이 때 「출항제」는 가장 청량한 의식의 새로운 서정의 시어의 메타포로써 독자들에게 신선한 충동을 안겨준 것이다. 한국 현대시의 탈출구로서 원양어선을 탄 젊은 기백들의 세계는 「출항제」와 더불어 강력한 이미지들의 새로운 프론티어적 축제가 되었던 것이다.

정광수(鄭光修)

충청남도 천안(天安)에서 출생(1939~   ). 아호 우죽(又竹). 동국대학교 법
학과 졸업, 동 교육대학원 수료. 『시문학』(現代文學社 發行)에 시 「입동(立冬)
때」(1973. 4), 『현대문학』에 시 「입춘(立春)」(1973. 8), 「은하송(銀河頌)」
(1973. 8), 「연연(燕燕)」(1973. 8) 등이 추천 완료되어 문단에 등단했다. 시
집 『연연(燕燕)』(1974), 『과무량경(過無量經)』(1984), 『부처님 21세기』(1988),
『곡신(谷神)의 새』(1991), 『산이 저만큼 돌아앉아』(1994), 『소요(逍遙)』
(2000), 『천장지구(天長地久)』(2003) 등이 있다.

곡신(谷神)의 새

새가
언제 사람을 위해
울더냐

꽃이 어느 때
사람을 위해
옷을 벗더냐

부질없이 사람은
제 서러움에
산 아래서
돌아눕는구나

그게 어디
신의 섭리더냐

그러나, 그러나
곡신의 따끈한 손짓이구나
자궁은 근원이
아니냐

위대한

어머니인 당신

나무 둥치 마구 뒤틀리는
폭풍우 속에서도
고개 슬며시 내밀고 있었구나, 새여.

주제 생(生)의 순수가치 추구
형식 7연의 자유시
경향 페미니즘(feminism)적, 상징적, 감각적
표현상의 특징 잘 다듬어진 시어로 작자의 사상(思想)이 두드러지게 나타나고 있다.
이미지즘(imagism)의 독특한 시작법으로 표현되고 있어 알기 쉬운 것 같으나
난해한 시세계를 담고 있다.

 이해와 감상

이 시를 이해하기 위해서는 최소한의 노장철학(老莊哲學)의 지식을 요구한다. 그러므로 난해시다.

겉으로는 '서정시' 같은 릴리시즘의 터치를 하고 있으나, 이 시세계는 그야말로 오묘한 생(生)의 경지를 이미지즘의 '상징시'(symbolic poetry)로써 형상화 시키고 있다. '동양정신'의 시를 '서양시 형식'으로 엮어낸 가편(佳篇)이다.

그리스 로마의 단시(短詩), 프랑스의 상징시, 또는 심지어 일본의 하이쿠(俳句) 같은 분위기마저 복합적으로 담고 있다.

본론으로 들어가자.

'곡신'(谷神)은 직설적으로 말하자면 여성의 성기(性器)를 상징하고 있다.

노자(老子, BC 5~4C)가 써낸 『도덕경』(道德經) 81장(章) 가운데 제6장에 보면, 여성의 성기에 대하여 "곡신은 죽지 않으며, 이것이 곧 자궁(子宮)이며, 자궁의 문이다"(谷神不死, 是謂玄牝, 玄牝之門)라는 대목이 나온다.

「곡신의 새」는 한국 현대시의 여성 우위 페미니즘의 절창(絶唱)이다.

새는 짝을 찾으며 울 것이고(제1연), 꽃은 나비를 부르며 피는 것이며(제2연), 사람은 봉우리인 이상(理想)을 좇다가 끝내 죽어 산 밑에 가서 잠든다(제3연)고 한다.

드높은 산봉우리는 그 골짜기에서 샘물을 흘러 내리면서 웅장한 산을 이루며, 지구의 생물은 어느 뛰어난 것이거나 자궁을 통해서 태어나 고고의 소리를 지르며 저 잘난 체 덩군다는 철리의 시적 이미지화 작업이 그러기에 곡신 앞에서 '위대한/ 어머니인 당신'(제6연)이라고 정광수는 머리를 깊이 숙인다.

김승희의 「여인 등신불」(「김승희」 항목 참조)을 감상하고 나면 정광수가 '위대한/ 어머니인 당신'을 성찰한 이 「곡신의 새」에 대한 이해가 더 커질 것 같다.

새(마지막 제7연)는 시인의 상징어이며 독자들이 마음대로 해석해도 된다.

즉 하늘을 나는 '새'(鳥)일 수도 있고, 큰 산의 샘물 솟아나는 골짜기인 그 '사이'(間)로 풀어본다면 시를 읽는 '맛'이 또 어떨까 여긴다.

정광수는 노장(老莊)의 정신세계를 우리 시단 최초로 시의 형상화에 성공하고 있다고 본다. 처음에 이 작업은 이원섭이 시작했다.

그 후 김관식(金冠植, 「김관식」 항목 참조)이 적극적으로 작업했으나 안타깝게도 큰 뜻을 이루지 못한 채 그는 요절했다.

원왕생(願往生)

초하룻날 인시(寅時)에
예불(禮佛).

문득
뒷집 조(趙) 서방네
큰딸 생각이 나데

하필
그렇지 그 계집애가
열일곱에 죽었지
·
애 낳다가
혼자 낳다가…
원왕생(願往生)….

사람 사는 일은
살아 있을 적 애기
저승에 닿아
다시 오는가

모두 사내 녀석 짓이라고
했지.

주제 극락에의 귀의(歸依)
형식 6연의 자유시
경향 서정적, 불교적, 풍자적
표현상의 특징 제재부터가 불교적인 분위기를 물씬 풍기고 있다.
시어가 간결하면서도 이미지가 선명하게 부각되고 있다.
'생각이 나데', '열일곱에 죽었지' '다시 오는가', '짓이라고 했지' 등 친근감
을 북돋아 주는 어투를 쓰고 있다.

이해와 감상

이 시는 풍자적인 묘사로써, 인생의 의미를 치열한 이미지로 표현시키느라 애쓰고 있음을 잘 보여준다.

이 시의 표제(表題)인 '원왕생'이란 무슨 뜻인지를 풀어 보면 이해가 쉬워질 것이다. 그것은 불교에 있어서 사람이 죽었을 때 이 세상을 떠나 서방정토(西方淨土)인 '극락'에 가기를 희원(希願)하는 것이다.

불자(佛子)들 누구나의 소원이 바로 '원왕생'이다.

화자는 속사(俗事)를 후반부 두 연에서 '애 낳다가 / 혼자 낳다가… / 원왕생…// 사람 사는 일은 / 살아 있을 적 얘기 / 저승에 닿아 / 다시 오는가'(제4 · 5연)라고 강렬하게 풍자함으로써 불교적인 구원(救援)의 의미를 시적 미학으로 구상화 시키고 있다.

인시(寅時) → 새벽 3시부터 5시 사이의 시간대.

세검정운(洗劍亭韻)

1

세검정.
장수(將帥)들이 칼을 씻었다던가

궂은비 오는 날이면
비 안개를 젖히고
수십 마리 말떼가
울음 운다

사람 소리도 같고

짐승 소리도 같은
혼돈.

점심때부터 몰리기 시작하는
냉면 손님들의 행렬
자가용.

무위(無爲).
귀신 울음으로
암자 밑을 흐르는
물소리,

사람과 귀신은
알고 보면 같은 뜻이려니

　　　　2
혼백이 많은 곳에
역사가 서리지 않던가

이승과 저승이
한 곳이 아니고서야
삶이란 무의미

이해와 감상

'세검정(洗劍亭)'은 창의문(彰義門) 밖 서울의 북한산 기슭에 위치한 내력이 있는 정
자이다.
　지금은 그 옛 모습이 복원되어 시가(市街)의 한 구석에서 자리하고 있다.
　정광수는 이 역사의 터전을 지켜보면서 오늘의 세태(世態)를 풍자적으로 묘사하고 있
다.
　굳이 해설을 달지 않아도 독자에게 전달이 잘 되는 작품이다.
　무위(無爲) → '자연의 있는 그대로'를 뜻하는 노장철학의 정신세계. 앞의 시 「곡신의
새」의 '이해와 감상'을 참조할 것.

안수환(安洙環)

충청남도 연기(燕岐)에서 출생(1942~). 고려대학교 대학원 수료. 1973
년 『문학과 지성』에 시 「구양교(九陽橋)」, 「꽃 부근(附近)」이 추천 완료되어
문단에 등단했다. 시집 『멍개나무』(1978), 『신(神)들의 옷』(1982), 『징조』
(1987), 『저 들꽃이 피어 있는』(1987), 『검불꽃 길을 붙들고』(1988), 『달빛보
다 먼저』(1989), 『가야 할 곳』(1994), 『풍속』(1999) 등이 있다.

겨울산

겨울산은 비우는 곳입니다
비워서 바람을 채우고
다시 굳은 몸을 풀어 춤추고
메마른 떡갈나무 잎이 춤추는 곳입니다

숨은 새도 다 날아간 산에
햇빛은 거기 와서 별 볼 일이 없습니다
벌레들은 죽고 절벽은 더욱 무너져
혹은 생명과 부활과 믿음까지 꺼져
구름은 거기 와서 별 볼 일이 없습니다

그렇게 참으로 쓸쓸한 겨울산은
우리들의 한계가 아닙니다
비로소 완전한 우리들의 현실입니다

끊임없이 감추고 감추던 물소리가
다만 골짜기에 박힌 돌이 되거나
탐내고 탐내던 집중이
북망산에 드러누운 봉분이 된 연후
그제서야 온몸을 비우는 겨울산입니다

이렇게 한 가지로 흘러다니는 바람에게

골격을 보이는 겨울산은 이승으로
무르녹아 여기도 있고 저기도 있습니다

이 겨울산에 깊이 들어온 후

우리는 비로소 남은 힘이 있습니다
찬찬히 겨울산을 밟고 내려서는
남은 힘이 있습니다
그것으로 조금 있다가
새도 부르고 벌레도 부르고
가만가만 노래를 부르면서 춤을 춥니다

이해와 감상

아름다운 자연의 회복을 위한 겨울산의 휴식이라는 비유가 자못 즐겁다.

조락의 빈 자리마다 신선한 기운인 '바람을 채우고', 어쩌면 여름내 시달리던 산의 '굳은 몸'을 풀어주는 '떡갈나무 잎이 춤추는 곳'이 겨울산이며 동시에 휴식공간(제1연)이라는 대전제로부터 기승전결(起承轉結)의 격식으로 작품이 전개된다.

본론으로 접어들면(제2연) 거기서 황막한 겨울산이 풍자된다. 몸을 가려줄 잎도, 숲도 없는 벌거벗은 산에 새가 남아 있을 리 없고, 벌레들도 죽었으며 햇빛과 구름도 기능을 잃어 화자는 '별 볼 일이 없습니다'는 냉혹한 선언을 해버린다.

그런데 이 상징적 주지시는 자연의 괴멸인 '겨울'을 통해 새가 떠나가고 벌레도 죽고 '생명과 부활과 믿음까지' 모두 상실된 '쓸쓸한 겨울산'을 '완전한 우리들의 현실'(제3연)로 이입(移入)시키는 것이다. 그것은 절망적인 이 땅의 정치 풍토며 고통받는 민중의 절망이고 그 비통한 사회 현실에 대한 시인의 고발이며 역사에의 증언이다.

그와 같은 차원에서 이 시는 독자를 안내하여 그 암담했던 1980년대의 역사 현장에다 마주 세운다. 그러나 시인은 끝내 절망하지 않는다.

'겨울산에 깊이 들어온 후'(제6연)에 '우리는 비로소 남은 힘이 있습니다'(제7연)고 선언한다. 새봄의 희망이 용솟음치기 시작하는 것이다.

여기서 동시에 영국 시인 셸리(Percy Bysshe Shelley, 1792~1822)의 시구도 떠오른다. '겨울이 가면 봄은 머지 않으리.' 그렇다. 인고 속에 드디어 고통의 날을 떠나보내고 희망찬 새날은 밝아오는 것이다.

소금강

소금강 골짜구니
우리 젊은 것들
8월 땡볕을 피해
들어와 들끓는다
오대산에 쌓인 것은
아름다움 아니다
비닐 휴지
8월 휴지
떠나라 소금강에 가려거든
소금강 그늘 따위
몇 겹을 벗기면서

이해와 감상

「소금강」은 우리가 새삼 주목하지 않으면 안 될 '문명비평의 시'다. 우리가 지켜야 할 자연은 민족의 자산이다.

포크레인이나, 불도저에 의한 아름다운 자연파괴 행위에 못지 않게, 쓰레기 공해도 오늘날 심각한 자연의 파괴 행위이고, 더더구나 생태계 자체를 궤멸시키는 무서운 죄악이다.

따지고 본다면 생태계의 오염이며 파괴행위는 어쩌면 산을 뭉개 버리는 포크레인이나 불도저의 대형의 기계화된 대량의 자연손상에 못지 않은 악업(惡業)이다.

민족의 자연계를 올바로 보존하는 데 앞장서야 할 이 땅의 젊은이들이 쓰레기를 함부로 버린대서야……. 안수환의 「소금강」은 곧 우리의 금수강산을 온 겨레가 잘 보존하자는 나라사랑의 참다운 메시지다. 더구나 우리 겨레에게 있어서 과연 '8월'은 어떤 달인가.

여름 휴가철이라는 것을 초극해서 우리는 '조국광복의 달 8월'이라는 시사(示唆)에 귀기울여 보자. 나라사랑 겨레사랑을 구호로만 외치기보다 손쉬운 것부터 하나하나를 잘 지켜 나가자는 「소금강」은 풍자적인 표현 기교가 돋보인다.

홀로 핀 꽃들

슬픈 이름의 꽃들이
슬픈 만큼의 빛깔로 피어 있다
할미꽃, 제비꽃, 오랑캐꽃
땅을 보며, 하늘을 보며
색깔의 슬픔 만한 봄을
피우고 있다
따뜻한 봄날 눈물 감추고
연약한 이름 지키며
있는 듯 없는 듯 언덕에 숨어
누구도 보지 못하는
봄을 지키고 있다

이해와 감상

한국 현대시사(現代詩史)에서 최초로 '꽃의 고독' (soltitude of the flowers)을 객관적으로 노래한 것은 '저만치 혼자서 피어 있네' 라고 한 김소월의 「산유화」(山有花)였다.

안수환의 「홀로 핀 꽃들」은 「산유화」 이래로 가장 두드러진 제재(題材)로 꽃의 고독을 눈부시게 형상화 시키고 있다.

한국 현대시는 20세기 초부터 서양으로부터의 그 시형식(詩形式)을 도입했거니와 서구의 근대시 최초로 꽃의 고독을 노래한 것은 워즈워드(William Wordsworth, 1770~1850)의 「수선화」(Daffodils)였다.

'나는 구름 속을 혼자서 헤매였네/ 골짜기며 언덕 위로 떠도는 구름처럼' (I wander'd lonely as a cloud/ That floats on high o′er vales and hills,).

안수환은 꽃의 고독에다 새로운 의미를 부여하고 있는 데서, 워즈워드나 김소월과 시각을 달리하는 새로운 시대의 꽃의 고독을 다음처럼 노래하고 있는 것이다.

'있는 듯 없는 듯 언덕에 숨어/ 누구도 보지 못하는/ 봄을 지키고 있다.' (제9~11행)에서 '봄' 을 지키는, 즉 '희망' 의 파수꾼인 「홀로 핀 꽃」들은 스스로의 고독을 끈질기게 극복하느라 '눈물 감추고' 더구나 '연약한 이름을 지키며' 언덕에 숨은 채, 아무도 발견해내지 못하는 '봄' 을, 즉 독재자와 그 압제로부터의 '자유' 를 수호하고 있는 것이다.

안수환은 지나간 시대의 낭만주의적 감상(感傷)의 센티멘털리즘(sentimentalism)의 시세계가 아닌, 자유 구현의 투사로서의 굳은 결의 속에 '할미꽃', '제비꽃', '오랑캐꽃' 들을 다채롭게 의인화(擬人化) 시키고 있어 주목된다.

이태수(李太洙)

경상북도 의성(義城)에서 출생(1947~   ). 영남대학교 철학과 졸업. 대구대학교 대학원 국문학과 수료. 1974년 『현대문학』에 시 「물소리」, 「강의 저편에서」외 4편이 추천 완료되어 문단에 등단했다. 시집 『그림자의 그늘』(1979), 『우울한 비상(飛翔)의 꿈』(1982), 『물 속의 푸른 방』(1986), 『안 보이는 너의 손바닥 위에』(1990), 『꿈 속의 사닥다리』(1993), 『그의 집은 둥글다』(1995), 『안동 시편』(1997), 『내 마음의 풍란』(1999) 등이 있다.

다시 4월은 가고

다시 4월은 가고
한 쌍의 금화조(錦華鳥), 조롱 속에서
날개를 파닥이는 낮 한때
창가에 매달려 파닥이다가
울었어요. 어깨로만,
황사(黃砂) 몰려오고
바람에 묻어 어른대는 얼굴, 얼굴들.
빈 의자 모서리엔 그 때의 그 뜨거운 꽃봉오리들이
남아 술렁이었어요.
또 풀꽃들은 시들고
속절없이 창유리에 눈 박으며
금이 간 꿈 몇 조각, 떠돌다 지워지고
스러졌다 뿌옇게 글썽이는
피의 귀한 빛깔들을
붙들어 안았어요. 내 눈은 어두우나
눈부시던 날의 그 성난 목소리
더듬어 귀를 대면서
다시 날개를 꿈꾸고

주제 4 · 19정신의 가치 추구
형식 전연의 자유시
경향 서정적, 상징적, 저항적

이해와 감상

1960년 4월의 학생의거는 한국 현대사의 새로운 장(章)을 연 민주주의 투쟁의 승리였다. 이승만 독재정권의 3·15부정선거에 온 국민의 규탄의 소리는 드높았고, 정의에 피끓는 젊은 학도들이 끝내 부패정권을 제거시킨 거사였다.

이태수는 그 빛나던 4월을 돌이켜보며, 새로운 저항의지를 불태우고 있는 것이다.

'다시 4월은 가고/ 한 쌍의 금화조, 조롱 속에서/ 날개를 파닥이는 낮 한때/ 창가에 매달려 파닥이다가/ 울었어요, 어깨로만'(서두부) 조롱 속에 갇힌 '한 쌍의 금화조'는 4·19이후에 또 다시 등장한 새로운 독재정권에 시달려 숨막히는 국민을 비유하는 메타포다. 더구나 고통받는 아픔 속에서 소리내어 우는 것이 아닌 어깨만 들먹이는 비통한 무거운 울음인 것이다.

이와 같은 암울한 현실의식의 처절한 정서를 오늘의 젊은 세대가 과연 얼마나 공감하고 이해할 수 있을 것인가 하는 걱정이 앞선다. 그 이유는 초중고교의 「국사」교육의 부실성 때문이다. 대학입시 위주의 도식적인 편협된 교육내용을 이 자리를 빌려 굳이 지적하고 싶다.

여기서 황사(黃砂)는 공해의 상징어이거니와 중고교의 '빈 의자 모서리엔 그 때의 그 뜨거운 꽃봉오리들이/ 남아 술렁이었어요'는 4·19의거 희생자들을 은유하는 것으로서 그 참다운 희생이 헛되고 있다는 시인의 짙게 그늘진 우수(憂愁)다. 꽃봉오리들과의 연대어(連帶語)는 이 작품 후반부의 '피의 귀한 빛깔들'과 4·19 '그 성난 목소리'다. 핏물들었던 그 또렷한 목소리를 연상하는 각자는 '더듬어 귀를 대면서/ 다시 날개를 꿈 꾼다고 했다.

'날개'는 군사독재 타도의 강력한 열망의 상징이다.

낮에 꾸는 꿈

낮달이 슬리고 있다.
유월 한낮 가문 하늘에

혼들리다 지워지는 한 포기의 풀,
풀 한 포기의 목마름이
저토록 버려지고 있다.
먼지 바람 불고
휩쓸리며 떠내려가는 내 발자욱들도
뿌옇게 지워지고,
어두운 길이 이윽고 뜬구름 위에 떠 있다.

그러나 보라. 산허리엔
이마 조아린 새들,
다친 날개를 비비대고 있고
단비 안은 바람이 어른대며 오고 있다.
강물은 묵묵히 엎드려 흐르고
입 다문 하늘과 땅 사이에
물 오르는 말들이 은밀하게 뿌리 내리고 있다.
낮에도 캄캄한 가슴 쪼아대던
구겨지고 구겨진 마음,
저 유월 가문 하늘가에
잉크물처럼 스며 번지고 있다.

주제 한발(旱魃) 속의 불안의식과 우수(憂愁)
형식 2연의 자유시
경향 서정적, 상징적, 저항적
표현상의 특징 잘 다듬어진 짙은 서정적인 시어의 미감이 드러나고 있다.
적절한 비유의 표현 속에 지성미가 번뜩인다.
시대적 상황의식의 배경을 제재(題材)로 하며, 사물을 의인적(擬人的) 수법으로 구사하고 있다.

이해와 감상

표제인 「낮에 꾸는 꿈」이란 풍자적으로 이룰 수 없는 헛된 꿈인 백일몽(白日夢)을 가리킨다.
작자는 시대의 상황적인 아픔을 혹심한 기후의 가뭄과 이중 노출시키는 이미지의 중복사(重複寫) 수법을 제시하고 있다.

'풀 한 포기의 목마름이/ 저토록 버려지고 있다' (제1연)는 가뭄의 현실과 '먼지 바람 불고/ ~/ 어두운 길이 이윽고 뜬구름 위에 떠 있다'는 황량하고 암담한 발붙일 곳 없는 절망적 상황이 지성인을 불안 속에 떨며 근심하게 만들고 있다.

'그러나 보라. 산허리엔/ 이마 조아린 새들/ 다친 날개를 비비대고 있고/ 단비 안은 바람이 어른대며 오고 있다' (제2연)고 했으니, 몸과 마음이 상처 입은 서민들에게 자유 민주의 밝은 날이 다가오기를 간절히 소망하고 있는 것이다.

물 속의 푸른 방

흐르는 물에 발을 담근다.
서늘하고 둥근 물소리⋯⋯
나는 한참을 더 내려가서
집 한 채를 짓는다.
물소리 저 안켠에
날아갈 듯 서 있는 나의 집, 나의
푸른 방에는
얼굴 말끔이 씻은 실바람과
별빛이 술렁이고
등불이 하나 아득하게 걸리어 있다.

이해와 감상

서정적이며 낭만적인 이 작품은 공감각의 이미지 처리가 빼어난 전연(全聯)의 주지적 서정시다.

'서늘하고 둥근 물소리' (제2행)에서는 시각과 청각의 합성된 신선한 메타포의 표현이 돋보인다.

「물 속의 푸른 방」을 짓는 시적 판타지는 삶의 생기를 불어넣는 신선한 감성적 이미지 구축으로서, 험난한 시대를 살아가는 사람들에게 제공되는 진취적인 활력소임에 틀림없다고 본다.

송수권(宋秀權)

전라남도 고흥(高興)에서 출생(1940~   ). 서라벌예술대학 문예창작과 졸업. 1975년 『문학사상』 신인상에 시 「산문(山門)에 기대어」외 4편이 당선되어 문단에 등단했다. 시집 『산문에 기대어』(1980), 『꿈꾸는 섬』(1982), 『아도(啞陶)』(1984), 『새야 새야』(서사시집, 1986), 『우리들의 땅』(1988), 『자다가도 그대 생각하면 웃는다』(1991), 『별밤지기』(1992), 『바람에 지는 아픈 꽃잎처럼』(1994), 『수저통에 비치는 저녁 노을』(1998), 『파천무(破天舞)』(2001) 등이 있다.

여승(女僧)

어느 해 봄날이던가, 밖에서는
살구꽃 그림자에 뿌여니 흙바람이 끼고
나는 하루종일 방안에 누워서 고뿔을 앓았다
문을 열면 도진다 하여 손가락에 침을 발라가며
장짓문에 구멍을 뚫어
토방 아래 고깔 쓴 여승이 서서 염불 외는 것을 내다보았다.
그 고랑이 깊은 음색과 설움에 진 눈동자 창백한 얼굴
나는 처음 황홀했던 마음을 무어라 표현할 순 없지만
우리 집 처마 끝에 걸린 그 수그린 낮달의 포름한 향내를
아직도 잊을 수가 없다
나는 너무 애지고 막막하여져서 사립을 벗어나
먼 발치로 바릿대를 든 여승의 뒤를 따라 돌며
동구 밖까지 나섰다
여승은 네거리 큰 갈림길에 이르러서야 처음으로 뒤돌아 보고
우는 듯 웃는 듯 얼굴상을 지었다
'도련님, 소승(小僧)에겐 너무 과분한 적선입니다. 이젠 바람이 찹사운데
그만 들어가 보셔얍지요.'
나는 무엇을 잘못하여 들킨 사람처럼 마주 서서 합장을 하고
오던 길로 되돌아 뛰어오며 열에 흐들히 젖은 얼굴에
마구 흙바람이 일고 있음을 알았다
그 뒤로 나는 여승이 우리들 손이 닿지 못하는 먼 절간 속에

숨어 산다는 것을 알았으며 이따금 꿈 속에선
지금도 머룻잎 이슬을 털며 산길을 내려오는
여승을 만나곤 한다
나는 아직도 이 세상 모든 사물 앞에서 내 가슴이 그때처럼
순수하고 깨끗한 사랑으로 넘쳐 흐르기를 기도하며 시를 쓴다.

주제 여승(女僧)에 대한 동경
형식 전연의 자유시
경향 주정적, 불교적, 페미니즘적
표현상의 특징 산문체의 주정적인 밝고 섬세한 시어로 주제가 선명하게 드러나는
표현을 하고 있다.
여승에 대한 정서의 충동이 설득력 있게 독자에게 전달되고 있다.
기승전결(起承轉結)의 형식으로 산문시를 전개시키고 있다.

이해와 감상

바릿대를 들고 여염집으로 탁발하러 온 여승. 고깔 쓴 여승의 낭랑한 염불소리에 감기
를 앓던 소년이 장짓문 창호지에 구멍을 뚫고 훔쳐 보다가 그만 넋을 빼앗겨 뒤따라섰다
는 스토리가 흥미롭다.

'그 고랑이 깊은 음색과 설움에 진 눈동자 창백한 얼굴/ 나는 처음 황홀했던 마음을
무어라 표현할 순 없지만/ 우리 집 처마 끝에 걸린 그 수그린 낮달의 포름한 향내를/ 아
직도 잊을 수가 없다'(제7~10행)고 하는 순정적인 이런 순수한 정서는 다감한 소년시절
에 대개의 소년들이 겪는 일종의 사춘기 의식이며 그 과정에 대한 진솔한 표현이 공감도
높은 서정시의 세계를 형상화 시키고 있다.

한국 역사에서 여승(女僧)하면 우리나라에는 아직 삼국시대(신라, 고구려, 백제)는 물
론이고 고려시대(918~1392)의 문헌의 기록조차도 찾아볼 수 없다는 게 가슴 아프다. 임
진왜란(1592~1598) 때 왜병이 경복궁을 비롯하여 문고(文庫)며 관가와 전국의 사찰을
모두 불질러 버렸거나 귀중한 문서들을 약탈해 갔으므로(홍윤기 『일본문화사』 서문당,
1999) 우리 손에 그런 불교 기사들이 오늘에 전할 리는 없다.

일본의 고대 왕조실록격의 『부상략기』(扶桑略記, 13C경)에 보면, 백제 성왕(523~554
재위)으로부터 왜나라에 불교가 직접 전파되었으며, "서기 577년에 백제의 선사(禪師)
며 비구니(比丘尼) 1명 등 모두 6명이 왜왕실로 건너왔다"는 기사가 전하고 있다. 그 뿐
아니고, "일본 나라(奈良)땅의 아스카(飛鳥)에 살던 백제인 소녀였던 선신(善信) 등 3명
이 백제에 건너가 공부하고 학문하는 여승(學問尼)이 되어 스쥰3년(서기 590년)에 백제
로부터 왜나라 아스카땅으로 귀환하여 사쿠라이지(櫻井寺) 사찰에서 살게 되었다"고 한
다.

이와 같은 일본의 고대왕조 실록의 기사에 의해 우리는 6세기 백제시대에 백제에 여

승이 상존했다는 것이며 왜의 최초의 여승 3명은 왜나라로부터 모국땅 백제에 건너가 공부한 뒤 여승이 되어 왜땅으로 귀환했다는 불교사의 발자취도 살필 수 있다.

그밖에 일본에 건너가 활동한 백제 여승에 관한 것도 졸저(홍윤기 『일본 속의 한국문화 유적을 찾아서』 서문당, 2002)에 상세하게 밝힌 바 있음을 아울러 부기해 둔다.

산문(山門)에 기대어

누이야
가을산 그리메에 빠진 눈썹 두어 낱을
지금도 살아서 보는가
정정(淨淨)한 눈물 돌로 눌러 죽이고
그 눈물 끝을 따라가면
즈믄 밤의 강이 일어서던 것을
그 강물 깊이깊이 가라앉은 고뇌의 말씀들
돌로 살아서 반짝여 오던 것을
더러는 물 속에서 튀는 물고기같이
살아 오던 것을
그리고 산다화(山茶花) 한 가지 꺾어 스스럼없이
건네이던 것을

누이야 지금도 살아서 보는가
가을산 그리메에 빠져 떠돌던, 그 눈썹 두어 낱을 기러기가
강물에 부리고 가는 것을
내 한 잔은 마시고 한 잔은 비워 두고
더러는 잎새에 살아서 튀는 물방울같이
그렇게 만나는 것을

누이야 아는가
가을산 그리메에 빠져 떠돌던
눈썹 두어 낱이
지금 이 못물 속에 비쳐 옴을

이해와 감상

산문(山門)이란 불가(佛家)를 상징하는 시어다.

송수권이 이 시 각 연의 서두에 달고 있는 '누이'라는 여성명사는 자신의 '친누이'를 가리키는 것은 아니고, 가출하여 속세를 떠나 불가(佛家)로 가버린 여성, 즉 여승의 수도를 하는 젊은 여인을 상징적으로 설정한 것으로 본다.

여성이 머리를 깎고 불법(佛法)에 귀의한다는 것은 결코 범상한 행동이 아닌, 참으로 인생으로서의 마지막 처절한 결의로서만이 가능한 고답적인 행동이라고 본다.

그러기에 화자는 서두에서 '누이야/ 가을산 그리메에 빠진 눈썹 두어 낱을/ 지금도 살아서 보는가'고 묻고 있다.

'그리메'란 '그림자'의 옛말이거니와, 그렇다면 가을산 그림자에 빠진 눈썹 두어 낱이란 어떤 상황을 은유하고 있는 것인가. 이것은 사랑의 별리(別離)를 가리킨다.

좀 더 구체적으로 지적하자면 해 저물던 가을날 작별한 젊은 두 연인의 상징어가 눈썹이다. 두어 낱의 하나는 입산 출가한 여성의 것이고 다른 하나는 속세에 머물게 된 남성의 것이다. 이와 같은 맥락에서 이 난해시를 풀어간다면 좋을 것 같다.

제(祭)ㅅ날

천 길 눈구렁 속에 까마귀 울음 파묻히고
고비나물 한 두름 장바구니에 담아 오고
큰 고모 작은 고모 장바구니에 기별 통지하고

길등(燈)을 따라 길등을 따라
호롱불 그리메 크던 귀신아
닭이 울면 돌아가던 귀신아
대추나무 연이 걸린 자리, 지금도
대추는 붉어 소리치는가
대추 한 줌 놓고 울고, 빈물 떠 놓고 울고.

이해와 감상

송수권의 이 작품은 제사에 관한 우리의 전통적 제속(祭俗)을 흥미 있게 이미지화 시켜 독자로 하여금 소박한 제례의식으로 은은한 감동을 주고 있다.

조동율서(棗東栗西)라 하여 대추는 젯상 동쪽에 밤은 서쪽으로 접시에 담아 얹거니와, '닭이 울면 귀신이 돌아가' 기 때문에 축시(丑時, 새벽 1시~3시)가 지나기 전에 제사를 마치는 것이 옛날부터 우리나라 제사의례다.

그런데 흥미 있는 것은 지금도 일본 천황궁(토우쿄우의 皇居)에서 일본 천황은 한국신(韓神)인 신라신(園神, 소노카미)과 백제신(韓神, 카라카미) 제사로 매년 11월 23일에 신상제(新嘗祭)라는 제사를 지낸다.

이때도 역시 귀신이 떠나가기 전인 축시 이전까지 제사를 마치며, 축문(祝文)의 본축문은 그 표제(表題)가 「한신」(韓神)이다. 더구나 경탄할 만한 사실은 이 축문에 경상도 말인 '아지매 오게, 오오오오 오게' 라는 말이 나온다(홍윤기 『일본 천황은 한국인이다』 효형출판, 2000).

저자는 일본 토우쿄우의 천황궁에 직접 들어가서 천황가(天皇家)의 제사 진행 책임관인 궁내청(宮內廳式部樂長補)의 아베스에마사(阿倍季昌, 1943~) 씨로부터 그 사실을 확인했다(EBS TV교육방송,「한국신을 부른다」『일본 황실제사의 비밀』2002. 8. 15 특집방송).

가영심(賈永心)

서울에서 출생(1952~   ). 상명여자대학교 대학원 국문학과 수료. 1975년
『시문학』에 시 「허수아비」, 「숲」, 「네온싸인」 등이 추천 완료되어 문단에 등
단했다. 시집 『들꽃들의 소리』(1978), 『순례자의 노래』(1983), 『모래산을 허
문다』(1988), 『내 가슴의 벽난로에 장작을』(1994), 『저녁 향기』(1999) 등이
있다.

사월제(四月祭)

어지러이 황사바람 부는
사월의 끝.

미처 다 계절의 문을 열지 못한
뜨락엔
낙혼하는 붉은 꽃잎 더미
화인(火印)처럼 찍혀 있다.

절망이 깊어질수록
눈감지 않아도
먼지와 바람은 더듬거리며
낯선 세상 찾아나서게 한다.

아직도 내 안에선
사막 그리던 낙타의
마른 꿈으로 쓰러져 울며
홀로 걸어서
걸어서 가야만 하는
쓸쓸한 산하
막막한 그의 운명과 만난다.

잘린 허리의 고통, 혹은 아픔을

그는 생명처럼
잔등 떠매고서
어디로 가고 있는가
이 갈증의 시대에

미친 듯 들쑤시던
사월 바람은
혼미한 봄의 영혼 깨어나게 하고
아, 눈물밖에 지을 수 없어라.

부르르 부르르 타면서
숯이 되고 있는
내 존재의 자유.

외롭구나
미완의 일지(日誌)에도 남기지 못할
허무의 시계밥을 조이면서
사월에 침몰하는
꿈이여.

> **주제** 4·19정신과 우수(憂愁)
> **형식** 8연의 자유시
> **경향** 서정적, 상징적, 풍자적
> **표현상의 특징** 잘 다듬어진 시어로 사태의 본질을 날카롭게 추구하고 있다.
> 상징적인 수법으로 심도 있는 이미지를 표현하고 있다.
> 섬세하고 풍자적인 묘사가 두드러진다.
> 제5연에서 도치법을 쓰고 있다.

이해와 감상

　‘4월’ 하면 우리에겐 불의의 독재정권에 항거했던 1960년 4·19의거의 거룩한 젊은 피와 역사의 눈부신 횃불을 상기시킨다. 그런가 하면 영국 시인 T. S. 엘리엇의 장시 「황무지」(The Wast Land)의 시구절인 ‘4월은 잔인한 달/ 죽음의 땅 밖에 뒤섞여 라일락들은 자라나고’ (April is cruellest month, breeding/ Lilacks out of the dead land, mixing)도 연상된다.

가영심은 바로 그러한 4월의 끝에 우뚝 서서, '어지러이 황사바람 부는/ 사월의 끝// 미처 다 계절의 문을 열지 못한/ 뜨락엔/ 낙혼하는 붉은 꽃잎 더미/ 화인처럼 찍혀 있다' (제1 · 2연)고 비통한 메타포를 하고 있다.

어째서일까. 시인이 표제로 내세운 '4월제'의 제(祭)는 축제(祝祭)가 아닌 제사(祭祀) 요, 아픔의 잔치다.

'낙혼하는 붉은 꽃잎 더미'(제2연)는 4월 혁명 의거에 나섰다 산화한 젊음들의 상징어 다. 서울 수유리의 4 · 19묘지 찬란한 영령들의 터전에서 이 시를 외워도 좋을 것 같다.

4월의 눈부신 발자취가 빛났던 이 땅의 현실은 또 어떤 것일까.

'잘린 허리의 고통, 혹은 아픔을/ 그는 생명처럼/ 잔등 떠매고서'(제5연)라고 화자는 국토분단의 비극을 상기시키면서, '어디로 가고 있는가/ 이 갈증의 시대에'(제5연)라고 오늘을 몹시 목말라 한다.

어디 그 뿐인가.

'허무의 시계밥을 조이면서/ 사월에 침몰하는/ 꿈이여'(제8연)라고 꽃피는 4월을, 4 · 19가 빛났던 4월에 절망하며 근심한다. 가영심의 대표작으로 평가되는 가편(佳篇)이다.

타는 장작 더미 속에서

거슬러 올라간다
불꽃들의 작은 숨결로 흔들리며
흔들리는 나뭇가지를
타고 오르다
어둡게 숨어 버린 혀
어딘가 살아서 떨고 있을
시뻘건 목소리.

내 살 속 깊이
깊이 타들어 가는 죽은 혼의
아픔들은 하나씩 눈뜨고 있다.

누군가의
알 수 없는 끈끈한
부름 소리에

마른 풀잎 더미처럼
하나도 남김 없이 불의 집,
나의 뼈는 허물어지고

아, 하늘로 헛되이
헛되이 죽어서 올라간
모든 것
내 모든 것은
주문처럼 사라져 갔다.

주제 삶의 아픔과 진실
형식 4연의 자유시
경향 서정적, 상징적, 풍자적
표현상의 특징 세련된 시어로 심도 있는 이미지를 담고 있다.
압축된 상징적 표현으로 아픔의 의미가 잘 전달된다.
제1연의 서두 2행에서 도치법을 쓰고 있다.
기승전결(起承轉結)의 수순을 밟는 기법의 표현을 하고 있다.
표제의 '타는 장작 더미'를 비롯하여 '타고 오르다', '타들어 가는', '불의
집' 등 연소(燃燒)의 감각 표현이 두드러지고 있다.

이해와 감상

가영심은 표제(表題)부터 '타는 장작 더미 속에서'라는 역동적인 강렬한 메시지를 던
지고 있다. 그런데 '불탄다'고 하는 상황은 우리가 시 이미지로써 어떻게 소화하는 것이
가장 타당한 것인지를 우선 따져 봐야 할 것 같다.

연소(燃燒)는 강렬하게 불로 사라져 버리는 것의 상징이다. 그런데 타서 없어진 것이
아니고, '흔들리는 나뭇가지를/ 타고 오르다/ 어둡게 숨어 버린 혀'(제1연)가 제시되고
있다. 더구나 그 정체를 숨긴 '혀'는 '어딘가 살아서 떨고 있을/ 시뻘건 목소리'(제1연)
를 지니고 있단다.

그 '시뻘건 목소리'는 어째서 공포에 사로잡혀 '떨고' 있다는 것인가. 그 혀가 지니고
있는 '시뻘건 목소리'의 정체는 무엇인가. 독재의 탄압을 벗어나겠다는 올곧은 자유와
항거하던 정의의 목청은 아닌가.

'내 살 속 깊이/ 깊이 타들어 가는 죽은 혼의/ 아픔들은 하나씩 눈뜨고' 있었는데, 아
픔을 극복하고 삶의 진실을 추구하고 있었으나, '모든 것/ 내 모든 것은/ 주문처럼 사라
져 갔다'니 이제 절망인 것인가. 화자가 우리에게 삶의 아픔과 진실을 과감하게 제시하
고 있는 한국현대시의 수작(秀作)이다.

노창선(盧昌善)

충청북도 청원(淸原)에서 출생(1954~). 청주대학교 영문학과 졸업. 충북
대학교 대학원 국문학과 수료. 1975년 『한국문학』 제4회 신인상에 시 「잠의
사원(寺院)」이 당선되어 문단에 등단했다. 『뒷목』 동인. 시집 『섬』(1981), 『난
꽃 진 자리』(1998) 등이 있다.

섬

우리는 섬이 되어 기다린다, 어둠 속에서
오고 가는 이 없는 끝없이 열린 바다
문득 물결 끝에 떠올랐다 사라지는
그러나 넋의 둘레만을 돌다가 스러지는
불빛, 불빛, 불빛, 불빛

외로움이 진해지면
우리들은 저마다의 가슴 깊이 내려가
지난 날의 따스한 입맞춤과 눈물과
어느덧 어깨까지 덮쳐오던 폭풍과
어지러움 그리고 다가온 이별을 기억한다

천만 겹의 일월(日月)이 흐르고
거센 물결의 뒤채임과 밤이 또 지나면
우리들은 어떤 얼굴로 만날까

내가 이룬 섬의 그 어느 언저리에서
비둘기 한 마리 밤바다로 떠나가지만
그대 어느 곳에 또한 섬을 이루고 있는지
어린 새의 그 날개짓으로
이 내 가슴 속 까만 가뭄을
그대에게 전해 줄 수 있는지

주제 삶의 심층심리 추구
형식 4연의 주지시
경향 초현실적, 주지적, 낭만적
표현상의 특징 정감 넘치는 일상어로 심도 있는 심층심리의 이미지를 담고 있다.
섬을 의인화 시키는 등 내면 의식에 집중된 표현을 한다.
'불빛, 불빛, 불빛, 불빛'처럼 수사에 점층 구조의 동어반복의 강조법을 구사
하고 있다.

이해와 감상

시집 『섬』(1981)의 표제시다.

얼핏 읽기에는 알기 쉬운 것 같으나 실제로는 난해한 시에 속한다. 즉 노창선은 이 작품에서 일종의 '의식의 흐름'(stream of consciousness) 수법의 시적(詩的) 형상화를 시도하고 있다.

의식이란 철학의 견지에서 본다면 광의로는 현실에서의 온갖 경험 일반이며, 물리적 · 신체적인 것이 아닌 정신적이고 심적인 의식 작용을 말해 준다.

문학에 있어서의 의식의 흐름이 소설로는 제임스 조이스(James, A Joyce, 1882~1941)의 대작 『율리시즈』(Ulysses, 1922)며, 여류작가 버지니어 울프(Adeline Virginia Woolf, 1882~1941)의 『제이콥의 방』(Jaycob's Room, 1922), 마르셀 프루스트(Marcel Proust)의 『잃어버린 시간을 찾아서』(À la Recherche du Temps Perdu, 1913~28) 등이 널리 평가되어 왔다. 그런데 시에 있어서는 묘사의 방법이 소설과는 달리, 정신적이고 심적인 의식의 작용이 궁극적으로는 무의식적인 작용을 일으키게 된다. 우리나라에서는 이상(李箱, 「이상」항목 참조 요망)에게서 본격적으로 등장한 '자동기술법'이 바로 그것이다. 즉 프랑스 시인 앙드레 브르똥(André Breton, 1896~1966)의 초현실주의(surrealism) 시적 방법론이 그것이다.

이것은 이성(理性)이거나 의지는 전혀 작용시키지 않고, 시적 수사(修辭), 문장법 등의 약속도 무시한 채, 모놀로그 그 자체를 자동적으로 쓰는 것이다.

앙드레 브르똥은 프로이드(Sigmund Freud, 1896~1954)로부터 무의식의 시적 방법론을 도입하기에 이르렀다. 즉 인간의 마음의 세계는 마음의 표면에 떠오른 의식세계보다도 내면에 가라앉아 있는 무의식의 세계 쪽이 그 몇 십배나 깊고도 넓다는 점이다.

노창선의 '우리는 섬이 되어 기다린다'(제1연)로 시작되는 이 작품은 제2연에 가면 '우리들은 저마다의 가슴 깊이 내려가/ 지난 날의 따스한 입맞춤과 눈물과/ 어느덧 어깨까지 덮쳐오던 폭풍과/ 어지러움 그리고 다가온 이별을 기억한다'고 했다.

이상과 같은 표현은 곧 수사적(修辭的)으로 의미에 의한 문법 무시(文法無視)인 '시네시스'(synesis)이며, 무의식의 시적 표현인 것이다. 그와 같은 차원에서 「섬」은 매우 주목되는 작품이며, 우리가 풀이에 매달리기보다는 전적으로 심도 있는 이미지를 중시하면서 이 작품을 주의 깊게 거듭 읽어본다면 보다 큰 공감 속에 이해가 빨라질 수작(秀作)이다.

등(燈) 하나

어둠 속에 서 있다고
어둠이 될 줄 아나
따라온 발자욱이 어둠에 묻힌다고
어느 별처럼 스러질 줄 아나
하늘 저 쪽 어디엔가
내 그리운 사람들 모여 산다지
그러나 나는 좀 더 걸어야 하리

누구는 새벽을 노래한다지만
초저녁이 아닌가
핏방울로 등불 켜고
홀로 걷는 이 밤길
서서 기다리는 이나
기다림을 맞으러 달려 가는 이나
핏자욱 부비고 어둠을 부비고
그리운 사람들의
그리운 입맞춤

다시 등피를 닦으며
발부리에 채이는 작은 돌까지 캐내며
어둠 속에 서서 우리 어둠을 지워야 하리

주제) 시대적 저항의지
형식) 3연의 주지시
경향) 초현실적, 주지적, 저항적
표현상의 특징) 세련된 시어로 심도 있는 이미지를 부각시키고 있다.
쉬르리얼리즘의 독특한 초현실적 시작법을 구사하고 있다.
시대적 아픔을 예리하게 추구하고 있다.
'어둠', '~줄 아나', '그리움', '어둠을', '~야 하리' 등의 잇단 동어반복을
하고 있다.

「등(燈) 하나」는 시집 『섬』(1981)에 발표된 작품이다.

쉬르리얼리즘의 독특한 시작법을 통해 1980년 5월의 아픔의 시대를 극복하는 저항의 지를 묵중하게 전개시키고 있다.

'어둠 속에 서 있다고/ 어둠이 될 줄 아나' (제1연)에서의 '어둠'은 군사독재 시대의 '불의와 불법'의 풍자적인 상징어다.

결코 사악한 제도에 물들 수 없다는 결연한 의지의 메시지다.

'하늘 저 쪽 어디엔가/ 내 그리운 사람들 모여 산다지/ 그러나 나는 좀 더 걸어야 하리' (제1연)에서 '하늘 저 쪽 어디엔가'의 '어디'란 지금의 암흑 속에서 화자가 절실히 갈망하는 '자유민주화의 터전'을 가리키는 초현실적 표현이다. 왜냐하면 그 곳은 지금 도저히 현실적으로 찾아갈 수 없는 세계이기 때문이다.

그곳에 '내 그리운 사람들 모여 살'기 때문에 그 희망의 터전을 향해 아직도 '나는 좀 더 걸어가야 하리' (제1연)라는 굳센 의지를 세운다.

'누구는 새벽을 노래한다지만/ 초저녁이 아닌가' (제2연)에서 '새벽'도 '저 쪽 어디'와의 공통적 상징의 상사어(相似語)다.

새벽을 향해 가기엔 아직 '초저녁'이기에, 일단 '핏방울로 등불 켜고/ 홀로 걷는 이 밤길' (제2연)은 너무도 처절한 그야말로 비통한 현실이다.

이 시는 수미상관의 연결어미로써 마지막 연에서 '어둠'이 될 수 없었던(제1연) 강렬한 의지로써 '어둠을 지워야 하리' (제3연)라는 결의의 등불을 눈부시게 켠다.

표제인 '등' (燈)은 '어둠'이라는 불의를 제거하는 정의의 '광명'이다.

봄바람

봄바람은 울어
내 젖은 살을 울게 하고

봄바람은 울어 울어
강물을 치고
돛대를 치고

봄바람은 울어
침이 마른 우리들 입술을 치고

멍에를 치고

봄바람은 울어 울어
이 못난 내 마음도 따라 울게 한다

이해와 감상

이 시에 '봄바람'은 서정과 낭만의 계절적인 따사로운 봄바람이 아니다. 그와 정반대의 '아픔의 바람'이다.

분명 1980년 5월은 계절적으로 봄이었다.

그러나 그 봄은 피로 물들고 울음이 넘쳤던 원통한 '봄바람'이 광풍(狂風)으로 미쳐서 일지 않았던가.

화자는 그 뼈저린 봄의 아픔을 실어 날랐던 비통한 바람을 싣고 있는 것이다. 우리의 역사의 한쪽에 증언하며 고발하고 있다.

조우성(趙宇星)

인천(仁川)에서 출생(1948~　). 한양대학교 국문학과 졸업. 1975년 『심상』 신인상에 시 「말똥구리」, 「콩새」, 「그대」 등이 당선되어 문단에 등단했다. 시집 『소리를 테마로 한 세 편의 시』(1980), 『아프리카·기타』(1983), 『코뿔소』(1999) 등이 있다.

말똥구리

누가 알까
이 세상 지천에 그냥
그냥 버려지는 거
그런 걸 구하며
사는 걸 누가 알까
말똥구리 말고
밤마다 풀밭에
잠자러 오는 별똥별 말고
또 누가 알까
세상은 한 마리의 씩씩한 말
바람과 먼지의 시간
거친 발굽들이 지나간 거기
말똥구리들은 살아 있다
하늘을 바라보며, 아아
말똥을 굴려가며

주제 참다운 삶의 의미 추구
형식 전연의 자유시
경향 서정적, 풍자적, 역동적
표현상의 특징 절제된 시어로 심도 있는 이미지를 부각시키고 있다.
동화적인 분위기의 비유의 표현이 신선하다.
표제인 '말똥구리'를 비롯하여 '누가 알까', '또 누가 알까'의 동의어(同義語)
반복을 하고 있다.

조우성은 메르헨(märchen)적인 분위기 속에 말똥구리의 생물학을 뛰어난 솜씨로 형상화 시키고 있다.

그는 이른바 메타포라는 수사법을 빼어나게 동원해서 자기 자신이 말똥구리로서 변신을 시도한다. 그러나 이 풍자시는 사회적 비리(非理)를 고발하는 것이 아니라, 오히려 사회적 병폐를 제거시키고 참다운 삶의 터전을 이룩하겠다는 구원(救援)에의 강렬한 몸짓이다. 바로 여기서 시의 생명력은 눈부시게 부각한다.

'말똥구리들은 살아 있다/ 하늘을 바라보며, 아아/ 말똥을 굴려가며' (마지막 부분)라고 귀결짓고 있는 '말똥구리가 살아 있다' 고 하는 강인한 생명력은 어떤 시련과 고난도 극복하고 이겨 내겠다는 참다운 삶의 추구 의지이다.

그와 같은 끈질긴 의욕은 다시 '하늘을 바라보며' 부지런히 그의 생래(生來)의 귀중한 생업(生業)인 말똥을 굴리는 것이다.

더구나 '하늘을' 바라본다는 것은 무엇인가.

하늘은 '희망' 이요 '이상계(理想界)' 다. 하늘이 있지 않고는 누구도 내일을 기약하며 살아갈 수 없을 것이다.

바로 이 시의 마지막 3행은 이 작품이 시적 승화(昇華)를 거두는 데 눈부시게 작용하고 있다. 우리는 일찍이 카프카(Kafka Franz, 1883~1924)의 소설 『변신(變身, Die Verwandlung, 1916)』을 대한 바 있다.

외판원(外販員)인 주인공 '그레고르' 가 꿈에서 깨어나자 한 마리 독충(毒蟲)이라는 구제불능의 상황으로 자신이 변해 있음을 알고 절망(絶望)하고 만다는 작품이다. 그 결과가 어쨌든 카프카의 『변신』은 일종의 환상적 동물지(動物誌)로 끝나 버린 변형기담(變形氣譚)에 불과하다.

「말똥구리」와 『변신』의 상황적 설정을 대비시키는 것이라기보다는 부정적 결과로서의 비극적(悲劇的)인 카프카의 독충은 이른바 실존주의적 원색의 현실 고발에 지나지 않거나 또는 앞에서 지적한 대로 환상적 동물지로서만 끝나고 있다는 것을 굳이 부언해 두련다. 그러나 조우성은 삶의 진실을 추구하는 한 역동적(力動的)이고 심도 있는 풍자시의 표현미를 우리들에게 보여주는 수작(秀作)이다.

커피

커피는 과거보다 새까맣다 새까맣다 못해 흑갈색이다 그러나 설탕은 미래
보다 하얗다 하얗다 못해 시푸르다 나는 한 잔의 커피에 두 숟갈의 설탕을 넣

는다 이러지 않고는 모든 게 흐트러진다 그러므로 블랙 커피를 마시려면 혀
의 위선이 필요하다 때에 따라서는 또 블랙 커피도 마신다 이제 나는 그것을
안다 알고 있지만 나는 한 잔의 커피에 어쩔 수 없이 두 숟갈의 설탕을 넣는
다 사람은 그렇게 산다 그렇게 산다고 믿는다

주제 커피와 삶의 성찰
형식 산문체 주지시
경향 주지적, 상징적, 연상적
표현상의 특징 지적 의미의 심도가 있는 직서적인 산문체의 표현을 하고 있다.
삶에 대한 진솔한 자세가 정적으로 차분하게 담겨진다.
표제의 '커피'와 '블랙 커피', '두 숟갈의 설탕' 등이 동어반복되고 있다.

이해와 감상

커피가 대부분의 한국인의 식생활 속에 기호 식품으로서 정착하게 된지 이미 반세기
가 지난 것 같다.

조우성은 '커피는 과거보다 새까맣다 새까맣다 못해 흑갈색이다'라고 자신과 뗄 수
없는 애음의 커피를 통해 스스로의 삶을 투영시켜 커피와의 친화력을 흥미롭게 이미지
화 시키고 있다.

화자는 커피를 대할 때 흑갈색의 스스로의 과거를 인식하면서, 이번에는 '미래보다
하얗다'는 설탕을, 아니 '하얗다 못해 시푸르다'는 설탕 '한 잔의 커피에 두 숟갈' 넣는
다고 한다. 그러면 그의 미래의 인생은 두 숟갈만큼 하얗게 아니 시푸르게 희망차지는
것이 아니런가.

'이러지 않고는 모든 게 흐트러진다'니 말이다.

그리하여 때에 따라서는 설탕을 넣지 않고 블랙 커피로 마시는 '위선이 필요하다'고
진솔하게 밝힌다. 그러나 결국은 커피에 두 숟갈의 설탕을 넣듯이 관습대로 순응하며
'그렇게 산다'고 자백하고야 만다.

일상의 커피를 통한 자아인식 내지 삶의 성찰의 시적 방법론이 흥미 있게 담겨 있다.

일박(一泊)

웅크린 채 잠이 든
산을 바라보더니

가지 하나 들어서
삼경(三更)에 달을 가리는
선운사(禪雲寺) 앞마당에
키 큰 백일홍(百日紅)

이해와 감상

전라북도 고창땅 도솔산의 선운사는 지금부터 천 3백여년 전에 세워진 고찰로서 이름난 사찰이다.

신라 진흥왕이 왕위를 피하여 북산(北山) 좌변에 체류하던 당시, 의운국사(義雲國師)가 세웠다고 했으나 그 옛날의 거찰(巨刹)로서, 그 일대 온 산을 뒤덮어 암자 119를 헤아렸던 그 광경이 이제는 또한 사라진 서글픈 터전이기도 하다.

그렇듯 유서 깊은 선운사 경내의 이름난 백일홍과 한밤을 함께 지낸 시인의 시재(詩才)가 번뜩이는 「일박」이다.

그 고장의 역사와 그 문화의 발자취라는 기행시(紀行詩)를 통한 시문학적 기록의 소중함이 느껴지는 단시(短詩)다.

윤재걸(尹在杰)

전라남도 해남(海南)에서 출생(1947~　). 연세대학교 정치외교학과 졸업, 동 대학원 정치학과 수료. 『시문학』(1966. 9)에 시 「여름 한때」외 1편이 추천되었고, 『월간문학』(1975. 8)에 시 「용접」외 5편이 신인작품상으로 당선되어 문단에 등단했다. 시집 『후여후여 목청 갈아』(1979), 『금지곡을 위하여』(1985) 등이 있다.

4곡 병풍가

처자들아,
이쁘디 이쁜 이 땅의 내 누이들아
비늘귀에 색실 꿰어
우리 함께 길쌈이나 떠나 보세.

봄이면 얼굴 붉히는 처자 마음
분홍빛 꽃잎으로 수 놓아서
양지받이 나뭇등걸 가지마다
불 밝혀라.

소녀들아, 이쁘디 이쁜 나의 누이들아
시린 발 담고 앉아
가재 잡던 고향의 여름날 땡볕도
바늘귀 따라서 살아난다.

초갈이면 덜익은 감 몇 개쯤
붉게 익혀 놓은 가지 위에
까치밥으로 매달아 놓아라,
찬 서리 가슴 시린 어린 날들 울먹인다.

해질녘 먼 산빛 그리매 안아다
앞마당가에 누이고

큰쌈 싸서 한 입에 배불리면
저리던 사지, 보람으로 피어났지.

어화둥둥, 한 묶음 바람일랑 잡아다가
흔들리는 수수밭에 얹어 놓고
눈익은 초승달 하나 아랫마을 새벽 하늘에
띄우면

들려오지 들려와……
이쁘디 이쁜 나의 누이들의
사랑을 앓는 소리,
사랑에 달뜬 사춘의 무지개
색실로 돋는 소리.

주제 순수 본향(本鄕)에의 향수

형식 7연의 자유시

경향 서정적, 페미니즘적, 낭만적

표현상의 특징 주정적인 시어로 심도 있는 이미지를 부각시키고 있다.
'처자(處子)들아', '소녀(少女)들아', '누이들아' 등 나이 어린 여성들을 부름으로써 신선한 이미지 속에 페미니즘적인 분위기가 부각되고 있다.
'색실', '분홍빛 꽃잎', '까치밥' 등등 색채적 시어가 풍기는 감각적 영상미의 표현 또한 인상적이다.
순수 본향을 묘사하는 낭만적 분위기가 망향(望鄕)의 정감(情感)을 물씬하게 풍겨 준다.

이해와 감상

실로 평화로운 정경이 전개되는 시라고 할 「4곡 병풍가」이다.

윤재걸은 그의 시(詩), 네 폭짜리 병풍에 순수 본향의 참 모습을 시어로써 수놓으며, 인간의 참다운 삶의 의미를 새롭게 추구하고 있다.

어째서 시인은 오늘 그가 자라난 어린 시절의 무구(無垢)하고 순수한 전원의 정경을 이토록 절실하게 그리워하고 있는 것일까. 그것은 삶의 현장, 즉 치열한 생존의 아우성이 소용돌이치는, 온갖 비리(非理)와 모순과 갈등이 뒤범벅이 된 각박한 현실을 대비(對比)시키면서, 휴머니즘의 인간애가 넘치는 참다운 삶의 여유로운 터전을 마음 속 깊숙이 담아 보는 시 작업이라고 하겠다.

개념적이거나 유형적이고 진부한 시편들을 대하다가 이런 서정적 감각시의 새로운 작업을 대할 수 있다는 것은 매우 반가운 일이다.

　신선하고 새로운 시 작업이야말로, 우리 시의 가능성을 뒷받침해 주는 일이 아닐 수 없는 가편(佳篇)이다.

빗질

세상이 털갈이하는 봄날 아침,
헝클어진 머리를 빗질하면
밤사이 죽은 자들이 실려 나온다
잠 못 이뤄 뒤척이던 젊은이거나
팔다 팔다 지쳐 버린 생선 아줌마들이다
아직 뿌리 박힌 몸들은 서로 엉켜서 아프지만
빗살마다 걸린 검은 한숨을 잠재우기도 쉽지 않다
아침 창너머로 내 사랑하는 이들의 주검을 풍장하면서
털갈이 하는 어느 봄날 아침.
터져 나오는 가슴의 북받침도 함께 빗질한다.

주제 삶의 진실 추구
형식 전연의 자유시
경향 서정적, 상징적, 저항적
표현상의 특징 절제된 시어 속에 심도 있는 이미지가 부각되고 있다.
불의와 불법에 저항하는 의지가 상징적 표현 속에 잘 전달되고 있다.
짙은 서정성이 넘치는 표현 속에 지성이 융합되어 있다.

이해와 감상

빗질이란 무엇인가.

헝클어진 머리를 정연하게 가다듬는 작업이다. 그런데 윤재걸의 빗질은 무엇을 빗질하고 있다는 것인가. 이것은 삶의 현실을 통한 인간사(人間事)의 빗질이다. 독재와 불의에 저항하다 희생당한 이들을 위령하는 사랑의 빗질이기도 하다.

세상을 살아가는 이들의 피로를 시인은 그의 '시'라는 신선한 빗으로 빗질해서 그들의 곤혹스런 삶에 새로운 기운을 북돋아 주고 있다. 시인의 애정은 '생선 아줌마들' 뿐 아니라 고뇌하는 사람들, 한숨짓는 이들에게도 꾸준하게 사랑의 빗질을 해 준다.

시란 언어로 이루어지는 노래이지만, 그 노래가 온갖 삶의 아픔을 따사롭게 감싸주며
좌절을 극복하려는 참다운 의지에 빛을 더해 주는 것이다. 시인의 참다운 사회적 '빗질'
로써 삶에 지친 이들에게 새로운 힘을 북돋게 해 줄 때, 이러한 위안과 용기를 심어 주는
작업은 새로운 시의 값진 형상화(形象化) 작업이 아닐 수 없다.

먹 가는 일 · 5

숫돌에 낫을 갈 듯
숨 죽여
먹을 간다.

묵향 속에 잠복한
흰 옷 입은 사람들─

그대의 멍든 세월 붙들고
사위의 어둠에
빛 한 송이 빚기 위하여

숫돌에 낫을 갈 듯
숨 죽여
먹을 간다.

 이해와 감상

윤재걸의 연작시 「먹가는 일」의 제5편이다.
먹을 가는 행위는 붓글씨를 쓰거나 묵화 등 그림을 그리기 위해서다.
그런데 화자는 '숫돌에 낫을 갈 듯/ 숨 죽여/ 먹을 간다'(제1 · 4연)고 수미상관으로
동어반복의 강조를 하고 있다.
"붓은 칼보다 세다"고 했다. 조용히 숨죽여 먹을 가는 일은 참다운 의지의 정의감을
세상에 표현하기 위한 대비작업을 일컫는다.
'흰 옷 입은 사람들'(제2연)이란 독재에 항거하다 고통받고 있는 사람들을 상징한다.
그러기에 화자는 '그대의 멍든 세월 붙들고/ 사위의 어둠에/ 빛 한 송이 빚기 위하여'
(제3연) '숨 죽여/ 먹을 간다'고 하는 결의가 눈부시기만 하다.

김광규 (金光圭)

서울에서 출생(1941~). 서울대학교 독문학과 졸업, 동 대학원 수료. 1975년 『문학과 지성』에 「시론(詩論)」을 발표하며 문단에 등단했다. 시집 『우리를 적시는 마지막 꿈』(1979), 『반달곰에게』(1981), 『아니다 그렇지 않다』(1983), 『크낙산의 마음』(1986), 『좀팽이처럼』(1988), 『아니리』(1990), 『물길』(1994), 『가진 것 하나도 없지만』(1998), 『처음 만나던 때』(2003) 등이 있다.

희미한 옛사랑의 그림자

4·19가 나던 해 세밑
우리는 오후 다섯시에 만나
반갑게 악수를 나누고
불도 없는 차가운 방에 앉아
하얀 입김 뿜으며
열띤 토론을 벌였다.
어리석게도 우리는 무엇인가를
정치와는 전혀 관계없는 무엇인가를
위해서 살리라 믿었던 것이다
결론 없는 모임을 끝낸 밤
혜화동 로터리에서 대포를 마시며
사랑과 아르바이트와 병역 문제 때문에
우리는 때묻지 않은 고민을 했고
아무도 귀기울이지 않는 노래를
누구도 흉내낼 수 없는 노래를
저마다 목청껏 불렀다.
돈을 받지 않고 부르는 노래는
겨울밤 하늘로 올라가
별똥별이 되어 떨어졌다

그로부터 18년 오랜만에
우리는 모두 무엇인가 되어

혁명이 두려운 기성 세대가 되어
넥타이를 매고 다시 모였다
회비를 만 원씩 걷고
처자식들의 안부를 나누고
월급이 얼마인가 서로 물었다
치솟는 물가를 걱정하며
즐겁게 세상을 개탄하고
익숙하게 목소리를 낮추어
떠도는 이야기를 주고받았다
모두가 살기 위해 살고 있었다
아무도 이젠 노래를 부르지 않았다
적잖은 술과 비싼 안주를 남긴 채
우리는 달라진 전화번호를 적고 헤어졌다
몇이서는 포커를 하러 갔고
몇이서는 춤을 추러 갔고
몇이서는 허전하게 동숭동 길을 걸었다
돌돌 말은 달력을 소중하게 옆에 끼고
오랜 방황 끝에 되돌아온 곳
우리의 옛사랑이 피흘린 곳에
낯선 건물들 수상하게 들어섰고
플라타너스 가로수들은 여전히 제자리에 서서
아직도 남아 있는 몇 개의 마른 잎 흔들며
우리의 고개를 떨구게 했다
부끄럽지 않은가
부끄럽지 않은가
바람의 속삭임 귓전으로 흘리며
우리는 짐짓 중년기의 건강을 이야기했고
또 한 발짝 깊숙이 늪으로 발을 옮겼다

주제 삶의 현장의 자아성찰
형식 2연의 주지시
경향 주지적, 낭만적, 풍자적

가요의 표제식으로 과거지향적인 센티멘탈한 표제를 내세워서 이채
롭다.
산문적 고백체(告白體)의 문체로 서술식 표현을 하고 있다.
'우리는', '무엇인가를', '노래를', '몇이서는', '부끄럽지 않은가' 등 동어반
복을 하고 있다.

이해와 감상

18년 전 4·19세대로서의 화자가 오늘의 현실(1970년대 후반)에 서서 과거를 돌아보
며 자아의 현실을 개탄한다.

이상과 현실의 괴리가 얼마나 현격한 차이가 있는 것인지 '열띤 토론을 벌였' 던(제6
행) 4·19 당시와 '그로부터 18년 오랜만에/ ……혁명이 두려운 기성 세대가 되어' (제21
행), 이제는 나약한 소시민으로서 '치솟는 물가를 걱정하며' 생활이 아닌 생존(生存) 속
에, 즉 '모두가 다만 먹고 살기 위해 살고 있었다' 고 잔뜩 현실에 움츠려 든다.

아니 세속에 찌들어 현실도피로서의 괴로움을 '포커' 며 '춤', '산책' 으로써 잊으려
버둥댄다는 진솔한 현장 리포트다. 아니 '부끄럽지 않은가/ 부끄럽지 않은가' 고 자아를
돌아보지만, '바람의 속삭임 귓전으로 흘리며' 귀가 길을 서두르는 곳에 '희미한 옛사랑
의 그림자' 만 짙게 깔린다는 호소다.

모더니즘적 시민시인 박인환은 벌써 일찌감치 떠나갔고(1956년), 조병화도 타계하고
(2003년), 이제 시민시인 김광규의 사회 정의감은 애환과 자괴감의 노래로써 우리의 귓
전을 절절하게 때린다.

안개의 나라

언제나 안개가 짙은
안개의 나라에는
아무 일도 일어나지 않는다
어떤 일이 일어나도
안개 때문에
아무것도 보이지 않으므로
안개 속에 사노라면
안개에 익숙해져
아무것도 보려고 하지 않는다
안개의 나라에서는 그러므로

보려고 하지 말고
들어야 한다
듣지 않으면 살 수 없으므로
귀는 자꾸 커진다
하얀 안개의 귀를 가진
토끼 같은 사람들이
안개의 나라에 산다

주제 부조리 상황의 고발

형식 전연의 주지시

경향 주지적, 풍유적(風諭的), 해학적

표현상의 특징 알아듣기 쉬운 산문체의 일상어로 독자에게 전달이 잘 되는 표현을 하고 있다.
표제(表題)의 '안개의 나라'가 잇달아 동어반복 되는 수사의 점층적 강조법을 쓰고 있다.
시사적(時事的)인 상황을 두운(頭韻)으로 흥미있게 표현하고 있다.

이해와 감상

표제(表題) 「안개의 나라」는 시각적 이미지를 동원해서 부조리의 현실을 풍자하고 있는 가편(佳篇)이다.

발상된 그 제재(題材) 자체가 '안개의 나라' 다.

물론 여기서는 '영국 런던'을 가리키는 것은 아니다.

이 풍자시의 특징은 새타이어(satire)라는 풍자의 방법에 해학(諧謔, humour)을 곁들이고 있어서 자못 즐겁게 읽히고 있다.

'안개 때문에/ 아무것도 보이지 않으므로/ 안개 속에 사노라면/ 안개에 익숙해져/ 아무것도 보려고 하지 않는다'는 익살스럽고도 심도 있는 풍자적 표현을 두드러지게 하고 있다.

'안개의 나라에서는 그러므로/ 보려고 하지 말고/ 들어야 한다'(제10~12행)고 강조하고 있다.

그리고 끝내 화자는 앨리고리(allegory, 諷諭)로 나무래므로써 이 시를 끝맺는 빼어난 솜씨를 보이고 있다.

즉 '듣지 않으면 살 수 없으므로/ 귀는 자꾸 커진다'는 것이다.

어디 그 뿐인가.

'하얀 안개의 귀를 가진/ 토끼 같은 사람들이/ 안개의 나라에 산다'는 것이다. 이 시를 살피자면 특히 후반부의 우의적(寓意的)인 새타이어가 자못 인상적이다.

옛 향로 앞에서

그 때라고 지금과 달랐겠느냐
누구나 태깔 곱게 잘 빠진
예쁜 향로를 좋아하고
소중히 간직했을 것이다
하지만 800년이 흘러간 뒤
그때의 구름과 연꽃을 보여주는 것은
빼어나게 아름다왔던
청자상감유개향로가 아니다
굽다가 터지고 일그러져
향불 한 번 못 피우고
어느 도공의 집 헛간에서
발길에 채이며 뒹굴었던
바로 이 못 생긴 4각 향로 하나가
그 오랜 세월을 견디며
오늘까지 이 땅에 살아남아
찌그러진 모습 속에
고려의 하늘을 담고 있구나

이해와 감상

김광규가 고려 때의 실패작 청자 4각 향로를 보듬어 안고, 고려의 빛나던 그 옛날의 하늘을 우러르고 있다.

'어느 도공의 집 헛간에서/ 발길에 채이며 뒹굴었던' 것이라지만, 더욱 소중한 사실은 그 못생긴 옛날 향로가 고려의 역사와 빛나던 도자기의 숨결을 오늘에 우리들 가슴에 뿌듯이 안겨주고 있는 감동이다.

민중이 언제나 역사의 주체였음을 암시하기도 한다.

내 것이 없이 남의 것은 내게 존재 가치조차 없다. 지구가족이니 세계화다 뭐다 이른바 글로벌한 국제시대를 논할 때일수록 나의, 우리의 소중한 전통적 민족적 문화의 발자취가 소중한 것이다.

홍문표(洪文杓)

충청남도 부여(扶餘)에서 출생(1939~). 명지대학교 국문학과 졸업. 서울대학교 대학원, 고려대학교 대학원 수료. 『시문학』에 시 「간이역 주변」(1974. 4), 「수인(囚人)과 바다」(1977) 등이 추천 완료되어 문단에 등단했다. 시집 『수인과 바다』(1986), 『지상의 연가』(1992), 『나비야 청산가자』(1997), 『당신이 당신일 수 있다면』(1999) 등이 있다.

아침 바다

아침 햇살에
바다는 온통 코스모스 꽃밭이다.
달려도
달려도
꽃비 내리는 벌판

바람이 흔들고
구름이 손짓해도
웃기만 한다.
대지를 어루만지며
구만리 하늘마저 품어 버린
당신의 사랑처럼 너그러운 바다

개벽의 아침부터
열두 겹 치마폭에 어둠을 가리우고
역사의 포말을 빗질하며
칠보단장한 신부야
라일락 향기처럼 달콤한 체취,
한결같이 시퍼런
태고의 숨결,

멀리 하늘에 깃폭을 세우고
어부는 투망을 한다.

용꿈을 꾸고 있는 바다
그 깊은 가슴에 투망을 한다.

그물에 걸린 싱싱한 바다
바구니에 넘치는 아침 바다

주제 순수 생명력의 추구
형식 5연의 자유시
경향 서정적, 주지적, 상징적
표현상의 특징 시각적(視覺的) 이미지의 뛰어난 표현미가 나타나고 있다. 평이(平易)한 시어를 구사하면서도 심도 있는 이미지가 작용하는 것은 역시 시각적 묘사가 역동적(力動的)이기 때문이다. 더구나 이 시에서 우리는 '아침 바다'의 새로운 메타포(metaphor)를 발견하게 된다.
예컨대 제1연 모두에서의 '아침 햇살에/ 바다는 온통 코스모스 꽃밭이다.' 또는 제4연인 '멀리 하늘에 깃폭을 세우고/ 어부는 투망을 한다/ 용꿈을 꾸고 있는 바다/ 그 깊은 가슴에 투망을 한다'와 같은 새로운 메타포는 현대시의 가능성을 참신하게 보여주고 있다.

이해와 감상

현대시에 주어지는 과제는 새로운 메타포의 전개다. 새로운 메타포가 없이는 현대시의 존립 의미는 상실되고 말 것이다.

즉, 이 시는 현대시의 가능성을 당당히 시인의 메타포의 솜씨로써 보여주고 있다.

더구나 오늘의 시가 흔히 빠지고 있는 시의 관념적 도구화(觀念的 道具化)를 배제시키면서 서정을 근저(根底)로 현대시의 주지적(主知的) 참신함을 잘 보여주고 있는 가편(佳篇)이다. 메타포란 본래 그리스어인 메타퍼라인(metapherein)을 그 어원으로 삼고 있다. 즉 이 말은 궁극적으로 '새로운 이미지의 창조'를 뜻한다.

특히 이 시의 배경을 이루는 것은 기독교적 세계관이다. 우주 창조주의 창업의 모습을 화자는 바다의 메타포를 통해 시적으로 승화시키고 있다. 이 시는 홍문표의 이미지의 형상화 작업이 빼어난, 그의 대표작으로 꼽고 싶다.

대관령 연가

구름 한 자락 깔고
동해를 비껴 누운 언덕

산은 아직도 순결한 풍속이다.

눈,
비,
바람의 세월을 살며
언제까지나 합장한
나무
나무
나무들의 염원,
산은 온통 갈망의 몸짓이다.
후미진 골짜기
철 늦은 진달래 울음
그 천년의 밤을 지켜온 앙심(怏心)

지척에 계실 듯한 당신이건만
하늘 밖에 맴도는 바람소리,
선 채로 굳어 버린
석탑
하나,

주제	대관령의 산정미(山情美) 추구
형식	3연의 자유시
경향	서정적, 상징적, 감각적
표현상의 특징	잘 다듬어진 시어로 짙은 서정적 이미지를 부각시키고 있다. 전체적으로 조사(措辭)의 구도(構圖)가 시각적 효과에 집중되고 있다. '나무/ 나무/ 나무들의 염원'이라는 수사의 점층적인 동어반복이 세련감을 표현하고 있다.

이해와 감상

우리의 명산 설악의 거령인 대관령에 대한 찬시.

'산은 아직도 순결한 풍속'이라고 하는 표현에는 유구한 겨레 역사의 때묻지 않은 순수 전통미가 물씬 풍기는 이미지를 독자에게 듬뿍 안겨준다.

'나무들의 염원' 속에 '산은 온통 갈망의 몸짓'이라고 한 '염원'이며 '갈망'이 상징하는 것은 무엇인가. 이 곳에서 그리 멀지 않은 분단의 휴전선이 연상되고 그 비극이 아물어 통일을 열망하는 시인의 의지가 은유되고 있는 것이다.

그러기에 비원(悲願) 속에 '철 늦은 진달래 울음'이 화자의 가슴을 적시고 있다.

간이역 주변

전신주가 고개를 든다.
무지개 뻗힌 강변을 따라
코스모스의 철길
기차는 숨을 몰아 헐떡이다가
산허리를 감고 숨는다.

노오란 나비 한 마리
상행열차의 출구로 들어간다.

어쩌다 화물열차가
쉬어가는 간이역 주변

대합실 같은 내 기억의 뜰에는
떠나간 손짓만이 명멸한다.

전신주가 고개를 든다.
후미진 간이역 대합실에는
가을이 밀물처럼 몰려온다.

이해와 감상

새로운 서정의 세계가 요구되는 게 현대시라고 한다면 이 시 「간이역 주변」에서 우리는 바로 서정의 새로운 표현미를 발견하게 된다.

절제(節制)된 시어 구사를 통해서 특히 이 시의 제1연은 시각적 이미지와 청각적 이미지가 공감각의 이미지로써 작용하면서 역동적인 이미지를 참신하게 보여주고 있다. 이 시에 있어서도 시인의 두드러진 시각적 표현미와 반짝이는 지성미가 그의 뛰어난 비유의 솜씨로써 유감없이 발휘되고 있다.

이 작품은 문덕수(文德守) 교수가 『시문학』(1974. 4)에 추천한 홍문표의 데뷔작이기도 하다.

박명용(朴明用)

충청북도 영동(永同)에서 출생(1940~). 호 문원(文園). 건국대학교 및 홍익대학교 대학원 국문학과 수료. 1976년 『현대문학』에 시 「햇살」, 「모발지대」, 「안개지역」 등이 추천 완료되어 문단에 등단했다. 시집 『알몸 서곡』(1979), 『강물은 말하지 않아도』(1981), 『안개밭 속의 말들』(1985), 『꿈꾸는 바다』(1987), 『날마다 눈을 닦으며』(1992), 『나는 마침표를 찍고 싶지 않다』(1995), 『바람과 날개』(1997), 『뒤돌아 보기·강』(1998), 『강물에 손을 담그다가』(2001) 등이 있다.

햇살

붓처럼 살아 온 칠순 노인이
먹 향기에 취하여 하루를 졸고 있다.
차고 맑은 대죽살에
의지처럼 매달린 해서(楷書) 한 폭이
느긋한 햇살이 주름살로 묻어나고
전라도가 고향인 몇 개의 붓자루와
충청도가 객지인 몇 장의 화선지는
오늘도 간선도로에서
세월의 진실을 외롭게 지키고 있다.

> **주제** 전통미의 순수가치 추구
> **형식** 전연의 자유시
> **경향** 서정적, 전통적, 상징적
> **표현상의 특징** 절제된 시어로 연을 가르지 않은 전연 형식을 취하고 있다.
> 심도 있는 이미지를 박진감 있게 표현하고 있다.
> 전통적인 제재(題材)를 섬세한 언어구사로 엮어 독자에게 콘텐츠의 전달이 잘
> 되고 있다.

이해와 감상

박명용이 제시한 표제 「햇살」은 우리의 '전통미'를 가리키는 상징어다.
'붓처럼 살아 온 칠순 노인'(제1행)에서의 '붓처럼'의 직유는 자연스럽고도 성실하며 굳센 의지(意志)를 비유하고 있다.
이 작품은 시 전체가 기교적인 비유로 이루어진 보기 드문 '상징적 서정시'다. 우리가

우리 것을 지키지 않는다면 누가 우리의 전통미를 이어줄 수 있을 것인가.

그러기에 화자는 '차고 맑은 대죽살에/ 의지처럼 매달린 해서 한 폭이/ 느긋한 햇살이 주름살로 묻어나고' (제3~5행) 있는 것이다. 전라도 명산의 붓이며 화선지의 전통 산물은 또한 고도산업화 시대인 오늘이기에 더욱 그 정통성(正統性, 간선도로)을 철저하게 지켜 후손으로 이어가야 한다는 전통적(傳統的) 가치를 강조하고 있다.

숯 · 2

숯은
몸바칠 준비를 철저히 한다
동아줄로 묶였다가
다시 새끼줄에 몇 개씩 묶이는
숯 뭉치
마지막 생명을 불살라
차거운 세상 뜨겁게 달구려는가
성숙한 몸으로 세상을 기다린다
제 몸 불태워 생(生)의 극치를 이루려는
숯은 세계의 종교다

주제 숯의 생명적 가치 부여
형식 전연의 자유시
경향 서정적, 상징적, 감각적
표현상의 특징 간결한 시어로 숯이라는 대상을 의인화 시키며 행동케 하는 표현의 묘미가 돋보인다.
종결어미에 '다'가 세 번 두드러지게 표현되고 있다.
연작시 「숯」의 제2편에 속하는 시다.

이해와 감상

박명용은 숯이라는 무생물인 오브제(object)에게 생명을 부여하는 이미지 작업의 솜씨를 보이고 있다. 두 말할 나위 없이 그와 같은 행위는 시(詩)이기 때문에 가능한 것이다.

숯은 '마지막 생명을 불살라/ 차거운 세상 뜨겁게 달구려는가' (제6~7행)는 물음에는 새타이어(풍자)가 매우 강하게 작용하고 있다. 차거운 세상이란 인정은커녕 불쌍한 것을 외면하고, 약자를 백안시하며 사리사욕으로 들끓는 몰염치한 이기주의의 세상이다.

화자는 시커먼 연료인 숯을 벌겋게 달구어 냉혹한 사회를 뜨거운 인간애의 사회로 개량하고 싶은 것이다. 그러기에 숲의 공헌은 '세계의 종교' 라는 새로운 인식론으로써 폭 넓은 이상을 부여한다. 즉 현대시의 문학공간에서의 시 창작의 가능성은 3개의 좌표로 성립되는 '종 · 횡 · 높이' 의 3차원에서 다시금 엔(N) 차원으로도 뻗어날 수 있기 때문이다.

뒷좌석

차창에 틈이라도 없으면
나를 잃은 환자가 되고 만다.

무료도 아닌 승차인데
한 뼘 길이의 창이 열리지 않는
기우뚱한 뒷좌석에서
여유를 가누지 못하고
땀으로 흐르는 건 분명
오늘의 숨소리가 크기 때문이다.

거짓말 같은 폭염이 가득 서린
중국집 이층 구부러진 종점에서는
포플라 머리숲을 빗어 내리는
중년 여인의 허탈한 얼굴이
틈 사이로 펼쳐 오는 하오(下午)

정녕 우리의 틈은 고장난 차창같이
열리지 않는 건가.

이해와 감상

　표제(表題)의 「뒷좌석」은 버스 뒷좌석의 공간적 존재 의미를 시적으로 이미지화 시킨 사회비평적인 작품이다. 한 여름 무더위 속인데도 이 유료 버스는 '한 뼘의 길이의 창' 마저 열리지 않아 시원한 바깥바람도 들이쉴 수 없어 숨이 콱콱 막힌다.
　더구나 '오늘의 숨소리가 크기' (제2연) 때문에 즉 세상 만사가 부조리하고 소란스럽다. 그렇기 때문에 소시민은 부딪치는 온갖 것에 짜증이 난다.
　여기서 비로소 '뒷좌석' 은 비단 버스만을 두고 하는 고발의식이 아니다.
　'정녕 우리의 틈은 고장난 차창같이/ 열리지 않는 건가' (제4연)에서 제시된 우리 사회 전체의 온갖 모순에 대한 참다운 개선을 시로써 극복하려는 강력한 의지다.

최승호(崔勝鎬)

강원도 춘천(春川)에서 출생(1954~   ). 호 가을. 춘천교육대학 졸업. 1977년
『현대시학』에 시 「비발디」 등이 추천 완료되어 문단에 등단했다. 시집 『대설주
의보(大雪注意報)』(1983), 『고슴도치의 마을』(1985), 『진흙소를 타고』(1987), 『세
속도시의 즐거움』(1990), 『회저의 밤』(1993), 『반딧불 보호구역』(1995), 『눈사
람』(1997), 『여백』(1998), 『그로테스크』(2000), 『모래인간』(2002) 등이 있다.

부엌창

양말을 벗을 때의 시원한 맨발,
발을 씻는다 이제는
부엌창을 바라보며 발을 씻는 게 자연스럽다
긴 하루의 때를 벗기는
이 짧은 시간,
발가락들은 퍼지면서 다시 숨을 쉬고
발바닥이 부드러워진다
발을 씻는다 씻으면서 부엌창 밖을 보면
영곡(靈谷)에서도 보이던 환한 별,
그러나 지금 여기서는
전봇대의 보안등이 훨씬 밝게 빛나고 있다
순찰하는 방범대원과
긴 골목을 돌며 혼자 걷는 그림자와
감옥처럼 시멘트벽으로 나누어진 골목의 집들,
옆집에선 부부싸움 때만
인간의 커다란 목소리가 들려오고
수화기를 들면 끊는 낯선 전화
하느님에 대한 조서를 나는 아무래도 못 쓸 것 같다
아무것도 나는 모르고
죽어서는 펜대를 놓치기 때문이다
보이는 모든 것이 한 그릇 안에 꽃 핀
환상의 양파와 같다
벗겨도 벗겨도 알 수 없는 양파

늘 안개가 가리고 있는, 밑빠진, 하늘의 그릇.
발을 씻는다 비누덩이는 거품을 일으키며 녹고
고무장갑은 빨랫줄에 걸려 있다
내 손가락들이 텅 비는 날
그때는 씻지도 못할 발을 부엌에서
지금 나는 씻는다

주제 현대인의 연민과 갈등
형식 전연의 주지시
경향 문명 비평적, 풍자적, 해학적
표현상의 특징 알기 쉬운 일상어로 삶의 내면세계를 파고드는 호소력이 돋보인다.
시각적인 이미지가 중점적으로 표현되고 있다.
제재(題材)가 현실적이고 리얼하며 내면적으로 문명비평적이다.

이해와 감상

발을 씻는다는 행위는 양심의 회복을 비유한다고도 볼 수 있다. 현실적으로 사람들은 인체에서 발을 가장 불결하게 여기지만, 인간의 행동 반경이며 삶의 존재 가치로서의 발이 얼마나 중요한 것인지 따져볼 일인 것 같다.

그렇듯 이 작품은 우리가 자칫 벗어나거나 무관심한 또는 망각된 관점에서 실제적인 오늘의 현대라는 문명 사회에서 살아가는 일상(日常)의 자그마한 일들도 한편의 훌륭한 시를 구성하게 해준다는 것을 의미심장하게 보여준다.

'양말'이라고 하는 생활 필수품도 따지고 보면 문명의 산물이다. 그러므로 '맨발'이라는 인체에다 덧씌운 문명의 산물인 양말을 벗을 때, 비로소 그는 자아의 본원적인 인체라는 자연으로서의 제몸을 회복하는 셈이다. 그렇다고 해서 숫제 옷도 입지 말고 원시적으로 벌거벗고 살자는 것은 아니다. 따지고 본다면 문명이란 인간에게 절대로 필요한 소산(所産)인 동시에 번거로운 수속(手續)을 부단히 요망하고 있다.

말하자면 시인의 투명한 인식 세계 속에서 문명의 소산들은 마침내 그 존재 의미가 재확인된다고도 하겠다. 그런 문명 비평적인 견지에서 이 시를 살피면, 또한 오늘의 시대를 살아가는 우리들의 삶의 현장에서 눈을 크게 뜬 시인은 누구나 다분히 흥미로운 시의 소재들도 허다하게 새로이 발견하게 된다고 본다.

시란 반드시 어렵게 쓰는 데에 그 창작의 가치가 있는 게 아니다. 우리들 주변의 모든 것으로부터 시인의 육혼(肉魂)을 거쳐 떠오르게 되는 인스피레이션(inspiration, 靈感)을 과연 어떤 시각에서 분석해서 그것을 시로서 구상화(具象化) 시킬 수 있느냐 하는 것을 그야말로 자연스럽게 보여주고 있는 게 「부엌창」이라고도 하겠다.

이 시에서 거듭 주목할 만한 것은 시각적인 표현들이 두드러지게 나타나고 있다는 점이다. 감각적인 표현 중에서 시각적 이미지는 그 표현의 역량에 의해서 이미지를 보다 심도 있게 해준다는 점도 아울러 밝혀둔다.

자동판매기

오렌지 쥬스를 마신다는 게
커피가 쏟아지는 버튼을 눌러 버렸다
습관의 무서움이다

무서운 습관이 나를 끌고 다닌다
최면술사 같은 습관이
몽유병자 같은 나를
습관 또 습관의 안개나라로 끌고 다닌다

정신 좀 차려야지
고정관념으로 굳어 가는 머리의
자욱한 안개를 걷으며
자, 차린다. 이제 나는 뜻밖의 커피를 마시며

돈만 넣으면 눈에 불을 켜고 작동하는
자동판매기를
매춘부(賣春婦)라 불러도 되겠다
황금(黃金)교회라 불러도 되겠다

> **주제** 메커니즘에 대한 저항 의지
> **형식** 4연의 주지시
> **경향** 주지적, 풍자적, 문명 비평적
> **표현상의 특징** 간결한 일상어로 직설적·직서적 묘사에 의해 전달이 잘 되는 내용을 표현을 하고 있다.
> 물질 만능시대에 대한 강렬한 풍자가 두드러지고 있다.
> '끌고 다닌다', '불러도 되겠다' 는 산문체의 종결어미를 동어반복하고 있다.

이해와 감상

오늘의 시가 운문(韻文)으로부터 산문화(散文化)되고 있는 과정에서 최승호의 「자동판매기」도 그 티피컬한 실례를 보이는 작품이다.

이 시와 같은 제재(題材)의 작품은 메타포의 시적 방법을 동원한다면 이미지 전달에 어려움이 커질 것이다. 그러기에 어쩔 수 없이 산문적인 직설적 내지 직서적 표현으로 이미지 전달의 설득력을 이루고 있다.

'최면술사 같은 습관이/ 몽유병자 같은 나를/ 습관 또 습관의 안개나라로 끌고 다닌다' (제2연)고 했듯이, 습관이란 인간이 타고나는 제2의 천성(天性)이라는 메타포가 되는 대목이다.

그러므로 누가 습관을 나무란다면 인간의 자연스런 천래(天來)의 기능은 끝내 파괴당하고야 말 것이다.

더더구나 고도산업화 사회에서, 인간의 개성은 대량생산의 메커니즘(기계주의)에 의해 계속 말살당하고 있는 게 현실이 아닌가.

그러기에 '정신 좀 차려야지/ 고정관념으로 굳어 가는 머리의/ 자욱한 안개를 걷으'려(제3연)는 시인의 의지는 습관의 고정관념의 틀을 깨려 해도 기계적으로 조직화 되고 집단화 되는 사회의 잇따르는 모순된 구속으로부터 좀처럼 벗어날 수 없다.

모든 것이 '자동판매기'에 의해서 속박되고 있는 것이다.

돈만 주면 온갖 것을 마음껏 살 수 있어서 최승호는 자동판매기를 일컬어 '매춘부'라 풍자하고도 있다.

어디 그뿐인가. 돈만 꿀꺽꿀꺽 삼키는 물신 숭배시대의 '황금교회'라고까지 자동판매기에 대해 냉소적인 시니컬(cynical)한 비판을 가하고 있다.

달맞이꽃에 대한 명상

옥수수밭 너머에 함초롬이 피어 있던 달맞이꽃들이 마른 대궁들로 변해, 묵은 눈 위에 서 있다. 산마루 위로 둥실 떠오르던 달도 초생달로 떴다가 한 조각 그믐달로 지고, 달빛도 적막해져서 흰 눈 위에 된서리 내리는 겨울, 내 의식의 한 뾰족한 끝이, 달맞이꽃이 사라지고 달맞이꽃을 보던 나도 사라지는, 적멸을 겨눈다.

이해와 감상

이 시의 마지막 구절인 '달맞이꽃이 사라지고 달맞이꽃을 보던 나도 사라지는, 적멸을 겨눈다'는 적멸(寂滅)이 바로 이 시를 검색하는 키워드(key word)다.

최승호는 삶과 죽음이 함께 사라지며, 번뇌의 경계를 떠나 열반(涅槃)에 이른다는 불교세계관을 상징적 주지로써 담고 있다.

'달맞이꽃'의 생멸(生滅) 과정과 자아의 존재 의미를 시간의 경과 속에서 대비(對比) 인식하는 존재론적인 사유(思惟)의 고요한 시세계가 차분하게 엮어진 작품이다.

문충성(文忠誠)

제주도 제주(濟州)에서 출생(1938~). 한국외국어대학교 불어과 졸업, 동
대학원 불어과 수료. 1977년 『문학과 지성』에 시 「제주 바다」외 2편을 발표
하며 문단에 등단했다. 시집 『제주 바다』(1978), 『수평선(水平線)을 바라보
며』(1979), 『자청비』(1980), 『섬에서 부른 마지막 노래』(1981), 『내 손금에서
자라나는 무지개』(1986), 『떠나도 떠날 곳 없는 시대에』(1988), 『방아깨비의
꿈』(1990), 『설문대할망』(1993), 『바닷가에서 보낸 한 철』(1997), 『허공』
(2001), 『그때 제주바람』(2003) 등이 있다.

제주 바다

누이야, 원래 싸움터였다.
바다가 어둠을 여는 줄로 너는 알았지?
바다가 빛을 켜는 줄로 알고 있었지?
아니다, 처음 어둠이 바다를 열었다. 빛이 바다를 열었지, 싸움이었다.
어둠이 자그만 빛들을 몰아내면 저 하늘 끝에서 힘찬 빛들이 휘몰아 와 어
둠을 밀어내는
괴로워 울었다. 바다는
괴로움을 삭이면서 끝남이 없는 싸움을 울부짖어 왔다.

누이야, 어머니가 한 방울 눈물 속에 바다를 키우는 뜻을 아느냐. 바늘귀에
실을 꿰시는
한반도의 슬픔을. 바늘 구멍으로
내다보면 땀 냄새로 열리는 세상.
어머니 눈동자를 찬찬히 올려다보라.
그곳에도 바다가 있어 바다를 키우는 뜻이 있어
어둠과 빛이 있어 바다 속
그 뜻의 언저리에 다가갔을 때 밀려갔다
밀려오는 일상(日常)의 모습이며 어머니가 짜고 있는 하늘을.

제주 사람이 아니고는 진짜 제주 바다를 알 수 없다.

누이야, 바람 부는 날 바다로 나가서 5월 보리 이랑

일렁이는 바다를 보라. 텀벙텀벙

너와 나의 알몸뚱이 유년(幼年)이 헤엄치는

바다를 보라, 겨울날

초가지붕을 넘어 하늬바람 속 까옥까옥

까마귀 등을 타고 제주의

겨울을 빚는 파도 소리를 보라.

파도 소리가 열어 놓는 하늘 밖의 하늘을 보라, 누이야.

> **주제** 제주 바다의 순수 의미 추구
> **형식** 3연의 자유시
> **경향** 서정적, 상징적, 애향적
> **표현상의 특징** 산문체 형식을 빌어 향토애 정신을 보다 풋풋하게 담고 있다.
> 시어가 정감의 물결로 넘치고 있으며, '알았지?', '있었지?' 하는 '누이'에게
> 들려주는 다감한 이야기체의 시를 엮고 있다.
> 제3연에서 '텀벙텀벙', '까옥까옥'과 같은 의성어를 표현해서 리얼리티를 북
> 돋고 있다.

이해와 감상

　문충성은 그의 탄생의 터전인 제주도에 대한 애향(愛鄕)의 시를 많이 보여주고 있다.
「제주 바다」 역시 그의 연작시의 제1편에 해당되는 작품인 동시에 그의 대표작의 하나이
기도 하다.

　상징적 기법으로 엮고 있는 이 시에서 우리는 시인의 애향심뿐 아니라, 뿌리의 진실을
캐려는 진지한 자세를 살필 수 있다.

　여기서 '어머니'는 '제주도'를 뜻하는 상징어다.

　문충성은 '누이'라고 하는 부드러운 여성명사의 이미지를 등장시켜서 그에게 삶의 내
면적 가치를 일깨워주는 이야기체의 시를 엮고 있다.

　빛과 어둠의 싸움터였다는 제주 바다(제1연), '어머니가 한 방울 눈물 속에 바다를 키
우는 뜻'(제2연), 그리고 '제주 사람이 아니고는 진짜 제주 바다를 알 수 없다'(제3연)는
표현에서 제주도의 탄생과 그 고난의 발자취에 대한 역사적 인식을 시(詩)로써 형상화
시키는 작업의 의미를 깨닫게 하는 역편(力篇)이다.

성산일출(城山日出)

똑같은 방법으로 언제나
해가 뜨는 것은 아니다.
다만 해 뜨는 것을 구경 오는
이들의 눈에서
날마다
새롭게
해는 뜬다.
그러다 해가 지기도 전에
구경꾼 눈에 떠오르던 해는
눈물 속에 지고
뜨는 해는 다시 떠오르지만
성산포는
해 뜨는 일을 잊고 산다.

주제 성산포 해돋이의 내면성 추구
형식 전연의 주지시
경향 주지적, 상징적, 풍자적
표현상의 특징 간결한 산문체의 시어로 심도있는 이미지를 담고 있다.
전연으로 연을 가르지 않고 구도(構圖)의 박진감을 표현한다.
'아니다', '뜬다', '산다'의 종결어미에 각운을 담고 있다.

이해와 감상

제주도의 절경 중의 하나로 '성산포 일출'이 유명하다.
문충성은 그 가경(佳景)을 시로 승화시키는 데 성공하고 있다.
즉 성산포 해돋이를 '해 뜨는 것을 구경 오는/ 이들의 눈에서/ 날마다/ 새롭게/ 해는 뜬다'고 함으로써, 우리는 만인의 눈에 각기 다른 아름다운 시야(視野) 탄생과 그 경탄의 감회를 함께 맛볼 수 있다.
그리고 이 시의 클라이맥스는 '구경꾼 눈에 떠오르던 해는/ 눈물 속에 지고'다.
감동적인 상승의 이미지가 극적인 슬픔으로 추락하는 문충성의 '제주시'의 또 하나의 가편(佳篇)이다.

채수영(蔡洙永)

서울에서 출생(1941~   ). 동국대학교 대학원 국문학과 수료. 1978년 『월간문학』 신인상에 시 「오르페우스의 거울」이 당선되어 문단에 등단했다. 시집 『목마른 잔』(1980), 『바람의 얼굴』(1983), 『세상도(世上圖)』(1985), 『율도국』(1987), 『그림자로 가는 여행』(1989), 『푸른 절망을 위하여』(1991), 『아득하면 그리워지리라』(1994), 『새들은 세상 어디를 보았는가』(1997), 『들꽃의 집』(1998) 등이 있다.

율도국
— 율도국 · 1

거기는 그렇습니다. 치국삼년(治國三年)에 산무도적(山無盜賊)했고
도불습유(道不拾遺)라는 어디처럼 태평성대에 봄바람도 있었다지만
슬픔도 눈물도 사랑도 아귀 같은 가난도 모두 있었답니다
사실 거기는 그렇습니다. 겨울이 날개 달고 한참 할퀴고 난 다음엔
봄을 즐거워 할 줄 아는 사람도 있었고
산 오르내리는 바람 빛나는 손짓으로 하여
꽃 같은 것들이 살고 있는 들도 있었고
검은 먹물로 땅을 더럽히는 그런 두려움도 있었다지만
'임군은 한 사람의 임군이 아니요, 천하 사람의 임군이
천명을 받아 기병(起兵)한'
우리 길동이가 만든 눈 맞출 곳이 있는 나라입니다
그 나라가 마음에 살고 있는데도 보이지 않을 때는
하늘을 보십시오
이유는 잘 모르지만,

주제 이상향의 참다운 의미 추구
형식 전연의 주지시
경향 주지적, 풍자적, 상징적
표현상의 특징 직서적인 산문체로 서술하고 있다.
　　　　　과거형의 경어 표현을 하고 있다.
　　　　　연작시 「율도국」(1987)의 제1편에 속하는 서시(序詩)에 해당하는 작품이다.
　　　　　마지막 두 행에서 도치법을 쓰고 있다.

이해와 감상

「율도국」은 허균(許筠, 1569~1618)이 일찌감치 이 땅에서 설정한 조선왕조시대의 유토피아(utopia)다.

허균은 과거에 급제한 선비였으나 서자 출신으로서 적서차별에 시달렸다.

당시 그는 광해군(光海君, 1608~1623 재위)의 악정이며 당쟁 속에 탐관오리가 들끓어 피땀 흘리는 백성들이 피골상접해서 비명을 지르는 꼴을 보다 못해 혁명을 거사했다. 그러나 실패하여 복주(伏誅)하는 비운의 주인공이 되었던 비극적 인물이다.

허균은 일찍이 자기 자신의 처지를 '홍길동'(洪吉童)이라는 인물에 가탁한 소설 『홍길동전』을 썼다. 정승의 아들로 태어난 홍길동은 한갓 서출인 탓에 시대적으로 천대받다 가출하여 서민들을 모아 활빈당(活貧黨)을 조직한다. 그는 어느새 의적(義賊)의 두목이 되어 고약한 양반계급을 괴롭혀 복수하다가 이상적인 나라를 세워 왕이 된다는 줄거리다.

채수영은 『홍길동전』에서 제재(題材)를 취사하여 이 서사시를 썼다.

이 작품 「율도국 · 1」의 끝행 부분인 '하늘을 보십시오/ 이유는 잘 모르지만' 이라고 수사의 도치법을 써서 은유하고 있는 '하늘'은 단순한 광해군 당시의 하늘이 아닌 과거와 현재를 콘트라스트(대조)시킨 바로 이 시가 쓰였던 1980년대의 '하늘'을 지칭하고 있다.

폭군 광해군의 황당무계한 횡포며, 이 땅의 무도한 군사 쿠데타 독재하의 온갖 박해로부터 벗어나, 어딘가에 이상향을 설정하고픈 또 하나의 율도국에의 지향(志向)이다.

바람
– 산수유 32

눕힐수록 누워지는 맛에
바람은 오고 또 오지만
눕는 일도 한참 이골이 나면
대수롭지 않게 바람을 맞아
누워 버린다

일어나도 또 누워도
돌아오는 바람은 더욱 성깔난 표정으로
산으로, 바다로, 논으로, 밭으로
길 없는 길을 만들면서

눕힐 수 있는 것을 눕혀 보아도
떨어진 꽃잎에선 다시
열매가 맺힌다.

쓸어갈 것이 없는데
쓸어갈 일로 오는 바람은
가슴 깊이를 헤집어도
잎새 그리움이야 눕힐 수 없어, 바람은
머리를 앓는다.

이해와 감상

「바람」(산수유 32)은 무엇인가.

우리는 현대시사(現代詩史)에서 이름난 '바람'과 부딪쳐 온다. 영국 케임브리지대학 라틴문학 교수였던 시인 A. E 하우스만(Alfred Edward Housman, 1859~1936)이 그의 명시 「슈로프샤이어의 젊은이 13번」에서, '바람과 함께 흐르는 노래를 부른다'는 서정(抒情)의 바람은 너무도 유명했었다.

한국이라는 터전에서는 동족상잔의 비극인 6·25전쟁과 머지 않아 그 뒤를 잇는 이른바 군사독재하에서 우리에게는 서정(抒情)의 바람은 간 데 없고 '동풍에 나부껴/ 풀은 눕고/ 드디어 울었다'는 김수영(金洙暎)의 모더니즘의 뼈아픈 바람이 지나갔다(「김수영」항목 참조 요망).

그 뒤를 이어 여기 또 다른 군사독재에 강타 당하는 바람 속에서 채수영은 이제 '눕는 일도 한참 이골이 나면/ 대수롭지 않게 바람을 맞아/ 누워 버'리지만, 바람이 '눕힐 수 있는 것을 눕혀 보아도/ 떨어진 꽃잎에선 다시/ 열매가 맺힌다'는 주지(主知)의 열매가 탐스럽고 눈부시다.

언제고 위정자는 이 열매의 저항의 의미를, 아니 신랄한 지성의 새타이어에 눈을 번쩍 떠야만 한다. 여기에 채수영의 21세기의 '새 바람'이 시원스럽게 불고 있다.

산을 오르노라면

마음 오르듯 산을 오르노라면
땀 흐르듯 내 불결의 응어리가 흘러 내리고
그 때마다 한 발자국의 무게가 세상을 넓힌다

높이가 없는 마음에
또 하나의 높이보다 하냥 낮은 키로
꾸밈 없고 자랑 없이 산을 오르노라면
갈증처럼 다가오는 한 발자국의 의미가
불을 켜고
바람은 강할수록 오히려 고마움이었다
돌밭에 뿌리를 내린 소나무에선
앙상함으로도 아름다운
햇살의 뜻이 밝게 빛나는 산은
감출 것을 모두 감추고서도
소리 없이 정정한 할아버지처럼
내 사는 가슴도 그럴진저

주제 삶의 순수가치 추구
형식 전연의 주지시
경향 주지적, 상징적, 풍자적
표현상의 특징 산문체의 일상어로 전달이 잘 되는 이미지를 담고 있다.
작자의 삶의 겸허한 의지가 상징적으로 표현되고 있다.
산을 통한 잠언적인 아포리즘의 분위기가 자못 인상적이다.

이해와 감상

채수영은 날카로운 지각(知覺) 속에 스스로의 인생길을 체온 있는 부드러운 비유의
언어로써 차분하게 바라보며 산을 오르고 있다.

산길이건 인생길이건 오르기는 매 한 가지로 숨차고 힘겨운 것이다. 그러나 오르고 또
올라간다면 어떤 현상이 나타난다는 말인가.

'산을 오르노라면/ 땀 흐르듯 내 불결의 웅어리가 흘러 내리고/ 그 때마다 한 발자국의
무게가 세상을 넓힌다'(서두 부분)고 하지 않는가. 그렇다. 서양 속담에 '높이 나는 새가
멀리 본다'고 했거니와, 산은 높이 오를수록 한 발자국 한 발자국 거듭되는 무게가 세상
을 넓힌다는 채수영의 아포리즘(aphorism, 잠언)이 우리에게 새로운 것을 각성시킨다.

더구나 그 등산 과정은 '하냥 낮은 키로/ 꾸밈 없고 자랑 없이 산을 오르노라면/ 갈증
처럼 다가오는 한 발자국의 의미가/ 불을 켜고'(제5~8행) 있다고 한다.

그 '불'은 무슨 불인가. '지혜'의 불이다.

솔로몬이 아닌 21세기의 시인 채수영이 스스로 켜서 세상을 밝히는 불이다.

그것은 '감출 것을 모두 감추고서도' 끝내 비쳐 나오는 빛이다.

강창민(姜昌民)

경상남도 함안(咸安)에서 출생(1947~   ). 연세대학교 대학원 국문학과 수료. 1979년 『현대문학』에 시 「나무꾼의 노래」, 「투우」, 「표류자여 표류자여」 등이 추천 완료되어 문단에 등단했다. 시집 『비가 내리는 마을』(1979), 『물음표를 위하여』(1990) 등이 있다.

보리밭에 가면

보리밭에 가면 보인다.
송송 솟은 푸른 수염 따가운
장정들의 심줄 선 얼굴이 보인다.
머리 질끈 동여매고 모여 서서
손에 손에 죽창 거머쥐고 모여 서서
바람 따라 술렁술렁
몸 비튼다.

보리밭에 가면 난다.
더운 땀냄새
죽창 끝에도 짚신 감발에도 싱그런
어깨쭉지 상채기에도 피냄새 물씬
난다, 새 문득 와와 난다.

들린다, 보리밭에 가면.
낮은 노래 소리
어깨 맞대고 웅성웅성
낮게낮게 노래한다.
저음저음저음끼리 모여
낮은 바다가 되고
낱낱의 흐느낌이 푸른 통곡으로 물결친다.

새소리 쨍 솟구쳐 징소리처럼
신호한다.

주제 현실상황의 비판의식
형식 4연의 자유시
경향 서정적, 상징적, 저항적
표현상의 특징 상징적인 섬세한 언어구사와 더불어 리듬감을 살리고 있다.
현실에 대한 저항의식이 내면적으로 은밀하게 표현되고 있다.
표제의 '보리밭에 가면'이 각 연(1~3) 서두에서 또한 '모여 서서' 등이 동어
반복되고 있다.
여러 대목에서 수사의 도치법을 쓰고 있다.

이해와 감상

강창민은 농터인 '보리밭'이라는 대상을 역사 현실의 장(場)으로서 설정하여 그 상황을 다양하게 비유하고 있다.

전체적인 시의 조사(措辭)에 있어서 사구(辭句)의 배치가 기교적인 데 주목하게 된다.

즉 '보리밭에 가면'(제1연) → '보인다', '난다'(제2연), '들린다'(제3연)는 메시지를 각기 던지고 있다. 그와 동시에 지적되는 것은 '장정들의 심줄 선 얼굴이 보인다'(제1연)는 것.

장정들은 머리 질끈 동여매고, 손에 죽창을 거머쥐고 몸을 비튼다는 분노와 적의(敵意)를 메타포한다.

잇대어 죽창 끝이며 짚신 감발, 어깨쭉지 상채기에서 '피냄새 물씬 난다'(제2연)는 것이니, 이것은 이미 큰 사태가 벌어져 피를 보고야 만 것이다.

그리하여 '들린다'(제3연)는 것은 낮은 울음소리가 끝내 '푸른 통곡으로 물결친다'는 민중의 아픔의 무거운 여운이다.

이 작품은 우리 시문학사에서의 한 새로운 상징적 저항시의 형식으로 평가된다.

늙은 왕자

잠이 깨었다.
나는 모랫벌에 누워 있고
넓은 해안에는 아무도 없었다.
내가 왜 여기 누워 있을까?
겨울 바다는 제 가슴을 칼질하며
뒤척거리는 바람 속에
나는 떨고 있다.

누가 나를 예다 버렸을까?
가족은, 벗들은
어디로 가 버렸을까?
황급히 떠난 그들의
발자국은 왜 바람이 지웠을까?
춥다.
등뼈는 이미 얼었고
눈과 귀와 코만이 명징하게
혼돈의 시절을 그리워한다.
그들이 쓰다 버린 탈만이
조가비처럼 뒹굴 때
왜 나는 잠이 깨었을까?

주제 독재자의 말로
형식 전연의 자유시
경향 상징적, 해학적, 풍자적
표현상의 특징 간결한 산문체의 서술형식을 취하고 있다.
작자의 해학적 풍자의 세계가 상징적으로 표현되고 있다.
지성과 융합된 시적 분위기가 예리하고 비판적이다.
'버렸을까?', '가 버렸을까?', '지웠을까?', '깨었을까?' 등의 두드러진 설의
법을 쓰고 있다.

이해와 감상

이 작품은 1980년대 초기의 것이지만, 2003년 4월에 실각한 이라크의 후세인의 모습이 연상되는 것은 무슨 까닭인가.

그것이 어느 시대이거나 역시 다수 민중을 배반한 이지러진 독재자는 그 말로가 비참하다는 역사의 입증 때문이겠다.

바닷가 모랫벌에 누웠다 잠이 깬 '늙은 왕자'의 모놀로그(monologue, 독백) 형식으로 흥미롭게 엮어지는 작품이다.

'내가 왜 여기 누워 있을까?' 라고 화자는 도무지 어처구니 없어 그야말로 어안이 벙벙한 표정이다.

호사스런 궁전의 왕자비며 시녀들은 커녕, 벌벌매는 부하들은 고사하고 엄동설한의 겨울 바닷가에 나뒹굴던 늙은 왕자.

'누가 나를 버렸을까.'

버림받은 이유를 아직도 깨닫지 못하고 있는 독재자의 말로가 흡사 단편영화의 시각

적 이미지로 연상되는 독특한 형식의 풍자시다.

시가 독자에게 읽히기 위해서는 제재(題材)를 새로운 형식으로 제시하므로써, 표현방법의 매너리즘(mannerism)을 극복할 수 있는 전범(典範)이 바로 이런 작품이 아닌가 한다. 왜냐하면 우리 시단에는 판에 박힌 스테레오타입(stereotype)의 표현양식이 상투적으로 범람하고 있기 때문이다.

사내 · 2

겨울날 사내들이 노루사냥을 한다.
고함치며 산골로 몰려가
오오, 우우 노루를 쫓는다.
적설에 빠지는 노루의

네 발이 훑이우며
한 번의 모둠질에 네 개의
피꽃이 눈 위에 뿌려진다.
노루의 목줄기에 갈대통을 꽂고
생피를 마시는
사내들의 빛나는 입술.
사내들의 목에도 갈대통이 꽂혀 있다.

이해와 감상

부정부패며 불의의 퇴치와 더불어 사회정화작업은 국가의 발전과 안정기조를 위해 무엇보다도 긴급한 당면과제다.

그것이 위정자들에 의해 전혀 이루어지지 않을 때 시인은 온건한 시민의식을 발휘하며 정신적 위기극복의 방편으로 에피그램(epigram, 警句)의 시로서 양심의 회복을 지적하며 호소하게 된다.

동남아 각지를 누비며 혐오동물을 정력제랍시고 매식한다. 또는 온갖 추태로 세계인으로부터 어글리 · 코리언으로 지탄받게 하는 몰지각한 사람들이 파죽지세로 산골을 누비면서 총을 쏴 노루피를 주둥이에 묻히는 그 꼴사나운 '사내'의 장면을 어찌 우리가 외면해 버릴 수 있을 것인가.

월드컵 축구(2002. 6)의 자랑에 먹칠하는 추태는 이제 그칠 때도 되지 않았는가.

고형렬(高炯烈)

전라남도 해남(海南)에서 출생(1954~). 1979년 『현대문학』에 시 「장자
(莊子)」, 「수풀 속에는」 등 5편이 추천 완료되어 문단에 등단했다. 시집 『대
청봉(大靑峰) 수박밭』(1985), 『해청(海靑)』(1987), 『해가 떠올라 풀 이슬을 두
드리고』(1988), 『서울은 안녕한가』(1991), 『사진리 대설』(1993), 『바닷가의
한 아이에게』(1994), 『마당 식사가 그립다』(1995), 『성애꽃 눈부처』(1998),
『김포 운호가든집에서』(2001), 『리틀보이』(장시, 2003) 등이 있다.

삼척에서 돌아오며

이태 만에 돌아오는 연어를 보러
일 년 만에 삼척을 일부러 갔다가
물이 차서 세수를 할 수가 없는
오십천에 온 검은 연어를 보고
대관령을 넘어 집으로 돌아오는 밤,

사십 년 동안 이 골의 아이들도
공부해서 서울로 서울로 가더니
제 할애비 뼈가 묻히고 살이 흐르는
이 삼척 고향에다가 밤낮이 없는
죽음의 공장을 기어이 세운단다
새들에게 주민에게 정기를 빼앗는
전국토원전화의 참화를 버려두고
대진항에 내리는 조용한 겨울비는
살가웁기만 하고 걱정이 없단다
절벽에 붙은 그 작은 애기항에도
시누대를 붙잡는 비의 뜻을 누가 알까
날을 저물리며 북쪽으로 날아가는
부녀 갈매기가 어둠 속에 보인다

보이지 않는 눈 녹은 검은 물소리
연어를 보고 돌아오는 지난 겨울
파란 하늘 한 구멍을 찾을 권리가

정말 우리에게 없는 까닭을 알다
그 까닭을 어머님의 고향에서 알다.

주제 U턴과 삶의 진실 추구
형식 3연의 주지시
경향 주지적, 풍자적, 문명비평적
표현상의 특징 산문체의 일상어로 심도 있는 이미지를 강력하게 부각시키고 있다.
모천회귀의 연어와 향리로 귀향하는 U턴의 대비가 문명비평적으로 대비되고
있다. 사태의 본질을 날카롭게 파헤치고 있다.
시 전편의 구성이 조사(措辭)의 특징적인 역강(力强)한 메시지의 구도를 보이
고 있다.

이해와 감상

고형렬은 이른바 U턴의 과정을 풍자적인 비유로써 예리하게 파헤치고 있다.
모천(母川) 회귀하는 연어의 순수성과 정반대의 입장에서 귀향하는 인간의 회귀의 상
황을 '사십 년 동안 이 골의 아이들도/ 공부해서 서울로 서울로 가더니/ 제 할애비 뼈가
묻히고 살이 흐르는/ 이 삼척 고향에다가 밤낮이 없는/ 죽음의 공장을 기어이 세운단다'
(제2연)라고 원자력 발전소 건설을 신랄하게 풍자한다.
오늘날 원자화(原子化) 사업은 우리나라뿐 아니라 일본 등 외국에서도 지역사회의 뜨
거운 감자로 찬반 열풍이 일고 있는 심각한 공해 문제 시비가 제기되고 있다.
시의 제재(題材)로서 연어와 인간의 회귀의 대비를 다룬 점에서 참신한 발상인 동시
에 인류에게 심각한 공해 문제가 오늘의 21세기의 전개 속에 절박한 위기의식을 일깨우
고 있어 자못 주목되는 가편(佳篇)이다. 앞으로 우리 시단의 시작업도 종래의 유형적(類
型的)인 시표현의 진부한 사고의 틀을 과감하게 깨고 잇따라 새로운 소재 발굴의 참신한
'시작업장화'가 촉진되어야 할 것을 강조하고도 싶다.

원산에서

그리워 하는 건 우리만이 아니다
이 원산서도 배 타고 가고 싶어
원통해 하는 건 우리만도 아니다
저들도 속초에서 배 타고 오고 싶어
이삿짐 싸 싣고 오명가명
그렇게 남북민 터전을 바꾸면

이 국토 이 바다 뭐 잘못 되나
무엇이 그렇게 큰일나나
그리워 하는 건 노래로나 가능해
사상과 권력은 두려울 뿐
무리와 산하 가진 권력은 무서울 뿐이야
먹고 자기에 불편함은 없어도
그러나 오명가명
오명가명 얼마나 좋을까
와 통일 안 하나 작산치는 세상아
배 타고 금강 들어 금강 구경하고
배 타고 가 속초 제일극장 뒤에 내려
설악 오르면
이모댁도 있는 거고 형님댁도 있는 거고
노래가 슬퍼 창피하지만
그래도 갈 수만 있다면
저 속초를 갈 수만 있다면
서울서도 밤낮없이 그리워 할 것이다
아기 시인아 나는 가고 싶어
아기 시인아 대신 갈 수가 없지만
이렇게 자꾸만 넘나들어

주제 국토 통일의 비원(悲願)

형식 전연의 자유시

경향 주지적, 서정적, 풍자적

표현상의 특징 국토통일의 소망을 북한(원산)쪽 입장에서 호소하고 있다.
평이한 일상어로 통일 조국의 남북왕래 양상을 표현하고 있다.
독백(獨白)하는 화자의 대사체(臺詞體)로 엮어 독자에게 전달이 잘 된다.
'오명가명'(오면가면)의 방언을 동어반복하는 적층적 강조법을 쓰고 있다.

이해와 감상

　분단 조국의 통일 염원의 시는 여러 가지 형태로 노래되어 왔으나, 고형렬은 시츄에이션(situation)을 서로 바꿔, 남쪽에서가 아닌 북쪽의 입장에서 평화 통일의 열망을 형상화시킨 특색을 보였다.

　휴전선 바로 북쪽 동해안의 함경남도 원산(元山)은 송도원(松濤園) 해수욕장이며 명사십리에 해당화가 아름답게 핀다는 명승지며 양항(良港)이고, 8 · 15 이전까지 서울과 원산의 경원선(京元線) 철도의 종착역으로도 이름난 도시다.

그「원산에서」는 고형렬이 조국의 평화 통일을 갈망하는 소망에서, '이 원산서도 배 타고 가고 싶어/ 원통해 하는 건 우리만도 아니다/ 저들도 속초에서 배 타고 오고 싶어' 한다는 것.

그러기에 화자는 강렬한 남북교류의 의지를 불태우며 '이삿짐 싸 싣고 오명가명/ 그렇게 남북민 터전을 바꾸면/ 이 국토 이 바다 뭐 잘못 되나/ 무엇이 그렇게 큰일나나' 고 나무라기까지 한다.

어느덧 조국 분단의 비극도 60년을 바라보게 되는 게 오늘의 시점이다.

'그리워 하는 건 노래로나 가능해/ 사상과 권력은 두려울 뿐/ 무리와 산하 가진 권력은 무서울 뿐이야' 라는 강렬한 풍자에서 우리는 저마다 다시금 자아의 모습을 돌아보아야만 할 것 같다.

화자는 '그리워 한다는 건' 비현실적인 넋두리란다. '사상과 권력' 은 오늘의 역사적 현장에서 아직도 이 민족에게 '두려울 뿐' 인 존재며, '무서울 뿐' 이라고 탄식한다. '와 통일 안 하나 작산치는 세상아' 에서 '작산치는' 은 '떠드는' 이라는 뜻의 함경도 방언이다.

마지막 대목에서 고형렬은 후세의 시인들에게 스스로를 자괴(自愧)하며 '아기 시인아 나는 가고 싶어' 라고 목메이며 조국의 평화 통일을 비원(悲願)한다.

사과씨

사과는 대한을 지나면서 늙었다. 껍질이 말라서 잘 드는 칼이 잘 들지 않는다. 나무가 사과를 키울 때 이렇게 되도록 하셨다. 사과 속에 아이가 젖을 빨고 있다. 사과가 떠나온 저 남쪽 사과밭, 가지에 빨갛고 파란 봄이 돋고 있지만, 사과 속에 대춧빛 아이가, 호오 소용없는 봄을 만들고 계셨다.

이해와 감상

해묵은 사과의 존재론적 의미가 이미지화 되는 흥미로운 시세계의 전개다. 성경에서 '한 알의 씨앗이 땅에 떨어져서 썩지 않으면 한 알 그대로 있고 썩으면 많은 열매를 맺는다' (『신약』「요한복음」12장 24절)는 그 씨앗이 늙은 사과 속에 도사리고 '젖을 빨고 있다' 는 해학적인 심상미가 우리에게 시사하는 바 매우 크다.

스피노자(Brauche Spinoza, 1632~1677)는 '내일 이 지구가 멸망한다 하더라도 나는 오늘 사과나무를 심겠다' 고도 했던 바로 그 사과나무의 씨앗을 고형렬이 마련하며 지구의 종말을 막아보자는 것은 아니런가.

그야말로 의미있는 시의 콘텐츠는 독자에게 다양하며 오묘한 사고(思考)의 전개를 일깨우는 데서 값지다.

황지우(黃芝雨)

전라남도 해남(海南)에서 출생(1952~). 서울대학교 미학과 졸업. 동 대학원 및 서강대학교 대학원 수료. 1980년 『문학과 지성』에 시 「대답 없는 날들을 위하여」 등을 발표하며 문단에 등단했다. 시집 『새들도 세상을 뜨는구나』(1983), 『겨울 나무로부터 봄 나무에로』(1985), 『나는 너다』(1987), 『게 눈 속의 연꽃』(1991), 『구반포 상가를 걸어가는 낙타』(1991), 『저물면서 빛나는 바다』(조각시집, 1995), 『등우량선』(1998), 『어느 날 나는 흐린 주점에 앉아 있을 거다』(1999) 등이 있다.

참꽃

참꽃
참꽃이여 내 눈이 아프다 그대 만발은 방화같구나
참꽃이여 눈물의 폭탄인가 그대 만개 앞에 내 얼굴이 확확거리고
화주(火酒) 먹은 듯 내 가슴 확확 불 인다 참꽃이여
어찌하여 그대는 나를 참회의 감회로 처넣는가 나는 부끄러워
어려워서 차마 그대 만화방창을 다 지켜보지 못하겠다
두 눈 뜨고 보지 못하겠다
참꽃이여 그대, 아 꽃 피는 계절은 참다 못해 터뜨린 대성 통곡이구나
어찌하여 참꽃이여 그대 온몸으로 깔아놓은
꽃밭이 눈물 바다인지
살아 있어서 그대 혈서 같은 화석(花席)을 대하니
산다는 게 용서를 빌어야 하는 시절이구나 그러나
어제는 오늘을 용서하지 않으며
오늘은, 빈 광장이여
역사는 부끄러워하지 않는구나
역사는 다만 의문이며 참꽃이여 그대 눈 멀도록 저 앞산에
만개할 제 역사는 눈부신 익명이구나
역사는 익명으로 나를, 우리를, 호출하는구나
저 앞산 작고개 등심재 새재 등성이,
등성이에 불 붙은 황홀한 참꽃들──

그대 앞으로 나아가 보리라 우리,
꽃 피어나는 것이 더 이상 슬픔이 아님을
참으로 참으로 꽃 피는 참꽃들을 향해.

이해와 감상

김소월의 「진달래꽃」이 우리 민족의 전통적 정한(情恨)을 노래했던 1920년대로부터 약 60년이 지난 1980년대에 황지우의 「참꽃」(진달래꽃)이 우리 시단에 활짝 피어 이번에는 민족의 현실적 비분(悲憤)을 치열한 이미지로써 역설하고 있다.

어째서 시인이 진달래 만발한 동산에서 '내 눈이 아프다 그대 만발은 방화같구나'(제2행)하고 진달래에게 남의 마을에다 함부로 불지른 방화(放火)라도 한 것처럼 꽃을 나무라는가. 참꽃이 황지우에게 최루탄인 '눈물의 폭탄'(제3행)을 쏘았다는 것이랴.

'군사독재타도'를 외치며 들고 일어나 항거하는 민중의 대열에다 함부로 최루탄을 터뜨리고 긴 방망이를 휘두르던 80년대에 시인이 아름다운 참꽃이 벌겋게 만발한 광경에서 눈물과 고통으로 상처난 아픔의 현장을 연상했다면 그것은 너무도 자연스러운 인스피레이션(inspiration, 靈感)의 발화(發花)였다고 본다.

만개한 진달래꽃은 화자의 눈에 불의에 맞서 손에 손잡고 일어선 노도와도 같은 양심적 저항의 큰 물결이다. 그러기에 독한 술(火酒)을 마신 듯 가슴 속에는 분노가 '확확 불인다'고 화자는 침통하게 밝힌다. 계엄하에 총칼이 난무하던 광주(光州)의 비통한 현장을 목격하는 화자는 참회 속에 '부끄러워/ 어려워서' 절정적 상황인 '만화방창'을 너무도 참혹하여 '다 지켜보지 못하겠다'고 울먹인다.

'어찌하여 참꽃이여 그대 온몸으로 깔아놓은/ 꽃밭이 눈물 바다인지'(제9, 10행) 말이다. 이것은 '통곡의 현장'의 상징어(象徵語)다.

화자는 '산다는 게 용서를 빌어야 하는 시절이구나'(제12행)하고 숙연하게 참회하고 자성하면서, 죄악을 반성할 줄 모르는 가증스러운 1980년의 역사적 난동을 힐난한다. 그리하여 정의와 심판의 날을 기약하며, 희망의 새 날을 굳게 기약하며 '참으로 참으로 꽃 피는 참꽃들을 향해'로써 결어를 맺는다.

무등(無等)

山
절망의산,
대가리를밀어버
린, 민둥산, 벌거숭이산
분노의산, 사랑의산, 침묵의
산, 함성의산, 증인의산, 죽음의산,
부활의산, 영생하는산, 생의산, 희생의
산, 숨가쁜산, 치밀어오르는산, 갈망하는
산, 꿈꾸는산, 꿈의산, 그러나 현실의산, 피의산,
피투성이산, 종교적인산, 아아너무나너무나 폭발적인
산, 힘든산, 힘센산, 일어나는산, 눈뜬산, 눈뜨는산, 새벽
의산, 희망의산, 모두모두절정을이루는평등의산, 평등한산, 대
지의산, 우리를감싸주는, 격하게, 넉넉하게, 우리를감싸주는어머니

이해와 감상

표제(表題)인 「무등」은 「산」으로 이어지고 있어, 곧 광주(光州)의 명산인 '무등산'을
일컫는다.

이 작품은 조사(措辭)가 기발한 삼각형의 시각적 구도로 이루어져 자못 빼어난 모습
이다.

영국에서는 "삼각형은 산이다"(The triangle is a mountain)라는 말이 있듯이, 과연 이
작품 「무등」은 「산」의 전형적인 형태다.

이 시는 발상부터 신선감이 넘치거니와 산의 콘텐츠 그 자체를 이루는 시어의 이미지
전달이 잘 되고 있다. '절망의 산'으로부터 시작되는 산의 양상은 온갖 산이 발자국하여
온 성명(聲名)을 복합적으로 수용하면서 마침내 '현실의 산'에 이른다.

거기서 우리는 '피의 산', '피투성이 산'과 마주치며 악몽과도 같았던 1980년 5월 광
주의 소름끼치는 살륙에 맞선 민주화 운동을 역사에 증언한다. 즉 '일어나는 산', '눈뜬
산'이 그것이며, '우리를 감싸주는 어머니'로서의 무등산은 끝내 두 팔 크게 벌려 훈훈
하게 민중을 감싸안아 준다.

출가하는 새

새는
자기의 자취를 남기지 않는다
자기가 앉은 가지에
자기가 남긴 체중이 잠시 흔들릴 뿐
새는
자기가 앉은 자리에
자기의 투영이 없다
새가 날아간 공기 속에도
새의 동체가 통과한 기척이 없다
과거가 없는 탓일까
새는 냄새나는
자기의 체취도 없다
울어도 눈물 한 방울 없고
영영 빈 몸으로 빈털터리로 빈 몸뚱어리 하나로
그러나 막강한 풍속을 거슬러갈 줄 안다
생후의 거센 바람 속으로
갈망하며 꿈꾸는 눈으로
바람 속 내일의 숲을 꿰뚫어본다

이해와 감상

'새' 가 '출가' (出家)한다는 표제는 우선 참신하다. 사람이 머리를 깎고 산 속으로 수
도(修道)하러 떠나가는 것만이 출가는 아니다. 세상의 온갖 존재는 탄생과 더불어 머지
않아 떠남으로 이어진다.

이 작품은 그 떠남을 얼마나 깨끗하게 마무리할 수 있느냐에다 강력한 메시지를 담고
있다. 구질구질하게 삶을 질질 끌기보다는 깔끔하게, 스스로를 마무리하는 '자취를 남
기지 않는' (제2행) 생업(生業)이 눈부시다. 심지어 '날아간 공기 속에도/ 새의 동체가 통
과한 기척이 없다' (제8 · 9행)고 한다.

'눈물 한 방울 없' (제13행)는 초월(transzendenz) 사상이다. 그러기에 '막강한 풍속을 거
슬러 갈 줄 안다' 는 빛부신 의지 속에 '내일의 숲' 을 꿰뚫어 본다는 것은 또한 감동이다.

피상적인 물질주의와 합리주의를 배격하고 직관적 초월주의(超越主義, transcendentalism)
를 제창했던 시인 에머슨(Ralf Waldo Emerson, 1803～1882) 등의 철학적 작업팀인 초월주의
클럽(Transcendental Club)이 이 작품을 통해 문득 연상되기도 하는 수작(秀作)이다.

박상천(朴相泉)

전라남도 여수(麗水)에서 출생(1955~). 한양대학교 대학원 국문학과, 동국대학교 대학원 국문학과 수료. 1980년 「현대문학」에 시 「가을은」, 「또 하나의 가을」, 「환절기」 등이 추천 완료되어 문단에 등단했다. 시집 「사랑을 찾기까지」(1984), 「말없이 보낸 겨울 하루」(1984), 「5679는 나를 불안케 한다」(1997), 「박상천 시선집」(한일대역, 2001) 등이 있다.

물방울

깊은 곳으로부터 끓어 올라
그만 스스로를 버리고 만다.
자신의 가벼운 몸무게마저 버림으로써
그는 아무런 흔적 없이
미련 없이 이 세상을 버린다.

우리는 너무 오래,
이름을 남긴다거나 혹은
훌륭한 시(詩)를 한 편 남긴다거나,
무엇인가 남기겠다는 생각에 젖어
스스로를 버리지 못하고 구속했지만
아니다, 이 세상 어딘가에
그저 떠돌고 흐르는 공기로 남으면 족할 일이다

그대 사랑도
그대 슬픔도 기쁨도
그대의 시(詩)까지도
물방울처럼 스스로 터뜨리고
그저 떠도는 공기로 족할 일이다.

그대 이 곳에 왔다 간다는

흔적을 남기지 않는 일,
아쉬움이 남을지 모르지만
족하리라
그대, 그저 충만한 공기로만 남는 일.

- **주제** 초현실적 삶의 순수가치 추구
- **형식** 4연의 주지시
- **경향** 주지적, 초현실적, 상징적
- **표현상의 특징** 산문체의 일상어로 이미지에 치중하는 표현을 하고 있다.
  작자의 심층심리가 자동기술법으로 엮어졌다.
  주지적인 사상과 현대적 삶의 감각이 심도 있게 담겨 있다.

이해와 감상

박상천은 물방울을 통해 심층심리의 주지적 상징시를 보여주고 있다.

이 시는 누가 읽거나 알아보기 쉬운 것 같으나 실상은 난해시다. 따지고 보면 인간의 삶 그 자체가 난해한 생존인 것이기에, 삶의 순수가치를 추구하는 이 주지시의 의미 파악은 결코 용이하지 못할 것이다.

예컨대 우리가 어떤 사물에 대한 가치를 규정지을 때는 여러 가지 감정을 필요로 한다. 느낌(feeling)을 비롯해서 정서(sentiment), 감동(感動, emotion), 정열(passion), 무드(mood) 따위 복합적인 요소가 요청되는 것이 일반론적인 서정시다.

그러나 이 시 「물방울」에서는 그와 같은 류의 감정이 담겨 있지 않다. 아니 오히려 그 일체를 다음처럼 완강하게 배격하고 있다. '그대 사랑도/ 그대 슬픔도 기쁨도/ 그대의 시까지도/ 물방울처럼 스스로 터뜨리고/ 그저 떠도는 공기로 족할 일이다' (제2연 후반부)고 화자는 이렇듯 새로운 삶의 가치를 부여하고 있다. 어쩌면 그것이 박상천이 추구하고 있는 삶의 초현실적인 진실인지도 모른다.

이상(李箱)이 심층심리의 자동기술법(automatism)으로 이 땅에 초현실시를 도입한 이래, 몇몇 시인이 각기 다른 방각에서 '사고(思考)의 받아쓰기' 방법의 시를 써오고 있다.

이 「물방울」의 경우 21세기의 한국 시단에서 우리가 논의해야만 할 새로운 방법의 심층심리의 주지적 상징시다. 따지고 본다면 이 「물방울」의 세계는 마음의 표면에 뜬 의식 세계보다도 내면 속에 가라앉고 있는 무의식적인 세계쪽이 그 몇 갑절, 몇십 갑절 깊고 넓다는 프로이드(Sigmund Freud, 1856~1939)의 마음의 세계가 엮어졌다.

앙드레 브르통(André Breton, 1896~1966)의 쉬르리얼리즘의 시적 방법론으로서의 자동기술법은 이성(理性)이거나 의지(意志)를 작용시키지 않는 것이거니와 '스스로를 버리고 만다'는 물방울. '자신의 가벼운 몸무게마저 버림으로써/ 그는 아무런 흔적 없이/ 미련 없이 이 세상을 버린다' (제1연)는 박상천의 「물방울」은 가장 새롭고 순수한 초현실적인 삶의 가치 추구라고 본다.

줄다리기

줄다리기의 역설을 아는 이들은
조급해 하지 않습니다.

힘이 강한 이가 힘을 쓴 만큼
그들은 뒤로 물러갑니다
물러가고서도 이겼다고 좋아하지만,
그러나 아시나요
힘이 약해 끌려간 것으로 보이는 이들이
강한 이들의 영토를 차지하면서 전진하고 있다는 것을

줄다리기의.역설을 아는 이들은
세상을, 조급한 마음으로 살아가지는 않습니다.

> **주제** 참다운 삶의 의식 추구
> **형식** 3연의 주지시
> **경향** 주지적, 상징적, 아포리즘(aphorism)적
> **표현상의 특징** 산문체의 일상어로 이미지의 구상적(具像的)인 표현이 두드러지고
> 있다. 사태의 본질을 내면적으로 날카롭게 추구하고 있다.
> 지성적이며 영상적인 표현 기법을 도입하고 있다.
> '~않습니다'의 경어체 종결어미를 동어반복하고 있다.
> '줄다리기의 역설을 아는 이들은'을 수미상응(首尾相應)으로 강조하는 동어반
> 복도 하고 있다.

이해와 감상

「줄다리기」라는 역설적(逆說的) 경기 내용을 제재(題材)로 하는 중대한 시적 발상(發
想)이 우리에게 새로운 눈을 뜨게 해주고 있다.
'힘이 강한 이가 힘을 쓴 만큼/ 그들은 뒤로 물러갑니다'(제2연)고 하는 현실은 승리
자라고 자처하면서도 실제로는 스스로의 영토를 적에게 부지부식간에 내준 꼴이 되고
말았다는 것이 아닌가.
'물러가고서도 이겼다고 좋아하지만/ 그러나 아시나요/ 힘이 약해 끌려간 것으로 보
이는 이들이/ 강한 이들의 영토를 차지하면서 전진하고 있다는 것을'(제2연) 우리는 이

제 새삼스럽게 깨닫지 않을 수 없다.

　이것은 삶의 논리로써, 더 깊은 철학적인 명제(命題)가 화자에 의해 새로운 시언어로써 눈부시게 제기되고 있는데 독자는 크게 감동한다.

　그러기에 '줄다리기의 역설을 아는 이들은/ 세상을, 조급한 마음으로 살아가지는 않습니다'(제3연)는 이 아포리즘(aphorism, 잠언)에 우리는 다시금 감동하며 귀기울이게 된다.

관계 · 5

밤안개가 내렸습니다.
희뿌연 안개 속에 멀리
가로등 불빛이 희미하게 보입니다.
나는 지금 안개 속에 갇혀 있습니다.

안개 속에 갇힌 나에게 희미한 것은 가로등만이 아닙니다.
내 가까이 누워 잠든 자식도
누구든 한 번씩 내세우는 민족도
모두 밤안개 속에 희미할 뿐입니다.
가까이 있건 멀리 있건 조그맣건 커다랗건
그들은 거기 그렇게 빛나고 있지만
나는 지금 그 모두가 안개에 쌓여 희미한,
30대의 포악한 밤을 지나고 있는 중입니다.

손을 뻗어 잠든 아이를 만져 보면
따스한 온기가 전해져 오고,
어제도 낮술을 마시며
부끄럽게도 민족을 떠올렸지만
아, 이 밤 나는
꿈으로 가는 길까지 잃어버리고
초라한 행색으로 서성이고 있습니다.

박상천의 연작시 「관계」 5에 해당하는 작품이다.

박상천은 일반론적인 시의 발상과 전혀 '관계'를 달리하는 '존재론'(Ontologie)의 관점에서 삶의 존재가치를 추구하고 있어서 이 시는 종래의 서정적 심상화 작업을 벗어난 주지적 형상화 작업으로써 새로운 삶의 의미 부여가 자못 주목된다.

'나는 지금 안개 속에 갇혀 있습니다'(제1연)고 화자는 자아의 존재상황을 절망적으로 제시하면서 이 작품은 본론에 접근하게 된다. 더구나 '밤안개 속'에 갇혔다는 사실은 전혀 향방(向方)을 열어갈 수 없는 암담한 현실적 비극의 강력한 토로다.

'내 가까이 누워 잠든 자식도/ 누구든 한 번씩 내세우는 민족도/ 모두 밤안개 속에 희미할 뿐입니다'(제2연)고 화자는 혈육과 그 확대 의미로써 광의의 민족까지 복합적으로 암담한 일상적 미로(迷路)에서 방황하는 아픔의 현실을 단호하게 고발하고 있다.

'어제도 낮술을 마시며/ 부끄럽게도 민족을 떠올렸'(제4연)다는 낮술까지 마시지 않을 수 없었던 화자의 이 침통한 고뇌야말로, 그가 당면했던 '30대', 즉 '1980년대'의 민족적 비극을 시문학사에 고스란히 증언하는 가편(佳篇)이다.

하재봉(河在鳳)

전라북도 정읍(井邑)에서 출생(1957~). 중앙대학교 대학원 국문학과 수료. 1980년 『동아일보』 신춘문예에 시 「유년시절」이 당선되어 문단에 등단했다. 『한국문학』 신인상(1980)에 시 「해초(海草)의 눈」이 당선되기도 했다. 시집 『안개와 불』(1988), 『비디오 천국』(1990), 『트라이앵글이 은빛으로 빛나는 이유』(1992), 『발전소』(1995) 등이 있다.

영산홍

나는 피가 없다

밤이 되면 내 피는 모두 어디로 가는가
가슴을 쓸어내리면
하얀 버즘

마르고 마른
눈물, 별이 뜨고
지평선을 떠나는 새 몇 마리
새 몇 마리 그들에게 나의 근심을 물어볼까

저녁과 함께
나는 가고 싶다 너의 금간 벽
파랗게 떠는 돌들의 이마
내 몸을 빠져 나오는 눈부신

빛이,
나무의 끝에 닿는 순간 나의 세계는
변화할 것이다.

어쩌다 무덤 위로 차가운 태양이 솟구치고 다시

또 몇몇 사람은 누울 자리 찾아 땅 밑으로 내려갈 것이지만
빛의 허리를 부여잡고
그래, 울지 말자
꽃다운 나이 봄이 오고 있으니

죽어도,
나의 문 앞에서 죽자.

주제 삶의 의미 추구
형식 7연의 자유시
경향 상징적, 낭만적, 저항적
표현상의 특징 세련된 시어로 고도의 상징적 표현에 치중하고 있다.
얼핏 읽기에 난해한 것 같지 않으나 심도 있는 이미지가 가득 담긴 난해시다.
'~가는가' 등 설의법을 쓰고 있다.
'울지 말자'(제6연), '죽자'와 같은 행동을 강요하는 종결어미를 달고 있다.

이해와 감상

하재봉은 「영산홍」이라는 꽃을 통해서 그의 능수능란한 비유의 솜씨를 발휘하고 있다.

삶의 진실을 추구하는 주지적인 수법으로 역동적인 이미지들을 가지고 화려하리만치 번뜩이는 메타포의 경지가 조화를 이루고 있다.

은유란 '새로운 시어를 창조하는 것'이거니와 그러면 「영산홍」에서 새로운 시어가 과연 무엇인지 따져보자.

'나는 피가 없다// 밤이 되면 내 피는 모두 어디로 가는가'(제1~2연)의 경우, '나는 피가 없다'는 것은 부정(否定)의 표현이 아니다.

'밤이 되면 내 피는 모두 어디로 가는가'고 피의 행방을 뒤좇고 있다. '영산홍'이라는 꽃에게 '피'를 부여한 것이다.

물론 꽃에게 피는 없다. 그러나 시인이 꽃에게 피를 제공한 것은 곧 메타포다. 곧 그것이 새로운 시어의 창조다.

'나는 피가 없다'는 것은 이 세상에 대고 '나에게 피를 달라'는, '나에게 생명을 달라'는 절규도 되는 것이다.

이와 같은 주지적인 메타포는 삶의 의미를 추구하는 시인의 몸부림이기도 하다.

'피'는 생명의 상징어다.

또한 단순하게 '피가 없다'고만 지적했다면 그런 경우에 이 꽃은 이미 죽었다는 메타포가 되기도 한다. 이 시는 앞에서도 언급했지만 일종의 '난해시'다.

하재봉은 '영산홍'이라는 꽃에게 스스로의 삶을 가탁(假託)시키면서 이 노래를 엮고 있는 것이다.

'빛의 허리를 부여잡고/ 그래, 울지 말자/ 꽃다운 나이 봄이 오고 있으니'(제6연)에서 처럼, 화자는 어떤 좌절이나 절망 속에서도 '빛의 허리' 즉 '희망'을 갖고 울지 말며 다부지게 고난을 이겨내자는 강력한 삶의 의기(意氣)를 내세운다.

더더구나 화자는 '꽃다운 나이 봄이 오고' 있다지 않은가. 두 말할 것도 없이 '꽃다운 나이 봄'은 희망찬 청춘의 시대다.

'죽어도/ 나의 문 앞에서 죽자'(제7연)는 것은 나의 의지 속에 나의 길을 걸으며 끝내 최선을 다하자는 비장한 결의다.

그러고 보면 이 시는 시인이 '영산홍'이란 꽃을 노래한 것이 아니다. 영산홍을 자신의 모습으로 의인화 시키고 그것을 통해서 스스로의 인생 행로를 엄숙한 자세 속에 설정하고 진지하게 결의하고 있는 것이다.

저녁 강

겨울의 변방에서 아이들이 불을 지피고 있다
사랑은 언제 강을 넘어올까 나는 무심히
물의 중심으로 돌을 던져본다

풍광 서러운 겨울 강의 오후
흔들리는 갈대잎 사이로 지금도 나는 숨어
너를 보고 있다 바람의 빗으로 머리를 다듬는 너
이 만큼의 거리를 비워놓고 너의 등 뒤에 서서

마지막, 나는 마지막이라고 말했다
무시로 강의 이쪽 저쪽을 넘나드는 바람이
이 세상에 있는 것 같지 않은 손가락으로
그녀의 머리칼을 애무했다 이승의 끝까지
나도 같이 흩날릴 수만 있다면

제 자리에 가만히, 일생의 침묵을 한 겹씩 벗어놓고

나무들이 물 속으로 걸어와 몸을 눕히는 시간까지
움직이지 않는 우리들의 그림자
어둠은 순간, 순간으로 침투해 오면서

스스로의 무게로 가라앉는 돌처럼
물 깊숙이 너를 가라앉힌다 들꽃들은
저녁 강 위에 한 떨기 노을로 피어오르고, 이제
무엇이 남아 이 강을 홀로 흐르게 할까

주제 사랑의 순수의지 추구
형식 5연의 자유시
경향 서정적, 상징적, 낭만적
표현상의 특징 주정적인 산문체의 일상어로 심도 있는 이미지를 표현하고 있다.
작자의 이상(理想)세계의 정신적 구축이 잔잔한 가운데 상징적으로 엮어지고
있다.
서정으로 넘치는 시적 분위기가 인상 깊게 전개되고 있다.
'나'와 '너'의 대칭적인 청순한 이미지가 시 전편을 압도하며 감각적으로 떠
오르고 있다.

이해와 감상

　표제인 「저녁 강」은 누구에게나 여유로운 공간적 연상을 안겨준다. 더구나 인적이 드
문 겨울강이기에 보다 많은 정서적인 충동을 베풀어 준다.
　'겨울의 변방에서 아이들이 불을 지피고 있다/ 사랑은 언제 강을 넘어올까 나는 무심
히/ 물의 중심으로 돌을 던져본다'(제1연)는 이 낭만적 감각은 빠뜨릴 수 없는 서정시의
활력소다.
　이 대목에서 '불'과 '사랑'은 공통적인 열정(熱情)의 상징어다.
　겉으로는 침착하고 조용한 것 같으나 내재하는 격정의 심정어(心情語)로서 '불'과
'사랑'은 공시적(共時的)으로 이미지의 빛나는 형상화가 이루어지고 있다.
　'풍광 서러운 겨울 강의 오후/ 흔들리는 갈대잎 사이로 지금도 나는 숨어/ 너를 보고
있다 바람의 빗으로 머리를 다듬는 너/ 이 만큼의 거리를 비워놓고 너의 등 뒤에 서서'
(제2연)에서 나와 너의 갈등구조 속에 더욱 몰입되는 '사랑'의 접근은 이 작품의 빼어난
메타포를 여실하게 보여주고 있다.
　문예영화(文藝映畵)의 압축편과도 같은 영상(映像)의 눈부신 시이퀀스(sequence), 즉
여러 개의 장면이 이어지는 화면 속에 순수 서정미 넘치는 「저녁 강」은 독자를 참으로
포근하게 감싸주고 있다.

이 창 년(李昌年)

경상남도 합천(陜川)에서 출생(1936~   ). 서라벌예술대학 문예창작과 졸업. 시집 『바람의 문(門)』(1980)을 상재하며 문단에 등단했다. 그 밖의 시집 『겨울 나비』(1988), 『나의 빈 술잔에』(1991), 『아침 이슬, 저녁 이슬』(1996), 『네가 울메 나는 산이 되리』(1999), 『동짓달 아흐레 날』(2001) 등이 있다.

우리는 만나면

우리는 만나면 헤어졌던 시간만큼
영롱한 눈빛으로 이야기하고
바람부는 언덕
황량한 벌판에서
짐승들의 울부짖음을 들을 수 있고
가끔은 밤 깊은 포장마차에서
따끈한 국수 한 사발과 소주 몇 잔에
만나듯이 헤어지고

헤어지듯 만나는 우리는
노래 부르듯 즐거워 하고
시를 읊조리며 꿈을 꾼다

낙조에 비친 수세미넝쿨
달빛 아래 핀 장미꽃의 창백함
어떤 죽음에 대한 쓸쓸함도
우리들 가슴에 담고
헤어짐을 기약치 않는다

그러나
만남의 시간은 오래 머물 수 없고
헤어짐 또한 길다 한들

서로는 야속타 하지 않고
뒷 그림자 흐려질 때
남아 있는 것은 정지된 시간
마지막 전차를 놓치며
계절을 느낀다.

이해와 감상

이창년은 현대의 인생과 시인으로 평가되는 시인답게 그의 인간의 만남과 헤어짐의 제재(題材)를 설득력 있는 표현으로 깔끔한 이미지를 엮고 있다.

'바람 부는 언덕/ 황량한 벌판에서/ 짐승들의 울부짖음을 들을 수 있' (제1연)다는 이 메타포는 오늘날 우리가 아귀다툼 속에 살고 있는 삶의 현장에 대한 시니컬한 고발이 아닐 수 없다. 여기서 '짐승들'이란 '인간들'의 비유다. 그 인간들의 '울부짖음'을 들으며, 누구거나 그 속에 휘말리며 회한하고 분기하며 마음을 가다듬어 살아간다.

'헤어지듯 만나는 우리는/ 노래 부르듯 즐거워 하고/ 시를 읊조리며 꿈을 꾼다' (제2연)고 화자는 진솔한 고백을 주저하지 않는다.

인생을 공연히 잘난 척 위장하고 허세로 꾸미기보다는 가난을 탓하지 않고 진솔하게 시를 읊조리고, 소박한 꿈 속에서 보람을 찾는다는 것이다.

거기서 우러나는 시는 결코 웅변이 아니며 때 묻지 않은 깨끗하고 신선한 노래일 따름이다. 이제 오늘처럼 어지럽기 그지없는 시대이기에 화자는 꾸밈없이 자아를 돌아보아야만 할 것을 이 시를 통해서 조용하면서도 자못 심도 있는 메시지로써 우리에게 살포시 전해 주고 있다.

입하(立夏)

꽃가루 어지럽게 휘날리고
벌레들 땅을 뒤집고

새끼를 친다

마지막 봄을
퍼올리는 두레박에서는
주룩 주룩 봄이 새어 흘러 내린다
화창한 날씨만큼
출렁이는 바다 위에 갈매기들 날고 있는데

산까치는
둥지를 비워 놓은 채 돌아오지 않고
아직도
맺지 못한 꽃망울 있을까
피지 못한 꽃 있을까.

주제 순수 본향에 대한 향수

형식 3연의 자유시

경향 서정적, 상징적, 낭만적

표현상의 특징 잘 다듬어진 산문체의 일상어로 신선하고 밝은 이미지를 담고 있다.
작자의 자연 친화(親和) 정신이 넘치는 인상적인 분위기가 전달되고 있다.
'~까' 하는 수사(修辭)의 설의법을 잇달아 쓰는 강조를 하고 있다.
'~친다', '~내린다'의 'ㄴ다'의 종결어미에 각운(脚韻)을 달고 있다.

이해와 감상

표제의 「입하」는 늦은 봄에서 여름으로 접어드는 24절기의 하나인 5월 5·6일 경에 해당한다. 1년중에 가장 싱그러운 계절이 아닌가 한다. 그러기에 노천명은 5월을 '계절의 여왕'이라고 노래하기도 했나 보다(「노천명」 항목 참조 요망).

이창년은 5월 '입하' 철을 노천명처럼 화려한 수식어 대신에 보다 생산적으로 약동하는 생명감 넘치게 오월은 '새끼를 친다'고 직설적으로 다져 버렸다.

'꽃가루 어지럽게 휘날리고/ 벌레들 땅을 뒤집고/ 새끼를 친다' (제1연)니, 이보다 더 활기차고 보람 넘치는 지상의 5월 축제가 또 무엇이랴.

'마지막 봄을/ 퍼올리는 두레박에서는/ 주룩 주룩 봄이 새어 흘러 내린다' (제2연)고 하는 이 메타포(은유)야말로 한국 현대시를 새롭게 장식하는 청신한 계절의 새로운 언어다. 이제 우리의 시각은 '산까치는/ 둥지를 비워 놓은 채 돌아오지 않' (제3연)는다는 화자의 휴머니즘의 자연친화의 인간애 넘치는 우수(憂愁)와 더불어 신부(新婦) 까치를 둥지로 데리고 올 산까치를 기다려 보기로 하자.

류시화

  서울에서 출생(1957~   ). 본명 안재찬. 경희대학교 국문학과 졸업. 1980
년 『한국일보』 신춘문예에 시 「생활」이 당선되어 문단에 등단했다. 시집 『그
대가 곁에 있어도 나는 그대가 그립다』(1991), 『외눈박이 물고기의 사랑』
(1996), 『지금 알고 있는 걸 그때도 알았더라면』(1998), 『민들레를 사랑하는
법』(1999), 『한 줄도 너무 길다』(2000) 등이 있다.

감자와 그 밖의 것들에게

감자에게,
만일 내가 감자라면
그렇게 꽉 움켜쥔 주먹으로
자기 자신과 타인을 대하진 않으리라

어린 바닷게에게,
만일 내가 바닷게라면
그렇게 매순간 삶으로부터 달아나기 위해
자기 몸보다 더 큰 다리를 갖고 있진 않으리라

거미에게,
만일 내가 거미라면
그렇게 줄곧 허공에 매달려
초월을 꿈꾸진 않으리라

벌에게,
만일 내가 벌이라면
그렇게 참을성 없이 순간의 고통을 찌르기 위해
자신의 목숨을 버리진 않으리라

언덕에게,

만일 내가 저편 언덕이라면
그렇게 보잘 것 없는 희망으로
인간의 다리를 지치게 하진 않으리라

그리고 밤에게,
만일 내가 밤이라면
그렇게 서둘러 베개를 빼 인간들을
한낮의 외로움 속으로 데려가진 않으리라

> **주제** 삶의 인식과 잠언
> **형식** 6연의 자유시
> **경향** 잠언적, 풍자적, 상징적
> **표현상의 특징** 감자와 몇가지 생물과 사상(事像)을 대상으로 지자(智者)의 잠언적인
> 표현을 하고 있다.
> 시어가 직설적인 논리적 표현으로 압도하고 있다.
> 각 연마다 '만일 내가 ~라면' 하는 가정법(假定法)을 도입하고 있다.
> '그렇게 ~않으리라' 는 도식적(圖式的)인 구조의 조사(措辭)가 이채롭다.

이해와 감상

3천년 전 솔로몬(Solomon)왕의 잠언시가 나타난 이래, 요즘 한국 현대시에도 이따금씩 잠언시가 발표되고 있다.

특히 류시화의 이 작품은 어떤 의미로는 본격적인 잠언시의 내용을 담고 있어 시문학상의 문학성의 평가는 차치하고 우선 관심을 모으게 한다.

감자에게 지적하는 충고에서 감자의 형태면을 일컬어 '꽉 움켜쥔 주먹' (제1연)이라는 묘사는 그야말로 역동적으로 집약된 시적 메타포다.

여기서 의인법을 써서 감자를 비유의 대상으로 삼은 것이기는 하되, 감자 이외의 고구마던가 조약돌 등등, 그와 비슷한 형태의 사물도 허다하게 연상된다.

화자는 바닷게에게 '그렇게 매순간 삶으로부터 달아나기 위해/ 자기 몸보다도 더 큰 다리를 갖고 있진 않으리라' (제2연)고 충고한다.

또한 거미에게는 '그렇게 줄곧 허공에 매달려/ 초월을 꿈꾸진 않으리라' (제3연)고 나무란다.

참으로 흥미로운 이 시대의 아포리즘(aphorism)의 시도라고 하겠다.

그밖의 것들인 벌에게 또한 언덕, 밤 등, 류시화가 부여하는 나머지 잠언적 평가는 일단 여기서 독자들에게 맡기련다.

그대가 곁에 있어도 나는 그대가 그립다

물 속에는
물만 있는 것이 아니다
하늘에는
그 하늘만 있는 것이 아니다
그리고 내 안에는
나만이 있는 것이 아니다

내 안에 있는 이여
내 안에서 나를 흔드는 이여
물처럼 하늘처럼 내 깊은 곳 흘러서
은밀한 내 꿈과 만나는 이여
그대가 곁에 있어도
나는 그대가 그립다

주제 순수한 사랑의 의미 추구
형식 2연의 자유시
경향 서정적, 낭만적, 상징적
표현상의 특징 간결한 일상어로 전달이 잘 되는 세련된 표현을 하고 있다.
'~아니다'(동어반복)라는 부정적 종결어미가 두드러지고 있다.
'~이여'(동어반복)의 '~여'라는 호격조사가 거듭 표현되고 있다.

이해와 감상

아포리즘(aphorism)의 시인 류시화의 새로운 사랑의 잠언이 '그대가 곁에 있어도 나는 그대가 그립다'는 이 시의 표제(表題)다. '물 속에는/ 물만 있는 것이 아니다/ ……/ 그리고 내 안에는/ 나만이 있는 것이 아니다'(제1연)고 하면서 그 해답은 제2연의 서두에 나오고 있다. '내 안에 있는 이여'라고.

내 안에 있는 이는 다름 아닌 '내 안에서 나를 흔드는 이'(제2연)란다. 흔드는 행위 그 자체도 크게 나누면 내적(內的)으로, 외적(外的)으로 볼 수 있다.

내적인 것으로는 사랑의 정신적 갈등 양상이고, 외적인 것은 육체적인 행동 양식이며 그런 행위는 모두 순수한 사랑이 근본이기 때문에 서로는 순간적으로 조금도 떨어지기 싫어 '그대가 곁에 있어도 나는 그대가 그립다'는 것이다.

Ⅶ. 아픔과 분노가 출렁이고

(1981~2002)

곽재구(郭在九)

광주(光州)에서 출생(1954~). 전남대학교 국문학과 졸업. 1981년 『중앙일보』 신춘문예에 시 「사평역(沙平驛)에서」가 당선되어 문단에 등단했다. 『5월시』 동인. 시집 『사평역(沙平驛)에서』(1983), 『전장포 아리랑』(1985), 『한국의 여인들』(1986), 『서울 세노야』(1990), 『참 맑은 물살』(1994), 『꽃보다 먼저 마음을 주었네』(1999) 등이 있다.

사평역(沙平驛)에서

막차는 좀처럼 오지 않았다.
대합실 밖에는 밤새 송이눈이 쌓이고
흰 보라 수수꽃 눈시린 유리창마다
톱밥 난로가 지펴지고 있었다.
그믐처럼 몇은 졸고
몇은 감기에 쿨럭이고
그리웠던 순간들을 생각하며 나는
한 줌의 톱밥을 불빛 속에 던져 주었다.
내면 깊숙이 할 말들은 가득해도
청색의 손바닥을 불빛 속에 적셔 두고
모두들 아무말도 하지 않았다.
산다는 것이 술에 취한 듯
한 두름의 굴비 한 광주리의 사과를
만지작거리며 귀향하는 기분으로
침묵해야 한다는 것을
모두들 알고 있었다.
오래 앓은 기침 소리와
쓴 약 같은 입술 담배 연기 속에서
싸륵싸륵 눈꽃은 쌓이고
그래 지금은 모두들
눈꽃의 화음에 귀를 적신다.

자정 넘으면
낯설음도 뼈아픔도 다 설원인데
단풍잎 같은 몇 잎의 차창을 달고
밤 열차는 또 어디로 흘러 가는지
그리웠던 순간을 호명하며 나는
한 줌의 눈물을 불빛 속에 던져 주었다

주제 시대고(時代苦)와 삶의 의미 추구
형식 전연의 자유시
경향 서정적, 주지적, 감상적
표현상의 특징 감각적인 일상어로 주정적(主情的)인 시어 표현에 치중하고 있다.
'감기에 쿨럭이고'와 '기침 소리'라는 동의어반복(同義語反復)을 하고 있다.
'톱밥을 불빛 속에 던져 주었다'와 '눈물을 불빛 속에 던져 주었다'라는 이어(異語)반복과 비유의 수사에 '~처럼', '~듯', '~ 같은'(동어반복) 직유(直喩)가 두드러지게 표현되고 있다.
'~않았다'(동어반복), '~있었다'(동어반복), '~주었다'(동어반복) 등 과거형 어미처리가 반복되고 있다.

이해와 감상

곽재구는 겨울눈 몰아치는 시골역 대합실의 정경을 통해 막차를 기다리는 사람들의 서경적(敍景的)인 무대를 설정하고 '막차는 좀처럼 오지 않았다/ 대합실 밖에는 밤새 송이눈이 쌓이고/ 흰 보라 수수꽃 눈시린 유리창마다/ 톱밥 난로가 지펴지고 있었다'고 그들의 삶의 현장을 이미지화 시키고 있다.

'톱밥 난로'는 빈곤의 상징이기보다는 오히려 정서적으로 우리의 가난한 시대의 고마운 반려(伴侶)로서 따사롭고 정답게 수용되어진다.

가차 도착을 기다리다 지친 사람들의 졸음, 감기 때문에 호된 기침을 하는 사람들의 고달픈 상황을 지켜보며, 화자는 '한 줌의 톱밥을 불빛 속에 던져 주었다'고 자신의 지나간 날의 행위를 회상한다.

여기서 잠깐 떠오르는 것은 한성기(韓性祺, 1923~1984)의 낭만적 서경시(敍景詩)인 「역」(驛, 1952)이다(「한성기」 항목 참조 요망).

이 시에서 한성기의 시골역 '빈 대합실에는/ 의지할 의자 하나 없고', 그 후 30년만의 곽재구의 시골역 대합실에서는 앞에서 살폈듯이 톱밥 난로와 인간의 고통스러운 존재론적 상황이 담기므로써 똑같은 제재(題材)의 서경시이면서, 양자간의 오랜 세월의 시공(時空)의 흐름의 격차가 드러나는 좋은 대조를 보이고 있다.

곽재구는 한성기의 시 「역」이 탄생하고 난 2년 뒤에 이 세상에 고고의 소리를 울린 시인이다.

저자는 한국 시문학사를 연구하는 차원에서 이 두 작품을 비교 연구하면서, 우리 현대시의 발전상을 또한 독자 여러분에게 제시하는 보람도 느끼고 있다.

그와 동시에 다시 앞으로 30년 쯤 뒤에 또한 그때 가서 젊은 시인의 시골역·대합실의 어떤 서경시가 등장할 것인가를 기대도 해본다.

곽재구는 이 작품의 마지막 대목에서 '그리웠던 순간을 호명하며 나는/ 한 줌의 눈물을 불빛 속에 던져 주었다'는 어떤 '아픔'을 극명(克明)하게 제시하고 있다.

누군지 절절하게 기다리던 사람은 아픔만을 화자에게 안겨준 채 끝내 톱밥 난로의 대합실에 들어서지 않았고 밤 열차는 잠깐 섰다 가버린 것이다.

기다리던 사람은 영영 오지 못하는 불귀의 객이었던 것이다. 여기에 우리 시대 1980년의 역사의 아픔이 이 작품에 짙게 밴다.

조인자(趙仁子)

서울에서 출생(1942~   ). 대전사범학교 졸업. 충남대학교 영문학과 졸업. 『현대시학』에 시 「달」(1980), 「봄빛」(1980), 「날개」(1981), 「별빛」(1981) 등이 추천 완료되어 문단에 등단했다. 시집 『달빛 찾기』(1988), 『나무 향기로 오는 사랑』(2000) 등이 있다.

키알리이 레이첼(Kealii Reichel)의 노래
— 하와이 원주민 가수 키알리이 레이첼의 노래는 감미롭고 따스하네.

그의 노래에서는 원주민 처녀들이 꽃 목걸이를 만드는
푸루메리아 꽃 향기도 나고
와이키키 앞 바다의 해초 냄새도 나지만
지금도 시뻘건 불덩이를 뿜어내고 있는
빅 아일랜드 활화산의 유황 타는 냄새도 나네

그의 목소리에는
조상들의 한과 비애가 서려 있고

그들이 낙원을 빼앗기고 멸종 당하다시피 한
잔혹한 역사의 흔적은 지워지지 않는구나

타고난 구리빛 피부도, 피도
핏속의 비애의 유산도 어쩔 수 없는 것
아직도 그들의 상처에서는 피가 흐르고 있어

신에게 드리는 절절한 기원, 그 주문(呪文) 같은
그의 노래는 슬픔의 응혈을 씻어내리고
고통의 상처를 아물게 하고 있네.

이 세상에서 제일로 부드러운
위로와 사랑의 노래를 들려주는 목소리

"우리가 함께 포용할 때 우리의 꿈은 절대로 죽지 않고
세상의 아름다움을 바라보라"고 노래하는
햇살의 목소리, 물의 목소리, 나무의 목소리……
저 위대한 자연의 목소리 키알리이 레이첼의 노래여

주제 하와이 원주민의 비애
형식 6연의 자유시
경향 서정적, 주지적, 저항적
표현상의 특징 정감있는 일상어로 하와이 원주민에 대한 선의식(善意識)이 짙게 표현되고 있다.
주제가 선명하게 잘 전달되고 있다.
'～네'라는 종결어미를 알맞게 써서 감동을 드러낸다.
하와이 원주민 대표가수 키알리이 레이첼을 설명하는 부제(副題)를 달고 있다.

이해와 감상

　　시인이 직접 하와이 땅에서 키알리이 레이첼의 노래를 듣고 감동을 받아쓴 일종의 기행시다. 우리는 이 시를 통해서 하와이 원주민의 슬픈 역사와 비애의 목청을 공감하게 된다. 남태평양의 8개의 화산도를 주축으로 하는 하와이섬이 미국의 제50번째 주로 편입된 것은 1959년 3월의 일이었다.

　　하와이하면 한국계의 재미동포들도 많이 살고 있을 뿐 아니라, 금년(2003)이 한국인들의 '하와이 이주 100주년의 해'이기에, 더욱이 우리의 관심은 그 곳으로 쏠리지 않을 수 없다. 일제하에는 한국 독립운동의 거점이기에 말이다.

　　레이첼의 노래에서 '원주민 처녀들이 꽃 목걸이를 만드는/ 푸루메리아 꽃 향기'가 나고, '와이키키 앞 바다의 해초 냄새도 나지만' 조인자는 '빅 아일랜드 활화산의 유황 타는 냄새도'(제1연) 난다는 데 심도 있는 의미를 부여하고 있다.

　　꽃 향기나 해초 냄새보다, 어쩌면 코를 찌르는 역한 '유황 타는 냄새'는 가수 키알리이 레이첼의 서글픈 노래 속에는 강렬한 저항의식을 내뿜고 있다는 것이다. 우리 민족도 일제 강점기의 나라를 빼앗긴 아픔이 컸지만, 백인들에게 유린당한 하와이언 역사의 발자취는 가수로 하여금 오늘도 그 아픔이 절절히 노래 줄기에 맺혀 있다고 한다.

　　제2, 3연이 바로 그것이며, '타고난 구리빛 피부도, 피도/ 핏속의 비애의 유산도 어쩔 수 없는 것/ 아직도 그들의 상처에서는 피가 흐르고 있어'(제4연)에서 원주민들의 역사의 아픔이 처절하게 비유되고 있다. 그러나 조인자는 '신에게 드리는 절절한 기원, ～/ 고통의 상처를 아물게 하고 있네'(제5연)에서 한국 여류 시인으로서 하와이언들에게 위안과 애정, 그리고 구원(relife)의 따사로운 숨결을 불어넣어 주고 있다.

　　시인은 '햇살의 목소리, 물의 목소리, 나무의 목소리'(마지막 연)로써 희망의 메시지를, 즉 광명(햇살)·생명(물)·생성(나무)을 메타포하면서, 그의 노래를 결코 절멸(絶滅)

될 수 없는 상하의 낙원의 영원한 기쁨으로 이어지길 기구하는 '자연의 목소리'로서 찬양한다.

조인자는 다음과 같이 하와이 원주민의 역사를 밝히고도 있다.

"1778년 영국의 쿡 함장이 하와이 제도를 발견한 이후 백인들의 경제적, 정치적 침략은 계속되었고, 결국 하와이 땅들은 백인들에게 거의 다 넘어가고, 원주민들은 오히려 그들의 소작농으로 전락했다. 또한 백인들이 퍼뜨린 장티푸스, 콜레라, 문둥병 같은 전염병으로 수많은 원주민들이 죽어 갔다. 이러한 불쌍한 원주민들의 이야기를 전해 들은 벨기에의 대미언 신부는 24살의 나이에 하와이로 와서 오아후 섬에서 원주민들을 위하여 일하다가 나중에는 문둥병자를 격리 수용했던 몰로카이 섬에서 그들을 위하여 헌신하다 그 자신도 문둥병에 걸려 생을 마쳤다(1889년).

호놀룰루 하와이 의사당 옆에 있는 대미언 신부의 동상 앞에는 그의 희생과 사랑의 정신을 기리는 시민들의 꽃다발이 끊어지지 않고 있다. 지난날 삼십만이 넘었던 하와이 원주민이 지금은 일만삼천여 명 밖에 남아 있지 않다고 한다. 하와이 원주민 가수 키알리이 레이첼의 노래가 가슴을 울린다. 그의 목소리에는 하와이 원주민의 피맺힌 비애와 한이 서려 있다.

가슴에 검은 문신을 하고, 귀걸이, 목걸이를 하고, 아래만 가린 옛날 조상들의 옷을 입고 큰 물통을 메고 서있는 긴 머리의 그의 모습. 그는 당당한 하와이 원주민이다. 그의 노래는 온 세상 사람들에게 영원한 사랑과 평화를 호소하는 절규이며, 눈물이며, 간절한 기원이다."

양애경 (梁愛卿)

서울에서 출생(1956~   ). 충남대학교 국문학과 졸업, 동 대학원 수료.
1982년 『중앙일보』 신춘문예에 시 「불이 있는 몇 개의 풍경」이 당선되어 문
단에 등단했다. 『시힘』 동인. 시집 『불이 있는 몇 개의 풍경』(1988), 『사랑의
예감』(1992), 『바닥이 나를 받아주네』(1997) 등이 있다.

베스트셀러

꿈꾸게 해 주세요
가난한 집 이야기는 싫어요 잘 알거든요
부유한 남자와 가련한 처녀의 사랑을 다룬
고전적인 이야기도 좋아요
사치스런 곳에서 벌어지는 부자들의
화끈화끈한 현대적 이야기도 좋아요
사소한 감정 문제로 그들이 몹시 고민하도록 하세요
사소할수록 더 좋아요
암 그렇고 말구
돈 많다고 다 행복한 것은 아니라구
우리는 그들을 동정하고
우리의 영웅은
슬럼가에서 태어나
푸줏간에서 샌드백 대신 갈비를 두들기고
마침내는 챔피언을 링 속에 침몰시키는
왼손잽이 록키예요
와와 사람들은 주먹을 휘두르며 기뻐 날뛰고
뒷골목 만세
인간도 어디에서든 살 수 있는 것 만세(쥐들처럼 왕성히)
실패하는 이야기는 싫어요
꿈꾸게 해 주세요, 소설가 아저씨.

이해와 감상

물신 숭배가 사회의 가치관을 뒤흔드는 시대. 더더구나 부(富)의 편재는 아무리 재능이 있고 노력을 해도 열악한 환경의 젊은이들에게는 고통과 좌절이 따른다. 그것을 피나는 인내와 노력으로 극복하고 이겨낼 때 록키와 같은 챔피언이며, 선풍적인 각종 '베스트셀러'로 세상의 빛이 된다.

양애경은 이 불확실성의 시대, 다각 다변화의 물질 만능시대의 젊은 꿈의 대변자로서 특색있는 새 스타일의 주지시를 제시하고 있다.

'꿈꾸게 해 주세요'(제1행)의 간절한 메시지. 여기서 '꿈'은 결코 하황된 것이 아니며, 확실히 가능한 것에의 도전이며 신념의 상징어.

시는 독자에게 '위안'이 되고 '기쁨'이 될 때, 시 본래의 순수한 목적인 릴리프(relief, 救援)의 역할을 다한다.

'푸줏간에서 샌드백 대신 갈비를 두들기고/ 마침내는 챔피언을 링 속에 침몰시키는/ 왼손잡이 록키'(제14~16행)는 지구 구석구석 어두운 슬럼가에서 떠오른 만인의 태양이다.

우리나라에도 얼마든지 '록키'는 탄생해 왔고 이 세상 온갖 곳에서 '록키'는 잇따라 등장하고 있다. 요컨대 젊은이들은 젊은 힘과 기백, 피눈물나는 최선의 노력이 그 자산이 된다. 그러기에 세계의 뒷골목에서는 이따금씩 만세 소리가 터져 나오는 것이다.

'와와 사람들은 주먹을 휘두르며 기뻐 날뛰고/ 뒷골목 만세/ 인간도 어디에서든 살 수 있는 것 만세'(제17~19행)

오늘날 우리 한국 시단에는 아직도 유형적(類型的)인 시가 넘치고, 제재(題材)가 진부한 것들을 도처에서 목격하게 된다.

그런 견지에서도 챔피언 스토리의 '베스트셀러'와 같은 새로운 소재의 발굴은 한국 시문학 발전 도상에서 중요한 실험작(實驗作)으로서 평가된다.

어디에나 있는 시의 콘텐츠가 아닌 새로운 참신한 내용이 계속 등장하므로써 우리 시단을 살찌울 것이다.

그와 같은 차원에서 양애경의 「베스트셀러」는 한국 시단의 새 소재로서의 다양한 가능성을 제시한 시너지(synergy) 효과를 거두게 할 것 같다.

김용택(金龍澤)

전라북도 임실(任實)에서 출생(1948~　). 순창농림고 졸업. 1982년 『창작과 비평』에 시 「섬진강·1」 등을 발표하며 문단에 등단했다. 시집 『섬진강』(1985), 『맑은 날』(1986), 『누이야 날이 저문다』(1988), 『꽃산 가는 길』(1988), 『그리운 꽃편지』(1989), 『그대 거침없는 사랑』(1994), 『강 같은 세월』(1995), 『그 여자네 집』(1998), 『나무』(2002) 등이 있다.

섬진강·1

가문 섬진강을 따라가며 보라
퍼가도 퍼가도 전라도 실핏줄 같은
개울물들이 끊기지 않고 모여 흐르며
해 저물면 저무는 강변에
쌀밥 같은 토끼풀꽃,
숯불 같은 자운영꽃 머리에 이어주며
지도에도 없는 동네 강변
식물도감에도 없는 풀에
어둠을 끌어다 죽이며
그을린 이마 훤하게
꽃등도 달아준다
흐르다 흐르다 목메이면
영산강으로 가는 물줄기를 불러
뼈 으스러지게 그리워 얼싸안고
지리산 뭉툭한 허리를 감고 돌아가는
섬진강을 따라가며 보라
섬진강물이 어디 몇놈이 달려들어
퍼낸다고 마를 강물이더냐고,
지리산이 저문 강물에 얼굴을 씻고
일어서서 껄껄 웃으며
무등산을 보며 그렇지 않느냐고 물어 보면
노을 띤 무등산이 그렇다고 훤한 이마 끄덕이는

고갯짓을 바라보며
저무는 섬진강을 따라가며 보라
어디 몇몇 애비 없는 후레자식들이
퍼간다고 마를 강물인가를.

주제 섬진강의 끈질긴 생명력 예찬
형식 전연의 자유시
경향 서정적, 상징적, 풍자적
표현상의 특징 세련된 시어로 시 전편을 역동적으로 생생하게 표현하고 있다.
작자의 향토애 정신과 굳은 의지가 짙게 배어 있다.
강물과 산을 의인화하는 빼어난 표현수법을 보인다.
마지막 대목에서 도치법을 쓰고 있다.

이해와 감상

강물은 원천적으로 자연과 인간의 생명원인 젖줄이다. 섬진강은 진안(鎭安)에서 발원하여 남쪽으로 흘러 곡지(谷地)를 이루며 비옥한 터전을 임실이며 순창땅에 질펀하게 펼쳐 줄기차게 이어나간다.

이 터전에 태어나서 자라난 섬진강 시인은 섬진강에 목숨을 걸어온 그 진한 애정 속에 '가문 섬진강을 따라가며 보라/ 퍼가도 퍼가도 전라도 실핏줄 같은/ 개울물들이 끊기지 않고 모여 흐르며'(제1~3행) 있다는 강물의 줄기찬 생명력에서 참다운 삶의 의미를 파악하며 참으로 희열한다.

'해 저물면 저무는 강변에/ 쌀밥 같은 토끼풀꽃/ 숯불 같은 자운영꽃 머리에 이어주며/ 지도에도 없는 동네 강변/ 식물도감에도 없는 풀에/ 어둠을 끌어다 죽이며/ 그을린 이마 흰하게/ 꽃등도 달아준다'(제4~11행)고 하는 화자.

그는 '토끼풀'이며 '자운영꽃'의 터전을 사랑하며 그 이름 없다는 강변에서 식물도감에도 없는 풀들이 싱싱하게 자라는 기쁨 속에 속세의 허영에 한눈팔지 않고 가난하되 소박하고 정직한 순수한 삶의 보람을 누린다는 것이다.

그렇다. '지리산 뭉툭한 허리를 감고 돌아가는/ 섬진강을 따라가며 보라/ 섬진강물이 어디 몇놈이 달려들어/ 퍼낸다고 마를 강물이더냐'(제15~18행)고. 세상을 제멋대로 소란스럽게 어지럽히는 자들이 물욕에 눈멀고 영화에 목을 걸며 불의와 불법으로 권력의 자리를 탐내며 선량한 민중을 탄압한들, 어찌 끝내 진실이 짓밟힐 것인가.

'무등산을 보며 그렇지 않느냐고 물어 보면/ 노을 띤 무등산이 그렇다고 흰한 이마 끄덕이는/ 고갯짓을 바라보'(제21~23행)게 되는 것이다.

결코 마를 수 없는 강물. '몇몇 애비 없는 후레자식들이/ 퍼간다고 마를 강물'(제25·26행)이더냐고, 그 어떤 무력도 폭압도 의로운 터전을, 삶의 진실을 파괴하거나 끝내 짓밟을 수 없다는 이 메타포는 절창(絶唱)이다.

이문재

경기도 김포(金浦)에서 출생(1959~　). 경희대학교 국문학과 졸업. 1982
년 『시운동』 4집에 시 「기념식수」, 「우리 살던 옛집 지붕」 등을 발표하며 문
단에 등단했다. 시집 『산책시편』(1993), 『마음의 오지』(1999), 『내 젖은 구두
벗어 해에게 보여줄 때』(2001), 『내가 만난 시와 시인』(2003) 등이 있다.

우리 살던 옛집 지붕

마지막으로 내가 떠나오면서부터 그 집은 빈집이 되었지만
강이 그리울 때 바다가 보고 싶을 때마다
강이나 바다의 높이로 그 옛집 푸른 지붕은 역시 반짝여주곤 했다
가령 내가 어떤 힘으로 버림받고
버림받음으로 해서 아니다 아니다
이러는 게 아니었다 울고 있을 때
나는 빈집을 흘러 나오는 음악 같은
기억을 기억하고 있다

우리 살던 옛집 지붕에는
우리가 울면서 이름 붙여 준 울음 우는
별로 가득하고
땅에 묻어주고 싶었던 하늘
우리 살던 옛집 지붕 근처까지
올라온 나무들은 바람이 불면
무거워진 나뭇잎을 흔들며 기뻐하고
우리들이 보는 앞에서 그 해의 나이테를
아주 둥글게 그렸었다
우리 살던 옛집 지붕 위를 흘러
지나가는 별의 강줄기는
오늘밤이 지나면 어디로 이어지는지

그 집에서는 죽을 수 없었다
그 아름다운 천장을 바라보며 죽을 수 없었다
우리는 코피가 흐르도록 사랑하고

코피가 멈출 때까지 사랑하였다
바다가 아주 멀리 있었으므로
바다 쪽 그 집 벽을 허물어 바다를 쌓았고
강이 멀리 흘러 나갔으므로
우리의 살을 베어내 나뭇잎처럼
강의 환한 입구로 띄우던 시절
별의 강줄기 별의
어두운 바다로 흘러가 사라지는 새벽
그 시절은 내가 죽어
어떤 전생으로 떠돌 것인가

알 수 없다
내가 마지막으로 그 집을 떠나면서
문에다 박은 커다란 못이 자라나
집 주위의 나무들을 못 박고
하늘의 별에다 못질을 하고
내 살던 옛집을 생각할 때마다
그 집과 나는 서로 허물어지는지도 모른다 조금씩
조금씩 나는 죽음 쪽으로 허물어지고
나는 사랑 쪽에서 무너져 나오고
알 수 없다
내가 바다나 강물을 내려다보며 죽어도
어느 밝은 별에서 밧줄 같은 손이
내려와 나를 번쩍
번쩍 들어올리는지

주제 절망과 진실한 삶의 갈망
형식 4연의 자유시
경향 서정적, 감상적, 문명비평적
표현상의 특징 주정적인 정감 넘치는 '음악 같은 기억', '지나가는 별의 강줄기', '바다로 흘러가 사라지는 새벽' 등등, 참신한 시구의 표현미가 두드러지고 있다. '우리 살던 옛집 지붕', '알 수 없다' 등등 동어반복을 하고 있다. 제4연의 말미에서 '알 수 없다 …… 번쩍 들어올리는지'라는 도치법을 쓰고 있다. 외형적으로는 제재(題材)를 감상적으로 다루면서도 문명비평적인 내면세계가 감성적 시어로 질펀하게 전개되고 있다.

누구에게나 어떤 형태이건 이런 저런 아픔의 기억은 있다.

혼히들 그 생각을 지워 버리려 애쓰지만, 이문재는 오히려 그에게 정면으로 엄습한 극한 상황을, 그 아픔의 과거를 진술한 표현으로 천착하며, 삶의 진실을 규명하는 끈질긴 작업에서 이 작품의 시문학성과 함께 매력이 넘친다.

따지고 본다면 극한 상황은 우선 '투쟁'이라는 이율배반 속에 나타나지만 이문재는 투쟁의 방법을 거부하고 시적 순응 속에서 극한 상황을 수용하는 슬기를 보인다. 그 슬기란 주제(theme)의 변용(variation)의 표현 기법을 동원해서 거센 감정을 카타르시스하는 것이다.

'마지막으로 내가 떠나오면서부터 그 집은 빈집이 되었'(제1연)다는 폐가(廢家)라는 현실적인 아픔은 몸소 체험해 보지 못한 사람에겐 결코 어떤 묘사로도 완벽하게 공감될 수는 없다. 도저히 그 곳에서 살 수 없어서 정든 집을 버리고 떠난다는 것은 너무도 비통한 일이다. 고도산업화 사회가 시동하면서부터 인구의 도시집중 현상과 함께 농어촌으로부터의 떠남이라는 악순환이 발동하게 되었다.

이문재가 떠나가게 된 옛집은 '푸른 지붕'이었다고 한다. 그 푸른 지붕의 의미는 무엇일까. 5·16군사 쿠데타 이후, 고속도로를 뚫고「잘 살아 보자」는 노래와 함께, 단군 이래 전통적인 가난의 상징이기도 한 썩은새의 초가지붕을 벗겨 버리고 함석지붕을 얹어 거기다 파랑색이다 빨강색으로 칠을 하게 된 것이 우리의 농촌주택이었다.

그 후 잘 살자던 푸른 지붕 밑에서 '가령 내가 어떤 힘으로 버림받고/ 버림받음으로 해서'(제1연) 도저히 더는 살 수 없게 되어 하나씩 둘씩 이 집 저 집 이농의 아픔은 시작되었던 것이다. 그러기에 '울고 있을 때/ 나는 빈집을 흘러 나오는 음악 같은/ 기억을 기억하고 있다'(제1연)고 화자는 당시의 소년시절을 또렷이 뇌리에 각인하고 있다.

그런데 이 대목에서 '음악 같은 기억'이란 어떤 것일까. 그것은 시인에게 있어서 그 푸른 지붕 밑에서 가족들과 오순도순 정겹게 살았던 날의 순수하고 아름다웠던 기억들이다.

그러기에 '우리 살던 옛집 지붕에는/ 우리가 울면서 이름 붙여 준 울음 우는/ 별로 가득하고/ 땅에 묻어주고 싶었던 하늘'(제2연)이지만 그 시절의 가난과 슬픔은 영원히 지울 수 없는 것이기에, '우리 살던 옛집 지붕 위를 흘러/ 지나가는 별의 강줄기는/ 오늘밤이 지나면 어디로 이어지는지'(제2연) 너무도 궁금하다는 것이다.

더구나 '내 살던 옛집을 생각할 때마다/ ……조금씩 나는 죽음 쪽으로 허물어지고/ 나는 사랑 쪽에서 무너져 나오고'(제4연) 있다고 절망도 한다.

그러나 화자는 결코 좌절하지 않는다.

그에게는 옛날과 같은 진실한 삶의 강렬한 갈망이 지금도 가슴 속에서 움트고 있어서 '어느 밝은 별에서 밧줄 같은 손이/ 내려와 나를 번쩍/ 번쩍 들어올릴는지/ 알 수 없다'(제4연)고 새로운 삶의 재건과 약동을 스스로 기약하고 있다.

처음에 지적했듯이 이 시는 주제의 베리에이션을 효율적으로 이미지화 시키는 데 성공하고 있다.

이지엽 (李志葉)

전라남도 해남(海南)에서 출생(1958~   ). 본명 경영(景瑛). 성균관대학교 영문학과 졸업, 동 대학원 국문학과 수료. 1982년 『한국문학』 신인상에 시 「촛불」이 당선되어 문단에 등단했다. 또한 1984년 『경향신문』 신춘문예에 시조 「일어서는 바다」가 당선되기도 했다. 시집 『아리사의 눈물』(1979), 『다섯 계단의 어둠』(1984), 『씨앗의 힘』, 『샤갈의 마을』, 시조집 『떠도는 삼각형』, 『해남에서 온 편지』 등이 있다.

풀이파리 연가(戀歌)

1
풀밭 위로 달빛이 굴러간다
바람이 빈 손을 마주칠 때마다
풀잎들의 서슴없는 고갯짓
달빛은 굴러 노래의 안개가 되고
안개 층층 흐르다가 눈이 멀은 한 사흘을
오, 눈빛 고운 금잔화(金盞花)여

2
떠나간 이 그리운 날은
별 총총 풀잎 결에 안부(安否)하고
오동잎새 떨어지던 유년을
손발 끝에 헤아려 보다
그것마저 영영 안 오는 날은
낮잠 한 두름 처마맡에 걸어놓고

3
돌아왔구나, 불러도 못 닿을 청빛 하늘 머릴 감고
아직 부끄러움 몇 군데 남아
네 유순한 이마 물살 지우며
세상 가장 정정(淨淨)한 데만 오시는

눈물같이
눈물 모으는 능금꽃 이파리같이

    4
빈 들이고 싶다.
빈 들에 남아 남은 빛들 쪼아먹고
잠 못 드는 새떼이고 싶다.
초록색 물소리로 흐르다가
바람 조금씩 살아와
마알간 살 떠도는
대숲이고 싶다.

    5
언제 다시 맨몸으로 열병(熱病) 앓을 날 온다면
우리의 그치지 않는 노래
까만 숯덩이로 남을 그 날 어둠 속까지 가
마른 잔디의 비가(悲歌)가 되어 나부끼리라
가르마 같은 5월의 산울음 되어 오리라.

> **주제** 서정적 순수미 추구
> **형식** 5부작 자유시
> **경향** 서정적, 상징적, 낭만적
> **표현상의 특징** 잘 다듬어진 시어로 정서적으로 신선한 감성미를 표현하고 있다.
> 각 부마다 클라이맥스의 긴장된 집약적 수법을 쓴다.
> 역동적인 이미지 부각에 치중하고 있다.
> 연(聯)이 아닌 각 부에 1~5의 번호를 달고 있다.

이해와 감상

 이지엽은 종래의 서정시의 테두리를 벗어나 새로운 수법의 서정을 이미지화 시키며
독자를 주목시킨다. 즉 그것은 이미지의 역동성(力動性)을 철저하게 부여하고 있는 점
이다.

 '풀밭 위로 달빛이 굴러간다/ 바람이 빈 손을 마주칠 때마다/ 풀잎들의 서슴없는 고갯
짓/ 달빛은 굴러 노래의 안개가 되고'(제1부)라는 각 행(行)마다의 움직이는 동작의 비

유와 상징적 묘사가 시에 활기찬 생명력을 불어 넣고 있다.

'돌아왔구나, 불러도 못 닿을 청빛 하늘 머릴 감고/ 아직 부끄러움 몇 군데 남아/ 네 유순한 이마 물살 지우며/ 세상 가장 정정한 데만 오시는/ 눈물같이'(제3부)에서 연 전체를 도치법을 써서 이미지의 평면성을 극복하는 입체적인 수사(修辭)의 강조법을 시도한 것도 자못 바람직한 신서정적(新抒情的) 형상화 작업이라고 본다.

오늘날 주지시가 날로 늘어가고 있으나 시의 생명적 요소는 서정에 있으며, 시는 어디까지나 서정의 노래라는 서정적 운문성을 우리는 중시해야만 할 것이다.

21세기라는 오늘의 역사적 현실의 의식 내용을 시 콘텐츠로써 등한시하자는 것은 아니며, 시는 어디까지나 산문(散文)이 아닌 운문(韻文)이라는 점을 망각해서도 안 된다. 그런 견지에서 「풀이파리 연가」는 바람직한 새 시대의 서정시의 가편(佳篇)으로 평가된다.

김동수(金東洙)

전라북도 남원(南原)에서 출생(1947~). 원광대학교 대학원 국문학과 수료. 1982년 『시문학』에 시 「새벽달」, 「꽃뱀」, 「교룡산성(蛟龍山城)」, 「비금도」 등이 추천 완료되어 문단에 등단했다. 시집 『하나의 창을 위하여』(1988), 『나의 시』(1999), 『하나의 산이 되어』(2003), 『그리움만이 그리움이 아니다』(2003) 등이 있다.

교룡산성(蛟龍山城)

희뿌연 안개 서기처럼 깔리는 굴헝.
새롬새롬 객사 기둥만한 몸뚱어리를 언뜻언뜻 틀고,
눈을 감은 겐지 뜬 겐지
바깥 소문을 바람결에 들은 겐지 못 들은 겐지
어쩌면 단군 하나씨 때부터 숨어 살아 온 능구렁이

보지 않고도 섬겨 왔던 조상의 미덕 속에
옥중 춘향이는 되살아나고
죽었다던 동학군들도 늠름히 남원골을 지나가고
잠들지 못한 능구렁이도 몇 점의 절규로
해 넘어간 주막에 제 이름을 부려놓고 있다.

어느 파장 무렵, 거나한 촌로에게
바람결에 들었다는 남원 객사 앞 순대국 집 할매.
동네 아해들 휘둥그래 껌벅이고
젊은이들 그저 헤헤 지나치건만
넌지시 어깨 너머로 엿듣던 백발 하나
실로 오랜만에 그의 하얗게 센 수염보다도
근엄한 기침을 날린다.

산성(山城) 후미진 굴헝 속,

천년도 더 살아 있는 능구렁이,
소문은 슬금슬금 섬진강의 물줄기를 타고 나가
오늘도 피멍진 남녘의 역사 위에
또아리치고 있다.

*교룡산성(蛟龍山城)·남원 시가지 북쪽에 있는 산성

주제 교룡산성 지역의 역사 인식
형식 4연의 자유시
경향 상징적, 풍자적, 저항적
표현상의 특징 산문체의 상징적인 표현 속에 저항의식이 두드러지게 나타나고 있다.
역사적 인물들로서의 '단군', '춘향이', '동학군' 등이 표현되고 있다.
생동감 넘치는 비유의 수법을 활달하게 구사하고 있다.
'새롬'(시룽거린다는 전라도 지방의 방언), '언뜻'(잠깐), '겐지'(것인지), '굴헝'(구렁·골) 등의 동어반복을 하고 있다.

이해와 감상

김동수는 이색적으로 남원 땅 역사유적지 교룡산성의 능구렁이를 '새롬새롬 객사 기둥만한 몸뚱어리를 언뜻언뜻 틀고/ 눈을 감은 겐지 뜬 겐지/ 바깥 소문을 바람결에 들은 겐지 못 들은 겐지/ 어쩌면 단군 하나씩 때부터 숨어 살아 온 능구렁이'(제1연)라고 의인화 시켜 작자의 저항 의지를 이미지화 시키고 있다.

그와 같은 저항 요소는 제2연에서 '옥중 춘향이는 되살아나고/ 죽었다던 동학군들도 늠름히 남원골을 지나가고' 라는 직서적 표현으로 강력하게 드러나고 있다.

그런데 여기서 '동학군'은 1894년에 고부군수 조병갑(趙秉甲)의 악정(惡政)에 항거하여 일어났던 녹두장군 전봉준의 거사로서만 단순히 묘사된 게 아니라는 것은 독자들 누구나 인식을 함께 할 줄로 안다.

즉 지난 1980년 5월의 끔찍했던 광주사건과 거국적인 민주화 운동의 항거는 '오늘도 피멍진 남녘의 역사 위에/ 또아리치고 있다'(제4연)는 메타포로써 뜨거운 의미를 부각시키고 있는 것이다.

김동수의 「교룡산성」은 그 역사의 현장에 대한 참다운 역사 인식을 1980년대 초에 주창했던 것이며, 우리는 이 시작품을 통하여 또한 민족의 처절했던 아픔의 기억을 되새겨 보는 것이다.

표제(表題)의 '교룡'은 그 생김새가 뱀과 같고 넓적한 발이 4개 있다고 하는 전설상의 용(龍)의 한 종류이며, 작자는 이 시에서 그것을 '능구렁이' 로서 설정하고 있다.

조석구(趙石九)

경기도 오산(烏山)에서 출생(1941~). 고려대학교 국문학과 졸업. 『시문학』에 시 「체장수」, 「객토작업」(1982. 7), 「겨울 항구」, 「리어카와 생선」 (1983. 3) 등이 추천 완료되어 문단에 등단했다. 시집 『객토』(1981), 『땅이여 바다여 하늘이여』(1983), 『허리 부러진 흙의 이야기』(1984), 『닻을 올리는 그대여』(1986), 『우울한 상징』(1990), 『시여, 마차를 타자』(1996), 『바이올린 마을』(2000), 『붉은 수레바퀴』(2002) 등이 있다.

겨울 항구

천 길 가슴 속을 밤새도록 뒤척이며
납으로 가라앉은 의식의 늪
수평선은 평행선의 정의만 일러주더니
너무나 오랜 기다림으로
발끝이 시리다

항구엔 아프게 젖어오는
온난다습한 바람의 행방불명
쪽빛 투명한 흰 목덜미의 바다는
천군만마로 밀려오던 싱싱한 패기

가난한 삶으로 죽어 버린 추억들이
대설주의보가 되어 내린다
말 없는 응시 속에
짐을 진 바다의 사냥꾼이여
우린 가진 게 아무것도 없어
우리가 늘 그래 왔던 것처럼
어둠만이 살아 꿈틀대는
해협을 돌아 나오면
운동회 날 나부끼던 만국기처럼
갈채의 함성으로 오열하는

수 많은 어둠의 꽃 꽃 꽃

어쩌다 내가 지킨 새벽 바다는
형이상학적으로 누워
삼류극장의 낡은 화면처럼
선창가에서 밤새워 울고 있다

지순한 꿈으로
불모의 땅을 꽃 피우게 하던 부표여
징징징 쾌자 자락 너풀대며
신나게 징을 치자

멀리서 빈 바다가
출범하며 일어서는 소리.

주제 초현실적 역동미(力動美) 추구

형식 6연의 주지시

경향 초현실적, 심층심리적, 풍유적(諷諭的)

표현상의 특징 일상어의 산문체 표현을 하고 있으며 이성적 관념을 일체 무시하고 있다.
겉으로는 현실적 상황(겨울 항구)의 묘사인 것 같으나 환상적인 잠재의식의 심층심리 자동기술법의 수법을 쓰고 있다. 역동적(力動的)인 이미지가 두드러지게 표현되고 있다.

이해와 감상

조석구는 표제(表題)로서「겨울 항구」를 제시하고 있으나, 이 작품은 쉬르리얼리즘 (surréalisme)의 심층심리에서 떠오르는 환상적인 세계로서의 겨울 항구를 기술하고 있다는 데 우리는 주목해야 한다.

이를테면 '쪽빛 투명한 흰 목덜미의 바다는/ 천군만마로 밀려오던 싱싱한 패기' (제2 연), '가난한 삶으로 죽어 버린 추억들이/ 대설주의보가 되어 내린다' (제3연) 등등, 이와 같은 상징적 이미지들은 겨울 항구로 국한되는 것이 아니라 국가 사회 전반의 현실에로 의 확대 현상(phenomena of the magnification)이다.

이것은 물론 데포르메(déformer) 즉 진실을 일그러뜨리는 변형이 아니라, 일상적 관념 에서 해방된 특수한 객체로서의 물체인 오브제(objet)의 전개다. 우리는 그와 같은 실례를 일찍이 이상(李箱)의 초현실적 시작품(「이상」 항목 참조 요망)에서 살펴오고 있는 것이다.

어떤 의미로서든지 오늘의 시가 안이한 서정주의거나 또는 터무니 없는 언어의 유희를 일삼는 논리주의적 표현법은 배격되어야 할 것이다. 그런 관점에서도 오히려 새로운 시 이미지의 현대적인 쉬르리얼리즘의 시운동의 전개는 바람직한 게 아닌가 여기고도 싶다.

쉬르리얼리즘 시운동은 일찍이 제1차 세계대전(1914~1918) 이후 이른바 합리주의자와 자연주의 시운동을 배격하고 비합리적 인식과 잠재의식의 새로운 세계를 추구하며 시어 표현의 혁신을 도모했던 전위적 예술운동이었던 것이다.

그 당시 쉬르리얼리즘의 주창자였던 앙드레 브르통(André Breton, 1896~1966)의 「초현실주의 제1선언」(1924)은 오늘처럼 향방을 잃은 혼미한 세계 시단에서 다시 한 번 짚어보아도 좋을 것 같다.

"초현실주의란 마음의 순수한 자동현상(自動現象)이며, 그것에 의해 우리는 입으로 말하는 구두(口頭)이거나 글로 쓰는 필기(筆記)든지 혹은 다른 어떤 방법을 사용하거나 간에 오로지 사고(思考)의 진실한 과정을 표현하려고 한다. 이성(理性)의 어떠한 간섭도 받지 않고 심미적(審美的)인 또는 윤리적(倫理的)인 관심에서 완전히 벗어난 움직이는 사고(思考)를 기술(記述)하는 것이다."

이와 같은 쉬르리얼리즘의 시작법은 잠재의식의 해방과 동시에 잠재의식 속에서의 경이적(驚異的)인 이미지(image)를 가장 중시하는 것이다. 말하자면 이성(理性)의 지배를 거부하는 이 쉬르리얼리즘 운동의 정신적 배경에는 프로이드(Sigmund Freud, 1856~1939)의 정신분석학의 영향이 컸다.

프로이드는 "의식은 광대한 마음의 영역에서 극소 부분에 불과하다. 무의식(無意識)이야말로 마음의 대부분을 차지하고 있다"고 했던 것이다.

조석구의 「겨울 항구」도 쉬르리얼리즘의 맥락에서 논의할 만한 작품이라는 것을 지적해 두련다.

김송배 (金松培)

경상남도 합천(陜川)에서 출생(1943~). 호는 청송(聽松). 중앙대학교 예술대학원 수료. 1983년 『심상(心象)』 신인상에 시 「바람」, 「아침 정경(情景)」, 「밤비 속에서」 등이 당선되어 문단에 등단했다. 시집 『서울 허수아비의 수화(手話)』(1986), 『안개여, 안개꽃이여』(1988), 『백지였으면 좋겠다』(1990), 『황강(黃江)』(1992), 『혼자 춤추는 이방인』(1994), 『시인의 사랑법』(1996), 『시간의 빛깔, 시간의 향기』(1998), 『꿈, 그 행간에서』(2002) 등이 있다.

단테를 생각함

피렌체 어느 골목에서
단테를 만나고 있노라면
별 하나로 반짝이는
베아트리체도 볼 수 있을 게다
베치오 다리의 저물녘에
당신을 기다리지만
다가오는 건
히피들의 광란뿐일 게다
저 멀리 흰 물새 한 마리
끼륵끼륵 지금사
당신을 찾아서 울어대지만
10년만에 지상낙원에서 만난
그는 아닐 게다
아아, 지고천(至高天)을 따라 나선 그대
어둑한 그의 생가 부근을
그냥 헤매고 있을 게다
베아트리체와 늘 함께 있을 게다.

주제 시성(詩聖) 단테의 사랑
형식 전연의 자유시
경향 서정적, 낭만적, 감각적

표현상의 특징 절제된 시어로 전기적(傳記的) 수법을 동원하여 시성의 숭고한 사랑을 흠모하고 있다. 회상 형식으로 감성적 표현을 리듬감 있게 엮고 있다.
작자의 심층심리가 환상적으로 묘사되고 있기도 하다.
종결어미로서의 '것이다'의 준말인 '게다'가 거듭하여 동어반복된다.

이해와 감상

연작 기행시인 「여정·5」에 해당하는 작품이다.

'기행시'라고 해서 반드시 그 지역이나 고장에 대한 내용만을 소재로 할 필요는 없겠다. 때로는 그 지역의 훌륭한 인물을 소재로 삼아서 쓰는 것도 독자에게 호응을 받을 수 있다고 본다. 김송배의 「단테를 생각함」은 그런 뜻에서 유형적인 테두리를 벗어난 기행시의 독특한 형식을 보여주는 새로운 시적 전형이라고 하겠다.

이 기행시에서는 '피렌체(Firenze)'라고 하는 이탈리아의 화려했던 꽃의 도시가 제1행에서 나온다. 그리고 제2행에서는 주인공인 시인 '단테(Dante, Alighieri, 1265~1321)'가 등장하고, 제4행에서는 '베아트리체(Beatrice)'라는 여성이 나온다. 바로 이 베아트리체야말로 단테가 사랑했던 청순한 여인이다. 그리고 제5행의 '베치오 다리'는 피렌체의 '아르노강'에 있는 다리다. 독자들이 그들의 사랑이야기를 안다면 다행이지만 그걸 모르면 이 시는 이해하기가 거북스러울 것이다. 그런 뜻에서 저자가 간단한 설명을 덧붙이련다. 단테가 베아트리체를 처음 만난 것은 그의 나이 불과 9세 때의 일이었다.

꿈같이 아름답기만한 낭만적(浪漫的)인 도시(都市) 피렌체에서——. 그것도 어느 화창한 봄날의 일이었다. 단테는 한 살 손아래인 청초(淸楚)하고 어여쁜 소녀 베아트리체를 만났던 것이다. 단테는 그 순간부터 이 소녀를 가슴에 뜨겁게 사랑하게 되었다. 그것도 단 한 번, 눈이 마주쳤던 나이 어린 소녀를——. 단테가 베아트리체를 다시금 만난 것은 그로부터 9년 뒤인 18세 때의 일이었다. 우연의 일치였다고나 할까, 그들의 재회(再會)도 역시 어느 화창한 봄날, 피렌체의 아르노강(江)가에 놓여 있는 베치오다리에서였다.

실로 꿈 같기 만한 이 해후(邂逅)——. 얼마나 절실히 이 날이 오기를 기다렸던가. 그러나 그녀는 단테에게 공손하게 목례(目禮)만 하고 지나가 버린 것이다.

허나 그 순간 단테는 한없는 기쁨과 축복(祝福) 받은 심정에서 그의 영혼은 흡사 천상(天上)으로 날아가고 있었는지도 모른다. 아니 어쩌면 너무도 처절하고 안타까운 노릇이었을 것이다. 그날 단테는 다시 마주보게 된 천사(天使)와도 같이 아름답고 청신한 베아트리체의 모습에서 오로지 고귀(高貴)한 것에 대한 참다운 갈망과 분발심을 북돋게 되었다. 그러기에 그는 결코 자신이 베아트리체에게 부끄러움 없는 훌륭한 인간이 되겠노라고 가슴에 굳게 다졌던 것이다. 그것은 최고의 선(善)에 대한 눈부신 신념이었으리라.

이상과 같은 내용은 그의 작품 「신생(新生)」에서 단테가 고백한 바 있다.

한 번 조용히 생각해 보자. 과연 범인(凡人)이 그렇듯 고결한 사랑을 누릴 수 있을 것인가? 또한 사랑의 힘이 얼마나 위대한 것인가를 우리는 이제 단테의 대시편(大詩篇)인 『신곡』(神曲, Divina Commedia)에서 여실히 살필 수 있다. 바로 이와 같은 내용을 안다면 김송배의 시에 대한 감동과 이해는 누구에게나 가능할 줄 안다.

박 찬(朴 燦)

전라북도 정읍(井邑)에서 출생(1948~). 동국대학교 철학과 졸업. 1983
년 『시문학』에 시 「상리(上里)마을 내리는 안개는」, 「탄식조(調)」 등이 추천
완료되어 문단에 등단했다. 시집 『수도곶 이야기』(1985), 『그리운 잠』
(1989), 『화염길』(1995), 『먼지 속 이슬』(2000) 등이 있다.

수도곶 이야기 · 1
– 오동나무

어느 날 아랫방 정지 굴뚝 옆에 누가 심지도 않은
오동나무 한 나무가 자라났습니다
실하게 성큼성큼 자라는 나무 보고 대견한 듯
할머니는 잔 잎 가지 쳐 주며 매일같이 보살폈습니다
여름엔 우수수 소낙비도 맞으며 신이 나는 듯 자라는
나무 보고 저렇게 크다간 속이 비겠다 걱정했습니다
우리는 어른 두 손바닥보다 더 큰 오동잎 몇 장으로
비옷도 만들고 모자도 만들어 뒤집어 쓰고
마당으로 동네 골목으로 찰박거리며 깔깔대었습니다
겨울에도 오동나무는 할머니 걱정을 덜겠다는 듯
추우면 정지 굴뚝 옆으로 뽀짝뽀짝 다가서면서
속을 실실이 채우고 있었습니다
오동나무가 아랫방 지붕을 덮고 전봇대 중키만큼 자라자
할머니는 죽으면 관이나 짤란다고 하였습니다
어느쯤 자라기를 멈추기라도 한 듯 오동나무는
옆으로 옆으로 살만 찌고 추워 오돌거리면서 더 바짝
정지 굴뚝에 뽀짝거리다 굴뚝을 비스듬히 밀어제끼고 있을 때
이젠 웬만큼 된 것 같다며 할머니는 잘라 말리기 시작하였습니다
그러기를 몇 해
마당 모퉁이에 굴러다니던 나무를 켜기도 전에
할머니가 돌아가셨습니다

그러나 군에 나간 손주 외는 아무도 그 나무를
할머니가 관감으로 잘라 논 것인 줄 몰랐습니다
그 날 밤부터 밤샘하던 문상객들 밤공기가 차다며
조금씩 패 불사르기 시작하더니
삼일 밤낮으로 모두 패 때버려 마당에 수북히 재만 남겨놨습니다
연기는 안채로 바깥채로 할머니 누워 계신 방으로 지붕으로
골고루 피어 오르다 몽실몽실 꿈같이 달아나 버렸습니다
휴가 나온 손주 그 얘기 듣고 바람에 날리는 잿더미를 보고 있을 때
아랫방 정지 굴뚝 옆에 누가 심지도 않은 오동나무
또 한 나무가 자라나고 있었습니다

> *수도꽂 : 전북 정읍에 있는 지명
> *정지 : 부엌의 사투리

주제	전통양식과 향토애 정신
형식	전연의 자유시
경향	서정적, 전통적, 상징적
표현상의 특징	일상어의 경어체(敬語體)로 심도 있는 윤리적인 이미지를 표현하고 있다.

시의 전개가 민족적 관습을 존중하는 사고이입(思考移入)의 수법을 담고 있다.
시대적 상황을 배경으로 하는 특출한 소재가 주목된다.
'~습니다'의 종결어미가 계속하여 동어반복되고 있다.

이해와 감상

박찬은 전래되어 온 토속적(土俗的)인 관습을 소재(素材)로 하여 한국인의 전통정신을 존중하는 시세계를 형상화 시키고 있다.

'어느 날 아랫방 정지 굴뚝 옆에 누가 심지도 않은/ 오동나무 한 나무가 자라났습니다'(서두부)로 도입되어 '아랫방 정지 굴뚝 옆에 누가 심지도 않은 오동나무/ 또 한 나무가 자라나고 있었습니다'(종결부)로 끝맺는 수미상관(首尾相關)으로 토속정신의 아름다운 계승을 강조하고 있다.

전체적으로 기승전결 형식으로 작품이 엮어져 부드럽게 전달이 잘 되는 가운데, '할머니는 잔 잎 가지 쳐주며 매일같이 보살폈습니다/ 여름엔 우수수 소낙비도 맞으며 신이 나는 듯 자라는/ 나무 보고 저렇게 크다간 속이 비겠다 걱정했습니다'(제4~6행)와 정반대의 입장에서 '우리는 어른 두 손바닥보다 더 큰 오동잎 몇 장으로/ 비옷도 만들고 모자

도 만들어 뒤집어 쓰고/ 마당으로 동네 골목으로 찰박거리며 깔깔대었습니다'(제7~9행)고 하듯, 정성껏 오동나무를 키우는 할머니와 오동잎으로 놀이하는 철부지 아이들의 인식의 괴리(乖離)는 이율배반 속에 날로 확대되어 간다.

여기에 화자가 끝내 고발하는 현대사회의 전통파괴의 무지(無智)가 '그 날 밤부터 밤 샘하던 문상객들 밤공기가 차다며/ 조금씩 패 불사르기 시작하더니/ 삼일 밤낮으로 모두 패 때버려 마당에 수북히 재만 남겨놨습니다'(후반부)라고 허망스럽게 입증되는 것이다.

시인이 문명비평의 날카로운 붓을 들고 있는 것을 오동나무는 깨달을 리 없건만, '아랫방 정지 굴뚝 옆에 누가 심지도 않은 오동나무/ 또 한 나무가 자라나고'(마지막 2행) 있는 것이다.

날로 거침없이 고도산업화 사회로 치닫고 있는 오늘의 현실에서 우리는 마땅히 고향 땅은 말할 것도 없고, 우리의 국토 구석구석을 알뜰히 보살피며 우리 저마다 미풍양속 보전에 힘써야 할 것을 각성케 한다.

때마침 이 해설을 쓰고 있는데 날아온 아침 신문에 K시의 국립박물관에서 국보 247호인 금동관음상(7C, 백제 불상)이 괴한에게 강탈당했다(2003. 5. 15 밤)는 가슴 아픈 소식이다. 부디 회수되기를 바랐는데 이 시해설을 교정보던 10여일 뒤에 다행히 불상이 회수되었다는 반가운 보도를 접했다.

우리의 전통정신이며 소중한 문화 유산을 지키자는 것은 '국수주의'도 아니고 케케묵은 보수적 사고가 아니다. 우리의 값진 전통 문화는 민족의 내일을 세계 속에 빛내는 '한국사'의 참다운 발자취다.

박찬의 전통양식을 제재(題材)로 하는 「수도곶 이야기·1」는 우리 시문학사에서 계속 논의될 것을 아울러 기대하련다.

박노해

전라남도 함평(咸平)에서 출생(1957~). 본명 박기평(朴基平). 선린상고
졸업. 1983년 시동인 『시와 경제』 2집 『일하는 사람들의 미래』에 시 「시다
의 꿈」, 「하늘」, 「얼마짜리지」 등을 발표하며 문단에 등단했다. 시집 『노동의
새벽』(1984), 『참된 시작』(1993), 산문집 『우리들의 사랑, 우리들의 분노』
(1989) 등이 있다.

노동의 새벽

전쟁 같은 밤일을 마치고 난
새벽 쓰린 가슴 위로
차거운 소주를 붓는다
아
이러다간 오래 못 가지
이러다간 끝내 못 가지

서른 세 그릇 짬밥으로
기름투성이 체력전을
전력을 다 짜내어 바둥치는
이 전쟁 같은 노동일을
오래 못 가도
끝내 못 가도
어쩔 수 없지

탈출할 수만 있다면,
진이 빠져, 허깨비 같은
스물 아홉의 내 운명을 날아 빠질 수만 있다면
아 그러나
어쩔 수 없지 어쩔 수 없지
죽음이 아니라면 어쩔 수 없지

이 질긴 목숨을,
가난의 멍에를,
이 운명을 어쩔 수 없지

늘어처진 육신에
또 다시 다가올 내일의 노동을 위하여
새벽 쓰린 가슴 위로
차거운 소주를 붓는다
소주보다 독한 깡다구를 오기를
분노와 슬픔을 붓는다

어쩔 수 없는 이 절망의 벽을
기어코 깨뜨려 솟구칠
거치른 땀방울, 피눈물 속에
새근새근 숨쉬며 자라는
우리들의 사랑
우리들의 분노
우리들의 희망과 단결을 위해
새벽 쓰린 가슴 위로
차거운 소줏잔을
돌리며 돌리며 붓는다
노동자의 햇새벽이
솟아오를 때까지

주제 노동자의 권리 회복 추구
형식 5연의 주지시
경향 고발적, 저항적, 감상적
표현상의 특징 산문체의 일상어로 직설적이고 직서적인 표현을 하고 있다.
절박한 노동현장의 고통이 박진력 있는 표현으로 전달되고 있다.
'새벽 쓰린 가슴 위로/ 차거운 소주를 붓는다'는 동구(同句) 반복, 또는 '오래
못 가지', '끝내 못 가지' 등, 동의어(同義語) 반복을 하고 있다.

고도산업화 과정에서 격심한 노동에 시달리는 저임금 노동자들의 비참한 현실을 시의 형식으로 호소하며 역사에 고발하고 있다.

날로 빈부의 격차가 벌어지는 가운데 산업건설의 역군인 근로자들은 소외당한 채 견딜 수 없는 빈곤 속에 박탈감으로 충격받으면서 '전쟁 같은 밤일' (제1연)의 탈진 속에 '세 그릇 짬밥으로/ 기름투성이 체력전' (제2연)으로 질곡 속에 몸부림치며, '이 질긴 목숨을/ 가난의 멍에를/ 이 운명을 어쩔 수 없지' (제3연) 하고 허탈감으로 번뇌한다.

'서른 세 그릇 짬밥'의 '서른'은 '서러운'의 구어체(口語體) 표현이며, '세 그릇 짬밥'이란 정규적인 식사가 아닌, 장시간의 노동 시간 속에 잠깐 틈을 내어 다급하게 밥을 먹는 그야말로 절박하고 숨막히는 식사를 가리킨다.

이렇듯 노동현장의 비참한 현실을 박노해는 직설적인 언어로써 진솔하게 축약적으로 표현하며 그 전형을 제시하고 있다.

바로 그와 같은 가혹한 노동의 아픔 속에서 청계천변 평화시장에서 분신한 '전태일 사건'과 같은 희생은 우리로 하여금 그 당시 모순된 사회 비리를 크게 각성시키게도 했던 것이다.

그러기에 시인은 '새벽 쓰린 가슴 위로/ 차거운 소줏잔을/ 돌리며 돌리며 붓는다/ 노동자의 햇새벽이/ 솟아오를 때까지' (마지막 연)라고, 깨끗한 노동의 떳떳하고 신성한 가치가 이루어지는 양심 있는 사회가 구현될 것을 열망한다.

흑인 노예 해방의 아버지, 링컨(Abraham Lincoln, 1809~1866)이 "앉아 있는 신사보다 서 있는 농부가 훌륭하다"고 근로의 참다운 가치를 역설했거니와 그 말을 떠올리며 아직도 열악하기 그지없는 이 땅의 노동 현장을 돌아보면 마음이 무거워질 따름이다.

'햇새벽'의 '햇'은 '새로운 태양'을 가리킨다. 그러므로 '햇새벽'은 성실한 노동자가 올바른 권리와 삶을 대접받는 날을 상징하고 있다.

안도현(安度眩)

경상북도 예천(醴泉)에서 출생(1961~   ). 원광대학교 국문학과 졸업.
1984년 「동아일보」 신춘문예에 시 「서울로 가는 전봉준」이 당선되어 문단에
등단했다. '시힘' 동인. 시집 「서울로 가는 전봉준」(1985), 「모닥불」(1989),
「그대에게 가고 싶다」(1991), 「외롭고 높고 쓸쓸한」(1994), 「그리운 여우」
(1997), 「바닷가 우체국」(1999), 「아무것도 아닌 것에 대하여」(2001) 등이
있다.

서울로 가는 전봉준(全琫準)

눈 내리는 만경들 건너 가네
해진 짚신에 상투 하나 떠 가네
가는 길 그리운 이 아무도 없네
녹두꽃 자지러지게 피면 돌아올거나
울며 울지 않으며 가는
우리 봉준이
풀잎들이 북향하여 일제히 성긴 머리를 푸네

그 누가 알기나 하리
처음에는 우리 모두 이름 없는 들꽃이었더니
들꽃 중에서도 저 하늘 보기 두려워
그늘 깊은 땅 속으로 젖은 발 내리고 싶어하던
잔뿌리였더니

그대 떠나기 전에 우리는
목 쉰 그대의 칼집도 찾아 주지 못하고
조선 호랑이처럼 모여 울어 주지도 못하였네
그보다는 더운 국밥 한 그릇 말아주지 못하였네
속절없이 눈발은 그치지 않고
한 자 세 치 눈 쌓이는 소리까지 들려오나니

그 누가 알기나 하리

겨울이라 꽁꽁 숨어 우는 우리나라 풀뿌리들이
입춘 경칩 지나 수군거리며 봄바람 찾아오면
수천 개의 푸른 기상나팔을 불어제낄 것을
지금은 손발 묶인 저 얼음장 강줄기가
옥빛 대님을 홀연 풀어 헤치고
서해로 출렁거리며 쳐들어 갈 것을

우리 성상(聖上) 계옵신 곳 가까이 가서
녹두알 같은 눈물 흘리며 한목숨 타오르겠네
봉준이 이 사람아
그대 갈 때 누군가 찍은 한 장 사진 속에서
기억하라고 타는 눈빛으로 건네던 말
오늘 나는 알겠네

들꽃들아
그 날이 오면 닭 울 때
흰 무명띠 머리에 두르고 동진강 어귀에 모여
척왜척화 척왜척화 물결소리에
귀를 기울이라

주제 녹두장군의 혁명정신

형식 6연의 자유시

경향 풍자적, 상징적, 전통적

표현상의 특징 '만경들', '짚신', '녹두꽃', '봉준이', '동진강' 등의 동학혁명(東學革命)의 배경이 되는 명칭을 보조관념으로 도입하여 심도 있는 이미지 효과를 이루고 있다.
여러 번 두드러지게 '~네'라는 종결어미 처리를 하고 있는 기교적 시다.
'조선 호랑이', '국밥', '대님', '무명띠' 등 한국 고유의 각종 용어도 보조관념으로 이끌어 전통미를 살려내고 있다.

이해와 감상

고종 31년(1894)에 전라도 고부(古阜)에서 군수 조병갑(趙秉甲)의 농민수탈 등 부패와 착취 속에 탄압 받던 민중이 봉기하면서 동학혁명(東學革命)이 발단되었거니와, '만경들'(제1연)은 전라도 곡창지대이며, 동학혁명 터전의 상징어다.

'우리 봉준이' (제1연)는 동학접주(東學接主) 전봉준을 가리킨다. 그는 조병갑의 수탈과 탄압 제거에 결연히 섰다. 그리하여 농민들을 지휘하여 고부 관아를 습격하고, 농민에게서 불법적으로 빼앗아 놓은 미곡을 풀어 다시 농민들에게 돌려주며 혁명을 이끈다. 바로 그 역사의 발자취를 상기시키는 것이 이 작품의 제재(題材)다.

제2연의 '들꽃' 은 '민중' 의 상징어다. 안도현은 군사독재 치하의 아픔과 이에 항거하는 저항의지를 상징적 수법으로 엮고 있다. 잘 다듬어진 시어들은 심도 있는 이미지로써 고난의 시대에 대한 암시와 시사를 하고 있다.

'겨울이라 꽁꽁 숨어 우는 우리나라 풀뿌리들이/ 입춘 경칩 지나 수군거리며 봄바람 찾아오면/ 수천 개의 푸른 기상나팔을 불어제낄 것을/ 지금은 손발 묶인 저 얼음장 강줄기' (제4연)에서처럼 독재에 탄압 받는 민중의 아픔이며 이에 항거하는 의지가 메타포(은유)되고 있다.

'봄바람' 은 '자유의 날' 이고, '기상나팔' 은 '항거' 의 상징어다.

전봉준이 서울로 간다는 이 시의 표제(表題)는 군사독재자의 거처인 수도 서울로 동학혁명의 전봉준과도 같은 의거의 비장한 결의를 떠우는 것이다.

'동진강' (제6연)은 금강, 만경강과 더불어 전북 땅의 만경벌을 적셔주는 강의 하나이며 '척왜척화' (斥倭斥和)는 왜를 물리치고 화의를 배척하자는 구호다.

일본과 청국, 러시아 미국, 영국, 프랑스 등 외세가 이 땅을 집어삼키려 볶아치던 당시인 근세에 대원군이 서울과 전국 요소마다 세운 척화비(斥和碑 : 洋夷侵犯, 非戰則和, 主和賣國, 1872)는 우리의 기억에도 새롭다.

이 작품에서 안도현이 어미처리에 있어 '~네' 를 두드러지게 많이 쓰고 있는 것을 살피게 된다. 이 시의 경우 '~네' 로 처리해 주므로써 시의 감흥을 한결 부드럽게 북돋아 주고 있음을 파악할 수 있다.

예컨대 한복 저고리를 입는 경우 반듯하게 앞섶을 제대로 여미고 나서 옷고름을 매야 하는 것처럼, 시의 행처리나 연처리도 깔끔하게 해야만 한다.

흔히 보면 행(行) 등의 어미처리에 있어서 '~다' 를 많이 쓰고들 있다. 이 '~다' 라고 하는 '어미' 는 어간(語幹)에 붙어서 그 말의 원형(原形)을 나타내거나, 또는 형용사, 존재사, 받침이 없는 체언(體言)의 어간에 붙어서 현재형(現在形)을 서술할 때 끝맺는 종결어미(終結語尾) 구실을 한다. 그런데 특히 어미처리에 있어서 '~다' 라고 하는 것은 그 시의 표현을 산문적으로 처리하는 데 큰 작용을 하고 있다는 점을 주목할 일이다.

'~네' 가 값진 시의 감흥 작용을 한다는 점을 잊지 말아야 한다. 말하자면 '~네' 는 어미로서 스스로 감탄을 나타낼 때도 있지만, 사용하면 시의 내용미를 강화시킬 수 있다는 것을 이 작품에서 충분히 살폈을 줄 안다.

'~네' 라고 하는 어미를 따진다면 두 가지 방법으로 쓰인다는 것을 이 기회에 알아두므로써 시창작에 도움이 될 것이다.

즉 '~네' 는 첫째로 용언의 어간 또는 받침이 없는 체언에 붙어서 감동의 뜻을 나타내는가 하면, 또 다른 한 가지 용법은 다르다. 즉 '~네' 를 써서 같은 연배(年輩)의 친구나 동료, 또는 자기보다 손아랫사람에게 이를 때에 쓰는 '종결어미' 구실도 한다는 점이다.

독자들은 안도현의 작품에서 '~네' 의 용법을 잘 터득했을 줄로 안다.

이승하(李昇夏)

경상북도 의성(義城)에서 출생(1960~　). 중앙대학교 문예창작과 졸업, 동
대학원 수료. 1984년『중앙일보』신춘문예에 시「화가 뭉크와 함께」가 당선
되어 문단에 등단했다. 시집『사랑의 탐구』(1987),『우리들의 유토피아』
(1989),『욥의 슬픔을 아시나요』(1991),『폭력과 광기의 나날』(1993),『박수
를 찾아서』(1994),『생명에서 물건으로』(1995),『뼈아픈 별을 찾아서』(2001)
등이 있다.

화가(畫家) 뭉크와 함께

어디서 우 울음소리가 드 들려
겨 겨 견딜 수가 없어 나 난 말야
토 토하고 싶어 울음소리가
끄 끊어질 듯 끄 끊이지 않고
드 들려와

야 양팔을 벌리고 과 과녁에 서 있는
그런 부 불안의 생김새들
우우 그런 치욕적인
과 광경을 보면 소 소름 끼쳐
다 다 달아나고 싶어

도 동화(同化)야 도 동화(童話)의 세계야
저놈의 소리 저 우 울음소리
세 세기말의 배후에서 무 무수한 학살극
바 발이 잘 떼어지지 않아 그런데
자 자백하라구? 내가 무얼 어쨌기에

소 소름 끼쳐 터 텅 빈 도시
아니 우 웃는 소리야 끝내는
끝내는 미 미쳐 버릴지 모른다

우우 보트 피플이여 텅 빈 세계여
나는 부 부 부인할 것이다.

주제 공포정치에의 저항의지
형식 4연의 변형 주지시
경향 주지적, 시사적, 감각적
표현상의 특징 수사적(修辭的)으로 '의미에 의한 문법을 무시'하는 시니시스(synesis)의 말더듬이식 표현이 두드러지게 나타나고 있다.
과장법(hyperbole)이 전체 조사(措辭)에 널리 동원되고 있다.
각 연(聯)을 가르고 있는 '들려와'(제1연 끝), '싶어'(제2연 끝), '어쨌기에'(제3연 끝)로 각기 다음번 연과 연결되어 있어, 전연(全聯) 형식에 걸맞는 시 형식의 시각적 구조를 보이고 있다.

이해와 감상

독자들이 이승하의 이 작품을 이해하기 위해서는 우선 노르웨이의 이질적이며 선구적인 표현파(表現派) 화가 에드바르드 뭉크(Edvard Munch, 1863~1944)의 존재를 약간이라도 파악해야만 될 것 같다.

저자는 벌써 20여년 전에 직접 뭉크의 그림 원화(原畵)들을 외국서 접한 일이 있어, 그당시부터 이 화가에게 관심이 쏠렸다. 그러던 차에 일본대학에 근무하고 있을 때, 『중앙일보』 신춘문예 당선작「화가 뭉크와 함께」를 대하며 호감을 받았다.

뭉크는 젊은 날 프랑스 파리에 나가 인상파의 강한 색채 표현의 영향을 입었으며, 30세 때(1892) '베를린 미술전'에 초청 받고 많은 작품을 발표했다. 그러나 그의 그림의 환각적인 소재의 '죽음'이며 '질병', 이질적인 '공포'며 '우수'와 '고독'의 표현 등은 독일 화단에서 혹평되기도 했다.

이를테면 뭉크의 대표작인「절규」의 경우, 이 그림은 해골처럼 생긴 인간이 두 손으로 양쪽 귀를 틀어막고 암울한 배경의 다리 위에서 입을 길고 크게 벌이며 소리 지르는 모습이 그 중심 그림이기도 하다.

이승하는 표제인「화가 뭉크와 함께」로써 노르웨이의 표현주의 화가를 동원하여, 군사독재시대였던 1980년대 한국의 현장의식을 그의 독특한 조사(措辭) 기법으로 강력하게 이미지화 시키고 있다. 두 말할 것도 없이 이 작품은 그 성패 여부를 떠나 그 당시나 지금이나 주목받을 만한 실험시의 당당한 제시다.

제1연의 제재(題材) '울음소리'로부터 시작해서 이 시는 총구(銃口)의 대상으로서의 과녁에 서 있는 공포에 시달리는 사람들(제2연), '학살극'과 무고하게 고문당하는 사람들(제3연), 발광지경의 시민들의 '웃는 소리'며 배를 타고 피신처를 찾아 헤매는 외국의 '보트 피플'(제4연)까지 20세기말의 내외의 공포 정치상에 부들부들 떨면서 말더듬이식 표현으로 역사 현실을 고발하고 있다.

풍자적으로 시니컬하게 증언하고 있는 데서 다시금 이 작품에 우리가 주목하게 된다.

서정윤(徐正潤)

   대구(大邱)에서 출생(1957~   ). 영남대학교 국문학과 졸업. 동 대학원 수료. 『현대문학』에 시 「화석」, 「겨울 해변가에서」(1981. 10), 「서녁 바다」, 「성」(1984) 등이 추천 완료되어 문단에 등단했다. 시집 『홀로서기 (1)』(1987), 『점등인의 별에서』(1987), 『홀로서기 (2)』(1988), 『소망의 시』(시선집, 1991), 『홀로서기 (3)』(1993), 『홀로서기 (4)』(1995), 『홀로서기 (5)』(1997), 『나의 시간은 얼마나 남았는지요』(1999), 『슬픈 사랑』(2001) 등이 있다.

홀로서기
— 둘이 만나 서는 게 아니라 홀로선 둘이가 만나는 것이다

1
기다림은
만남을 목적으로 하지 않아도
좋다.
가슴이 아프면
아픈 채로,
바람이 불면
고개를 높이 쳐들면서 날리는
아득한 미소.

어디엔가 있을
나의 한 쪽을 위해
헤매이던 숱한 방황의 날들.
태어나면서 이미
누군가가 정해졌었다면,
이제는 그를
만나고 싶다.

2
홀로 선다는 건
가슴을 치며 우는 것보다
더 어렵지만
자신을 옭아맨 동아줄,

그 아득한 끝에서 대롱이며
그래도 멀리,
멀리 하늘을 우러르는
이 작은 가슴.
누군가를 열심히 갈구해도
아무도
나의 가슴을 채워 줄 수 없고
결국은
홀로 살아 간다는 걸
한 겨울의 눈발처럼 만났을 때
나는
또 다시 쓰러져 있었다.

             3
지우고 싶다.
이 표정 없는 얼굴을
버리고 싶다.
아무도
나의 아픔을 돌아보지 않고
오히려 수렁 속으로
깊은 수렁 속으로
밀어 넣고 있는데
내 손엔 아무 것도 없으니
미소를 지으며
체념할 수밖에……

위태위태하게 부여잡고 있던 것들이
산산이 부서져 버린 어느 날, 나는
허전한 뒷모습을 보이며
돌아서고 있었다.

             4
누군가가
나를 향해 다가오면
나는 '움찔' 뒤로 물러난다.
그러다가 그가

나에게서 멀어져 갈 땐
발을 동동 구르며 손짓을 한다.

만난 때 이미
헤어질 준비를 하는 우리는,
아주 냉담하게 돌아설 수 있지만
시간이 지나면 지날수록
아파오는 가슴 한 구석의 나무는
심하게 흔들리고 있다.

떠나는 사람은 잡을 수 없고
떠날 사람을 잡는 것만큼
자신이 초라할 수 없다.
떠날 사람은 보내어야 한다
하늘이 무너지는 아픔일지라도.

            5
나를 지켜야 한다
누군가가 나를 차지하려 해도
그 허전한 아픔을
또 다시 느끼지 않기 위해
마음의 창을 꼭꼭 닫아야 한다.
수많은 시행착오를 거쳐
얻은 이 절실한 결론을
'이번에는'
'이번에는' 하며 어겨보아도
결국 인간에게서는
더 이상 바랄 수 없음을 깨달은 날
나는 비록 공허한 웃음이지만
웃음을 웃을 수 있었다.

아무도 대신 죽어주지 않는
나의 삶,
좀더 열심히 살아야겠다.

6

나의 전부를 벗고
알몸뚱이로 모두를 대하고 싶다
그것조차
가면이라고 말할지라도
변명하지 않으며 살고 싶다.
말로써 행동을 만들지 않고
행동으로 말할 수 있을 때까지
나는 혼자가 되리라.
그 끝없는 고독과의 투쟁을
혼자의 힘으로 견디어야 한다.
부리에,
발톱에 피가 맺혀도
아무도 도와주지 않는다.

숱한 불면의 밤을 새우며
'홀로 서기'를 익혀야 한다.

7

죽음이
인생의 종말이 아니기에
이 추한 모습을 보이면서도
살아 있다.
나의 얼굴에 대해
내가
책임질 수 있을 때까지
홀로임을 느껴야 한다.

그리고
어딘가에서
홀로 서고 있을, 그 누군가를 위해
촛불을 들자.
허전한 가슴을 메울 수는 없지만
'이것이다' 하며
살아가고 싶다.
누구보다도 열심히 사랑을 하자.

주제 반려자 갈구와 번뇌
형식 7부작 13연의 주지시
경향 주지적, 상징적, 낭만적
표현상의 특징 깔끔한 일상어에 의한 전달이 잘 되는 표현을 하고 있다.
기승전결의 도식적 수법으로 시를 관념적으로 전개시키고 있다.
시 전체를 7부작으로 엮고 있으며 해설을 담은 긴 부제를 달고 있다.

이해와 감상

우리는 이따금씩이나마 열차를 타고 먼 곳으로 여행을 한다. 이 대중 교통기관은 두 가닥의 철로 위로 달린다. 이 두 개의 레일(rail)은 처음부터 끝까지 목적지가 똑같다. 어느 한 쪽 가닥이고 삐끗했다가는 열차는 탈선한다.

서정윤의 「홀로서기」의 부제(副題)가 제시하는 메시지는 철길의 두 가닥의 존재론을 집약시킨 것이라고 본다.

두 가닥은 서로가 만나 공존하는 속에 홀로서야 하는 것이다.

누구나 젊은 날 인생의 반려자인 그 한 가닥을 찾아 온 천지를 더듬어 다닌다.

물론 또 하나의 자기 자신(分身)을 발견하거나 형성하려고 애쓰는 것도 '홀로서기'의 또 다른 측면일 수 있다.

예컨대 시(詩)를 가리켜 우리는 자아의 분신(分身)으로써 간주하는 경우도 이에 속한다.

그런데 이 작품에서는 다음처럼 스스로의 반려자를 찾고 있는데 우선 주목하게 된다.

'어디엔가 있을/ 나의 한 쪽을 위해/ 헤매이던 숱한 방황의 날들/ 태어나면서 이미/ 누군가가 정해졌었다면/ 이제는 그를/ 만나고 싶다'(제1부 2연)는 것이다.

그렇지만 그와 같은 참다운 만남의 '홀로서기'는 좀처럼 실현되지 않아서 우리는 번뇌하며 탄식하고 비탄에 빠지면서도 '그래도 멀리/ 멀리 하늘을 우러르는/ 이 작은 가슴'(제2부)으로 다시금 희망을 저버리지 않고 끈질긴 소망성취만을 갈구한다.

그러나 끝내 '아무도/ 나의 가슴을 채워 줄 수 없고/ 결국은/ 홀로 살아 간다는 걸/ 한 겨울의 눈발처럼 만났을 때/ 나는/ 또 다시 쓰러져 있었다'(제2부)고 탄식하며 좌절한다.

스스로의 참다운 반려자를 찾아 헤매는 것이거나, 또는 자아의 또 다른 분신인 시(詩) 혹은 자신의 또 하나의 존재추구 등을 통한 홀로서기의 행동반경은 진실추구의 몸부림이 아닐 수 없다고 본다.

이 시의 두드러지는 절망적인 대목은 '위태위태하게 부여잡고 있던 것들이/ 산산이 부서져 버린 어느 날, 나는/ 허전한 뒷모습을 보이며/ 돌아서고 있었다'(제3부)고 한다. 이 허망한 광경은 프랑스 영화의 독특한 스타일인 트레지디(tragedy) 수법의 라스트신 같은 영상(映像)을 떠올리고도 있다.

시 전편에 걸쳐 선명한 이미지 처리로써 독자에게 전달이 잘 되는 가편(佳篇)이다.

황영순(黃榮順)

전라북도 김제(金堤)에서 출생(1949~   ). 원광대학교 졸업. 1984년 『월간
문학』 신인상에 시 「강(江)가에서」가 당선되어 문단에 등단했다. 『미래시』동
인. 시집 『한(恨)과 같이 그리움같이』(1987), 『내가 너에게로 가는 길』
(1992), 『네가 내 사랑임에랴』(2001) 등이 있다.

강(江)가에서

살아 있어야 합니다.
그리움이 머무는
강가에서

아침마다 꿈의 눈빛을 하고
햇살을 쪼아대는 풀꽃 가슴이 되어
파랗게 출렁이어야 합니다.

어둠의 집에서도
빛의 집에서도
서로를 지키는 얼굴로 만나야 합니다.

더운 가슴을 지나는 낮은 목소리로
뉘우침이 자욱한 강가에서
아프게 젖어 깊어가야 합니다.

잘 익은 포도주 같은 정을 나누며
하나의 세계가 문향배(聞香梨)로
새롭고 그윽하게 넘쳐나야 합니다.

살아 있어야만 합니다.

흙탕물 먹구름 속,
검은 바람 내 꿈을 흔들 때에도
한 송이 연(蓮)으로

먼 데서
가까이서
꿈의 집에서…….

이해와 감상

현대 한국 서정시의 새로운 모델이 요구되는 것이 21세기에 들어선 오늘의 과제가 아
닌가 한다.

그런 견지에서 여기 황영순의 「강가에서」를 제시해 보았다.

서양의 자유시(自由詩)는 그것이 낭만시(romantic poem)건 상징시(symbolic poem)이
던 간에 서정을 그 바탕에 깔고 있다는 데서 우리가 시의 본질을 논하지 않으면 안 될 성
싶다.

그러기에 기본적으로 자유시는 서정성을 외면할 수 없다.

그렇다 하여 우리가 21세기의 역사적 현실에 있어서의 의식 내용을 전혀 배제하자는
얘기는 아니다.

다시 말해서 오늘의 시대에 걸맞는 새로운 서정성을 시의 바탕에다 신선하게 깔아주
자고 하는 얘기다.

시는 서정적인 운문(韻文)이어야 하기에 결코 산문(散文)으로서의 표현은 시로서는
걸맞지 않는다.

지난 날에는 한동안 도구주의(道具主義)의 목적시나 관념적인 설익은 산문 따위가 시
라는 명칭으로 난무했고, 이제 와서는 한 술 더 떠서 언어가 이따금씩 참담하게 모독당
하고 있어 뜻있는 시인들을 개탄케 한다.

시는 삶의 진실을 추구하는 언어 예술의 표현 양식이다.

시는 우리들이 오늘의 시대를 살아가는 역사 속에서의 순수한 정신의 노래라고 하는 점을 잊어서는 안 된다.

시는 어떤 목적을 위한 수단 방법이 아니라는 점을 명백히 밝혀둔다.

참으로 단 한 마디의 시어(詩語)도 닦고 또 다듬어져야만 한다.

우리들의 모국어(母國語) 중에서도 가장 빛나는 보옥(寶玉)과도 같은 언어로써 한 편 한 편의 시는 이루어져야 한다. 유리가 다이아몬드가 될 수 없고 구리가 황금으로 둔갑할 수는 없다.

바로 그런 빛나는 보옥 같은 시어로써 우리들의 갈고 닦은 마음씨가 눈부시게 엮어지는 데서 한 편 한 편의 시는 빛나며 새롭게 탄생하게 되는 것이다.

황영순은 시어를 서정적으로 갈고 닦아 '꿈의 눈빛'이며 '풀꽃 가슴'(제2연)이라는 새로운 서정 시어를 창출해내고 있다.

또한 '어둠의 집'과 '빛의 집'(제3연)과 같은 대칭적인 시어의 표현을 보여 주고 있어서 주목하고 싶다.

문향배(聞香梨)(제5연)는 그 옛날 서울 청량리 산기슭에 나던 유명한 능금나무과의 황색 과실이며, 열매의 맛과 더불어 이 과목(果木)의 목재가 훌륭한 것을 시인이 강조하고 있는 것 같다.

김갑수

서울에서 출생(1958~). 성균관대학교 국문학과 졸업, 동 대학원 수료.
1984년 『실천문학』 신인 시선집 『시여 무기여』에 시를 발표하며 문단에 등
단했다. 시집 『세월의 거지』(1989) 등이 있다.

바둑

아직도 세상을
흰 돌과 까만 돌로 밖에는
가를 줄 모르냐며
친구여, 훈수 대신
키들키들 너는 웃었지

권투거나 축구
혹은 선량한 바둑놀이마저도
이처럼 사각에서 편가르고
작전을 짜게 되어
우리 기쁨 너희 슬픔
너희 기쁨 우리 슬픔
술래잡기 맴맴 돌며
길 못 찾아 헤매는지
쑥스럽고 민망히 네게 묻는다

대저 눈에는 눈 까만 눈동자
이에는 이 하얀 이빨이
제 자리 제 빛깔로 성성할 때
일컬어 상판이라 하잖는가
간혹 자네가 생김생김 건너 뛴

군집의 화해를 가르칠 때에는
그 이치 하도 어렵고 신통하여
헛바닥으로 잠복한 슬픔도
당당히 튀어나온 코의 기쁨도
미처 잊고 마는데

누구는 패도 축도 몰라서
좌상귀 우변 대신에
흑돌 백돌 거머쥐어
남의 이마빡을 겨누는 건지
거참 찬찬히 궁리해 보자꾸나.

이해와 감상

　시는 긴장(tension)의 산물이 아닌 완곡(circumlocution)의 언어라는 것을 입증하는 가편(佳篇)이 「바둑」이다. 시의 요소는 폭력적인 말의 의미의 전환을 요청하는 것이 아니고, 풍요한 은유의 세련된 지적(知的) 전개에 담겨 있다.

　'아직도 세상을/ 흰 돌과 까만 돌로 밖에는/ 가를 줄 모르냐며/ 친구여, 훈수 대신/ 키들키들 너는 웃었지'(제1연)라는 흑백논리에 대한 여유만만한 새타이어는 처음부터 이 제재(subject matter)가 사회비평을 완곡하게 제시해서 주지주의적 설득력을 발휘하고 있다.

　21세기에 들어선 오늘의 시는 이제 종래의 언어의 진부한 '구각(舊殼)으로부터의 탈피'(discard the tradition)를 어떻게 시도할 것이냐는 하나의 본보기가 「바둑」과 같은 새로운 제재의 발굴이며, 참신한 이미지의 형상화작업이다.

　오래된 것이라고 다 쓸모 있는 것은 아니며, 모두 나쁜 것도 아니지만, 우리가 시문학사(詩文學史)의 관점에서 논의될 수 있는 새로운 것은 박물관 진열품(museum piece)이 아니라, 참신한 시어의 메타포(metaphor)라는 것을 거듭 강조하고 싶다.

　영어인 메타포의 원어는 그리스어의 메타퍼라인(metapherein)에서 온 것으로서, 이것은 '새로운 언어의 관계를 형성한다' 는 뜻이다.

예컨대 우리가 흔히 말하는 'A는 B다' 라는 '등식' (等式)으로서의 은유의 성립이 아니고, A도 B도 아닌 새로운 의미의 것인 X가 곧 메타퍼라인이다.

그와 같은 견지에서 『코란』(Koran)의 성구(聖句)인 '이에는 이, 눈에는 눈' 이 김갑수의 새로운 메타포에 의해 제3연에서 하얀 이빨과 까만 눈동자의 '상판' 의 인간형이며 해학적 논리로 전개되기도 한다.

은유의 역사는 언어의 역사와 더불어, 더구나 시문학사의 발전 과정에서 진보되어 왔으며, 이른바 인터넷시대와 함께 앞으로 더욱 새롭게 진전될 것이다.

'누구는 패도 축도 몰라서/ 좌상귀 우변 대신에/ 흑돌 백돌 거머쥐어/ 남의 이마빡을 겨누는 건지/ 거참 찬찬히 궁리해 보자꾸나' (제4연)도 바둑 논리가 격렬한 사회적 정치적 논리로 메타포되고 있어 이 작품은 우리 시문학사의 충분한 논의의 근거를 제시하고 있다고 보련다.

장정일

경상북도 달성(達城)에서 출생(1962~). 성서중학교 졸업. 1984년 무크지 『언어의 세계』 3집에 시 「강정 간다」외 4편을 발표하며 문단에 등단했다. 1987년 『동아일보』 신춘문예에 희곡 「실내극」이 당선되기도 했다. 시집 『햄버거에 대한 명상』(1987), 『길 안에서의 택시잡기』(1988), 『서울에서 보낸 3주일』(1988), 『통일주의』(1989), 『천국에 못가는 이유』(1991), 『지하인간』(1991), 『상복을 입은 시집』(1999) 등이 있다.

저 대형사진

저 대형사진
관청의 입구와
법원의 계단과
학교의 교실 그리고
경찰서 흰 벽 위에
저 대형사진은 붙어 있다

누구의 얼굴인가
저 대형사진 속의 인자한 미소는
저 대형사진 속의 날카로운 두 눈은
저 대형사진 속의 기괴한 얼굴은
날마다 커진다

집집의 안방에까지 침투해
자신의 사상을 강요하는
저 대형사진!
머지 않아 교회의 계단에마저
저 대형사진을 내걸고
그를 경배해야 할 날이 온다

온 벽 가득한
저 대형사진!
저 사진 뒤에는 얼마나 많은
패배한 사람들의 사진들과
멋 모르는 가족사진들이
은폐되어 있을까?

저 대형사진 떼어내자
저 대형사진 깨부수자
피라밋을 건설했던 노예같이
저 한 사람의 대형사진을 위해
우리가 봉사할 수 없다

주제 우상적(偶像的) 숭배의 모순
형식 5연의 주지시
경향 주지적, 풍자적, 문명비평적
표현상의 특징 직설적이며 직서적인 알아 듣기 쉬운 산문체 표현을 통해 독자에게
전달이 잘 되고 있다.
시의 전개가 전편에 걸쳐 적층적(積層的)이며 박진감 있게 이미지화 되고 있다.
수사에 역설법(逆說法)을 써서 모순과 비리를 파헤치는 표현을 하고 있다.
관념적인 시어에 의한 현실 고발적인 내용을 담고 있다.

이해와 감상

국내외에서 더러 나타나고 있는 대형사진의 게시에 대한 시인의 날카로운 의미추구
가 이채롭다.

1980년대에 쓰여진 이 작품을 통해 '관청의 입구'로부터 심지어 '학교의 교실' 등등
우리의 시련의 시대와 연상되는 정치적 인물을 화자가 단호하게 풍자하며 역사를 새삼
각성시킨다.

'누구의 얼굴인가/ 저 대형사진 속의 인자한 미소는/ 저 대형사진 속의 날카로운 두
눈은/ 저 대형사진 속의 기괴한 얼굴은/ 날마다 커진다'(제2연).

여기서 우리는 주인공의 '인자한 얼굴'과 '기괴한 얼굴'의 콘트라스트를 통해 시적인
새로운 패러독스(paradox, 逆說)의 강력한 이미지를 파악하게 된다.

'집집의 안방에까지 침투'한 대형사진이 '교회의 계단에마저' 내걸린다는 이 에피그

램(epigram, 警句)이야말로 교조주의(教條主義)의 획일사회에 대한 통렬한 비판이기도 하다.

초등학교 교실의 코흘리개 아이들로부터 안방의 가족이며 노인에 이르기까지 집단체제의 독재자 신봉이라는 엄청나고 끔찍한 사태에 대한 날카로운 지성적인 반박이다.

'저 사진 뒤에는 얼마나 많은/ 패배한 사람들의 사진'의 그 패배자들이란 누구인가. 불의에 굴하지 않고, 정의의 주먹을 불끈 쥐고 항거한 참다운 민주주의 투사가 아닐 것인가.

'저 대형사진 떼어내자/ 저 대형사진 깨부수자'고 화자는 목청을 돋운다.

'노예'가 되지 않기 위해서는 자유와 민주를 위한 구국의 대열에 모두가 과감히 나서자는 것이다.

시대에 따라서 시가 목적성을 내건 것을 살피며, 우리는 또 다시 불행한 시대가 나타나는 것을 막아야 한다는 역사적 각성제로서 이 작품을 감상해 보기로 하자.

기형도(奇亨度)

경기도 옹진(甕津)에서 출생(1960~1989). 연세대학교 정치외교학과 졸업. 1985년 『동아일보』 신춘문예에 시 「안개」가 당선되어 문단에 등단했다. 유고시집 『입 속의 검은 잎』(1989), 『기형도 전집』(1999) 등이 있다.

안개

1
아침 저녁으로 샛강에 자욱히 안개가 낀다.

2
이 읍(邑)에 처음 와 본 사람은 누구나
거대한 안개의 강을 거쳐야 한다.
앞서 간 일행들이 천천히 지워질 때까지
쓸쓸한 가축들처럼 그들은
그 긴 방죽 위에 서 있어야 한다.
문득 저 홀로 안개의 빈 구멍 속에
갇혀 있음을 느끼고 경악할 때까지.

어떤 날은 두꺼운 공중의 종잇장 위에
노랗고 딱딱한 태양이 걸릴 때까지
안개의 군단(軍團)은 샛강에서 한 발자국도 이동하지 않는다.
출근길에 늦은 여공들은 깔깔거리며 지나가고
긴 어둠에서 풀려나는 검고 무뚝뚝한 나무들 사이로
아이들은 느릿느릿 새어 나오는 것이다.

안개에 익숙하지 않은 사람들은 처음 얼마 동안
보행의 경계심을 늦추는 법이 없지만, 곧 남들처럼

안개 속을 이리저리 뚫고 다닌다. 습관이란
참으로 편리한 것이다. 쉽게 안개와 식구가 되고
멀리 송전탑이 희미한 동체를 드러낼 때까지
그들은 미친 듯이 흘러다닌다.

가끔씩 안개가 끼지 않는 날이면
방죽 위로 걸어가는 얼굴들은 모두 낯설다. 서로를 경계하며
바쁘게 지나가고, 맑고 쓸쓸한 아침들은 그러나
아주 드물다. 이곳은 안개의 성역(聖域)이기 때문이다.

날이 어두워지면 안개는 샛강 위에
한 겹씩 그의 빠른 옷을 벗어 놓는다. 순식간에 공기는
희고 딱딱한 액체로 가득 찬다. 그 속으로
식물들, 공장들이 빨려 들어가고
서너 걸음 앞선 한 사내의 반쪽이 안개에 잘린다.

몇 가지 사소한 사건도 있었다.
한밤중에 여직공 하나가 겁탈 당했다.
기숙사와 가까운 곳이었으나 그녀의 입이 막히자
그것으로 끝이었다. 지난 겨울엔
방죽 위에서 취객 하나가 얼어 죽었다.
바로 곁을 지난 삼륜차는 그것이
쓰레기 더미인 줄 알았다고 했다. 그러나 그것은
개인적인 불행일 뿐, 안개의 탓은 아니다.

안개가 걷히고 정오 가까이
공장의 검은 굴뚝들은 일제히 하늘을 향해
젖은 총신(銃身)을 겨눈다. 상처입은 몇몇 사내들은
험악한 욕설을 해대며 이 폐수의 고장을 떠나갔지만
재빨리 사람들의 기억에서 밀려났다. 그 누구도
다시 읍으로 돌아온 사람은 없었기 때문이다.

3

아침 저녁으로 샛강에 자욱히 안개가 낀다.
안개는 그 읍의 명물이다.
누구나 조금씩은 안개의 주식을 갖고 있다.
여공들의 얼굴은 희고 아름다우며
아이들은 무럭무럭 자라 모두들 공장으로 간다.

주제 서민에 대한 연민과 우수(憂愁)
형식 3부작 9연의 주지시
경향 주지적, 풍자적, 상징적
표현상의 특징 산문체의 직서적인 표현 속에 주제가 선명하게 드러나고 있다.
현실 고발의 서민 의식이 투철하게 표현되고 있다.
제재(題材)가 상징적이면서도 풍자적이다.

이해와 감상

표제(表題)인 「안개」는 아픈 현실에 대한 집약적 상징어다. '안개' 라는 기상의 현상은 인간의 시야를 가리는 미세한 물방울의 장막이다.

기형도는 기상면에서의 '아침 저녁으로 샛강에 자욱히 안개가 낀다' (제1부의 제1연)는 순수한 자연 현상의 무대를 일단 설정하고 나서, 현실 상황을 문제 제기시키며 차분하게 고발한다.

위정자(爲政者)는 두 눈을 멀쩡하게 뜨고도 비통한 현실을 꿰뚫어 보지 못하는 것이다. 그 원인이 곧 '안개' 때문이다.

안개에 가려서 아무것도 제대로 식별해 내지 못한다.

'이 읍에 처음 와 본 사람은 누구나/ 거대한 안개의 강을 거쳐야 한다' (제2부 제1연)는 것은 무엇인가.

이 '읍' 을 이 '나라' 로 대입시켜 보면 어떨까.

즉 '안개의 읍' 은 '안개의 나라' 로 도입된다.

안개의 나라라고 일컫는다면 그 나라에서는 모든 것이 가려지고 숨겨진 채 향방을 가늠할 수 없는 터전이다.

우리는 시인의 메타포에 의해 연상의 세계가 자연스럽게 확대되는 것이다.

순진한 여공들이 '깔깔거리며 지나' 던 샛강의 안개 낀 방죽 길에서는 '한밤중에 여직공 하나가 겁탈 당했' 고, '방죽 위에서 취객 하나가 얼어 죽었다' (제2부 제5연)고 화자는 신고한다.

이것이 위정자들에게는 화자가 지적하는 '사소한 사건' 일 수밖에는 없다. 그러나 시인에게는 크나 큰 아픔이요, 근심이며 분노의 상황이며 망각할 수 없는 너무도 중대한 사건이다.

더구나 '바로 곁을 지난 삼륜차는 그것이/ 쓰레기 더미인 줄 알았다' 니 말이다. 존엄하고 소중한 인권이 짓밟혀도 '그것은/ 개인적인 불행일 뿐, 안개의 탓은 아니다' 에서 화자가 제시하는 '안개' 의 실체는 무엇일까.

국민을 위한 정치를 제대로 하고, 국민을 위한 안전 행정을 해주어야 할 '존재' 가 '안개' 속에 파묻혀 아무것도 올바르게 가려내어 보지 못하여 인권은 거침없이 짓밟히고 있지 않은가.

'누구나 조금씩은 안개의 주식을 갖고 있다' (제3부)고 했으니, '주식' 이란 국민이 내는 '세금의 권리' 의 상징어다.

'여공들의 얼굴은 희고 아름다우며/ 아이들은 무럭무럭 자라 모두들 공장으로 간다' 는 화자의 처절한 반어적(反語的)인 풍자.

그렇다면 샛강을 끼고 사는 가난한 읍 주민들의 곤혹하기 그지없는 이 암울한 현실은 과연 언제까지 짙은 안개 속에 가리워져 있어야만 할 것인가. 독자도 화자와 더불어 침울한 우수에 잠길 따름이다.

강형철(姜亨喆)

　전라북도 군산(群山)에서 출생(1955~). 숭실대학교 철학과 졸업, 동 대학원 국문학과 수료. 1985년 『민중시』 2집에 「해망동 일기」, 「아메리카 타운」 등을 발표하며 문단에 등단했다. 『5월시』 동인. 시집 『해망동 일기』(1989), 『야트막한 사랑』(1993), 『도선장 불빛 아래 서 있다』(2002) 등이 있다.

야트막한 사랑

사랑 하나 갖고 싶었네
언덕 위의 사랑 아니라
태산준령 고매한 사랑 아니라
갸우듬한 어깨 서로의 키를 재며
경계도 없이 이웃하며 사는 사람들
웃음으로 넉넉한

사랑 하나 갖고 싶었네
매섭게 몰아치는 눈보라의 사랑 아니라
개운하게 쏟아지는 장대비 사랑 아니라
야트막한 산등성이
여린 풀잎을 적시며 내리는 이슬비
온 마음을 휘감되 아무것도 휘감은 적 없는

사랑 하나 갖고 싶었네
이제 마를 대로 마른 뼈
그 옆에 갸우뚱 고개를 들고 선 참나리
꿀 좀 얇을까 기웃대는 일벌
한 오큼 얻은 꿀로 얼굴 한 번 훔치고
하늘로 날아가는

사랑 하나 갖고 싶었네

가슴이 뛸 만큼 다 뛰어서
짱뚱어 한 마리 등허리도 넘기 힘들어
개펄로 에돌아
서해 긴 포구를 찾아드는 밀물
마침내 한 바다를 이루는

주제 사랑의 순수가치 추구
형식 4연의 자유시
경향 서정적, 상징적, 감각적
표현상의 특징 일상어를 시어로 구사하면서도 섬세한 지적 언어 감각이 호소력을
참신하게 발휘하고 있다.
각 연을 6행시로 엮으며 수미상응(首尾相應)의 도치법을 쓰고 있다.
'사랑 하나 갖고 싶었네'를 각 연 앞머리에서 동어반복하고 있다.
특히 '~네'라는 종결어미를 써서 서정적인 감동된 표현을 도입하고 있다.

이해와 감상

　인간의 삶과 죽음 사이에 놓이는 관념적 존재는 사랑이다. 이 사랑이라는 인간의 정서를 우리가 어떻게 시화(詩化)할 수 있을 것인가는 현대시가 감당하고 풀어내야 할 이 시대의 중대한 과제의 하나가 아닌가 한다.

　구체적으로 살펴본다면 '사랑'에는 남녀의 연정을 비롯하여 이웃 사랑과 동포애, 인류애, 종교적인 박애(博愛)며 자비(慈悲) 등 여러 가지가 있다.

　나는 강형철의 시 「야트막한 사랑」을 통해 이 시인이 추구하는 박애(博愛)의 미학을 발견하고 있다. 그는 이 작품을 통해 인간의 원형적(原型的) 주제인 인간애라는 숭고한 사랑을 교향악적인 심포닉 바리에이션(symphonic variation) 형식의 변주기법을 동원하여 격조 높은 작품으로 형상화 시키는 데 성공하고 있다고 본다.

　강형철이 갖고 싶다는 '사랑 하나'는 인간과 자연을 동화시키는 순리를 따르는 사랑인 것이다. 이를테면 총칼에 짓밟히거나 양심 때문에 오히려 억압받고 있는 숱한 빈곤한 사람들, 또한 몽매한 자연 파괴로 삶의 터전을 잃고 그 존속의 생명마저 잃어 가는 가엾은 미물에게까지도 참다운 연민의 정을 베풀려는 시인의 정신이 고매하다.

　남녀간의 연정 따위 열정이며 질투의 패션(passion), 또는 배반에 대한 분노라던가 적(敵)에 대한 공포 따위 이모션(emotion) 등의 정동(情動)이 아닌 참으로 따사로운 휴머니즘의 인간애라고 하는 그런 진실한 사랑말이다.

　그러기에 참으로 소박하고 온건한 세상 사람들은 집단이건 개인이건 간에 간단없이 사리사욕의 담장을 드높이 쌓고 끊임없이 나와 이웃과의 경계를 만드는 이기주의자들, 또는 식민지 확장만 탐내는 침략주의자가 아닌 가장 선량하며 소박하고 청빈한 인간주의자를 요망하고 있을 것이다.

도종환(都鍾煥)

충청북도 청주(淸州)에서 출생(1954~   ). 충북대학교 국어교육과 졸업, 동대학원 수료. 1985년 동인지 『분단시대』에 「고두미 마을에서」등 5편의 시를 발표하며 문단에 등단했다. 시집 『고두미 마을에서』(1985), 『접시꽃 당신』(1986), 『내가 사랑하는 당신은』(1988), 『지금 비록 너희 곁을 떠나지만』(1989), 『당신은 누구십니까』(1993), 『사람의 마을에 꽃이 진다』(1994), 『부드러운 직선』(1998), 『슬픔의 뿌리』(2002) 등이 있다.

접시꽃 당신

옥수수 잎에 빗방울이 나립니다
오늘도 또 하루를 살았습니다
낙엽이 지고 찬 바람이 부는 때까지
우리에게 남아 있는 날들은
참으로 짧습니다
아침이면 머리맡에 흔적없이 빠진 머리칼이 쌓이듯
생명은 당신의 몸을 우수수 빠져 나갑니다
씨앗들도 열매로 크기엔
아직 많은 날을 기다려야 하고
당신과 내가 갈아 엎어야 할
저 많은 묵정밭은 그대로 남았는데
논두덩을 덮은 망촛대와 잡풀가에
넋을 놓고 한참을 앉았다 일어섭니다
마음 놓고 큰 약 한 번 써보기를 주저하며
남루한 살림의 한 구석을 같이 꾸려 오는 동안
당신은 벌레 한 마리 함부로 죽일 줄 모르고
악한 얼굴 한 번 짓지 않으며 살려 했습니다
그러나 당신과 내가 함께 받아들여야 할
남은 하루하루의 하늘은
끝없이 밀려오는 가득한 먹장구름입니다

처음엔 접시꽃 같은 당신을 생각하며
무너지는 담벼락을 껴안은 듯
주체할 수 없는 신열로 떨려 왔습니다
그러나 이것이 우리에게 최선의 삶을
살아온 날처럼, 부끄럼 없이 살아가야 한다는
마지막 말씀으로 받아들여야 함을 압니다
우리가 버리지 못했던
보잘 것 없는 눈높음과 영욕까지도
이제는 스스럼없이 버리고
내 마음의 모두를 더욱 아리고 슬픈 사람에게
줄 수 있는 날들이 짧아진 것을 아파 해야 합니다
남은 날은 참으로 짧지만
남겨진 하루하루를 마지막 날인 듯 살 수 있는 길은
우리가 곪고 썩은 상처의 가운데에
있는 힘을 다해 맞서는 길입니다
보다 큰 아픔을 껴안고 죽어가는 사람들이
우리 주위엔 언제나 많은데
나 하나 육신의 절망과 질병으로 쓰러져야 하는 것이
가슴 아픈 일임을 생각해야 합니다
콩댐한 장판같이 바래어 가는 노랑꽃 핀 얼굴 보며
이것이 차마 입에 떠올릴 수 있는 말은 아니지만
마지막 성한 몸뚱아리 어느 곳 있다면
그것조차 끼워 넣어야 살아갈 수 있는 사람에게
뿌듯이 주고 갑시다
기꺼이 살의 어느 부분도 떼어 주고 가는 삶을
나도 살다가 가고 싶습니다
옥수수 잎을 때리는 빗소리가 굵어집니다
이제 또 한 번의 저무는 밤을 어둠 속에서 지우지만
이 어둠이 다하고 새로운 새벽이 오는 순간까지
나는 당신의 손을 잡고 당신 곁에 영원히 있습니다

이해와 감상

도종환의 제2시집 『접시꽃 당신』(1986)의 표제시다.

병고와 싸우다 끝내 '앞서 간 아내 구수경의 영전에 못 다한 이 말들을 바칩니다' 는
헌사(獻詞)가 이 시집 간행의 참다운 의미를 심도 있게 표현하고 있다.

사랑하는 아내를 정원에서 접시처럼 크고 품위 있게 피는 다년초인 접시꽃(althaea
rosea, 蜀葵花)으로 상징한 명시다.

당나라 대시인 이백(李白)은 절세미녀 양귀비(楊貴妃, 719~756)를 '말을 하는 꽃' 즉
'해어화(解語花)라고 찬양한 것이 문득 연상되기도 하거니와, 도종환은 사랑하는 아내
를 영원히 참다운 접시꽃으로 상징하며 칭송하고 있다.

병상에서 무거운 병고로 위급한 아내를 바라보는 시인은 '우리에게 남아 있는 날들은
/ 참으로 짧습니다' 고 급박하게 밀어닥치는 별리(別離)의 비통한 심경을 진술하게 토로
하면서 이 시는 전개된다.

더더구나 독자의 심금을 절절하게 울리는 것은, 어린 자식들과 또한 함께 경작하며 행
복을 오롯이 가꿔야 할 지금의 가정, 즉 내버려 둔 거칠어진 '묵정밭' 이다.

'씨앗들도 열매로 크기엔/ 아직 많은 날을 기다려야 하고/ 당신과 내가 같아 엎어야
할/ 저 많은 묵정밭은 그대로 남았는데' 어떻게 당신이 이승을 떠날 수 있겠느냐는 화자
의 비통한 절망의식은 이 시를 우리 시문학사에 오래도록 애송시킬 수 있는 너무도 빼어
난 메타포(은유)의 절절한 대목이 아닌가 한다.

또한 '이것이 차마 입에 떠올릴 수 있는 말은 아니지만/ 마지막 성한 몸뚱아리 어느
곳 있다면/ 그것조차 끼워 넣어야 살아갈 수 있는 사람에게/ 뿌듯이 주고 갑시다' 는 시
인은 지금 이 시간에도 병마와 사투하는 마냥 연약하기 그지없는 아내의 시련 앞에서,
어찌하여 사랑하는 반려자를 희생시켜야 할 것인지 그 일념으로 충만된다. 또한 그런 참
담한 경지에서도 이제는 자아(自我)의 처절한 현실이 아닌, 타아(他我)의 생명적인 구휼
(救恤)을 향한 봉사와 희생을 주창하는 클라이맥스는 저자의 해설을 압도하고 능가시키
는 감동적인 마지막 큰 대목을 눈부시게 이루고 있다.

이경교(李慶教)

충청남도 서산(瑞山)에서 출생(1958~   ). 동국대학교 대학원 국문학과 수료. 1986년 『월간문학』 신인상에 시 「이응(ㅇ)평전」이 당선되어 문단에 등단했다. 시집 『이응(ㅇ)평전』(1988), 『꽃이 피는 이유』(1990), 『달의 뼈』(1994), 『수상하다, 모퉁이』(2003) 등이 있다.

꽃사태

지상의 모든 무게들이 수평을 잃기 전, 다만
햇빛이 한 번 반짝하고 빛났다

저 꽃들은 스스로 제 안의 빛을 견디지 못하여
그 광도를 밖으로 떼밀어 내려는 것
야금야금 어둠 속으로 스며들어 스스로 빛의 적층을 이루던,
빛도 쌓이면 스스로 퇴화한다는 걸 알고 있는지
도대체 누가 그 붉은 암호를 해독했을까
이웃한 잔 가지 한 번 몸을 떨 때마다
일제히 안쪽의 문을 두드려 보며
더운 열꽃처럼 스스로 제 체온을 덜어내려는
꽃들의 이마 위엔 얼음주머니가 얹혀 있다

체온의 눈금이 떨어질 때마다 연분홍 살 속에 꽂혀 있던
눈빛들은 다시 컴컴한 안으로 되돌아 가야 한다
몸을 흔들어 수평을 허무는 꽃들이
어두운 고요 속에 일제히 틀어박힐 때

문을 닫기 전, 다만
햇빛이 한 번 반짝하고 빛난다

주제 순수 생명력의 옹호
형식 4연의 주지시
경향 주지적, 상징적, 감각적
표현상의 특징 일상어에 의한 시적 이미지로 자연의 대상을 예리하게 관조하는 새
로운 언어의 감각미를 표현하고 있다.
꽃을 의인화하여 다각적인 몸의 표현 묘사가 독자에게 친근감을 전달해 준다.
'스스로'가 3번 동어반복되고, '햇빛이 한 번 반짝하고 빛났다'는 동어반복은
수미상관(首尾相關)을 이루고 있다.

이해와 감상

흔히 꽃을 노래하는 시는 그 대부분이 대상을 주정적으로 다뤘고, 드물게는 주지적으로 엮었다.

예컨대 꽃을 주지적인 수법으로 다루기 시작한 것은 김춘수의 「꽃」(「김춘수」항목 참조 요망)과 문덕수의 「꽃과 언어」(「문덕수」항목 참조 요망)를 들 수 있다.

김춘수는 꽃에게 '이름'을 베풀었고, 문덕수는 '언어'를 안겨 주었다.

그런데 우리가 크게 주목할 것은 이경교는 꽃에게 '체온'을 부여한 것이다.

'이름'은 그야말로 명의(名義)나 명분(名分)에 불과하며, '언어'는 좀 더 구체적으로 인간의 사상이나 감정을 음성이나 문자로 나타내는 것이다. 그것에 반하여 '체온'은 동물의 몸의 온도로서 생명과 절대적으로 유기적인 관계를 맺는 상태다.

따져볼 것도 없이 과학적으로 생물학(biology)이라는 생물의 생명현상을 연구하는 학문에서 논의되어야 할 '꽃의 체온'을 시인이 꽃에게 부여하며 다각적으로 심도 있는 이미지를 엮어내고 있어 크게 주목되는 작품이다.

표제(表題)인 「꽃사태」의 사태(沙汰)는 꽃이 주체할 수 없이 많이 피어난 것을 뜻하기보다는, '지상의 모든 무게들이 수평을 잃기 전, 다만/ 햇빛이 한 번 반짝하고 빛났다'(제1연)고 화자가 지적하듯이 모든 꽃이 일제히 순간적으로 동시 다발적으로 피어난 상태를 가리킨다.

'스스로 제 안의 빛을 견디지 못하여/ 그 광도를 밖으로 떼밀어 내려는 것/ 야금야금 어둠 속으로 스며들어 스스로 빛의 적층을 이루던/ 빛도 쌓이면 스스로 퇴화한다는 걸 알고'(제2연) 있다고 하는, 타의(他意)가 아닌 자의(自意)로써의 꽃의 존재인식과 같은 주지적 표현도 새로운 시의 논리로서 평가하고 싶다.

'도대체 누가 그 붉은 암호를 해독했을까'(제2연)의 붉은 암호란, 꽃은 붉게 핀다는 자연의 섭리에 대한 흥미 있는 메타포다.

광도(光度)는 빛의 조도(照度)거니와 '몸', '이마', '살' 등 신체(身體)의 비유는 이 시의 키워드인 '체온'과 더불어 우리의 꽃에 대한 새로운 시적 인식을 크게 일깨워 주고 있는 가편(佳篇)이다.

김완하(金完河)

경기도 안성(安城)에서 출생(1958~   ). 본명 창완(昌完). 한남대학교 국문
학과 졸업, 동 대학원 수료. 1987년 『문학사상』 신인문학상에 시 「눈발」,
「생의 온기」, 「하회강에 가서」, 「입동」, 「밤길」 등이 당선되어 문단에 등단했
다. 시집 『길은 마을에 닿는다』(1992), 『그리움 없인 저 별 내 가슴에 닿지
못한다』(1995), 『어둠만이 빛을 지킨다』(CD롬시집, 1998), 『네가 밟고 가는
바다』(2002) 등이 있다.

눈발

내장산 밤바람 속에서
눈발에 취해 동목(冬木)과 뒤엉켰다
뚝뚝 길을 끊으며
퍼붓는 눈발에
내가 묻히겠느냐
산이여, 네가 묻히겠느냐
수억의 눈발로도
가슴을 채우지 못하거니
빈 가슴에
봄을 껴안고 내가 간다
서래봉 한 자락
겨울 바람 속에
커다란 분노를 풀어 놓아
온 산을 떼호랑이 소리로 울고 가는데
눈발은 산을 지우고
산을 지고 어둠 속에 내가 섰다
몇 줌 불꽃은 산모롱이마다 피어나고
나무들은 눈발에 몸을 삼켜
허연 배를 싱싱하게 드러내었지
나이테가 탄탄히 감기고 있었지
흩뿌리던 눈발에

불끈 솟은 바위
어깨에 눈받으며 오랜동안 홀로 들으니
산은 그 품안에 빈 들을 끌어
이 세상 가장 먼 데서
길은 마을에 닿는다
살아있는 것들이 하나로 잇닿는 순간
숨쉬는 것들은
이 밤내 잠들지 못한다
맑은 물줄기 산을 가르고
모퉁이에서 달려 온 빛살이
내 가슴에 뜨겁게 뜨겁게 박힌다
내장산 숨결 한 자락으로
눈발 속을 간다

주제 순수가치의 옹호
형식 전연의 자유시
경향 주지적, 상징적, 저항적
표현상의 특징 상징적이며 주지적인 시어를 역동적으로 구사하는 독특한 표현을 하고 있다. 수사에 설의법 등 문답형(問答型)을 쓰고 있으며, 내재율(內在律)의 리듬감을 살려 독자의 공감도를 고조시킨다. 연을 나누지 않은 박진감 넘치는 표현 속에 주제가 선명하게 부각되고 있다.

이해와 감상

이 시의 제재(題材)는 눈발이다. 그러나 눈발을 우리의 시대적인 삶의 공간과 상징적으로 연결시켜 민족적 저항 정신을 뚜렷이 형상화 시키고 있어서 주목되는 역편(力篇)이다.

쉽게 말해서 눈발이라는 이 시의 무대는 우리가 살고 있던 1980년대가 그 역사적 배경이다.

더 적극적으로 표현하자면 탄압받는 민중의 아픔의 시대가 눈발 속에 드러난다.

따라서 '눈발' 은 '탄압' 의 시적 상징어다.

'퍼붓는 눈발' 을 '퍼붓는 탄압' 으로 대입시켜서 읽어보자.

'퍼붓는 눈발에/ 내가 묻히겠느냐/ 산이여, 네가 묻히겠느냐' (제4~6행)에서 '산' 은 역시 '국가와 민족' 의 상징어로 풀어진다.

그러면서 시인의 의지는 눈부시며 결연하다.

'수억의 눈발로도/ 가슴을 채우지 못하거니/ 빈 가슴에/ 봄을 껴안고 내가 간다.' (제

7~10행) 바로 여기서 다시 '봄' 은 '희망' 이며 굳건한 '의지'다.

눈보라치는 겨울의 횡포를 끈질기게 견뎌내며 자유의 날 기쁨의 날이 올 신념 속에 살아간다는 비장한 다짐이다.

'겨울 바람 속에/ 커다란 분노를 풀어 놓아/ 온 산을 떼호랑이 소리로 울고 가는데/ 눈발은 산을 지우고/ 산을 지고 어둠 속에 내가 섰다' (제12~16행)에서 '떼호랑이 소리' 는 민중이 절규하는 저항의 외침이며, '어둠'은 독재자의 암흑의 시대를 가리키는 상징어다.

'맑은 물줄기 산을 가르고/ 모퉁이에서 달려 온 빛살이/ 내 가슴에 뜨겁게 뜨겁게 박힌다' (제30~32행)라고 화자는 클라이맥스에서 다시금 삶의 용기와 소망의 빛줄기 속에 눈부신 내일에의 결의로 우뚝선다는 가편(佳篇)이다.

김 문희(金文姬)

  강원도 원성(原城)에서 출생(1950~   ). 호 지인(芝人). 숙명여자대학교 불
문학과 졸업. 1987년 『시문학』에 시 「가을 숲에서」, 「나무의 정」, 「겨울의
끝」, 「바람에 대하여」 등이 추천 완료되어 문단에 등단했다. 시집 『눈 뜨는
풀잎』(1988), 『가을 강』(1990), 『길가에 밟히는 풀잎으로』(1992), 『영혼을
적시는 실비』(1996), 『깊어지는 마음』(1998) 등이 있다.

타향, 그 저물녘에 서서

서울에서 돌아가신 어머니 얼굴이
로스앤젤레스 로스휄리츠 뒷산 위로
해진 저녁 하늘에 걸립니다.

먼 타향, 낯선 언어로 고단한 세월은 가고
가슴 속에는 물 속처럼 깊고 서늘하게
낮은 음정의 바람이 일렁입니다.

이처럼 늦은 계절의 저녁에는
왜 나는 문득 마음의 뜨락에 혼자 남아서
쓸쓸한 어머님의 얼굴을 뵙는 것일까요.

겨울 저녁, 종소리도 멀어진 세모의 귀로에서
우리가 돌아갈 곳이란 결국
어머니의 흑백 추억밖에는 없는 것일까요.

내 무거워지는 연륜의 창가에 반짝,
홍시빛 가로등 하나 밝혀 주시고
어머니는 말없이 어둠 속으로 떠나십니다.

어쩔 수 없는 유명(幽明)의 경계선 저편으로
산그림자가 무겁습니다.

주제	이역(異域)에서의 모정(母情)과 향수
형식	6연의 자유시
경향	서정적, 회고적, 사모적(思母的)
표현상의 특징	정서 어린 시어가 잔잔하게 차분한 이미지로서 무리없이 매끄럽게 표현되고 있다.

'~걸립니다'(제1연), '~일렁입니다'(제2연), '떠나십니다'(제5연), '무겁습니다' (마지막 연) 등 경어체의 종결어미를 쓰므로써 분위기가 엄숙하게 전달되고 있다. 상냥한 어법인 '것일까요'를 동어반복하는 설의법을 써서, 감성적(感性的) 호소의 효과를 나타내고 있다.

이해와 감상

재미(在美) 시인의 그리운 고국과 모정에의 애틋한 시편(詩篇)이다.

금년은 한국인의 하와이 이민 일백주년의 해(2003. 1. 13)이거니와, 1970년대 이후 한국인의 미국 이민도 꽤 많은 숫자를 나타낸다고 한다. 우리 국민 다수의 이민은 국세 확장의 보람있는 성과이며, 거기에 또한 한국문학의 빛나는 가지가 펼쳐지고 또한 그 뿌리도 깊숙하게 심어져야만 하겠다. 현재 미국에서 재미시인들의 시단 활동도 매우 왕성하거니와, 이역 땅에서 시를 쓰는 분들에게 독자 여러분의 격려도 자못 의미가 클 것이다.

김문희는 서두에서 '서울에서 돌아가신 어머니 얼굴이/ 로스앤젤레스 로스휄리츠 뒷산 위로/ 해진 저녁 하늘에 걸립니다'(제1연)라고 절절하게 제시한다.

작고한 어머니의 영상을 이민의 터전 마을 뒷산의 저녁 노을 속에서 판타지(fantasy)로서 마주 대하며, 그 인스피레이션(靈感)을 차분하게 이미지화 시키고 있다.

'먼 타향, 낯선 언어로 고단한 세월은 가고/ 가슴 속에는 물 속처럼 깊고 서늘하게/ 낮은 음정의 바람이 일렁입니다'(제2연)

이렇듯 화자는 이국에서의 삶의 의지를 서정적으로 차분히 형상화 시킨다.

어쩌면 이러한 정서는 실제로 남의 나라에 가서 직접 살아보지 않고는 리얼하게 떠올릴 수 없는 상념이기도 하다. '낯선 언어로 고단한 세월'이란 구체적으로 무엇을 암시하고 있는 것일까. 남의 나라에서 살자면 그 나라 언어와의 접촉 속에 결코 적지 않은 정신적인 시달림과 또한 동시에 육체적인 피로가 날로 거듭 겹치기 마련이다.

그러기에 김문희는 그 이민 생활의 고역을 부드럽게 메타포하고 있으나, 이 시어의 내면에는 우리가 상상할 수 없는 치열한 삶의 아픔이 깊고 깊게 깔려 있는 것이다.

'이처럼 늦은 계절의 저녁에는/ 왜 나는 문득 마음의 뜨락에 혼자 남아서/ 쓸쓸한 어머님의 얼굴을 뵙는 것일까요'(제3연). 여기서 '어머니'는 친정 어머니 한 분이 아닌 고국의 모든 정다운 사람에 대한 복합어다. 한국인의 이민사와 더불어, 앞으로 보다 많은 우리의 현대시가 이역 땅에서도 한국어로 계속 빛나기를 독자들과 함께 소망해 보련다. 그런 견지에서 앞으로 계속 해외 각지에 나가서 거주하고 있는 우리 동포 시인들의 시집 등 자료를 수집하여 좋은 작품들을 발굴 해설할 것을 여기 아울러 적어둔다.

허수경

경상남도 진주(晋州)에서 출생(1964~   ). 경상대학교 국문학과 졸업. 독일
마르부르크대학 대학원 선사고고학과 수료. 1987년 『실천문학』에 시 「땡볕」
외 3편을 발표하며 문단에 등단했다. 시집 『슬픔만한 거름이 어디 있으랴』
(1988), 『혼자 가는 먼 집』(1992), 『내 영혼은 오래 되었으나』(2001) 등이
있다.

단칸방

신혼이라 첫날 밤에도
내줄 방이 없어
어머니는 모른 척 밤마실 가고

붉은 살집 아들과 속살 고분 며느리가
살 섞다 살 섞다
굽이 굽이야 눈물 거느릴 때

한 짐 무거운 짐
벗은 듯 하냥 없다는 듯
어머니는 밤별무리 속을 걸어

신혼부부 꿈길
알토란 같은 손자 되어 돌아올거나
곱다란 회장 저고리 손녀 되어
풀각시 꽃각시 매끄러진 댕기 달고
신혼 며느리보다
살갑게 돌아올거나

주제 극빈자(極貧者)의 삶의 진실 추구
형식 4연의 주지시
경향 주지적, 관능적, 해학적
표현상의 특징 일상어의 간결한 스토리텔링(story telling)의 참신한 수법을 보인다.
비유에 의한 관능적 표현미가 동어반복의 점층적 수사로 박진감 있게 이미지
화 되고 있다.
각 연의 종결어미가 부드러운 여운을 남기는 표현기법을 드러낸다.

이해와 감상

허수경의 「단칸방」에서는 삶의 냄새가 물씬하게 난다.

어째서 이런 찌들 대로 찌든 가난 속에서 인간다운 존재의 흔적이 진하디 진하게 배어 나오는 것일까. 한 입으로 말해 여기에는 '가난' 그 이외에 꾸며대는 '거짓'이 없기 때 문이다.

여하간에 가난은 삶의 멍에일 따름, 죄가 아니다. 그러나 퍽이나 괴롭고 늘 불편하여 세상에서 늘 몸부림치게 만든다.

서글프기 만한 어머니는 '신혼이라 첫날 밤에도/ 내줄 방이 없어/ 어머니는 모른 척 밤마실 가고'야 말았다.(제1연)

이른바 가난한 달동네 혹은 외떨어진 동리에서 비록 가진 것은 없으나 그래도 넉넉한 인심 덕분에 어머니는 밤 마을을 누비지만, 만약에 부자 동네 쯤에서라면 어머니는 어디 한 뺨을 비벼대고 낑길 틈조차 없어 가로등 그늘에 서서 뜬눈으로 기나긴 밤을 지새야만 했을 것이 아닐까.

신혼의 한 쌍이 '살 섞다 살 섞다/ 굽이 굽이야 눈물 거느릴 때'(제2연), '어머니는 밤 별무리 속을 걸어'(제3연) 마을을 돌고, '알토란 같은 손자 되어 돌아올'(제4연) 그 큰 기 대에, 또는 '곱다란 회장 저고리 손녀 되어' 나타날 그 재미만 생각하며 군침을 삼킨다 는 시의 콘텐츠가 이 짤막한 시 속에 드라마틱하게 펼쳐진다.

여기서는 가난이고 고통이고 삶의 시련 따위는 아들이며 며느리거나 어머니 그 어느 쪽이고 간에 벌써 꿈같이 까맣게 잊은 지 오래다.

'붉은 살집'은 '불그레한 창살이 달린 집'이며, '속살 고분'(제2연)은 방언으로 '마음 씨 고운'이다.

'알토란'은 너저분한 털을 깐 둥근 '토란(土卵)' 알이다. 토란은 추석 때 맑은 장국 속 에 무와 함께 넣어서 끓여 먹는다.

'회장 저고리'(제4연)는 한복 저고리의 깃과 끝동 및 겨드랑이에 어여쁜 색깔의 장식 용 헝겊을 댄 것을 가리킨다.

임동확(林東碓)

광주(光州)에서 출생(1959~). 전남대학교 국문학과 졸업. 서강대학교 대학원 국문학과 수료. 시집 『매장시편』(1987)을 상재(上梓)하고 문단에 등단했다. 시집 『살아 있는 날들의 비망록』(1989), 『운주사 가는 길』(1992), 시선집 『내 애인은 왼손잡이』(2003) 등이 있다.

먼 산

그리움으로 더욱 희어진
기억의 머리칼을 쓸어올리며
너는 마르고,
길고 험한 마음의 능선마다
잡목숲이나 거느리며 너는
계곡처럼 아프게 패여만 간다
그러나 후회하지 않으련가
그대여, 아무리 불러봐도
좀처럼 성한 시절의 메아리를
되돌려주지 않는 먼 산이여
방부 처리된 생선 통조림 같은
세월의 빈 깡통들만 걷어채이는데
못 잊힐 그 날의 흔적조차
거의 판독할 수 없는 문자로
희미하게 푸른 바위손에 덮여 가는데
허나 누구도 그 걸 원한 건 아니었는데
너는 너대로, 나는 나대로
여전히 하나 되지 못하고
그렇다고 둘이 되지도 못한 채
그냥 이대로 늙어갈 것인가
그저 붉은 입술만 꽃처럼 달싹이며

그 캄캄한 침묵의 스무 고개를
넘어가고 또 넘어갈 것인가
그러므로 돌아보지 말자
그대여, 아직도 슬픔의 잔등 너머엔
수직의 기다림으로 발 한 번
편히 뻗지 못한 채 새우잠 드는
이름 모를 수목들로 빽빽하다
그토록 썩지 않는 열망의 아우성만
너처럼 아득하게 깊어져 있다

주제 국토분단과 아픔 극복 의지
형식 전연의 자유시
경향 주지적, 상징적, 풍자적
표현상의 특징 일상어의 산문체로 심도 있는 '아픔'의 이미지를 표현하고 있다.
'~련가', '것인가' 등 수사의 설의법(設疑法)을 쓰고 있다.
'너는', '그대여' 등 동어반복과 '너는 너대로, 나는 나대로'의 이어(異語)반복
을 하고 있다.
'나', '너' 인칭대명사와 '그대' 라는 친근한 상대적 표현이 두드러지고 있다.

이해와 감상

임동확이 제시한 표제(表題)인 '먼 산'은 그가 설정한 '이상향' 내지 새로운 '희망의
시대'의 상징어다.

오늘의 시대의 삶 속에 큰 고통이 없다면 '먼 산'을 굳이 내세워 동경하려 들지 않을
것이다.

우리가 기억할 수 있는 좋은 사례는 노천명(盧天命, 1913~1957)이 일제 강점기였던
1938년의 시 「사슴」(「노천명」 항목 참조 요망)에서 '슬픈 모가지를 하고/ 먼 데 산을 바
라본다'고 했던 우리 겨레가 침략자에 의해 고통받던 시대에 시인이 추구했던 '먼 데
산' 즉 '조국 광복의 터전'을 여기서 새삼스럽게 연상하게도 된다.

임동확은 무엇 때문에 일제 강점기도 아닌 이른바 '민주주의'의 간판을 내건 20세기
후반에 「먼 산」을 제재(題材)로 삼은 것인가. 바로 거기에 이 작품의 '키워드'가 뒤숨어
있다.

공교롭게도 저자는 이 시의 작품해설을 때마침 1980년 5·18민주화운동 23주년 기념
일에 쓰고 있는 것이다.

그렇다. 이 시의 배경에는 그 처절했던 군사독재의 총검이 난무했던 시대를 무겁고 어
둡게 담고 있는 것이다.

'그대여, 아무리 불러봐도/ 좀처럼 성한 시절의 메아리를/ 되돌려주지 않는 먼 산이여' (제8~10행)에서 민중이 겪고 있는 그 현실적 아픔의 극명한 자국들을 화자는 처절한 메타포로써 역사에 묻고 있는 것이다.

또한 이 시는 그것뿐이 아니고, 우리의 통절한 국토분단의 비극도 함께 규명하려 들고 있는 것이다.

'허나 누구도 그 걸 원한 건 아니었는데/ 너는 너대로, 나는 나대로/ 여전히 하나 되지 못하고' (제16~18행)에서처럼 열강에 의해(미·영·중·소의 포츠담선언, 1945. 8. 26) 우리의 국토가 멋대로 동강나고, 그리하여 남북한이 통일되지 못한 채 반세기도 훌쩍 넘어 버린 민족적 비극을 '너' (북한)와 '나' (남한)의 인칭대명사로써 비유하고 있다.

어디 그 뿐인가. '그렇다고 둘이 되지도 못한 채/ 그냥 이대로 늙어갈 것인가' (제19·20행)라고 분단은 차치하고 세계 속에서 아직 남북이 각기 변변하게 큰 구실도 못하고 있다는 날카로운 비판을 가하고 있다.

'먼 산' 그것은 언제 우리 앞에 바짝 가장 '가까운 산'으로 다가와 줄 것인가 하는 우수(憂愁)만이 넘치고 있다.

채호기 (蔡好基)

대구(大邱)에서 출생(1957~　). 서울예술대학 문예창작과 졸업. 1988년 『창작과 비평』 여름호에 시 「코스모스」 등을 발표하며 문단에 등단했다. 시집 『지독한 사랑』(1992), 『슬픈 게이』(1994), 『밤의 공중전화』(1997) 『수련(睡蓮)』(2002) 등이 있다.

글자

땅을 파도 캐낼 수 없는 글자.
그물로, 낚시로도 잡을 수 없는 글자.
새처럼 날지 않는 글자.
나무처럼 위로 위로 솟아 오르지 않는 글자.
아무도 읽지 않는 책 속에 영원히 수감된 글자.

햇빛의 부력으로 반짝이며 떠다니는 먼지처럼
종이 위에 떠올랐다 가라앉는 글자.
밤바다에 번지는 어선들의 희부윰한 불빛처럼
당신의 뇌 속에 시각 신호처럼 명멸하는 글자.
밤하늘을 항해하는 별들처럼
현기증 나는 백지 위에 검게 번쩍이는 글자.

당신의 우윳빛 살결 위에 오래 전에 씌어진 검은 점들.

잔잔한 수면 위에 목만 내민 수련처럼
물결 없는 종이 위에 피어 있는 글자.
수련의 줄기와 뿌리가 푸른 물 속에 잠겨 있듯
글자의 줄기와 뿌리는 백지의 심연 속에 잠겨 있을까?
　　　　　　뇌 속에, 시신경 안에 잠겨 있을까?
　　　　　　　　　아니면 익사했을까?

더 이상 읽혀지지 않는 글자.

더 이상 해독되지 않는 글자.

바라보고, 냄새 맡고, 쓰다듬고, 껴안고, 애무할 수밖에 없는 글자.

더 이상 눈으로 읽고 머리로 이해할 수 없는 여자.

당신처럼 임신시켜 애 낳게 할 수밖에 없는 글자.

주제 문자의 순수가치 추구

형식 5연의 주지시

경향 주지적, 연상적, 문명비평적

표현상의 특징 연상작용에 의한 내면세계의 의미를 추구하며 독자에게 시 내용의
전달이 잘 되고 있다.
표제(表題)인 '글자'가 시 본문에서 13번이나 종결어미의 특색을 보이고 있다.
'~처럼'이라는 직유를 8번이나 되풀이하고 있다.
'~잠겨 있을까?'의 동어반복의 설의법(設疑法)을 쓰고 있다.
제4연 끝에서 조사(措辭)의 특이한 구도를 드러내는 강조법을 쓰고 있다.

이해와 감상

채호기의 '글자'(文字)라는 제재(題材)를 통해 정서(情緖)보다는 지성(知性)을 매우
중시하는 시작 태도에 주목하게 된다.

오늘날 한국 시단에는 1980년대 이래 주지시(主知詩)가 다양하게 전개되고 있는데 이
는 한국 시문학사에서의 그 성패 여부를 떠나 우선 큰 특징적 현상이다.

인류 역사의 문자로서 아직도 우리에게 흥미를 끌고 있는 것은 대영박물관(영국 런
던)에 전시되고 있는 5천년 전 고대 이집트 글자가 새겨 있는 로제타석(rosetta stone)이
다.

프랑스 나폴레옹(Napoléon, 1769~1821)의 1799년 이집트 원정 때, 나일강 어구에서
발견된 이 돌에는 톨레미(Ptolemy) 5세 에피판스(Epiphans)의 칙령(勅令)이 이집트 상형
문자 등 3가지 언어로 새겨져 있으며, 이것이 이집트 고대어 문자 해독의 열쇠가 된 소중
한 문화재다.

글자는 역사의 기록으로부터 인류문명과 문화의 전달자다. 그와 같은 제재(題材)를
채호기가 시로써 다루었다는 데 우선 주목받지 않을 수 없다. 글자가 없었다면 시인은
문자가 아닌 목소리로써 시를 읊는 음유시인만이 존재할 것이다.

이 작품을 통해 채호기는 문자의 그 존재론적 현상을 다각적으로 진지하게 추구하고
있다.

땅에서 '캐낼 수 없는 글자'(제1연)는 '낚시로도 잡을 수 없'고, '새처럼 날지 않는'
것이고, '나무처럼 위로 위로 솟아 오르지 않는'데, 과연 그 글자의 행방은 어디인가. 그
러나 '아무도 읽지 않는 책 속에 영원히 수감된 글자'라고 화자는 끝내 침통하게 책을

외면하는 오늘의 잘못된 독서 풍토를 시니컬하게 고발하고 있는 것이다.

읽지 않고 내버려 둔 책은 나무토막이다.

목침 대신 책을 머리에 베고 자는 사람조차 있으니, 시인은 버림받을 책에 대한 예리한 문명비평을 가하고야 만다.

제1연의 직서적 표현에 반해 제2연에서는 상징적 비유의 묘사가 우리의 눈길을 끈다.

그리하여 글자는 '햇빛의 부력으로 반짝이며 떠다니는 먼지처럼' (제2연) 직유되면서, 글자가 자리하는 '종이' 에로, '뇌' 속으로 다시 '종이' 에로의 귀착한다.

제3연의 메타포에 뒤이은 제4연에서 '글자' 는 시인의 빛나는 상상력에 이끌려 연못의 아름다운 '수련' 으로 승화하여 '물결 없는 종이 위에 피어 있는 글자' 로써 부각하며 눈부시게 꽃핀다.

화자는 제4연에서 글자를 수련꽃으로 형상화 시키면서 '글자의 줄기와 뿌리는 백지의 심연 속에 잠겨 있을까?/ 뇌 속에, 시신경 안에 잠겨 있을까?/ 아니면 익사했을까?' 고 우리에게 날카롭게 반문하는 것이다.

여기서 우리는 문화적 감각과 지성이 융합된 시인의 빼어난 이미지의 조탁(彫琢)을 발견하게 되는 것이다.

이강산(李江山)

충청남도 금산(錦山)에서 출생(1959~　). 본명 영배(榮培). 한남대학교 국어교육학과 졸업. 1988년 『실천문학』에 시 「징소리」외 3편을 발표하며 문단에 등단했다. 시집 『세상의 아름다운 풍경』(1996) 등이 있다.

징소리
— 아버지

용호리 약수터 지나
송이버섯 같은 하산지 아리랑 고개 넘으면
물씬 물씬 쳐올라오는 대청댐 물냄새
멀리는 속리산 독경소리 풍경소리 이끌고 내려와
철조망 가 물너울 가득히 갇혀
저희들끼리 고향 이야기나 풀고 있다가
황혼녘이면 청둥오리떼 발갛게 띄우는데

부강장 조치원장 신탄장 두루 돌아
초하루 문의장이면 여유있게 풋고추 사리도 들렀더니
지금은 시꺼먼 물에 잠겨
칡뿌리 같은 고향 피울음 끊어내며 떠날 때
조상님같이 내려다보던 마을 어귀 당나무도 물귀신 되어
썰레썰레 도깨비불 밝히고 있을 장터
해거름에 떠오르는 산 그림자가 초가지붕 저녁 연기 영락없어라

문득 돌 하나 던지면
저승길 같은 물살 개앵개앵 열고
명치 끝도 출렁여 올 대보름 장판 징소리
그 징소리에 미쳐 돌던 장돌뱅이여
강강수월래 흐드러진 달빛이여

갑오년 아들 장하게 둔 단골 최 노인
차마 팔순의 발길 강 건너로 뗄 수 없음에
벗어 둔 고무신 두어 켤레가
여름마다 고무신 같은 배 중얼중얼 띄우는지 가라앉히는지
신시가지 골목마다 싸돌아다녀도
파장술 한 잔 발목에 채이는 알싸한 흙냄새 한 덩이 없다고
아버지는 문의장판 징소리 같은 목소리로
어허 그 장날, 벌써 먼 옛날

주제 향토애 정신의 고양(高揚)
형식 4연의 자유시
경향 서정적, 전통적, 문명 비평적
표현상의 특징 전통적인 향리(鄕里)의 정서와 더불어 향토애의 선의식(善意識)이 바탕에 짙게 깔려 있다.
각 연마다 청각적 이미지와 시각적 이미지 등이 공감각 작용을 하고 있다.

이해와 감상

「징소리」는 이강산의 아픈 가슴을 두드리는 비통한 문명 비평의 강렬한 울림이다.
고도산업화 사회 속에 재래의 전통적 농촌 문화는 자취를 감추고 있어 시인의 충격은 결코 범상한 것이 아니다. 산골짜기마다 물씬했던 인정도 오간 데 없이 사라지고, 거대한 댐에 갇힌 청둥오리떼나 노니는 물바다(대청댐)가 되고야 말았기 때문이다.
오랜 역사와 전통의 향토 문화는 하루아침에 수몰되고야 만 것이다(제1연).
이 고장 저 읍내 이르는 곳곳마다 이름났던 장터의 맛깔스런 인심과 풍성한 농산물도, 충청도 인심마저 몽땅 꿀꺽 삼켜 버린 오늘의 대청호. 그것을 바라보는 화자의 눈시울이 촉촉하기만 하다.
'지금은 시꺼먼 물에 잠겨/ 칡뿌리 같은 고향 피울음 끊어내며 떠날 때/ 조상님같이 내려다보던 마을 어귀 당나무도 물귀신 되어/ 썰레썰레 도깨비불 밝히고 있을 장터/ 해거름에 떠오르는 산 그림자가 초가지붕 저녁 연기 영락없어라' (제2연)
이와 같은 국토의 대변혁은 비단 대청호 주변만은 아니기에 우리 국민 누구나 절실히 공감하는 '징소리'가 가슴마다 되울려 오고 있다.
갑오경장(甲午更張, 1894) 때에 '아들 장하게 둔 단골 최 노인'(제4연)의 시대에 서양식 의식개혁이 이 땅에 밀어닥쳤다면, 이제 팔순 최 노인이 떠나간 오늘의 시대에는 엄청난 국토변혁이 일어나고 말았으니, 옛 고향을 사랑하는 사람마다 마음마다 오늘의 이 가편(佳篇)으로 서늘한 심사를 달래 보아야만 하겠다. 우리의 한국 현대시사에서 이 작품은 결코 빠뜨릴 수 없는 매우 중요한 역사적 주제를 뚜렷이 제시하고 있다.

오만환(吳晩煥)

　충청북도 진천(鎭川)에서 출생(1955～　　). 중앙대학교 교육대학원 국문학
과 수료. 1988년 『예술계』 신인작품상에 시 「칠장사 입구」, 「개나리」 등이
당선되어 문단에 등단했다. 시집 『칠장사(七長寺) 입구』(1990), 『서울로 간
나무꾼』(1997) 등이 있다.

칠장사 입구

해묵은 역사책 이고
돌다리 건너는 달
두미울 어둠을 썻으면
큰 난리마다
땀 흘린 부처가 보인다

말발굽 소리
총소리
굽이치는 물에
세월은 발을 담그고.

수없이 피고 진
저 갯메꽃
아무것도 잡지 못한 손으로
속 모르는 저수지를
흔들어 깨운다

켜켜이 쌓인 잎 위로
하품 뚝 떨어진 밤
오늘 몇 가마
경운기에 실려 이제
익은 새소리로

아침을
날고 있었다.

*칠장사 : 경기도 안성시 이죽면에 있음. 고려의 사서(史書)를 보관했었다 하며 두미울은 두교리 두매동임.

주제 칠장사와 역사인식
형식 4연의 자유시
경향 향토적, 상징적, 풍자적
표현상의 특징 간결한 시어 구사 속에 심도 있는 이미지 처리에 치중하고 있다.
향토사의 짙은 상징성이 독자에게 감동적으로 전달되고 있다.
작자의 역사의식이 두드러지게 표현되고 있다.

이해와 감상

오만환은 천체인 달을 '해묵은 역사책 이고/ 돌다리 건너는 달' (제1연)로써 메시지를 참신하게 던지고 있다. 여기서 '달'은 단순히 밤을 밝혀주는 밝은 달이 아니요, 민족사의 어둠을 밀어내주는 '광명의 전달자' 로서 의인화 되어 있다.

'두미울' 마을의 밤을 밝게 비추는 달은 소중한 고려사 사서(史書)를 지키고 있는 두미울이며 칠장사를 단순한 하나의 지역사회의 사찰로서 설정했다기보다는 이 고장이 '민족사의 빛나는 터전' 임을 상징적으로 제시하고 있는 것이다.

'큰 난리'는 무엇인가. 임진왜란(1592~1598)이며, 병자호란(1637~1638) 등 이 땅을 침범했던 외세를 가리키는 것이다. 더구나 '땀 흘린 부처'는 외국 침략군의 침범을 미리 알려주는 그 은혜와 슬기의 땀을 흘려 호국(護國)의 성상(聖像)이었음을 오만환은 굵직한 숨결로 다부지게 이미지화 시키고 있다. '갯메꽃' (제3연)은 우리나라 고유의 다년생 만초(줄기가 덩굴진 풀)이다. 5~6월이면 담홍색으로 짙붉게 갈때기 모양의 꽃이 핀다.

시인은 '수없이 피고 진/ 저 갯메꽃/ 아무것도 잡지 못한 손으로/ 속 모르는 저수지를/ 흔들어 깨운다' (제3연)고 역사의 발자취를 메타포(은유)하고 있다. 즉 이것은 이 고장 칠장사 언저리 저수지가에서 기나긴 시간, 오랜 역사의 발자취를 지켜온 '수없이 피고 진' 우리나라 꽃인 갯메꽃이 역사의 내용을 모르는(속 모르는) 저수지를 각성시킨다(흔들어 깨운다)는 심도 있는 풍자적 표현이다. 더 구체적으로 말하자면, 화자는 민족사의 유서 깊은 이 터전 칠장사 입구의 '돌부처'며 갯메꽃이 우리 역사의 장엄한 사연을 들려준 감동적인 발자취에 대해 독자들도 잔뜩 귀를 기울여 달라는 간절한 소망을 내세우고 있는 것이다. 그렇다. 우리 겨레 역사의 숨결은 한국인만이 우리 저마다의 품속에 따사롭게 깊숙이 간직하고 후손 대대로 이어갈 일이다.

오늘의 희망찬 터전 칠장사 입구에서 땀흘린 온갖 보람찬 수확은 '경운기에 실려 이제/ 익은 새소리로/ 아침을/ 날고 있었다' (마지막 연)는 화자의 뿌듯한 가슴을, 그리고 삶의 빛나는 그 터전을 우리는 훈훈한 감동 속에 되새겨보자.

함민복

충청북도 충주(忠州)에서 출생(1962~   ). 1988년 『세계의 문학』에 시 「성
선설」 등을 발표하며 문단에 등단했다. 시집 『우울씨의 일일』(1990), 『자본
주의의 약속』(1993), 『모든 경계에는 꽃이 핀다』(1996) 등이 있다.

빨래집게

옷을 집고 있지 않을 때
내 몸을 매달아 본다

몸뚱이가 되어 허공을 입고
허공을 걷던 옷가지들

떨어지던 물방울의 시간
입아귀 근력이 떨어진

입 다무는 일이 일생인
나를 물고 있는 허공

물 수 없는
시간을 깨물다

철사 근육이 삭아 끊어지면
툭, 그 한 마디 내지르고

흩어지고 말
온몸이 입인

이해와 감상

함민복은 존재론적(存在論的, Ontologisch)인 삶의 가치를 추구하는 시의 논리를 인식론적으로 흥미롭게 전개시키고 있다.

오늘의 이른바 혼미한 21세기라는 복잡다단한 사회를 살아가는 지성인에게 있어서 온갖 정치 경제 사회 문화의 압력은 때로 감당키 어려운 게 사실이다. 군사독재며 고도산업이다, 물신숭배의 타락에 이르기까지 정치 사회적 혼란 등등 개인의 사상적 중심축은 향방이 어긋나며 항상 뒤흔들리기 마련이다.

그런 한복판에서 마침내 화자는 '빨래집게'라는 가공(加工)된 물체를 시적 오브제(object)로 설정한 것이 자못 주목된다.

──빨래집게. 그는 남(他者)을 일정한 기간 스스로 억압하고 구속한다. 물론 그 스스로도 철사줄(빨랫줄)에 얽매인 채로서다.

'철사 근육이 삭아 끊어지면/ 툭, 그 한 마디 내지르고// 흩어지고 말'(제6·7연) 존재다.

그야말로 프롬(Erich Fromm, 1900~1980)이 내세우는 자유로부터의 도주가 불가능한 존재인 것이다. 우리의 세상을 누가 이토록 자유롭지 못하게 눈에 보이지 않는 거대한 울타리를 끈질기게 둘러치고 있는 것일까.

자본주의의 물질문명인가, 전쟁 상인들인가, 국수적 집단 이기주의자들인가. 그 큰 빨래집게들은 철사줄에 매달리지 않은 완전자유의 행동파인가.

우리가 고도산업사회에서 소외당하는 것까지는 어쩔 수 없다손 치더라도, 인간적인 최소한의 권리와 자존심마저 짓밟혀 버린다면, 허공 속에서 '입 다무는 일이 일생인'(제4연) 빨래집게로서의 개체들은 더 이상 어떻게 잇따라 소외당해야만 할 것인지 그 해답을 누구에게 물어볼까.

마르쿠제(Herbert Marcuse, 1898~1979)인가, 아니 이들보다 먼저 저 하늘 멀리 떠나가 버린 현상학자 후서얼(Edmund Husserl, 1859~1938)인가, 그의 계승자 하이데거(Martin Heidegger, 1889~1976)에게 오늘의 시대의 존재와 시간의 한계를 파악해야 할 것인가.

'옷을 집고 있지 않을 때/ 내 몸을 매달아 본다'(제1연)는 그 존재와 시간의 자아 성찰은 너무도 소중한 오늘의 시대적 정신 작업임에 틀림 없다.

한성수(韓成洙)

전라북도 전주(全州)에서 출생(1938~   ). 연세대학교 국문학과 졸업. 1988년 『예술계』 신인작품상에 시 「무엇이 비치는가」, 「하얀 폭풍우」 등이 당선되어 문단에 등단했다. 시집 『이 찰나 속에서』(1968), 『날개, 날개, 날개』(1992) 등이 있다.

무엇이 비치는가

무엇이 비치는가
하늘도
나무도
바위도,
여름도
겨울도 없는
당신의 내부에서
그림자도 없이 떠돌다가

캄캄한 하늘 깊은 강물의
줄기에 매달린
한 씨알이 되었으니
어느 봄날 캄캄한 여울에
목숨의 소리를 띄워
꿈 꾸는 한 옹큼의 생명

실낱 같은 뼈에 살이 올라
피가 흐르며
때깔이 감돌고
피워 올리는 하나의 꽃
탐스럽게 익는 열매여
가을 새벽 내 영혼에
오, 무엇이 비치는가.

이해와 감상

시의 표제 자체가 '무엇이 비치는가'고 설의법(設疑法)을 쓰고 있어 흥미로운 전개를
시작하고 있다.

종래의 서정시와는 한 차원 다른 삶의 의미를 추구하는 표현을 하고 있어 참신한 맛이
드러난다.

한국 현대시의 중요한 과제는 그것이 주정적이거나 주지적인 경향은 차치하고, 우선
무엇보다 표현기법이 반드시 새로워야만 한다는 것이 대전제가 되어야 할 과제다. 그와
동시에 시는 어디까지나 '이야기'가 아닌 '노래'여야만 한다는 것을 결코 배제할 수 없
다.

한성수는 이미지의 부담스런 복잡성을 제거하면서, 되도록 간결한 시어 구사와 함께
시적 구조(poetical structure)의 특이한 프래소로지(phraseology, 語法)의 조사법(syntax)
을 도입하고 있어 주목된다.

시인과 독자와의 보다 밀접한 교감은 가능한한 설득력 있고 간결한 이미지 표현 작업
이 구실한다고도 본다. 그와 같은 견지에서도 한성수의 시도는 관심의 적(的)이 되고 있
다고 지적하련다.

'하늘도/ 나무도/ 바위도/ 여름도/ 겨울도 없는/ 당신의 내부에서'(제1연)의 '당신'이
란 누구인가.

이것은 시인이 설정한 절대자(絶對者)다.

그는 몸부림쳐 오는 인생 속에 절대를 향한 자아의 삶의 진실을 끈질기게 추구하며
구도(求道)하고 있는 것이다.

그러기에 스스로를 가리켜 '그림자도 없이 떠돌다가/ ……/ 한 씨알'(제1·2연)로 태
어났다고 고백하고 있다.

그렇다. 인간의 탄생 이전의 상태는 '그림자도 없는' 방황이다. 그리하여 '캄캄한 하
늘 깊은 강물의/ 줄기에 매달린/ 한 씨알'(제2연)로 태어나는지도 모른다는 것은 어쩌면
생의 감동이 아닐 수 없다.

"시는 감동에서 시작하여 감동으로 끝난다"는 일본의 키하라 코우이치(木原孝一,
1922~) 시인의 말이 문득 떠오른다.

김태호(金兒浩)

충청북도 보은(報恩)에서 출생(1938~). 대구대학교(현 영남대학교) 졸업. 1989년 『한국시』신인상에 시 「닭」, 「벙어리 새」 등이 당선되어 문단에 등단했다. 시집 『달빛씻기』(1991), 『한 줄의 시로 하여 서럽지도 않으리라』(1994), 『눈 나라 소식』(1996), 『해돋이』(1998) 등이 있다.

해돋이

아무도 거스르지 못할
빛의 가장자리
껍질 벗는 일체의 속살
가슴 떨리는 두려움으로
해를 맞는다.
새벽 어둠을 뚫고
솟아 오르는 하나의 둥그런 자유
그 부신 나래에 매달린 아침 열리고
그림자 덮인 산자락도
윗도리 걸치며 일어선다.
숲 속 잠든 한 마리 들짐승과
새들도 눈을 떠
둥지 밖을 내다보고
멀리 뻗어 나간 길과
돌아드는 시내까지
땅 끝에서 땅 끝으로 달려가는
새 숨결의 출렁임,
하늘 우러르는 기도와
작은 용서의 속삭임까지
깨어나는 빛살 앞에 무릎 꿇는다

주제 일출(日出)과 생명의 외경(畏敬)

형식 전연의 자유시

경향 서정적, 상징적, 감각적

표현상의 특징 잘 다듬어진 시어로 서정적인 순수미를 상징적으로 표현하고 있다.
태양의 솟음을 제재(題材)로 하면서도 작자의 박애(博愛)사상 등, 건강한 인간
애의 정신미가 짙게 드러나고 있다.
서정(抒情)과 서경(敍景)이 공시적으로 생명 의식의 고양 속에 깔끔한 조화미
(調和美)를 표현하고 있다.
전연(全聯) 구조이면서도 리듬의 내면적 효과를 언어 감각적 묘사로 살리고 있다.

이해와 감상

지금부터 95년 전에 육당 최남선(崔南善)이 「해(海)에게서 소년에게」(1908)를 썼던 것이 이 땅의 첫 현대시였다.

김태호는 「해돋이」(1998)에서 한국 현대시의 참으로 눈부신 새아침을 마련하고 있다. 이제 우리 한국 시단에는 김태호의 새로운 해가 떴다.

의성어(擬聲語)로서 떠들썩하고, 이른바 신체시(新體詩)의 테두리에 얽매여 있던 육당의 「해에게서 소년에게」의 시 세계를 여기 굳이 들추는 데는 딴 뜻은 없다. 그 후 먼 뒷날인 52년 만에 또 하나의 가편(佳篇)의 서정시로서의 해가 떠올랐다.

한국 현대시 100년사를 지향하는 오늘의 시점에서 김태호의 「해돋이」가 눈부신 새 시사(詩史)를 장식하려고 우뚝 솟았다는 것을 다시금 지적하고 싶다.

이 작품은 참으로 조용한 이미지의 세계 속에, 생명에의 외경(畏敬)과 삶의 진실을 그 주제로 삼아 '아무도 거스르지 못할/ 빛의 가장자리/ 껍질 벗는 일체의 속살/ 가슴 떨리는 두려움으로/ 해를 맞는다' (제1연)고 하는 화자의 엄숙한 일출선언이 우리들에게 압도해 오고 있다. 우리는 「해돋이」를 조용히 읽고 음미하면서, 다만 가슴에 뜨겁게 젖어드는 그 벅찬 해돋이를 껴안으면 되는 것이다.

그 동안 한국 시단에서 「해」(1946)를 노래한 박두진(朴斗鎭)의 명시가 아직도 우리들의 시심에 감동의 여운을 안겨주는 가운데, 시의 영토는 서정의 빛나는 터전을 광대하게 펼쳐 주었다. 무릇 릴리시즘(lyricism)의 바탕 위에서 새롭고 신선한 릴릭 포이트리(lyric poetry)를 엮어내는 게 서정시인의 작업이다. 왜냐하면 시는 처음부터 끝까지 서정의 노래이기 때문이다. 시는 결코 이야기이거나 웅변이며 연설도 아니다.

혹자는 시의 내용에 대해 말하기를 그것이 철학이니, 심지어 사상 운운하는 터무니 없는 궤변도 늘어 놓는다.

'새벽 어둠을 뚫고/ 솟아 오르는 하나의 둥그런 자유/ 그 부신 나래에 매달린 아침 열리고/ 그림자 덮인 산자락도/ 윗도리 걸치며 일어선다' (중반부)는 이 해돋이의 빼어난 메타포는 한국 현대시의 새로운 가능성을 당당하게 제시하고 있다고 본다.

이제 21세기가 밝아 온 한국 시단에서 「해돋이」와 같은 현대의 새로운 서정시가 계속 나와 우리 시단을 빛낼 것을 군이 여기에 강조해 둔다.

김성옥(金成玉)

부산(釜山)에서 출생(1952~   ). 숙명여자대학교 국문학과 졸업, 동 대학원 수료. 1989년 『현대시학』에 시 「시를 찾아서」 등이 추천 완료되어 문단에 등단했다. 시집 『빛 한 줄기의 강』(1976), 『그리움의 가속도』(1992), 『사람의 가을』(2003) 등이 있다.

황진이

1
조선의 남자는
모두
그녀로부터 태어났다.

사랑도 그녀로부터 비로소
시작된다.

아무도 그녀를 막아서서
해를 가릴 수는 없다.

오늘
나에게도 흐르고 있는
그녀의 눈물과 피

2
춤을 추랴
어디 만만한 들판이나
사랑채 마당에서라도

대대로 내려온 장단에 맞춰

죽어도 버릴 수 없는
신명에 맞춰

      3
오늘 황진이를 보았다.

골목길을 막 돌아가는
빨간 댕기

쨍그랑
하늘 한 조각.

주제 황진이의 강인성과 흠모(欽慕)
형식 3부작 9연의 자유시
경향 페미니즘적, 해학적, 풍자적
표현상의 특징 강력한 여성지향적인 해학적 표현을 하고 있다.
간결한 시어에 심도 있는 이미지를 담고 있다.
비교적으로 짧은 시이나, 3부작으로 여러 개의 연을 갈라서 전달이 잘 되는
구호적(口號的)인 시형(詩型)을 제시하고 있다.
제2 · 3부에서 도치법을 쓰고 있다.

이해와 감상

황진이(黃眞伊, 16C)는 조선왕조 선조(宣祖) 당시까지의 여류시인이며 이른바 송도삼
절(松都三絶, 황진이 · 서경덕 · 개경의 박연폭포)로 꼽히던 명기(名妓)였다는 것은 모르
는 이가 없겠다.

"동짓달 기나긴 밤을 한 허리에 베어내어/ 춘풍 이불 아래 서리서리 넣었다가/ 어른님
오시는 밤이어드란 굽이굽이 펴리라"는 이 절창(絶唱)과 더불어 재색 겸비한 진랑(眞娘)
은 한국 시문학사에서 그의 진가가 빛나고 있다.

김성옥은 「황진이」를 표제로 하여 우리에게 그 흠모의 정을 주지적으로 유감 없이 형
상화 시키고 있어 주목받는다.

'조선의 남자는/ 모두/ 그녀로부터 태어났다// 사랑도 그녀로부터 비로소/ 시작된다'
(제1 · 2연)는 것에 남성 독자들은 혹 불만이라도 있을까. 만약 그렇다면 그것은 성차별
의식의 발로다.

김성옥이 제시하는 '그녀'란 '여성'의 복합적인 호칭일 따름이다. 따라서 '조선의 남
자는/ 모두/ 조선 여자로부터 태어났다'는 메시지로 풀이할 일이다.

또한 '그녀' 황진이의 경우는 존재론적(Ontologisch)인 견지에서 단군 이래로 이 땅의 '여성 대표' 격인 '잘난 여자' 다.

'사랑도 그녀로부터 비로소/ 시작된다' (제2연)고 했는데, 이것은 작자가 그녀의 사랑 (戀情)을 가장 여성다운 사랑의 모델 케이스로 평가하고 있는 것이다.

그런데 더욱 주목되는 것은 제4연의 '오늘/ 나에게도 흐르고 있는/ 그녀의 눈물과 피' 라는 화자의 고백이다.

황진이의 인생행로에 있어서의 삶의 아픔(눈물), 그리고 진실(피)은 그녀의 전설이 이미 인구에 널리 회자된 것과 같다.

김성옥은 그런 황진이를 흠모하는 후손임을 강조하고 있는 것이다.

황진이는 어쩔 수 없는 기녀의 신분으로서 '대대로 내려온 장단에 맞춰/ 죽어도 버릴 수 없는/ 신명에 맞춰' (제6연) '사랑채 마당에서' (제5연) 춤을 추어야 하는 슬픈 운명의 여주인공이었다는 뼈아픈 삶의 길을 김성옥은 제2부에서 '골목길을 막 돌아가는/ 빨간 댕기// 쨍그랑/ 하늘 한 조각' 하고 또렷이 공감각적(共感覺的)으로, 그것도 문법 무시의 차원에서 시네시스(synesis)의 수사(修辭)를 설득력 있게 원용하여 강조하고 있다.

양문규(梁文奎)

충청북도 영동(永同)에서 출생(1960~). 명지대학교 대학원 문예창작과 수료. 1989년 『한국문학』에 시 「꽃들에 대하여」 외1편을 발표하며 문단에 등단했다. 시집 『벙어리 연가』(1991), 『영국사에는 범종이 없다』(2002)가 있다.

꽃들에 대하여

올해 처음으로 피어난 꽃들에 대하여
아름답다 말하지 말자
봄날로부터 가을에 해거름까지
우리들이 발을 붙이고 있는
이 땅의 어디에나 피어 있을
그 꽃들을 함부로 얘기하지 말자
그리움과 사랑 같은
혹은 순수나 빛깔 따위
마음을 치장하는 너울이 아님을
가지마다 흐드러지는 잎의 하나하나에
말 못할 아픔 베올로 짜여 있음을
우리 얘기하지 말자
묏등가에 서 있는 들꽃 한 송이
멀리서 그저 바라보는 즐거움으로
아니, 이 땅의 주름진 하늘 끝에 닿아
되돌려지는 메아리로
누구나 꽃밭에서 생각하던
통곡하다 떠나간 거리의 한 모퉁이
들꽃에 대하여도
우리 말하지 말자
결코 아름답다 얘기하지 말자

이해와 감상

이 작품을 이해하려면 우선 마지막 부분의 행(行)들을 주목할 일이다.

'누구나 꽃밭에서 생각하던/ 통곡하다 떠나간 거리의 한 모퉁이/ 들꽃에 대하여도/ 우리 말하지 말자/ 결코 아름답다 얘기하지 말자'(제17~21행).

'거리의 한 모퉁이 들꽃'의 '들꽃'이란 거리에 나서서 잘못된 정치를 규탄하는 '순수한 민중'의 상징어로 본다면 이 의인적(擬人的) 수법의 작품은 누구에게나 이해가 빨라질 것이다.

거듭 밝히자면 이 시에서의 '꽃들'은 자연 속에 핀 '들꽃'이 아닌 '거리의 한 모퉁이'에서 저항하는 군중이다.

양문규는 처음부터 주정적인 서정적 꽃의 세계를 노래하려는 의도가 없다. 이제 이 시의 서두로 가보자.

'올해 처음으로 피어난 꽃들에 대하여/ 아름답다 말하지 말자'(제1·2행)고 했다. '처음으로 피어난 꽃'이란 얼마나 순수하고 아름다울 것인가.

그러나 화자는 그와 같은 순수미의 꽃을 '아름답다 말하지 말자'고 철저한 부정을 하고 나섰다.

여기서부터 사태는 예측할 수 없는 방향으로 전개가 된다.

시인이 설정한 것은 본래부터 꽃이 아름답지 않은 것은 아니다. 어김없이 원천적으로 자연 발생의 아름다운 꽃이지만 그 꽃들이 제대로 올바르게 그 미(美)를 평가받지 못하게 된 일그러진 풍토적 현실(정치, 사회적) 때문에 그 잘못에 항의하는 저항의 메시지를 내던진 것이다.

제6행에서 '함부로 얘기하지 말자'는 것은 화자가 본격적으로 꽃의 순수미를 해치는 언동을 경계시킨다.

'가지마다 흐드러지는 잎의 하나하나에/ 말 못할 아픔 베올로 짜여'(제10·11행) 있다는 아픔은 자유 민주와 평화를 열망하는 민중의 고통을 메타포하고 있다고 본다면 우리는 이 역편(力篇) 「꽃들에 대하여」의 독자로서 위안받게 될 것이다.

한여선(韓麗鮮)

충청북도 청주(淸州)에서 출생(1951~   ). 본명은 정희(貞姬). 1989년 『우리문학』 신인작품상에 시 「네가 모르는 것은 나도 모른다」외 9편이 당선되어 문단에 등단했다. 시집 『그곳은 사통팔달 전철이나 국철 닿지 않는 곳』(1991) 등이 있다.

별꽃풀

정월 밭둑에서 쥐불 놓는 아이들
그 떠들썩한 소리에
산마을 온통 흔들릴 때
살촉얼음 비집고 새봄 눈뜨는 풀뿌리
맑은 피가 돌기 시작하는
너는 새였다.

시린 손끝 다죄면서
어둠의 군은 살 긁고 또 뜯어내리는
아직도 서슬 푸른 동토(凍土)
그 굳어진 가슴 사이
뼈 속 마디마디 얼음 박히는
아픔 깊을수록 투명해지는
눈빛 감추는 새,
아름드리 나무를 꺾는
광포한 계절에도 날고 싶은
그 꿈깃 부드럽게 다스리는 새.

네 영혼이 끌어안고 뒹구는
갈대만의 땅 어두운 들녘
잡풀들 일어서는 날

키 낮은 풀잎 그 밑에 더 낮게
작은 꽃으로 피었다가
다소곳 곱포갠 깃 털며
또렷한 꽃불로 날아오르고 싶은
너는 새였다.

주제 야생화의 순수미 발견
형식 3연의 자유시
경향 서정적, 상징적, 낭만적
표현상의 특징 주정적인 일상어로 예민한 언어 감각의 표현을 하고 있다.
수사적으로 두드러지게 '새'를 강조하는 역설법(力說法)을 쓰고 있다.
전통적인 정서와 선의식(善意識)의 이미지가 선명하게 나타나고 있다.

이해와 감상

「별꽃풀」은 감성적 서정미가 물씬 풍기는 빼어난 작품이다.

우리의 민속(民俗)인 정월 대보름날의 전통적인 '쥐불놀이'로부터 시작하여 이 감각적인 서정시는 눈부시게 출발하고 있다.

'정월 밭둑에서 쥐불 놓는 아이들/ 그 떠들썩한 소리에/ 산마을 온통 흔들릴 때/ 살촉 얼음 비집고 새봄 눈뜨는 풀뿌리'(제1연)라는 시각과 청각의 공감각적인 표현은 '맑은 피가 돌기 시작하는/ 너는 새였다'(제1연)고 비약하는 메타포(은유)와 더불어, 이 감각적 서정시가 현대 서정시로서의 새로운 면모를 돋보이고 있다.

'별꽃풀'을 '새'로서 심도 있게 이미지화 시키는 것이 바로 제2연이기도 하다.

두 말할 나위 없이 「별꽃풀」은 현대 서정시의 한 새로운 양상(樣相)을 손색없이 조형(造形)하고 있다.

시는 그 시인의 목소리가 담긴 노래다.

남의 목소리가 아닌 제 목소리는 우선 시의 서정적인 바탕 위에서 성립하게 된다. 서정시(lyric)란 주관적이며 관조적(觀照的) 수법으로 시인의 감정이나 정서를 운율적으로 표현하는 노래다. 그러므로 시의 서정성은 어느 시대, 어느 상황에서나 시라고 하는 형식이 존재하는 한, 시의 기본 요소인 것이다.

거듭 지적하거니와 한여선은 이 땅의 순수한 야생화인 '별꽃풀'이라는 들꽃을 통해 제 목소리를 우리에게 전통적 이미지로써 듬뿍 안겨주고 있다.

모름지기 시인은 나 어린 소녀 시절에 봄의 논둑길이며 산기슭을 다니며 별꽃풀을 뜯어다 나물로 무쳐 먹기도 했으리라.

우리 강토에는 우리나라만의 야생화가 많이 피고 지고 있다.

그러기에 우리는 자연 파괴를 극복하는 방편으로서도 우리의 들꽃을 사랑하며 새로운 생태 환경 친화시의 시각에서 줄기차게 새로운 시를 형상화 시켜야 한다.

김연대(金淵大)

경상북도 안동(安東)에서 출생(1941~   ). 영남불교대학 졸업. 대구대학교
사회개발대학원 수료. 1989년 『예술세계』 신인작품상에 시 「빈 터에 서서」
가 당선되어 문단에 등단했다. 시집 『꿈의 가출』(1993), 『꿈의 해후』(1996),
『꿈의 회항』(2002) 등이 있다.

상인일기(商人日記)

하늘에 해가 없는 날이라 해도
나의 점포는 문이 열려 있어야 한다
하늘에 별이 없는 날이라 해도
나의 장부엔 매상이 있어야 한다

메뚜기 이마에 앉아서라도
전(廛)은 펴야 한다
강물이라도 잡히고
달빛이라도 베어 팔아야 한다

일이 없으면
별이라도 세고
구구단이라도 외워야 한다

손톱 끝에 자라나는 황금의 톱날을
무료히 썰어내고 앉았다면
옷을 벗어야 한다
옷을 벗고 힘이라도 팔아야 한다
힘을 팔지 못하면 혼이라도 팔아야 한다

상인은 오직 팔아야만 하는 사람

팔아서 세상을 유익하게 해야 하는 사람
그러지 못하면 가게문에다
묘지라고 써 붙여야 한다.

주제 상인(商人) 정신의 고양(高揚)
형식 5연의 주지시
경향 주지적, 풍자적, 시사적(時事的)
표현상의 특징 평이한 일상어로 주지적 사상을 심도 있게 표현하고 있다.
시의 전개가 박진감이 있어 독자에게 강한 호소력이 전해진다.
두운(頭韻)과 각운(脚韻)의 음위율(音位律)을 달고 있다.

이해와 감상

　시집 『꿈의 가출』에서 시작된 김연대의 시업(詩業)은 『꿈의 해후』로 이어져서 마침내 『꿈의 회향』을 이룬 '꿈의 시인'이다.
　그의 꿈(이상)은 결국 치열한 국제 경쟁사회에서 한국인의 번영의 패러다임을 시적 (詩的)인 방법론으로써 뚜렷이 제시하고 있다.
　우리나라의 국가 발전 단계는 농업사회로부터 출발하여 고도산업화 사회, 다시 이제 는 첨단 정보기술 사회로 국가의 경영 형태가 급진적으로 선진화하고 있는 것이 21세기 오늘의 현실이다.
　그런 견지에서도 이 시가 갖는 존재의의는 평가할 만하다.
　현대 세계가 다변으로 변화하고 업그레이드하는 가운데 우리의 시작품도 새로운 시 의 제재(題材) 개발과 현실에 적용하는 새 이미지 창출은 자못 바람직한 것이 아닌가 한 다.
　예컨대 이상(李箱)의 시 「오감도」(烏瞰圖)와 같은 잠재의식에 의한 오토머티즘 (automatism, 自動記述法)으로 쓴 초현실주의(surréalisme)의 시보다는, 이제 21세기는 어쩌면 새로운 문학적 영역으로서 네오 커머셜리즘(neo-commercialism)의 신상업주의 (新商業主義)의 시세계 전개도 바람직하다고 본다.
　오늘의 국제 조류는 지나간 시대의 막시즘(Marxism) 철학을 벗어난 프래그머티즘 (pragmatism) 논리에서 발전된 마켓 · 리더(market leader)를 요청하고 있다. 그런 견지에서 김연대의 「상인일기」는 매우 주목된다.
　이미 앞에서 다룬 고은(高銀)의 시 「상구두쇠」(「고은」 항목 참조 요망)의 전통적 정서 와 유형상 맞물리는 가편(佳篇)이 「상인일기」가 아닌가 한다.
　'하늘에 해가 없는 날' · '하늘에 별이 없는 날'(제1연)은 눈 비 내리는 기상 악화만을 지적하는 것이 아니고, 광의(廣義)로써 '국제경제의 악화시대'를 메타포(은유)하고 있 다.
　또한 그런 관점에서 '메뚜기 이마'는 '한국'이라는 세계 속의 매우 자그만 면적의, 자원도 부족한 열악한 조건의 국가로서 대입시켜 살펴보자.

　그렇지만 실제로 우리 한국은 현재 국제무역 8대국 속에 들어 있지 않은가. 비록 영토 (領土)가 작고 환경이 열악하다 해도 우리는 지구촌에서 어깨를 들썩이며 당당하게 약진 해 오지 않았는가를 시사해 주고도 있다.

　'전'은 '가게'의 옛말인 '전방'이다.

　'팔아서 세상을 유익하게 해야 하는 사람'(제5연)은 상인의 도덕률(moral)로서 사리 사욕이 아닌 공존(共存)의 인간애며 인류애의 숭고한 정신이다.

　시의 전체적인 수사(修辭)는 설득력 있는 과장법(hyperbole)을 도입시키고 있어서 또 한 주목할 만하다.

　이 시는 우리나라의 경제위기였던 소위 IMF 당시(1998) 구제금융 신세를 지게 됐던 절 망적 시기에 발표되어 인구에 회자되었던 가편(佳篇)이다.

김경민(金京旻)

　서울에서 출생(1954~　). 부산대학교 국문학과 졸업. 1990년 「한국문학」
에 시 「어둠의 집」, 「회전문」, 「계단 위의 폐허」 등을 발표하며 문단에 등단
했다. 시집 「붉은 십자가의 묘지」(1988), 「성 · 모독」(1993) 등이 있다.

별을 수놓는 여자

　　　낡은 세상의 머리 위로
　　　검은 구름 위로
　　　몸을 털며 날아 오르는
　　　작은 새들, 깃털들
　　　한 방울의 여자가 내리는
　　　검은 눈 속을 가네
　　　매운 바람에 몸통만 남은
　　　황량한 나무
　　　뿌리 속으로 걸어 들어가네
　　　나무는 푸른 힘줄 드러내고
　　　수액은 열매가 되어
　　　그녀 가슴에 매달리네
　　　세상 밖으로 새어 나가는
　　　그녀의 방귀
　　　천상(天上)을 흐르는
　　　그녀의 피
　　　천둥이 되어 돌아오네
　　　죽은 꿈들을
　　　흔들어 깨우는 빗줄기, 차가운 피
　　　얇은 얼음에 덮인
　　　잠든 혼들을 깨우며

한 웅큼의 여자가
검은 눈 위를 걷고 있네
그 뒤를 따라가는 발자국
어두워 오는 하늘 저 편에 찍히고
교회 십자가도 없는 민둥산 위
저 혼자 반짝이는
별빛으로 사라져 가네

주제 여성의 희망찬 이상(理想)의 추구
형식 전연의 자유시
경향 페미니즘(feminism)적, 상징적, 풍자적
표현상의 특징 간결한 시어로 서정적인 이미지를 시각적으로 두드러지게 표현하고 있다.
시작품을 전체적으로 연상작용에 의한 영상적(映像的) 표현미로 살리는 데 치중하고 있다.
시의 구성(構成)에 새로운 조사(措辭) 처리의 표현기법을 시도하고 있다.
'~네' 라는 감동적인 종결어미 처리가 두드러지고 있다.

이해와 감상

김경민의 「별을 수놓는 여자」는 좀처럼 보기 드문 상징적 감각시(感覺詩)의 한 본보기 구실을 하고 있다.

이 시에서 '세상 밖으로 새어 나가는/ 그녀의 방귀' (제13 · 14행)의 '그녀의 방귀' 와 '천둥이 되어 돌아오네/ 죽은 꿈들을' (제17 · 18행)의 '천둥' 이라는 청각적 시어를 빼놓고 난다면 이 작품은 시각적 표현으로 충만된 시인의 기량을 살피게 해준다.

따지고 본다면 이 시는 그 표제(表題)인 「별을 수놓는 여자」부터가 전적으로 시각적이라고 지적하게 된다.

시의 빼어난 시각화는 그 시를 '움직이는 시' 즉 '살아 있는 시' 로서 역동적으로 형상화 시킨다는 사실을 이 시에서 다시 한 번 강조해 두고 싶다.

이 시는 서두에서부터 '낡은 세상의 머리 위로/ 검은 구름 위로/ 몸을 털며 날아 오르는/ 작은 새들, 깃털들/ 한 방울의 여자가 내리는/ 검은 눈 속을 가네' 라고 풍자적 감각시의 성격을 강력하게 드러내고 있다.

'낡은 세상' 이란 사고적(思考的)으로 이미 진보의 방향에의 페러다임(paradigm, 범주)이 될 수 없는 무가치한 경지를 가리키는 것이며, '검은 구름' 은 이른바 불안의식의 상징어다.

'한 방울의 여자' 는 '한 여자' 의 풍자적 표현이다.

바로 이 '한 방울의 여자' 가 이상(理想)을 실현하고 있다는 표제의 '꿈을 수놓는 여

자' 다.

'나무는 푸른 힘줄 드러내고/ 수액은 열매가 되어/ 그녀 가슴에 매달리네/ 세상 밖으로 새어 나가는/ 그녀의 방귀/ 천상을 흐르는/ 그녀의 피'에서 희망찬 새 세계의 창조자로서의 그녀는 쓸모 없는 것은 '세상 밖으로' 내버리고 유익한 것은 그녀의 유토피아인 천상으로 유통시킨다는 콘트라스트(contrast, 대조)는 매우 흥미롭다.

이 시에서, 두드러진 어미처리로서의 '～네'를 지적하게도 된다.

수없이 '～네'가 반복되고 있으면서도 거부감이 일지 않는다는 점을 독자들도 살펴주기 바란다.

흔히 어미에 '～다'를 많이들 쓰고 있다. 이 '～다'라는 어미는 시의 분위기를 딱딱하게 처리하기 쉬운 단점이 있다.

그 이유는 무엇 때문인가. '～다'의 기능은 문장 구성에 있어서 어간(語幹)에 붙어서 그 말의 원형을 나타내거나 형용사나 존재사 또는 받침이 없는 체언(體言)의 어간에 붙어 '현재형'을 서술할 때 끝맺는 산문체(散文體)의 종결어미 구실을 하기 때문이다.

그러므로 시의 어미처리를 운문체(韻文體)로 매듭짓는 데는 '～네'가 바람직하다는 것을 김경민이 이 작품에서 강조하고 있는 셈이다.

이규동(李揆東)

충청남도 천안(天安)에서 출생(1949~1997). 서라벌예술대학 문예창작과 졸업. 1990년 『문학공간』 신인문학상에 시 「일기예보」 등이 당선되어 문단에 등단했다. 시집 『겨울나무』(1990), 『원고지 속의 그리움』(1992) 등이 있다.

일기예보

언제부터인가
물자(字)가
정부 앞에 혹으로 매달리고
하늘 멀리 치솟기만 하는
물가의 날개를
애태우며 손짓하던 날

피부 물가는
물가지수를 성토하고
집중호우로
한강둑이
발목저려 절름거릴 때

불감증에 시달리던
여의도에선
천재엔 서민이 울고
잔디밭에
흰 공 굴리던 졸부들
한숨으로 길어진 대열에
심장 한 쪽씩 떼어주며
떠나던 시각

일기예보엔
내일은 맑음을
예보하고 있었다.

> **주제** 부조리한 현실의 고발
> **형식** 4연의 자유시
> **경향** 주지적, 풍자적 · 비평적
> **표현상의 특징** 시사적 생활 용어로서의 물가, 물가지수 등이 삶의 현장감을 뚜렷이
> 강조해 주고 있다.
> 집중호우며 천재(天災), 일기예보 등의 기상(氣象) 관계 용어들이 등장하면서도,
> 그것들이 시어(詩語)로서의 기법상 절도(節度) 있는 표현으로 부각되고 있다.

 이해와 감상

시인의 정의감에 넘치는 불굴의 시민의식이 독자들로 하여금 공감을 자아내게 하고 있는 작품이다.

부조리한 공직 사회며 물신숭배적(物神崇拜的) 군상에 의해서 시달리는 양심 있는 서민들의 고통을 여의도 국회의사당의 주인공들을 향해 화자는 앵글을 맞추고 예리하게 비판하고 있다.

'불감증에 시달리던/ 여의도에선/ 천재엔 서민이 울고/ 잔디밭에/ 흰 공 굴리던 졸부들/ 한숨으로 길어진 대열에/ 심장 한 쪽씩 떼어주며/ 떠나던 시각'(제3연)이라는 시니컬한 풍자적 묘사를 통해서 화자의 참다운 시민정신이 완연하게 드러나고 있다.

현대시가 현실을 외면하면 그 존재 가치마저 상실당할 것이다.

우리는 꿈을 먹고 사는 인간이 아니요, 맞부닥치는 생존의 현장에서 지구를 발딛고 삶의 진실을 추구하는 21세기 현대인이다.

그러기에 우리는 결코 무기력한 복종에만 그칠 수 없으며, 역사의 증언자로서의 고발의식을 세련된 시어구사로 메타포해야 한다.

'일기예보엔/ 내일은 맑음을/ 예보하고 있었다'(제4연)는 화자의 긍정적인 시각으로의 결말은 우리의 눈길을 부드럽게 이끌어주고 있다.

「일기예보」는 그와 같은 차원에서 부정적인 현실을 슬기롭게 극복하고, 밝은 내일, 정의로운 내일의 사회구현을 위한 희망찬 역사의 예보이다.

결코 우리가 오늘에 좌절하고 절망할 수 없는 끈질긴 삶에의 도전 속에서의 시정신(詩精神)의 승화인 것이다.

심호택 (沈浩澤)

전라북도 옥구(沃求)에서 출생(1947~   ). 한국외국어대학교 불어과 졸업, 동 대학원 수료. 1991년 『창작과 비평』 겨울호에 「빈자의 개」 등 8편의 시를 발표하며 문단에 등단했다. 시집 『하늘밥도둑』(1992), 『최대의 풍경』(1995), 『미주리의 봄』(1998) 등이 있다.

육자배기 가락으로

싸리 몇 포기로 울타리 삼던
옆집 붉은 코 영감쟁이
곤쟁이젓거리 건지러 바다에 나갔다 그만
독 오른 범치한테 장딴지 쏘였네
삼베그물이며 양철통
그것 짊어지고 긴 지게 작대기
에라 모르겠다 팽개치고
사정없이 욱신거리는 다리 절뚝여 돌아왔네
간신히 마루에 기어올라
퉁퉁 부은 다리 뻗치고 앉았는데
참다 참다 못하면
육자배기 가락으로
허이구우! 나 죽겄네—
한참 있다가
하다 하다 못하면
또
허이구우! 나 죽겄네—
이빨 옹등그리고 참느니보다
걸쭉한 그 소리
시원하니 듣고 있을만 하더만서두
그집 마누라 하는 소리는

하이고오! 징혀라!
시방 나이가 몇 살인디 그 엄살이여!

이해와 감상

현대시로서는 보기 드문 제재(題材)를 택하고 있는 이채로운 작품이다.

표제의 「육자배기」부터 설명해 두자.

「육자배기」는 남도(南道)지방에서 널리 애창되고 있는 잡가인 민요로서, 조선왕조 말기에 평민들이 6박을 단위로 하는 장단으로 지어 부르던 노래다.

'옆집 붉은 코 영감쟁이/ 곤쟁이젓거리 건지러 바다에 나갔다 그만/ 독 오른 범치한테 장딴지 쏘' 여서 '사정없이 욱신거리는 다리 절뚝여 돌아왔'(전반부)다는 해학적 표현이 삶의 현장을 리얼하게 증언하고 있다.

여기에는 육신(肉身)의 아픔보다는 삶의 고통이 더욱 진하게 배어 있는 것이다. 진정한 희극(comedy)의 요소는 '눈물'이라고 했다지 않은가.

심호택은 이 작품을 통해 현대사회의 외진 곳에 흡사 버림받듯 소외당한 계층에 대한 인간애의 휴머니즘을 가지고 오늘의 현실을 풍자하고 있는 것이다.

'붉은 코 영감쟁이'는 지나간 시대의 가난한 어부가 아니라, 오늘의 21세기를 살아가는 농어촌의 서민상이며 도시빈민의 상징적 존재로서 설정되어 있는 것이다.

물질적으로 풍요한 속에 그늘진 구석에서 삶의 아픔에 「육자배기」를 외치는 그 가락을 어느 위정자가 과연 올바로 들어줄 수 있을 것인가 하는 심각한 문제 제기를 하고 있다.

'퉁퉁 부은 다리 뻗치고 앉았는데/ 참다 참다 못하면/ 육자배기 가락으로/ 허이구우! 나 죽겄네─'하고 외치는 것을 우리가 우스개 소리 쯤 삼아 건성으로 넘겨버릴 것인가. 견딜 수 없는 생활고도 짊어진 빚 둘러막다 지친 실직자의 입에서도 당장 그런 침통한 외침으로 우리의 귓청을 때려 크게 울려오고 있지 않은가.

현대시의 메타포는 시구절에만 담기는 것이 아니고, 시 한 편 전체로서 복합적인 메타포가 이렇듯 차원 높은 시의 형상화를 이루는 것을 보여주는 가편(佳篇)이다.

시용어를 살펴 보자면 '곤쟁이'는 새우의 일종으로 보리새우와 비슷하나 몸이 매우 작고 연하며 젓을 담근다.

'범치'는 '망둥어'의 방언이라는 것을 부기해 둔다.

김철기(金哲起)

충청남도 당진(唐津)에서 출생(1950~). 호는 율원(栗園). 아주대학교 산업대학원 수료. 1991년 『문예사조』 신인상에 시 「열대어」, 「이 겨울엔」, 「강」 등이 당선되어 문단에 등단했다. 시집으로 『한 점(點) 꽃, 꽃의 사다리』 (1993), 『밤나무골의 햇살』(1996), 『소리에 색동옷 입혀』(1997), 『빛 한 줌』 (1999), 『날 사랑하는 나의 기(記)』(2000), 『내일, 그 내일도 생생할』(2001), 『빈 칸의 꿈』(2002), 『불켜기』(시선집, 2003) 등이 있다.

불켜기

내 처음의 불켜기는
가까이 잡히는 성냥개비
각도(角度)를 엇비슷 눈어림하여
서툴게 황을 그어 독한 콧김 들이마신
숨 죽인 몰입(沒入)이었네

언어(言語)의 갈래 몇 가닥 알아챈 만큼
키 큰 즈음엔
수동(手動) 라이터 조그만 바퀴를
여러 번 헛손질로 돌려야 어렵사리
몰골도 허술한 램프 심지이거나
촛대에 꽃불 세우던 나날
굳은 살 두터워지는 불켜기였고

스위치 중심 힘주어 잡는 아낙
매직 가스레인지 작동(作動)엔
켤 때마다 상체 길게 뒤로 빼어
외발에 체중 실린 라틴 댄스 학(鶴)다리더냐
초점 겨냥한 팽팽한 시선으로
아직도 두려움의 불켜기구나

그 오랜 고지식한 버릇에도
어눌키만하여 몸 사리는
겉눈엔 뵈지 않는 심지 돋우어
작정한 불 쏘시개 입김 불어 가며
오늘, 더디디 더딘 내 꽃등잔의 불켜기여

주제 순수가치의 성찰
형식 4연의 자유시
경향 주지적, 상징적, 감각적
표현상의 특징 세련된 시어로써 현실적 시작업(詩作業)의 대상이 비유의 수법으로
심상화 되고 있다.
고도의 상징적 표현에 의한 작자의 날카로운 자아 성찰의 비판정신이 두드러
지고 있다.
순수성에 바탕을 둔 삶의 방법론의 점층적(漸層的)인 표현 기법이 주제를 선명
하게 드러내준다.

이해와 감상

이 시의 표현에서 우선 주목할 것은, 김철기는 「불켜기」를 통해 스스로의 시작업장
(poetry workshop)과 삶의 과정을 성찰하는 상징적 수법으로 복합(復合)시키고 있다는
점이다.

'내 처음의 불켜기는/ 가까이 잡히는 성냥개비' (제1연)에 의한 소녀 시절의 서툴기 그
지없는 불안한 불켜기로부터 인생이 비롯되며, 차츰 시의 꿈에 불켜기를 시작했다는 것
이다.

오늘날은 별로 성냥을 쓰지 않았으나 시인의 어린 날은 성냥 불켜기였던 그 시대상(時
代相) 또한 극명하게 드러난다.

성냥 켜기가 몹시 서툴러서 독한 황 냄새로 자극받았던 것과도 같이, 시세계의 진입
또한 성숙기에는 적지 아니 불안한 가운데 고통이 따랐다는 고백이다.

성냥 다음에는 라이터의 불켜기 역시, '여러 번 헛손질로 돌려야 어렵사리' (제2연) 불
켜기가 되면서 손가락 끝에 굳은살마저 생긴다는 비유(은유)가 상쾌하다.

그처럼 시작업은 힘들고 조심스러운 고난의 과정이 아닐 수 없다. 그리하여 '촛대에
꽃불을 세우던 나날' (제2연)에서의 '꽃불' 은 가장 소망하던 '참신한 시' 창작을 메타포
하고 있다.

불켜기가 능숙한 아낙이 된 것 같으나 역시 지금도 '켤 때마다 상체 길게 뒤로' (제3
연) 뺀다는 불켜기 행위는 참다운 시세계와의 접근의 어려움을 비유하는 내용이다.

이와 같은 화자의 겸허한 자아 성찰의 모습이 독자들에게 감동을 안겨주며 선명하게
부각되고 있다.

'오늘, 더디디 더딘 내 꽃등잔의 불켜기' (제4연)의 '꽃등잔'은 김철기가 추구해 오고 있는 '시의 진실'의 세계다.

우리 시단의 유형적(類型的)인 제재(題材)로부터 완전히 벗어난 이와 같은 새로운 시어(詩語)에 의한 작업은 매우 바람직한 시 창작이다.

여기서 비로소 "시는 반드시 새로워야 한다"고 설파했던 시인이며 영국 옥스포드대학의 「시학」(詩學) 교수였던 W. H 오든(Wystan Hugh Auden, 1907~1973)의 명언이 새삼스럽게 떠오른다.

젊은 날 이른바 진보적 '오든 그룹'(Auden Group)의 리더였으며, T. S 엘리엇의 후계자로서 찬양받았던 오든은 시의 새로운 것을 프로이드(Sigmund Freud, 1856~1939)의 정신분석학의 바탕 위에서 "우리들의 정신적 풍토가 새로운 데서 시의 새로움도 탄생한다"고 설파했다.

새로운 시를 향한 김철기의 자아성찰의 시창작 태도는 자못 진지하다.

따져 볼 것도 없이 인간이 '나'를 성찰한다는 행위는 인간 일반으로서의 '나'가 아닌 시인이라는 공인(公人)으로서의 '나'를 먼저 찾아내는 데서 자아성찰의 참다운 존재론적(Ontologisch) 가치를 형성하게 된다.

그와 같은 차원에서 「불켜기」는 한국 시단의 새로운 시의 모델을 제시하고 있다고 본다.

조청호(趙淸湖)

충청남도 부여(扶餘)에서 출생(1944~   ). 충남대학교·경희대학교 행정대
학원 및 고려대학교 대학원 수료. 1991년 『문예사조』 신인상에 시 「새벽」 외
4편이 당선되어 문단에 등단했다. 시집 『영원 속 아기별』(1981), 『어머니의
촛불』(1991), 『푸른 나무들 모여』(1992), 『침묵의 바다』(1994), 『싸리꽃』
(1995), 『그리움은 길이 없어라』(5인 시집, 1996), 『보리밥 풋고추』(1998)
등이 있다.

한산 모시 적삼
— 어머니·5

졸음에 겨운 호롱불 아래 밤 깊도록
고독을 한 땀 한 땀 꿰매시던 어머니
그 곁에서 우리들은 하늘 나는 꿈을 꾸었고
어머니 손 끝에서는
반짝이는 꽃으로 피어나는
하얀 한산모시 적삼

옥산에서 한산까지 멀다면 먼데
새벽 산길 가로질러
모시시장 다녀오신 어머니
그 치맛자락엔 지친 발목 걸려 있고
하얀 모시 마름은 들녘 끝 노을 피는
큰 하늘에 걸려 졸고 있는 호롱불을
더욱 밝혔다

어머니가 지어주신 모시 적삼,
올마다 젖어 있는
잔잔한 미소
그 진솔한 삶의 속삭임이
호롱불 심지 돋아 저 어둠 사른다.

주제 전통양식 찬미와 모정(母情)
형식 3연의 자유시
경향 전통적, 서정적, 상징적
표현상의 특징 잘 다듬어진 주정적 시어로 심도 있는 이미지를 부각시킨다.
작자의 인간미가 짙게 전달되고 있다.
연작시 「어머니」 제5편의 부제가 있으며, '어머니'가 거듭 동어반복 된다.
표제의 지명인 '한산'(韓山)과 옥산(玉山) 등 지명이 나온다.

이해와 감상

'한산 모시'(韓山苧) 하면 충남 서천(舒川)군 한산면이 옛날부터 우리나라 모시의 명산지로 이름났다.

한산 모시 직조품 중에서 으뜸이라는 최상품은 이른바 '세모시' 란다. 모시를 짜느라 베틀에 앉아서 부녀자가 한 필을 짜자면 꼬박 사흘이나 걸렸다는 노고가 이만저만이 아닌 귀중한 이 땅의 수공업 직조품이다.

시인의 모친이 한산 모시로 적삼을 짓던 모습이 독자에게도 눈에 선히 보이듯 영상미로 클로즈업 된다.

현대시(現代詩)라는 형식(形式)은 어차피 1908년 최남선(崔南善, 1890~1957) 이후 서양 사람들의 것을 우리가 빌려서 쓰고 있다.

그러나 형식은 서구에서 빌려다가 표현 방법으로 쓰고 있더라도 시의 내용마저 구태여 전적으로 서양적일 것은 없다.

저자는 우리 시인들이 보다 폭넓은 시 소재(素材)의 개발을 통해 자꾸만 자취가 사라져 가는 우리 한국인의 전통적인 산물이며 민속적 내지 역사적인 뚜렷한 제재(題材)를 취사선택하여 그 발자취들을 작품화할 것을 굳이 이 자리에서 권유하련다.

한국 시단에서 「한산 모시 적삼」이 시문학으로 창작된 것은 이 작품이 효시다.

'졸음에 겨운 호롱불 아래 밤 깊도록/ 고독을 한 땀 한 땀 꿰매시던 어머니'(제1연)의 근면 성실한 한국의 모상(母像)은 우리 누구에게나 뚜렷이 연상되는 자애로운 여성상이다.

깜박거리는 석유 호롱불 아래서 어머니의 모습을 지켜보며 졸린 눈을 부벼대던 소년 시인 조청호는 그 곁에서 '하늘 나는 꿈을 꾸었'(제1연)다고 했다.

시는 진실의 언어이며 삶의 약동이다.

그러므로 상상력(想像力)만의 시보다는 때로 삶의 행동양식과 그 짙은 의미가 충실하게 구상화 된, '옥산에서 한산까지 멀다면 먼데/ 새벽 산길 가로질러/ 모시시장 다녀오신 어머니/ 그 치맛자락엔 지친 발목 걸려 있'었다(제2연)는 이 메타포에는 요즘 특히 흔해지고 있는 아포리즘(잠언)보다는 시적 현실의 리얼리티와 아픔의 미학이 우리 가슴을 와락 압도해 온다.

윤현선(尹炫善)

전라남도 해남(海南)에서 출생(1961~   ). 연세대학교 행정학과 졸업. 1991년 『우리문학』 신인상에 시 「솔직히 말해서 내가 하나님이라면」이 당선되어 문단에 등단했다. 시집 『버들 솔새는 장거리 경주에 강하다』(1990), 『나의 시가 한 잔의 커피라면 좋겠다』(1991), 『그대에게 가는 동안』(1993) 등이 있다.

솔직히 말해서 내가 하나님이라면

솔직히 말해서
내가 하나님이라면
남한, 북한 지금 당장
하나의 나라로 통일시키고
일본을 두 동강내서
남일, 북일로
36년만 통치해 보고 싶어

미국이나 소련과
전쟁을 하기 위해서
일본의 팔팔한 애들
학도병으로 내보내어
총알받이로 쓰러지게 하고
일본의 반반한 계집애들
정신대로 뽑아가지고
수천 수만의 군사들에게
다리벌려 봉사하게 만들고 싶어
그러다가 미·소를 상대로 한
전쟁에서 혹시 지게 된다면
적당히 얼버무리고
항복선언이나 대충하고 싶어

그렇다고 남일·북일 통일시켜 주기에는
아직 멀었어
우리나라 대통령께서
남일국 수상에게
대충 서너마디면 되거든
"지난 날 우리나라로 인해
귀국께서 받으신 고통에 대하여
통석의 념을 금할 수 없습니다."
가해자, 피해자 명확하게 표시됐으니
이제 따질 놈이 없어
솔직히 말해서 내가 하나님이라면
일본이 36년간 우리에게
저질렀던 일들을 똑같이 36년간
저질러 보고 싶어
솔직히 말해서 내가 하나님이라면

주제 일제 식민통치 비판
형식 3연의 주지시
경향 주지적, 풍자적, 해학적
표현상의 특징 표제(表題)에 가정법을 제시하고 있다.
시 전체가 직설적이고 직서적인 산문체의 전달이 매우 쉬운 표현을 하고 있다.
수사(修辭)에 과장법(hyperbole)이 사용되고 있다.
각 연마다 '~고 싶어'라는 의존형용사에 의한 동어반복의 소망(所望)을 절실
하게 강조하고 있다.
'솔직히 말해서/ 내가 하나님이라면'이 수미상관으로 동어반복된다.

이해와 감상

가정법의 표현으로 시작되는 이 작품은 제1연에서 기승전결(起承轉結)의 '결'(結)을
강력하게 제시하고 있다.
일제의 가혹한 식민지 지배에 대한 시인의 저항의지는 '남한, 북한 지금 당장/
하나의 나라로 통일시키고/ 일본을 두 동강내서/ 남일, 북일로/ 36년만 통치해 보고 싶어'라고
열망한다.
제2연에서 일제가 우리 민족을 유린했던 비참한 '학도병'과 '정신대' 징발 만행이 고
발되고 있다.

일제의 군국주의 죄악사에서 오늘날 국제적으로도 지탄받고 있는 소위 '정신대'라는 '종군위안부' 문제는 1945년 8월의 일본 패전 반세기가 넘어 60년이 가까워 오고 있으나 일본 정부는 책임을 부인하고 발뺌하고 있다.

이미 1992년 1월에 당시 일본 수상 미야자와 키이치(宮澤喜一)는 한국을 공식 방문하고 "종군위안부 문제에 대해 일본측을 대표해서 사과한다"고 공식 사죄한 바 있다.

그럼에도 불구하고 일본 최고재판소는 최근 종군위안부에 대한 일본의 책임을 부인하는 판결(2003. 3. 25)까지 내렸다.

그러나 일본 아사히신문사(朝日新聞社)의 「일본역사」(週刊朝日百科, 1988. 7. 31)에서는 종군위안부 관할 담당장교였던 야마다 세이키치(山田淸吉·전 日本軍 武漢兵站司令部 副官, 慰安係長)의 "매춘부대는 일본의 독자적인 군대조직이었다"는 내용을 폭로하고 있다.

윤현선이 이 작품을 통해 한일관계사를 풍자적으로 신랄하게 조명하는 것은 우리 시 문학사에서 주목할 만하다.

김명희(金明姬)

인천(仁川)에서 출생(1939~   ). 호는 혜원(惠園). 중앙대학교 교육대학원 수료. 1991년 『시와 의식』 신인상에 시 「바다로 가버린 도시」, 「물빛 이슬」, 「지금 가을 길은」 등이 당선되어 문단에 등단했다. 가곡시 「초록빛 그리움」 이 고교 음악교과서(법문사)에 게재. 시집 『아직은 25시』(1992), 『뻐꾸기는 울고 산을 남긴다』(1995), 『우뚝 솟는 새의 바다』(2000), 가곡집 『사랑이 찾 아오네』(2001), 『내 마음 그 깊은 곳에』(2002) 등이 있다.

우뚝 솟는 새의 바다

반짝이는 꿈속에서 몸부림치며
빛으로 날개 활짝 펼치는
내일의 바다
저 커다란 잉태여

빈 항아리 듬뿍 채우기 위해
우주선은 은하계로 목 길게 빼고
허리 바짝 껴안았는가

아니다
오늘 벌써 지구를 등지고
바위는 거창한 파도를 삼켜
엎어지는 수평선의 불타는 반란

뼛속 마디마다 아픔 씹어 삼키는
그가 그리는 광대한 캔버스 위로
새는 또 다시 세차게 날아오고 있구나

보라
저 용솟음치는 또 하나의 해협
우뚝 솟는 바다 하나

새의 바다
바다, 바다……

순수 자연미의 발견

형식 5연의 자유시

경향 주지적, 상징적, 감각적

표현상의 특징 주지적인 시어를 구사하면서도 역동적(力動的)인 이미지의 상징적
표현 기법을 보여주고 있다.
굳이 난해한 묘사가 아닌 것 같으나, 세련된 시어로써 의미의 심도가 깊은 내
면 세계의 묘사에 역투하고 있다.
새와 바다의 외형적 표현이 아니라, 우주시대라는 새 세기에 살고 있는 지구
와 인간에게 내재하는 본질적 삶의 가치를 과감하게 캐내려고 하고 있다.

이해와 감상

오늘의 시는 '이미지'의 표현 기교가 독자에게 새로운 시의 욕망을 채워주는 '뉴웨
폰'(new weapon, 新兵器) 구실을 해야만 한다고 본다.

김명희는 잘 다듬어진 시어로 이미지의 참신성을 발휘하고 있다.

제1연의 '반짝이는 꿈속에서 몸부림치며/ 빛으로 날개 활짝 펼치는/ 내일의 바다/ 저
커다란 잉태여'에서처럼 바다의 새로운 미래 세계를 메타포(은유)하고 있다.

이미지의 어원(語源)인 라틴어의 이마고(imago)는 '흉내낸다'는 말, 즉 복사(copy)에
서 시작이 되었지만, 유능한 시인은 참신하고 다양한 이미지를 통해서, 현대시의 새로운
국면을 따사로운 심상 전개 속에 독자들의 가슴에다 공감의 감흥으로 밀착(copy)시켜
주는 것이다.

이미지의 신선미나 다양성이야말로 그 시인의 살아 있는 시의 생명력을 당당하게 입
증해 주는 일이다.

현대인들의 허기진 정신세계에다 채워줄 참신한 이미지들이야말로 오늘의 황량한 시
단에서 절실히 요청되고 있는 내용미다.

김명희의 표현의 특징은 제2연에서 다이내믹한 주제를 단순하고도 탄력 있는 이미지
로써 처리하는 그런 명쾌성(明快性)을 집중적으로 보여주는 점이다.

우리는 새 세기(new age)의 당면 시인으로서, 현대를 이른바 고도 산업화 사회, 국제
화 사회, 물질만능 시대, 또는 컴퓨터 등에 의한 초정보화 시대 나아가 우주개발 시대 등
등으로 다양하게 지적하고 있는데 주목해야만 한다.

과연 이런 초현대적 시대에 걸맞는 시인들의 작업장(workshop)은 이제 21세기 한국
현대시의 크고 새로운 과제를 책임지고 있는 것이 아닌가 한다. 그와 같은 시각에서 「우
뚝 솟는 새의 바다」는 한국 시단에 제시하는 시적 제재(題材)가 주목될 만하다.

여명옥(呂明玉)

충청북도 영동(永同)에서 출생(1938~). 청주교육대학 졸업. 1991년 『시와 의식』 신인상에 시 「저녁 무렵」 등이 당선되어 문단에 등단했다. 『탈 후반기』 동인. 시집 『도시로 내려온 나무』(1993), 『눈을 감아도 눈이 부시다』(2000) 등이 있다.

마포강에서

새들은 오늘
수풀 우거진 섬 감싸
포물선 그 버릇
강물에 푹 적신다

눈 감으면 마포 강 나룻길
저렇게 헐떡이는 자동차로
북적대는 지그재그 일기장

걷어 올린 베잠뱅이 적시던
그런 날의 맑은 강물
벙거지 쓰고 노저어 건네주던
뱃사공 난리통에 사라졌다는데

새우젓갈 비릿한 세월의 끝자락
밤섬에 가면 아직도 물씬하게 젖어 있을까
망원렌즈는 초점 맴돌다 저 멀리 강 건너고

늦도록 술에 절어
전동차 손잡이에 매달린 쭈그러진 월급봉투
빈 지갑으로 흔들리는 당신과 당산(堂山)철교도 덜컹대고
순환선은 어지럽게 돌고 돌아 자정도 넘겼구나.

주제 한강변의 역사와 애환
형식 5연의 자유시
경향 서정적, 감각적, 풍자적
표현상의 특징 다양한 시각적 이미지를 영상적으로 차분하게 처리하고 있다.
직서적인 표현 속에 작자의 삶의 성찰이 두드러지게 나타나고 있다.
과거와 현재의 시각이 대비적인 이중 구조로 엮어지고 있다.

이해와 감상

　표제(表題)인 「마포강에서」는 수도 서울의 역사를 현재의 시점에서 형상화 시키는 상징적 서정시로서 주목된다.

　과거의 한강, 즉 나룻배가 다니던 6 · 25동란 이전의 서울 한강의 그 맑은 강물이며 마포강 나룻길을 연상할 수 있는 것은 지금의 60대 이상의 세대일 것이다.

　따지고 보자면 조선왕조의 고도(古都)로서 유서 깊은 터전이지만, 거기에는 8 · 15광복 이후의 정치 사회적 혼란과, 저개발시대의 빈곤이 우중충하게 겹쌓인 불안정한 약소국가의 수부(首府)일 따름이었다.

　그렇다고 해서 어찌 우리가 그 허름했던 과거를 눈감아 버릴 수 있을 것인가.

　시인은 과거의 성찰을 통해 서울의 발자국 소리를 짚어오며 또한 오늘의 자동차 공해로 뒤덮이고, 오염된 물줄기 등 문명비평의 잣대를 들이대고 그 과거와 현재의 대비적인 한강사(漢江史)를 뚜렷이 일러주고 있다.

　'새들은 오늘/ 수풀 우거진 섬 감싸/ 포물선 그 버릇/ 강물에 푹 적신다' (제1연).

　이렇듯 여명옥은 다시 맑은 한강과 밤섬의 재생을 소망한다. 그러나 현실은 어떤가.

　'눈 감으면 마포 강 나룻길/ 저렇게 헐떡이는 자동차로/ 북적대는 지그재그 일기장' (제2연). 이것이 곧 어제와 오늘의 침통한 현실의 대비다.

　'걷어 올린 베잠뱅이 적시던/ 그런 날의 맑은 강물/ 벙거지 쓰고 노저어 건네주던/ 뱃사공 난리통에 사라졌다는데' (제3연).

　그녀는 아직도 그 옛날 마포강의 정취를 마냥 그리워하는 것이 아니며 오늘의 한강의 공해를 문명비평의 시각에서 바라보며, 수도 서울의 자연친화의 재생(再生)을 시의 내면세계에 담고 있는 것이다.

　새우젓 파시(波市)로 흥청대던 그 시절도 이제는 산업의 고도화 속에 자취를 감춘 지 벌써 반세기를 훌쩍 넘겼다. 그러나 번영 속의 빈곤인가, 샐러리맨들은 '쭈그러진 월급봉투' (제5연) 신세 속에 자정이 넘어 허탈하게 덜컹대는 당산철교를 전철로 지나치고 있다는 현실고발도 자못 따갑다.

김영자(金英子)

경기도 안성(安城)에서 출생(1961~   ). 호는 담연(潭衍). 1991년 『문학공
간』에 시 「나무로 서서」, 「비는 내리고」, 「긴 잠의 서곡」, 「나목이 된다는 것
은」, 「비가 포구에서」 등이 추천 완료되어 문단에 등단했다. 시집 『문은 조금
열려 있다』(1993), 『아름다움과 화해를 하다』(2000) 등이 있다.

안성천 지나며

저녁 안개는
긴 목을 쳐들고
혼자 물소리를 내던 물가에
몸을 풀었다

붉은 부리 갈매기, 청둥오리
저희들 몸 담그고
거친 울음 소리 서해 바다로
흘려 보내고 있구나

겨울비로
낡은 꿈 무성했던 갈대밭
오랫동안 바람만 넘나들던
안성천으로 모여드는
하얀 속살의 안개

모래톱 위에 새들의 발자국 빛나고
사랑은 물에서 만나는 것을
사람의 마을에서
오랫동안 보지 못했지

저물 무렵 국도변을 달리며
안성천 맑은 물에 젖은 나는
가슴에 따뜻한 불 하나 켜들고
집으로 돌아갔네

주제 자연과 인간의 친화(親和)
형식 5연의 자유시
경향 서정적, 상징적, 문명비평적
표현상의 특징 섬세한 상념(想念)이 밝은 시어(詩語)로 번뜩인다.
무리없이 알맞은 비유로 강변의 영상미가 상징적으로 표현되고 있다.
짙은 서정 속에 심도 있는 이미지가 담겨 있다.

이해와 감상

시인이 자연(안성천)을 바라보는 애정어린 시각(視覺)이 가슴 속에 따사롭게 전달되는 상징적 서정시다.

'저녁 안개는/ 긴 목을 쳐들고/ 혼자 물소리를 내던 물가에/ 몸을 풀었다' (제1연)로 전개되는 이 작품은 21세기 한국 서정시의 신선한 발자국을 보여준다.

이렇다 할 기교를 부리지 않으면서도 상징적으로 잘 다듬어진 시어 표현의 솜씨가 은은하게 번뜩이고 있다.

'겨울비로/ 낡은 꿈 무성했던 갈대밭/ 오랫동안 바람만 넘나들던/ 안성천으로 모여드는/ 하얀 속살의 안개' (제3연).

여기서 '겨울비'와 '낡은 꿈'은 시련(試鍊)과 고통의 상징어(象徵語)며, '하얀 속살의 안개'는 '희망의 꿈'이라는 빼어난 메타포(metaphor)의 표현이다.

시인은 논리적 철학자가 아닌 순수한 언어의 예술가라는 것을 김영자가 조용히 보여주는 것이 바로 다음 대목이기도 하다.

'모래톱 위에 새들의 발자국 빛나고/ 사랑은 물에서 만나는 것을/ 사람의 마을에서/ 오랫동안 보지 못했지' (제4연).

이것은 자연보호에 앞장 선 사람이 없는 '사람의 마을'에 대한 화자의 비유의 에피그램(epigram, 驚句)이며, 문명 비평의 자세다.

그러기에 우리 모두가 저지르는 온갖 자연 파괴를 반성하며 참다운 '자연친화' (自然親和)에로 성큼성큼 접어들 일이 아닐런가.

이제 화자는 후끈한 가슴을 열어, '안성천 맑은 물에 젖은 나는/ 가슴에 따뜻한 불 하나 켜들고/ 집으로 돌아갔네' (제5연)라고 결어(結語)를 눈부시게 맺는다.

무지한 이들을 위해서는 왁자지껄한 자연보호 캠페인도 필요하거니와 모든 지성인에게는 이 시 한 편이 더욱 밀착돼 오는 빛나는 국토 사랑의 메시지가 될 것이다.

최영미(崔泳美)

서울에서 출생(1961~). 서울대학교 서양사학과 졸업. 홍익대학교 대학원 미술사학과 수료. 1992년 『창작과 비평』에 시 「속초에서」외 7편을 발표하며 문단에 등단했다. 시집 『서른, 잔치는 끝났다』(1994), 『꿈의 페달을 밟고』(1998) 등이 있다.

서른, 잔치는 끝났다

물론 나는 알고 있다
내가 운동보다도 운동가를
술보다도 술 마시는 분위기를
더 좋아했다는 걸
그리고 외로울 땐 동지여!로
시작하는 투쟁가가 아니라
낮은 목소리로
사랑노래를 즐겼다는 걸
그러나 대체 무슨 상관이란 말인가

잔치는 끝났다
술 떨어지고,
사람들은 하나 둘 지갑을 챙기고
마침내 그도 갔지만
마지막 셈을 마치고
제각기 신발을 찾아 신고 떠났지만
어렴풋이 나는 알고 있다
여기 홀로 누군가 마지막까지 남아
주인 대신 상을 치우고
그 모든 걸 기억해내며
뜨거운 눈물 흘리리란 걸

그가 부르다 만 노래를
마저 고쳐 부르리란 걸
어쩌면 나는 알고 있다
누군가 그 대신 상을 차리고,
새벽이 오기 전에
다시 사람들을 불러 모으리란 걸
환하게 불 밝히고 무대를 다시 꾸미리라

그러나 대체 무슨 상관이란 말인가

주제 저항의지의 역사인식
형식 3연의 주지시
경향 주지적, 풍자적, 낭만적
표현상의 특징 산문체이나 리듬감을 살리면서 주지적 사상을 심도 있게 표현하고 있다.
수미상관으로 '그러나 대체 무슨 상관이란 말인가'의 동어반복을 한다.
'~좋아했다는 걸', '즐겼다는 걸', '흘리리라는 걸' 등에서처럼 '걸'(것을)로 관형사로 만드는 어미를 이루고 있다.
다양하게 도치법이 쓰이고 있다.
'술'(酒)이 동어반복되는 표현이 두드러지고 있다.
'물론 나는 알고 있다', '어쩌면 나는 알고 있다'는 동의어(同義語) 반복도 하고 있다.

이해와 감상

전체적으로 볼 때 이 작품의 표현수법은 직설적인 부분과 상징적인 비유의 부분으로 나뉘고 있다.

이 시는 알기 쉬운 산문적인 스토리를 그 콘텐츠로 삼았다기보다는 오히려 난해시다. 최영미가 표제(表題)에서 제시한 '잔치'는 '행동'의 상징어다.

그 '행동'의 요소가 무엇인지 독자가 제대로 파악하지 못한다면 이 시의 낭만성 (romanticism)은 단순한 현실도피 의식의 것으로써 해석을 할 소지도 보이고 있다.

그러나 여기서 '잔치', 즉 그 '행동'은 역사 현실에의 '저항 운동'이다.

박인환(朴寅煥)이 6·25동란의 명동의 폐허에서 「세월이 가면」(「박인환」 항목 참조 요망)을 노래했던 그런 센티멘탈한 낭만이 아닌 것이다.

도치법으로 시작되는 제1연 서두인 '물론 나는 알고 있다/ 내가 운동보다도 운동가를'에서 '운동'은 순수한 스포츠의 상징어이며, '운동가'는 스포츠맨이 아닌 혁명가의 비유다.

이와 같은 비유의 표현의 차원에서 이 '아픔의 시'는 역사에의 저항의지를 풍자적으로 담아 나가고 있는 것이다.

　'외로울 땐 동지여!'로/ 시작하는 투쟁가가 아니라/ 낮은 목소리로/ 사랑노래를 즐겼다'(제1연)는 것은 겉으로 외치는 허장성세(虛張聲勢)보다는 은밀하고 실질적인 투쟁의 방법을 슬기롭게 추구했다는 고백이다.

　그러나 항거란 어느 시대 어느 역사에서나 처절하다.

　그러기에 최영미도 그 뼈 아픔을 '주인 대신 상을 치우고/ 그 모든 걸 기억해내며/ 뜨거운 눈물 흘리리란 걸/ ……어쩌면 나는 알고 있다'(제2연)고 진솔하게 실토하고야 만다. 그러면서 끝내 결연한 의지를 굳힌다.

황귀선(黃貴仙)

충청북도 보은(報恩)에서 출생(1941~). 호 심운(心耘). 경희대학교 경영
대학원 최고경영자과정 수료. 1992년 『한국시』 신인상에 시 「금적산을 바라
보며」외 4편이 당선되어 문단에 등단했다. 시집 『사랑에는 쉼표가 없습니다』
(1992), 『사랑은 아파하는 것만치 사랑하는 것이다』(1995), 『어쩌란 말이요』
(1999), 『세상에서 햇님에게』(2001), 『보청천』(2002) 등이 있다.

금적산을 바라보며

맑은 물 흘러가는 저 냇가 건너
비스듬히 누워 있는 산 위에 앉아 있는 산 어깨 짚고
서 있는 산 허리 감은 안개
낮은 들길 돌아 하늘 올라가면

나는 그 금적산을 바라보며 생각하기 시작했다

푸른 하늘 뚫고
구름보다 더 높이 올라선 산 위에
먼저 뜬 똘똘한 별 몇 개가 유난히 빛나는 밤
온누리 소복 깔고 달빛 놀러 오면

나는 그 금적산을 바라보며 생각하기 시작했다

깊었던 밤이 서서히 어둠을 밀어내는 새벽
외양간 송아지 엄마소 젖 빨고
기지개 켜시며 일어나신 아버님
살풋대 끼고 물꼬 보러 나가실 때
풀잎에 맺힌 이슬 꿈 깨우며
먼 데 햇빛 다시 돌아오면

〉 나는 그 금적산을 바라보며 생각하기 시작했다

건너 마을 지붕 위에 저녁 연기 올라가고
뜨겁게 타던 붉은 태양이 제 집으로 돌아갈 무렵
자주빛 저녁 노을 눈가에 번져오고
장대 같은 내 그림자 내 발자국
따라오면

나는 그 금적산을 바라보며 생각하기 시작했다

맑은 바람 부는 차디찬 겨울날
푸른 하늘 서편에 기러기 떼 날아가고
산천에 쌓인 눈이 찬란한 은빛으로 가슴 와닿으면

나는 그 금적산을 바라보며 생각하기 시작했다

주제	향토애의 가치 추구
형식	5연의 변형 자유시
경향	서정적, 관조적, 상징적
표현상의 특징	잘 다듬어진 시어로 짙은 애향심을 직서적(直敍的)으로 빼어나게 표현하고 있다. 지나간 날의 고향산천이 의인적(擬人的)인 묘사로 감흥적인 배경을 이루고 있다. 각 연의 끝에 1행씩 정지용(鄭芝溶)의 시 「향수」의 표현 형식에서처럼 '나는 그 금적산을 바라보며 생각하기 시작했다'를 가사의 후렴처럼 후사(後詞)로써 동어반복하고 있다.

📌 이해와 감상

제1연에서처럼 '비스듬히 누워 있는 산 위에 앉아 있는 산 어깨 짚고/ 서 있는 산 허리 감은 안개'에서 살펴보자.

화자는 산의 서경미(敍景美)를 의인법(擬人法)을 구사하여 인체(人體)와 그 동작으로 다루는 시각적 묘사의 솜씨가 매우 뛰어나다.

누워 있는 산, 앉아 있는 산, 어깨 짚고 서 있는 산, 허리 감은 안개와 같은 이 인간적인 동작의 산의 의인화는 물씬한 애향정서(愛鄕情緖)와 함께 자못 비유의 신선미(新鮮味)가 넘치는 가운데 지성미가 반짝이고 있다.

이러한 것을 일찍이 영국 시인 T. E. 흄(Thomas. Ernest Hulme, 1883~1917)이 지적한 "시의 언어는 시각적, 구체적인 언어이고, 감각을 깡그리 그대로 전하려고 하는 직각(直覺)의 언어"라고 일컬었던 것을 새삼스럽게 깨닫게도 해준다.

즉 시의 이미지가 단순한 장식이 아니요 직각적 언어의 정수(精髓)이기 때문에 시어의 심도 있는 감각적 표현미는 비유의 청신성 내지 다양한 호소력을 아울러 발휘하게 되는 것이다.

이미지란 독자에게 새로운 시의 욕망을 채워주는 신병기(新兵器)의 구실을 해야 한다면, 이는 혹시 저자의 표현이 과도한 것일까.

황귀선은 '푸른 하늘 뚫고/ 구름보다 더 높이 올라선 산 위에/ 먼저 뜬 똘똘한 별 몇 개가 유난히 빛나는 밤/ 온누리 소복 깔고 달빛 놀러 오면' (제2연)에서처럼 수사적으로 과장법(hyperbole)을 동원하면서 독자와의 매우 친근한 교감을 시도하고 있다.

'장대 같은 내 그림자 내 발자국/ 따라오면' (제4연)에서처럼 비유(직유)가 자못 정답게 시각적 이미지를 직각적 언어로써 뛰어나게 이미지화 시키고 있다. 그 때문에 역시 지난 날(1930년대)의 정지용(「정지용」 항목 참조 요망)에게서는 찾아볼 수 없는 현대의 새로운 고향 사랑의 이미지를 신선하게 형상화 시키는 데 성공하고 있음을 보여주고 있다.

김성열(金性烈)

전라북도 남원(南原)에서 출생(1939~   ). 호는 산우(山牛). 건국대학교 정
치외교학과 졸업. 1993년 『문예사조』 신인상에 시 「토말기행」, 「모과」, 「생
활」, 「뻐꾹새」, 「등넝쿨」 등이 당선되어 문단에 등단했다. 시집 『그리운 산
하』(1997), 『귀향일기(歸鄕日記)』(2001), 『농기』(2003) 등이 있다.

농기(農旗)

보이지 않는 소리가
귓전 때리면서
가슴 때리면서
어둠 헤집어
점점 크게 들려오네

허리춤에 받쳐 세운
백년 높이의 왕대 끝에서
소리지르는 것은 무엇인가
나부끼는 깃발의 커다란 울림이여

한 목숨 고개 쳐들어 싹트는
태초의 말씀으로
전설 같은 태몽의 혼령(魂靈)은
황막한 광야 누비며 마냥 떠돌았다네

보이지 않는 소리가
하늘 드높은 깃발의 자국으로
한 뼘 내 척박한 텃밭에
뇌성벽력치던 그 나날이
지금은 잔잔한 여운으로 남아

산넘어 저쪽에서
들판 머리 이쪽으로
무리지던 목청, 그 아픔의 소리 넘어
마침내 우리들의 품안으로
유유히 회류(會流)해 온 깃발, 뜨거운 숨결이여

주제 순수가치의 갈구(渴求)
형식 5연의 자유시
경향 민족적, 상징적, 전통적
표현상의 특징 잘 다듬어진 시어 속에 역사의 발자국 소리를 가슴 속에 뜨겁게 들
을 수 있다.
작자의 농민애의 휴머니티가 짙게 전달되고 있다.
표현이 간결한 가운데 민족애의 정신을 압축시키고 있다.

이해와 감상

민족사의 시련을 어찌 지성(知性)이 외면하며, 시인이 그 염원을 캐어 이미지화 시키
지 않을 것인가.

이 시를 읽으면 동학혁명(東學革命)의 우렁찬 외침소리가 저 펄럭이는 농기와 함께
우리들의 심장으로 끈덕지게 파고든다.

좀더 멀게는 홍경래혁명(洪景來革命)의 뼈저린 슬픔이 농자천하지대본(農者天下之
大本)의 깃발을 타고 방방곡곡에 쩌렁쩌렁 울려온다는 것을 김성열은 '보이지 않는 소
리가/ … 점점 크게 들려오네' (제1연)라고 역설하고 있다.

또한 우리 농민들은 일제에게 「農者天下之大本」의 오랜 역사와 전통의 깃발마저 찢기
고 짓밟히지 않았던가.

'허리춤에 받쳐 세운 백년 높이의 왕대 끝에서/ …… 나부끼는 깃발의 커다란 울림이
여' (제2연)에서 질곡의 시대를 견뎌내려는 농민의 통곡이 우리들의 마음 구석구석까지
절절하게 울려오고 있다.

일제의 잔악한 착취는 동양척식(東洋拓植)의 마수와 더불어, 문전의 금전옥답을 빼앗
기고, 헐벗은 채 남부여대 만주 벌판 간도(間島) 땅 등으로 쫓겨나지 않았으랴.

그리하여 '하늘 드높은 깃발의 자국으로/ 한 뼘 내 척박한 텃밭에 뇌성벽력치던 그 나
날이/ 지금은 잔잔한 여운으로 남아' (제4연) 버렸다는 것이다.

더욱이나 그 직후 외세로 인해 동강나 버린 조국의 비운(悲運)도 우리는 반세기가 넘
는 장구한 아픔 속에서 오늘도 다시 농기를 곧추세우며 한껏 꽹과리를 울려대는 것은 아
닌가.

농기는 우리가 영원히 지켜야만 할 민족의 깃발인 것이다.

그러나 오늘의 각박한 현실은 또 어떤 것인지 우리의 가슴 한쪽이 무너져 내리는 절망

의식마저 솟구친다.

　피땀 흘려 경작한 고귀한 식량(쌀)이 제값을 받기는커녕 터무니없이 푸대접 받는 세기의 엉뚱한 기류만을 탓할 것인지.

　참으로 우리에게 고향은 있는 것인가.

　화자는 펄럭이는 우리의 민족적 숨결이 짙게 밴 농기를 바라보며 비분 속에 역사의 발자국 소리를 생생하게 듣고 있는 것이다.

　왜인에게 짓밟히고, 탐관오리들에게 헐뜯겼던 참담한 역사의 현장에서, 화자는 농기(農旗)를 번쩍 쳐들고 '산너머 저쪽에서/ 들판 머리 이쪽으로/ 무리지던 목청, 그 아픔의 소리 넘어/ 마침내 우리들의 품안으로/ 유유히 회류해 온 깃발, 뜨거운 숨결이여'(제5연) 외치며 고향땅을 어찌 우리가 재확인하지 않을 수 있을 것인가를 강렬하게 메타포한다.

신영옥(申英玉)

충청북도 괴산(槐山)에서 출생(1939~). 청주교육대학 졸업. 1994년 『문학과 의식』에 시 「오늘도 나를 부르는 소리」, 「계단 앞의 등나무는」, 「뱀장어」 등이 추천 완료되어 문단에 등단했다. 시집 『오늘도 나를 부르는 소리』(1995), 『흙 내음, 그 흔적이』(1998) 등이 있다.

오죽헌에서

대나무 숲 사이로
서걱이는 동해 바람
파도에 실려 경포호에 담겼으니
목백일홍 꽃피우는
오죽헌 앞마당

달도 있고
벗도 있고
그 님 또한 여기 있어
바다에 비스듬히
기대어 잠이 든다

텃밭에서 갓 따 온
가지와 수박 넝쿨
파닥이는 나비 날개
베짱이 울음 소리
화폭마다 펼쳐 놓은 섬세한 그 붓 끝에
신사임당 모습 따라
지워지지 않는 달빛

대관령 고개 마루
눈부신 한 나절

이해와 감상

이 작품은 일종의 기행시다.

'대나무 숲 사이로/ 서걱이는 동해 바람/ 파도에 실려 경포호에 담겼으니/ 목백일홍 꽃피우는/ 오죽헌 앞마당' (제1연)으로부터 서경이 밀어닥친다.

강릉(江陵)의 오죽헌(烏竹軒)은 동해에 면한 명소로서 현모(賢母)로 추앙되는 신사임당(申師任堂, 1512~1559)이 조선의 유학자 율곡 이이(栗谷 李珥, 1536~1584)를 낳은 터전이다.

율곡은 해동공자(海東孔子)로 칭하여지는 유현(儒賢)으로서 서울(명륜동)의 문묘(文廟)에 향배되어 있다.

율곡의 생가인 오죽헌은 글자 그대로 이 터전에 검은 대나무인 오죽(烏竹, 墨竹)이 무성하여 붙여진 것이다.

이 곳의 몽룡실(夢龍室)에서 중종 31년에 용꿈을 꾼 신사임당이 아들 율곡을 낳았던 것.

율곡은 서너살 적인 유아시에 벌써 글을 읽기 시작했으며, 나이 23세때는 영남(嶺南)의 퇴계 이황(退溪 李滉, 1501~1570) 문하에 들어가 학문이 빛나게 되었다.

성현 탄생가 오죽헌은 서기 1452년에 대사헌(大司憲)을 지낸 최응현(崔應賢)이 지은 옛 가옥이기도 하다.

여기에 소장되고 있는 신사임당의 필적각판(筆蹟刻板)과 율곡의 벼루 등등 조선시대 문화재는 귀중하다.

'텃밭에서 갓 따 온/ 가지와 수박 넝쿨/ 파닥이는 나비 날개/ 베짱이 울음 소리/ 화폭마다 펼쳐 놓은 섬세한 그 붓 끝에/ 신사임당 모습 따라/ 지워지지 않는 달빛' (제3연).

이렇듯 화자가 제3연에서 노래하는 것은 무엇인가.

신사임당의 「초충도」며 그림 솜씨 등, 이 대목에 엮어지면서 거기에 '달빛'까지 곁들여 명화(名畵)를 생동케 하고 있다.

'대관령 고개 마루/ 눈부신 한 나절' (제4연)의 강릉땅의 서정은 오죽헌 관람과 더불어 빛부신 시간을 엮어준다.

강기옥(姜基玉)

전라북도 김제(金堤)에서 출생(1952~). 호는 샘물. 전주사범대학 국어교육과 졸업. 1995년 『문학공간』 신인작품상에 시 「염전」외 4편이 당선되어 문단에 등단했다. 시집 『빈 자리에 맴도는 그리움으로』(1996), 『하늘빛 사랑』(1998), 『오늘 같은 날에는』(2002) 등이 있다.

이사

세월이 아프고 힘들어도
오순도순 살 비벼 뭉그적거리면
아버지의 등살도
어머니의 주름도
웃음 속에 퍼지는 살가운 공간
퇴색한 벽지에 손때 묻은 만큼
구석구석 배어 있는 식구들의 사랑으로
좁으면 좁은 대로 정겹게 살았는데
재건축에 헐리고 재개발에 떠밀리고—

더 넓고 더 높고 더 깨끗해야만
더 인간적이고 더 문화적이고 더 살 맛나는 것인지
일찌감치 어른들의 고향이 무너지면서
도시마다 이삿짐 트럭을 뒤따라 우리는
어린 것들과 또 헐려야 할 공간으로
다시 쫓겨가고 있구나

자국도 없는 바람의 긴 시간 속에서
창틀에 쌓인 먼지로 정들여 놓은 헌 집이어도
아직도 넉넉한 사랑과 평안을 주는 성소를
평수 좀 늘리자고

한 순간에 헐어버리고도 우쭐거리는 군상들
그 속에 들볶여 깡마른 우리가 딩굴어다니고 있구나

큰 손은 우리의 옹색한 쉼터마저
우악스럽게 움켜쥔 채 멋대로 뭉개뜨리고
따돌린 우리네는 짓눌린 이삿짐 행렬에
쑤셔 박히는 것이니
또 어느 변두리 그늘진 구석에 쫓겨가
구겨진 이부자리 다시 펼거나.

주제 삶의 부조리한 현실과 우수
형식 4연의 주지시
경향 주지적, 저항적, 풍자적
표현상의 특징 잘 다듬어진 시어로 심도 있는 이미지를 독자들에게 감동적으로 전달시키고 있다.
부조리(不條理)한 현실에 대한 주지적 고발이 상징적으로 설득력을 발휘하고 있다.
'~도'라는 특수조사, 보다 많은 것을 가리키는 부사(副詞)인 '더~'를 반복하는 수사적(修辭的)인 강조법을 도입시키고 있다.

이해와 감상

강기옥의 「이사」는 주목되는 직각(直覺)의 주지시다.

21세기 한국 사회의 병리현상(病理現象)에 대한 시인의 예리한 시각(視覺)은 어느 시인이고 반드시 한 번은 짚고 넘어가야 할 물신숭배의 타락상 때문에 희생당하고 있는 선량한 다수의 릴리프(relief), 즉 구원(救援)을 형상화 시키는 데 쏠리지 않을 수 없다. 그러한 관점에서 「이사」는 어김없이 성공하고 있는 가품(佳品)이다.

'세월이 아프고 힘들어도/ 오순도순 살 비벼 뭉그적거리'며 '좁으면 좁은 대로 정겹게 살았는데'(제1연) 이들 셋방살이, 전세살이 서민들을 '재건축'이며, '재개발'의 우악스러운 페티시즘(fetishism)의, 즉 물신숭배의 풍조가 떠밀어내는 현실적인 큰 고통을 안겨주고 있다는 새타이어(satire, 풍자)가 주목된다.

'도시마다 이삿짐 트럭을 뒤따라 우리는/ 어린 것들과 또 헐려야 할 공간으로/ 다시 쫓겨가고 있구나'(제2연)에서처럼 강기옥은 이 작품을 통해 오늘의 세태를 고발하고 있다기 보다는 오히려 잘못된 부의 편재에 대한 합리적인 사고의 개혁을 심도 있게 촉구하고 있다고 본다.

즉 '한 순간에 헐어버리고도 우쭐거리는 군상들/ 그 속에 들볶여 깡마른 우리가 딩굴어다니고 있구나' (제3연)라고 지적하는 시인의 뜨거운 눈을 의식하지 못한다면, 우리는 이른바 '세계 8대 선진국' 속에 낄 자격도 없는 것이다.

'큰 손은 우리의 옹색한 쉼터마저/ 우악스럽게 움켜쥔 채 멋대로 뭉개뜨리고/ 따돌린 우리네는 짓눌린 이삿짐 행렬에/ 쑤셔 박히는 것이니/ 또 어느 변두리 그늘진 구석에 쫓겨가/ 구겨진 이부자리 다시 펼거냐' (제4연) 하는 화자의 직서적 표현 속에 담긴 현대 지성인의 아픔에 이제 위정자는 바짝 귀를 기울일 때가 아니런가.

T. E 흄(Thomas Ernest Hulme, 1883~1917)은 '시에 있어서의 이미지는 단순한 장식이 아닌, 직각적 언어의 정수'라고 다음처럼 갈파한 것을 기억하고 싶다.

"시의 언어는 돌리면서 노는 팽이식의 언어가 아니요, 시각적·구체적인 언어이며 감각을 있는 사실 그대로 전달시키는 직각(直覺)의 언어다."

그러기에 나는 강기옥의 시 「이사」에서 T. E 흄의 난장(亂場)의 쾌도난마(快刀亂麻)와도 같은 명쾌한 지적을 인용한 것이다.

물신(物神)들이 난동하는 이 무질서한 시대를 깨끗한 시인이 살아가기에는 그 터전이 너무도 턱에 숨차고 가혹하리만큼 황량하다. 아니 절망적이다.

손택수(孫宅洙)

전라남도 담양(潭陽)에서 출생(1970~　　). 경남대학교 국문학과 졸업.
1998년 『한국일보』 신춘문예에 시 「언덕 위의 붉은 벽돌집」이 당선되어 문
단에 등단했다. 시집 『호랑이 발자국』(2003) 등이 있다.

호랑이 발자국

가령 그런 사람이 있다고 치자
해마다 눈이 내리면 호랑이 발자국과
모양새가 똑같은 신발에 장갑을 끼고
폭설이 내린 강원도 산간지대 어디를
엉금엉금 돌아다니는 사람이 있다고 치자
눈 그친 눈길을 얼마쯤 어슬렁거리다가
다시 눈이 내리는 곳 그쯤에서 행적을 감춘
사람인 것도 같고 사람 아닌 것도 같은
그런 사람이 있다고 치자 그래서
남한에서 멸종한 것으로 알려진
호랑이가 나타났다, 호랑이가 나타났다
호들갑을 떨며 사람들이 몰려가고
호랑이 발자국 기사가 점점이 찍힌
일간지가 가정마다 배달되고
금강산에서 왔을까, 아니 백두산일 거야
호사가들의 입에 곶감처럼 오르내리면서
호랑이에게 물려가도 정신만 차리면 된다는
호랑이를 잡으려면 호랑이 굴에 들어가야 한다는
속담이 복고풍 유행처럼 번져간다고 치자
아무도 증명할 수 없지만, 오히려 증명할 수 없어서
과연 영험한 짐승은 뭐가 달라도 다른 게로군
해마다 번연히 실패할 줄 알면서도
가슴 속에 호랑이 발자국 본을 떠오는 이들이

줄을 잇는다고 치자 눈과 함께 왔다
눈과 함께 사라지는, 가령
호랑이 발자국 같은 그런 사람이

주제 사회병리(社會病理)에 대한 저항의식
형식 전연의 주지시
경향 주지적, 해학적, 풍자적
표현상의 특징 평이한 일상어를 통해서, 현실에 대한 저항의식을 자못 유머러스하
게 표현하고 있다.
'가령~ 있다고 치자'는 가정법의 묘사인 '~치자'가 두드러지게 동어반복되
고 있다.
마지막 행에서는 맨 첫 행과 동어반복되는 시어와 함께 수사의 도치법을 쓰고
있다.

이해와 감상

손택수의 풍자적 주지시 「호랑이 발자국」은 많은 독자에게 관심의 대상이 되고 있는
작품이 아닐 수 없다. 이른바 '가짜'가 난무하는 세태 속에 시달리는 선량한 다수는 그
와 같은 난장판에 이제 짜증내거나 역겹다고 나무라기보다 차라리 못 본 체 외면해 버리
거나, 치지도외하고 만다.

「호랑이 발자국」이라는 이 특이한 제재(題材)는 오늘의 우리 사회의 그와 같은 병리적
(病理的) 현상에 대한 시인의 상징적(象徵的) 비판이다. 그와 동시에, 그와 같은 사회악적
인 현상인 페노미나(phenomena of the social abuses)에 대한 해학적인 강력한 풍자다.

어쩌면 고도산업화 사회는 역으로 참다운 인간성을 송두리째 말살시키고, 사리사욕
과 집단 이기주의만을 끊임없이 조장시키는 사회악적 이중구조 속에 양식을 가진 이들
을 거듭하여 분노케 만들고 있는지도 모른다.

'호랑이 발자국과/ 모양새가 똑같은 신발에 장갑을 끼고/ 폭설이 내린 강원도 산간지
대 어디를/ 엉금엉금 돌아다니는 사람이 있다고 치자'(제2~5행)라는 화자의 설정은, 오
늘의 우리 사회가 당면한 회화적(戲畵的)인 혼란상에 대한 냉혹한 질타이다.

'호랑이가 나타났다, 호랑이가 나타났다/ 호들갑을 떨며 사람들이 몰려가고/ 호랑이
발자국 기사가 점점이 찍힌/ 일간지가 가정마다 배달되고/ 금강산에서 왔을까, 아니 백
두산일 거야'(제11~15행).

호랑이 발자국을 흉내내는 이와 같은 웃지 못할 넌센스의 세태는 온갖 것을 혼란 속에
빠뜨리는 비극적 종말론으로까지 진전할지도 모른다는 극단적 사회악에 대한 시인의
일대 경종이 아닐 수 없다. 옛날 시인들의 발자취를 돌아보면 비뚤어진 세상사(世上事)
에 관해 주저없이 직설적인 경구(驚句)를 썼던 것이다.

이제 21세기의 젊은 시인 손택수는 유머러스한 메타포로써 사회악을 넌지시 고발하
며 그 개선을 위한 보다 강력한 경종을 울리고 있다.

조성식(趙盛植)

충청남도 예산(禮山)에서 출생(1967~). 순천향대학교 국문학과 졸업.
1998년 『충청일보』 신춘문예에 시 「논둑을 깎으며」가 당선되어 문단에 등단
했다. 『비무장지대』 동인. 대표시 「벽시계의 얼굴」, 「뜬모」, 「사람의 집」, 「벽
지를 바르며」, 「산성리」, 「전기」 등이 있다.

논둑을 깎으며

논둑을 깎는다
서슬 푸른 낫을 들고
풀 한 웅큼 움켜쥐고
낫질을 한다
장딴지 할켜대던 엉겅퀴와
어릴 적 각시의 풀 반지가 되어 주던
토끼풀이 날카롭게 잘려 나간다
줄기 억세진 질경이는
뿌리까지 딸려 나온다
논둑을 뒤척이던
발자국까지 뽑혀 나온다
낫 한 번 휘두를 때마다 쓰러지는
쓸모 없는 것들
이번에는 새로운 것이
돋아나겠지
엉켜진 잡초의 몸짓이 아니라
콩이라도 열리는
새로운 땀방울 맺히겠지
거짓말 못한다는 땅
뿌린 대로 거두어 들인다는
땅의 허물을 벗긴다

아무데나 돋아 놓고 간 아픔도
베어 버린다
해마다 불쑥거리며 먼저 돋아난 것들
한나절의 풀약으로도
누그러질 줄 모르던
둑을 깎는다
아슬아슬 논두렁이 보일 때까지
깎고 깎는다

주제 농토의 순수가치 추구
형식 전연의 주지시
경향 주지적, 상징적, 풍자적
표현상의 특징 잘 다듬어진 일상어로 밝고 건강한 영상미를 부각시키고 있다.
사물을 비유의 대상으로 상징적이며 역동적인 표현을 하고 있다
서정적 대상을 주지적 감각으로 논리화 시킨다.
'~깎는다'가 3번 동어반복, 또는 '~깎고 깎는다'로 동의어(同義語) 반복을
하고 있다.
'~깎는다', '~나간다', '~나온다', '~벗긴다' 등, 종결어미를 '~ㄴ다' 형
식으로 각운(脚韻)을 달고 있다.

이해와 감상

조성식은 「논둑을 깎으며」에서, '서슬 푸른 낫을 들고/ 풀 한 웅큼 움켜쥐고/ 낫질을
한다' (제2~4행)고 하는 신선감 넘치는 주지적 표현으로 서정적인 대상인 '줄기 억세진
질경이는/ 뿌리까지 딸려 나온다/ 논둑을 뒤척이던/ 발자국까지 뽑혀 나온다' (제8~11
행)고 역동적이며 상징적인 이미지화의 솜씨를 맘껏 발휘하고 있다.

논둑을 깎는 농업노동의 신성(神聖)한 작업이 굵은 땀방울과 더불어 승화하는 시의
심상미(心象美)는 더욱 알찬 소망을 담아, '낫 한 번 휘두를 때마다 쓰러지는/ 쓸모 없는
것들/ 이번에는 새로운 것이/ 돋아나겠지/ 엉켜진 잡초의 몸짓이 아니라/ 콩이라도 열리
는/ 새로운 땀방울 맺히겠지' (제12~18행)하고 신념을 꽃피운다.

어쩌면 오늘의 세상에는 쓸모 있는 것보다 쓸모 없는 것들이 더 날뛰고 있어서 양심이
며 진실은 뒷전에 밀리거나 가려지고 있다. 그러나 '새로운 땀방울'은 성실한 노력 끝에
반드시 열매맺을 것이다.

왜냐하면 '거짓말 못하는' 것이 '땅'이요 '진실'이기 때문이다.

조성식은 한나절을 뿌려대는 '농약' (풀약) 대신에 '서슬 푸른 낫을 들고' '논둑을 깎
는다'는 건강한 노동의 땀방울로 '아슬아슬 논두렁이 보일 때까지/ 깎고 깎는다' (마지
막 2행)는 감동적인 성실한 시작업(詩作業)을 표상하는 가편(佳篇)을 보였다.

김종태(金鍾泰)

경상북도 김천(金泉)에서 출생(1971~   ). 고려대학교 대학원 국문학과 수료. 1998년 『현대시학』에 시 「오존주의보가 내릴 무렵」외 4편이 추천 완료되어 문단에 등단했다. 대표시 「미아리」, 「해후」 「설화」 등이 있다.

미아리

우산 쓰고 미아리를 건너갈 때
초로의 남자가 담뱃불을 빌리러 왔다
신문 뭉치로 숱 성긴 머리를 가린 채
그가 문 담배는 반쯤 젖어
고갯길 전봇대는 인가쪽으로 휘어 있었다.
아리랑 고개 어디쯤에서 발 동동 구르고 있을
내 여자를 생각할 뿐이었다
갈 길은 우회로뿐이어서 장마의 바람은
제 짝을 잃어도 외로워하지 않았고
불을 만들지 못하는 불꽃 앞에 서서
「지리산 처녀 보살」 간판을 가린 조등을 보았다
불현듯 조객처럼 서러워졌다
어떤 전생이 비 새는 파라솔의 백열등처럼 서서
그와 나의 무의미한 상관성을
내리 비추고 있는 것일까
객들의 사연을 살피던 처녀 보살은
자신의 내력을 펼친 채 그 위에 누웠다
라이터가 반짝하고 꺼지는 사이
그는 엄지에 힘을 주며
끌고 온 등뒤의 멍에를 곁눈질했다
나는 젖고 있을 여자 생각뿐이었다 죽음 이후
익명의 흔적을 지우고 가는 사이렌 소리가

천천히 밤 고개를 넘어갔다
아직도 노인은 라이터를 켜고 있었다

이해와 감상

김종태는 한국 현대사회의 일그러진 단면에 앵글을 맞추고, 문명비평적인 잣대로 세태를 예리하게 파헤치고 있다.

표제에 제시된 지역 명칭인 「미아리」는 우리나라 대부분의 도시 구석구석 어느 곳에나 위치하고 있는 상징적 처소(處所)에 불과하다.

여하간에 서울의 '미아리'는 돈암동에서 아리랑고개를 넘어간 곳에 가정과 사회로부터 낙오된 여성들의 비통한 삶의 현장이다.

미아리 고개 일대에는 또한 점을 친다는 복술가(卜術家)들이 줄줄이 간판을 내걸고 있어서 「지리산 처녀 보살」 간판도 내걸린 모양이다.

'아리랑 고개 어디쯤에서 발 동동 구르고 있을/ 내 여자를 생각할 뿐이었다'는 그 '여자'(창녀)의 비극적 운명이나, '「지리산 처녀 보살」 간판을 가린 조등을 보았다'는 그 점 치던 '처녀 보살'은 서로가 비참한 공동운명체라는 것이 화자의 강렬한 주제의 제시다.

지금 비록 살아 있으나 비에 젖어 호객 행위를 하고 있는 여자거나, '객들의 사연을 살피던 처녀 보살은/ 자신의 내력을 펼친 채 그 위에 누웠다'(제16·17행)는 이 사실은 대비적(對比的)인 풍자적 메타포가 되기도 한다.

즉 처녀 보살에게 점을 치러 다니며 참담한 현실을 극복한답시고 엎어진 인생을 다시 일으켜 재건하겠다는 여자는 지금도 살아서 비에 젖고 서 있으나, 아이러니컬하게도 스스로의 한치 앞도 예견 못한 점치던 처녀 보살은 죽고야 만 것이다.

비 내리는 미아리 고개에서는 '익명의 흔적을 지우고 가는 사이렌 소리가/ 천천히 밤 고개를 넘어갔다'(제22·23행)는 화자의 아픈 삶의 현장 고발의 우수(憂愁)에 젖은 목소리는 독자의 가슴도 슬픔의 빗줄기로 마냥 적신다.

오늘의 시인들에게 주어지는 제재(題材)는 다양하다. 종래의 고식적이고 유형화된 때 묻은 소재를 되풀이하는 보람 없는 에너지 소모의 헛수고는 지양되어 마땅하다. 그보다 이제 21세기의 새로운 한국시는 눈을 활짝 뜨고 더 폭넓은 삶의 터전을 샅샅이 뒤져야만 한다. 그리하여 우리에게 절실한 삶의 명제(命題)들을 건져내어 시의 언어로써, 새로운 옷을 입힌 생명 있는 메타포의 내실한 언어로써 엮어나가야만 한다는 견지에서도 「미아리」의 방각(方角) 제시는 그 의미 큰 가편(佳篇)이다.

이 선(李 旋)

충청북도 음성(陰城)에서 출생(1962~　). 충북대학교 대학원 국문학과 수료. 1999년 『충청일보』 신춘문예에 시 「찔레나무 열매야」가 당선되어 문단에 등단했다. 대표시 「때눈 살풀이」가 있고, 중요한 작품으로 「쥐며느리」, 「덩그렁 목숨만 매어달고」, 「깃발 춤을 춘다네」, 「봄」, 「감귤 하나 쥐고」 등이 있다.

황제시여

뚝뚝 떨어지는 불덩이는
마른 가슴팍에 불을 지르는가
타는 목구멍마저 죽이려는가

질긴 말가죽으로 만든
노예라는 수인번호를 단 여자에게
세차게 이글거리는 황제시여

여기 비대해진 노예의 몸뚱이가
철철이 쏟아낸 땀방울
굽이굽이 만리 길을 흘러
이렇게 은백의 서릿발로 삐쭉삐쭉 솟아올라
잘 나신 황제의 더벅머리털을 추앙하렵니다.

보소서
아직도 불질러 버리지 못한
희나리 동강이라도 있습니까
이젠 붉게 녹슨 폐철 더미 위에
구년묵이 겨울비가 내립니다

주제 연상적 저항 의지
형식 4연의 주지시
경향 주지적, 풍자적, 저항적
표현상의 특징 잘 다듬어진 상징적인 시어로 작자의 소박한 선의식(정의감)을 절실하게 표현하고 있다.
설의법(設疑法)을 써서 절박한 현실감을 독자에게 암시적으로 공감시키는 표현 효과도 이루고 있다(제2연).
지적 의미를 연상적인 수법으로 심도 있고 당당하게 그려내고 있다.
표제(表題)에다 특이하게도 호격조사 '～여'를 붙여 수사(修辭)의 강조법을 동원하고 있는 것도 주목이 된다.

이해와 감상

'황제' (皇帝)는 이선이 설정(設定)시킨 '독재자' 다.

이 독재자를 앞에다 세워 놓고 작자는 강경한 어조로 가혹한 현실에 대한 심도 있는 저항 의지를 '뚝뚝 떨어지는 불덩이는/ 마른 가슴팍에 불을 지르는가/ 타는 목구멍마저 죽이려는가' (제1연)라고 밀어 붙인다.

이 작품의 배경은 두 말할 것 없이 1980년대의 군사독재시대다.

'노예라는 수인번호를 단 여자' (제2연)를 사회적, 정치적인 '약자' (弱者)인 피지배자의 상징어로 본다면, '세차게 이글거리는 황제' 는 가증스럽게 군림한 독재자를 지칭하는 풍자적 상징어다.

'여기 비대해진 노예의 몸뚱이' (제3연)의 '비대' 는 영양분을 욕심껏 잔뜩 섭취해서 살찐 것이 아니라, '오욕' 과 '치욕' 이 팽배한 것을 비대해진 노예로써 역어적(逆語的)으로 메타포(은유)하고 있는 것이다.

그러기에 이선은 '잘 나신 황제의 더벅머리털을 추앙하렵니다' (제3연)고 다부지게 현실적인 상황을 날카롭게 풍자한다.

'희나리' 는 물기가 배어 있는 덜 마른 장작이다.

잘 마른 성한 장작은 이미 다 불태웠고, 심지어 불에 잘 타지 않는 물에 젖은 장작마저도 억지로 불살라서 남아 있는 장작이란 전혀 없다고 하는 폭압 정치상을 낮은 톤으로 그러나 굵직하고 강력하게 고발하고 있다.

그러기에 화자가 절규하는 것은 모든 게 망가져 부서진 '폐철 더미 위에/ 구년묵이 겨울비가 내린' (제4연)다고 하는 고발이다.

'구년묵이 겨울비' 란 '여러해 묵은 쌓이고 쌓인 민중들의 고통의 눈물' 로 풀이하면 어떨까.

시인은 비통한 현실에 좌절지 않으려 발버둥치는 대변인이 되어 결코 외면할 수 없는 저항 속에 「황제시여」라는 작품을 통해 참다운 시민의식의 형상화 작업에 역투하고 있다.

박문석(朴紋奭)

전라북도 남원(南原)에서 출생(1947~   ). 고려대학교 법학과 졸업. 2000
년 『오늘의 문학』 신인작품상에 시 「선운사에서」외 2편이 당선되어 문단에
등단했다. 시집 『무우전』(無憂殿, 2003) 등이 있다.

산문(山門)에 서면

산문에 서면
골기와 추녀 끝
하늘 끌어와
문이 마냥 높고,
쓰아 쏴 쏴아
푸른 허공 한 바퀴 돌아
밀려드는 송뢰(松籟).
누군가의
심금을 한 차례 뜯고는
이윽고
풍경(風磬) 부근
푸른 공(空)으로 돌아간다.

산문에 서면
바람 물
소리 소리
어디메선가
산꿩이 울고,
다시금
산문을 휘감는
한낮의

깊은 정적.

구구구 구
산비둘기 울어
퍼뜩,
이게 뭐꼬?
화두는 솔바람 타고
벽공(碧空) 돌아
산문을 친다.

주제 불가(佛家)의 구도(求道)정신
형식 3연의 자유시
경향 서정적, 불교적, 상징적
표현상의 특징 세련된 시어의 연상적 수법으로 표현미를 살리고 있다.
　서경적(敍景的)인 표현이면서도 심도 있는 내면세계의 이미지를 엮어내고 있다.
　표제(表題)인 '산문에 서면'(제1·2연)을 동어반복하고 있다.
　'쓰아 쏴 쏴아'(제1연), '구구구 구' 등의 의성어로 청각 이미지를 북돋고 있다.

이해와 감상

주제가 선명하며 동시에 근엄한 분위기가 이루어지고 있다.

박문석은 상징적으로 밝고 산뜻한 발상으로 불가(佛家)의 구도(求道)의 경지를 심미적으로 형상화 하고 있다.

자칫하면 이런 유형의 시가 관념에 치우치기 쉬우나, 그것을 슬기롭게 극복하는 시어 구사의 빼어난 솜씨를 보인다.

'누군가의/ 심금을 한 차례 뜯고는/ 이윽고/ 풍경 부근/ 푸른 공으로 돌아간다'(제1연)에서처럼 불가의 '무위사상(無爲思想)'의 비유(메타포)가 그것이다.

선(禪)의 경지가 문외한으로는 어떤 것인지 모르겠으나 모든 것을 버리고 무아(無我)의 경지에서 불심(佛心)을 닦는 것이라면, '바람 물/ 소리 소리/ 어디메선가/ 산꿩이 울고/ 다시금/ 산문을 휘감는/ 한낮의/ 깊은 정적'(제2연) 속에 자리하는 면벽(面壁)에서 이루어지는 것은 아닐까 어설프게 자기 나름대로의 생각도 해본다.

화자는 '구구구 구/ 산비둘기 울어/ 퍼뜩/ 이게 뭐꼬?/ 화두는 솔바람 타고/ 벽공 돌아/ 산문을 친다'(제3연)고 하는 이 깨달음이 어쩌면 시심(詩心)을 초월한 불심의 구경(究竟)은 아닐런가 여겨보기도 한다.

고대 일본의 불교 전서(傳書)인 『영이기』(靈異記, 서기 787년 성립)에 의하면 백제인 고승 의각(義覺)법사는 나니와(難波, 지금의 일본 오오사카)에 있는 백제사(百濟寺)에 살았으며, 왜인들에게 불교 교리를 널리 펴며 주야로는 면벽하고 『반야심경』(般若心經)을 암송했다.

"백제사에는 혜의(慧義)라는 제자 승려도 살았는데, 한밤중에 그가 나가 보니, 의각법사 승방의 방문에서 유난히 흰한 빛이 비치고 있었다. 승 혜의는 이상히 여기고 손가락에 침을 묻혀 창호지에 구멍을 뚫고 몰래 방안을 훔쳐 보았더니, 단좌하고 눈을 감은 채 『반야심경』을 외우는 의각법사의 입에서는 끊임없이 밝은 빛이 뻗쳐 나오고 있었다. 크게 놀란 혜의는 몰래 스승의 방안을 훔쳐 본 잘못을 뉘우치고 다음 날 그 사실을 신도들에게 말했다. 이 때 의각법사는 제자에게 말하기를 '나는 매일 밤 『반야심경』을 외우는데 백번 쯤 읽고 나서 감았던 눈을 뜨면, 사방의 벽을 통해서 절 경내가 모두 다 흰하게 드러나 보인다'고 했다."

박문석은 시집 『무우전』의 표제의 시 「무우전」에서도 시심(詩心)의 불교적 승화를 빼어나게 엮고 있음을 여기 부기해 두련다.

송뢰 → 소나무 숲 사이의 바람.

하정심(河貞心)

경상남도 남해(南海)에서 출생(1957~　). 2001년 『조선일보』 신춘문예에 동시 「찻물 끓이기」가 당선되어 문단에 등단했다. 『풀꽃문학』 동인. 대표시 「도라지 밭」(2001), 「소나기 내리면」, 「물수제비」(2002) 등이 있다.

찻물 끓이기

가끔
누군가 미워져서
마음이 외로워지는 날엔
찻물을 끓이자

그 소리
방울방울 몸을 일으켜
쏴 쏴 솔바람 소리
후두둑후두둑 빗방울 소리
자그락자그락 자갈길 걷는 소리

가만!
내 마음 움직이는
소리가 들려

주전자 속 맑은 소리들이
내 마음 속 미움을
다 가져가 버렸구나
하얀 김을 내뿜으며
용서만 남겨 놓고.

주제 삶의 갈등과 진실
형식 4연의 자유시
경향 서정적, 주지적, 상징적
표현상의 특징 세련된 시어를 구사하면서 진지한 자아 성찰의 과정을 환상적인 분위기로 연출하고 있다.
언어의 시각적인 효과를 영상적으로 형상화 시키고 있다.
시어의 조사(措辭)가 구조적(構造的)인 면도 보이고 있다.

이해와 감상

『조선일보』 신춘문예 당선작(2001)인 이 시는 누구나가 알아듣기 쉬운 말로 심도 있는 이미지를 엮어내는 시재(詩才) 넘치는 작품이다. 따지고 보자면 시재란 감출 수 없다.

인간이 기침 소리를 참지 못하는 것처럼, 또한 인간이 살아 있는 제 그림자를 잘라 버릴 수 없듯이, 시재 역시 세상에서 남에게 숨길 수 없으며, 잘라 버릴 수도 없는 것이다.

주전자 속에서 끓는 물방울을 가리켜 '방울방울 몸을 일으'킨다(제2연)는 묘사에서처럼 역동적으로 의인화 시키는가 하면, 물 끓는 소리를 솔바람 소리, 빗방울 소리, 자갈길 걷는 소리로써 감각적으로 고조시키는 점층적인 메타포의 상징수법은 신인 시인답지 않은 솜씨를 엿보게 한다.

나는 시인에게는 1%의 시재만 타고 난다면 누구나 우선 시인이 될 수 있다고 본다. 기실 우리 시단에는 1%의 재능도 없이 시를 억지로 만들고 있는 사람들도 있는 것 같다.

시를 좋아한다고 해서 재능도 없이 시가 아닌 것을 그냥 말로 엮어내는 것과, 시를 정말 쓰지 않고는 배겨낼 수 없어서 쓰는 시인과 그 두 부류의 존재가 있다는 사실을 여기서 굳이 강조해 두련다. 왜냐하면 오늘의 한국 시단을 일별하자면 허명무실(虛名無實)이랄까 유명무실하고, 허장성세 또한 큰 것 같다.

치밀어 오는 인스피레이션(inspiration, 영감) 때문에 도저히 시를 쓰지 않고는 배겨낼 수 없어서 시를 쓰는 사람, 그 사람이야말로 시재를 타고난 천래(天來)의 시인이라고 하겠다. 그 만큼이나 시인의 재능이란 시인으로서의 필수조건이다.

그 경우 그가 1%의 재능을 가지고 99%의 노력을 한다면 그 시인은 분명 성공할 수 있다. 또한 누가 1%의 재능만 믿고 시간을 낭비한다면 그 사람은 도리어 시를 좋아해서 시를 만드는 사람만도 못한 시인으로 뒤처지게도 될 것이다.

박두진이나 박목월, 서정주, 노천명, 김광섭 같은 작고 시인, 그들보다 앞선 시대의 김소월, 이장희, 김영랑, 이육사, 백석, 이용악, 정지용, 윤동주 같은 시재의 시인, 더 옛날로 거슬러 올라가면 윤선도며 황진이 같은 시재의 시인들이 민족의 시사(詩史)를 장식하는 분들이 아닌가 한다.

하정심은 「찻물 끓이기」의 프로세스를 기발하게도 '미움과 용서'의 수미상관(首尾相關)의 수사법마저 동원하는 능숙한 기교를 발휘하고 있어, 그의 시업(詩業)이 앞으로 결코 만만치 않을 것 같다. 그러기에 문단의 등단순(登壇順)에 따라서 이 책에다 소개하며 정진할 것을 권고하련다.